（清）蒲松齡 撰

青柯亭本聊齋志異

第五册

國家圖書館出版社

第五册目録

魏曹植何晏晉潘安仁皆美風姿膠青刷鬢粉白不去手顧影自憐

聊齋志異卷九

淄川　蒲松齡　留仙　著

新城　王士正　貽上　評

雲蘿公主　神女

安大業盧龍（直隸）人生而能言母飲以犬血始止既長韶秀顧影無儔又慧能讀世家爭婚之母夢曰見當尚主信之至十五六迄無驗亦漸自悔一日安獨坐忽聞異香俄一美婢奔入曰公主至即以長氈貼地自門外直至榻前方駭疑間一女郎扶婢肩入服色容光映照四堵

歷代尚公主不論出身文武仕宦子惟本朝尚主指婚皆是滿洲蒙古旗人

周公相宅 見尚書

楸樹木質平正而不撓作棊枰最善

耽樂也粉侯謂何晏尚金鄉公主拜駙馬都尉封侯為魏武之壻嘗與魏文帝食湯餅汗出面極白帝疑晏傅粉粉侯指此

婢即以繡墊設榻上扶女郎坐安倉皇不知所爲鞠躬便問何處神仙勞降玉趾女郎微笑以袍袖掩口婢曰此聖后府中雲蘿公主也聖后屬意郎君欲以公主下嫁故使自來相宅安驚喜不知置詞女亦俯首相對寂然安故好棊楸枰嘗置坐側一婢以紅巾拂塵移諸案上曰主日耽此不知與粉侯孰勝安移坐近案主笑從之甫三十餘着婢竟亂之曰駙馬負矣斂子入奩曰駙馬當是俗間高手主僅能讓六子乃以六黑子實局中主亦從之主坐次輒使婢伏坐下以背受足左足踏地

唐明宗与寧王下棊將輸太真在側覘局放白鼻貓亂之

負輸也

凡修造房屋畢事後宜祭之日落見左傳楚子成章華之臺願與諸侯落之

皮排 排与鞴橐通韋橐也 見後漢書杜詩傳

則更一婢右伏又兩小鬟夾侍之每値妟凝思時輒曲
一肘伏肩上局闌未結小鬟笑云騙馬負一子婢進曰
主惰宜且退女乃傾身與婢耳語婢出少頃而還以千
金置榻上告生曰適主言居宅湫隘煩以此少致修飾
落成相會也一婢曰此月犯天刑不宜建造月後吉女
起生遮止閉門婢出一物狀類皮排就地鼓之雲氣冞
出俄頃四合冥不見物索之已杳毋知疑以爲妖而生
神馳夢想不能復捨急於落成無暇禁忌刻日敦廹鄽
舍一新先是有灤州生袁大用僑寓鄰坊投刺於門生

此婢亦知卜筮

瞯亡拜否 見論語陽貨事

劇 串戲

荷 背肩馱也去聲

犒 音靠 賞也

近見屈翁山新語香語頗詳考之

素寡交託他出又窺亡而報之後月餘門外適相值二十許少年也宮絹單衣絲帶烏履意甚都雅略與傾談頗甚溫謹悅之揖而入請與對奕互有贏虧已而設酒留連談笑大懽明日邀生至其寓所珍肴雜進相待殷渥有小童十二三許拍板清歌又跳擲作劇生大醉不能行便令負之生以其纖弱恐不能勝袁强之僮綽有餘力荷送而歸生奇之次日犒以金再辭乃受由此交情款密三數日輒一過從袁爲人簡默而慷慨好施市有負債鬻女者解囊代贖無吝色生以此益重之過數

曰、詣生作別，贈象箸楠珠等十餘事、白金五百，用助興作。生反金，受物，報以束帛。後月餘，樂亭有仕宦而歸者，橐貲充牣。盜夜入，執主人，燒鐵鉗灼，劫掠一空。家人識袁，行牒追捕。鄰院屠氏與生家積不相能，因其土木大興，陰懷疑忌。適有小僕竊象箸賣諸其家，知袁所贈，因報大尹。尹以兵繞舍，值生主僕他出，執母而去。母衰邁受驚，僅存氣息，二三日不復飲食。尹釋之。生聞母耗，急奔而歸，則母病已篤，越宿遂卒。收殮甫畢，為捕役執去。尹見其年少溫文，竊疑誣枉，故恐喝之。生實述其交往

明人称沉水香，今人曰奇楠，一曰伽楠，耕通。出交州、安南、占城等國。大木倒沒入地，或十百年始成沉水香。有油結、糖結等名色。爇之香聞遠近，經月不散。以綠色為上品。若無油糖結，僅是木質，亦不甚貴。

大尹 謂州縣官，奉称令尹

喝 一作猲，見前漢書王子侯表

盈滿也 音忍

凌 欺

音虔

積不相能 素与有仇隙

窀音眞厚也穸音夕
葬墳事必以夜

上古無文字結繩而治今俗
尚有縛帶結云不可忘語

之由尹問何以暴富生曰母有藏鏹因欲親迎故治昏
室耳尹信之具牒解郡鄰人知其無事以重金賂監者
使殺諸途路經深山被曳近削壁將推墮之計逼情危
時方急難忽一虎自叢莽中出嚙二役皆死銜生去至
一處重樓疊閣虎入置之見雲蘿扶婢出淒然慰弔曰
妾欲留君但母喪未卜窀穸可懷牒到郡自投保無恙
也因取生胸前帶連結十餘扣囑云見官時拈此結而
解之可以弭禍生如其教詣郡自投太守喜其誠信又
稽牒知其寃銷名令歸至中途遇袁下騎執手備言情

解帶

此近於義俠所爲若唱肯詞者
人稱之曰義賊偷富濟貧專
盜贓官汚吏財物專打抱
不平皆詞中不可少之脚色
別有一套臭振談裝束頭上
臨清花布細頭一方英雄韜搭
身穿皂布小襖小袖二十挡密
门纽扣兜襠衩褲紧襪澆
底踢殺鞋上白山扒白嵌鷄
子翻身快韃加之趙湘洲一旦
蹺過書場桌子

况袁憤然作色默不一語生曰以若風采何自汚也袁曰某所殺皆不義之人所取皆非義之財不然即遺於路者不拾也君教我固自佳然如君家鄰豈可留在人間耶言已超乘而去生歸殯母已柴門謝客忽一夜盜入鄰家父子十餘口盡行殺戮止留一婢席捲貲物與僮分攜之臨去執燈謂婢汝認之殺人者我也與人無涉並不啟關飛簷越壁而去明日告官疑生知情又捉生去邑宰詞色甚厲生上堂握帶且辨且解宰不能詰又釋之既歸益自韜晦讀書不出一跛嫗執炊而已服

飛身上馬

柱内不見客

史肯詞之血濺某府

史如滴上馬殺人者武松也故事

因前述交往之由

韜音叨藏也晦飲光也

音波

燒茶煑飯

盜賊汚名

左傳超乘乃飛身上車如秦三師侵晉甚心志太輕故大敗隻輪不反今乃上馬

造屋日土木
数術數即前云月犯天刑不
宜修建

第音姊床上襯席

旣闋日掃階庭以待好音一日異香滿院登閣視之內外陳設煥然矣悄揭畫簾則公主凝妝坐急拜之女挽手曰君不信數遂使土木爲災又以苫塊之戚遲我三年琴瑟是急之而反以得緩天下事大抵然也生將出貲治具女曰勿復須婢探櫝肴羹熱如新出於鼎酒亦芳溢酌移時日已投暮足下踏婢漸都亡去女四肢嬌惰足股曲伸似無所着生狎抱之女曰君暫釋手今有兩道請君擇之生攬項問故曰若爲棋酒之交可得三十年聚首若作牀笫之歡可六年諧合耳君焉取生曰

生卷治抄

漢成帝后趙飛燕身輕如燕能作掌上舞帝為作避風臺函仙裙云恐其乘風飛去也妹名合德策為妃並寵冠六宮

六年後再商之女乃默然遂相燕好女曰妾固知君不免俗道此亦數也因使生蓄婢媼別居南院炊爨紡織以作生計北院中並無烟火惟棋枰酒具而已戶常闔生推之則自開他人不得入也然南院人作事勤惰女輒知之每使生往譴責無不具服女無繁言無響笑與有所談但俯首微哂每並肩坐喜斜倚人生舉而加諸膝輕如抱嬰生曰卿輕若此可作掌上舞曰此何難但婢子之所爲不屑耳飛燕原九姊侍兒屢以輕佻獲罪怒謫塵間又不守女子之貞今已幽之閣上以錦襪布

嚬黛不食 今醫書言惡阻 俗名病熱

矉正 黛俗 黛眉 蹙眉也

代產真是仙人作用

絺冬未嘗寒夏未嘗熱女嚴冬皆着輕縠生爲製鮮衣强使着之踰時解去曰塵濁之物幾於壓骨成瘵一日抱諸膝上忽覺沉倍曩昔異之笑指腹曰此中有俗種矣過數日顰黛不食曰近病惡阻頗思烟火之味生乃爲具甘旨從此飲食遂不異於常人一日曰妾質單弱不任生產婢子樊英頗健可使代之乃脫衷服衣英閉諸室少頃聞兒啼啟扉視之男也喜曰此兒福相大器也因名大器繃納生懷俾付乳媪養諸南院女自免身腰細如初不食烟火矣忽辭生欲暫歸寧問返期答以

音學 極細蔫之紗

美味

衷 內衣也

女有身孕有孕月事阻止至產後兒生凡所積之月事曰惡露即瘀血皆須去也

亦作娩

應天府 直隸者無督撫官日府尹可以直達奏事今以為北直省為
順天府 名乃本朝所定

居右省稱本省者曰中鄉薦中於順天者曰中北順天鄉試明時南直隸應天府即今江寧府有留都六部及各衙門俱備坐監在南京者各省之監生俱可應試所以明唐寅領解後用一圖章曰南京解元意謂人多才衆比各省難也今順天領解必取北直生監各省監生應試中式只能第二名不能作解元

三日鼓皮排㚷前狀遂不見至期不來積年餘音信全泯亦已絕望生鍵戶下帷遂領鄉薦終不肯娶每獨宿北院沐其餘芳一夜輾轉在榻忽見燈火射窗門亦自闢羣婢擁公主入生喜起問爽約之罪女曰妾未愆期天上二日半耳生得意自詡告以秋捷意主必喜女愀然曰烏用是儻來者爲無足榮辱止折人壽數耳三日不見入俗幛文深一層矣生由是不復進取過數月又欲歸寧生殊淒戀女曰此去定早還無煩穿望且人生離合皆有定數撙節之則長恣縱之則短也旣去月餘

富貴為儻來物見莊子言寄也

仙人作用迥不同
凡俗令人摸不着頭惱

疣 音尤，瘤也
瘤通疣 左傳若贅疣然

即返從此一年半歲輒一行往往數月始還生習爲常亦不之怪又生一子女舉之曰豺狼也立命棄之生不忍而止名曰可棄甫周歲急爲卜婚諸媒接踵問其甲子皆謂不合曰吾欲爲狼子治一深圈竟不可得當令傾敗六七年亦數也囑生曰記取四年後侯氏生女左脇有小贅疣乃此兒婦當婚之勿較其門地也即令書而誌之後又歸寧不復返生每以所囑告親友果有侯氏女生有疣贅侯賤而行惡衆咸不齒生竟媒定焉大器十七歲及第娶雲氏夫妻皆孝友父鍾愛之可棄漸

豺狼之声 用左傳楚莫敖事

不論出身微賤

戲債 遊戲費用如騎馬 賭博類

此寢衣非鄉黨篇中之物 乃着身之袴卧亦不脫者

長不喜讀輒偷與無賴博賭恒盜物償戲債父怒撻之卒不悛相戒隄防無所得遂夜出小爲穿窬爲主所覺縛送邑宰宰審其姓氏以名刺送之歸父兄共縶之楚掠慘棘幾於絕氣兄代哀免始釋之父忿恚得疾食銳減乃爲二子立析產書樓閣沃田悉歸大器可棄怨怒夜持刀入室將殺兄誤中嫂先是主有遺袴絕輕耎雲拾作寢衣可棄斫之火星四射大懼奔去父知病益劇數月尋卒可棄聞父死始歸兄善視之而可棄益肆年餘所分田産畧盡赴郡訟兄官審知其人斥逐之兄弟

銳 驟也

兄文弱不畏之

女年太小而待婚所以有六七年之傾敗所謂數即神如亦不能挽回幸深謀在前可以補救於後余讀至此觸舊惘然者久之

無求語在可解不可解之間

之好遂絕又踰年可棄二十有三侯女十五矣兒憶母言欲急爲完婚召至家除佳宅與居迎婦入門以父遺良田悉登籍交之曰數頃薄產爲若蒙先守之今悉相付吾弟無行寸草與之皆棄也此後成敗在於新婦若能令改行無憂凍餓不然兒亦不能塡無底壑也侯雖小家女然固慧麗可棄雅畏愛之所言無敢違每出限以晷刻過期則詬厲不與飲食可棄以此少斂年餘生一子婦曰我以後無求於人矣膏腴數頃母子何患不溫飽無夫焉亦可也會可棄盜粟出賭婦知之彎弓於

妙語

視之以目瞪其去殺歸緣
入门即出俗言背後興兵
積愛成畏豈一朝瞪目
出眼睛高陷出喉嚨乎

門以拒之大懼避去竊婦入遂巡亦入婦操刀起可棄返奔婦逐砍之斷幅傷臀血沾襪履忿極往訴兄兄不禮焉寃慚而去過宿復至跪嫂哀泣求先容於婦婦決絕不納可棄怒將往殺婦兄不語可棄忿起操戈直出嫂愕然欲止之兄目禁之俟其去乃曰彼故作此態實不敢歸也使人覘之已入家門兄始色動將奔赴之而可棄已屏息出盎可棄入家婦方弄兒望見之擲兒牀上覓得廚刀可棄懼曳戈反走婦逐出門外始返兄已得其情故詰之可棄不言惟向隅泣目盡腫兄憐之親

北說借　容何曰覘　故意問之　容何曰隅

一人向隅舉坐不樂古語也

吃自已之飯而曰賜之食
罵妻懼內者
怕到老死笑殺
砒霜出信州性熱烈有大毒
生附子一名天雄一名烏頭一名側子性熱有大毒若焙製已緩其性亦可用砒石煅煉去其烈性外科膏藥敷藥中亦間用之

卒之去婦乃納之俟兒出罰使長跪要以重誓而後以瓦盆賜之食自此改行爲善婦持籌握算日致豐盈可棄仰成而已後年七旬子孫滿前婦猶時捋白鬚使膝行焉

臣妻智力以事上而君無與焉仰成而已見異氏雜記

異史氏曰悍妻妒婦遭之者如疽附於骨死而後已豈不毒哉然砒附天下之至毒也苟得其用瞑眩大瘳非參苓所能及矣而非仙人洞見臟腑又烏敢以毒藥貽子孫哉

人參茯苓

甄后 仙

罰重咒

瞑古眠字

倨傲也

魏劉楨公幹平視甄后罪

譴坎罰

洛城劉中堪少鈍而淫於典籍（書也）恒杜門攻苦不與世通一日方讀忽聞異香滿室少間珮聲甚繁驚顧（還視也）之有美人入簪珥（首飾耳璫）光采從者皆宮粧劉驚伏地下美人扶之曰子何前倨而後恭也（用蘇秦語）劉益惶恐曰何處天仙未曾拜識前此幾時有侮美人笑曰相別幾何遂爾懵懵危坐磨磚者非子也耶乃展錦韉設瑤漿促坐對飲與論今古之事博洽非常劉茫茫不知所對美人曰我只赴瑤池一回宴耳子歷幾生聰明頓盡矣遂命侍者以湯沃水晶膏進之劉受飲訖忽覺心神發徹既而矇矓從者盡

魏曹植封陳王謚曰思

去息燭解襦曲盡歡好未曙諸姬已復集美人起粧容如故鬢髮修整不再理也劉依依苦詰姓字荅曰告郎不妨恐益君疑耳妾甄氏君公幹後身當日以妾故罹罪心實不忍今日之會亦聊以報癡情也問魏文安在曰丕不過賊父之庸子耳妾偶從富貴者游戲數載過即不置念慮彼曩以阿瞞故久滯幽冥今未聞知反是陳思為帝典籍時一見之旋見龍輿止於庭中乃以玉指合贈劉作別登車雲推霧覆而去劉自是文思大進然追念美人凝想若癡歷數月漸近羸殆母不知其故

學䆫齋叔語

談言微中謂所談適是私衷心事

欷歔　悲歎涕泪

憂之家一老嫗忽謂劉曰郎君意頗有所思否劉以其言微中不能隱應曰唯唯嫗言郎作尺一書我能郵致之劉驚喜曰子有異術向日昧於物色果能之不敢忘也折簡爲函付嫗便去半夜而返曰幸不悞事初登其門門者以我爲妖欲加縶縶我出郎君書彼乃將去少頃喚入夫人亦欲歔自言不能復會便欲裁荅我言郎君羸憊非一字所能瘳也夫人少沉思乃穉筆云煩先報劉郎當即送一佳婦去臨行又囑適所言乃百年之計但無妄傳便能永久劉喜伺之明日果有老姥牽一

古者書簡尺一長今之尺牘之名

暗藏分香事阿瞞臨終顧諸妓妾賣履分香

簀同笫席類音責

女郎詣母所容色絕世自言陳氏女其所出名司香願求作婦母愛之議聘更不索貲坐待成禮而去惟劉心知其異陰問女係夫人何人荅云妾銅雀故伎也劉疑其爲鬼女曰非也妾與夫人俱隸仙籍偶以罪過謫墮人間夫人已復舊位妾謫限未滿夫人請之天曹暫使給役去留皆在夫人故得常侍牀簀耳一日有瞽嫗牽黃犬丐食其家拍板俚歌女出窺立未定犬斷索咋女女駭走羅襟已斷劉以杖逐擊之犬猶怒齕斷幅頃刻碎嚙如麻瞽嫗捉領毛縛之去劉入視女驚顏未定曰

卿仙人何乃畏犬曰君自不知犬乃老瞞所化蓋怒妾不守分香之戒也劉聞之欲買而杖斃之女曰不可上帝所罰何得擅誅居二年見者皆驚其艷而審所從來殊涉恍惚於是共疑爲妖母詰劉劉亦微道其異母大懼戒使絶之劉不聽母陰覓術士來作法於庭方規地爲壇女慘然曰本期白首今老母見疑自分義絶矣要我去亦復匪難而豈禁咒所能遣耶乃束薪爇火拋置堦下瞬息烟徹房屋對面相失有聲震擊如雷既而烟滅見術士七竅流血而死入室則女已渺呼嫗問之嫗

甄后為袁紹子熙婦

晉陸機有弔魏武文

亦不知所之矣。劉始告母媼蓋狐也、

異史氏曰、始於袁終於曹。而後注意於公幹。仙人不應若是。然平心而論。奸瞞之篡子。何必有貞婦哉。犬睹故妓、應大悟分香賣履之癡。固猶然妬之耶。嗚呼、奸雄不暇自哀。而後人哀之已。

宦娘

溫如春秦之世家也、少癖嗜琴、雖逆旅未嘗暫舍、客晉經由古寺、繫馬門外、將暫憩止、入則有布衲道人、趺坐廊間、筇杖倚壁。花布囊琴。溫觸所好。因問亦善此耶。道

李正涛通

人云顧不能工願就善者學之耳遂脫囊授温温視之紋理佳妙畧一勾撥淸越異常喜爲撫一短曲道人微笑似未許可温乃竭盡所長道人哂曰亦佳亦佳但未足爲貧道師也温以其言奇轉請之道人接置膝上裁撥軟韻和風自來又頃之百鳥羣集庭樹爲滿温驚極拜請受業道人三復之温側耳傾心稍稍會其節奏道人試使彈點正疎節曰此塵間已無對矣温由是精心刻畫遂稱絕技後歸秦離家數十里日已暮暴雨莫可投止路傍有小村趨之不遑審擇見一門匆匆遽入登

第一句開口即求親書痴孟浪

其堂闃若無人俄一女郎出年十七八貌類神仙舉首（音欸）
見客驚而走入溫時未耦繫情殊深俄一老嫗出問客
溫道姓名兼求寄宿嫗言宿當不妨但少牀榻不嫌屈
體可藉藁少選以燭來展草鋪地意良殷問其姓氏荅
云趙姓又問女郎何人曰此宦娘老身之猶子也溫曰
不揣寒陋欲求援繫如何嫗顰蹙曰此即不敢應命溫（中含無限苦心）
詰其故但云難言悵然遂罷嫗既去溫視藉草腐溼不
堪臥處因危坐鼓琴以消永夜雨既歇冒雨遂歸邑有
林下部郎葛公喜文士溫偶詣之受命彈琴簾內隱約

有眷客竊聽忽風動簾開見一及笄人麗絕一世葢公
有女小字良工善詞賦有艷名溫心動歸與母言媒通
之而葛以溫勢式微不許然女自聞琴後心竊傾慕每
冀再聆雅奏而溫以姻事不諧志乖意阻絕跡於葛氏
之門矣一日女於園中拾得舊箋一折上書惜餘春詞
云因恨成癡轉思作想日日為情顛倒海棠帶醉楊柳
傷春同是一般懷抱甚得新愁舊愁剗盡還生便如青
草自別離只在奈何天裏度將昏曉今日箇蹙損春山
望穿秋水道棄已拚棄了芳衾妬夢玉漏驚魂要睡何

布政使曰方伯

此栽脏也

能睡姊漫說長宵似年儂視一年比更猶少過三更已是三年更有何人不老女吟咏數四心好之懷歸出錦箋莊書一通置案間踰時索之不可得竊意爲風飄去適葛經閨門過拾之謂良工作惡其詞蕩火之而未忍言欲急醮之臨邑劉方伯之公子適來問名心善之而猶欲一睹其人公子盛服而至儀容秀美葛大悅款延優渥旣而告別坐下遺女舄一鉤心頓惡其儇薄因呼媒而告以故公子亟辯其誣葛弗聽卒絕之先是葛有綠菊種吝不傳良工以植閨中溫庭菊忽有一二株化

輕狂近邪

幾翻經營布置撮合但
釣取老夫婦商量之語

爲綠同人聞之輒造廬觀賞溫亦寶之凌晨趨視於畦畔得箋審惜餘春詞反覆披讀不知其所自至以春爲己名益惑之即案頭細加丹黃評語褻嫚適葛聞溫菊變綠訝之躬詣其齋見詞便取展讀溫以其評褻奪而挼莎之葛僅睹一兩句蓋即閨門所拾者也大疑並綠菊之種亦猜爲良工所贈歸告夫人使逼詰良工良工涕欲死而事無驗見莫可取實夫人恐其迹益彰計不如以女歸溫葛然之遙致溫溫喜極是日招客爲綠菊之宴焚香彈琴良夜方罷既歸寢齋僮聞琴自作聲初

澁音色　梗澁不成曲調

以爲僚僕之戲也既知其非人始白澁澁自詣之果不
妄其聲梗澁似將效已而未能者爇火暴入杳無所見
澁攜琴去則終夜寂然因意爲狐固知其願拜門牆也
者遂每夕爲奏一曲而設絃任操若爲師夜夜潛伏聽
之至六七夜居然成曲雅足聽聞澁既親迎各述曩詞
始知締好之由而終不知所由來艮工聞琴鳴之興往
聽焉曰此非狐也調悽楚有鬼聲澁未深信艮工因言
其家有古鏡可鑑魑魅翊日遣人取至伺琴聲既作握
鏡遽入火之果有女子在倉皇室隅莫能復隱細視之

塞修 媒也見楚詞

趙氏之宦娘也大駭窮詰之泫然曰代作塞修不爲無德何相逼之甚也溫請去鏡約勿避諱之乃囊鏡女遙坐曰妾太守之女死百年矣少喜琴箏箏已頗能諳之獨此技未有嫡傳重泉猶以爲憾惠顧時得聆雅奏傾心向往又恨以異物不能奉衣裳陰爲君聯合佳偶以報眷顧之情劉公子之女鳥惜餘春之俚詞皆妾爲之也酬師者不可謂不勞矣夫妻咸拜謝之宦娘曰君之業妾思過半矣但未盡其神理請爲妾再鼓之溫如其請又曲陳其法宦娘大悅曰妾已盡得之矣乃起辭欲

廣寧、寧遠、海、蓋、復三州皆在遼陽　明萬歷末

去。良工故善箏、聞其所長。願一披聆、宦娘不辭、其調其譜。並非塵世所能。良工擊節、轉請受業。女命筆爲繪譜十八章、又起告別、夫妻挽之良苦。宦娘悽然曰、君琴瑟之好。自相知音。薄命人烏有此福。如有緣、再世可相聚耳。因以一卷授溫曰、此妾小像、如不忘媒妁。當懸之臥室。快意時焚香一炷。對鼓一曲。則兒身受之矣。出門遂沒、

阿纖

無江南之海州

一女　一狐　惝恍迷離　見狐認是女　遇女疑作狐　眼花撩亂

海州劉子固、十五歲時至蓋省其舅、見雜貨肆中一女

蓋州

本朝發祥先由寧遠錦州
後我
太祖皇帝即位於彼改名奉
天府
折音入

子姣麗無雙心愛好之潛至其肆託言買扇女子便呼其父父出劉意沮故折閱之而退遙覘其父他往又趨之女將覓父劉止之曰無須但言其價我不靳直耳女如言故昂之劉不忍爭脫貫逕去明日復往又如之行數武女追呼曰反來適僞言耳價奢過當因以半價返之劉益感其誠蹈隙輒往由是日熟女問郎君何所以實對轉詰之自言姚氏臨行所市物女以紙代裹完好已而以舌舐粘之劉懷歸不敢復動恐亂其舌痕積半月爲僕所窺陰與舅力要之歸意惓惓不自得以所市

香帕脂粉等類密置一篋無人時輒闔戶自檢一過觸類凝思次年復至葢囊裝甫解即趨女所至則肆宇闔焉失望而返猶意暫出未復蚤起又赴之扃如故問諸鄰居始知姚原廣寧人以貿易無重息故暫歸去又不審何時可以復來神志乖喪居數日怏怏而歸爲之卜婚屢梗母議母怪怒之僕私以曩情告母母益防閑之葢之途由是遂絕劉忽忽不樂減食廢學母憂思無計念不如從其志於是刻日辦裝使如葢轉寄語舅媪合之舅承命詣姚踰時而返謂劉曰事不諧矣阿繡已字

離合尚妙偽一相印合豈成妙文從此句生成下文狐之一節

兩似逼出狐來

用紅綃故事

廣寧人劉低頭喪志心灰望絕既歸捧匳啜泣而徘徊凝念冀天下有似之者適媒來艷稱復州黃氏女劉恐不確命駕至復入西門見北向一家兩扉半開內一女郎怪似阿繡再屬目之且行且盼而入真是無訛劉大動因僦居東鄰細詰其家爲李氏反復凝念天下寧有如此相似者耶居之數日莫可夤緣惟日眈眈伺候於其門以冀女或復出一日日方夕女果出忽見劉即反身掩扉以手指其後又復掌及額乃入劉喜極但不能解凝想移時信步詣舍後見荒園寥廓西有短垣畧

妙在細視以假作真而不露

當字明點

狐張先知

可及肩豁然頓悟遂蹲伏露草中久之有人自牆上露其首小語曰來乎劉諾而起細視眞阿繡也因而大慟涕墮如綆女隔堵探身以巾拭其淚所以慰藉之良殷劉曰百計不遂自謂今生已已何意復有今夕顧卿何至此曰李氏妾表叔也劉請踰垣女曰君先歸遣從人他宿妾當自至劉如其教坐伺之少間女悄然入妝飾不甚炫麗袍褲猶昔劉挽坐備道艱苦因問聞卿已字何未醮也女曰言妾受聘者妄也家君以道里賒遠不願附公子爲婚姻此或舅氏託言以絕君望耳既就枕

復州

微渦 音窩 酒靨 靨音益 即口輔也 酒靨在面頰口邊夾輔處 毛詩 巧笑倩兮 注 倩好口輔

牀歡接之懽不可言喻四更遽起過牆而去劉自是如復之初念悉忘而旅居半月絕不言歸一夜僕起飼馬見室中燈燭猶明窺之望見阿纖大駭不敢詰主旦訪市肆始反而詰劉曰夜與往還者何人也劉初諱之僕曰此第岑寂鬼狐之藪公子亦宜自愛彼姚家女郎何爲而至於此劉始靦然曰西鄰其表叔有何疑沮僕言我已訪之最審東鄰止一孤嫗西家一子尚幼別無密戚所遇當是鬼魅不然焉有數年之衣尚未易者且其面色過白兩頰少瘦笑處無微渦不如阿纖美劉反覆

當局者迷 主迷而僕甚明

刀劍戈戟矛弓矢等皆謂之兵持兵者軍士卒今混称也

伏戎於莽 見易經 戎兵器

伏筆

回思乃大懼曰且爲奈何僕謀俟其來操兵入擊之至暮女至謂劉曰知君見疑然妾亦無他不過了此夙分耳言未已僕排闥躁入女呵曰可棄而兵速具酒與主人言別僕自投其刃若或奪焉劉益恐强設酒饌女談笑如嘗謂劉曰悉君心事方且圖效綿薄何勞伏戎妾雖非阿繡頗自謂不亞之君視之猶否耶劉身毛俱豎默不得語女聽漏三催把琖一呷起曰我且去待花燭後再與君家美人較優劣也轉身遂杳劉信狐言逕如蓋怨舅之誑己也亦不舍於其家寓近姚氏託媒自通

此狐肯合姻事出力事感後之 且其術亦神

嫂呼夫弟曰小郎乃六朝人語見於傳記極雅今俗呼曰叔不典之甚

一兵警即故明与 本朝連兵也至以萬歷末天啟初當明失遼陽時京師大風晝晦警報屢〻

前細視已誤今審顧反見真疑假抄

贋〻音鴈假也 贋鼎見莊子

唱以重賂姚妻言小郎爲覓壻於廣寧君翁以是故去就否良不可知須彼旋時方可作計較劉聞之徊徨無以自主惟堅守以伺其歸踰十餘日忽聞兵警猶以訛傳自解及久之信益急乃趣裝行中途遇亂主僕相失爲偵者所擄以劉文弱疎其防盜馬亡去至海州界見一女子蓬鬢垢耳步履蹉跌劉馳過之女子呼曰馬上劉郎非乎劉停鞭審顧蓋阿繡也心仍訝其爲狐曰汝眞阿繡耶女問何出此言劉述所遇女曰妾眞阿繡非贋冒者父攜妾自廣寧歸遭變被虜授馬屢墮忽一女

前警偵探兵將

劉向答音

兄弟先後去皆爲姻事若非遇警此姻不成

今讀此文尚覺五花眩目無怪當時

此狐大出力

若無障眼術左乱中豈能尾全

子握腕趨迺荒竄軍中亦無詰者女子健步若駛苦不能從百步而疑屢趨焉久之聞號嘶漸遠乃釋手曰別矣前皆坦途可緩行追汝者將至宜與同歸劉知是狐感之因述其畱蓋之故女言其叔爲擇壻於方氏未委禽而亂適作劉始知舅言非妄攜女馬上疊騎歸入門則老母無恙大喜繫馬而入述所自來母亦喜爲之盥濯粧竟容光煥發益喜曰無怪癡兒魂夢不忘也遂設裀褥使從已宿又遣人赴蓋寓書於姚不數日姚夫婦俱至卜吉成禮乃去劉藏篋舊封儼然有粉一函啟之

寋音東媾入見楚之詞

狐又現益迷離

劉捧頰而不知真假妙或醉中未細看兩渦耶

化爲赤土晏之女掩口曰數年之盜今始發覺矣爾日見郎任妾包裹更不籍及眞僞故以此相戲耳方笑嬉間一人搴簾入曰快意如此當謝蹇修矣劉視之又一阿繡也急呼母母及家人悉集無有能辨識者劉回首亦迷注目移時始揖而謝之女子索鏡自照赧然趨出尋之已渺矣夫妻感其義爲位於室而祀之一夕劉醉歸室暗無人方自挑燈而阿繡至劉挽問何之笑曰酒臭熏人使人不耐如此盤詰誰作桑中逃耶劉笑捧其頰女曰郎視妾與狐姊孰勝劉曰卿過之然皮相者不

酒興

殂音徂死也
放勳殂落見孟子

一月与三年共慧相去千里矣

能辨也已而闔扉相狎俄有叩關者女起笑曰君亦相
皮者也劉不解趣啟門則阿繡入大愕始悟適與語者
狐也暗中猶聞笑聲夫妻望空而禱祈求現相狐曰我
不願見阿繡問何不另化一貌曰我不能問何故不能
曰阿繡吾妹也前世不幸夭殂生時與余從母至天宮
見西王母心竊愛慕歸則刻意效之妹子較我慧一月
神似我學三年而後成然終不及也今已隔世自謂過
之不意猶昔耳我感汝兩人誠意故時一相過今且去
矣遂不復言自此三五日輒一來一切疑難悉決之值

又決休咎又歷考辨此狐可見聚集家人而諭誥恫猲也

前狐学女後女学狐目迷五色

自錢塘江以東至海至閩界止皆曰越漢時即閩亦曰越見漢書

阿繡歸寧來常數日不去家人皆懼避之有亡失則華妝端坐插玳瑁簪數寸長朝家人而莊語之所竊物夜當送至某所不然頭痛大作勿悔天明果於某所得之三年後絕不復來偶失金帛阿繡效其裝束以嚇家人亦屢效焉

小翠

此狐報恩實有障眼搬運術

王太常越人總角時晝臥榻上忽陰晦巨霆暴作一物大於貓來伏身下展轉不離移時晴霽物即逕去視之非貓始怖隔房呼兄兄聞喜曰弟必大貴此狐來避雷

霹靂

明制縣令雖由進士外任七
品監察御史給事中都給
事中行人南官七品康熙
二十六年後裁巡按行人御
史給事中都給事升五品

虞狐同在一韻

乾隆二十年裁布參政參議
按副使僉事明制巡撫皆
僉都御史放外任不兼兵侍
官雖正四品而布政二品按察
鹽運三品皆上衙門用上司
禮節後裁僉都御史加副
都銜康熙三十餘年後加兵
侍銜有緑營兵六二千五百名

蹇切也。後果少年登進士，以縣令入爲侍御（行取內陞）。生一子元豐，絶癡，十六歲不能知牝牡，因而鄉黨無與爲婚。王憂之。適有婦人率少女登門，自請爲婦。視其女，嫣（音烟媚也）然展笑，眞仙品也。喜問姓名。自言虞（前避劫之狐）氏，女小翠，年二八矣。與議聘金。曰：是從我糠覈不得飽，一旦置身廣廈，役婢僕，厭膏粱，彼意適，我願慰矣，豈賣菜也而索直乎。夫人悅，優厚之。婦卽命女拜王及夫人，囑曰：此爾翁姑，奉事宜謹。我大忙，且去，三數日當復來。王命僕馬送之。婦言鄉里不遠，無煩多事。遂出門去。小翠殊不悲戀，便卽奩中翻

因廣西巡撫馬雄鎮殉孫
延齡難後始設撫標兵

憎 平仄兩收惡厭也

圓 大毬也

此裝痴顛戲耍鬧場

取花樣夫人亦愛樂之數日婦不至以居里問女女亦憨然不能言其道路遂治別院使夫婦成禮諸戚聞拾得貧賤家兒作新婦共笑姍之見女皆驚羣議始息女又甚慧能窺翁姑喜怒王公夫婦寵惜過於常情然惕惕焉惟恐其憎子癡而女殊歡笑不爲嫌第善謔刺布作圓蹋蹴爲笑着小皮靴蹴去數十步紿公子奔拾之公子及婢恒流汗相屬一日王偶過圓砉然來直中面目女與婢俱斂迹去公子猶踴躍奔逐之王怒投之以石始伏而啼王以狀告夫人夫人往責女女俛首微

音酣 似痴呆

長句包括

同訕

音沓

台 哄騙也

俯

謔 戲也

老夫婦及一家中人皆在
狐女玄中
此印用搬運術否則大家
養媳何來串戲器具且何
人代為之亦錢何從來耶
明制科臣較臺臣權重

笑以手刓狀既退憨跳如故以脂粉塗公子作花面如
鬼夫人見之怒甚呼女詬罵女倚几弄帶不懼亦不言
夫人無奈之因杖其子元豐大號女始色變屈膝乞宥
夫人怒頓解釋杖去女笑拉公子入室代撲衣上
塵拭眼淚摩挲杖痕餌以棗栗公子乃收涕以忻女闔
戶復裝公子作霸王作沙漠人已乃豔服束細腰扮虞
美人婆娑作帳下舞或髻插雉尾撥琵琶丁丁縷縷然
喧笑一室日以為常王公以子癡不忍過責婦即微聞
焉亦若置之同巷有王給諫者相隔十餘戶然素不相

素有仇

明制三年大計京官吏部吏科河南道監察御史主持其事吏部尚書總其成一切皆河南道御史作主因京官各衙門是其專轄

能時值三年大計吏忌公撫河南道篆思中傷之公知
其謀憂慮無爲計一夕早寢女冠帶飾冢宰狀翦素絲
作濃髭又以青衣飾兩婢爲虞候竊跨廐馬而出戲云
將謁王先生馳至給諫之門即又以鞭撻從人言曰我
謁侍御王寧謁給諫王耶回轡而歸比至家門門者愕
以爲眞奔白王公公急起承迎方知爲子婦之戲怒甚
謂夫人曰人方蹈我之瑕反以閨閣之醜登門而告之
余禍不遠矣夫人怒奔女室詬讓之女惟憨笑並不置
詞撻之不忍出之則無家夫妻懊怨終夜不寐時冢宰

全是搬演法術

吏部尚書

究

障眼法術

王公在夢中

十三道御史河南爲重

本朝曰京察

非狐也先知何能解此難

此難解矣

此時即改行醫好公子痴病給諫之來仇終未解釋

後则不能補救也

又起一波比前更難解因有

憑摟乃有挾以來也

某公赫甚其儀采服從與女偽裝無少殊別王給諫亦悞為眞屢偵公門中夜而客未出疑冢宰與公有陰謀次日早朝見而問曰昨夜相公至君家耶公疑其相譏慙顏唯唯不甚響答給諫愈疑謀遂寢由此益交驩公公探知其情竊喜而陰囑夫人勸女改行女笑應之逾歲首相免適有以私函致公者誤投給諫給諫大喜先託善公者往假萬金公拒之給諫自詣公所公覓巾袍並不可得給諫伺候久怒公慢憤將行忽見公子袞衣旒冕有女子自門內推之以出大駭已笑撫之脫其服

此禍極難解教狐女十分苦心

此用傳眼法及搬運法蓋給諫細看過千真萬真方大喜襆包而去即刻上聞以報往日之仇及呈之
上前驗之則菩提子作旒黃布包袱作袍並無旁龍繡彩論之左右鄰一响痴公子名即庶養媳兒戲亦久聞于里黨親友間及傳見痴公子又不辨菽麥之果大豈不可笑但誣人謀反大逆必虛即反坐王給諫為狐女小小施術愚弄必嬰孩陰狀亦無詐處不斬首僅充軍革職幸矣

冕褫之而去公急出則客去已遠聞其故驚顔如土大
哭曰此禍水也指日赤吾族矣與夫人操杖往女已知
之闔扉任其詬厲公怒斧其門女在內含笑而告翁無
怒有新婦在刀鋸斧鉞婦自受之必不令貽害雙親翁
若此是欲殺婦以滅口耶公乃止給諫歸果抗疏揭王
不軌衮冕作據上驚驗之其旒冕乃粱䕸心所製袍則
敗布黃袱也上怒其誣又召元豐至見其憨狀可掬笑
曰此可以作天子耶乃下之法司給諫又訟公家有妖
人法司嚴詰臧獲並言無他惟顛婦癡兒日事戲笑鄰

笔寫 女事先知 言語利害 在給諫手為未變之上前方換 給諫王上党不小 卓醫病就不好 冕服過手即變方驗知妖法 侍御王家下人奴婢

禍水見飛燕外傳赤族即謀及誅三族也 不軌音圭謀及也 䕸音指 粱高粱也 狐女作用普查不能言明而做

侍御無[illegible]室之賂[illegible]宿怨何能解且恐抱疮出首更多一樁冤擾放挺而走险出此極險之着元告坐誣革職遠戍萬里風浪頓息侍御如夢初醒方始奇之真一獨睡裡夢裡也

禍根拔後方始醫病狐也作用有層次

里亦無異詞案乃定以給諫充雲南軍王由是奇女又以母久不至意其非人使夫人探詰之女但笑不言再復窮問則掩口曰兒玉皇女母不知耶無何公擢京卿五十餘每患無孫女居三年夜夜與公子異寢似未嘗有所私夫人舁榻去囑公子與婦同寢過數日公子告母曰借榻去悍不還小翠夜夜以足股加腹上喘氣不得又慣掐人股裏婢嫗無不粲然夫人訶拍令去一日女浴於室公子見之欲與偕笑止之諭使姑待既出乃更瀉熱湯於甕解其袍袴與婢扶入之公子覺蒸悶大

革職充軍發雲南兒何苦生此

此得命思財老實人往往如此

內轉

撥天大禍無法可施化為一杯雪水

至此尚作假痴呆耶

此却醫痴病法俗人那得知之而不預先說明妙

女隱於假痴假呆中無人能識者

痴病拔根

老狐一遇雷劫其必費若許作用始得禍解升官子病又拔根其報恆實厚於人想其降眼搬運一狐必不能任彼老狐暗中護助耶

呼欲出女不聽以衾蒙之少時無聲啟視已死女坦笑不驚曳置牀上拭體乾潔加複被焉夫人聞之哭而入罵曰狂婢何殺吾兒女囅然曰如此癡兒不如無有夫人益恚（怪）以首觸（撞頭拳）女婢輩爭曳勸之方紛譟間（干）一婢告曰公子呻矣夫人輟涕撫之則氣息休休而大汗浸淫沾浹裀褥食頃汗已忽開目四顧徧視家人似不相識曰我今回憶往昔都如夢寐何也夫人以其言不癡大異之攜參其父屢試之（試公子）果不癡大喜如獲異寶乃還櫝故處更設衾枕以覘之公子入室盡遣婢去早窺之則榻

老夫婦有厚道之福故事事享其成

怨仇之睽遠萬里痴顛何用

此孤女故意失手非孟浪亦九試翁拈之心乃思報而將去所謂以徼罪行也

童養媳与迎娶者不同況在侍御家已久視之若自己兒女不甚備礼節況素未憨痴耶

虛設自此癡顛皆不復作而琴瑟靜好如形影焉年餘公爲給諫之黨奏劾免官小有罣悞舊有廣西中丞所贈玉瓶價累千金將出以賄當路女愛而把玩之失手墮碎慙而自投公夫婦方以免官不快聞之怒交口呵罵女忿而出謂公子曰我在汝家所保全者不止一瓶何遂不少存面目實與君言我非人也以母遭雷霆之刼深受而翁庇翼又以我兩人有五年夙分故以我來報曩恩了宿願耳身受唾罵擢髮不足以數所以不即行者五年之愛未盈今何可以暫止乎盛氣而出追之

王公太忠厚

挂

此才說明真面目

此句是主

此用史記范雎傳

狐女不欲翁行賄賂以全節操故意失手

一篇真話

此借題而去狐女不能生育若久居亦痴礙侍御家宗祧狐女之行亦算之熟矣

轡音譬俗云扯手

已杳公爽然自失而悔無及矣公子入室睹其賸粉遺鈔慟哭欲死寢食不甘日就羸悴公大憂急爲膠續以解而公子不樂惟求良工畫小翠像日夜澆禱其下幾二年偶以故自他里歸明月已皎村外有公家亭園騎馬經牆外過聞笑聲停轡使廄卒捉鞚登鞍以望則二女郎遨戲其中雲月昏濛不甚可辨但聞一翠衣者曰婢子當逐出門一紅衣者曰汝在吾家園亭反逐阿誰翠衣人曰婢子不羞不能作婦被人驅遣猶冒認物產耶紅衣者曰索勝老大婢無主顧者聽其音酷類小翠

事也　狐亦翠　音究 馬夫

續弦也　公大夏真忠厚老實人　阿誰見三國龐統傳

深情眷、

尚有未了之緣所以邂逅相遇狐亦先知

遲暮 老年人暮境愛惜兒女之情更深此種心思非老年人不知

疾呼之翠衣人去曰姑不與若爭汝漢子來矣（丈夫也）而紅衣人來果翠也喜極女令登垣承接而下之曰二年不見瘦骨一把矣公子握手泣下具道相思女言妾亦知之但無顏復見家門今與大姊遊戲又相邂逅足知前因不可逃也請與同歸不可請止園中許之遣僕奔白夫人夫人驚起駕肩輿而往啟鑰入亭女趨下迎拜夫人提臂流涕力自前過幾不自容曰若不少記榛櫳（肯帶也）請偕歸慰我遲暮女峻辭不可（情以前姑与公子之姑难拂）夫人慮野亭荒寂謀以多人服役女曰我諸人悉不願見惟前兩婢朝夕相從不能

夫人更忠厚故痴公子能醫好而家禍亦消弭

小翠處園中最爲體退，退裕如。

公子之纏綿，狐女斷而復聯，實難為策。

對公子亦假言調速老之術，以絕公子思念。

產育非術可操縱。

慢慢退出，言之極合情理。

無眷注耳。外惟一老僕應門，餘都無所復須。悉如其言，託公子養病園中，日供食用而已。女每勸公子別婚，公子不從。後年餘，女眉目音聲漸與曩異，出像質之，迥若兩人。大怪之。女曰：「視妾今日，何如疇昔矣？」公子曰：「今日美則美，然較昔則似不如。」女曰：「意妾老矣！」公子曰：「二十餘歲人，何得速老！」女笑而焚圖，救之已燼。一日謂公子曰：「昔在家時，阿姑謂妾抵死不作繭，今親老君孤，妾實不能產育，恐悞君宗嗣。請娶婦於家，旦晚奉翁姑，君往來於兩間，亦無所不便。」公子然之，納幣於鍾太史之家。

此對外人托詞

又用一術

恐留圖愛根不拔

成語不生育也

迥相去遠也

真話

俗名兩頭大，今出門商人有之

此化形術以慰去思諸術中頂難之事

玦者決絶也古時貶謫臣下則賜玦召還則賜環環者還也皆見左傳

孟敏不顧破甑世說新語

吉期將至女爲新人製衣履賚送母所及新人入門則言貌舉止與小翠無毫髮之異大奇之往至園亭則女已不知所在問婢婢出紅巾曰娘子暫歸寧留此貽公子展巾則結玉玦一枚心已知其不返遂携婢俱歸雖頃刻不忘小翠幸而對新人如覿故好焉始悟鍾氏之姻女預知之故先化其貌以慰他日之思云

又用搬運法

王給諫借萬金復索不軌

異史氏曰一狐也以無心之德而猶思所報而身受再造之福者顧失聲於破甑何其鄙哉月缺重圓從容而去始知仙人之情亦更深於流俗也

解雷劫

比碎玉瓶

此篇聊齋經意之作

嬝 傳停嫋娜細腰女方有
此態木中惟柳似之

五字一篇之主腦

藏善 否惡音批

古制女子不字人首不笄

細柳 女子善相寓言男子無目 後世難為

細柳娘中都之士人女也或以其腰嬝可愛戲呼之細柳云柳少慧解文字喜讀相人書生平簡默未嘗言人臧否但有問名者必求一親窺其人閱人甚多但言未可而年十九矣父母怒之曰天下迄無良匹汝將以丫角老耶女曰我實欲以人勝天顧久而不就亦吾命也今而後請惟父母之命是聽時有高生者世家名士聞細柳之名委禽焉既醮夫妻甚得生前室有遺孤小字長福時五歲女撫養周至女或歸寧福輒號啼從之呵

女學左傳
鄭國徐吾
犯妹

遺所不能止年餘女產一子名之長怙生問命名之義荅言無他但望其長依膝下耳女於女紅疎略常不留意而於畝之東南稅之多寡按籍而問惟恐不詳久之謂生曰家中事請置無顧待妾自爲之不知可當家否生如言半載而家無廢事生亦賢之一日生赴鄰村飲適有追逋賦者打門而誶遣奴慰之弗去乃趣僮召生歸隸既去生笑曰細柳今始知慧女不若癡男耶女聞之俯首而哭生驚挽而勸之女終不樂生不忍以家政累之仍欲自任女又不肯晨興夜寐經紀彌勤每先一

恃也

工

在誶也

女已知夫命不長死期已近故淚出痛腸

先着此意愛以明後之用權術而鄰親中皆俗見故能識此遠慮故嘖乃煩言

善相明知生之不永年故已子命名以寓其旨

遠慮周密每見戚友家夫卒後婦受外人之侮兼有本家侵佔田產謀奪吏缺者皆因夫在日一味女工漫不經心基業大事也

舒同紓寬也

年即備來歲之賦以故終歲未嘗見催租者一至其門又以此法計衣食由此用度益紓於是生乃大喜嘗戲之曰細柳何細哉眉細腰細凌波細且喜心思更細女對曰高郎誠高矣品高志高文字高但願壽數尤高村中有貨美材者女不惜重直致之價不能足又多方乞貸於戚里生以其不急之物固止之卒弗聽蓄之年餘里有喪者以倍貲贖諸其門生利而謀諸女女不可問其故不語再問之熒熒欲涕心異之然不忍重拂焉乃聽又踰歲生年二十有五女禁不令遠遊歸稍晚童僕

屬連也

里中之語皆説現成語此時極多

此不算受善頑心不改

招請者相屬於道於是同人咸戲謗之一日生如友人飲覺體不快而歸至中途墮馬遂卒時方溽暑幸衣衾皆所昔備里中始共服細娘智福年十歲始學爲文父既殁嬌惰不肯讀輒亡去從牧兒遨嬉訶不改繼以夏楚而頑寘如故母無奈之因呼而諭之曰既不願讀亦復何能相强但貧家無冗人可更若衣便與僮僕共操作不然鞭打勿悔於是衣以敗絮使牧豕歸則自掇陶器與諸奴啖饘粥數日苦之泣跪庭下願仍讀母返身向壁置不聞不得已執鞭啜泣而去殘秋向盡體無衣

同戒

任怨而不為浮言搖大難
但此兩兒一貴一富命中
合先顛沛而成器耳否
則百喙莫解
受此折磨始生悔心

慫恿 音松上声 音勇
条掇也

足無履冷雨沾濡縮頭如丐里人見而憐之納繼室者
皆引細娘爲戒嘖有煩言女亦稍稍聞之而漠不爲意
福不堪其苦棄豕逃去女亦任之殊不追問積數月乞
食無所憔悴自歸不敢遽入哀鄰嫗往白母女曰若能
受百杖可來見不然早復去福聞之驟入痛哭願受杖
母問今知悔乎曰悔矣曰既知悔無須撻楚可安分牧
豕再犯不宥福大哭曰願受百杖請復讀女不聽鄰嫗
慫恿之始納焉濯膚授衣令與弟怙同師勤身銳慮大
異往昔三年游泮中丞楊公見其文而器之月給常廩

如早慧能讀此謗何能雪

福資贖心地勝于怙

以助燈火（膏火也）怙最鈍讀數年不能記姓名母令棄卷而農怙遊閑憚於作苦母怒曰四民各有本業既不能讀又不欲耕寧不溝瘠死耶立杖之由是率奴輩耕作一朝晏起則詬罵從之而衣服飲食母輒以美者歸兄怙雖不敢言而心竊不能平農工既畢母出貲使學負販怙淫賭入手喪敗詭托盜賊運數以欺其母母覺之杖責瀕死福長跪哀乞願以身代怒始解自是一出門母輒探察之怙行稍斂而非其心之所得已也一日請母將從諸賈入洛實借遠游以快所欲而中心惕惕惟恐不

洞見肺腑亦由明相人書也

遂所請，毋聞之，殊無疑慮，即出碎金三十兩為之具裝末，又以鋌金一枚付之，曰：此乃祖官囊之遺，不可用，去聊以壓裝備急可耳。且汝初學跋涉，亦不敢望重息，只此三十金得無虧負足矣。臨行又囑之，怙諾而出，忻忻意自得。至洛，謝絕客侶，宿名娼李姬之家，凡十餘夕，散金漸盡，自以巨金在囊，初不以空匱為慮。及取而斫之，則偽金耳。大駭失色。李媪見其狀，冷語侵客，怙心不自安，然囊空無所向往，猶冀姬念夙好，不即絕之。俄有二人握索入，驟縶項領，驚懼不知所為，哀問其故，則姬已

權術操縱真智慧
兼備

竊僞金去首公庭矣至官不容置詞桎掠幾死收獄中又無資斧大爲獄吏所虐乞食於囚苟延餘息初怙之行也母謂福曰記取廿日後當遣汝至洛我事煩恐忽忘之福請所謂黯然欲悲不敢復請而退廿日而問之歎曰汝弟今日之浮蕩猶汝昔日之廢學也我不冒惡名汝何以有今日人皆謂我忍但淚浮枕簟而人不知耳因泣下福侍立敬聽不敢研詰泣已乃曰汝弟蕩心不死故授之僞金以挫折之今度已在縲絏矣中丞待汝厚汝往求焉可以脫其死難而生其愧悔也福立刻

而發比入洛則弟被逮已三日矣即獄中而望之怙奄
然面目如鬼見兄涕不敢仰福亦哭時福爲中丞所契
異故遐邇皆知其名邑宰知爲怙兄急釋怙至家猶恐
母怒膝行而前母顧曰汝願遂耶怙零涕不敢復作聲
福亦同跪母始叱之起由是痛自悔家中諸務經理維
勤即偶惰母亦不呵問之凡數月並不與言商賈意欲
自請而不敢以意告兄母聞而喜并力質貸而付之半
載而息倍焉是年福秋捷又三年登第弟貨殖累巨萬
矣邑有客洛者窺見太夫人年四旬猶若三十許人而

衣妝樸素類常家云

異史氏曰：黑心符出，蘆花變生，古與今如一邱之貉，良可哀也。或有避其謗者，又每矯枉過正，至坐視兒女之放縱而不一置問。其視虐遇者幾何哉？獨是日撻所生，而人不以爲暴；施之異腹兒，則指摘叢之矣。夫細柳固非獨忍於前子也；然使所出而賢，亦何能出此心以自白於天下？而乃不引嫌，不辭謗，卒使二子一貴一富，表表於世。此無論閨闥，當亦丈夫之錚錚者矣。

鍾生　仙　神　僧　孝子

後世一類，今俗有晚娘面孔、晚娘拳頭

鐵中錚錚，庸中佼佼，光武帝語

言一類也

趵突泉在山東音暴
微詞 读言微中
孝為百行首
益王府 濟南
衡王府 青州
天下事至難者惟孝可以挽回可以逢凶化吉

鍾慶餘，遼東名士也。應南鄉舉，闈蕃邸有道士知人休咎，心向往之。二塲後，至趵突泉，適相值。年六十餘，鬚長過胸，皤然道人也。集問災祥者如堵，道士悉以微詞授之。於衆中見生，忻與握手，曰：君心術德行，可敬也。挽登閣上，屏人語，因問：莫欲知將來否？曰：唯唯。曰：子福命至薄，然今科鄉舉可望；但榮歸後，恐不復見尊堂矣。鍾性至孝，聞之涕下，遂欲不試而歸。道士曰：若過此以往，一榜亦不可得矣。生云：母死不見，且不可復爲人，貴爲卿相，何加焉？道士曰：某夙世與君有緣，今日必合盡力乃

邸 府也
諸人圍立如墻
因孝子之力方有挽回

騾不肯行易驢又然皆天
也

場中辛苦事畢無暇飲
食休息寫出孝子情性

以丸授之曰可遣人夙夜將去服之可延七日場畢而
行母子猶及見也生藏之匆匆而去神志喪失因計終
天有期早歸一日則多得一日之奉養攜僕貰驢即刻
東邁馳里許驢忽反奔鞭之不馴控之則蹶生無計躁
汗如雨僕勸止之生不聽又貰他驢亦如之日已銜山
莫知爲計僕又勸曰明日即完場矣何爭此一朝夕乎
請即先主而行計亦良得不得已從之次日草草竣事
立時遂發不遑啜息星馳而歸則母病綿惙下丹藥漸
就痊可入視之就榻泫泣母搖手止之執手喜曰適夢

蛙黽微物何故夙生討債

之陰司見王者顔色和霽謂稽爾生平無大罪惡今念汝子純孝賜壽一紀生亦喜數日果平健如故未幾聞捷辭毋如濟因賂內監致意道士道士忻然出生便伏謁道士曰君既高捷太夫人又增壽數此皆盛德所致道人何力焉生又詢其預知因而拜問終身道士云君無大貴但得耄耋足矣君前身與我為僧侶以石投犬悞斃一蛙今已投生為驢論前定數君當橫折今孝德感神已有解星入命固當無恙但夫人前世為婦不貞數應少寡今君以德延壽非其所偶恐歲後瑤臺傾也

周王府　汴梁
唐王府
福王府、洛陽、
三藩皆在豫中

生惻然良久問繼室所在曰在中州（河南）今十四歲矣臨別囑曰倘遇危急宜奔東南後年餘妻病果死鍾舅令於西江（江西）母遣往省郎以便途過中州將應繼室之讖（音村）偶適一村値臨河（黃河）優戲士女甚雜方欲整轡趨過有一失勒牡驢（蜂之精生）隨之而行致騾蹄趹生回首以鞭擊驢耳驢驚大奔時有王世子方六七歲乳媪抱坐堤上驢冲過扈從皆不及防擠墮河中衆大譁欲執之生縱騾絕馳頓憶道士言極力趨東南約二十餘里入一山村有叟在門下騎揖之叟邀入自言方姓便詰所來生叩伏在地具

讖　應驗也

扈從　護衛者

徼 音交上声 傳信者

收藏罪人与之同罪斬首

幻極

以情告叟言不妨請郎寄居此間當使徼者去至晚得耗始知爲世子叟大駭曰他家可以爲力此眞愛莫助之矣生哀不已叟籌思曰不可爲也請過宵聽其緩急尚可再謀生愁怖終夜不枕次日偵聽則已行牒譏察收藏者棄市叟有難色無言而入生疑懼無以自安中夜叟來叩扉入少坐便問夫人年幾何矣生以鰥對叟喜曰吾謀濟矣問之荅云姊夫慕道挂錫南山姊又謝世遺有孤女從僕鞠養亦頗慧以奉箕帚如何生喜符道士之言而又冀親戚密邇可以得其周謀曰小生誠

匪夷所思

叟知必有大索之事

譏而不征 查索歷也

又幻

此處忽遷無暇加粉澤之詞

欷歔　悲歎也

窞　音毀坎中有小坎也

用扁鵲傳句

幸矣。但遠方罪人深恐貽累丈人。叟曰。郎此爲君謀也。姊夫道術頗神。但久不與人事矣。合巹後。自與甥女籌之。必合有計。生益喜。贅焉。女十六歲。艷絕無雙。生每對之欷歔。女云。妾郎陋。何遂遽見嫌惡。生謝曰。娘子仙人。相耦爲幸。但有禍患。恐致乖違。因以實告。女怨舅乃非人。此彌天之禍。不可爲謀。乃不明言而陷我於坎窞。生長跽曰。此小生以死命哀舅。舅慈悲而窮於術。知卿能生死人而肉白骨也。某誠不足稱好逑。然家門幸不辱寞。倘得再生。香花供養有日耳。女歎曰。事已至此。復何

母舅主婚未曾說破

俗語拖人下水

坎窞陷穽也

明時重門第非誇

寺曰招提

女亦有先知非鈍根人

亦早先知

餔然父自削髮招提見女之愛已絕無已同往哀之恐擔挫辱不淺也乃一夜不寐以氊綿厚作蔽膝各以隱着衣底然後喚肩輿入南山十餘里山遙拘折絕險不復可乘下輿女跬步甚艱生挽臂曳扶竭蹶始得上達不遠即見山門共坐少憩女喘汗淫淫粉黛交下生見之情不可忍曰爲某故遂使卿罹此苦女愀然曰恐此尚未是苦困少蘇相將入蘭若禮佛而進曲折入禪堂見老僧趺坐目若瞑一僮執拂侍之方丈中掃除光潔而座前悉布沙礫密如星宿女不敢擇入跪其上生亦

如回門轎女先男後

此句已明白其來意若女呪之

細言則不成聊齋之文矣

更幻

用術神極

竹名此君双關妙

性尚報寃此君何不可報

從諸其後。僧閉目一瞻。郎復合去。女笑曰。久不定省。今女已嫁。故偕壻來。僧久之啟視曰。妮子大累人。郎不復言。夫妻跪良久。筋力俱殆。沙石將壓入骨。痛不可支。又移時。乃言曰。將騾來未。女答言未。曰。夫妻即去。可速將來。二人拜而起。狼狽（夫婦往來困苦）而行。既歸。謹如其命。不解其意。但伏聽之。過數日。相傳罪人已得。伏誅訖。夫妻相慶。無何山中遣僮（侍者）來。以斷杖付生。云代死者。此君也。更囑瘞祭以解竹木之寃。生視之。斷處有血痕焉。乃祝而葬之。夫妻不敢久居。星夜歸遼陽（今奉天）。

此非名甲必史記韓安國傳田甲不書其名以甲乙記也

古算術書以甲乙丙丁代一二三四

先以清官作襯文章烘染法

此令尹也而蟬冠豸繡御史冠服將內擢也已先現

知縣三年一任凡廉正得保內升

此喻官虎而吏狼皆狼也

亦是寓言

夢狼

白翁直隸人長子甲筮仕南服二年道遠苦無耗適有瓜葛丁姓造謁翁以其久不至款之丁素走無常談次翁輒問以冥事丁對語涉幻翁不深信但微哂之既別後數日翁方臥見丁復來邀與同遊從之去入一城闕移時丁指一門曰此間君家甥也時翁有姊子爲晉令訝曰烏在此丁曰倘不爲信入便知之翁入果見甥蟬冠豸繡坐堂上戟幢行列無人可通丁曳之出曰公子衙署去此不遠得無亦願見之否翁諾少間至一第丁

聊齋志異卷九　夢狼　　三十七

為官

有真有偽　偽以假托　此術猶今　[illegible]者

無人可通　即是清官考語

幢音撞　大實蓋

行音杭

翼如毋雞抱雛

曰入之窺其門見一巨狼當道大懼不敢進丁又曰入之又入一門見堂上堂下坐者臥者皆狼也又視墀中白骨如山益懼丁乃以身翼翁而進公子甲方自內出見父及丁良喜少坐喚侍者治肴蔌忽一巨狼銜死人入翁戰惕而起曰此胡爲者甲曰聊充庖廚翁急止之心怔忡不寧辭欲出而羣狼阻道進退方無所主忽見諸狼紛然嗥避或竄牀下或伏几底錯愕不解其故俄有兩金甲猛士努目入出黑索索甲甲撲地化爲虎牙齒巉巉一人出利劍欲梟其首一人曰且勿且勿此明

墀階下

肴蔌酒席也

酷吏現相

鬼神先知應受陽報不應受冥誅

丁若至而再述同夢文章掩沓矣

初讀受色人之天良未泯也為間則利欲薰心天良丧喪故以父哀誠為幻夢之適符是父是子相去天壤

年四月間事不如姑敲齒去乃出巨鉗鉗齒齒零落墮地虎大吼聲震山岳翁大懼忽醒乃知其夢心異之遣人招丁丁辭不至翁乃誌其夢使次子詣甲函戒哀切既至見兄門齒盡豁駭而問之則醉中墜馬所折者其時則父夢之日也益駭出父書甲讀之變色爲間曰此幻夢之適符耳何足怪時方賂當路者得首薦故不以妖夢爲意弟居數日見其蠹役滿堂納賄關說者中夜不絕流涕諫止之甲曰弟日居衡茅故不知仕途之關竅耳黜陟之權在上臺不在百姓上臺喜便是好官愛

當日大遺

當緣行取

衡門茅舍
鄉間山谷
隱居之處

甲國未死一轉有千鈞之力

百姓何銜復令上臺喜也弟知不可勸止遂歸泣以告翁翁聞之大哭無可如何惟捐家濟貧日禱於神但求逆子之報不累妻孥次年報甲以薦舉作吏部賀者盈門翁惟欷歔伏枕託疾不見一客未幾聞子歸途遇寇主僕殞命翁乃起謂人曰鬼神之怒止及其身祐我家者不可謂不厚也因焚香而報謝之慰藉翁者咸以爲道路之訛而翁殊深信不疑刻日爲之營兆而甲固未死先是四月間甲解任甫離境即遇寇甲傾裝以獻之諸寇曰我等之來爲一邑之民洩冤憤耳寧專爲此哉

以賄賂得內升吏部明朝重內輕外者有古風故重名節者多今則專理外用惟日夕思飭其故主于捐納太多故衆缺少

司大成即前見之巨狼
与其有聚斂之臣大學句
因父仁慈而子得幸反覌
以肩承頷面朝臂膊

遂決其爺又問家人有司大成者誰是司故甲腹心助
紂爲虐者家人共指之賊亦決之更有蠹役四人甲聚
斂臣也將攜入都並搜決訖始分貲入囊騖馳而去甲
魂伏道旁見一宰官過問殺者何人前驅者報曰某縣
白知縣也宰官曰此白某之子不宜使老後見此凶慘
宜續其頭即有一人掇頭置腔上曰邪人不宜使正以
肩承領可也遂去移時復甦妻子往收其尸見有餘息
載之以行從容灌之亦受飲但寄旅邸貧不能歸半年
許翁始得確耗遣次子致之而歸甲雖復生而目能自

共斬六人
如此形狀不可引見

後漢劉先主大耳能自顧其耳乃大貴相此句顧其背乃狼也狼善顧疾則不能顧還視也

苛政猛於虎 檀弓句

酒中有術

顧其背不復齒人數矣翁姊子有政聲是年行取爲御史悉符所夢

異史氏曰竊歎天下之官虎而吏狼者比比也即官不爲虎而吏且將爲狼況有猛於虎者耶夫人患不能自顧其後耳甦而使之自顧鬼神之教微矣哉

一長一短兩句妙

比比言皆是也

天宮

此用晉書賈后傳事

郭生京都人年二十餘儀容修美一日薄暮有老嫗貽尊酒怪其無因嫗笑曰無須問但飲之自有佳境遂逕去揭尊微嗅冽香四射遂飲之忽大醉冥然罔覺及醒

撇移皆在醉中故未去也只夢境入而不知出而方覺

此食矣句用通鑑晉紀

則與一人並枕臥撫之膚膩如脂麝蘭噴溢蓋女子也問之不荅遂與交交已以手捫壁壁皆石陰陰有土氣酷類墳冢大驚疑爲鬼迷因問女子卿何神也女曰我非神乃仙耳此是洞府與有夙緣勿相訝但耐居之再入一重門有漏光處可以溲便既而女起閉戸而去久之腹餒遂有女僮來餉以麪餅鴨臛使捫索而啖之黑漆不知昏曉無何女子來寢始知夜矣郭曰晝無天日夜無燈火食炙不知口處常常如此則姮娥何殊於羅刹天堂何别於地獄哉女笑曰爲爾俗中人多言喜泄

不知口處兵

咸和三年春正月溫嶠入救建康軍于尋陽韓晃司馬流于慈湖流素怯懦將戰食炙不知口處兵敗而死炙音蹠

暗中摸索
唐許敬宗語

故不欲形色相見且暗摸索妍媸亦當有別何必燈燭居數日幽悶異常屢請暫歸女曰來夕與君一遊天宮便即爲別次日忽有小鬟籠燈入曰娘子伺郎久矣從之出星斗光中但見樓閣無數經幾曲畫廊始至一處堂上垂珠簾燒巨燭如晝入則美人華妝南向坐年約二十許錦袍眩目頭上明珠翹顫四垂地下皆設短燭裙底皆照誠天人也郭迷亂失次不覺曲膝女令婢扶曳入坐俄頃八珍羅列女行酒曰飲此以送君行郭鞠躬曰向覿面不識仙人實所惶愧如容自贖願收爲沒

藺不二之臣女顧婢微笑使命移席臥室室中流蘇繡帳衾褥香軟使郭就榻坐飲次女屢言君離家久暫歸亦無所妨更盡一籌郭不言別女喚婢籠燭送之郭不言僞醉眠榻上推之不動女使婢扶裸之一婢排私處曰箇男子容貌溫雅此物何不文也舉置牀上大笑而去女亦寢郭乃轉側女問醉乎曰小生何醉甫見仙人神志顛倒耳女曰此是天宮未明宜早去如嫌洞府怏悶不如早別郭曰今有人夜得花聞香捫榦而苦無燈燭此情何以能堪女笑允給燈火漏下四點呼婢籠燈

此句妙

抱衾而送之入洞見丹堊精工寢處褥革棉蹟尺許厚郭解屨擁衾婢徘徊不去郭凝睨之風致娟好戲曰謂我不文者卿耶婢笑以足蹴枕曰子宜僵矣勿復多言視履端嵌珠如巨菽捉而曳之婢仆於懷遂相狎而呻楚不勝郭問年幾何矣答云十七問處子亦知情乎曰妾非處子然荒疎已三年矣郭研詰仙人姓氏及其清貫尊行婢曰勿問即非天上亦異人間若必知其確耗恐無地矣郭遂不敢復問次夕女果以燭來相就寢食以此爲常一夜女入曰期以永好不意人情乖沮今將

晋武帝惑於左右不納衛瓘女為媳而寵賈充女長女為惠帝妃無子女太子遹後為賈后所害賈后名南風賈充長女充興晋而女亡晋亦奇

糞除天宫不能復相容矣請以卮酒爲别郭泣下請得肪澤爲愛女不許贈黄金一斤珠百顆三孃既盡忽亦昏醉既醒覺四體如縛糾纏甚密殷不得伸首亦不得出極力轉側暈墮牀下出手摸之則錦被囊裹細繩束焉起坐凝思畧見牀榻始知爲巳齋中時離家巳三月家人謂其巳死郭初不敢明言懼被仙譴然心疑怪之竊間以告知交莫有知其故者被置牀頭香盈一室拆視則湖綿雜香屑爲之因珍藏焉後某達官聞而詰之笑曰此賈后之故智也仙人烏得如此雖然此事亦宜

后無子嘗取少年入宫

嚴嵩子世蕃号東樓父子
權傾一世嵩罷子伏誅

此評専叙嚴氏事

东楼欲咳即有侍姬以口
承之曰玉唾壷

傾密溲之族矣有巫嘗出入貴家言其樓閣形狀絶似嚴東樓家郭聞之大懼攜家亡去未幾嚴伏誅始歸

異史氏曰高閣迷離香盈繡帳雛奴蹀躞履綴明珠非權奸之淫縱豪勢之驕奢烏有此哉顧淫籌一擲金屋變而長門唾壺未乾情田鞠爲茂草空牀傷意暗燭銷魂含顰玉臺之前凝眸寶帳之內遂使糟邱臺上路入天宮溫柔鄉中人疑仙子傖楚之帷薄固不足羞而廣田自荒者亦足戒已

嚴氏抄家籍簿乾隆年間浙江鮑淥飲以抄本四册刻於知不足齋叢書
中曰天水冰山録天水郡名也

宦獄

东楼死華
處子有
綢一幅後
籍没時抄
柭出人不
知詢其奴
婢曰淫籌
也

佻達 音挑撻不端正也

凡戲無益竟釀大禍

朱生陽穀人少年佻達喜詼謔因喪偶往求媒媼遇其鄰人之妻睨之美戲謂媼曰適睹尊鄰風雅妙麗若我求凰渠可也媼亦戲曰請殺其男子我爲君圖之朱笑曰諾更月餘鄰人出責負被殺於野邑令拘鄰保血膚取實究無端緒惟媒媼述相謔之辭以此疑朱捕至百口不承令又疑鄰婦與私搒掠之五毒慘至婦不能堪誣伏又訊朱朱曰細嫩不任苦刑所言皆妄旣使冤死而又加以不節之名縱鬼神無知予心何忍乎我實供之可矣欲殺夫而娶其婦皆我之爲婦實不之知也問

慮一作錄漢書作錄音
慮審問也

何憑耶答言血衣可證及使人搜諸其家竟不可得又掠之死而復蘇者再朱乃云此母不忍出證據死我耳待自取之因押歸告母曰予我衣死也即不與亦死也均之死故遲也不如其速也母泣入室移時取衣出付之令審其迹確擬斬再駁再審無異詞經年餘決有日矣令方慮囚忽一人直上公堂怒目視令而大罵曰如此憒憒何足臨民隸役數十輩將共執之其人振臂一揮頹然並仆令懼欲逃其人大言曰我關帝前周將軍也昏官若動即便誅却令戰懼悚聽其人曰殺人者乃宮

此令亦有愕然之日

暢乎其寫然只為居官之座右箴

標也於朱某何與言已倒地氣若絶少頃而醒面無人色及問其名則官標也搒之盡服其罪蓋官素不逞知其討負而歸意腰橐必富及殺之竟無所得聞朱誣服竊自幸是日身入公門殊不自知令問朱血衣所自來朱亦不之知喚其母鞫之則割臂所染驗其左臂刀痕猶未平也令亦愕然後以此被劾揭免官罰贖羈留而死年餘鄰母欲嫁其婦婦感朱義遂嫁之

異史氏曰訟獄乃居官之首務培陰騭滅天理皆在於此不可不慎也躁急污暴固乖天和淹滯因循亦傷民

不逞為盜賊也

雀角鼠牙　毛詩

命一人興訟則數農失時一案既成則十家蕩產豈故之細哉余嘗謂為官者不濫受詞訟即是盛德且非重大之情不必羈候若無疑難之事何用徘徊即或鄰里愚民山村豪氣偶因鵝鴨之爭致起雀鼠之忿此不過借官宰之一言以為憑定而已無用全人祗須兩造笞杖立加葛藤悉斷所謂神明之宰非耶每見今之聽訟者矣一票既出若或忘之攝牒者入手未盈不令消見官之票承刑者潤筆不飽不肯懸聽審之牌矇蔽因循動經歲月不及登長吏之庭而皮骨已盡矣而儼然而

爾俸爾祿民膏民脂
下民易虐上天難欺
本五代時蜀主孟昶所
著本至十六句至宗仁
宗刪定祇取四句頒發
天下州縣立榜於署庭

民上也者傴息在牀漠若無事寧知水火獄中有無數寃魂伸頸延息以望拯救耶然在奸民之凶頑固無足惜而在良民之株累亦復何堪況且無辜之干連往往奸民少而良民多而良民之受害且更倍於奸民何以故奸民難虐而良民易欺也皂隸之所毆罵胥徒之所需索皆相良民者而施之暴身入公門如陷湯火早結一日之案則早安一日之生有何大事而顧稽遲堂上若死人似恐谿壑之不遽飽而故假之以歲時也者雖非酷暴而其實厥罪維均矣嘗見一詞之中其緊要不可

芟音衫刈也

少者不過三數人其餘皆無辜之亦云妄被羅織者也
或平昔以睚眦開嫌或當前以懷璧致罪故興訟者以
其全刁謀正案而以其餘毒復小饞帶一名於紙尾遂
成附骨之疽受萬罪於公門竟屬切膚之痛人跪亦跪
狀若鳥集人出亦出還同縲繫而究之官問不及吏詰
不至其實一無所用祗足以破產傾家飽蠹役之貪饕
鬻子典妻洩小人之私憤而已深願爲官者每投到時
畧一審詰當逐逐之不當逐芟之不過一濡毫一動腕
之間耳便保全多少身家培養多少元氣從政者曾不

廉食飲乃賣之人間市廛者夫人靈鬼先知

一念及此又何必桁楊刀鋸能殺人哉

劉夫人

廉生者彰德人少篤學然早孤家綦貧一日他出暮歸失途入一村有媪來謂曰廉公子何之夜得毋深乎生方皇懼更不暇問其誰何便求假榻媪引去入一大第有雙鬟籠燈導一婦人出年四十餘舉止大家媪迎白廉公子至生趨拜婦喜曰公子秀發何但作富家翁予即設席于側坐勸酬甚殷而自已舉杯未嘗飲舉箸亦未嘗食生惶惑屢審閥閱笑曰再盡三爵告君知生如

鬼惟嗅飲食之氣故不舉筯

凡夫死婦應從死故稱未亡人

鴟鴞音痴囂 惡鳥食母者

駑駘劣疲之馬

持泛言經商於外

贏餘 餘利

謀生：計也 之往也

懋同貿音茂

（江西曰江右江南曰江左在大江為準）

命已。婦曰：亡夫劉氏，客江右，遭變遽殞。未亡人獨居荒僻，日就零落。雖有兩孫，非鴟鴞即駑駘耳。公子雖異姓，亦前生骨肉也（先知後日結姻）。且至性純篤，故遂靦然相見。無他煩，薄藏金，欲倩公子持泛江湖，分其贏餘，亦勝案螢枯死。廉生辭以少年書癡，恐負重託。婦曰：讀書之計，先於謀生。公子聰明，何之不可？遣婢運貲出，交兌八百餘兩。生惶恐固辭（誠篤可敬）。婦曰：妾亦知公子未慣懋遷，但試為之，當無不利。生慮重金非一人可任，謀合商侶（侶伴也）。婦云：勿須。但覓一樸慤諳練之僕，為公子服役足矣。遂輪纖指以卜之，

其實皆已先知
早已定見
調良馴良也
飛洒 向花帳
自勞曰勞 平声
安慰人勞苦曰勞 去声
貲、財也、
貲有小罪續贖也
二字音同義別寫條者不知

曰伍姓者言命僕馬囊金送生出曰臘盡滌殘候洗賓
甚矣又顧僕曰此馬調良可以乘御即贈公子勿須將
回生歸夜纔四鼓僕驟馬自去明日多方覓役果得伍
姓因厚價招之伍老於行旅又爲人慤拙不苟貲財悉
倚付之往涉荆襄歲杪始得歸計利三倍生以得伍力
多於常格外另有酬賞謀同飛灑不令主知甫抵家婦
已遣人將迎遂與俱去見堂上華筵已設婦出備極慰
勞生納貲訖即呈簿籍婦置不顧少頃即席歌舞鞺鞳
伍亦賜筵外舍盡醉方歸因生無家室留守新歲矣曰

狀筆

不肯阿附
音堂塔
鑼鼓声

价　僕也　祖帳　餞行酒
越范蠡進西施佐滅吳之策後事畢即一棹五湖至山東改名陶朱公鴟夷子皮興地利之術致巨富三散家財

又求稽盤婦笑曰後無須爾妾曾計久矣乃出冊示生登誌甚悉並給僕者亦載其上生愕然曰夫人眞神人也過數日館穀豐盛待若子婿一日堂上設席一東面一南面堂下一筵西向謂生曰明日財星臨照宜可遠行今爲主价粗設祖帳以壯行色少間伍亦呼至賜坐堂下一時鼓鉦鳴聒女優進呈曲目生命唱陶朱富婦笑曰此先兆也當得西施作內助矣宴罷仍以全金付生曰此不可以歲月計非獲巨萬勿歸也妾與公子所恃者在福命所信者在心腹勿勞計算遠方之盈絀妾

稽盤帳目　音桂奚也　鉦鑼也音柏　女優女戲子

又或傳吳滅後西施仍歸陶朱公

鹺音嵯 賈鹽商也
其时已有票鹽耶

明朝屢有此令
聖朝仁宗德如天此令絶無
三國志魏武時行此以用發
婦犒兵

自知之生唯唯而退往客淮上進身爲鹺賈踰年利及
數倍然生嗜讀操觚不忘書卷所與游皆文士所獲旣
盈隱思止足漸謝任於伍桃源薛生與最善適過訪之
薛一門俱適別業昏暮無所復之閽人延生入掃榻作
炊細詰主人起居蓋是時方訛傳朝廷欲選良家女籍
邊庭民間騷動聞有少年無婦者不通媒妁竟以女送
諸其家至有一夕而得兩婦者薛亦新婚於大姓猶恐
輿馬喧動爲大令所聞故暫還於鄉初更向盡方將拂
榻就寢忽聞數人排闥入閽人不知何語但聞一人云

卒與猝同倉猝也

官人既不在家秉燭者何人閽人答是廉公子遠客也俄而問者已入袍帽光潔畧一舉手即詰邦族生告之喜曰吾同鄉也岳家誰氏答云無之益喜趨出急招一少年同入敬與爲禮卒然曰實告公子某慕姓今夕此來將送舍妹於薛官人至此方無家進退維谷之際適逢公子寧非數乎生以未悉其人故躊躇不敢應慕竟不聽其致詞急呼送女者少間二媪扶女郎入坐生榻上睨之年十五六佳妙無雙生喜始整巾向慕謝又囑閽人行沽畧盡欵洽慕言先世彰德人母族亦世家

斜看不便正視

劉家也

今淩替家聞外祖遺有兩孫不知家況何似生問伊姓曰外祖劉字暉若聞在郡北三十里生曰僕郡城東南人去北里頗遠年又最少無多交知郡中此姓最繁止知郡北有劉荊卿亦文學士未審是否然貧矣慕曰某祖墓尚在彰郡每欲移襯歸葬故里以資斧未辦姑猶遲遲今妹從去歸計益決矣生聞之銳然自任二慕俱喜酒數行辭去生卻僕移燈琴瑟之愛不勝言次日薛已知之趨入城除別院館生生詣淮交盤已畢僦居肆裝貲返桃源同二慕啟岳父母骸骨兩家細小載與俱

接風語曰洗塵

宅中喬木非墓云何

歸入門安置已囊金詣玉前僕已候於途從去婦遊見色喜曰卿朱公載得西子來矣前日爲客今日爲吾甥壻也置酒迎塵倍益親愛生服其先知因問夫人與岳母遠遊婦云勿問久自知之乃堆金案上瓜分爲五自取其二曰吾無用處聊貽長孫生以過多辭不受悽然曰吾家零落宅中喬木被人伐作薪孫子去此頗遠門戶蕭條煩公一營辦之生諾而金止受其半婦强內之送生出揮涕而返生疑怪闚回視第宅則爲墟墓始悟婦即妻之外祖母也既歸贖墓田一頃封植偉麗劉有

月令有掩骼埋胔之律古皇仁術也今則乃地方紳董為之

賒死僅得免死已受苦極矣

二孫長節荆卿次玉卿飲博無賴皆貧兄弟詣生申謝生悉厚贈之由此來往最稔生頗道其經商之由玉卿竊意冢中多金夜合博徒數輩發墓搜之剖棺露胔（音資骨）竟無少獲失望而散生知墓被發以告荆卿荆卿詣生同驗之入壙見案上纍纍前所分金具在荆卿欲與生共取之生曰夫人原留此以待兄也荆卿乃囊運而歸告諸邑宰訪緝甚嚴後（開棺現尸之罪）一人賣墳中玉簪獲之窮訊其黨始知玉卿爲首宰將治以極刑荆卿代哀僅得賒死墓內外兩家並力營繕較前益堅美由此廉劉皆富惟玉

聊齋志異卷九　劉夫人　五十一

經商辛苦得來，豈能供淫賭乎

河润 見莊子言不时以財分润

鬼馬劉夫人第一次所贈者，不謂大有用，顛想此番之事，夫人亦先知之，而無如逆孫何也

昔南齊蘭陵王勇武多力而貌極妍麗，慮人輕而不懼，每入陣則帶銅面具。今人但知宗狄武襄青故事，不知六朝时先有之矣

卿如故。生及判卿常河潤之，而終不足供其博賭。一夜盜入生家，執索金貲。生所藏金皆以千五百爲節，發示之，盜取其二，止有鬼馬在廐，用以運之而去。使生送諸野，乃釋之。村衆望盜火來，遂譟逐之。賊驚遁，共至其處，則金委路側，馬已倒爲灰燼，始知馬亦鬼也。是夜只失金釧一枚而已。先是，盜執生妻，悅其美，將就淫之。一盜帶面具，力訶止之，聲似玉卿。盜釋生妻，但脫腕釧而去。以是疑玉卿。然心竊德之。後盜以釧質賭，爲捕役所獲，詰其黨，果有玉卿。宰怒，備極五毒。兄與生謀，欲以重賂

十五百作一囊，俗言一个丁包

五毒見晋刑法志

一〇〇

脫之謀未成而玉卿已死生猶時䘏其妻子生後登賢書數世皆素封焉嗚呼貪字之點畫形象甚近乎貧如玉卿者可以鑒矣

神女

米生者閩人傳者忘其名字郡邑偶入郡醉過市廛聞高門中簫鼓如雷問之居人云是開壽筵者然門庭亦綦清寂聽之笙歌繁響醉中雅愛樂之並不問其何家即街頭市祝儀投晚生刺焉或見其衣冠樸陋便問君係此翁何親荅言無之或言此流寓者僑居於此不審

倨傲慢也

玻璃圍屏所以內眷早見生

何官甚貴倨也既非親屬將何來生聞而悔之而刺已入矣無何兩少年出逆客華裳眩目丰采都雅揖生入見一叟南向坐東西列數筵客六七人皆似貴胄見生至盡起爲禮叟亦杖而起生久立待與周旋而叟殊不離席兩少年致詞曰家君衰邁起拜良艱予兄弟代謝高賢之見枉也生遜謝而罷遂增一筵於上與叟接席未幾女樂作於下座後設琉璃屏以幛內眷鼓吹大作座客不復可以傾談筵將終兩少年起各以巨杯勸客杯可容三斗生有難色然見客受亦受頃刻四顧主客

盡釂生不得已亦强盡之少年復斟生覺憊甚起而告退少年强挽其裾生大醉逿地但覺有人以冷水灑面恍然若寤起視賓客盡散惟一少年挺臂送之遂别而歸後再過其門則已遷去矣自郡歸偶適市一人自肆中出招之飲視之不識姑從之入則座上先有里人鮑莊在焉問其人乃諸姓市中磨鏡者也問何相識曰前日上壽者君識之否生言不識諸言予出入其門最稔翁傅姓但不知何籍何官先生上壽時我方在墀下故識之也日暮飲散鮑莊夜死於途鮑父不識諸執名訟

安之何往也

易有无妄卦

生檢得鮑莊體有重傷生以謀殺論死備歷械梏以詣
未獲罪無申證訟繫之年餘直指巡方廉知其冤出之
家中田產蕩盡而衣巾革褫冀其可以辯復於是攜囊
入郡日將暮步履頗殆休於路側遙見小車來二青衣
夾隨之既過忽命停輿車中不知何言俄一青衣問生
君非米姓乎生驚起諾之問何貧窶若此生告以故又
問安之又告之青衣去向車中語俄復返請生至車前
車中以纖手搴簾微睨之絕代佳人也謂生曰君不幸
得無妄之禍聞之太息今日學使署中非白手可以出

入者途中無可解贈乃於髻上摘珠花一朶授生曰此物可以鬻百金請緘藏之生下拜欲問官閥車行甚疾其去已遠不解何人執花諦視上綴明珠非凡物也珍藏而行至郡投狀上下勘索甚苦出花展視不忍置去遂歸歸而無家依於兄嫂幸兄賢爲經紀貧不廢讀過歲赴郡應童子試悞入深山會清明節游人甚衆有數女騎來內一女郎即曩年車中人也見生停驂問其所往生具以對女驚曰君衣頂尚未復耶生慚然於衣下出珠花曰不忍棄此故猶童子也女郎暈紅上頰既囑

欵段　馬之馴良者

賓緣　鑽謀買秀才也

坐待路隅欵段而去久之一婢馳馬來以裹物授生曰
娘子言今日學使之門如市賄白金二百爲進取之資
生辭曰娘子惠我多矣自分掇芹非難重金所不敢受
但告以姓名繪以小像焚香供之足矣婢不顧委地下
而去生由此用度頗充然終不屑賓緣後入邑庠第一
以金授兄兄善居積三年舊業盡復適閩中巡撫爲生
祖門人優卹甚厚兄弟稱巨家矣然生素清鯁雖屬大
僚通家而未嘗有所干謁一日有客裘馬至門都無識
者出視則傅公子也揖而入各道間濶治具相欵客辭

善於經紀

甚高　米鹽之品

以冗然亦不覺言去已而肴酒既陳公子起而請間相將入內拜伏於地生驚問何事悽然曰家君適罹大禍欲有求於撫臺非兄不可生辭曰渠雖世誼而以私干人生平所不爲也公子伏地哀泣生厲色曰小生與公子一飲之知交耳何遂以喪節强人公子大慚起而別去越日方獨坐有青衣人入視之即山中贈金者生方驚起青衣曰君忘珠花否生曰唯唯不敢忘曰昨公子即娘子胞兄也生聞之竊喜僞曰此難相信若得娘子親見一言則油鼎可蹈耳不然不敢奉命青衣出馳馬

女郎不作一語身分高

而去更盡復返扣扉入曰娘子來矣言未已女郎慘然入向壁而哭不作一語生拜曰小生非卿無以有今日但有驅策敢不惟命女曰受人求者常驕人求人者常畏人中夜奔波生平何解此苦祇以畏人故耳亦復何言生慰之曰小生所以不遽諾者恐過此一見為難耳使卿夙夜蒙露吾知罪矣因挽其袪隱抑搔之女曰子誠儌人也不念疇昔之義而欲乘人之危予過矣予過矣忿然而出登車欲去生追出謝過長跪而要遮之青衣亦爲緩頰女意稍解就車中謂生曰實告君妾非人

巫蠱 音古
漢武帝巫蠱興大獄戾太子為江充栽贓埋桐人於東宮太子死而禍解然因巫蠱獄死者不知幾矣事見漢書

乃神女也家君為南岳都理司偶失禮於地官將達帝
聽非本地都人官印信不可解也君如不忘舊義以黄
紙一幅為妾求之言已車發遂去生歸悚懼不已乃假
驅祟言於巡撫巡撫謂其事近巫蠱不許生以厚金賂
其心腹諾之而未得其便也既歸青衣候門生具告之
默然遂去意似怨其不忠生追送之曰歸語娘子如事
不諧我以身命殉之既歸終夜輾轉不知計之所出適
院署有寵姬購珠乃以珠花獻之姬大悦竊印為之鈐
之懷歸青衣適至笑曰幸不辱命然數年貧賤乞食所

為人謀而不忠
殉 音壹

不忍鬻者今還爲主人棄之矣因告以情且曰黃金拋置我都不惜寄語娘子珠花須要償也踰數日傅公子登堂申謝納黃金百兩生作色曰所以然者爲令妹之惠我無私耳不然即萬金豈足以易名節哉再強之聲色益厲公子慚而去曰此事殊未了翼日青衣奉女郎命進明珠百顆曰此足以償珠花耶生曰重花者非貴珠也設當日贈我萬鎰之寶直須賣作富家翁耳什襲而甘貧賤何爲乎娘子神人小生何敢他望幸得報洪恩於萬一死無憾矣青衣置珠案間生朝拜而後却之

苦糯 音怒 今之高粱燒酒

此禍由解聿神也主屏後窺客知生之誠愨可託否則珠花早已受賣花消貪緣入學即此舉足見誠篤少子真不及妹之眼力

越數日公子又至生命治酒肴公子使從人入廚下自行烹調相對縱飲懽若一家有客餽苦糯公子飲而美之引盡百琖面頰微赬乃謂生曰君貞介士愚兄弟不能早知君有愧裙釵多矣家君感大德無以相報欲以妹子附為婚姻恐以幽明見嫌也生喜懼非常不知所對公子辭而出曰明夜七月初九新月鈎辰天孫有少女下嫁吉期也可備青廬次夕果送女郎至一切無異常人三日後女自兄嫂以及婢僕大小皆有餽賞又最賢事嫂如姑數年不育勸納副室生不肯適兄賈於江

青廬 大約今之新居

太秘津恐礙神也故只四字妙

生與博士一樣執性

湘為買少姬而歸。姬顧姓，小字博士，貌亦清婉，夫婦皆喜。見髻上插珠花，甚似當年故物，摘視果然，異而詰之。答云：昔有巡撫妾死，其婢盜出鬻於市，先人廉其直，買而歸，妾愛之。先人無子，生妾一人，故所求無不得。後父死，家落，妾寄養於顧媪之家。顧，妾姨行，見珠屢欲售去，妾投井覓死，故至今猶存也。夫婦歎曰：十年之物，復歸故主，豈非數哉！女另出珠花一朶，曰：此物久無偶，我因並賜之。親為簪於髻上。姬退，問女郎家世甚悉，家人皆諱言。足之陰語生曰：妾覗娘子非人間人也，其眉目間有

黠 靈巧也

分字 兩人各育撫也

和氣昨曾花時得近視其美麗出於肌裏非若凡人以

黑白位置中見長耳生[illegible]笑之姬曰君勿言妾將試之如

其神但有所須輒入處焚香以求彼當自知女即繡襪

精工博士愛之而未敢言乃即閨中焚香祝之女早起

忽檢篋中出襪遣婢贈博士生見之而笑女問故以實

告女曰黠哉婢乎因其慧益憐愛之然博士益恭昧爽

時必熏（誠肅）沐以朝後博士一舉兩男兩人分字之生年八

十女貌猶如處子生抱病女鳩（鳩聚也 見尚書）匠爲材合寬大倍於尋

常旣死女不哭男女他適則女已入材中死矣因並葬

之至今傳爲大林塚云

異史氏曰女則神矣博士而能知之是道何術歟乃知人之慧固有靈於神者矣

湘裙

兒 弟兄友愛

晏仲陝西延安人與兄伯同居友愛敦篤伯三十而卒無嗣妻亦繼亡仲痛悼之每思生二子則以一子爲兄後甫舉一男而仲妻又卒仲恐繼室不卹其子將購一妾鄰村有貨婢者仲往相之略不稱意情緒無聊被友人邀酌醺醉而歸途中遇故窗友梁生握手殷殷邀過

其家醉中忘其已死從之而去入其門並非舊第疑而問之答云新移此耳入而謀酒則家釀已竭囑仲坐待挈瓶往沽仲出立門外俟之見一婦人控驢而過有童子隨之年可八九歲面目神色絕類其兄心惻然動念尾綴之便問童子何姓答言姓晏仲益驚又問汝父何名笑言不知言次已至其門婦人下驢入仲執童手曰汝父在家否童子諾而入頃之一媼出窺真其嫂也訝叔何來仲大悲隨之而入見廬落亦復整齊因問兄何在曰責負未歸問跨驢何人曰此汝兄妾甘氏生兩男

矣長阿大赴市未返汝所見者阿小坐久酒漸解始悟所見皆鬼以兄弟情故即亦不懼嫂盪酒治具仲急欲覓兄促阿小覓之良久哭而歸曰李家負欠不還反與父鬨仲聞之與阿小奔而去見有兩人方捽兄地上仲怒奮拳直入當者盡踣急救兄起敵已俱奔追捉一人捶楚無算始起執兄手頓足哀泣兄亦泣既歸舉家慰問乃具酒食兄弟相慶居無何一少年入年約十六七伯呼阿大令拜叔仲挽之哭向兄曰大哥地下有兩男子而墳墓不掃弟又子少而鰥奈何伯亦悽惻嫂謂伯

曰遣阿小從叔去亦得阿小聞之依叔肘下脅戀不去仲撫之倍益酸辛問汝樂從否答云樂從仲念兒雖非人慰情亦勝無也因爲解顏伯曰從去但勿嬌慣宜啖以血肉驅向日中曝之午過乃已六七歲兒歷春及夏骨肉更生可以娶妻育子但恐不壽耳言間門外有少女窺聽意致溫婉仲疑爲兄女便以問兄兄曰此名湘裙吾妾妹也孤而無歸寄養十年矣問巳字否伯云尚未近有媒議東村田家女在窗外小語曰我不嫁田家牧牛子仲頗有動於中而未便明言既而伯起設榻於

凍合玉樓寒起粟 东坡雪诗 俗云極冷身上生雞肉瘩子

孑然者獨身也

孑 孒 小蟲

音吉厥 無左右臂 此蟲生水中[illegible]上下則首交于尾 其力在腰

齋止弟宿仲雅不欲留而意戀湘裙將設法以窺兄意遂別兄就榻時方初春氣候猶寒齋中夙無烟火森然起粟對燭冷坐思得小飲俄而阿小推扉入以杯羹斗酒置案上仲喜極問誰之爲荅云湘姨酒將盡又以灰覆盆火擲牀下仲問翁娘寢乎曰睡已久矣汝寢何所曰與湘姨共榻耳阿小候叔眠乃掩門去仲念湘裙慧而解意益愛慕之又以其能撫阿小欲得之心益堅輾轉牀頭終夜不寐早起告兄曰弟子然無偶煩大哥留意也伯曰吾家非一瓢一擔者物色當自有人地下郎

亦者不甚大慽意可以已
之詞｜｜乃者難而又難之
詞草草息息也
㮴云强强勉强行之推恐湘
裠不肯云若不出血其事
可止
一
高才俗云會假作高假裝
也垄崔記中有高醋一齣

有佳麗慼於弟無所利翁伸曰古人亦有鬼妻何害伯
似會意便言湘裙亦佳但以巨針刺入迎血出不止者
乃可爲生人妻何得草草伸曰得湘裙撫阿小亦得伯
但搖首伸求之不已嫂曰試捉湘裙刺驗之不可乃
已遂握針出門外遇湘裙急捉其腕則血痕猶溼蓋聞
伯言早自試之矣嫂釋手而笑反告伯曰渠作有意喬
才久矣尚爲代慮耶妾聞之怒趨近湘裙以指刺眶而
罵曰淫婢不羞欲從阿叔奔去耶我定不如其願湘裙
愧憤哭欲覓死舉家騰沸伸乃大慚別兄嫂率阿小而

今之脉
门寸口
此女太性急
所以其妒若
蓋成怒

唐淮南節度使張建封卒有愛姬關盼盼守節不嫁他人十二年不下樓有双白燕年年恒至白香山諷之以詩遂不食而死死後人重其節建高樓曰燕子樓在徐州府城

虫兄曰弟姑去阿小勿使復來恐損其生氣也俾諾之既歸偽增其年託言兄實婢之遺腹子衆以其貌酷類亦信爲伯遺體伸教之讀輒遣抱一卷就日中誦之初以爲苦久而漸安六月中几案灼人而兒戲且讀殊無少怨兒甚慧日盡半卷夜與叔抵足恒背誦之俾甚慰又以不忘湘裙故不復作燕樓想矣一日雙媒來爲阿小議婚中饋無人心甚躁急忽甘嫂自外入曰阿叔勿怪吾送湘裙至矣緣婢子不識羞我故挫辱之叔如此表表而不相從更欲從何人者見湘裙立其後心甚歡

抵足眠也

有廚中庖嫂

藥名中有葳靈仙
湘裙尚有孩子氣，有之試
刺与今之所言皆稚氣

悦。蕭嫂至，具述有客在堂，乃趨出。少間，復入，則甘氏已去，湘裙卸妝入廚下，刀砧盈耳矣。俄而肴胾羅列，烹飪得宜。客去，仲入，見湘裙凝妝坐室中，遂與交拜成禮。至晚，女仍欲與阿小共宿，仲曰：我以陽氣溫之，不可離也。因置女別室，惟晚間杯酒一往歡會而已。湘裙撫前子如己出，仲益賢之。一夕，夫婦歘洽，仲戲問陰世有佳人否，女思良久，答言：未見，惟鄰女葳靈仙，羣以爲美，顧貌亦猶人，要善修飾耳。與妾往還最久，心中竊鄙其蕩也。如欲見，頃刻可致，但此等人未可招惹。仲急欲一見，女

音字

胾 大塊肉

此乃白丁嗥溪鬼迷惑人
仲豈能自主張耶

把筆似欲作書既而擲管曰不可不可強之再四乃曰勿爲所惑仲諸之遂紙作數畫若篠於門外焚之少時簾動鈎鳴吃吃作笑聲女起曳入高髻雲鬟殆類畫圖扶坐牀頭酌酒相敘間濶初見仲猶以紅袖掩口不甚縱談數琖後嬉狎無忌漸伸一足壓仲衣仲心遂亂不知魂之所舍目前惟碍湘裙湘裙又故防之頃刻不離於側葳靈仙忽起搴簾而出湘裙從之仲亦從之葳靈仙握仲趨入他室湘裙甚恨而無如何憤然歸室聽其所爲而已既而仲入湘裙責之曰不聽我言恐後却之

吉

靈仙与女久别

髙也

此即善紫東也

引邪入室皆稚氣害事晚矣

不得耳仲疑其妬不樂而散次夕葳靈仙不招自來湘裙甚厭見之傲不爲禮仙竟與仲相將而去如此數夕女望其來則詬辱之而亦不能却也月餘仲病不起始大悔喚湘裙與共寢處冀可避之晝夜防稍懈則人鬼已在陽臺矣湘裙操杖逐之鬼忿與爭湘裙荏弱手足皆爲所傷仲寖以沉困湘裙泣曰吾何以見吾姊乎又數日仲寘然遂死初見二隸執牒入不覺從去至途患無資斧邀隸便道過兄所兄見之驚駭失色問弟近何作仲曰無他但有鬼病耳實告之兄曰是矣乃出白金

伯〻不能撻弟婦故曰名分否則妾之妹無名分也

一裹謂隸曰姑笑納之吾弟罪不應死請釋歸我使豚見從去或無不諧便與阿大陪隸飲反身入家徧告以故乃令甘氏隔壁喚藏靈仙俄至見伸欲遁伯揪髮罵曰淫婢生為蕩婦死為賤鬼不齒羣衆久矣又祟吾弟耶立批之雲鬟蓬飛妖容頓減久之一嫗來伏地哀懇伯又責嫗縱女宣淫詞訾移時始令與女俱去伯乃送伸出飄忽間已抵家門直抵卧室豁然若寤始知適間之已死也伯責湘裙曰我與若姊謂汝賢能故使從吾弟反欲促吾弟死耶設非名分之嫌伊當撻楚湘裙慚

懼啜泣望伯伏謝伯顧阿小喜曰見君然生人矣湘裙欲出作黍伯辭曰弟事未辦我不遑暇阿小年十三漸知戀父見父出零涕從之父曰從叔最樂我行復來耳轉盼遂逝自此不復通聞問矣後阿小娶婦生一子亦年三十而卒仲撫其孤如姪生時仲年八十其子二十餘矣乃析之湘裙無所出一日謂仲曰我先驅狐貍於地下可乎盛妝上牀而歿仲亦不哀半年亦歿

異史氏曰天下之友愛如仲幾人哉宜其不死而益之以年也陽絕陰嗣此皆不忍死兄之誠心所格在人無

即墨縣名最古齊湣王（音閔）死齊失七十二餘城只有即墨莒二邑未下後湣王死太子嗣位信左右之讒以騎劫代樂毅時田單在莒用火牛假裝兵卒作神人一夜破騎劫軍七十二城盡復湣王太子嗣王位鑄刀幣曰即墨莒之吉貨亦痛定思痛也
今尚有此幣

此塊在天寧有此數乎地下生子願承前業者想亦不
少恐承絕產之賢兄賢弟不肯收恤耳

羅祖

此戍边之令明初時所定每府有同知一員曰清軍摠捕同知其職專務按籍勾軍詳見明史

羅祖（山东）即墨人也少貧苦家縱族中應出一丁戍北邊即
以羅往羅居邊數年生一子駐防官備禦厚遇之會守
備還陝西參將欲攜與俱去羅乃托妻子於其友李某
者遂西自此三年不得反適參將欲致書北塞羅乃自
陳請以便道省妻子參將從之羅至家妻子無恙良慰
然牀下有男子遺舄心疑之既而詰李申謝李致酒殷

（不調曰駐防）（長句學孟子）（長句二字上句）（自請差）

戍 音庶 人荷戈也
戌 音昔 滅也陽氣至九月將滅 九月屬戌
北边直隸口外

羅亦智勇皆具者

已一字句、言抽刀出、旋復納之、

逝往也

因李所供雖句句真情然實出情理之外故官疑姦夫淫婦殺死滅跡也

勒妻又道李恩義羅感激不勝明日謂妻曰我往致主
命暮不能歸勿伺也出門跨馬去匿身近處更定卻歸
聞妻與李臥語大怒破扉二人懼膝行乞死羅抽刃出
已復韜之曰我始以汝爲人也今若此殺之汚吾刃耳
與汝約妻子而受之籍名亦而充之馬匹器械具在我
逝矣遂去鄉人共聞於官官鞫李李以實告而事無驗
見莫可質憑遠近搜羅則絕匿名跡官疑其因奸致殺
益械李及妻逾年竝桎梏以死乃驛送其子歸即墨後
石匣營有樵入山見一道士坐洞中未嘗求食衆以爲

二人太多情　音叨藏也　項其名　監斃　送歸原籍

釋道二家言凡真童修道死後鼻中玉柱下垂日久堅硬今羅生子死後亦有更奇

檀越 信佛法者俗曰護法

異實糧供之或有識者益師羅也餽遺滿洞羅終不食意似厭驚以故來者漸寡積數年洞外蓬蒿成林或躡鏡之則坐處不曾少移又久之見其由游山上就之已杳往瞰洞中則衣上塵蒙如故益奇之更數日而往則玉柱下垂坐化已久士人為之建廟每二月間香楮相屬於道其子往人皆呼以小羅祖香稅悉歸之今其後人猶歲一往收稅金焉沂水劉宗玉向予言其詳予笑曰今世諸檀越不求為聖賢但望成佛祖請遍告之若要立地成佛須放下刃子去

放下刃子立地成佛本古語用來恰合

楮音諸上声以楮作紙制紙曰紙錢今閩以外常州府屬已行

初度此女誕辰

與此樹似有宿緣聞嘗聞論凡朋友有一見之即生歡忻者有一聞之生猒惡者究其故初無仇怨而愛憎迥别聞之有人常不自喻此或釋氏之所云宿世因緣耶

橘樹

陝西劉公爲興化令（揚州府），有道士來獻盆樹，視之則小橘，細裁如指，擯弗受。劉有幼女，時六七歲，適值初度，道士云：此不足供大人清玩，聊祝女公子福壽耳。乃受之。女一見不勝愛悅，寘諸閨闥，朝夕護之，唯恐傷。劉任滿，橘盈把矣。是年初結實，簡裝將行，以橘重贅（重贅，累贅也），謀棄去。女抱樹嬌啼。家人紿（代哄之）之曰：暫去，且將復來。女信之，涕始止。又恐爲大力者負之而去，立視家人移栽堀下，乃行。女歸受莊氏聘。莊丙戌登進士（今之榜下選據也），釋褐爲興化令，夫人大喜，竊意

晉桓大司馬溫撫柳樹曰樹猶如此人何以堪

十餘年，橘不復存。及至，則樹已十圍，實纍纍以千計。問之故役，皆云：劉公去後，橘甚茂而不實，此其初結也。更奇之。蒞任三年，繁實不改；第四年，憔悴無少華。夫人曰：君任此不久矣。至秋，果解任。

卸事

異史氏曰：橘其有夙緣於女歟？何遇之巧也。其實也似感恩，其不華也似傷離。物猶如此，而況於人乎？

木雕美人

商人白有功言：在濼口河上，見一人荷竹簏，牽巨犬二。於簏中出木雕美人，高尺餘，手目轉動，豔妝如生。又以

音泊

鞴音薦韉披
解一作騳音蟹又音懈
跑馬賣騳於馬上作諸
巧技今北方有此戲皆婦
人女子所作此用木人奇
技也

平準 均平也史記有平準書

予 與之也音豫

小錦韉被犬身便令跨坐安置已叱犬疾奔美人自起學解馬作諸劇鐙而腹藏腰而尾贅跪拜起立靈變不詭又作昭君出塞別取一木雕兒插雉尾披羊裘跨犬從之昭君頻頻回顧羊裘兒揚鞭追逐真如生者

金永年

利津金永年八十二歲無子媼七十八歲自分絕望忽夢神告曰本應絕嗣念汝貿販平準賜予一子醒以告媼媼曰此真妄想兩人皆將就木何由生子無何媼腹震動十月竟舉一男

漢昭君姓王
名嬙音祥
和番遠嫁
匈奴匈奴
國王卒其
俗子娶後
母昭君不
從而死葬
後其塚上
生青草名
青塚因國
中皆沙漠
無青草也

孝子

青州東香山之前有周順亭者事母至孝母股生大疽痛不可忍晝夜嚬呻周撫飢進藥至忘寢食數月不痊周憂煎無以爲計夢父告曰母疾賴汝孝然此創非人膏塗之不能愈徒勞焦惻也醒而異之乃起以利刀割脇肉肉脱落覺不甚苦急以布纏腰際血亦不注於是烹肉作膏敷母患處痛截然頓止母喜問何藥而靈效如此周詭對之母創尋愈周每掩護割處即妻子亦不知也既痊有巨痕如掌妻詰之始得其情

重務甚者貪賂枉法稍良者征漕糧而已其餘地方風俗皆開事也

暹日光也

暹邏音鮮羅在日本朝鮮相近今之东洋日出扶桑其色鮮明故曰日本曰朝鮮曰暹邏

異史氏曰割股爲傷生之事君子不貴然愚夫婦何知傷生之爲不孝哉亦行其心之所不自已者而已有斯人而知孝子之真猶在天壤司風教者重務良多無暇彰表則闡幽明微賴茲芻蕘

獅子

明正德朝撒馬兒國曾貢獅子其形狀毛色与此篇正合一獅每日食羊二隻更有調馴番奴二人伺之

暹邏貢獅每止處觀者如堵其形狀與世傳繡畫者迥異毛黑黃色長數寸或投以雞先以爪搏而吹之一吹則毛盡落如擒亦理之奇也

明史於正德朝言收与諸大臣反章諫帝宜卻其貢而帝不從

梓潼令

歸班候選知縣在部投供
凡引見人員皆在京若驗看人員可以在家候選

常進士大忠，太原人。候選在都，前一夜夢文昌（天上司文之星）投刺，振籤得梓潼令，奇之。後丁艱歸，服闋候補，又夢如前。默思豈復任梓潼乎？已而果然。梓潼音子童相傳文昌神為張惡子死後為神今有文昌化書行世

聊齋志異卷九終

丙戌三月望校于非蕾軒窗

漢呂后諱雉改名野雞凡經典傳記皆曰雉從無曰野雞者

八股之道不能兼勝然考卷与鄉試墨卷本來兩道

聊齋志異卷十

古人相見執雉作贄解奉雉矣見曲礼左傳

淄川　蒲松齡　留仙　著

新城　王士正　貽上　評

奉捧同

賈奉雉　仙

与續黃粱似同而實異一夢境一實迹然同歸淂道

賈奉雉，平凉人。才名冠一時，而試輒不售。一日，途中遇一秀才，自言郎姓，風格灑然，談言微中。因邀俱歸，出課藝就正。郎讀罷，不甚稱許，曰：「足下文，小試取第一則有餘，闈場取榜尾則不足。」賈曰：「奈何？」郎曰：「天下事，仰而跂之則難，俯而就之甚易，此何須鄙人言哉！」遂指一二人

奈何者何也

切中賈病

即燗墨卷也

一二篇以爲標準大率賈所鄙棄而不屑道者聞之笑曰學者立言貴乎不朽卽味列八珍當使天下不以爲泰耳如此獵取功名雖登臺閣猶爲賤也郎曰不然文章雖美賤則弗傳君欲抱卷以終也則已不然簾內諸官皆以此等物事進身恐不能因閱君文另換一副眼睛肺腸也賈終嘿然郎起而笑曰少年盛氣哉遂別而去是秋入闈復落鬱邑不得志頗思郎言遂取前所指示者强讀之未至終篇昏昏欲睡心惶惑無以自主又三年闈場將近郎忽至相見甚懽因出所擬七題使賈

諸生不中之卷
闒冗音榻　闒茸下賤
泛濫　郛廓
此即仙術

作之越日索文而閱不以爲可又命復作作已又嘗之賈戲于落卷中集其闒冗泛濫不可告人之句連綴成文俟其來而示之郎喜曰得之矣因使熟記堅囑勿忘賈笑曰實相告此言不由中轉瞬即去便受夏楚不能復憶之也郎坐案頭强令自誦一過因使袒背以筆寫符而去曰只此已足可以束閣羣書矣驗其符濯之不下深入肌理至塲中七題無一遺者回思諸作茫不記憶惟戲綴之文歷歷在心然把筆終以爲羞欲少竄易而顛倒苦思竟不能復更一字日已西墜直錄而去郎

真錄不再起艸稿

明制科場士子各習一經房官亦然故有經魁之称今制已改可謂觧不觧矣

候之已久問何暮也賈以實告即求拭待覩之已漫滅矣再憶場中文遂如隔世大奇之因問何不自謀笑曰某惟不作此等想故不能讀此等文也遂約明日過諸寓賈諾之郎既去賈取文稿自閱之大非本懷怏怏不自得不復訪郎嗒喪而歸未幾榜發竟中經魁又閱舊稿一讀一汗讀竟重衣盡濕自言曰此文一出何以見天下士乎方慚怍間郎忽至曰求中既中矣何其悶也曰僕適自念以金盆玉椀貯狗矢真無顏出見同人行將遁迹山邱與世長絕矣郎曰此亦大高但恐不能耳

金盆句南唐書韓司空語韓字叔言名熙載

此有宿根故觸之即發

此叟囑郎訪有仙根之人郎頗識賈有根器不知未涉歷根雖具而時出早有差跌直至再履人世富貴窮通嘗遍方收錄使其一念不起似郎之道力遠不及其師

果能之僕引見一人長生可得並千載之名亦不足戀況儻來之富貴乎賈慨留與共宿曰容某思之天明謂郎曰予志決矣不告妻子飄然遂去漸入深山至一洞府其中別有天地有叟坐堂上郎使叅之呼以師叟曰來何早也郎曰此人道念已堅望加收蓄叟曰汝既來須將此身並置度外始得賈唯唯聽命郎送至一院安其寢處又投以餌始去房亦精潔但戶無扉窗無櫺內惟一几一榻賈解屨登榻月明穿射矣覺微飢取餌啖之甘而易飽竊意郎當復來坐久寂然杳無聲響但覺

豈鈍根人所能有

師以虎嚇之不懼乃攝畏
妻之魂試之

賈宿根不淺

淸香滿室臟腑空明脈絡皆可指數忽聞有聲甚厲似
猫抓癢自牖睨之則虎蹲檐下乍見甚驚因憶師言即
復收神凝坐虎似知其有人尋入近榻氣咻咻徧嗅足
股少頃聞庭中嗥動如雞受縛虎即趨出又坐少時一
美人入蘭麝撲人悄然登榻附耳小言曰我來矣一言
之間口脂散馥賈瞑然不少動又低聲曰睡乎聲音頗
類其妻心微動又念曰此皆師相試之幻術也瞑如故
美人笑曰鼠子動矣初夫妻與婢同室狎褻惟恐婢聞
私約一謎曰鼠子動則相歡好忽聞是語不覺大動開

逐客令 史記李斯傳

目凝視真其妻也問何能來荅云郎生恐君岑寂思歸遣一嫗導我來言次因賈出門不相告語偎傍之際頗有怨懟賈慰藉良久始得嬉笑爲歡既畢夜已向晨聞叟譙訶聲漸近庭院妻急起無地自匿遂越短牆而去俄頃郎從叟入叟對賈杖郎便令逐客郎亦引賈自短牆出曰僕望君奢不免躁進不圖情緣未斷累受扑責從此暫去相見行有日也指示歸途拱手遂別賈俯視故村故在目中意妻弱步必滯遂間疾趨里餘已至家門但見房垣零落舊景全非村中老幼竟無一相識者

漢劉晨阮肇悞入天台
見列仙傳

心始駭異忽念劉阮返自天台情景真似不敢入門子對戸憩坐良久有老翁曳杖出賈揖之問賈某家何所翁指其第曰此即是也得無欲問奇事耶僕悉知之相傳此公聞捷即遁遁時其子纔七八歲後至十四五歲母忽大睡不醒子在時寒暑爲之易衣迨殁兩孫窮踧房舍拆毁惟以木架苫覆蔽之月前夫人忽醒屈指百餘年矣遠近聞其異皆來訪視近日稍稀矣賈豁然頓悟曰翁不知賈奉雉即某是也翁大駭走報其家時長孫已死次孫祥至五十餘矣以賈少年疑爲詐僞少間

夫人出始識之雙淚霪霪呼與俱去若無屋宇暫入孫舍大小男婦奔入盈側皆其曾元孳陋劣少文長孫婦吳氏沽酒具蒸藿又使少子杲及婦與已共室除舍舍祖翁姑賈入舍烟埃兒溺雜氣熏人居數日懊惱殊不可耐兩孫家分供餐飲調飪尤乖里中以賈新歸日日招飲而夫人恒不得一飽吳氏故士人女頗嫻閫訓承顏不衰祥家給奉漸疎或嗤而與之賈怒攜夫人去設帳東里每謂夫人曰吾甚悔此一返而已無及矣不得已復理故業若心無愧恥富貴不難致也居年餘吳氏

氣節即仙根也

猶時餽餉而祥父子絕迹矣是歲試入邑庠邑令重其文厚贈之由此家稍裕祥稍稍來近就之賈喚入計囊所耗費出金償之斥絕令去遂賣新第移吳氏共居之吳二子長者留守舊業次果頗慧使與門人輩共筆硯賈自山中歸心思益明徹無何連捷登進士第又數年以侍御出巡兩浙聲名赫奕歌舞樓臺一時稱盛賈為人骾峭不避權貴朝中大僚思中傷之賈屢疏恬退未蒙俞旨未幾而禍作矣先是祥六子皆無賴賈雖擯斥不齒然皆竊餘勢以作威福橫占田宅鄉人共患之有

如邯鄲夢醒入道

梟乙娶新婦祥次子篡取爲妾乙故狙詐鄉人歛金助訟以此聞于都于是當道者交章攻賈賈篤無以自剖被收經年禅及次子皆瘐死賈奉旨充遼陽軍時果入汴已久爲人頗仁厚有賢聲夫人生一子年十六遂以囑衆夫妻攜一僕一婢而去賈曰十餘年富貴曾不如一夢之久今始知榮華之場皆地獄境界悔比劉晨阮肇多造一重孽案耳數日抵海岸遙見巨舟來鼓樂殷作虞候皆如天神既近舟中一人出笑請侍御過舟少憩賈見驚喜躍身而過押隸不敢禁夫人急欲相從而

昨閱近人小說其人甚佩蒲
翁筆墨云此書為
本朝小說第一唯此篇末云郎
生之僕若在前則相隔百年
遇仙後再惟夫婦兩人若
重履塵世用新僕則不識
郎生此真隻眼

陳大士即陳際泰与章大力艾千
子皆江西人八股文為一時宗匠與
羅文止共称江西四大家大士文机
極速一日可成數十篇中進士極
遲年五十餘方中会榜官行人
持節呂某相卒于道卒年六十餘
矣

山海經有獸名山膏善罵
人

相去已遠遂憤投海中漂泊數步見一人垂練於水引
救而去隸命篙師盪舟且追且號但聞鼓聲如雷與轟
濤相間瞬間遂杳僕識其人蓋郎生也
異史氏曰世傳陳大士在闈中書藝既成吟誦數四嘆
曰亦復誰人識得遂棄去更作以故闈墨不及諸稿賈
生羞而遁去此蓋有仙骨焉乃再返人世遂以口腹自
貶貧賤之中人甚矣哉

三生

此篇痛罵房官篇末又帶罵文人
亦作合傳聊齋罵法篇篇不同故傳

湖南某能記前生三世一世為令尹闈塲入簾有名士

與于唐被黜落憤懣而卒至陰司執卷訟之此狀一投其同病死者以千萬計推興爲首聚散成羣某被攝去相與對質閻羅便問某既衡文何得黜佳士而進凡庸某辯言上有總裁某不過奉行之耳閻羅即發一簽往拘主司久之勾至閻羅即述某言主司曰某不過總其大成雖有佳章而房官不薦吾何由而見之也閻羅曰此不得相諉其失職均也例合笞方將施刑興不滿志戛然大號兩墀諸鬼萬聲鳴和閻羅問故興抗言罪太輕是必抉其雙睛以爲不識文之報閻羅不肯衆呼益

明時兵備道權甚重有令箭可以檄調副總兵但提兵征剿須同行如立功即轉京卿一二年即命都開府矣

厲閻羅曰彼非不欲得佳文特其所見鄙耳衆人又請剖其心閻羅不得已使人褫去袍服以白刃劙胸兩人瀝血鳴嘶衆人大快皆曰吾輩抑鬱泉下未有能一伸此氣者今得興先生怨氣都消矣鬨然遂散某受剖已押投陝西爲庶人子年二十餘値土寇大作陷入賊中有巡兵道往平賊俘擄甚衆某亦在其中心猶自揣非賊冀可辯釋及見堂上官亦年二十餘細覷乃興士也驚曰吾合盡矣既而俘者盡釋惟某後至不容置辯竟斬之某至陰投狀訟興閻羅不即拘待其祿盡遲之三

音梨劃也

忖也

罵盡

十年後興至面質之興以草菅人命罰作畜稽某所爲曾撻其父母其罪維均某恐來生再報請爲大畜閻羅判爲大犬興爲小犬某生於北順天府肆市中一日臥街頭有客自南中來攜金毛犬大如狸某視之興也心

看得容易耶之也

易其小齕之小犬齕其喉下繫綴如鈴大犬擺撲嘷竄市人解之不得俄頃俱斃並至冥司互有爭論閻羅曰冤冤相報何時可已今爲若解之乃判興來世爲某壻某生慶雲二十八舉于鄉生一女嫺靜娟好世族爭委禽焉某皆弗許偶過鄰郡値學使發落諸生其第一卷

李姓實興也遂挽至旅舍優厚之問其家適無偶遂訂姻好人皆謂憐才而不知其有夙因也既而娶女去相得甚歡然壻恃才輒侮翁恒隔歲不一至其門翁亦耐之後壻中歲偃蹇苦不得售翁百計爲之營謀始得志于名場由此和好如父子焉

異史氏曰一被黜而三世不解怨毒之甚至此哉閻羅之調停固善然墀下千萬衆如此紛紛勿亦天下之愛壻皆冥中之悲鳴號慟者耶

長亭

今禳星禮斗之類

石大璞泰山人好厭禳之術有道士遇之賞其慧納爲弟子啟牙籤出二卷上卷驅狐下卷驅鬼乃以下卷授之曰虔奉此書衣食佳麗皆有之問其姓名曰吾汴城北村元帝觀王赤城也留數日盡傳其訣石於是精於符籙委贄者踵接於門一日有叟來自稱翁姓炫陳幣帛謂其女鬼病已殆必求親詣石聞病危辭不受贄姑與俱往十餘里入山村至其家廊屋華好入室見少女臥縠帳中婢以鉤挂帳望之年十四五許支綴於牀形容已槁近臨之忽開目云良醫至矣舉家皆喜謂其不

槁枯也

翁答語妙

大媒乃鬼

語已數日矣石乃出因詰病狀叟言白晝見少年來與共寢處捉之已杳少間復至疑其爲鬼石曰其鬼也驅之非難恐其是狐則非余所敢知矣叟曰必非必非石授以符是夕宿於其家夜分有少年入衣冠整肅石疑是主人眷屬起而問之曰我鬼也翁家盡狐偶悅其女紅亭姑止焉鬼爲狐祟陰隲無傷君何必離人之緣而護之女之姊長亭光艷尤絕敬留全璧以待高賢彼如許字方可爲之施治爾時我當自去石諾之是夜少年不復至女頓醒天明叟喜以告石請石入視石焚舊符

焦頭爛額方可見功

明言無妻以挾制之

石語太緊太露機關

乃坐診之見繡幕有女郎麗若天人心知其長亭也診已索水灑帳女郎急以椀水付之蹀躞之間意動神流石生此際心殊不在鬼矣出辭叟托製藥去數日不返鬼益肆除長亭外子婦婢女俱被淫惑又以僕馬邀石石託疾不赴明日叟自至石故作病股狀扶杖而出叟拜已問故曰此鰥之難也曩夜婢子登榻傾跌墮湯夫人泡兩足耳叟問何久不續石曰恨不得清門如翁者叟默而出石走送曰病瘥當自至無煩玉趾也又數日叟復來石跛而見之叟慰問三數語便曰頃與荆人言

即錫湯婆子

但恐鳥盡弓藏兔死狗烹

石因要挾求婚其事太驟然究屬有功無過何必動其殺機翁太忍心真獸類也

君如驅鬼去使舉家安枕小女長亭年十七矣願遣奉事君子石喜頓首於地乃謂叟雅意若此病軀何敢復愛矣立刻出門並騎而去入視祟者既畢石恐背約請與媼盟媼遽出曰先生何見疑也即以長亭所插金簪授石爲信石朝拜之已乃徧集家人悉爲祓除惟長亭深匿無跡遂寫一佩符使人持贈之是夜寂然鬼影盡滅惟紅亭呻吟未已投以法水所患若失石欲辭去叟挽止殷懇至晚肴核羅列勸酬殊切漏二下主人乃辭客去石方就枕聞叩扉甚急起視則長亭掩入辭氣倉

只九字敘得簡淨比李煒傳更勝

此段用鮑姑授仙艾与李煒灸瘤事而変化之

如躍馬檀溪後蔡劉相見語兩邊不說破

髭同髦毿又同稽老昏也

皇言吾家欲以白刃相仇可急遁言已逕返身去石戰懼無色逾垣急竄遙見火光疾奔而往則里人夜獵者也喜倚獵畢乃與俱歸心懷怨憤無之可伸思欲之汴尋赤城而家有老父病瘵已久日夜籌思莫決進止忽一日雙輿至門則翁媼送長亭至謂石曰曩夜之歸胡再不謀石見長亭怨恨都消故亦隱而不發媼促兩人庭拜訖石將設筵辭曰我非閒人不能坐享甘旨我家老子昏髦倘有不悉郎肯為長亭一念老身為幸多矣登車遂去蓋殺壻之謀媼不之聞及追之不得而返媼

女生外向亦是幹父之蠱

彌留病重見尚書

始知之頗不能平與叟日相詬誶長亭亦飲泣不食媼强送女來非翁意也長亭入門詰之始知其故過兩三月翁家趣女歸寧石料其不返禁止之自此時一涕零年餘生一子名慧兒買乳媼哺之然兒善啼夜必歸母一日翁家又以輿來言媼思女甚長亭益悲石不忍復留之欲抱子去石不可長亭乃自歸別時以一月爲期旣而半載無耗遣人往探之則向所僦宅久空又二年餘望想都絕而兒啼終夜寸心如割旣而石父病卒倍益哀傷因而病憊苫次彌留不能受賓朋之弔方昏憒

亂命左傳

間忽聞婦人哭入視之則縗絰者長亭也石大悲一慟遂絕婢驚呼女始輟泣撫之良久始漸甦自疑已死謂相聚於冥中女曰非也妾不孝不能得嚴父心尼歸三載誠所負心適家由海東經此得翁凶問妾遵嚴命而絕兒女之情不敢循亂命而失翁媳之禮妾來時母知而父不知也言間兒投懷中言已始撫之泣曰我有父兒無母矣兒亦噭啕一室掩泣女起經理家政柩前牲盛潔備石乃大慰而病久急切不能起女乃請石外兄欵洽弔客喪既閉石始杖而能起相與營謀齋葬已女

石之表兄

欲辭歸以受背父之譴夫挽兒號隱忍而止未幾有人來告母病乃謂石曰妾爲父來君不爲妾母放令去耶石許之女使乳媼抱兒他適涕洟出門而去去後數年不返石父子漸亦忘之一日昧爽啟扉則長亭飄忽而入石方駭問女戚然坐榻上嘆曰生長閨閣視一里爲遙今一日夜而奔千里殆矣細詰之女欲言復止請之不已哭曰今爲君言恐妾之所悲而君之所快也適年徙居晉界僦居趙搢紳之第主客交最善以紅亭妻其公子公子數逋蕩家庭頗不相安妹歸告父父留之半

尤怪也

年不令還公子忿恨不知何處聘一惡人來遣神綰鎖縛老父去一門大駭頃刻四散矣石聞之笑不自禁女怒曰彼雖不仁妾之父也妾與君琴瑟數年止有相好而無相尤今日人亡家敗百口流離即不爲父傷寧不爲妾弔乎聞之忭舞更無片語相慰藉何不義也拂袖而出石追謝之亦已渺矣悵然自悔拚已決絕過二三日媼與女俱來石喜慰問母子俱伏地驚而詢之母子俱哭女曰妾負氣而去今不能自堅又欲求人復何顏見石曰岳固非人母之惠卿之情所不忘也然聞禍而

豈可當面罵

樂亦猶人情卿何不能暫忍女曰頃於途中遇母始知縶吾父者蓋君師也石曰果爾亦大易然翁不歸則卿之父子離散恐翁歸則卿之夫泣兒悲也媼矢以自明女亦誓以相報石乃即刻治任如汴詢至元帝觀則赤城歸未久入而參之便問何來石視厨下一老狐扎前股而縶之笑曰弟子之來爲此老魅赤城詰之曰是吾岳也因以實告道士謂其狡詐不肯輕釋固請乃許之石因備述其詐狐聞之塞身入竈似有慚狀道士笑曰彼羞惡之心未盡忘也石起牽之而去以刀斷索抽之

疼極咬牙也

皆怨尤語

狐痛極齒齦齦然石不遠抽而頓挫之笑問曰翁痛之
勿抽可耶狐睛睒爓似有慍色既釋搖尾出觀而去石
辭歸三日前已有人報叟信媼先去留女待石石至女
逆而伏石撓之曰卿如不忘琴瑟之情不在感激也女
曰今復遷故居矣村舍鄰邇音問可以不梗妾欲歸省
三日可旋君信之否曰兒生而無母未便殤折我日日
鰥居習已成慣今不似趙公子而反德報之所以爲卿
者盡矣如其不還在卿爲負義道里雖近當亦不復過
問何不信之與有女次日去二日即返問何速曰父以

譎而不正論語

悔者執𧗠也

冰玉晉樂廣事切翁壻

君在汴，曾相戲弄，未能忘懷。言之絮絮。妾不欲復聞，故早來也。自此閨中之往來無間，而翁壻間尚不通慶弔云。

結句仍是罵罵

異史氏曰：狐情反覆，譎詐已甚。悔婚之事，兩女而一轍，詭可知矣。然要而婚之，是啟其悔者，已在初也。且壻既愛女，而救其父，止宜置昔怨而仁化之，乃復狎弄于危急之中，何怪其沒齒不忘也。天下有冰玉之不相能者，類如此。

席方平

孝子

怛 説文注一音搭一音旦 今俗圖音坦搭
陵 欺侮也

席方平東安人其父名廉性戇拙因與里中富室羊姓有卻羊先死數年廉病垂危謂人曰羊某今賄囑冥使搒我矣俄而身赤腫號呼遂死席慘怛不食曰我父樸訥今見陵於強鬼我將赴地下代伸冤氣耳自此不復言時坐時立狀類癡蓋魂已離舍矣席覺初出門莫知所往但見路有行人便問城邑少選入城其父已收獄中至獄門遙見父臥簷下似甚狼狽舉目見子潸然涕流便謂獄吏悉受賕囑日夜搒掠脛股殘甚矣席怒大罵獄吏父如有罪自有王章豈汝等死魅所能操耶遂

押發回原縣城隍吃大苦矣

逆旅閒客寓者陰司亦有之

出抽筆爲詞值城隍早衙喊寃以投羊懼內外賄通始出質理城隍以所告無據頗不直廟廟忿氣無所復伸冥行百餘里至郡以官役私狀告之郡司遲之半月始得質理郡司扑廟仍批城隍覆案廟至邑備受械梏慘寃不能自舒城隍恐其再訟遣役押送家門役至門而去廟不肯入遁赴冥府訴郡邑之酷貪冥王立拘質對二官密遣心腹與廟關說許以千金廟不聽過數日逆旅主人告曰君負氣已甚官府求合而執不從今聞於王前各有函進恐事殆矣廟以道路之口猶未深信俄

陰司

又通賄

此雖孝然太戇直在堂面立訐其私宜其吃大苦也

所謂傷官見官人文傷官運切不可涉訟

有皂衣人喚入升堂見冥王有怒色不容置詞命笞二十席厲聲問小人何罪冥王漠若不聞席受笞喊曰受笞允當誰教我無錢耶冥王益怒命置火牀捽席下見東墀有鐵牀熾火其下牀面通赤鬼脫席衣掬置其上反復揉捺之痛極骨肉焦黑苦不得死約一時許鬼曰可矣遂扶起捉使下牀著衣猶幸跛而能行復至堂上冥王問敢再訟乎席曰大冤未伸寸心不死若言不訟是欺王也必訟又問訟何詞席曰身所受者皆言之耳冥王又怒命以鋸解其體二鬼拉去見立木高八九尺

倔强到底是真孝子
真鐵漢

許有木板二仰置其下上下凝血模糊方將就縛忽堂
上大呼席某二鬼即復押回冥王又問尚敢訟否荅云
必訟冥王命捉去速解既下鬼乃以二板夾席縛木上
鋸方下覺頂腦漸闢痛不可禁顧亦忍受不復言鬼曰
壯哉此漢鋸隆隆然尋至胸下又聞一鬼云此人大孝
無辜鋸令稍偏勿損其心遂覺鋸鋒曲折而下其痛倍
苦俄頃半身闢矣板解兩身俱仆鬼上堂大聲以報堂
上傳呼令合身來見二鬼即推復忽然身合猶覺鋸鋒
一道痛欲復裂半步而踣一鬼於腰間出絲帶授之曰

道書稱二郎為清源真君
灌口二郎寰宇記灌口鎮在導江縣西朱子語錄蜀中二郎是李冰因開離堆有功立廟二郎冰第二子
雍正五年詔封李冰為敷澤興濟通佑王
二郎為承續廣惠顯英王
俗以封神演義以神曰楊戩大謬

賜此以報汝孝受而束之一身頓健殊無少苦遂升堂而伏冥王復問如前席恐再罹酷毒便答不訟矣冥王立命送還陽界隸卒出北門指示歸途反身遂去席念陰曹之暗昧尤甚於陽間奈無路可達帝聽世傳灌口二郎爲帝勳戚其神聰明正直訴之當有靈異竊喜兩隸已去遂轉身南向奔馳間有二人追至曰王疑汝不歸今果然矣捽回復見冥王竊意冥王益怒禍必更慘而王殊無厲容謂席曰汝志誠孝但汝父冤我已爲若雪之矣今已往生富貴家何用汝嗚呼爲今送汝歸予

官話

騙百姓

予興之也

此陽世官之長技不謂陰曹亦相同

席忽黠互相哄騙妙

耐能忍受也

閾音越门限也

以千金之產期頤之壽於願足乎乃註籍中嵌以巨印使親視之席謝而出鬼與俱出至途驅而罵曰奸猾賊頻頻翻覆使人奔波欲死再犯當捉入大磨中細細研之席張目（瞪眼怒目）叱曰鬼子胡爲者我性耐刀鋸不耐撻楚請反見王王如令我自歸亦復何勞相送乃返奔二鬼懼溫語勸回席故蹇緩行數步輒憩路側鬼含怒不敢復言約半日至一村一門半闢鬼引與共坐席便據門閾二鬼乘其不備推入門中驚定自視身已生爲嬰兒憤啼不乳三日遂殤魂搖搖不忘灌口約奔數十里忽見

孔雀毛大傘幢

愬同訴 即訴 訢音欣

俗塑繪楊戩係美貌少年三目手執大戟不典之至

羽葆來旛戟橫路越道避之因犯鹵簿爲前馬所執縶送車前仰見車中一少年丰儀瑰瑋問席何人席寃憤正無所出且意是必巨官或當能作威福因緬訴毒痛車中人命釋其縛使隨車行俄至一處官府十餘員迎謁道左車中人各有問訊已而指席謂一官曰此下方人正欲往愬宜卽爲之剖決席詢之從者始知車中郎上帝殿下九王所囑郎二郎也席覩二郎脩軀多髯不類世間所傳九王旣去席從二郎至一官廨則其父與羊姓並衙隸俱在少頃檻車中有囚人出則冥王及郡

大路繁纓　礼記
春秋繁露　音槃
請君入甕　唐書来俊臣　周興事

司城隍也。當堂對勘，所言皆不妄。三官戰慄，狀若伏鼠。二郎援筆立判。頃之，傳下判語，令案中人共視之。判云：「勘得冥王者：職膺王爵，身受帝恩。自應貞潔，以率臣僚；不當貪墨，以速官謗。而乃繁纓棨戟，徒誇品秩之尊；羊狠狼貪，竟玷人臣之節。斧敲斤斲，婦子之皮骨皆空；魚食鯨吞，螻蟻之微生可憫。當掬西江之水，為爾湔腸；即燒東壁之床，請君入甕。城隍、郡司：為小民父母之官，司上帝牛羊之牧。雖則職居下列，而盡瘁者不辭折腰；即或勢逼大僚，而有志者亦應強項。乃上下其鷹鷙之

獄吏語周勃傳見史記

霾音埋

手既罔念夫民貧且飛揚其狙獪之奸更不嫌乎鬼瘦惟受贓而枉法真人面而獸心是宜剔髓伐毛暫罰冥死所當脫皮換革仍令胎生隸役者既在鬼曹便非人類祗宜公門修行庶還落蓐之身何得苦海生波益造彌天之孽飛揚跋扈狗臉生六月之霜隳突叫號虎威斷九衢之路肆淫威於冥界咸知獄吏為尊助酷虐於昏官共以屠伯是懼當於法場之內剁其四肢更向湯鑊之中撈其筋骨羊某富而不仁狡而多詐金光蓋地因使閻摩殿上盡是陰霾銅臭熏天遂教枉死城中全

無日月餘腥猶能役鬼大力直可通神宜籍羊氏之家以賞席生之孝卽押赴東岳施行又謂席廉念汝子孝義汝性良懦可再賜陽壽三紀因使兩人送之歸里席乃抄其判詞途中父子共讀之既至席先蘇令其家人啟棺視父僵尸猶冰俟之終日漸溫而活及索抄詞則已無矣自此家日益豐三年間良沃遍野而羊氏子孫微矣樓閣田產盡爲席有里人或有買其田者夜夢神人叱之曰此席家物汝烏得有之初未深信既而種作則終年升斗無所獲於是復鬻歸席席父九十餘歲而

忱音沉 恂音荀

卒

異史氏曰人人言淨土而不知生死隔世意念都迷且不知其所以來又烏知其所以去而況死而又死生而復生者乎忠孝志定萬劫不移異哉席生何其偉也

素秋

書蠹魚精 蠹一名蟫音尋一音覃 一名白魚

俞慎字謹菴順天舊家子赴試入都舍于郊郭時見對戶一少年美如冠玉心好之漸近與語風雅尤絕大悅捉臂邀至寓便相款宴審其姓氏自言金陵人姓俞名士忱字恂九公子聞與同姓又益親洽因訂爲昆仲少

隘小荒落

白魚暗點題旨

年遂以名減字爲恂明日過其家書舍光潔然門庭蕭落更無廝僕引公子入内呼妹出拜年十三四已秀靚膚瑩澈粉玉無其白也少頃托茗獻客似家中亦無婢媼公子異之數語遂出由是友愛如胞恂九無日不來寓所或留共宿則以弱妹無伴爲辭公子曰吾弟流寓千里曾無應門之童兄妹纖弱何以爲生矣計不如從我去有斗舍可共棲止如何恂九喜約以闈後試畢恂九邀公子去曰中秋月明如畫妹子素秋具有蔬酒勿違其意竟挽入内素秋出略道溫涼便入複室下簾治

（行炙者今酒席間上菜

先伏一筆使後日臨難不突如

此術明白蓮教中徐鴻儒王森皆得之近所云鐵算盤亦用此術暗中搬運

具。少間自出行炙。公子起曰：妹子奔波，情何以忍。素秋笑入。頃之，搴簾出，則一青衣婢捧壺，又一媼托柈進烹魚。公子訝曰：此輩何來，不早從事而煩妹子。惲九微哂曰：素秋又弄怪矣。但聞簾內吃吃作笑聲，公子不解其故。旣而筵終，婢媼徹器，公子適嗽，唾墮婢衣，婢隨唾而倒，碎椀流炙。視婢，則帛翦小人，僅四寸許。惲九大笑。素秋笑出，拾之而去。俄而婢復出，奔走如故。公子大異之。惲九曰：此不過妹子幼時卜紫姑之小技耳。公子因問：弟妹都已長成，何未昏姻。答云：先人即世，去留尚無定

蠹魚初念極恬淡何一
入此境不售竟以身命
殉之耶痴極矣

所故此遲遲遂與商定行期鬻宅攜妹與公子俱西既歸除舍舍之又遣一婢為之服役公子妻韓侍郎之猶女也尤憐愛素秋飲食共之公子與恂九亦然而恂九又最慧目下十行試作一藝老宿不能及之公子勸赴童子試恂九曰姑為此業者聊與君分苦耳自審福薄不堪仕進且一入此途遂不能不戚戚於得失故不為也居三年公子又不第恂九大為扼腕奮然曰榜上一名何遂艱難若此我初不欲為成敗所惑故寧寂寂耳今見大哥不能自發舒不覺中熱十九歲老童當效驅

一擊不中翩然遠逝

遺命以素秋爲公子妾
公子君子也既聯宗誼
肯以妹妹爲妾乎

馳也公子喜試期送入塲邑郡道皆第一益與公子下
帷攻苦踰年科試並爲郡邑冠軍恂九名大譟遠近爭
婚之恂九悉卻去公子力勸之乃以塲後爲解無何試
畢傾慕者爭錄其文相與傳誦恂九亦自覺第二人不
屑居也榜既放兄弟皆黜時方對酌公子尚强作噱恂
九失色酒琖傾墮身仆案下扶置榻上病已困始急呼
妹至張目謂公子曰吾兩人情雖如胞實非同族弟自
分已登鬼籙素秋已長成既蒙嫂氏撫愛媵之可也公
子作色曰是眞吾弟之亂命耳其將謂我人頭畜鳴者

自入棺即不欲公子見其身後變化真形

閡 音該隔阻也

耶恂九泣下公子即以重金爲購良材恂九命舁至力疾而入囑妹曰我歿後當闔棺無令一人闚視公子尚欲有言而目已瞑矣公子哀傷如喪手足然竊疑其囑與使素秋他出啟而視之則棺中袍服如蛻揭之有蠹魚徑尺僵臥其中駭疑間素秋促入慘然曰兄弟何所隔閡所以然者非避兄也但恐傳布飛揚妾亦不能久居耳公子曰禮緣情制情之所在異族何殊焉妹寧不知我心乎即中饋當不漏言諭勿慮遂速卜吉期厚葬之初公子欲以素秋論昏於世家恂九不欲既歿公子

管城子無食肉相讓
魚安能享溫飽
此篇亦蒲先生自喻
仗勢以功名昭之
某甲亦猶某人
甲第大廈也

以詢素秋素秋不應公子曰妹年已二十矣長而不嫁人其謂我何對曰若然但惟兄命然自顧無福相不願入侯門寒士而可公子曰諾不數日冰媒相屬率無所可先是公子之妻弟韓荃來弔得窺素秋心愛悅之欲購作小妻謀之姊姊急戒勿言恐公子知韓去終不能釋托媒風示公子許為買鄉場關節公子聞之大怒詬罵將致意者批逐出自此交往遂絕適有故尚書之孫某甲將娶而婦忽卒亦遣冰來其甲第雲連公子之素識然欲一見其人因與媒約使甲躬謁及期垂簾於內

世門第以容貌取人公子
誤之甚素秋乃術者則
終身受害

數事 數件也

入城未見寡母溺愛孤子
者敗傾不少而其母必先氣
憤死

令素秋自相之甲至裘馬騶從炫耀閭里又覩其人秀雅如處女公子大悅見者咸贊美之而素秋殊不樂公子不聽竟許之盛備奩裝計費不貲素秋因止之但討一老大婢供給使而已公子亦不之聽卒厚贈焉既嫁琴瑟甚敦然兄嫂常縈念之每月輒一歸寧來時奩中珠繡必攜數事付嫂收貯嫂未知其意亦姑從之甲少孤止有寡母溺愛過於尋常日近匪人漸誘淫賭家傳書畫鼎彝皆以鬻償戲債而韓荃與有瓜葛因招飲而竊探之願以兩妾及五百金易素秋甲初不肯韓固求

素秋之兄与公子乃通譜
宗兄非同支嫡系
有家君在何事不可為

素秋早知妝奩珠飾
先付搜久矣

之甲意似搶然恐公子不甘韓曰我與彼至戚此又非
其支系若事已成則彼亦無如何萬一有他我身任之
有家君在何畏一俞謹菴哉遂盛妝兩婢出行酒且曰
果如所約此即君家人矣甲惑之約期而去至日甲慮
韓詐諼夜候於途果有輿來啟簾照驗不虛乃導去姑
置齋中韓僕以五百金交兌俱明甲奔入僞告素秋言
公子暴病相呼素秋未遑理妝草草遂去輿既發夜迷
不知何所連行逴遠殊不可到忽有二巨燭來衆竊喜
其可以問途無何至前則巨蟒兩目如燈衆大駭人馬

告 訴詞府詞

懊喪 悔人金兩失

憲 不知是道是司是按撫也

休致 罷官在家

俱竄委輿路側將曙復集則空輿存焉意必葬於蛇腹歸告主人垂首喪氣而已數日後公子遣人詣妹始知爲惡人賺去初不疑其壻之爲也取婢歸細詰情迹微窺其變忿甚徧愬郡邑某甲懼求救於韓韓以金妾兩亡正復懊喪所絕不爲力甲呆憨無所復計各處勾牒至但以賂囑免行月餘金珠服飾典貨一空公子於憲府究理甚急邑官皆奉嚴令甲知不可復匿始出至公堂實情盡吐蒙憲票拘韓對質韓懼以情告父父時休致怒其所爲不法執付隸既見諸官府言及遇蟒之變

質 音至 押也

斃于獄中曰瘐死音庾

囹圄 音欽禦監也

圉同

屣 履也

悉謂其詞支家人搒掠殆徧甲亦屢被訊楚幸母日鬻田産上下營救刑輕得不死而韓僕已瘐斃矣韓久困囹圄願助甲賂公子千金哀求罷訟公子不許甲母又請益以二姬但求姑存疑案以待尋訪妻又承叔母命朝夕祈解免公子乃許之甲家綦貧貨宅辦金而急切不能得售因先送姬來乞其延緩踰數日公子夜坐齋頭素秋偕一媼驀然忽入公子駭問妹固無恙耶荅曰蟒變乃妹之小術耳當夜竄入一秀才家依於其母彼自言識兄今在門外請入之也公子倒屣而出燭之非

他乃周生宛平之名士也素以聲氣相善把臂入齋欵洽臻至傾談既久始知顛末初素秋昧爽欵生門母納入詰之知爲公子妹便將馳報素秋止之因與母居慧能解意母悅之以子無婦竊屬意素秋微言之素秋以未奉兄命爲辭生亦以公子交契故不肯作無媒之合但頻頻偵聽知訟事已有關說素秋乃告母欲歸母遣生率一媼送之即囑媼媒焉公子以素秋居生家久竊有心而未言也及聞媼言大喜即與生面訂爲姻先是素秋夜歸將使公子得金而後宣之公子不可曰向懭

無所泄故索金以敗之耳今復見妹萬鑑豈能易哉郎遣人告諸兩家頓罷之又念生故不甚豐道賒遠親迎殊艱因移生母來居以恂九舊第生亦備幣帛鼓樂昏嫁成禮一日嫂戲素秋今得新壻曩年枕席之愛猶憶之否素秋微笑因顧婢曰憶之否嫂不解研問之蓋三年牀第皆以婢代每夕以筆畫其兩眉驅之去即對燭而坐壻亦不之解也益奇之求其術但笑不言次年大比生將與公子偕往素秋以爲不必公子强挽之而去是科公子薦於鄉生落第歸隱有退志踰歲母卒遂不

委曲也
流寇李闖張獻忠
說文音璪俗音窓去声

復言進取矣一日素秋告嫂曰向問我術固未肯以此駭物聽也今遠別行有日矣請祕授之亦可以避兵燹驚而問之答云三年後此處當無人煙妾荏弱不堪驚恐將蹈海濱而隱大哥富貴中人不可以偕故言別也乃以術悉授嫂數日又告公子留之不得至於泣下問往何所卽亦不言雞鳴早起攜一白鬚奴控雙衛而去公子陰使人委送之至膠萊山東之界塵霧障天旣晴已迷所往三年後闖寇犯順村舍爲墟韓夫人剪帛置門內寇至見雲繞韋馱高丈餘遂駭走以是得無恙焉後村

音綠

老奴亦怪

管城子筆也韓文公有毛穎傳此評所引乃黄山谷句下句云孔文兄有絶交書

中有賈客至海上遇一叟甚似老奴而髭髮盡黑猝不敢認叟停足而笑曰我家公子尚健耶借口寄語秋姑亦甚安樂問其居何里曰遠矣遠矣匆匆遂去公子聞之使人於所在徧訪之竟無蹤迹

結妙

異史氏曰管城子無食肉相其來舊矣初念甚明而乃持之不堅寧知糊眼主司衡命不衡文耶一擊不中奮然遂死蠹魚之癡一何可憐傷哉雄飛不如雌伏

用張良事

二句老氏之言

喬女　醜婦賢行　知已報德

平原喬生有女黑醜䡾一鼻跛一足年二十五六無問

山東

䡾鼻 應高反陷下

如士之耐貧守困

人以爲嗜好不同，与文王嗜昌蒲葅，屈到嗜芰，劉邕嗜痂，同而不知其慕伊品行也

名者邑有穆生年四十餘妻死貧不能續因聘焉三年生一子未幾穆生卒家益索大困則乞憐其母母頗不耐之女亦憤不復返惟以紡織自給有孟生喪偶遺一子鳥頭裁周歲以乳哺乏人急於求配然媒數言輒不當意忽見女大悅之陰使人風示女女辭焉曰飢凍若此從官人得溫飽夫寧不願然殘醜不如人所可自信者德耳又事二夫官人何取焉孟益賢之向慕尤殷使媒者函金加幣而說其母母悅自詣女所固要之女矢志不奪母慚願以少女字孟家人皆喜而孟殊不願居

在德不重貌与乎也

知己之感非親非族往臨哭而盡哀亦奇

磊磊落落是丈夫之雄健者

愧殺天下怕事男子

無何孟暴疾卒女往臨哭盡哀孟故無戚黨死後村中無賴悉憑陵之（賊侮也）家具攜取一空方謀瓜分其田產家人亦各草竊以去惟一嫗抱兒哭帷中女問得故大不平聞林生與孟善乃踵門而告曰夫婦朋友人之大倫也妾以奇醜爲世不齒獨孟生能知我前雖固拒之然固已心許之矣（不諱）今身死子幼自當有以報知己然存孤易禦侮難若無兄弟父母遂坐視其子死家滅而不一救則五倫中可以無朋友矣妾無所多須於君但以片紙告邑宰撫孤則妾不敢辭林曰諾女別而歸林將如其

士大夫袖手者

林乃自好者非不欲行不過
胆小畏犯衆怒怕结怨於小
人故閉戶不問孟事尚有
友死章其家無人而与羣
小合謀圖之者
悠悠官宰不問錢糧倉庫
者焉有功夫管耶
此獨行君子所為东漢时
尚氣節者有之然亦不多
見也

所教無賴輩怒咸欲以白刃相仇林大懼閉戶不敢復行女聽之數日寂無音及問之則孟氏田產已盡矣女忿甚銳身自詣官官詰女屬孟何人女曰公宰一邑所憑者理耳如其言妄即至戚無所逃罪如非妄即道路之人亦可聽也官怒其言戇訶逐而出女寃憤無以自伸哭訴於搢紳之門某先生聞而義之代剖於宰宰按之果眞窮治諸無賴盡反所取或議留女居孟第撫其孤女不肯扃其戶使嫗抱烏頭從與俱歸另舍之凡烏頭日用所需輒同嫗啟戶出槊爲之營辦已錙銖無所沾

錙銖音滋朱
纖毫也

此列士大夫所難

女有公父文伯母之行使生於春秋時孔聖必褒其賢行矣

悛 音荃改也

怫 音勃怒也

染抱子食貧一如曩日積數年烏頭漸長爲延師教讀巳子則使學操作嫗勸使並讀女曰烏頭之費其所自有我耗人之財以教巳子此心何以自明又數年爲烏頭積粟數百石乃聘於名族治其第宅析令歸烏頭泣要同居女乃從之然紡績如故烏頭夫婦奪其具女曰我毋子坐食心何安矣遂早暮爲之紀理使其子巡行阡陌若爲傭然烏頭夫婦有小過輒斥譴不少貸稍不悛則怫然欲去夫婦跪道悔詞始止未幾烏頭入泮又辭欲歸烏頭不可捐聘幣爲穆子完昏女乃析子令歸

烏頭亦好有賢毋教之薰
陶日習也

女為孟家功臣若合葬則
不可並未讀書何以知礼義
如此

今之歸為讀書者事事
与之相反

此篇以知己二字為主腦

九方双姓名皐一名歅周人
善相馬

烏頭貧之不得陰使人於近村爲市恒產百畝而後遣之後女疾求歸烏頭不聽益篤囑曰必以我歸葬烏頭諾旣卒陰以金啗穆子俾合葬於孟及期柩重三十人不能舉穆子忽仆七竅血出自言曰不肖兒何得遂賣汝母烏頭懼拜祝之始愈乃復停數日修治穆墓已始合厝之厝音錯葬也

皐嘗鑒馬於牝牡驪黄之外史子中嘗引之

異史氏曰知己之感許之以身此烈男子之所爲也彼女何知而奇偉如是若遇九方皐直牝之矣

馬介甫 懼內 狐仙

世傳宋陳造懼内然蘋東坡方山子傳中無一字說及懼内惟贈造詩中有聞說河東獅子吼拄杖落地心茫然之句明人遂因此作獅吼記竊形容相未免厚誣古人

楊萬石大名諸生也生平有季常之懼妻尹氏奇悍少迕之輒以鞭撻從事楊父年六十餘而鰥尹以齒奴隸數楊與弟萬鍾常竊餌翁不敢令婦知顏然衣敗絮恐貽訕笑不令見客萬石四十無子納妾王氏旦夕不敢通一語兄弟候試郡中見一少年容服都雅與語悅之詢其姓字自云介甫姓馬由此交日密焚香爲昆季之盟既別約半載馬忽攜僮僕過楊值楊翁在門外曝陽捫蝨疑爲傭僕通姓氏使達主人翁披絮去或告馬此即其翁也馬方驚訝楊兄弟岸幘出迎登堂一揖便請

以翁為奴隸

失飪見鄉黨章

究丗源尹氏誠非人類然萬石亦非人類家庭積漸成此豈一朝一夕之故皆萬石一人釀久而成

朝父萬石辭以偶恙捉坐笑語不覺向夕萬石屢言具
食而終不見至兄弟迭互出入始有瘦奴持壺酒來俄
頃引盡坐伺良久萬石頻起催呼額頰間熱汗蒸騰俄
瘦奴以饌具出脫粟失飪殊不甘旨食已萬石草草便
去萬鍾襆被來伴客寢馬責之曰曩以伯仲高義遂同
盟好今老父實不溫飽行道者羞之萬鍾泫然曰在心
之情卒難申致家門不吉蹇遭悍嫂尊長細弱橫被摧
殘非瀝血之好此醜不敢揚也馬駭嘆移時曰我初欲
早旦而行今得此異聞不可不一目見之請假閒舍就

人皆咎怨婦罪於尹氏余以獨罪萬鍾料其罪萬鍾七分尹居三分

取瑟而歌 論語

巾幗 晉國婦人首飾 今包頭搭頭也

諸葛丞相以之送司馬仲達者

便自炊萬鍾從其教即除室爲馬安頓夜深竊餽蔬稻惟恐婦知馬會其意力卻之且請楊翁與同食寢自詣城肆市布帛爲易袍袴父子兄翁皆感泣萬鍾有子喜兒方七歲夜從翁眠馬撫之曰此兒福壽過於其父但少年孤苦耳婦聞老翁安飽大怒輒罵謂馬强預人家事初惡聲尚在閨闥漸近馬居以示瑟歌之意楊兒翁汗體徘徊不能制止而馬若弗聞也者妾王體妊五月婦始知之褫衣慘掠已乃喚萬不跪受巾幗操鞭逐出値馬在外慚懅不前又追逼之始出婦亦遂出叉手頓

弟石宜加此本音

用術

六過程形容罵殺天下無氣男兒

乾隆末祁门庚文沈蘋漁才子也以文學為吳门冠晃曾以此篇演為伏床繼倚奇難前屢見演唱

萬石死不足惜

足觀者填溢馬指婦叱曰去去婦卽反奔若被鬼逐袴履俱脫足纏縈繞於道上徒跣而歸面色灰死少定婢進襪履着已噭咷大哭家人無敢問者馬曳萬石爲解巾幗萬石聳身定息如恐脫落馬强脫之而坐立不寧猶懼以私脫加罪探婦哭已乃敢入趑趄而前婦殊不發一語遽起入房自寢萬石意始舒與弟竊奇焉家人皆以爲異相聚偶語婦微有聞羞怒徧撻奴婢呼妾妾創劇不能起婦以爲僞就榻搒之崩注墮胎萬石於無人處對馬哀啼馬慰解之呼僮具牢饌更籌再唱不

撬音喬上声

放萬石歸婦在閨房恨夫不歸方大恚忿聞撬扉聲急
呼婢則室門已闢有巨人入影蔽一室猙獰如鬼俄又
有數人入各執利刃婦駭絕欲號巨人以刃刺頸曰號
便殺卻婦急以金帛贖命巨人曰我冥曹使者不要錢
但取悍婦心婦益懼自投敗額巨人乃以利刃畫婦心
而數之曰如某事謂可殺否即一畫凡一切凶悍之事
責數殆盡刃畫膚革不啻數十末乃曰妾生子亦爾宗
緒何忍打墮此事必不可宥乃令數人反接其手剖視
悍婦心腸婦叩頭乞命但言知悔俄聞中門啟閉曰楊

此馬大悮之事與楊萬石
相交多日何尚不知其底
裡而泄此機密及一家矣

萬石來矣既已悔過姑留餘生紛然盡散無何萬石入見婦赤身繃繫心頭刀痕縱橫不可數解而問之得其故大駭竊疑焉明日向馬述之馬亦駭由是婦威漸斂經數月不敢出一惡語馬大喜告萬石曰實告君幸勿宣洩前以小術懼之既得合好請暫別也遂去婦每日暮挽留萬石作倡懽笑而承迎之萬石生平不解此樂遽遭之覺坐立皆無所可婦一夜憶巨人狀瑟縮搖戰萬石思媚婦意微露其假婦遽起苦致窮詰萬石自覺失言而不可悔遂實告之婦勃怒大罵萬石懼長跪牀

萬鍾賢於乃兄十倍惜
不幸而死其見甚小何不
具狀見官將家中顛末
備陳未必抵命也見不及
此遽以身殉而惡婦反生
天下事之冤痛者如此

下婦不顧哀懇至漏三下婦曰欲得我恕須以刀畫汝心頭如干數此恨始消乃起捉廚刀萬石大懼而奔婦逐之犬吠雞騰家人盡起萬鍾不知何故但以身左右翼兒婦方詬詈忽見翁來睹袍服倍益烈怒即就翁身條條割裂批頰而摘翁髭萬鍾見之怒以石擊婦中顱顛蹷而斃萬鍾曰我死而父兄得生何憾遂投井中救之已死移時婦蘇聞萬鍾死怒亦遂解既殯弟婦戀兒矢不嫁婦唾罵不與食醮去之遺孤兒朝夕受鞭楚俟家人食訖始啗以冷塊積半歲兒尪羸僅存氣息一日

翁亦無氣男子否則一家之主要王法公道何用

應該打

馬忽至萬石囑家人勿以告婦馬見翁襤縷如故大駭又聞萬鍾殞謝頓足悲哀兒聞馬至便來依戀前呼馬叔馬不能識審顧始辨驚曰兒何憔悴至此翁乃囁嚅具道情事馬忿然謂萬石曰我曩道兄非人果不謬兩人止此綫殺之將奈何萬石不言惟伏首帖耳而泣坐語數刻婦已知之不敢自出逐客但呼萬石入批使絕馬含涕而出批痕儼然馬怒之曰兄不能威獨不能斷出耶毆父殺弟安然忍受何以為人萬石欠伸似有動容馬又激之曰如若不去理須威劫便殺卻勿懼僕有

馬亦此招知遲矣

似有二字好如夢將醒

鼠見貓

此皆蒲翁勸世良言

二三知交都居要地必合極力保無虞也萬石諾負氣疾行奔而入適與婦遇叱問何爲萬石遑遽失色以手據地曰馬生教余出婦婦益恚顧尋刀杖萬石懼而卻走馬唾之曰兄真不可教也已遂開篋出刀圭藥合水授萬石飲曰此丈夫再造散所以不輕用者以能病人故耳今不得已暫試之飲下少頃萬石覺忿氣填胸如烈焰中燒刻不容忍直抵閨闥叫喊雷動婦未及詰萬石以足騰起婦顛去數尺有咫即復握石成拳擂擊無算婦體幾無完膚嘲哳猶罵萬石於腰中出佩刀婦罵

散名奇

建婦不怕

家人亦歸腹心否則何必
解勸
此一時之烈如溝渠之水
易竭也
此用易經坤卦中句
慴音折畏也

曰出乃子敢殺我耶萬石不語割股上肉大如掌擲地上方欲再割婦哀鳴乞恕萬石不聽又割之家人見萬石兇狂相集死力掖出馬迎去捉臂相用慰勞萬石飲怒未息屢欲奔尋馬止之少間藥力漸消嗒焉若喪馬囑曰兄勿餒乾綱之振在此一舉夫人之所以懼者非朝夕之故其所由來者漸矣譬昨死而今生須從此滌故更新再一餒則不可爲矣遣萬石入探之婦股慄心慴倩婢扶起將以膝行止之乃已出語馬生父子交賀馬欲去父子共挽之馬曰我適有東海之行故便道相

多事

莊子句

去不得

黠音枲一音㐌 里也

用三漸字乃婦試萬石也

萬石終始非人類即日有仙人左右亦不能扶其懦病懦者可憐可恨在連叮囑告訴妻子以媚之無父無弟無子無妾無友朋其心中惟一尹氏而已

過還時可復會耳月餘婦起賓事良人久覺黠驢無技漸狎漸嘲漸罵居無何舊態全作矣翁不能堪宵遁至河南隸道士籍萬石亦不敢尋年餘馬至知其狀怫然責數立呼兒至躍驢子上驅策逕去由此鄉人皆不齒萬石學使案臨以劣黜名又四五年遭回祿居室財物悉為煨燼延燒鄰舍村人執以告郡罰鍰煩苛於是家產漸盡至無居廬近村戒無以舍舍萬石尹氏兄弟怒婦所為亦絕拒之萬石既窮貿妾於貴家偕妻南渡至河南界資斧已絕婦不肯從聒夫再嫁適有屠而鰥者

亦應該　無禍　殺豬者

亦出子書言其無用

不數人類

婦之兄弟較其妹稍似人

以錢三百貨去萬石一身丐食於遠村近郭聞至一朱門閽人訶拒不聽前少間一官人出萬石伏地啜泣官人熟視久之畧詰姓名驚曰是伯父也何以貧至此萬石細審知為喜兒不覺大哭從之入見堂中金碧煥映俄頃父扶童子出相對悲哽萬石始述所遭初馬攜喜兒至此數日即出尋楊翁來使祖孫同居又延師教讀十五歲入庠次年領鄉薦始為完昏乃別欲去祖孫泣留之馬曰我非人實狐仙耳道侶相候已久遂去孝廉言之不覺惻楚因念昔與庶伯母同受酷虐倍益感傷

惡婦亦有悟日然死期近矣

故意問之

遂以輿馬賫金贖王氏歸年餘生一子因以爲嫡尹從
屠牛載狂悖猶昔夫怒以屠刀扎其股穿以毛綆懸梁
上荷肉竟出號極聲嘶鄰人始知解縛抽綆一抽則呼
痛之聲震動四鄰以是見屠來則骨毛皆竪後脛剏雖
愈而斷芒遺肉內終不良於行猶夙夜服役無敢少懈
屠既橫暴每醉歸則撻詈不恤至此始悟昔之施於人
者亦猶是也一日楊夫人及伯母燒香普陀寺近村農
婦並來參謁尹在中帳立不前王氏故問此伊誰家人
進白張屠之妻便訶使前與太夫人稽首王笑曰此婦

金罵萬石非人不冤之也

羣乞之處而萬石肯還就
真不解如何心肝

從屠當不乞肉食何羸瘠乃爾尹愧恨歸欲自經綆弱
不得死屠益惡之歲餘屠死途遇萬石遙望之以膝行
淚下如縻萬石礙僕未通一言歸告姪欲謀珠還姪固
不肯婦為里人所唾棄久無所歸依羣乞以食萬石猶
時就尹於破寺中姪以為玷陰教羣乞窘辱之乃絕此事
余不知其究竟後數行乃畢公權撰成之
異史氏曰天下之通病也然不意天壤之間乃有楊郎
寧非變異余嘗作妙音經之續言謹附錄以博一噱竊
以天道化生萬物重賴坤成男兒志在四方尤須內助

有周公而及周婆

同甘獨苦勞爾十月呻吟就溼推乾苦矣三年嚬笑此顧宗祧而動念君子所以有伉儷之求瞻井臼而懷思古人所以有魚水之愛也始而不遜之聲或大施而小報繼則如賓之敬竟有往而無來祇緣兒女深情遂使英雄短氣牀上夜叉坐任金剛亦須低眉釜底毒烟生即鐵漢無能强項秋砧之杵可揮不擣月夜之衣麻姑之爪能搔輕試蓮花之面小受大走直將代孟母投梭婦唱夫隨翻欲起周婆制禮婆娑跳擲停觀滿道行人嘲哳鳴嘶撲落一羣嬌鳥惡乎哉呼天籲地忽爾披髮

罵殺文武

向銀牀醜矣夫轉目摇頭猥欲投繯延玉頸當是時也地下已多碎胆天外更有驚魂北宫黝未必不逃孟施舍焉能無懼將軍氣同雷電一入中庭頓歸無何有之鄉大人面若冰霜比到寢門遂有不可問之處豈果脂粉之氣不勢而威胡乃骯髒之身不寒而慄猶可解者魔女翹鬟來月下何妨俯伏皈依最冤枉者鳩盤蓬首到人間也要香花供養聞怒獅之吼則雙孔撩天聽牝雞之鳴則五體投地登徒子淫而忘醜迴波詞憐而成嘲設爲汾陽之壻立致尊榮媚卿卿良有故若贅外黄

跪而仰面

孔方兄　見錢神語

烏道鴻溝双闕抄喻

之家不免奴顏拜僕僕將何求彼窮鬼自覺無顏任其
斫樹摧花止求包荒於怨婦如錢神可云有勢乃亦攖
鱗犯制不能借助於方兄豈縛游子之心惟茲烏道抑
消霸王之氣恨此鴻溝然死同穴生同衾何嘗教吟白
首而朝行雲暮行雨輒欲獨占巫山恨煞池水清空按
紅牙玉板憐爾妾命薄獨支永夜寒更蟬殼鷺灘喜驪
龍之方睡犢車麈尾恨駑馬之不奔楊上共臥之人撻
去方知爲舄牀前久繫之客牽來已化爲羊需之殷者
僅俄頃毒之流者無盡藏買笑纏頭而成自作之孽太

王導事，見晉書

附骨疽 見醫書

褚公鬚髯如戟何無丈夫氣 宋山陰公主語

甲必曰難違俯首帖耳而受無妄之刑李陽亦謂不可酸風凜冽吹殘綺閣之春醋海汪洋淹斷藍橋之月又或盛會忽逢良朋即坐斗酒藏而不設且由房出逐客之書故人疎而不來遂自我廣絕交之論甚而雁影分飛漆空沾於荆樹鸞膠再覓變遂起於蘆花故飲酒陽城一堂中惟有兄弟吹竽商子七旬餘並無室家古人爲此有隱痛矣嗚呼百年鸞偶竟成附骨之疽五兩鹿皮或買剝牀之痛鬚髯如戟者如是胆似斗者何人固不敢於馬棧下斷絕禍胎又誰能向蠶室中斬除孽本娘

療拓羮 明人傳奇

不覊 俗言無籠頭馬

子單肆其橫暴苦療妒之無方胭脂虎噉盡生靈幸渡迷之有楫天香夜墜全澄湯鑊之波花雨晨飛盡滅劍輪之火極樂之境彩翼雙棲長舌之端青蓮並蒂拔苦惱於憂婆之國立道場於愛河之濱喚醒此幾章貝葉文如灑醍醐一滴楊枝水

鐵倘豪爽之士

章邱李孝廉善遷少倜儻不羈絲竹詞曲之屬皆精之兩兄皆登甲榜而孝廉益佻脫娶夫人謝稍稍禁制之遂亡去三年不返徧覓不得後得之臨淸构闌中家人入見其南向坐少姬十數左右侍蓋皆學音

健婦可以持家

毈　說文音段鳥之未孚者今俗云哺退蛋及鴨餛飩也

三弟兄兩已甲榜而孝廉狂蕩不肯用功幸夫人逼之始不為毈

藝而拜門牆者也臨行積衣累笥悉諸妓所貽既歸夫人閉置一室投書滿案以長繩縶榻足引其端自櫺（音零牕眼）內出貫以巨鈴繫諸廚下凡有需則躡繩繩動鈴響則應之夫人躬設典肆垂簾納物而估其值左持籌右握管老僕供奔走而已由此居積致富每恥不及諸姒貴錮閉三年而孝廉捷喜曰三卵兩成吾以汝為毈矣今亦爾耶

耿進士崧生亦鄭邱人夫人每以績火佐讀績者不輟讀者亦不敢息也或朋舊相詣輒竊聽之論文則淪

此郎賢婦與謝夫人均爲賢
內佐非楊萬石尹氏婦可比
何以附于楊傳後擬人不倫矣

落作忝若慫諸謔則惡聲逐客矣每試得平等不敢入室門趨笄始笑逆之設帳得金悉納獻絲毫不敢隱匿故東主餽遺恒面較錙銖人或非笑之而不知銷算良難也後爲婦翁延教內弟是年遊泮翁謝儀十金耿受榼返金夫人知之曰彼雖周親然舌耕謂何也追之返而受之耿不敢爭而終心歉焉思暗償之於是每歲館金皆短其數以報夫人積二年得如干數忽夢一人告之曰明日登高金數即滿次日試一臨眺果拾遺金恰符缺數遂償岳後成進士夫人

一行作吏此事便廢 晉嵇康文

有碧霞元君廟 石刻岱宗十字 泰山

如此輕薄烏可相依作夫婦

猶訶譴之耿曰今一行作吏何得復爾夫人曰諺云水長則船亦高師爲宰相寧便大耶

雲翠仙

梁有才故晉人流寓於濟作小負販無妻子田產從村人登岱岱四月交香侶雜沓又有優婆夷塞率衆男子以百十雜跪神座下視香炷爲度名曰跪香才視衆中有女郎年十七八而美悅之詐爲香客近女郎又僞爲膝困無力狀故以手據女郎足女回首似嗔膝行而遠之才又膝行近之少間又據之女郎覺遽起不跪出門

優婆夷優婆塞即善男子善女人歸依而不雜髮者

蹜 見鄉黨章

翠仙洞見肝膈

去才亦起出履其跡不知其往心無望怏怏而行途中
見女郎從媪似為女也母者才趨之媪女行且語媪云
汝能參禮娘娘大好事汝又無弟妹但獲娘娘冥加護
護汝得快壻但能相孝順都不必貴子弟富王孫也才
竊喜漸漬詰媪媪自言為雲氏女名翠仙其出也家西
山四十里才曰山路濇母如此蹜蹜妹如此纖纖何能
便至曰日已晚將寄舅家宿耳才曰適言相壻不以貧
嫌不以賤鄙我又未昏頗當母意否媪以問女女不應
媪數問女曰渠寡福又蕩無行輕薄之心還易翻覆兒

山兜山轎与吳门稍異

不能為遏伎兒作婦才聞樸誠自表切矢皦日媪喜竟
諾之女不樂勃然而已母又强拍咻之才殷勸手於橐
覓山兜二舁媪及女已步從者為僕過隴輒訶兜夫不
得顛搖動良殷俄抵村舍便邀才同入舅家舅出翁妗
出媪也雲兒之嫂之謂才吾壻日適良不須別擇便取
今夕舅亦喜出酒肴餌才飲嚴粧翠仙出拂榻促眠女
曰我固知郎不義廹母命漫相隨郎若人也當不須憂
偕活才唯唯聽受明日早起母謂才宜先去我以女繼
至才歸掃戶闥媪果送女至入視室中虛無有便去似

一溫飽就起姦念游惰矣

此處不宜粉飾故出一句色

括

此何能給老身遽歸當小助汝辛苦遂去次日有男女數輩各攜服食器具布一室滿之不飯俱去但留一婢才由此坐溫飽惟日引無賴子朋飲競賭漸盜女郎簪珥佐博女勸之不聽頗不耐之惟嚴守箱奩如防寇一日博黨款門訪才窺見女適適驚戲謂才曰子大富貴何憂貧耶才問故答曰曩見夫人實仙人也適與子家道不相稱貨爲媵金可得百爲妓可得千千金在室而處飲博無貲耶才不言而心然之歸輒向女欷歔時時言貧不可度女不顧才頻頻擊桌抛匕箸罵婢作諸態

一夕女沽酒與飲忽曰郎以貧故日焦心我又不能御
窮分郎憂中豈不愧怍但無長物止有此婢鬻之可稍
稍佐經營才搖首曰其直幾許又飲少時女曰妾於郎
有何不相承但力竭耳念一貧如此便死相從不過均
此百年苦有何發跡不如以妾鬻貴家兩所便益得直
或較婢多才故愕言何得至此女固言之色作莊才喜
曰容再計之遂緣中貴人貨隸樂籍中貴人親詣才見
女大悦恐不能即得立券八百緡事濱就矣女曰母日
以壻家貧常常縈念今義斷矣我將暫歸省且郎與妾

差忒 差錯

憧憧往來 易經

絕何得不告母才慮母阻女曰我固自樂之保無差忒
才從之夜將半始抵母家撾關入見樓舍華好僕輩往
來憧憧才日與女居母請詣女輒止之故爲甥館年
餘曾未一臨岳家至此大駭以其家巨恐賤妓所不甘
也女引才登樓上媼驚問夫妻何來女怨曰我固道渠
不義今果然乃於衣底出黃金二鋌置几上曰幸不爲
小人賺脫今仍以還母母駭問故女曰渠將鬻我藏金
無用處乃指才罵曰豺鼠子曩日負肩擔面沾塵如鬼
初近我熏熏作汗腥膚垢欲傾塌足手皴一寸厚使人

惡 嘔惡打惡心欲吐言
其垢污也

良田沃產

卓文君有白頭吟

然負義讀者亦怒何況
親聞見者

終夜惡自我歸汝家安坐餐飯鬼皮始脫母在前我豈誣卿才垂首不敢少出氣女又曰自顧無傾城容不堪奉貴人似若輩男子我自謂猶相匹有何虧負遂無一念香火情我豈不能起樓宇買良田念汝儇薄骨乞丐相終不是白頭侶言次婢嫗連衿臂旋旋圍繞之閱女責數便都唾罵共言不如殺卻何須復云云才大懼據地自投但言知悔女又盛氣曰譬妻子已大惡猶未便是劇何忍以同衾人賺作娼言未已衆皆裂悉以銳簪剪刀股攢刺脇腂才號悲乞命女止之曰可暫釋卻渠

觳觫用孟子句

便無仁我不忍其觳觫乃率眾下樓去才坐聽移時人語俱寂思欲潛遁忽仰視見星漢東方已白野色蒼莽燈亦尋滅四無屋宇身坐削壁上俯瞰絕壑深無底駭絕懼墮身稍移塌然一聲坐石崩墜壁半有枯橫焉胃不得墮以枯受腹手足無著下視茫茫不知幾何尋丈不敢轉側嗥怖聲嘶一身盡腫眼耳鼻舌身力俱竭日漸高始有樵人望見之尋綆來縋而下取置崖上奄將澌斃舁歸其家至則門洞敞家荒荒如敗寺牀簏什器俱杳惟有繩牀敗案是己家舊物零落猶存嗒然自臥

摮 擊 同史記趙世家句

用相如傳句

逢君之惡其罪大

飢時日一乞食於鄰既而腫潰爲癩里黨薄其行悉唾
棄之才無計貸屋而穴居行乞於道以刀自隨或勸以
刀易餌才不肯曰野居防虎狼用自衛耳後遇向勸鬻
妻者於途近而哀語遽出刀摮而殺之遂被收官廉得
其情亦未忍酷虐之繫獄中尋瘐死
異史氏曰得遠山芙蓉與共四壁與以南面王豈易哉
己則非人而怨逢惡之友故爲友者不可不知戒也凡
狹邪子誘人淫博爲諸不義其事不敗雖則不怨亦不
德迨於身無襦婦無袴千人所指無疾將死窮敗之念

無時不縈於心窮敗之恨無時不切於齒清夜牛衣中輾轉不寐夫然後歷歷想未落時歷歷想將落時又歷歷想致落之故而因以及發端致落之人至於此弱者起擁絮坐詛強者忍凍裸行篝火索刀霍霍磨之不待終夜矣故以善規人如贈橄欖以惡誘人如餽漏脯也聽者固當省言者可勿懼哉

顏氏

順天某生家貧值歲饑從父之洛性鈍年十七裁能成幅而丰儀秀美能雅謔善尺牘見者不知其中之無有

陳袁大椿為女學士与江楨倡和

脈脈不能語 古樂府

也無何父母繼殁子然一身授童蒙於洛汭時村中顔
氏有孤女名士裔也少慧父在時嘗教之讀一過輒記
不忘十數歲學父吟咏父曰吾家有女學士惜不弁耳
鍾愛之期擇貴壻父卒母執此志三年不遂而母又卒
或勸適佳士女然之而未就也適鄰婦踰垣來就與攀
談一字紙裹繡綫女啟視則某手翰寄鄰生者反復之
而好焉鄰婦窺其意私語曰此翩翩一美少年孤與卿
等年相若也倘能垂意妾囑渠儂冰合之女脈脈不語
婦歸以意授夫鄰生故與生善告之大悅有母遺金鵶

汭音芮 水名

弁 章下 男子冠

鐶託委致焉刻日成禮魚水甚懽及睹生文笑曰文與卿似是兩人如此何日可成朝夕勸生研讀嚴如師友斂昏先挑燭據案自哦爲丈夫聽漏三下乃已如是年餘生制藝頗通而再試再黜身名蹇落饔飧不給撫情寂漠嗸嗸悲泣女訶之曰君非丈夫負此弁耳使我易髻而冠青紫直芥視之生方懊喪聞妻言睒暘而怒曰閨中人身不到塲屋便以功名富貴似汝在廚下汲水炊白粥若冠加於頂恐亦猶人耳女笑曰君勿怒俟試期妾請易裝相代倘落拓如君當不敢復藐天下士

此女當有丈夫之氣易裝而出人不之知直以氣勝耳

古木蘭及五代時黃崇嘏皆男裝

矣生亦笑曰卿自不知蘗苦請嘗試之但恐綻露爲鄉鄰笑耳女曰妾非戲語君嘗言燕有故廬請男裝從君歸僞爲弟君以襁褓出誰得辨其非生從之女入房巾服而出曰視妾可作男兒否生視之儼然一顧影少年也生喜徧辭里社交好者薄有饋遺買一羸蹇御妻而歸生叔兄尚在見兩弟如冠玉甚喜晨夕卹顧之又見宵旰攻苦倍益愛敬僱一翦髮雛奴爲供給使暮後輒遣去之鄉中弔慶兄自出周旋弟惟下帷讀居半年罕有睹其面者客或請見兄輒代辭讀其文瞲然駭異或

明制河南道專轄京城文武各衙门權極重

排闥而迫之一揖便亡去客睹丰采又俱傾慕由此名大譟世家爭願贅焉叔兄商之惟赧然笑再强之則言矢志青雲不及第不昏也會學使案臨兩人並出兄又落第以冠軍應試中順天第四明年成進士授桐城令有吏治尋遷河南道掌印御史富埒王侯因托疾乞骸骨賜歸田里賓客塡門造謁不納又自諸生以及顯貴並不言娶人無不怪之者歸後漸置婢或疑其私嫂察之殊無苟且無何明鼎革天下大亂乃告嫂曰實相告我小郎婦也以男子闒茸不能自立負氣自爲之深恐

播揚致天子召問貽笑海内耳嫂不信脱靴而示之足始懼視靴中則敗絮滿焉於是使生承其御仍閉門而幽佚矣而生平不樂遂出貲購豕謂生曰凡人置身通顯則買姬媵以自奉我宦跡十年猶一身耳君何福澤坐享佳麗生曰面首三十八請卿自置耳相傳爲笑是時生父母屢受覃恩矣搢紳拜往尊生以侍御禮生羞襲閫御惟以諸生自安終身未嘗輿蓋云

異史氏曰翁姑受封於新婦可謂奇矣然侍御而夫人也者何時無之但夫人侍御者少耳天下冠儒冠稱丈

面首　宋書山陰公主謂少帝曰妾与陛下皆託體先王陛下後宮千百妾惟駙馬一人帝曰面首左右人卿自置之　面首少年之有姿貌者　想是六朝時有此俗語

明时鄉紳出门必具大轎張蓋

君子守身如玉

莊子妻死鼓盆而歌

晉阮籍有無鬼論見晉書

夫者皆愧死矣

此恐亦借題罵御史

小謝 鬼

陝西

渭南姜部郎第多鬼魅常惑人因徙去留蒼頭門之而死數易皆死遂廢之里有陶生望三者夙倜儻好狎妓酒闌輒去之友人故使妓奔就之亦笑內不拒而實終夜無所沾染嘗宿部郎家有婢夜奔生堅拒不亂部郎以是契重之家綦貧又有鼓盆之戚茆屋數椽溽暑不堪其熱因請部郎假廢第部郎以其凶故卻之生因作續無鬼論獻部郎且曰鬼何能爲部郎以其請之堅諾

生之胆力自詡

之生往除廳事薄暮置書其中返取他物則書已亡怪之仰臥榻上靜息以伺其變食頃聞步履聲睨之見二女自房中出所亡書送還案上一約二十一可十七八並皆姝麗逡巡立榻下相視而笑生寂不動長者翹一足踹生腹少者掩口匿笑生覺心搖搖若不自持即急肅然端念卒不顧女遂以左手捋髭右手輕批頤頰作小響少者益笑生驟起叱曰鬼物敢爾二女駭奔而散生恐夜爲所苦欲移歸又恥其言不掩乃挑燈讀暗中鬼影幢幢畧不顧瞻夜將半燭而寢始交睫覺人以細

曲肱而枕論語

物穿鼻奇痒大嚏但聞暗處隱隱作笑聲生不語假寐以候之俄見少女以紙條撚細股鶴行鷺伏而至生暴起訶之飄竄而去既寢又穿其耳終夜不堪其擾雞既鳴乃寂無聲生始酣眠終日無所睹聞日既下恍惚出現生遂夜炊將以達旦長者漸曲肱几上觀生讀既而掩生卷生怒捉之即已飄散少間又撫之生以手接卷讀少者潛於腦後交兩手掩生目瞥然去遠立以哂生指罵曰小鬼頭捉得便都殺卻女子即又不懼因戲之曰房中縱送我都不解纏我無益二女微笑轉身向竈

酖即鴆毒

析薪溲米爲生執爨生顧而獎曰兩卿此爲不勝憨跳耶俄頃粥熟爭以匕箸陶椀置几上生曰感卿服役何以報德女笑云飯中溲合砒酖矣生曰與卿夙無嫌怨何至以此相加啜已復盛爭爲奔走生樂之習以爲常日漸稔接坐傾語審其姓名長者云妾秋容喬氏彼阮家小謝也又研問所由來小謝笑曰癡郎尚不敢一呈身誰要汝問門第作嫁娶耶生正容曰相對麗質豈獨無情但陰冥之氣中人必死不樂與居者行可耳樂與居者安可耳如不見愛何必玷兩佳人如果見愛何必

外。一狂生二女相顧動容自此不甚虐弄之然時而探手於懷捋袴於地亦置不爲怪一日錄書未卒業而出返則小謝伏案頭操管代錄見生擲筆睨笑近視之雖劣不成書而行列疎整生贊曰卿雅人也苟樂此僕教卿爲之擁諸懷把腕而教之畫秋容自外入色乍變意似妒小謝笑曰童時嘗從父學書久不作遂如夢寐秋容不語生喻其意僞爲不覺者遂抱而授以筆曰我視卿能此否作數字而起曰秋娘大好筆力秋容乃喜於是折兩紙爲範俾共臨摹生另一燈讀竊喜其各有所事不相侵擾傚畢祇立几前聽生月旦秋容素不解讀塗鴉不可辨認花判已自顧不如小謝有慚色生獎慰之顏始霽二女由此師事生坐爲抓背臥爲按股不惟不敢侮爭媚之踰日小謝書居然端好生偶贊之秋容大慚粉黛淫淫淚痕如綫生百端慰解之乃已因教之讀穎悟非常指示一遍無再問者與生競讀常至終夜小謝又引其弟三郎來拜生門下年十五六姿容秀美以金如意一鉤爲贄生令與秋容執一經滿堂咿唔生於此設鬼帳焉部郎聞之喜以時給其薪水積數月秋

備用五花判事

誣以行止不端

容與三郎皆能詩時相酬唱小謝陰囑勿教秋容生諾之秋容囑勿教小謝生亦諾之一日生將赴試二女涕淚持别三郎曰此行可以托疾免不然恐履不吉生以告疾爲辱遂行先是生好以詩詞譏切時事獲罪於邑貴介日思中傷之陰賂學使誣以行檢淹禁獄中資斧絶乞食於囚人自分已無生理忽一人飄忽而入則秋容也以饌具餽生相向悲咽曰三郎慮君不吉今果不謬三郎與妾同來赴院申理矣數語而出人不之睹越日部院出三郎遮道聲屈收之秋容入獄報生返身往

偵之三日不返生愁餓無聊度一日如年歳忽小謝至愴惋欲絶言秋容歸經由城隍祠被西廊黑判強攝去逼充媵御秋容不屈今亦幽囚妾馳百里奔波頗殆至北郭被老棘刺吾足心痛徹骨髓恐不能再至矣因示之足血殷凌波焉出金三兩跛踦而沒部院勘三郎素非瓜葛無端代控將杖之撲地遂滅異之覽其狀情詞悲惻提生面鞫問三郎何人生僞爲不知部院悟其冤釋之既歸竟夕無一人更闌小謝始至慘然曰三郎在部院被廨神押赴冥司冥王以三郎義令托生富貴家

秋容久錮妾以狀投城隍又被按閣不得入且復柰何
生忿曰黑老魅何敢如此明日仆其像踐踏爲泥數城
隍而責之案下吏暴横如此渠在醉夢中耶悲憤相對
不覺四漏將殘秋容飄然忽至兩人驚喜急問秋容泣
下曰今爲郎萬苦矣判日以刀杖相逼今夕忽放妾歸
曰我無他原以愛故既不願固亦不汚玷煩告陶秋曹
勿見譴責生聞少歡欲與同寢曰今日願爲卿死二女
戚曰向受開導頗知義理何忍以愛君者殺君乎執不
可然挽頸傾頭情均伉儷二女以遭難故妒念全消會

遇仙

息肩於晉 左傳

一道士途遇生，顧謂身有鬼氣。生以其言異，具告之。道士曰：「此鬼大好，不宜負他。」因書二符付生，曰：「歸授兩鬼，任其福命。如聞門外有哭女者，吞符急出，先到者可活。」生拜受，歸囑二女。後月餘，果聞有哭女者。二女爭奔而去。小謝忙急，忘吞其符。見有喪輿過，秋容直出，入棺而沒。小謝不得入，痛哭而返。生出視，則富室郝氏殯其女。共見一女子入棺而去，方共驚疑；俄聞棺中有聲，息肩發驗，女已頓蘇。因暫寄生齋外，羅守之。忽開目問陶生。郝氏研詰之，答云：「我非汝女也。」遂以情告。郝未深信，欲

屋盥妙合刺

舁歸女不從逕入生齋偃臥不起郝乃識壻而去生就
視之面龐雖癯而光艷不減秋容喜愜過望殷敘生平
忽聞烏烏鬼泣則小謝哭於暗陬心甚憐之卽移燈往
覓譬慰哀情而衿袖淋浪痛不可解近曉始去天明郝以
婢媼齎送香奩居然翁壻矣暮入帷房則小謝又哭如
此六七夜夫婦俱為慘動不能成合巹之禮生憂思無
策秋容曰道士仙人也再往求倘得憐救生然之跡道
士所在叩伏自陳道士力言無術生哀不已道士笑曰
癡生好纏人合與有緣請竭吾術乃從生來索靜室掩

道士附女尸而[illegible]形似也
而靈性仍道士

扉坐。戒勿相問。凡十餘日。不飲不食。潛窺之。瞑若睡。一日晨興。有少女搴簾入。明眸而皓齒。光艷照人。微笑曰。跋履終夜。憊極矣。被汝糾纏不了。奔馳百里外。始得一好廬舍。道人載與俱來矣。待其人便相交付耳。斂昏。小謝至。女遽起迎抱之。翕然合爲一體。仆地而僵。道士自室中出。拱手逕去。拜而送之。及返。則女已甦。扶置牀上。氣體漸舒。但把足呻言趾股痠痛。數日始能起。後生應試得通籍。有蔡子經者。與同譜。以事過生。留數日。小謝自鄰舍歸。蔡望見之。疾趨相躡。小謝側身斂避。心竊怒

佳人難再得　古樂府

其輕薄。蔡告生曰。一事深駭物聽。可相告否。詰之。答曰
三年前少妹亦殯。經兩夜而失其尸。至今疑念。適見夫
人。何相似之深也。生笑曰。山荆陋劣。何足以方君妹。然
既係同譜。義即至切。何妨以獻妻孥。乃入內。使小謝衣
（當日尸來之衣）
殉裝出。蔡大驚曰。眞吾妹也。因而泣下。生乃具述本末。
蔡喜曰。妹子未死。吾將速歸。用慰嚴慈。遂去。過數日。舉
家皆至。後往來如郝焉。
異史氏曰。絕世佳人。求一而難之。何遽得兩哉。事千古
而一見。惟不私奔女者能遘之也。道士其仙耶。何術之

神也。苟有其術，醜鬼可交耳。

蕙芳

馬二混居青州東門內，以貨麯為業。家貧無婦，與母共作苦。一日，媼獨居，忽有美人來，年可十六七，椎布甚樸，而光華照人。媼驚顧窮詰，女笑曰：「我以賢郎誠篤，願委身母家。」媼益驚曰：「娘子天人，有此一言，則折我母子數年壽。」女固請之，意必為侯門亡人，拒益力，女乃去。越三日復來，留連不去，問其氏姓，曰：「母肯納我，我乃言；不然，固無庸問。」媼曰：「貧賤傭骨，得婦如此，不稱亦不祥。」女笑坐牀頭，戀戀殊殷。嫗辭之，言：「娘子速去，勿相禍。」女乃出門。嫗視之，西去。又數日，西巷中呂嫗來，謂馬曰：「鄰女董蕙芳，孤而無依，自願爲賢郎婦，胡弗納？」馬以疑慮具白之。呂曰：「烏有此耶？如有乖（作保）謬，咎在老身。」馬大喜，諾之。呂既去，嫗掃室布席，將待子歸往娶之。日將暮，女飄然自至。入室叅母，起拜盡禮。告嫗曰：「妾有兩婢，未得母命，不敢召也。」嫗曰：「我母子守窮廬，不解役婢僕，日得蠅頭利，僅足自給。今增新婦一人，嬌嫩坐食，尚恐不充飽；益之二婢，豈吸風所能活耶？」女笑曰：「婢來亦不費母，事皆能自得食問婢何在女乃呼秋月秋松聲未及已忽如飛鳥墮二婢已立於前郎令伏地叩母既而馬歸母迎告之馬喜入室見翠棟雕梁侔於宮殿中之几屏簾幌光耀奪視驚極不敢入女下牀迎笑睹之若仙益駭卻退女挽之坐與溫語馬喜出非分形神若不相屬郎起欲出行沽女止曰勿須因命二婢治具秋月出一革袋執向扉後搐搐撼擺之已而以手探入壺盛酒柈盛炙觸類熏騰飲已而寢則花罽錦裀溫膩非常天明出門則茅廬依舊母子共奇之媼詣吕所將跡所由入門先謝

其媒合之德。呂訝云、久不拜訪。何鄰女之曾託乎。媪益疑、其言端委。呂大駭、即同媪來覘新婦。女笑迎之、極道作合之義。呂見其慧麗、愕眙良久。即亦不辨、唯唯而已。女贈白木搔具一事、曰、無以報德。姑奉此為姥姥爬背耳。呂受以歸、審視、則化為白金。馬自得婦、頓更舊業、門戶一新、笥中貂錦無數、任馬取著、而出室門則為布素、但輕煖耳。女所自衣亦然。積四五年、忽曰、我謫降人間十餘載。因與子有緣、遂暫留止。今別矣。馬苦留之。女曰、請別擇良偶、以承廬墓。我歲月當一至。已忽不見。馬乃

織女星

仙女董双成見唐诗

娶秦氏後三年七夕夫妻方共語女忽入笑曰新偶良懽不念故人耶馬驚起愴然曳坐便道衷曲女曰我適送織女渡河乘間一相望耳兩相依依語無休止忽空際有人呼蕙芳女急起作别馬問其誰曰余適同雙成姊來彼不耐久伺矣馬送之女曰子壽八旬至期我來收爾骨言已遂逝今馬六十餘矣其人佻撻無他長

異史氏曰馬生其名混其業褻蕙芳奚取哉於此見仙人之貴樸訥誠篤也余嘗謂友人若我與爾鬼狐且棄之矣所差不愧於仙人者惟混耳

茶糜

孟浪 唐突也

下陳 去声自謙

蕭七

徐繼長臨淄人居城東之磨房莊業儒未成去而爲吏偶適姻家道出于氏殯宫薄暮醉歸過其處樓閣繁麗一叟當戸坐徐酒渴思飲揖叟求漿叟起邀客入升堂授飲飲已叟曰曛暮難行姑留宿早旦而發何如徐亦疲殆樂遵所請叟命家人具酒奉客卽謂徐曰老夫一言勿嫌孟浪郎君清門令望可附昏姻有幼女未字欲充下陳幸垂援拾徐踧踖不知所對叟卽遣伻告其親族又傳語令女郎妝束頃之峩冠博帶者四五輩先後

粉澤只一句已盡

不任不勝酒力言已醉乃託詞

藉 襯也

黍穰今之稻柴 舖

竝至女郎亦炫妝出姿容絕俗於是交坐宴會徐神魂

眩亂但欲速寢酒數行堅辭不任乃使小鬟引夫婦入

幃綰同爰止徐問其族姓女自言蕭姓行七又復細審

門閥女曰身雖賤陋配吏胥當不辱寞何苦研窮徐溺

其色歎暱備至不復他疑女曰此處不可爲家審知汝

家姊妹甚平善或不拘阻歸除一舍行將自至耳徐應

之既而加臂於身奄忽就寢既覺則抱中已空天色大

明松陰騎曉身下藉黍穰尺許厚駭嘆而歸告妻妻戲

爲除館設榻其中闔門出曰新娘子今夜至矣因與共

操持中饋之事

倉卒 卽猝 忽忙也

晡 音浦 日落西山

矣曰既暮妻戲叟徐啟門曰新人得無已在室耶既入則美人華妝坐榻上見二人入起逆之夫妻大愕女掩口局局而笑參拜恭謹妻乃治具為之合歡女早起操作不待驅使一日謂徐姊姨輩俱欲來吾家一望徐慮倉卒無以應客女曰都知吾家不饒將先賫饌具來但煩吾家姊姊烹飪而已徐告妻妻諾之晨炊後果有人荷酒胾來釋担而去妻為職庖人之役晡後六七女郎至長者不過四十以來圍坐並飲喧笑盈室徐妻伏牕以窺惟見夫及七姐相向坐他客皆不可睹北斗挂屋

句 六調羹 今之調羹小勺之類也

六經無箸字至周末秦初始有如紂用象箸箕子微子諫阻乃野史子書非六經正傳或漢人假託而言禮記乃漢人所記有挾提說文有櫡字云即今之箸也

角譙然始去女送客未返妻入視案上杯柈俱空笑曰諸婢想俱餓遂如狗舐砧少間女還殷殷相勞奪器自滌促嫡安眠妻曰客臨吾家使自備飲饌亦大笑話明日合另邀致逾數日徐從妻言使女復召客客至恣意飲噉惟留四盞不加七箸徐問之羣笑曰夫人謂吾輩惡故留以待調人座間一女年十八九素舄縞裳云是新寡女呼爲六姊情態妖豔善笑能言與徐漸洽輒以諧語嘲徐行觴政徐爲錄事禁笑譁六姊頻違犯引十餘爵酡然逕醉芳體嬌懶荏弱難持無何亡去徐燭而

調人 烹調之人見周禮 今之廚子

徐謝為秘而衆狐皆先知

瑣瑣不安於心

漫應之 隱若應

覓之則酣寢暗幃中近接其吻亦不覺以手探袴私處墳起心旌方搖席中紛喚徐郎乃急理其衣見袖中有綾巾竊之而出逆於夜央衆客離席六姊未醒七姐入搖之始呵欠而起繫襪理髮從衆去徐拳拳懷念不釋於心將於空處展玩遺巾而覓之已渺疑送客時遺落途間執燈細照階除都復烏有意瑣瑣不自得女問之徐漫應之女笑曰勿誑語巾子人已將去徒勞心目徐驚以實告且言懷想女曰彼與君無宿分緣止此耳問其故曰彼前身曲中女君爲士人見而悅之爲兩親所

懟 音代怨也

尤 怪也

人空句 左傳

皿志不得遂感疾阽危使人語之曰我已不起但得若來獲一捫其肌膚然無憾此女諾如所請適以冗羈未遽往過夕而至則病者已殞是前世與君有一捫之緣也過此即非望後設筵再招諸女惟六姊不至徐疑女妒頗有怨懟女一日謂徐曰君以六姊之故妄相見罪彼實不肯至於我何尤今八年之好行將別矣請為君極力一謀用解從前之惑彼雖不來寧禁我不往登門就之或人定勝天不可知徐喜從之女握手飄若履虛頃刻至其家黃甓廣堂門戶曲折與初見時無少異岳

簡 少也
嘿 音墨不言

父母並出曰拙女久蒙温煦老身以殘年衰慵有疏省
問或當不怪耶郎張筵作會女便問諸姊妹母云各歸
其家惟六姐在耳郎喚婢請六娘子來久之不出女入
曳之既至俯首簡嘿不似前此之諧少時叟媪辭去女
謂六姊曰姐姐高自重使人怨我六姊微哂曰輕薄兒
何以相近女執兩人殘卮强使易飲曰吻已接矣作態
何爲少時七姐亦去室中止餘二人徐遽起相逼六姊
婉轉撐拒徐牽衣長跪而哀之色漸和相攜入室裁緩
襦結忽聞喊嘶動地火光射闥六姊大驚推徐起曰禍

事忽臨奈何徐惶迫不知所爲而女郎已竄避無迹矣徐悵然少坐屋宇並失獵者十餘人按鷹操刃而至驚問何人夜伏於此徐托言迷途因告姓字一人曰適逐一狐見之否荅云不見細認其處乃司氏殯宮也怏怏而歸猶冀七姐復至晨占鵲喜夕卜燈花而竟無消息矣董玉玹談

顧生

江南顧生客稷下眼暴瘇晝夜呻吟罔所醫藥十餘日痛少減而合眼時輒睹巨宅凡四五進門皆洞闢最深

說文無廳字
聽事者於此聽政事今之大堂二堂人家之大廳理事處

凡室臨水處無窗隔門戶曰榭言於庭心可以射箭故曰榭

處有人往來但遙睹不可細認一日方凝神注之忽覺入宅中三歷門戶絕無人跡有南北廳事內以紅氈貼（俗作貼）地略窺之見滿屋嬰兒坐者臥者膝行者不可數計愕疑間一人自舍後出見之曰小王子謂有遠客在門果然便邀之顧不敢入强之乃入問此何所曰九王世子居世子瘧病新瘥今日親賓作賀先生有緣也言未已有奔至者督促（催也）速行俄至一處雕榭朱欄一殿北向凡有九楹歷階而升則客滿座見一少年北面坐知是王子便伏堂下滿堂盡起王子曳顧東嚮坐酒既行鼓樂

堯時天下太平百姓安樂
堯四時巡狩有華封人進
言頌堯曰多福多壽多
男子帝不受曰多禍則
多懼多壽則多辱多
男子則多累今相傳為
華封三祝此傳奇名
鮐 即今之河魨魚高背人
老則背駝故曰鮐背音臺

暴作，諸妓升堂演華封祝，纔過三折，逆旅主人及僕喚
進午餐，就牀頭頻呼之，耳聞甚眞，心恐王子知，然並無
知者，遂托更衣而出，仰視日之中夕，則見僕立牀前，始
悟未離旅邸，心悵悵，猶欲急反，因遣僕闔扉去，甫交睫
見宮舍依然，急循故道而入，路經前嬰兒處，並無嬰兒，
有數十蓬首鮐背坐臥其中，望見顧，出惡聲曰：誰家無
賴子，來此窺伺，顧驚懼，不敢置辯，疾趨後庭，升殿即坐，
見王子頷下添髭尺餘矣，見顧笑問何往，劇本過七折
矣，因以巨觥示罰，移時曲終，又呈齣目，顧點彭祖娶婦，

一齣曰一折 齣音出
清楚也
出夢
出大小便曰更衣
入夢
一刻即老 喻速也
音資
演戲曰劇
大杯音光

逆旅主人 客寓開店
者
眼皮

椰音牙桄榔類湖南北
廣東西雲貴皆有之
大如柚子中有麵粉及
漿可為酒器曰椰瓢

妓即以椰瓢行酒，可容五斗許。顧離席辭飲，言：「臣目疾，不敢過醉。」王子曰：「君患目，有太醫在此，便合診視。」東座一客，即離席來，兩指啟雙眥，以玉篸點白膏如脂，囑合目少睡。王子命侍兒導入複室，令臥；臥片時，覺牀帳香軟，因而熟眠。居無何，忽聞鳴鉦鍠聒，即復驚醒，疑是優戲未畢；開目視之，則旅舍中狗舐油鐺也。然目病若失。再閉之，一無所睹矣。

周克昌　鬼

淮上貢士周天儀，年五旬，止一子，名克昌，愛暱之。至十

事不能兩全

三四歲丰姿益秀而性不喜讀輒逃塾從羣兒戲恒終日不返周亦聽之一日既暮不歸始尋之殊竟烏有夫妻號咷幾不欲生年餘昌忽自至言爲道士迷去幸不見害值其他出得逃而歸周喜極亦不追問及教以讀慧悟倍於疇曩踰年文思大進既入郡庠試遂知名世族爭昏昌頗不願趙進士女有姿周强爲娶之既入門夫妻調笑甚懽而昌恒獨宿若無所私逾年秋戰而捷周益慰然年漸暮日望抱孫故嘗隱諷昌昌漠若不解母不能忍朝夕多絮語昌變色出曰我久欲亡去所不

顧復見毛詩

鬼何取乎必有夙因而俗眼不知

遽捨者。顧復之情耳。實不能探討房帷以慰所望。請仍去彼順志者。且復來矣。媪追曳之。已踏衣冠如蛻。大駭。疑昌已死。是必其鬼也。悲嘆而已。次日昌忽僕馬而至。舉家惶駭。近詰之。亦言爲惡人略賣於富商之家。商無子。子焉。得昌後忽生一子。昌思家。遂送之歸。問所學則頑鈍如昔。乃知此爲昌。其入泮鄉捷者。鬼之假也。然竊喜其事未泄。即使襲孝廉之名。入房婦甚狎熟。而昌靦然有愧色。似新昏者。甫周年生子矣。

異史氏曰。古言庸福人必鼻口眉目間具有少庸。而後

精光陸離楚詞

此當時必有彷彿其事故聊齋翁誌之

丁普郎明初功臣事見明史太祖與友諒戰鄱陽湖對壘陳中流矢死乎大勢雖未定然亦剿陳友諒驍健與徐不同陳誠亡而卒於不救故亦旋亡

福隨之其精光陸離者鬼所棄也庸之所在楷籍可以不入鬬而通佳麗可以不親迎而致而況少有憑藉益之鑽窺者乎

鄱陽神

江西

祠中共有三十餘人皆殉難功臣

翟湛持司理饒州道經鄱陽湖湖上有神祠停蓋游瞻內雕木普郎死節臣像翟姓一神最居末座翟曰吾家宗人何得在下遂於上易一座既而登舟大風斷帆檣檣傾側一家哀號俄一小舟破浪而來既近官舟急挽翟登小舟於是家人盡登審視其人與翟姓神無少異

無何復息尋之已杳

此說不必然此往次乃吉祖當时祝官者禮官祠祭司有籍有官奉行已久豈可因卑家子姪妄而動移耶

錢流

沂水劉宗玉其僕杜和偶在園中見錢流如水深廣二三尺許杜驚喜以兩手滿掬復偃臥其上旣而起視則錢已盡去惟握於手者尚存

楊疤眼

一獵人夜伏山中見有小人長二尺已來踽踽行澗底少間又一人來高亦如之適相值交問何之前者曰我將往望楊疤眼前見其氣色晦黯多罹不吉後人曰我

亦爲此汝言不謬獵者知其非人厲聲大叱二人並無有矣夜獲一狐左目上有瘢痕大如錢

龍戲蛛

徐公爲齊東令署中有樓用藏肴餌往往被物竊食狼籍於地家人數受譙責因伏伺之見一蜘蛛大如斗駭走白公公以爲異日遣婢輩投餌焉蛛益馴飢輒出依人飽而後去積年餘公偶閱案牘蛛忽來伏几下疑其飢方呼家人取餌旋見兩蛇夾蛛臥細裁如箸蛛爪蹝腹縮若不勝懼轉瞬間蛇暴長粗於卵大駭欲走巨霆

大作，闔家震驚，移時，公暨夫人及婢僕，擊死者七八，公病月餘，尋卒。公爲人廉正愛民，柩發之日，民斂錢以送，哭聲滿野。

異史氏曰：龍戲蛛，每意是里巷之訛言耳，乃眞有之乎，聞雷霆之擊，必於凶人，奈何以循良之吏，罹此慘毒，天公之憒憒，不已多乎！

役鬼

山西楊醫，善針灸之術，又能役鬼，一出門，則捉驢操鞭者，皆鬼物也。嘗夜自他歸，與友人同行，途中見二人來

脩偉異常、友人大駭、楊便問何人、荅云長腳王大頭李、敬迓主人、楊曰爲前驅、二人旋踵而行、蹇緩則立候之、若奴隸然、

三朝元老

某中堂者、故明相也、曾降流寇、士論非之、老歸林下、亭堂落成、數人直宿其中、天明見堂上一扁云、三朝元老、一聯云、一二三四五六、七孝弟忠信禮義廉、不知何時所懸、怪之、不解其義、或測之云、首句隱忘八、次句隱無恥也、似之、

洪經略南征凱旋至金陵醮薦陣亡將士有舊門人謁見拜已卽呈文藝洪久厭文事辭以昏眊其人云但煩坐聽容某頌達上聞遂探袖出文抗聲朗讀乃故明思宗御製祭洪遼陽死難文也讀畢大哭而去

夜明

有賈客泛於南海三更時舟中大亮似曉起視見一巨物半身出水上儼若山岳目如兩日初升光四射大地皆明駭問舟人並無知者共伏瞻之移時漸縮入水乃復晦後至閩中俱言某夜明而復昏相傳爲異計其時

則舟中見怪之夜也

鳥語

中州境有道士，募食鄉村。食已，聞鸝鳴，因告主人使愼火。問故，荅曰：「鳥云：『大火難救，可怕！』」衆笑之，竟不備。明日果火，延燒數家，始驚其神。好事者追及之，稱爲仙。道士曰：「我不過知鳥語耳，何仙也！」適有皁花雀鳴樹上，衆問何語。曰：「雀言：『初六養之，初六養之；十四十六殤之。』想此家孿生矣。今日爲初十，不出五六日，當俱死也。」詢之，果二子；無何，並死，其日悉符。邑令聞其奇，招之，延爲客。時羣鴨過、因問之、對曰、明公內室、必相爭也、鴨云罷罷偏向他、偏向他、令大服、蓋妻妾反唇、令適被喧聒而出也、因留居署中、優禮之、時辨鳥語、多奇中、而道士樸野、肆言輒無所忌、令最貪、一切供用諸物、皆折爲錢、以入之、一日方坐、羣鴨復來、令又詰之、荅曰、今日所言、不與前同、乃爲明公會計耳、問何計、曰、彼云蠟燭一百八、銀硃一千八、令慚、疑其相譏、道士求去、令不許、踰數日、宴客忽聞杜宇、客問之、曰、鳥云丢官去、衆愕然失色、令大怒、立逐之去、未幾、令果以墨敗、嗚呼、此仙人儆戒之而惜

可謂兩小無猜不知嫌疑

明制凡教職不必本省且可內擢 本朝則不然如江南皖人与下江互選自道光年間上下江各選只避同郡

縈迴律不去

而眉目澄澄上下睇成意似欣屬焉成乃出女追而遥

告曰崔爾成吾父所善用爲媒無不諧成印諾因念其

慧而多情益傾慕之歸向母實白心願母止此兒常恐

拂之即浼崔作冰焦責聘財（索厚聘）𢾾事已不就崔極言成淸

族美不啻始許之成有伯父老而無子授教職於湖北

妻卒任所母遣成往奔其喪數月將歸伯父病亦卒淹

留既久適大寇據湖南家耗（消息不通）遂隔成竄民間弔影孤惶

而已一日有媼年四十八九縈迴村中日昃不去自言

離亂罔歸將以自鬻或問其價言不屑爲人奴亦不願

國初湖南北不分省江南安徽至乾隆末分

昃 日落山

此佛菩薩如胡生在此村故化身履塵世以腼合之

有善薩之言如此有成之應公如此兩皆奇绝

守株待兎莊子言愚者

萍梗 如浮萍斷梗飄流無定

爲人婦但有母我者則從之不較直聞者皆笑成往視之面目間有二三顋背其母觸於懷而大悲自念隻身無縫紉者遂逝歸執子禮焉嫗喜使爲炊飯織屨劬勞若母拂意輒譴（不遵訓責也）之而少有疾苦則濡煦過於所生忽謂曰此處太平幸無可虞然兒長矣雖在羈旅大倫不可廢三兩日當爲兒娶婦成泣曰兒自有婦但間阻南北耳嫗曰大亂時人事翻覆何可株待成又泣曰無論結髮之盟不可背且誰以嬌女付萍梗人嫗不答但爲治簾幌（音洸帳也）衾枕甚周備亦不識所自來一日日既夕戒成曰

女亦賢故佛意悲爲之作合

匹夫不可奪志論語

千萬不能如願而忽如願故彼此疑夢

燭坐匆寐我往視新婦來也未遂出門去三更既盡媼

不返心大疑俄聞門外譁出視則一女子坐庭中蓬首

啜泣（音出啜泣無声之哭）驚問何人亦不語良久乃言曰娶我來郎亦非福

但有死耳成大驚不知其故女曰我少受聘于胡大成

不意湖北去音信斷絕父母强以我歸汝家身可致志

不可奪也成聞而哭曰郎我是胡某卿菱角耶女收涕

而駭不信相將入室即燈審顧曰得無夢耶于是轉悲

爲喜相道離苦先是亂後湖南百里滌地無類焦攜家

竄長沙（湖南省城）之東又受周生聘亂中不能成禮期是夕送諸

貞節可動鬼神

戒嚴 防堵

剽遨 同飄速

犼 獅類音吼

其家女泣不欲嚮家人强置車中至遂次女顛墜車遂有四人荷肩輿至云是周家迎女者即扶升輿疾行若飛至是始停一老姥曳入曰此汝夫家但入勿哭汝家婆婆且晚將至矣乃去成詰知情事始悟爲神人也夫妻焚香共禱願得母子復聚母自戎馬戒嚴同儔人婦奔伏澗谷一夜譟言寇至即並張皇四匿有童子以騎授母母急不暇問扶肩而上轡迅剽遨躡息至湖上馬踏水奔騰躍下不渡無何扶下指一尸云此中可居母將啟謝回視其馬化爲金毛犼高丈餘童子超乘而去

觀世音曰普门大士內典云前劫古佛

左道旁门邪術也

遨 游也

木鵲能飛唐武后时有工匠雕而飛妖術立皮名曰擡鹤监

母以手擱門豁然啟扉有人出問怪其音熟覘之成也母子抱哭婦亦驚起一門歡慰疑媼爲大士現身由此持觀音經咒益虔遂流寓湖北沿田廬焉

邪子儀

滕有楊某從白蓮教黨得左道之術徐鴻儒誅後楊幸漏脫遂挾術以遨家中田園樓閣頗稱富有至泗上某紳家幻法爲戲婦女出窺楊睨其女美既歸謀攝取之其繼室朱氏亦風韻飾以華妝僞作仙姬又授木鳥教之作用乃自樓頭推墮之朱覺身輕如葉飄飄然凌雲

白蓮教 明末以遼東之役調山東兵往戍 徐与王森好賢同作亂

泗州 在安徽 沿黄河

朱不騎鳥作用飛上也

漢武讀相如賦曰飄飄然有凌雲意

嫦娥一曰姮娥司月之神

非偎蕩子所以有美人大財之享

而行無何至一處雲止不前知已至矣是夜月明清潔俯視甚了取木鳥投之鳥振翼飛去直達女室女見采禽翔入喚婢撲之鳥已冲簾出女追之鳥墮地作鼓翼聲近逼之撲入裙底展轉間負女飛騰直冲霄漢婢大號朱在雲中言曰下界人勿須驚怖我月府姮娥也渠是王母第九女偶謫塵世王母日切懷念暫招去一相聚會即送還耳遂與結襟而行方及泗水之界適有放飛爆者斜觸鳥翼鳥驚墮牽朱亦墮落一秀才家秀才邢子儀家亦貧而性方鯁曾有鄰婦夜奔拒不納婦銜

譖 音增去声

金穴 亦見史記貨殖傳

依楊終是罪人家口今事露見邢少年心頗移

憤去譖諸其夫誣以挑引夫固無賴晨夕登門詬辱之邢因負屈僦居别村聞相者顧某善決人福壽踵門叩之顧望見笑曰君富足千鍾何着敗絮見人豈謂某無瞳耶邢嗤妄之顧細審曰是矣雖固蕭索乎然金穴不遠矣邢又妄之顧曰不惟暴富且得麗人邢終不以爲信顧推之出曰且去且去驗後方索謝耳是夜獨坐月下忽二女自天降視之皆麗姝詫爲妖因致詰問初不肯言邢將號召鄉里求懼始以實告且囑勿洩願終從焉邢思世家女不與妖人婦等遂遣人告諸其家其父

金穴 郭況家有金穴 見後漢書

學相如傳

牒 差票
解鈴還是繫鈴人須求紳方解

母自女飛升零涕惶惑忽得報書驚喜過望立刻命輿馬星馳而去報邢百金攜女歸邢得艷妻方憂四壁得金甚慰往謝顧顧又審曰尚未尚未泰運已交百金何足言遂不受謝先是紳歸請于上官捕楊楊預遁不知所之遂籍其家發牒追朱朱懼詣邢飲泣邢亦計窘姑賂承牒者賃車騎攜朱詣紳哀求解脫紳感其義為極力營謀得贖免留夫妻於別館懽如戚好紳女幼受劉聘劉一時顯秩也聞女寄邢家信宿以為辱反姻書與女絕婚紳將議姻他族女告父母誓從邢邢聞之喜朱

亦喜自願下之紳憂那無家時楊居宅從官貨因購之
夫妻遂歸出橐金粗治器具蓄婢僕旬日間耗費已盡
但冀女來當復得其資助一夕朱謂那曰孽夫楊某曾
以千金埋樓下惟妾知之適視其處磚石依然或窖藏
無恙未可知往共發之果得金因信顧術之神厚報之
後女于歸妝貲豐盈不數年富甲一郡矣
異史氏曰蓮纖滅而楊獨不死又附益之幾疑恢恢者
疏而逝於漏矣而孰知天之罰之蓋為那也不然那雖
否極而泰亦烏能倉卒起樓閣累巨金哉不愛一色而

大官名變產

孽 造孽

天網恢恢疏而不漏 道德經

否極泰來 易經

詹事府 古之太子官屬

明時士大夫家多延司帳，即今家奴管帳，句稽出入，今旗下官家尚如此。家奴無雇工者。官音幻 宦音豢 官音冠

天輒報之以雨。嗚呼！造物無言，而意可知矣。

陸押官 仙 今湖南

趙公，湖廣武陵人，官宮詹，致仕歸。有少年伺門下，求司筆札。書稟、籤押 公召入，見其人秀雅如書生，詰其姓名，自言陸押官，不索傭價。賣身入靠，不須身價 公留之，慧過凡僕。往來牋奏，輒任意裁答，今但能膳清 無不工妙。又主人與客弈，陸睨之，指點輒勝。趙由是益優寵之。諸僚僕見其得主人青顧，咸相戲索，俾作筵押官。諸因問僚屬幾何，會別業主計者皆至，約三十餘人，衆悉告之數，以難之。押官曰：「此大易。但客多，倉卒不能

今之雇工一遞即同陌路，暫有主僕名分，豈有義僕耶。

質者押頭

美神通

遽辦肆中可也遂徧邀諸侶赴臨街店既坐酒甫行有
按蓋起者曰諸君姑勿酌請問今日東道誰主宜先出
貲爲質始可放情飲啖不然一舉數千鬨然都散於何
取償也衆恐目押官押官笑曰得毋謂我無錢耶我固
有錢乃起向盆中捻溼麵如拳碎掐置几上隨擲隨化
爲鼠竄動滿案押官任捉一頭裂之啾然腹破得小金
再捉亦如之頃刻鼠盡碎金滿前乃告衆曰是不足否
飲耶衆異之乃共恣飲既畢會直三兩餘衆秤金適符
其數衆思白其異於主人遂索一枚懷之既歸告趙趙

此用景帝宴周亞夫不設匕箸語

麥穰打麥過麥柴積中有遺麥也

大約是建蘭

命取金搜之已亡返質肆主則償貲悉化蒺藜僕還白趙趙詰之押官曰朋輩索逼酒食囊空實無貲少年學作小劇故試之耳衆復責償押官曰我非賺酒食者某村麥穰中再一簸揚可得麥二石足償酒價有餘也因遣一人同去某村主計者將歸遂與偕往至則淨麥數斛已堆塲中矣衆以此益奇押官一日趙赴友筵堂中有盆蘭甚茂愛之既歸猶贊歎之押官曰誠愛此蘭無難致者趙猶未信凌晨至齋忽聞異香蓬勃則有蘭花一盆箭葉多寡宛如所見因疑其竊故審之押官曰臣

不可以簸揚 毛詩

明代凡京外罷任居鄉曰鄉官亦四人轎呵殿撐傘

家所畜不下千百何須竊爲趙妄之適某友至見蘭驚曰何階肖寒家物也趙曰余適購之亦不識所自來但君出門時見蘭花尚在否某曰我實不曾至齋有無固不可知然何以至此趙視押官押官曰此無難辨公家盆破有補綴處此盆無也驗之始信夜告主人曰向言某家花卉頗多都疑妄謬今屈玉趾乘月往觀但諸人皆不可從惟阿鴨無害鴨宮詹之僮僕也遂如所請既出已有四人荷肩輿伏候道左趙乘之疾於奔馬俄頃入山但聞奇香沁骨無何至一洞府見舍宇華耀迥異

賢女

其時無捐納一途仕途只有三曰科甲曰保舉曰考職已滿吏曰考職祇作佐雜升至通判州同州判府州首領而已

入閭隨處皆設花石，精盆佳卉，流光散馥，即蘭花一種，約有數十餘盆，無不茂美。觀已，如前命駕，歸押官從趙十餘年，後趙無疾終，遂與阿鴨俱出，不知所往。

陳錫九

陳錫九，邳人。父子言，爲邑名士。富室周某仰其聲望，訂爲昏姻。陳累舉不第，而家蕭索，游學于秦，數年無耗。周有悔心，以少女適王孝廉爲繼室。王聘儀豐盈，僕馬甚都。以此益憎錫九貧，堅意絶昏。問女，女不從，怒以惡服飾遣歸錫九。日不舉火，周亦不甚顧卹。一日，使傭媼以

饁熟食

奴婢最勢利而老嫗輩尤甚親族中有小齟齬芥蒂切不可令伊輩從中來往若在同居合族更宜留心往往來塩瑣屑之事若輩於中挑激小則口舌傷和大必釀成巨禍

饁榼餉女入門向母曰主人使某視小姑姑餓死否女恐母慟強笑以亂其詞因出榼中肴餌列母前嫗止之曰無須爾自小姑入人家何曾交換出一杯溫涼水吾家物料姥姥亦無顏啗啜得母大恚聲色俱變嫗不服惡語相侵紛紜間錫九自外入訊知大怒撮毛批頰𢴃逐出門而去次日周來迎女女不肯歸明日復來增其人數衆口呶呶如將尋鬭母強勸女去女潸然拜母登車而去過數日又使人來逼索離昏書母強錫九與之惟望子言歸以圖別處周家有人自西安來久知子言

音渴盒盤裝食品者　周老昏憒　陝西

言有未無往

凡女在夫家有口舌小事女家只可從中婉勸否則置之不向若左袒其女或接回則难收拾矣

已死陳母哀憤成病尋卒哀迫之中猶冀妻臨久之渺
然悲憤欲切薄田數畝鬻治葬具葬已乞食赴秦以求
父骨至西安徧訪居人或言數年前有書生死於逆旅
葬之東郊今塜已沒錫九無策惟朝丐市廛暮宿野寺
冀有知者會晚經叢葬處有數人遮道逼索飯價錫九
曰我異鄉人乞食城郭何處少人飯價共怒捽之仆地
以埋兒敗絮塞其口力盡聲嘶漸就危殆忽共驚曰何
處官府至矣釋手寂然俄有車馬至便問臥者何人即
有數人扶至車下車中人曰是吾兒也孽鬼何敢爾可

孝子孝婦否極泰來

悉縛來勿致漏脫錫九覺有人去其塞少定細認眞其父也大哭曰我爲父骨良苦今固尚在人間耶父曰我非人太行總管也此來亦爲吾兒錫九哭益哀父稍稍慰諭之錫九泣述岳家離昏父曰無憂今新婦亦在母所母念兒甚可暫一往遂與同車馳如風雨移時至一官署下車入重門則母在焉錫九啜泣聽命見妻在母側問母曰兒婦在此得無泉下物耶母曰非也是汝父接將來待汝歸後當便送去錫九曰兒侍父母不願歸矣母曰辛苦跋涉而來爲父骨耳汝不歸初志云何也

駛音史馬行迅速今
俗作駛

山西至陝西省城

且汝孝行已達天帝賜汝金萬觔夫妻享受正遠何言不歸錫九垂泣父數數（叔頻也）促行錫九哭失聲父怒曰汝不行耶錫九懼收聲始詢葬所父挽之曰子行我告之去叢葬處百餘步有子母（大小榆樹）白榆是也挽之甚急竟不遑別母門外有健僕捉馬待之既趣乘父囑曰日所宿處有少資斧可速辦裝歸向岳索婦不得婦勿休也錫九諾而行馬絕駛雞鳴至西安僕扶下方將拜致父母而人馬已杳尋至舊宿處倚壁假寐以待天明坐處有拳石礙股矙而視之白金也市棺賃輿尋雙榆下得父骨而

相如家徒四壁貧矣錫九
并無四壁昔一高僧云去
年貧未是貧尚有錐可
立今年貧并無錐也

十九亦賢而俠

可入劉向列女傳此父而生
賢女奇事

歸合卺既畢家無四壁寄里中憐其孝共飯之將往索婦自度不能試與族兄十九往及門門者絕之十九素無賴出詞穢褻周使人勸錫九歸願卽送女去錫九乃還初女之歸也周對之罵壻及母女不語但向壁零涕陳母死亦不使聞得離書擲向女曰陳家出汝矣女曰我不曾悍逆出我爲何也欲歸質其故又禁閉之後錫九如西安遂造凶訃以絕女志此事一播遂有杜中翰來議姻竟許之親迎有日女始知遂泣不食以被韜面氣如游絲周正無所方計忽聞錫九至發語不遜意料

旨奚父母

必須用試

韜藏

覆

錫九鄰黨甚賢
皇迫 倉皇急迫
夷 同痍創也
重賂何不以贈婚憤〻可恨

女必死遂舁歸錫九意將待女死以洩其憤錫九歸而送女者已至猶恐錫九見其病而不內（同納）肖入門委之而去鄉里代憂共謀舁還錫九不聽扶置榻上而氣已絕始大恐詣皇迫間周子率數人持械入門窗盡毀錫九逃匿苦搜之鄉人盡爲不平十九糾十餘人銳身急難周子兄弟皆被夷傷始鼠竄而去周益怒訟於官捕錫九十九等錫九將行以女尸囑鄰嫗忽聞榻上若息近視之秋波微動矣少時已能轉側大喜詣官自陳宰怒周訟誣周懼啗以重賂始得免錫九歸夫妻相見悲喜

女遭翁壻家難，難于左右
祖及父母家，父欲其再醮
矣，志以身殉，古賢士之節
也

交并。先是女絕食奄臥，自矢必死。忽有人掟起，曰：「我陳家人也。速從余去，夫妻可以相見。不然無及矣。」不覺身已出門，兩人扶登肩輿，頃刻至官廨，見公姑具在。問：「此何所？」母：「言不必問，容當送汝歸。」一日見錫九至，竊喜。一見遽別，心頗疑怪。公不知何事，恒數日不歸。昨夕忽歸曰：「我在武夷，遲歸二日，難爲保兒矣。可速送兒婦去。」遂以輿馬送女。忽見家門，遂如夢醒。女與錫九共述曩事，相與驚喜。由此夫妻相聚，但朝夕無以自給。錫九於村中設童蒙帳，兼自攻苦。每私語曰：「父言天賜黃金，今四

訓讀 去声 即句讀

想陳父子之賢孝故得衆人之憐

周老愈趋愈下不死不休

堵空空豈訓讀所能發蹟耶一日自塾中歸遇二人問之曰君陳某耶錫九然之二人即出鐵索縶之錫九不解其故少間村人畢集共詰之始知郡盜所牽衆憐其寃醵（音劇 公湊）錢賂役以是途中得無苦至郡見太守歷述家世太守愕然曰此名士之子溫文爾雅烏能作賊命脫縲絏取盜嚴梏之（韋太守賢明）始供爲周某賄囑錫九又訴翁壻反面之由太守益怒立刻拘提即延錫九至署與論世好蓋太守舊邳宰韓公之子故子言受業門人也贈燈火之費以百金又以二騾代步使不時趨郡以課文藝轉於

凡敗法乱常曰賊如桀纣為寇王因賊虐而亡

賢女真不可及

錫九亦賢不念舊惡

糠覈 音核米皮

塞翁失馬 安知非福

各上官游揚其孝自總制而下皆有餽遺錫九褁馬而歸夫妻慰甚一月妻母哭至見女伏地不起女駭問之始知翁已被械在獄矣女哀哭自咎但欲覓死錫九不得已詣郡爲之緩頰太守釋令自贖罰穀一百石批賜孝子陳錫九既歸出倉粟雜糠粃而輦運之錫九謂女曰而翁以小人之心度君子矣烏知我必受之而瑣瑣雜糠覈耶因笑却之錫九家雖小有而垣牆陋敝一夜羣盜入僕覺大號止竊兩騾而去後半年餘錫九夜讀聞撾門聲問之寂然呼僕起共視之門一啟兩騾躍入

在世為惡財可通神惟沒後覆冥難消釋耳

錫九不但孝行即稚量世俗所無

王孝廉想必與丈人一樣冒襟故以貪贓革職

則向所亡也直奔榻下咻咻汗喘燭之各負革囊解視則白鏹滿中大異不知所自來後聞是夜大寇刼周盈裝出適防兵追急委其捆載而去騾識故主遂奔至也周自獄中歸刑剝猶劇又遭盜刼大病尋卒女夜夢父囚繫而至曰吾生平所爲悔之不及今受冥譴非若翁無能解脫爲我代求壻致一函焉醒而嗚咽詰之具以告錫九久欲一詣太行即日遂發既至備牲物酬祝之即露宿其處冀有所見終夜無異遂歸周死母子益貧仰給於次壻王孝廉考補縣尹以墨敗舉家徙瀋陽益

（亦有悔時）（亦賢不可及）（亦弄神通敘得好）（音沈）

余每見刻薄者自詡飛狠無微不至死後兒孫償債有萬兩家業至朝不謀夕者

今奉天府

頒白 同斑半白黑五十歲上下頭髮鬚鬢也

各官佩符自唐始李鯉同音故賜魚符京官出入禁中取驗也武后改國號曰周因元武遂鑄龜符銅質塗金須賜京官兩符吳平老處收藏有之

無所歸錫九時顧卹之（史毋不能同至配所 顧卹 照看憐恤 擧家徙遼左此本朝初年極邊之地下死刑一等）

異史氏曰善莫大于敬鬼神通之理當宜然使尚德之

達人也者即終貧猶將取之爲論後此之必昌哉或以

膝下之嬌女付諸頒白之叟而揚揚曰某貴官吾東牀（續弦 得意）

也嗚呼宛宛嬰嬰者如故而金龜壻以諭葬歸其慘已（同 謫 死刑）

甚矣而况以少婦從軍者乎（唐詩無端嫁得金龜壻 少年從軍千里已難况少婦耶）

于去惡（鬼 科場）

北平陶聖俞名下士順治間赴鄉試寓居郊郭偶出戶（直隸）

見一人負笈徨儴似卜居未就者畧詰之遂釋負於道（音吉 竹箱）

金魚袋銅質塗金宋時尚沿其制

徨儴力之貌 音

匡襄

音文多餘也

相與傾語言論有名士風陶大悅之請與同居客喜攜
囊入遂同棲止客自言順天人姓于字去惡以陶差長
兄之于性不喜游矚常獨坐一室而案頭無書卷陶不
與談則默臥而已陶疑之搜其囊篋則筆硯之外更無
長物怪而問之笑曰我輩讀書豈臨渴始掘井耶一日
就陶借書去閉戶抄甚疾終日五十餘紙亦不見其摺
疊成卷竊窺之則每一稿脫輒燒灰吞之愈益怪焉詰
其故曰我以此代讀耳便誦所抄書頃刻數篇一字無
訛陶悅欲傳其術于以為不可陶疑其吝詞涉誚讓于

罵房官

想　國初甫定鼎開科各省有簾官差而但聘不考故聊齋有此設詞

曰兄誠不諒我之深矣欲不言則此心無以自剖驟言之又恐驚爲異物柰何陶固謂不妨于曰我非人實鬼耳今冥中以科目授官七月十四日奉詔考簾官十五日士子入闈月盡榜放矣陶問考簾官何爲曰此上帝慎重之意無論鳥吏鱉官皆考之能文者以内簾用不通者不與焉蓋陰之有諸神猶陽之有守令（知府知縣）也得志諸公目不覩墳典不過少年持敲門磚獵取功名門既開則棄去再司簿書十數年卽文學士胸中尚有字耶陽世所以陋劣倖進而英雄失志者惟少此一考耳陶深

俗以八股時文賦詩曰敲门磚

迍邅即屯邅見易經如道途險阻艱難也

痛論簾官

師曠晉國樂官双瞽者

和嶠晉朝國初大僚有錢癖晉書有傳

時謂王濟有馬癖和嶠錢癖杜預左傳癖見世說新語言其貪也

然之由是益加敬畏一日自外來有憂色歎曰僕生而
貧賤自謂死後可免不謂迍邅相從地下矣陶請其故
曰文昌奉命都羅國封王簾官之考遂罷數十年遊神
耗鬼雜入衡文吾輩寧有望耶陶問此輩皆誰何人曰
即言之君亦不識略舉一二人大概可知樂正師曠司
庫和嶠是也僕自念命不可憑文不可恃不如休耳言
已快快遂將治任陶挽而慰之乃止至中元之夕謂陶
曰我將入闈煩於昧爽時持香注於東野三呼去惡我
便至乃出門去陶沽酒烹鮮以待之東方既白敬如所

將歸不應試

七月望

一見便契合有夙因也

方生不終場而去與千同至陶不疑其是鬼便甚相愛文章有神交有道也

蒲翁擬一體無不似者此乃鬼神條例擬未上牒體

囑無何千偕一少年來問其姓字千曰此方子晉是我良友適於場中相邂逅聞兄盛名深欲拜識同至寓秉燭爲禮少年亭亭似玉意度謙婉甚愛之便問子晉佳作當大快意千曰言之可笑闈中七題作過半矣細審主司姓名裹具徑出奇人也陶煽爐進酒因問闈中何題去惡魁解否千曰書藝經論各一夫人而能之策問自古邪僻固多而世風至今日奸情醜態愈不可名不惟十八獄所不得盡抑非十八獄所能容是果何術而可或謂宜量加一二獄然殊失上帝好生之心其宜

朋友相叙之樂最難得

差 音雌 等級多少也

拳拳 相念

增與否與或別有道以清其源爾多士其悉言勿隱弟
策雖不佳頗謂痛快表擬天魔殄滅賜群臣龍馬天衣
有差次則瑤臺應制詩西池桃花賦此三種自謂場中
無兩矣（同後）言已鼓掌（拍手笑）方笑曰此時快心放兒獨步矣數辰
后不痛哭始為男子也天明方欲辭去陶留與同寓方
不可但期暮至三日竟不復來陶使于往尋之于曰無
須予語拳拳非無意者日既西方果至出一卷授陶曰
三日失約敬錄舊藝百餘作求一品題陶捧讀大喜一
句一贊客盡一二首遂藏諸笥（竹書箱）談至更深方遂留與于

殄 音殿 盡也

朋友之愛而结兄弟之缘

張桓侯 蜀漢張飛字益德 官車騎將軍謚 曰桓侯作翼

共榻寢，自此為常。方無夕不至，陶亦無夕不懽也。一夕倉皇而入，向陶曰：地榜已揭，于五兒落第矣。于方臥，聞言驚起，泣然流涕。二人極意慰藉，涕始止。然相對默默，殊不可堪。方曰：適聞大巡環張桓侯將至，恐失志者之造言也；不然，文場尚有翻覆。于聞之，色喜。陶詢其故。曰：桓侯翼德，三十年一巡陰曹，三十五年一巡陽世，兩間之不平，待此老而一消也。乃起，拉方俱去。兩夜始返，方謂陶曰：君不賀五兄耶？桓侯前夕至，裂碎地榜，榜上名字，止存三之一。徧閱遺卷，得五兒甚喜，薦作交南巡海

陶誤認借任同用功

慈厚可依已露微指

使且晚輿馬可到陶大喜置酒稱賀酒數行于問陶曰君家有閒舍否問將何爲曰予晉孤無鄉土又不忍惹然於兄弟意欲假館相依陶喜曰如此爲幸多矣即無多屋宇同榻何礙但有嚴君須先關白于曰審知尊大人慈厚可依兄塲闈有日予晉如不能待先歸如何陶留伴逆旅以待同歸次日方暮有車馬至門接于蒞任于起握手曰從此別矣一言欲告又恐阻鋭進之志問何言曰君命偃蹇生非其時此科亦十分之一後科桓侯臨世公道初彰十之三三科始可望也陶聞欲中止

到任

現身說法一字一淚

深情眷、

予曰不然此皆天數即明知不可而註定之艱苦亦要歷盡耳又顧方曰匆淹滯今朝年月日時皆良即以輿蓋送君歸僕馳馬自去方忻然拜別陶中心迷亂不知所囑但揮涕送之見輿馬分途頃刻都散始悔予督北旋未致一字（未帶家信）而已無及矣三場畢不甚滿志奔波而歸入門問予賢家中並無知者因爲父逝之父喜曰若然則容至久矣先是陶翁書臥夢輿蓋止於其門一美少年自車中出登堂展拜訝問所來荅云大哥許假一舍以入闈不得偕來我先至矣言已請入拜母翁方謙却

適家媼出臥夫人產公子矣恍然而醒大奇之是日陶言適與夢符乃知兒即予胥後身也父子各喜名之小胥兒初生善夜啼母苦之陶曰倘是予胥我見之啼當止俗忌客忤故不令陶見母患啼不可耐乃呼陶入陶呼之曰予胥勿爾我來矣兒啼正急聞聲輒止停睇不瞬如審顧狀陶摩頂而出自是竟不復啼數月後陶不敢見之一見則折腰索抱走去則啼不可止陶亦絕愛之四歲離母輒就兄眠兄他出則假寐以俟其歸兄於枕上教毛詩誦聲呢喃夜盡四十餘行以予胥遺文授

客忤 凡初生兒不許見生客江浙皆有此俗

瞬 即眴轉睛也

康熙丁酉北闈鄉試事發主考姜宸英革職瘐死倖中者伏誅正主考乃李蟠狀元姜探花

翰苑即翰林

桓侯聲若巨雷

淳周勃封絳侯灌嬰皆功臣楚王韓信嘗拜大將軍登壇必平勃嬰等皆聽節制後貶淮陰侯信乃歎曰羞與絳灌等伍

之欣然樂讀過口成誦試之他文不能也八九歲眉目朗徹宛然一子晉矣陶兩入闈皆不第丁酉文場事發黛官多遭誅譴貢舉之途一肅乃張巡環力也陶下科中副車尋貢遂灰志前途隱居教弟常語人曰吾有此縱翰苑不易也

康熙某年江南鄉試有弊事發六年旨嚴究主司左幸工洞侍從背噶禮而更固節噶為蘇撫張伯行參奏使欽差見張得直唱免官

異史氏曰余每至張夫子廟堂瞻其鬚眉凛凛有生氣又其生平喑啞如霹靂聲矛馬所至無不大快出人意表世以將軍好武遂置與絳灌伍寧知文昌事繁須侯固多哉嗚呼三十五年來何暮也

低回嗚悒

中資溫飽之家

臥榻句宋太祖諭南唐李後主使臣孫晟 見五代史宋史

鼾音罕 鼻息酣睡也

要挾制言不償則不還褌

鳳仙　狐

劉赤水平樂人少穎秀十五入郡庠父母早亡遂以游蕩自廢家不中貲而性好修飾衾榻皆精美一夕被人招飲忘滅燭而去酒數行始憶之急返聞室中小語伏窺之見少年擁麗者眠榻上宅臨貴家廢第恒多怪異心知其狐亦不恐入而叱曰臥榻豈容鼾睡二人遑遽抱衣赤身遁去遺紫紈袴一帶上繫針囊大悅恐竊去藏衾中而抱之俄一蓬頭婢自門罅入向劉索取劉笑要償婢請遺以酒不應贈以金又不應婢笑而去旋

裝扮修飾

箴音針 鍼箴

嘉耦曰配　礼記

言不能倉卒卬成美事

輕諾者必寡信　老子道德經

如此送新人真妙絶

頳音春　面紅　人寰　人世

反曰大姑言如賜還當以佳耦爲報劉問伊誰曰吾家皮姓大姑小字八仙共臥者胡郎也二姑水仙適富川丁官人三姑鳳仙較兩姑尤美自無不當意者劉恐失信請坐待好音婢去久之復返曰大姑寄語官人好事豈能猝合適與之言方遭訴厲但緩時日以待之吾家非輕諾寡信者劉付之過數日渺無信息薄暮自外歸閉門甫坐忽雙扉自啟兩人以被承女郎手捉四角而入曰送新人至矣笑置榻上而去近視之酣睡未醒酒氣猶芳赬顔醉態傾絶人寰喜極爲之捉足解襪抱體

被之四角

以妹作人情

問答皆用毛詩

祇以涼字易良字

古樂府有妾換馬曲

綏綏而女已微醒開目見劉四股不能自主但恨曰八仙淫婢竟我矣劉抑抱之女嫌膚冰微笑曰今夕何夕見此涼人劉曰子兮子兮如此涼人何遂相歡愛既而曰婢子無恥玷人牀寢而以履換袴耶必小報之從此靡夕不至綢繆甚殷袖中出金釧一枚曰此八仙物也又數日懷繡履一雙來珠嵌金繡工巧殊絕且囑劉暴揚之劉出誇示親賓求觀者皆以貲酒爲贄由此奇貨居之女夜來忽作別語怪問之荅云妹以履故恨妾欲攜家遠去隔絕我好劉懼願還之女云不必彼方以此

六挾制劉与鳳仙

中 去声

障紗 註前

三仙中鳳仙最美而慧故曰得其龍漢末三諸葛在蜀者亮為龍在魏者誕為虎在吳者瑾為狗亮誠天人然誕瑾各忠所事亦人傑也三國時語

挾送如還之，由其機矣。劉問何不獨詣，曰：父母遠去，一家十餘口俱托胡郎經紀，若不從去，恐長舌婦造黑白也。從此不復至。踰二年，思念綦切，偶在途遇女郎騎欵段馬，老僕鞚之（韋邑），摩肩過，反啟障紗相顧，丰姿艷絕。頃，一少年後至，曰：女子何人？似頗佳麗。劉極贊之。少年拱手笑曰：太過獎矣！此即山荊也。劉惶愧謝過。少年曰：此何妨？但南陽三葛，君得其龍，區區者又何足道！劉疑其言。少年曰：君不認竊眠臥榻者耶？劉始悟為胡，敘僚壻（俗曰連襟）之誼，嘲謔甚歡。少年曰：岳新歸，將一省覲，可同行否？劉喜

從入縈山山上故有邑人避難之宅女下馬入少間數人出壻曰劉官人亦來矣入門謁見翁媼又一少年先在靴袍炫美翁曰此富川丁壻並揖即坐少時酒炙紛綸談笑頗洽翁曰今日三壻並臨可稱佳集又無他人可喚兒輩來作一團圞之會俄姊妹俱出翁命設坐各傍其壻八仙見劉惟掩口而笑鳳仙輒與嘲弄水仙貌少亞而沉重溫克滿座傾談惟把酒含笑而已於是履舄交錯蘭麝熏人飲酒樂甚劉視牀頭樂具畢備遂取玉笛請爲翁壽翁喜命善者各執一藝因而合座爭取

洛妃即洛神子建有賦樂府有曲

破窰傳奇演呂蒙正貧時事

惟丁與鳳仙不取八仙曰丁郎不諳可也汝寧屈指不
伸者因以拍板擲鳳仙懷中便串繁響翁悅曰家人之
戲極矣兒輩俱能歌舞何不各進所長八仙起捉水仙
曰鳳仙從來金玉其音不敢相勞我兩人可歌洛妃一
曲二人歌舞方已適婢以金盤進果都不知其何名翁
曰此自眞臘攜來所謂田婆羅也因擲數枚送丁前鳳
仙不悅曰壻豈以貧富爲愛憎耶翁微哂未言八仙曰
阿爹以丁郎異縣故是客耳若論長幼豈獨鳳妹妹有
拳大酸壻也鳳仙終不快解華妝以鼓拍授婢唱破窰

喬性 才慧自氣性清高傲
雜興語言俗謂蹺立人

一折聲淚俱下既闋拂袖逕出一座爲之不懽八仙曰婢子喬性猶昔乃追之不知所往劉無顏亦辭而歸至半路見鳳仙坐路旁呼與並坐曰君一丈夫不能爲牀頭人吐氣耶黃金屋自在書中願好爲之舉足云出門欻遽棘刺破複履矣所贈物在身邊否劉出之女取而易之劉乞其敝者囅然曰君亦無賴矣幾見自已衾枕之物亦要護藏者如相見愛一物可以相贈出一鏡付之曰欲見妾當於書卷中覓之不然相見無期矣言已不見怊悵自歸視鏡則鳳仙背立其中如望去人於百

步之外者。因念所囑。謝客下帷。一日見鏡中人忽現正面。盈盈欲笑。益愛重之。無人時。輒以共對。月餘銳志漸衰。遊恒忘返。歸見鏡影。慘然若涕。隔日再視。則背立如初矣。始悟爲已之廢學也。乃閉戶研讀。晝夜不輟。月餘則影復向外。自此驗之。每有事荒廢。則其容戚。數日攻苦。則其容笑。如是朝夕懸之。如對師保。如此二年。一舉而捷。喜曰。今可以對我鳳仙矣。攬鏡視之。見畫黛彎長。瓠犀微露。喜容可掬。宛然在目前。愛極。停睇不已。忽鏡中人笑曰。影裏情郎。畫中愛寵。今之謂矣。驚喜四顧。則

瓠。音胡瓜瓣
比美人之齒

用檀引句調一句色括
盡
房師為富川令
倒叙丁事周匝

鳳仙已在座後握手問翁媼起居曰妾別後不曾歸家
伏處巖穴聊與君分苦耳劉赴宴郡中女請與俱共乘
而往人對面不相窺既而將歸陰與劉謀偽爲娶於郡
也者女既歸始出見客經理家政人皆驚其美而不知
其狐也劉屬富川令門人往謁之遇丁殷殷邀至其家
款禮優渥言岳父母近又他徙內人歸寧將復當寄信
往並請申賀劉初疑丁亦狐及細審邦族始知富川大
賈子也初丁自別業暮歸遇水仙獨步見其美微睨之
女請附驥以行丁喜載至齋與同寢處櫺隙可入始知

取友亦然不獨夫婦可依

爲狐言郎無見疑妾以君誠篤故願托之丁變之竟不
復娶劉歸假貴家廣宅備客燕寢氾掃光潔而苦無供
帳隔夜視之則陳設煥然矣過數日果有三十餘人賫
旗采酒禮而至輿馬纜紛塡溢街巷劉揖翁及丁胡入
客舍鳳仙逆嫗及兩姨入內寢八仙曰婢子今貴不怨
冰人矣鉤履猶存否女搜付之曰履則猶是也而被千
人看破矣八仙以履擊背曰撻汝寄於劉郎乃投諸火
祝曰新時如花開舊時如花謝珍重不曾着姮娥來相
借水仙亦代祝曰曾經籠玉笋着出萬人稱若使姮娥

見應憐太瘦生鳳仙撥灰曰夜夜上青天一朝去所懽
爾得纖纖影徧與世人看遂以灰撚杵中堆作十餘分
望見劉來托以贈之但見繡履滿杵悉如故款八仙急
出推杵墮地地上猶有一二隻存者又伏吹之其蹤始
滅次日丁以道遠夫婦先歸八仙貪與妹戲翁及胡屢
督促之亭午始出與衆俱去初來儀從過盛觀者如市
有兩寇窺見麗人魂魄喪失因謀刼諸途偵其離村尾
之而去相隔不盈一矢馬極奔不能及至一處兩崖夾
道輿行稍緩追及之持刀吼咤人衆都奔下馬啟簾則

妙绝快绝

老嫗坐焉方疑惧掠其母纔他顧而兵傷右臂頭已被
縛凝視之雌並非雌乃平樂城門也與中人則李進士
母自鄉中歸耳一寇後至亦斷馬足而繫之門李執送
太守一訊而伏時有大盜未獲詰之即其人也明春劉
及第鳳仙亦遜招禍故悉辭內戚之賀劉亦更不他娶
及爲郎官（郎中員外）納妾生二子
異史氏曰嗟乎冷煖之態仙凡固無殊哉少不努力老
大徒傷惜無好勝佳人作鏡影悲笑耳吾願恒河沙數
仙人並遣嬌女昏嫁人間則貧窮海中少苦衆生矣

佟客

董生徐州人好擊劒每慷慨自負偶在途中遇一客跨蹇同行與之語談吐豪邁詰其姓字云遼陽佟姓問何往曰余出門二十年適自海外歸耳董曰君遨遊四海閱人甚多曾見異人否佟問異人何等董乃自述所好恨不得異人所傳佟曰異人何地無之要必忠臣孝子始得傳其術也董又奮然自許即出佩劒彈之而歌又斬路側小樹以矜其利佟掀髯微笑因便借覰董授之展玩一過曰此甲鐵所鑄爲汗臭所蒸最爲下品僕雖

毛毳 音崔同脆

佟用術先試以忠孝

未聞劍術然有一劍頗可用遂於衣底出短刃尺許以削董劍毳如瓜瓠應手斜斷如馬蹄董駭極亦請過手再三拂拭而後反之邀佟過諸其家堅留信宿叩以劍法謝不知董按膝雄談惟敬聽而已更既深忽聞隔院紛拏隔院爲生父居心驚疑近壁凝聽但聞人作怒聲曰教汝子速出即刑便赦汝少頃似加搒掠呻吟不絕

初念甚壯

者直其父也生提戈欲往佟止之曰此去恐無生理宜審萬全生皇然請教佟曰盜坐名相索必將甘心焉君無他骨肉宜囑後事於妻子我啟戶爲君驚厮僕生諾

編管　音奸　蘆管

解縉後從永樂、方与齊泰、黃子澄、王艮、練子寧皆殉建文之難、事見明史及遜國名臣傳、

入告其妻妻牽衣泣生壯念頓消遂共登樓上尋弓覓矢以備盜攻倉皇未已聞佟在樓簷上笑曰賊去矣燭之已杳遂巡出則見翁赴鄰飲籠燭始歸惟庭前多編管遺灰焉乃知佟異人也

異史氏曰忠孝人之血性古來臣子而不能死君父者其初豈遂無提戈壯往時哉要皆一轉念誤之耳昔解大紳與方孝孺相約以死而卒食其言安知矢約歸家後不聽牀頭人嗚泣哉邑有快役某每數日不歸妻遂與里中無賴通一日歸適值少年自房中出大疑苦詰

緩兵之計凡婦女有外好者必伶俐遲笨者必自好

夫妻已久素知其性情

明制凡樂戶帶綠巾飯官妓今久裁革然尚無男子帶綠色小帽子

其妻。妻堅不服。既於牀頭得少年遺物。妻窘無詞。惟長跪哀乞。某怒甚。擲以繩。逼令自經。妻請妝服而死。許之。妻乃入室理妝。某自酌以待之。呵叱頻催。俄妻炫服出。含涕拜曰。君果忍令奴死耶。某以盛氣咄之。妻反走入房。方將結帶。某擲琖。鏘然呼曰。咍。返矣。一頂綠頭巾。或不能壓人死耶。遂為夫婦如初。此亦大紳者類也。一笑。

愛奴　鬼

直隸

河間徐生。設教於恩。臘初歸。途遇一叟。審視曰。徐先生撤帳矣。明歲授徒何所。答應曰。仍舊。叟曰。敬業姓施。有

疃 音貪上声

漚釘 今庫門上泡頭釘漚水中泡也

獸鐶 門上獸呑頭銜大環

舍甥延求明師適託某至東疃聘呂子廉渠已受贄稷
門君如苟就束儀請倍於恩徐以成約爲辭叟曰信行
君子也然去新歲尚遠敬以黃金一金爲贄暫留教之
明歲另議若何徐可之叟下騎呈禮函且曰敝里不遙
矣宅隘陋飼畜爲艱請即遣僕馬去散步亦佳徐從之（不欲其僕同入）
以行李寄叟馬上行三四里許日既暮始抵其宅漚釘
獸鐶宛然世家呼甥出拜十三四歲童子也叟曰妹夫
蔣南川舊爲指揮使止遺此兒頗不鈍但嬌慣耳得先
生一月善誘當勝十年未幾設筵備極豐美而行酒下

明制公侯世襲下即是各衛指揮使正三品同知從三品僉事正四品千户正五品百户正六品皆世官共四百幾十衛耳

食皆以婢媪。一婢執壺侍立，年十五六以來，風致韻絕。
心竊動之。席既終，叟命安置牀寢，始辭而去。天未明，兒
出就學。徐方起，即有婢來捧巾侍盥，即執壺人也。日給
三餐，悉此婢。至夕又來掃榻。徐問：「何無僮僕？」婢但笑不
言。佈衾徑去。次日復至，入以游語，婢笑不拒，遂與狎。因
告曰：「吾家並無男子，外事則託施舅。妾名愛奴。夫人雅
敬先生，恐諸婢不潔，故以妾來。今日但須緘密，恐發覺，
兩無顏也。」一夜共寢，忘曉，爲公子所遭。徐慚怍不自安。
至夕，婢來曰：「幸夫人重君，不然敗矣。公子入告，夫人急

掩其口若恐君聞但戒妾勿得久留齋館而已言已遂

去徐甚德之然公子不善讀訶責之則夫人輒爲緩頰

初猶遣婢言漸親出隔戶與先生語往往零涕顧每晚

必問公子日課徐頗不耐作色曰既從兒懶又責兒工

此等師我不慣作請辭夫人遣婢謝過徐乃止自入館

以來每欲一出登眺輒錮閉之一日醉中怏悶呼婢問

故婢言無他恐廢學耳如必欲出但請以夜徐怒曰受

人數金便當淹禁死耶教我夜竄何之乎久以素食爲

恥贄固猶在囊耳遂出金置几上治裝欲行夫人出默

默不語帷掩袂哽咽使婢反金啟鑰送之徐覺門戶偪
側走數步日光射入則身自陷冢中出四望荒凉一古
墓也大駭而心感其義乃賣所賜金封堆植樹而後去
之過歲復經其處展拜而行遙見施叟笑致溫凉邀之
殷切心知其鬼而欲一問夫人起居遂相將入村沽酒
共酌不覺日暮叟起償酒價便言寒舍不遠舍妹亦適
歸寧望移玉趾爲老夫袚除不祥出村數武又一里落
叩扉入秉燭向客俄蔣夫人自內出始審視之蓋四十
許麗人也拜謝曰式微之族門戶零落先生澤及枯骨

与宫亭湖人赠如愿婢相似

眞無計可以償之言已泣下既而呼愛奴向徐曰此婢妾所憐愛今以相贈聊慰客中寂寞凡有所須渠亦畧能解意徐唯唯心問兄妹俱出婢留侍寢雞初唱叟郎來促裝送行夫人亦出囑婢善事先生又謂徐曰從此尤宜謹秘彼此遭逢詭異恐好事者造言也徐諾而別與婢共騎至館獨處一室與同棲止或客至婢不避人亦不之窺也偶有所欲意一萌而婢已致之又善巫一挼掌而疴立愈清明歸至墓所婢辭而下徐囑代謝夫人諾之遂没數日返方擬展墓見婢華妝坐樹下因與

恋夫人之恩并忘墓土

凡人死後殯斂棺中多
藏金銀珠玉尸得寶氣
自不敗又多貯寶丹亦然

後唐温韜發掘唐昭陵
官至節度使當時宰相
戲呼以劫墳賊

俱發終歲往返如此爲常欲攜同歸執不可歲杪辭館歸相訂後期婢送至前坐處指石堆曰此妾墓也夫人未出閣便從服役夭殂瘞此如再過一炷香相弔當得復會既別而歸懷思頗苦敬往祝之殊無影響乃市櫬發塚意將載骨歸葬以寄戀慕穴開自入則見顏色如生然膚雖未朽而衣敗若灰頭上玉飾金釧都如新製又視腰間裹黃金數鋌卷懷之始解袍覆尸抱入材木賃輿載歸停諸別第飾以繡裳獨宿其旁冀有靈應忽愛奴自外入笑曰劫墳賊在此耶徐驚喜慰問婢曰向

遏音陽

從夫人住東昌三日既歸則舍宇已空頻嘗相邀所以
不肯相從者以少受夫人重恩不忍離遏耳今既刼我
來郎速瘞葬使見厚德徐問古人有百年復生者今者
體如故何不效之歎曰此有定數世傳靈跡半涉幻妄
要欲復起動履亦復何難但不能遂類生人故不必也
乃啟棺入尸郎自起亭亭可愛探其懷則冷若冰雪遂
將入棺復臥徐强止之婢曰妾過蒙夫人寵眷主人自
異域來得金數萬妾竊取之亦不甚追問後瀕危又無
戚屬遂藏以自殉夫人痛妾夭謝又以寶飾入斂身所

豔尸雅鬼精鍊新穎与前豔妻膩友同抄

以不朽者不過得金寶之餘氣耳若在人世豈能久乎必欲如此切勿强以飲食若使盡氣一散則游魂亦消矣徐乃構精舍與共寢處笑語亦如常人但不食不息不見生人年餘徐飲薄醉執殘瀝强灌之立刻倒地口中血水流溢終日而尸已變哀悔無及厚葬之

異史氏曰夫人教子無異人世而所以待師者何厚也豈不亦賢乎余謂豔尸不如雅鬼乃以措大之俗莽致靈物不享其年惜哉

俗而鄙

章邱朱生素剛鯁設帳於某貢士家每譴弟子內輒

回說說情

筭法有乘除即歸除之類也

校 計校

乖謬 不近人情 性情乖張

遣婢媪出爲乞免頗不聽之一日親詣窗外與朱闘說朱怒操界方大駡而出婦懼而奔朱追之自後橫擊簪股鏘然作皮肉聲一何可笑

長山某翁每歲延師必以一年束金合終歲之虛盈計每日得如干數又以師離齋歸齋之日詳記籍歲終則公同按日而乘除之馬生館其家初見操珠盤來得故甚駭既而暗生一術反嗔爲喜聽其覆算不少核翁於是大悅堅訂來歲之約馬假辭以故有某生號乖謬馬因薦以自代既就館動輒詬駡翁無奈悉

先生曰西賓古人坐次向西為尊主人曰東家

斡 从斗音挖 烏括切

斡旋、解釋此急、

舍忍之歲杪攜珠盤至生勃然忿不可交姑聽其算

翁又以進中日盡歸於曲生不受撥珠歸東兩爭不

決操戈相向兩人破頭爛額而赴公庭焉

小梅 狐

蒙陰王蔡貞世家子也偶游江浙見媼哭於途詰之言

先夫止遺一子今犯死刑誰有能出之者王素慷慨誌

其姓名出橐中金斡旋之竟釋其罪其人出聞王之

救已也茫然不解其故訪詣旅邸感泣謝問王言無

他即憐汝老母耳其人大駭自言母故已久王亦異之

謬誣　謊說

子死則無祭祀

佛象隨感而應所謂
惟誠則靈

抵暮媪來申謝王詰其謬誣媪曰實相告我東山老狐也二十年前曾與兒父有一夕之好故不忍其鬼之餒也王悚然起敬再欲詰之已失所在先是王妻賢好佛不茹葷酒治潔室懸觀音像以無子嗣日日焚禱其中而神又最靈輒示夢教人趨避以故家中事皆取決焉後得疾綦篤移榻其中又别設錦裀於内室而扃其戶若有所伺王以爲惑而以其疾勢昏瞀不忍傷之臥病二年惡囂嘗屏人獨寢潛聽之似與人語啟門視之則寂然矣病中他無所慮有女子十四歲惟日催治裝遣

嫁既醮呼王至榻前執手曰令訣矣初病時菩薩告我
命當速死念不了者幼女未嫁因賜少藥俾延息以待
去歲菩薩將回南海留案前侍女小梅爲妾服役今將
死薄命人又無所出保兒妾所憐愛恐娶妒婦令其子
母失所小梅姿容秀美又溫淑即以爲繼室可也蓋王
有一妾生一子名保兒王以其言荒唐曰卿素敬者神
今出此言不已褻乎答云小梅事我年餘相忘形骸我
已婉求之矣問小梅何處曰室中非耶方欲再詰闔眼
已逝王夜守靈幃聞室中隱隱啜泣大駭疑爲鬼喚諸

婢妾啟鑰視之則二八麗者縗服在室衆以爲神共羅拜之女歛涕扶掖王凝注之俛首而巳王曰如果亡室之言非妄請卽上堂受兒女朝謁如其不可僕亦不敢妄想以取罪過女靦然出竟登北堂王使婢爲設席南嚮王先拜女亦荅拜下而長幼卑賤以次伏叩女莊容坐受惟妾至則挽之自夫人臥病婢惰奴偷家久替衆悉巳肅肅列侍女曰我感夫人誠意暫歸人間又以大事相委汝輩宜各洗心爲主効力從前愆尤悉不校計不然莫謂室無人也共視座上眞如懸觀音圖像時被

東周秦晉二國、世結姻親、
山西陝西地近俗同也、
父執、父在時之執友、見曲
禮、

微風吹動者、聞言怵惕、瞿然並語女、乃排撥衆務、一切
井井、由是大小無敢懈者、女終日經紀內外、王將有作、
亦稟白而行、然雖一夕數見、並不交一私語、既殯、王欲
申前約、不敢徑告、囑姜微示意、女曰、姜受夫人諄囑、義
不容辭、但匹配大禮、不得草草、年伯黃先生位尊德重、
求使主秦晉之盟、則惟命是聽、時沂水黃太僕致仕閒
居、於王爲父執、往來最善、王即親詣、以實告、黃奇之、即
與同來、女聞即出展拜、黃一見驚爲天人、遜謝不敢當、
禮既而助妝、優厚成禮、乃去、女餽遺枕履、若奉舅姑、由

敬与肅二字，如冰與炭，不能牽合，聊齋筆有造化，其不可量。

此交益親合巹後王終以神故敬中帶肅時研詰菩薩起居女笑曰君亦大愚焉有正直之神而下婚塵世者王力審所自女曰不必研窮既以爲神朝夕供養自無殃咎女御下常寬非笑不語然婢漸戲狎時遥見之則默默無聲女笑諭曰豈爾輩尚以我爲神也耶我何神哉實爲夫人姨妹少相交好姊病見思陰使南村王姥招我來第以日近姊夫有男女之嫌故托爲神道閉門室中其實何神衆猶不深信而日侍其傍見其舉動不少異於常人浮言漸息然即頑鈍之婢王素撻楚所不

前招來使主婚今招來赴湯餅宴實預為之地女意深長矣

能化者女一言無不樂於奉命者皆云並不自知實非畏之但睹其貌則心自和故不忍拂其意耳以此百廢具舉數年中田地連阡倉廩萬石矣又數年妾產一女女舉一子子生右臂有朱點因字小紅彌月女使王盛筵招黃黃賀儀豐渥但辭以耄不能遠涉女遣兩媼强邀之黃始至抱兒出袒其右臂以示命名之意又再三問其吉凶黃笑曰此喜紅也可增一字名喜紅女大悅更出展叩是日鼓樂充庭貴戚如市黃留三日始去忽門外有輿馬來迎女歸寧向十餘年並無瓜葛共議之

抱子避禍

屏 音病去声 叱退左右密語

宋王銍默記云王朴謂周世宗云於某日夕可於某處河堤傍見有異事當弃拜之庶可解厄云云此亦倣之

而女君不聞理妝竟抱子於懷要王相送王從之至二三十里許寂無行人女停輿呼王下騎屏人與語曰王郎王郎會短離長謂可悲否驚問其故女曰君以妾何人也答以不知女曰江南拯一死罪有之乎曰有曰哭於路者吾母也感義而思所報乃因夫人好佛附為神道實將以妾報君也今幸生此繈褓物此願已慰妾視君晦運將來此兒在家恐不能育故借歸寧解兒厄難君記取家有死日時當於晨雞初唱時詣西河柳堤上見有挑葵花燈來者遮道苦求可免災難王諾之因訊

歸期女云不可預定要當牢記吾言後會亦不遠也臨
别執手愴然交涕俄登輿疾若風王望之不見始返經
六七年絕無音問忽四鄉瘟疫流行死者甚衆一婢病
三日死王念曩囑頗以關心是日與客飲大醉而睡既
醒聞雞鳴急起至堤頭見燈火爛爍適已過去急追之
步隔百步許愈追愈遠漸不可見懊恨而返數日暴病
尋卒王族多無賴共憑陵其孤寡田禾樹木公然伐取
家日陵替踰歲保兒又殤一家更無所主族人益橫割
裂田產廐中牛馬俱空又欲瓜分第宅以妾居故遂將

欲以產屋先賣其妾

數人來强奪鬻之妾戀幼女母子環泣慘動鄰里方扈
攤閙俄聞門外有肩輿入共視之則女引小郎自車中
出四顧人紛如市問此何人妾哭訴其由女顏色慘變
便喚從來僕役闢門下鑰衆欲抗拒而手中若痿女令
一一受縶諸廊村日與薄粥三甌即遣老僕奔告黃
公然後入堂哀泣泣已謂妾曰此天數也已期前月來
適以母病耽延遂至於今不謂轉盼間已成邱墟問舊
時婢媼則皆被族人掠去又益欷歔越日婢僕聞女至
悉自遁歸相見無不流涕所縶族人共譟見非梟貞遺

痿音委
痿之不仁

幸黃老壽未死亦狐之先知
狐亦不能挽回天數

族人無賴可恨然世實多之
即如初入城時見親族中
如此不少

體女亦不置辯既而黃公至女引兒出迎黃握兒臂便捋右袂見朱記宛然因袒示衆人以証其確乃細審失物登簿記名覲詣邑令令拘無賴輩各笞四十械禁嚴追不數日田地馬牛並歸故主黃將歸女引兒泣拜曰妾非世間人叔父所知也今以此子委叔父矣黃曰老夫一息尚在無不爲區處黃去女盤查就緒托兒於叔乃具饌爲夫祭掃半日不返視之則杯饌猶陳而人杳矣

異史氏曰不絕人嗣者人亦不絕其嗣此人也而實天

大家曰：侯门、亡人、逃妾，唐詩有侯门一入深如海，不必是封侯府第也。

也。至座有良朋，車裘可共；迨宿莽既滋，妻子凌競，則車中人望望然去之矣。死友而不忍忘，感恩而思所報，獨何人哉！狐乎，倘爾多財，吾爲爾寠。

此二句見孔子世家及家語，乃孔子語顏子之言

績女 狐

績，漚麻績纑紉縷織成夏布

紹興有寡婦，夜績，忽一少女推扉入，笑曰：「老姥無乃勞乎？」視之，年十八九，儀容秀美，袍服炫麗。媼驚問：「何來？」女曰：「憐媼獨居，故來相伴。」媼疑爲侯門亡人，苦相詰。女曰：「媼勿懼，妾之孤，亦猶媼也。我愛媼潔，故相就，兩免岑寂，固不佳耶？」媼又疑爲狐，默然猶豫。女竟升牀代績，曰：「媼

律，收留迷失子女有罪，恐有奸拐事也。如亂世兵火，則不拘此律。

羅襦襟解微聞薌澤
史記淳于髡滑稽傳

無憂此等生活妾優爲之定不以口腹相累媼見其温婉可愛遂安之夜深謂媼曰攜來衾枕尚在門外出溲時煩代捉入媼出果得衣一褁女解陳榻上不知是何錦繡香滑無比媼亦設布被與之共榻羅襦甫解異香滿室既寢媼私念遇此佳人可惜身非男子女於枕上笑曰姥七旬猶妄想耶媼曰無之女曰既不妄想奈何欲作男子媼益知爲狐大懼女又笑曰願作男子何心而又懼我耶媼益恐股戰搖搖女曰胆如此大還欲作男子實相告我真仙人然非禍汝者但須謹言衣食自

想媪少年時必非安靜之輩

王伯輿當爲情死見世說新語

足媪早起拜於牀下女出臂挽之臂膩如脂熱香噴溢肌一着人覺皮膚鬆快媪心動復涉遐想女哂曰嫂子戰慄裁止心又何處去矣使作丈夫當爲情死媪曰使是丈夫今夜那得不死由是兩心浹洽日同操作視所績勻細生光織爲布晶瑩如錦價較常三倍媪出則扃其戶有訪媪者輒於他室應之居半載無知者後媪漸洩於親里中姊妹行託媪以求見女讓曰汝言不愼我將不能久居矣媪悔失言深自責而人之求見者益衆至有以勢迫媪者媪涕泣自陳女曰若諸女伴見亦無

裁財才纔同

傾家祇求一見亦有情癡也

問其破產何為毛嬙古美也

妒恐有輕薄兒將見狎侮媪復哀懇始許之越日老媪（勢所必有）少女香煙相屬於道女厭其煩（連也）無貴賤悉不交語惟默然端坐以聽朝參而已鄉中少年聞其美神魂傾動媪悉絕之有費生者邑之名士傾其產以重金啗媪媪諾爲之請女已知之責曰汝賣我耶媪伏地自投女曰汝貪其賂我感其癡可以一見然而緣分盡矣媪又復叩女約以明日生聞之喜具香燭而往入門長揖女簾內與語問君破產相見將何以教妾也生曰實不敢他有所干祇以毛嬙西子徒得傳聞如不以冥頑見棄俾得

不问休咎亦達者

蒲翁有小足癖各卷内贊
美粉飾之詞無一雷同者
北方小足与江蘇不同而吳
门又不同之甚者如白日間所
見至眼時上床一不同面前
所見与旁見後面見又不同
曾見两足之上竹木恙县可
謂神奇变化者矣惜齋老
生長山東未一闊眼界也

一闊眼界下願已足若休咎自有定數非所樂聞忽見布幕之中容光射露鬒黛朱櫻無不畢見似無簾幙隔者生意眩神馳不覺傾拜拜已而起則厚幙沉沉聞聲不見矣悒悵間竊恨未覩下體俄見簾下繡履雙翹瘦不盈指生又拜簾中女曰君歸休姿體惟効媼延生别室烹茶為供生題南鄉子一調於壁云隱約畫簾前三寸凌波玉笋尖點地分明蓮瓣落纖纖再著重臺更可憐花襯鳳頭彎入握應知軟似綿但願化為蝴蝶去裙邊一嗅餘香死亦甜題畢而去女覽題不快謂媼曰我

淩波微步
洛神賦

以色相示人

此狐齷齪勸馬其志亦堅

敘事作結亦得否則如何作結

吳中國初有奏銷案後嘉慶年有秀才王元辰嘗作是知其不可而為之者歟刻成在石門六藝後因學中有以憤之訟竟至褫衿中費遺与此段絕相類

言緣分已盡今不復矣媼伏地請罪女曰罪不盡在汝我偶墮情障以色身示人遂被淫詞污褻此皆自取於汝何尤若不速遷流陷身情窟轉劫難出矣遂襆被出媼追挽之轉瞬已失

張鴻漸

張鴻漸永平人年十八為郡名士時盧龍令趙某貪暴人民共苦之有范生被杖斃同學忿其冤將鳴部院求張為刀筆之詞約其共事張許之妻方氏美而賢聞其謀諫曰大凡秀才作事可以共勝而不可以共敗勝則

王有飛門六藝極佳

王為康民

康熙初年詔凡諸生結黨挿盟者著即處斬蓋因明末惡習爾有社郡有社省有大社党同伐異議論國事如復社幾社著名者

人人俱貪天功一敗則紛然瓦解不能成聚今勢力世界曲直難以理定君又孤貌有翻覆急難者誰也張服其言悔之乃繞謝諸生但爲劉詞而去質審一過無所可否趙以巨金納大僚諸生坐結黨被收又追捉刀人張懼亡（逃也）去至鳳翔（陝西）界資斧斷絕日既暮躑躅曠野無所歸宿欲覘小村趨之老嫗方出闔扉見之問所欲張以實告嫗曰飲食牀榻此都細事但家無男子不便留客張曰僕亦不敢過望但容寄宿門內得避虎狼足矣嫗乃令入閉門授以草薦囑曰我憐客無歸私容止宿

捉刀魏武事見三國志注及世說

未明宜早去恐吾家小娘子聞知將便怪罪嫗去張倚壁假寐忽有籠燈晃（音晃）耀見嫗導一女郎出張急避暗處微窺之二十許麗人也及門覩草薦詰嫗嫗實告之女怒曰一門細弱何得容納匪人即問其人焉往張懼出伏階下女審詰邦族色稍霽曰幸是風雅士不妨相留然老奴竟不關白此等草草豈所以待君子命嫗引客入舍俄頃羅酒漿品物精潔既而設錦裀於榻張甚德（感也）之因私詢其姓氏嫗言吾家施氏太翁夫人俱謝世止遺三女適所見長姑舜華也嫗既去張視几上有南華

與狐几上有莊子亦奇

唐明宗以老子道德經莊子南華經出題考進士

出游費用

經誥。因取就枕上伏榻翻閱，忽舜華推扉入，張釋卷搜覓冠履。女即榻上撫生曰：無須，無須。因近榻坐，靦覥然曰：妾以君風流才士，欲以門戶相託，遂犯瓜李之嫌，得不相遐棄否？張皇然不知所對，但云：不敢相誑，小生家中固有妻耳。女笑曰：此亦見君誠篤，顧亦不妨。既不嫌憎，明日當煩媒妁。言已，欲去。張探身挽之，女亦遂止。未曙即起，以金贈張曰：君持作臨眺之資，向暮宜晚來，恐為傍人所窺。張如其言，早出夜歸，半年以為常。一日歸頗早，至其處，村舍全無，不勝驚怪。方徘徊間，媼云：來

褊音边心地窄隘

敘得明暢宛轉

何早也一轉盼則院落如故身固已在室中矣益異之舜華自內出笑曰君疑妾耶實對君言妾狐仙也與君固有夙緣如必見怪請即別張戀其美亦安之夜謂女曰卿既仙人當千里一息耳小生離家三年念妻孥不去心能攜我一歸乎女似不悅謂琴瑟之情妾自分於君爲篤君守此念彼是相對綢繆者皆妾也張謝曰卿何出此言諺云一日夫妻百日恩義後日歸而念卿猶今日之念彼也設得新忘故卿何取焉女乃笑曰妾有褊心於妾願君之不忘於人願君之忘之也然欲暫歸

好在狐之幻術、而敘來用真筆、使人入迷魂陣中、

狐能先知

此復何難。君家固咫尺耳。遂把袂出門，見道路昏暗，張逡巡不前。女曳之走，無幾時曰：至矣。君歸，妾且去。張停足細認，果見家門，踰垝垣入，見室中燈火猶熒，近以兩指蘸唾破窗，內問阿誰，張具道所來。內秉燭啓關，真方氏也。兩相驚喜，握手入帷。見兒臥牀上，慨然曰：我去時兒裁及膝，今身長如許矣。夫婦偎倚，恍如夢寐。張歷述所遭，問及訟獄，始知諸生有瘐死者，有遠徙者，益服妻之遠見。方縱體入懷，曰：君有佳耦，想不復念孤衾中有零涕人矣。張曰：不念，胡以來也？我與彼雖云情好，終非同類，

死獄中曰瘐，今之拖牢間者

獨其恩義難忘耳方曰君以我何人也覩審視竟非力
氏乃舜華也以手探兒一竹夫人耳大慟無語女曰君
心可知矣分當自此絕交猶幸未忘恩義差足自贖適
二三日忽曰妾思癡情憐人終無意味君日怨我不相
送今適欲至都便道可以同去乃向牀頭取竹夫人共
跨之令閉兩眸覺離地不遠風聲颼颼移時尋落女曰
從此別矣方將訂囑女去已渺悵立少時聞村犬鳴吠
蒼茫中見樹木屋廬皆故里景物循途而歸踰垣叩戶
宛如前狀方氏驚起不信夫婦詰証確實始挑燈嗚咽

差音雌

對真方氏而疑狐幻，妙絕。

望君如歲 左傳

而出。既相見，殊不可仰。張猶疑舜華之幻弄也。又見脉
頭見臥一如昨夕，因笑曰：「竹夫人又攜入耶？」方氏不解。
變色曰：「妾望君如歲，枕上啼痕固在也，甫能相見，全無
悲憐之情，何以爲心矣！」張察其情，始執臂欷歔，具言其
詳。問訟案所結，並如舜華言，方此感慨，聞門外有履聲，
問之不應。蓋里中有惡少，久窺方艷，是夜自别村歸，遥
見一人入垣去，謂必赴淫約者，尾之而入。甲故不甚識
張，但伏聽之。及方氏亟問，乃曰：「室中何人也？」方諱言無
之。甲言：「竊聽已久，敬將執姦耳。」方不得已，以實告。甲曰：

竹夫人 亦妙

恐猲之詞但事不干己且非親屬何得拿奸取死之道

辜音孤未通由罪也

張鴻漸大案未消即使歸家亦當縛送官府方苦哀之甲詞益狎逼張忿火中燒不可制止把刀直出剁甲中顱甲踣猶號又連剁之遂斃方曰事已至此罪益加重君速逃妾請任其辜張曰丈夫死則死耳焉能辱妻累子以求活耶卿無顧慮但令此子勿斷書香目即瞑矣天漸明赴縣自首趙以欽件中人姑薄懲之尋由郡解都械禁頗苦途中遇女子跨馬過以老嫗捉鞚蓋舜華也張呼嫗欲語淚隨聲墮女返轡手啟障紗訝曰表兄也何至此張略述之女曰依兄平昔便當掉頭不顧然

諸生結完案

背斧抄 押差故然相從

十餘年前撫學臬三大憲訪陸秀卿必唱者，臬署兩差已寓，先用緩兵之計，出來疑差，差亦後，從後門上轎而逃，老媼用帕裹百金以賂，云負鄉先一日上故归鄉間去矣，兩差愕然，計惟依老媼詞稟覆。想亦無此篇耶，黠哉。

予不忍進，賓舍不遠，即邀公役同臨，亦可少助資斧。從去二三里，見一山村，樓閣高整，女下馬入，令嫗啟舍延客。既而酒炙豐美，似所夙備。又使嫗出曰：家中適無男子，張官人即向公役多勸數觴，前途倚賴多矣。遣人措辦，數十金為官人作費，兼酬兩客，尚未至也。二役竊喜，縱飲，不復言行。日漸暮，二役徑醉矣。女出，以手指械，械立脫。曳張共跨一馬，駛如飛。少時促下，曰：君止此，妾與妹有青海之約，又為君逗遛一晌，久勞盼注矣。張問後會何時，女不答；再問之，推墮馬下而去。既曉，問其地，太

想美外快 死心塌地 酒飯

寖音侵漸也

犯人有財帛在身皆解差口內物

一頓酒飯貪圖外快所致

大比考試

原也遂至郡賃屋授徒焉托名宮子遷居十年訪知捕亡寖怠乃復逡巡東向睨近里門不敢遽入俟夜深而後入及門則牆垣高固不復可越只得以鞭撾門久之妻始出問張低語之喜極納入作呵叱聲曰都中少用度即當早歸何得遣汝半夜來入室各道情事始知二役逃亡未反言次簾外一少婦頻來張問伊誰曰兒婦耳兒安在曰赴都大比未歸張涕下曰流離數年兒已成立不謂能繼書香嚮心血殆盡矣話未已子婦已溫酒炊飯羅列滿几張喜慰過望居數日隱匿房榻惟恐

捶门 音垂打门

一作波折方逆撞出同年

而見巳子

若不再逃在家老等报

子及子帰不成聊斋之筆

人知一夜方臥忽聞人語騰沸捶門甚厲大懼並起聞人言曰有後門否益懼急以門扉代梯送張度垣而出然後詰門問故乃報新貴者也方大喜深悔張遁不可追挽是夜越莽穿榛急不擇途及明困殆已極初念本欲向西問之途人則去京都通衢不遠矣遂入鄉村意將質衣而食見一高門有報條粘壁間近視知爲許姓新孝廉也頃之一翁自內出張迎揖而告以情翁見儀貌都雅知非賺食者延入相款因詰所往張托言設帳都門歸途遇寇翁留誨其少子張畧問官閥乃京堂林

下者孝廉其猶子也月餘孝廉偕一同榜歸云是永平張姓十八九少年也張以鄉譜俱同暗中疑是其子然邑中此姓良多姑默之至晚解裝出齒錄急借披讀眞子也不覺淚下共驚問之乃指名曰張鴻漸即我是也備言其由張孝廉抱父大哭許叔姪慰勸始收悲以喜許即以金帛函字致各憲台父子乃同歸方自聞報日以張在亡爲悲聞孝廉歸感傷益痛少時父子並入駭如天降詢知其故始共悲喜甲父見其子貴禍心不敢復萌張益厚遇之又歷述當年情狀甲父感愧遂相交

殊　絕也

箕帚執掃之道備洒掃之役今無論極盛之奩以金斗木安桶為第一正器具妝奩箱第一頁即是此物

姝、

嫦娥　神仙

太原（山西省）宗子美從父遊學流寓廣陵（揚州）父與紅橋下林嫗有素一日父子過紅橋遇之因請過諸其家瀹茗共話有女在旁殊色也翁亟贊之嫗顧宗曰大郎溫婉如處子福相也若不鄙棄便奉箕帚如何翁促子離席使拜嫗曰一言千金矣先是嫗獨居女忽自至告訴孤苦問其小字則名嫦娥嫗愛而留之實將奇貨居之也是時宗年十四睨女竊喜意翁必媒定之而翁歸若忘心灼熱

奇貨可居　呂不韋語

隱以白母。翁聞而笑曰：曩與貪婆子戲耳，彼不知將賣黃金幾何矣。此何可易言！踰年，翁媼並卒。子美不能忘情嫦娥，服將闋，託人示意林嫗。嫗初不承，宗忿曰：我生平不能輕折腰，何媼視之不直一錢？若負前盟，須見還也。嫗乃云：曩或與而翁戲約，容有之；但無成言，郎都忘却。今既云云，我豈留嫁天王耶？要日日裝束，實望易千金；今請半焉，可乎？宗自度（揣度也）難辦，亦遂置之。適有寡媼僦居西鄰（俗言借脚上階頭，老嫗往往貪小利），有女及笄，小名顛當。偶窺之，雅麗不減嫦娥。向慕之，每以餽遺階進。久之漸熟，往往送情以目，而欲語

生平毀程不識不值一錢　史記灌夫傳

折腰用晉書陶潛不為五斗米与鄉里小兒折腰

蜘蛛一名顛當，此狐不知何所取義

款當狐女先知生之鍾情故未遂就

鋌今作錠

叙次明晰世無此筆

無間一夕踰垣乞火宗喜挽之遂相燕好約爲嫁娶辭
以兄負販未歸由此蹈隙往來形迹周密一日偶經紅
橋見嫦娥適在門內疾趨過之嫦娥望見招之以手宗
駐足女又招之遂入女以背約讓宗宗述其故便入室
取黃金一鋌付之宗不受辭曰自分永與卿絕遂他有
所受金而爲卿謀是負人也受金而不爲卿謀是負
卿也誠不敢有所負女默良久曰君所約妾頗知之其
事必無成即令成之妾不怨君之負心也其速行媼將
至矣宗倉卒無以自主受之而歸心緒勃亂進退罔知

下居其次為妾
宗一誠慤君子故一仙一狐
皆願為配而皆具先知

前無間此予之間皆去声
隙也

所從隔夜以告顛當顛當深然其言但勸宗專意嫦娥宗不語願下之宗乃悅即遣媒納金林嫗嫗無辭以嫦娥歸宗入門后悉述顛當言嫦娥微笑陽慫恿之宗喜急欲一白顛當而顛當迹久絕嫦娥知其爲已因暫歸寧故予之間囑宗竊其佩囊已而顛當果至與商所謀但言勿急既而解衣狎笑脇下有紫荷囊將便摘取女覺之變色起曰君與人一心而與妾二負心郎請從此絕宗屈意挽解不聽竟去一日過門探察之已另有吳客僦居其中蓋顛當子母徙去已久影滅跡絕莫可問

攛掇也

亘 音更 亘連也

飛燕 漢后

楊妃 唐明宗妃

佳對

撬 高上声

詬怨歎而已。宗自娶嫦娥，家暴富，連閣長廊，彌亘街路。嫦娥善諧謔，適見美人畫卷，宗曰：「吾自謂如卿天下無兩，但不曾見飛燕、楊妃耳。」女笑曰：「若欲見之，即亦不難。」乃執卷細審一過，便趨入室，對鏡修裝，傚飛燕舞風，既又學楊妃帶醉，長短肥瘦，隨時變更，風情態度，對卷逼真。方作態時，有婢自外至，不復能識，驚問其僚；既而審注，恍然始笑。宗喜曰：「吾得一美人，而千古之美人皆在牀闥矣。」一夜方熟寢，數人撬扉而入，火光射壁，女急起，驚言：「盜入！」宗初醒，即欲鳴呼。一人以白刃加頸，懼不敢

天魔劫也与訪及篇同而不同

此須賈見范雎語

宗誠慤如此仙狐所深許

胡者試之

喻。又一人掠嫦娥負背上，閃然而去。宗始號，家役畢集，室中珍玩無少亡者。宗大悲，恇然失圖，無復情地，告官追捕，殊無音息。荏苒三四年，鬱鬱常不聊賴。因假赴試入都，居半載，占驗詢察，靡計不施。偶過姚巷，值一女子垢面敝衣，偃儴如丐。停趾相之，顛當也。駭曰：「卿何憔悴至此？」荅云：「别后南遷，老母卽世，爲惡人掠賣富室，撻辱凍餒，所不忍言。」宗泣下，問：「可贖否？」曰：「難矣。恐耗費煩多，不能爲力。」宗曰：「實告卿，年來頗稱小有，惜客中資斧有限，傾裝貨馬，所不敢辭。如所需過奢，當歸家營辦之。」約

袿　褂　俗

用范雎倩句

文章亦縹緲若仙

明日出西城相會叢柳下囑獨往勿以人從宗諾之次日早往則女先在袿衣鮮明大非前狀驚問之笑曰曩誠君心耳幸綈袍之意猶存請至敝廬宵必得當以報北行數武即至其家遂出肴酒相與談讌宗約與俱歸女曰妾多俗累不能從嫦娥消息固頗聞之宗急詢其何所女曰其行踪縹緲妾亦不能深悉西山有老尼一目眇問之當自知遂止宿其家天明示以徑宗至其處有古寺周墉盡頹叢竹內有茅屋半間老尼綴衲其中睹客至漫不爲禮宗揖之尼始舉頭致問因告姓氏即

補破衣

氣益下　用史記信陵君傳

老尼不再見大妙否則成釘
看欲第成何妙文

如成連移情海上光景

白所求尼曰八十老翁與世隔絕何處知佳人消息宗郎求之氣益下乃曰我實不知有二三戚屬來多相過或小女子輩識之未可知汝明夕可來宗乃出次日再至則尼他出敗扉局焉倚之既久更漏已催明月高揭夜鳥悲啼恇懼無所復之方徘徊際遙見二三女郎自外入則嫦娥在焉宗喜極突起急攬其袂嫦娥曰莽郎君嚇煞妾矣可恨顛當饒舌乃教情慾纏人宗曳坐執手款曲歷訴艱難不覺惻楚女曰實相告妾實姮娥被謫浮沉俗間其限已滿托爲寇劫所以絕君望耳尼亦

寫得淒
涼惝恍

宗進退無路故曰求死非
以死挾嫦娥

王母守府者妾初謫時蒙其收卹故暇時常一臨存君如釋妾當爲代致顛當宗不聽垂首隕涕女遂顧曰姊妹輩來矣宗方四顧而嫦娥已杳宗大哭失聲不欲復活因解帶自縊恍惚覺魂已出舍悵悵靡適俄見嫦娥來捉而提之足離於地入寺取樹上尸推擠之喚曰癡郎癡郎嫦娥在此忽若夢醒少定女恚曰顛當賤婢害妾而殺郎君我不能恕之也下山賃輿而歸既命家人治裝乃返身出西城詣謝顛當至則舍宇全非愕歎而返竊幸嫦娥不知入門嫦娥迎笑曰君見顛當耶宗愕

此等詞令真匪夷所思自來無此文筆皆聊齋獨造

然不能答女曰君皆嫦娥烏得顛當請坐待之當自至未幾顛當果至倉皇伏榻下嫦娥疊指彈之曰小鬼頭陷人不淺哉顛當叩頭但求賜死嫦娥曰推人坑中而欲脫身天外耶廣寒十一姑不日下嫁須繡枕百幅履百雙可從我去相共操作顛當恭白但求分工按時賫送女不許謂宗曰君若緩頰即便放卻顛當目宗宗笑不語顛當目怒之乃乞還告家人許之遂去宗問其生平乃知其西山狐也買輿待之次日果來遂俱歸或有問者宗詭對之然嫦娥重來恆持重不輕諧笑宗強使

恕之也

妾御不敢當夕 曲礼句

狎戲惟喦教顛當爲之顛當慧絕工媚嫦娥孌獨宿每辭不當夕一夜漏三下猶聞顛當房中吃吃不絕使婢竊聽之婢還不以告但請夫人自往伏窗一窺則見顛當凝妝作已狀宗擁抱呼以嫦娥女哂而退未幾顛當心暴痛急披衣曳宗詣嫦娥所入門便伏嫦娥曰我豈醫巫厭勝者也汝自欲捧心傚西子耳顛當頓首但言知罪女曰愈矣遂起失笑而去顛當私謂宗吾能使娘子學觀音宗不信因戲相賭嫦娥每趺坐眸含若瞑顛當悄以玉瓶插柳置几上自乃垂髮合掌侍立其側櫻

此狐狡獪極矣

閨閣中有過於畫眉者

唇半啟。瓠犀微露。睛不少瞬。宗笑之。嫦娥開眸詰問。顛當曰。我學龍女侍觀音耳。嫦娥笑罵之。罰使學童子拜。顛當束髮。四面朝參之。伏地翻轉。逞諸變態。左右側折。襪能磨乎耳。嫦娥解頤。坐而蹴之。顛當仰首口銜鳳鉤。微觸以齒。嫦娥方嬉笑間。忽覺媚情一縷。自足趾而上。直達心舍。意蕩思淫。若不自主。乃急斂神呵曰。狐奴當死。不擇人而惑之耶。顛當懼。釋口投地。嫦娥又厲責之。衆都不解。嫦娥謂宗曰。顛當狐性不改。適間幾爲其所愚。若非夙根深者。墮落何難矣。自是見顛當。每嚴御之。

抑且也

楊妃遇兵變賜死馬嵬驛今在四川音回

此等皆雇工做押若絕賣则生死各有天命不能訛詐也亦有講年數者種種不同

顛當漸懼告宗曰妾於娘子一肢一體無不親愛之極
不覺媚之甚不惟不敢抑不忍宗因以告嫦娥嫦娥遇
之如初然以嬉戲無節數戒宗宗不能聽因而大小婢
婦競相狎戲一日二人扶一婢傚作楊妃二人以目會
意讓婢懈骨作酣態兩手遽釋婢暴顛墀下聲如傾堵
衆方大譁近撫之而妃子已作馬嵬薨矣衆懼急白主
人嫦娥驚曰禍作矣我言如何哉往驗之已不可救使
人告諸其父父某甲素無行號奔而至負尸入廳事叫
罵萬端宗閉戶惴恐莫知所措嫦娥自出責之曰主郎

此律指賣身絕嬰者非今之雇工

公羊傳乃不卜郊猶三望猶者可以已而不已也与此已解不同

支古朴今 又者右手也

朴木皮也 樸者素也

虐婢至死律無償法且邂逅暴殂焉知其不再甦耶諫
言四支已冰焉有生理嫦娥曰勿譁縱不活自有官在
乃入廳裏撫尸而婢已蘇隨手而起嫦娥反身怒曰婢
幸不死賊奴何得無狀可以草索縶送官府甲無詞長
跽哀免嫦娥言汝既知罪暫免究處小人無賴反復何
常留汝女終爲禍胎宜即將去原價若干當速爲措置
遣人押出俾浼二三村老劵証署尾已乃喚婢至前使
甲自問之無恙乎答云無恙而後付之以去已乃集諸
婢數責徧扑又呼顛當爲之厲禁謂宗曰今而知爲人

已者事畢也又曰此事可以已言可止也皆公羊傳

此乃莊論凡居家宜嚴肅

狐媚盡消釋仙人之慈悲

摩法奇古亦有之

上者一笑嚬亦不可輕誰端開之自妾而流弊遂不可止凡哀者屬陰樂者屬陽陽極陰生此循環之定數婢子之禍是鬼神告之以漸也荒迷不悟則傾覆及之矣宗敬聽之顛當泣求援腕端娥乃掐其耳逾刻釋手顛當憮然爲間忽若夢醒據地自投歡喜歌舞由此閨閣清肅無敢譁者婢至其家無疾暴死甲以贖金浼村老代求憐恕許之又以服役之情施以材木而去宗常患無子端娥腹中忽聞兒啼遂以刃破左脇出之果男無何復有身又破右脇而出一女男酷類父女酷類母皆

論昏於世家

巽史氏曰陽極陰生至言哉然室有仙人幸能極我之樂消我之災長我之生而不我之死是鄉樂老焉可矣而仙人顧憂之耶天運循環之數理固宜然而世之長困而不一亨者又何以爲解哉昔宋人有求仙不得者每曰作一日仙人而死亦無憾我不復能笑之也

褚生

順天陳孝廉十六七歲時嘗從塾師讀於寺僧寺徒侶甚繁內有褚生自言東山人攻苦講求晷不暇息且寄

禹王惜寸陰，晉陶侃惜分陰，古人之勤苦如是，以視今人之游惰者，能無愧死

宿齋中，未嘗一見其歸。陳與最善，因詰之，荅曰：「僕家貧，辦束金不易，卽不能惜寸陰，而加以夜半，則我之二日，可當人三日。」陳感其言，欲攜榻來與共寢。褚止之曰：「且勿，且勿。我視先生，非吾師也（擇師甚難）。阜城門有呂先生，年雖耄，可師，請與俱遷之。」蓋都中設帳者，多以月計，月終束金完，任其留止。於是兩生同詣呂。呂，越之宿儒，落魄（音托）不能歸，因授童蒙，實非其志也。得兩生甚喜，而褚又最慧，過目輒了，故尤器重之。兩人情好欵密，晝同几，夜亦共榻。月既終，褚忽假歸，十餘日不復至，共疑之。一日，陳以故

古人三餘讀書之法

䌷音頃下從絲 此即今之自來火

此中實有夙緣

至天寧寺，遇褚廊下，劈絲淬硫，作火具焉。見陳，惶愧不自安。陳問何遽廢讀，褚握手請間，戚然曰：「家貧無以遺先生，必半月販，始能一月讀。」陳感慨良久，曰：「但往讀，自合極力代籌。」褚感其言，同歸塾。戒陳勿洩，但托故以告先生。陳父固肆賈，居物致富，陳輒竊父金代褚遺師。父以亡金責陳，陳實告之。父以為癡，遂使廢學。褚大慚，別師欲去。呂知其故，讓之曰：「子既貧，胡不早告？」乃悉以金反陳，以止褚。讀如故，與共饔飧，若子焉。陳雖不入館，然每邀褚過酒家飲，褚固以避嫌不往，而陳要之彌堅，往

密談　責也　不脫市儈氣而生賢子　伏筆

讀書日新月益少年一
荒功竟難補益此子弟
用功時今其游蕩固不
可即酬應世俗亦大悮
事

往泣下褚不忍絕遂與往來無間逾二年陳父死復求
受業呂感其誠內之而廢學既久較褚懸絕矣居半年
呂長子自越來丐食尋父門人輩斂金助裝褚惟灑涕
依戀而已呂臨別囑陳師事褚陳從之館褚於家未幾
入邑庠即以遺才應試陳慮不能終幅褚請代之至期
褚偕一人來云是表兄劉天君囑陳暫從去陳方出褚
忽自後曳之身欲踣劉急挽之而去覽眺一過相攜宿
於其家家無婦女即館客於內舍居數日忽已中秋劉
曰今日李皇親園中游人甚夥當往一豁積悶相便送

蒿里 挽歌送殯路上歌者

君歸使人荷茶鼎酒具而往但見水肆梅亭喧啾不得入過水關則老柳之下橫一畫橈相將登舫酒數行苦寂劉顧僮曰梅花館近有新姬不知在家否僮去少時與姬俱至藝勾欄李遏雲也李都中名妓工詩善歌陳曾與友人一飲其家故識之相見畧致溫涼姬戚戚有憂容劉命之歌爲歌蒿里陳不悅曰主客即不當卿意何至對生人歌死曲姬起强顏爲笑乃歌艷曲陳喜捉腕曰卿向日浣溪紗讀之數過今並忘之姬吟曰淚眼盈盈對鏡臺開簾忽見小姑來低頭轉側看弓鞋强解

褚魂代入場考試報其情也

綠蛾開笑靨頻將紅袖拭香腮小心猶恐被人猜陳反復數四已而泊舟過長廊見壁上題咏甚多郎命筆記詞其上日已薄暮劉曰闈中人將出矣遂送陳歸入門郎別去陳見室暗無人俄延間褚生已入細審之卻非褚生方自驚疑各遽近身而仆家人曰公子憊矣共扶曳之轉覺仆者非他郎也既起見褚生在旁恍惚若夢屏人而研究之褚曰告之勿驚我實鬼也久當投生所以因循於此者高誼所不能忘故附君體以代捉刀三場畢此願了矣陳復求赴春闈曰君先世福薄慳吝

之骨詰驗所不堪也問將何適曰呂先生與僕有父子之分繫念常不能置表兄爲冥司典簿求白地府主者或當有說遂別而去陳與之天明訪李姬將以問泛舟之事則姬死數月矣又至皇親園見題句猶存而淡墨依稀若將磨滅始悟題者爲魂作者爲鬼至夕褚喜而至曰所謀幸成敬與君別遂伸兩掌命陳書褚字於上以誌之陳將置酒爲餞搖手曰勿須君若不忘舊好放榜後勿憚修阻陳揮涕送之見一人伺候於門褚方依依其人以手按其頂隨手而匾掬入囊負之而去過數

掌中有文如魯之季友兩手握固漢武拳之始開乃鉤弋夫人是生昭帝者

殺人之父人亦殺其父祇一間也叅達一間皆古語

一間一層也

前後细研當是狐

呂陳果撓於是治裝如越呂妻斷育十年五旬餘忽生一子兩手握固不可啓陳至請見兒便謂掌中當有文曰禍因不深信兒見陳十指自開視之果然驚問其故具告之共相歎異陳厚貽之乃返後呂以歲貢廷試入都舍於陳則見十三歲已入泮矣

異史氏曰呂老教門人而不知卽自教其子嗚呼作善於人而降祥於已一間也哉褚生者未以身報師而先以魂報友其志其行可貫日月豈以其鬼故奇之與

霍女

此盗之有術者然飄忽如風雨或近仙耶

嗇 鄙嗇惜財不用

漁色 以漁人之捕魚必得方已也

冗費 言非正用皆閑款而不吝嗇

脅 以勢挾制欺其獨行

糲 音頼米之稍去皮者

臛 音霍肉圜之類

朱大興彰德人家富而吝嗇已甚非兒女婚嫁坐無賓廚無肉然挑達漁色所在冗費不惜每夜踰垣過村從蕩婦眠一夜遇少婦獨行知爲亡者脅之引與俱歸燭之美絕自言霍氏細致研詰女不悅曰既加收蓄何必復盤察如恐相累不如早去朱不敢問留與寢處顧女不能安粗糲又厭見肉臛必燕窩或雞心魚肚白作羹湯始能饜飽朱無奈竭力奉之又善病日言日須參湯一碗朱初不肯女呻吟垂絕不得已投之病若失遂以爲常女衣必錦繡數日即厭其故如是月餘

不貲 不少也

貶 音變 凡衣服飯食羹湯醫藥襍用不能供給只可取次者下等者度日如做官降級貶秩

肉糜 即今之肉圓 晉惠帝愚騃 年凶民多餓莩 惠帝曰 飢民胡不食肉糜 音迷

藐 看不起 藐藐 忽視之 說大人則藐之 見孟子

因用費不貲，朱漸不供，女啜泣不食，但求復去。朱懼，又委曲順承之。顧苦悶，輒令十數日，一招優伶為戲。戲時朱設幾簾外，抱兒坐觀之。女以無客，數相誚罵，朱亦不甚分解。居二年，家漸落，向女婉言，求少貶，女許之，用度皆損其半。久之，仍不給，女不得已，以肉糜相安，又漸而不珍。亦御矣。朱竊喜，忽一夜，啟後闔亡去。朱悵悵若失，偏訪之，乃知在鄰村何氏家。何大姓，世胄也，豪縱好客，燈火達旦。忽有麗人，半夜入闥，詰之，則朱家之逃妾也。朱為人，何素藐之，又悅女美，遂竟納焉。綢繆數日，益惑

賕賄賂也行賕通關節

君子懷刑　論語

自愛　守身如玉

之窮極看欲供奉一如朱朱得耗坐索之何殊不爲意
朱質於官官以其姓名來歷都不分曉置不理朱貨産
行賕乃准拘質女謂何曰妾在朱家亦非采禮媒定者
胡畏之何亮將與質成座客顧生獨云不可謂收納逋
逃已干國紀況此女入門日費無度即千金之家何能
久也何大悟罷訟以女歸朱過一二日女又逃有黄生
者故貧士無偶女叩扉入自言所來黄懷刑自愛豔麗
忽投驚懼不知所爲固却之女不去應對間嬌婉無那
黄心動留之而慮其不能安貧女早起躬操家苦劬勞

嬈音裊　一作嫋

逋音哺平声逃也

蘊藉 溫存

恨相得晚 史記武帝見嚴助朱買臣徐樂等語

舛 音穿上声 差錯也

過舊室黃爲人蘊藉瀟灑工於內媚因恨相得晚止恐風聲露泄爲懼不久而來自訟後家益貧又度女終不能安遂置不究女從黃數歲親愛甚篤一日忽欲歸寧要黃御送之黃曰向言無家何前後之舛也謾言之妾鎮江人（二千餘里艦川不易故曰竭資而往）昔從蕩子流落江湖遂至於此妾家亦頗裕君竭貲而往必無相虧黃從其言賃舟同去至揚州境泊舟江際女適凭窗有巨商子過驚其艷反舟綴之（尾其後）而黃不知也女忽曰君家甚貧今有一療（音料救也）貧之方不知能從否黃詰之女曰妾相從數年未能爲君育男女亦一

女矯健若神龍、不可捉搦、然以黄之誠篤可依、故相從不去、即去、亦必委曲為之謀要歸得重資、凡天下識篤人必不吃虧、

黄知女之相戲故微哂

賣不賣去不去一樣筆法

不了事。妾雖陋幸未老耄。有能以千金相贈者便鬻妾去。此中妻室田廬皆備焉。此計何如也。黄失色不知何故。女笑曰君勿急天下固多佳人誰肯以千金買妾者其戲言於外以覘其有無賣不賣固自在君耳。女自與榜人（船工婦）婦言之。婦目黄黄漫應焉婦去無幾返言鄰舟有商人子願出八百。黄故搖手以難之。未幾復來便言如（千金）命即請過船交兌。黄微哂。女曰教渠姑待我囑黄郎即令去。女謂黄曰妾日以千金之軀事君今始知也。黄問以何詞遣之。女曰請即往署券去不去固自在我耳。黄

尾綴在冊後、女已知之故一言於外、明有應者、

文未說明故黃趑趄不敢應

嗌音亦喉嚨也

箭激如箭引滿離弓

喻速也

淊音叨大浪不斷

鏑音的箭頭

不可女逼促之黃不得已詣焉立刻兌付黃令封誌之曰遂以貧故遽相割捨倘室人必不肯從仍以原金璧趙方運金至舟則見女從榜人婦從船尾已登商舟遙顧作别殊無悽戀黃驚魂離舍嗌不能言俄商舟解纜去如箭激黃大號欲追傍之榜人不從開舟南渡矣瞬息達鎮江運貲上岸榜人急解舟去黃守裝悶坐無所適歸望江水之淊淊如萬鏑之叢體方掩泣間忽聞嬌聲呼黃郎愕然四顧則女已在前塗喜極負裝從之問卿何遽得來女笑曰再遲數刻則君有疑心矣黃乃疑

相如完璧歸趙

如物噎住喉嚨不能言

一段義俠豪爽之氣如見眉宇

合浦在廣東、產明珠、以官宰貪饕遷去、後官來公明正道、復還浦中、見後漢書循吏傳、

臠音戀大塊佳肉

其非常固詰其情女笑曰妾生平於吝者則破之於邪
者則誑之也若實與君誠君必不肯何處可致千金者
借囊充物而合浦珠還君幸足矣窮問何爲乃僱役荷
裝相將俱去至水門內一宅南向逕入餓而翁媪男婦
紛出相迎皆曰黃郎來也黃入叅公姥有兩少年揖坐
與語是女兄弟大郎三郎也筵間味無多品玉柈四枚
方几已滿雞蝦鱉魚皆臠切爲餡少年以巨椀行酒談
吐豪放已而導入別院俾夫婦同處衾枕滑耎而牀則
以熟革代棕藤焉日有婢媼饋致三餐女或時竟日不

熟牛皮

又用檀弓句法

黄從始誠愨

推睦如之調度

霍女以爲忠乎爲巾幗

矣

至黄獨居頗覺悶苦屢言歸女固止之一日謂黄曰今爲君謀請買一人爲子嗣計然買婢媵則價奢當僞爲妾也兄者使父與論昏良家子不難致黄不可女弗聽有張貢士之女新寡議聘金百緡女强爲娶之新婦小名阿美亦頗婉妙女嫂呼之黄跼蹙不自安而女殊坦坦他日謂黄曰妾將與大姊至南海一省阿姨月餘可返請夫婦安居遂去夫妻獨居一院按時給食飲亦甚隆備然自入門後曾無一人復至其室每晨阿美入覲嫗一兩言輒退娣姒在旁惟相視一笑即留連久坐亦

吃吃　不出也今之吃子一句話匀四五次説不明白

宛若　妯娌也

阿美頗有才情

不欽曲黃見翁亦如之偶值諸郎聚語黃至郎都寂然黃疑悶莫可告語阿美覺之詰曰君既與諸郎伯仲何以月來都如生客黃倉猝（老實人）不能致對吃吃而言曰我十年於外今始歸耳美又細審翁姑閥閱及妯娌里居黃大窘不能復隱底裏盡露女泣曰妾家雖貧無作賤媵者無怪諸宛若鄙不齒數矣黃皇怖失守莫知籌計惟長跽而前一一聽命美收涕挽之轉請所處黃曰僕何敢他謀計惟子身自去耳女曰既嫁復歸於情何忍渠雖先從私也妾雖後至公也不如姑俟其歸問彼既出

不以妾為如　左傳句

兜牟頭上盔

此謀將何以置妾也居數月女竟不返一夜聞客舍喧飲黃滑往窺之見二客戎裝上坐一人裹豹皮巾凛若天神東首一人以虎頭革作兜牟虎口銜額鼻耳悉具焉驚異而返以告阿美竟莫測翟父子何人夫妻疑懼謀欲僦寓他所又恐生其猜度黃曰實告卿卽南海人還折証已定僕亦不能家此也今欲攜卿去又恐尊大人別有異言不如姑別二年中當復至卿能待待之如他適者亦自任也阿美欲告父母而從之黃不可阿美流涕要以信誓乃別而歸黃入辭翁嫗時諸郎皆他出

翁挽留以待其歸黃不聽而行登舟淒然形神喪失至瓜州忽回首見片帆來駛如飛漸近則船頭按劍而坐者霍大郎也遙謂曰若欲遄返胡再不謀遺夫人去二三年誰復能相待也言次舟已逼近阿美自舟中出大郎挽登黃舟跳身過去先是阿美既歸方向父母泣訴忽大郎將輿登門按劍相脅逼女風走一家懼息莫敢遮問女述其狀黃不解何意而得美良喜開舟遂發至家出貲營業頗稱富有阿美懸念父母欲黃一往探之又恐以霍女來嫡庶復有參差居無何拙翁詣壻見屋

字修整心頗慰諭女曰汝出門後遂詣霍家探問見門戶已扃第主亦不之知半年竟無消息汝母日夜零涕謂被奸人賺去不知流離何所今幸無恙耶黃寶告以情因猜爲神後阿美生子取名仙賜至十餘歲母遣詣鎮江至揚州界休於旅店從者皆出有女子來挽兒入他室下簾抱諸膝上笑問何名兒告之問取名何義荅云不知女言歸問汝父當自知乃爲挽髻自摘髻上花代簪之出金釧束腕上又以黃金內袖曰將去買書讀兒問其誰曰兒不知更有一母耶歸告汝父朱大與死

仙妖爲似恐非盜

無棺木嘗助之勿忘也老僕歸舍矣少主尋至他室聞與人語窺之則故主撥簾外徵嗽將有咨白女推見榻上恍惚已杳問之舍主並無知者數日自鎮江歸語黃又出所贈責感歎不已及詢制則純裁三尺露尸未葬厚恤之

異史氏曰如其仙耶三易其主不爲貞然爲吝者破其慳爲淫者速其蕩女非無心者也然破之則不必其憐之矣貪淫鄙吝之骨溝壑何惜焉

布商　佛

多事

天下之毒無如僧者

布商某至青州境偶入廢寺見其院宇零落歎悼不已僧在側曰今如善信暫起山門亦佛面之光客慨然自任僧喜邀入方丈款待殷勤既而舉內外殿閣並請裝修客辭以不能僧固强之詞色悍惡客懼請卽傾囊於是倒裝而出悉授僧將行僧止之曰君竭貲實非所願得毋甘心於我乎不如先之遂握刀客哀之切弗聽請自經許之逼置暗室而迫促之適有防海將軍經寺外遙自缺牆外望見一紅裳女子入僧舍疑之下馬入寺前後冥搜竟不得至暗室所嚴扃雙扉僧不肯開托以

妖與將軍怒斬關入則見客縊梁上救之片時復甦詰得其情又械問女子所在實則烏有蓋神佛現化也殺僧財物仍以歸客客益募修廟宇由此香火大盛趙孝廉豐原言之最悉

彭二掙

禹城韓公甫自言與邑人彭二掙（音爭上声）並行於途忽回首不見之唯空蹇隨行但聞號甚急細聽則在被囊中近視囊內纍然雖則偏重亦不得墮欲出之則囊口縫紉甚密以刀斷綫始見彭犬臥其中既出問何以入亦茫不

曹娥之父曹盱，即巫者，能作婆娑舞，隨江而死。

商羊，一足鳥，見山海經。見則雨，今小兒女輩提一足跳，乃相沿求雨，如此皆用童男女爲之，今者以此爲據也。

自知蓋其家有狐爲祟事如此類甚多云

跳神　吳門因病者延村嫗作禳曰跳馬轡

濟俗民間有病者閨中以神卜倩老巫擊鐵環單面鼓婆娑作態名曰跳神而此俗都中尤盛良家少婦時自爲之堂中肉於架酒於盆盛設几上燒巨燭明於晝婦束短幅裙屈一足作商羊舞兩人捉臂左右扶掖之婦刺刺瑣絮似歌又似祝字多寡參差無律帶腔室數鼓亂撾如雷蓬蓬聒人耳婦吻闢翕雜鼓聲不甚辨了既首垂目斜睨立全須人失扶則仆旋忽伸頸巨躍離地

晉書夏統傳亦載有美婦唱曲同於跳神

尸 古祭祀用之
屍 人死未殓
於神曰尸 如弟為尸

只有咫室中諸女子，凜然愕顧曰：祖宗來喫食矣，便一噓吹燈滅，內外冥黑，人慄息立，暗中無敢交一語，語亦不得聞聲，亂也。食頃，聞婦厲聲呼翁姑及夫嫂小字，始共爇燭，傴僂問休咎，視尊中、盎中、案中，都復空空，望顏色，察嗔喜，肅肅羅問之，答若響。中有腹誹者，神已知，便指某姍笑我，大不敬，將褫汝袴。誹者自顧，瑩然已裸，輒於門外樹頭覓得之。滿洲婦女奉事尤虔，小有疑，必以決。時嚴妝騎假虎馬，執長兵，舞榻上，名曰跳虎神。馬虎勢作威怒，尸者聲傖儜，或言關張元壇，不一號，赫氣慘

長兵 長鎗刀

此張三丰内工即易筋經法

瀵尤能畏怖人有丈夫穴竅來竄輒被長兵破竅刺帽挑入去一家媪媳姊娣森森踏蹠雁行立無歧念無懈骨

此乃滿蒙旗下祀神厭禳法

鐵布衫法

沙回子得鐵布衫大力法駢其指力斫之可斷牛項橫搠（音朔）之可洞牛腹曾在仇公子彭三家懸木於空遣兩健僕極力撐去猛反之沙裸腹受木碎然一聲木去遠矣又出其勢即石上以木椎力擊之無少損但畏刀耳

美人首

向錯落似考工記

此條認果不堪

諸商寓居京舍舍與鄰屋相連中隔板壁板有杉節脫處穴如錢忽女子探首入挽鳳髻絕美旋伸一臂潔白如玉衆駭其妖欲捉已縮去少頃又至但隔壁不見其身奔之則又去之一商操刀伏壁下俄首出暴決之應手而落血濺塵土衆驚告主人主人懼以其首首（上首上声　下首去声）焉逮諸商鞫之殊荒唐淹繫半年迄無情詞亦未有以人命論者乃釋商瘞女首

出首也

山神

（山東）益都李會斗偶山行值數人籍地飲見李至讙然並起

競 争也

窞 音啖 坎中小坎

蜥蜴 音雪亦 今壁虎

庫 音赊 嘗見姓苑云古人以祖字為氏或又以世官為氏此与倉氏同乃古之司庫官因以為氏又去一筆音沙實無此字也

曳入座競觴之視其杯盤雜陳珍錯移時飲甚懽但酒味薄澹忽逕有一人來面狹長可二三尺許冠之高細稱是衆驚曰山神至矣即都紛紛四去李亦伏匿坎窞既而起視則肴酒一無所有惟有破陶器貯溲浡充片上盛蜥蜴數枚而已

庫將軍

庫大有字君實漢中洋縣人以武舉隸祖述舜麾下祖厚遇之屢蒙拔擢遷偽周總戎後覺大勢既去潛以兵乘祖格拒傷手因就縛之納款於總督蔡至都夢至

雲貴總督蔡毓榮領大兵破三桂孫世璠、未逆滅其族、

乾隆初年、奉旨纂輯明末諸臣投降者各編一傳、賜名曰貳臣傳、又編投而反復者曰逆臣傳、又編自順治初年至康熙朝諸臣曰滿漢名臣傳、

冥司。冥王怒其不義、命鬼以沸油澆其足。既醒、足痛不可忍。後腫潰、指盡墮。又益之瘧。輒呼曰：我誠負義、我誠負義。遂死。

異史氏曰：事僞朝固不足言忠。然國士庸人、因知爲報。賢豪之自命宜爾也。是誠可以愓天下之人臣而懷二心者矣。

此經長白十六字

據稿

聊齋志異卷十一終　三月望校

科場為一部書主腦
國初江浙最先應試凡新
翰林即放差山東主考學
使多江南浙江統謂之南
人此篇暢乎其詆

聊齋志異卷十二

淄川　蒲松齡留仙著

新城　王士正貽上評

司文郎

唐有司文郎即古之著作郎今之編修檢討官

平陽王平子赴試北闈賃居報國寺寺中有餘杭生先在王以比屋投刺焉生不之答朝夕遇之多無狀王怒其狂悖交往遂絕一日有少年游寺中白服裙帽望之傀然近與接談言語諧妙心愛敬之展問邦族云登州宋姓因命蒼頭設座相對噱談餘杭生適過共起遜坐

有此兩句反復通字後又有五通幾則以敷衍大篇曰一通曰半通妙絕暢絕

生居然上坐更不撝挹㸔然問宋爾亦入闈者耶荅云非也駑駘之才無志騰驤久矣又問何省宋告之生曰竟不進取足知高明山左右並無一字通者宋曰北人固少通者然不通者未必是小生南人固多通者然通者亦未必是足下言已鼓掌王和之因而閧堂生慚忿軒眉攘腕而大言曰敢當前命題一校文藝乎宋他顧而哂曰有何不敢便趣寓所出經授王王隨手一翻指曰闕黨童子將命生起求筆札宋曳之曰口占可也我破已成於賓客往來之地而見一無所知之人焉王捧

破承皆罵

上乘中乘下乘皆去声佛經語等級也

腹大笑生怒曰全不能文徒事謾罵何以爲人王力爲
排難請另命佳題又翻曰殷有三仁焉宋立應曰三子
者不同道其趨一也夫一者何也曰仁也君子亦仁而
已矣何必同生遂不作起曰其爲人也小有才遂去王
以此益重宋邀入寓室欵言移晷盡出所作質宋宋流
覽絕疾踰刻已盡百首曰君亦沉深於此道者然命筆
時無求必得之念而尚有冀倖得之心即此已落下乘
遂取闈過者一一詮說王大悅師事之使庖人以蔗糖
作水角宋啗而甘之曰生平未解此味煩異日更一作

今水餃子北角曰䭔

白糖以蔗汁熬成

丹黄古校勘書必用丹黄

圈不圈亮象求鈠子趣語

也由此相得甚懽宋三五日輒一至王必爲之設水角爲餘杭生時一遇之雖不甚傾談而傲睨之氣頓減一日以窗藝示宋宋見諸友圈贊已濃目一過推置案頭不作一語生疑其未閲復請之答已覽竟生又疑其不解宋曰有何難解但不佳耳生曰一覽丹黄何知不佳宋便誦其文如夙讀者且誦且訾生跼蹐汗流不言而去移時宋去生入堅請王作王拒之生强搜得見文多圈點笑云此大似水角子王故樸訥靦然而已次日宋至王具以告宋怒曰我謂南人不復反矣傖楚何敢乃

南人句蜀漢葛諸公語

規諫也

罵主考

鼻為知音矣

主考房官皆瞽而無鼻

者

爾必當有以報之王力陳輕薄之戒以規之宋深感佩既而場後以文示宋宋頗相許偶與涉歷殿閣見一瞽僧坐廊下設藥賣醫宋訝曰此奇人也最能知文不可不一請教因命歸寓取文遇餘杭生遂與俱來王呼師而參之僧疑其問醫者便詰症候王具白請教之意僧笑曰是誰多口無目何以論文王請以耳代目僧曰三作兩千餘言誰耐久聽不如焚之我視以鼻可也王從之每焚一作僧嗅而頷之曰君初法大家雖未逼真亦近似矣我適受之以脾問可中否曰亦中得餘杭生未

明歸震川有光胡有信皆時文大家歸震川古文亦一朝宗匠歸嘉定人進士官太僕丞

盲 無目者音萌

簾中人謂主考房官

深信先以古大家文燒試之僧再嗅曰妙哉此文我心受之矣非歸胡何解辨此生大駭始焚己作僧曰適領一藝未窺全豹何忽另易一人來也生托言朋友之作止彼一首此乃小生作也僧嗅其餘灰咳逆數聲曰勿再投矣格格而不能下強受之以鬲（打惡心）再焚則作惡矣（咳嗽）生慚而退數日榜放生竟領薦王下第宋與王走告僧僧歎曰僕雖盲於目而不盲於鼻簾中人並鼻盲矣俄餘杭生至意氣發舒曰盲和尚汝亦啖人水角耶今竟何如僧笑曰我所論者文耳不謀與君論命君試尋諸試

想其時闈墨之前刻各房官之文

下氣俗言屁也以屁比文罵之太毒惡毒之於人甚矣哉

[illegible]詮得抗生怒

此一番是氣平正論讀書人當終身誦之

官之文各取一首焚之我便知孰爲爾師生與王通搜之止得八九人生曰如有舛錯以何爲罰僧憤曰剜我首瞳去生焚之每一首都言非是至六篇忽向壁大嘔下氣如雷衆皆粲然（笑也）僧拭目向生曰此眞汝師也初不知而驟嗅之刺於鼻棘於腹膀胱所不能容直自下部出矣生大怒去曰明日自見勿悔勿悔越二三日竟不至視之已移去矣乃知即某門生也宋愍王曰凡吾輩讀書人不當尤人但當克己不尤人則德益宏能克己則學益進當前蹶落固是數之不偶平心而論文亦未

其時名習一經房官與應試者各分別

砥礪 摩治也 音止厲

五代宋初竇儀范仲文正公也

便登嶧其由此砥礪天下自有不宰之人王肅然起敬又聞次年再行鄉試遂不歸止而受教宗曰都中薪桂米珠勿憂資斧舍後有窖鏹可以發用即示之處王謝曰昔寶范貧而能廉今某幸能自給敢自污乎王一日醉眠僕及庖人竊發之王忽覺聞舍後有聲竊出則金堆地上情見事露並相慴伏方訶責間見有金欵類多鐫欵審視皆大父字諱蕃王祖曾爲南部郎入都寓此暴病而卒金其所遺王乃量秤得金八百餘兩明日告宗且示之覆欲與瓜分固辭乃已以百金往贈贊僧僧

此皆蒲先生現身說法故痛哭流涕言之奇才屈抑何世無之

何以轉叚得科名而柳厓外編遂遜此作所以□□不能才與功名兼得

已去積數月，敦習益苦。及試，宋曰：「此戰不捷，始眞是命矣。」俄以犯規被黜。王尚無言，宋大哭不能自止，王反慰解之。宋曰：「僕爲造物所忌，困頓至於終身，今又累及良友，其命也夫！其命也夫！」王曰：「萬事固有數在。如先生乃無志進取，非命也。」宋拭淚曰：「久欲有言，恐相驚怪。某非生人，乃飄泊之游魂也。少負才名，不得志於場屋，徉狂至都，冀得知我者，傳諸著作。甲申之年，竟罹於難，歲歲飄蓬。幸相知愛，故極力爲他山之攻，生平未酬之願，實欲借良朋一快之耳。今文字之厄若此，誰復能漠然哉！」

同謀被放

明崇禎甲申三月十九日

相助也

他山見毛詩

飛黃，周穆王八駿之一，以喻文章得售功名迅速。

士先器識而後文藝，孔門四科亦以德行居首。

王亦感泣問何淹滯曰去年上帝有命委宣聖及閻羅王核查刼鬼上者備諸曹任用餘者即傳轉輪賤名已錄所未投到者欲一見飛黃之快耳今請別矣王問所考何職曰梓潼府中缺一司文郎暫令龔僮署篆文運所以顛倒萬一倖得此秩當使聖教昌明明且忻忻而至曰願遂矣宣聖命作性道論覩之喜色謂可司文閻羅稽癘欲以口孽見棄宣聖爭之乃得就某伏謝已又呼近案下囑云今以憐才拔充清要宣洗心供職勿蹈前愆此可知冥中重德行更甚於文學也君必修行未

爽　失也

致但積善勿懈可耳。王曰果爾餘杭其德行何在。曰此
即不知。要冥司賞罰皆無少爽。即前日贅僧亦一鬼也。
是前朝名家。生前拋棄字紙過多。罰作贅。彼自欲醫人
疾苦。以贖前愆。故托游廛肆耳。王命置酒。宋曰無須。終
歲之餐。盡此一刻。再爲我設水角足矣。王悲愴不食。坐
令自啜。頃刻已過三盛。捧腹曰此餐可飽三日。吾以志
君德耳。向所食都在舍後。已生菌矣。藏作藥餌。可益兒
慧。王問後會。曰既有官責。當引嫌也。又問梓潼祠中。一
相酹祝。可能達否。曰此都無益。九天甚遠。但潔身力行。

聊齋志異卷十二　司文郎　六一

自有地司牒報則某必與知之言已作别而没王視舍後果生紫菌朶而藏之旁有新土墳起則水角宛然在焉王歸彌自刻厲一夜夢宋輿蓋而至曰君向以小忿悞殺一婢削去祿籍今篤行已折除矣然命薄不足任仕進也是年捷於鄉明年春闈又勝遂不復仕生二子其一絕鈍啖以菌遂大慧後以故詣金陵遇餘杭生於旅次極道契濶深自降抑然鬢毛斑矣

異史氏曰餘杭生公然自詡意其爲文未必盡無可觀而驕詐之意態顏色遂使人頃刻不可復忍天人之厭

棄已久故鬼神皆玩弄之脫能增修厥德則簾内之刺鼻棘心者遇之正易何所遭之僅也、

呂無病

洛陽孫公子名麒娶蔣太史女甚相得二十夭殂悲不自勝離家居山中別業適陰雨晝臥室無人忽見複室簾下露婦人足疑而問之有女子褰簾出年約十八九衣服樸潔而微黑多麻類貧家女意必村中僦屋者呵曰所須宜白家人何得輕入女微笑曰妾非村中人祖籍山東呂姓父文學士妾小字無病從父客遷早離顧

吐屬風雅可愛鄭玄字康成漢末大儒備通六經於毛詩尤精誰家中婢女亦知詩義見三國志註

婚姻吉日忌河魁值日

復慕公子世家名士願爲康成文婢孫笑曰卿意良佳然僕輩雜居實所不便容旋里後當輿聘之女跽且曰自揣陋劣何敢遂望敵體聊備案前驅使當不至倒捧冊卷孫曰納婢亦須吉日乃指架上使取通書第四卷蓋試之也女翻檢得之先自涉覽而後進之笑曰今日河魁不曾在房孫意少動留匿室中女閒居無事爲之拂几整書焚香拭鼎滿室光潔孫悅之至夕遣僕他宿女俛眉承睫殷勤臻至命之寢始持燭去中夜睡醒則牀頭似有臥人以手探之知爲女捉而撼焉女驚寤起

立榻下孫曰何不別寢牀頭豈汝臥處女曰妾善懼孫憐之俾施枕牀內忽聞氣息之來清如蓮蕊與之呼與共枕不覺心蕩漸與同衾大悅之念避匿非策又恐同歸招議孫有母姨近隔十餘門謀令遁諸其家而後與致之女稱善使言阿姨妾熟識之無容先達請即去孫送之踰垣而去孫母姨寡媼也凌晨啓戶女掩入媼詰之答云若甥遣問阿姨公子欲歸路賒之騎留奴暫寄此耳媼信之遂止焉孫歸矯謂姨家有婢欲相贈遣人舁之而還坐臥皆以從久益愛之納為小妻世家論昏

皆勿許。殆有終焉之志。女知之，苦勸令娶。乃娶於許，而
終孌愛無病。許甚賢，略不爭夕，而無病事許益恭，以此
嫡庶偕好。許舉一子阿堅，無病愛抱如己出。兒甫三歲，
輒離乳媼，從無病宿，許喚之不去也。無何，許病尋卒，臨
訣囑孫曰：「無病最愛兒，即令子之可也；即正位焉亦可。」
也既葬，孫將踐其言，告諸宗黨，僉謂不可；女亦固辭，遂
止。邑有王天官女新寡，來求姻。孫雅不欲娶，王再請之。
媒道其美，宗族仰其勢，共慫恿之。孫惑焉，又娶之。色果
豔，而驕已甚，衣服器用多厭嫌，輒加毀棄。孫以愛敬故，

高亲愛玩賢妻有終
焉之志見世說

若終依許嘱何致無病
受苦兒幾死耶此慈於
親族之勸續也

明制以吏部尚書官最
尊

夫綱不振一至於斯凡要富貴家之女大都此病

兒非無病所生然愛之逾於已出

不忍有所拂入門數月擅寵專房而無病至前笑啼皆罪時怒遷夫壻數相鬬鬩孫患苦之以故多獨宿婦又怒孫不能堪托故之都逃婦難也婦又以遠遊咎無病無病鞠躬屏氣承望顏色而婦終不快夜使直宿牀下兒奔與俱每喚起給使兒輒啼婦厭罵之無病急呼乳媪來抱之不去强之益號婦怒起毒撻無算始從乳媪去兒以是病悸不食婦禁無病不令見之兒終日啼婦叱媪使棄諸地兒氣竭聲嘶呼而求飲婦戒勿與日既暮無病窺婦不在潛飲兒兒見之棄水捉襟嗷啕不止

恃以家勢如此

婦聞之意氣洶洶而出見聞聲輟涕一躍遂絕無病大哭婦怒曰賤婢醜態豈以兒死脅我耶無論孫家襁褓物即殺王府世子王天官女亦能任之無病乃屏息忍涕請爲葬具婦不許立命棄之婦既去竊撫兒四體猶溫隱語嫗曰可速將去少待於野我當繼至其死也共棄之活也共撫之嫗曰諾無病入室攜簪珥出追及之共視兒已蘇二人喜謀趨別業往依姨嫗慮其纖步爲累無病乃先趨以示之疾若飄風嫗力奔始能及約二更許見病危不復可前遂斜行入村至田叟家倚門待

反脣相稽 莊子

筆亦宛轉寫得出

曉抑屏借室出簪珥易貲巫醫並至病卒不瘳女掩泣
曰媪好視兒我往尋其父也媪方驚其謬妄而女已杳
矣駭詫不已是日孫在都方憩息牀上女悄然入孫驚
起曰纔眠已入夢耶女握手哽咽頓足不能出聲久之
久之方失聲而言曰妾歷千辛萬苦與兒逃於楊句未
終縱聲大哭倒地而滅孫駭絕猶疑爲夢喚從人共視
之衣履宛然大異不解即刻趣裝星馳而歸既聞兒死
妾遁撫膺大悲語侵婦婦反唇相稽孫忿出白刃婢嫗
遮救不得近遥擲之刀春中顙顙破血流披髮嗥叫而

宰怕鄉紳蔦茸之官不及教官強項

本發学戒飭以迎合王意

出將以奔告其家孫捉還杖撻無數衣皆若縷傷痛不可轉側孫命舁諸房中護養之將待其瘥而後出之婦兄弟聞之怒率多騎登門孫亦集健僕械禦之兩相詈罵竟日始散王未快意訟之孫捍衛入城自詣質審訴婦惡狀宰不能屈送廣文懲戒以悅王廣文朱先生世家子剛正不阿廉得情怒曰堂上公以我爲天下之齷齪教官勒索傷天害理之錢以吮人癰痔者耶此等乞丐相我所不能竟不受命孫公然歸王無奈之乃示意朋好爲之調停欲生一謝過其家孫不肯十返不能決

教官呼縣令為堂翁

婦創漸平，欲出之，而又恐王氏不愛，因循而安之。妾亡子死，夙夜傷心，思得乳媪，一悉其情。因憶無病言逃於楊近村，有楊家疃，疑其在是。往問之，並無知者。或言五十里外有楊谷，遣騎詣訊，果得之。見漸平復，相見各喜。載與俱歸。兒望見父，嗷然大啼，孫亦淚下。婦聞兒尚存，盛氣奔出，將致誚罵。兒方啼，開目見婦，驚投父懷，若求藏匿。抱而視之，氣已絕矣。急呼之，移時方甦。孫恚曰：「不知如何酷虐，遂使吾兒至此！」乃立離昏書，送婦歸。王果不受，又舁還孫。孫不得已，父子別居一院，不與婦通。乳

天下之不知羞恥者莫王天官若也

大歸見左傳

媼乃備述無病情狀孫始悟其為鬼感其義葬其衣履題碑曰鬼妻呂無病之墓無何婦産一男交手於項而死之孫益慼復出婦王又舁還之孫無所為計具狀控諸上臺皆以天官故置不理後天官卒孫控不已乃判令大歸孫由此不復娶納婢焉婦既歸悍名譟甚居三四年無問名者婦頓悔而已不可復挽有孫家舊媼適至其家婦優待之對之流涕揣其情似念故夫媼歸告孫孫笑置之又年餘婦母又卒孤無所依諸娣姒頗厭嫉之婦益失所日輒涕零一貧士喪偶兄議厚其奩妝

何以天官之女嫁再嫁而嫁三耶

出醜極矣豈有一品之女而二三再醮者想其時有此類之事附会而成此篇乎

而遣之婦不肯每陰託往來者致意孫泣告以悔孫不聽終置之一日婦率一婢竊驢跨之竟奔孫孫方自內出迎跪階下泣不可止孫欲去之婦牽衣復跪之孫固辭曰如復相聚常無間言則已耳一朝有他汝兄弟如虎狼再求離逷（音惕）豈可復得婦曰妾竊奔而來萬無還理留則留之否則死之且言妾自二十一歲從君二十三歲被出誠有十分惡寧無一分情乃脫一腕釧並兩足而束之袖覆其上曰此時香火之誓君寧不憶之耶孫乃熒眥欲淚使人挽扶入室而猶疑王氏詐諼欲得其

兄弟一言爲證據婦曰妾私出何顔復求兄弟如不相
信妾藏有死具在此請斷指以自明遂於腰中出利刃
就牀邊伸左手一指斷之血溢如湧孫大駭急爲束裹
婦容色痛變而更不呻吟笑曰妾今日黄粱之夢已醒
特借斗室爲出家計何用相猜孫乃使子及妾另居一
所而已朝夕往來於兩間又日求良藥醫指創月餘尋
愈婦由此不茹葷酒閉戸誦佛而已居久見家政廢弛
謂孫曰妾此來本欲置他事於不問今見如此用度恐
子孫有餓莩者矣無已再靦顔一經紀之乃集婢媪披

日責其績織家人以其自投也慢之無人時竊相誚訕而婦若不聞知既而課工惰者鞭撻不貸衆始懼之又垂簾課主計僕綜理微密孫乃大喜使兒及妾皆朝見之阿堅已九歲婦每加意溫卹朝入塾常畱甘餌以待其歸兒亦漸親愛之一日兒以石投雀婦適過中顱而仆踰刻不語孫大怒撻兒婦蘇力止之且喜曰妾昔虐兒中心每不自釋今幸消一罪案矣孫益嬖愛之婦每拒使就妾宿居數年屢產屢殤曰此昔日殺兒之報也阿堅既娶遂以外事委兒內事委媳一日曰妾某日當

死孫不信婦自理葬具至日更衣入棺而卒顔色如生異香滿室既斂香始漸滅

異史氏曰心之所好原不在妍媸也毛嬙西施焉知非自愛之者美之乎然不遭悍妒其賢不彰幾令人與嗜痂者並笑矣至錦屏之人其夙根原厚故豁然一悟立證菩提若地獄道中皆富貴而不經艱難者也

崔猛

崔猛字勿猛建昌世家子性剛毅幼在塾中諸童稍有所犯輒奮拳毆擊師屢戒不悛名字皆先生所賜也

夏屋 高大房屋 毛詩

此等郭解等豪俠所為
然恩怨太多難保其令終
請看史傳中游俠一流人能
保首領以殁者幾人哉

處逆惡之婦最相宜

至十六七強武絶倫又能持長竿躍登夏屋喜雪不平以是鄉人共服之求訴稟白者盈階滿室崔抑強扶弱不避怨嫌稍逆之石杖交加支體爲殘每盛怒無敢勸者惟事母孝母至則解母譴責備至崔唯唯聽命出門輒忘比鄰有悍婦日虐其姑姑餓瀕死子竊啖之婦知詬厲萬端聲聞四院崔怒踰垣而過鼻耳脣舌盡割之立斃母聞之大駭呼鄰子極意溫䘏配以少婢事乃寢母憤泣不食崔懼跪請受杖且告以悔母泣不顧崔妻周亦與並跪母乃杖子而又以針刺其臂作十字紋朱

尚書五福五曰考終命言壽數考曰正命不令終横死也

厭禳今之禳星祀斗又屋上门首立牌画八卦等皆禳解法也然亦有靈有不靈

塗之俾勿滅崔並受之母乃食母喜飯僧道往往饜飽之適一道士在門崔過之道士目之曰郎君多凶横之氣恐難保其令終積善之家不宜有此崔新受母戒聞之起敬曰某亦自念之但一見不平若不自禁力改之可免否道士笑曰姑勿問可免不可免請先自問能改不能改但當痛自抑如有萬分之一我告君一解死之術崔生平不信厭禳但笑不言道士曰我固知君不信但我所言不類巫覡行之亦盛德即其不效亦不至有所妨崔請之乃曰適門外一後生宜厚結之既犯死罪

覡音葉

崔喜打抱不平有老招牌故人競相告

登堂拜母屢見於後漢書三國志如今之結拜兄弟

此子能活之也呼崔出指示其人蓋趙氏兒名僧哥趙南昌人以歲祲饑僑寓建昌崔由是深相結請趙館於其家供給優厚僧哥年十二登堂拜母約爲昆弟踰歲東作趙携家去音問遂絕崔母自鄰婦死戒子益切有赴訴者輒擯斥之一日崔母弟卒從母往弔途遇數人縶一男子呵罵促步加以捶扑觀者塞途輿不得進崔問之識崔者競相擁告先是有巨紳子某甲者豪橫一鄉窺李申妻有色欲奪之道無由因命家人誘與博賭貸以貲而重其息要使署妻於券貲盡復給終夜負責

涌 同湧

唶 音爵 呼止之詞

慴 音折 懼失氣也

官榭生乃尔 亦宜贈以匕首

數千積半年計子母三十餘千申不能償强以多人篡取其妻申哭諸其門某怒拉繫樹上榜笞剌劉逼立無悔狀甯聞之氣湧如山鞭馬前向意將用武毋搴簾而呼曰唶又欲爾耶甯乃止既弔而歸不語亦不食兀坐直視若有所嗔妻詰之不荅至夜合衣臥榻上輾轉達旦次夜復然啟戶出輒又還臥如此三四妻不敢詰惟慴以聽之既而遲久乃反掩扉熟寢矣是夜有人殺某甲於牀上刳腹流腸申妻亦裸尸牀下官疑申捕治之横被殘梏踝骨皆見卒無詞積年餘不能堪誣服論辟

辟 音匹 死罪

絕裾二字見晉書温嶠傳

此段叙事娓娓，其筆不可及

刑部每奏遣司員郎中員外主事出都巡省錄囚理枉此明制本朝則否

會崔母死，既殯，告妻曰：「殺甲者實我也，徒以有老母，故不敢泄。今大事已了，柰何以一身之罪，殃他人，我將赴有司死耳。」妻驚挽之，絕裾而去，自首於庭。官愕然，械送獄。釋申，申不可，曰：「以自承。」官不能決，兩收之。戚屬皆誚讓申，申曰：「公子所爲，是我欲爲而不能者也。彼代我爲之，而忍坐視其死乎。今日即謂公子未出也可。」執不異詞，固與崔爭。久之，衙門皆知其故，強出之，以崔抵罪。濱就決矣，會郵刑官趙部郎案臨閱囚，至崔名，屏人而喚之。崔入，仰視堂上，僧哥也。悲喜實訴。趙徘徊良久，仍令

出首投案

更謬

官糊塗

自首照律減等
本未向實之案一時烏能平反此所以沉吟久之遂自首一層減等

鄉鄰有鬭 孟子句

上溪田巠 春秋左傳

官多貪賍奈何

下獄囑獄卒善視之尋以自首減罪充雲南軍申爲服（照免死減一等 极边烟瘴充軍）
役而去未期年援赦而歸皆趙力也既歸申終從不去
代爲紀理生業予之貲不受緣橦技擊之術頗以關懷（武備之事）
崔厚遇之買婦授田焉崔由此力改前行每撫臂上刺
痕泣然流涕以故鄉鄰有鬭申輒矯命（假傳命）排解不相承稟
有王監生者家豪富四方無賴不仁之輩出入其門邑
中殷實者多被刼掠或迮之輒遣盜殺諸途予亦淫暴
王有寡嬸父子俱烝之妻仇氏屢沮王王縊殺之仇兄
弟質諸官王賄囑以告者坐誣兄弟寃憤莫伸詣崔求

一片假話妙否則累及崔矣

裝得像無論他人即崔亦瞞過妙絕

官吏糊塗更看不出

學水滸傳殺人者武松也

殺人一家律法至重

訴申絕之使去過數日客至適無僕使申瀹茗申默而出告人曰我與崔猛朋友耳從徙萬里不可謂不至矣曾無廩給而役同廝養所不甘也遂忿而去或以告崔崔訝其改節而亦未之奇也申忽訟於公堂謂崔三年不給傭價崔大異之親與口對狀申忿相爭官不直之責逐而去又數日申忽夜入王家將其父子嬸婦並殺之粘紙於壁自書姓名及追捕之則亡命無跡王家疑崔主使官不信崔始悟前此之訟蓋恐殺人之累己也關行附近州邑追捕甚急會闖賊犯順其事遂寢無何

充軍曰遠徙

開國曰定鼎失國曰鼎革革更改也周武王定鼎於郟鄏用禹王所鑄九鼎後楚國強大私覬統一天下主周向鼎之輕重皆見左傳

申燄矯健胸有甲兵

明鼎革申攜家歸復與崔善如初時土寇嘯聚王有從子得仁集叔所招無賴據山為盜焚掠村疃一夜傾巢而至以復讎為名崔適他出申破扉始覺越牆伏暗中賊搜崔不得攜崔妻括財物而去申歸止有一僕忿恚不能為地乃斷繩數十段以短者付僕長者自懷之囑僕越賊巢登半山以火爇繩散挂諸荊棘即返勿顧僕諾而去申窺賊皆腰束紅帶帽繫紅絹遂傚其裝有老牝馬初生駒賊棄諸門外申乃縛駒跨馬銜枚而出直至賊穴賊據一大林申縶馬村外踰垣入見賊衆紛紜

古有復讐鬬殺官不能禁漢魏六朝尤甚

復報也

牝馬戀駒

操戈未釋申竊問諸賊知崔妻在王某所俄聞傳令俾各休息轟然嗷應忽一人報東山有火衆賊共望之初猶一二點既而多類星宿申益急呼東營有警王大驚束裝率衆而出申乘間漏出其後反身入內見兩賊守帳紿之曰王將軍遣佩刀兩賊競覓申自後砍之一賊蹶其一回顧申又斬之竟負崔妻越垣而出解馬授轡曰娘子不知途縱馬可也馬戀駒奔駛申從之出一隘口申灼火於繩偏懸之乃歸次日崔還以爲大辱形神跳躁欲單騎往平賊申諫止之集村人而謀之衆惟

殺人以梃与及孟子

筆、犯險事亦天從人願否則殆矣

部署埋伏井井有條惜但保村莊未列行間

髮逆擾紹興有邑立生者保衛村莊甚奇惜劫數難逃竟以身殉

怯莫敢應解諭再四得敢往二十餘人又苦無兵適於
得仁族姓家獲奸細二名欲殺之申不可命二十人各
持白梃具列於前乃割其耳而縱之衆怒曰此等兵旅
方懼賊知而反示之脫其傾隊而來闔村不保矣申曰
吾正欲其來也執匿盜者誅之遣人四出各假弓矢火
銃又詣邑借巨砲二日暮率壯士至隘口置砲當其衝
使二人匿火而伏囑見賊乃發又至谷口東伐樹置[illegible]
上已而與崔各率十餘人分岸伏之一更向盡遙聞馬
嘶暗覘之賊果大至繦屬不絕俟盡入谷乃推墮樹木

險筆

無功篤物件

火攻下策
鞫音菊訊問也

以斷歸途。俄而砲發，喧騰號叫之聲，震動山谷。賊驟退，自相踐踏，至東口，不得出，集無隙地。兩岸銃矢夾攻，勢如風雨，斷頭折足者，枕藉溝中。遺二十餘人，長跪乞命。乃遣人縶送以歸。乘勝直抵其巢。守巢者聞風奔竄，搜其輜重而還。崔大喜，問其設火之謀。曰：「設火於東，恐其西追也；短，欲其速盡；揣偵知其無人也，既而設於谷口，口甚隘，一夫可以斷之，彼即追來，見火必懼：皆一時犯險之下策也。」取賊鞫之，果追入谷，見火驚退。二十餘賊，盡劓刵而放之。由此威聲大震，遠近避亂者從之如市，

快牛見晉書石勒傳

忽用四六評語

幺麼 細小也 音妖摩

劉明萬曆時入閣

得士團三百餘人，各處強寇無敢犯，一方賴之以安。（團練保衛）

異史氏曰：快牛必能破車，崔之謂哉！（北齊高洋、前秦苻生皆比快牛）志意忼慨，蓋鮮儷（匹配也）矣。然欲使天下無不平之事，寧非意過其通者與？李申一介細民，遂能濟美。緣橦飛入，剪禽獸於深山；斷路夾攻，蕩幺麼於隘谷。使得假五丈之旗，為國效命，烏在不南面而王哉！

可惜兩人未列軍前

安期島

長山劉中堂鴻訓（其時訓林劉者武員），同武弁某使朝鮮（東洋國古高麗也）。聞安期島神仙所居，欲命舟往遊。國中臣僚僉謂不可，令待小張。蓋安期

颶音具大風又作䫻音貝余謂从貝音貝為是今以大風為凡暴音报赭音之悮

趺坐即跏趺盤膝坐釋家威儀儒家箕踞不恭也

不與世通惟有弟子小張歲輒一兩至欲至島者須先自白如以爲可則一航可至否則颶風覆舟踰一二日國王召見入朝見一人佩劍冠椶笠坐殿上年三十許儀容修潔問之即小張也劉因自述嚮往之意小張許之但言副使不可行又出徧視從人惟二人可以從遊遂命舟導劉俱往水程不知遠近但覺微風習習如駕雲霧移時已抵其境時方嚴寒既至則氣溫煦山花徧巖谷導入洞府見三叟趺坐東西者覩客入漠若罔知惟中坐者起逆客相爲禮既坐呼茶有僮將盤去洞外

震齒　冷欲激牙齒

石壁上有鐵錐銳沒石中僮拔錐水卽溢射以琖承之滿復塞之既而托至其色淡碧試之其涼震齒劉畏寒不飲叟顧僮頤示之僮取琖去呷其殘者仍於故處拔錐溢取而返則勢熱蒸騰如初出於鼎鬲異之問以休咎笑曰世外人歲月不知何解人事問以却老術曰此非富貴人所能爲者劉與蘇小張仍送之歸既至朝鮮備述其異國王歎曰惜未飲其冷者是先天之玉液一琖可延百齡劉將歸王贈一物紙帛重裹囑近海勿開視既離海急取拆視去盡數百重始見一鏡簪之則蛟

晉溫嶠於牛渚燃犀事
亦相類

明礼部有儒士亦可應
順天試

宮龍族歷歷在目方疑注間忽見潮頭高於樓閣洶洶已近大駭極馳潮從之疾若風雨大懼以鏡投之潮乃頓落

結亦飄緲若仙

薛慰娘

豐玉桂聊城儒士也貧無生業崇禎間歲大祲子然遠遁年餘將歸至沂而病力疾行數里至城南叢葬處益憊因倚塚臥少間如夢至一村有叟自門中出邀生入屋兩楹亦殊草草室一女子年十六七儀容慧雅叟使瀹栢枝湯以陶器供客便向生詰里居年齒既已乃曰

崇

大荒年

要季跋諾左傳仲夫子由

洪都李姓，平陽族，流寓此間，今三十二年矣。君志此門戶，余家子孫，如見探訪，即煩一指示之。老夫不敢忘義。義女慰娘，頗不醜，可配君子。三豚兒到日，即遣主盟。生喜拜曰：犬馬齒二十有二，尚少良配，惠以眷好，固佳。但何處得翁家人而訴之也？叟曰：君但住此村中，相待月餘，自有來者。止求無憚煩耳。生恐其不信要之，曰：實告翁，僕故家四壁耳，恐後日不如所望，中道之棄，人所難堪。即無姻好，亦不敢不守季路之諾。即何妨質言之也。叟笑曰：君欲老夫旦旦耶？我稔知君貧，此訂非專爲君

慰孃孤而無依相託已久不忍聽其流落故以奉君子耳何見疑卽捉臂送生拱手闔扉而去生忽似夢覺則身卧塚邊日已將午漸起次且入村村人見之皆驚謂其死道旁已經日矣頓悟叟卽墳中人也隱而不言但求寄寓村人恐其復死莫敢留村有秀才與同姓聞之邀詣家世蓋生緦服叔也喜導至家餌治之數日尋愈因述所遇叔亦驚怪遂坐待以覘其變居無何果有官人至梂訪父墓址自言平陽進士李叔向先是其父李洪都與同鄉某甲遠行賈死於泝某因瘞諸叢葬處既

李都洪三子皆登科甲

古無現字律例開棺見尸者絞見音現謂露出也

歸某亦尋卒是時翁三子皆幼長伯仁後舉進士令淮南數遣人詢父墓迄無知者次仲道尋舉孝廉叔向最少亦登第於是親求父骨至沂無處不諮是日問村人皆莫之識生乃引至葬所指示之叔向以其年少未敢信生具陳所遭叔向奇之審視有兩墳近相接或言三年前有仕宦者葬少妾於此叔向恐悞發他塚生遂以所臥處示之叔向命舁材於側始發塚塚開則見女尸服妝黯敗而粉黛如生叔向知其悞駭極莫知所爲而女已頓起四顧曰三哥來耶叔向驚就問之則慰娘也

女在室父母死刈縗绖出嫁則否

先叙李家世今叙薛家世

乃解衣褫覆舁歸逆旅急發傍冢冀父復活既發則膚革猶存而撫之僵燥悲哀不已裝入林清醮七日女亦縗絰若女忽告叔向曰曩阿翁有黃金二鋌會分一爲妾作奩妾以孤弱無藏所故僅以采線繫腰而未將去兄得之否叔向不知乃使生反求諸壙果得之一如女言叔向仍以綫誌者分贈慰娘服乃悉其家世先是女父薛寅侯無子止生慰娘深鍾愛之女一日自金陵舅氏歸將媼問渡操舟者乃金陵媒也適有仕宦者任滿赴都遣覓美妾凡歷數家無當意者故將爲扁舟詣廣

崔疊

陵忽遇女隱生詭謀急招附渡媼素識之遂與共濟中途投毒食中女嘔皆迷推媼墮江載女而返以重金賣諸仕宦者入門嫡始知怒甚女又惘然莫知爲禮遂撻楚囚禁之北渡三日女方醒婢言本末女大泣一夜宿於沂自縊死乃瘞諸亂塚中女至臺爲羣鬼所陵李翁時呵護之女乃父事翁翁曰汝命合不死當爲擇一快壻一日生既見而出反謂女曰此生品誼可託待汝三兒至爲汝主婚一日曰汝可歸候汝三兒將來矣蓋郎發墓之日也女於喪次爲叔向緬述之叔向歎息良久

卽以慰娘爲妹俾從李姓略買衣妝遣歸生曰資斧無
多不能爲妹子辦妝意將偕歸以慰母心如何女亦欣
然於是夫妻從叔向輦柩並發既歸母詰得其故愛逾
所生館諸別院喪次女哀悼過於兒孫母益憐之不令
東歸囑諸子爲之買第適有馮氏賣宅值六百金倉猝
未能取盈暫收契券約日交兌及期馮早至適女亦自
別院入省母寔見之絕似當年操舟人馮亦似驚女趨
過之兩兒亦以母小恙俱集母所女閒聽前趾踐者誰
也仲道曰幾忘却此必前日賣宅者也卽起欲出女止

父女再叙

之告以所疑使詰難之仲道諸而出則馮已去而巷南塾師薛先生在焉因問何來曰昨夕馮某逸早登堂一署旁保適送遇之云偶有所忘暫歸便反使僕一坐待之也少間生及叔向皆至遂相扳談慰娘以馮故潛自屏後來窺容細審之則其父也突出抱持大哭翁驚渫曰吾兒何來衆始知薛郎寅侯也仲道雖於街頭屢遇之初未悉其名字至是共喜爲述前因設酒相慶因詰信宿自道行踪蓋自失女後妻以悲傷而死鰥無所依故遊學至此也生約買宅後迎與同居次日往探則馮

又夾敘馮事

曲曲復讐

舉家遁去始知殺媼賣女即其人也馮初至平陽貿易
成家比年博賭漸就消乏故貨居宅賣女之貲亦瀕盡
矣慰娘得所即亦不甚讎之但擇日徙居更不追其何
往李母賂遺不絶一切日用之需皆給之生遂家於平
陽但歸赴歲試深以爲苦幸是科舉孝廉慰娘富貴每
念媼爲已死思有以報其子媼夫姓殷氏一子名富善
博貧無立錐一日以賭局爲爭法毆殺人命亡歸平陽
雖不識生然以慰娘故遠相投生喜館之門下研詰之
道其所殺姓名蓋即馮某也駭歎久之因爲道破富始

知馮卽殺母之讎益喜遂傭爲生家服役亦家於西薛
寅侯就養於堉堉爲買婦生子女各一焉

田子成

江寧田子成過洞庭覆舟而没子良耜明季進士時在
抱中妻杜氏聞訃仰藥而死良耜受庶祖母撫育得以
成立後筮仕湖北年餘奉憲命營務湖南良耜至洞庭
痛哭而返自告才力不足降縣丞隸灃陽甚非所樂辭
不就諸院司强督促之乃就輒放浪江湖間不以官職
自守一夕艤舟江岸聞洞簫聲抑揚可聽乘月步去約

半里許見曠野中茅屋數椽熒熒燈火近窗窺之則三人對酌其中上座一秀才年三十許下座一叟側座吹簫者年最少吹竟叟擊節贊佳秀才面壁吟思若罔聽聞叟曰盧十兄必有佳句請長吟俾得共賞之秀才乃吟曰滿江風月冷凄凄瘦草零花化作泥千里雲山飛不到夢魂夜夜竹橋西吟聲愴惻叟笑曰盧十兄故態作矣因酌以巨觥曰老夫不能屬和請歌以侑酒乃歌蘭陵美酒之什歌已一座解頤少年起曰我視尺斜何度矣出見客拍手曰窗外有人我等狂態盡露也遂

蘭陵美酒鬱金香唐詩

詩太濃緊

月行躔度

土著音入声直略切見史記

父見子也

挽客入共一舉手叟使與少年對坐試其杯皆冷酒辭不飲少年知其意即起以葦炬燎而進之艮耜亦命從者出錢行沽固止之因訊耶族艮耜具道生平叟致敬曰吾鄉父母也少君姓江此間土著指少年曰此江西杜野侯又指秀才曰盧十兒與公同鄉盧目視艮耜殊偃蹇不甚爲禮艮耜因問家居何里如此清才殊早不聞荅曰流寓已久親族恒不相識可歎人也言之哀楚叟搖手亂之曰好客相逢不理觴政聒絮如此厭人聽聞遂把杯自飲曰一令請共行之不能者罰每擲三骰

已聞其詩故曰清才

率音律入声

酒令中皆暗藏意旨

此三國演義古城劉先主關張二公典、

茅容孝子林宗姓郭皆漢人後漢書有傳

以相逢爲率須一古典相合乃擲得幺二三倡曰三加幺二點相同雞黍三年約范公朋友喜相逢次年少擲得雙二單四曰不讀書人但俚典勿以爲笑四加雙二點相同四入聚義古城中兄弟喜相逢盧得雙幺單二曰二加雙幺點相同呂向兩手抱老翁父子喜相逢良耜擲復與盧同曰二加雙幺點相同茅容二簋款林宗主客喜相逢令畢良耜與辭盧始起曰故鄉之誼未遑傾吐何別之遽將有所問願少留也良耜復坐問何言曰僕有老友某沒於洞庭亦與君同族否良耜曰是先

孝子故乃見父遇合之事
盧十兄前暗藏蘆字

君也何以相識曰少時相善沒日惟僕見之因收其骨葬江邊耳㒵相出涕下拜求指墓所盧曰明日來此當指示之要亦易耳去此數武但見墳上有叢蘆十莖者是也㒵相灑涕與衆拱別至舟終夜不寢頓念盧情詞似皆有因不能待旦昧爽而往則舍宇全空益駭因遵所指處往尋墓果得之叢蘆其上數之適符其數恍然悟盧十兄之稱皆其寓言所遇乃其父之鬼也細問土人則二十年前有高翁富而好善水溺者皆拯其尸而埋之故有數墓在焉遂發塚負骨棄官而返歸告祖母

名樨爲是桂俗稱木樨

王維有洛陽女兒行

質其狀貌皆確江西杜野侯乃其表兄年十九溺於江後其父流寓江西又悟杜夫人沒後葬竹橋之西故詩中憶之也但不知叟何人耳

王桂菴

異夢

王穉字桂菴大名直隸世家子適南遊泊舟江岸臨舟有榜人女繡履其中風姿韻絕王窺瞻既久女若不覺王朗吟洛陽女兒對門居唐王右丞句故使女聞女似解其爲己者略舉首以斜瞬之俛首繡如故王神志益馳以金錠一枚遙投之墮襟上女如拾棄之若不知爲金也者金落岸邊王

拾歸。已又以金釧擲之，墮足下。女操業不顧，無何，榜人自他歸。王恐其見釧研詰，心急甚。女從容以雙鉤覆蔽之。榜人解纜，順流逕去。王心情喪惘，凝坐凝思。時王方娶而喪其偶，悔不即媒定之。乃詢諸舟人，並不識其何姓。乃返舟急追之，日力既窮，杳不知其何往。不得已，返舟而南。務畢北旋，又沿江細訪，並無音耗。至家，寢食皆縈念之。踰年復南，買舟江際，若家焉。日日細數行舟，往來者帆楫皆熟，而曩舟殊渺。居半年，貲罄而歸。行思坐想，不能少置。一夜，夢至江村，過數門，見一家柴扉南向，

仍做鞋

敘得宛轉

夜合即合歡花一曰合昏花

㘞宗水仙精所作一日门前一樹紫荆花

不同椸架音移見曲礼今衣架

太僕九卿之一專理馬政

門內疎竹爲籬意是亭園逕入之有夜合一株紅絲滿樹隱念詩中門前一樹馬纓花此其是矣過數武葦笆光潔又入見北舍三楹雙扉闔焉南有小舍紅蕉蔽窗探身一窺則椸架當門罥畫裙其上知爲女子闥閣愕然卻退而內已覺之有奔出瞰客者粉黛微呈則舟中人也喜出非望曰亦有相逢之期乎方將狎就女父適歸倏然驚覺始知爲夢景物歷歷如在目前秘之恐與人言破此佳夢後年餘再適鎮江郡南有徐太僕與有世誼招之飲信馬而去悞入小村道途景色髣髴平生

㘞笆萑不同

徵兆也

所歷一門內馬纓一樹景象宛然駭極投鞭逕入種種物色與夢無別再入則房舍一如其數夢既驗不復疑慮直趨南舍舟中人果在其中遥見王驚起以扉自障叱問何處男子王逡巡間猶疑是夢女見步履漸近閉然扃戶王曰卿不憶擲釧者耶備述相思之苦且言夢徵女隔扉審其家世王具道之女曰既屬宦裔中饋必有佳人焉用妾王曰非以卿故婚娶固已久矣女曰果如所云足知君心妾此情難告父母然亦方命而絕數家金釧猶在料鍾情者必有耗問耳父母偶適外戚行

江蘺香草見楚詞

且至君姑退倩冰委禽計無不遂若望以非禮成耦則用心左矣王翁卒欲出女遙呼王郎妾芸娘姓孟氏父字江蘺王諾詑而出罷筵早返謁江蘺翁逆入設坐蘺下王自道家閥卽致來意兼納百金爲聘翁曰息女巳字矣王曰訊之甚確固待聘耳何見絕之深翁曰適間所諾不敢爲詭王神情俱失拱別而返不知其信否當夜輾轉無人可以媒之向欲以情告太僕恐娶榜人女爲先生笑今情急無可爲媒質明詣太僕實告之太僕曰此翁與有瓜葛是祖母嫡孫何不早言王始吐隱情

述前遇

太僕疑曰江蘺固貧素不以操舟爲業得毋悞乎乃遣子大郎詣孟孟曰僕雖空匱非賣婚者曩公子以金自媒諒僕必爲利動故不敢附爲婚姻既承先生命必無錯謬但頑女頗恃嬌愛好門戶輒便拗卻不得不與商確免他日怨遠婚也遂起少入而返拱手一如尊命約期乃別大郎復命王乃盛備禽妝納采於孟假館太僕之家親迎成禮居三日辭岳北歸夜宿舟中問芸娘曰向於此處遇卿固疑不類舟人子當日泛舟何之荅云妾叔家江北偶借扁舟一省覥耳妾家僅可自給然儻

作此一波折乃文章離合處否則即此作收終嫌掉尾太小

若以桂庵為唐突孜女投
水章伯不溺云、此不知文
章者且此等文大半鑿
空、讀者但賞其文可耳

如此一橋於方見下半妙文
文心如錦繡豈双瞳如豆
者所解

來物頗不貴視之笑君雙瞳如豆屢以金貲動人初聞
音聲知爲風雅士又疑爲儇薄子作蕩婦挑之也使父
見金釧君死無地矣妾憐才心切否王笑曰卿固黠甚
然亦墮吾術矣問何事王止而不言又固詰之乃曰家
門日近此亦不能終秘實告卿我家中固有妻在吳尚
書女也芸娘不信王故壯其詞以實之芸娘色變默移
時遽起奔出王躡屐追之則已投江中矣王大呼諸船
驚鬧夜色昏濛惟有滿江星點而已王悼痛終夜沿江
而下以重價覓其骸骨亦無見者邑邑而歸憂慟交集

一塊肉　宋末端宗太后語曰為趙氏一塊肉耳

又恐翁來覩女無詞可以相對有姊壻宦河南遂命駕
送之年餘始歸途中遇雨休裝民舍見房廊清潔有老
嫗弄兒廈間兒睹王入即求援抱王怪之又覩兒秀婉
可愛攬置膝頭嫗喚之不去少頃雨霽王舉兒付嫗下
堂趣裝兒啼曰阿爹去矣嫗恥之呵之不止強抱而去
王坐待治任忽有麗者自屏後抱兒出則芸娘也方詫
異間芸娘罵曰負心郎遺此一塊肉焉置之王乃知為
己子酸來刺心不暇問其往迹先以前言之戲矢日自
白芸娘始反怒為悲相向涕零先是第主葂翁六旬無

南海 今浙東鎮海定海间有普陀落迦山云是觀世音道場名者善信俱往朝参

襁是劈布成長條約小兒於背者褓是抱裙包小兒者乃兩物文𧝝即花文綢或繡抱帬

子攜媼往朝南海歸途泊江際共娘隨波下適觸翁舟

翁命從人拯出之療救終夜始漸蘇翁媼視之是好女

子甚喜以爲己女攜之而歸居數月欲爲擇壻女不可

踰十月舉一子名之寄生王避雨其家寄生方周歲也

王於是解裝入拜翁媼遂爲岳壻居數日始舉家歸至

則孟翁坐待已兩月矣翁初至見僕輩情詞恍惚心頗

疑怪旣見始共懽慰歷述所遭乃知其枝梧者有由也（一作支吾支持也）

寄生附　同上

寄生字王孫郡中名士父母以其襁褓認父謂有夙慧

聰明有夙世因

中表不許為婚乃是古律
然漢朝惠帝所娶乃姊魯
元之女實甥也武帝娶長公
主嫖女似中表並不禁哉明
時多此禁後亦不妨耶

鍾愛之長益秀美八九歲能文十四入郡庠每自擇偶
父桂菴有妹二娘適鄭秀才子僑生女閨秀慧艷絕倫
王孫見之心竊愛好思慕良切積久寢食俱廢父母大
憂苦研詰之遂以實告父遣冰於鄭鄭性方謹以中表
爲嫌卻之而王孫益病母計無所出陰媿致二娘但求
閨秀一臨存之鄭聞益怒出惡聲焉父母旣絕望聽之
而已郡有大姓張氏五女皆美幼者小名五可尤冠諸
姊擇壻未字一日上墓遂遇王孫自輿中窺見之歸以
白母母探知其意見媒媼于氏微示之媼遂詣王所晤

晉賈公閭
女南風有
五不可衛
伯玉女有
五可武帝
惑于左右
竟聘賈為
太子妃西
晉之亡由
此

醫和醫緩皆見左傳氏春秋秦之良醫也

王孫方病訊知之笑曰此病老身能醫之芸娘問故媼述張氏意並道五可之美芸娘喜即使往候王孫媼入撫王孫而告之王孫搖首曰醫不對症柰何媼笑曰但問醫良否耳莫良也否和而緩至可矣孰其人以求之守死而待之不已癡乎王孫欷歔曰但天下之醫無愈和者媼曰何見之不廣也遂以五可之容顏髮膚神情態度口寫而手狀之王孫又搖首曰媼休矣此余願所不及也反身向壁不復聽矣媼見其志不移遂去一日王孫沉痼中忽一婢入曰所思之人至矣喜極躍然能

筆又換一種淩寫輕抹法
韻絶

蘧蘧蝶夢見莊子

起急出舍則麗人已在庭中細認之卻非閨秀著松黄
袍細褶繡襦雙鉤微露神仙不啻也拜問姓名答曰妾
五可也君深於情者而獨鍾閨秀使人不平王孫謝曰
生平未見顏色故目中止一閨秀今知罪矣遂與要誓
方握手殷殷適母來撫摩蘧然而覺則一夢也回首聲
容笑貌宛在目中陰念五可果如所夢何必求所難遘
因而以夢告母母喜其念少奪急欲媒之王孫恐夢見
不得真託鄰媼素識張氏者僞以他故詣之而囑潛相
五可媼至其家五可方病靠枕支頤婀娜之態傾絕一

邂遘會

此嫗筆花妙舌

如此波折方又成一篇絶妙奇文倉卒即合豈能佳耶

世近問何恙女默然弄帶不作一語母代答曰非病也連朝與爺娘負氣耳嫗問故曰諸家問名皆不願必如王家寄生者方嫁是爲母者勸之氣遂作意不食數日矣嫗笑曰娘子若配王郎眞是玉人成雙也第若見五娘者忽又憔悴死矣我歸郎令倩冰如何五可止之曰姥勿爾恐其不諧益增笑耳嫗銳然以必成自任五可方微笑嫗歸復命一如媒媼言王孫詳問衣履無不與夢適合大悅意稍舒然終不敢以人言爲信過數日漸瘳秘招于嫗來謀一親見五可嫗難之姑應而去久之

亦妙見

太老兔

更妙見

澀 音色 緩細

隙 正 隟 俗
门户縫间隙也

此波瀾好㨿往即允乃
直頭布袋也

不至方欲覓之嫗忽忻然而入曰機幸可圖五可向有
小恙曰令婢輩相扶一過對院公子往伏伺之五娘行
緩瀏秀曲可盡睹王孫喜如其教明日令駕早往嫗先
在焉即令縶馬村樹導入臨路舍設坐掩扉乃去少間
五可果扶婢出王孫自門隙目注之女經門外過嫗故
指揮雲樹以遲纖步王孫竊覘盡悉髣髴又入夢中喜
顫不能自持未幾嫗至曰可以代閨秀否王孫申謝而
返始告父母遣妁要盟乃媒往則五可已別字兖王孫
失意悔悶欲絕即刻復病父母憂甚責其自悞王孫無

私窺

即隙 音乞

展

故意也

自悔遷延攻文

雞骨見世說

宋末謝枋得有卻聘書　一易病易愈

詞惟日飲米汁一合積數月雞骨支牀較前尤甚媼忽至驚曰何憊之甚王孫涕下以情告媼笑曰癡公子前日人拋汝求而故御之今日汝求人而能必遂耶雖然尚可爲力卑與老身謀者郎許京都皇子我能奪之使還王孫大悅求策媼命函啟遣伻約次日候於張所桂菴恐以唐突見拒媼曰前日張公業有成言延數日而遽悔之且彼字俍家尚無函信諺云先炊者先餐何疑也桂菴從之次日二僕往並無異詞厚犒而歸王孫悅病復起由此閨秀之想始絕初鄭子僑卻聘閨秀頗不

此轉筆如游龍

兩女一轍，天生自揀去之者，較私訂終身，皆詞中閨女更老練

輿瓶擂支書反目高緻

張先鄭後

一預聞即不成

懌。既聞張氏婣成，心益抑鬱，恍惚若病，日就支離。父母詰之，不敢言，婢竊其意，隱以告母。鄭聞之怒，不醫，以聽其死。二娘懟曰：「吾姪亦殊不惡，何守頭巾，誠殺吾嬌女。」鄭恚曰：「若所生女，不如早亡，免貽笑柄。」以此夫妻反目。二娘故與女言，將使仍歸王孫，若爲媵，女俛首不言，若甚願之。二娘商鄭，鄭益怒，一付二娘，置女若已死，不復預聞。二娘愛女切，欲實其言，女乃喜，病始漸瘥。竊探王孫，親迎有日矣，屆期以婣完婚，僞欲歸寧妹，且使人求僕輿於兄，兄最友愛，又以居村鄰邇，即以所備親迎輿

將計就計二娘六點

酉陽雜俎北方婚礼用青布幔為屋曰青廬於中交拜

又是女兒作主

馬先迎二娘既至則妝女入車使兩僕兩媼護送而去到門以氈貼地而入時鼓樂已集從僕叱令吹擂一時人聲沸聒王孫奔覘則女子以紅帕蒙首駭極欲奔鄭僕夾扶便令交拜王孫不知何由郎亦拜訖二媼扶女逕坐青廬始知其謀也舉家皇亂莫知所爲時漸濆暮王孫不復敢行親迎之禮桂菴遣僕以情告張張怒欲遂斷絕五可不肯曰彼雖先至未受雁采不如仍使親迎父納其言以對來使使歸桂菴終不敢從相對籌思喜怒俱無所施張待之既久知其不行遂亦以輿馬

吹打雷鼓

好在不親迎親

倉皇忙亂

近也

四句寫得好

右之讓之也
今不間於父母昆弟之言　論語
閨房莊婉容談嘿、此畫然乃此老之筆苟寫不到

送五可至閨另設青帳於別室而王孫周旋中間蹀躞無以自處母乃調停於中使序行以齒二女皆諾及五可聞閨秀差長稱姊有難色母甚慮之比三旬同會於母所見閨秀風致宜人右之自是始定然父母皆恐其積久不相能而二女更無間言衣履易着相愛如姊妹焉王孫始問五可御媒之故笑曰無他聊報君之御于媼耳向未見妾意中止一閨秀既見妾亦略靳之以覘君之視妾較閨秀何如也使君爲人病而不能爲妾病則亦不必强求容矣王孫笑曰報亦慘矣然非于媼何

（眉批：又硬送；年少未；同青廬；論年紀）

靳　音近吝也惜也不允也

覩見也音近
虎視眈眈 易經
琅琊王伯興當爲情死 見世說

得一覩芳容五可曰是妾自欲見君媪何能爲遮舍門時嘗不知耽耽者在內也夢中業相要何尚未之信也王孫驚問何知曰妾病中夢至君家以爲妄後聞君亦夢妾乃知魂魄直到此也王孫異之遂述所夢時日悉符父子之良緣皆以夢成亦奇情也故並存之

異史氏曰父癡於情子遂幾爲情死所謂情種其王孫之謂與不有善夢之父何生離魂之子哉

褚遂良 仙

長山邑民趙某稅屋大姓之家病癥（音征 癖塊在腹中）結又素孤貧雖自

自媒 自薦能醫此病

此即古按摩之術本另有一科在十三正科之中今失傳久矣僅剩剃頭司務敲推耍已

古無繪塑像法只有爲

紿奄就危殆一日力疾就涼移臥簷下旣醒見絕代麗人坐身傍因便詰問女荅云我特來爲汝作婦某驚曰無論貧人不敢有妄想且奄忽垂斃有婦欲何爲女自媒能治之某曰我病非倉猝可除縱有良方且苦無貲可買藥餌女曰我醫疾不用藥也遂以手按趙腹力摩之覺其掌熱如火移時腹中癖塊隱隱作解坼聲又少時欲登厠急起走數武解衣大下膠液流離結塊盡出（病愈）覺通體快爽返臥故處謂女曰娘子何人祈告姓氏以便尸祝荅云我狐仙也君乃唐朝褚遂良曾有恩於妾

坼 音斥 開裂

褚字登善 事見唐書

銘心刻骨見文選

莝音醋宜作銼

家每銘心欲一報之目相尋覓今始能御風願可酬矣某自慚形穢又慮茅屋灶煤玷染華裳女但請行趙乃導入家土莝無席竈冷無煙曰無論光景如此不堪相辱即卿能甘之請視甕底空空又何以養妻子女但言無慮言次一回頭見榻上氈席衾褥已設方將致詰又轉瞬見滿室皆銀光紙裱貼如鏡諸物已悉變易几案精潔肴酒並陳矣遂相歡飲日暮與同狎寢如夫婦主人聞其異請一見之女即出見無難色由此四方傳播造門者甚夥女並無所拒絕或設筵招之女必與夫俱

土坑燒煤

又曰無論

飲酒高會 見史記項羽傳
春 音双 月中兔春藥 見神異記
人自下而上則去声 上下則上声

一日座中一孝廉陰萌淫念女已知之忽加誚讓即以
手推其首首過檻外而身猶在室出入轉側皆所不能
因其哀免乃曳出之積年餘造請者益煩女頗厭之被
拒者諷罪趙值端陽飲酒高會忽一白兔躍入女起曰
春藥翁來見召矣謂兔曰請先行兔趨出遂去女命趙
取梯趙於舍後負長梯來高數丈庭有大樹一章便倚
其上梯更高於樹杪女先登趙亦隨之女回首曰親賓
有願從者當即移步眾相覷不敢登惟主人一僮踴躍
從諸其後上上益高梯盡雲接不可見矣共視其梯則

曲終人不見此結亦然

多年破扉去其板耳羣入其室灰壁敗竈依然他無一物猶意僮返追問竟終杳已

公孫夏

保定有國學生某將入都納貲謀得縣尹方趣裝而病月餘不起忽有僮入曰客至某亦忘其疾趨出逆客客華服類貴者三揖入舍叩所自來客曰僕公孫夏十一皇子坐客也聞治裝將圖縣尹既有是志太守不更佳耶某遜謝但言貲薄不敢有奢願客請効力俾出半貲約於任所取盈某喜求策客曰督撫皆某最契之交暫

木必自腐而後虫生某喜求策妄念生而事敗矣

在直隸

得五千緡其事濟矣目前真定缺員便可急圖某訝其本省客笑曰君迂矣但有孔方在何問吳越桑梓耶某終躊躇疑其不經客曰無須疑惑實相告此冥中城隍缺也君壽盡已注死籍乘此營辦尚可以致冥貴即起告別曰君且自謀三日當復會遂出門跨馬去某忽開眸與妻子永訣命出藏鏹市楮錠萬提郡中是物爲空堆積庭中雜芻靈鬼馬曰夜焚之灰高如山三日客果至某出貲交兌客即導至部署見貴官坐殿上某便伏拜貴官略審姓名便勉以清廉謹慎等語乃取憑文與

冥貴

罵者捐班

維桑与梓必恭敬止
毛詩言本土

冥貴妙將死之人自動聽

紙紮人曰芻靈紙扎馬曰鬼馬

一樣說官話絕倒

到任必有憑到省見
撫藩印綬藩札委赴
新任接印後印綬委
報到任

張皇 氣燄煊赫也

至案前與之某稽首出署自念監生卑賤非車服炫耀不足震懾曹屬於是益市輿馬又遣皂役以彩輿迓其美姿區畫方已眞定鹵簿已至途中里餘一道相屬意得甚忽前導者鉦息旗靡驚疑間見騎者盡下悉伏道周人小徑尺馬大如貍車前者駭曰關帝至矣某懼下車亦伏遙見帝君從四五騎緩轡而至鬚多繞頰不似世所模肖者而神采威猛目長幾近耳際馬上問此何官從者荅眞定守帝君曰區區一郡何遽得如此張皇某聞之灑然毛悚身暴縮自顧如六七歲兒帝君命起

想其時捐納初開必有捐納為方面而出醜者府州縣為親膺民社之官

使隨馬蹤行道傍有殿宇帝君入南向坐命以筆札授某俾自書鄉貫姓名某書已呈進帝君視之怒曰字訛誤不成形象此市儈耳何足以任民社又命稽其德籍傍一人跪奏不知何詞帝君厲聲曰干進罪小賣爵罪重旋見金甲神縮鎖去遂有二人捉某褫去冠服笞五十臀肉幾脫逐出門外四顧車馬盡空痛不能步偃息草間細認其處離家尚不甚遠幸身輕如葉一晝夜始抵家豁若夢醒牀上呻吟家人集問但言股痛蓋瞋然若死者已七日矣至是始寤便問阿憐何不來蓋妾小

字也先是阿憐方坐談忽曰彼爲眞定太守差役來接我矣乃入室麗妝妝竟而卒纔隔夜耳家人述其異某悔恨椎胸命停尸勿葬冀其復還數日杳然乃葬之某病漸瘳但股瘡大劇半年始起每自曰官貲盡耗而橫被冥刑此尚可忍但愛妾不知昇向何所清夜所難堪耳

異史氏曰嗟乎市儈固不足南面哉冥中既有線索恐夫子馬蹤所不及到作威福者正不勝誅耳吾鄉郭華野先生傳有一事與此頗類亦人中之神也先生以清

襆受主知再起總制荆楚行李蕭然惟四五人從之衣履皆敝陋途中人皆不知爲貴官也適有新令赴任道與相値駝車二十餘乘前驅數十騎騶從以百許先生亦不知其何官時先之時後之時以數騎雜其伍彼前馬者怒其擾輒訶御之先生亦不顧瞻亡何至一巨鎭兩俱休止乃使人潛訪之則一國學生加納赴任湖南者也乃遣一价召之使來令闢呼駭疑及詰官閥始知爲先生悚懼無以爲地冠帶匍伏而前先生問汝即某縣縣尹耶荅曰然先生曰蕞爾一邑何能養如許騶從

履任則一方塗炭矣不可使殃民社可即旋歸勿前矣合叩首曰下官尚有文憑先生即令取憑審驗已曰此亦細事代若纔之可耳令伏拜而出歸途不知何以爲情而先生行矣世有未蒞任而已受考成者實所創聞蕃先生奇人故有此快事耳

紉針

雷

虞小思東昌人居積爲業妻夏歸寧而返見門外一嫗偕少女哭甚哀夏詰之嫗揮涕相告乃知其男子王心齋亦宦裔也家衰落無衣食業逸中保貸富室黃氏金

執鞭賤者之事今之暴發人家

學作賈中途遭寇巨梃中顱喪貲幸不死至家責償計子母不下三十金實無可以準之黃窺其女紉針美將謀作妾使中保責告之如其肯可折債外仍以女金壓券王謀諸妻妻泣曰我雖貧固簪纓之胄彼以執鞭發跡何敢遂媵吾女且紉針固有婿耳汝烏得擅作主先是同邑傅孝廉之子與王投契生男阿卯於襁褓中論婚後孝廉官於閩年餘而卒妻子不能歸消息遂絕以是故紉針十五尚未字也妻言及此王無詞但謀所以爲計妻曰不得已其妾謀諸兩弟蓋妻范氏其祖曾

抵也

抵償

綽約 小霎子 列子句

任京秩兩孫田產尚多也次日妻攜女歸告兩弟兩弟

任其涕淚並無一詞爲之設處范乃號啼而歸適逢夏

詰且述且哭夏憐之視其女綽約可愛益之哀楚因邀

入其家款以酒食慰之曰母子勿戚妾當竭力范未遑

謝女亦哭伏在地益惋惜之籌思曰雖有薄蓄然三十

金亦復大難當典質相付母子拜別夏以三日爲約別

後百計營謀亦未敢告諸其夫三日未滿其數又使人

假諸其母范母子已至因實告之又訂以次日抵暮假

金至合裹並置牀頭至夜有盜穴壁以火入夏覺睨之

胠篋見莊子盜也

留待還魂天也

見一人臂上懸短刃狀貌凶惡大懼不敢復作聲僞爲睡者盜近箱意將發扃回顧夏枕邊有裹物探身攫去就燈解視已乃入腰橐不復胠篋而去夏乃起呼家中惟一小婢隔牆告鄰鄰人集而盜已遠矣夏乃對燭啜泣亡何婢睡去夏引帶自經於櫺婢覺天已大曙始呼人解其懸四肢已冰虞知奔至詰婢始得其由驚涕營葬而已時方夏尸不僵亦不腐過七日乃殮之既葬紉針潛出哭於其墓暴雨忽集霹靂大作墓發女亦震死虞聞奔驗之則棺木已起妻呻嘶其中抱出之見女尸

欽泣

驚死

天道昭昭余少時曾
自擊雷震死者脚底
有細洞出血頂上有髮
掩看不出

不知其誰夏審視始解之方相駭怪未幾范至見女已
死號曰固疑其在此今果然矣聞夫人自縊日夜不絕
聲今夜語我欲哭於殯宮我未之應也夏感其義遂與
夫言即以所葬材穴葬之范拜謝虞負妻歸范亦歸告
其夫聞村北一人被雷擊死於途身有字云偷夏氏金
賊俄聞鄰婦哭聲乃知死者即其夫馬大也村人白於
官拘其婦械鞫之則范以夏氏之措金贖女對人感泣
謀事
馬大賭博無賴聞之而盜心遂生也乃押婦搜贓則止
存二十數又檢馬尸得四數官判賣婦償補責還虞夏

機不密
則害身

雷公最巧

益喜全金悉仍付范俾償債去葬女三日夜大雷電以
風墳復破女亦頓甦不奔其家往扣夏氏之門詰認其
墓疑其復生也夏驚起隔扉問之女曰夫人果生也我
紉針耳夏駭爲鬼呼鄰媼共詰之知其更生喜内入室
女自言願從夫人服役不復歸矣夏曰得無謂我捐金
爲買婢耶汝葬後債已代償可勿見猜女益感泣願以
母事夏未諾女曰兒能操作亦不坐食天明告范范喜
急至亦從女意即以屬夏范去夏强送女歸女啼思夏
王心齋自負之來委諸門内而去夏見之驚問始知其

思義萬分捐糜難報

萬分一 謂死而不忍言也

故遂亦安之虞至急下拜呼以父虞固無子女見女依依憐人頗以爲憐女紡績縫紉勤勞臻至夏病幾殆女晝夜給役見夏不食亦不食面上時有啼痕向人曰母有萬分一我誓不復生夏少瘳始解顔爲笑夏愈聞之流涕曰我四十無子但復生一女如紉針者足矣夏自少不育踰歲忽舉一男人以爲行善之報居二年女益長虞與王謀不能堅守舊盟王曰女在君家婚姻惟君所命女十七慧美無雙此言出問名者趾錯於門夫妻爲之箇對富室黄某亦遣媒來虞惡其富而不仁力卻

紉針生命不諧致被債主
非禮之加但夏氏之自縊
及紉針之驚震死盜之見
財起意震死種種皆由黃
氏逼債起見故女之見識
遠勝于父當馮黃兩家相
爭之時左右皆碌碌適傅孝
廉遠道親來採訪盼季最
重科甲況是允聘有允婚書
可証耶

之爲擇於馮氏馮邑名士子亦慧而能文將告於王王出負販未歸遂逕諾之黃以不得於虞亦托作賈跡王所在設饌相邀更復助以貲本漸漬習洽因自道其子慧以自媒王感其情又仰其富遂與訂盟既歸詣虞則虞昨日方受馮氏壻書聞王言頗不悅呼女出告以情女怫然曰債主吾讎也以我事讎但有一死王無顏託人告黃以馮氏之盟黃怒曰女姓王不姓虞我約在先彼約在後何得背盟遂投狀邑宰宰意以先約判歸黃馮曰王某以女付虞固言婚嫁不復預聞且某有定婚

此宰尚有一线天良不岐
硬判
月餘不決專等傅壻至
一曲筆好否則又太直率
矣

書彼不過杯酒之談耳宰不能堅將惟女願之從黃退以金賂邑宰求其左袒以此月餘不決一日有孝廉赴都道過東昌使人問王心齋適問於虞轉詰之蕃孝廉傅姓即阿卯也入閩籍十八已鄉捷矣猶以前約未婚蕃母囑便道訪王問其女已嫁否也虞大喜邀傅至家歷述所遭然婿來千里患無質當傅篋出王當日允婚書虞招王至驗之而真乃共喜是日當覆審傅投刺謁邑宰其案始消涓吉約期乃去禮闈後市幣帛而還居其舊第行親迎禮進士報已自閩中還蕃傅又捷南宮

矣復入都觀政而返女不樂南渡傳亦以廬墓在遂獨往遷父柩載母俱歸後數年虞卒子裁七八歲女撫之過於其翁使讀書早入邑庠家稱素封皆傳力也

異史氏曰神龍中亦有游俠耶癉惡彰善生死皆以雷霆此錢塘陣舞也轟轟屢擊皆爲一人焉知紉針非龍女謫降者耶

神　桓侯

荆州彭好士自他飲歸下馬溲便馬齕草路側有細草一叢蒙茸可愛初放黃花艷光奪目馬食已過半矣彭

閬 音朗 四川

荊州府至四川閬中已越宜昌夔州諸郡豈止千里

悓 音况 慢慎也

扱其餘芬嗅之有異香因內諸懷超乘復行馬驚駛絕馳頗覺快意竟不計算歸途縱馬所之忽見夕陽近山始將旋轡但望亂山叢沓並不知其何所一青衣人來見馬方噴嘶代為捉銜曰天已近暮吾家主人便請宿止彭問此屬何地曰閬中也彭大駭盖半日已千餘里矣因問主人伊誰曰到自知之又問何在曰咫尺耳遂代鞚疾行人馬若飛過一山頂見半山中屋宇重疊雜以屏幔遥睹衣冠一簇若有所伺彭至下馬相向拱敬俄主人出氣象剛猛巾服都異人世拱手向客曰今日

古來名將無不愛馬者，至有以妾換馬，桓侯既已為河岳日星矣，生平結習猶然。

客莫遠於彭君。因揖彭請先行。彭謙謝不肯遽先。主人捉臂行之。彭覺捉處如被械梏，痛欲折，不敢復爭，遂行。下此者猶相推讓，主人或推之，或挽之，客皆呻吟傾跌，似不能堪，一依主命而行。登堂，則陳設炫麗，兩客一筵。彭暗問接坐者：「主人何人？」荅云：「此桓侯也。」彭愕然，不敢復咳。合坐寂然。酒既行，桓侯曰：「歲歲叨擾親賓，聊設薄酌，盡此區區之意。値遠客辱臨，亦屬幸遇。僕竊妄有干求，如少存愛戀，即亦不强。」彭起問：「何物？」曰：「尊乘已有仙骨，非塵世所能驅策。欲市馬相易，如何？」彭曰：「敬以奉獻。」

意氣如生。陳承祚云、閩張皆萬人敵、有國士之風。三國時亦少見者。承祚奉勅作志、可謂傾倒之至、

不敢易也。桓侯曰、當報以良馬、且將賜以萬金。彭離席伏謝、桓侯命人曳起之。俄頃酒饌紛綸、日落命燭。衆起辭、彭亦告别。桓侯曰、君遠來焉歸。彭顧同席者曰、已求此公作居停主人矣。桓侯乃徧以巨觴酹客、謂彭曰、所懷香草、鮮者可以成仙、枯者可以點金。草七莖得金一萬。即命僮出方授彭、彭又拜謝。桓侯曰、明日造市、請於馬羣中任意擇其良者、不必與之論賈、吾自給之。又告衆曰、遠客歸家、可少助以資斧。衆唯唯、觴盡謝别而出。途中始詰姓字、同座者爲劉子翬、同行二三里、越嶺即

賭村舍衆客陪彭並至劉所始述其異先是村中歲歲
賽社於桓侯之廟斬牲優戲以爲成規劉其首善者也
三日前賽神方畢是午各家皆有一人邀請過山問之
言殊恍惚但敦促甚急過山見亭舍相與駭異將至門
使者始實告之衆亦不敢卻退使者曰姑集此邀一遠
賓行至矣蓋即彭也衆述之驚怪其中被把握者皆患
臂痛解衣燭之膚肉青黑彭自視亦然衆散劉即襆被
供寢既明村中爭延客又伴彭入市相馬十餘日相數
十匹苦無佳者彭亦拚苟就之又入市見一馬骨相似

賽　酬神還願　迎神賽會

今之會首

神已先知

貧道重見神駿　晋支遁僧在吴门支硎山修道畜馬故山曰支硎硐曰白馬見晋書及世説吴地記等書

昔武夷君得道後重至福建建寧晏客武夷山幔亭作障客至皆喚曰曾孫蓋越千百年再來今名其山曰武夷亭曰幔亭武夷通今有武夷山志十卷

佳騎試之神駿無比逕騎入村以待醫者再往尋之其
人已去遂别村人欲歸村人各餽金貨送歸馬一日約
行五百里抵家述所自來人不之信囊中出蜀物始共
怪之香草久枯恰得七莖遵方點化家以暴富遂敬詣
故處獨祀桓侯之祠優戲三日而返
異史氏曰觀桓侯燕賓而後信武夷幔亭非誕也然主
人肅客遂使蒙愛者幾欲折肱則當年之勇力可想

吳木欣言有李生者唇不掩其門齒露於外者盈指
一日於某所宴集二客遜上下其爭甚苦一力挽使

三折肱可為良醫　肱音觥俗音工

聊齋志異卷十二　桓侯

乃者雖詞非齒脱血涌
肖不肯息

廣東海外府即宋之儋耳郡東
坡曾謫其地

日南一帶戶皆北向有北戶
錄詳見漢書郡國志

前一力卻向後力猛肘腕李適立其後肘過觸喙雙齒並墮血下如涌衆愕然其争乃息此與桓侯之握臂折肱同一笑也（凡事太直率覺野而少文但過謙又近於 且主人立候衆客不坐亦無謂）

仙

粉蝶（隨園以庶常且舉過鴻詞博乃以不諳國書而外用知縣故特咏此一首寓言降謫神仙）

陽曰旦瓊州士人也偶自他郡歸泛舟於海遭颶風舟將覆忽飄一虛舟來急躍登之回視則同舟盡沒風逾狂暝然任其所吹亡何風定開眸忽見島嶼（音敘）舍宇連亘把棹近岸直抵村門村中寂然行坐良久雞犬無聲見一門北向松竹掩靄時已初冬牆內不知何花蓓蕾（音倍雷 花蕾也）滿

無人之舟
曰虛舟見
莊子

亘从舟从二
音更

水中有土
可居曰嶼
音敘

此如三國演義中先主躍馬檀溪後驚魂甫定忽見幽境而聞琴声今於天風海濤舟覆幸存後忽遘絶幽絶静處且遥聞琴声天下事勞逸懸殊於一身一日之間遇之奇絶

樹、心愛悅之、逡巡遂入、遙聞琴聲、步少停、有婢自內出、年十四五、飄灑艷麗、睹陽返身遽入、俄聞琴聲歇、一少年出、詢問客所自來、陽具告之、轉詰邦族、陽又告之、少年喜曰、我姻親也、遂揖請入院、院中精舍華好、又聞琴聲、既入舍、則一少婦危坐、朱絃方調、年可十八九、風采煥映、見客入、推琴欲逝、少年止之曰、勿遁、此即卿家眷屬、因代溯所由、少婦曰、是吾姪也、因問其祖母尚健否、父母年幾何矣、陽曰、父母四十餘、都各無恙、惟祖母六旬、得疾沉痼、一步履須人耳、姪實不知姑係何房、望祈

危坐正襟端坐不曲胥

眷

琴有朱弦、用楓樹上蠶繭所作、今皆染色為之、

遼 遠也 魏張遼字文遠

明告以便歸迺少婦曰道途遼濶音問梗塞久矣歸時但告而父十姑問訊矣渠自知之陽問姑丈何族少年曰海嶼姓晏此名神仙島離瓊三千里僕流寓亦不久也十娘趨入使婢以酒食餉客鮮蔬香美亦不知其何名飯已因與瞻眺見園中桃李含苞頗以爲怪晏曰此處夏無大暑冬無大寒花無斷時陽喜曰此乃仙鄉歸告父母可以移家作鄰晏但微笑還齋炳燭見琴橫案上請一聆其雅操晏乃撫絃捻柱十娘自內出晏曰來來卿爲若姪鼓之十娘即坐問姪願何闋陽曰姪素未

凡一技一藝学之久思之深必能一旦豁然領悟但患游戲不尽心耳

讀琴操實無所願十娘曰但隨意命題皆可成調陽笑曰海風引舟亦可作一調否十娘曰可即按絃挑動若有舊譜意調崩騰靜會之身似在舟中爲颶風之所擺簸陽驚歎欲絕問可學否十娘授琴試使勾撥曰可教也欲何學曰適所奏颶風操不知可得幾日學請先錄其曲吟誦之十娘曰此無文字我以意譜之耳乃別取一琴作勾剔之勢使陽做之陽習至更餘音節粗合夫妻始別去陽目注心凝對燭自鼓久之頓然妙悟不覺起舞舉首忽見婢立燈下驚曰卿固猶未去耶婢笑曰

得意也

此将点慧绝与陽生了夙缘也

萌 如草木生芽

謫降矣陽生不知仙机 恰有仙缘

介 梗也 故曰介蒂

十姑命侍安寢掩戶移檠耳審顧之秋水澄澄意態媚絕陽心動微挑婢俯首含笑陽益惑之遽起挽頸婢曰勿爾夜已四漏主人將起彼此有心來宵未晚方狎抱間聞晏喚粉蝶婢作色曰殆矣急奔而去陽潛往聽之但聞晏曰我固謂婢子塵緣未滅汝必欲收錄之今如何矣宜鞭（仙罰）三百十娘曰此心一萌不可給使不如爲吾媵遣之（已降生矣）陽甚慚懼反齋滅燭自寢天明有童子來侍盥沐不復見粉蝶矣心惴惴（音喘上聲 惧也）恐見譴逐俄晏與十娘並出似無所介於懷便考所業陽爲一奏十娘曰雖未入神

秋水 印秋波目光也

殆 危也

熟習也

凡事尽然学之不專百無一成往往進銳退速見異思遷為可惜耳

楫檝同今之橹

已得什九肄熟可以臻妙陽復求別傳晏教以天女謫降之曲指法拗折習之三日始能成聲晏曰梗概已盡此後但須熟耳嫺此兩曲琴中無梗調矣陽頗憶家告十娘曰妾居此蒙姑撫養甚樂顧家中懸念離家三千里何日可能還也十娘曰此郎不難故舟尚在當助爾一帆風子無家室我已遣粉蝶矣乃贈以琴又授以藥曰歸醫祖母不惟御病亦可延年遂送至海岸俾登舟陽覓檝十娘曰無須此物因解裙作帆爲之縈繫陽慮迷途十娘曰勿憂但聽帆漾耳繫已下舟陽淒然方欲

照上明点粉蝶謫降塵世

南風不競　晉師曠語

生有仙骨仙姿方能超解
離塵如日旦亦具有仙根
否則烏乃可此遇

拜別而南風競起離岸已遠矣視舟中糗糒已具然止
足供一日之餐心恐其吝腹餒不敢多食唯恐遽盡但
啗胡餅一枚覺表裏甘芳餘六七枚珍而藏之即亦不
復飢矣俄見夕陽欲下方悔來時未索膏燭瞬息途見
人煙細審則瓊州也喜極旋已近岸解裙裏餅而歸入
門舉家驚喜蓋離家已十六年始知其遇仙視祖母老
病益憊出藥投之沉痾立除共怪問之因述所見祖母
泫然曰是汝姑也初老夫人有少女名十娘生有仙姿
許字晏氏壻十歲入山不返十娘待至二十餘忽無疾

殂落見孟子

俗曰命硬

猶在不知精魂點亦有知前生事者

會領悟也

自殂葬已三十餘年聞旦言共疑未死出其裙則猶在家所素著也餅分啖之一枚終日不飢而精神倍生老夫人命發塚驗視則空棺存焉旦初聘吳氏女未娶旦數年不返遂他適共信十娘言以俟粉蝶之至既而年餘無音始議他圖臨邑錢秀才有女名荷生豔名遠播年十六未嫁而三喪其壻遂媒定之涓吉成禮既入門光豔絕代旦視之則粉蝶也驚問曩事女茫乎不知蓋彼逐時即降生之辰也每爲之鼓天女謫降之操輒支頤凝想若有所會

播布同

錦瑟

沂水王生少孤家清貧然風標修潔灑然裙屐少年也富翁蘭氏見而悅之妻以女許為起屋治產娶未幾而翁死妻兄弟鄙不齒數婦尤驕倨常庸奴其夫自享饈饌生至則脫粟瓢飲折稊為匕置其前王悉隱忍之年十九往應童子科被黜自郡中歸婦適不在室釜中烹羊胛熟就啖之婦入不語移釜去生大慚抵箸地上曰所遭如此不如死婦恚問死期即授索為自經之具生忿投羹椀敗婦顙生含憤出自念良不如死遂懷帶入

經典相承作袒裼說文縫解也
袒音湛 俗作綻音湛

温泉 今陝西安徽有之、浴之可愈溼氣、

隨園於陝徽皆曾浴、有詩記事、並不言如沸湯、想蒲翁乃鑿也、而談非親試也、

深墜至叢樹下，方擇枝繫帶，忽見土崖間，微露裙幅，瞬
息一婢出，睹生急返，如影就滅，土壁亦無縫痕，固知妖
異，然欲覓死，故無畏怖，釋帶坐覘之，少間復露半面，一
窺即縮去，念此鬼物，從之必有死樂，因抓石叩壁曰，地
如可入，幸示一途，我非求歡，乃求死者，久之無聲，生又
言之，內云，求死請姑退，可以夜來，音聲清銳，細如游蜂，
生曰諾，遂坐以待，久居亡何，星宿已繁，崖間忽成高第，
靜敞雙扉，生拾級而入，纔數武，有横流湧注，氣類温泉，
以手探之，熱如沸湯，亦不知其深幾許，疑即鬼神示以

銳 尖小也

死所遂踴身入熱透重衣膚痛欲糜幸浮不沉泅没良
久熱漸可忍極力爬抓始登南岸一身幸不泡傷行次
遂見夏屋中有燈火趨之有猛犬暴出齕衣敗襪摸石
以投犬稍卻又有羣犬要吠皆大如犢危急間婢出叱
退曰求死郎來耶吾家娘子憫君厄窮使妾送君入安
樂窩從此無災矣挑燈導之啓後門黯然行去入一家
明燭射窗曰君自入妾去矣生入室四瞻蓋已歸已家
也反奔而出遇婦所役老媼曰終日相覓又焉往反曳
入婦帕裹傷處下牀笑逆曰夫妻年餘狎謔顛不識耶

窩音烏
宋邵康節園名安樂窩

凡事以右為順、地道也、人居地上亦然、故降曰左遷、今以左為上、想是國制、字亦左行、

我知罪矣君受虛誚我被實傷怒亦可以少解乃於牀頭取巨金二錠置生懷曰以後衣食一惟君命可乎生不語拋金奪門而奔仍將入壑以叩高第之門旣至野則婢行緩弱挑燈猶遙望之生急奔且呼燈乃止旣至婢曰君又來負娘子苦心矣生曰我求死不謀與卿復求活娘子巨家地下亦應須人我願服役實不以有生爲樂婢曰樂死不如苦生君設想何左也吾家無他務惟淘河糞除飼犬負尸作不如程則劓耳劓鼻敲刖脛趾君能之乎荅云能之又入後門生問諸役何也適言

給孤獨園 金剛經
以世俗之孤老院養濟院
九幽 六佛經 地下九泉

負尸何處得如許死人婢曰娘子慈悲設給孤園收養
九幽横死無歸之鬼鬼以千計日有死亡須負瘞之耳
請一過觀之移時見一門署給孤園入見屋宇錯雜穢
臭熏人園中鬼見燈羣集皆斷頭缺足不堪入目回首
欲行見尸横牆下近視之血肉狼籍曰半日未負已被
狗咋郎使生移去之生有難色婢曰君如不能請仍歸
享安樂生不得已負置秘處乃求婢緩頰幸免尸汙婢
諾行近一舍曰姑坐此妾入言之飼狗之役藪輕當代
圖之庶幾得當以報去少頃奔出曰來來娘子出矣生

敬者誠也

從入見堂上籠燭四懸，有女近後坐，乃二十許天人也。生伏階下，女郎命曳起之，曰：此一儒生，烏能飼犬，可使居西堂主簿籍。生喜，伏謝。女曰：汝似樸誠可敬，乃事如有舛錯，罪責不輕也。生唯唯。婢導至西堂，見棟壁清潔，喜甚，謝婢，始問娘子官閥。婢曰：小字錦瑟，東海薛侯女也。妾名春燕，旦夕所需，幸相聞。婢去，旋以衣履衾褥來置牀上。生喜得所。黎旦早起視事，錄鬼籍，一門僕役盡來參謁，餽酒送脯甚多。生引嫌，悉卻之。日兩餐，皆自內出。娘子察其廉謹，特賜儒巾鮮衣。凡有賚賚，皆遣春燕

廩 官給也餼廩見中庸注

婢頗風格既熟頻以眉目送情生斤斤自守不敢少致差跌但偽作騃鈍積二年餘賞給倍於常廩而生謹抑如故一夜方寢聞內第喊譟急起捉刀出見炬火光天入窺之則羣盜充庭廝僕駭竄一僕促與偕遁生不肯塗面束腰雜盜中呼曰勿驚薛娘子但當分括財物勿使遺漏時諸舍羣盜方搜錦瑟不得生知未爲所獲潛入第後獨覓之遇一伏嫗始知女與春燕皆越牆矣生亦過牆見主婢伏於暗陬曰此處烏可自匿女曰吾不能復行矣生棄刀負之奔二三里許汗流竟體始入深

釋肩 息肩

谷釋肩令坐。歘一虎來，生大駭，欲迎當之，虎已銜女。生急捉虎耳，極力伸臂入虎口，以代錦瑟。虎怒，釋女嚼生臂，脆然有聲，臂斷落地，虎亦逕去。女泣曰：「苦汝矣！苦汝矣！」生忙遽未知痛楚，但覺血溢如水，使婢裂衿裹斷處。女止之，俯覓斷臂，自爲續之，乃裹之。東方漸白，始緩步歸，登堂如墟。天既明，僕媼始漸集。女親詣西堂，問生所苦。解裹，則臂骨已續；又出藥糝其創，始去。由此益重生，使一切享用，悉與已等。臂愈，女置酒內室以勞之，賜之坐，三讓而後隅坐。女舉爵如讓賓客。久之，曰：「妾身已附

左傳、吳伐楚、昭王逃至郢都、妹季芈音米不能行、鍾建負之以隨王。後反國、王欲別尚臣僚、季芈曰、所貴於女子者遠男子也、今鍾建負我矣、乃擬建妓、使爲季芈焉。今用此典、只兩句而極醒、

君體、意欲效楚羋我之於鍾建、但無媒者自薦耳。生惶恐曰、某受恩重、殺身不足酬、所爲非分、懼遭雷殛、不敢從命。苟憐無室、賜婢已過。一日、女長姊瑤臺至、四十許佳人也。至夕、招生入、瑤臺命坐、曰、我千里來、爲妹主婚、今夕可配君子。生又起辭、瑤臺遽命酒、使兩人易瓊、生固辭、瑤臺奪易之。生乃伏地謝罪、受飲之。瑤臺出、女曰、實告君、妾乃仙姬、以罪被謫、自願居地下、收養冤魂、以贖帝譴。適遭天魔之劫、遂與君有附體之緣。遠邀大姊來、固主婚嫁、亦使代攝家政、以便從君耳。生起敬曰、

毛遂自薦男子尚不可況女子耶

未拜先合巹

代理

倒叙前文

地下最樂某家有悍婦且屋宇隘陋勢不能圓成委曲以謀其生女笑先知但言不妨既醉歸寢歡戀綦至過數日謂生曰冥會不可長請郎歸君幹理家事畢妾當自至以馬授生啟扉令出壁復合矣生騎馬入村村人盡駭至家門則高廬煥映矣先是生去妻召兩兄至將箠楚報之至暮不歸始去或於溝中得生履疑其已死既而年餘無耗有陝中賈某媒通蘭氏遂就生第與婦合半如蕭公二胖填進所云坐產招夫年中修建連亘賈出經商又買妾歸自此不安其室賈亦恒數月不歸生訊得其故怒繫馬而入見舊媼嫗驚

若伏地求免哀哭不绝
則累筆墨矣

宜男古吉祥文

我醉欲眠陶潛侍
又我醉欲眠卿且去李青蓮句

伏地生叱罵久使導詣婦所尋之已遁既於舍簷得之已自經死遂使人舁歸蘭氏呼妾出年十八九風致亦佳遂與寢處賈托村人求反其妾妾哀號不肯去生乃具狀將訟其霸産占妻之罪賈不敢復言收肆西去方疑錦瑟負約一夕正與妾飲則車馬叩門而女至矣女但留春燕餘即遣歸入室妾朝拜之女曰此有宜男相可以代妾苦矣即賜以錦裳珠飾妾拜受立侍之女挽坐言笑甚懽久之曰我醉欲眠生亦解屨登牀妾始出入房則生臥榻上異而反窺之燭已滅矣生無夜不宿

有分身術，想已得仙氣矣

蓐 音辱 生產草荐

仙佛最怕情字之牽繞，昔佛不肯桑下三宿，怕生戀心又纏隱恨。傳老尼使之刺人，時刻稍遲，爲愛其家少子，下刃稽遲。時刻，尼曰：必先斷其所愛，宜先刺少子也

妾室。一夜，妾起，潛窺女所，則生及女方共笑語，大恠之。急反告生，則牀上無人矣。天明，陰告生，生亦不自知，但覺時詈女所，時寄妾宿耶。生囑隱其異。久之，婢亦私生，女若不知之。婢忽臨蓐，難產，但呼娘子，女入，胎即下，舉之男也。爲斷臍，置婢懷，笑曰：婢子無復爾，業多，則割愛難也。自此婢不復產。妾出五男二女，居三十年，女時反其家，往來皆以夜。一日，攜婢去，不復來。生年八十，忽攜老僕夜去，亦不返。

结乾净

房文淑

開封鄧成德游學至兗州界，寓敗寺中。傭爲造簿籍者，繕寫歲暮，僚役各歸其家。鄧獨爨廟中，黎旦有少婦叩門而入，豔絶，至佛前焚香叩拜而去。次日又如之。至夜，鄧起挑燈，適有所作，女至益早。鄧曰：來何早也？女曰：明則人雜，故不如早。太早又恐擾君清睡，適望見燈光，知君已起，故至耳。生戲曰：寺中無人，寄宿可免奔波。女哂曰：寺中無人，君是鬼耶？鄧見其可狎，俟其拜畢，曳坐求懽。女曰：佛前豈可作此！身無片椽，尚作妄想？鄧固求不已。女曰：去此三十里某村有六七童子，延師未就，君往

篆作㳄，隸作兗。楷作兖，音偃。今山東兖州府，昔魯國境。孔聖生于曲阜，今孔廟、孔林、杏壇皆在。

河南省城

爲人僱寫，縣中戶口册籍子

繕，去声。天尚黑，微有光。

女兆不在一里，故可進。調戲之詞。

跋涉也。

訪李前川可以得之托言攜有家室令別給一舍妾便爲君執炊此長久之計也鄧慮事發獲罪女曰無妨妾房氏小名文淑並無親屬恒終歲寄居舅家誰知之鄧喜既別女即至某村謁見李前川其謀果遂約歲前即攜家至既反早旦告女女約候於途中鄧告別同黨借騎而去女果待於半途乃下騎以轡授女御之而行至齋所相得甚懽積六七年居然琴瑟並無追逋逃者女忽舉一子鄧以妻不育得之甚喜名之克生女曰僞配終難作眞妾方將辭君而去又生此累人物何爲鄧曰

脅肩諂笑病於夏畦　論語

開門授徒曰設帳。昔漢馬融貴爲九卿，設絳帳，前爲諸門人子弟，後列女樂。大儒鄭康成、彭宣皆其弟子。今師生用絳帳，絳帳卽此。

命好，倘得餘錢，擬與卿遁歸鄉里，何出此言。女曰，多謝
多謝。我不能脅肩諂笑，仰大婦眉睫，爲人作乳嫗，呱呱
者，難堪也。鄧代妻明不妒，女亦不言。月餘，鄧解館，謀與
前川子同出經商，告女曰，我思先生設帳，必無當有之
理，今學賈販，庶有歸時。女亦不荅。至夜，女忽抱子起。鄧
問何作。女曰，妾欲去。鄧急起追問之，家門未啟，而女已
杳。駭極，始悟其非人也。鄧以迹可疑，故亦不敢告人，托
之歸寧而已。初，鄧離家，與妻要約，年終必返。既而數年
無音，傳其已死。兄以其無子，欲改醮之。妻更以三年爲

嫡室

云女回母家

呱呱而泣　尚書

傀然 獨自也

漢張蒼相肥白如瓠（音瓠），瓠，今之冬瓜，白逾衆瓜。

期日惟塊然一室以紡績自力一日既暮往扃外戶一
女子掩入懷中繃兒曰自母家歸適晚知姊獨居故求
寄宿耳婁內之至房中視之二十餘麗人喜與共榻因
弄其兒兒白如瓠歎曰未亡人遂無此物女曰我正嫌
其累人即嗣爲姊後如何婁曰無論娘子不忍割愛即
忍之妾亦無乳焉能活之也女曰此即何難當生兒時
患無乳飲藥半劑而效今餘藥猶存即以奉贈遂出一
裹置窗間婁漫應之未遽怪也既寢醒而呼之則兒在
而女已啟關去矣駭極日向晨兒啼飢婁不得已餌其

繃　傳鄧白兒故自稱　不信

湩音凍 乳也

昔李善為奴瞞哺其幼主亦服藥湩流男子有乳可哺兒何況婦人李善唐人唐書有傳即注文選者

有乳便是娘我亦有小兒病凡見人家小兒女肥白可念自一二歲至弱冠一片天真招人憐愛也

吾有愛小兒癖至老益甚然小兒女見老人亦自依依 殊奇

抱子出追可見其愛逾已出片刻不放手故生計益窘

襲移時湩流遂哺兒積年餘兒益豐肥漸學語言愛之不啻已出由此再醮之志以絶但早起抱子不能操作衣食益窘一日女忽至婁恐其索兒先問其不謀而去之罪後敘其鞠養之苦女笑曰姊告訴艱難我遂置兒不索耶遂招兒兒啼入婁懷女曰犢子不認其母矣此百金不能易可將金來署立券保婁以爲眞顏作赧女笑曰姊勿懼妾來正爲兒也別後慮無豢養之資因多方措十餘金乃出金授婁婁恐其過此以往索兒有詞堅卻不受女置牀上出門逕去抱子出追其去已遠呼

之亦不顧猶疑其意惡然得金小權子母家以饒足又三年鄧以賈有贏餘治裝歸方共慰藉睹問誰氏子妻告以故問何名曰渠母呼之堯生遂仍其舊鄧驚曰此眞吾子也問其時日即夜到之日鄧乃歷述與房文淑合離之情益共欣慰冀女猶至而終渺矣

豢蛇

泗水山中舊有禪院四無村落人跡罕及有道士棲止其中或言內多大蛇故游人益遠之一少年入山羅鷹入既深無所歸宿遙見蘭若趨投之道士驚曰居士何

來幸不爲兒輩所見卽命坐具饘粥食未已一巨蛇入
粗十餘圍昂首向客怒目電縱客大懼道士以掌擊其
額訶曰去蛇乃俯首入東室蜿蜒移時其軀始盡盤伏
其中一室盡滿客大懼搖戰道士曰此平時所豢養有
我在不妨所患者客自遇之耳客甫坐又一蛇入較前
略小約可五六圍見客遽止睒睭吐舌如前狀道士又
叱之亦入室去室無臥處半遶梁間壁土搖落有聲客
益懼終夜不寢早起欲歸道士送之出屋門見牆上階
下大如盎琖者行臥不絶見一生人皆有噬狀客懼依

道士賸肘而行送出谷口乃歸

余鄉有客中州者寄宿蛇佛寺寺僧具晚餐肉湯甚美而段段皆圓類雞項疑問寺僧殺雞幾何遂得多項僧曰此蛇段耳客大驚有出門而哇者既寢覺胸上蠕蠕摸之則蛇也頓起駭呼僧起曰此常事烏足怪因以火照壁間大小滿牆榻上下皆是也次日僧引入佛殿佛座下有巨井井中蛇粗如巨甕探首井邊而不出爇火下視則蛇子蛇孫以數百萬計族居其中僧云昔蛇出為害佛坐其上以鎮之其患始平

云

狂生

劉學師言濟寧有狂生某善飲家無儋石而得錢輒沽殊不以厄窮爲意值新刺史蒞任善飲無對聞生名招與飲而悅之時共談宴生恃其狎凡有小訟求直者輒受薄賄爲之緩頰刺史每可其請生習爲常刺史心厭之一日早衛持刺登堂刺史覽之微笑生厲聲曰公如所請可之不如所請否之何笑也聞之士可殺不可辱他固不能相報豈一笑不能報耶言已大笑聲震堂壁

刺史怒曰何敢無禮寧不聞滅門令尹耶生拂袖竟下
大聲曰生員無門之可滅刺史益怒執之訪其家居則
並無田宅惟攜妻在城堞上住刺史聞而釋之但逐不
令居城堞朋友憐其狂爲買數尺地購斗室焉入而居
之歎曰令而後畏令尹矣

異史氏曰士君子奉法守禮不敢刼人於市南面者奈
我何哉然仇之猶得而加者徒以有門在耳夫至於無
門可滅則怒者更無以加之矣噫嘻此所謂貧賤驕人
者耶獨是君子雖貧不輕干人乃以口腹之累喋喋公

造物弄人

堂亦品斯下矣雖然其狂不可及

孫必振

孫必振渡江值大風雷舟船蕩搖同舟大恐忽見金甲神立雲中手持金字牌下示諸人共仰視之上書孫必振三字甚眞衆謂孫必振汝有犯天譴請自爲一舟勿相累孫尚無言衆不待其肯可視旁有小舟共推置其上孫旣登舟回視則前舟覆矣

張不量

賈人某至直隸界忽大雨雹伏禾中聞空中云此張不

音薄承愧

量田勿傷其稼賈私念張氏何人既云不良何反袒護
既而雹止賈行入村訪之果有其人因告所見且問取
名之義蓋張素封積粟甚富每春間貧民皆就貸焉償
時多寡不校悉內之未嘗執概取盈故鄉人名之不量
衆趨田中見稞穗摧折如麻獨張氏諸田無恙

紅毛氈

紅毛國舊許與中國相貿易邊帥見其人衆不聽登岸
紅毛人固請但賜一氈地足矣帥思一氈所容無幾許
之其人置氈岸上僅容二人扯之容四五人且扯且登

頃刻殪大畝許已數百人矣短刀並發出於不意被掠
數里而去

負尸

有樵人赴市荷杖而歸忽覺杖頭如有重負回顧見一
無頭人懸繫其上大驚脫杖亂擊之卽不復見駭奔至
一村時已昏暮有數人爇火照地似有所尋近訊之蓋
衆適坐忽空中墮一人頭鬚髮蓬鬆倐忽已滅樵人亦
言所見合之適成一人而究不解其何來後有人荷籃
而行或見其中有人頭駭訝而詰之反顧始驚傾諸地

上宛轉而沒

鞫藥如

鞫藥如青州人妻死棄家而去後數年道服荷蒲團至經宿欲去戚族强留其衣杖鞫托開步至村外望中服具皆冉冉飛出隨之而去

盜戶

順治間滕嶧之區十人而七盜官不敢捕後受撫邑宰別之爲盜戶凡値與良民爭則曲意左袒之蓋恐其復叛也後訟者輒冒稱盜戶而怨家則力攻其僞每兩造

具陳曲直且置不辨而先以盜之眞僞反復相詰煩有司稽籍焉適官署多狐宰有女爲所惑聘術士來符捉入瓶將熾以火狐在瓶內大呼曰我盜戶也聞者無不匿笑

異史氏曰今有明火刧人者官不以爲盜而以爲姦踰牆行淫者每不自認姦而自認盜世局又一變矣設令日官署有狐亦必大呼曰吾盜無疑也

章邱漕糧徭役以及徵收火耗小民常數倍於紳衿故有田者爭求托焉雖於國課無傷而實於官橐有

損邑令鍾牒請釐弊得可初使自首旣而奸民以此
要士數十年鬻去之産皆誣托詭挂以訟售主令悉
左袒之故良懦多喪其産有李生爲某甲所訟同赴
質審甲呼之秀才李厲聲爭辯不居秀才之名嗔不
已令詰左右共指爲眞秀才令問何故不承李曰秀
才且置高閣待爭地後再作之不晚也噫以盜之名
則爭冒之秀才之名則爭辭之變異矣哉有人投匿
名狀云告狀人原壤爲抗法吞産事身以年老不能
當差有負郭田五十畝於隱公元年暫挂惡衿顏淵

聊齋志異卷十一

淄川　蒲松齡留仙　著

新城　王士正貽上　評

菱角

附學　佛護持

胡大成楚人其母素奉佛成從塾師讀道由觀音祠母囑過必入叩一日至祠有少女挽兒遨戲其中髮掩頸而風致娟然時成年十四心好之問其姓氏女笑云我祠西焦畫工女菱角也問將何爲成又問有壻家無女酡然曰無也成言我爲若壻好否女慚云我不能自主

奉佛爲一篇主腦

酡音駝酒醉面紅

不音否平声上声皆可

第六册目録

（清）蒲松齡　撰

青柯亭本聊齋志異

第六册

國家圖書館出版社

（清）蒲松齡　撰

青柯亭本聊齋志異

第八册

國家圖書館出版社

第八册目録

卷十五

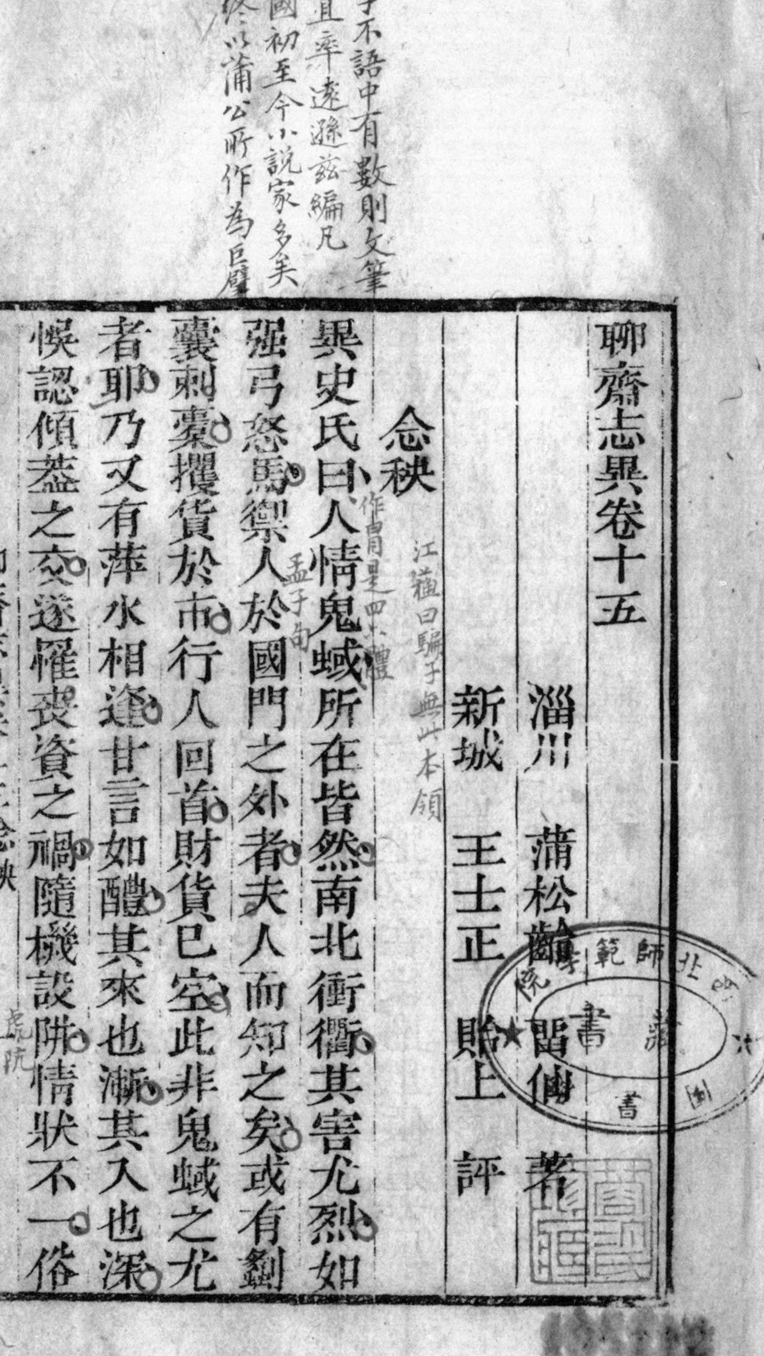

子不語中有數則文筆直率遂遜茲編凡國初至今小說家多矣終以蒲公所作為巨擘

聊齋志異卷十五

淄川　蒲松齡留仙　著

新城　王士正貽上　評

念秧

江藴曰騙子無此本領

異史氏曰人情鬼蜮所在皆然南北衢衢其害尤烈如強弓怒馬禦人於國門之外者夫人而知之矣或有劉囊刺橐攫貨於市行人回首財貨已空此非鬼蜮之尤者耶乃又有萍水相逢甘言如醴其來也漸其入也深悞認傾蓋之交遂罹喪資之禍隨機設阱情狀不一俗

作冐是四小體　孟子句

浸潤論語
此篇全學太史公剌客傳
旗籍太史淄川人户部侍郎鰲永子順治甲申司農殉青州之難公剌血仳疏　上為感動命將討賊補公鑾儀衛職旋改鑲藍旗拜他剌布勒哈番

以其言辭浸潤名曰念秧今北途多有之遭其害者尤衆余鄉王子巽者邑諸生有旋先生在都爲旗籍太史將往探訊治裝北上出濟南行數里有一人跨黑衛馳與同行時以閒語相引王頗與問荅其人自言張姓爲棲霞隸被令公差赴都稱謂撝卑祗奉殷勤相從數十里約以同宿王在前則策蹇追及在後則止候道左僕疑之因厲色拒去不使相從張頗自慚揮鞭遂去既暮休於旅舍偶步門前則見張就外舍飲方驚疑間張望見王垂手拱立謙若厮僕稍稍問訊王亦以泛泛適相

名槤字子木

樛音鳩

現在城中書肯壽事未者皆五品朝珠若喪家男子官銜必大夫婦女必安人宜人書無卯無孺人且無待贈矣

其時秀才甚少，故差役見之謙抑若奴僕，今則秀才皆無士習，行品全然不知，宜若輩之不屑与言也。

明明道破，使之不疑，險筆故犯之。

備。不爲疑。然王僕終夜戒備之。雞既唱。張來呼與同行。僕咄絕之。乃去。朝曦已上。王始就道。行半日許。前一人跨白衛。年四十已來。衣帽整潔。垂首蹇分。眊寐欲墜。或先之。或後之。因循十餘里。王怪問夜何作。致迷頓乃爾。其人聞之。猛然欠伸言我清苑人。許姓。臨淄令高繁是我中表家兄。設帳於官署。我往探省。少獲餽貽。今夜旅舍。與同念秧者宿。驚惕不敢交睫。遂致白晝迷悶。王故問念秧何說。許曰。君客時少。未知險詐。今有匪類。以甘言誘行旅。貪緣與同休止。因而乘機騙賺。昨有葭莩親

今春歲試為城紳所訕，故於去冬下摄府州縣学司鐸嚴禁冒籍，政現充權署皂隸之孫未与考，并匿名帖，力亦不淺。

王僕老江湖惜不能終聽之

句三四起逐漸而來使人莫測

屈律店在山东德州南

以此裝資斧吾等皆宜警備王領之先是臨淄宰與王有舊王曾入其幕識其門客果有許姓遂不復疑因道溫涼兼詢其兄況許約暮共主人王諾之僕終疑其僞陰與主人謀遲留不進相失遂杳翼日日卓午又遇一少年年可十六七騎健騾冠服秀整貌甚都同行久之未嘗交一言日既西少年忽言曰前去屈律店不遠矣王微應之少年因咨嗟歔欷如不自勝王畧致詰問少年歎曰僕江南金姓三年膏火冀博一第不圖竟落孫山家兄爲部中主政遂載細小來冀得排遣生平不習

薅音蒿去声除去
草曰薅見周礼

種種叙生其袁資皆由王
子癸多事自取之咎明明
局串[illegible]在一店何以王漫
不在意反与之論文欽浯
此初次出门之故

跋涉撲面塵沙使人薅惱因取紅巾拭面歎咤不已聽
其語操南音嬌婉若女子王心好之稍稍慰藉少年曰
適先馳出脊口久望不來何僕輩亦無至者日已將暮
奈何遲留瞻望行甚緩王遂先驅相去漸遠晚投旅邸
既入舍則壁下一牀先有客解裝其上王問主人卽有
一人入攜之而出曰但請安置當卽移他所王視之則
許也王止與同舍許遂止因與坐談少間又有攜裝入
者見王許在舍返身遽出曰已有客在王審視則途中
少年也王未言許急起曳留之少年遂坐許乃展問邦

馬夜必喂艸料

此亦不盡然南人呼骰仍作豆音去声假作不解南音抬出骰看見不唐突

族少年又以途中言爲許告俄頃解囊出貲堆累頗重秤兩餘付主人囑治殽酒以供夜話二人爭勸止之卒不聽俄而酒炙並陳筵間少年論文甚風雅王問江南闈中題少年悉告之且自誦其承破及篇中得意之句言已意甚不平共扼腕之少年又以家口相失夜無僕役慮不解牧圉王因命僕代攝莝豆少年深感謝居無何忽蹶然曰生平蹇滯出門亦無好況昨夜逆旅與惡人居擲骰叫呼聒耳沸心使人不眠南音呼骰爲兜許不解固問之少年手摹其狀許乃笑於囊中出色一枚

假也

骰曰色子

漸、而来故曰漫闰也
水漸漬
呼盧喝雉博也

一片機械用心良苦

種、生敲活釘此皆同
店同房之誤縕蒙被
偽睡辭以不解亦無
用矣
提督府番子手

曰是此物否少年諾許乃以色爲令相歡飲酒既闌許請共擲贏一東道主王辭不解許乃與少年相對呼盧又陰囑王曰君勿漏言鑾公子頗克裕年又雛未必深解五木訣我贏些須明當奉屈耳二人乃入隔舍旋聞轟賭甚鬧王潛窺之見棲霞隸亦在其中大燧展衾自臥又移時衆共拉王賭王堅辭不解許願代辦梟雉王又不肯遂强代王擲少間就榻報王曰汝贏幾籌矣王睡夢應之忽數人排闥而入番語啁嘶首者言佟姓爲旗下邏捉賭者時賭禁甚嚴各大惶恐佟大聲嚇王王

又是一欛

王不蒙被睡則必另出一法

如此長厚如何一主一僕

遠游俗称長厚即無用之别名雖極之

亦以太史旗號相抵佟怒解與王敘同類笑請復博爲戲衆各復博佟亦賭王謂許曰勝負我不預聞但願睡無相溷許不聽仍往來報之既散局各計籌馬王負欠頗多佟遂搜王裝橐取償王憤起相爭佟捉王臂陰告曰彼都匪人其情叵測我輩乃文字交無不相顧適局中我贏得如干數可相抵此當取償許君者今請易之便令許償佟君償我不過暫掩人耳目過此仍以相還終不然以道義之友遂實取君償耶王故長厚亦遂信之少年出以相易之謀告佟乃對衆發王裝物估入已

想王此時尚蒙被而卧

王聞僕言始去蒙被而寤

褰衾乃轉索許張而去少年遂襆被來與王連枕衾褥皆精美王亦招僕人卧榻上各默然安枕久之少年故作轉側以下體暱就僕僕移身避之少年又近就之膚着股際滑膩如脂僕心動試與狎而少年殷勤甚至衾息鳴動王頗聞之雖甚駭怪而終不疑其有他也昧爽少年即起促與早行且云君蹇疲殆夜所寄物前途請相授耳王尚無言少年已加裝登騎王不得已從之驟行駛去漸遠王料其前途相待初不爲意因以夜間所聞問僕僕實告之王始驚曰今被念秧者騙矣焉有宦

若斷若連此即刺客傳

句法章法

室名士而毛遂於圍僕者又轉念其談詞風雅非念秧者所能急追數十里蹤跡殊杳始悟張許佟皆其一黨一局不行又易一局務求其必入也償債易裝已伏一圖賴之機設其攜裝之計不行亦必執前說篡奪而去爲數十金委綴數百里恐僕發其事而以身交驩之其術亦苦矣後數年而有吳生之事

邑有吳生字安仁三十喪偶獨宿空齋有秀才來與談遂相知悅從一小奴名鬼頭亦與吳僮報兒善久而知其爲狐吳遠遊必與俱同室之中人不能睹吳客都中

人財兩得

吳乘黠非王比迷幸者狐同以否亦危矣

將旋里聞王生遭念秧之禍因戒僮警備狐笑言勿須此行無不利至涿一人繫馬坐煙肆裘服齊楚見吳過亦起超乘從之漸與吳語自言山東黄姓提堂戶部將東歸且喜同途不孤寂於是吳止亦止每共食必代吳償直吳陽感而陰疑之私以問狐狐但言不妨吳疑乃釋及晚同尋寓所先有美少年坐其中黄入與拱手爲禮喜問少年何時離都荅云昨日黄遂拉與共寓向吳曰此史郎我中表翁亦文士可佐君子談騷雅夜話當不寥落乃出金貲治具共飲少年風流蘊藉遂與吳大

此吏役非兵部提塘

又一蒙被假卧者

殿　弃而殿後也

相愛悅飲間輒目示吳作觴㪚罰黃强使釂鼓掌作笑
吳益悅之既而史與黃謀博賭共牽吳遂各出橐金爲
質狐囑報兒暗鎖板扉囑吳曰倘聞人喧但寐無吪吳
諾吳每擲小注則輸大注輒贏更餘計得二百金史黃
錯囊垂罄議質其馬忽聞撾門聲甚厲吳急起投骰於
火蒙被假卧久之聞主人覓鑰不得破扃啟關有數人
洶洶入捜投博者史黃並言無有一人竟捋吳被指爲
賭者吳叱咄之數人强撿吳裝力不能與之撑拒忽聞
門外輿馬呵殿聲吳急出鳴呼衆始懼曳入之但求勿

押頭　毛詩　音居

吪音譌

上鈎後拾蔑作仙人跳六名札大尾音勝

頃間及昨宵之樂水旱俱備此刻私鹽包在房又汗流如瀋（西）出書生君實

想狐声音皆换否则吳何以不辨声口

祗泰謂汝爲人何遂誘我弟室與懽逼女令去閤壁扉外亦有人亦有騰擊聲與𩴾卒汗如流瀋女亦伏泣又聞有人勸止主人主人不聽推門愈急勸者曰請問主人意將胡爲如欲殺耶有我等客數輩必不坐視兇暴如兩人中有一逃者抵罪安所辭如欲質之公庭耶帷薄不修適以取辱且爾宿行旅明明陷詐安保女子無異言三人張目不能語與聞竊感佩而不知其誰初肆門將閉即有秀才共一僕來就外舍宿攜有香醞遍酌同舍勸黄及主人允殷兩人辭欲去秀才牽裾苦不令去彼乘

此穿心爛究是吳之福及狐之力三處揍來袖手膳了夫人又折兵矣

倦游錄宋苗振名試館職晏殊曰君久從仕必疏筆硯宜稍溫習振曰豈三十年老娘而倒綳孩兒者乎既而試澤宮

間得遁操杖奔吳所秀才聞喧始入勸解吳伏窗窺之則狐友也心竊喜又見主人意稍奪乃大言以恐之又謂女子何默不一言女啼曰恨不如人為人驅役賤務主人聞之面如死灰秀才叱罵曰爾輩禽獸之情亦已畢露此客子所共憤者黃及主人皆釋刀杖長跽而請吳亦啟戶出頓大怒詈秀才又勸止吳兩始和解女子又啼寧死不歸內奔出嫗婢捽女令入女子臥地哭益哀秀才勸主人以重價貨吳生主人俛首曰作老娘三十年今日倒綳孩兒亦復何說遂依秀才言吳固不肯

見主軟忽胆大

狐友言

棄不進去黃之稱不到者想因偉男媼史文弱耳一笑

選士賦押韵有王字振曰普天之下莫非王遂不中選晏曰苗君倒繃孩兒矣

繃音崩卽今之初生小兒繈褓紙包抱裹包裹也 倒裹即倒繃今俗語曰倒懱老娘割差臍帶

破。重貲秀才調停主客間議定五十金入財交付後晨鐘已動乃共促裝載女子以行女未經鞍馬馳驅頗殆午間稍休憩將行喚報兒不知所往日已西斜尚無跡響頗懷疑訝遂以問狐狐曰無憂將自至矣星月已出報兒始至與詰之報兒笑曰公子以五十金肥奸儈竊所不平適與鬼頭計反身索得遂以金置几上與驚問其故蓋鬼頭知女止一兄遠出十餘年不返遂幻化作其兄狀使報兒冒翁行入門索姊妹主人懼恐詭托病殂二僮欲質官主人益懼賄之以金漸增至四十二僮

黄即許姓

善游者溺善騎者墮游即游水

篡 强取

乃行報兒具述其故與即賜之與歸琴瑟甚篤家益富
細詰女子曩美少即其夫蓋史即金也襲一槲紬帔云
是得之山東王姓者蓋其黨與甚衆逆旅主人皆其一
類何意與生所遇即王子巽連天叫苦之人不亦快哉
古言騎者善墮信夫

武孝廉

武孝廉石某囊貲赴都將求銓敘至德州暴病唾血不
起長卧舟中僕篡金亡去石大恚病益加資糧斷絕榜
人謀委棄之會有女子乘月夜來臨泊聞之自願以舟

音斛

今之繭紬

自心

一負狐丹十枚命弁負其資斧狐即不較天與其魄神且不恕

武選司

瘵 虛勞音債

昭公噭然而哭 左傳

丸藥 抓丹也 食之可起

死吐還列殆

煢 音瓊 䒧 俗省

色衰愛弛 史記李夫人

本省都司 正四品秩（內外官）

会典文官五品挂珠

武官四品挂珠（內外官）

載石榜人悅扶石登女舟石覗之婦四十餘被服粲麗神采猶都呻吟感謝婦臨審曰君夙有瘵根今魂魄已遊墟墓石聞之噭然哀哭婦曰我有丸藥能起死苟病瘳勿相忘石灑泣矢盟婦乃以藥餌石半日覺少痊婦即榻供甘旨殷勤過於夫婦石益德之月餘病良已石膝行而前敬之如母婦曰妾煢獨無依如不以色衰見憎願侍巾櫛時石三十餘喪偶經年聞之喜愜過望遂相燕好婦乃出藏金使入都營斡相約返與同歸石赴都貪緣選得本省司閫餘金市鞍馬冠蓋赫奕因念婦

臘 歲盡也 代年字

昨見武班陳世美棄妻指駙馬、玉婦挈子到府而不認、此非當主、何以如此忍心、

釋 舍也

負心可恨

臘已高終非良偶因以百金聘王氏女爲從(妾)室心中悚怯恐婦聞知遂避德州道迂(山東)遂履任年餘不通音耗有石中表偶至德州與婦爲鄰婦知之詣問石況某以實對婦大罵因告以情某亦代爲不平慰解曰或署中務冗尚未暇遑乞修尺一書爲嫂寄之婦如其言某敬以達石石殊不置意又年餘婦自往歸石止之於旅舍託官署司賓者通姓氏石令絕之一日方燕飲聞喧詈聲釋杯凝聽則婦已搴簾入矣石大駭面色如土婦指罵曰薄倖郎安樂耶試思富若貴何所自來我與汝情分

眾並屏氣久之詭辭乞宥
已伏殺機

此負心即王氏亦不願事
石

殺機始兆

不蕃郎欲置婢妾相謀何害石眾足屏氣不能復作聲久之長跪自投詭辭乞宥婦氣稍平石與王氏謀使以妹禮見婦王氏雅不欲石固哀之乃往王拜婦亦荅拜曰妹勿懼我非悍妒者曩事實人情所不堪即妹亦當不願有是郎遂爲王緬述本末王亦憤恨因與交訾石石不能自爲地惟求自贖遂相安帖初婦之未入也石戒閽人無通至此怒閽人陰詰讓之閽人固言管鑰未發無入者不服石疑之而不敢問婦爾雖言笑而終非所好也幸婦嫺婉不爭夕三餐後掩闔早眠並不問艮

私責

緬 細也

瞷同瞰　又同覸　陽貨章瞷亡拜

王氏頗賢石亦無福消受

人夜宿何所王初猶自危見其如此益敬之但往覲如事姑嫜婦御下寬和有體而明察若神一日石失印綬合署沸騰屑屑還往無所爲計婦笑言勿憂竭井可得石從之果得之叩其故輒笑不言隱約間似知盜者姓名然終不肯洩居之終歲察其行多異石疑其非人常於寢後使人瞷聽之但聞牀上終夜作振衣聲亦不知其何爲婦與王極相愛憐一夕石以赴臬司未歸婦與王飲不覺過醉就臥席間化而爲狐王憐之覆以錦褥未幾石入王告以異石欲殺之王曰卽狐何負於君石

虺同虫、音卉、毒蛇也、
蝮音福、亦毒蛇也、
石之欲殺狐婦其心毒螫勝于蛇蝎

蔣防著霍小玉傳

唐李益行十

其負心霍小玉唐人記之為霍小玉傳明人演之為此紫釵記湯玉茗所作四夢之一

不聽急覓佩刀而婦已醒罵曰虺蝮之行而豺狼之心必不可以久居曩所啖藥乞賜還也卽唾石面石覺森寒如澆冰水喉中習習作癢嘔出則丸藥如故婦拾之忿然遝出追之已杳石中夜舊症復作血嗽不止半歲而卒

異史氏曰石孝廉翩翩若書生或言其折節能下士詩人如恐傷壯年殂謝士林悼之至聞其負狐婦一事則與李十郎何以少異

閻王

内丹乃精氣神日月精華結成將死之人得之可復原在別人腹中亦不化可以取之其術不淺

榼，盛酒器，方而缺四角。
榼巾，亦方而缺四角。
旋風自地起，盤旋上升，必着鬼神，令人見驟然起大風，每禁止婦女嬰兒不可笑戲。
却步：倒退

李久常臨朐人，壺榼於野，見旋風蓬蓬而來，敬酹奠之。後以故他適，路旁有廣第，殿閣宏麗。一青衣自內出，邀李。李固辭。青衣要遮甚殷。李云：素不識荆，得無悞耶？青衣云：不悞。便言李姓字。問此誰家，荅云：入自知之。入進一層門，見一女子手足釘扉上，近視則其嫂也。大駭。李有嫂，臂生惡疽，不起者年餘矣。因自念何得至此，轉疑招致意惡，長跙卻步。青衣促之，乃入。至殿下，上一人冠帶如王者，氣象威猛。李跪伏，莫敢仰視。王者命曳起之，慰之曰：勿懼。我以曩昔擾子杯酌，欲一見相謝，無他故

洒酒于地曰酹

孟姑：或謂孟光德曜耶光漢梁鴻妻

也李心始安然終不知其故王者又曰汝不憶田野酧負時乎李頓悟知其爲神頓首曰適嫂氏受此嚴刑骨肉之情實愴於懷乞王憐宥王者曰此甚悍妒宜得是罰三年前汝兄妾盤腸而產彼陰以針刺腸上俾至今臟腑常痛此豈有人理者李固哀之乃曰便以子故宥之歸當勸悍婦改行李謝而出則扉上無人矣歸視嫂嫂卧榻上創血殷席時以妾拂意故方致詬罵李遽勸曰嫂無復爾今日惡苦皆平日忌嫉所致嫂怒曰小郎若個好男兒又房中娘子賢似孟姑姑任郎君東家眠

乾綱 夫綱
悍婦強辯真可殺
眨 音殺 眼皮開合
當頭一棒那不心死
神佛俱許人懺悔自新寬其既往警其將来

西家宿不敢一作聲自當是小郎大好乾綱到不得代哥子降伏老嫗李微哂曰嫂勿怒若言其情恐欲泣不暇矣曰便曾不盜得王母籠中綫又未與玉皇香案吏一眨眼中懷坦坦何處可用哭者李小語曰針刺人腸宜何罪嫂勃然色變問此言之因李告之故嫂戰惕不已涕泗流離而哀鳴曰吾不敢矣啼淚未乾覺痛頓止旬日而瘥由是立改前轍遂稱賢淑後妾再產腸復墮針宛然在焉拔去之腹痛乃瘳

異史氏曰或謂天下悍妒如某者正復不少恨陰綱之

蒿里山泰安州西南二里、俗名亦高里山

漏多也余謂不然冥司之罰未必無甚於釘扉者但無回信耳

布客　造禍

長清某販布爲業客於泰安聞有術人工星命之學詣問休咎術人推之曰運數大惡可速歸某懼囊貲北下途中遇一短衣人似是隷胥漸漬與語遂相和悅屢市餐飲呼與共啜短衣人甚德之某問所幹營答言將適長清有所勾致問爲何人短衣人出牒示令自審第一即已名駭曰何事見勾短衣人曰我非生人乃蒿里山

山東四司隸役想子壽數盡矣某出涕求救鬼曰不能然牒上多名拘集尚需時日子速歸處置後事然後相招此即所以報交好耳無何至河際斷絕橋梁行人艱涉鬼曰子行死矣一文亦將不去請即建橋利行人雖頗煩費然於子未必無小益某然之及歸告妻子作周身具尅日鳩工建橋久之鬼竟不至心竊疑之一日鬼忽來曰我已以建橋事上報城隍轉達冥司矣謂此一節可延壽命今牒名已除敬以報命某喜感謝後再至泰山不忘鬼德敬賫楮錠呼名酬奠既出見短衣人多

植其杖而芸
通耘耨芸去田中悪草

蹶 足不良於行
同蹷蹶

遽而來曰子幾禍我適司君方蒞事幸不聞不然奈何送之數武曰後無復來倘有事北往自當迂道過訪遂別而去

農人

有農人芸於山下婦以陶器爲餉食已置器壟畔向暮視之器中餘粥盡空如是者屢心疑之因睨注以覘之有狐來探首器中農人荷鋤潛往力擊之狐驚竄走器囊頭苦不得脫狐顛蹶觸器碎落出首見農人竄益急越山而去後數年山南有貴家女苦狐纏祟勅勒無靈

禾曲柄木

狐謂女曰紙上符咒能奈我何女紿之曰汝道術良深可幸永好顧不知生平亦有所畏者否狐曰我罔所怖但十年前在北山時嘗竊食田畔被一人戴闊笠持曲項兵幾爲所戮至今猶悸女告父父思投其所畏但不知姓名居里無從問訊會僕以故至山村向人偶語道旁一人驚曰此與吾曩年事適相符將無向所逐狐今能爲怪耶僕異之歸告主人主人喜即命僕持馬招農人來敬白所求農人笑曰曩所遇誠有顧未必即爲此物且既能怪變豈復畏一農人貴家固强之使披戴如

投其所畏其氣先懾

山西潞安府長治縣人

爾日狀入室以鋤卓地叱曰我日覓汝不可得汝乃逃匿在此耶今相值決殺不宥言已即聞狐鳴於室農人益作威怒狐即哀言乞命農人叱曰速去釋汝女見狐捧頭鼠竄而去自是遂安

長治女子　邪術

陳歡樂潞之長治人有女慧美有道士行乞覩之而去由是日持缽近廛閒適一瞽人自陳家出道士追與同行問何來瞽云適過陳家推造命道士曰聞其家有女郎我中表親欲求姻好但未知其甲子瞽爲之述之道

瘖音音喉失音

士乃別而去居數日女繡於房忽覺足麻痺漸至股又漸至腰腹俄而暈然傾仆定踰刻始恍惚能立將尋告母及出門則見茫茫黑波中一路如綫駭而卻退門舍居廬已被黑水渰沒又覩路上行人絕少惟道士緩步於前遂遙尾之冀其同鄉以相告語走數里以來忽睹里舍覩之則已家門大駭曰奔馳如許固猶在村中何向來迷罔若此欣然入門父母尚未歸復仍至己房所繡鞋履猶在榻上自覺奔波殆極就榻憇坐道士捉而捺之女欲號則瘖不能聲道士急以利刃剖女心女覺

魂已離朱身已攝去

魂飄飄離殼而立四顧家舍全非惟有崩崖若覆覩道士以己心血點木人上又復疊指詛咒女覺木人遂與已合道士囑曰自茲當聽差遣勿得違慢遂佩戴之陳氏失女舉家惶惑尋至牛頭嶺始聞村人傳言嶺下一女子剖心而死陳奔驗果其女也泣以愬宰宰拘嶺下居人拷掠幾徧迄無端緒姑收羣犯以待覆勘道士去數里外坐路旁柳樹下忽謂女曰今遣汝第一差往偵邑中審獄狀去當隱身煖閣上倘見官宰用印即當趨避切記勿忘限汝辰去巳來遲一刻則以一針刺汝心

鈐音虔
公牒 公文

中令作急痛二刻刺二針至三針則使汝魂魄銷滅矣女聞之四體驚悚飄然遂去瞬息至官廨如言伏閣上時嶺下人羅跪堂下尚未訊詰適將鈐印公牒女未及避而印已出匣女覺身軀重耎紙格似不能勝嚗然作響滿堂愕顧宰命再舉響如前三舉翻墮地下衆悉聞之宰起祝曰是冤鬼當便直陳爲汝昭雪女哽咽而前歷言道士殺己狀遣己狀宰差役馳去至柳樹下道士果在捉還一鞫（音菊 審訊）而服人犯乃釋宰問女冤雪何歸女曰將從大人宰曰我署中無處可容不如暫歸汝家女良

古之孝女貞女節烈之婦具見列女傳但有欽旌表揚而無屬禁可見男女大欲人之恒情不過戒懲淫泆耳

久曰官署郎吾家我將入矣宰又問音響已寂遐入宅中則夫人生女矣

土偶 歷古以唐宋再醮不諱亦無嗤笑之者自宋後李諸儒立論謂餓死事小失節事大遂致勉强于前而貽羞于後者比比甚多故知上古賢聖不肯以律縛人豈不光明正大勝於陋儒眼孔之小也

沂水馬姓者娶妻王氏琴瑟甚敦馬早逝王父母欲奪其志王矢不他姑憐其少勸之王不聽母曰汝志良佳然齒太幼兒又無出每見有勉强於初而貽羞於後者固不如早嫁猶恒情也王正容以死自誓母乃任之女命塑土肖夫像每食酹獻如生時一夕將寢忽見土偶人欠伸而下駭心愕顧即已暴長如人眞其夫也女懼

呼母鬼止之曰勿爾感卿情好幽壤酸辛一門有忠貞
數世祖宗皆有榮光吾父生有損德應無嗣遂至促我
茂齡冥司念爾苦節故令我歸與汝生一子承祧緒女
亦沾襟遂懽好如生平雞鳴即下榻去如此月餘覺腹
微動鬼乃泣曰限期已滿從此永訣矣遂絕女初不言
旣而腹漸大不能隱陰以告母母疑涉妄然窺女無他
大惑不解十月果舉一男向人言之聞者罔不匿笑女
亦無以自伸有里正故與焉有郤告諸邑令令拘訊鄰
人並無異言令曰聞鬼子無影有影者僞也抱兒日中

自明

四字即名怪之根

翔步之未定去如鳥之迴翔不定

影淡淡如輕煙然又刺見指血傅土偶上立入無痕取他偶塗之一試便去以此信之長數歲口鼻言動無一不肖焉者羣疑始解

黎氏

貍怪　狐類

龍門謝中條者佻達無行三十餘喪妻遺一子一女晨夕啼號縈累甚苦謀聘繼室低昂未就暫僱傭媼撫子女一日翔步山途忽一婦人出其後待以窺覘是好女子年二十許心悅之戲曰娘子獨行不畏怖耶婦走不對又曰娘子纖步山徑殊難婦仍不顧謝四望無人近

香桃憐不端重

燕婉之求 毛詩衛風

無媒曰野合 左傳

黎者狸也悼亡遠有前室子女若續絃不幸遇凶悍之婦後母誠一例如此恐夫綱不振遂為後父親朋中見之不少可憫實甚

身側遽挐其腕曳入幽谷將以强合婦怒呼曰何處强人橫來相侵謝牽挽而行更不休止婦步履跌蹶困窘無計乃曰燕婉之求乃若此耶緩我當相就耳謝從之偕入靜壑野合既已遂相欣愛婦問其里居姓氏謝以實告亦問婦婦言妾黎氏不幸早寡姑又殞歿塊然一身無所依倚故常至母家耳謝曰我亦鰥也能相從乎婦問君有子女無也謝曰實不相欺若論枕席之事交好者亦頗不乏祇是兒啼女哭令人不耐婦躊躇曰此大難事觀君衣服襪履款樣亦只平平我自謂能辦但

口氣已是晚爺蓋中年以後續弦惑于少婦之色承順不暇若後妻再生子女更偏心以待矣

必遣去舊人方可暢其淺虐

繼母難作恐不勝詬讓也謝曰請無疑阻我自不言人何干預婦亦微納轉而慮曰肌膚已沾有何不從但有悍伯每以我爲奇貨恐不久諧將復如何謝亦憂皇請與逃竄婦曰我亦思之爛熟所慮家人一洩兩非所便謝云此即細事家中惟一孤媼立便遣去婦喜遂與同歸先匿外舍即入遣媼訖掃榻迎婦倍極懽好婦便操作兼爲兒女補綴辛勤甚至謝得婦嬖愛異常日惟閉門相對更不通客月餘適以公事出反關乃去及歸則中門嚴閉扣之不應排闥而入渺無人跡方至寢室一

此婦必可述

此正面說孟徵前之寓言

法若真　芳石順治乙酉以五經轉焗中式授中書丙戌進士編修官江南布政使

巨狼衝門躍出幾驚絕入視子女皆無鮮血殷地惟三頭存耳返身追狼已不知所之矣

異史氏曰士則無行報亦怪矣再娶者皆引狼入室耳況將於野合逃竄中求賢婦哉

柳氏子

今負心於主前負心於友

翰林　國初沿明時習氣大家宦室皆以家人管主家中田產皆絶貧之奴皆稱嘗漢旗下尚沿此制

膠州柳西川法内史之主計僕也年四十餘生一子惜愛甚至縱任之惟恐拂既長蕩侈踰檢翁囊積為空無何子病翁故蓄善騾子曰騾肥可啗殺啖我我病可愈柳謀殺蹇劣者子聞之餌大怒罵族益甚柳懼殺騾以

紅樓夢之賴大家的即是指房凡公卿大家正宅之後身及傍側左右衖皆住此等家口其婦即婢女所

嘗异一臠音恋肉一片也

法黄石友与勢俱不敵嚴嵩
父子而其主计已不歸流僖宜
乎萬山先生与士大夫往来也
今旗官尚沿明習故律載逃
奴一條無論逃至何處主送官
刈官治之否刈送至主家聽
其鞭责

進子乃喜然嘗一臠便棄去疾卒不減彌篤柳悼歎欲死後三四年村人以香社登岱至山半見一人乘騾駛行而來怪似柳子比至果是下騾徧揖各道寒暄村人共駭亦不敢詰其死但問在此何作荅云亦無甚事東西奔馳而已便問逆旅主人姓名衆具告之柳子拱手曰適有小故不暇敘閒濶明日當相謁上騾遂去衆既歸寓亦謂其未必即來明日且俟之子果至繫騾廄柱趨進笑言衆謂尊大人日切思慕何不一歸省侍子訝問言者何人衆以柳對子神色俱變久之曰彼旣見思請

生曰家生子

騾上有兒

世僕管田産主人不向其出入主人要使用但向其取亦不向其有無世僕另請寫冥者曰先生不與主人見面但看紅樓夢一書即知其詳

何愚至此天奪之魄

欲得而甘心謂食其肉寢其皮

歸傳語我於四月七日在此相候言訖别去衆歸以情致翁翁大哭如期而往自以其故告主人主人止之曰曩見公子神情冷落似未必有嘉意以我卜也殆不可見柳潸泣不信主人曰我非但君神鬼無常恐遭不善如必欲見請伏櫝中待其來察其辭色可見則出柳如其言旣而子果至問柳某來否答云無子盛氣罵曰老畜產那便不來主人驚曰何罵父答曰彼是我何父初與結義爲客侶不圖包藏禍心隱我血貲悍不還今願得而甘心何父之有言已出門曰便宜他柳在櫝中歷

以我卜也 左傳

踵足也

往往本償而利多已於本

夜臺 九泉地下

高季文名之駿康熙丁丑拔貢茌平教官

念东名珩淄川人明崇正己卯舉人癸未進士入本朝官至吏部侍郎此篇有序文

雄狐綏綏 毛詩 綏綏獨行求匹

歷聞之汗流浹踵不敢出氣主人呼之乃出狼狽而歸

異史氏曰暴得多金何如其樂所難堪者償耳蕩費殆盡尚不忘於夜臺怨毒之於人甚矣哉

上仙

癸亥三月與高季文赴稷下同居逆旅季文忽病會高振美亦從念東先生至郡因謀醫藥聞袁鱗公言南郭梁氏家有狐仙善長桑之術遂共詣之梁四十已來女子也致綏綏有狐意入其舍複室中挂紅幕探幕以窺壁間懸觀音像又兩三軸跨馬操矛騶從紛沓北壁下

有案案頭小座高不盈尺貼小錦褥云仙人至則居此衆焚香列揖婦擊磬三口中隱約有辭祝已肅客就外榻坐婦立簾外理髮支頤與客語具道仙人靈蹟久之日漸曛衆恐礙夜難歸煩再祝請婦乃擊磬重禱轉身復立曰上仙最愛夜談他時往往不得遇昨宵有候試秀才攜肴酒來與上仙飲上仙亦出良醞酬諸客賦詩歡笑散時更漏向盡矣言未已聞室中細細繁響如蝙蝠飛鳴方凝聽間忽案上若墮巨石聲甚厲婦轉身曰幾驚怖煞人便聞案上作歎咤聲似健叟婦以蕉扇隔

印前篇高珩吏侍曰
少宰吏书曰冢宰

小座庳上大言曰有緣哉抗聲讓座又似拱手爲禮已
而問客何所諭教高振美遵念東先生意問見菩薩否
荅云南海是我熱徑如何不見又問閻羅亦更代否曰與
陽世等耳閻羅何姓曰姓曹已乃爲季文求藥曰歸當
夜祀茶水我於大士處討藥奉贈何恙不已衆各有問
悉爲剖決乃辭而歸過宿季文少愈余與振美治裝先
歸遂不暇造訪矣

侯靜山 猴仙

高少宰念東先生云崇禎間有猴仙號靜山托神於河

聞之叟與人談詩文決休咎娓娓不倦以肴核置案上啗飲狼籍但不能見之耳時先生祖寢疾或致書云侯靜山百年人也不可不聆遂以僕馬往招叟叟至經日仙猶未來焚香祠之忽聞屋上大聲歎贊曰好人家眾驚顧俄檐間又言之叟起曰大仙至矣羣從叟肅幘出迎又聞作拱致聲既入室遂大笑縱談時少宰兄弟尚諸生方入闈歸仙言二公闈卷亦佳但經不熟再須勤勉雲路亦不遠矣二公敬問祖病曰生死事大其理難明因共知其不祥無何太先生謝世

舊有猴人弄猴於村猴斷鎖而逸不可追入山中數十年人猶見之其走飄忽見人則竄後漸入村中竊食果餌人皆莫之見一日爲村人所睹逐諸野射而殺之而猴之鬼竟不自知其死也但覺身輕如葉一息百里遂往依河間叟曰汝能奉我我爲汝致富因自號靜山云

郭生

郭生邑之東山人少嗜讀但山村無所就正年二十餘字畫多訛先是家中患狐服食器用輒多亡失深患苦

晉書桓彝曰褚季野（名裒）有皮裡陽秋言外無臧否而內有褒貶也避晉簡文帝鄭后諱當春故曰陽秋

之一夜讀卷置案頭被狐塗鴉甚者狼藉不辨行墨因擇其稍潔者輯讀之僅得六七十首心甚恚憤而無如何又積窗課廿餘篇待質名流晨起見翻攤案上墨汁濃泚殆盡恨甚會王生者以故至山素與郭善登門造訪見汚本問之郭具言所苦且出殘課示王王諦玩之其所塗留似有陽秋（春秋寓貶）又覆視涴卷類冗雜可删訝曰狐似有意不唯勿患當即以爲師過數月回視舊作頓覺所塗良確於是改作兩題置案上以覘其異比曉又塗之積年餘不復塗但以濃墨灑作巨點淋漓滿紙郭異

詩文可祝曰佳幅

房書　各省鄉試例決聘進士舉人出身同知知州知縣入簾分房閱卷加評薦于主考得中後尊之曰房師主考曰座師会試分房亦然

吴門時文初尚國初尤西堂王農山兩家為尤西堂王體務塗澤穠麗如四六駢偶乾隆時又尚僻書僻典凡汲冢周書以書紀年路史等书以坡牛鬼蛇神無奇不有目石琢堂吴

之持以白王王闗之曰狐眞爾師也佳幅可售矣是歳
果入邑庠郭以是德狐恒置雞黍備狐啗飲每市房書（鄉試副墨）
名稿（専刻入主時文）不自選擇但决於狐由是兩試俱列前名入闈中
副車時藥繆諸公稿風雅艷麗家傳而戶誦之郭有鈔
本愛惜臻至忽被傾濃墨撓許於上汚漬幾無餘字又
擬題搆作自覺快意悉浪塗之於是漸不信狐無何葉
公以正文體被收又稍稍服其先見然每作一文經營
慘澹輒被塗汚自以屢拔前茅心氣頗高以是益疑狐
妄乃錄向之濃墨灑點者試之狐又盡泚之乃笑曰是

聊齋志異卷十五　郭生　三五

因子房挾力士擊始皇不中誤中副車今以副榜曰副車

左傳楚以茅為旌幟故在前

棣華兩君為山長又變為清
真一派
然穠麗誠同增尚須讀書徵
引交清掃一路全仗心思遂
層翻進可以束書不觀所以
自道光廿年中獲售乃上追者
婷雅通經之士僅見也此亦關
乎 國家元氣即如殿試策
字乾隆時有里方光之謂自
成親王閱卷一時犹尚趙子
昂體十餘年前盡潘伯寅
體今亦不學之真莫知所以
然者

眞妄矣何前是而今非也遂不爲狐設饌取讀本鎖鑰篋中旦晃封固儼然啟視則卷面塗四畫粗於指第一章盡五二章亦盡五後即無有矣自是狐竟寂然後郭一次四等兩次五等始知其兆已寓意於畫也

異史氏曰滿招損謙受益天道也名小立遂自以爲是執葉繆之餘習狃而不變勢不至一敗塗地不止也滿之爲害如是夫

狃音狃習㹨也

邵士梅 前生

邵進士名士梅濟寧人初授登州敎授有二老秀才投

畫也

康熙朝歲試有六等發落

又國初中副榜後仍應歲試三次而後准貢今但應科試另考

貢監

而侯乃

有根氣者

齋夫即门斗何应来西各齋肄業生監諸生称之曰值路有工食銀領之於州縣不似有司之差無工食惟苦無資但子孫可應試有司差隸可以生財故富而樸不與試

公子名之駒順治甲午舉人己亥進士辛丑殿試授貴州平越縣知縣

刺賭其名似甚熟識凝思良久忽憶前身便問齋夫某生居某村否又言其丰範一一脗合俄爾生入執手傾談歡若平生談次問高東海近況二生答瘐死廿餘年矣今一子尚存此鄉中細民何以見知邵笑云我舊戚也先是高東海素無賴然性豪爽輕財好義有負租而鬻女者傾囊代贖之私一娼娼坐隱盜官捕甚急逃匿高家官知之收高備極搒掠終不服尋死獄中其死之日即邵生辰後邵至某村鄉其妻子遠近皆知其異此高少宰言之即高公子翼良同年也

漁洋池北偶談亦載其事
又陸次山有邵士梅傳次山
名鳴珂

王漁洋云、邵前生爲棲霞人與其妻三世爲夫婦、事更奇也高東海以病死、非痢死、邵自述甚詳、

邵臨淄

臨淄某翁之女、太學李生妻也、未嫁時、有術士推其造、決其必受官刑、翁怒之、既而笑曰、妄言一至於此、無論世家女、必不至公庭、豈一監生不能庇一婦乎、既嫁悍甚、指罵夫壻以爲常、李不堪其虐、忿鳴於官、邑宰邵公准其詞、僉役立勾、翁聞之大駭、率子弟登堂哀求寢息、弗許、李亦自悔求罷、公怒曰、公門內豈作輟盡由爾耶、

音糙

学史記項羽本紀

睪同睾卵子也靈樞
经腰脊控睪而痛注
睪陰丸也

必拘質審既到略詰一二言便曰真悍婦杖責三十臀肉盡脫（快事）

異史氏曰公豈有傷心於閨闥耶何怒之暴也然邑有賢宰里無悍婦矣誌之以補循吏傳之所不及者

單父宰

青州民某五旬餘繼娶少婦二子恐其復育乘父醉潛割睪丸而藥糝之父覺托病不言久之創漸平忽入室刀縫綻裂血溢不止尋斃妻知其故訟於官官械其子果伏駭曰余今爲單父宰矣並誅之

佛曰不可說

辛名民字民先大興中舉人順治元年宰淄川三年升西府同知掛冠後放情山水改名霜翊字嚴公有詩文集

鎮师其地総兵標下之軍

邑有王生者娶月餘而出其妻妻父訟之時辛公宰淄問王何故出妻答云不可說固詰之曰以其不能產育耳公曰妄哉月餘新婦何知不產忸怩久之告曰其陰甚偏公笑曰是則偏之爲害而家之所以不齊也此可與單父宰並傳一笑也

鬼神

閻羅薨

在當時必有名姓蒲公先諱之

兩湖總督湖廣曰南服觀篇中海寇以兩廣總督

巡撫某公父先爲南服總督殂謝已久公一夜夢父來顏色慘慄告曰我生平無多孽愆祗有鎮師一旅不應調而誤調之途逢海寇全軍盡覆今訟於閻君刑獄酷

乾隆時郎中顧佐懋生
為陰官嘗夢入陰司理
事醒後多為人言之紀
曉嵐嘗書記其異

跽音忌跪也

乃者難詞見公羊注

毒實可畏閻羅非他明日有經歷解糧至魏姓者是
也當代哀之勿忘醒而異之意未深信既寐又夢讓之
曰父罹厄難尚弗鏤心猶妖夢置之耶公大異之明日
留心審閱果有魏經歷轉運初至即刻傳入使兩人捺
坐而後起拜如朝參禮拜已長跽漣洏而告以故魏初
不肯自任公伏地不起魏乃云然其有之但陰曹之法
非若陽世夢夢可以上下其手即恐不能為力公哀之
益切魏不得已諾之公又求其速理魏籌思慮無靜所
公請為糞除賓廨許之公乃起又求一往窺聽魏不可

父子天性豈有不驗者

此即左袒之言

牛首阿旁惡鬼名

强之再四，囑曰：去即勿聲，且冥刑雖慘，與世不同，暫寘
君死，其實非死。如有所見，無庸駭怪。至夜，潛伏廨側，見
堦下囚人，斷頭折臂者，紛雜無數。墀中置火鐺油鑊數
人，爇薪其下。俄見魏冠帶出，升座，氣象威猛，迥與曩殊。
羣鬼一時都伏，齊鳴冤苦。魏曰：汝等命戕於寇，冤自有
主，何得妄控官長？衆鬼譁言曰：例不應調，乃被妄檄前
來，遂遭凶害，誰貽之冤？魏又曲爲解脫。衆鬼嘷冤，其聲
洶動。魏乃喚鬼役，可將某官赴油鼎，畧入一煠，於理亦
當。察其意，似欲借此以洩衆忿。言一出，即有牛首阿旁

札調文書曰檄

漏泄天機故卯死

按皇上車駕出則前導出警入蹕用上行道者輿蓋游山妙

明制凡林下者出皆輿蓋与現任一律疑國初亦尚

執公父至卽以利叉刺入油鼎公見之中心慘怛痛不可忍不覺失聲一號而庭中寂然萬形俱滅公歎咤而歸及明視魏已死於廁中松江張禹定言之以非佳名故諱其人

顚道人

顚道士不知姓名寓蒙山寺歌哭不常人莫之測或見其煮石爲飯者會重陽有邑貴載酒登臨輿蓋而往宴畢過寺甫及門則道士赤足著破衲自張黄蓋作警蹕聲而出意近玩弄邑貴慚怒揮僕輩逐罵之道人笑而

西樓記乃袁籜庵所作中于叔夜父官御史在林下似從與現任同雖傳奇亦一証也

蓋 傘也古作繖字 古有柄曰簦無柄曰笠繖字六朝人語

處置俗人妙絕狐假虎威應受此苦

卻走逐急棄蓋共毀裂之片片化爲鷹隼四散羣飛衆始駭蓋柄轉成巨蟒赤鱗耀目衆譁欲奔有同遊者止之曰此不過翳眼之幻術耳烏能噬人遂操刀直前蟒張吻怒逆吞客嚥之衆益駭擁貴人急奔息於三里之外使數人逡巡往探漸入寺則人蟒俱無方將返報聞老槐內喘急如驢駭甚初不敢前潛蹤移近之見樹朽中空有竅如盤試一攀窺則鬭蟒者倒植其中而孔大僅容兩手無術可以出之急以刃劈樹比樹開而人已死踰時少蘇舁歸道士不知所之矣

与花前唱道，亭可称佳对。

異名自嚴，字萬曾，淄川人，崇歷戊子举人，壬辰進士，官户部尚書，晋光禄大夫，明史有傳。

鞠躬，曲身也。

周慚尚有羞耻之心，今之捧鄉假勢者，並自鳴得意，不知世間有羞耻事矣。

異史氏曰：張盎游山，厭氣浹於骨髓，仙人遊戲三昧，一何可笑！子鄉殷生文屏，畢司農之妹夫也，為人玩世不恭。章邱有周生者，以寒賤起家，出必駕肩而行，亦與司農有瓜葛之舊。值太夫人壽，殷料其必來，先候於道，著猪皮靴，公服持手本，俟周與至，鞠躬道左，唱曰：「淄川生員接章邱生員。」周慚，下輿，略致數語而別。少間，同聚於司農之家，冠裳滿座，視其服色，無不竊笑，殷傲睨自若。既而筵終出門，各命輿馬，殷亦大聲呼：「殷老爺獨龍車何在？」有二健僕，橫扁杖於前，騰身跨之，致聲拜謝，飛馳

遊戲三昧，見佛經。

言道曰真，一儒曰致一，佛云三昧。

親戚

音的

俗云扁擔

佯狂玩世，胸中自有涇渭。

何以其時教職騎馬按会典自理向以玉典史各騎馬有馬夫一名领工食於有司惟教職乃坐轎而齋夫扛抬有工食理向玉巡檢典史謂雜職也同知通判謂之佐貳向例武職提鎮不許坐轎今無人遵例 轎

而去殿生亦仙人之亞也

鬼令

教諭展先生灑脫有名士風然酒狂不持儀節每醉歸輒馳馬殿堦堦上多古栢一日縱馬入觸樹頭裂自言子路怒我無禮擊腦破矣中夜遂卒邑中某乙者負販其鄉夜宿古剎更靜人稀忽見四五人攜酒入飲展亦在焉酒數行或以字爲令曰田字不透風十字在當中十字推上去古字贏一鍾一人曰同字不透風口字在當中口字推上去呂字贏一鍾一人曰囧字不透風令

字在當中令字推上去合字贏一鍾又一人曰困字不透風木字在當中木字推上去杏字贏一鍾未至展凝思不得衆笑曰既不能令須當受命飛一觥來展云我得之矣曰字不透風一字在當中衆又笑曰推作何物展吸盡曰一字推上去一口一大鍾相與大笑未幾出門去某不知展死竊疑其罷官歸也及歸問之則展死已久始悟所遇者鬼耳

閻羅宴

靜海邵生者家貧值母初度備牲酒祀於庭拜已而起

釋家經藏有十殿閻羅之
隹号如一殿曰秦廣二殿曰
楚江至十殿轉輪云云

杜詩夏木千章合
芳白赤青黑印金銀銅鐵
錫皆曰金分五色耳

則案上肴饌皆空甚駭以情告母母疑其困乏不能爲壽故詭言之邵默然無以自白無何學使案臨苦無資斧薄貸而往途遇一人伏候道左邀請甚殷從去見殿閣樓臺彌亘街路既入一王者坐殿上邵伏拜王者霽顏命坐郎賜宴飲因曰前過華居厮僕輩道路飢渴有叨盛饌邵愕然不解王者曰我忤官王也不記尊堂設帨之辰乎筵終出白鏹一裹曰豚蹄之擾聊以相報受之而出則宮殿人物一時都渺惟有大樹數章蕭然道側視所贈則真金秤之得五兩考終止耗其半猶懷歸

太祖十七子長懿文太子次秦次晉次燕即成祖
晉藩即初封於山西太原府

以奉母焉

終是報孝非报酒席

畜物通靈不可謂妖

義馬

臨清崔生家寠貧園垣不修每晨起輒見一馬臥露草間黑質白章惟尾毛不整似火燎斷者逐去夜又復來不知其所自至崔有善友官於晉每欲往就之而苦無健步遂捉馬施勒乘之而去囑家人曰倘有尋馬者當如晉以告既就途馬騖駛瞬息百里夜不甚餘芻豆意其病次日緊銜不令馳而馬蹄嘶噴沫健怒如昨復縱之午已達晉時騎於市廛觀者無不稱歎晉王聞之以

藩府曰邸

宋宗室趙孟頫字子昂善畫馬入元朝官翰林承旨學士

王侍者承應曰校尉御前承應曰侍衛今南如此

重直購之，崔恐爲失者所尋，以故不敢售。居半年，家中無耗，遂以八百金貨於晉邸。自乃市健騾以歸。後王以急故，遣校尉騎赴臨清。馬逸，追至崔之東鄰，入門不可復見。索諸主人。主曾姓，實莫之睹。及入其室，見壁間挂子昂畫馬一幀，內一匹毛色渾似，尾處爲香炷所燒，始悟馬，畫妖也。校尉難復王命，因訟曾。時崔得馬貲，居積盈萬，自願以直貨曾，付校尉而去。曾甚德之，而不知其即當年之售主也。

放蝶

游戲不可為訓

蚪生崇正庚辰進士　江南[illegible]

長山王進士蚪生爲令時，每聽訟，按律之輕重，罰令納蝶自贖，堂上千百齊放，如風飄碎錦，王乃拍案大笑。一夜夢一女子，衣裳華好，從容而入，曰：「遭君虐政，姊妹多物故，當使君先受風流之小譴耳。」言已，化爲蝶，迴翔而去。明日，方獨酌署中，忽報直指使至，皇遽而出，閨中戲以素花簪冠上，忘除之。直指見之，以爲不恭，大受詬罵而返。由是罰蝶令遂止。

青城于重寅，性放誕，爲司理時，元夕以火花爆竹縛驢上，首尾並滿，牽登太守之門，擊柝而請，自白某獻火驢幸出一覽時太守有愛子患痘心緒方惡聞之于固請之太守不得已使閽人啟鑰門甫闢于火發機推驢入爆震驢驚踶趹狂奔又飛火射人人莫敢近驢穿堂入室破扉毀飾火燭成塵窗紗都燼家人大譁痘兒驚陷終夜而死太守痛恨將揭劾之于浼諸司道登堂負荊乃免

鬼妻

泰安聶鵬雲與妻某魚水甚諧妻遘疫卒聶坐臥悲思忽忽若失一夕獨坐妻忽推扉入聶驚問何來荅云妾

音亥揭考也

音題決

鬼何能秘

赤身蹲伏

已鬼矣感君悼念哀白地下主者聊與作幽會聶喜携就牀寢一切無異於常從此星離月會積有年餘聶亦不復言娶伯叔兄弟懼墮宗祀私勸聶鸞續聶從之聘於良家然恐妻不樂秘之未幾吉期逼邇鬼知其情責之曰我以君義故冒幽冥之譴今乃質盟不卒鍾情者固如是乎聶述宗黨之意鬼終不悅謝絕而去聶雖憐之而計亦得也迨合巹之夕夫婦俱寢鬼忽至就牀上撾新婦大罵何得占我牀寢新婦起力與撐拒聶惕然赤蹲並無敢左右袒無何雞鳴鬼乃去新婦疑聶妻故

桃枝驅鬼
杙者木橛也

唐白樂天生七月能識之無兩字

其時已如此今越二百年
何往

未死謂其嫌已投繯欲自縊聶為之緬述新婦始知為鬼日夕復來新婦懼避之鬼亦不與聶寢但以指掐膚肉已乃對燭怒相覷默默不作一語如是數夕聶患之近村有長於術者斲桃為杙釘墓四隅其怪始絕

忍哉

醫術

大罵醫生

張氏者沂之貧民途中遇一道士善風鑑相之曰子當以術業嘗張曰宜何從又顧之曰醫可也張曰我僅識之無耳烏能是道士笑曰迂哉名醫何必多識字乎但行之耳既歸貧無業乃摭拾海上方即市廛中除地作

相術

何以东省
亦然

今之江湖醫生擺地攤者

郵 驛站

仙人渴飲玉液

涎 音言 唾也 口液也

此醫尚靈巧 宜其大行也

肆設魚牙蜂房謀升斗於口舌之間而人亦未之奇也
會青州太守病嗽牒檄所屬徵醫沂故山僻少醫工而
令懼無以塞責又責里中使自報於是共舉張令立召
之張方痰喘不能自療聞命大懼固辭令弗聽卒郵送
去路經深山渴極咳愈甚入村求水而山中水價與玉
液等徧乞之無與者見一婦漉野菜菜多水寡盎中濃
濁如涎張燥急難堪便乞餘瀋飲之少間渴解嗽亦頓
止陰念殆良方也比至郡諸邑醫工巳先施治並未痊
減張入求密所僞作藥目傳示內外復遣人於民間索

卒 終也

治瘟用汗吐下三法今僅
發表宜其不效

諸蔡藿如法淘汰訖以汁進太守一服病良已太守大
悅賜賚甚厚旌以金扁由此名大譟門常如市應手無
不悉效有病傷寒者言症求方張適醉憒以療劑予之
醒而悟之不敢以告人三日後有盛儀造門而謝者問
之則傷寒之人大吐大下而愈矣此類甚多張由此稱
素封益以聲價自重聘者非重貲玄輿不至焉
益都韓翁名醫也其未著時貨藥於四方暮無所宿
投止一家則其子傷寒將死因請施治韓思不治則
去此莫適而治之誠無術往復躑躅以手搓體而汗

音預
與之

成片捻之如丸頓思以此給之當亦無所害曉而不
愈已賺得寢食安飽矣遂付之中夜主人撾門甚急
意其子死恐被侵辱驚起踰垣疾遁主人追之數里
韓無所逃始止乃知病者汗出而愈矣挽回欵宴豐
隆臨行厚贈之

夏雪二則

丁亥年七月初六日蘇州大雪百姓皇駭共禱諸大王
之廟大王忽附人而言曰如今稱老爺者皆增一大字
其以我神爲小消不得一大字也衆悚然齊呼大老爺

雪立止由此觀之神亦喜諂宜乎治下部者之得車多矣

異史氏曰世風之變也下者益諂上者益驕即康熙四十餘年中稱謂之不古甚可笑也舉人稱爺二十年始進士稱老爺三十年始司院稱大老爺二十五年始昔者大令謁中丞亦不過老大人而止今則此稱久廢矣即有君子亦素諂媚行乎諂媚莫敢有異詞也若縉紳之妻呼太太裁數年耳昔惟縉紳之母始有此稱以妻而得此稱者惟淫史中有林喬耳他未之見也唐時上

欲加張說大學士說辭曰學士從無大名臣不敢稱今之大誰大之初由於小人之諂而因得貴倨者之悅居之不疑而紛紛者遂徧天下矣竊意數年以後稱翁者必進而老稱老者必進而大但不知大上造何尊稱匪夷所思已

丁亥年六月初三日河南歸德府大雪尺餘禾皆凍死惜乎其未知媚大王之術也悲夫

何仙

長山王公子瑞亭能以乩卜神自稱何仙爲純陽弟子

蓺正藝俗䀝通用

朱名軾浙江石门人

夔掌曰夏楚見學記

或謂是呂祖所跨鶴云每降輒與人論文作詩李太史質君師事之丹黄課蓺理緒明切太史揣摩成賴何仙力居多焉因之文學士多皈依之然爲人决疑難事多憑理不甚言休咎辛未歲朱文宗案臨濟南試後諸友請决等第何仙索試蓺悉月旦之座中有與樂陵李忭相善者李固好學深思之士衆屬望之因出其文代爲之請乩註云一等少間又書云適評李文據文爲斷然此生運數大晦應犯夏楚異哉文與數不相符豈文宗不論文耶諸公少待試一往探之少頃又書云我適至

大罵學台不在文而在
阃節賣秀才及新進
勢儀也并痛罵幕中閱
文諸友

孫名勷号峩山德州人
解元乙丑進士官通政

提學署中見文宗公事旁午所焦慮者殊不在文也一
切眞付幕客客六七人粟生例監都在其中（國初有納粟百石作為生員）前世全無
根氣大半餓鬼道中遊魂乞食於四方者也曾在黑暗
獄中八百年損其目之精氣如人久在洞中乍出則天
地異色無正明也中有一二爲人身所化者閱卷分曹
恐不能適相値耳衆問挽回之術書云其術至實人所
共曉何必問衆會其意以告李李懼以文質孫太史子
未且訴以兆太史贊其文因解其惑李以太史海内宗
匠心益壯乩語不復置懷後案發竟居四等太史大駭

旁午忙也往来如織也

暢罵幕友

暴 表白也

取其文復閲之殊無疵摘評云石門公祖素有文名必不悠謬至此是必幕中醉漢不識句讀所爲於是衆益服何仙之神共焚香祝謝之乩書曰李生勿以暫時之屈遂懷慚怍當多寫試卷益暴（音薄）之明歲可得優等李如其敎久之署中頗聞懸牌特慰之次歲果列前名

潞令（干鬼神之怒）

宋國英東平人以敎習授潞城令貪暴不仁催科（鐵棍也）尤酷斃杖下者狼藉於庭余鄉徐白山適過之見其橫諷曰爲民父母威燄固至此乎宋揚揚作得意之詞曰喏不

天奪其魄

國初尚沿明習有保留一途今則權出自上此途久革

敢官雖小蒞任百日誅五十八人矣後半年方據案視事忽瞪目而起手足撓亂似與人搏拒狀自言曰我罪當死我罪當死趺入署中踰時尋卒嗚呼幸有陰曹兼攝陽政不然顛越貨多則卓異聲起矣流毒安窮哉

異史氏曰潞子故區其人魂魄毅故其爲鬼雄今有一官握篆於上必有一二鄙流（本地人）風承而痔舐之其方盛也則竭攫未盡之膏脂爲之具錦屏其將敗也則驅誅未盡之肢體爲之乞保留官無貪廉每蒞一任必有此兩事赫赫者一日未出則蚩蚩者不敢不從積習相傳沿

爲放覘其亦取笑於潞城之鬼也已

河間生

河間某生塲中積麥穰如邱家人日取爲薪洞之有狐居其中常與主人相見老翁也一日屈主人飲拱生入洞生難之强而後入入則廊舍華好即坐茶酒香洌但日色蒼黃不辨中夕筵罷既出景物俱杳翁每夜往夙歸人莫能跡問之則言友朋招飲生請與俱翁不可固請之翁始諾挽生臂疾如乘風可炊黍時至一城市入酒肆見坐客良多聚飲頗譁乃引生登樓上下視飲者

几案杯殘可以指數翁自下樓任意取案上酒果懷來供生筵中人曾莫之覺移時生視一朱衣人前列金橘命翁取之曰此正人不可近生默念狐與我游必我邪也自今以往我必正方一注想覺身不自主眩墮樓下飲者大駭相譁以妖生仰視竟非樓上乃梁間耳以實告衆衆審其情確贈而遣之問其處乃魚臺去河間千里云

杜翁

杜翁沂水人偶自市中出坐牆下以候同游覺少倦忽

笠箬笠 帽也从竹

苙豕圈 從艸 孟子既入其苙 二字音同

若夢覺一人持牒攝去至一府署從來所未經一人戴瓦壟冠自內出則青州張某其故人也見杜驚曰杜大哥何至此杜言不知何事但有勾牒張疑其悞將爲查驗乃囑曰謹立勿他適恐一迷失將難救挽遂去久之不出唯持牒人來自認其悞釋令歸杜別而行途中遇六七女郎容色媚好悅而尾之下道趨小徑行十數步聞張在後大呼曰杜大哥汝將何往杜迷戀不已俄見諸女入一圭竇心識爲王氏賣酒者之家不覺探身門內畧一窺瞻卽見身在苙中與諸小猳同伏豁然自悟

音假 雄猪

癇 音閑痴也

一念之邪幾乎墮落令
歎判然

佻兮達兮毛詩

大清兵

已化豕矣而耳中猶聞張呼大懼急以首觸壁聞人言曰小豕顛癇矣還顧已復爲人速出門則張候於途責曰囘囑勿他往何不聽信幾至壞事遂把手送至市門乃去杜忽醒則身猶倚壁間詣王氏問之果有一豕自觸死云

林氏

濟南戚安期素佻達喜狎妓妻婉戒之不聽妻林氏美而賢會北兵入境被俘去暮宿途中欲相犯林僞諾之適兵佩刀繫牀頭急抽刀自剄死兵舉而委諸野次日

林氏遇强暴大劫守節不死又賢惠憂子嗣幸之有婢出于天道也

子嗣曰似續

拔舍去有人傳林死戚痛悼而往視之有微息負而歸目漸動稍稍嚬呻扶其項以竹管滴瀝灌飲能咽戚撫之曰卿萬一能活相負者必遭凶折半年林平復如故但首爲頸痕所牽常若左顧戚不以爲醜愛戀逾於平昔曲巷之游從此絶迹林自覺形穢將爲置媵戚執不可居數年林不育因勸納婢戚曰業誓不二鬼神寧不聞之卽似續不承亦吾命耳若未應絶卿豈老不能生者耶林乃托疾使戚獨宿遣婢海棠襆被臥其牀下既久陰以宵情問婢婢言無之林不信至夜戒婢勿往自

諸婢臥少間聞牀上睡息已動潛起登牀捫之戚醒問誰林耳語曰我海棠也戚卻拒曰我有盟誓不敢更也若似曩年尚須汝奔就耶林乃下牀出戚自是孤眠林使婢托己往就之戚念妻生平曾未肯作不速之客疑焉摸其項無痕知爲婢又出之婢慚而退既明以情告林使速嫁婢林笑云君亦不必過執倘得一丈夫子即亦幸甚戚曰苟背盟誓鬼責將及尚望延宗嗣乎林翼日笑語戚曰凡農家者流苗與秀不可知播種常例不可逾晩閒耕耨之期至矣戚笑會之既夕林滅燭呼婢

易經語用之太瀆

卯翌日

錢鎛古田器見説文
鎛音專一作鏄音剸

使臥巳衾中戚入就榻戲曰佃人來矣深愧錢鎛不利負此良田婢不語既而舉事婢小語曰私處小腫頗猛不任戚體意溫卹之事巳婢僞起溺以林易之自此時値落紅輒一爲之而戚不知也未幾婢腹震林每使靜坐不令給役於前故謂戚曰妾勸內婢而君弗聽設爾日冒妾時君愼信之交而得孕將復何如戚曰留犢鬻母林乃不言無何婢舉一子林聕買乳媼抱養母家積四五年又產一子一女長子名長生巳七歲就外祖家讀林半月輒托歸寧一往看視婢年益長戚時時促遣

震一索而得男 易經

之林輒諾婢日思兒女林從其顧竊爲上鬟送詣母家謂戚曰日謂我不嫁海棠母家有義男業配之又數年子女俱長成値戚初度林先期治具爲候賓友戚歎曰歲月鶩過忽已半世幸各强健家亦不至凍餒所闕者膝下一點林曰君執拗不從妾言夫誰怨然欲得男兩亦非難何況一也戚解顔曰旣言不難明日便索兩男林言易耳早起命駕至母家嚴妝子女載與俱歸入門命雁行立呼父叩祝千秋拜已而起相顧嬉笑戚駭怪不解林曰君索兩男妾添一女始爲詳述本末戚喜曰

因世之僅有故褒之曰聖但女流嫉妒成性林氏曠世所無

何不早告曰早告恐絕其母今子已成立尚可絕乎成感極涕不自禁乃迎婢歸偕老焉古有賢姬如林者可謂聖矣

大鼠

萬歷間宮中有鼠大與貓等為害甚劇徧求民間佳貓捕制輒被噉食適異國來貢獅貓毛白如雪抱投鼠屋闔其扉潛窺之貓蹲良久鼠逡巡自穴中出見貓怒奔之貓避登几上鼠亦登貓則躍下如此往復不啻百次衆咸謂貓怯以為是無能為者既而鼠跳擲漸遲碩腹

彼出則歸子胥謂吳王語

似喘蹲地上少休貓即疾下爪掬頂毛口齕首領輾轉爭持聞貓聲嗚嗚鼠聲啾啾啟扉急視則鼠首已嚼碎矣然後知貓之避非怯也待其惰也彼出則歸彼歸則復用此智耳噫匹夫按劍何異鼠子

胡大姑

益都岳於九家有狐祟布帛器具輒被拋擲鄰堵蓄細葛將取作服見細卷如故解視則邊實而中虛悉被翦去諸如此類不堪其苦亂詬罵之岳戒止云恐狐聞狐在梁上曰我已聞之矣由是祟益甚一日夫妻臥未起

比甲 今之馬甲

狐攝衾服去各白身蹲牀上望空哀祝之忽見女子自窗入擲衣牀頭視之不甚脩長衣絳紅外襲雪花比甲岳著衣揖之曰上仙有意垂顧即勿相擾請以爲女如何狐曰我齒較汝長何得妄自尊又請爲姊妹乃許之於是命家人皆呼以胡大姑時顏鎮張八公子家有狐居樓上恒與人語岳問識之否荅云是吾家喜姨何得不識岳曰彼喜姨曾不擾八汝何不效之狐不聽擾如故猶不甚祟他人而專祟其子婦履襪簪珥往往棄道上每食輒於粥椀中埋死鼠或糞穢婦輒擲椀罵騷狐

戟手即戟指道家畫符所為

並不禱免岳祝曰男女輩皆呼汝姑何略無尊長體耶狐曰敎汝子出若婦我爲汝媳便相安矣子婦罵曰淫狐不慚欲與人爭漢子耶時婦坐衣笥上忽見濃煙出尻下熏熱如籠啟視藏裳俱燼剩一二事皆姑服也又使岳子出其婦子不應過數日又促之仍不應狐怒以石擊之額破裂血流幾斃岳益患之西山李成爻善符水因幣聘之李以泥金寫紅絹作符三日始成又以鏡縳梃上捉作柄徧照宅中使童子隨視有所見即急告至一處童言牆上若犬伏李即戟手書符其處旣而禹

紫姑 如今清壁角姑娘今甬饭籮冒红布此用芻灵乃紙扎一人与江南风俗異

步庭中咒移時即見家中犬豕並來帖耳戢尾若聽教命李揮曰去即紛然魚貫而去又咒羣鴨即來又揮去之已而雞至李指一雞大叱之他雞俱去此雞獨伏交翼長鳴曰予不敢矣李曰此物是家中所作紫姑也家人並言不曾作李曰紫姑今尚在因共憶三年前曾爲此戲怪異即自爾日始也徧搜之見芻偶猶在廄梁上李取投火中乃出一酒甒三咒三叱雞起逕去聞甒口言曰岳四狠哉數年後當復來岳乞付之湯火李不可攜去或見其壁間挂數十瓶塞口者皆狐也言其以次

一作齶音鄂 口中上齶

縱之出爲祟因此獲聘金居爲奇貨云

狼三則

有屠人貨肉歸日已暮欻一狼來瞰擔中肉似甚垂涎步亦步尾行數里屠懼之以刃則稍卻既走又從之屠無計默念狼欲者肉不如姑懸諸樹而蚤取之遂鉤肉蹺足挂樹閒示以空空狼乃止屠卽徑歸昧爽往取肉遥望樹上懸巨物似人縊死狀大駭逡巡近之則死狼也仰首審視見口中含肉肉鉤刺狼腭如魚吞餌時狼革價昂直十餘金屠小裕焉緣木求魚狼則罹之亦可

叙得峭

並驅從兩狼兮 毛詩

隧 地道 音在 見左傳

尻 从九 音考 平声

笑已

一屠晚歸擔中肉盡止有剩骨途中兩狼綴行甚遠屠懼投以骨一狼得骨止一狼仍從復投之後狼止而前狼又至骨已盡矣而兩狼之並驅如故屠大窘恐前後受其敵顧野有麥場場主積薪其中苫蔽成邱屠乃奔倚其下弛擔持刀狼不敢前眈眈相向少時一狼逕去其一犬坐於前久之目似瞑意暇甚屠暴起以刀劈狼首又數刀斃之方欲行轉視積薪後一狼洞其中意將隧入以攻其後也身已半入止露尻尾屠自後斷其股

尻 从几古居字今經典以踞承用居字

居 本字解無礼居也今俗作鋸

行室 田家看麥稻之屋凡麥稻將收恐人來偷田旁築小屋曰行室

小刀乃屠者割開豕蹄間皮用力吹之灌以水俗名打水肉

殘 忍也賊害也

亦斃之乃悟前狼假寐蓋以誘敵狼亦黠矣而頃刻兩斃禽獸之變詐幾何哉止增笑耳

一屠暮行爲狼所逼道旁有夜耕者所遺行室奔入伏焉狼自苫中探爪入屠急捉之令不可去顧無計可以死之惟有小刀不盈寸遂割破爪下皮以吹豕之法吹之極力吹移時覺狼不甚動方縛以帶出視則狼脹如牛股直不能屈口張不得闔遂負之以歸非屠烏能作此謀也三事皆出於屠則屠人之殘殺狼亦可用也

藥僧

蹣跚　音漫山不能行

濟寧某偶於野寺外見一遊僧向陽捫蝨杖挂葫蘆似賣藥者因戲曰和尚亦賣房中丹否僧曰有弱者可强微者可鉅立刻而效不俟經宿某喜求之僧解衲角出藥一丸如黍大令吞之約半炊時下部暴長踰刻自捫增於舊者三之一心猶未滿窺僧起遺竊解衲拈二三丸並吞之俄覺膚若裂筋若抽項縮腰橐而陰長不已大懼無術僧返見其狀驚曰子必竊吾藥矣急與一丸始覺休止解衣自視則幾與兩股鼎足而三矣縮頸蹣跚而歸父母皆不能識從此爲廢物日臥街上多見之

皇后生太子必有
覃恩下沛

者

太醫

萬曆間孫評事少孤母十九歲守栢舟之節孫舉進士而母已死嘗語人曰我必博誥命以光泉壤始不負萱堂苦節忽得暴病綦篤素與太醫善使人招致之使者出門而疾以劇張目曰生不能揚名顯親何以見老母地下乎遂卒目不瞑無何太醫至聞哭聲即入臨弔見其狀異之家人告以故太醫曰欲得誥贈即亦匪難今
皇后旱晚臨盆矣但活十餘日誥命可得立命取艾灸

太醫院藥方
鑾儀衛刀鎗
翰林院文章
光祿寺茶湯
京中口号

膰音蕃見左傳
熊掌

尸一十八處炷將盡牀上已呻急灌以藥居然復生囑曰切記勿食熊虎肉共誌之然以此物不常有頗不關意旣而三日平復仍從朝賀過六七日果生太子召賜羣臣宴中使出異品徧賜文武白片朱綠甘美無比孫啖之不知何物次日訪諸同僚曰熊膰也大驚失色即刻而病至家而卒

農婦

邑西磁窰塢有農人婦勇健如男子輒爲鄉中排難解紛與夫異縣而居夫家高苑距淄百餘里偶一來信宿

陶窰器

此健婦也，水滸傳中李逵、石秀合而爲一

便去婦自負顛山販陶器爲業有贏餘則施丐者一夕
與鄰婦語忽起曰小腹微痛想孽障欲離身也遂去天
明往探之則見其肩荷釀酒巨甕二方將入門隨至其
室則有嬰兒繃臥駭問之蓋娩後已負重百里矣故與
北菴尼善訂爲姊妹後聞尼有穢行忿然操杖將復撻
楚衆苦勸而止一日遇尼於途遽批之問何罪亦不荅
拳石交施至不能號乃釋而去
異史氏曰世言女丈夫猶自知非丈夫也婦並忘其爲
巾幗矣其豪爽自快於古劍仙何以少殊毋亦其夫亦

唐小說聶隱娘傳隱娘之夫乃市上磨鏡者

蒼松有名五粒者下有茯苓見五代史記獨行傳

陳遼東人貢士順治四年宰淄九年拾遺

郎磨鏡者流耶

郭安

孫五粒有僮僕獨宿一室恍惚被人攝去至一宮殿見閻羅在上視之曰悞矣此非是因遣送還既歸大懼移宿他所遂有僚僕郭安者見其榻空閒因就寢焉又一僕李祿與僮有夙怨久將甘心是夜操刀入捫之以爲僮也竟殺之郭父鳴於官時陳其善爲邑宰殊不苦之郭哀號言半生止此子今將何以聊生陳即判李祿爲己之子郭含冤而退此不奇於僮之見鬼而奇於陳

名凝浙江德清人順治己丑進士官新城知縣謫大庾典史

罵老糊塗

之折獄也

王漁洋云新城令陳端菴凝性仁柔無斷王生與哲典居宅於人久不給直訟之官陳不能決但曰毛詩有云維鵲有巢維鳩居之生爲鵲可也濟之西邑有殺人者其婦訟之邑令慈立拘凶犯至拍案罵曰人家好好夫婦直令寡耶即以汝配之亦令汝妻守寡遂判合之此等明決皆是甲榜所爲他途不能也而陳亦爾爾何途無才

甲榜指陳凝何途指陳其善

查牙山洞

章邱查牙山有石窟如井深數尺許北壁有洞門伏而引頸望見之會近村數輩九日登臨飲其處共謀入探之三人受燈縋而下洞高廠與夏屋等入數武稍狹即忽見底底際一竇蛇行始可入燭之漆漆然暗深不測兩人餒而卻退一人奪之火而嗤之銳身塞而進幸隘處僅容於堵即又頓高濶乃立乃行頂上石參差危聳將墮不墮兩壁嶙嶙峋峋然類寺廟山塑都成鳥獸人鬼形鳥若飛獸若走人若坐若立鬼罔兩示現忿怒奇奇怪怪類多醜少妍心凜凜然作怖畏喜徑夷無少跛

逡巡幾百步西壁開石室門左一怪石鬼面人而立目努口箕張齒舌獰惡左手作拳觸腰際右手叉五指欲撲人心大恐毛森森以立遙望門中有爇灰知有人曾至焉者膽乃稍壯强入之見地上列㿮殘泥垢其中然皆近今物非古窖也旁置錫壺四心利之解帶縛項繫腰開卽叉旁矚一尸臥西隅兩肱及股四布以橫骸極嶄窨之足躡銳屣梅花刻底猶存知是少婦人不知何里甕不知何年衣色暗敗莫辨青紅髮蓬蓬似筐許亂絲粘著髑髏上目鼻孔各二瓠犀兩行白巉巉意是口

也、存想首顛、當有金珠飾、以火近腦、似有口氣噓燈、燈搖搖無定、燄纏黃衣、動掀掀、大懼、手搖顫、燈即頓滅、憶路急奔、不敢手索壁、恐觸鬼者物也。頭觸石仆、即復起、冷溼浸頷頰、知是血、不覺痛、抑不敢呻、岔息奔至竇、方將伏、似有人捉髮住、暈然遂絕。衆坐井上俟久、疑之、又縋二人下、探身入竇、見髮胃石上、血淫淫已殭、二人火色、不敢入、坐愁歎、俄井上又使二人下、中有勇者、始健進。曳之以出、置山上、半日方甦、言之縷縷、所恨未窮其底。極窮之、必更有佳境也。後章令聞之、以丸泥封竇、不

石鍾乳大熱有毒見本州
天下都散漢鍾離權 五字
宜興銅官山 有此題名
同乎稗官小說英烈元將
赤福壽云云 元史明史作
元御史大夫福壽曾官達
魯花赤守集慶路死之
元室忠臣
又晉潘岳字安仁
宋潘美
今岳曰潘安而潘美硬
加一仁字皆耳食者守不可
破

可復入矣。

康熙二十六七年間，養母峪之南石崖崩，現洞口。望之，鍾乳林林，如密筍然，深險無敢入者。忽有道士至，自稱鍾離弟子，言師遣先至，糞除洞府。郡人供以膏火，道士攜之而下，墮石筍上，貫腹而死。報令，令封其洞。其中必有奇境，惜道士之尸解無回音矣。故作潧語解頤

義犬

周村有賈某貿易蕪湖，獲重貲，賃舟將歸，見堤上有屠人縛犬，倍價贖之，豢養舟上。舟人固積寇也，窺客裝豐，

蕩舟入莽，操刀欲殺。賈哀賜以全尸，盜乃以氈裹置江中。犬見之，哀鳴投水，口銜裹具，與共沉浮，流蕩不知幾達淺擱乃止。犬泅出，至有人處，狺狺哀吠。或以爲異，從之而往，見氈束水中，引出斷其繩。客固未死，始言其情。復哀舟人載還蕪湖，將以伺盜船之歸。登舟失犬，心甚悼焉。抵關三四日，估檣如林，而盜船不見。適有同鄉賈將攜俱歸，忽犬自來，望客鳴嗥，喚之卻走。客下舟趁之，犬奔上一舟，嚙人脛股，撻之不解。客近呵之，則所嚙即前盜也。衣服與舟皆易，故不得而認之矣。縛而搜之，則

諷世良深

楊湖北應山人明移宮二案幸先生与左忠毅而定後為客魏等誣罪陷害崇正初贈官賜謚明史有傳先生曾為常熟知縣吳門名宦祠及名賢祠有栗主虞山有專祠

囊金猶在嗚呼一犬也而報恩如是世無心肝者其亦愧此犬也夫

楊大洪

大洪楊先生漣微時爲楚名儒自命不凡科試後聞報優等者時方食含哺出問有楊某否荅以無不覺嗒然自喪嚥食入鬲遂成病塊噎阻甚苦衆勸令赴遺才錄公患無貲衆醵十金送之行乃强就道夜夢一人告之曰前途有人能愈君病宜苦求之臨去贈以詩有江邊柳下三弄笛抛向江中莫歎息之句明日途次果見

道士坐柳下、因便叩請道士、笑曰、子悞甚矣、我何能療病乎、請爲三弄可耳、因出笛吹之、公觸所夢、拜求益切、且傾囊獻之、道士接金、擲諸江流、公以所來不易、啞然驚惜、道士曰、君未能恝然耶、金在江邊、請自取之、公詣視、果然、又益奇之、呼爲仙、道士漫指曰、我非仙、彼處仙人來矣、賺公回顧、力拍其項曰、俗哉、公受拍、張吻作聲、喉中嚧出一物、墮地堛然、俯而破之、赤絲中裹飯猶存、病若失、回視道士已杳、

異史氏曰、公生爲河嶽、沒爲日星、何必長生、乃爲不死

杞園名貞康熙壬子拔
貢舉人授待詔

高名鳳翰号南阜山人
以諸生薦官歙縣丞

哉或以未能免俗不作天仙因而爲公悼惜余謂天上多一仙人不如世上多一聖賢解者必不議余說之偏也

杞園工篆刻有印譜

張貢士

山東

安邱張貢士寢疾仰臥牀頭忽見心頭有小人出長僅半尺儒冠儒服作俳優狀唱崑山曲音清徹說白自道名貫一與巳同所唱節末皆其生平所遭四折既畢吟詩而沒張猶記其梗概爲人述之高西園晤杞園先生曾細詢之猶述其曲文惜不能全憶

飴同貽

素食素飯

丐仙

高玉成，故家子，居金城之廣里。善針灸，不擇貧富輒醫之。里中來一丐者，脛有廢瘡，臥於道，膿血狼籍，臭不可近。居人恐其死，日一飴之。高見而憐焉，遣人扶歸，置於耳舍。家人惡其臭，掩鼻遙立。高出艾，親爲之灸，日餉以蔬食。數日，丐者索湯餅。僕人怒訶之。高聞，卽命僕賜以湯餅。未幾，又乞酒肉。僕走告曰：乞人可笑之甚！方其臥於道也，日求一餐不可得；今三飯猶嫌粗糲，旣與湯餅，又乞酒肉。此等貪饕，只宜仍棄之道上耳。高問其瘡，曰：

士夫尚不識何况奴僕

痂漸脱落纔能步履顧假蹀躞作呻楚狀高曰所費幾何郎以酒肉饋之待其健或不吾讎也僕僞諾之而竟不與且與諸曹偶語其笑主人癡次日高親詣視丐丐跛而起謝曰蒙君高義生死人而肉白骨惠深覆載但新瘥未健妄思饞嚼耳高知前命不行呼僕痛詈之立命持酒炙餌丐者僕銜之夜分縱火焚耳舍乃故呼號高起視舍已燼歎曰丐者休矣督衆救滅見丐者酣臥火中鼾聲雷動喚之起故驚曰屋何往羣始驚其異高彌重之臥以客舍衣以新衣日與同坐處問其姓名自

言陳九居數日容益光澤言論多風格又善手談高與
對局輒敗乃日從之學頗得其奧秘如此半年西者不
言去高亦一時少之不樂也郎有貴客來亦必借之同
飲或擲骰爲令陳每代高呼采雉盧無不如意高大奇
之每求作劇輒辭不知一日語高曰我欲告别向受君
惠且深今薄設相邀勿以人從也高曰相得甚歡何遽
訣絶且君杖頭空虛亦不敢煩作東道主陳固邀之曰
盃酒耳亦無所費高曰何處荅云園中時方嚴冬高慮
園亭苦寒陳固言不妨乃從如園中覺氣候頓暖似三

月初又至亭中益暖異鳥成羣亂啼清咏髣髴暮春時
亭中几案皆鑲以瑙玉有一水晶屏瑩徹可鑑中有花
樹搖曳開落不一又有白禽似雪往來勾輈於其上以
手撫之殊無一物高愕然良久坐見鸜鴒棲架上呼曰
茶來俄見朝陽丹鳳銜一赤玉盤上有玻璃琖二盛香
茗伸頸屹立飲已置琖其中鳳銜之振翼而去鸜鴒又
呼曰酒來即有青鸞黃鶴翩翩自日中來銜壺銜盃紛
置案上頃之則諸鳥進饌往來無停趐珍錯雜陳瞬息
滿案肴香酒冽都非常品陳見高飲甚豪乃曰君宏量

大垂手小垂手反覆
貼地諸舞今失傳

是得大爵鸜鵒又呼曰取大爵來忽見日邊烱烱有巨蝶攫鸚鵡盃受斗許翔集案間高視蝶大於雁兩翼綽約文采燦麗亟加贊歎陳喚曰蝶子勸酒蝶展然一飛化爲麗人繡衣翩躚前而進酒陳曰不可無以佐觴女乃仙仙而舞舞到酣際足離於地者尺餘輒仰折其首直與足齊倒翻身而起立身未嘗著於塵埃且歌曰連翩笑語踏芳叢低亞花枝拂面紅曲折不知金鈿落更隨蝴蝶過籬東餘音嫋嫋不啻繞梁陳大喜拉與同飲陳命之坐亦飲之酒陳酒後心搖意動遽起狎抱視之

則變爲夜叉睛突於背牙出於喙黑肉凹凸怪惡不可狀高驚釋手伏几戰慄陳以箸擊其喙訶曰速去隨擊而化又爲蝴蝶飄然颺去高驚定辭出見月色如洗漫語陳曰君旨酒嘉肴來自空中君家當在天上盍攜故人一遊陳曰可郎與攜手躍起遂覺身在空冥漸與天近見有高門口圓如井入則光明似晝堦路皆蒼石砌成滑潔無纖翳有大樹一株高數丈上開赤花大如蓮紛紜滿樹下一女子擣絳紅之衣於砧上艷麗無雙高木立睛停竟忘行步女子見之怒曰何處狂郎妄來此

高心地明爽誠慤自有仙根故能于風塵乞丐中得真仙

處輒以杵投之中其背陳急曳於虛所切責之高被杵酒亦頓醒殊覺汗愧乃從陳出有白雲接於足下陳曰從此別矣有所囑慎志勿忘君壽不永明日速避西山中當可免高欲挽之反身竟去高覺雲漸低身落園中則景物大非歸與妻子言共相駭異視衣上著杵處異紅如錦有奇香早起從陳言裹糧入山大霧障天茫茫然不辨徑路躡荒急奔忽失足墮雲窟中覺深不可測而身幸不損定醒良久仰見雲氣如籠乃自歎曰仙人令我逃避大數終不能免何時出此窟耶又坐移時見

脫胎燭柯

誶賦催租今之糧差

深處隱隱有光遂起而漸入則别有天地有三老方對
奕見高至亦不顧問棋不輟高蹲而觀焉局終斂子入
盒方問客何得至此高言迷墮失路老者曰此非人間
不宜久淹我送君歸乃導至窟下覺雲氣擁之以昇遂
履平地見山中樹色深黄蕭蕭木落似是秋杪大驚曰
我以冬來何變暮秋奔赴家中妻子盡驚相聚而泣高
訝問之妻曰君去三年不返皆以爲異物矣高曰異哉
纔頃刻耳於腰中出其糗糧已若灰燼相與詫異妻曰
君行後我夢二人皁衣閃帶似誶賦者洶洶然入室張

兩言極醒

顧曰彼何往我訶之曰彼已外出爾即官差何得入閨閨中二人乃出且行且語云怪事怪事而去乃悟已所遇者仙也妻所夢者鬼也高每對客衷衿衣於內滿座皆聞其香非麝非蘭著汗彌盛

耳中人

譚晉元邑諸生也篤信導引之術寒暑不輟行之數月若有所得一日方趺坐聞耳中小語如蠅曰可以見矣開目即不復聞合眸定息又聞如故謂是丹將成竊喜自是每坐輒聞因思俟其再言當應以覘之一日又言

乃微應曰：可以見矣。俄覺耳中習習然，似有物出。微睨之，小人長三寸許，貌獰惡如夜叉狀，旋轉地上。心竊異之，姑凝神以觀其變。忽有鄰人假物，扣門而呼。小人聞之，意張皇，遶屋而轉，如鼠失窟。譚覺神魂俱失，不復知小人何所之矣。遂得顛疾，號叫不休。醫藥半年，始漸愈。

咬鬼

沈麟生云：其友某翁者，夏月晝寢，朦朧間見一女子搴簾入，以白布裹首，縗服麻裙，向內室去。疑鄰婦訪內人者；又轉念：何遽以凶服入人家？正自皇惑，女子已出。細審之年可三十餘顏色黃腫眉目蹙蹙然神情可畏又逡巡不去漸逼臥榻遂偽睡以覘其變無何女子攝衣登牀壓腹上覺如百鈞重心雖了了而舉其手手如縛舉其足足如痿也急欲號救而苦不能聲女子以喙嗅翁面顴鼻眉額殆徧覺喙冷如冰氣寒透骨翁窘急中思得計待嗅至頤頰當即因而齕之未幾果及頤翁乘勢力齕其顴齒沒於肉女負痛身離且掙且啼翁齕益力但覺血液交頤溼流枕畔相持正苦庭外忽聞夫人聲急呼有鬼一緩頰而女子已飄忽遁去夫人奔入無

所見笑其魘夢之誣。翁述其異，且言有血證焉。相與檢視，如屋漏之水流枕浹席。伏而嗅之，腥臭異常。翁乃大吐。過數日，口中尚有餘臭云。

捉狐

孫翁者，余姻家清服之伯兄也。素有膽。一日晝臥，髣髴有物登牀，遂覺身搖搖如駕雲霧。竊意無乃魘狐耶？微窺，物大如貓，黃尾而碧嘴，自足邊來，蠕蠕伏行，如恐翁寤。逡巡附體：著足足痿，著股股耎。甫及腹，翁驟起，按而捉之，握其項。物鳴急，莫能脫。翁急呼夫人，以帶縶其腰。

乃執帶之兩端笑曰闘汝善化今注目在此看作如何化法言次物忽縮其腹細如管幾脫去翁大懼急力縛之則又鼓其腹粗如椀堅不可下力稍懈又縮之翁悉其脫命夫人急殺之夫人張皇四顧不知刀之所在公左顧示以處比回首則帶在手如環然物已渺矣

斫蟒

胡田村胡姓者兄弟采樵深入幽谷遇巨蟒兄在前爲所吞弟初駭欲奔見兄被噬遂奮怒出樵斧斫蟒首首傷而吞不已然頭雖已沒而肩際不能下弟急極無計

大矣昆岡玉石俱焚

乃兩手持兒足力與蟒爭竟曳兒出蟒亦負痛去視兒則鼻耳俱化奄將氣盡肩負以行途中凡十餘息始至家醫養半年方愈至今面目皆瘢痕鼻耳處惟孔存焉噫農人中乃有翁翁如此者哉或言蟒不爲害乃德義所感信然

野狗

于七之亂殺人如麻鄉民李化龍自山中竄歸值大兵宵進恐罹炎崐之禍急無所匿僵臥於死人之叢詐作尸兵過既盡未敢遽出忽見闕頭斷臂之尸起立如林

一尸斷首猶連肩上、口中作語曰、野狗子來、奈何、羣尸參差應曰、奈何、俄頃、忽然而倒、遂寂無聲、李方驚顫（音戰）欲起、有一物來、獸首人身、伏齧人首、徧吸其腦、李懼、匿首尸下、物來撥李肩、欲得李首、李力伏、俾不可得、物乃推覆尸而移之、首見、李大懼、手索腰下、得巨石如椀、握之、物俯身欲齕、李驟起大呼、擊其首、中嘴、物嗥如鴟、掩口負痛而奔、吐血道上、就視之、於血中得二齒、中曲而端銳、長四寸餘、懷歸以示人、皆不知其何物也、

狐入瓶

萬村石氏之婦祟於狐患之而不能遣屏後有瓶每聞婦翁來狐輒遁匿其中婦窺之熟暗計而不言一日竄入婦急以絮塞其口置釜中燂湯而沸之瓶熱狐呼曰熱甚勿惡作劇婦不語號益急久之無聲拔塞而驗之毛一堆血數點而已

于江

鄉民于江父宿田間為狼所食江時年十六得父遺履悲恨欲死夜俟母寢潛挾鐵錘去眠父死處冀報父讎少間一狼來逡巡嗅之江不動無何搖尾掃其額又漸

俯首舐其股江迄不動既而懽躍直前將齕其額領江急以錘擊狼腦立斃起置草中少間又一狼來如前狀又斃之臥至中夜杳無至者忽小睡夢父曰殺二物足洩我恨然首殺我者其鼻白此都非是江醒堅臥以伺之既明無所復得欲曳狼歸恐驚母遂投諸眢井而歸至夜復往亦無至者如此三四夜忽一狼來齧其足曳之以行行數步棘刺肉石傷膚江若死者狼乃置之地上意將齕腹江驟起錘之仆又連錘之斃細視之真白鼻也大喜負之以歸始告母母泣從去探眢井得二狼

九流百家有農家者流
孟子神農之言許行即
農家者流也

焉

異史氏曰農家者流乃有此英物耶義烈發於血誠非直勇也智亦異焉

真定女

真定界有孤女方六七歲收養於夫家相居一二年夫誘與交而孕腹膨膨而以為病也告之母母曰動否曰動又益異之然以其齒太穉不敢決未幾生男母歎曰不圖拳母竟生雛兒

焦螟

董訥字兹重平原人康熙丁未探花官兵部尚書
孫名光祀号溯王平陰人順治乙未進士官兵部侍郎
未臨朝各官待漏宮门

董侍讀默菴家爲狐所擾，瓦礫磚石，忽如雹落，家人相率奔匿，待其間歇，乃敢出操作。公患之，假祚庭孫司馬第移避之，而狐擾猶故。一日，朝中待漏，適言其異，大臣或言關東道士焦螟居内城，總持勅勒之術，頗有效。公造廬而請之。道士朱書符，使歸粘壁上。狐竟不懼，拋擲猶加焉。公復告道士。道士怒，親詣公家，築壇作法。俄見一巨狐伏壇下。家人受虐已久，銜恨綦深，一婢近擊之，婢忽仆地氣絶。道士曰：此物猖獗，我尚不能遽服之，女子何輕犯爾爾。旣而曰：可借鞫狐詞，亦得。戟指咒移時，婢忽起長跪道士詰其里居婢作狐言我西域產入都者一十八輩道士曰輦轂下何容爾輩久居可速去狐不荅道士擊案怒曰汝欲梗吾令耶再若遷延法不汝宥狐乃蹙怖作色願謹奉教道士又速之婢又仆絕良久始甦俄見白塊滚滚如毬附簷際而行次第追逐頃刻俱去由是遂安

宅妖

長山李翁大司寇之姪也宅多妖異嘗見廈有春櫈肉紅色甚修潤李故以無此物近撫按之隨手而曲殆如

此俗所謂太歲也魏土兒蓄病者云地上新鋪磚不集瓦不平用木撅築之血水濺衣大駭而仆他人來扶之入內醒後令人視之已平如常病者遷延兩日而死識者曰太歲在地中行其人偶見之故不及犯之必死

內硬駭而卻走旋回視則四足移動漸入壁中又見壁倚白梃潔澤修長近扶之膩然而倒委蛇入壁移時始沒康熙十七年王生俊升設帳其家日暮燈火初張生著履臥榻上忽見小人長三寸許自外入略一盤旋即復去少頃荷二小櫈設堂中宛如小兒輩用粱䕸心所製者又頃之二小人舁一棺入僅長四寸許停置櫈上安厝未已一女子率厮婢數人來率細小如前狀女子衰衣麻絰束腰際布裹首以袖掩口嚶嚶而哭聲類巨蠅生睥睨良久毛森立如霜被於體因大呼遽走顛趺

修道家吐故納新煉氣辟穀

下。搖撼莫能起。館中人聞聲畢集。堂中人物杳然矣。

靈官

狐

朝天觀道士某。喜吐納之術。有翁假寓觀中。適同所好。遂爲元友。居數年。每至郊祭日。輒先旬日而去。郊後乃返。道士疑而問之。翁曰。我兩人莫逆。可以實告。我狐也。郊期至。則淸穢。我無所容。故行遯耳。又一年。及期而去。久不復返。疑之。一日忽至。因問其故。荅曰。我幾不復見子矣。曩欲遠避。心頗怠。視陰溝甚隱。遂潛伏卷甕下。不意靈官糞除至此。瞥爲所睹。憤欲加鞭。余懼而逃。靈官追逐甚急，至黃河上，瀕將及矣。大窘無計，竄伏澗中，神惡其穢，始返身去。既出，臭惡沾染，不可復遊人世，乃投水自濯訖，又蟄隱穴中，幾百月，垢濁始淨。今來相別，兼以致囑：君亦宜引身他去，大刧將來，此非福地也。言已，辭去。道士依言別徙。未幾而有甲申之變。

公集初刻於明末汲古閣本

公初名金耀，与弟皆有集傳世

相傳崇正癸未榜發，黃忠節公淳耀生寓早起，見一人坐對廳屋脊上，白髮長鬚，身僅一二尺，知是妖，而何敢見于日間？其時曰鄉多墨好宄盈廷，公知國運殆，妖孽敢于晝現，不俟殿試即南歸，殉節於順治二年，與弟淵耀同死。

聊齋志異卷十五終

三月十七日宗拔

聊齋志異卷十六

淄川　蒲松齡　留仙　著

新城　王士正　貽上　評

細侯

昌化滿生設帳于餘杭偶步塵市經臨街閣下忽有荔殼墜肩頭仰視一雛姬凭閣上妖姿要妙不覺注目發狂姬俯哂而入詢之知爲倡樓賈氏女細侯也其聲價頗高自顧不能適願歸齋冥想終宵不寐明日往投以刺相見言笑甚懽心志益迷托故假貸同人斂金如干

攜以赴女款洽臻至郎枕上口占一絕贈之云膏膩銅盤夜未央牀頭小語麝蘭香新鬟明日重妝鳳無復行雲夢楚王細侯蹙然曰妾雖污賤每願得同心而輒之君既無婦視妾可當家否生大悅郎叮嚀堅相約細侯亦喜曰吟咏之事妾自謂無難每於無人處欲倣作一首恐未能便佳爲覯聽所譏倘得相從幸教妾也因問生家田產幾何答曰薄田半頃破屋數椽而已細侯曰妾歸君後當常相守勿復設帳爲也四十畝聊作自給十畝可以種桑織五匹絹納太平之稅有餘矣閉戶相

恭官罷任

落拓同落托音相類

對君讀妾織則詩酒可遣千戶侯何足貴生曰卿身價畧可幾多曰依媼貪志何能盈也多不過二百金足矣可恨妾齒稚不知重貲財得輒歸母所私蓄者區區無多君能辦百金過此即非所慮生曰小生之落寞卿所知也百金何能自致有同盟友令於湖南屢相見招僕以道遠故憚於行今爲卿故當往謀之計三四月可以歸復幸耐相俟緗俟諾之生即棄館南遊至則令以罣悞免官僦居民舍宦囊空虛不能爲禮生落魄難返就邑中授徒焉三年莫能歸偶笞弟子弟子自溺死東翁

椎髻布帬　漢孟光

痛子而訟其師因被逮囹圄幸有他門人憐師無過時致饋遺以是得無苦細侯自别生杜門不交一客毋詰知故不可奪亦姑聽之有富賈某慕細侯名托媒於媪務在必得不惜直細侯不可賈以負販詣湖南敬偵生耗時獄已將解賈以金賂當事使久錮之歸告媪云生已瘐死細侯疑其信不確媪曰無論滿生已死或縱不死與其從窮措大以椎布而終也何如衣錦而厭粱肉乎細侯曰滿生雖貧其骨清也守齷齪商誠非所願且道路之言何足憑信賈又轉囑他商假作滿生絕命書

義俠之氣浡然必斬去
形出方免葛藤決烈
可敬

寄細侯以絕其望、細侯得書、惟朝夕哀哭、媼曰、我自幼於汝撫育良劬、汝成人三年、所得報者自亦無多、既不願隸籍、即又不嫁、何以謀生活、細侯不得已、遂嫁賈、賈衣服簪珥供給豐侈、年餘生一子、無何生得門人力昭雪而出、始知賈之錮己也、然念素無郤、反復不得其由、門人義助資斧以歸、既聞細侯已嫁、心甚激楚、因以所苦託市媼賣漿者達細侯、細侯大悲、方悟前此多端、悉賈之詭謀、乘賈他出、殺抱中兒、攜所有亡歸滿、凡賈家服飾一無所取、賈歸、怒質於官、官原其情、置不問、嗚呼、

韓非子玉卮無當雖貴弗寶　當抵也言無底也

壽亭侯之歸漢亦復何殊顧殺子而行亦天下之忍人也

劍俠傳一女依士人生一女欲隱去云見棄此又似之所謂斷其所愛也

真生

陝西　狐

長安士人賈子龍偶過鄰巷見一客風度洒如問之則真生咸陽僦寓者也心慕之明日往投刺適值其亡凡三謁皆不遇乃陰使人窺其在舍而後過之真走避不出賈搜之始出促膝傾談大相知悅賈就逆旅遣童行沽真又善飲能雅謔樂甚酒欲盡真搜篋出飲器玉卮無當注杯酒其中盎然已滿以小琖取入壺並無少減

既丟神通又吝其術

賈為人洒落天真故乃
仙緣

賈畢之堅求其術眞曰我不願相見者君無他短但貪心未淨耳此乃仙家隱術何能相授賈曰寃哉我何貪間萌奢想者徒以貧耳一笑而散由是往來無間形骸盡忘每值乏窘眞輒出黑石一塊吹呪其上以磨瓦礫立刻化爲白金便以贈生僅足所用未嘗贏餘賈每求益眞曰我言君貪如何如何賈思明告必不可得將乘其醉睡竊石而要之一日飲既臥賈潛起捜之衣底眞覺之曰子眞喪心不可處矣遂辭別移居而去後年餘賈遊河干見一石瑩潔絕類眞物拾之珍藏若寶過

挾制

唐裴度為諸生時拾得玉帶還主見芝田錄」
「度狀渺小相見決其不貴題而餓死後以還帶活人有陰德復遇相者曰君陰騭紋滿面前程萬里不可知也

管仲鮑叔事見史記管仲傳齊世家

數日，眞忽至，卹然若有所失。賈慰問之。眞曰：「君前所見，乃仙人點金石也。曩從抱眞子游，彼憐我介，以此相貽。醉後失去，隱卜當在君所。如有還帶之恩，不敢忘報。」賈笑曰：「僕生平不敢欺友朋，誠如所卜。但知管仲之貧者，莫如鮑叔，君且奈何？」眞請以百金爲贈。賈曰：「百金非少，但授我口訣，一親試之，無憾矣。」眞恐其寡信。賈曰：「君是仙人，豈不知賈某寧失信於朋友者哉！」眞授其訣。賈顧砌上有巨石，將試之。眞掣其肘，不聽前。賈乃俯掬半甎，置砧上曰：「若此者，非多耶？」眞乃聽之。賈不磨甎，磨砧。眞

後漢書馬援傳
漢馬援曰凡殖貨產貴
能施賑也否則守財虜
耳國初功令凡虜字作
鹵夷字作彝今武夷
山作武彝

有道之言

變色欲與爭而砧已化爲渾金反石於眞眞乃嘆曰業
如此復何言然妾以福祿加人必遭天譴如逭我罪施
材百具絮衣百領肯之乎賈曰僕所以欲得錢者原非
欲窖藏之也君尚視我爲守財虜耶眞喜而去賈得金
且施且賈不三年施數已滿眞忽至握手曰君信義人
也別後福神奏帝削去仙籍蒙君博施今幸以功德削
罪願勉之勿替也賈問眞係天上何曹曰我乃有道之
狐耳出身綦微不堪孽累故生平自愛不敢妄作賈爲
設酒遂與懽飲如初賈至九十餘狐猶時至其家

博施濟
衆論語

字良箴

不謂出於
狐之口人
亦不愧耶

信州出砒石金頂者性尤烈大毒含之殺人外科中嘗棄間或用之人諱砒曰信

長山某賣解信藥郎垂危灌之無不活然秘其方郎戚好不傳也一日以株累被逮妻弟餉食獄中隱置信焉坐待食已而後告之甲不信少頃腹中潰動始大驚罵曰畜産速行家中雖有藥末恐道遠難俟急於城中物色薜荔爲末清水一琖速將來妻弟如其教迨覓至某已嘔瀉欲死急投之立刻而安其方自此遂傳此亦猶狐之藏其石也

湯公　神佛

湯公名聘辛丑進士抱病彌留忽覺下部熱氣漸升而

佛經云魂魄離殼從頂出者爲上下竅出者爲下

上至股則足死至腹則股又死至心心之死最難凡自童稚以及瑣屑久忘之事都隨心血來一一潮過如一善則心中清靜寧帖一惡則懊憹煩燥似油沸鼎中其難堪之狀口不能言似之猶憶七八歲時曾採雀雛而斃之只此一事心頭熱血潮湧食頃方過直待生平所爲一一潮盡乃覺熱氣縷縷然穿喉入腦自頂顛出騰上如炊踰數十刻許魂乃離竅忘軀殼矣而渺渺無歸漂泊郊路間一巨人來高幾盈尋掇拾之納諸袖中入袖則疊肩壓股其人甚夥𤺺惱悶氣殆不可過公頓思

惟佛能解厄因宣佛號纔三四聲飄墮神外巨人復納之三納三墮巨人乃去之公獨立徬徨未知何往之善憶佛在西土乃遂西無何見路側一僧趺坐趨拜問途僧曰凡士子生死錄文昌及孔聖司之必兩處勾名乃可他適公問所居僧示以途奔赴無幾至聖廟見宣聖南面坐拜禱如前宣聖言名籍之落仍得帝君因指以途公又趨之見一殿閣如王者居俯身入果有神人如世所傳帝君狀伏祝之帝君檢名曰汝心誠正宜復有生理但皮囊腐矣非菩薩莫能爲力因指示令急往公

莊嚴 金剛經句
金容 見梁简文集

從其教，俄見茂林脩竹，殿宇華好。入之，則見螺髻莊嚴，
金容滿月，瓶浸楊柳，翠碧垂條。公肅然稽首，拜述帝君（聖教序句）
言。菩薩難之。公哀禱不已。傍有尊者白言：「菩薩施大法
力，撮土可以為肉，折柳可以為骨。」菩薩即如所請，手斷
柳枝，傾瓶中水，合淨土為泥，捐附公體。使童子攜送靈
所，推而合之。棺中呻動，家人駭集，扶而出之，霍然病已。
計氣絕已斷七矣。

王貨郎（鬼）

濟南業酒人某翁，遣子小二如齊河索貰（音世）債。出西門，見

兄阿大時大死已久二驚問哥那得來答云冥府一疑案須弟一證之二作色怨訕大指後一人如皂狀者曰官役在此我豈自由耶但引手招之不覺從去晝夜狂奔至太山下忽見官衙方將並入見羣衆紛出皂拱問事何如矣一人曰勿須復入結矣皂乃釋令歸大憂弟無資斧皂思良久即引二去走二三十里入村至一家檐下囑云如有人出便使相送如其不肯便道王貨郎言之矣遂去二冥然而僵既曉第主出見人死門外大駭守移時微蘇扶入餌之始言里居即求資送主人難

前記女能相能醫此記女
能堪輿皆諷世
抱朴子青烏黄帝弟
子又黄帝時有青烏
子善相地理帝向之
以制经
文獻通攷秦乃青烏子
著青烏经

之二如皂言主人驚絶急賃騎送之以歸償之不受問其故亦不言别而去

堪輿

沂州宋侍郎君楚家素尚堪輿郎閨閤中亦能讀其書解其理宋公卒兩公子各立門戶爲父卜兆聞有善青烏之術者不憚千里爭羅致之於是兩門術士召致盈百日日連騎徧郊野東西分道出入如兩旅經月餘各得牛眠地此言封侯彼云拜相（見晋書周訪傳）兄弟兩不相下因負氣不爲謀並營壽域錦棚彩幢兩處俱備靈輿至岐路兄

弟兄何愚謬若此反襯
閨中兗若之賢而和也

弟各率其屬以爭自晨至於日昃不能決賓客盡引去舁夫幾十易肩困憊不舉枢與委柩路側因止不葬鳩工構廬以蔽風雨兄建舍於旁留役居守弟亦建舍如兄兄再建之弟又建之三年而成村焉積多年兄弟繼逝嫂與娣始合謀力破前人水火之議並卒入野視所擇兩地並言不佳遂同偕聘贄請術人另相之每得一地必具圖呈閨闥判其可否日進數圖悉疵摘之旬餘始卜一域嫂覽圖喜曰可矣示娣娣曰是地當先發一武孝廉葬後三年公長孫果以武產領鄉薦

宛若 即拂拭抽理

簁 掃帚

異史氏曰青烏之術或有其理而癖而信之則癡矣況負氣相爭委柩路側其於孝弟之道不講奈何冀以地理福兒孫哉如閨中宛若賢雅而可傳者矣

竇氏

南三復晉陽世家也有别墅去所居十里餘每馳騎日一詣之適遇雨途中有小村見一農人家門内寬厰因投止焉近村人故皆威重南少頃主人出邀跼蹐甚恭入其舍如斗客既坐主人始操篲殷勤氾掃既而潑蜜爲茶命之坐始敢坐問其姓名自言廷章姓竇未幾進

氾音泛 氾音似 氾掃洒水而掃以避塵

酒烹雛給奉周至有笄女行炙時止戶外稍稍露其半
體年十五六端妙無比南心動雨歇既歸繫念綦切越
日具粟帛往酬借此階進自後常一過竇時攜肴酒相
與留連女漸稔不甚忌避輒奔走其前睨之則低鬟微
笑南益惑焉無三日不往者一日值竇不在坐良久女
出應客南捉臂狎之女慙急峻拒曰奴雖貧要嫁何貴
倨凌人也時南失偶便揖之曰倘獲憐眷定不他娶女
要誓南指矢天日以堅永約女乃允之自此爲始瞰竇
他出即過繾綣女促之曰桑中之約不可長也日在帡

始亂終弃必致釀成人命

慘不忍卒讀何殘忍至此

幪之下倘肯賜以姻好父母必以爲榮當無不諧宜速爲計南諾之轉念農家豈堪匹耦姑假其詞以因循之會媒來爲議姻於大家初尚躊躇既聞貌美財豐志遂决女以體孕催併益急南遂絶迹不往無何女臨蓐産一男父怒搒女女以情告且言南要我矣竇乃釋女使人問南南立却不承竇乃棄兒益扑女女暗哀鄰婦告南以苦南亦置之女夜亡視棄兒猶活遂抱以奔南款關而告閽者曰但得主人一言我可不死彼即不念我寧不念兒耶閽人具以達南南戒勿內女倚戶悲啼五

鬼奪女之魄矣

鬼已附女之身矣

更始不復聞質明視之女抱兒坐僵矣寶忿訟之上官悉以南不義欲罪南南懼以千金行賂得免大家夢女披髮抱子而告曰必勿許負心郎若許我必殺之大家貪南富卒許之既親迎奩妝豐盛新人亦娟好然善悲終日未嘗睹歡容枕席之間時復有涕洟問之亦不言過數日媼翁來入門便淚南未遑問故相將入室見女而駭然曰適於後園見吾女縊死桃樹上今房中誰也女聞言色暴變仆然而死視之則寶女急至後園新婦果自經死駭極往報寶寶發女冢棺啓尸亡前忿未蠲

大家謬極

亦奇

蠲同捐

厲鬼受幻非冢破人亡產盡其怨氣不消

前明屢有朝廷點秀女之訛言此書中屢言之

古有搜掘發屋歸犒边庭將士明太祖初政有之

又是鬼之為厲不死不休鬼又附此女身惡極

心中挪作數日惡見晉書謝安傳

倍益憐愍復訟於官官以其情幻擬罪未决南又厚餌竇京合休結官亦受其賕囑乃飭而南家自此稍替又以巢迹傳播數年無敢字者南不得已遠於百里外聘曹進士女未及成禮會民間訛傳朝廷將選良家女充掖庭以故有女者悉送歸夫家一日有嫗導一輿至自稱曹家送女者扶女入室謂南曰選嬪之事已急倉卒不能如禮且送小娘子來問何無客曰薄有奩妝相從在後耳嫗草草逕去南視女亦風致遂與諧笑女俛頸引帶神情酷類竇女心中作惡第未敢言女登榻引被

無迷親者

而者难詞

乃者难而又難之詞見公羊傳

律發冢見尸者絞

障首而眠。亦謂是新人常態，弗爲意。日斂昏，曹人不至，始疑。將被問女，而女已奄然冰絶。驚怪，莫知其故，馳伻告曹。曹竟無送女之事。相傳爲異。時有姚孝廉女新葬，隔宿爲盜所發，破棺失尸。聞其異，詣南所徵之，果其女。啓衾一視，四體裸然。姚怒，質狀於官。官以南屢無行，懲之，坐發冢見尸，論死。

異史氏曰：始亂之而終成之，非德也；況誓於初而絶於後乎？撻於室，聽之；哭於門，仍聽之：抑何其忍！而所以報之者，亦比李十郎慘矣。

李益事見霍小玉傳刊入稗歲秘書

劉亮采

狐託生

劉字公嚴歷城人萬曆辛卯舉人壬辰進士授广邑知縣升同知父殁去官服闋補蘭陽縣有惠政選户部主事乞歸築室以終工詩善書畫見歷城志

聞濟南懷利仁言劉公亮采狐之後身也初太翁居南山有叟造其廬自言胡姓問所居止曰在此山中間處人少惟我兩人可與數晨夕故來相拜識因與接談詞旨便利悅之治酒相歡醺而去越日復來愈益款厚劉云自蒙一交分卽最深但不識家何里焉所問興居胡曰不敢諱實山中之老狐也與若有夙因故敢內交門下固不能爲翁禍幸相信勿駭劉亦不疑更相契重卽敘年齒胡作兄往來如昆季有小休咎亦以告時劉乏嗣叟忽云公勿憂我當爲君後劉訝其言怪胡曰僕算

數已盡投生有期矣與其他適何如生故人家劉曰仙壽萬年何遂及此叟搖首云非汝所知遂去夜果夢叟來曰我今至矣既醒夫人生男是爲劉公公既長言詞敏諧絕類胡少有才名壬辰成進士爲人任俠急人之急以故秦楚燕趙之客趾錯於門貨酒賣餅者門前成市焉

餓鬼

罵教官

計其時老生亦常為廣文需索 否則何恨之深

馬永齊人山東爲人貪無賴家屢空鄉人戲而名之餓鬼年三十餘日益窶衣百結鶉手交其肩在市上攫食人盡

市上攫金 見莊子

生財有大道。此大學句，學官熟讀，聞言而喜，宜矣。

賊盜開花，乃捕役生財之道，何教官亦得此秘訣耶

棄之不以齒。邑有朱叟者，少稜，居於五都之市，操業不雅。暮歲還鄉，大爲士類所口，而朱潔行爲善人，始稍稍禮貌之。一日，値馬攫食不償，爲肆人所苦，憐之，代給其直，引歸，贈以數百，俾作本。馬去，不肯謀業，坐而食。無何，貲復匱，仍蹈舊轍，而常懼與朱遇，去之臨邑。暮宿學宮，冬夜凛寒，輒摘聖賢顛上旒而煨其板。學官知之，怒加刑。馬哀免，願爲先生生財。學官喜，縱之去。馬探某生殷富，登門强索貲，故挑其怒，乃以刀自劙，誣而控諸學。學官勒取重賂始免。申黜諸生，因而共憤，公質縣尹。尹廉

聊齋志異卷十六　餓鬼　十三

盜賊誣扳，官執信之，即名開花

察也。梁司名廉坊

功令非廩生不能爲學官
自歲貢之先生貢可以選
教以軍功論然多不入營籍
文案但捐錢數百串附入
議叙爲倖入選後屬
次軍興部選者多籍者指
不勝屈矣

得賞，笞四十，梏其頸三日斃焉。是夜，朱叟夢馬冠帶而入曰：「負公大德，今來相報。」既寤，妾舉子，叟知爲馬，名以馬兒。少不慧，喜其能讀，二十餘，竭力經紀，得入邑泮。後考試寓旅邸，晝臥牀上，見壁間悉糊舊藝，視之，有「犬之性」四句題，心畏其難，讀而誌之。入場，適是其題，錄之，得優等，食餼焉。六十餘，補臨邑訓導，官數年，曾無一道義交，惟袖中出青蚨，則作鸕鷀笑；不則睫毛一寸長，稜稜若不相識。偶大令以諸生小故，判令薄懲，輒酷如治盜賊。有訟士子者，即來叩門矣。如此多端，諸生不復可耐。

罵得刻毒

茜一名茹藘，染紅色之艸。音倩

吳門有此姓，有閩人諱官方伯，曾刻舊唐書，在中明仿宋元板，極工整。

轄音俠，管也

而年近七旬，臃腫聾聵，每向人物色黑鬚藥。有狂生某

剉茜根給之。（同輩戲中）天明共視，如廟中所塑靈官狀。大怒，拘生

生已早夜亡去。以此憤氣中結，數月而殂。

（接前篇所以知其罵為官且後叙劉朕）（非此倫望而何）

考弊司

聞人生，河南人。抱病經日，見一秀才入，伏謁牀下，謙抑

盡禮。（觀此敘而不知）已而請生少步，把臂長語，刺刺且行，數里外猶不

言別。生佇足，拱手致辭。秀才云：「更煩移趾，僕有一事相

求。」生問之。答云：「吾輩悉屬考弊司。司主名虛肚鬼王。

初見之例，應割髀肉，浼君一緩頰耳。」生驚問：「何罪而至

敘得好

其人美且鬈　毛詩

罵學書虎首

於此曰不必有罪此是舊例若豐於賄者可贖也然而我貧生曰我素不稔鬼王何能效力曰君前世是伊大父行宜可聽從言次已入城郭至一府署廨宇不甚宏厰惟一堂高廣堂下兩碣東西立綠書大於栲栳一云孝弟忠信一云禮義廉恥歷階而進見堂上一匾大書考弊司楹間板雕翠字一聯云曰校曰庠曰序兩字德行陰教化上士中士下士一堂禮樂鬼門生游覽未已官已出鬈髮鮐背若數百年人而鼻孔撩天唇外傾不承其齒從一主簿吏虎首人身又十餘人列侍半獰惡

罵　無一項不

生駭甚貌

此即俗諺所云爺〻之爺不要緊

父命不承何况前生伯叔祖之語

側行謙恭貌

蹻而迎恭極

若山稱秀才曰此鬼王也生駭極欲却退鬼王已暗降階揖生上便問興居王但諾諾又問何事見臨生以秀才意具白之鬼王色變曰此有成例即父命所不敢承氣象森凜似不可入一詞生不言驟起告別鬼王側行送之至門外始返生不歸潛入以觀其變至堂下則秀才已與同輩數人交臂歷指儼然在徽纆中一獰人持刀來裸其股割片肉可駢三指許秀才大嗥欲嗄生少年負義憤不自持大呼曰慘慘如此成何世界鬼王驚起暫令止割蹻履逆生生忿然已出徧告市人控上帝

酒鬣 酒 茶鬼某
勾魂使者 醫餓鬼 虛肚鬼王
奉学道以角先生比廣文
前身為乞丐攫食枷勁而
死又有犯冥刑抽筋拔骨
種種寓言罵世玉謂戲而
虐矣

蒲翁有何積怨而欲抽
学官之筋拔其骨耶
想西北省氣風不同索
贄之外累擾不休若蘇
松太三属自入泮盡結游
泮之後有終其世未見学
官者

或笑曰迂哉藍蔚蒼蒼何處覓上帝而訴之冤也此輩惟與閻羅近呼之或可應耳乃示之途趨而往果見殿陛威赫閻羅方坐伏階號屈王召訊已立命諸鬼綰繩提鎚而去少頃鬼王及秀才並至審其情確大怒曰憐爾夙世攻苦暫委此任候生貴人家今乃敢爾其去若善筋增若惡骨罰令生生世世不得發迹也鬼方箠之仆地顛落一齒以刀割指端抽筋出亮白如絲鬼王呼痛聲類斬豕手足並抽訖有二鬼押去生稽首而出秀才從其後慼慼殷殷攙送過市見一戶垂朱簾內一女

文心無所不有妙

踽踽涼涼孟子句獨行也

一宵之聚切切即訂婚嫁今昏頭子初游狎邪皆有之

不帶一文見色即亂即訂婚姻急則實告不曾攜得一文妙絶

子露半面容妝絶美生問誰家秀才曰此曲巷也既過生低徊不能舍遂堅止秀才秀才曰君爲僕來而令踽踽以去心何忍生固辭乃去生望秀才去遠急趨簾內女接見喜形於色入室促坐相道姓名女自言柳氏小字秋華一嫗出爲具酒肴酒闌入帷懽愛殊濃切切訂婚嫁既曙嫗入曰薪水告竭要耗郎君金貲奈何生頓念腰橐空虛惶愧無聲久之曰我實不曾攜得一文宜署券保歸即奉酬嫗變色曰曾聞夜度娘索逋欠耶秋華嚬蹙不作一語生暫解衣爲質嫗持笑曰此尚不能

押頭

露出秀才酸措大本色妙絶非剝衣不可

償酒直耳呶呶不滿與女俱入生憊移時猶冀女出展
別再訂前約久之無音潛入窺之見嫗與秋華自肩以
上化為牛鬼目睒睒相對立大懼趨出欲歸則百道歧
出莫知所從問之市人并無知其郵名者徘徊塵肆間
歷兩昏曉悽意含酸飢腸雷鳴進退無以自決忽秀才
過望見之驚曰何尚未歸而簡褻若此生靦顏莫對秀
才曰有之矣得毋為夜叉所迷耶遂盛氣而往曰秋華
母子何遽不少施面目耶去少時即以衣來付生曰淫
婢無禮已叱罵之矣送生至家乃別去生暴卒三日而

甦言之歷歷

李生

老僧詭異

商河李生好道村外里餘有蘭若築精舍三楹趺坐其中游食緇黃往來寄宿輒與傾談供給不厭一日大雪嚴寒有老僧擔囊借榻其詞元妙信宿將行固挽之留數日適生以他故歸僧囑早至意將別生鷄鳴而往扣關不應踰垣入見室中燈火熒焉疑其所作潛窺之僧趣裝矣一瘦驢縶燈檠上細審不類真驢頗似殉葬物然耳尾時動氣咻咻然俄而裝成啟戶牽出生前尾之

蔣名超，字虎臣，金壇人，順治丁亥探花

內典、佛經，北史蕭詧傳

台宗，佛家有五宗，言支派

山門外故有大池，僧繫驢池樹，裸入水中，徧體掬濯。已，著衣牽驢入，亦濯之。既而加裝超乘，行絕駛。生始呼之，僧但遙拱致謝，語不及聞，而去亦遠矣。此王梅屋言之。李其友人，曾至其家，見堂上一匾，書「待死堂」，亦達士也。

蔣太史

宿根夙叔，未墮落

蔣太史超記前世為峨嵋僧，數夢到故居庵前潭邊濯足。為人篤嗜內典，一意台宗，雖早登禁林，嘗有出世之想。假歸江南，抵秦郵，不欲歸。子哭挽之，弗聽。遂入蜀，居成都金沙寺。久之，又之峨嵋，居伏虎寺，示疾怛化。自書

稗氏詩詞 偈 偈音忌

傀儡 音塊壘 即木人頭 傀儡作戲 俳優之祖

偈云倏然猿鶴自來親老衲無端墮業塵妄向鑊湯求避熱𨚗從大海去翻身功名傀儡場中物妻子骷髏隊裏人只有君親無報荅生生常自祝能仁

邑人 果報

邑有鄉人素行無賴一日晨起有二人攝之去至市頭見屠人以半猪懸架上二人便極力推擠之忽覺身與肉合二人亦逕去少間屠人賣肉操刀斷割遂覺一刀一痛徹於骨髓後有鄰翁來市肉苦爭低昂添脂搭肉片片碎割其苦更慘肉盡方尋途歸歸時日巳向辰家

同時有兩于成龍一漢軍一永寧人俱為名臣加謚亦奇

人謂其晏起乃細述所遭呼鄰問之則市肉方歸言其斤數斤數毫髮不爽崇朝之間已受淩遲一度不亦奇哉

于中丞

神君

于永寧人自黃州守受　聖祖保知遇擢至兵部尚書總督直隸江寗江西卒謚清端

于中丞成龍按部至高郵適巨紳家將嫁女粧奩甚富夜被穿窬席卷而去刺史無術公令諸門闔止留一門放行人出入吏目守之嚴搜裝載又出示諭闔城戶口各歸第宅候次日查點搜掘務得贓物所在乃陰囑吏目設有城門中出入至再者捉之過午得二人一身之

漢軍之後有孫盤園為蘇臬

外此巨案非用鉤距法
則不能破想疑獄集先
生所熟記而能變化者

隨園文集所記大案叙
事頗佳

隨處留心今之疆大臣中
出則擁輿入則深色何曾
為俗人拭涕乎。
大吏不親細事州縣日事
催科置民瘼於不問。

外。並無行裝。公曰。此眞盜也。二人詭辯不已。公令解衣搜之。見袍服內著女衣二襲。皆奩中物也。蓋恐次日大搜。急於移置。而物多難攜。故密著之而屢出也。

又公爲宰時。至鄰邑。早旦經郭外。見二人以牀舁病人。覆大被。枕上露髮。髮上簪鳳釵一股。側眠牀上。有三四健男夾隨之。時更番以手擁被令壓身底。似恐風入。少頃息肩路側。又使二人更相爲荷。公過。遣隸回問之。云是妹子垂危。將送歸夫家。公行二三里。又遣隸回覘其所入何村。隸尾之。至一村舍。兩男子迎之而入。還以

何以國初時有此苛政

宰諱固宜似以失主亦然不可解

固心二字入仕途者曾不夢見

白公公謂其邑宰城中得無有刼盜否宰云無之時功令嚴上下諱盜故即被盜賊刼殺亦隱忍而不敢言公就館舍囑家人細訪之果有富室被强寇入家炮烙死矣公喚其子來詰其狀子固不承公曰我已代捕巨寇在此非有他也子乃頓首哀乞求爲死者雪恨公叩關往見邑宰差健役四鼓離城直至村舍捕得八人一鞫盡伏其罪詰其病婦何人盜供是夜同在勾欄故與妓女合謀置金牀上令抱卧至窩頓處始瓜分人皆服于公之神或問所以能知之故公曰此甚易解但人不關

心耳豈有少婦在牀而容人入手衾底若且易肩而行勢甚重交手護之則知其中之有物矣若病婦昏憒而至必有婦人倚門而迎止見男子並不驚問一言是以唯知爲盗也

王子安

王子安東昌名士困於場屋入闈後期望甚切近放榜時痛飲大醉歸臥内室忽有人白報馬來王踉蹌起曰賞報十千家人因其醉誑而安之曰但請自睡已賞之矣王乃眠俄又有入者曰汝中進士矣王自言尚未赴

都何得及第其人曰汝忘之耶三場畢矣王大喜起而呼曰賞報十千家人又誑之曰請自睡已賞之矣又移時一人急入曰汝殿試翰林長班在此果見二人拜牀下衣冠修潔王呼賜酒食家人又紿之暗笑其醉而已久之王自念不可不出耀鄉里大呼長班凡數十呼無應者家人笑曰暫臥候尋他去矣又久之長班果復來王搥牀頓足大罵鈍奴焉往長班怒曰措大無賴向與爾戲耳而真罵耶王怒驟起撲之落其帽王亦傾跌妻入扶之曰何醉至此王曰長班可惡我故懲之何醉也

七似丐、囚、冷蜂、病鳥、似縶猱、餌蠅、破卵鳩

此學七發七榮龍蟄其數耳

草木皆兵譜

妻笑曰：家中止有一媪，晝爲汝炊，夜爲汝濯足耳。何處長班伺汝窮骨乎？女粲然皆笑。王醉亦稍解，忽如夢醒，始知前此之妄。然猶記長班落帽，尋至門後，得一纓帽如錢大，共異之。自笑曰：昔人爲鬼揶揄，吾今爲狐奚落矣。

異史氏曰：秀才入闈，有七似焉：初入時，白足提籃，似丐；唱名時，官呵隸罵，似囚；其歸號舍也，孔孔伸頭，房房露腳，似秋末之冷蜂；其出闈場也，神情惝怳，天地異色，似出籠之病鳥；迨望報也，草木皆驚，夢想亦幻，時作一得

王子安

此輩清流投之濁流 五代史

志想則頃刻而樓閣俱成作一失意想則瞬息而骸骨已朽此際行坐難安則似被縶之猱忽然而飛騎傳人報條無我此時神情猝變嗒然若死則似餌毒之蠅弄之亦不覺也初失志心灰意敗大罵司衡無目筆墨無靈勢必舉案頭物而盡炬之炬之不已而碎踏之踏之不已而投之濁流從此披髮入山面向石壁再有以且夫嘗謂之文進我者定當操戈逐之無何日漸遠氣漸平技又漸癢遂似破卵鳩只得銜木營巢從新另抱矣如此情況當局者痛哭欲死而自旁觀者視之其可笑

謂時文八股也

山蒲先生現身說法也故言之沈痛乃爾

甚焉王子安方寸之中頃刻萬緒想鬼狐竊笑已久故乘其醉而玩弄之牀頭人醒寧不啞然自笑哉顧得志之況味不過須臾詞林諸公不過經兩三須臾耳子安一朝而盡嘗之則狐之恩與薦師等

結句亦壓卷

牧豎

寓言

兩牧豎入山至狼穴穴有小狼二謀分捉之各登一樹相去數十步少選大狼至入穴失子意甚倉皇豎於樹上扭小狼蹄耳故令嗥大狼聞聲仰視怒奔樹下號且爬抓其一豎又在彼樹致小狼鳴急狼聞四顧始望見

此興毛詩作一虛冒又先比後興
疑當時有所指

中山 搜神記狄希中山人能造千日酒又博物志劉元石中山酒家能造千日

之乃舍此趨彼跑號如前狀前樹又鳴又轉口無停聲足無停趾數十往復奔漸遲聲漸弱既而奄奄僵臥久之不動豎下視之氣已絕矣今有豪强矜怒目按劍者將搏噬為所怒者乃闔扉去豪力盡聲嘶更無敵者豈不暢然自雄不知此禽獸之威人故弄之以為戲耳

金陵乙

金陵賣酒人某乙釀成投水而置毒焉即善飲者不過數琖便醉如泥以此得中山之名富致巨金早起見一狐醉臥槽邊縛其四肢方將覓刃狐已醒哀曰勿見

神 狐 僧

定州

害請如所求遂釋之輾轉已化爲人時巷中孫氏其長婦患狐爲祟因以問之荅云是即我也乙竊婦姊尤美求狐攜往狐難之乙固求之狐邀乙去入一洞中取褐衣授之曰此先兄所遺著之當可去既服而歸家人皆不之見襲常衣而出始見之大喜與狐同詣孫氏家見牆上貼巨符畫蜿蜒如龍狐懼曰和尚大惡我不往矣遂退而去乙遂巡近之則眞龍蟠壁上昂首欲飛大懼亦出蓋覓一異域僧爲之厭勝授符先歸僧未至也次日僧來設壇作法鄉人共觀之乙亦雜處其中忽變色

費宇支嶠鄞縣人進士
順治十五年宰淄川

急奔狀如被捉至門外踣地化爲狐四體猶著人衣將殺之妻子叩請償命牽去日給飲食數日尋斃

折獄二則

邑之西有崕莊有賈者被人殺於途隔夜其妻亦自經死賈弟鳴於官時浙江費公禕祉令淄親詣驗之見布袱裹銀五錢餘尚在腰中知非爲財者也拘兩村鄰保審質一過殊少端緒並未搒掠釋散歸但命約地細察十日一關白而已踰半年事漸懈賈弟怨公仁柔上堂屢譟公怒曰汝既不能指名欲我以桎梏加良民耶呵

遂而出賈弟無所伸訴憤葬兄嫂一日以逋賦故逮數人至內一人周成懼責上言錢糧措辦已足即於腰中出銀袱稟公驗視公驗已便問汝家何里荅云某村又云去西崖幾里荅五六里公云去年被殺賈某係汝何人荅云不識其人公勃然曰汝殺之尚云不識耶周力辯不聽嚴梏之果伏其罪先是賈妻王氏將詣姻家慚無釵飾聒夫使假於鄰夫不肯妻自假之頗甚珍重歸途卸而裹諸袱內袖中既至家探之已亡不敢告夫又無力償鄰惱欲死是日周適拾之知爲賈妻所遺窺賈

他出半夜踰垣將執以求合時海暑王氏臥庭中周潛就淫之王氏覺大號周急止之留袱納欵事已婦囑曰後勿來吾家男子惡犯恐俱死周怒曰我挾袧闌數宿之資寧一度可償耶婦慰之曰我非不願相交渠常善病不如從容以待其死周乃去於是殺賈夜詣婦曰今某已被人殺請如所約婦聞大哭周懼而逃天明則婦死矣公廉得情以周抵罪共服其神而不知所以能察之故公曰事無難辨要在隨處留心耳初驗尸時見銀袱刺萬字文周袱亦然是出一手也及詰之又云無舊

此罵州縣官

此諸葛恪事見異苑

猜忌之

詗覘詭變是以確知其情也

異史氏曰世之折獄者非悠悠置之則縲繫數十人而狼籍之耳堂上肉鼓吹喧闐旁午遂嚬蹙曰我勞心民事也雲板三敲則聲色並進難決之詞不復置諸念慮專待升堂時禍桑樹以烹老龜耳嗚呼民情何由得哉余每謂智者不必仁而仁者則必智葢用心苦則機關出也隨在留心之言可以教天下之宰民社者矣

邑人胡成與馮安同里世有郤胡父子強馮屈意交懽胡終猜之一日共飲薄醉頗傾肝膽胡大言勿憂貧百

凡戲無益況於素不相合之人幾陷大辟

此似已有成竹在胸較胭脂一案稍有蹊徑

尸戒勿出已具成算

金之產無難致也馮以其家不豐故嗤之胡正色曰實相告昨途遇大商載厚裝來我顛越於南山眢井中矣馮又笑之時胡有妹夫鄭倫託為說合田產寄數百金於胡家遂盡出以炫馮馮信之既散陰以狀報邑公拘胡對勘胡言其實問鄭及產主不訛乃共驗諸眢井一役縋下則果有無首之尸在焉胡大駭莫可置辯但稱冤苦公怒擊喙數十曰確有證據尚叫屈耶以死囚具禁制之尸戒勿出惟曉示諸村使尸主投狀逾日有婦人抱狀自言為亡者妻言夫何甲揭（應作謁）數百金出作貿易

破綻一

婦之黠真婦之愚

鈎詭 玄極

被胡殺死公曰井有死人恐未必即是汝夫婦執言甚堅公乃命出尸於井視之果不妄婦不敢近卻立而號公曰真犯已得但骸軀未全汝暫歸待得死者首即招報令其抵償遂自獄中喚胡出訶曰明日不將頭至當械折股役押終日而返詰之但有號泣乃以梏具置前作刑勢即又不刑曰想汝當夜扛尸忙迫不知墮落何處奈何不細尋之胡哀冤祈容急覓公乃問婦子女幾何荅言無甲有何戚屬云但有堂叔一人公慨然曰少年喪夫伶仃如此其何以為生矣婦乃號即求憐憫公

夫假

冤極

破綻二

破綻三

破綻四

亦用鉤距之法方招水落石出

速而妙

賞之則入室中而不覺　室之又室

要招他中府道司院故不能即結

此乃鬼神播弄適有胡馮之事故借以破謀死親夫之案既雪此冤又可戒一切戲言

何以急急如此

曰殺人之罪已定但得全尸此案即消消案後速醮可也汝少婦勿復出入公門婦感泣叩頭而下公即票示里人代覓其首經宿即有同村王五報稱已獲問驗既明賞以千錢喚甲叔至曰大案已成然人命重大非積歲不能得結婬既無出少婦亦難存活早令適人此後亦無他務但有上臺檢驗止須汝應身耳甲叔不省飛兩籤下再辯又一籤下甲叔懼應之而出婦聞詣謝公慰公極意慰諭之又諭有買婦者當堂關白既下即有投婦狀者蓋即報人頭之王五也公喚婦上曰殺人之

一術　以鉤矣　破綻五　老實人　又一術

此第五層破綻天奪其魄直同自首供認

不知問官秘計

一說明如列明鏡畢照矣

眞犯汝知之乎答以胡成公曰非也汝與王五乃眞犯耳二人大駭力辯寃誣公曰乃久知其情所以遲遲而發者恐有萬一之屈耳尸未出井何以確信爲汝夫葢先知其死矣且買死猶衣敗絮數百金何所自來又謂王五曰頭之所在汝何知之熟也所以如此其急者意在速合耳兩人驚顏如土不能彊置一詞並械之果吐其實葢王五與婦私已久謀殺其夫而適値胡成之戲也乃釋胡馮以誣告重笞徙三年事旣結並未妄刑一人

心細如髮眼明如鏡

漏洞

漏洞重疊

不愧神君

此與友生已滅等因一時未結 又藉此破一巨案冤獄

羊公名祜泰山鉅平人魏末大官有鶴善舞客至尝称之後有客来試使舞竟氃氋而不能舞羊号牂子
羊公鶴世说比劉遵祖

異史氏曰我夫子有仁愛名即此一事亦以見仁人之用心苦矣方宰淄時松裁弱冠過蒙器許而駑鈍不才竟以不舞之鶴爲羊公辱是我夫子生平有不哲之一事則松實貽之也悲夫

感恩知己作结

禽俠

天津某寺鸛鳥巢於鴟尾殿承塵上藏大蛇如盆每至鸛雛團翼時輒出吞食淨盡鸛悲鳴數日乃去如是三年人料其必不復至而次歲巢如故約雛長成即逕去三日始還入巢啞啞哺子如初蛇又蜿蜒而上甫近巢

秦庭哭 左傳吴入郢申包胥入秦乞師

空空兒 聶隱娘傳

兩鸛驚飛鳴哀急直上青冥俄聞聲蓬蓬一瞬間天地似晦衆駭異共視乃一大鳥翼蔽天日從空疾下驟如風雨以爪擊蛇蛇首立墮連摧殿角數尺許振翼而去鸛從其後若將送之巢既傾兩雛俱墮一生一死僧取生者置鐘樓上少頃鸛返仍就哺之翼成而去

異史氏曰次年復至蓋不料其禍之復也三年而巢不移則復讎之計已決三日不返其去作秦庭之哭可知矣大鳥必羽族之劍仙也飆然而來一擊而去妙手空空兒何以加此

報亦巧矣

濟南有營卒見鸛鳥過射之應弦而落喙中銜魚將哺子也或勸拔矢放之卒不聽少頃帶矢飛去後往來近郭間兩年餘貫矢如故一日卒坐轅門下鸛過矢墜地卒拾視曰此矢固無恙哉耳適癢因以矢代搔忽大風摧門門驟闔觸矢貫腦尋死

鴻

天津弋人得一鴻其雄者隨至其家哀鳴翱翔抵暮始去次日弋人早出則鴻已至飛號從之既而集其足下弋人將並捉之見其伸頸俛仰吐出黃金半鋌弋人悟

强太半也

其意乃曰是將以贖婦也遂釋雌兩鴻徘徊若有悲喜遂雙飛而去弋人稱金得二兩六錢強噫禽鳥何知而鍾情若此悲莫悲於生別離物亦然耶

象

廣東

廣中有獵獸者挾矢入山偶臥憩息不覺沉眠被象來鼻攝而去自分必遭殘害未幾釋置大樹下頓首一鳴羣象紛至四面旋繞若有所求前象伏樹下仰視樹而俯視人似欲其登獵者會意卽以足踏象背攀援而升雖至樹巔亦不知其意向所存少間有狻猊來衆象皆

狻猊 卽獅子

廟諱

象牙生脫自埋者最佳
花紋明晰暹羅國為第一
若緬甸乃其次等

伏猿猊擇一肥者意將搏噬象戰慄無敢逃者惟共仰
樹上似求憐拯獵者因望猿猊發一弩猿猊立殪諸象
瞻空意若拜舞獵者乃下象復伏以鼻牽衣似欲其乘
獵者遂跨身其上象乃行至一處以蹄穴地得脫牙無
算獵人下束治已象乃負送出山乃始返

紫花和尚 原怨

諸城丁棋野鶴公之孫也少年名士沉病而死隔夜復
蘇曰我悟道矣時有僧善慕元因遣人邀至使卽榻前
講楞嚴每聽一節都言非是乃曰使吾病痊證道何難

斃也
左傳換用
此字叙射
死

黃帝岐伯問答

靈樞經又一書

董名訥

惟某生可愈吾疾宜虔請之盡邑有某生者精岐黃而不以術行三聘始至疏方下藥病良已既歸一女子自外入曰我董尚書府中侍兒也紫花和尚與妾有夙冤今得追報君又欲活之耶再往禍將及言已遂沒某懼辭不可病復作固要之乃以實告丁歎曰孽自前生死吾分耳尋卒後尋諸人果曾有紫花和尚高僧也青州董尚書夫人嘗供養家中亦無有知其冤之所自結者

某乙 賊

邑西某乙故梁上君子也其妻深以爲懼屢勸止之乙

馮婦 古男子善搏虎 見孟子

似易、

恐逕不熟而被執易破案 故使守風蓋渺視之

遂翻然自改居二三年貧窶不能自堪思欲一作馮婦
而後已乃托貿易就善卜者問何往之善術者占曰東
南吉利小人不利君子兆隱與心合竊喜遂南行抵蘇
松間日遊村郭凡數月偶入一寺見牆隅堆石子二三
枚心知其異亦以一石投之徑趨龕後臥日既暮寺中
聚語似有十餘人忽一人數石訝其多因共搜龕後得
乙問投石者汝耶乙諾詰里居姓名乙詭對之乃授以
兵率與共去至一巨第出匕首踰垣入以乙遠至逕
不熟俾伏牆外司傳遞空囊橐焉少頃擲一裹下又少

半內行此種秘計門外人烏知

堂神座後

更點作賊

刀劍之類

律分首從有等矣至江南獲盜一律斬首後已亦不保今終姓名詭列漏網矣

炮烙 紂所作古音格 今俗音洛

頃縋一篋下乙舉篋知有物乃破篋以手揣取凡沉重物悉內一囊負之疾走竟取道歸由此建樓閣買良田爲子納粟邑令扁其門曰善士後大案發羣寇悉獲惟乙無名籍莫可查詰得免事寢旣久乙醉後時自述之

曹有大寇某得重貲歸肆然安寢有二三小盜踰垣入捉之索金某不與箠灼並施罄所有乃去某向人曰吾不知炮烙之苦如此遂深恨盜投充馬捕捕邑寇殆盡獲曩寇亦以所施者施之

邑有貧民某乙殘臘向盡身無完衣自念何以卒歲

此賊之切口也

不敢與妻言暗操白梃出伏墓中冀有孤身而過者刼其所有懸望甚苦渺無人跡而松風刺骨不復可耐意濑絕矣忽一人傴僂來心竊喜持梃遽出則一叟負囊道左哀曰一身實無長物家絕食適於壻家乞得五斗米耳乙奪米復欲褫其絮襖叟苦哀之乙憐其老釋之負米而歸妻詰其自詭以賭債對陰念此策良佳次日復往居無幾時見一人荷梃來亦投墓中蹲居眺望意似同道乙乃逡巡自塚後出其人驚問誰何荅云行道者問何不行曰待君耳其人失

雛嫩也古人以鳥之初出殼也因其雛故用之而害之不被執牽矣

笑各以意會並道飢寒之苦夜既深無所獵乙欲歸其人曰子雖作此道然猶雛也前村有嫁女者嘗辦中夜舉家必殆從我去得當均之乙喜從之至一門隔壁聞炊餅聲知未寢伏伺之無何一人啟關荷杖出行汲二人乘間掩入見燈輝北舍他屋皆暗黑閴一媪曰大姐可向東舍一矚汝奩妝悉在櫝中忘扃鐍未也聞少女作嬌情聲二人竊喜潛趨東舍暗中摸索得臥櫝啟覆探之深不見底其人謂乙曰入之乙果入得一裹轉遞而出其人問盡矣乎曰盡矣又

紿之曰再索之乃閉櫝加鎖而去乙在中窘急無計未幾燈火亮入先燭櫝聞媼云誰已扃矣於是母及女上榻息燭乙急甚乃作鼠囓物聲女曰櫝中有鼠媼曰勿壞而衣我瀕頓已極汝宜自覷之女振衣起發扃啟櫝乙突出女驚仆乙拔關奔去雖無所得而竊幸得免嫁女家被盜四方流播或議乙乙懼東遁百里為逆旅主人賃作傭年餘浮言稍息始取妻同居不業白挺矣此其自述因類東民故附之

醜狐

窮士寒無棉絮有狐女來伴而尚揀擇美醜見元宝即動心豈真之猶介不惑於財色者乃半衣免泣素光不凍餒反欲延術士以驅之人与狐有是理乎

穆生長沙人家清貧冬無絮衣一夕枯坐有女子入衣服炫麗而黑醜笑曰得毋寒乎生驚問之曰我狐仙也憐君枯寂聊與共溫冷榻耳生懼其狐而又厭其醜大號女以元寶置几上曰若相諧好以此相贈生悅而從之牀無裀褥女代以袍將曉起而囑曰所贈可急市軟帛作臥具餘者絮衣作饌足矣倘得永好勿憂貧也遂去生告妻妻亦喜即市帛爲之紉縫女夜至見臥具爲之一新喜曰君家娘子劬勞哉遂留金以酬之從此至無虛夕每去必有所遺年餘屋廬修潔內外皆衣文繡

此狐亦何取於穆生

聚宝盆

悖入悖出況又不義

術士亦貪財下流不問情由情由軌与行法且道術亦饑宜受斯刑因於作宦偏聽也

人之鄙陋奸惡勝于狐

居然素封女賂遺漸少生由此心厭之聘術士至畫符於門女來齧折而棄之入指生曰背德負心至君已極然此奈我何若相厭薄我自去耳但情意既絕愛於我者須要償也忿然而去生懼以告術士術士作壇陳設未已忽顛地下血流滿頰視之則割去一耳衆大懼奔散術士亦掩耳竄去室中擲石如盆門窗釜甑無復全者生伏牀下蓄縮㬥聳俄見女抱一物入貓首猧尾置牀前嗾之曰嘻嘻可嚼奸人足物即齕履齒利於刃生大懼將屈藏之四肢不能少動物嚼指爽脆有聲生痛

道士一耳携生二足指道士耳未必携歸風乾可作古玩

國初沿明制有納粟入監夏大也毛詩

極哀祝女曰所有金珠盡出勿隱生應之女曰呵呵物乃止生不能起但告以處女自往搜珠鈿衣服之外止得二百餘金女少之又曰嘻嘻物復嚼生哀鳴求恕女限十日償金六百生諾之女乃抱物去久之家人漸聚從牀下曳生出足血淋漓喪其二指視室中財物盡空惟當年破被存焉遂以覆生令臥又懼十日復來乃貨婢鬻產以盈其數至期女果至急付之無言而去自此遂絕生足創醫藥半年始愈而家清貧如初矣狐適近村于氏子業農家不中貲三年間援例納粟夏屋連蔓

破被蓋身生應醒矣

應用毒字

狐女賢于楊生多矣有縹袍𣲖𣲖之風

割耳戲指罄其所有皆術士兩激而成

趙孟之所貴晉趙盾

所衣華服牛生家物生見之亦不敢問偶適野遇女於途長跪道左女無言但以素巾裹五六金遥擲之反身逕去後于氏早卒女猶時至其家家中金帛輒亡去子睹其來拜叅之遥祝曰父即去世兒輩皆若子縱不撫卹何忍坐令貧耶女去遂不復至異史氏曰邪物之來殺之亦壯而既受其德鬼物不可負也既貴而殺趙孟則賢豪非之矣夫人非其心之所好則萬鍾何動焉觀其見金色喜其亦利之所在喪身辱行而不惜者與傷哉貪人卒取殘害

布袋和尚

父平時曰治命病臨卜死曰亂命見左傳蓋晉朁中諳語莫不的準不足擬也

錢卜巫

夏商河間人其父東陵豪富侈汰每食包子輒棄其角狼籍滿地人以其肥重呼之丟角太尉暮年家綦貧日不給餐兩肱瘦垂革如囊人又呼募莊僧謂其挂袋也臨終謂商曰余生平暴殄天物上干天怒遂至凍餓以死汝當惜福力行以蓋父愆商恪遵治命誠樸無二躬耕自給鄉人咸愛敬之富人某翁哀其貧假以貲使學負販輒虧其母愧無以償請爲傭翁不肯商瞿然不自安盡貨其田宅往酬翁翁詰得情益憐之强爲贖還舊

人之將死其言也善

醒悟雖遲而有賢子幹蠱中興想若於暴殄之外別無他惡事耶

反躬自省有賢儒學尚

業又益貸以重金俾作賈商辭曰十數金尚不能償奈何結來世驢馬債耶翁乃招他賈與偕數月而返僅能不虧翁不收其息使復之年餘貸貲盈輦歸至江遭颶舟幾覆物半喪失歸計所有略可償主遂語賈曰天之所貧誰能救之此皆我累君也乃稽簿付賈奉身而退翁再强之必不可躬耕如故每自歎曰人生世上皆有數年之享何遂落魄如此會有外來巫以錢卜悉知人運數敬詣之巫老嫗也寓室精潔中設神座香氣常熏商入朝拜訖便索貲商授百錢巫盡內木筩中執跪坐

盤根錯節

下搖響如祈籤狀已而起傾錢入手而後於案上次第擺之其法以字爲否幕爲亨數至五十八皆字以後則盡幕矣遂問庚甲幾何答二十八歲巫搖首曰早矣官人現行者先人運非本身運五十八歲方交本身運始無盤錯也問何謂先人運曰先人有善其福未盡則後人享之先人有不善其禍未盡則後人亦受之商屈指曰再三十年齒已老耄行就木矣巫曰五十八以前便有五年回潤略可營謀然僅免寒餓耳五十八之年當有巨金自來不須力求官人生無過行再世享之不盡

其父修汰其子能斡父之蠱

也別巫而返疑信半焉然安貧自守不敢妄求後至五十三歲留意驗之時方東作病痁不能耕既痊天大旱早禾盡枯近秋方雨家無別種田數畝悉以種穀既而又旱蕎菽半死惟穀無恙後得雨勃發其豐倍焉來春大饑得以無餒商以此信巫從翁貸貲小權子母輒小獲或勸作大賈商不肯迨五十七歲偶葺牆垣掘得地鐵釜揭之白氣如絮懼不敢發移時氣盡白鏹滿甕夫妻共運之秤計一千三百二十五兩竊議巫術小舛鄰人妻入商家窺見之歸告夫夫忌焉潛告邑宰宰最貪

拘商索金妻欲隱其半商曰非所宜得畱之賈禍妻獻之窖得金恐其漏匿又追貯器以金實之滿焉乃釋商居無何窖遷南昌同知踰歲商以懋遷至南昌則窖已死妻子將歸貨其粗重有桐油如干簍商以直賤買之以歸既抵家器有滲漏瀉注他器則內有白金二鋌徧探皆然兌之適得前掘鏹之數商由此暴富益贍貧窮慷慨不吝妻勸積遺子孫商曰此即所以遺子孫也鄰人亦貧至爲丐欲有所求而心自愧商聞而告之曰昔日事乃我時數適至故鬼神假子手以敗之於汝何尤

此以泣報怨聖賢學問

齊梁王稚弟遭难 見南史

唐安史之乱亦然幹蠱

見易卦蠱

遂周給之鄉人感泣後商壽八十子孫承繼數世不衰異史氏曰汰侈已甚王侯不免況庶人乎生暴天物死無飯含可哀矣哉幸而烏死鳴哀子能幹蠱窮敗七十年卒以中興不然父孽累子子復累孫不至乞丐相傳不止矣何物老巫遂宣天之秘鳴呼怪哉

姚安

甘肅 殘忍

姚安臨洮人美丰標同里宮姓有女子字綠娥艷而知書擇偶不嫁母語人曰門族風采必如姚某始字之姚聞給妻窺井擠墮之遂娶綠娥雅甚親愛然以其美也

大謬 殘忍可誅

即有鬼神在故值倒於
是豈結髮之鬼為厲

故疑之。閉戶相守，步輒綴焉。女欲歸寧，則以兩肘支袍覆翼以出，入輿封誌而後馳，隨其後，越宿促與俱歸。女心不能善，忿曰：「若有桑中約，豈瑣瑣所能止耶！」（更啓其疑乃鬼妻附身使言耳）姚以故他往，則扃女室中，女益厭之。俟其去，故以他鑰置門外以疑之。姚見大怒，問所自來。女憤言不知。姚愈疑，伺察彌嚴。一日自外至，潛聽久之，乃開鎖啟扉，惟恐其響，悄然掩入，見一男子貂冠臥牀上，忿怒，取刀奔入，力斬之。近視，則女晝眠畏寒，以貂覆面上。大駭，頓足自悔。宮翁忿質官，官收姚，褫衿苦械。姚破產，以具金賂上下，得不

兩命冤哉

痴愚已極，皆鬼神使之不死不止

志傳中只有李十郎因疑而生幻，此則更甚

郑伯有為厲，見左傳

新鬼大，故鬼小，見左傳

死由此精神迷惘若有所失適獨坐見女與髯丈夫狎褻榻上惡之操刃而往則沒矣反坐又見之怒甚以刀擊榻席褥斷裂憤然執刃近榻以伺之見女立面前視之而笑遽斫之立斷其首既坐女不移處而笑如故夜間滅燭則聞淫溺之聲褻不可言日日如是不復可忍於是鬻其田宅將卜居他所至夜偷兒穴壁入刼金而去自此貧無立錐忿恚而死里人藁葬之

不掇命幸矣

異史氏曰愛新而殺其舊忍乎哉人止知新鬼爲厲而不知故鬼之奪其魄也嗚呼截指而適其屨不亡何待

長山即古於陵 音烏

逢蠭 正 蜂通

跗 音甫 劍把

采薇翁 劉孔字節之長山人明末聚衆萬人赴江南依劉澤清弘光語授劉總兵未逹而節之已許澤清見殺 事見王漁洋文集

芝生或即節之別號

明鼎革干戈蠭起於陵劉芝生聚衆數萬將南渡忽一肥男子詣柵門敞衣露腹請見兵主劉延入與語大悅之問其姓字自號采薇翁劉留參帷幄贈以刃翁言我自有利兵無須矛戟問兵所在翁乃捋衣露腹臍大可容雞子忍氣鼓之忽臍中塞膚嗤然突出劍跗握而抽之白刃如霜劉大驚問止此乎笑指腹曰此武庫也何所不有命取弓矢又如前狀出雕弓一略一閉息則一矢飛墮其出不窮已而劍插臍中既都不見劉神之與

藏軍器曰武庫兵部有武庫司

同寢處敬禮甚備時營中號令雖嚴而烏合之羣時出剽掠翁曰兵貴紀律今統數萬之衆而不能鎮懾人心此敗亡之道也劉喜之於是糾察卒伍有掠取婦女財物者梟以示衆軍中稍肅而終不能絶翁不時乘馬出遨遊部伍之間而軍中悍將驕卒輒首自墮地不知其何因因共疑翁前進嚴餝之策兵士已畏惡之至此益相憾怨諸部領譖於劉曰采薇翁妖術也自古名將止聞以智不聞以術浮雲白雀之徒終致滅亡今無辜將士往往自失其首人情洶懼將軍與處亦危道也不如

圖之。劉從其言，謀俟其寢誅之。使覘翁，翁坦腹方臥，息如雷。衆大喜，以兵遶舍，兩人持刀入，斷其頭。及擧刀，頭已復合，息如故。大驚，又斫其腹，腹裂無血，其中戈矛森聚，盡露其穎。衆益駭，不敢近，遙擲以矟，而鐵弩大發，射中數人。衆驚散，白劉。劉急詣之，已杳矣。

詩讞

靑州居民范小山，販筆爲業，行賈未歸。四月間，妻賀獨宿，爲盜所殺。是夜微雨，泥中遺詩扇一握，乃王晟之贈吳蜚卿者。晟，不知何人。吳，益都之素封，與范同里，平日頗有佻達之行，故里黨共信之，郡縣拘質，堅不伏，而慘被械梏，遂以成案。駁解往復，歷十餘官，更無異議。吳亦自分必死，囑其妻罄竭所有，以濟煢獨。有向其門誦佛千者，給以絮袴；至萬者，絮襖。於是乞丐如市，佛號聲聞十餘里，因而家驟貧，惟日貨田產以給貲斧，陰賂監者使市鴆。夜夢神人告之曰：子勿死，曩日外邊凶，目下內邊吉矣。再睡又言，以是不果死。無何，周元亮先生分守是道，慮囚至吳，若有所思，因問吳某殺人有何確據，范以扇對。先生熟視扇，便問王晟何人，並云不知。又將爰

周名亮工，号櫟園，河南祥符籍，江西金谿人，官戶部侍郎

音錄漢書

虞錄同

定案之卷

真匪夷所思讞獄論詩
千古奇事先生真奇人也

書細閱一過立命脫其械自監移之倉范力爭怒曰而欲妄殺一人便了卻耶抑將得讎人而甘心耶衆疑先生私吳郎莫敢言先生標硃簽立拘南郭某肆主人主人懼罔知所以至則問曰肆壁有東莞李秀詩何時題耶荅自舊歲提學按臨有二三秀才飲醉留題不知所居何里遂遣役至日照坐拘李秀數日秀至怒之曰既作秀才奈何謀殺人秀頓首錯愕但言無之先生擲扇下令其自視曰明係而作何詭托王晟秀審視云詩眞某作字實非某書曰既知汝詩當即汝友誰書者秀曰

疑案憑一扇之詞字轉展而得奇冤昭雪真可演為戲曲

跡似沂州王佐乃遣役關拘王佐佐至詗之一如見秀狀佐言此益都鐵商張成索某書者云晟其表兄也先生曰盜在此矣執成至一訊遂伏先是成窺賀氏美欲挑之恐不諧念托於吳必人所共信故僞爲吳扇執而往諧則自認不諧則嫁名於吳而實不期至於殺也踰垣入逼婦婦以獨居常以刃自衛既覺捉成衣操刀而起成懼奪其刀婦力挽令不得脫且號成益窘遂殺之委扇而去三年寃獄一朝而雪無不誦神明者吳始悟裏邊吉乃周字也然終莫解其故後邑紳乘間請之公

先生一代名士宏奬風流同時名臣

笑曰此甚易知細閱爰書賀被殺在四月上旬是夜陰雨天氣猶寒扇乃不急之物豈有忙遽之時反擕此以增累者其嫁害可知向避雨南郭見題壁詩與箑頭之作口角相類故妄度李生果因是而得眞盜幸中耳聞者歎服

異史氏曰天下事入之深者當其無有有之用詩詞歌賦文章華國之具也而先生以相天下士稱孫陽焉豈非入其中者深乎而不謂相士之道移於折獄易曰知幾其神先生有之矣

孫陽即伯樂

此或有所指以寓意

外科

毛大福

太行毛大福，瘍醫也。一夜行術歸，道遇一狼，吐裹物，退蹲道左。毛拾視，則布裹金飾數事。方怪異間，狼前歡躍，略曳袍服，即復去。毛行，又曳之。察其意不惡，因從之去。未及至穴，見一狼病臥，視頂上有巨瘡，潰腐生蛆。毛悟其意，撥剔淨盡，敷藥如法，乃行。日既晚，狼遙送之。行三四里，又遇數狼，咆哮相侵，懼甚。前狼急入其羣，若相告語，衆狼悉散去。毛乃歸。先是，邑有銀商寗泰，被盜殺於途，莫可追詰。會毛貨金飾，爲寗氏所認，執赴公庭。毛訴

官不及狼然事涉亦难還信

所從來官不之信將械之毛寃極不能自伸唯求寛釋請問諸狼官遣兩隸押入山直抵狼穴値狼未歸旣暮不至三人遂返至半途遇二狼其一瘡痕猶在毛識之因揖而祝曰前蒙餽贈今遂以此被屈君不爲我昭雪回去搒掠死矣狼見毛被縶怒奔隸隸拔刀相向狼以喙拄地大嘷嘷兩三聲山中百狼羣集圍旋之隸大窘狼競前齧縶索隸悟其意解毛縛狼乃俱去歸述其狀官異之而猶未遽釋毛後數日官出行在道一狼銜敝履委路間未以爲異過之狼又銜履奔前途而置之官

究竟好官今則官自己
行為与狼相去幾何

些罵病家不及虎狼
前有二班今有毛大福

麛 麀鹿子

唐太史見前注
李左車見史記□信傳

究竟良有司今日可見

命收履狼乃去既歸陰遣人訪履主或傳某村有叢新者被一狼追逐銜履而去拘來認之果其履也遂疑殺窨者即新鞫之果然蓋新殺窨取其巨金衣底藏飾未邉搜括被狼銜去也

兩則皆言人不如狼所以呂新吾有無如一書也
在去偽齋集中

昔一收生嫗自他歸遇一狼阻道牽衣若欲召之乃從去見雌狼方娩不下嫗爲之用力既産始放之歸明日銜麛置庭中乃知此事自古有之也

雹神

唐太史濟武適日炤會安氏葬道經雹神李左車之祠

雹神乃道家語相傳已久

曾入游眺祠前有池池水清澈有朱魚數頭遊泳其中内一魚斜尾唼呷水面見人不驚太史拾小石將戲擊之道士在旁急止勿擊問其故則池鱗皆龍族觸之必致風雹太史笑附會之誣不聽其言卒擲擊之既而斥車東邁則有黑雲如蓋隨之以行既而簌簌雹落大如綿子又行里餘始霽太史弟涼武在後相去一矢少間追及相與語則竟不知有雹也問之前行者亦然太史笑曰此豈廣武君作怪也而猶未之深異安村外有關聖祠適有禆販之客釋肩門外忽棄雙簏趨祠中拔架

上大刀旋轉而舞曰我李左車也明日將陪從淄川唐太史一助執紼敬先告主人數語而醒自不知其何言亦不識唐太史何人也安氏聞之大懼村去神祠四十餘里敬修楮帛祭具詣祠哀禱但求憐憫不敢煩其枉駕太史怪其敬信之深問諸主人蓋雹神靈蹟最著往往託生人以爲言應驗無虚語若不虔祝以尼其行則明日風雹立至矣

異史氏曰廣武君在當年亦老謀壯事者流也即司雹於東或亦其不磨之氣受職於天然業神矣何必翹然

唐公集

此謂有給出佛銀法
王仲瑩乾沒今不多見且
知康熙年行過銀錢也

古有萬石君言己官二千
石四子皆同

史記荊燕世家獨此尚觖
望住觖缺也謂不滿所
望而怨也

翁之語似漢踈廣雖弥
留恰非亂命

自異哉蕊太史道義文章天人之欽矚已久此鬼神之
所以必求信於君子也

李八缸

太學李月生斥宇翁之次公也翁最富以缸貯金里人
稱之八缸翁寢疾呼子分金兄八之弟二之月生不能
無觖望翁曰我非偏有愛憎藏有窖鏹必待無多人時
方以畀汝勿急也過數日翁益彌留月生慮一旦不虞
覷無人即牀頭秘訊之翁曰人生苦樂皆有定數汝方
享妻賢之福故不宜再助多金以增汝過蓋月生妻車

監生
窖藏
次子
音吉藏也
双关难解
音鄙與也
誤会無多人時之語

今推痺
字从此

氏最賢有桓孟之德翁是以云月生固哀之怒曰汝尚有二十餘年坎壈未歷郎子千金亦立盡耳苟不至山窮水盡時勿望給與也月生爲人孝友敦篤郎亦不敢復言猶冀父復瘳旦夕可以婉告無何翁大漸尋卒幸兄賢齋葬之謀弗與計校而月生天眞爛熳不較錙銖又好客善飲炊黍治具日促妻三四作又不甚理家人生産里中無賴窺其良懦輒魚肉之踰數年家漸落窘急時賴兄小周給不至大困無何兄以老病卒益失所助至絕糧食春貸秋償田所出登場輒盡於是割畝爲

列女傳漢鮑宣妻桓氏少君儉裝豐厚能改從夫位与宣共挽鹿車同隱

孟光漢梁鴻婦偕之吴於皐伯通家見舂举案齊眉相敬如賓

見尚書

坎壈路不平多坎窞如人之多磨折

生產業利息也

魚肉可嘆欺侮也

公孫杵臼趙盾客與程嬰
同存趙孤兒事見史記
一說梁鴻與皐伯通訂交
於杵臼間

活業亦消滅又數年長子及妻相繼殂謝無聊益甚尋買販羊者之妻徐冀得小阜而徐剛烈日凌藉之至不敢與朋友通弔慶禮忽一夜夢父曰今汝所遭可謂山窮水盡矣嘗許汝窖鏹今其可矣問何在曰明日畀汝醒而異之猶謂是貧中積想也次日發土葺墉掘得巨金始悟向言無多人乃死亡將半也

異史氏曰月生杵臼交其爲人樸誠無少僞余兄弟與交哀樂輒相共數年來村隔十餘里老死竟不相聞余每過其居里因亦不敢過問之則月生之苦況蓋有不

治命乱命 左传

朱名宏祚高唐人徙济南顺治戊子乙榜官江南盱眙县仕至闽浙总督

置而不问亦使无讼良法或赏格一贴更妙

可名言者矣忽聞暴得千金不覺爲之鼓舞嗚呼翁臨終之治命昔習聞之而不意其言皆讖也抑何其神哉

老龍船戶 老龍津名

廣东

诚则通神世所少见

朱公徽蔭總制粵東時往來商旅多告無頭寃狀往往千里行人死不見尸甚至數客同遊全絕音信積案累累莫可究詰初告有司尚欲發牒行緝追投狀既多遂竟置而不問公蒞任稽舊案狀中稱死者不下百餘其千里無主者更不知其幾何公駭異慘怛籌思廢寢徧訪僚屬迄少方略於是潔誠熏沐致檄於城隍之神已

變食減者膳

城隍托夢通姓

而變食齋寢恍惚中見一官僚搢笏而入問何官荅云城隍劉某將何言曰鬚邊垂雪天際生雲水中漂木壁上安門言已而退既醒隱謎不解輾轉終宵忽悟曰垂雪者老也生雲者龍也水上木爲船壁上門爲戶合之非老龍船戶也耶蓋省之東北曰小嶺曰藍關源自老龍津以達南海嶺外巨商每由此入粵公早遣武弁密授機謀捉龍津駕舟者次第擒獲五十餘名皆不械而服蓋寇以舟渡爲名賺客登舟或投蒙藥或燒悶香使諸客沉迷不醒而後剖腹納石以沉於水冤慘極矣自

採謂韓遂超馬及將士觀者曰我非四目兩口但多智耳　三國魏志

韓名菼号慕廬長洲人康熙癸丑科會狀官至禮部尚書謚文懿　望省文集

昭雪後遐邇懽騰謠頌成集焉

異史氏曰剖腹沉尸慘冤已甚而木雕之有司（今之所謂有司）吏少疴癢則粵東之暗無天日久矣公至而鬼神效靈覆盆俱照何其異哉然公亦非有四目兩口不過痌瘝之念積於中者至耳苟徒（今之大吏）巍巍然出則刀戟橫路入則蘭麝熏心尊優則極而何能與鬼神通哉

元少先生

（鬼神）

韓元少先生爲諸生時有吏突至白主人欲延作師而殊無名刺（拜帖）問其家閥含糊對之束帛繼贄儀禮優渥先

生諸之約期而去至日果以輿來迤邐而往道路皆所未經忽睹殿閣下車入氣象類藩邸既就館酒炙紛羅勸客自進迄無主人筵既撤則公子出拜年十五六姿表秀異展禮罷趨就他舍請業始至師所公子慧絶聞義輒通而先生以不知家世頗所疑問館中有二僮爲之給役私詰之皆不對問主人何在荅以事忙先生求導窺之僮不可又屢求之僮乃諸導之一處聞楮楚聲自門隙目注之見一王者坐殿上階下劍樹刀山皆冥中事大駭方將卻步内已知之因罷政叱退諸鬼疾呼

謚文毅公入學得而復失沒入都見崑山徐健庵司寇以國士之加遂得通籍大魁天下歷官至大宗伯云

宗神宗者泰山神也為碧霞元君頤亭林山東老古錄論之極詳

僮僮變色曰我為先生禍及身矣戰惕奔入王者怒曰何敢引人私窺即以重鞭笞訖乃召先生入曰所以不見者以幽明異路今已知之勢難再聚因贈束金使行曰君天下第一人但坎壈未盡耳使青衣捉騎送之先生疑身已死青衣曰何得便爾先生食御一切買自俗間非冥中物也既歸坎坷數年作會狀其言皆驗

周生

周生者時邑侯之幕客邑侯適公出夫人徐有忝禮碧霞元君願以道賒遠將遣僕賫儀代往使周為祝文周

直以性命為而……
少年狂妄也
斷袖　漢成帝寵董賢事
餘桃　龍陽君事見史記

作駢詞歷叙平生頗涉狎諢中有云栽洛陽滿縣之花
偏憐斷袖置夾谷彌山之草惟愛餘桃此詩夫人所憤
也諸如此類甚多脫稿示同幕淩生淩以爲褻戒勿用
弗聽付僕而去居無何周生卒於署既而僕亦死又未
幾徐夫人產後病亦卒人猶未之異也周生子自都來
迎父櫬夜與淩生同宿夢父戒之曰文字不可不慎也
我不聽淩君言遂以褻詞致干神怒遽夭天年又貽累
徐夫人且殃及焚文之僕恐冥罰之不免也醒以告淩
淩夢亦同因述其文周子方知之爲之惕然

大澤
孔子相魯會夾谷

晋潘安在陽河縣種花

律例凡盜賊爲首者重罪爲從者遞減

漢黃叔度憲牛醫之子賢名大著

漿酒也趙隱者薛公毛公皆賢者隱於賣漿博徒見史記信陵君傳

異史氏曰恣情縱筆輒灑灑自快此文客之常也然媟嫚之詞何敢以告神明哉狂生無知冥譴其所應爾乃使賢夫人及千里之僕駢死而不知其罪不亦與俗中之刑律猶分首從者反多憒憒哉冤已

劉全 神鬼 一

鄒平牛醫侯某荷飯餉耕者至野有風旋其前侯即以杓掬漿祝奠之旣盡數杓風始去又一日適城隍廟閒步廡下見內塑劉全獻瓜像被鳥雀遺糞糊蔽目睛侯曰劉大哥何遂受此玷污因以爪甲爲除去之後數年

勺杓通 一音漂

病臥被二皁攝去至官衙前逼索財賄甚苦侯方無所爲計忽自內一綠衣人出見之訝曰侯翁何來侯便告訴綠衣人卽責二皁曰此汝侯大爺何得無禮二皁喏喏遜謝不知俄聞鼓聲如雷綠衣人曰早衙矣遂與俱入令立墀下曰姑立此我爲汝問之遂上堂點手招一吏人下略道數語吏人見侯拱手曰侯大哥來耶汝亦無甚大事有一馬相訟一質便可復返遂別而去少間堂上呼侯名侯上跪一馬亦跪官問侯馬言被汝藥死有諸侯曰彼得瘟症某以瘟方治之旣瘳隔日而死與

但應一識韓荆州

某何所干涉馬作人語兩相苦官命稽籍籍註馬壽若干應死於某年月日數確符因訶曰此汝天年適盡何得妄控吒之而去因謂侯汝存心方便可以不死仍命二皁送之前二人亦與俱出又囑途中善相視侯曰今日遂蒙覆蔽生平實未識荆乞示姓字以圖銜報緑衣人曰三年前僕從泰山來焦渴欲死經君村外蒙以杓漿見飲至今不忘吏人曰某即劉全曩蒙雀糞之污悶不可耐君手為滌除是以耿耿奈冥間酒饌不可以奉賓客請即別矣侯始豁悟乃歸既至家款留二皁皁並

不敢飲其杯水。侯蘇，葢死已踰兩日夜矣。自此益脩善行。每逢節序，必以漿酒酹劉。全後年至八旬，尚强健，能乘馬馳走。一日於途間見劉全騎馬來，如將遠行，拱手溫涼已。劉曰：君數已盡，勾牒出矣。勾役欲相招，我禁使勿須。君可歸治後事。三日後我來同君行。地下代買小缺，亦無苦也。遂去。侯歸告妻子，招別戚友，棺衾俱備。第四日日暮，對衆曰：劉大哥來矣。入棺遂歿。

韓方

明季，濟郡以北數州縣，邪疫大作，比戸皆然。齊東有農

章邱縣志孤石大夫东陵山下石高丈餘有神异嘗化為人行醫自号石大夫多靈跡遂立祠北人呼醫生曰大夫不必五品坐官

民韓方性至孝其父母皆病因具楮帛哭禱於孤石大夫之廟歸途零涕遇一人衣冠清潔問何悲也韓具以告其人曰孤石之神卽亦不在於此禱之何益僕有小術可以一試韓喜便詰姓字其人曰我不求報何必通鄉貫乎韓方殷殷請臨其家其人又言無須但歸以黃紙置牀厲聲言我明日赴都告諸嶽帝病當已韓恐不驗堅求移趾其人曰實告子我非人也巡環使者以我誠篤俾爲南縣土地感君孝指授此術目前嶽帝舉枉死之鬼其有功人民或正直不作邪祟者以城隍土地

不求聞達科 趙璘因話錄

唐時科目名色有六十餘種見唐書及文獻通考

祲同侵凶年

月今日殃人者皆郡城中北兵所殺之鬼急欲赴都投狀故沿途索賂以謀口食耳言告嶽帝則彼必懼故當已韓悚然起敬伏叩道側既起其人已渺驚歎而歸遵其教父母果皆愈以傳鄰村無不驗者

異史氏曰沿途祟人而往以求不作邪祟之用此與策馬應不求聞達之科者何殊哉天下事大率類此猶憶甲戌乙亥之間當事者使民捐穀疏告九重謂民樂輸於是各州縣如數取盈甚費敲朴是時郡北七邑皆被水歲大祲催辦尤難吾鄉唐太史偶至利津見繫逮十

山東

同律

聊齋志異卷十六 韓方 五十三

室無空虛，則婦姑勃谿。莊子句。注：勃谿謂爭也。

數人，即當道中，問其何事，答云，官捉吾等赴城北追樂輸耳。農民亦不知樂輸二字作何解，遂以爲徭役斂比之名，亦可歎而可笑也。

太原獄

太原有民家，姑婦皆寡。姑中年，不能自潔，村無賴頻來就之。婦不善其行，陰於門戶牆垣阻拒之。姑慚，借端出婦；婦不去，頗有勃谿。姑益恚，反相誣，諸官。官問奸夫姓名。媼曰：夜來宵去，實不知其何誰，鞫婦自知。因喚婦，婦果知之，而以姦情歸媼，苦相抵拘。無賴至，又譁辯，謂兩

不相能不和睦

名宗元号長卿淄川人順治乙酉舉人乙未進士臨晋知縣升開封府南河同知調澧陽知州

無所私彼姑婦不相能故妄言相詆毁耳官曰一村百人何獨誣汝重笞之無賴叩乞免責自認與婦通械婦婦終不承逐去之婦忿告憲院仍如前久不决時吾邑孫進士柳下令臨晉（山西）推折獄才遂下其案於臨晉人犯到公略訊一過寄監訖便使隸人備磚石刀錐質明聽用共疑曰嚴刑自有桎梏何將以非刑折獄耶不解其意姑備之明日升堂問知諸具已備命悉置堂上乃喚犯者又一一略訊之乃謂姑婦此事亦不必求甚清析淫婦雖未定而奸夫則確汝家本清門不過一時為匪

片言可以折獄論語句謂判詞可折服兩造

清析分明也晰同

解后薢茩冃音懈後恐一時懊怒失手傷重致死必抵命故趦趄不敢

隨機应変真有别才死讀時文一無用頭

人所誘罪全在某堂上刀石具在可自取擊殺之姑婦趦趄恐避逅抵償公曰無慮有我在於是媪婦並起掇石交投婦銜恨已久兩手舉巨石恨不即立斃之媪惟以小石擊觳臀而已又命用刀媪奓逡巡公止之曰淫婦我知之矣命執媪嚴梏之遂得其情其案乃結

附記公一日遣役催租租户他出婦應之役不得賄拘婦至公怒曰男子自有歸時何得擾人家室遂笞役遣婦去乃命匠多備手械以備敲比明日邑中傳頌公仁欠賦者聞之皆使妻出應公盡拘而械之余

如何其情 論語

此圍棋反扑法

嘗謂孫公才非所短，然如得其情，則喜而不暇哀矜矣。

新鄭獄

河南開封府

長山石進士宗玉，爲新鄭宰。適有遠客張某，經商於外，因病思歸，不能騎步，賃手車一兩，攜貲五千，兩夫挽載以行。至新鄭，兩夫往市飲食，張守貲獨臥車中。有某甲過，睨之，見旁無一人，奪貲去。張不能禦，力疾起，遙尾綴之，入一村中；又從之，入一門內。張不敢入，但自短垣窺覘之。甲釋所負，回首見窺者，怒執爲賊，縛見石公，因言

一遲一速不言可喻

曖昧不明也

此即扶同揑飾也

情狀問張張備述其冤公以無質實叱去之二人下皆謂官無卓白公置若不聞頗憶甲久有遺賦但遣役嚴追之逾一日即以銀三兩投納石公喚問金所自來甲荅質衣鬻物皆指名以實之石公遣役令視納税人有與甲同村者否適甲鄰人在便喚入石公問汝即爲某甲近鄰金所從來當自知之鄰荅不知石公曰鄰家不知其來曖昧甲懼顧鄰曰我質某物鬻某器汝寧聞之乎鄰急曰然固聞之矣石公怒曰是必與某甲同盜非窮治之不可命取梏械鄰人大懼曰我以鄰故不敢招

一味即招

和盤托出

恂恂見漢李廣傳

晋書喬智明鮮卑人仕晋為隆慮令民愛之號曰神君

愬耳。今刑及己身。何諱乎。彼實刼張某錢所市也。遂釋之。時張以喪貲未歸。乃責甲押償之。石公此類甚多。亦見其實心爲政也。

異史氏曰。石公爲諸生時。每一藝出。得者秘以爲寶。觀其人恂恂雅飭。翰苑則優。似非簿書才者。乃一行作吏。神君之名。譟於河朔。誰謂文章僅華國之具哉。故志之以風有位者。

時文

一行句見晋嵇康與山濤書

浙東生

狐

浙東生房某。客於陝。貧不能歸。教授生徒。嘗以膽力自

肖心

附同年阮坎也音畫

訝一夜裸臥忽有毛物從空墮下擊胸有聲覺大如犬氣咻咻然四足撓動大懼欲起物以兩足撲倒之恐極而斃經一時許覺有人以尖物穿鼻大嚏乃蘇見室中燈火熒煌牀邊坐一美人笑曰好男子膽氣固如此耶生知爲狐益懼女漸與狎戲膽始放遂共歘暱積半年如琴瑟之好一日臥牀頭生潛以獵網蒙之女醒不敢動但哀之生但笑不前女忽化白氣自牀下出恚曰終非好相識可送我去以手曳之身不覺自行出門凌空翁飛食頃女釋手生暈然墜落適世家園中有虎跳揉

太不義

圈弗限

亦報以網真惡作劇

木為圈結繩作網以覆其口生墮網上網為之側以腹受網身半倒懸下視虎蹲阱中仰見臥人躍上近不盈咫心膽俱碎園丁來飼虎見而怪之扶上已死移時始漸甦備言其故其地為浙界離其家止四百餘里矣告之主人贈以貲而遣之嘗告人曰雖得兩死然非獄不能歸也

博興女

烈女 雷神

博興民王某有女及笄勢豪某窺其姿伺女出掠去無知者至家逼淫女號嘶撑拒某縊殺之門外故有深淵

天譴

遂以石繫尸、沉諸其中。王覓女不得、計無所施。天忽雨、雷電遶其家。霹靂大作、龍下攫某首而去。未幾天晴、淵中女尸浮出。一手捉人頭、審之則某某也。官知、鞫其家人、始得其情。龍其女之所化與？何以能然也？奇哉。

一員官

濟南同知吳公、剛正不徇。時有陋規、凡貪墨者、虧空犯賍罪、上官輒庇之、以賍分攤屬僚、無敢梗者。以命公、不受。强之不得、怒加叱罵。公亦惡聲還報之曰、某官雖微、亦受君命。可以參處、不可以罵詈也。要死便死、不能捐

言之侃侃可聽

[illegible]勍為人木强敦厚見滓書

朝廷之祿代人償枉法贓耶上官乃改顏溫慰之人皆言斯世不可以行直道人自無直道耳可反咎斯世之不可行哉會高苑有穆情懷者狐附之輒慷慨與人談論音響在座上但不睹其人適至郡賓客談次或詰之曰仙固無不知請問郡中官共幾員應聲曰一員共笑之復詰其故曰通郡官僚雖七十有二其實可稱爲官者吳同知一人而已

是時泰安知州張公者人以其木强號之橛子凡貴官大僚登岱者夫馬兜輿之類需索煩多州民苦於

橛音掘即倔强不和柔也

塵甑　後漢范丹傳丹廉吏時有謠云甑中有塵范史雲

老誇　漢書疏廣傳

供億公一切罷之或索羊豕公曰我即一羊也一豕也請殺之以犒騶從大僚亦無奈之公自遠宦別妻子者十二年初蒞泰安夫人及公子自都中來省之相見甚歡踰六七日夫人從容曰君塵甑猶昔何老誇不念子孫耶公怒大罵呼杖逼夫人伏受責公子覆母身號泣乞代公橫施撻楚乃已夫人怒即偕公子命駕歸矢曰渠即死於是吾亦不復來矣踰年公果卒此不可謂非令之強項令也然以久離之琴瑟何至以一言而躁怒之此不情矣哉而威嚴能行於

此篇乃全部結穴仍託於鬼神徽用の、徽典、歟繁縟

牀笫事更奇於鬼神矣

花神

癸亥歲余館於畢刺史公之綽然堂公家花木最盛暇輒從公杖屨得恣游賞一日眺覽既歸倦極思寢解屨登牀夢二女郎被服艷麗近請曰有所奉托敢屈移玉余愕然起問誰相見召曰絳妃耳恍惚不解所謂遽從之去俄睹殿閣高接雲漢下有石階層層而上約盡百餘級始至顛頭見朱門洞敞又有一二麗者趨入通客無何詣一殿外金鉤碧箔光明射眼内一女人降階出

封姨 風也

背城借一 左成公二年收拾餘燼背城借一

環珮鏘然狀若貴嬪方欲展拜妃便先言敬屈先生理
須首謝呼左右以毯貼地若將行禮余惶悚無以爲地
因啟曰草莽微賤得辱寵召已有餘榮況敢分庭抗禮
益臣之罪折臣之福妃命撤毯設宴對筵相向酒數行
余辭曰臣飲少輒醉懼有愆儀教命云何幸釋疑慮妃
不言但以巨杯促飲余屢請命乃言妾花神也合家細
弱依棲於此屢被封家婢子橫見摧殘今欲背城借一
煩君屬檄草耳余皇然起奏臣學陋不文恐負重託但
承寵命敢不竭肝鬲之愚妃喜即殿上賜筆札諸麗者

含沙詩為鬼為蜮注蜮似鼈三足生于南越一一射影殺人

裁箋拂座磨墨濡毫又一垂髫人折紙爲範置腕下略寫一兩句便二三輩疊背相窺余素遲鈍此時覺文思若湧少間稿脫爭持去啟呈緗妃妃展閱一過頗謂不疵遂復送余歸醒而憶之情事宛然但檄詞强半遺忘因足而成之謹按封氏飛揚成性忌嫉爲懷濟惡以才絕殊傴草射人於暗深類含沙昔虞帝樂其薰融宵旰不足解憂反借渠以解慍楚王蒙其蠱惑賢才未能稱意惟得彼以稱雄沛上英雄雲散而思猛士茂陵天子秋高而念佳人從此顧盼自雄因而披猖無忌怒號萬

灧澦堆 寰宇記灧澦堆周圍二十丈蜀江中心壁

竅響碎玉於深宮淵湃中宵弄寒聲於秋樹倏向山林叢棲假虎之威時於灧澦堆中助江之浪且也簾鉤頻動發高閣之淸商詹鐵忽敲破離人之幽夢搴帷拂簟儼同大幕之賓排闥升堂竟作翻書之客不曾於生平識面直闖門戶而來若非是掌上留裙幾掠蹁躚而去吐虹絲於碧落乃敢因月成闌翻柳浪於靑郊謬說爲花寄信賦歸田者歸途纔就飄飄吹碎蕩之衣登高臺者高興方濃輕輕落茱萸之帽蓬梗卷兮上下三秋之吾角搏兮箏聲杳乎雲霄百尺之鳶絲斷繫不奉明至

布帆安穩行人無恙

史記西南夷傳夜王自大

之語特迷花開未絕坐客之纓竟吹燈滅甚則揚塵播土吹平李賀之山呼雨呼雲捲破杜陵之屋漏夷起而擊鼓少女進而吹笙蕩漾以冰石皆作燕乳奔而至瓦竟分爲未施搏水之威浮水江豚時出拜陡出障天之勢書天雁字不成行助馬當之輕帆彼有取爾牽瑤臺之翠帳于意云何至於海鳥而靈尚依魯門以避但使行人無恙願喚石郎以歸古有賢豪乘而破者萬里世無高士御以行者幾人駕飈車之狂雲遂以夜郎自大恃貪狼之逆氣漫云河伯爲尊姊妹俱受其摧殘棄族

金谷園 石崇
華林園 魏帝

悉爲其蹂躪紛紅駭綠掩苒何窮擘柳鳴條蕭騷無際雨零金谷綴爲藉客之裀露冷華林去作沾泥之絮埋香瘞玉殘妝卸而翻飛朱榭雕欄雜珮紛其零落減春光於旦夕萬點正飄覓殘紅於西東五更非錯幽閒江漢女弓鞋漫踏春園寂寞玉樓人珠勒徒嘶芳草斯時也傷春者有難乎爲情之怨尋勝者作無可奈何之歌爾乃趾高氣揚還無端之踔厲發蒙振落動不已之瀾珊傷哉綠樹猶存簌簌者繞牆自落久矣朱旛不豎娟娟者隕涕誰憐墮溷沾籬畢芳魂於一日朝榮夕悴免

荼毒以何年怨羅裳之易開罵空聞於子夜訟狂伯之
肆虐章未報於天庭誕告芳鄰學作蛾眉之陣凡屬同
氣羣興草木之兵莫言蒲柳無能但須藩籬有志且看
鶯儔燕侶公復奪愛之讎請與蝶友蜂交共發同心之
誓蘭橈桂楫可教戰於昆明桑蓋柳旗用觀兵於上苑
東籬處士亦出茅廬大樹將軍應懷義憤殺其氣燄洗
千年粉黛之冤殲爾豪強消萬古風流之恨

光緒十二年丙戌三月朔至雲山下橋次窩廬

山樓下小院，惜未以手迹抵批注疏有嚮數

為校正隱竊數日之力了畢，惜未得遍批

時誤字不少。自九十卷以後衡步此即學問日

益愛鍥而不舍，全不可閒勉之

七十三窳叟康沚

聊齋志異卷十六終

志異十六卷先大父柳泉先生著也先大父諱松齡字留仙別號柳泉聊齋其齋名也幼有軼才學識淵穎而簡潛落穆超然遠俗雖名宿宗工樂交傾蓋然數奇終身不遇以窮諸生授舉子業顛倒於荒山僻隘之鄉間爲詩賦歌行不愧於古作者撰古文辭亦往往標新領異不勦襲先民皆各數百篇藏於家而於耳目所覩記里巷所流傳同人之雜錄又隨筆撰次而爲此書其事多涉於神怪其體倣歷代志傳其論贊或觸時感事而以勸以懲其文往往刻鏤物情曲盡世態冥會幽探思

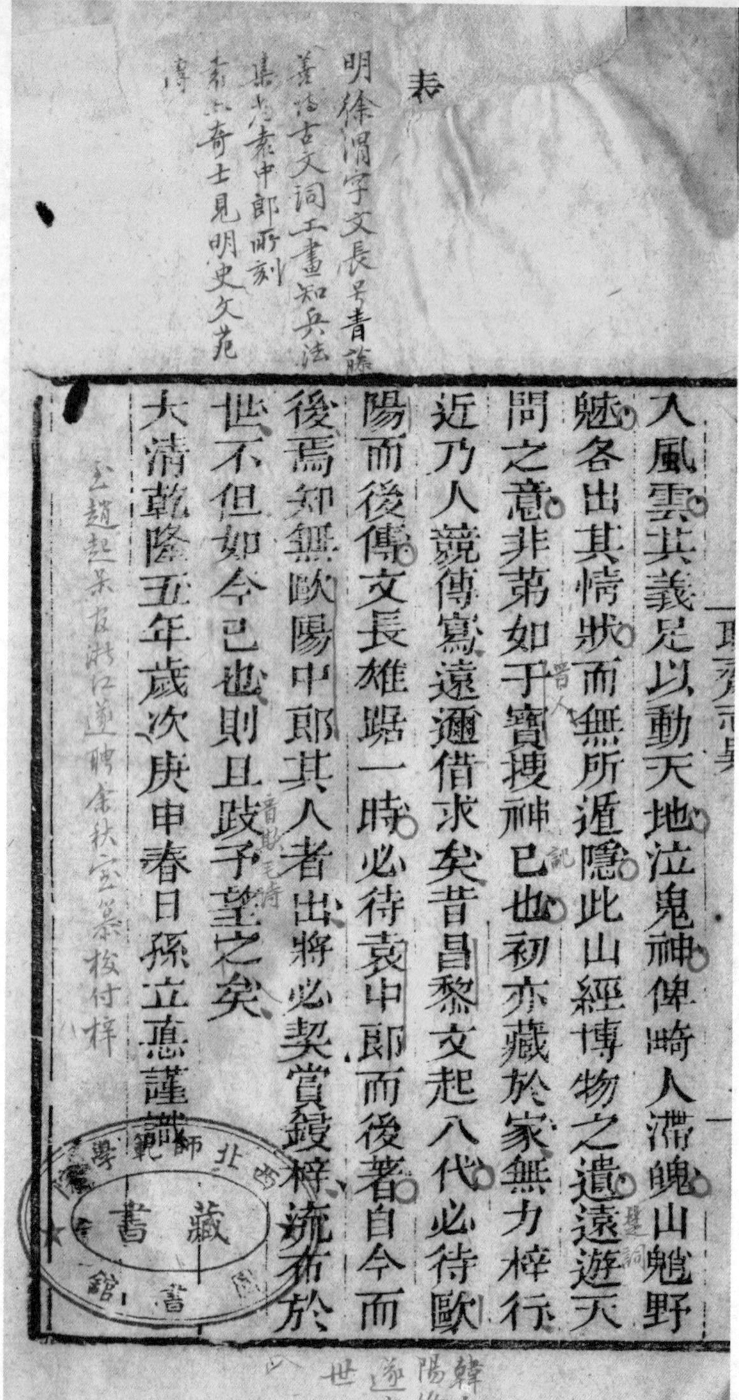

表

明徐渭字文長号青藤善詩古文詞工書畫知兵法集有袁中郎所刻素[illegible]奇士見明史文苑傳

入風雲其義足以動天地泣鬼神俾畸人滯魄山魈野魅各出其情狀而無所遁隱此山經博物之遺遠遊天問之意非第如干寶搜神已也初亦藏於家無力梓行近乃人競傳寫遠邇借求矣昔昌黎文起八代必待歐陽而後傳文長雄踞一時必待袁中郎而後著自今而後焉知無歐陽中郎其人者出將必契賞鋟梓流布於世不但如今已也則且跂予望之矣

大清乾隆五年歲次庚申春日孫立悳謹識

武進趙起杲友沂江邁聘余秋室篆校付梓

韓文自歐陽修嗜之遂大行於世

（清）蒲松齡　撰

青柯亭本聊齋志異

第七册

國家圖書館出版社

第七册目録

卷十三

卷十四

吾吳無此俗

聊齋志異卷十三

淄川　蒲松齡留仙著

新城　王士正貽上評

此有搬運障眼邪術擴充之即可為盜匪

偷桃

蒲翁少時當是崇禎末耶

童時赴郡值春節舊例先一日各行音杭商賈彩樓鼓吹赴藩司名曰演春余從友人戲矚是日遊人如堵堂上四官皆赤衣東西相向坐時方稚亦不解其何官但聞人語嚌嘈鼓吹聒耳忽有一人率披髮童荷擔而上似有所白萬聲洶動亦不聞爲何語但視堂上作笑聲卽有

籌之爛熟 世說新語

青衣人大聲命作劇其人應命方興問作何劇堂上相
顧數語吏下宣問所長荅言能顛倒生物吏以白官少
頃復下命取桃子術人聲諾解衣覆笥上故作怨狀曰
官長殊不了了堅冰未解安所得桃不取又恐爲南面
者所怒柰何其子曰父已諾之又焉辭術人惆悵良久
乃云我籌之爛熟春初雪積人間何處可覓唯王母園
中四時常不凋謝或有之必竊之天上乃可子曰嘻天
可階而升乎曰有術在乃啟笥出繩一團約數十丈理
其端望空中擲去繩即懸立空際若有物以挂之未幾

繩頭

漢有恐猲取財律見漢書

鼄正蛛通

㼝正盌俗碗更俗

愈擲愈高渺入雲中手中繩亦盡乃呼子曰兒來余老
憊體重拙不能行得汝一往遂以繩授子曰持此可登
子受繩有難色怨曰阿翁亦大憒憒如此一綫之繩欲
我附之以登萬仞之高天倘中道斷絶骸骨何存矣父
又强嗚迫之曰我已失口悔無及煩兒一行兒勿苦倘
竊得來必有百金賞當爲兒娶一美婦子乃持索盤旋
而上手移足隨如蛛趁絲漸入雲霄不可復見久之墜
一桃如盌大術人喜持獻公堂堂上傳視良久亦不知
其真僞忽而繩落地上術人驚曰殆矣上有人斷吾繩

見將焉託移時一物墮視之其子首也捧而泣曰是必偷桃爲監者所覺吾兒休矣又移時一足落無何肢體紛墮無復存者術人大悲一一拾置笥中而闔之曰老夫止此一兒日從我南北游今承嚴命不意罹此奇慘當負去瘞之乃升堂而跪曰爲桃故殺吾子矣如憐小人而助之葬當結草以圖報耳坐客駭詫各有賜金術人受而纏諸腰乃扣笥而呼曰八八兒不出謝賞將何待忽一蓬頭僮首抵笥蓋而出望北稽首則其子也以其術奇故至今猶記之後聞白蓮教能爲此術意此其

結草晉將亢杜回事見左傳

古仙人有陶八八見列仙傳

豈其苗裔耶
何興之暴也 史記項羽本紀贊

苗裔耶 苗裔子孫也

口技 技藝

村中來一女子年廿有四五攜一藥囊售其醫有問病者女不能自爲方俟暮夜請諸神晚潔斗室閉置其中衆遶門窗傾耳寂聽但竊竊語莫敢欬內外動息俱冥至半更許忽聞簾聲女在內曰九姑來耶一女子荅云來矣又曰臘梅從九姑來耶似一婢荅云來矣三人絮語閒雜刺刺不休俄聞簾鈎復動女曰六姑至矣亂言曰春梅亦抱小郎子來耶一女子曰拗哥子嗚之不睡

定要從娘子來身如百鈞重負累煞人旋聞女子殷勤

聲九姑問訊聲六姑寒暄聲二婢慰勞聲小兒喜笑聲

一齊嘈雜即聞女子笑曰小郎君亦太好耍遠遥抱

貓兒來既而聲漸疏簾又響滿室俱譁曰四姑來何遲

也有一小女子細聲曰路有千里且溢與阿姑走爾許

時始至阿姑行且緩遂各各道溫涼並移坐聲喚添坐

聲參差並作喧繁滿室食頃始定即聞女子問病九姑

以爲宜得參六姑以爲宜得芪四姑以爲宜得朮參酌

移時即聞九姑喚筆硯無何折紙戢戢然拔筆擲帽丁

叙法各变化不同

曼引也

丁然磨壘隆隆然旣而投筆觸几震震作響便聞撮藥包裹蘇蘇然頃之女子推簾呼病者授藥並夯反身入室即聞三姑作別三婢作別小兒啞啞貓兒唔唔又一時並起九姑之聲淸以越六姑之聲緩以蒼四姑之聲嬌以婉以及三婢之聲各有態響聽之了了可辨羣訝以爲眞神而試其方亦不甚效此卽所謂口技特借之以售其術耳然亦奇矣

王心逸云在都偶過市廛聞絃歌聲觀者如堵近窺之一少年曼聲度曲並無樂器惟以一指捺頰際且

李一足傳下篇即秋声序口技漁洋誤記也

夏屋渠渠

廣大也

捺且謳聽之鏗鏗與絃索無異亦口技之苗裔也

王漁洋云頗似王于一集中李一足傳

王蘭　鬼仙

利津王蘭暴病卒閻王覆勘乃鬼卒之悞勾也責送還生則尸已敗鬼懼罪謂王曰人而鬼也則苦鬼而仙也則樂苟樂矣何必生王以爲然鬼曰此處一狐金丹成矣竊其丹吞之則魂不散可以長存但憑所之無不如意子願之否王從之鬼導去入一高第見樓閣渠然而悄無一人有狐在月下仰首望空際氣一呼有丸自口

八

中出直上入於月中一吸輒復落以口承之則又呼之如是不已鬼潛伺其側俟其吐急掇於手付王吞之狐驚盛氣相向見二人在恐不敵憤恨而去王與鬼別至其家妻子見之咸懼卻走王告以故乃漸集由此在家寢處如平時其友張姓者聞而省之相見話溫涼因謂張曰我與若家夙貧今有術可以致富子能從我遊乎張唯唯曰我能不藥而醫不卜而斷我欲現我形恐識我者相驚以怪附子而行可乎張又唯唯於是即日趣裝至山西界富室有女得暴疾瘂然瞀瞶前後藥禳既

炫同衒

今之彈弓彈丸古之遺制
晉靈公在臺上彈人而觀
其避丸也 左傳
一

窮張造其廬以術自炫富翁止此女常珍惜之能醫者
願以千金爲報張請視之從翁入室見女瞑臥啟其衾
撫其體女昏不覺王私告張曰此魂亡也當爲覓之張
乃告翁病雖危可救問需何藥俱言不須女公子魂離
他所業遣神覓之矣約一時許王忽來具言已得張乃
請翁再入又撫之少頃欠伸目遽張翁大喜撫問女言
向戲園中見一少年郎挾彈彈雀數人牽駿馬從諸其
後急欲奔避橫被阻止少年以弓授兒教兒彈方羞訶
之便攜兒馬上累騎而行笑曰我樂與子戲勿羞也數

其技術如神翁拜服酬如夙許

游蕩賭博為事不謀衣食業

畢八山中我馬上號且罵少年怒推墮路旁欲歸無路適有一人至提兒背疾若馳瞬息至家忽若夢醒翁神之果貽千鎰王夜與張謀留二百作路用餘盡攜去欲門而付其子又命以三百餽張氏乃復還次日與翁別不見金藏何所益異之厚禮而送之踰數日張於郊外遇同鄉人賀才才飲博不事生產奇貧如丐聞張得術獲金無算因奔尋之王勸薄贈令歸才不改故行旬日蕩盡將復覓張王已知之曰才狂悖不可與處只宜賂之使去縱禍猶淺踰日才果至強從與俱張曰我固知

酗 音凶 醟酒也 狂也

嫖妓曰狎邪游

儌鬼者不安分

辜 音孤 罪也

汝復來曰事酗賭千金何能滿無底竇誠改若所爲我百金相贈才諾之張瀉授之才去以百金在橐賭益豪益之狹邪遊揮灑如土邑中捕役疑而執之質於官拷掠酷慘才實告金所自來乃遣隸押才捉張數日創劇斃於途魂不忘張復往依之因與王會一日聚飲於煙墩才大醉狂呼王止之不聽適巡方御史過聞呼搜之獲張張懼以實告御史怒笞而牒於神夜夢金甲人告曰查王蘭無辜而死今爲鬼仙醫亦仁術不可律以妖魅今奉帝命授爲清道使賀才邪蕩已罰竄鐵圍山張

鐵圍山　見佛經

宋蔡絛雜記時事曰鐵圍山叢談

貌既姝麗吐詞又風雅花前月下更覺動人

某無罪當宥之御史醒而異之乃釋張張治裝旋里囊中存數百金敬以半送王家王氏子孫以此致富焉

海公子

東海古跡島有五色耐冬花四時不彫而島中古無居人人亦罕到之登州張生好奇喜游獵聞其佳勝備酒食自棹扁舟而往至則花正繁香聞數里樹有大至十餘圍者反復流連甚慊所好開尊自酌恨無同游忽花中一麗人來紅裳炫目略無倫比見張笑曰妾自謂興致不凡不圖先有同調張驚問何人曰我膠娼也適從

蛇虎皆有風涎

㕦 音踞乃後添 从乙口声

乙 即鉤字又音鳩 兩股絲相交

一 古亦有糾纆謂絲兩股相糾三股相糾也今誤傳作糾纏不知始自何時相沿已久矣

海公子來彼尋勝翱翔以艱於步履故留此耳張方苦寂得美人大悅招坐共飲女言詞溫婉蕩人神志張愛好之恐海公子來不得盡歡因挽與亂女忻從之相狎未已忽聞風肅肅草木偃折有聲女急推張起曰海公子至矣張束衣愕顧女已失去旋見一大蛇自叢樹中出粗如巨筩張懼障身大樹後冀蛇不睹蛇近前以身繞人並樹糾纏數匝兩臂直束胯間不可少屈昂其首以舌刺張鼻鼻血下注流地上成窪音蛙乃俯就飲之張自分必死忽憶腰中佩荷囊有毒狐藥因以二指夾出

郭解，漢人，好義，急人之急，事見史記游俠傳。太史公犯罪被宮，惜其時無郭解輩出財贖，故特立一傳曰游俠，心向往之。

破裹捺掌中，又側頸自顧其掌，合血滴藥上，頃刻盈把。蛇果就掌吸飲，飲未及盡，遽伸其體，擺尾若霹靂聲，觸樹，樹半體崩落，蛇臥地如梁而斃矣。張亦眩瞀，不能起，移時方蘇，載蛇而歸，大病月餘。疑女子亦蛇精也。

丁前溪

好客之報

丁前溪，諸城人，富有錢穀，游俠好義，慕郭解之爲人。御史行臺按訪之，丁亡去，至安邱，遇雨，避身逆旅。雨日中不止。有少年來，館穀豐隆。既而昏暮，止宿其家，莝豆飼畜，給食周至。問其姓字，少年云：主人楊姓，我其内姪也。

巡按歷各府州，故所云曰行臺

莝見中庸注

北邊以茅草苫蓋屋尾
或再加泥塗防雨雪也

獵食於中取利度日也

主人好交游適他出家惟娘子在貧不能給客幸能垂
諒問主人何業則家無貲業惟日設博塲以謀升斗次
日雨仍不止供給弗懈至暮剉芻芻束溼頗極參差丁
怪之少年曰實告客家貧無以飼畜適娘子撤屋上茅
耳丁益異之謂其意在得直天明付之金不受强佽少
年持入俄出仍以反客云娘子言非業此獵食者主人
在外嘗數日不攜一錢客至吾家何遂索償乎丁賛歎
而别囑曰我諸城丁某主人歸宜告之暇幸見顧數年
無耗値歲大饑楊困甚無所爲計妻漫勸詣丁從之至

踵 脚跟履無後面故云決

褊 音边狹𠩄也

解衣 音倚 衣之推食飲 音飼 之推解

諸通姓名於門者丁忝不憶申言始憶之躧履而出揖客入見其衣敝踵決居之溫室設筵相歎寵禮異常翌日爲製冠服表裏溫煖楊義之而內顧增褊心不能無少望居數日殊不言贈別楊意甚急告丁曰顧不敢隱僕來時米不滿升今過蒙推解固樂妻子如何矣丁曰是無煩慮已代經紀矣幸舒意少留當助資斧走伻招諸博徒使楊坐而乞頭終夜得百金乃送之還歸見室人衣履鮮整小婢侍焉驚問之妻言自君去後次日即有車徒賫送布帛菽粟堆積滿屋云是丁客所贈又

躧 音雖 不及穿好

乞頭 俗云抽頭

韓王孫不忘一飯之德以千金報之漢王拜將授鉞有國士之知安肯背之而反乎此千古冤獄也

飽曰果腹

婢十指爲妾驅使楊感不自已由此小康不屑舊業矣異史氏曰貧而好客飲博浮蕩者優爲之最異者獨其妻耳受之施而不報豈人也哉然一飯之德不忘丁其有焉

義鼠

楊天一言見二鼠出其一爲蛇所吞其一瞪目如椒似甚恨怒然遥望不敢前蛇果腹蜿蜒入穴方將過半鼠奔來力嚼其尾蛇怒退身出鼠故便捷欻然遁去蛇追不及而返及入穴鼠又來嚼如前狀蛇入則來蛇出則

往如是者久蛇出吐死鼠於地上鼠來嗅之啾啾如悼息銜之而去友人張歷友爲作義鼠行

尸變

陽信某翁者邑之蔡店人村去城五六里父子設臨路店宿行商有車夫數人往來負販輒寓其家一日昏暮四人偕來望門投止則翁家客宿邸滿四人計無復之堅請容納翁沉吟思得一所似恐不當客意客言但求一席廈宇更不敢有所擇時翁有子婦新死停尸室中子出購材木未歸翁以靈所室寂遂穿衢導客往入其

廬燈昏案上後有搭帳衣紙衾覆逝者又覩寢所則複室中有連榻四客奔波頗困甫就枕鼻息漸粗惟一客尚朦朧忽聞靈牀上察察有聲急開目則靈前燈火照視甚了女尸已揭衾起俄而下漸入臥室面淡金色生絹抹額俯近榻前徧吹臥客者三客大懼恐將及己潛引被覆首閉息忍咽以聽之未幾女果吹之如諸客覺出房去即聞紙衾聲出首微窺見僵臥猶初矣客懼甚不敢作聲陰以足踏諸客而諸客絕無少動顧念無計不如著衣以竄裁起振衣而察察之聲又作客懼復伏

逐客見秦本紀

縮首衾中覺女復來連續吹數數始去少間聞靈牀作響知其復臥乃從被底漸漸出手得袴遽就著之白足奔出尸亦起似將逐客比其離幃而客已拔關出矣尸馳從之客且奔且號村中人無有警者欲叩主人之門又恐遲爲所及遂望邑城路極力竄去至東郊瞥見蘭若聞木魚聲乃急撾山門道人訝其非常又不卽納旋踵尸已至去身盈尺客窘益甚門外有白楊圍四五尺許因以樹自障彼右則左之尸益怒然各寖倦矣尸頓立客汗促氣逆庇樹間尸暴起伸兩臂隔樹探撲之客

筆亦矯健

驚仆，尸捉之不得，抱樹而僵。道人竊聽良久，無聲，始漸出，見客臥地上，燭之，死然，心下絲絲有動氣，負入，終夜始甦，飲以湯水而問之，客具以狀對。時晨鐘已盡，曉色迷濛，道人覘樹上，果見僵女，大駭，報邑宰，宰親詣質驗，使人拔女手，牢不可開，審諦之，則左右四指並捲如鉤，入木沒甲，又數人力拔，乃得下，視指穴如鑿孔然。遣役探翁家，則以尸亡客斃，紛紛正譁，役告之故，翁乃從往，舁尸歸。客泣告宰曰：身四人出，今一人歸，此情何以信鄉里？宰與之牒，賫送以歸。

宋琬字荔裳又字玉叔官侍郎國初名士有集行世

噴水

萊陽宋玉叔先生爲部曹時所僦第甚荒落一夜二婢奉太夫人宿廳上聞院內撲撲有聲如縫工之噴衣者太夫人促婢起穴窗窺視見一老嫗短身駝背白髮如帚冠一髻長二尺許周院環走竦急作鶴步行且噴水出不窮婢愕返白太夫人亦驚起兩婢扶窗下聚觀之嫗忽逼窗直噴櫺內窗紙破裂三人俱仆而家人不之知也東曦既上家人畢集叩門不應方駭撬扉入見一主二婢駢死一室一婢鬲下猶溫扶灌之移時而醒乃

述所見先生至哀憤欲死細窮沒處掘深三尺餘漸露白髮又掘之得一尸如所見狀面肥腫如生令擊之骨肉皆爛皮內皆清水

王漁洋云玉叔襁褓失恃此事恐屬傳聞之訛

山魈

孫太白嘗言其曾祖肄業於南山柳溝寺麥秋旋里經旬始返啟齋門則案上塵生窗間絲滿命僕糞除至晚始覺清爽可坐乃拂榻陳臥具扃扉就枕月色已滿窗矣輾轉移時萬籟俱寂忽聞風聲隆隆山門豁然作響

缶音阜 缸甕

竊謂寺僧失扃注念間風聲漸近居廬俄而房門闢矣大疑之思未定聲已入室又有靴聲鏗鏗然漸傍寢門心始怖俄而寢門闢矣急視之一大鬼鞠躬塞入突立榻前殆與梁齊面似老瓜皮色（黑而青）目光睒閃遶屋四顧張巨口如盆齒疏疏長三寸許舌動喉鳴呵喇（谿辣）之聲響連四壁公懼極又念咫尺之地勢無所逃不如因而刺之乃陰抽枕下佩刀遽拔而斫之中腹作石缶聲鬼大怒伸巨爪攫公公少縮鬼攫得衾捽之忿忿而去公隨衾墮伏地號呼家人持火奔集則門閉如故排窗入見狀

大駭扶曳登牀始言其故共驗之則衾夾於寢門之隙啟扉檢照見有爪痕如箕五指着處皆穿既明不敢復留負笈而歸後問僧人無復他異

蕎中怪 音喬

長山安翁者性喜操農功秋間蕎熟刈堆隴畔時近村有盜稼者因命佃人乘月輦運登場俟其裝載歸而自留邏守遂枕戈露臥目稍瞑忽聞有人踐蕎根咋咋作響心疑暴客急舉首則一大鬼高丈餘赤髮鬡鬚去身已近大怖不遑他計踴身暴起狠刺之鬼鳴如雷而逝

此罵世之朋友初詐以裘
賤富貧而易

[艹黠] 梗也
垛 堆也

恐其復來荷戈而歸迺佃人於途告以所見且戒勿往衆未深信越日曝麥於塲忽聞空際有聲翁駭曰鬼物來矣乃奔衆亦奔移時復聚翁命多設弓弩以俟之翌日果復來數矢齊發物懼而遁二三日竟不復來麥既登倉禾[艹黠]（音楷）雜還翁命收積爲垛親登而踐實之高至數尺忽遥望駭曰鬼物至矣衆急覓弓矢物已奔公公仆齕其額而去共登視則去額骨如掌昏不知人負至家中遂卒後不復見不知其何怪也

王六郎　鬼

為叢毆雀 孟子同驅

許姓家淄之北郭，業漁，每夜攜酒河上，飲且漁，飲則酹地，祝曰：河中溺鬼得飲。率以為常。他人漁，迄無所獲，而許獨滿筐。一夕，方獨酌，有少年來，徘徊其側，讓之飲，慨與同酌。既而終夜不獲一魚，意頗失。少年起曰：請於下流為君毆之。遂飄然去。少間，復返曰：魚大至矣。果聞唼呷有聲。舉網而得數頭，皆盈尺。喜極，申謝。欲歸，贈以魚，不受，曰：屢叨佳醞，區區何足云報。如不棄，要當以為常耳。許曰：方共一夕，何言屢也？如肯永顧，誠所甚願，但愧無以為情。詢其姓字，曰：姓王，無字，相見可呼王六郎。遂

別明日許貨魚益沽酒晚至河干少年已先在遂與歡
飲飲數杯輒爲許毆魚如是半載忽告許曰拜識清揚
情逾骨肉然相別有日矣語益悽楚驚問之欲言而止
者再乃曰情好如吾兩人言之或勿訝耶今將別無妨
明告我實鬼也素嗜酒沉醉溺死數年於此矣前君之
獲魚獨勝於他人者皆僕之暗毆以報酹奠耳明日業
滿當有代者將往投生相聚只今夕故不能無感許初
聞甚駭然親狎久不復恐怖因亦欷歔酌而言曰六郎
飲此勿戚也相見遽違良足悲惻然業滿劫脫正宜相

賀悲乃不倫遂與暢飲問代者何人曰兄於河畔覘之亭午有女子渡河而溺者是也聽村雞既唱灑涕而別明日敬伺河邊以覘其異果有婦人抱嬰兒來及河而墮兒拋岸上揚手擲足而啼婦沉浮者屢矣忽淋淋攀岸以出藉地少息抱兒逕去當婦溺時意良不忍思欲奔救轉念是所以代六郎者故止不救及婦自出疑其言不驗抵暮漁舊處少年復至曰今又聚首且不言別問其故曰女子已相代矣僕憐抱中兒代弟一人遂殘二命故舍之更代不知何期或吾兩人之緣未盡耶許

聰明正直為神 左傳

土偶桃人語 見莊子

感歎曰此仁人之心可以通上帝矣由此相聚如初數日又來告別許疑其復有代者曰非也前一念果感帝天今授爲招遠縣鄔鎮土地來朝赴任倘不忘故交當一往探勿憚脩阻許賀曰君正直爲神足慰人心但人神路隔即不憚脩阻將復如何少年曰但往勿慮再三叮嚀而去許歸即欲治裝束下妻笑曰此去數百里即有其地恐土偶不可以共語許不聽竟抵招遠問之居人果有鄔鎮尋至其處息肩逆旅問祠所在主人驚曰得毋客姓爲許許曰然何見知又曰得毋客邑爲淄曰

罵盡世間酒肉朋友

然何見知主人不荅遽由俄而丈夫抱子息女窺門雜遝而來環如牆堵許益驚衆乃告曰數夜前夢神言淄川許友當即來可助以資斧祇候已久許亦異之乃往祭於祠而祝曰別君後寤寐不去心遠踐曩約又蒙夢示居人感篆中懷愧無腆物僅有巵酒如不棄當如河上之飲祝畢焚紙錢俄見風起座後旋轉移時始散夜夢少年來衣冠楚楚大異平時謝曰遠勞顧問喜淚交并但在微職不便會面咫尺山河甚愴於懷居人薄有所贈聊酬夙好歸如有期尚當走送居數日許欲歸衆

贐音進，見孟子。贈路費也。

羊角風見莊子

閱後評始知余言之非妄

君乘車我戴笠古有是言今更甚

益慇懇，朝請暮邀，日更數主。許堅辭欲行，衆乃折柬抱襆，爭來致贐。不終朝，餽遺盈橐。蒼頭稚子畢集，祖送出村。欻有羊角風起，隨行十餘里。許再拜曰：「六郎珍重！勿勞遠涉。君心仁愛，自能造福一方，無庸故人囑也。」風盤旋久之乃去。村人亦嗟訝而返。許歸，家稍裕，遂不復漁。後見招遠人問之，其靈驗如響云。或言即章邱石坑莊，未知孰是。

異史氏曰：置身青雲，無忘貧賤，此其所以神也。今日車中貴介，寧復識戴笠人哉？余鄉有林下者，家綦貧，有童

肥秩美缺也

虵　古蛇字象形音託何切後增虫旁

上古穴居唐韻蛇音佘㢊遮切相問曰無它乎

蛇人見唐柳宗元文

稚交任肥秩，計投之，必相周顧，竭力辦裝，奔涉千里。殊失所望，瀉囊貲騎，始得歸。其族弟甚譏，作月令嘲之云：是月也，哥哥至，貂帽解，傘蓋不張，馬化爲驢，靴始收聲。

念此可爲一笑。

王漁洋云：月令乃東郡耿隱之事。

六痛罵朋友一偏至評始正面寫

蛇人

東郡某家，以弄蛇爲業。嘗蓄馴蛇二，皆青色。其大者呼之大青，小者曰二青。二青額有赤點，尤靈馴，盤旋無不如意。蛇人愛之異於他蛇。期年大青死，思補其缺，未遑

拱璧 左傳殺汝璧將焉往

周旋中規折旋中矩 禮記 中去聲

暇也一夜寄宿山寺既明啟笥二青亦渺蛇人悵悵欲死冥搜亟呼迄無影兆然每值豐林茂草輒縱之去俾得自適尋復還以此故冀其自至坐伺之日既高亦已絕望怏怏遂行出數武聞叢薪錯楚中窸窣作響停趾愕顧則二青來也大喜如獲拱璧息肩路隅蛇亦頓止視其後小蛇從焉撫之曰我以汝爲逝矣小侶而所薦耶出餌飼之兼飼小蛇小蛇雖不去然瑟縮不敢食二青含哺之宛似主人之讓客者蛇人又飼之乃食食已隨二青俱入笥中荷去教之旋折輒中規矩與二青無

少異因名之小青衒技四方獲利無算大抵蛇人之弄蛇也止以二尺爲率大則過重輒便更易緣二青馴故不遽棄又二三年長三尺餘臥則笥爲之滿遂決去之一日至淄邑東山間飼以美餌祝而縱之既去頃之復來蜿蜒笥外蛇人揮曰去之世無百年不散之筵從此隱身大谷必且爲神龍笥中何可以久居也蛇乃去蛇人目送之已而復返揮之不去以首觸笥小青在中亦震震而動蛇人悟曰得毋欲別小青耶乃發笥小青逕出因與交首吐舌似相告語已而委蛇並去方意小青

踽踽涼涼 孟子

不返俄而踴踴獨來竟入筒臥由此隨在物色迄無佳
者而小青亦漸大不可弄後得一頭亦頗馴然終不如
小青良而小青粗於兒臂矣先是二青在山中樵人多
見之又數年長數尺圍如盌漸出逐人因而行旅相戒
罔敢出其途一日蛇人經其處蛇暴出如風蛇人大怖
而奔蛇逐益急回顧已將及矣而視其首朱點儼然始
悟爲二青下擔呼曰二青二青蛇頓止昂首久之縱身
遶蛇人如昔弄狀覺其意殊不惡但軀巨重不勝其遶
仆地呼禱乃釋之又以首觸筒蛇人悟其意開筒出小

评則正面說

青二蛇相見交纏如飴糖狀久之始開蛇人乃祝小青我久欲與汝別今有伴矣謂二青曰原汝引之來可還引之去更囑一言深山不乏食勿擾行人以犯天譴二蛇垂頭似相領受遽起大者前小者後過林木爲之中分蛇人竚立望之不見乃去自此行人如常不知其何往也

異史氏曰蛇蠢然一物耳乃戀戀有故人之意且其從諫也如轉圜獨怪儼然人也者以十年把臂之交數世蒙恩之主輒思下井復投石焉又不然則藥石相投悍

用范雎語

北人不知天師之伎量而言、嘗見閱微艸書中有一則、亦記新甃李張真人說　緞入都、其朝房而忽帶朝珠、紀公曰、何不遣神將取之、真人方言其誣、遂於內城假之、前年真人來吳門、年三十餘、飲食起居与常人無異、初則傾城而觀、住元妙觀後、各道房釀錢供養一月餘始反、凡事不目擊、但據耳聞傳說、且有附會其詞者、如張天師之類是也、

然不顧且怒而雖焉者亦羞此拋也已

雹神　雹音薄冰雹也

王公筠蒼涖任楚中擬登龍虎山江西貴溪縣謁天師及湖甫登舟即有一人駕小艇來使舟中人為通公見之貌修偉懷中出天師刺曰聞騶從將臨先遣負弩公訝其預知益神之誠意而往天師治具相款其服役者衣冠鬚鬣多不類常人前使者亦侍其側少間向天師細語天師謂公曰此先生同鄉不之識也公問之曰此即世所傳雹神李左車也公愕然改容天師曰適言奉旨雨雹故告

負弩見趙世家、

真人今只三品服坐五岳頂轎紅縢杠飲酒啗肉貪財面圓圓俗相

宋虛靖真君不娶妻功行道術在林靈素諸人之上後不知所終人謂其仙去自明太祖改爲真人無天師号本朝沿之至二品今三品云乾隆末降點

初吳門道士每以張天師神其伎倆哄誘愚夫自天師降臨各院供億遂怕談天師矣

吳門有等愚人因住宅不安見神見鬼曾以百兩十洋請真人念經咒作法枉費多金毫無用即告狀墨詞批仰城隍查覆可爲絕倒

辭耳公問何處曰章邱公以接壤關切離席乞免天師曰此上帝玉勑雹有額數何能相徇公哀不已天師垂思良久乃顧而囑曰其多降山谷勿傷禾稼可也又囑貴客在坐文去勿武神去至庭中忽足下生煙氤氳匝地俄延踰刻極力騰起裁高於庭樹又起高於樓閣霹靂一聲向北飛去屋宇震動筵器擺簸公駭曰去乃作雷霆耶天師曰適戒之所以遲遲不然平地一聲便逝去矣公別歸誌其月日遣人問章邱是日果大雨雹溝渠皆滿而田中僅數枚焉

蕩無其事

聊齋多虛也即屯篇可類推

明太祖定曰真人不称天師庚申兵乱真人死其子嗣職江西亂一晌主營中依曾帥吳門後先有法負未消錄後自未往彙何從逃

罵僧化緣供淫賭

僧孽

張姓暴卒、隨鬼使去見冥王、王稽簿、怒鬼使悞捉、責令送歸、張下、私浼鬼使求觀冥獄、鬼導歷九幽、刀山劍樹、一一指點、末至一處、有一僧扎股穿繩而倒懸之、號痛欲絕、近視則其兄也、張見之驚哀、問何罪至此、鬼曰、是爲僧廣募金錢、悉供淫賭、故罰之、欲脫其厄、須是自懺、張既甦、疑兄已死、時其兄居興福寺、因往探之、入門便聞其號痛聲、入室見瘡生股間、膿血崩潰、挂足壁上、宛冥司倒懸狀、駭問其故、曰、挂之稍可、不則痛徹心腑、張

戒僧乃淫賭出身佛每言放下屠刀立成正果豈足信耶

因告以所見僧大駭乃戒葷酒虔誦經咒半月尋愈遂爲戒僧

異史氏曰鬼獄渺茫惡人每以自解而不知昭昭之禍即冥冥之罰也可勿懼哉

三生

劉孝廉能記前身事與先文貢兄爲同年嘗歷歷言之一世爲縉紳行多玷六十二而沒初見冥王待以鄉先生禮賜坐飲以茶覷冥王琖中茶色清澈已琖中濁如醪暗疑迷魂湯得毋此耶乘冥王他顧以琖就案角瀉

之僞爲盡者，俄頃稽前生惡錄，怒命羣鬼捽下，罰作馬，卽有厲鬼縶去。行至一家，門限甚高，不可踰。方趑趄間，鬼力楚之，痛甚而蹶。自顧則身已在櫪下矣。但聞人曰：驪馬生駒矣，牡也。心甚明了，但不能言。覺大餒，不得已就牝馬求乳。逾四五年，體修偉，甚畏撻楚，見鞭則懼而逃。主人騎，必覆障泥，緩轡徐徐，猶不甚苦。惟奴僕圉人不加韉裝以行，兩踝夾擊，痛徹心腑。於是憤甚，三日不食，遂死。至冥司，冥王查其罰限未滿，責其規避，剝其皮革，罰爲犬。意懊喪，不欲行，羣鬼亂撻之，痛極而竄於野。

牛羊腓字之毛詩

自念不如死憤投絕壁顛莫能起自顧則身伏竇中牝犬舐而腓字之乃知身已復生於人世矣稍長見便液亦知穢然嗅之而香但立念不食耳為犬經年常忿欲死又恐其規避而主人又豢養不肯戮乃故嚙主人股脫肉主人怒杖殺之冥王鞫狀怒其狂猘笞之數百俾作蛇囚於幽室暗不見天悶甚緣壁而上穴屋而出自視則伏身茂草居然蛇矣遂矢志不殘生類飢吞木實積年餘每思自盡不可害人而死又不可欲求一善死之策而未得也一日臥草中聞車過遽出當路車馳壓

大罵人仍寓勸諷

文法又別一格

之斷爲兩冥王訝其速至因匍伏自剖冥王以無罪見殺原之惟其滿限復爲人是爲劉公公生而能言文章書史過目輒成誦辛酉舉孝廉每勸人乘馬必厚其障泥股夾之刑勝於鞭楚也

異史氏曰毛角之儔乃有王公大人在其中所以然者王公大人之內原未必無毛角者在其中也故賤者爲善如求花而種其樹貴者爲善如已花而培其本種者可大培者可久不然且將負鹽車受羈馬與之爲馬不然且將啗便溺受烹割與之爲犬又不然且將被鱗介

儋同擔

葬鶴鸛與之爲蛇

耿十八

新城耿十八病危篤自知不起謂妻曰永訣在早晚耳我死後嫁守由汝請言所志妻默不語耿固問之且云守固佳嫁亦恒情明言之庸何傷行與子訣子守我心慰子嫁我意斷也妻乃慘然曰家無儋石君在猶不給何以能守耿聞之遽握妻臂作恨聲曰忍哉言已而沒手握不能開妻號家人至兩人扳指力擘之始開耿不自知其死出門見小車十餘兩兩各十人即以方幅書

一念之孝通於天非漏網可倖免者

名字粘車上御人見耿促登車耿視車中人已有九並已而十又視粘單上已名最後車行咋咋響震耳際亦不自知何往俄至一處聞人言曰此思鄉地也聞其名疑之又聞御人偶語云今日剩三人耿又駭及細聽其言悉陰間事乃自悟曰我豈不作鬼物耶頓念家中無復可懸念惟老母臘高妻嫁後缺於奉養念之不覺淚漣又移時見有臺高可數仞游人甚夥囊頭械足之輩鳴咽而下上聞人言為望鄉臺諸人至此俱踏轅下紛然御人或撻之或止之獨至耿則促令登登數十級始

俗言上氣不接下氣

哆音侈又音尺遮切張口

坌即坋音文

至顛頂，翹首一望，則門閭庭院宛在目中，但內室隱隱如籠煙霧，悽惻不自勝，四顧，一短衣人立肩下，即以姓氏問耿，耿具以告，其人亦自言爲東海匠人，見耿零涕，問何事不了於心，耿又告之，匠人謀與越臺而遁，耿懼冥追，匠人固言無妨，耿又慮臺高傾跌，匠人但令從己，遂先躍，耿果從之，及地竟無恙，喜無覺者，視所乘車猶在臺下，二人急奔數武，忽自念名字粘車上，恐不免執名之追，遂反身近車，以手指染唾塗去己名，始復奔，哆口坌息，不敢少停，少間入里門，匠人送諸其室，驀睹己

謝遷高苑人順治三年叛

尸醒然而蘇覺之疲躁渴驟呼水家人大駭與之水飲至石餘乃驟起作揖拜狀既而出門拱謝方歸歸則僵卧不轉家人以其行異恐非眞活然漸覘之殊無別異稍稍近問始歷歷言其本末問出門何故曰别匠人也飲水何多曰初爲我飲後乃匠人飲也授之湯羹數日而瘥由此厭薄其妻不復共枕席云

宅妖

謝遷之變宦第皆爲賊窟王學使七襄之宅盜聚尤衆城破兵入掃蕩羣醜尸塡墀血至充門而流公入城扛

燐　篆作粦　人血牛馬血所化鬼火色青

此醜語

學院王考聊齋素不慊於心抱王七褱六陷于賊難

瑜伽　今之大施食科儀

尸滌血而居，往往白晝見鬼，夜則牀下燐飛，牆角鬼哭。一日，王生皞迪寄宿公家，聞牀底小聲連呼：「皞迪！皞迪！」已而聲漸大，曰：「我死得苦！」因而滿庭皆哭。公聞，仗劍而入，大言曰：「汝不識我王學院耶？」但聞百聲嗤嗤，笑之以鼻。公於是設水陸道場，命釋道懺度之。夜拋鬼飯，則見燐火熒熒，隨地皆出。先是，閽人王姓者疾篤，昏不知人者數日矣。是夕忽欠伸若醒。婦以食進。王曰：「適主人不知何事，施飯於庭，我亦隨衆啗噉。食已方歸，故不飢耳。」由此鬼怪遂絕。豈鈸鐃鐘鼓，瑜伽果有益耶？

名象乾明隆慶辛未進士官大司馬僁贊贈太師即漁洋山人祖上

異史氏曰邪怪之物唯德可以已之當陷城之時王公勢正烜赫聞皆股栗而鬼且揶揄之想鬼物逆知其不令終耶普告天下大人先生出人面猶不可以嚇鬼願無出鬼面以嚇人也

四十千

新城王大司馬有主計僕家稱素封忽夢一人奔入曰汝欠四十千今宜還矣問之不荅徑入内去既醒妻産男知爲夙孽遂以四十千捆置一室凡兒衣食病藥皆取給焉過三四歲視室中錢僅存七百適乳姥抱兒至

謂笑於側因呼之曰四十千將盡汝宜行矣言已兒忽顔色蹙變項折目張再撫之氣已絕矣乃以餘貲治葬具而瘞之此可爲負欠者戒也昔有老而無子者問諸高僧僧曰汝不欠人者人又不欠汝者烏得子蓋生佳兒所以報我之緣生頑兒所以取我之債生者勿喜死者勿悲也

九山王

曹州李姓者邑諸生家素饒而居宅故不甚廣舍後有園數畝荒置之一日有叟來稅屋出直百金李以無屋

爲辭叟曰請受之但無顧慮李不喻其意姑受之以覘其異越日村人見輿馬眷口入李家紛紛甚夥共疑李第無安頓所問之李殊不自知歸而察之並無跡響過數日叟忽來謁且云庇宇下已數晨夕事事都草創起爐作竈未暇一修客子禮今遣兒女輩作黍幸一垂顧李從之則入園中欻見舍宇華好嶄然一新入室陳設芳麗酒鼎沸於廊下茶煙裊於廚中俄而行酒薦饌備極甘旨時見庭下少年人往來甚衆又聞兒女喁喁簾幕中作笑語聲家人婢僕似有數十百口李心知其狐

兩無妨害何以動殺機

席終而歸、陰懷殺心、每入市、市硝硫積數百斤、暗布園中殆滿、驟火之、燄亘霄漢、如黑靈芝、燔臭灰瞇、不可近、但聞鳴啼嗥動之聲、嘈雜聒耳、既熄、入視、則死狐滿地、焦頭爛額者、不可勝計、方閱視間、叟自外來、顏色慘慟、責李曰、夙無嫌怨、荒園歲報百金、非少、何忍遂相絶滅、此奇慘之讎、無不報者、忿然而去、疑其擲礫爲殃、而年餘無少怪異、時順治初年、山中羣盜竊發、嘯聚萬餘人、官莫能捕、生以家口多、日憂離亂、適村中來一星者、自號南山翁、言人休咎、了若目睹、名大譟、李召至家、求推

遂層作轉

三寸舌屢見史傳

甲子翁愕然起敬曰此眞主也李聞大駭以爲妄翁正容固言之李疑信半焉乃曰豈有白手受命而帝者乎翁謂不然自古帝王類多起於匹夫誰是生而天子者生惑之前席而請翁毅然以卧龍自任請先備甲冑數千具弓弩數千事李慮人莫之歸翁曰臣請爲大王連諸山深相訂結使言者謂大王眞天子山中士卒宜必響應李喜遣翁行發藏鏹造兵甲翁數日始還曰借大王威福加臣三寸舌諸山無不願執鞭靮從戲下浹旬之間聚歸命者數千人於是拜翁爲軍師建大纛設彩

黃袍加體　宋太祖兵反陳橋驛事見宋史

幟若林據山立柵聲勢震動邑令率兵來討翁指揮羣寇大破之令懼告急於兗兗兵遠涉而至翁又伏寇進擊兵大潰將士殺傷者甚衆勢益震黨以萬計因自立爲九山王翁慮馬公㑹都中解馬赴江南遣一旅要路篡取之由是九山王之名大譟加翁爲護國大將軍高臥山巢公然自負以爲黃袍之加指日可俟矣東撫以奪馬故方將進勦又得兗報乃發精兵數千與六道合圍而進軍旅旌旗彌漫山谷九山王大懼召翁謀之則不知所往九山王窘極無術登山而望曰今而知朝廷

夜郎自大，至此猶昧，而刀已在頸矣

殘忍也

之勢大也。山破被擒，孥戮之，始悟翁即老狐，蓋以族滅報李也。

族誅也

異史氏曰：夫人擁妻子，箕踞科頭，何處得殺？即殺，亦何由族哉？狐之謀亦巧矣。而壤無其種者，雖溉不生；彼其殺狐之殘，方寸已有盜根，故狐得長其萌而施之報。今試執途人而告之曰：汝爲天子，未有不駭而走者。明明導以族滅之爲，而猶樂聽之，妻子爲戮，又何足云！然人之聽匪言也，始聞之而怒，既而疑，又既而信，迨至身名俱隕，而始知其誤也，大率類此矣。

世已論

濰水狐

濰邑李氏有別第忽一翁來稅居歲出直金五十諾之既去無耗李囑家人別租翌日翁至曰租宅已有關說何欲更僦他人李白所疑翁曰我將久居是所以遲遲者以涓吉在十日之後耳因先納一歲之直曰終歲空之勿問也李送出問期翁告之過期數日亦竟渺然及往覘之則雙扉內閉炊煙起而人聲雜矣訝之投剌往謁翁趨出逆而入笑語相親既歸遣人饋遺其家翁犒賜豐隆又數日李設筵邀翁欵洽甚歡問其居里以秦

大罵縣令

中對李訝其遠翁曰貴鄉福地也橐中不可久居大難將作時方承平置未深問越日翁折柬報居停之禮供帳飲食備極奢麗李益驚疑爲貴官翁以交好因自言爲狐李駭絕逢人輒道邑縉紳聞其異日結駟於門願納交翁翁無不傴僂接見漸而郡官亦時還往獨邑令求通輒辭以故令又託主人先容翁辭李詰其故翁移席近客而私語曰君自不知彼前身爲驢今雖儼然民上乃飲糙亦醉者也僕固異類羞與爲伍李乃托詞告令謂狐畏其神明故不敢見也令信之而罷此康熙十

崔令欽敎坊記蘇五奴妻歌舞有色人欲与之狎輒醉五奴酒後五奴曰但多与我錢雖飲䭔亦醉也䭔音追米粉餌

一年事未幾秦罹兵燹狐能前知信矣

異史氏曰驢之一物龎然也一怒則踶（音提）趹（決）嗥（號）嘶眼大於盎氣粗如牛不惟聲難聞狀亦難見倘執束芻而誘之則帖耳戢首喜受羈勒矣以此居民上宜其飲䭔而亦醉也願臨民者以驢爲戒而求齒於狐則德自進矣

陝右某公

闕原本皆有名姓編者删去之

陝右某公辛丑進士能記前身嘗言前生爲士人中年而死死後見冥王判事鼎鐺油鑊一如世傳殿東隅設數架上搭羊犬牛馬諸皮簿吏呼名或罰作馬或罰作

猪皆裸之於架上取皮被之俄至公聞冥王曰是宜作羊鬼取一白羊皮來捺覆公體吏白是曾拯一人死王檢簿覆視曰免之惡雖多此善可贖鬼又褫其毛革已粘體不可復動兩鬼提臂按胸力拔之痛苦不可名狀皮片片斷裂不復盡淨既脫近肩處猶粘羊皮大如掌公既生背上有羊毛叢生翦去復出

司札吏

忌諱 南史宋明帝所忌甚多且下误犯白门帝怒曰白汝家门

遊擊官某妻妾甚多最諱其小字呼年曰歲生曰硬馬曰大驢又諱敗爲勝安爲放雖簡札往來不甚避忌而

家人道之則怒。一日司札吏白事忤犯，大怒，以研擊之，立斃。三日後醉臥，見吏持刺入，問何爲，吏曰：馬子安來拜。忽悟其鬼，急起拔刀揮之，吏微笑，擲刺几上，冁然而沒。取刺視之，書云：歲家眷硬大驢子放勝暴謬之夫爲鬼揶揄，可笑甚已。

牛首山一僧自名鐵漢，又名鐵屎，有詩四十首，見者無不絕倒。自鏤印章二，一曰混帳行子，二曰老實潑皮。秀才王司直梓其詩，名曰牛山四十屁，欵云混帳行子、老實潑皮。故不必讀其詩，標名已足解頤。

府曰教授 進士班
州曰學正 舉人班
縣曰教諭
副者訓導 以五貢

自告病休而去品自高

學中有田本為諸生肄業膏火膳費多餘則刻書存學中後反為教官養老之需諸生亦無肄業在學中矣

司訓

罵教官兼及學台 借狐為題

教官某甚聾而與一狐善狐耳語之亦能聞每見上官亦與狐俱人不知其重聽積五六年狐別而去囑曰君如傀儡非挑弄之則五官俱廢與其以聾取罪不如早自高也某戀祿不能從其言應對屢乖學使欲逐之某又求當道者為之緩頰一日執事文場唱名畢學使退與諸教官燕坐教官各捫籍靴中呈進關說已而學使笑問貢學何獨無所呈進某茫乎不解近坐者肘之以手入靴示之勢某為親戚寄賣房中偽器輒藏靴中隨

又大罵學院豈其時竟可此等事耶言此等學使貪墨宜以中指對之從此化成妙文乃寓言也

在求售，因學使笑語，疑索此物，鞠躬起對曰：有八錢者最佳。下官不敢呈進。一座匿笑，學使叱出之，遂免官。

異史氏曰：平原獨無，亦中流之砥柱也。學使而求呈進，固當奉之以此。由是得免，冤哉。

平原獨無見漢書蘆綰傳 砥柱見尚書禹貢

朱公子青耳錄云：東萊一明經遲司訓沂水，性顛癡。凡同人咸集時，皆默勿語。遲坐片時，不覺五官俱動，笑啼並作，旁若無人焉者。若聞人笑聲，則頓止。儉鄙自奉，積金百餘兩，自埋齋房，妻子亦不使知。一日獨坐，忽手足自動，少刻云：作惡結怨，受凍忍飢，好容易

免罷官也

積蓄者今在齋房倘有人知覺如何如此再四一門斗在旁殊亦不覺次日遲出門斗入掘取而去過二三日心不自寧發穴驗視則已空空頓足拊膺歎恨欲死教職中可云千態百狀矣

段氏

段瑞環大名之富翁也四十無子妻連氏又最妒欲買妾而不敢私一婢連覺之撻婢數百鬻諸河間欒氏之家段日益老諸姪朝夕乞貸一言不相應怒徵聲色段思不能給其求而欲嗣一姪則羣姪阻撓之連之悍亦

無所施始大悔憤曰翁年六十餘安見不能生男遂買兩妾聽夫臨幸之不問居年餘二妾皆有身舉家皆喜於是氣息漸舒凡諸姪有所强取輒惡聲梗拒之無何一妾生女一妾生男而殤夫婦失望漫冀將來而已又年餘段中風不起諸姪益肆牛馬什物競自取去連詬斥之輒反唇相稽無所爲計朝夕鳴哭段由是病益劇尋死諸姪集柩前議析遺産連雖痛切然不能禁止之但留沃墅一所贍養老稚姪輩不肯連曰汝等寸土不留將令老嫗及呱呱者餓死耶日不決惟忿哭自撾忽

等諸吧出

古人藏主於石室
曰祏 音石見礼記
左傳 宗祏 宗祧

有客人弔直趨靈所俯仰盡哀哀已便就苫次衆不知其誰詰之客曰死者吾父也衆益駭客始從容自陳先是婢嫁欒氏踰五六月生子懷欒撫之等諸男十六歲入泮後欒卒諸兄析產置不與諸欒詰懷問母始知其故曰既屬兩姓各有宗祏何必在此乘人百畝田哉乃命駕詣段而段已死言之鑿鑿確可信據連方忿痛聞之大喜直出曰我今亦復有兒諸所假去牛馬什物可好自送還不然有訟興也諸姪相顧無色漸引去懷乃移妻來共居父憂諸段不平共謀逐懷懷知之曰欒不

齒次序

誰適為容
無所適從 皆音的
排難解紛見史記魯仲連傳

理直氣壯声淚俱下
數年鬱憤一朝盡吐
矣

懲賞分明

以爲欒段復不以爲段我適安歸乎忿欲質官諸戚黨
爲之排解羣謀亦寢而連以牛馬故不肯已懷勸置之
連曰我非爲牛馬也雜氣積滿胸汝父以憤死我所以
呑聲忍泣者爲無兒耳今有兒何畏哉前事汝不知狀
待予自質審懷固止之不聽具詞赴邑宰宰拘諸段口
對狀連氣直詞慨吐陳泉湧宰爲動容並懲諸段追物
給主既歸其兄弟之子有不與黨謀者招之來以所追
物盡散給之連七十餘歲將終呼女及孫媳曰汝等誌
之如三十不育便當典質斂珥爲婿納妾無子之情狀

難堪也

異史氏曰、連氏雖妒、而能疾轉、宜天以有後伸其氣也、觀其慷慨激發、吁、亦傑哉

濟南蔣稼、其妻毛、不育而妒、嫂每勸諫之、毛不聽、曰、寧絕嗣、不令送眼流眉者忿氣人也、年近四旬、頗以嗣續爲念、欲繼兄子、弟與兄言、兄諾、婦與嫂言、嫂亦諾、然故悠忽之、兒每至叔所、夫妻曲意撫兒、餌以甘脆、而問之曰、肯來吾家乎、兒亦應之、兄私囑兒曰、倘再問、荅以不肯、如問何故不肯、荅云、待汝死後、何愁

与殺汝璧將焉往同意而反用之

取盈滿其數

敘得宛轉不紊而又明晰

田産不爲吾有一日稼遠出行賈兒至其家毛又問之兒果對如父教毛大怒逐兒曰妻孥在家固日日算吾田産耶其計左矣急不能待夫歸立招媒媼爲夫買妾時有賣婢者其直昂傾貲不能取盈勢將不就兒恐其遲焉而悔竊以金付媒媼僞爲媼所轉貸者毛大喜購婢而歸稼既還毛以情告稼亦慫遂與兒絕年餘妾生子夫妻共喜毛曰媼不知假貲何人年餘竟不置問此德不可忘豈子已生尚不償母價耶稼乃囊金詣媼媼笑曰當謝大官人無謝老身矣

非兄之一派悍拓之氣不消妾郎入门亦難白子

勅勒符咒

身貧如水誰敢貸一金者因以實告稼始悟歸與妻言相爲感泣遂治具邀兒至夫婦皆膝行出金償兒兒不受盡歡而散後稼生三子

狐女

伊袞九江人夜有女來相與寢處心知爲狐而戀其美諱不告人卽父母不知也久之形體支離父母始窮其故伊實告之父母大憂使人更代伴寢兼施勅勒卒不能禁翁自與同衾則狐不至易以他人則又至伊問之狐曰世俗符咒何能制我然具有倫理豈有對翁行淫

狐之障眼变化誠神妙然伊究之身何能遽小而入針孔耶此与山中七日世上千年同一靈詞只可姑妄聽之而已

者乎。翁聞之，益懼。子不去，狐遂絕。後值叛寇橫恣，村人盡竄，一家相失。伊奔入崑崙山，四顧荒涼，又無同侶。日既暮，心益惴恐。忽見一女子來，謂是避難者，急近就之，則狐女也。離亂之中，相見欣慰。女曰：日已西下，勢無復之。君姑止此，我相佳地，暫創一室，以避虎狼。乃北行數武，遂蹲莽中，不知何作。少刻返，握伊南去，約十餘步，又曳之回。忽見大樹千章，遶一高亭，銅牆鐵柱，頂類白金。近視，則牆可及肩，四周並無門戶，而牆上密排坎窞。女以足踏之而過，伊亦從之。既入，疑金屋非人工可造，因

淺上声 窞音段 穴也

金屋藏嬌 漢武遺事

褚遂良一則入室則錦繡
光明出戶則仍布素同
賈奉雉入一去盡想已百餘年
之久夫重塵世夫人夢醒
更能塵一子更誕極矣所
謂寓言十九也

問所自來女笑云君自居明日即以相贈金鐵各千萬計半生喫著不盡矣既而告別伊苦留之乃止曰被人厭棄已拚永絕今又不能自堅矣既醒狐女不知何時已去天明踰垣而出回視臥處並無亭屋惟四針插指環內覆脂合其上大樹則叢荊老棘也

王大 博 鬼神

李信邑之博徒也晝臥假寐忽見昔年博友王大馮九來邀與敖戲李亦忘其為鬼欣然從之既出王大往約村中周子明馮乃導李先行入村東廟中少頃周果同

葉子格戲一卷見文獻通考今之紙牌唐時盛行明朝曰馬弔

正元中宋清進博經一卷强名爭勝謂之撩零假借錢物謂之囊家計一而取謂之乞頭

懿同恪

王至、馮出葉子。約與撩零。李曰、倉卒無博資、韋負盛約、柰何。周亦云然。王云、燕子谷黃八官人放利債、同往貸之、宜必諾允。於是四人相將俱去、飄忽間至一大村、村中甲第連亘、王指一門曰、此黃公子家。內一老僕出、王告以意、僕即入白、旋出奉公子命、請王李相會。入見公子、年十八九已來、笑語藹然、便以大錢一提付李曰、固知君懿直、無妨假貸、周子明我不能信也。王委曲代爲之請、公子要李署保、李不肯、王從旁慫恿之、李乃諾、亦授一千而出、便以付周、具述公子之意、以激其必償。出

做得人

兩鬼二魂無鈔而借鬼債其償鬼死而不悟改者

古女有椓刑如男子之宮刑今法已失傳

如在賭局中若忽財少遲即被捉

谷口見一婦人來則村中趙氏妻素喜爭善罵馮曰此處無人悍婦宜小祟之遂與王捉返入谷婦大號馮掬土塞其口周贊曰此等婦只宜椓杙陰中馮乃捋襟以長石强納之婦若死衆乃散去復入廟相與博賭自午至夜分李大勝馮周貲盡空李因以厚貲增息付王使代償黃公子主又分給周馮局復合居無何聞人聲紛拏一人奔入曰城隍爺親捉博者今至矣衆失色李舍錢踰垣而逃衆顧貲皆被縛既出果見一神人坐馬上馬後縶博徒二十餘人天未明已至邑城門啟而入至

大指曰拇指亦曰巨擘
二曰將指三曰中指四指
曰無名指五曰小指
斫去將指陰司之律法

衙署城隍南面坐喚人犯上執籍呼名呼已並令以利斧斫去將指乃以墨硃各塗兩目遊市三周訖押者索賄而後去其墨硃衆皆賂之獨周不肯辭以囊空押者約送至家而後酬之亦不許押者指之曰汝眞鐵豆炒之亦不能爆也遂拱手去周出城以唾溼袖且行且拭及河自照墨硃未去掬水盥之堅不可下悔恨而歸先是趙氏婦以故（有事也曰故）至母家日暮不歸夫往逆之至谷口見婦臥道周（道周道旁也）睹狀知其遇鬼去其泥塞負之而歸漸甦能言始知陰中有物宛轉抽拔而出既乃述所遭趙怒遽赴

事近虛誣故反坐

此語亦非無因想其時官宰憾〻或有其事歟

邑宰訟李及周牒下李初醒周尚沉睡狀形類死宰以其誣控笞趙械婦夫妻皆無理以自申越日周醒目旁眶忽變一赤一黑大呼指痛視之筋骨已斷惟皮連之數日尋墮目上墨硃深入肌理見者無不掩笑一日見王大來索負周厲聲但言無錢王忿而去家人問之始知其故共以神鬼無情勸償之周齦齦（音銀咬牙根也）不可且曰今日官宰皆左袒賴債者陰陽應無二理況賭博債耶次日有二鬼來謂黃公子具呈在邑拘赴質審李信亦見隸來取作干證二人一時並死至村外相見王馮俱在李

俗云賭錢不隔夜〻就要賴其時已然

周子明狡滑無賴世碻有此等人

鬼僕作家屬供似明晰

謂周曰君尚帶赤黑眼敢見官耶周仍以前言告李知其咨乃曰汝既昧心我請見黃八官人爲汝還之遂共詣公子所李入而告以故公子不可曰負欠者誰而取償於予出以告周因謀出貲假周進之周益忿語侵公子鬼乃拘與俱行無何至邑入見城隍城隍呵曰無賴賊塗眼猶在又賴債耶周曰黃公子出利債誘某博賭遂被懲創城隍喚黃家僕上怒曰汝主人開場誘賭尚討債耶僕曰取貲時公子不知其賭公子家燕子谷捉獲博徒在觀音廟相去十餘里公子從無設局之事城

隍顧周曰取貲悍不還反被捏造人之無良至汝而極
欲笞之周又訴其息重城隍曰償幾分矣答云實尚未
有所償城隍怒曰本尚欠而論息耶笞三十立押償主
二鬼押至家索賄不令即活縛諸厠內令示夢家人家
人焚楮錠二十提火既滅化爲金二兩錢二千周乃以
金酬債以錢賂押者遂釋令歸既蘇臀創墳起膿血崩
潰數月始瘥後趙氏歸不敢復駡而周以四指帶赤黑
痕眶如故此以知博徒之非人也

異史氏曰世事之不平皆由爲官者矯枉之過正也昔

此等有司今亦有之

日富豪以倍稱之息折奪良家子女人無敢言者不然函刺一投則官以三尺法左袒之故昔之民社官皆爲勢家役耳迨後賢者鑒其弊又悉舉而大反之有舉人重貲作巨商者衣錦厭粱肉家中起樓閣買良沃而竟忘所自來一取償則怒目相向質諸官官則曰我不爲人役也嗚呼是何異懶殘和尚無工夫爲俗人拭涕哉余嘗謂昔之官諂今之官謬諂者固可誅謬者亦可恨放貲而薄其息何嘗專有益於富人乎

張石年宰淄最惡博其塗面游城亦如冥法刑不至

此事見高僧傳即反著穢之僧

趙廣漢爲京兆尹，甚廉明，得鉤距法，見漢書。
張石年名嵋，仁和人，貢監，康熙二十五年宰淄川，有神明之称，二十八年升鞏昌府同知。

墮指而賭，以絕蓋其爲官，甚得鉤距法。方簿書旁午時，每一人上堂，公偏暇里居年齒家口生業，無不絮絮問之，問已，始勸勉令去。有一人完稅繳單，自分無事，呈單欲下，公止之，細問一過，曰：汝何博也？其人力辯生平不解博。公笑曰：腰中當有博具。搜之果然。人以爲神，並不知其何術。

男妾

一官紳在揚州買妾，連相數家，悉不當意。惟一媼寄居賣女，女十四五，丰姿姣好，又善諸藝，大悅，以重金購得

南威 晉文得南之威三日不聽朝 美婦名

之至夜入衾膚膩如脂喜捫私處則男子也駭極方致窮詰蓋買好僮加意修飾設局以欺人耳黎旦遣家人奔赴媼所則已遁去無踪中心懊喪進退莫決適浙中同年某來因與告訴某便索觀一見大悅以原金贖之而去

異史氏曰苟遇知音即予以南威不易也何事無知婆子多作一僞境哉

汪可受

湖廣黃梅縣汪可受能記三生一世爲秀才讀書僧寺

僧有牝馬產騾駒、愛而奪之、後死、冥王稽籍、怒其貪暴、罰使爲騾償、寺僧愛護之、欲死無間、稍長輒思投身澗谷、又恐負豢養之恩、冥罰尤甚、遂安之、數年孽滿自斃、生一農人家、墮蓐能言、父母以爲不祥、殺之、乃生汪秀才家、秀才近五旬得男、甚喜、汪生而了了、但憶前生、以早言死、遂不敢言、至三四歲、人皆以爲啞、一日父方爲文、適有友人過訪、投筆出應、汪入見父作、不覺技癢、代成之、父返見之、因問何人來、家人啟白無之、父大疑、次日敬書一題、置几上、旋出、少間卽返、翳行竊步而入、則國初李文勤公霨生下地即能言感欲不舉而杏公以晚年得子竟育之以此至五六歲尚戒不敢言後見父作藝未竟父出門竊續之云云与此同見蒓鄉贅筆

見兒伏案間稿已數行忽睹父至不覺出聲跪求免究父喜握手曰吾家止汝一人既能文家門之幸也何自匿爲由是益教之讀少年成進士從官至大同巡撫

王十　罵鹽商

高苑民王十負鹽於博興夜爲兩人所獲意爲上商之邏卒也舍鹽欲遁而足苦不前遂就縛固哀之二人曰我非鹽肆中人乃鬼卒也十懼但乞至家一別妻子鬼不許曰此去亦未便至死不過暫役耳十問何事曰冥中新閻羅蒞任見奈河淤平十八獄廁坑俱滿故捉三

廁 音次 廁有兩解、一為二山之間、一則坑廁也、

正論託之神明

骨朶 形如軍器中筆研抓、一云即金瓜、

種人使淘河小偷私鑄私鹽又一等人使滌廁樂戶也十從入城郭至一官署見閻羅在上方稽名籍鬼上白捉一私販王十至閻羅視之怒曰私鹽者上漏國稅下蠹民生者也若世之暴官奸商所指爲私販者皆天下之良民貧人竭錙銖之本求升斗之息何爲私哉責二鬼罰使市鹽四斗並十所負代運至家留十授以蒺藜骨朶令隨諸鬼督河工鬼引十去至奈河邊見河內人夫纚續如蟻又視河水渾赤近之臭不可聞淘河者皆赤體持畚鍤出沒其中朽骨腐尸盈筐負舁而出深處

則滅頂求之惰者輒以骨朵擊背股同監者以香綿丸如巨菽使含口中乃近岸見高苑肆商亦在其中十獨苛遇之入河楚背上岸敲股商懼常沒身水中十乃已經三晝夜河夫半死河工亦竣前二鬼仍送至家醒然而蘇先是十負鹽未歸天明妻啓戶則鹽兩囊置庭中而十久不至使人徧覓之則死途中舁之而歸奄有微息大惑不解其故既醒始言之肆商亦於前日死至是始甦骨朵擊處皆成巨疽渾身腐潰臭不可近十故詣之望見十猶縮首衾中如在奈河狀一年始愈不復爲

商矣。

異史氏曰：鹽之一道，朝廷之所謂私，乃不從乎公者也；官與商之所謂私，乃不從乎其私者也。近日齊魯新規，土商隨在設肆，各限疆域。不惟此邑之民，不得去之彼邑；即此肆之民，不得去之彼肆。而肆中則潛設餌以釣他邑之民：其售於他邑，則廉其直；而售諸土人，則倍其價以昂之。而又設邏於道，使境內之人，皆不得逃吾綱。其有境內冒他邑以來者，法不宥。彼此互相釣，而越肆假冒之愚民益多。一被邏獲，則先以刃杖殘其脛股，而

鹽有開中之法見鹽法志及明史

比之樂戶娼家此老無所不罵

後送諸官官則桎梏之是名私鹽嗚呼寃哉徧數萬之稅非私而負升斗之鹽則私之本境售諸他境非私而本境買諸本境則私之寃矣律中鹽法最嚴而獨於貧難軍民背負易食者不之禁今則一切不禁而專殺此貧難軍民且夫貧難軍民妻子嗷嗷上守法而不盜下知恥而不娼不得已而揭十母而求一子使邑盡此民即夜不閉戶可也非天下之良民乎哉彼肆商者不但使之淘柰河直當使滌廁耳而官於春秋節受其斯須之潤遂以三尺法助使殺吾良民然則為貧民計莫若

盧為古今之敝政、自當
仲為之厲階、至今宜禁
更嚴、

幕中刑席专司其事、
每節皆另餽遺故商人
送小販至必德之若大股
與販大舟載、中具鎗刀
器械皆不敢問而盧快通
同更不能問

爲盜及私鑄耳盜者白晝刼人而官若聾鑄者爐火亘
天而官若瞽即與日淘河尚不至如負販者所得無幾
而官刑立至也嗚呼上無慈惠之師而聽奸商之法日
變日詭奈何不頑民日生而良民日死哉
故事邑中肆商以如干石鹽貲歲奉邑宰名曰食鹽
又逢節序具厚儀商以事謁官官則禮貌之坐與語
或茶焉送鹽販至重懲不逞張公石年宰淄肆商來
見循舊規但揖不拜公怒曰前令受汝賄故不得不
隆汝禮我市鹽而食何物商人敢公堂抗禮乎捋襟

隨園文集記張坦熊為道時愛民懲商事与此大同小異

慈惠之師

將笞商叩頭謝乃釋之後肆中得二負販者其一逃去其一被執至官公問販者二人其一焉往販者云奔去矣公曰汝股病不能奔耶曰能奔公曰既被捉必不能奔果能可起試奔驗汝能否其人奔數步欲止公曰大奔勿止其人疾奔竟出公門而去見者皆笑公愛民之事不一此其閒情邑人猶樂誦之

二班

虎

此罵延醫之人不如虎

殷元禮雲南人善針灸之術遇寇亂竄入深山日既暮村舍尚遠懼遭虎狼遙見前途有兩人疾趂之既至兩

艾一粒曰一壯

人問客誰何殷乃自陳族貫兩人拱敬曰是良醫殷先生耶仰山斗久矣殷轉詰之二人自言班姓一爲班爪一爲班牙便謂先生余亦避難石室幸可棲宿敢屈玉趾且有所求殷喜從之俄至一處室傍巖谷爇柴代燭始見二班容軀威猛似非良善計無所之卽亦聽之又聞榻上呻吟細審則一老嫗偃臥似有所苦問何恙牙曰以此故敬求先生乃束火照榻殷逼視見鼻下口角有兩贅瘤皆大如碗且云痛不可觸妨礙飲食殷曰易耳出艾團之爲灸數十壯曰隔夜愈矣二班喜燒鹿餉

客並無酒飯惟肉一品爪曰倉卒不知客至望勿以輶藜爲怪殷飽餐而眠枕以石塊二班雖誠樸而粗莽可懼殷轉側不敢熟眠天未明便呼媼問所患媼初醒自捫則瘤破爲創殷促二班起以火就照敷以藥屑曰愈矣拱手遂别班又以燒鹿一肘贈之後三年無耗殷適以故入山遇二狼當道阻不得行日既西狼又羣至前後受敵狼撲之仆數狼爭齧衣盡碎自分已死忽兩虎驟至諸狼四散虎怒大吼狼懼盡伏虎悉撲殺之竟去殷狼狽而行懼無投止遇一媼來睹其狀曰殷先生喫

此虎殷殷周至其情可掬
勝于人之待醫也

苦矣殷戚然訴狀問何見識媪曰余即石室中治癰之病嫗也殷始恍然傾求寄宿媪引去入一院落燈火已張曰老身伺先生久矣遂出袍袴易其敝敗羅漿具酒酬勸諄切媪亦以陶椀自酌談飲俱豪不類巾幗殷問前日兩男子係老姥何人胡以不見荅云兩見遣逆先生尚未歸復必迷途矣殷感其義縱飲不覺沉醉酣眠座間既醒已曙四顧竟無屋廬孤坐巖石上聞巖下喘息如牛近視則老虎方睡未醒喙間有二瘢痕皆大如拳駭極潛踪而遁始悟二虎即二班也

長句

虎点先知

其行赼趄 易經

募緣

青蛙神往往託諸巫以爲言巫能察神嗔喜告諸信士曰喜矣福則至怒矣婦子坐愁歎有廢餐者流俗然哉抑神實靈非盡妄也有富賈周某性吝嗇會居人斂金修關聖祠貧富皆與有力獨周一毛所不肯拔久之工不就首事者無所爲謀適衆賽蛙神巫忽言周將軍倉命小神司募政其取簿籍來衆從之巫曰已捐者不復强未捐者量力自註衆唯唯敬聽各註已巫視曰周某在此否周方混跡其後惟恐神知聞之失色次且而前

惡許以為直者 音吉 論語

閾 音越 门檻

巫指籍曰註金百周益窘巫怒曰淫債尚酬二百況好事耶蓋周私一婦爲夫掩執以金二百自贖故許之也周益慚懼不得已如命註之既歸告妻妻曰此巫之詐耳巫屢索卒弗與一日方晝寢忽聞門外如牛喘覘之則一巨蛙窒門僅容其身步履蹇緩塞兩扉而入既入轉身臥以閾承頷舉家盡驚周曰必討募金也焚香而祝願先納三十其餘以次賫送蛙不動請納五十身忽一縮小尺許又加二十益縮如斗請全納縮如拳從容出入牆罅而去周急以五十金送監造所人皆異之周

亦不言其故積數日巫又言周某欠金五十何不償併周聞之懼又送十金意將以此完結一日夫婦方食蛙又至如前狀目作努少間登其牀牀搖撼欲傾加喙於枕而眠腹隆起如臥牛四隅皆滿周懼卽完百數與之驗之仍不少動半日間小蛙漸集次日益多穴倉登欄無處不至大於椀者升竈啜蠅糜爛釜中以致穢不可食至三日庭中蠢蠢更無隙處一家皇駭不知計之所出不得已請教於巫巫曰此必少之也遂視之益以廿金首始舉又益之起一足直至百金四足盡起下牀出

說文、女曰巫、男曰覡、音[illegible]亦則可通用、況今覡字久不行、人亦不之識也、

門狠犺數步復反身臥門內周懼問巫巫揣其意欲周即解囊周無奈如數付巫蛙乃行數步外身縣縮雜衆蛙中不可辨認紛紛然亦漸散矣祠既成開光祭賽更有所需巫忽指首事者曰某宜出如干數共十五人止遺二人衆祝曰吾等與某某巳同捐過巫曰我不以貧富爲有無但以汝等所侵漁之數爲多寡此等金錢不可自肥恐有橫災非禍念汝等首事勤勞故代汝消之也除某某廉正無所苟且外即我家巫我亦不少私之便令先出以爲衆倡即奔入家搜括箱櫝妻問之亦不

荅盡卷囊簪而出告衆曰某私尅銀八兩今使傾橐與衆共衡之秤得六兩餘使人誌其欠數衆愕然不敢置辯悉如數內入巫過此茫不自知或告之大慙質衣以盈之惟二人虧其數事既畢一人病月餘一人患疔瘡醫藥之費浮於所欠人以爲私尅之報云

異史氏曰老蛙司募無不可爲善之人其勝刺釘拖索者不既多乎又發監守之盜而消其災則其現威猛正其行慈悲也

馮木匠

山東明有魯王藩府

周有德字彝初奉天曲

內院学士簡撫山東後升

兩廣揔督甲寅後再起四

川督餉卒于官

怔忡心不寧也

撫軍周有德改創故藩邸爲部院衙署時方鳩工有木作匠馮明寰直宿其中夜方就寢忽見紙窗半開月明如晝遙望短垣上立一紅雞注目間雞已飛搶至地俄一少女露半身來相窺馮疑爲同輩所私靜聽之衆已熟眠私心怔忡竊望其悞投也少間女果越窗過徑入已懷馮喜默不一言歡畢女亦遂去自此夜夜至初猶自隱後遂明告女曰我非悞就敬相投耳兩人情日密既而工滿馮欲歸女已候於曠野馮所居村離郡固不甚遠女遂從去既入室家人皆莫之睹馮始知其非人

追數月精神漸減心益懼延師鎮驅卒無少驗一夜女艷妝來向馮曰世緣俱有定數當來推不去當去亦挽不住今與子别矣遂去

乩仙

章邱米步雲善以乩卜每同人雅集輒召仙相與賡和一日友人見天上微雲得句請其屬對曰羊脂白玉天乩書云問城南老董衆疑其不能對故妄言之後以故偶適城南至一處土如丹砂異之有一叟牧豕其側因問之叟曰此俗呼猪血紅泥地也忽憶乩詞大駭問其

姓答云我老董也屬對不奇而預知過城南之必遇老董斯亦神矣

泥書生

羅村有陳代者少蠢陋娶妻某氏頗麗自以壻不如人鬱鬱不得志然貞潔自持婆媳亦相安一夕獨宿忽聞風動扉開一書生入脫衣巾就婦共寢婦駭懼苦相拒而肌骨頓耎聽其狎褻而去自是恒無虛夕月餘形容枯瘁母怪問之初慚怍不欲言固問始以情告母駭曰此妖也百術爲之禁咒終亦不能絕乃使代伏匿室中

咄〻怪事也
音淂

操杖以伺夜分書生果復來置冠几上又脫袍服搭椸枷間纔欲登榻忽驚曰咄咄有生人氣急復披衣代暗中暴起擊中腰脇塔然作聲四壁張顧書生巳涮束薪爇照泥衣一片墜地上案頭泥巾猶存

蹇償債

李公著明慷慨好施鄉人某傭居公室其人少游惰不能操農業家窶貧然小有技能常爲役務每賚之厚時無晨炊向公哀乞公輒給以升斗一日告公曰小人日受厚恤三四口幸不殍餓然曷可以久乞主人貸我菽

訢 同欣忻

明衡王府開青州

豆一石作資本公訢然授之負去年餘一無所償及問之豆貲已蕩然矣公憐其貧亦置不索公讀書於蕭寺後三年餘忽夢某來曰小人負主人豆直今來投償公慰之曰若索爾償則平日所負欠者何可數算某愀然曰固然凡人有所爲而受千金可不報也若無端受人資助升斗且不容昧況其多哉言已竟去公愈疑旣而家人白公夜牝驢產一駒且脩偉公忽悟曰得毋駒爲某耶越數日歸見駒戲呼某名駒奔赴如有知識自此遂以爲名公乘赴青州衡府內監見而悅之願以重價

牛醫 見漢書黄憲傳

今馬驢牛醫曰獸醫前入城時軍中馬驢甚衆獸醫六十餘人

符咒驅妖捉鬼也

購之議直未定適公以家急務不及待遂歸又逾歲駒與雄馬同櫪齧折脛骨不可療有牛醫至公家見之謂公曰乞以駒付小人朝夕療養需以歲月萬一得痊得直與公剖分之公如所請後數月牛醫售驢得錢千八百以牛獻公公受錢頓悟其數適符豆價也噫昭昭之債而冥冥之償此足以勸矣

驅怪

長山徐遠公兹明諸生也鼎革後棄儒訪道稍稍學勅勒之術遠近多耳其名某邑一鉅公具幣致誠款書招

寫荒殘之景妙

之以騎徐問召某何意僕辭以不知但囑小人務屈臨降耳徐乃行至則中庭宴饌禮遇甚恭然終不道其所以致迎之旨徐不耐因問曰實欲何爲幸祛疑抱主人輒言無他也但勸盃酒言辭閃爍殊所不解語言之間不覺向暮邀徐飲園中園構造頗佳勝而竹樹蒙翳景物陰森雜花叢叢半沒草萊中抵一閣覆板上懸蛛錯綴大小上下不可以數酒數行天色曛暗命燭復飲徐辭不勝酒主人即罷酒呼茶諸僕倉皇撤殽器盡納閣之左室几上茶啜未半主人托故竟去僕人便持燭引

叙得恩遠如畫主僕皆懼也

寫得淒涼

鬐 音支一音奇馬曰鬣魚曰鬐

宿左室燭置案上遽返身去頗甚草草徐疑或攜襆被來伴久之人聲殊杳即自起扃戶寢窗外皎月入室侵牀夜鳥秋蟲一時啾唧心中怛然不成夢寢頃之板上橐橐似踏蹴聲甚厲俄下護梯俄近寢門徐駭毛髮蝟立急引被覆首而門已豁然頓開徐展被角微伺之則一物獸首人身毛周其體長如馬鬐深黑色牙粲羣峯目炯雙炬及几伏餂器中剩肴舌一過連數器輒淨如掃已而趨近榻嗅徐被徐驟起翻被冪怪頭按之狂喊怪出不意驚脫啟外戶竄去徐披衣起遁則園門外扃

音蓄 茇也

即俗名偷 亦血之畜之轉声

結隱然妙
黃貍 隱符經

不可得出緣牆而走擇短垣踰則主人馬廄也廄人驚
徐告以故即就乞宿將旦主人使伺徐失所在大駭已
而得之廄中徐出大恨怒曰我不慣作驅怪術君遣我
又秘不一言我囊中蓄如意鉤一又不送達寢所是死
我也主人謝曰擬即相告慮君難之初亦不知囊有藏
鉤幸宥十死徐終怏怏索騎歸自是而怪遂絕主人宴
集園中輒笑向客曰我不忘徐生功也
異史氏曰黃貍黑貍得鼠者雄此非空言也假令翻被
狂咸之後隱其所駭懼而公然以怪之遁爲已能天下

馬棚曰廄

夏本紀：桀為酒池，令諸臣牛飲

必將謂徐生眞神人不可及

秦生

萊州秦生製藥酒悞投毒味未忍傾棄封而置之積年餘夜適思飲而無所得酒忽憶所藏啟封嗅之芳烈噴溢腸痒涎流不可制止取琖將嘗妻苦勸諫生笑曰快飲而死勝於饞渴而死多矣一琖既盡倒瓶再斟妻起碎瓶滿屋流溢生伏地而牛飲之少時腹痛口噤中夜而卒妻號泣爲備棺木行入殮矣次夜忽有美人入身長不滿三尺逕就靈寢以甌水灌之豁然頓甦叩而詰

極韻極雅今乃傳矣

之曰我狐仙也適丈夫入陳家竊酒醉死往救而歸偶過君家悲憐君子與已同病故使妾以餘藥活之也言訖不見

余友人邱行素貢士嗜飲一夜思酒而無可行沽輾轉不可復忍因思代之以醋謀諸婦婦嗤之邱固强之乃煨醯以進壺既盡始解衣甘寢次日夫人竭壺酒之資遣僕代沽道遇伯弟襄宸詰知其故固疑嫂不肯爲兄謀酒僕言夫人云家中蓄醋無多昨夜已盡其半恐再一壺則醋根斷矣聞者皆笑之不知酒

貴主 公主

細讀國策解飛鉗之道

輿初濃即毒藥猶甘之況醋乎亦可以傳矣

局詐

局騙最多京師人海尤怪誕不可無子不語中所載數則極妙笑然必有利欲熏心方入其局

某御史家人偶立市間有一人衣冠華好近與扳談漸問主人姓字又審官閥家人並告之其人自言王姓貴主家之內使也語漸款洽因曰宦途險惡顯者皆附於貴戚之門尊主人所托何人也笑言無之王曰此所謂惜小費而忘大禍者也家人曰何托而可王曰公主待人以禮又能覆翼人某侍郎亦僕階進倘不惜千金贄引見公主當亦非難家人喜問其居止便指其門戶曰

先以危言動之

世大小事一律凡財色兩種皆可誘人然極聰明人往往多入其局愚者卒直腸不及不上鉤

明朝各王分封于外曰郡主若公主已尚駙馬則另府在都中駙馬公主但朝覲食祿而已非若唐之安樂公主等公主豈敢見客謀設之升遷耶此則与下一則恐非此老之筆蓋康熙初与明尚近何一代典章竟茫然鑿空若此

日同巷不知耶家人歸告侍御侍御喜即張盛筵使家人往邀王王欣然來筵間道公主情性及起居瑣事甚悉且言非同巷之誼即賜百金賞不肯效牛馬御史益佩戴之臨別訂約公但備物僕乘間言之旦晚當有以報尊命越數日始至騎駿馬甚都謂御史曰可速治裝行公主事大煩投謁者踵日相接自晨及夕常不得一間今得少隙宜急往慢則相見無期矣御史乃出兼金重幣從之去曲折十餘里始至公主第下騎祗候王先持贄入久之出宣言公主召某御史即有數人接遞傳

呼侍御傴僂入見高堂上坐麗人姿貌如仙服飾炳耀侍姬皆着錦繡羅列成行侍御伏謁盡禮傳命賜坐簷下金椀進茗主器致溫旨侍御肅而退自內傳賜緞靴貂帽既歸深德王持刺謁謝則門闔無人疑其侍主未歸三日三詣終不復見使人詢諸貴主之門則高扉扃鐍訪之居人並言此間曾無貴主前有數人僦屋而居今去已三日矣使反命主僕喪氣而已

又

副將軍某貧貲入都將圖握篆苦無階一日有裘馬者

明末田貴人家甚煊赫吳梅村詩中述及之

謁之自言內兄爲天子近侍茶巳請間云目下有某處將軍缺倘不吝重金僕囑內兄游揚聖主之前此任可致大力者不能奪也某疑其唐突涉妄其人曰此無須踟躕某不過欲抽小數於內兄於將軍錙銖無所望言定如干數署券爲信待召見後方求實給不效則汝金尚在誰將就懷中而攫之耶某乃喜諾之次日復來引某去見其內兄云姓田煊赫如侯家某叅謁殊傲睨不甚爲禮其人持券向某曰適與內兄議計非萬金不可請即署尾某從之田曰人心叵測事後慮有翻覆其人

与本朝不甚相遠

明制無提督凡副將總兵上兵部堂尚挂刀披甲庭參豈見 上能賜坐乎明制正總兵不能稱卿加至侯伯者亦然至崇正時唐通為伯爵正總兵統勤王各兵帝稱之曰卿真詫為異數而國亦旋亡矣

笑曰兄慮之過矣既能予之寧不能奪之耶且朝中將相有願納交而不可得者將軍前程方遠應不喪心至此某亦才矣而去其人送之曰三日即覆公命逾兩日日方夕數人吼奔而入曰聖上坐待矣某驚甚疾趨入朝見天子坐殿上爪牙森立某拜舞已上命賜坐慰問殷勤顧左右曰聞某武烈非常今見之真將軍才也因曰某處險要地今以委卿勿負朕意俟封有日耳某拜恩出即有前日裘馬者從至客邸依券對付而去於是高枕待授日誇榮於親友過數日探訪之則前缺已有

趙孟之所貴趙孟能賤之

明制右道無品級以布按按佐為職武員上自總兵下至把總亦無品級見職官志所詳甚詳蒲公作此時明史未成而大明会典詳載

此段所叙直如水滸傳戴宗若蔡九知府所問半似夢境譫語疑非蒲翁所記

古無刑部惟周以前為理官周有六官司寇為秋漢止廷尉無刑部魏晉六朝因之唐始定六部直識与今大同小異

人矣大怒忿爭於兵部之堂曰某承帝簡何得授之他人司馬怪之及述所遇半如夢境司馬怒執下廷尉始供其引見者之姓名則朝中並無此人又耗萬金始得革職而去異哉武弁雖騃豈朝門亦可假耶疑其中有幻術存焉所謂大盜不操矛弧者也

大理寺

滿漢缺亦不值萬金

此種恐非此老筆墨

又

此列佳妙与前此出兩手

李生嘉祥人善琴偶適東郊見工人掘土得古琴遂以賤直得之拭之有異光安絃而操清烈非常喜極若獲拱璧貯以錦囊藏之密室雖至戚不以示也邑丞程氏

事涉詐騙多金且有假裝引見諸節必刑部嚴訊亦不能僅予革職且必先交刑部後發三法司大理寺主平反蒲先生熟于掌故何忽夢

朋友有先施之道故夫子曰先施之未能也

列子御風冷然善也列名御寇周时人在莊子前有列子傳世

新莅任投刺謁李李故寡交游而以其先施故報之過數日又招飲固請乃往程爲人風雅絕俗論議瀟灑李悅焉越日折柬酬之懽笑益洽由是月夕花晨未嘗不相共也年餘偶於程廨中見繡囊裹琴置几上李便展玩程問亦諳此否李言非所長而生平好之程訝曰知交非一日絕技胡不一聞撥爐爇沉香請爲小奏李敬如教程曰大高手願獻薄技勿笑小巫也遂鼓御風曲其聲泠泠有絕世出塵之意李更傾倒願師事之自此二人以琴交情分益篤年餘盡傳其技然程每詣李李

李生珍秘尚落局中意於美人局也

琴中有湘妃操

鍾子期周人

呂氏春秋俞伯牙鼓琴子期聽之所彈即高山流水後子期死伯牙碎琴焉言世無知音也

歸遠細君 漢東方朔傳謂妻也

亦以常琴供之未肯洩所藏也一夕薄醉丞曰某新肄一曲無亦願聞之乎爲奏湘妃幽怨若泣李亟贊之丞曰所恨無良琴若得良琴音調益勝李忻然曰僕蓄一琴頗異凡品今遇鍾期何敢終秘乃啟櫝負囊而出程以袍袂拂塵憑几再鼓剛柔應節工妙入神李聞之擊節不置丞曰區區拙技負此良琴若得荊人一奏當有一兩聲可聽者李驚曰公閨中亦精之耶丞笑曰適此操乃傳自細君者李曰恨在閨閣小生不及聞耳丞曰我輩通家原不以形迹相限明日請攜琴去當使隔簾

同匳匣也

謂妻曰荊人曰山荊曰拙荊皆謂荊釵布帬也

因在簾內阻隔故若遠若近看不分明但未聞声见隐约麗者不但治醉心亦醉矣如此騙局实風流倜雅

留不去之情妙

爲君奏之李悅次日抱琴而往程卽治具懽飲少間將琴入旋出卽坐俄見簾內隱隱有麗妝頭之香流戶外又少時絃聲細作聽之不知何曲但覺蕩心媚骨令人魂魄飛越曲終便來窺簾竟廿餘絕代之姝也丞以巨白勸醻內復改絃爲閑情之賦李神形並惑傾飲過醉離席興辭索琴丞曰醉後防有蹉跌請明日復臨當令閽人盡其所長李乃歸次日詣之則廨舍寂然惟一老隸應門問之云五更攜眷去不知何作言往復可三日耳如期往伺之日旣暮並無音耗吏皁皆疑以自命破

陶靖節有閑情賦見集中

緩兵之計三日則去遠矣

其中且有搬運術否則不能如此速行況家室乎

漢書王陽有點金術又淮南王傳亦云有點金術今之菽乳是其遺法未點金先試以點菽乳今豆腐點金黃白之術屢見於傳記所謂煉丹也今亦少以此術惑人者

扃而窺其室室盡空惟几榻猶存耳達之上臺並不測其何說李喪琴寢食俱廢不遠數千里訪諸其家程故楚產三年前以捐貲授嘉禪執其姓名詢其居里楚中並無其人或言有道士程姓者善鼓琴又傳其有點金之術三年前忽去不復見疑即其人又細審年甲容貌脗合不謬乃知道士之納官皆為琴也知交年餘並不言及音律漸而出琴漸而獻技又漸而惑以佳麗浸漬三年得琴而去道士之癖更甚於李生也天下之騙機多端若道士猶騙中之風雅者也

去声

曹操塚

許城（今河南許州）外有河水洶湧近崖深黯盛夏時有人入浴忽然若被刃斧尸斷浮出後一人亦如之轉相驚怪邑宰聞之遣多人閘斷上流竭其水見崖下有深洞中置轉輪上排利刃如霜去輪攻入有小碑字皆漢篆細視之則曹孟德墓也破棺散骨所殉金寶盡取之

異史氏曰後賢詩云盡掘七十二疑塚必有一塚葬君尸寧知竟在七十二塚之外乎奸哉瞞也然千餘年而朽骨不保變詐亦復何益嗚呼瞞之智正瞞之愚耳

日攘月攘鄰雞反不生毛
也戰國時天罰亦異

罵鴨

邑西白家莊居民某盜鄰鴨烹之至夜覺膚癢天明視之茸生鴨毛觸之則痛大懼無術可醫夜夢一人告之曰汝病乃天罰須得失者罵毛乃可落而鄰翁素雅量生平失物未嘗徵於聲色某詭告翁曰鴨乃某甲所盜彼深畏罵焉罵之亦可警將來翁笑曰誰有閒氣罵惡人卒不罵某益窘因實告鄰翁翁乃罵其病良已

異史氏曰甚矣攘者之可懼也一攘而鴨毛生甚矣罵者之宜戒也一罵而盜罪減然為善有術彼鄰翁者是

媪不知情然做窩家矣

以罵行其慈者也

人妖

明天啟崇王時山東徐鴻儒王好賢以白蓮教焚香惑衆号曰聞香教主　又桑翀僞作婦女迷惑人家閨閣後誅死

山東

馬生萬寶者東昌人疎狂不羈妻田氏亦放誕風流伉儷甚敦有女子來寄居鄰人寡媪家言爲翁姑所虐暫出亡其縫紉絕巧便爲媪操作媪喜而留之踰數日自言能於宵分按摩愈女子瘵蠱媪常至生家游揚其術田亦未嘗著意生一日於牆隙窺見女年十八九已來頗風格心竊好之私與妻謀托疾以招之媪先來就榻撫問已言蒙娘子招便將來但渠畏見男子請勿以郎

桑翀在成化间

幟音志古只識字軍中之旗

易幟事史記淮陰侯韓信攻張耳軍雖以此計亦险绝非萬全之謀也事應干天怒故事破而漏網

初何其惆雅温存後何其急遽張皇

君入妻曰家中無廣舍渠儂時復出入可復奈何已又沉思曰晚間西村阿舅家招渠飲即囑令勿歸亦大易媪諾而去妻與生用拔趙幟易漢幟計笑而行之日曛黑媪引女子至曰郎君晚回家否田曰不回矣女子喜曰如此方好數語媪別去田便燃燭展衾讓女先上牀已亦脫衣隱燭忽曰幾忘卻廚舍門未關防狗子偷喫也便下牀啟門易生生窸窣入上牀與女共枕臥女顫聲曰我爲娘子醫清恙也閒以昵辭生不語女即撫生腹漸至臍下停手不摩遽探其私觸腕崩騰女驚怖之

冲一作翀事具明史真國家將亡必有妖孽也

王女事秘鄰媪亦不知其底裏

男曰天閹言無勢

女曰石女見無竅

狀不啻悞捉蛇蝎急起欲遁生沮之以手入其股際則擂垂盈掬亦偉器也大駭呼火生妻謂事決裂急燃燈至欲爲調停則見女投地乞命羞懼趨出生詰之云是谷城人王二喜以兄大喜爲桑冲門人因得轉傳其術又問玷幾人矣曰身出行道不久祗得十六人耳生以其行可誅思欲告郡而憐其美遂反接而宮之血溢隕絕食頃復甦臥之榻覆之衾而囑曰我以藥醫汝創痏平從我終焉可也不然事發不赦王諾之明日媪來生紿之曰伊是我表姪女王二姐也以天閹爲夫家所逐

妻終信是也醫

反縛曰反接手

暴去反曰暴腫抄

夜爲我家言其由始知之忽小不康將爲市藥餌兼請
諸其家畱與荆人作伴媼入室視玉見其面色敗如塵
土卽榻問之曰隱所暴腫恐是惡疽媼信之去生餌以
湯糁以敷日就平復夜輒引與狎處早起則爲田提汲
補綴灑掃執炊如媵婢然居無何桑冲伏誅同惡者七
人並棄市惟二喜漏網檄各屬嚴緝村人竊共疑之集
村媼隔裳而探其隱羣疑乃釋玉自是德生遂從馬以
終焉後卒卽葬府西馬氏墓側今依稀在焉
異史氏曰馬萬寶可云善於用人者矣兒童喜蠏可把

鉗音虔 甏

明史有逃出太監貌絕美係紀氏紀家世河間獻縣太監半出肅寧凡逃出宮出城罪斬故終身女裝審見紀公筆記

玩而又畏其鉗因斷其鉗而畜之嗚呼苟得此意以治天下可也

韋公子

韋公子咸陽世家放縱好淫婢婦有色無不私者嘗載金數千欲盡覽天下名妓凡繁麗之區罔不至其不甚好者信宿即去當意則作數月留叔父某以名宦休致歸聞其行怒之延明師置別業使與諸公子鍵戶讀公子夜同師寢踰垣而歸遲明而返以爲常一夜失足折肱師始知之告公公怒不之惜益施夏楚俾不能返而

箝 筴 鉗 鐵夾

後藥之月餘漸愈公與之約能讀倍諸翁文字佳出勿禁私逸者撻如前而公子最慧讀常過程如此數年中鄉榜欲自敗約而公猶箝制之赴都以老僕從授日記籍使誌其言動故數年無過行後成進士公乃稍弛其禁而公子或將有作惟恐公聞入曲中輒托姓魏一日過西安見優僮羅惠卿年十六七秀麗如好女悅之夜畱繾綣贈貽豐隆聞其新娶婦尤韻妙益觸所好私示意惠卿惠卿無難色至夜携婦至果少好遂三人共一榻畱數日眷愛臻至謀與俱歸問其家口荅云母早喪

天道循環令其自愧

惟父存耳某原非羅姓母少服役於咸陽韋氏賣至羅家四月生余倘得從公子去亦可察其耗問公子驚問母何姓荅姓吕駭極汗下浹體葢其母即生家婢也生無言天明厚贈之勸令改業僞托他適約歸時召致之遂別而去後令蘇州某邑有樂妓沈韋娘雅麗絕倫心好之潛畱與狎戲曰卿小字取春風一曲杜韋娘耶荅（唐詩）曰非也妾母十七爲名妓有咸陽公子與君侯同姓畱三月訂盟婚娶公子去八月生妾因名韋實妾姓也公子臨別時贈黃金鴛鴦今尚在一去竟無音耗妾母以

是憤悒死妾三歲受撫於沈媼故從其姓公子聞其言愧恨無以自容默移時頓生一策忽起挑燈喚韋娘飲藏有酖毒暗置杯中韋娘纔下咽潰亂呻嘶衆集視則已斃矣呼優人至付以尸重賂之而韋娘所與交好者盡勢家聞之不解其故悉不平共賄激優人使訟於上官公子懼瀉橐彌縫卒以浮躁免官歸家年三十八頗悔前行妻妾五六人皆無子欲繼叔父公之孫公以其門無內行恐習氣染兒雖諾嗣之但待其老而後歸之公子憤欲往招公聞之歎曰是殆將死矣乃以次子之

不托二字 見五代史昭宗語

不托即餺飥今曰餺〻音

同剎拖遲同巴

蜣螂轉牛馬糞為丸

子送詣其家使定省之月餘尋卒

異史氏曰盜婢私娼其流弊殆不可問然以己之骨血而謂他人父亦已羞矣而鬼神又侮弄之誘使自食其餘尚不自剖其心自到其首而徒流汗投鴆非人頭而畜鳴者耶

此等人品亦中進士做官但憑八股應制詩而不論品行志法何世道陵易耶

杜小雷 山東

杜小雷益都之西山人母雙盲杜事之孝家雖貧無日不甘旨奉之一日將他適市肉付妻令作餺飥妻最忤逆切肉時雜蜣螂其中母覺臭惡不可食藏以待子杜

孝子

歸問餺飥美乎母搖首出以示之杜裂視見蜣螂怒甚入室欲撻妻又恐母聞之上榻籌思妻問之亦不語妻自餒徬徨榻下久之喘息有聲杜叱曰不睡待敲朴耶亦竟寂然起而燭之妻不知何往但見一豕細視則兩足猶人始知爲妻所化邑宰聞之縶去使遊四門以戒衆者談薇臣曾親見之

古瓶

邑北村中井涸村人某甲乙縋入淘之掘尺餘得髑髏悞破之口含黃金喜納腰橐復掘又得髑髏六七枚棄

王莽篡漢自立國号曰新言自新都侯而得天下也

袁名藩号松羅淄川康熙舉人

得合金悉破之而一無所有惟旁有磁瓶二銅器一器大可合抱重數十斤側有雙環不知何用斑駁陸離瓶亦古非近款既出井甲乙皆死移時乙蘇曰我乃漢人遭新莽之亂全家投井中適有少金因內口中實非含歛之物人人都有也奈何偏碎頭顱情殊可恨衆香楮祝之許爲殯葬乙乃愈甲不能復生也顏鎮孫生聞其異購銅器而去瓶一入袁孝廉宣四家可驗陰晴見有一點潤處初如粟米漸潤漸滿未幾而雨至潤退則雲亦開其一入張秀才家用志朔望朔則黑點起如豆與

滓時磁器絚一千幾百年自然可寶

名溥字孔博臨朐人順治丁亥進士官至文華殿大學士謚文敏

日俱長望則一瓶偏滿旣望又以次而退至晦則復其初以埋土中久瓶口有小石黏口上刷剔不可下欲敲去之石落而口微缺亦一憾事浸花其中花落結實與在樹者無異云

秦檜

青州馮中堂家殺一豕燖去毛鬣肉内有字云秦檜七世身烹而啖之其肉臭惡因棄而投諸犬嗚呼檜之肉犬亦不當食之矣

聞益都人言中堂之祖前身在宋朝爲檜所害故生

宋岳飛字鵬挙湯陰人官至節度加少保為檜所害後贈鄂王謚武穆今墳在杭西湖上有四鐵象曰王氏曰檜曰卨曰俊至今尚存

杜甫官拾遺誤為廿十人像有祠伍子胥亦誤為伍髭鬚見國憲家猷

山塘五人之墓即巡撫毛一鷺所建生祠後為五人之墓

平最敬武穆王特於青州城北通衢旁建岳王殿秦檜万俟卨伏跪地下往來行人瞻禮岳王則投石檜卨香火不絕後大兵征于七之年馮氏子孫毀岳王像數里外有俗祠子孫娘娘因舁檜卨其中使朝跪焉百世下必有杜十姨伍髭鬚之悞甚可笑也

又青州城內舊有澹臺子羽祠當魏璫烜赫時世家中有媚之者就子羽毀冠去鬚改作魏監此亦駭人聽聞者也

魏即忠賢天啓朝太監勢盛时到處有生祠矣

衛前周忠介公祠即生祠所改

聊齋志異卷十三終

衛前之祠乃蘇州衛都指揮使承修衛所建後以像加鬚眉為姜太公像

丙戌三月十七日校于非昔軒寓斎

醫牛馬者
周官已有獸醫之官黃憲
叔度牛醫子
史記田敬仲世家有鳳皇于飛之占齊侯招之為壻繇詞極吉左傳亦載其事
私心一動羣魔至矣

聊齋志異卷十四

淄川　蒲松齡　留仙　著
新城　王士正　貽上　評

臙脂　寃獄

東昌卞氏業牛醫者有小女字臙脂才姿慧麗父寶愛之欲占鳳於清門而世族鄙其寒賤不屑締盟以故及笄未字對戶龐姓之妻王氏佻脫善謔女閨中談友也一日送至門見一少年過白服裙帽丰采甚都女意似動秋波縈轉之少年俯其首趨而去去既遠女猶凝眺

盈盈一水間脈脈不能語
古樂府
隼 鷹也

摽梅之怨
所以古人及笄必字

王窺其意戲之曰以娘子才貌得配若人庶可無憾女暈紅上頰脈脈不作一語王問識此郎否荅云不識王曰此南巷鄂秀才秋隼故孝廉之子妾向與同里故識之世間男子無其溫婉今衣素以妻服未闋也娘子如有意當寄語委冰焉女無言王笑而去數日無耗心疑王氏未暇卽往又疑宦裔不肯俯拾邑邑徘徊縈念頗苦漸廢飲食寢疾惙頓王氏適來省視研詰病因荅言自亦不知但爾日別後卽覺忽忽不快延命假息朝暮人也王小語曰我家男子負販未歸尚無人致聲鄂郎

屬耳垣墻種種魔劫劫中生劫

芳體違和非爲此否女頰顏良久王戲之曰果爲此者病已至是尚何顧忌先令夜來一聚彼豈不肯女歎息曰事至此已不能收但渠不嫌寒賤即遣媒來疾當愈若私約則斷斷不可王頷之遂去王幼時與鄰生宿介通既嫁宿偵夫他出輒尋舊好是夜宿適來因述女言爲笑戲囑致意鄂生宿久知女美聞之竊喜幸其機之可乘也將與婦謀又恐其妒乃假無心之詞問女家閨闥甚悉次夜踰垣入直達女所以指叩窗內問誰何荅以鄂生女曰妾所以念君者爲百年不爲一夕郎果愛

禍根生劫若天上之罡風也

妾但宜速倩冰人若言私合不敢從命宿姑諾之苦求一握纖腕爲信女不忍過拒力疾啟扉宿遽入即抱求歡女無力撑拒仆地上氣息不續宿急曳之女曰何來惡少必非鄂郎果是鄂郎其人溫馴知妾病由當相憐恤何遂狂暴如此若復爾爾便當鳴呼品行虧損兩無所益宿恐假迹敗露不敢復强但請後會女以親迎爲期宿以爲遠又請之女厭糾纏約待病愈宿求信物女不許宿捉足解繡履而去女呼之返曰身已許君復何吝惜但恐畫虎成犬致貽污謗今褻物已入君手料不

幾成讖語

可反君如負心但有一死宿既出又投宿王所既臥心不忘履陰揣衣袂竟已烏有急起篝燈振衣冥索詰之不應疑婦藏匿婦笑以疑之宿不能隱實以情告言已徧燭門外竟不可得懊恨歸寢竊幸深夜無人遺落當在途也早起尋之亦復杳然先是巷中有毛大者游手無籍嘗挑王氏不得知宿與洽思掩執以脅之是夜過其門推之未扃潛入方至窗外踏一物耎若絮帛拾視則巾裹女舄伏聽之聞宿自述甚悉喜極抽身而出踰數夕越牆入女家門戶不悉誤詣翁舍翁窺窗見男子

覆盆之冤即龍圖公亦一時難雪

无妄之灾

察其音跡知爲女來者必忿怒操刀直出毛大駭反走方欲扳垣而下追已近急無所逃反身奪刀媼起大呼毛不得脫因而殺之女稍痊聞喧始起共燭之翁腦裂不復能言俄頃已絕於牆下得繡履媼視之胭脂物也逼問女女哭而實告之但不忍貽累王氏言鄂生自至而已天明送於邑邑宰拘鄂鄂爲人謹訥年十九歲見客羞澀如童子被執駭絕上堂不知置詞惟有戰慄宰益信其情真横加梏械書生不堪痛楚以是誣服旣解郡獄撲如邑生寃氣塡塞每欲與女面相質及相遭女

己是問官上乘豈知尚有假中之假

輒詬詈遂結舌不能自伸由是論死往來覆訊經數官無異詞後委濟南府復案時吳公南岱守濟南一見鄂生疑不類殺人者陰使人從容私問之俾得盡其詞公以是知鄂生寃籌思數日始鞫之先問胭脂訂約後有知者否答無之遇鄂生時別有人否亦答無之乃喚生上温語慰之生自言曾過其門但見舊鄰婦王氏與一少女出某即趨避過此並無一言吳公叱女曰適言別無他人何以有鄰婦也欲刑之女懼曰雖有王氏與彼實無關涉公罷質命拘王氏數日已至又禁不與女通

讀書明理之官

立刻出審便問王殺人者誰王對不知公詐之曰胭脂供言殺卞某汝悉知之胡得隱匿婦呼曰冤哉淫婢自思男子我雖有媒合之言特戲之耳彼自引奸夫入院我何知焉公細詰之始述其前後相戲之詞公呼女上怒曰汝言彼不知情今何以自供撮合哉女流涕曰自己不肖致父慘死訟結不知何年又累他人誠不忍耳公問王氏既戲後曾語何人王供無之公怒曰夫妻在牀應無不言者何得云無王供丈夫久客未歸公曰雖然凡戲人者皆笑人之愚以炫己之慧更不向一人言

如董〻毒霧揭去一層尚有一層非良有司為民上者默而思之烏能一旦豁然耶

明道負無品級往〻僉事兼任學道故須用詳文于督撫

將誰欺命梏十指婦不得已實供曾與宿言公於是釋鄂拘宿宿至自供不知公曰宿妓者必無良士嚴械之宿自供賺女是真自失履後未敢復往殺人實不知情公怒曰踰牆者何所不至又械之宿不任凌籍遂以自承招成報上無不稱吳公之神鐵案如山宿遂延頸以待秋決矣然宿雖放縱無行故東國名士聞學使施公賢能稱最又有憐才恤士之德因以一詞控其冤枉語言愴惻公討其招供反覆凝思之拍案曰此生寃也遂請於院司移案再鞫問宿生鞋遺何所供言忘之但叩

土木之下何求不得

不知先生于何處推敲出來

音菊

施名閏章号愚山字尚白宣城曾官道昝後舉鴻博官至學士曾為东省學使

學台掌風化本按察司副使僉事也國初猶然至乾隆後始以侍郎及三四五品翰詹官為之不曰學道而曰學院与督撫抗行然仍曰道考

此非公之窮於術因不便刑求故神道設教

婦門時猶在袖中轉詰王氏宿介之外姦夫有幾供言無之公曰淫亂之人豈得專私一人供言身與宿介稚齒交合故未能謝絕後非無見挑者身實未敢相從因使指其人以實之供云同里毛大屢挑而屢拒之矣公曰何怨貞白如此命搒（音彭打也）之婦頓首出血力辯無有乃釋之又詰汝夫遠出寧無托故而來者曰有之某甲某乙皆以借貸餽贈一二次入小人家蓋甲乙皆巷中游蕩子有心於婦而未發者也公悉籍其名並拘之既集公赴城隍廟使盡伏案前便謂曩夢神人相告殺人者不

今但知争供應及翻規地方一概不問即有呈詞批府批縣而已吁不肯刑求即是好官

此刑嚇非刑求
凡凶惡之人不怕王法而偏畏鬼神

出汝等四五人中今對神明不得有妄言如肯自首尚可原宥虛者廉得無赦同聲言無殺人之事公以三木置地將並加之括髮裸身齊鳴寃苦公命釋之謂曰既不自招當鬼神指之使人以氈褥悉幃殿窗令無少隙袒諸囚背驅入暗中始授盆水一一命自盥訖繫諸壁下戒令面壁勿動殺人者當有神書其背少間喚出驗視指毛曰此真殺人賊也蓋公先使人以灰塗壁又以烟煤濯其手殺人者恐神來書故匿背於壁而有灰色臨出以手護背而有烟色也公固疑是毛至此益信施

此法今弋陽腔班借寇準審潘成美於陰司用假面想曾看此書而變化之耶

施加之也

盆成括　見孟子双姓

登徒子　見文選宋玉賦

得隴望蜀　漢光武語後未魏武亦襲用之事恰相類

劉郎入洞天台　漢入事見劉晨也

以毒刑盡吐其實判曰宿介蹈盆成括殺身之道成登徒子好色之名祇緣兩小無猜遂野鶩如家雞之戀為因一言有漏致得隴興望蜀之心將仲子而踰牆便如鳥墮冒劉郎而入洞竟賺門開感帨驚尨鼠有皮胡若此扳花折樹士無行其謂何幸而聽病燕之嬌啼猶為玉惜憐弱柳之憔悴未似鶯狂而釋幺鳳於羅中尚有文人之意乃劫香盟於襪底寧非無賴之尤蝴蝶過牆隔窗有耳蓮花卸瓣墮地無蹤假中之假以生冤外之冤誰信天降禍起桎梏至於垂亡自作孽盈斷頭幾於

其時考有六等，有降青衣等，後改為四等，今只有三等矣。詳見學政前書

晋賈充為司空，壽為其掾

不績彼踰牆鑽隙固有玷夫儒冠而僵李代桃誠難消其冤氣是宜稍寬笞扑折其巳受之刑姑降青衣開彼自新之路若毛大者刁猾無籍市井凶徒被鄰女之投梭淫心不死伺狂童之入巷賊智忽生開戶迎風喜得履張生之跡求漿值酒妄思偷韓掾之香伺意魄奪自天魂攝於鬼浪乘槎木直入廣寒之宮逕泛漁舟錯認桃源之路遂使情火息焰慾海生波刀橫直前投鼠無他顧之意寇窮安往急兎起反噬之心穴壁入人家止期張有冠而李借奪兵遺繡履遂教魚脫網而鴻離風

（即韓壽 晋彦）

（漁父入桃源見陶潛文集）

胭脂 七

投梭晋謝幼輿事見世說

韓壽与賈充女午通，女贈以香，充覺之，以午与壽，生謐，充無子，以外孫為孫，冒其姓，事見晋書

蜮音越 毒虫在水中口含沙水噴射人影中之即生瘡殺人古人云爲鬼爲蜮是也

春夢婆 东坡罷官後有一老嫗遇之曰學士一場春夢

塞外有胭脂山爲匈奴之地匈奴怨而作歌曰致令婦女無顏色云云

流道乃生此惡魔溫柔鄉何有此鬼蜮哉卽斷首領以快人心胭脂身猶未字歲已及笄以月殿之仙人自應有郎似玉原霓裳之舊隊何愁貯屋無金而乃感關雎而念好逑竟繞春婆之夢怨摽梅而思吉士遂離倩女之魂爲因一綫纏縈致使羣魔交至爭婦女之顏色恐失胭脂惹鷙鳥之紛飛並名秋隼蓮鈎摘去難保一瓣之香鐵限敲來幾破連城之玉嵌紅豆於骰子相思骨竟作厲階裒喬木於斧斤（謂其父被斫）可憎才直成禍水葳（音威）蕤自守幸白璧之無瑕縲絏苦爭喜錦衾之可覆嘉其入門之

倩女離魂古已有之今所傳惟牡丹亭記曲本

玲瓏骰子安紅豆入骨相思知也無唐人句

晉潘安仁名岳貌美每出、嫗婦競擲果車中、同時左思太冲貌陋亦學其遊遨羣擲瓦礫滿車、事見世説、

拒猶潔白之情人遂其擲果之心亦風流之雅事仰彼邑令作爾冰人案既結遐邇傳誦焉自吳公鞫後女始知鄂生冤下堂相遇靦然含涕似有痛惜之詞而未可言也生感其眷戀之情愛慕殊切而又念其出身微且日登公堂為千人所窺指恐娶之為人姍笑日夜縈迴無以自主判牒既下意始安帖邑令為之委禽送鼓吹焉

可演為一部傳奇

異史氏曰甚哉聽訟之不可以不慎也縱能知李代為冤誰復思桃僵亦屈然事雖暗昧必有其間要非審思

施為蒲翁之師
故有哲人之称

研察不能得也。嗚乎，人皆服哲人之折獄明，而不知良工之用心苦矣。世之居民上者，棋局消日，紬被放衙，下情民艱，更不肯一勞方寸。至鼓動衙開，巍然高坐，彼嘵嘵者，直以桎梏靜之，何怪覆盆之下多沉冤哉。愚山先生，吾師也。方見知時，余猶童子，竊見其奬進士子，拳拳如恐不盡。小有寃抑，必委曲呵護之，曾不肯作威學校以媚權要。眞宜聖之護法，不止一代宗匠，衡文無屈已也。而愛才如命，尤非後世學使虛應故事者所及。嘗有名士入場，作寶藏興焉文，誤記水下，錄畢而後悟之，料無不點之理作詞曰寶藏在山間誤認卻在水邊山頭蓋起水晶殿瑚長峰尖珠結樹顛這一回崖中真跌撐船漢告蒼天留點蒂兒好與友朋看先生閱文至此和之曰寶藏將山誇忽然間在水涯樵夫漫說漁翁話題目雖差文字卻佳怎肯放在他人下常見他登高怕險那曾見會水淹殺此亦風雅之一斑憐才之一事也

雨錢

罵秀才之貪鄙

濱州一秀才讀書齋中有款門者啟視則皤然一翁形貌甚古延之入請問姓氏翁自言養真姓胡實乃狐仙

福豈可妄得

禹王治水勞苦手足胼胝兩足不良於行故曰禹步今道士學之

慕君高雅願共晨夕秀才故曠達亦不爲怪遂與評駁古今翁殊博洽鏤花雕繢粲於牙齒時抽經義則名理湛深尤覺非意所及秀才驚服留之甚久一日密祈翁曰君愛我良厚顧我貧若此君但一舉手金錢宜可立致何不小周給翁嘿然似不以爲可少間笑曰此大易事但須得十數錢作母秀才如其請翁乃與共入密室中禹步作咒俄頃錢有數十百萬從梁間鏘鏘而下勢如驟雨轉瞬沒膝拔足而立又沒踝廣大之舍約深三四尺已來乃顧語秀才頗厭君意否曰足矣翁一揮錢

阿堵物 見晉王衍傳 謂錢

傳神在阿堵中 謂眼 顧長康事

六朝人語阿堵、者箇也

此有兩義今人专主錢悮也

即蠢然而止乃相與扃户出秀才竊喜自謂暴富頃之入室取用則滿室阿堵物皆爲烏有惟母錢十餘枚寥寥尚在秀才失望盛氣向翁頗懟其誑翁怒曰我本與君文字交不謀與君作賊便如秀才意只合尋梁上君子交好方得老夫不能承命遂拂衣去

此狐有道者可承可交惱所遇非人

雙燈

狐

魏運旺益都之盆泉人故世族大家也後式微不能供讀年二十餘廢學就岳業酤一夕魏獨臥酒樓上聞踏蹴聲魏驚起悚聽聲漸近尋梯而上步步繁響無何雙

自慚形穢漢書王霸傳

本頭書也措大謂秀才酸腐氣也

婢挑燈已至榻下後一年少書生導一女郎近榻微笑魏大愕怪轉知爲狐髮毛森豎俯首不敢覘書生笑曰君勿見猜舍妹與有前因便合奉事魏覘書生錦貂炫目自慚形穢覥顔不知所對書生率婢子遺燈竟去魏細瞻女郎楚楚若仙心甚悅之然慚怍不能作游語女郎顧笑曰君非抱本頭者何作措大氣遽近枕席煖手於懷魏始爲之破顔捋袴相嘲遂與狎昵曉鐘未發雙鬟即來引去復訂夜約至晚女果至笑曰癡郎何福不費一錢得如此佳婦夜夜自投到也魏喜無人置酒與

藏枚即古藏鬮之令

温柔鄉 漢成帝得趙氏女言[illegible]帝[illegible]白雲鄉而求仙不若温柔鄉也

飲賭藏枚女子什有九贏乃笑曰不如妾約枚子君自猜之中則勝否則負君使妾猜君當無贏時遂如其言通夕爲樂旣而將寢曰昨宵衾裯濇冷令人不可耐遂喚婢襆被來展布榻間綺縠香奐頃之綬帶交偎口脂游射眞不數漢家溫柔鄉也自此遂以爲常後半年魏歸家適月夜與妻話窗間忽見女郎華妝坐牆頭以手相招魏近就之女援之踰垣而出把手而告曰今與君別矣請送我數武以表半載綢繆之誼魏驚叩其故女曰姻緣自有定數何待說也語次至村外前婢挑雙燈

設也

以待竟赴南山登高處乃辭魏言別魏留之不得遂去魏佇立傍徨遥見雙燈明滅漸遠不可覩怏鬱而反是夜山頭燈火村人悉望見之

妾擊賊

益都西鄙之貴家某者富有巨金蓄一妾頗婉麗而冢室凌折之鞭撻橫施妾奉事之惟謹某憐之往往私語慰撫妾殊未嘗有怨言一夜數十人踰牆入撞其屋扉幾壞某與妻惶遽喪魄搖戰不知所爲妾起嘿無聲息暗摸屋中得挑水木杖一拔關遽出羣賊亂如蓬麻妾

從容整暇

不讀書而知倫理

舞杖動風鳴鉤響擊四五人仆地賊盡靡駭愕亂奔牆急不得上傾跌呼啞亡魂失命妾拄杖於地顧笑曰此等物事不直下手插打得亦學作賊我不汝殺殺嫌辱我悉縱之逸去某大驚問何自能爾則妾父故槍棒師妾盡傳其術殆不啻百人敵也妻尤駭甚悔向之迷於物色由是善顏視妾妾終無纖毫失禮鄰婦或謂妾娘擊賊若豚犬顧奈何俛首受撻楚妾曰是吾分耳他何敢言聞者益賢之

異史氏曰身懷絕技居數年而人莫之知而卒之捍患（音悍）

比大帚為鷹抄

如皋射雉 周賈大夫事見左傳

握槊 北齊恩幸傳世祖性好握槊和士開善于此戲後主以世祖顧託深委仗之恒令士開与太后握槊遂与太后私

握槊 非兵器乃博戲之具

古人席地坐故施席安几

請衽何趾 見曲礼及弟子職

禦災化鷹為鳩嗚呼射雉既獲內人展笑握槊方勝貴主同車技之不可以已也如是夫

捉狐射鬼

李公著明睢寧令襟卓先生公子也為人豪爽無餒怯為新城王季良先生內弟先生家多樓閣往往覩怪異公常暑月寄宿愛閣上晚涼或告之異公笑不聽固命設榻主人如請囑僕輩伴公寢公辭言喜獨宿生平不解怪主人乃使炷息香於爐請衽何趾始息燭覆扉而去公即枕移時於月色中見几上茗甌傾側旋轉不墮

袒裼裸裎孟子

亦不休公咄之鏗然立止若有人拔香炷炷搖空際縱橫作花纈公起叱曰何物鬼魅敢爾裸裼下榻欲就捉之以足覓牀下僅得一履不暇冥搜赤足撾搖處炷頓插爐竟寂無兆公俯身遍摸暗陬忽一物騰擊頰上覺似履伏索之亦殊不得乃啟覆下樓呼從人爇火以燭室無一物乃復就寢既明使數人搜履翻席倒榻不知所在主人爲公易履越日偶一仰首見一履夾塞椽間挑撥而下則公履也公益都人僑居於淄之孫氏第第綦闊皆置閒曠公僅居其半南院臨高閣止隔一堵時

浩然之氣 見孟子

見閣扉自啟閉公亦不置念偶與家人話於庭閣門開忽有一小人面北而坐身不盈三尺綠袍白襪衆指顧之亦不動公曰此狐也急取弓矢對閣欲射小人見之啞然作揶揄聲遂不復見公提刀登閣且罵且搜竟無所覩乃返異遂絕公居數年安妥無恙公長公友三爲余姻家其所目覩

異史氏曰予生也晚未得奉公杖履然聞之父老大約慷慨剛毅丈夫也觀此二事大概可覩浩然中存鬼狐何爲乎哉

九日節唐人最重各大家集中皆有宴会之作晉桓温九日高会孟嘉在坐見晉書茱萸藥作佩之載之避不祥杜詩遍插茱萸少一人即茱萸会

古人所重上巳清明寒食九日長至除夕人日中秋午日於今不甚相遠惟九日寒食上巳今不大行

鬼作筵

杜秀才九畹內人病會重陽爲友人招作茱萸會畢與盟已告妻所往冠服欲出忽見妻昏憒絮絮若與人言杜異之就問臥榻妻輒見呼之家人心知其異時杜有母柩未殯疑其靈爽所憑杜祝曰得毋吾母耶妻罵曰畜產何不識爾父杜曰旣爲吾父何乃歸家祟兒婦妻呼小字曰我祟爲兒婦來何反怨恨兒婦應即死有四人來勾致首者張懷玉我萬端哀乞甫能得允遂我許小饋遂便宜付之杜如言於門外焚錢紙妻又言曰四

代庖 莊子庖人雖不治庖尸祝不越尊俎而代之矣

錠 說文鐙也 漢燈有虹燭錠

黏正 餬通粘

人去矣彼不忍違吾面目三日後當治具酬之爾母老龍鍾不能料理中饋及期尚煩見婦一往杜曰幽明殊途安能代庖望父恕宥妻曰兒勿懼去去即復返此為渠事當毋憚勞言已即寞然良久乃甦杜問所言茫不記憶但曰適見四人來欲捉我去幸阿翁哀請且解囊賂之始去我見阿翁鏹袱尚餘二錠欲竊取一錠來作餬口計翁窺見叱曰爾欲何為此物豈爾所可用耶我乃斂手未敢動杜以妻病革疑信未半越三日方笑語間忽瞪目久之語以爾婦綦貪暴饕見吾白金便生覬覦

同亟音急

夫子之病革矣音急 檀弓曾子寢疾章

大要 即大約大段

紺緅飾 論語
深青揚赤色

友直友諒 不阿附人

然大要以貧故亦不足怪將以婦去爲我敦庖務勿慮也言甫畢奄然竟斃約半日許始醒告杜曰適阿翁呼我去謂曰不用爾操作我烹調自有人祗須堅坐指揮足矣我冥中喜豐滿諸物饌都覆器外切宜記之我詣至廚下見二婦操刀砧於中俱紺帔而緣緣之呼我以嫂每盛炙於盤必請覘覘畢四人都在筵中進饌旣畢酒具已列器中翁乃命我還杜大愕異每語同人

閻羅

綦無秀才李中之性直諒不阿每數日輒死去僵然如

敦 盡心所事 敦促字

緣 沿邊 古男人衣皆有緣 本朝則否 惟秀才襴衫尚沿明制

乾隆時有顾德懋户部郎
与紀文達公善每卧去三兩
日不醒後以喜言多泄始
為陰司貴官以多言降為
土地文達筆記中有之

尸三四日始醒或問所見則隱秘不洩時邑有張生者亦數日一死語人曰李中之閻羅也余至陰司亦其屬曹其門殿對聯俱能述之或問李昨赴陰司何事張曰不能具述惟提勘曹操笞二十

異史氏曰阿瞞一案想更數十閻羅矣畜道劍山種種具在宜得何罪不勞挹取乃數千年不決何耶豈以臨刑之囚快於速割故使之求死不得耶異已

王漁洋云中州有生而爲河神者曰黃大王鬼神以生人爲之此理不可曉

帢　白帢少年所白夹衣　說文言帢是帽此或借用

縧　絲帶

寒月芙蕖　仙術

濟南道人者，不知何許人，亦不詳其姓氏。冬夏惟著一單帢衣，繫黃絲，別無褲襦。每用半梳梳髮，即以齒銜髻際，如冠狀。日赤腳行市上，夜臥街頭，離身數尺外，冰雪盡銷。初來，輒對人作幻劇，市人爭貽之。有井曲無賴子遺以酒，求傳其術，弗許。遇道人浴於河津，驟抱其衣以脅之。道人揖曰：「請以賜還，當不吝術。」無賴者恐其紿，固不肯釋。道人曰：「果不相授耶？」曰：「然。」道人默不與語。俄見黃絲化為蛇，圍可數握，繞其首六七匝，怒目昂首，吐舌

所、許、處、三字同義

憧憧往來 易經

相向某大愕長跪色青氣促惟言乞命道人乃竟取縧
縧竟非蛇另有一蛇蜿蜒入城去由是道人之名益著
縉紳家聞其異招與遊從此往來鄉先生門司道俱耳
其名每宴集輒以道人從一日道人請於水面亭報諸
憲之飲至期各於案頭得道人速客函亦不知所由至
諸客赴宴所道人傴僂出迎既入則空亭寂然榻几未
設咸疑其妄道人顧官宰曰貧道無僮僕煩借諸扈從
少代奔走官宰共諾之道人於壁上繪雙扉以手撾之
內有應門者振管而起共趨覷望則見憧憧者往來其

此搬運法

遞接連也

此障眼法

菡萏 音涵段

荷花大蕊

荷花有香亦非尽障眼法

中屏幔牀几亦復都有即有人一一傳送門外道人命吏胥輩接列亭中且囑勿與內人交語兩相授受惟顧而笑頃刻陳設滿亭窮極奢麗既而旨酒散馥熱炙騰薰皆自壁中傳遞而出座客無不駭異亭故背湖水每六月時荷花數十頃一望無際宴時方淩冬窗外茫茫惟有烟綠一官偶歎曰此日佳景可惜無蓮花點綴衆俱唯唯少頃一青衣吏奔白荷葉滿塘矣一座盡驚推窗眺矚果見彌望青葱間以菡萏轉瞬間萬枝千朵一齊都開朔風吹來荷香沁腦羣以爲異遣吏人蕩舟采

好

寫寒景

亦如佛偈可作如是觀

此句乃晉書欲傾家釀以謂傾家財以釀酒非傾自釀之酒以飲客此每々誤會其意齋尚然何怪世俗讀書者

蓮遥見吏人入花深處少間返棹白手來見官詰之吏曰小人乘舟去見花在遠際漸至北岸又轉遥遥在南蕩中道人笑曰此幻夢之室花耳無何酒闌荷亦凋謝北風驟起摧折荷蓋無復存矣濟東觀察公甚悦之携歸署日與狎玩一日公與客飲公故有家傳良醖每以一斗爲率不肯供浪飲是日客飲而甘之固索傾釀公堅以旣盡爲辭道人笑謂客曰君必欲滿老饕索之貧道而可客請之道人以壺入袖中少頃出遍斟坐上與公所存更無殊别盡懽始罷公疑焉入視酒甕則封固

饕叨古今字耳東坡老饕謂嗜飲啖而食量大者

公亦慳吝不雅

杖加體痛与劍俠傳中

乞乞刃老人事相類

明薛祿在太宗朝以軍功封

侯明史有傳薛膠州人以靖

難功軍伍中初曰薛六後貴

乃更名曰祿

明志在京都指揮使官二

品外省則官三品

宛然而室無物矣心竊愧怒執以爲妖笞之杖纔加公覺股暴痛再加膚肉欲裂道人雖聲嘶堦下觀察已血殷坐上乃止不笞逐令去道人遂離濟不知所往後有人遇於金陵衣裝如故問之笑不語

陽武侯

侯以宣德時從征武宗州進太保陽武侯卒贈鄞國公謚忠武 鄞音近含邑浙江鄞縣

陽武侯薛公祿薛家島人父薛公最貧牧牛鄉先生家先生有荒田公牧其處輒見蛇兔鬭草萊中以爲異因請於主人爲宅兆搆茅而居後數年太夫人臨蓐値雨驟至適二指揮使奉命稽海出其途避雨戶中見舍上

軍籍戍籍东南省多充帮丁押運漕米明初始定其制有曰百餘衛今祇滕衛守備千總兩項為五品武秩極難升擢

鴉鵲羣集競以翼覆漏處異之既而翁出指揮問適何作因以產告又詢所產曰男也指揮又益駭曰是必極貴不然何以得我兩指揮護守門戶也咨嗟而去侯既長垢面垂鼻㶇殊不聰穎島中薛姓故隸軍籍是年應翁家出一丁口戍遼陽翁長子深以爲憂時侯十八歲人以太憨生（猶云呆大）無與爲婚忽自謂兄曰大哥啾唧得毋以遣戍無人耶曰然笑曰若肯以婢子妻我我當任此役兄喜卽配婢侯遂攜室赴戍所行方數十里暴雨忽集途中有危崖夫婦奔避其下少間雨止始復行纔及數

啾〻卽〻不快而態思

明季公侯伯子男初年皆備後惟公侯伯三等皆有食邑不似今之加以佳號祇欽侯伯俸耳

陵轢音掠 踐踏也

本朝定例十二年逢酉選拔赴京 朝考

武岸石崩墮居人遙望兩虎躍出逼附兩人而沒侯自此勇健非常丰采頓異後以軍功封陽武侯世爵至啟禎間襲侯某公薨無子止有遺腹因暫以旁支代凡世家輩進御者有娠即以上聞官遣媼伴守之既產乃已年餘夫人生女產後腹猶震動凡十五年更數媼又生男應以嫡派賜爵旁支譔之以爲非薛產官收諸媼械詰百端皆無異言爵乃定

乃者難

天啟崇禎

酒狂

使酒罵坐如漢灌夫官至九卿尚以圭田動家使酒罵坐陵轢宗室與竇嬰同誅累嬰冤哉

繆永定江西拔貢生素酗於酒戚黨皆畏避之偶適族

一等內用京官外……

史記有滑稽傳

紅黑帽白皂班

琉璃尾

叔家繆爲人滑稽善詼客與語悅之遂共酣飲繆醉使酒罵座忤客客怒一座大譁叔以身左右排解繆謂左袒客（謂袒幫助客）又益遷怒叔無計奔告其家家人來扶挾以歸纔置牀上四肢盡厥撫之奄然氣盡繆死有皁帽人縶去移時至一府署縹（音漂）碧爲瓦世間無其壯麗至墀下似欲伺見官宰自思我罪伊何當是客訟鬬毆回顧皁帽人怒目如牛不敢問然自度貢生與人角口或無大罪忽堂上一吏宣言使訟獄者翼日早候於是堂下人紛紛籍籍如鳥獸散繆亦隨皁帽人出更無歸著縮首立肆

栗慄同使民戰栗

飽吾老拳 晉書石勒語

同對山救我 明康狀元海事文筆

簷下皁帽人怒曰顛酒無賴子日將暮各去尋眠食爾
何往繆戰慄曰我且不知何事並未告家人故毫無資
斧庸將焉歸皁帽人曰顛酒賊若酤自啗便有用度再
支吾老拳碎顛骨子繆垂首不敢聲忽一人自戶內出
見繆詫異曰爾何來繆視之則其母舅賈氏死已數
載繆見之始恍然悟其已死心益悲懼向舅涕零曰阿
舅救我賈顧皁帽人曰東靈非他屈臨寒舍二人乃入
賈重揖皁帽人且囑青眼俄頃出酒食團坐相飲賈問
舍甥何事遂煩勾致皁帽人曰大王駕詣浮羅君遇令

東靈 使者

提髮曰捽　詈音利

此同衙門前講承行之生意

徑陰陽想同之可發一笑

刁滑之差死即在陰曹當

差今城隍土地祠塑旁立

者皆生前許願死乃塑睛

繆生全是父母溺愛害

之

此等使酒溺愛近日不

多蓋烟興濃于酒也

甥顛詈使我捽得來賈問見王未曰浮羅君會花子案駕未歸又問阿甥將得何罪答言未可知也然大王頗怒此等輩繆在側聞二人言觳觫汗下盃箸不能舉無何阜帽人起謝曰叨盛酌已徑醉矣即以令甥相付託駕歸再容登訪乃去賈謂繆曰甥別無兄弟父母愛如掌上珠常不忍一訶十六七歲時三盃後喃喃尋人疵小不合輒撾門裸罵猶謂穉齒不意別十餘年甥了不長進今且奈何繆伏地哭惟言悔無及賈曳之曰舅在此業酤頗有小聲望必合極力適飲者乃東靈使者舅

見梁鴻王書

說得可輕可重

一日二日萬幾書句

輕諾必寡信銳然自任

正蘇後全不係也可恨

愈易視愈忽略至死

不變皆溺愛二字

常飲之酒與舅頗相善大王日萬幾亦未必便能記憶我委曲與言逸以私意釋甥去或可允從即又轉念曰此事擔負頗重非十萬不能了也繆謝銳然自任諾之繆即就舅氏宿次日皁帽人早來覘望賈請間語移時來謂繆曰諧矣少頃即復來我先罄所有用歷契餘待甥歸從容湊致之繆喜曰共得幾何曰十萬曰甥何處得如許賈曰只金幣錢紙百提足矣繆喜曰此易辦耳待將停午皁帽人不至繆欲出市上少遊矚賈囑勿遠蕩諾而出見街里貿販一如人間至一所棘垣峻絕似

黃泉無酒店一偏之詞

酗于酒德 書无逸

可謂醉生夢死無藥可醫推打入阿鼻地獄方可謂閻羅亦怕見此等人故在人间者多因陰司要救處也

是圖圖對門一酒肆紛紛者往來頗夥肆外一帶長溪黑瀠漢動莫測深淺方跨足窺探聞肆內一人呼曰繆君何來繆急覷之則鄰村翁生故十年前文字交趨出握手懽若平生即就肆內小酌各道契濶繆慶幸中又逢故知傾懷盡醉酣醉頓忘其死舊態復作漸絮絮瑕疵翁翁曰數載不見復爾耶繆素厭人道其酒德聞翁言益憤擊桌頓罵翁覘之拂袖竟出繆追至溪頭捽翁帽翁怒曰是真妄人乃推繆顛墮溪中溪水殊不甚深而水中利刃如麻刺穿脇蹏堅難動搖痛徹骨腦黑水

酒性不好曰酒德歇後

此与水滸叙武松打孔亮点光叙溪水

鴨蛋中尋骨酒狂者多犯此病

洩穢 大小便

想此老亦同繆毋但有嫗煦之仁少義方之訓所以屢訓不改

牛雜洩穢隨吸入喉更不可過岸上人觀笑如堵並無一引援者時方危急貫忽至望見大驚提攜以歸曰子不可爲也死猶弗悟不足復爲人請仍從東靈受斧鑕繆大懼泣言知罪矣貫乃曰適東靈至候汝爲券汝乃飲蕩不歸渠忙迫不能待我已立券付千緡令去餘者以旬盡爲期子歸宜急措置夜於村外曠莽中呼舅名焚之此願可結也繆悉應之乃促之行送之郊外又囑曰必勿食言累我乃示途令歸時繆已僵臥三日家人謂其醉死而鼻氣隱隱如懸絲是日蘇大嘔嘔出黑瀋

音質 同砧也

音沈 汁也

亦有酒在内

事未講妥未靈使去而即游耽与友會飲叙談忻然大醉〻又犯沉病舊態全作今已反魂重復人世有何顧忌耶非打入阿鼻不可否則鬼錢仍有酒吃面壁豈學達磨祖師耶

數斗臭不可聞吐已汗溼裀褥身始涼爽告家人以異旋覺刺處痛腫隔夜成瘡猶幸不大潰腐十日漸能杖行家人共乞償冥負繆計所費非數金不能辦頗生吝惜曰曩或醉夢之幻境耳縱其不然伊以私釋我何敢復使冥主知家人勸之不聽然心惕惕然不敢復縱飲里黨咸喜其進德稍稍與共酌年餘冥報漸忘志漸肆故狀亦漸萌一日飲於子姓之家又罵主人座主人擯斥出闔戶逕去繆噪踰時其子方知將扶而歸入室面壁長跪自投無數曰便償爾負言已仆地視之氣已絕

能格出此種舉實不愧拔萃生

太史公留侯傳賛吾以為侯必魁梧奇偉及見圖像如婦人好女云〻

少林寺在河南嵩洛備時即有名至唐太宗起義頗資僧兵之用後貞元年賜僧莊田若干頃為香火田賜有御牒刊石不納粮不當傜役寺僧人眾拳勇為天下冠

矣

武技

拳勇

李超字魁吾淄之西鄙人豪爽好施僧一僧來托鉢李飽啗之僧甚感荷乃曰吾少林出也有薄技請以相授李喜館之客舍豐其給旦夕從學三月藝頗精意得甚僧問汝益乎曰益矣師所能者我已盡能之僧笑命李試其技李乃解衣唾手如猿飛如鳥落騰躍移時詡詡然驕人而立僧又笑曰可矣子既盡吾能請一角低昂李忻然即各交臂作勢既而支撐格拒李時時蹈僧瑕

西鄉

假此

胸中泥沌

冥謝師乎

未成精境必自鳴得意

詡〻得意也音許

一驕大悞冥乎後至幾死

不吃苦不信

李初如水滸傳中之史進學拳而未學其技然已自詡自滿仰跌之後復不搗謙冒昧浪試復像洪教頭之意氣不死不休可笑人也

尼明眼識者一交手跟知其源流若即時藏拙自退豈不美哉

僧忽一腳飛擲李已仰跌丈餘僧撫掌曰子尚未盡吾能也李以掌致地慚沮請教又數日僧辭去李由此以武名遨遊南北罔有其對偶適歷下見一少年尼僧弄藝於場觀者填溢尼告衆客曰顛倒一身殊大冷落有好事者不妨下場一撲爲戲如是三言衆相顧迄無應者李在側不覺技癢意氣而進尼便笑與合掌纔一交手尼便呵止曰此少林宗派也即問尊師何人李初不言固詰之乃以僧告尼拱手曰憨和尚汝師耶若爾不必較手足願拜下風李請之再四尼不可衆慫恿之尼

易看得容易勝　不在心上

無功名富貴而以性命為兒戲

此与文学一貫學業愈純愈謙今之詡詡自鳴得意者皆李超類也

乃曰既是憨師弟子同是個中人無妨一戲但相會意可耳李諾之然以其文弱故易之又少年喜勝思欲敗之以要一日之名方頡頏間尼即遽止李問其故但笑不言李以為怯固請再角尼乃起少間李騰一踝去尼駢五指下削其股李覺膝下如中刀斧蹶仆不能起尼笑謝曰孟浪迕客幸勿罪李舁歸月餘始愈後年餘僧復來為述往事僧驚曰汝太鹵莽惹他何為幸先以我名告之不然股已斷矣

王漁洋先生云此尼亦殊蹤跡詭異不可測　又云

頡頏上下相持

尼已先知技所以不使出醜者看憨師面上也而李夢夢不知

國初黃主一名百家為梨州徵士長子曾学内功有文一篇叙其源流頗詳附刻於南雷文案後
主一先生文事武備皆能曾入明史館分纂傳志世為鄞人今寧波府首縣先生居鄉名黃竹港其祖父明末天啟朝御史名尊素與於六君子之難與吳門周忠介公同死于獄贈侍郎謚忠毅

拳勇之技少林爲外家武當張三峰爲內家三峰之後有關中人王宗宗傳溫州陳州同州同明嘉靖間人故今兩家之傳盛於浙東順治中王來咸字征南其最著者鄞人也兩窗無事讀李超事始末因識於後漁洋書　征南之徒又有僧耳僧尾者皆僧也

湖北　陝西　征南即主一之師

張洪武初年曾詔太祖後隱去太祖太宗遍索天下不可得人疑為仙去

雊鵒

渠谷即八哥　鸜鵒來巢見左傳

王汾濱言其鄉有養八哥者教以語言甚狎習出游必與之俱相將數年矣一日將過絳州去家尚遠而資斧已罄其人愁苦無策鳥云何不售我送我王邸當得善

汾音文　同行上　山西　空室外懸磬罄一作罄又缾之罄矣

山西係晉王分藩太祖第三子之後

晉國扶獒能知人心會晉
侯意欲撲殺趙盾何么麼小
鳥亦知人心且能說話定計分
主人之憂怪誕奇矣

已畢也

抖音斗[illegible]

價不愁歸路無費也其人云我安忍鳥言不妨主人得
價疾行待我城西二十里大樹下其人從之攜至城相
問答觀者漸衆有中貴見之聞諸王王召入欲買之其
人曰小人相依爲命不願賣王問鳥汝願住否答言願
住王喜鳥又言給價十金勿多予王益喜立畀十金其
人故作懊恨狀而出王與鳥語應對便捷呼肉啖之食
已鳥曰臣要浴王命金盆貯水開籠令浴浴已飛簷間
梳翎抖羽尚與王喋喋不休頃之羽燥翩躚而起操晉
聲曰臣去呀顧盼已失所在王及內侍仰面咨嗟急覓

不必神僳妙

晉王太監

與同音賜也

喋多言也

畀音蔽
賜也

晉聲山西
人口氣

相傳諸葛復姓本姓葛後遷居南陽其地本有葛姓因其自諸城遷來故别之曰諸葛　見姓苑

諺　俗音呼虐切

詞嚴義正有死孝之心矣

其人則已渺矣後有往秦中者見其人攜鳥在西安市上

畢載積先生記

王漁洋云可與鸚鵡秦吉了同傳

商三官

故諸葛城有商士禹者士人也以醉謔忤邑豪豪嗾家奴亂捶之舁歸而斃禹二子長曰臣次曰禮一女曰三官年十六出閣有期以父故不果兩兄出訟經歲不得結壻家遣人參母請從權畢姻事母將許之女進曰焉有父尸未寒而行吉禮彼獨無父母乎壻家聞之慚而

孝女報仇

陝西

擡死之喪次

今之議親

公嗾夫獒焉　左傳

女有石祁子之風　見檀弓

宋包拯清而嚴其時謂關節不到有閻羅包老為龍圖閣學士升樞密副使卒卞後謚孝肅合肥人今有祠在合肥縣近泣模夜長邑[illegible]時云屬遊其祠像白面不同演戲中黑面

止無何兩兄訟不得直貧屈歸舉家悲憤兄弟謀詣父乃張再訟之本三官母人被殺而不理時事可知矣天將爲汝兄弟專生一閻羅包老取骸骨暴露於心何忍矣二兒服其言乃葬父葬已三官夜遁不知所往母慚怍唯恐壻家聞不敢告族黨但囑二子冥冥偵察之幾半歲杳不可蹤會豪誕辰招優爲戲優人孫淳攜二弟子往執役其一王成姿容平等而音詞清徹羣贊賞焉其一李玉貌韻秀如好女呼令歌辭以不稔强之所度曲半雜兒女俚謠合座爲之鼓掌孫大慚白主人此子

[illegible]谿[illegible]卷之四 南三官 二五六

三官男裝投身為戲班脚色

匕首將出袖而神色怡然者善藏其機也鷙鳥將擊雖兔亦必斂翼低飛鷹爲鳥中劍俠也

闔音榻

從學未久，祇解行觴耳。幸勿罪責。郎命行酒，玉往來給奉，善覷主人意向，豪悅之。酒闌人散，留與同寢。玉代豪拂榻解履，殷勤周至。醉語狎之，但有展笑。豪益惑之。盡遣諸僕去，獨留玉。玉俟諸僕出，闔扉下鍵焉。諸僕就别室飲。移時，聞廳事中格格有聲。一僕往覘之，見室内冥黑，寂不聞聲。行將旋踵，忽有響聲甚厲，如懸重物而斷其索。亟問之，並無應者。呼衆排闥入，則主人身首兩斷；玉自經死，繩絕墮地上，梁間頸際，殘繯儼然。衆大駭，傳告内闥，羣集莫解。衆移玉尸於庭，覺其襪履虛若無足。

父之服，可謂死孝，列女傳可增一葉

古人有復讎之舉，屢見之史傳。豫讓為智伯報仇，漆身為癘，吞炭為啞，而刺趙簡子，事与荊軻皆不成，載史記刺客傳

解之，則素爲如鉤益女子也。益駭，呼孫淳研詰之。淳駭極，不知所對，但云：玉月前投作弟子，願從壽主人，實不知所自來。以其服凶，疑其商家刺客，暫以二人邏守之。女貌如玉，撫之，肢體溫輭。二人竊謀淫之。一人抱尸轉側，方將緩其結束，忽腦如物擊，口血暴注，頃刻已死。其一大驚，告衆。衆敬若神明焉。且以告郡。郡官問臣及禮，進言不知，但妹亡去，已半載矣。俾往驗視，果三官。官奇之，判二兒領葬，勅豪家勿讎。

異史氏曰：家有女豫讓而不知，則兄之爲丈夫者可知

女又似許有容及孫翊徐夫人，可備全事之

荆軻為燕太子丹入秦刺始皇事雖不成天下奇男子也

龐娥魏龐涓母娥父為李壽所殺娥於都亭報仇事載三國魏志注

火燄山冰山在嘉峪関外昔洪稚存以言事怒伊犁云親見之載伊江日記中

合易州在直隸

矣然三官之為人卽蕭蕭易水亦將羞而不流況碌碌與世沉浮者耶願天下閨中人買絲繡之其功德當不減於奉壯繆也

漢關壯繆

壯繆蜀後主加謚

王漁洋云龐娥謝小娥得此鼎足矣

謝事載廣興記
小娥父與夫為盜申春申蘭所殺
小娥偽裝男子入傭申家斬蘭
鄉人義之助斬春小娥乃剃髮為尼

西僧

西僧自西域來一赴五臺一卓錫泰山其服色言貌俱與中國殊異自言歷火燄山山童童氣熏騰若爐竈凡行於雨後心凝目注輕跡步履之悞蹴山石則飛燄騰灼焉又經流沙河河中有水晶山峭壁插天際四面瑩

泰山在山東泰安州
華山在陝西華陰
五臺在山西代州
落伽山在寧波定海縣

詶侃不少罵盡善男信女以及惡僧獄食者

澈似無所隔又有隘可容單車二龍交角對口把守之過者先拜龍龍許過則口角自開龍色白鱗鬣皆如晶然僧言途中歷十八寒暑矣離西域者十有二人至中國僅存其二西土傳中國名山四一泰山一華山一五臺一落伽也相傳山上徧地皆黃金觀音文殊猶生能至其處則身便是佛長生不死聽其所言狀亦猶世人之慕西土也倘有西游人與東渡者中途相值各述所有當必相視失笑兩免跋涉矣

相視而笑 莊子

馬姓之妾無歲不生烧 卅六而卒

泥鬼

有志壑堂文集
唐夢賚字濟武号豹岩順治戊子舉人己丑進士入翰林八年授秘書院检討罷歸
淄川志
唐与蒲同鄉文字相契此篇首有序一篇
関东觥觥郭子横漢郭憲剛直時人歌之

西廊下

余鄉唐太史濟武數歲時有表親某相攜戲寺中太史童年磊落膽氣最豪見廡中泥鬼睜瑠璃眼甚光而巨愛之陰以指抉取懷之而歸既抵家某暴病不語移時忽起厲聲曰何故抉我睛譟叫不休衆莫之知太史始言所作家人乃祝曰童子無知戲傷尊目行奉還也乃大言曰如此我便當去言訖仆地遂絶良久而甦問其所言茫不自覺乃送睛仍安鬼眶中

異史氏曰登堂索睛土偶何其靈也顧太史抉睛而何以遷怒於同遊蓋以玉堂之貴而且至性觥觥觀其上

卜築城之南隅故曰南山

名憲崇禎丙子舉人順治丙戌進士官孝豐縣令

玉田公名生汶字澄甫萬歷乙酉舉人壬辰進士官玉田縣令

敬一名思豫性方嚴而至孝　皆淄川志

書北闕拂袖南山神且憚之而況鬼乎

夢別

王春李先生之祖與先叔祖玉田公交最善一夜夢公至其家黯然相語問何來曰僕將長往故與君別耳問何之曰遠矣遂出送至谷中見石壁有裂罅便拱手作別以背向罅逡巡倒走入呼之不應因而驚寤及明以告太公敬一且使備弔具曰玉田公捐舍矣太公請先探之信而後弔之不聽竟以素服往至門則提旛挂矣嗚呼古人於友其死生相信如此喪輿待巨卿而行豈

之往也　暗　朋友

秦陽君捐館舍死也　史記蘇秦傳

寘諸隘巷牛羊腓字之
詩大雅今婦女私產子女
抛棄僻巷也

妄哉

後漢范式字巨卿与汝南張劭為友劭字元伯張卒式夢中聞元伯呼曰巨卿吾以某日死 見後漢書

蘇仙

龍母

音称郡在湖南衡州桂陽州北連

高公明圖知郴州時有民女蘇氏浣衣於河河有巨石女踞其上有苔一縷絲滑可愛浮水漾動遶石三匝女視之心動既歸而娠腹漸大母私詰之女以情告母不能解數月竟舉一子欲寘隘巷女不忍也藏諸櫝而養之遂矢志不嫁以明其不二也然不夫而孕終以爲羞兒至七歲未嘗出以見人兒忽謂母曰兒漸長幽禁何可長也去之不爲母累問所之曰我非人種行將騰霄

女不二適

音陝又音懈

龍種

屬纊音卓[illegible]人死
殯殮

龍可托體其母亦非常人

昂堅耳母泣詢歸期荅曰待母屬纊兒始來去後倘有所需可啟藏兒櫝索之必能如願言已拜母徑去出而望之已杳矣女告母母大奇之女堅守舊志與母相依而家益落偶缺晨炊仰屋無計忽憶兒言往啟櫝果得米賴以舉火由是有求輒應踰三年母病卒一切葬具皆取給於櫝既葬女獨居三十年未嘗窺戶一日隣婦乞火者見其兀坐空閨語移時始去居無何忽見彩雲繞女舍亭亭如蓋中有一人盛服立審視則蘇女也廻翔久之漸高不見鄰人共疑之窺諸其室見女靚莊凝

吳門長邑陽山有龍母祠虞陽山亦有龍母祠

此隱身法昔唐明宗欲傳術於葉法善葉授之不盡也

坐氣則已絕衆以其無歸議爲殯殮忽一少年入丰姿俊偉向衆申謝鄉人向亦竊知女有子故不之疑少年出金葬母植二桃於墓乃別而去數步之外足下雲生不可復見後桃結實甘芳居人謂之蘇仙桃樹年年華茂更不衰朽官是地者每攜實以餽親友

畢道士

韓公子邑世家有畢道士工作劇公子愛其術以爲座上客畢日與人行坐輒忽不見公子欲傳其法畢不肯公子固懇之畢曰我非惜吾術恐壞吾道也所傳而君

此却正大之論公子不必折而反怒真公子性非愛道者也

子則可不然有借此以行竊者矣公子固無慮此然或出見美麗而悅隱身入人閨闥是濟惡而宣淫也不敢從命公子不能强而心怒之陰與僕輩謀撻辱之恐其遁匿因以細灰布麥場上思左道能隱形而履處必有印迹可隨印處急擊之於是誘單往使人執牛鞭立撻之單忽不見灰上果有履迹左右亂擊頃刻已迷公子歸單亦至謂諸僕曰吾不可復居向勞服役今且別當有以報袖中出旨酒一盛又探得肴一簋並陳几上陳已復探凡十餘探案上已滿遂邀衆飲俱醉一一仍內

五羖大夫楚之國百里奚仕虞國虞亡入晉後媵于秦官至執政 事見左傳

袖中韓聞其異使復作劇單於壁上畫一城以手推撾城門頓闢因將囊衣篋物悉擲門內乃拱別曰我去矣躍身入城城門遂合道士頓沓後聞在青州市上教兒童畫墨圈於掌逢人戲拋之隨所拋處或面或衣圈輒脫去落印其上又聞其善房中術能令下部吸燒酒盡一器公子嘗面試之

淺前鐵冊備亡能之乃左道也

五羖大夫

羖音股黑羊牝者曰羖

河津暢（希姓）體元（擄掠不踞城曰流寇）字汝玉爲諸生時夢人呼爲五羖大夫喜爲佳兆及遇流寇之亂盡剝其衣閉置空室時冬月寒

漢以大德王光武中興都洛改為雒字

虎視眈眈 易經

甚暗中摸索得數皮護體僅不至死質明視之恰符五數啞然自笑神之戲已也後以明經授雒南知縣

黑獸

聞李太公敬一言某公在瀋陽今奉天宴集山巔山頂俯瞰向看山下有虎銜物來以爪穴地瘞之而去使人探所瘞得死鹿乃取鹿而虛掩其穴少間虎導一黑獸至毛長數寸虎前驅若邀尊客既至穴獸眈眈蹲伺虎探穴失鹿戰伏不敢少動獸怒其誑以爪擊虎額虎立斃獸亦逕去

異史氏曰獸不知何名然問其形殊不大於虎而何延

狨 音戎 一名猱

木雞 莊子

揣 音催 揣量

氓之蚩蚩 抱布貿絲 詩經

頸受死懼之如此其甚哉凡物各有所制理不可解如獮最畏狨遙見之則百十成羣羅而跪無敢遁者凝睛定息聽狨至以爪徧揣其肥瘠肥者則以片石誌顛頂獮戴石而伏悚若木雞惟恐墮落狨揣誌已乃次第按石取食餘始鬨散余嘗謂貪吏似狨亦且揣民之肥瘠而誌之而裂食之而民之戢耳聽食莫敢喘息蚩蚩之情亦猶是也可哀也夫

此罵有司

鄷都御史

鄷都四川 附会之詞相隔數千里也

鄷都縣外有洞深不可測俗呼閻羅天子署其中一切

吴门徐公少時與光福李少溪相善少溪曾良酆都典史嘗至家下榻聽旬日時歸田已四五年矣曾詢世俗相傳之說伊云並無其事皆因道遠地僻故多附會因僧道經懺中有酆都地獄云云遂曲爲和附惟縣庫中有舊鐵印一方大寸許上鑄酆都御史之印用水印泥硃砂鈐於黄紙紙上刻太乙救苦天尊圖像云人臨危時將人姓名鄉贯填寫於紙上名曰護照四门盛行之此印典

獄具皆借人工桎梏朽敗輒擲洞口邑宰卽備新者易之經宿失所在供應度支載之經制明有御史行臺華公按及酆都聞其說不以爲信欲入洞以决其惑人輒言不可公弗聽秉燭而入以二役從深抵里許燭暴滅視之階道濶卽有廣殿十餘間列坐尊官袍笏儼然惟東首空一坐尊官見公至降階而迎笑問曰至矣乎别來無恙否公問此何處所尊官曰此冥府也公愕然告退尊官指虛坐曰此爲君坐那可復還公益懼固請寬宥尊官曰定數何可逃也遂撿一卷示公上注云某月

史所管每印一帋沿費一文云是典史倚门出息也

日某以肉身歸陰公覽之戰慄如濯冰水念母老子幼泣然涕流俄有金甲神人捧黃帛書至羣拜舞啟讀已乃賀公曰君有回陽之機矣公喜致問曰適接帝詔大赦幽冥可爲君委折原例耳乃示公途而出數武之外冥黑如漆不辨行路公甚窘苦忽一神將軒然而入赤面長髯光射數尺公迎拜而哀之神人曰誦佛經可出言已而去公自計經咒多不記憶惟金剛經頗曾習之遂乃合掌而誦頓覺一線光明映照前路忽有遺忘之句則眼前頓黑定想移時復誦復明乃始得出其二從

神仙傳王遠字方平

李名斯義康熙戊辰進士由庶吉士授御史歷遷福建巡撫

人則不可問矣

王漁洋云閻羅天子廟在酆都南門外平都山上旁即王方平洞亦無他異但山半有九蟒御史廟神甚獰惡事亦荒唐

大人

天地間何奇不有此或如春秋左傳長狄防風種耶

長山李孝廉質君詣靑州途中遇六七人語音類燕審視兩頰俱有瘢大如錢異之因問何病之同客自述舊歲客雲南日暮失道入大山中絕壑巉巗不可得出谷中有大樹一章條數尺綿綿下垂蔭廣畝餘諸客討無

所之因共繫馬解裝旁樹棲止夜既深虎豹鴞鵄次第嘷動諸客抱膝相向不能寐忽見一大人來高以丈計客團伏莫敢息大人至以手攫馬而食六七匹頃刻都盡既而折樹上長條捉人首穿顋如貫魚狀貫訖提行數步條蠹折有聲大人似恐墮落乃屈條之兩端壓以巨石而去客覺其去遠出佩刀自斷貫條負痛疾走未數武見大人又導一人俱來客懼伏叢莽中見後來者更巨至樹下往來巡視似有所求而不得已乃聲喟啾似巨鳥鳴意甚怒蓋怒大人之紿已也因以掌批其頰

二人安居此山必有制伏巨人之法

大人偃僂順受無敢少爭俄而俱去諸客始倉皇出荒竄良久遙見嶺頭有燈火羣趨之至則一男子居石室中客入環拜兼告所苦男子叱令坐曰此物殊可恨然我亦不能箝制待舍妹歸可與謀也居無何一女子荷兩虎自外入問客何得至諸客趨叩而告以故女子曰久知兩箇爲孼不圖凶頑至此當即除之於室中出銅鎚重三四百觔出門遂逝男子煮虎肉饗客肉未熟女子已返曰彼見我欲遁追之數十里斷其一指而還因以指擲地大如脛股焉衆駭極問其姓氏即亦不言少

間肉熟客創痛不食女以藥屑徧糝之痛頓止旣而女子送客至樹下行李俱在各負裝行十餘里經昨夜鬬處女子指示之石窪中殘血尚存盆許出山女子始別而返

柳秀才

明季蝗生青兗間漸集於沂沂令憂之退臥署幕夢柳秀才來謁峩冠綠衣狀貌修偉自言禦蝗有策詢之荅云明日西南道上有婦跨碩腹牝驢子蝗神也哀之可免令異之治具出邑南伺良久果有婦高髻褐帔獨控

寒山拾得云豐干饒舌
見高僧傳

此虫翅硬飛極高勢若
風雨奮迅有声

尚書名可威字嵓巖甫益
都人萬曆乙未進士仕至
工部尚書

老蒼衞緩蹇北度卽爇香捧巵酒迎拜道左捉驢不令去婦問大夫將何爲令便哀懇區區小治幸憫脫蝗口婦曰可恨柳秀才饒舌洩吾密機當卽以其身受不損禾稼可耳乃盡三巵瞥不復見後蝗來飛蔽天日然不落禾田但集楊柳過處柳葉都盡方悟秀才柳神也或云是宰官憂民所感誠然哉

王漁洋云柳秀才有大功德於沂沂雖百世祀可也

董公子 神

山東

青州董尚書可畏家庭森肅內外男女不敢通一語一

壯繆封漢壽亭侯漢壽有三處四川葭萌縣先主改爲漢壽非壯繆封侯時湖廣武陵縣順亭改爲漢壽此爲近之又荆州有漢壽漢末三國凡先封關外侯升關內侯升亭侯方有食邑升鄉侯再升邑侯去亭鄉邑侯食邑或二三邑不等

目有婢及僕調笑於中門之外爲公子所窺怒叱之各奔而去及夜公子偕僮臥齋中時方盛暑室門洞敞更既深僮聞牀上有聲甚厲方驚醒月影中見前僕提一物出門去以其家人故弗深怪遂復寐忽聞靴聲訇然音烘一偉丈夫赤面長鬚似壽亭侯像捉一人頭入僮懼蛇行入牀下但聞牀上支支格格如振衣如摩腹移時始罷靴聲又響乃去僮伸頸漸出見牕上有曉色以手捫牀上著衣粘溼嗅之血腥大呼公子公子方醒告而火之血盈枕席大駭不得其故忽有官役叩門公子出見

今之侯号如肅毅伯果勇侯即古之國外國內侯也無食邑而有俸

古有國中侯比國外侯下一等今印譜尚存其制或有藏者

之役愕然但言怪事詰之告曰適衙前一人神色迷罔大聲自言曰我殺主人矣衆見其衣有血污執而白之官審知爲公子家人彼言已殺公子埋首於關廟之側往驗之穴土猶新而首則無之公子駭異趨赴公庭其人即前狎婢者也因述其異官甚惶惑重責而釋之公子不欲結怨於小人以前婢配之令去積數日其鄰堵者夜聞僕房中一聲震響若崩裂急赴呼之不應排闥入覘見夫婦及寢牀皆截然斷而爲兩木肉上俱有削痕似一刀所斷者關公之靈跡最多蓋未有奇於此者

其量不可及

神力

也

冷生

平城冷生少最鈍年二十餘未能通一經後忽有狐來與之燕處每聞其終夜語即兄弟詰之亦不肯泄一字如是多日忽得狂易病每爲文時得題則閉門枯坐少時譁然大笑往窺之則手不停草而一藝成矣既而脫稿文思精妙是年入泮明年食餼每逢場作笑響徹堂壁由此笑生之名大譟幸學使退休不聞後值某學使規矩嚴肅終日危坐堂上忽聞笑聲怒執之將以加責

執事官代白其顛學使怒稍息釋之而黜其名從此佯狂詩酒著有顛草四卷超拔可誦

異史氏曰閉門一笑與佛家頓悟時何殊哉大笑成文亦一快事何至以此褫革如此主司寧非悠悠

昔學師孫景夏先生往訪友人至其窗外不聞人語但聞笑聲嗤然頃刻數作意其與人戲耳入視則居之獨也怪之始大笑曰適無事默溫笑談耳邑宮生者家畜一驢性蹇劣每途逢徒行之客拱手謝曰適忙遽不遑下驢勿罪言未已驢已蹶然伏道上屢試

不爽宮大慚恨因與妻謀使僞作客自乃跨驢而周於庭向妻拱手作遇客語驢果伏便以利錐毒刺之適有友人相訪方欲款關聞宮言於內曰不遑下驢勿罪少頃又言之因大怪異叩扉而問其故以實告相與捧腹此二則可附冷生之笑以傳矣

狐懲淫

某生賫購新第常患狐凡一切服物多爲所毀又時以塵土置湯餌中一日有友過訪値生他適至暮不歸生妻備饌具供客已而偕婢啜食餘餌生素不羈好蓄媚

藥不知何時狐以藥置粥中婦食之覺有腦麝氣問婢婢荅不知食訖覺慾燄上熾不可暫忍强自遏抑燥渴愈急籌思家中無可奔者獨有客在遂往叩齋客問其誰實告之問何作不荅客謝曰我與若夫道義交不敢爲此獸行婦尚流連客叱曰某兒文章品行被汝喪盡矣隔窗唾之婦大慚乃退因自念我何爲若此忽憶椀中香得毋媚藥耶檢包中藥果狼籍滿架盎琖中皆是也稔知冷水可解因就飲之頃刻心下清醒愧恥無以自容輾轉旣久更漏已殘愈恐天曉無以見人乃解帶

晡 音餔。日落山也。

白經婢覺救之，氣已漸絕，辰後始有微息。客夜間已遁，生晡後方歸，見妻臥，問之，不言，但含淸淚。婢以狀告，大驚，苦詰之。妻遣婢去，始以實陳。生歎曰：此我之淫報也，於卿何尤？幸有良友，不然，何以爲人？遂從此痛餙往行，狐亦遂絕。

異史氏曰：居家者相戒勿蓄砒鴆，從無有戒不蓄媚藥者。亦猶之人畏兵刃，而狎牀笫也。寧知其毒有甚於砒鴆者哉！顧蓄之，不過以媚內耳，乃至見嫉於鬼神，況人之縱淫，有過於蓄藥者乎。

即前藝丹妻官西呈
字台之物

某生赴試自郡中歸日已暮攜有蓮實菱藕入屋並置几上又有藤津僞器一事水浸盎中諸鄰人以其新歸攜酒登堂生倉猝置牀下而出令內子經營供饌與客薄飲飲已入內急燭牀下盎水已空問婦婦曰適與菱藕並出供客何尚尋也生回憶肴中有黑條雜錯舉座不知何物乃失笑曰癡婆子此何物事可供客耶婦亦疑曰我方怨子不言烹法其狀可醜又不知何名只得糊塗切耳生乃告之相與大笑

今某生貴矣相狎者猶以爲戲

奐山一作焕在淄川西十里
孫名琰齡淄川人拔貢定州同兵部尚書之獅子通政司使琰齡弟
埤堄城上短墻一名女墻
全用礼記檀弓句法
寫山市歷歷如繪山市景色变幻不測先生文筆亦似之

山市

奐山山市，邑八景之一也，然數年恒不一見。孫公子禹年與同人飲樓上，忽見山頭有孤塔聳起，高插青冥，相顧驚疑，念近中無此禪院。無何，見宮殿數十所，碧瓦飛甍，始悟為山市。未幾，高垣睥睨，連亘六七里，居然城郭矣。中有樓若者，堂若者，坊若者，歷歷在目，以億萬計。忽大風起，塵氣莽然，城市依稀而已。既而風定天清，一切烏有，惟危樓一座，直接霄漢。樓五架，窗扉皆洞開，一行有五點明處，樓外天也。層層指數，樓愈高則明漸少，數

窮袴見前漢書外戚傳袴褌通前後有襠曰窮袴

向鼎兩字雅絶

至八層裁如星點又其上則黯然縹緲不可計其層次而樓上人往來屑屑或凭或立不一狀踰時樓漸低可見其頂又漸如常樓又漸如高舍倏然如拳如豆遂不可見又聞有早行者見山上人煙市肆與世無別故又名鬼市云

孫生　厭勝邪術

余鄉孫生者娶故家女辛氏初入門為窮袴多其帶渾身糾纏甚密拒男子不與共榻牀頭常設錐簪之器以自衛孫屢被刺剟因就別榻眠月餘不敢問鼎即白晝

左傳楚國事

旁门挼戰以窮袴為

相逢女未嘗假以言笑同窗共知之私謂孫曰夫人能飲否答云少飲某戲之曰僕有調停之法善而可行問何法曰以迷藥入酒紿使飲焉則惟君所欲矣孫笑之而陰服其策良詢之醫家敬以酒煮烏頭置案上入夜孫釃別酒獨酌數觥而寢如此三夕妻終不飲一夜孫臥移時覰妻猶寂坐孫故作鼾聲妻乃下榻取酒煨爐上孫竊喜既而滿引一盃又復酌約至半杯許以其餘仍內壺中拂榻遂寢久之無聲而燈煌煌尚未滅也疑其尚醒故大呼錫檠鎔化矣妻不應再呼仍不應白身

大毒热藥附子一類

中山酒一飲醉如泥古語

往視則醉睡如泥啟衾潛入層層斷其縛結妻固覺之不能動亦不能言任其輕薄而去既醒惡之投繯自縊孫夢中聞喘吼聲起而奔視舌已出兩寸許大驚斷索扶榻上踰時始蘇孫自此殊恨厭之夫婦避道而行相逢則各俯其首積四五年不交一語妻或在室中與他嬉笑見夫至色則立變凜如霜雪孫嘗寄宿齋中恆經歲無歸時即强之歸亦面壁移時默然即枕而已父母甚憂之一日有尼至其家見婦亟加贊譽母亦不言但有浩歎尼詰其故具以情告尼曰此易與耳母喜曰倘

能回婦意當不靳酬也尼窺室無人耳語曰請購春宮一幀三日後爲君厭之尼既去母從其教購以待之三日尼果來囑曰此須慎密勿令夫婦知乃翦下圖中人又鍼三枚艾一撮並以素紙包固外繪數畫如蚓狀使母縫婦出竊取其枕開其縫而拔之已而仍合之返歸故處尼乃去至晚母强子歸宿痡媼知其情竊往伏聽二更將殘聞婦呼孫小字孫不荅少間婦復語孫厭氣作惡聲質明母入其室見夫婦面首相背知尼之術誣也呼子於無人處慰諭之孫聞妻名便怒切齒母怒罵

尼術可畏

之不顧而去越日尼來告之固效尼大疑媼因迹所驗尼笑曰前言婦憎夫故偏厭之今婦意已轉所未轉者男耳請作兩制之法必有驗母從之索子枕如前緘置訖又呼令歸寢更餘猶聞兩榻上皆有轉側聲時作咳都若不能寐久之聞兩人在一牀上唧唧語但隱約不可辨將曙猶聞戲笑吃吃不絕媼以告母母喜尼厚餽之孫由是琴瑟合好今各三十餘矣生一男兩女十餘年從無口角之事同人私問其故笑曰前此顧影生怒後此聞聲而喜自亦不解其何心也

世說 髯參軍短主簿能令公喜能令公怒晉桓温府兩掾一王珣一郗超珣字元琳爲吳郡太守有惠政嘗作室席垣後捨爲寺

大罵秀才 令之秀才自虜顩充盈溢斂皆羹其中物

異史氏曰：移憎而愛，術不亦神哉！然能令人喜者，亦能令人怒。術人之神，正術人之可畏也。先哲云：「六婆不入門，有見矣夫！」

沂水秀才

鄙陋

沂水某秀才，課業山中。夜有二美人入，含笑不語，各以長袖拂榻，相將坐，衣軟無聲。少間，一美人起，以白綾巾展几上，上有草書三四行，亦未審其何辭。一美人置白金一鋌，可三四兩許，秀才掇內袖中。美人取巾，握手笑出，曰：「俗不可耐！」秀才捫金，則烏有矣。麗人在坐，投以芳澤

置不顧而金是取是乞兒相也尚可耐哉狐子可見雅態可想

死僧

〔貪痴〕

某道士雲遊日暮投止野寺見僧房扃閉遂藉蒲團趺坐廊下夜既靜聞啟闔聲旋見一僧來渾身血污目中若不見道士道士亦若不見之〔有定力不動心〕僧直入殿登佛座抱佛頭而笑久之乃去及明視室門扃如故怪之入村道所見衆如寺發扃驗之則僧殺死在地室中席篋掀騰知爲盜劫疑鬼笑有因共驗佛首見腦後有微痕刓之內

藏三十餘金。遂用以葬之。

異史氏曰：諺有之：財連於命。不虛哉！夫人儉嗇封殖，以予所不知誰何之人，亦已癡矣；況僧並不知誰何之人而無之哉。生不肯享，死猶顧而笑之，財奴之可歎如此。佛云：一文將不去，惟有業隨身。其僧之謂夫。

佛偈

牛飛

定數

邑人某，購一牛，頗健。夜夢牛生兩翼飛去，以為不祥，疑有喪失。牽市口，損價售之。以巾裹金，纏臂上。歸至半途，見有鷹食殘兎，近之甚馴。遂以巾頭縶股，臂之。鷹屢擺

牛飛作引

牛生翼驗矣

忤又天下通病

芥蔕 一作介蔕 心胸之間著木刺一刻不釋

撲把捉稍懈帶金騰去某每謂定數不可逃而不知不疑夢不貪拾遺去者何遽能飛哉

鏡聽

科場勢利生于家庭

益都鄭氏兄弟皆文學士大鄭早知名父母嘗過愛之又因子並及其婦二鄭落拓不甚爲父母所懽遂惡次婦至不齒禮冷暖相形頗存芥蔕次婦每謂二鄭等男子耳何遂不能爲妻子爭氣遂擯弗與同宿於是二鄭感憤勤心鋭思亦遂知名父母稍稍優顧之然終殺於兄次婦望夫綦切是歲大比竊於除夜以鏡聽卜有二

古有鏡卜

殺 次也 等殺 即等级

大年夜必天寒曰涼涼相戲之言

不炊不近火即涼涼

並光類儺終逢吉大除夕念咒七遍出门靜聽人語 見琅環記

婆珊婆演底

婆珊五字咒乃解人睡多惡夢易魘者

鏡聽法

獨向灶神勿令人見双手捧鏡誦咒七遍出聽人言以定吉凶又閉目信足行七步開目照鏡取合人言

人初起相推爲戲云汝也涼涼去婦歸吉凶不可解亦置之闈後兄弟皆歸時暑氣猶盛兩婦在廚下炊飯餉耕其熱正苦忽有報騎登門報大鄭捷母入廚喚大婦曰大男中式矣汝可涼涼去次婦忿慨泣且炊俄又有報二鄭捷者次婦力擲餅杖而起曰儂也涼涼去此時中情所激不覺出之於口旣而思之始知鏡聽之驗也

異史氏曰貧窮則父母不子有以哉庭幃之中固非憤激之地然二鄭婦激發男兒亦與怨望無賴者殊不同科投杖而起眞千古之快事也

蘇州語

蒲老本色

辰熱送田間雇工食

十二重樓玉闕華池皆黃庭經句道家修真之言此等吐屬豈奔波觸暑之人所能道陳公心粗不覺耳

牛癀

音皇瘟疫人畜相染

陳華封蒙山人以盛暑煩熱枕藉野樹下忽一人奔波而來首著圍領疾趨樹陰据石爲座揮扇不停汗下如流瀋陳起坐笑曰若除圍領不扇可涼客曰脫之易再著難也就與傾談頗極蘊藉既而曰此時無他想但得冰浸良醞一道冷芳度下十二重樓暑氣可消一半陳笑云此願易遂僕當爲君償之因握手曰寒舍伊邇請即迂步客笑而從之至家出藏酒於石洞其涼震齒客大悅一舉十觥日已就暮天忽雨於是張燈於室客乃

俗云[illegible]牙齒

磅礴二字出莊子解衣磅礴

人身有肌有皮有膜有肉有筋有骨有髓

隱 藏也私也

苦參 本草綱目味苦解毒内科不常用外科藥此散係查萬方鍼線

解除領巾相與磅礴語次見客腦後時漏燈光疑之無何客酩酊眠榻上陳移燈竊窺之見耳後有巨穴戔戔大數道厚膜間鬲如櫺櫺外耎革垂蔽中似空空駭極潛抽髻簪撥膜覘之有一物狀類小牛隨手飛出破窗而去益駭不敢復撥方欲轉步而客已醒驚曰子窺見吾隱矣放牛癀出將復奈何陳拜詰其故客曰今已若此尚復何諱實相告我六畜瘟神耳適所縱者牛癀恐百里內牛無種矣陳故以養牛爲業聞之大恐拜求術解客曰余且不免於罪其何術之能解惟苦參散最效其

龕音堪 墻壁上方洞用供神佛小像及安置零星小物

剉 剉通 音措 鐵剉 斫刀 斫料飼牛

廣傳此方勿存私念可也言已謝別出門又掬土堆壁龕中卧每用一合亦效拱手郎不復見居無何牛果病瘟疫大作陳欲專利秘其方不肯傳惟傳其翁翁試之神驗而陳自剉啖牛殊無效有牛二百蹄躈倒斃殆盡遺老牝牛四五頭亦逡巡就死中心懊惱無所用力忽憶龕中掬土念未必效姑妄投之經夜牛乃盡起始悟藥之不靈乃神罰其私也後數年牝牛繁育漸復其故

周三

山東

泰安張太華富吏也家有狐擾不可堪遣制罔效陳其

主人献客曰酬、客献主人曰酢、古用醋字音作、古用酢字音错、今反用之已久不可改也、

虯本作蚪从乚音求

狀於州尹尹亦不能爲力時州之東亦有狐居村民家人共見之一白髮叟云與居人通弔問一如人世禮自言行二都呼之胡二爺適有諸生謁尹閒道其異尹爲吏策使往問叟時東村人有作隸者吏訪之果不誣便與俱往卽隸家設筵招胡胡至揖讓酬酢無異常人吏因告以所求胡言我故悉之但不能爲君効力僕友人周三僑居岳廟宜可降伏當代求之吏喜欠抑申謝胡臨別與吏約明日張筵於岳廟之東吏如其教胡果導周至周虯髯鐵面服袴褶飲數行向吏曰適胡二爺致

以暴易暴
殷微子麥秀之歌

會意事已盡悉但此輩實繁有徒不可善論難免用武請卽假館君家微勞所不敢辭吏聞之自念去一狐得一狐是以暴易暴也游移不敢卽應周已知之曰得無相畏耶我非他比且與君有夙緣請勿疑吏諾之周又囑明日偕家人闔戶坐室中幸勿譁吏旣歸悉聽教言俄聞庭中攻擊剌鬬之聲踰時始定啟關出視血點點盈階上墀中有小狐首數校大如椀琖焉又視所除舍則周危坐其中拱手笑曰蒙重託妖類已蕩滅矣自是館於其家相見如主客焉

漢書音悼惠王侍齊王毋家
駟鈞悪戾虎而冠者也
史記齊悼惠世家
佛經除一切煩惱習氣

劉姓

邑劉姓虎而冠者也後去淄居沂習氣不除鄉人咸畏惡之有田數畝與苗某連壠苗勤田畔多種桃桃初實子往攀摘劉怒驅之指爲已有子啼而告諸父父方駭怪劉已詬罵在門且言將訟苗笑慰之怒不可解忿而去時有同邑李翠石作典商於沂劉持狀入城適與之遇以同鄉故相熟問作何幹劉以告李笑曰子聲望衆所共知我素識苗某甚平善何敢占騙將毋反言之耶乃碎其辭紙曳入肆將與調停劉恨恨不已竊肆中筆

人傳已死不便突然動
問故逡巡也

復造狀藏懷中期以必告未幾苗至細陳所以哀李爲
之解免言我農人半世不見官長但得罷訟數株桃何
敢執爲已有李呼劉出告以退讓之意劉猶指天畫地
叱罵不休苗惟和色卑辭無敢少辨既罷踰四五日見
其村中人傳劉已死李爲驚歎翼日他適見杖而來者
儼然劉也比至殷殷問訊且請臨顧李逡巡問曰日前
忽聞凶訃一何妄也劉不荅但挽入村至其家羅漿酒
焉乃言前日之傳非妄也曩出門見二人來捉見官府
問何事但言不知自思出入衙門數十年非怯見官長

脾氣已改

入聲

悛 音千 止也改也

陰德

强項猶昔

者亦不畏怖從去至公廨見南面者有怒容曰汝即劉某耶罪惡貫盈不自悛悔又以他人之物占為已有此等横暴合置鑊鼎一人稽簿曰此人有一善合不死南面者閲簿色稍霽便云暫送他去數十人齊聲呵逐余曰因何事勾我來又因何事遣我去還祈明示吏持簿下指一條示之上記崇禎十三年用錢三百救一人夫妻完聚吏曰非此則今日命當絶宜墮畜生道駭極乃從二人出二人索賄怒告曰不知劉某出入公門二十年專劫人財者何得向老虎討肉喫耶二人乃不復言

苦差

歲荒人相視人命不值畜生

送至村拱手曰此役不曾嗽得一掬水二人既去入門遂甦時氣絕已隔日矣李聞而異之因詰其善行顛末初崇禎十三年歲大凶人相食劉時在淄爲主捕隸適見男女哭甚哀問之荅云夫婦聚幾年餘今歲荒不能兩全故悲耳少時在油肆前復見之似有所爭近詰之肆主馬姓者便云伊夫婦餓將死日向我討麻醬以爲活今又欲賣婦於我我家中已買十餘口矣此何緊要賤則售之否則已耳如此可笑生來纏人男子因言今粟貴如珠自度非三百不足供逃亡之費本欲兩生若

有義俠之氣不免武斷
横暴冥誅之後忽攉為
圖化鷹為鳩

賣妻而不免於死何取焉非敢言直但求作陰隲行之耳劉憐之便問馬出幾何馬言今日婦只止直百許耳劉請勿短其數且願助以半價之贖馬執不可劉少負氣便謂男子彼鄙瑣不足道我請如數相贈若能逃荒又全夫婦不更佳耶遂發囊與之夫妻泣拜而去劉述此事李大加獎歎劉自此前行頓改今七旬猶健去年李詣周村遇劉與人爭衆圍勸不能解李笑呼曰汝又欲訟桃樹耶劉茫然改容吶吶斂手而退

異史氏曰李翠石兄弟皆稱素封然翠石素醇謹喜爲

可憫

强盜修行有俠腸

同訥

將死之鳴痛極

醕謹見史記石慶傳

抑謚而自下

張名延登萬歷壬辰進士官南京都察院右都御史謚忠定

如釋重負

善未嘗以富自豪抑然誠篤君子也觀其解紛勸善其生平可知矣古云爲富不仁吾不知翠石先仁而後富者耶抑先富而後仁者耶

庫官

定數

鄒平張華東公奉旨祭南岳道出江淮間將宿驛亭前驅白驛中有怪異宿之必致紛紜張弗聽宵分冠劍而坐俄聞轔聲入則一頒白叟皁紗黑帶怪而問之叟稽首曰我庫官也爲大人典藏有日矣幸節鉞遥臨下官釋此重負問庫存幾何荅言二萬三千五百金公慮多

累綴今云累贅金彡行道不便

一飲一啄莫非前定之古語

金累綴約歸時盤驗叟唯唯而退張至南中餽遺頗豐及還宿驛亭叟復出謁及問庫物曰已撥遼東兵餉矣深訝其前後之乖叟曰人世祿命皆有額數錙銖不能增損大人此行應得之數已得之矣又何求言已竟去張乃計其所獲與所言庫數適相脗合方歎飲啄有定不可以妄求也

金姑夫

山东沂水古名东莞

浙江紹興

會稽有梅姑祠神故馬姓族居東莞未嫁而夫早死遂矢志不醮三旬而卒族人祠之謂之梅姑丙申上虞金

冥想　邪念

殽今之私奔暗合者稍勝

玷　缺也　污也

生赴試經此入廟徘徊頗涉冥想至夜夢青衣來傳梅姑命招之從去入祠梅姑立候簷下笑曰蒙君寵顧實切依戀不嫌陋拙願以身爲姬侍金唯唯梅姑送之曰君且去設座成當相迓耳醒而惡之是夜居人夢梅姑曰上虞金生今爲吾壻宜塑其像詰旦村人語夢悉同族長恐玷其貞以故不從未幾一家俱病大懼爲肖像於左旣成金生告妻子曰梅姑迎我矣衣冠而死妻痛恨詣祠指女像穢罵又升坐批頰數四乃去今馬氏呼爲金姑夫

所見亦未必盡述

夷堅志載有麥賓一則
与此相類

異史氏曰不嫁而守不可謂不貞矣爲鬼數百年而始易其操抑何其無耻也大抵貞魂烈魄未必即依於土偶其廟貌有靈驚世而駭俗者皆鬼狐憑之耳

酒蟲

長山劉氏體肥嗜飲每獨酌輒盡一甕負郭田三百畝輒半種黍而家富豪不以飲爲累也一番僧見之謂其身有異疾劉荅言無僧曰君飲常不醉否曰有之曰此酒蟲也劉愕然便求醫療曰易耳問需何藥俱言不須但令於日中俯臥縶手足去首半尺許置良醞一器移

熾音志盛也

劉之愚僧之黠

時燥渴思飲爲極酒香入鼻饞火大熾而苦不得飲忽覺喉中暴癢哇有物出直墮酒中解縛視之赤肉長三寸許蠕動如游魚口眼悉備劉驚謝酬以金不受但乞其蟲問將何用曰此酒之精甕中貯水入蟲攪之即成佳釀劉使試之果然劉自是惡酒如讎體漸肥家亦日貧後飲食不能給

異史氏曰日盡一石無損其富不飲一斗適以益貧豈飲啄固有數乎或言蟲是劉之福非劉之病僧愚之以成其術然歟否歟

明吕坤大儒也崇祀孔庙两庑者去伪齋集内一種曰無如皆纪禽獸虫鱼之有仁義五常之一節者吕道学硕彦非漫云也

義犬

潞安某甲父陷獄將死搜括囊蓄得百金將詣郡關說跨騾出則所養黑犬從之呵逐便退既走則又從之鞭逐不返從行數十里某下騎遶路側私焉既乃以石投犬犬始奔去某既行則犬欻然復來齧騾尾足某怒鞭之犬鳴吠不已忽躍在前憤齕騾首似欲阻某去路某以爲不祥益怒回騎馳逐之視犬已遠乃返轡疾馳抵郡已暮及捫腰橐金亡其半涔涔汗下魂魄都失輾轉終夜頓念犬吠有因候關出城細審來途又自計南北

紀曉嵐筆記中有一則
六出義犬四兒之墓刊石
於瘞犬側

大罵為醫者

衢行人如蟻遺金寧有存理逡巡至下騎所見犬斃草間毛汗溼如洗提耳起視則封金儼然感其義買棺葬之人以爲義犬塚云

岳神

揚州提同知夜夢岳神召之詞色憤怒仰見一人侍神側少爲緩頰醒而惡之早詣岳廟默作祈禱既出見藥肆一人絕肖所見問之知爲醫生旣歸暴病特遣人聘之旣至出方爲劑暮服之中夜而卒或言閻羅與東岳天子日遣使者男女十萬八千衆分布天下作巫醫名

勾魂使者名新奇而切

長平声長大

長上声長成

長去声多餘

游獵者每繫鷹於臂

勾魂使者用藥者不可不察也

鷹虎神

郡城東嶽廟在南郭大門左右神高丈餘俗名鷹虎神猙獰可畏廟中道士任姓每雞鳴輒起焚誦有偷兒預匿廊間伺道士起潛入寢室搜括財物奈室無長物惟於薦底得錢三百納腰中拔關而去將登千佛山南竄許時方至山下見一巨丈夫自山上來左臂蒼鷹適與相遇近視之面銅青色依稀似廟門中所習見者大恐蹲伏而戰神詫曰盜錢安往偷兒益懼叩不已神揪令

名興數順治甲申拔貢封國子監祭酒贈尚書西祖漁洋之父也

還入廟使傾所盜錢跪守之道士課畢回顧駭愕盜歷歷自述道士收其錢而遣之

齕石

新城王欽文太翁家有園人王姓幼入勞山學道久之不火食惟啖松子及白石徧體生毛旣數年念母老歸里漸復火食猶啖石如故向日視之卽知石之甘苦酸鹹如啖芋然母死復入山今又十七八年矣

廟鬼

伯祖 以嘉靖甲子解元乙丑進士官山西左布政 漁洋山人之從

新城諸生王啟後者方伯中宇公象坤曾孫見一婦人

入室貌肥黑不揚笑近坐榻意甚褻王拒之不去由此坐臥輒見之而意堅定終不搖婦怒批其頰有聲而亦不甚痛婦以帶懸梁上捽與並縊王不覺自投梁下引頸作縊狀人見其足不履地挺然立空中即亦不能死自是病顛忽曰彼將與我投河矣望河狂奔曳之乃止如此百端日常數作術藥罔效一日忽見有武士綰鎖而入怒叱曰樸誠者女何敢擾即縶婦項自櫺中出纔至窗外婦不復人形目電閃口血赤如盆憶城隍廟門中有泥鬼四絕類其一焉於是病若失

地震

康熙七年六月十七日戌刻，地大震。余適客稷下，方與表兄李篤之對燭飲。忽聞有聲如雷，自東南來，向西北去。衆駭異，不解其故。俄而几案擺簸，酒杯傾覆；屋梁椽柱，錯折有聲。相顧失色。久之，方知地震，各疾趨出。見樓閣房舍，仆而復起；墻傾屋塌之聲，與兒啼女號，喧如鼎沸。人眩暈不能立，坐地上，隨地轉側。河水傾潑丈餘，雞鳴犬吠滿城中。逾一時許，始稍定。視街上，則男女裸聚，競相告語，並忘其未衣也。後聞某處井傾仄，不可汲；某

妝正粧俗

粔籹音拒汝乃餅餌

家樓臺南北易向棲霞山裂沂水陷穴廣數畝此真非常之奇變也

有邑人婦夜起溲溺回視則狼銜其子婦急與狼爭一緩頰婦奪兒出攜抱中狼蹲不去婦大號鄰人奔集狼乃去婦驚定作喜指天畫地述狼銜兒狀已奪兒狀良久忽悟一身未著寸縷乃奔此與地震時男婦兩忘者同一情狀也人之惶急無謀一何可笑

張老相公

張老相公晉人適將嫁女攜眷至江南躬市奩妝舟

羊味羶魚味曰腥
嘗謂論語中如丈人全家徙
避子路所語何人聽聞又左
傳靈公遣鉏麑刺趙盾見
盾之廉忠不忍刺之歎息而
語之罷觸槐而死何人聽聞
又黿在江湖見人在船上出
大小解溺皋尢以尖水精跡必
躍上銜之身非黿何以知黿
船見皋尢水精跡歟千古疑
團無人可解破者

抵金山張老渡江囑家人在舟勿焫羶腥蓋江有黿怪聞香輒出壞舟吞行人爲害已久張去家人忘之炙肉舟中忽巨浪覆舟妻女皆沒張廻棹悼恨欲死因登金山謁寺僧詢黿之異將以讎黿僧聞之駭言吾儕日與習近懼爲禍殃惟神明奉之祈勿怒時斬牲牢投以牛體則躍吞而去誰復能相讎哉張聞頓思得計使招鐵工起爐山半冶赤鐵重百餘斤審知所常伏處使二三健男子以大鉗舉投之黿躍出疾吞而下少時波涌如山頃之浪息則黿死已浮水上矣行旅寺僧并快之建

此或北道有之若吳地則僅見

𣌾 夲音抱日出兩手聚米晒今加日旁又音薄此与强暴不同秦李斯所篆有之上同下从本

張老相公祠肖像其中以爲水神禱之輒應

造畜

此或傳聞之詞或當時有而今無其術

魘媚之術不一其道或投美餌給之食之則人迷罔相從而去俗名曰打絮巴江南謂之扯絮小兒無知輒受其害又有變人爲畜者名曰造畜此術江北猶少河以

此術也東未聞見

南輒有之揚州旅店中有一人牽驢五頭暫繫櫪下云我少選即返兼囑勿令飲啖遂去驢暴日中蹄齧殊喧主人牽著涼處驢見水奔之遂縱飲之一滚塵化爲婦人怪之詰其所由舌强而不能答乃匿諸室中既而驢

强音不伸故不能言

造畜法嘗於龍威秘書唐宋小說中見之此或採取而演為之乎

主至驅五羊於院中驚問驢之所在主人曳客坐便進餐飯且云客姑飲驢即至矣主人出悉飲五羊輒轉皆為童子陰報郡遣役捕獲遂械殺之

快刀

明末濟屬多盜邑各置兵捕得輒殺之章邱盜多有一兵佩刀甚利殺輒導窾一日捕盜十餘名押赴市曹內一盜識兵逡巡告曰聞君刀甚快斬首無二割求殺我兵曰諾其謹依我勿離也盜從至刑所出刀揮之豁然頭落數步之外猶圓轉而大贊曰好快刀

兵軍器之非軍卒解 山東

賀者在宝弔者在门
國策史記句

汾州狐

汾州判朱公者居廨多狐公夜坐有女子往來燈下初謂是家人婦未遑顧瞻及舉目竟不相識而容光艶絶心知其狐而愛好之遽呼之來女停履笑曰厲聲加人誰是汝婢媪耶朱笑而起曳坐謝過遂與款密久如夫妻之好忽謂曰君秩將遷别有日矣問何時荅云目前但賀者在門弔者即在閨不能官也三日遷報果至次日即得太夫人訃音公解任欲與偕旋狐不可送之河上强之登舟女曰君自不知狐不能過河也朱不忍别

戀戀河畔女忽出言將一謁故舊移時歸即有客來答拜女別室與語客去乃來請便登舟妾送君渡宋曰向言不能渡今何以云曰曩所謁非他河神也妾以君故特請之彼限我十日往復故可暫依耳遂同濟至十日果別而去

龍三則

北直界有墮龍入村其行重拙入某紳家其戶僅可容軀塞而入家人盡奔登樓譁譟銃砲轟然龍乃出門外停貯潦水淺不盈尺龍入轉側其中身盡泥塗極力騰

蛟龍非池中物信然龍失水亦困故乾卦所云潛龍勿用必九五爻方謂飛龍在天亦帝王將相之得權位也

躍尺餘輒墮泥蟠三日蠅集鱗甲忽大雨霹靂挐空而去

房生與友人登牛山入寺游矚忽椽間一黃鱓墮上盤小蛇細裁如蚓忽旋一周已如帶共驚知爲龍羣趨而下方至山半聞閣寺中霹靂一聲震動山谷天上黑雲如蓋一巨龍夭矯其中移時始沒

章邱小相公莊有民婦適野值大風塵沙撲面覺一目眯如含麥芒揉之吹之迄不愈啟瞼而審視之睛固無恙但有赤綫蜿蜒於肉分或曰此蟄龍也婦憂懼待死

長江浄如練 宋謝朓句 見文選

積三月餘天暴雨忽巨霆一聲眦裂而去婦終無損

江中 鬼

王聖俞南游泊舟江心旣寢視月明如練未能寐使童僕爲之按摩忽聞舟頂如小兒行踏蘆蓆作響遠自舟尾來漸近艙戶慮爲盜急起問僮僮亦聞之問答間見一人伏舟頂上垂首窺艙內大愕按劍呼諸僕一舟俱醒告以所見或疑錯悞俄響聲又作羣邏四顧渺然無人惟疎星皎月漫漫江波而已衆危坐舟上旋見青火如燈狀突出水面隨水浮游漸近船則火頓滅卽有黑

越人関弓　孟子

顏鎮在山东益都之縣百八十里巨鎮也

人騾起屹立水上以手攀舟而行衆譟曰必此物也欲射之方關弓則遽伏水中不可見矣問舟人舟人曰此古戰場鬼時出沒其無足怪

戲術二則

有桶戲者桶可容升無底中空亦如俗戲戲人以二席置街上持一升入桶中旋出即有白米滿升傾注席上又取又傾頃刻兩席皆滿然後一一量入桶而舉之猶空桶奇在多也

利津李見田在顏鎮閒游陶場欲市巨甕與陶人爭直

惡作劇搬運術

當時豈不大快奈僕本而利而多於本不僅悖入悖出也

不成而去至夜窯中未出者六十餘甕啟視一空陶人大驚疑李躡門求之李謝不去固哀之乃曰我代汝出窯一甕不損在魁星樓下非與如言往視果一一俱在樓在鎮之南山去塲三里餘傭工運之三日乃盡

某甲

某甲私其僕婦因殺僕納婦生二子一女閱十九年巨寇破城刼掠一空一少年賊持刀入甲家甲視之酷類死僕自歎曰吾合休矣傾囊贖命迄不顧亦不一言但搜入而殺共殺一家男婦二十七口而去甲頭未斷寇

去少蘇猶能言之三日尋斃嗚呼果報之不爽可畏也哉

勸懲

衢州三怪

張握仲從戎衢州云衢州夜靜時人莫敢獨行鐘樓上有鬼頭上一角象貌獰惡聞人行聲即下人駭奔鬼亦遂去而見之輒病多死者又城中一塘夜出白布一疋如匹練橫地上過者拾之即捲入水又有鴨鬼夜既定塘邊寂無一物若聞鳴聲即病

拆樓人

董俞尊鄉贊華中一
[illegible]与此相徵 罔卿即太僕
寺卿音綱
明季知推凡進士出身报
最者得行取内擢部曹郎
官及为御史给事中更一
轉即升少卿四五品秩者不
似今時内外不相遲转即
状元出身放府道必官至
潜撫间有内转书書侍郎
者

何罔卿平陰人初令黍中一賣油者有薄罪其言戇侗怒杖斃之後仕至銓司家貲富饒建一樓上梁日親賓稱觴爲賀忽見賣油者入陰自駭疑俄報妾生子憹然曰樓工未成拆樓人已至矣人謂其戲而不知其實有所見也後子既長最頑蕩其家傭爲人役每得錢數文輒買香油食之

異史氏曰常見富貴家樓第連亘死之後再過已墟此必有拆樓人降生其家可知也身居人上烏可不早自惕哉

怏举

大蝎

明彭將軍宏征寇入蜀至深山中有大禪院云已百年無僧詢之土人則謂寺中有妖入者輒死彭恐伏寇率兵斬茅而入前殿中有皁雕奪門飛去中殿無異又進之則佛閣周視亦無所見而入者皆頭痛不能禁彭親入亦然少頃有蝎如琵琶自板上蠢蠢而下一軍驚走彭遂火其寺

山东

黑鬼　其时未通商为希见之物

膠州李總鎮買二黑鬼其黑如漆足革粗厚立刃爲途

往來其上毫無所損總鎭配以娼生子而白僚僕戲之謂非其種黑鬼亦自疑因殺子骨則盡黑始悔之公每令兩鬼對舞神情亦可觀也

車夫

有車夫載重登坡方極力時一狼來嚙其臀欲釋手則貨敝身壓忍痛推之既上則狼已齕片肉而去乘其不能爲力之際而竊嘗一臠亦黠而可笑也

碁鬼

揚州督同將軍梁公解組鄉居日攜碁酒游翔林邱間

撝謙 音揮 易经
對壘 音累 對敵

會九日登高與客奕忽有一人來逡巡局側眈玩不去視之面目寒儉懸鶉結焉然而意態溫雅有文士風公禮之乃坐亦殊撝謙公指碁謂曰先生當必善此何弗與客對壘其人遜謝移時始即局局終而負神情懊熱若不自已又著又負益慚憤酌之以酒亦不飲惟曳客奕自晨至於日昃不遑溲溺方以一子爭路兩互喋聒忽書生離席悚立神色慘沮少間屈膝向公座頓顙乞救公駭疑起扶之曰戲耳何至是書生曰乞付囑圉人勿縛小生頸公又與之問圉人誰曰馬成先是公圉役

活無常以活人為之小說家每記之即紀公五種及子不語皆記其事江浙間有其人但真偽參半或有借其術以誘人財者

產蕩而藝極低冤矣

此罵嗜碁者借題發揮

馬成者走無常常十數日一入幽冥攝牒作勾役公以書生言異遂使人往視成則僵臥已二日矣公叱成不得無禮瞥然間書生即地而滅公歎咤良久乃悟其鬼越日馬成寤公召詰之成曰書生湖襄人（湖北）癖嗜弈產蕩盡父憂之閉置齋中輒踰垣出竊引空處與弈者狎父聞詬詈終不可制止父憤悒齎恨而死閻摩王以書生不德促其年壽罰入餓鬼獄於今七年矣會東嶽鳳樓成下牒諸府徵文人作碑記王出之獄中使應召自贖不意中道遷延大愆限期嶽帝使直曹問罪於王王怒

明點

評語天抄

蒲公無所不罵 曰酒鬼 公王 篇

曰奕鬼 更雅 曰酒狂 繆生

曰勾魂 使者 醫生

名允行淄川人康熙戊午舉人任濮州學正

使小人輩羅搜之前承主人命故未敢以縲絏繫之公問今日作何狀曰仍付獄吏永無生期矣公歎曰癖之惧人也如是夫

異史氏曰見奕遂忘其死及其死也見奕又忘其生非其所欲有甚於生者哉然癖嗜如此尚未獲一高著徒令九泉下有長死不生之奕鬼也可哀也哉

頭滾

蘇孝廉貞下封公晝臥見一人頭從地中出其大如斛在牀下旋轉不已驚而中疾遂以不起後其次公就蕩

婦宿罹殺身之禍其兆於此耶

果報二則

安邱某生通卜筮之術而其爲人邪蕩不檢每有鑽穴踰牆之行則卜之一日忽病藥之不藥曰我實有所見冥中怒我狎褻天數將重譴矣藥何能爲亡何目暴瞽兩手無故自折

某甲者伯無嗣甲利其有願爲之後伯既死田產悉爲所有遂背前盟又有一叔家頗裕亦無子甲又父之叔卒又背之於是併三家之產稱富一鄉忽暴病若狂自

言曰汝欲享富厚而生耶遂以利刃自割肉片片擲地又曰汝絕人後尚欲有後耶剖腹流腸遂斃未幾其子亦死產業歸他人矣果報如此可畏也夫

龍肉

姜太史玉璇言龍堆之下掘地數尺有龍肉充牣其中任人割取但勿言龍字或言此龍肉也則霹靂震作擊人而死太史曾食其肉實不謬也

聊齋志異卷十四終

丙寅三月阮亭校

名元衡即墨人

可謂不言而喻

（清）蒲松齡　撰

青柯亭本聊齋志異

第四册

國家圖書館出版社

第四册目録

聊齋志異卷七

淄川　蒲松齡　留仙　著

新城　王士正　貽上　評

翩翩

羅子浮，邠人。父母俱早世。八九歲，依叔大業。業為國子左廂，富有金繒而無子，愛子浮若己出。十四歲，為匪人誘去，作狹邪遊。會有金陵娼，僑寓郡中，生悅而惑之。娼返金陵，生竊從遁去。居娼家半年，牀頭金盡，大為姊妹行齒冷。然猶未遽絕之。無何，瘡潰臭，沾染牀席，逐而出

聊齋志異卷七　翩翩　一

明國子監有左右廂，有六堂肄業監生。任馬大業為左廂，乃助教学政之類。

丐於市市人見輒遙避自恐死異域乞食西行日三四十里漸至汾界又念敗絮濃穢無顏入里門尚趦趄近邑間日既暮欲趁山寺宿遇一女子容貌若仙近問何適生以實告女曰我出家人居有山洞可以下榻頗不畏虎狼生喜從往入深山中見一洞府入則門橫溪水石梁駕之又數武有石室二光明徹照無須燈燭命生解懸鶉浴於溪流曰濯之創當愈又開幛拂褥促寢曰請即眠當為郎作袴乃取大葉類芭蕉剪綴作衣生臥視之製無幾時摺疊牀頭曰曉取著之乃與對榻寢生

女曰美尾美璋男也
毛詩

浴後覺創瘍無苦既醒摸之則痂厚結矣詰旦將興心
疑蕉葉不可著取而審視綠錦滑絕少間具餐女取山
葉呼作餅食之果餅又剪作雞魚烹之皆如真者室隅
一甖貯佳醞輒復取飲少減則以溪水灌益之數日創
痂盡脫就女求宿女曰輕薄兒甫能安身便生妄想生
云聊以報德遂同臥處大相歡愛一日有少婦笑入曰
翩翩小鬼頭快活死薛姑子好夢幾時做得女迎笑曰
花城娘子貴趾久弗涉今日西南風緊吹送來也小哥
子抱得未曰又一小婢子女笑曰花娘子瓦窯哉那弗

將來曰方鳴之睡卻矣於是坐以欵飲又顧生曰小郎
君焚好香也生覘之年廿有三四綽有餘妍心好之剎
果悞落案下俯假拾果陰捻翹鳳花城他顧而笑若不
知者生方恍然神奪頓覺袍袴無溫自顧所服悉成秋
葉幾駭絕危坐移時漸變如故竊幸二女之弗見也少
頃酬酢間又以指搔纖掌城坦然笑謔殊不覺知突突
怔忡間衣已化葉移時始復變由是慚顏息慮不敢妄
想城笑曰而家小郎子大不端好若弗是醋葫蘆娘子
恐跳迹入雲霄去女亦哂曰薄倖兒便直得寒凍殺相

鼓掌拍手笑

翻綿衣

與鼓掌花城離席曰小婢醒恐啼腸斷矣女亦起曰貪
引他家男兒不憶得小江城啼絶矣花城旣去懽貽誚
責女卒晤對如平時居無何秋老風寒霜零木脫女乃
收拾落葉蓄旨御冬顧生肅縮乃持襆掇拾洞口白雲
爲絮複衣著之溫燠如襦且輕鬆常如新綿逾年生一
子極慧美日在洞中弄兒爲樂然每念故里乞與同歸
女曰妾不能從不然君自去因循二三年兒漸長遂與
花城訂爲姻好生每以叔老爲念女曰阿叔臘故大高
幸復强健無勞懸耿待保兒婚後去住由君女在洞中

一切器用皆可以葉代不獨飲食即坐騎亦可

輒以葉寫書教兒讀，兒過目即了。女曰：此兒福相，放教入塵寰，無憂不至臺閣。未幾，兒年十四，花城親詣送女。女華妝至，容光照人，夫妻大悅。舉家讌集。翩翩扣釵而歌曰：我有佳兒，不羨貴官；我有佳婦，不羨綺紈。今夕聚首，皆當喜歡。為君行酒，勸君加餐。既而花城去，與兒夫婦對室居。新婦孝，依依膝下，宛如所生。生又言歸。女曰：子有俗骨，終非仙品；兒亦富貴中人，可攜去，我不悞兒生平。新婦思別其母，花城已至。兒女戀戀，涕各滿眶。兩母慰之曰：暫去，可復來。翩翩乃剪葉為驢，令三人跨之以歸大業已老歸林下意婭已死忽攜佳孫美婦歸喜如獲寶入門各視所衣悉芭蕉葉破之絮蒸蒸騰去乃燕易之後生思翩翩偕兒往探之則黃葉滿徑洞口雲迷零涕而返

異史氏曰翩翩花城殆仙者耶餐葉衣雲何其怪也然幃幄誹謔狎寢生雛亦復何殊於人世山中十五載雖無人民城郭之異而雲迷洞口無跡可尋睹其景況眞劉阮返棹時矣

促織

促織即蟋蟀

宣窯蟋蟀 今好古家尚有收藏蟋蟀盆 吴郡徐君曾見過 白地青花盆面上下詩句中有銅鏍盆內不挂釉

宣德間宮中尚促織之戲歲征民間此物故非西產有華陰令欲媚上官以一頭進試使鬭而才因責常供令以責之里正市中游俠兒得佳者籠養之昂其直居爲奇貨里胥猾黠假此科斂丁口每責一頭輒傾數家之產邑有成名者操童子業久不售爲人迂訥遂爲猾胥報充里正役百計營謀不能脫不終歲薄產累盡會征促織成不敢斂戶口而又無所賠償憂悶欲死妻曰死何裨益不如自行搜覓冀有萬一之得成然之早出暮歸提竹筒絲籠於敗堵叢草處探石發穴靡計不施迄

奇貨可居 史記呂不韋傳

劣弱細小不合款式

古未如三代以上即有巫如商之巫咸巫賢山海經之巫山十巫其流傳於世已久女曰巫男曰覡　說文云巫

巫　工於事神鬼左右如衣袖也

覡　音洽言能見鬼神也　春秋三傳左氏記巫者甚多故曰其失也巫然不可不謂之盡矣也

無濟卽捕得三兩頭又劣弱不中於款宰嚴限追比旬餘杖至百兩股間膿血流離並蟲亦不能行捉矣轉側牀頭惟思自盡時村中來一駝背巫能以神卜成妻具貲詣問見紅女白婆塡塞門戶入其舍則密室垂簾簾外設香几問者爇香於鼎再拜巫從傍望空代祝唇吻翕闢不知何詞各各竦立以聽少間簾內擲一紙出卽道人意中事無毫髮爽成妻納錢案上焚拜如前人食頃簾動片紙拋落視之非字而畫中繪殿閣類蘭若後小山下怪石臥針針叢棘青麻頭伏焉旁一蟆若將跳

舞。展玩不可曉。然睹促織，隱中胸懷。摺藏之，歸以示成。成反復自念，得無教我獵蟲所耶？細瞻景狀，與村東大佛閣逼似。乃強起扶杖，執圖詣寺後。有古陵蔚起，循陵而走，見蹲石鱗鱗，儼然類畫。遂於蒿萊中側聽徐行，似尋針芥。而心目耳力俱窮，絕無蹤響。冥搜未已，一癩頭蟆猝然躍去。成益愕，急逐趁之。蟆入草間。躡跡披求，見有蟲伏棘根。遽撲之，入石穴中。掭以尖草，不出；以筒水灌之，始出。狀極俊健。逐而得之。審視，巨身修尾，青項金翅。大喜，籠歸，舉家慶賀，雖連城拱璧不啻也。上於盆而

具見蟋蟀經

養之蝌白栗黃備極護愛留待限期以塞官責成有子
九歲窺父不在竊發盆蟲躍擲逕出迅不可捉及撲入
手已股落腹裂斯須就斃兒懼啼告母母聞之面色灰
死大驚曰業根死期至矣而翁歸自與汝覆算耳兒涕
而去未幾而成歸聞妻言如被冰雪怒索兒兒渺然不
知所往既而得其尸於井因而化怒為悲搶呼欲絕夫
妻向隅茅舍無烟相對默然不復聊賴日將暮取兒槀
葬近撫之氣息惙然喜寘榻上半夜復甦夫妻心稍慰
但兒神氣癡木奄奄思睡成顧蟋蟀籠虛則氣斷聲吞

土狗梅花翅蟹殼青皆具譜中

亦不復以見爲念自昏達曙目不交睫東曦既駕僵臥
長愁忽聞門外蟲鳴驚起覘視蟲宛然尚在喜而捕之
一鳴輒躍去行且速覆之以掌虛若無物手裁舉則又
超忽而躍急趨之折過牆隅迷其所往徘徊四顧見蟲
伏壁上審諦之短小黑赤色頓非前物成以其小劣之
惟彷徨瞻顧尋所逐者壁上小蟲忽躍落衿袖間視之
形若土狗梅花翅方首長脛意似良喜而收之將獻公
堂惴惴恐不當意思試之鬬以覘之村中少年好事者
馴養一蟲自名蟹殼青日與子弟角無不勝欲居之以

現也

有形無質

串上聲

少之劣之嫌其小看不起也

木雞 莊子語

爲利而高其直亦無售者逕造廬訪成視成所蓄掩口
胡盧而笑因出己蟲納比籠中成視之龐然修偉自增
慚怍不敢與較少年固强之顧念蓄劣物終無所用不
如拚博一笑因合納鬭盆小蟲伏不動蠢若木雞少年
又大笑試以猪鬣撩撥蟲鬚仍不動少年又笑屢撩之
蟲暴怒直奔遂相騰擊振奮作聲俄見小蟲躍起張尾
伸鬚直齕敵領少年大駭急解令休止蟲翹然矜鳴似
報主知成大喜方共瞻玩一雞瞥來逕進以啄成駭立
愕呼幸啄不中蟲躍去尺有咫雞健進逐逼之蟲已在

爪下矣成倉猝莫知所救頓足失色旋見雞伸頸擺撲臨視則蟲集冠上力叮不釋成益驚喜掇置籠中翼日進宰宰見其小怒訶成成述其異宰不信試與他蟲鬬蟲盡靡又試之雞果如成言乃賞成獻諸撫軍撫軍大悅以金籠進上細疏其能既入宮中舉天下所貢蝴蝶螳螂油利撻青絲額一切異狀徧試之無出其右者每聞琴瑟之聲則應節而舞益奇之上大嘉悅詔賜撫臣名馬衣緞撫軍不忘所自無何宰以卓異聞宰悅免成役又囑學使俾入邑庠後歲餘成子精神復舊自言身

定律充典史满三年非給咨
赴考入都候選即給札歸農
因久在衙署無弊為衙蠹
矣
蠧 音睹 木中蟲 一作蠹 木中生虫 木即死

化促織輕捷善鬪今始甦耳撫軍亦厚賚成不數歲田百頃樓閣萬椽牛羊蹄躈各千計一出門裘馬過世家焉

異史氏曰成氏子以蠧貧以促織富裘馬揚揚當其為里正受扑責時豈意其至此哉天將以酬長厚者遂使撫臣令尹並受促織恩蔭聞之一人飛昇仙及雞犬信夫

罵夫

宰相三楊 楊士奇 楊榮 楊溥 明史有志書
臺義夏原吉 皆明初名臣傳

王漁洋云宣德治世宣宗令主其臺閣大臣又三楊蹇夏諸老先生也顧以草蟲纖物殃民至此耶抑傳

聞異辭耶

又云獃小物瑰異如此是考工記之苗裔

向杲

向杲字初旦太原人與庶兄晟友于最敦晟狎一妓名波斯有割臂之盟以其母取直奢所約不遂適其母欲出籍爲良願先遣波斯有莊公子者素善波斯請贖爲妾波斯謂母曰既願同離水火是欲出地獄而登天堂也若妾媵之相去幾何矣肯從奴志向生其可母諾之以意達晟時晟喪偶未婚喜竭貲聘波斯以歸莊聞怒

言爲妓爲妾不甚相遠

原被告曰兩造

晟之奪所好也途中偶逢使大詬駡晟不服遂嗾從人折箠笞之垂斃乃去杲聞奔視則兄已死不勝哀憤具造赴郡莊廣行賄賂使其理不得伸杲隱忿中結莫可控訴惟思要路刺殺莊日懷利刃伏於山徑之莽久之機漸洩莊知其謀出則戒備甚嚴聞汾州有焦桐者勇而善射以多金聘爲衛杲無所施其計然猶日伺之一日方伏雨暴作上下沾濡寒戰頗苦既而烈風四起冰雹繼至身忽忽然痛癢不能復覺嶺上舊有山神祠强奔赴既入廟則所識道士在焉先是道士嘗行乞村中

杲輒飯之道士以故識杲見杲衣服濡溼乃以布袍授之旣姑易此杲易衣忍凍蹲若犬自視則毛革頓生身化爲虎道士已失所在心中驚恨轉念得仇人而食其肉計亦良得下至舊伏處見己尸臥叢莽中始悟前身已死猶恐葬於烏鳶時時邏守之越日莊適經此虎暴出於馬上撲莊落齕其首嚥之焦桐返而射中虎腹蹷然遂斃杲在錯楚中恍若夢醒又經宵始能行步厭厭以歸家人以其連夕不返方共駭疑見之喜相慰問杲但臥蹇澁不能語少間聞莊信爭卽牀頭慶告之杲乃

天下快事

句法古奥

自言虎即我也遂述其異由此播傳莊子痛父之死也慘聞而惡之因訟梟官以其事諗而無據置不理焉

異史氏曰壯士志酬必不生返此千古所悼恨也借人之殺以爲生仙人之術何神哉然天下事之指人髮者多矣使怨者常爲人恨不令暫作虎

鴿異

鴿類甚繁晉有坤星魯有鶴秀黔有腋蝨梁有翻跳越有諸尖皆異種也又有靴頭點子大白黑石夫婦雀花狗眼之類名不可屈以指惟好事者能辨之也鄒平張

公子幼量癖好之，按經而求，務盡其種。其養之也，如保嬰兒：冷則療以粉草，熱則投以鹽顆。鴿善睡，睡太甚，有病麻痺而死者。張在廣陵，以十金購一鴿，體最小，善走，置地上，盤旋無已時，不至於死不休也，故常須人把握之；夜置羣中，使驚諸鴿，可以免痺敗之病，是名夜遊。齊魯養鴿家，無如公子最；公子亦以鴿自詡。一夜坐齋中，忽一白衣少年叩扉入，殊不相識。問之，荅曰：漂泊之人，姓名何足道。遙聞畜鴿最盛，此生平之所好也，願得寓目。張乃盡出所有，五色俱備，燦若雲錦。少年笑曰：人言果不虛公子可謂盡養鴿之能事矣僕亦攜有一兩頭頗願觀之否張喜從少年去月色冥漠野況蕭條心竊疑懼少年指曰請勉行寓屋不遠矣又數武見一道院僅兩楹少年握手入昧無燈火少年立庭中口中作鴿鳴忽有兩鴿出狀類常鴿而毛純白飛與簷齊且鳴且鬭每一撲必作觔斗少年揮之以肱連翼而去復撮口作異聲又有兩鴿出大者如鶩小者裁如拳集階上學鶴舞大者延頸立張翼作屏宛轉鳴跳若引之小者上下飛鳴時集其頂翼翩翩如燕子落蒲葉上聲細碎類

鼗鼓 音陶 今之搖糖鼓

鼗鼓大者伸頸不敢動鳴愈急聲變如磬兩兩相和閒
雜中節既而小者飛起大者又顛倒引呼之張嘉歎不
已自覺望洋可愧遂揖少年乞求分愛少年不許又固
求之少年乃叱鴿去仍作前聲招二白鴿來以手把之
曰如不嫌憎以此塞責接而玩之睛映月作琥珀色兩
目通透若無隔閡中黑珠圓於椒粒啟其翼脇肉晶瑩
臟腑可數張甚奇之而意猶未足詭求不已少年曰尚
有兩種未獻今不敢復請觀矣方競論間家人燎麻炬
入尋主人回視少年化白鴿大如雞沖霄而去又目前

九 絶也

白璧暗投明珠彈鵲

院宇都渺益一小墓樹兩栢焉與家人抱鴿駭嘆而歸試使飛馴異如初雖非其尤人世亦絕少矣於是愛惜臻至積二年育雌雄各三雖戚好求之不得也有父執某公爲貴官一日見公子問畜鴿幾許公子唯唯以退疑某意愛好之也思所以報而割愛良難又念長者之求不可重拂且不敢以常鴿應選二白鴿籠送之自以千金之贈不啻也他日見某公頗有德色而某殊無一申謝語心不能忍問前禽佳否答云亦肥美張驚曰烹之乎曰然張大驚曰此非常鴿乃俗所言靼韃者也某

回思曰味亦殊無異處張悼恨而返至夜夢白衣少年至責之曰我以君能愛之故遂託以子孫何乃以明珠暗投致殘鼎鑊今幸見輩去矣言已化爲鴿所養白鴿皆從之飛鳴逕去天明視之果俱亡矣心甚恨之遂以所畜分贈知交數日而盡

異史氏曰物莫不聚於所好誠然也葉公子好龍則真龍入室而況學士之於良友賢君之於良臣乎而獨阿堵之物好者更多而聚者特少亦以見鬼神之怒貪而不怒癡也

周末时人

語绝妙

六朝人言阿堵今之這箇這音者也錢称阿堵晉王衍語傳神在阿堵中晉顧長康語今人專以錢為阿堵大誤

驚喜再見叙得好

江城

懼內 因果

江南

臨江高生名蕃少慧儀容秀美十四歲入邑庠富室爭女之生選擇良苛屢梗父命父仲鴻年六十止此子寵惜之不忍少拂初東村有樊翁者授童蒙於市肆攜家僦生屋翁有女小字江城與生同甲時皆八九歲兩小無猜日共嬉戲從翁徙去積四五年不復聞問一日生於隘巷中見一女郎艷美絕俗從一小鬟僅六七歲不敢傾顧但斜睨之女停睇若欲有言細視之江城也頓大驚喜各無所言相視呆立移時始別兩情戀戀生故

揀選

江城

賢父母有先見

以紅巾遺地而去小鬟拾之喜以授女女亦袖中易以己巾僞謂鬟曰高秀才非他人勿得匿其遺物可追還之小鬟果追付生生得巾大喜歸見母請與論婚母曰家無半間屋南北流移何足匹偶生言我自欲之固當無悔母心中攄拒不自決以商仲鴻鴻執不可生聞之悶然嗌不容粒母大憂之謂高曰樊氏雖貧亦非狙儈無賴者比我請過於其家倘其女可偶也郎亦何害高諾之母託燒香黑帝祠詣之見女明眸秀齒居然娟好心大愛悅遂以金帛厚贈之實告以意樊嫗謙抑而後

牴音抵觸也　牾音誤戾也逆也

受盟歸述其情生始解顏爲笑逾歲擇吉迎女歸夫妻相得甚懽而女善怒反眼若不相識辭舌嘲嘲常常聒於耳生以愛故悉含忍之翁媪稍有所聞心不善也潛責其子爲女所聞大恚詬罵彌加生稍稍反其惡聲女益怒撻逐出戶闔其扉生嘈嘈門外不敢叩關抱膝宿簷下女自是視若仇其初長跪猶可以解漸至屈膝無靈而丈夫益苦矣翁姑薄讓之女牴牾不可言狀翁姑忿怒逼令大歸樊慚懼浼交好者請於仲鴻仲鴻不許年餘生出遇岳岳把袂邀歸其家謝罪不違妝女出見

報 面赧而赤也

夫婦相看不覺惻楚樊乃沽酒欵壻酬勸甚殷無何日
暮堅止宿留掃別榻使夫婦並寢既曙歸不敢以情告
父母惟掩飾而彌縫之由此三五日輒一寄岳家宿而
父母不知也樊一日自詣仲鴻初不見迫而後見之樊
膝行而請高不承誘諸其子樊言壻昨夜宿僕家不聞
有異言高驚問何時寄宿樊具以告高赧謝曰我固不
之知耳彼愛之我獨何仇乎樊既去高呼子而罵生但
俛首不少出氣言間樊已送女至高曰我不能為兒女
任過不如各有門戶即煩主析爨之盟樊勸之不聽遂

別院居之遣一婢給役焉月餘頗相安翁嫗竊慰未幾女漸肆生面上時有指爪痕父母明知之亦忍置不問一日生不堪撻楚奔避父所芒芒然如鳥雀之被鸇毆者翁嫗方怪問女已橫撻追入竟即翁側捉而箠之翁姑沸噪詈不顧瞻撻至數十始悻悻以去高逐子曰我惟避囂故析爾爾固樂此又焉逃乎生被逐徙倚殊無所歸高恐其挫折行死令獨居而給食之又召樊來使教其女樊入室開諭萬端女終不聽反以惡言相苦樊拂衣而行誓相絕無何樊翁憤生病與嫗相繼而死女恨

之亦不臨耶。惟日隔壁譟駡，故使翁姑聞。高悉置不校。
生自獨居，若離湯火，但覺淒寂。暗以金啗媒媼李氏，納
妓齋中，往來皆以夜。久之，女微聞，知詣齋嫚駡。生力白
其誣，矢以天日，女始歸。自此日伺生隙。李媼自齋中出，
適爲所遭，爭呼之。媼神色變異，女益疑，謂媼曰：「明告所
作，或可宥免；若猶隱祕，撮毛盡矣！」媼戰而告曰：「半月來，
惟构欄李雲娘過此兩度耳。適公子言，曾於玉笥山見○
陶家婦，愛其雙翹，囑招致之。渠雖不貞，亦未便作夜度
娘，成否故未必也。」女以其言誠，姑從寬恕。媼欲行，又强

止之日既昏，呵之曰，可先往滅其燭，便言陶家至矣。媪如其言，女即遽入，生喜極，挽臂捉坐，具道飢渴，女嘿不語，生暗中索其足，曰，自山上一覩仙容，介介獨戀是耳。女終不語，生曰，夙昔之願，今始得遂，何可覿面而不識也，躬自捉火一照，則江城也，大懼失色，墮燭於地，長跪觳觫，若兵在頸，女摘耳提歸，以鍼刺兩股殆徧，乃臥以下牀，醒則數罵之，生已畏若虎狼，即偶假以顏色，枕席之上，亦震慴不能爲人，女批頰而叱去之，益厭棄不以人齒，生日在蘭麝之鄉，如犴狴中人仰獄吏之尊也。女有兩姊俱適諸生長姊平善吶於口常與女不相洽二姊適葛氏爲人狡黠善辯顧影弄姿貌不及江城而悍妒與埒姊妹相逢無他語惟各以閫威自鳴得意以故二人最善生適戚友女輒嗔怒惟適葛所知之不禁也一日飲葛所既醉葛嘲曰子何畏之甚生笑曰天下事顧多不解我之畏畏其美也乃有美不及內人而畏與僕等者惑不滋甚哉葛大慚不能對婢聞以告二姊二姊怒操杖遽出生察其狀兇跴屣欲走杖起已中腰膂三杖三蹶而不能起誤中顱血流如瀋二姊去蹣跚而

歸妻驚問之初以迕姨故不敢遽告再三研詰始具陳
之女以帛束生首忿然曰人家男子何煩他撻楚耶更
短袖裳懷木杵攜婢逕去抵葛家二姊笑語承迎女不
語以杵擊之仆裂袴而痛楚焉齒落唇缺遺矢溲便女
旣返二姊羞憤遣夫赴愬於高生趨出極意溫䘏葛私
語曰僕此來不得不爾悍婦不仁幸假手懲創之我兩
人何嫌焉女已聞之遽出指罵曰齷齪賊妻子虧苦反
竊竊與外人交好此等男子不宜打煞耶疾呼覓杖葛
大窘奪門竄去生由此往來全無一所同憩王子雅過

之宛轉間飲飲間以閨閤相謔頗涉狎褻女適窺客伏
聽盡悉暗以巴豆投湯中而進之未幾吐利不能堪奄
奄氣息女使婢問之曰再敢無禮否始悟病之所自來
呻吟而哀之則菉豆湯已儲以待矣飲之乃止從此同
人相戒莫敢飲於其家王有酤肆肆中多紅梅設宴招
其曹偶生託文社稟白而往日暮既酣王生曰適有南
昌名妓流寓此間可以呼來共飲衆大悅惟生離席輿
辭羣曳之曰閫中耳目雖長亦聽睹不至於此因相矢
緘口生乃復坐少間妓果出年十七八玉佩丁東雲鬟

掠鬢問其姓云謝氏小字芳蘭出辭吐氣備極風雅舉坐若狂而芳蘭尤屬意生屢以色授爲衆所覺故臾兩人連肩坐芳蘭把生手指書掌作宿字生於此時欲去不忍欲留不敢心如亂絲不可言喻而傾頭耳語醉態益狂榻上臙脂虎亦並忘之少選聽更漏已動肆中酒客愈稀惟遥座一美少年對燭獨酌有小僮捧巾侍焉衆竊議其高雅無何少年罷飲出門去僮反身入向生曰主人相候一語衆都不知誰何惟生顔色慘變不遑告别匆匆便去蓋少年乃江城僮卽其家婢也生從至

其時歲考有六等發落

內典以好言果報外僕前身為猴為梁武餓斃故有臺城之報

家伏受鞭扑從此益禁錮之弔慶皆絕文宗下學生以誤講降爲青一日與婢語女疑與私以酒罈囊婢首而撻之已而縛生及婢以繡剪剪腹間肉互補之釋縛令其自束月餘補處竟合爲一云女每以白足踏餅拋塵土中叱生撿食之如是種種母以子故偶至其家見子柴瘠既歸痛哭欲死夜夢一叟告之曰勿須憂煩此是前世因江城原靜業和尚所養長生鼠公子前身爲士人偶游其寺誤斃之今作惡報不可以人力回也每早起虔心誦觀音咒一百遍必當有效醒而述於仲鴻異

當頭棒喝我佛化身

之夫妻咸遵其教。兩月餘，女横如故，益之狂縱。聞門外鉦鼓，輒菡髮出，憨態引眺，千人共指，不爲怪。翁姑共恥之，然不能禁，腹誹而已。忽有老僧在門外宣佛果，觀者如堵。僧吹鼓上革作牛鳴。女奔出，見人衆無隙，命婢移行牀，翹登其上。衆目集視之，女爲弗覺也者。踰時，僧敷衍將畢，索清水一盂，持向女而宣言曰：「莫要嗔，莫要嗔！前世也非假，今世也非眞。咄！鼠子縮頭去，勿使貓兒尋。」宣已，吸水噀射女面，粉黛淫淫，下沾衿袖。衆大駭，意女暴怒，女殊不語，拭面自歸。僧亦遂去。女入室癡坐，嗒然若喪。終日不食。掃榻遽寢。中夜忽喚生醒。生疑其將遺。捧進溺盆。女卻之。暗把生臂。曳入衾。生承命。四體驚悚。若奉丹詔。女慨然曰。使君若此。何以爲人。乃以手撫生體。每至刀杖痕。嚶嚶啜泣。輒以爪甲自掐。恨不卽死。生見其狀。意良不忍。所以慰藉之良厚。女曰。妾思和尚必是菩薩化身。清水一灑。若更肺腑。今回憶曩昔所爲。都如隔世。妾向時得勿非人耶。有夫妻而不能懽。有姑嫜而不能事。是誠何心。明日可移家去。仍與父母同居。庶便定省。絮語終夜。如話十年之別。昧爽卽起。摺衣斂器婢攜俺躬僕被促生前往叩扉母出駭問告以意母遲回有難色女已偕婢入母從入女伏地哀泣但求免死母察其意誠亦泣曰吾兒何遽爲此生爲細述前狀始悟曩昔之夢驗也喜喚厮僕爲除舊舍女自是承顏順志過於孝子見人則靦如新婦或戲述往事則紅漲於頰且勤儉又善居積三年翁媪不問家計而富稱巨萬矣生是歲鄉捷女每謂生曰當日一見芳蘭今猶憶之生以不受荼毒願已至足妄念所不敢萌唯唯而已會以應舉入都數月乃返入室見芳蘭方與江城對奕驚

而問之則女以數百金出其籍云余於浙邸得晤王子雅言之竟夜甚詳

異史氏曰人生業果飲啄必報而惟果報之在房中者如附骨之疽其毒尤慘每見天下賢婦十之一悍婦十之九亦以見人世之能修善業者少也觀自在願力宏大何不將盂中水灑大千世界耶

八大王

鼈妖　實是寓言　初不知何所出，因酒鼈二字敷衍成此

臨洮甘肅　叨馮生傳者忘其名字蓋貴介裔先世仕宦今乃衰敗而凌夷矣有漁鼈者負其責償也不能償得鼈輒獻之一日獻巨鼈額有白點

凡山勢雖高而可游歷者因就陵遲而登絕頂如家業之盛衰

淩夷　淩欺也夷傷也　一作陵遲

責　即債字由入声轉入去声

史傳中只有責字如孟嘗君債收薛責及荆楚之歲時記天孫貸天帝責二千萬皆作責債乃後人添人字傍

囈其症神昏妄言也曰囈曰譫占

逕前知縣

假借也若也

撾怒為喜変怒為懽轉筆有千鈞之力

生以其狀異放之後自揹家歸至恒河之側日已就昏見一醉者從二三僮顛跛而至遥見生便問何人生漫應行道者醉人怒曰寧無姓名胡言行道者生馳驅心急置不荅逕過之醉人益怒捉袂使不得行酒臭熏人生益不耐力解莫能脱問汝何名囈然而對曰我南都舊令尹也將何爲生曰世間有此等令尹辱寞世界矣幸是舊令尹假新令尹將無殺盡途人耶醉人怒甚勢將用武生大言我馮某非受人撾打者醉人聞之變怒爲懽踉蹡下拜曰是我恩主唐突勿罪起喚從人先歸

醉極足不自由故顛跛欲跌

生以醉漢妄問故隨便答應是走過人

唐突衝撞孟浪也

酒醉曰醒 音成
古方有葛花解醒湯俗醫不
識字誤作醒如前卷汪士秀
中有魚脬 音拋 俗醫讀補
脬湯 音夫 皆居之不疑所謂
心肝脾肺賢真會購錢
也

治具生辭之不得握手行數里見一小村旣入則廊舍華好似貴人家醉人醒稍解生始詢其姓宗曰言之勿驚我洮水八大王也適西山青童招飲不覺過醉有犯尊顏實切愧悚生知其妖以其情辭殷渥遂不畏怖俄而設筵豐盛促坐懽飲八王最豪連舉數觥生恐其復醉再作縈擾僞醉求寢八王已喻其意笑曰君得無畏我狂耶但請勿懼凡醉人無行謂隔夜不復記憶者欺人耳酒徒之不德故犯者十九僕雖不齒於儕偶顧未敢以無賴之行施之長者何遂見拒如此生乃復坐正

十中有酒九

酒徒為長者

無多酌我
我乃酒狂
漢蓋寬
饒語
使酒罵
坐酒蜀
曰無酒
德州

沉湎二字尚書
耽於酒如人沉沒於酒中

就木 左傳

搯 音刻匣切

蠢 音春上声
呆鈍遲笨之狀

容而諫曰既自知之何勿改行八王曰老夫爲令尹時沉湎尤過於今日自觸帝怒謫歸島嶼力反前轍者十餘年矣今老將就木潦倒不能橫飛故態復作我自不解耳茲敬聞命矣傾談間遠鐘已動八王起捉臂曰相聚不久蓄有一物聊報厚德此不可以久佩如願後當見還也口中吐一小人僅寸餘因以爪搯生臂痛若膚裂急以小人按捺其上釋手已入革裹甲痕尚在而漫漫墳起類瘯核狀驚問之笑而不荅但曰君宜行矣送生出八王自返回顧村舍全渺惟一巨鼈蠢蠢入水而

則 敘 人鄉寶能視地中金銀窠寶 皮中 爪甲痕 高起

轍 跡也

橫飛 雄飛遠騰也

富裕曰如願

明肅王太祖子封藩甘肅

木難音儺綠珊瑚一曰明珠

火齊音祭寶珠

沒錯愕久之自念所獲必髓寶也由此目最明凡有珠寶之處黃泉下皆可見即素所不知之物亦隨口而知其名於寢室中掘得瘞鏹數百用度頗充後有貨故宅者生視其中有藏鏹無算遂以重金購居之由此與王公埒富火齊木難之類皆蓄焉得一鏡背有鳳細環水雲湘妃之圖光射里餘鬚眉皆可數佳人一照則影留其中磨之不能滅也若改妝重照或更一美人則前影消矣時肅府第三主絕美雅慕其名會生游崆峒乃往伏山中伺其下輿照之而歸設眞案上審視之見美人

古琴操中有瀟湘水雲曲

甘肅大山

拈巾 音研

波 目曰秋波

玷 ◎美玉有缺痕

公主何以老臉如此比楚王妹季芉老勝十倍季芉所云者是意在言外曰鍾建負我矣使人詳解無此直截也

芉 音米 昭王妹見史記及左傳

衾中拈巾微笑曰欲言而波欲動宮而藏之年餘爲妻所泄聞之肅府大怒收之追鏡去擬斬生大賂中貴人使言於王曰王如見赦天下之至寶不難致也不然有死而已於王誠無所益王欲籍其家而徙之三主曰彼已鏡我十死之不足解此玷不如嫁之王不許主閉戶不食妃子大憂力言於王王乃釋生囚命中貴意示生生辭曰糟糠之妻不下堂寧死不敢承命王如聽臣自贖傾家可也王怒復逮之妃召生妻入宮將鴆之既見妻以珊瑚鏡臺納妃辭意溫惻妃悅之使絫主主亦悅

帝王宮中內監皆曰中貴人凡漢唐明皆重東漢之亡由於五侯十常侍唐至末季立帝由於太監作主故亡明自永樂入纂漸假以權濡至魏忠賢而國亦亡矣

可悟多識地中珍寶金銀無益阮捘精血必促人壽死時一物帶不去徒以此貿禍耳

之訂爲姊妹轉使諭生生告妻曰王侯之女不可以先後論嫡庶也妻不聽歸修聘幣納王邸賞送者以千人珍石寶玉之屬王家不能知其名王大喜釋生歸以主嬪焉主仍懷鏡歸生一夕獨寢夢八王軒然入曰所贈之物當見還也佩之既久耗人精血損人壽命生諾之即置宴飲八王辭曰自聆藥不飲杯中物已三年矣乃以口齧生臂痛極而醒視之則核塊消矣後此遂如常人

因此兩句排次成上一篇絶妙好詞又附以酒人賦更妙絶古今矣

異史氏曰醒則猶人而醉則如鬼此酒人之大都也顧

聆音零聽也

夫巳氏 出左傳今言此人也
謂天下之酒鬼也

盍 何不也

唐初王績有醉鄉記

孟嘉晋人桓大司馬溫客
九日登高落帽

𪓟雖日習於酒狂乎而不敢忘恩不敢無禮於長者𪓟不過人遠哉若夫巳氏則醒不如人而醉不如𪓟矣古人有龜鑑盍以爲𪓟鑑乎乃作酒人賦賦曰有一物焉陶情適口飲之則醺醺騰騰厥名爲酒其名最多爲功已久以宴嘉賓以速父舅以促膝而爲懽以合巹而成偶或以爲釣詩鉤又以爲掃愁帚故麴生頻來則騷客之金蘭友醉鄉深處則愁人之逋逃藪糟邱之臺既成鴟夷之功不朽齊臣遂能一石學士亦稱五斗則酒固以人傳而人或以酒醜若夫落帽之孟嘉荷鍤之伯倫

麴生風味
不可忘按

麴生事見
唐人小說
云客座中
忽來一道
士言談甚
妙後忽變
一酒壺中
滿盛美酒

魏劉伶字

飲中八仙歌眼花落井水底眠

名教自有樂地 世說語

嗔 怒也 音春

山公之倒其接䍦彭澤之漉以葛巾酣眠乎美人之側
也或察其無心濡首於墨汁之中也自以為有神井底
臥乘船之士槽邊縛珥玉之臣甚至效鼈囚而玩世亦
猶非害物而不仁至如雨宵雪夜月旦花晨風定塵短
客舊妓新履舄交錯蘭麝香沉細批薄抹低唱淺斟忽
清商兮一奏則寂若兮無人雅謔則飛花粲齒高吟則
戛玉敲金總陶然而大醉亦魂清而夢境果爾郎一朝
一醉當亦名教之所不嗔爾乃嘈雜不韻俚辭並進坐
起讙譁啜啜成陣涓滴忿爭勢將拔刃伸頸攢眉引杯

舉杯

飲不用手 上盆边啜

怕吃酒・

趺 足也音無

古童奴皆有罪者必髡鉗其髮故曰髮蓬、

漢灌夫官九卿性剛直以使酒罵坐忤宰相田蚡竟坐死罪見史記

若鵂傾瀋碎觥拂燈滅燼綠醑葡萄狼籍不斬病葉狂花觴政所禁如此情懷不如勿飲又有酒隔咽喉間不盈寸吶吶呢呢猶識主客坐不言行飲復不任酒客無品於斯爲甚甚有狂藥下咨氣粗努石稜磔鬢鬚袒兩背躍雙趺麾蒙蒙兮滿面生涙涙兮沾襟口苦苦兮亂吠髮蓬蓬兮若奴其顙地而呼天也如李耶之嘔其肝臟其揚手而擲足也如蘇相之裂於牛車舌底生蓮者不能窮其狀燈前取影者不能爲之圖父母前而受忤妻子弱而難扶或以父執之良友無端而受罵於灌夫

葡萄音婆陶涼州美酒

眩瞑 孟子

酩酊 音茗頂 說文新附字 大醉也

嫳重言甘誘我也

婉言以警，倍益眩瞑。此名酒凶，不可救拯。唯有一術，可以解酩。厥術維何？祗須一梃，縶其手足，與斬豕等。止涵其臀，勿傷其頂；捶至百餘，豁然頓醒。

賦共五段末四言最佳 梃楮

邵女

奇妬鬼神 善相賢明

柴廷賓，太平人。妻金氏，不育，有奇妬。柴百金買妾，金暴遇之，經歲而死。柴怒出，獨宿數月，不踐閨闥。一日，柴初度，金卑辭莊禮，爲丈夫壽。柴不忍拒，始通言笑。金設筵內寢，招柴。柴辭以醉。金華妝自詣柴所，曰：「妾竭誠終日，君即醉，請一盞而別。」柴乃入，酌酒話言。妻從容曰：「前日

執梃 孟子 音梃木杖

六十歲內生辰曰初度

言之太甘其中必苦

授美錦 用左傳句

悞殺婢子今甚悔之何便讎恩遂無結髮情耶後請納金釵十二妾不汝瑕疵也柴益喜燭盡見跋遂止宿焉由此敬愛如初金便呼媒媼來囑爲物色佳媵而陰使還延匆遽已則故督促之如是年餘柴不能待徧囑戚好爲之購致得林氏之養女金一見喜形於色飲食共之脂澤花鈿任其所取然林故燕產不習女紅繡履之外須人而成金曰我家素勤儉非似王侯家買作畫圖看者於是授美錦使學製若嚴師誨弟子初猶訶罵繼以鞭楚柴痛切於心不能爲地而金之憐愛林尤倍於

女能醫是陪能相是主

肯往往自爲妝束勻鉛黄焉但履跟稍有摺痕則以鐵杖擊雙彎髮少亂則批兩頰朴不堪其虐自經死柴悲慘心目頗致怨讟妻怒曰我代汝教娘子有何罪過柴始悟其奸因復反目永絶琴瑟之好陰於别業修房闥思購麗人而别居之荏苒半載未得其人偶會友之葬見二八女郎光艷溢目停睇神馳女怪其狂顧秋波斜轉之詢諸人知爲邵氏邵貧士止此女少聰慧教之讀過目能了尤喜讀内經及冰鑑書父愛溺之有議昏者輒令自擇而貧富皆少所可故十七歲猶未字也柴得

端末也　棠根柢
低徊　見史記孔子世家贊語
曲〻折〻一番一变换聚花妙
舌女中蘇張陸賈隨何也
勿謂謀摳中無說客
遴　音鄰擇也

其端末。卽不可圖。然心低徊之。又冀其家貧。或可利動。謀之數媼。無敢媒者。遂亦灰心無所復望。忽有賈媼者。以貨珠過柴。柴告所願。賂以重金。曰。止求一通誠意。其成與否。所勿責也。萬一可圖。千金不惜。媼利其有。諾之。登門。故與邢妻絮語。睹女驚贊曰。好個美姑姑。假到昭陽院。趙家姊妹何足數得。又問壻家阿誰。邢妻答尚未。媼言若个娘子。何愁無王侯作貴客也。邢妻歎曰。王侯家所不敢望。只要个讀書種子。便是佳耳。我家小孽冤。翻覆遴選。十無一當。不解是何意向。媼曰。夫人勿須煩

今俗云癩蝦蟆想天鵝吃
山東吳門語雖不同意則一
也三四試探因卻女之母不怒
而笑故逐脚踏入試看來許
王婆说詞客计此要媪不輸
与他

慾恁个麗人不知前身修何福澤才能消受得昨一大笑事柴家郎君云於其家塋邊望見顏色願以千金爲聘此非餓鴟作天鵞想耶早被老身訶斥去矣邵妻微哂未荅媪曰便是秀才家難與校計若在別个失尺而得丈宜若可爲矣邵妻復笑不言媪撫掌曰果爾則爲老身計亦左也日嘗夫人愛登堂便促膝賜漿酒若得千金出車馬入樓閣老身再到門則閽者呵叱及之矣邵妻沉吟良久起而去與夫語移時喚其女又移時三人並出邵妻笑曰婢子奇特多少良匹悉不就聞爲賤

自起自落
波瀾妙此
逐步探進
正如步步
為營法
李來士人
家說其女
為妾媵太
唐突故一
言進一言
即退使
彼捏不
著牢錯
處

燕巢於幕國策

賸，則就之。但恐為儒林笑也。媼曰：倘入門得一小哥子，大夫人便如何耶？言已，告以別居之謀。邵益喜，與女曰：試同覓姚言之。此汝自主張，勿後悔致懟父母。女靦然曰：父母安享厚奉，則養女有濟矣。況自顧命薄，若得嘉耦，必減壽數，少受折磨，未必非福。前見柴郎亦福相，子孫必有興者。媼大喜，奔告柴。喜出非望，即置千金備輿馬，娶女於別業，家人無敢言者。女謂柴曰：君之計，所謂燕巢於幕，不謀朝夕者也。塞口防舌，以冀不漏，何可得乎？請不如早歸，猶速發而禍小。柴慮摧殘。女曰：天下無不可化之人。我苟無過。怒由何起。柴曰。不然。此非常之悍。不可情理動者。女曰。身爲賤婢。摧折其分。不然。買日爲活。何可長也。柴以爲是。終躊躕而不敢決。一日柴他往。女青衣而出。命蒼頭控老牝馬。一嫗攜襆從之。竟詣嫡所。伏地自陳。妻始而怒。既念其自首可原。又見容飾謙卑。氣亦稍平。乃命婢子出錦衣衣之。曰。彼薄倖人播惡於衆。使我橫被口語。其實皆男子不義。諸婢無行。有以激之。汝念背妻而立家室。此豈復是人矣。女曰。細察渠亦稍悔之。但不肯下氣耳。諺云。大者不伏下。以禮論妻之於夫猶子之於父庶之於嫡也夫人若肯假以辭色則積怨可以盡捐妻云彼自不來我何與焉郎命婢嫗爲之除舍心雖不樂亦暫安之柴聞女歸驚惶不已竊意羊入虎穴狼籍已不堪矣疾奔而至見家中寂然心始穩貼女迎門而勸令詣嫡所柴有難色女泣下柴意少納女往見妻曰郎適歸自慚無以見夫人乞夫人往一姍笑之也妻不肯行女曰妾已言之夫之於妻猶嫡之於庶孟光舉案而人不以爲諂何哉分在則然耳妻乃從之見柴曰汝狡兔三窟何歸爲柴俛不對女肘

看其直叙而下至結筆極靈

之柴始强顏爲笑妻色稍霽將返女推柴從之又囑庖人備酌自是夫妻復和女早起靑衣往朝盥已授帨執婢禮甚恭柴入其室苦辭之十餘夕始肯一納妻亦心賢之然自愧弗如積慚成忌但女奉侍謹無可蹈瑕或薄施訶譴女惟順受一夜夫妻小有反唇曉妝猶含盛怒女捧鏡鏡墮破之妻益恚握髮裂眥女懼長跽哀免怒不解鞭之至數十柴不能忍盛氣奔入曳女出妻呶呶逐擊之柴奪鞭反扑面膚綻裂始退由此夫妻若讎柴禁女勿往女弗聽早起膝行伺幕外妻搥牀怒罵叱

叵 反可不可也

去不聽前日夜切齒將伺柴出而後洩憤於女柴知之謝絕人事杜門不通弔慶妻無如何惟日撻婢以寄其恨下人皆不可堪自夫妻絕好女亦莫敢當夕柴於是孤眠妻聞之意亦稍安有大婢素狡黠偶與柴語妻疑其私暴之尤苦婢輒於無人處疾首怨詈一夕輪婢直宿女囑柴禁勿往曰婢面有殺機叵測也柴如其言招之來詐問何作奸婢驚懼無所措辭柴益疑檢其衣得利刃焉婢無言惟伏地乞死柴欲撻之女止之曰恐夫人聽聞此婢必無生理彼罪固不赦然不如鬻之既全

其生我亦得直焉柴然之會有買妾者急貨之妻以其不謀故罪柴益遷怒女詬罵益毒柴忿顧女曰皆汝自取前此殺卻烏有今日言已而走妻怪其言徧詰左右並無知者問女女亦不言心益悶怒捉裾浪罵柴乃返以實告妻大驚向女温語而心轉恨其言之不早柴以爲嫌禦盡釋不復作防適遠出妻乃召女而數之曰殺主者罪不赦汝縱之何心女造次不能以辭自達妻燒赤鐵烙女面欲毁其容婢媪皆爲之不平每號痛一聲則家人盡哭願代受死妻乃不烙以針刺脇二十餘下

賢人學問

又轉筆

始揮去之柴歸見面創大怒欲往尋之女捉襟曰妾明
知火盆而故蹈之當嫁君時豈以君家爲天堂耶亦自
顧命薄聊以泄造化之怒耳安心忍受尚有滿時若再
觸焉是坎已墳而復掘之也遂以藥糝患處數日尋愈
忽攬鏡若喜曰君今日宜爲妾賀彼烙斷我晦紋矣朝
夕事嫡一如往日金前見衆哭自知身同獨夫略有愧
悔之萌時時呼女共事辭色平善月餘忽病逆害飲食
柴恨其不死略不顧問數日腹脹如鼓日夜浸困女侍
伺不遑眠食金益德之女以醫理自陳金自覺疇昔過

又轉筆

瀕 近也

三遺矢 史記廉頗傳

慘疑其怨報故謝之金爲人持家嚴謷婢僕悉就約束自病後皆散誕無操作者柴躬自紀理劬勞甚苦而家中鹽米不食自盡由是慨然與中饋之思聘醫藥之金對人輒自言爲氣蠱以故醫脉之無不指爲氣蠱者凡易數醫卒罔效亦瀕危矣又將烹藥女進曰此等藥百裹無益秖增劇耳金不信女暗撮别劑易之藥下食頃三遺病若失遂益笑女言妄呻而呼之曰女華陀今何如也女及羣婢皆笑金問故始實告之泣曰妾日受子之覆載而不知也今而後請雖家政聽子而行無何病

以德報怨如金之出悍炊金
鐵入炉鎔化無違

炷柴弊設爲賀女捧壺侍側金自起奪壺曳與連屑愛
異常情更闌女託故離席金遣二婢曳還之强與連榻
自此事必商食必偕姊妹無其和也無何女產一男產
後多病金親調視若奉其母後金患心痛起則面目
皆靑但欲覓死女急市銀針數枚比至則氣息瀕盡按
穴刺之晝然痛止十餘日復發復刺過六七日又發雖
應手奏效不至大苦然心常惴惴恐其復萌夜夢至一
處似廟宇殿中鬼神皆動神問汝金氏耶汝罪過多端
壽數合盡念汝改悔故僅降災以示微譴前殺兩姬此

瀕即瀕
字近也

準 平也抵也

灼艾而灸

其宿報至邵氏何罪而慘毒至此鞭撻之刑已有柴生代報可以相準所欠一烙二十三針今三次止償零數便望病除根耶明日又當作矣醒而大懼猶冀爲妖夢之誣食後果病其痛倍切女至刺之隨手而瘥疑曰技止此矣病本何以不拔請再灼之此非爛燒不可但恐夫人不能忍受金憶夢中語以故無難色然呻吟忍受之際默思欠此十九針不知作何變症不如一朝受盡庶免後苦炷盡求女再針女笑曰針豈可以泛常施耶金曰不必論穴但煩十九刺女大笑不可金請益堅起

差 病愈 一作瘥 音崔一 音才何切

歸也。序陰其狡妬吝嗇皆其
本分。前有不然者世亦僅見
至劉向所記列女傳自唐虞
至漢極寥寥、後有續記至
明初人亦亦不多也

跪榻上、女終不忍、負以憂告。女乃約略經絡、剌之如數。
自此平復、果不復病。彌自懺悔、臨下亦無戾色。子名曰
儁、秀慧絕倫。女每曰、此子翰苑相也。八歲有神童之目、
十五歲以進士授翰林。是時夫婦年四十、如夫人三十
有二三耳、輿馬歸寧、鄉里榮之。邵翁自鬻女後、家暴富、
而士林羞與爲伍。至是始有通往來者。
韓旋語
異史氏曰、女子狡妒、天性然也。而爲妾媵者、又復炫美
弄機、以增其怨。嗚呼、禍所由來矣。若以命自安、以分自
守、百折而不移其志、此豈梃刃所能加乎。乃至於再拯

息利也

傎音顛言以德報怨豈非顛倒

其死而始有悔悟萌嗚呼豈人也哉如數以償而不增之息亦造物之怨矣顧以仁術作惡報不亦傎乎每見愚夫婦抱病終日即招無知之巫任其剌肌灼膚而不敢呻心嘗怪之至此始悟

閩人有納妾者夕入妻房不敢便去偽解屨作登榻狀妻曰去休勿作態夫尚徘徊妻正色曰我非似他家妒忌者何必爾爾夫乃去妻獨臥輾轉不得寐遂起往伏門外潛聽之但聞妾聲隱約不甚了了惟聞罷一字略可辨識既罷聞人呼父也妻聽踰刻炎而

福建

書摘往復中

踏首觸扉作聲，夫驚起啟戶，戶倒入，呼妾火之，則其妻也。急扶灌之，目略開，即呻曰：誰家郎罷，被汝嘤姤。情可哂。

謫仙　仙

謫道人無名字，亦不知何里人，嘗求見魯王，閽人不為通。有中貴人出，揖求之，中貴見其鄙陋，逐去之。已而復來，中貴怒，且逐且扑，至無人處，道人笑出黃金百兩，煩逐者覆中貴，為言：我亦不要見王，但聞後苑花木樓臺極人間佳景，若能導我一遊，生平足矣。又以白金賂逐者其人喜反命中貴亦喜引道人自後宰門入詣景俱歷又從登樓上中貴方凭窗道人一推但覺身墮樓外有細葛綳腰懸於空際下視則高深暈目葛隱隱作斷聲懼極大號無何數監至駭極見其去地絕遠登樓共覘則端繫樓上欲解援之則葛細不堪用力遍索道人已杳矣束手無計奏知魯王王詣大奇之命樓下藉茅鋪絮將因而斷之甫畢葛綳自絕去地乃不咫耳相與失笑王命訪道士所在聞館於尚秀才往問之則出游未復既過於途遂引見王王賜宴坐便請作劇道士曰

神通

神通

臣草野之夫，無他庸能，既承優寵，敢獻女樂，為大王壽。遂探袖中出美人，置地上，向王稽首。已，道士命扮瑤池宴，本祝王萬年。女子弔場數語。道士又出一人，自白王母。少間，董雙成、許飛瓊一切仙姬，次第俱出。末有織女來謁，獻天衣一襲，金采絢爛，光映一室。王意其偽，索觀之。道士急言不可，王不聽，卒觀之，果無縫之衣，非人工所能製也。道士不樂曰：臣竭誠以奉大王，暫而假諸天孫，今為濁氣所染，何以還故主乎？王又意歌者必皆仙姬，思欲留其一二，細視之，則皆宮中樂伎耳。轉疑此曲

織女曰天孫

佛圖澄以石季龍為海鷗鳥

不當開花而開曰顛倒花木

本領

非所夙諳問之果茫然不自知道士以衣置火燒之然後納諸袖中再搜之則已無矣王於是深重道士留居府內道士曰野人之性視宮殿如籓籠不如秀才家得自由也每至夜中必還其所時而堅留亦遂止宿輒於筵間顛倒四時花木爲戲王問曰聞仙人亦不能忘情果否對曰或仙人然耳臣非仙人故心如枯木矣一夜宿府中王遣少妓往視之入其室數呼不應燭之則瞑坐榻上搖之眸一閃即復合再搖之齁（孔平声 俗言打昏）聲作矣推之則應手而倒酣臥如雷彈其額逆（逆也）指作鐵釜聲返以白

假癡呆人謂痴而仙人看世俗真痴

明时海鹽腔曰弦索調一曰本腔如借靴蘆林招商下山磨斧自崑腔盛行本腔之劇不及十齣傳世矣

王。王使刺以針，針弗入。推之，重不可搖。加十餘人舉擲牀下，若千斤石墮地者。旦而窺之，仍眠地上。醒而笑曰：一塲惡睡，墜牀不覺耶！後女子輩每於坐卧時按之以為戲，初按猶軟，再按則鐵石矣。道士舍尚秀才家，恒終夜不歸，尚鎖其户，及旦啟扉，道士已卧室中。初，尚與曲妓惠哥善，矢志嫁娶。惠雅善歌，絃索傾一時。魯王聞其名，召入供奉，遂絕情好。每繫念之，苦無由通。一夕，問道士見惠哥否，答言諸姬皆見，但不知其誰何。尚述其貌道其年，道士乃憶之。尚求轉寄一語，道士笑曰：我世外

塞鴻传信傳奇中蘇武是假元
郝經為通聘使價似道羈縻其前
已之冒功幽郝於淮揚幾年郝拘
禱於庭傳書鴈足元主獵於塞
外得鴈展書從此兵起宋竟不振

神通

從此蕭郎是路人 唐人句

人、不能爲君。塞鴻尚哀之不已、道士展其袖曰、必欲一
見、請入此、尚窺之中大如屋、伏身入、則光明洞徹、寬如
廳堂、几案牀榻、無物不有、居其內、殊無悶苦、道士入府
與王對奕、望惠哥至、陽以袍袖拂塵、惠哥已納袖中、而
他人不之睹也。尚方獨坐凝想、忽有美人自簷間墮、視
之惠哥也。兩相驚喜、綢繆臻至、尚曰、今日奇緣、不可不
誌、請與卿聯之、書壁上曰、侯門似海久無蹤、惠續云、誰
識蕭郎今又逢、尚曰、袖裏乾坤眞箇大、惠曰、離人思婦
盡包容、書甫畢、忽有五人入、角冠淡紅衣、認之都與無

蟣 音機 虱子

預知

素默然不言，捉惠哥去。尚驚駭，不知所由。道士既歸，呼之出，問其情事，隱諱不以盡言。道士微笑，解衣反袂示之。尚審視，隱隱有字跡，細裁如蟣蝨，郎所題句也。後十數日，又求一入。前後凡三入。惠哥謂尚曰：「腹中震動，妾甚憂之，常以繫帛束腰際。府中耳目較多，倘一朝臨蓐，何處可容兒啼？煩與鞏仙謀，見妾三叉腰時，便一拯救。」尚諾之。歸見道士，伏地不起。道士曳之曰：「所言予已了了。但請勿憂，君宗祧賴此一綫，何敢不竭綿薄。但自此不必復入。我所以報君者，原不在情私也。」後數月，道士

一邊實叙已足不必寫惠姬棱子文筆簡淨法

即以此衲爲惠姬出府結局所設文生情仙術

自外入笑曰攜得公子至矣可速把襁褓來尚妻最賢年近三十數胎而存一子適生女盈月而殤聞尚言驚喜自出道士探袖出嬰兒酣然若寐臍梗尚未斷也尚妻接抱始呱呱而泣道士解衣曰產血濺衣道門最忌今爲君故二十年故物一旦棄之尚爲易衣道士囑曰舊物勿棄却燒錢許可療難產墮死胎尚從其言居之又久忽告尚曰所藏舊衲當留少許自用我死後亦勿忘也尚謂其言不祥道士不言而去入見王曰臣欲死王驚問之曰此有定數亦復何言王不信强留之手談

搭文蠟燭依包抱君祥也

古書句

尸解矣
神通

一局慫慂王又止之請就外舍從之道士趨臥視之已
斃王具棺木禮葬之尚臨哭盡哀始悟曩言先告之也
遺衲用催產應如響求者踵接於門始猶以汚袖與之
旣而翦領襟罔不效及聞所囑疑妻必有産厄斷血布
如掌珍藏之會魯王有愛妃臨盆三日不下醫窮於術
或有以尚告者立召入一劑而產王大喜贈白金綵緞
良厚尚悉辭不受王問所欲曰臣不敢言再詰頓首曰
如推天惠但賜舊妓惠哥足矣王召之來問其年曰妾
十八入府今十四年矣王以其齒加長命徧呼羣妓任

又奠神通

尚自擇尚一無所好王笑曰癡哉書生十年前訂昏嫁耶尚以實對乃盛備輿馬仍以所辭綵緞爲惠哥作妝送之出惠所生子名之秀生秀者袖也是時年十一矣日念仙人之恩清明則上其墓有久客川中者逢道人於途出書一卷曰此府中物來時倉猝未暇璧返煩寄去客歸聞道人已死不敢達王尚代奏之王展視果道士所借疑之發其塚空棺耳後尚子少殤賴秀生承繼益服葦之先知云

異史氏曰袖裏乾坤古人之寓言耳豈眞有之耶抑何

妝匳也

老於是鄉可耳
漢成帝語

其奇也巾有天地有日月可以娶妻生子而又無催科之苦人事之煩則袖中蟣蝨何殊桃源雞犬哉設容人常住老於是鄉可耳

梅女　鬼報怨

封雲亭太行人偶至郡晝臥寓室時年少喪偶岑寂之下頗有所思凝視間見牆上有女子影依稀如畫念必意想所致而久之不動亦不滅異之起視轉真再近之儼然少女容蹙舌伸索環秀領驚顧未已冉冉欲下知爲縊鬼然以白晝壯膽不大畏怯語曰娘子如奇冤小

生可以極力。影居然下。曰萍水之人。何敢遽以重務浼君子。但泉下槁骸。舌不得縮。索不得除。求斷屋梁而焚之。恩同山岳矣。諾之。遂滅。呼主人前問狀。主人言此十年前梅氏故宅。夜有小偷入室。爲梅所執。送詣典史。典史受盜錢三百。誣其女與通。將拘審驗。女聞自經。後梅夫妻相繼卒。宅歸於余。客往往見怪異。而無術可以靖之。封以鬼言告主人。計毀舍易楹。費不貲。故難之。封乃協力助作。既就而復居之。梅女夜至。展謝已。喜色充溢。姿態嫣然。封愛悅之。欲與爲懽。瘛然而慚曰。陰慘之氣。非

生前以拒强暴而死

宋时盛行打馬有圖譜行世宋才女李清照著打馬錢今好古家尚有藏玩者

休 卧息也

醫門十三科有按摩一科今之推拿也

但不爲君利若此之爲則生前之垢西江不濯矣曾合
有時今日尚未問何時但笑不言封問飲乎答言不飲
封曰坐對佳人闕眼相看亦復何味女曰妾生平戲技
惟講打馬但兩人寥落夜深又苦無局令長夜莫遣聊
與君爲交綫之戲封從之促膝戟指翻變良久封迷亂
不知所從女輒口道而頤指之愈出愈幻不窮於術封
笑曰此閨房之絕技也女曰此妾自悟但有雙綫即可
成文人自不之察耳更闌頗怠强使就寢曰我陰人不
寐請君自休妾解按摩之術願盡技能以侑清夢封從

即小兒女挑绷绳 戟正戟俗

打馬有局

即保字

兩手無[illegible]頤音移

又佐助也

今按摩術絶无有砭科用石细擂大穴名■小穴细石佟今凡身子困倦令薙髮匠敲扑其遗法歟

冬月陽升陰降地之上無天地之氣日閉塞而成冬遇晴日日光穿牕射隙直透霧光中見塵埃飛動上下不絶春夏秋則否人呵氣亦隆冬方見也

其請女疊掌爲之輕按自頂及踵皆遍手所經骨若酥既而握指細搔如以團絮相觸狀體暢舒不可言搔至腰口目皆慵至股則沉沉睡去矣及醒日已向午覺骨節輕和殊於往日心益愛慕遶屋而呼之並無響應日夕女始至封曰卿居何所使我呼欲徧曰鬼無常所要在地下問地下有隙可容身乎曰鬼不見地猶魚不見水也封握腕曰使卿而活當破產購致之女笑云無須破產戲至半夜封苦逼之女曰君勿纏我有浙娼愛卿者新寓比鄰頗極風致明夕招與俱來聊以自代若何

種 豆也

僕庚之曰 水人不見塵

馬錢以四字一面人馬一面漢將某某、親將晋將某某、不等。若兩字者一面馬一面字圖是宋时所鑄人物馬匹字様銅質極絶四字者今值兩千餘錢一箇兩字者一千文一箇謂之馬錢

從人兒懼哭渡入興史喪妻未向陰間事簡捷無痕

封允之次夕與一少婦同至年近三十已來猗目流轉
隱含蕩意三人狎坐打馬爲戲局終女起曰嘉會方殷
我且去封欲挽之飄然已逝兩人登榻于飛甚樂詰其
世則含糊不以盡道但曰郎如愛妾當以指彈北壁微
呼曰壺盧子即至三呼不應可知不暇勿更招也天曉
入北壁隙中而去次日女來封問愛卿女云被高公子
招去侑酒以故不得來因而翦燭共語女每欲有所言
吻已啟而輒止固詰終不肯言欷歔而已封强與爲戲
四漏始去自此二女頻來笑聲常徹宵旦因而城社悉

嫡室先僕賦債繼室先
而亡債抄

妓女俗謂之錢樹子喻搖之
不盡

殞樹藁蔭曰殞　何與言何干
比人之死

聞典吏某亦浙之世族嫡室以私僕被黜（以犯淫出）繼娶顧氏深
相愛昵期月夭殂心甚悼之聞封有靈鬼欲以問冥世
緣遂跨馬造封封初不肯承某力求不已封設筵與坐
諸爲之招鬼妓日既曛叩壁而呼三聲未已愛卿驟至
舉頭見客色變欲走封以身橫阻之某審視大怒投以
巨椀溘（渴）然而滅封大驚不解其故方將致詰俄暗室中
一老嫗出大罵曰貪鄙賊壞我家錢樹子三十貫索要
償也以杖擊某中顱某抱首而哀曰此顧氏我妻也少
年而殞方切哀痛不圖爲鬼不貞於姥乎何與嫗怒曰

明九品官繫角帶某本典史職

冤鬼填枉法瘐死竟有故死後貽中簿蓋者不必待之鬼報也

冤家狹路

投鼠忌器古語每見於史傳

冤死者讐未報不肯投生

汝本江浙一無賴賊買得條烏角帶鼻骨倒竪矣汝居官有何黑白袖有三百錢便而翁也神怒人怨死期已迫汝父母代哀冥司願以愛媳入青樓代汝償貪債不知也耶言已又擊某宛轉哀鳴方驚詫無從救解旋見梅女自房中出張目吐舌顏色變異近以長簪刺其耳封驚極以身障客女憤不已封勸曰某即有罪倘死於寓所則咎在小生請少存投鼠之忌女乃曳嫗曰暫假餘息為我顧封郎也某張皇鼠竄而去至署患頭痛中夜遂斃次夜女出笑曰痛快惡氣出矣問何讎怨女曰

但得錢便呼人為父

明季最重甲第，封不能與孝廉门第结婚

曩已言之。受賄誣奸，銜恨已久，每欲浼君一爲昭雪，自愧無纖毫之德，故將言而輒止。適聞紛拏竊一伺聽，不意其讎人也。封訝曰：此卽誣卿者耶？曰：彼典史，於此十有八年，妾寃殁十六寒暑矣。問嫗爲誰，曰：老娼也。又問愛卿，曰：臥病耳。因靦然曰：妾昔謂會合有期，今眞不遠矣。君嘗願破家相贖，猶記否？對曰：今日猶此心也。女曰：實告君，妾殁日已投生延安展孝廉家，徒以大怨未伸，故遷延於是。請以新帛作鬼囊，俾妾得附君以往，就展氏求婚，計必允諧。封慮勢分懸殊，恐將不遂，女曰：但去

懸殊 遠隔也

魂魄不全故病若痴呆

入舍女壻

勿憂封從其言女囑曰途中愼勿相喚待合巹之夕以囊括新人首急呼曰勿忘勿忘封諾之纔啓囊女跳身已入攜至延安訪之果有展孝廉生一女親極端好但病癡又常以舌出唇外類犬喘日年十六歲無問名者父母憂念成痗封到門投刺具通族閥旣退倩媒致辭展喜贅封於家女癡絕不知爲禮使兩婢扶曳歸室羣婢旣去女解襟露乳對封憨笑封覆囊而呼之女停眸審顧似有疑思封笑曰卿不識小生耶舉之囊而示之女乃寤急掩襟喜共燕笑詰旦封入謁岳展慰之曰癡

梅病也　真儘思相　以病無人求親　即代閥閱履歷也　魂魄入竅

青眷 青盼也

雜言前生事並雜言為鬼遇生報冤事

疵 音貲病也 吹毛求疵

浸潤之譖 論語 日漸緩進譖言使人不覺

愛惑 必愛為憎

債也

女無知既承青眷君倘有意家中慧婢不乏僕不靳相贈封力辭其不癡展疑之無何女至舉止皆佳因大驚異女但嫣然微笑展細詰之女進退而懶於言封爲署述梗概展大喜愛悅逾於平時使子大成與壻同學供給豐備年餘大成漸厭薄之因而郎舅不相能廝僕亦刻疵其短展惑於浸潤禮稍懈女覺之謂封曰岳家不可久居凡久居者盡闒茸也及今未大決裂宜速歸封然之告展展欲留女女不可父兄盡怒不給輿馬女自出奩貲貰馬焉歸後展招令歸寧女固辭不往後封舉

門楣不敵且依妻為活故看不起

學卓王孫傳

賒

闒茸 音榻戎 下賤之物肯甘心受辱無恥極矣

蒲翁有傷心於彼玉而耶
凡相涉卽暢乎其罵
嘉耦曰配 礼記作妃

招狀 招尋人帖粘左路傍者

雅極趣極

孝廉始適慶好 歸寧父母

異史氏曰：官卑愈貪，其常情然乎？三百誣姦，夜氣之牿亡盡矣。奪嘉耦入青樓，卒用暴死，吁可畏哉！

康熙甲子，貝邱典史最貪詐，民咸怨之。忽其妻被狡者誘與偕亡。或代懸招狀云：某官因自己不慎，走失夫人一名。身無餘物，止有紅綾七尺，包裹元寶一枚，翹邊細紋，並無闕壞。亦風流之小報也。

音告 夜氣云云見孟子

郭秀才

鬼魅

東粵士人郭某，暮自友人歸，入山迷路，竄榛莽中。約更

寒酸腐儒 秀才佳稱

以日吐出臭不可言不當飲次而飲曰飛

古樂府中有禽言如提壺盧得過且過不如歸去脫却布袴姑惡姑惡等

許聞山頭笑語急趨之見十餘人藉地飲望見郭鬨然曰座中正欠一客大佳大佳郭既坐見諸客半儒巾便請指迷一人笑曰君眞酸腐舍此明月不賞何求道路卽飛一觥來郭飲之芳香射鼻一引遂盡又一人持壺傾注郭故善飲又復奔馳喝燥一舉一觴衆大贊曰豪哉眞吾友也郭放達喜謔能學禽言無不酷肖離座起溲竊作燕子鳴衆疑曰夜半何得此也耶又效杜鵑衆益疑郭坐但笑不言方紛議間郭回首爲鸚鵡鳴曰郭秀才醉矣送他歸也衆驚聽寂不復聞少頃又作之既

好在虛寫，如晚霞篇中晚霞与此景了，白秋練篇中昔年情狀今到景耶，皆一邊實寫，一邊虛寫，此聊齋絕技

而悟其爲郭、始大笑、皆撮口從學、無一能者。一人曰：可惜青娘子未至。又一人曰：中秋還集於此、郭先生不可不來。郭敬諾。一人起曰：客有絕技、我等亦獻踏肩之戲若何？於是譁然並起、前一人挺身矗立、即有一人飛登肩上、亦矗立；累至四人、高不可登；繼至者攀肩踏臂、如緣梯狀、十餘人頃刻都盡、望之可接霄漢。方驚顧間、挺然倒地、化爲脩道一線。郭駭立良久、遵道得歸。翼日腹大痛、溺綠色、似銅青、著物能染、亦無溺氣、三日乃已。往驗故處、則肴骨狼籍、四圍叢莽、並無道路。至中秋、郭欲

如西山水中必寫遠山

鞠 育也 毛詩

簡拔 選擇也

刻 苛也

秦吉了最慧教以言詞較鸚哥易會

鸜鵒產于隴西

赴約朋友諫止之

阿英 鸜鵒妖

甘玉字璧人廬陵人父母早喪遺弟珏字雙璧始五歲從兄鞠養玉性友愛撫弟如子後珏漸長丰姿秀出又慧能文玉益愛之每曰吾弟表表不可以無良匹然簡拔過刻姻卒不就適讀書匡山僧寺夜初就枕聞窗外有女子聲竊窺之見三四女郎席地坐數婢陳肴酒皆殊色也一女曰秦娘子秦娘子阿英何不來下坐者曰昨自函谷來被惡人傷其右臂不能同游方用恨恨一女

良匹 嘉耦也

秦吉了 光有梦兆

悸 音季 怕也

自居狼行調笑之詞而挾長也

絶妙好詞

鳥散二字一点

傳停也 音阿那 五歌韵 荏弱也

曰前宵一夢大惡今猶汗悸下座者摇手曰莫道莫道今夕姊妹懽會言之嚇人不快女笑曰婢子膽怯爾爾便有虎狼銜去耶若要勿言須歌一曲爲娘行侑酒女低吟曰閒階桃花取次開昨日踏青小約未應乖囑付東鄰女伴少待莫相催着得鳳頭鞋子即當來吟罷一座無不歎賞談笑間忽一偉丈夫岸然自外入鶻睛熒熒其貌獰醜衆譁曰妖至矣倉猝関然殆如鳥散惟歌者婀娜不前被執哀啼强與支撑丈夫吼怒齕手斷指就便嚼食女郎踏地若死玉憐不可復忍乃急抽劒拔

狼善顾疾列不能自言残疾

壁人点柳下魯男之[illegible]

關出揮之中股股落負痛逃去扶女入室面如塵土血淋襟袖驗其指則右拇斷矣裂帛代裹之女始呻曰拯命之德將何以報玉自初窺時已隱爲翁謀因告以意女曰狼疾之人不能操箕帚矣當別爲賢仲圖之詰其姓氏答言秦氏玉乃展衾俾暫休養自乃襆被他所曉而視之則牀上已空意其自歸而訪察近村殊少此姓廣託戚朋並無確耗歸與翁言悔恨若失玉一日偶游塗野遇一二八女郎姿致娟娟顧之微笑似將有言因以秋波四顧而後問曰君甘家二郎否曰然曰君家尊曾

甘玉为訂秦氏与弟阿英已知

陸者綠也此鳥之色

謬語 俗言說瞎話

五代史記馮道曰平生不作謬語人今謬語矣

與妾有昏姻之約何今日欲背前盟另訂秦家珏曰小生幼孤夙好都不曾聞請言族閥歸當問兄女曰無須細道但得一言妾當自至珏以未稟兄命爲辭女笑曰騃郎君（呆字）遂如此怕哥子耶既如此妾陸氏山東山望村三日内當候玉音乃别而去珏歸述諸兄嫂兄曰大謬語父歿時我二十餘歲倘有是說那得不聞又以其獨行曠野遂與男兒交語愈益鄙之因問其貌珏紅徹面頸不出一言嫂笑曰想是佳人玉曰童子何辨妍媸縱美必不及秦待秦氏不諧圖之未晚珏默而退踰數日

昏婚同

古嘉礼親迎皆以夜

前瑤遇今玉遇

廿步行謀阿英騎

玉在途見一女子零涕前行垂鞭按轡而微睨之人世殆無其匹使僕詰焉答曰我舊許甘家二郎因家貧遠徙遂絕耗問近方歸復聞郎家二三其德背其前盟往問伯伯甘璧人焉置妾也玉驚喜曰甘璧人即我是也先人曩約實所不知去家不遠請即歸謀乃下騎授轡步御以歸女自言小字阿英家無昆季惟外姊秦氏同居始悟麗者所言即其人也玉欲告諸其家女固止之竊喜弟得佳婦然恐其佻達招議久之女殊矜莊又嬌婉善言母事嫂嫂亦雅愛慕之值中秋夫妻方狎宴嫂

太弄神通聰明鳥也

身分兩處神思不費

勸駕 儀應其行古多乘車

苦招之珏意悵惘女遣招者先行約以繼至而端坐笑言良久殊無去意珏恐嫂待故促之女但笑卒不復去質旦晨妝甫竟嫂自來撫問夜來相對何爾怏怏女微哂之珏覺有異質對參差嫂大駭苟非妖物何得有分身術玉亦懼隔簾而告之曰家世積德曾無怨讐如其妖也請速行幸勿殺吾郎女靦然曰妾本非人祇以阿翁夙盟故秦家姊以此勸駕自分不能育男女嘗欲辭去所以戀戀爲兄嫂待我不薄耳今既見疑請從此訣轉眼化爲鸚鵡翩然逝矣初甘翁在時蓄一鸚鵡甚慧

双璧情種，搜亦可人，惟兄太方鯁耳。

置，捨也。

粵司李（李理通）。广东推官。康熙初先裁巡按，後裁推收。嗣後甲榜知縣不行取內擢矣。

嘗自拔餌。珏時四五歲，問餇鳥何爲。父戲曰：「將以爲汝婦。」（常也）問鷹鸚鵡之食，則呼珏云：「不將餌去，餓死媳婦矣。」家人亦皆以此相戲。後斷鎖亡去，始悟舊約即此也。然珏明知非人，而思之不置。嫂懸情尤切，旦夕啜泣。玉悔之而無如何。後二年，爲弟聘姜氏女，意終不自得。有表兄爲粵司李，玉往省之，久不歸。適土寇爲亂，近村里落半爲邱墟。珏大懼，挈家避難山谷。上男女頗雜，都不知其誰何。忽聞女子小語，絕類嫂，促珏近驗之，果英。珏喜極，捉臂不釋。女乃謂同行者曰：「姊且去，我望嫂嫂來。」既

欽泣，哭無声。

樂土　毛詩

禽鳥得氣之先故女預知人家養鶉鴿來去覘回盛衰不但燕子不入愁門也

古人妝梳與今不同畫眉必用黛髮用膏沐面粉唇脂者不異惟額上塗黃則奇醜矣然唐人詩額黃無限夕陽山每詩詞中有鉛黃句真不可解

至嫂望見悲哽女慰勸再三又謂此非樂土因勸令歸衆懼寇至女固言不妨乃相將俱歸女撮土攔戶囑安居勿出坐數語反身欲去嫂急握其腕又令兩婢捉左右足女不得已止焉然不甚歸私室翌訂之三四始爲之一往嫂每謂新婦不能當叔意女遂早起爲姜理妝梳竟細勻鉛黄人視之豔增數倍如此三日居然麗人嫂奇之因言我又無子欲購一妾姑未遑暇不知婢輩可塗澤（脂粉也）否女曰無人不可轉移但質美者易爲力耳遂徧相諸婢惟一黑醜者有宜男相乃喚與洗濯已（音以事畢也）而以

不但不妒而以術化嫉為妍以視今之婦如真不如鳥也真仙術也

尊之為神

言珏已另娶姜氏，已又被逐之歸

濃粉雜藥末塗之，如是三日，面色漸黄，四七後，脂澤沁入肌理，居然可觀。日惟閉門作笑，並不計及兵火。一夜噪聲四起，舉家不知所謀，俄門外人馬鳴動，紛紛俱去。既明，始知村中焚掠殆盡，盜縱羣隊窮搜，凡伏匿巖穴者，恐被殺擄。遂益德女，目之以神。女忽謂嫂曰：妾此來，徒以嫂義難忘，聊分離亂之憂。阿伯行至，妾在此如諺所云：非李非柰，可笑人也。我姑去，當乘間一相望耳。嫂問行人無恙乎？曰：途中有大難，此無與他人事，秦家姊受恩奢，意必報之，固當無妨。嫂挽之過宿，未明已去。玉

前玉曾救命今必報

秦吉了今謂之鷯哥

不獨此也我言第事表述

不留餘地當書諸紳

自東粵歸閩亂兼程進遂遇寇主僕棄馬各以金束腰間潛身叢棘中一秦吉了飛集棘上展翼覆之視其足缺一指心異之俄而羣盜四合繞莽尋之殆遍二人氣不敢息盜既散鳥始翔去既歸各道所見始知秦吉了即所救鸚者也後值玨他出不歸英必暮至計玨將歸則蚤去玨或會於嫂所間邀之則諾而不赴一夕玨他往玨意英必至潛伏候之未幾英果來暴起要遮而歸於室女曰妾與君情緣已盡强合之恐爲造物所忌少留有餘時作一面之會何如玨不聽卒與狎天明詣嫂

同邀又要挾也

伏強不強劫而干造物之忌以作結局

此鳥詞令嫣婉可愛

结斷绝否則如何了

此等婦不義之甚每恨故夫之鬼不如牛成章之神通

嫂怪之女笑云中途爲强寇所刼勞嫂懸望矣數語趨出居無何有巨猫銜鸚䳇經寢門過嫂駭絶固疑是夾時方沐髮浣急號羣起譟擊始得之左翼沾血奄存餘息抱置膝頭撫摩良久始漸醒自以喙理其翼少選飛遶室中呼曰嫂嫂別矣吾怨玨也振翼遂去不復來

牛成章

鬼　負義

牛成章江西之布商也娶鄭氏生子女各一牛三十三歲病死子名忠時方十二女八九歲而已母不能貞貨產入囊改醮而去遺兩孤難以存濟有牛從嫂年已六

结真好

可恨在此

約二十歲光景
牛子雖幼頗有斟酌蓋因
目擊父之從人鬼殊途也
賣身入店

衰貧寡無歸遂與居處數年嫗死家益替而忠漸長思繼父業而苦無貲妹適毛姓毛富賈也女哀壻假數十金付兄兄從人適金陵途中遇寇貲斧盡喪飄蕩不能歸偶趨典肆見主肆者絕類其父出而潛察之姓字皆符駭異不諭其故惟日流連其傍以窺意旨而其人亦畧不顧問如此三日覥其言笑舉止真其父無訛即又不敢拜識乃自陳於羣小求以同鄉之故進身爲傭立券已主人視其里居姓名似有所動問所從來忠泣訴父名主人悵然若失久之問而母無恙乎忠又不敢謂父

替 衰微也
絕處逢生

自經於溝瀆言死之久矣

俗云打舖程行李

頭如蓬葆髮如亂艸

即首如飛蓬

宛婉應曰我父六年前經商不返母醮而去幸有伯母撫育不然葬溝瀆久矣主人慘然曰我即是汝父也於是握手悲哀又導入參其後母後母姬年三十餘無出得忠喜設宴寢門牛終欷歔不樂即欲一歸故里妻慮肆中乏人故止之牛乃率子經理肆務居之三月乃以諸籍委子趣裝西歸既別忠實以父死告母姬乃大驚言彼負販於此曩所與交好者留作當商娶我已六年矣何言死耶忠又細述之相與疑念不喻其由踰一晝夜而牛已返攜一婦人頭如蓬葆忠視之則其所生母

頓足而罵　懾音失懼也

成章已見故索忠母之魂未

委衣如虫退殼衣服不汲解紐綫帶

名桓字匡九取齊桓公九合諸侯一匡天下

也牛摘耳顛蹶何棄吾見婦懾伏不敢少動牛以口齕（音乞嚙也）其項婦呼忠曰兒救吾兒救吾忠大不忍橫身蔽隔其間牛猶忿怒婦已不見衆大驚相譁以鬼旋視牛顏色慘變委衣於地化爲黑氣亦尋滅矣母子駭歎舉衣冠而瘞之忠席父業富有萬金後歸家問之則嫁母於是日死一家皆見牛成章云

青娥

霍桓字匡九晉人也父官縣尉早卒遺生最幼聰慧絕人十一歲以神童入泮而母過於愛惜禁不令出庭戶

何仙姑之古仙女俗奉八仙之一

鑱音讒 鋤頭

年十三歲尚不能辨伯叔甥舅焉同里有武評事者好道入山不返有女青娥年十四美異常倫幼時竊讀父書慕何仙姑之爲人父既隱立志不家母無奈之一日生於門外瞥見之童子雖無知祇覺愛之極而不能言直告母使委禽焉母知其不可故難之生鬱鬱不自得母恐拂兒意遂託往來者致意武果不諧生行思坐籌無以爲計會有一道士在門手握小鑱長裁尺許生借閱一過問將何用答云劚藥之具物雖微堅石可入生未深信道士即以斫牆上石應手落如腐生大異之把

大理寺屬官有左右評事

閡 音礙阻也

天真爛漫赤子之心所以仙人撮合授以鑱

玩不釋於手道士笑曰公子愛之即以奉贈生大喜酬之以錢不受而去持歸歷試磚石略無隔閡頓念穴牆則美人可見而並不知其非法也（犯法）更定踰垣而去直至武第凡穴兩重垣始達中庭見小廂中尚有燈火伏窺之則青娥卸晚妝矣少頃燭滅寂無聲穿墉入女已熟眠轉解雙履悄然登榻又恐女郎驚覺必遭訶逐遂潛伏繡衾之側略聞香息心願竊慰而半夜經營疲殆頗甚少一合眸不覺睡去女醒聞鼻氣休休開目見穴隙亮入大駭急起暗搖婢醒拔關輕出敲窗喚家人婦共

芳澤 脂粉之氣也

因緣

玷 音店 污也

爇火操杖以往，見一總角書生，酣眠繡榻，細審覦，爲霍生。推之始覺，遽起，目灼灼如流星，似亦不大畏懼，但靦然不作一語。衆指爲賊，恐呵之，始出涕曰：我非賊，實以愛娘子故，願一近芳澤耳。衆又疑穴數重垣，非童子所能者。生出鑱以言其異，共試之，駭絕，詫爲神授。將共告諸夫人，女俛首沉思，意似不以爲可。衆窺知女意，因曰：此子聲名門地，殊不辱玷。不如縱之使去，俾復求媒焉。詰旦，假盜以告夫人，如何也？女不荅。衆乃促生行。生索鑱，共笑曰：騃兒童，猶不忘凶器耶？生覷枕邊有鳳釵一

衆憐其神童美秀

又神其仙鑱

武夫人怒何無謂

股陰納袖中，已爲婢子所窺，急白之。女不言，亦不怒，一媼拍頸曰：莫道他騃，若小意念乖絕也。乃曳之，仍自寶中出。既歸，不敢實告母，但囑母復媒致之。母不忍顯拒，惟遍託媒氏，急爲別覓良姻。青娥知之，中情皇急，陰使腹心風示媼。媼悅，託媒往。會小婢漏泄前事，武夫人辱之，不勝恚憤。媒至，益觸其怒，以杖畫地，罵生並及其母。媒懼竄歸，具述其狀。生母亦怒曰：不肖兒所爲，我都懵懵，何遂以無禮相加！當交股時，何不將蕩兒淫婦一併殺卻？由是見其親屬，輒便披訴。女聞媿欲死。武夫人大悔而不能禁之使勿言也女陰使人婉致生母且矢之以不他其辭悲切母感之乃不復言而論親之謀亦遂輟矣會秦中歐公宰是邑見生文深器之時召入內署極意優寵一日問生婚乎荅言未細詰之對曰夙與故武評事小女有盟約後以微嫌遂致中寢問猶願之否生覥然不言公笑曰我當爲子成之卽委縣尉教諭納幣於武夫人喜婚乃定踰歲娶女既入門乃以鑱擲地曰此寇盜物可將去生笑曰勿忘媒妁珍佩之恒不去身女爲人溫良寡默一日三朝其母餘惟閉門寂坐不

之死靡他 毛詩

一仙一官兩媒

又有學官典史爲行媒堂皇之主

羣謂此鑱大力用此不遠

井井有法　說文卅字笄

仙人忘情

夫婦最昵亦無真話

武女自有仙根又少讀父書

已以仙道故于世情緣看得冷淡

孝子仙根

甚留心家務，母或以弔慶他往，則事事經紀，罔不井井。二年餘，女生一子，名仙一。切委之乳保，似亦不甚顧惜，又四五年，忽謂生曰：「懽愛之緣，於茲八載，今離長會短，可將奈何！」生驚問之，即已默默，盛妝拜母，返身入室。追而詰之，則仰眠榻上，而氣絕矣。母子痛悼，購材而葬之。母已衰邁，每每抱子思母，如摧肺肝，由是遘疾，遂憊不起。逆害飲食，但思魚羹，而近地無魚，百里外始可購致。時廝騎皆被差遣，生性純孝，急不可待，懷貲獨往，晝夜無停趾。返至山中，日已沉冥，兩足跛踦，步不能咫。後一

又遇一仙 忠臣孝子皆有仙緣

足上瘡傷發泡大忌用刀針挑穿本有大重一法

此文章引線若遇老王尚導之列文章下乘矣

叟至問曰足得毋泡乎生唯唯叟便曳坐路隅敲石取火以紙裹藥末熏生兩足訖試使行不惟痛止兼益矯健感極申謝叟問何事汲汲荅以母病因歷道所由叟問何不另娶荅云未得佳者叟遥指山村曰此處有一佳人倘能從我去僕當爲君作伐生辭以母病待歸姑不遑暇叟乃拱手約以異日入村但問老王乃別而去生歸烹魚獻母母畧進數日尋瘳乃命僕馬往尋叟至舊處迷村所在周章逾時夕暾漸墜山谷甚雜又不可以極望乃與僕分上山頭以瞻里落而山路崎嶇不可復

第一流人物

皆用逆接法

蠐行如虫以背附而前

騎。跂履而上。昧色籠煙。矣蹀躞四望。更無村落。方將下山。而歸途已迷。心中燥火如燒。荒竄間。冥墮絕壁。幸數尺下有一綫荒臺。墜臥其上。闊僅容身。下視黑不見底。懼極不敢少動。又幸崖邊皆生小樹。約體如欄。定移時。見足傍有小洞口。心竊喜。以背着石。蠐行而入。意稍穩。冀天明可以呼救。少頃。深處有光如星點。漸近之。約二三里許。忽睹廊舍。並無釭燭。而光明若晝。一麗人自房中出。視之青娥也。見生驚曰。郎何能來。生不暇陳。把手嗚惻。女勸止之。問母及見生悉述苦況。女亦慘然。生曰。

修髯 長髯也

孝子念々不忘母

少年霍不知仙家規矩

卿死年餘此得毋冥間耶女曰非也此乃仙府壻實非
死所瘞一竹杖耳郎今來仙緣有分也因導令朝父則
一修髯丈夫坐堂上生趨拜女白翁郎來翁驚起握手
略道平素曰壻來大好分當留此生辭以母望不能久
留翁曰我亦知之但遲三數日即亦何傷乃餌以肴酒
即令婢設榻於西堂施錦裀焉生既退曳女同寢女卻
之曰此何處可容狎褻生捉臂不捨窗外婢子笑聲嗤
然女益慚方爭拒間翁入叱曰俗骨污吾洞府宜即去
生素負氣愧不可忍作色曰兒女之情人所不免長者

武老仙術似不及霍生所遇之仙

又寓言罵丈人

聊齋寫到翁壻一筆不放過

何嘗窺何我無難即去但令女須便將隨翁無辭招女隨之啟後戶送之賺生離門父子闔扉去回頭則峭壁巉巖無少隙縫隻影煢煢（孑然一身 音窮）罔所歸適視天上斜月高揭星斗已稀悵悵良久悲已而恨面壁叫號迄無應者憤極腰中出鑱（恒佩之不去身）鑿石攻進且攻且罵瞬息洞入三四尺許隱隱聞人語曰孽障哉生奮力鑿益急洞（洞穿也）底豁開二扉推娥出曰可去可去壁即復合女怨曰既愛我爲婦豈有待丈人如此者是何處老道士授汝凶器將人纏混（妙在不答一言）欲死生得女意願已慰不復置辯但憂路險難歸女折

忘其父之爲道士但知依父膝下而不諒孝子之一片敬也

女有知堪輿術

兩枝各跨其一卽化爲馬行且駛俄頃至家時先生已七日矣初生之與僕相失也覓之不得歸而告母母遣人窮搜山谷竟無蹤緖正憂惶無所闘子歸懽喜承迎舉首見婦幾駭絕生畧述之母益忻慰女以形跡詭異慮駭物聽求母播遷母從之與郡有別業刻期徙往人莫之知偕居十八年生一女適同邑李氏後母壽終女謂生曰吾家茅田中有雉抱八卵其地可葬汝父子扶櫬歸窆見已成立宜卽留守廬墓無庸復來生從其言葬後自返月餘孟仙往省之而父母俱杳問之老奴則

仙術欺騙俗耳

仙人要妻生子女妙〻二子女

云赴葬未還心知其異浩歎而已孟仙文名甚譟而困於場屋四旬不售後以援貢入北闈遇同號生年可十七八神采俊逸愛之視其卷註順天廩生霍仲仙瞪目大駭因自道姓名仲仙亦異之便問鄉貫孟悉告之仲仙喜曰翁赴都時父囑文場中如逢山右霍姓者吾族也宜與款接今果然矣顧何以名字相同如此孟仙因詰高曾並嚴慈姓諱已而驚曰是我父母也仲仙疑年齒之不類孟仙曰我父母皆仙人何可以貌信其年歲乎因述往跡仲仙始信場後不暇休息命駕同歸纔到

門。家人迎告是夜失太翁及夫人所在。兩人大驚。仲仙入而詢諸婦。婦言昨夕尚共杯酌。母謂汝夫婦少。不更事。明日大哥來。吾無慮矣。早旦入室。則闃無人矣。兄弟聞之。頓足悲哀。仲仙猶欲追覓。孟仙以爲無益。乃止。是科仲領鄉薦。以晉中祖墓所在。從兄而歸。猶冀父母尚居人間。隨在探訪。而終無蹤蹟矣。

異史氏曰。鑽穴眠榻。其意則癡。鑿壁罵翁。其行則狂。仙人之撮合之者。惟欲以長生報其孝耳。然既混迹人間。狎生子女。則居而終焉。亦何不可。乃三十年而屢棄其

正論侃侃

闃音屋

妓館曰平康，曰勾欄，曰青樓，曰樂戶，曰教坊。明以前皆著籍，當差承應官府。唐宋人詩詞每每見之。從良曰落籍。

子抑獨何哉異已。

鴉頭

諸生王文，東昌人，少誠篤。薄游於楚，過六河，休於旅舍。閒步門外，里戚趙東樓，大賈也，常數年不歸，見王，執手甚懽，便邀臨存。至其所，有美人坐室中，愕怪卻步。趙曳之，又隔窗呼妮子去。王乃入。趙具酒饌，話溫涼。王問此何處所，荅云：此是小勾欄，余久客，暫假牀寢。話間，妮子頻來出入，王跼促不安，離席告別。趙強捉令坐。俄見一少女經門外過，望見王，秋波頻顧，眉目含情，儀度嫻婉

古人鞭扑用荆條雖見血而無大傷又荆与楚通學舍中戒飭者名榎楚更痛楚也一作夏楚

囊空韜羞澀 杜詩

淑烈生硬不可干

十五金兩包太少

實神仙也。王素方直，至此惘然若失，便問麗者何人。趙曰：此媼次女，小字鴉頭，年十四矣。纏頭者屢以重金啗媼，女執不願，致母鞭楚，女以齒穉哀免，今尚待聘耳。王聞言，俯首默然，癡坐，酬應悉乖。趙戲之曰：君倘垂意，當作冰斧。王憮然曰：此念所不敢存。然日向夕，絕不言去。趙又戲請之。王曰：雅意極所感佩，囊澀奈何！趙知女性激烈，必當不允，故許以十金爲助。王拜謝趨出，罄貲而至，得五數，强趙致媼。媼果少之。鴉頭言於母曰：母日責我不作錢樹子，今請得如母所願。我初學作人，報母有

（旁批：媒；心不在也；年幼；長句包括矣）

乖 近也 悉 向非 悉 对

區區少也

言者諕生意不可卻詞令亦妙

既事畢也 一字句

無論鴉頭是狐即以人論真是青泥中蓮花狂瀾中砥柱但物色䖏誠情種性命可託者實少西湖志中花魁所求往者無非王孫公子而救命者乃一賣油郎秦鍾真情種也

曰勿以區區故御財神去媼以女性拗但得允從即甚懽喜遂諾之使婢邀王郎趙難中悔加金付媼王與女懽愛甚篤既謂王曰妾煙花下流不堪匹敵既蒙繾綣義即至重若傾囊博此一宵懽明日何如王泫然悲哽女曰勿悲妾委風塵實非所願顧未有敦篤可託如君者請以宵遁王喜遽起女亦起聽譙鼓已三下矣女急易男裝草草偕出叩主人扉王故從雙衞託以急務命僕便發女以符繫僕股並驢耳上縱轡極馳目不容啟耳後但聞風鳴平明至漢江口稅屋而止王驚其異女

長句

女有心久矣 母姊梦梦

用司馬相如同卓文君逃歸後語恰好

居 辦置也呂不韋傳有奇貨可居語

漿 白酒平原君傳薛公毛公隱賣漿博徒

犢鼻褌 一見於史記相如傳一見於世說阮氏事今之作裙圍身

曰言之得無懼乎妾非人狐耳毋貪淫日遭虐遇心所積慝今幸脫苦海百里外郎非所知可幸無恙王略無疑貳從容曰室對芙蓉家徒四壁實難自慰恐終見棄置女曰何爲此慮今市貨皆可居三數口淡薄亦可自給可鬻驢子作貲本王如言即門前設小肆王與僕人躬同操作賣酒販漿其中女作披肩刺荷囊日獲贏餘飲膳甚優積年餘漸能畜婢媼王自是不著犢鼻但課督而已女一日悄然忽悲曰今夜合有難作奈何王問之女曰毋已知妾消息必見淩逼若遣姊來吾無憂恐

排硬闹也

媪知妮子不能服妹故隨之来

叫孤貞而且孝故有结局生佳兒

母自至耳夜已央自慶曰不妨阿姊來矣居無何妮子排闥入女笑逆之妮子罵曰婢子不羞隨人逃匿老母命我縛去即出索子縶女頸女怒曰從一者得何罪妮子益忿捽女斷襟家中婢媪皆集妮子懼奔出女曰姊歸母必自至大禍不遠可速作計乃急辦裝將更播遷媪忽掩入怒容可掬曰我故知婢子無禮須自來也女迎跪哀啼媪不言揪髮提去王徘徊愴惻眠食都廢急詣六河冀得賄贖至則門庭如故人物已非問之居人俱不知其所徙悼喪而返於是俵散客旅囊貲東歸後

數年偶入燕都過育嬰堂見一兒七八歲僕人怪似其
主反復凝注之王問看兒何故僕笑以對王亦笑細視
兒風度磊落自念乏嗣因其肖已愛而贖之詰其名自
稱王孜王曰子棄之襁褓何知姓氏曰本師嘗言得我
時胸前有宗書山東王文之子王大駭曰我即王文烏
得有子念必同已姓名者心竊喜甚愛惜之及歸見者
不問而知爲王生子孜漸長孔武有力喜田獵不務生
產樂鬭好殺王亦不能箝制之又自言能見鬼狐悉不
之信會里中有患狐者請孜往覘之至則指狐隱處令

不經紀產業之事

箝音乾管束也

請间　於四無人處可以密談

孽寃　唐生旁出　孤臣孽子見孟子

財去人方醒　亦有來而不醒者

數人隨指處繫之，卽聞狐鳴，毛血交落，自是遂安。由是人益異之。王一日游市廛，忽遇趙東樓，巾袍不整，形色枯黯。驚問所來，趙慘然請間。王乃偕歸，命酒。趙曰：媼得鴉頭，橫施楚掠。既北徙，又欲奪其志，女矢死不二，因囚置之。生一子，棄諸曲巷，聞在育嬰堂，想已長成，此君遺體也。王出涕曰：天幸孽兒已歸。因述本末。問：君何落拓至此？歎曰：今而知靑樓之好，不可過認眞也。夫何言！先是，媼北徙，趙以負販從之。貨重難遷者，悉以賤售。途中腳直供億，繁費不貲，因大虧損。妮子索取尤奢，數年萬

清夜晨鐘

忍惡很也

金蕩然。媪見牀頭金盡，旦夕加白眼。婗子漸寄貴家宿，恒數夕不歸。趙憤激不可耐，然無柰之。適媪他出，鴉頭自窗中呼趙曰：「勾欄中原無情好，所綢繆者，錢耳。君依戀不去，將掇奇禍。」趙懼，如夢初醒。臨行竊往視女，女授書使達王。趙乃歸，因以情爲述之。卽出鴉頭書，書云：「知孜兒已在膝下矣。妾之厄難，東樓君自能緬悉。前世之孽，夫何可言。妾幽室之中，暗無天日。鞭創裂膚，飢火煎心，易一晨昏，如歷年歲。君如不忘漢上雪夜單衾迭互煖抱時，當與兒謀，必能脫妾於厄。母姊雖忍，要是骨肉，

殺身之禍

棹長之句湖北

不歸怨子
母真大孝

老狐術亦神

但囑勿致傷殘是所願耳王讀之泣不自禁以金帛贈
趙而去時孜年十八矣王爲述前後因示母書孜怒眥
欲裂即日赴都詢吳媪居則車馬方盈孜直入妮子方
與湖客飲望見孜持刃變色孜驟進殺之賓客大駭以
爲寇及視女尸已化爲狐孜持刃逕入見媪督婢作羹
孜奔近室門媪忽不見孜四顧急抽矢望屋梁射之一
狐貫心而墮遂決其首尋得母所投石破扃母子各失
聲母問媪曰已誅之母怨曰兒何不聽吾言命持葬郊
野孜僞諾之剝其皮而藏之檢媪箱篋盡卷金貨奉母

孝女

告訴前後之事

如鴇在皮箱内

鴇頭大孝所以能生此兒

王之敦篤狐一知而超夢

性暴戾恐不令終

狐女之術何其神哉甘心受
苦益見其孝

而歸夫婦重諧悲喜交至既問兒媪孩言在吾囊中驚
問之出兩革以獻母怒罵曰忤逆兒何得爲此號慟自
撾轉側欲死王極力撫慰叱兒瘞革孩忿曰今得安樂
所頓忘撻楚耶母益怒啼不止孩葬皮反報始稍釋王
自女歸家益盛心德趙報以巨金趙始知媪母子皆狐
也孩承奉甚孝然悞觸之則惡聲暴吼女謂王曰兒有
拗筋不剌去之終當殺人傾産夜伺孩睡潛縶其手足
孩醒曰我無罪母曰將醫汝其勿苦孩大叫轉側不可
開女以巨針刺踝骨側深三四分許用力掘斷崩然有

拐足踝骨在腳背上

妙

狐與娼本一類

鴇 從匕十从鳥俗云半鳥大謬

唐太宗納魏徵之諫曰我覺魏徵嫵媚云云見新唐書

聲叉於肘間腦際並如之已乃釋縛拍令安卧天明奔候父母涕泣曰見早夜憶昔所行都非人類父母大喜從此溫和如處女鄉里賢之

異史氏曰妓盡狐也不謂有狐而妓者至狐而鴇（音保）則獸而禽矣滅理傷倫其何足怪至百折千磨之死靡他此人類所難而乃於狐也得之乎唐君謂魏徵更饒嫵媚吾於鴇頭亦云

湖北

余德 仙

武昌尹圖南有别第嘗爲一秀才稅居半年來亦未嘗

蕰藉 温文也

姝 音樞 赤于切

古以黑面而髯者曰崑崙唐人說部中及五代史中皆見之何红绡傳奇中竟冥伊仙人称之曰崑崙公不通之甚不學之甚

邂逅一日遇諸其門年最少而容儀裘馬翩翩甚都趨與語即又醞藉可愛異之歸語妻妻遣婢託遺問以鏡其室室有麗姝美艷逾於仙人一切花石服玩俱非耳目所經尹不測其何人詣門投謁適值他出翼日郎來答拜展其刺呼始知余姓德名語次細審官閥言殊隱約固詰之則曰欲相還往僕不敢自絕應知非寇竊遁逃者何須逼知來歷尹謝之命酒款宴言笑甚懽向暮有兩崑崙捉馬挑燈迎導以去明日折簡報主人尹至其家見屋壁俱用明光紙裱潔如鏡金猊爇異香一

作法句　見史記商鞅傳
鞅在秦作法更張極嚴後秦王死太子立欲逃去深受法之累故曰作法自斃

碧玉瓶插鳳尾孔雀羽各二各長三尺餘一水晶瓶浸
粉花一樹不知何名亦高二尺許垂枝覆几外葉疎花
密含苞未吐花狀似溼蝶斂翼蒂即如鬚綴間不過八
盞而豐美異常既命童子擊鼓催花爲令鼓聲既動則
瓶中花顫顫欲拆俄而蝶翅漸張既而鼓歇淵然一聲
蒂鬚頓落即爲一蝶飛落尹身余笑起飛一巨觥酒方
引滿蝶亦颺去頃之鼓又作兩蝶飛集余冠余笑云作
法自斃矣亦引二觥三鼓既終花亂墮翩翻而下惹袖
沾襟鼓僮笑來指數尹得九籌余四籌尹已薄醉不能

聊齋志異卷　余德

燭淚成堆、宋寇準事

壽觴強引三爵，離席亡去。由是益奇之。然其爲人寡交
與，每闔門居，不與國人通弔慶。尹逢人輒宣播，聞其異
者，爭交懽，余門外冠蓋常相望。余頗不耐，忽辭主人去。
去後，尹入其家，空庭灑掃，無纖（鮮）塵，燭淚（燭油）堆擲青堦下，窗
間零帛斷線，指印宛然。惟舍後遺一小白石缸，可受石
許。尹攜歸，貯水養朱魚，經年水清如初。貯後爲傭保移
石，誤碎之，水蓄並不傾瀉。視之，缸宛在，捫之虛耎（卯軟），手入
其中，則水隨手瀉出，其手則復合。冬月亦不冰。一夜忽
結爲晶，魚遊如故。尹畏人知，常置密室，非子壻不以示

也久之漸播索玩者紛錯於門臘夜忽解爲水陰溼滿地魚亦渺然其舊缸殘石猶存忽有道士踵門求之尹出以示道士曰此龍宮蓄水器也尹述其破而不洩之異道士曰此缸之魂也殷殷然乞得少許問其何用曰以屑合藥可得永壽予一片懽謝而去

聊齋志異卷七終

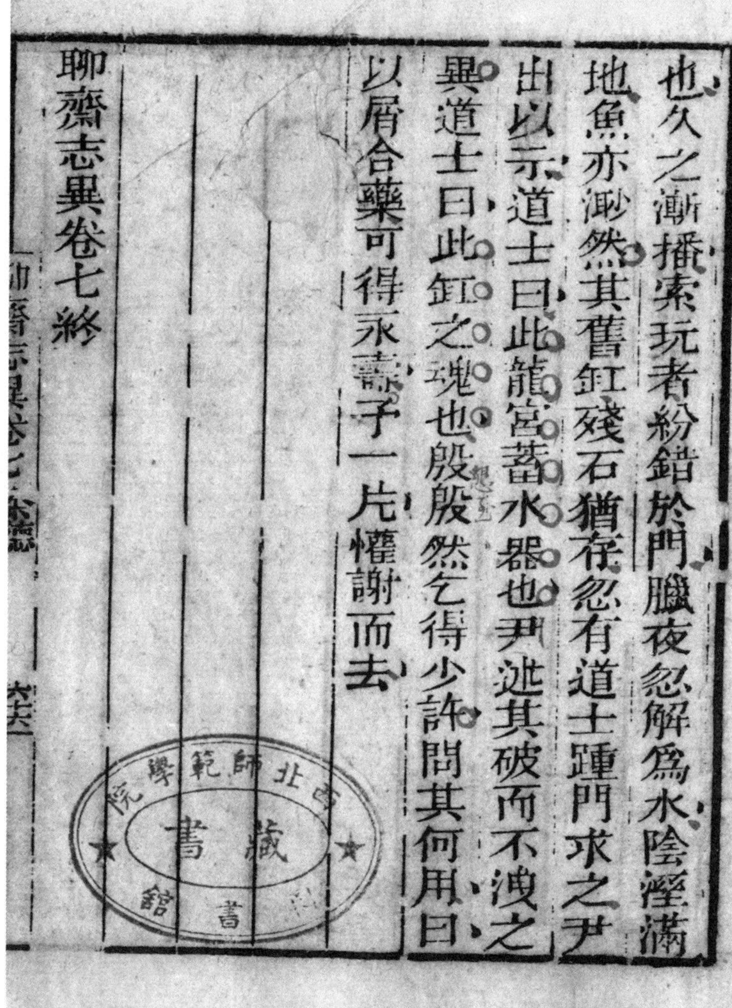

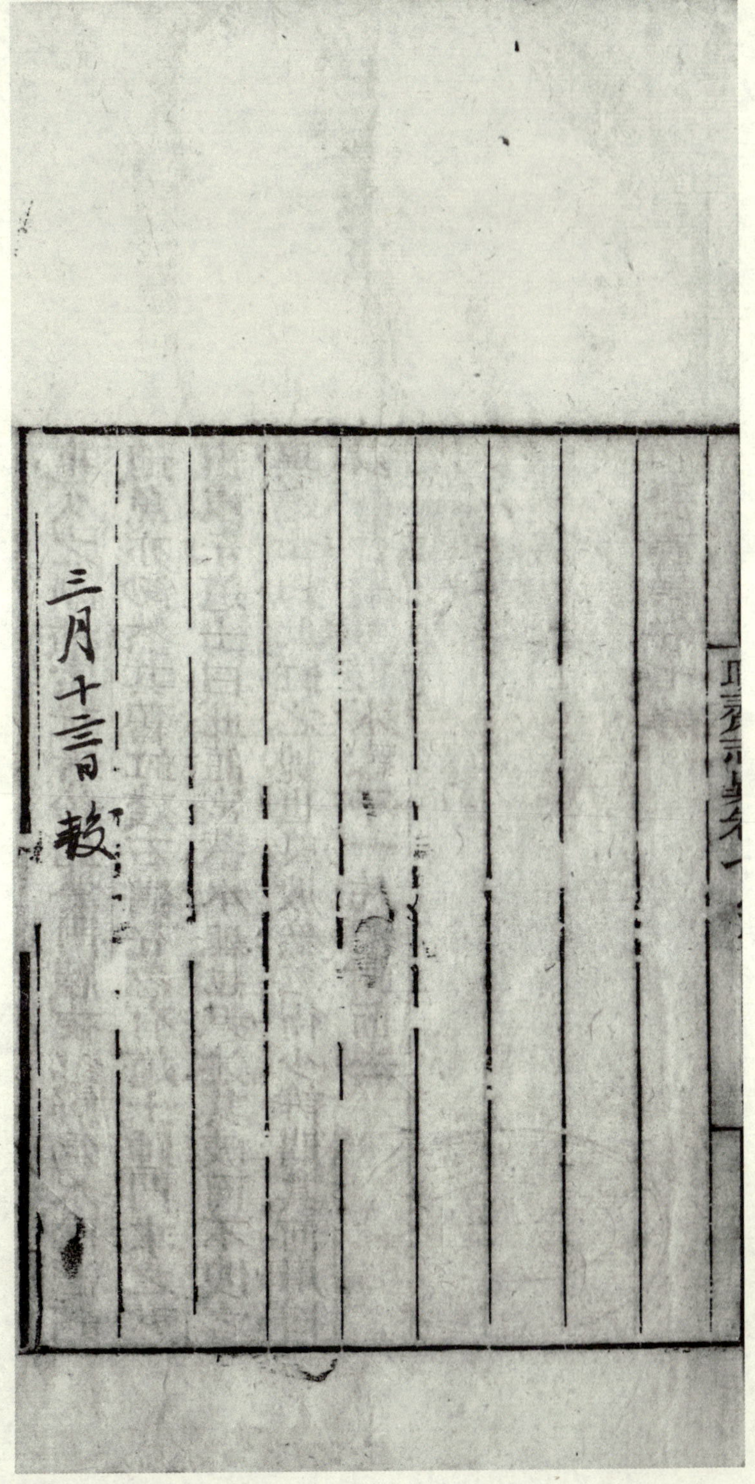
三月十三日 敎

上元二月中
中元七月半
下元十月半
盂蘭華言乾脚鉢頭
佛施餓鬼超拔目蓮母
此誤 盂蘭經言衆
㮣精美飲食以供佛
菩薩目連遵如來佛
言語方能救出其母

聊齋志異卷八

淄川 蒲松齡 留仙 著

新城 王士正 貽上 評

封三娘 狐 女能相

范十一娘𪈵城祭酒之女少艷美風雅尤絶父母鍾愛之求聘者輒令自擇女恒少可會上元日水月寺中諸尼作盂蘭盆會是日游女如雲女亦詣之方隨喜間一女子步趨從屨屢望顏色似欲有言審視之二八絶代姝也悅而好之轉用盼注女子微笑曰姊非范十一娘乎

荅曰然女子曰久聞芳名人言果不虛謬十一娘亦審里居女荅言妾封氏第三近在鄰村把袂歡笑辭致溫婉遂大相愛悅依戀不捨十一娘問何無伴侶曰父母早世家中止一老嫗留守門戶故不得來十一娘將歸封凝眸欲涕十一娘亦惘然遂邀過從封曰娘子朱門繡戶妾素無葭莩親慮致譏嫌十一娘固邀之荅俟異日十一娘乃脫金釵一股贈之封亦摘髻上綠簪爲報十一娘既歸傾想殊切出所贈簪非金非玉家人都不之識甚異之日望其來悵然遂病父母訊得故使人於

一見忘〻卽是因緣

葭莩 音加夫

蘆管中薄衣言遠疏之親誼

言非親眷貧富懸判恐人笑封之依勢慕富

覷（音趣，看也）

近村諮訪並無知者時值重九十一娘羸頓無聊倩侍兒强扶窺閨設褥東籬下忽一女子攀垣來窺覘之則封女也呼曰接我以力侍兒從之驀然遂下十一娘驚喜頓起曳坐褥間責其負約且問所來答云妾家去此尚遠時來舅家作耍前言遊村者緣舅家耳別後懸思頗苦然貧賤者與貴人交足未登門先懷慚怍恐爲婢僕下眼覷是以不果來適經牆外過聞女子語便一攀望冀是娘子今果如願十一娘因述病源封泣下如雨因曰妾來當須祕密造言生事者飛短流長所不堪受

（只要狐能先知，皆詭詞也）

更衣 出恭也北方女子在毛房更衣不用圊器

十一娘諾偕歸同榻快與傾懷病尋愈訂爲姊妹衣服
履舄輒互易着見人來則隱匿夾幙間積五六月公及
夫人頗聞之一日兩人方對奕夫人掩入諦視驚曰眞
吾兒友也因謂十一娘閨中有良友我兩人所歡胡不
早白十一娘因達封意夫人顧謂三娘伴吾兒極所忻
慰何昧之封羞暈滿頰默然拈帶而已夫人去封乃告
別十一娘苦留之乃止一夕自門外怱倉皇奔入泣曰
我固謂不可留今果遭此大辱驚問之曰適出更衣一
少年丈夫橫來相干幸而得逃如此復何面目十一娘

絶妙小兒女口吻

如此踪跡飄渺豈非狐

何范之不悟

細詰形貌謝曰勿須怪此妹癡兒會告夫人杖責之封堅辭欲去十一娘請待天曙封曰舅家咫尺但須以梯度我過牆耳十一娘知不可覊使兩婢踰垣送之行半里許辭謝自去婢返十一娘伏牀悲惋如失伉儷後數月婢以故至東村暮歸遇封女從老嫗來婢喜拜問封亦惻惻詢十一娘興居婢捉袂曰三姑過我我家姑姑盼欲死封曰我亦思妹但不樂使家人知歸啓園門我自至婢歸告十一娘十一娘喜從其言則封已在園中矣相見各道闊濶綿綿不寐視婢子眠熟乃起移與十一

紈袴 音丸褲有錢而不識字者

罵殺天下男子不識人

女子能相且是狐此罵人而男子不識人但知勢利直同瞽目

物色 打聽也尋覓也

娘同枕私語曰妾固知妹子未字以才色門地何患無貴介壻然紈袴兒欵不足數如欲得佳耦請無以貧富論十一娘然之封曰舊年邂逅處今復作道場明日再煩一往當令見一如意郎君妾少讀相人書頗不參差昧爽封即去約候蘭若十一娘果往封已先在眺覽一周十一娘便邀同車攜手出門見一秀才年可十七八布袍不飾而容儀俊偉封潛指曰此翰苑才也十一娘略睨之封別曰妹子先歸我即繼至入暮果至曰我適物色甚詳其人即同里孟安仁也十一娘知其貧不以

不足數不屑論數也

錯誤曰參差

遠曰眺近曰覽

言之慷慨激烈罵盡世
間男子無目十一娘之守
正論

矯命 音交上声 假傳詔

爲可封曰妹子何亦墮世情哉此人苟長貧賤者余當
抉眸子音決挖也不復相天下士矣十一娘曰且爲奈何曰願得
一物持與訂盟十一娘曰姊何草草父母在不遂如何
封曰此爲正恐其不遂耳志若堅生死何可奪也十一
娘必不可封曰娘子姻緣已動而魔劫未消所以故來
報前好耳請卽別當以所贈金鳳釵矯命贈之十一娘
方謀更商封已出門去時孟生貧而多才意將擇耦故
十八猶未聘也是日忽睹兩艷歸涉冥想一更向盡封
三娘款門而入燭之識爲日中所見喜致詰問曰妾封

趙毛遂乃自薦于趙平原君
曹邱生乃薦人而游揚人
之好處雖六八个字而抵人
數言意思極醒透
兩人事跡皆見史記一平原君傳、
一季布傳

以世俗之見無怪父母之怒

氏范十一娘之女伴也生大悅不暇細詰遽前擁抱封
拒曰妾非毛遂乃曹邱生十一娘願締永好請倩冰也
生愕然不信封乃以釵示生生喜不自已矢曰勞眷注
若此僕不得十一娘寧終鰥耳封遂去生詰旦浼鄰嫗
詣范夫人夫人貧之竟不商女立便却去十一娘知之
心失所望深怨封之悞己也而金釵難返只須以死矢
之又數日有某紳子求婚恐不諧浼邑宰作伐時某方
居權要范公心畏之以問十一娘不樂母詰之默默不
言但有涕淚使人潛告夫人非孟生死不嫁公聞益怒

耽喜也

懎音色悲也

孟生情種封之物色眼力不差

突出此語摸不着頭路

竟許某紳家且疑十一娘有私意於生遂涓吉速成禮十一娘忿不食日惟耽臥至親迎之前夕忽起攬鏡自妝夫人竊喜俄侍女奔白小姐自經舉宅驚涕痛悔無及三日遂葬孟生自鄰嫗反命憤恨欲絕然遙遙探訪妄冀復挽察知業有主忿火中燒萬慮俱斷矣未幾聞玉葬香埋愴然悲喪恨不從麗人俱死向晚出門意將乘昏夜一哭十一娘之墓欻有一人來近之則封三娘向生曰喜姻好可就矣生泫然曰卿不知十一娘亡耶封曰我所謂就者正以其亡可急喚家人發塚我有異

狐有仙州服之即醒

從 音葱審縱甫

兩女嫁一夫昔女英娥皇皆帝堯女同嫁舜帝

充 即充 非克 棟

滿屋也 汗牛言書馱于牛背而

藥能令蘇生從之發墓破棺復掩其穴生自負尸與三
娘俱歸置榻上投以藥踰時而蘇顧見三娘問此何所封
指生曰此孟安仁也因告以故始如夢醒封懼漏洩相
將去十五里避匿山村封欲辭去十一娘泣留作伴使
別院居因貨殉葬之飾用爲資度亦將小有封每遇生
來輒走避十一娘從容曰吾姊妹骨肉不啻也然終無
百年聚詎不如效英皇封曰妾少得異訣吐納可以長
生故不願嫁耳十一娘笑曰世傳養生術汗牛充棟行
而效者誰也封曰妾所得非世人所知世所傳者並非

充音冲 多也 滿屋

華祖有虎猿禽等五形戲今之八股錦坐功
三國志注
呃逆 冷呃

眞訣惟華陀五禽圖差爲不妄凡修煉家無非欲血氣流通耳若得厄逆症作虎形立止非其驗耶十一娘陰與生謀使僞爲遠出者入夜强勸以酒既醉生潛入汚之三娘醒曰妹子害我矣倘色戒不破道成當升第一天今墮奸謀命耳乃起告辭十一娘告以誠意而哀謝之封曰實相告我乃狐也緣瞻麗容忽生愛慕如繭自纏遂有今日此乃情魔之劫非關人力再留則魔更生無底止矣娘子福澤正遠珍重自愛言已而逝夫妻驚歎久之逾年生鄉會果捷官翰林投刺謁范公公愧悔

賠罪曰謝

范公乃世俗之見但祝窮
秀才而拒親今翰林未拜
忽懲悔此乃聊齋暢罵世
間俗子處

不見固請之乃見生入執子壻禮伏拜甚恭公悖怒疑生儇薄（音悁薄也）生請間（屏退人而言）具道情事公不深信使人探諸其家方大驚喜陰戒勿宣懼有禍變（怕巨紳家）又二年某紳以關節（考場通情）發覺父子充遼海軍十一娘始歸寧焉

狐夢

余友畢怡庵倜儻不羣豪縱自喜貌豐肥多髭士林知名嘗以故至叔刺史公之别業休憩樓上傳言樓中故多狐畢每讀青鳳傳心輒向往恨不一遇因於樓上攝思凝想既而歸齋日已寢暮時暑月燠熱當戶而寢睡

四十不惑

女大之笄如男大之冠

中有人搖之醒而却視則一婦人年逾不惑而風韻猶存畢驚起問其誰何笑曰我狐也蒙君注念心竊感納畢聞而喜投以嘲謔婦笑曰妾齒加長矣縱人不見惡先自慚沮有小女及笄可侍巾櫛明宵無寓人於室當即來言已而去至夜焚香坐伺婦果攜女至態度嫻婉曠世無匹婦謂女曰畢郎與有宿分即須留止明旦早歸勿貪睡也畢與握手入幃款戀備至事已笑曰肥郎癡重使人不堪未明即去既夕自來曰姊妹輩將爲我賀新郎明日即屈同去問何所曰大姊作筵主去此不

其釵也

用孟子語

僬僥國人僅三尺古尺短之至也見左傳注孔聖語見孔子世家

遠也。畢果候之。良久不至。身漸倦惰。纔伏案頭。女忽入曰。勞君久伺矣。乃握手而行。奄至一處。有大院落。直上中堂。則見燈燭熒熒。燦若星點。俄而主人出。年近二旬。淡妝絶美。斂衽稱賀已。將踐席。婢入曰。二娘子至。見一女子入。年可十八九。笑向女曰。妹子已破瓜矣。新郎頗如意否。女以扇擊背。白眼（怒目）視之。二娘曰。記兒時與妹相撲爲戲。妹畏人數脇骨。遥呵手指。即笑不可耐。便怒我謂我當嫁僬僥國小王子。我謂婢子他日嫁多髭郎。刺破小吻。今果然矣。大娘笑曰。無怪三娘怒詛（咒也）也。新郎在側首爾態跳頂之、合尊促坐、晏笑甚懽。忽一少女抱一貓至、年可十一二、雛髮未燥、而艷媚入骨。大娘曰、四妹妹亦要見姊丈耶。此無坐處。因提抱膝頭、取肴果餌之。移時、轉置二娘懷中、曰、壓我腿股酸痛。二姊曰、婢子許大身、如百鈞重、我脆弱不堪。既欲見姊夫、姊夫故壯偉、肥膝耐坐。乃捉置畢懷、入懷香耎、輕若無人。畢抱與同杯飲。大娘曰、小婢勿過飲、醉失儀容、恐為姊夫所笑。少女孜孜展笑、以手弄貓、貓戛然鳴。大娘曰、尚不拋卻、抱走蚤蝨矣。二娘曰、請以貓奴為令、執箸交傳、鳴處則飲。

今揚州婦人女子所帶
綜緣所係者曰髻

衆如其教至畢輒鳴畢故豪飲連舉數觥乃知小女故故捉令鳴也因大喧笑二姊曰小妹子歸休歷煞郎君恐三姊怨人小女郎乃抱貓去大姊見畢善飲乃摘髻子貯酒以勸視髻僅容升許然飲之覺有數斗之多比乾視之則荷蓋（大荷叶）也二娘亦欲相酬畢辭不勝酒二娘出一口脂合子大如彈丸酌曰既不勝酒聊以示意畢視之一吸可盡接吸百口更無乾（干）時女在傍以小蓮杯易合子去曰勿爲奸人所弄置合案上則一巨鉢二娘曰何預汝事三日郎君便如許親愛耶畢持杯向口立盡

瀟翁善形容小足真有癖好

凡學一技藝無他術只在自悟然不能躐等功夫到自能覺悟

把之膩軟審之非杯乃羅襪一鉤襯飾工絕二娘奪罵
曰猾婢何時盜人履子去怪道足冰冷也遂起入室易
舄女酌畢離席告別女送出村使畢自歸瞥然醒寤竟
是夢而鼻口醺醺酒氣猶濃異之至暮女來曰昨宵
未醉死耶畢言方疑是夢女曰姊妹怖君狂謀故托之
夢實非夢也女每與畢奕畢輒負女笑曰君日嗜此我
謂必大高著今視之只平平耳畢求指誨女曰奕之爲
術在人自悟我何能益君朝夕漸染或當有異居數月
畢覺稍進女試之笑曰尚未尚未畢出與所嘗共奕者

游則人覺其異咸奇之畢爲人坦直胸無宿物微洩之女已知責曰無惑乎同道者不交狂生也屢囑愼密何尚爾爾佛然欲去畢謝過不遑女乃稍解然由此來寖疎矣積年餘一夕來兀坐相向與之奕不奕與之寢不寢悵然良久曰君視我孰如靑鳳曰殆過之曰我自慚弗如然聊齋與君文字交請煩作小傳未必千載下無愛憶如君者畢曰夙有此志曩遵舊囑故祕之女曰向爲是囑今已將別復何諱問何往曰妾與四妹爲西王母徵作花鳥使不復得來畢求贈言曰盛氣平過自寡

價賤也

遂起捉手曰君送我行至里許灑涕分手曰彼此有志未必無會期也乃去康熙二十一年臘月十九日畢子與余抵足綽然堂細述其異余曰有狐若此則聊齋之筆墨有光矣遂志之

章阿端

衛輝戚生少年蘊藉有氣敢任時大姓有巨第白晝見鬼死亡相繼願以賤售生廉其直購居之而第闊人稀東院樓亭蒿艾成林亦姑廢置家人夜驚輒相譁以鬼兩月餘喪一婢無何生妻以暮至樓亭既歸得疾數日

範 容儀也

鼇家人益懼勸生他徙生不聽而塊然無偶憭慄自傷婢僕輩又時以怪異相聒生怒盛氣襆被獨臥荒亭中翦燭以覘其異久之無他亦竟睡去忽有人以手探被反復捫搎生醒視之則一老大婢攣耳蓬頭擁腫無度生知其鬼捉臂推之笑曰尊範不堪承教婢慚斂手躁蹀而去少頃一女郎自西北隅出神情婉妙闖然至燈下怒罵何處狂生居然高臥生起笑曰小生此間之第主候卿討房稅耳遂起裸而捉之女急遁生先趨西北隅阻其歸路女既窮便坐牀上近臨之對燭如仙漸擁

剛愎 音别 屈强剛暴者不聽人勸

諸懷友笑曰狂生不畏鬼耶將禍爾矣生强解裙襦則亦不甚抗拒已而自白妾章氏小字阿端誤適蕩子剛愎不仁橫加折辱憤悒夭逝瘞此二十餘年矣此宅下皆墳冢也問老婢何人曰亦一故鬼從妾服役上有生人居則鬼不安於夜室適令驅君耳問捫擨何爲笑曰此婢三十年未通人道其情可憫然亦太不自諒矣要之餒怯者鬼益侮弄之剛腸者不敢犯也聽鄰鐘響斷著衣下牀曰如不見猜夜當復至入夕果至綢繆益懽生曰室人不幸殂謝感悼不釋於懷卿能爲我致之否

佛經言閻摩天子

女聞之益慼曰妾死二十年誰一致念憶者君誠多情
妾當竭力然聞投生有地矣不知尚在冥司否逾夕告
生曰娘子將生貴人家以前生失耳環撻婢婢自縊死
此案未結以故遲留今尚寄藥王廊下有監守者妾使
婢往行賄或將來也生問卿何閒散曰凡枉死鬼不自
投見閻摩天子不及知也二鼓向盡老婢引生妻而至
生執手大悲妻含涕不能言女別去曰兩人可話契濶
另夜請相見也生慰問婢死事妻曰無妨結矣上牀偎
抱歘若生平之歡由此遂以爲常後五日妻忽泣曰明

此書差長技初未見金則甚難及見多金又甚易想陽世滑吏才差死後仍為陰司吏役也

日將赴山東乖離苦長奈何生聞言揮涕流離哀不自勝女勸曰妾有一策可得暫聚共收涕詢之女請以錢紙十提焚南堂杏樹下持賄押生者俾緩時日生從之至夕妻至曰幸賴端娘今得十日聚生喜禁女勿去留與連牀暮以暨曉惟恐懽盡過七八日生以限期將滿夫妻終夜哭問計於女女曰勢難再謀然試爲之非冥資自爲不可生焚之如數女來喜曰妾使人與押生者關說初甚難既見多金心始搖今已以他鬼代生矣自此白日亦不復去令生塞戸牖燈燭不絕如是年餘女

此亂習同久見之於書傳中小說然究無憑據對証而人信之者甚多

忽病瞀悶懊憹恍惚如見鬼狀妻撫之曰此爲鬼病生曰端娘已鬼又何鬼之能病妻曰不然人死爲鬼鬼死爲聻鬼之畏聻猶人之畏鬼也生欲爲聘巫醫曰鬼何可以人療鄰媼王氏今行術於冥間可往召之然去此十餘里妾足弱不能行煩君焚芻馬生從之馬方爇郎見女婢牽赤驑授綏庭下轉瞬已杳少間與一老嫗疊騎而來縶馬廊柱嫗入切女十指既而端坐首𠢾𠢾作態仆地移時蹶而起曰我黑山大王也娘子病大篤幸遇小神福澤不淺哉此業鬼爲殃不妨不妨但是病有

人死二句見五音集韻

不獨人世不能闕此物傚
鬼輩亦然

瘳須厚我供養金百錠錢百貫盛筵一設不得少缺妻一一噭應（音叫，應之速也）嫗又仆而蘇向病者呵叱乃已旣而欲去妻送諸庭外贈之以馬欣然而去入視女郎似稍淸醒夫妻大悅撫問之女忽言曰妾恐不得再履人世矣合目輒見冤鬼（前夫）命也因泣下越宿病益沉殆曲體戰慄若有所睹拉生同臥以首投懷似畏撲抵生一起則驚叫不寧如此六七日夫妻無所爲計會生他出半日而歸聞妻哭聲驚問則端娘已斃牀上委蛻（退）猶存啟之白骨儼然大慟以生人禮葬於祖墓之側一夜妻夢中嗚咽搖

鬼又死故
剩骷髏
白骨

而問之荅云適夢端娘來言其夫爲聻鬼怒其改節泉下銜恨索命去乞我作道場生早起即將如教妻止之曰度鬼非君所可與力也乃起去踰刻而來曰余已命人邀僧侶當先焚錢紙作用度生從之日方落僧衆畢集金鐃法鼓一如人世妻每謂其聒耳生殊不聞道場既畢妻又夢端娘來謝言冤已解矣將生作城隍之女煩爲轉致居三年家人初聞而怛久之漸習生不在則隔窗啟稟一夜向生啼曰前押生者今情弊漏洩按責甚急恐不能久聚矣數日果疾曰情之所鍾本願長死

此等法律目所未覩聊立翁憑空結撰何處飛來

古碑側有深碑兩道言從碑下卜棺親朋助葬執紼紼繩也未遇花姑先伏蛇妖此叟道行頗高已先知來止其行

不樂生也今將永訣得非數乎生皇遽求策曰是不可爲也悶受責乎曰薄有所罰然偷生罪大偷死罪小言訖不動細審之面龐形質漸就澌滅矣生每獨宿亭中冀有他遇終亦寂然人心遂安

花姑子

安幼輿陝之拔貢爲人揮霍好義喜放生見獵者獲禽輒不惜重直買釋之會舅家喪葬往助執紼暮歸路經華嶽迷竄山谷中心大恐一矢之外忽見燈火趨投之數武中欻見一叟傴僂曳杖斜徑疾行安停足方欲致

叟引之來報恩而不説破
蓋恐以孔類見憎也觀後花
姑孕男生再迷途受蛇毒
幾死报恩重重所不能况
異類乎

問叟先詰誰何安以迷途告且言燈火處必是山村將以投止叟曰此非安樂鄉幸老夫來可從去茅廬可以下榻安大悅從行里許睹小村叟扣荊扉一嫗出啟關曰郎子來耶叟曰諾既入則舍宇湫隘叟挑燈促坐便命隨事具食又謂嫗曰此非他是吾恩主婆子不能行步可喚花姑子來釃酒俄女郎以饌具入立叟側秋波斜睨安視之芳容韶齒殆類天仙叟顧令煨酒房西隅有煤爐女郎入房撥火安問此公何人答云老夫章姓七十年止有此女家少婢僕以君非他人遂敢出妻見

荆楚歲時記、正月望夕、迎紫姑神、
今俗元夕請壁角姑娘、為
沿舊俗、即紫姑之戲、

于幸勿哂也、安問壻家何里、答云尚未、安贊其慧麗、稱
不容口、叟方謙挹、忽聞女郎驚號、叟奔入、則酒沸火騰、
叟乃救止、訶曰、老大婢、濡猛不知耶、回首見爐傍有蒭
心插紫姑未竟、又訶曰、髮蓬蓬許、裁如嬰兒、持向安曰、
貪此生涯、致酒沸騰、蒙君子獎譽、豈不羞死、安審諦之、
眉目袍服、製甚精工、贊曰、近見戲、亦見慧心、斟酌移時、
女頻來行酒、嫣然含笑、殊不羞澁、安注目情動、忽聞嫗
呼、叟便去、安覷無人、謂女曰、睹仙容、使我魂失、欲通媒
妁、恐其不遂、如何、女把壺向火、默若不聞、屢問不對、生

火過旺致酒沸溢
即蘿蔔

漸入室女起厲色曰狂郎入闥將何爲生長跽哀之女奪門欲出安暴起要遮狎接亂亟女顫聲疾呼叟儳遽入門安釋手而出殊切愧懼女從容向父曰酒復湧沸非郎君來壺子融化矣安聞女言心始安妥益德之魂魄顛倒喪所懷來於是僞醉離席女亦遂去叟設裀褥闔扉乃出安不寐未曙呼別至家卽浼交好者造廬求聘終日而返竟莫得其里居安遂命僕馬尋途自往至則絕壁巉巖竟無村落訪諸近里則此姓絕少失望而歸並忘食寢由此得昏瞀之疾強啖湯粥則噎咯欲吐

阽危見離騷又前漢書食貨志

閨女身分妙在知不知之間八字好點

袪袖也

憒亂中輒呼花姑子家人不解但終夜環伺之氣勢阽危一夜守者困怠並寐生矇瞳中覺有人揣而抗之畧開眸則花姑子立牀下不覺神氣清醒熟視女郎潸潸涕墮女傾頭笑曰癡兒何至此耶乃登榻坐安股上以兩手爲按太陽穴安覺腦麝奇香穿鼻沁骨按數刻忽覺汗滿天庭漸達肢體小語曰室中多人我不便住三日當復相望又於繡袪中出數蒸餅置牀頭悄然遂去安至中夜汗已思食捫餅啗之不知所苞何料甘美非常遂盡三枚又以衣覆餘餅懵騰酣睡辰分始醒如釋

如釋重負　穀梁傳

又似知人事

重負三日餅盡精神倍爽乃遣散家人又慮女來不得
其門而入潛出齋庭悉脫扃鍵未幾女果至笑曰癡郎
予不謝巫耶安喜極抱與綢繆恩愛甚至已而曰妾冒
險蒙垢所以故來報重恩耳實不能永諧琴瑟幸早別
圖安默默良久乃問曰素昧生平何處與卿家有舊實
所不憶女不言但云君自思之生固求永好女曰屢屢
夜奔固不可常諧伉儷亦不能安聞言邑邑而悲女曰
必欲相諧明宵請臨妾家安乃收悲以忻問曰道路遼
遠卿纖纖之步何遂能來曰妾固未歸東頭聾媼我姨

明點來歷草
夏如侍待而引路所以不誤
入蛇洞

行爲君故淹留至今家中恐所疑怪安與同寢但覺氣息肌膚無處不香問曰熏何藥澤致侵膚骨女曰妾生來便爾非由熏飾安益奇之女早起言別安慮迷途女約相候於路安抵暮馳去女果伺待偕至舊所叟媼歡逆酒肴無佳品雜具藜藿既而請客安寢女子殊不瞻覿頗洗凝念更既深女始至曰父母絮絮不寢致勞久待淡洽終夜謂安曰此宵之會乃百年之別安驚問之答曰父以小村孤寂故將遠徙與君好合盡此夜耳安不忍釋俯仰悲愴依戀之間夜色漸曙叟忽闖然入罵

大誤矣

曰婢子玷我清門使人愧怍欲死女失色草草奔去叟亦出且行且詈安驚孱遑怯無以自容潛奔而歸數日徘徊心景殆不可過因思夜往踰牆以觀其便叟固言有恩即令事洩當無大譴遂乘夜竄往蹀躞山中迷悶不知所往大懼方覓歸途見谷中隱有舍宇喜詣之則閈閎高壯似是世家重門尚未扃也安向門者詢章氏之居有青衣人出問昏夜何人詢章氏安曰是吾親好偶迷居向青衣曰男子無問章也此是渠妗家花姑即今在此容傳白之入未幾即出邀安纔登廊舍花姑趨

出迎謂青衣曰安郎奔波中夜想已困殆可伺牀寢少間攜手入幃安問家何别無人女曰妗他出留妾代守幸與郎遇豈非夙緣然偎傍之際覺甚羶腥心疑有異女抱安頸遽以舌舐鼻孔徹腦如刺安駭絕急欲逃脫而身若巨綆之縛少時悶然不覺矣安不歸家中逐者窮人跡或言暮遇於山徑者家人入山則見裸死危崖下驚怪莫察其由舁歸眾方聚哭一女郎來弔自門外噭啕而入撫尸捺鼻涕泗滂沱呼曰天乎天乎何愚冥至此痛哭聲嘶移時乃已告家人曰停一七勿殮也眾

返魂解毒，何處來。

左傳薳子馮曰吾見申叔夫子所謂生死人而骨肉也

不知何人。方將啓問，女傲不爲禮，含涕逕出，留之不顧。尾其後，轉眸已渺。羣疑爲神，謹遵所教。夜叉來哭如昨。至七夜，安忽躍，反側以帷，家人盡駭。女子入，相向嗚咽。安舉手揮衆令去。女取山草一束，爆湯升許，即牀頭進之，頃刻能言。歎曰：再殺之惟卿，再生之亦惟卿矣。因述所遇。女曰：此蛇精冒妾也。前迷道時所見燈光，即是物也。安曰：卿何能起死人而肉白骨也？勿乃仙乎？曰：久欲言之，恐致驚怪。君五年前，曾於華山道上買獵麞而放之否？曰：然，其有之。曰：是即妾父也。前言大德，蓋以此故。

以王急色自取其禍耶以不使返魂
痿痹　从畀、不从[illegible]、[illegible]　不能動、不知痛癢、

古以十干十二辰紀日以數紀年以春夏秋冬紀月自赫奕以至更老自有十二名之　詳見淮南子

君前日巳生西村王主政家妾與父訟諸閻摩王閻摩王弗善也父願壞道代郎死哀之七月始得當今之邂逅幸耳然君雖生必且痿痺不仁得蛇血合酒飲之病乃可除生銜恨切齒而慮其無術可以擒之女曰不難但多殘生命累我百年不得飛升其穴在老崖中可於晡時聚茅焚之外以強弩戒備妖物可得言巳別曰妾不能終事實所哀慘然爲君故業行巳損其七幸憫宥也月來覺腹中微動恐是孼根男與女歲後當相寄耳流涕而去安經宿覺腰下盡死爬抓無所痛癢乃以女

言告家人家人往如其言熾火穴中有巨白蛇銜啖而出數弩齊發射殺之火熄入洞蛇大小數百頭皆焦臭家人歸以蛇血進安服三日兩股漸能轉側半年始起後獨行谷中遇老媼以繃席抱嬰兒授之曰吾女致意郎君方欲問訊瞥不復見啟襁視之男也抱歸竟不復娶

異史氏曰人之所以異於禽獸者幾希此非定論也蒙恩銜結至於沒齒則人有慚於禽獸者矣至於花姑始而寄慧於憨終而寄情於恝乃知憨者慧之極恝者情

南都上河地明初江岸常崩蓋猪婆龍於此抉搜故也見國憲家猷

之至也仙乎仙乎

西湖主

陳生弼教字明允燕人也家貧從副將軍賈綰作記室泊舟洞庭適猪婆龍浮水面賈射之中背有魚銜龍尾不去並獲之鎖置桅間奄存氣息而龍吻張翕似求援拯生惻然心動請於賈而釋之攜有金創藥戲敷患處縱之水中浮沉踰刻而沒後年餘生北歸復經洞庭大風覆舟幸扳一竹簏漂泊終夜挂木而止援岸方升有浮尸繼至則其僮僕力引出之已就斃矣慘怛無聊對

史記匈奴傳作為鳴鏑
鳴鏑 今之响箭 箭頭用竹或骨牙角為之 劉熙作三竅射之 乘風作响
馭 正 御 傳 牽馬者

坐憩息，但見小山聳翠，細柳搖青，行人絕少，無可問途。自遲明以及辰後，悵悵靡之，忽僮僕之體微動，喜而捫之，無何嘔水數斗，醒然頓蘇，相與曝衣石上，近午始燥可著，而枵腸轆轆（鹿），饑不可堪，於是越山疾行，冀有村落。纔至半山，聞鳴鏑（的）聲，方疑聽聞，有二女郎乘駿馬來，騁如撒菽（叔豆），各以紅綃抹額，髻插雉尾，着小袖紫衣，腰束綠錦，一挾彈，一臂青韝（音勾 臂捍也 見正篇），度過嶺頭，則數十騎獵於榛莽，並皆姝（音痴 丑知切）麗，裝束若一，生不敢前，有男子步馳，似是馭卒，因就問之，答曰：此西湖主獵首山也。生述所來，且告之餒。

乾糧曰糒

去一機又踏一機、一厄於水、一腹餓、一犯駕、一誤入禁園、私窺園入、一妄題紅巾、凡三四折而始伸、此文章逆擒順收的縱擒之法、若一入即救命求饒、延入開宴以酬恩有何味哉、

馭卒解裹糧授之囑曰宜即遠避犯蹕當死生懼疾趨下山茂林中隱有殿閣謂是蘭若近臨之粉垣圍沓溪水橫流朱門半啟石橋通焉攀扉一望則臺榭環雲擬於上苑又疑是貴家園亭逡巡而入橫藤礙路香花撲人過數折曲欄又是別一院宇垂楊數十株高拂朱簷山鳥一鳴則花片齊飛深苑微風則榆錢自落怡目快心殆非人世穿過小亭有鞦韆一架上與雲齊而罥索沉沉杳無人跡因疑地近閨閣恇怯未敢入俄聞馬騰於門似有女子笑語生與僮潛伏叢花中未幾笑聲漸

寫苑景用四六句工整

總名之曰禽分明之羽類曰禽
毛類曰獸一弶而獲十禽
見孟子

羣芳譜玉蕊花似白酴醾
品題語又一種

文法句法妙

大體学洛神賦履尖頭鞋

近聞一女子曰今日獵興不佳獲禽絕少又一女曰非
是公主射得雁落幾空勞僕馬也無何紅裝數輩擁一
女郎至亭上坐禿袖戎裝（因出獵用禿袖緊身戎裝便于騎也）年可十四五鬟低斂霧腰細
驚風玉蕤瓊英未足方喻諸女子獻茗熏香燦如堆錦
移時女起歷階而下一女曰公主鞍馬勞頓尚能鞦韆
否公主笑諾遂有駕肩者捉臂者褰裙者持履者挽扶
而上公主舒皓腕躡利屣輕如飛燕蹴入雲霄已而扶
下羣曰公主真仙人也嘻笑而去生睨良久神魂飛揚
逌（同逮及也）人聲既寂出詣鞦韆架下徘徊凝想見籬下有紅巾

文具 文房所需皆備之

凌波微步 賦 曹子建洛神

天寶遺事宮中至寒食
競豎鞦韆嬉笑為樂帝呼為
半仙之戲

玷 玉之缺 玼 玉之缺 音玷
今通俗以為玷辱 玷污用之矣

塗鴉 言亂塗抹如鴉

一白圭乃玉質 如受汙一抹即去 何
必磨礲因缺損也

知爲羣美所遺。喜納袖中。登其亭。見案上設有文具。遂題巾曰。雅戲何人擬半仙。分明瓊女散金蓮。廣寒隊裏應相妒。莫信凌波便上天。題已吟誦而出。復尋故徑。則重門扃鐍（古）矣。踟躕罔計。反而樓閣亭臺。涉歷幾盡。一女掩入。驚問何得來此。生揖之曰。失路之人。幸垂救焉。女問拾得紅巾否。生曰有之。然已玷（典污也）染。如何。因出之。女大驚曰。汝死無所矣。此公主所常御（御用也）。塗鴉若此。何能爲地。生失色。哀求脫免。女曰。竊窺宮儀。罪已不赦。念汝儒冠蘊藉。欲以私意相全。今孽（自作孽不可活）乃自作。將何爲計。遂皇皇（驚迫）持

此押不識字

為地 為之出力周旋也

曹子建詩相煎何太急

緩頰 添說好話

前漢魏豹傳漢王聞魏豹反謂酈食其曰為我緩頰往說

魏王豹注謂徐言引譬也

巾去生心悸肌慄恨無翅翎惟延頸俟死良久女復來
潛賀曰子有生望矣公主看巾三四徧躧然無怒容或
當放君去宜姑耐守勿得攀樹鑽垣發覺不宥矣日已
投暮凶祥不能自必而餓餤中燒憂煎欲死無何女子
挑燈至一婢提壺榼出酒食餉生生急問消息女云適
我乘閒言園中秀才可恕則放之不然餓且死公主沉
思云深夜教渠何之遂命餽君食此非惡耗也生徬徨
終夜危不自安辰刻向盡女子又餉之生哀求緩頰女
曰公主不言殺亦不言放我輩下人何敢屑屑瀆告既

知已憐才 姻緣風分

屑屑 往來 頻煩

南人呼北客曰傖以其粗鄙也

危懼未卜吉凶

而斜日西轉盼望不已忽女子坌息急奔而入曰殆矣多言者洩其事於王妃妃展巾抵地大罵狂傖禍不遠矣生大驚面如灰土長跽請教忽聞人語紛拏女搖手避去數人持索洶洶入戶內一婢熟視曰將謂何人陳郎耶遂止持索者曰且勿且勿待白王妃來返身急去少間來曰王妃請陳郎入生戰惕從之經數十門至一宮殿碧箔銀鉤即有美姬揭簾唱陳郎至上一麗者袍服炫冶生伏地稽首曰萬里孤臣幸恕生命妃急起自曳之曰我非君子無以有今日婢輩無知致迕佳客罪

殆危也

寓由懼罪而忽荷殊恩，如力挽強弓一時難合

罽　古有罽賓國出五彩花罽，用獸毛撚線織成，染五色，即今之毡毯花絨毯

何可贖。即設華筵，酌以鏤杯。生茫然不解其故。妃曰：「再造之恩，恨無所報。息女婉姝，蒙題巾之愛，當是天緣，今夕即遣奉侍。」生意出非望，神惝恍而無着。日方暮，一婢前曰：「公主已嚴妝訖。」遂引生就帳。忽而笙管敖曹，階上悉踐花罽，門堂藩溷，處處皆籠燭。數十妖姬，扶公主交拜，麝香之氣，充溢殿庭。既而相將入幃，兩相傾愛。生曰：「羇旅之臣，生平不省拜侍。點污芳巾，得免斧鑕，幸矣；反賜姻好，實非所望。」公主曰：「妾母，湖君妃子，乃江陽王女。舊歲歸寧，偶游湖上，爲流矢所中。蒙君脫免，又賜刀圭之藥，

出游曰羇旅

塞責妙

軒轅之時蚩尤作亂帝擒殺蚩尤本九黎之君也

關帝征蚩尤事見彭宗古關帝實錄

一門戴佩常不去心郎勿以非類見疑妾從龍君得長生訣願與郎共之生乃悟爲神人因問婢子何以相識曰爾日洞庭舟上曾有小魚銜尾卽此婢也又問旣不見誅何遲遲不賜縱脫笑曰實憐君才但不自主顛倒終夜他人不及知也生歎曰卿我鮑叔也餽食者誰曰阿念亦妾心腹生曰何以報德笑曰侍君有日徐圖塞責未晚耳問大王何在曰從關聖征蚩尤未歸居數日生慮家中無耗懸念綦切乃先以平安書遣僕歸家中聞洞庭舟覆妻子縗絰已年餘矣僕歸始知不死而音

又交一格不从湖中龍宮起
程突接忽至用虛寫妙
既不犯纖成筆又与雲蘿
不同真造化在筆端

鷁首 船頭 乙音

問梗塞終恐漂泊難返又半載生忽至裘馬甚都囊中
寶玉充盈由此富有巨萬聲色豪奢世家所不能及七
八年間生子五人日日宴集賓客宮室飲饌之奉窮極
豐盛或問所遇言之無少諱有童稚之交梁子俊者宦
游南（湖南北）服十餘年歸過洞庭見一畫舫（音彷）雕檻朱窗笙歌幽
細緩蕩烟波時有美人推窗凭眺梁目注舫中見一少
年丈夫科頭疊股其上傍有二八姝麗挼（音奴）莎交摩念必
楚襄（襄陽）貴官而騶（鄒）從殊少凝眸審諦則陳明允也不覺憑
欄酣叫生聞呼罷棹出臨鷁首邀梁過舟見殘肴滿案

罵秀才曰措大借酸字
同酸也

真个消魂唐杜牧之語

晉石崇豪侈見綠珠
妹麗用明珠一斛易之

酒霧猶濃生立命撤去頃之美婢三五進酒烹茗山海
珍錯目所未睹梁驚曰十年不見何富貴一至於此笑
曰君小覷窮措大不能發迹耶問適共飲何人曰山荆
耳梁又異之問攜家何往答將西渡梁欲再詰生遽命
歌以侑酒一言甫畢旱雷聒耳肉竹嘈雜不復可聞言
笑梁見佳麗滿前乘醉大言曰明允公能令我真箇銷
魂否生笑曰足下醉矣然有一美妾之貲可贈故人遂
命侍兒進明珠一顆曰綠珠不難購明我非吝惜乃趣
別曰小事忙迫不及與故人久聚送梁歸舟開纜逕去

更妙惝恍迷離令人莫測

長句不煩短句不覺簡蒲翁長技也

唐郭子儀封汾陽王
晉石崇巨富

梁歸探諸其家則生方與客飲益疑因問昨在洞庭何歸之速荅曰無之梁乃追述所見一座盡駭生笑曰君惧矣僕豈有分身術耶衆異之而究莫解其故後八十一歲而終迨殯訝其棺輕開之則空棺耳

異史氏曰竹簏不沉紅巾題句此其中具有鬼神而要皆惻隱之一念所通也迨宮室妻妾一身而兩享其奉即又不可解矣昔有顧嬌妻美妾貴子賢孫而兼長生不死者僅得其半耳豈仙人中亦有汾陽季倫耶

伍秋月 鬼 還魂

秦郵今揚州高郵州以秦时所開通故曰秦郵

音尤

徐君異人

此景僕於道光十九年客遊丹徒鐵山明府幕中曾游北固金山夜宿僧寮確有江山友朋之樂米南宮謂天下第一江山洵不誣也

秦郵王鼎字仙湖爲人慷慨有力廣交遊年十八娶妻殞每遠遊恒經歲不返兄鼐江北名士友于甚篤勸弟勿遊將爲擇偶生不聽命舟抵鎮江訪友友他出因稅居於逆旅閣上江水澄波金山在目心甚快之次日友人來請生移居辭不去居半月餘夜夢女郎年可十四五容華端妙上牀與合旣寤而遺頗怪之亦以爲偶入夜又夢之如是三四夜心大異不敢息燭身雖偃臥惕然自驚纔交睫夢女復來方狎忽自驚寤急開目則少女如仙儼然猶在抱也見生醒頗自愧怯生雖知非人

惕驚動也覺

墓銘亦古致

意亦甚得無暇問訊直與馳驟女若不堪曰狂暴如此
無怪人亦不敢明告也生始詰之答云妾伍氏秋月先
父名儒邃於易數常珍愛妾但言不永壽故不許字人
後十五歲果夭殁即攢瘞閣東令與地平亦無冢誌惟
立片石於棺側曰女秋月葬無冢三十年嫁王鼎今已
三十年君適至心喜亟欲自薦寸心羞怯故假之夢寐
耳王亦喜復求訖事曰妾少須陽氣欲求復生實不禁
此風雨後日好合無限何必今宵遂起而去次日復至
對坐笑謔懽若生平滅燭登牀無異生人但女既起則

遺洩淋漓沾染茵褥一夕明月瑩澈少步庭中問女寘中亦有城郭否答曰等耳寘間城府不在此處去此可三四里但以夜爲晝問生人能見之否答云亦可生請往觀女諾之乘月去女飄忽若風王極力追隨歘至一處女言不遠矣王瞻望殊罔所見女以唾塗其兩眥啟之明倍於常視夜色不殊白晝頓見雉堞在杳靄中路上行人如趨墟市俄二皂縶三四人過末一人怪類其兄趨近之果兄駭問兄那得來兄見生潸然零涕言自不知何事强被拘囚王怒曰我兄秉禮君子何至縲絏

雉堞見考工記及左傳

縲絏見論語

城上牆 音堞

杳靄音要愛 遠也

如此便請二皂幸且寬釋皂不肯殊大傲睨生恚欲與爭兒止之曰此是官命亦合奉法但尒之用度索賄良苦弟歸宜措置生把兒臂哭失聲皂怒猛掣項索兒顛顛蹷生見之忿火塡胸不能制止卽解佩刀立決皂首一皂喊嘶生又決之女大驚曰殺官使罪不宥遲則禍及請卽覓舟北發歸家勿摘提旛杜門絕出入七日保無慮也王乃挽兒夜買小舟火急北渡歸見弔客在門知兒果死閉門下鑰始入視兒已渺入室則亡者已蘇便呼餓死矣可急備湯餅時死已二日家人盡駭生乃

備言其故七日啟關去喪旛人始知其復甦親友集問但偽對之轉思秋月想念頗煩遂復南下至舊閣秉燭久待女竟不至朦朧欲寢見一婦人來曰秋月娘子致意郎君前以公役被殺凶犯逃亡捉得娘子去見在監押押役遇之虐日日盼郎君當謀作經紀王悲憤便從婦去至一城都入西郭指一門曰小娘子暫寄此間王入見房舍頗繁寄頓囚犯甚多並無秋月又進一小扉斗室中有燈火王近窗以窺則秋月坐榻上掩袖嗚泣二役在側撮頤捉履引以嘲戲女啼益急一役挽頸曰

今女囚用女伴婆提審亦同

走

如麻草者斬之易

旣爲罪犯、尚守貞耶、王怒、不暇語、持刀直入、一役一刀、
揮斬如麻、篡取女郎而出、幸無覺者、裁至旅舍、驀然卽
醒、方怪幻夢之凶、見秋月含睇而立、生驚起曳坐、告之
以夢、女曰、眞也、非夢也、生驚曰、且爲奈何、女歎曰、此有
定數、妾待月盡、始是生期、今已如此、急何能待、當速發
瘞處、載妾同歸、日頻喚妾名、三日可活、但未滿時日、骨
耎（軟）足弱、不能爲君任井臼耳、言已、草草欲出、又返身曰、
妾幾忘之、冥追若何、生時父傳我符書、言三十年後可
佩夫婦、乃索筆疾書兩符、曰、一君自佩、一粘妾背、送之

嚴 密也

南風不競 晉師曠語

出志其没處掘尺許卽見棺木亦已敗腐側有小碑果如女言發棺視之女顏色如生抱入房中衣裳隨風盡化粘符已以被褥嚴裹負至江濱呼攏泊舟僞言妹急病將送歸其家幸南風大競甫曉已達里門抱女安置始告兄嫂一家驚顧亦莫敢直言其惑生啟衾長呼秋月夜輒擁尸而寢日漸溫煖三日竟蘇七日能步更衣拜嫂盈盈然神仙不殊但十步之外須人而行不則隨風搖曳屢欲傾側見者以爲身有此病轉更增媚每勸生曰君罪孽太深宜積德誦經以懺之不然春秋恐不

永也。生素不信佛，至此皈依甚虔。後亦無恙。

異史氏曰：余欲上言定律，凡殺公役者，罪減平人三等。蓋此輩無有不可殺者也。故能誅鋤蠹役者，即爲循良；即稍苛之，不可謂虐。況冥中原無定法，倘有惡人，刀鋸鼎鑊，不以爲酷；若人心之所快，即冥王之所善也。豈罪致冥追，遂可倖而逃哉！

蓮花公主

膠州竇旭，字曉暉。方晝寢，見一褐衣人立榻前，逡巡惶顧，似欲有言。生問之，答云：相公奉屈。相公何人？曰：近在

萬戶千門　漢張衡西京賦句
審蜂窠

鄰境從之而出轉過牆屋導至一處疊閣重樓萬椽相接曲折而行覺萬戶千門迥非人世又見宮人女官往來甚夥都向褐衣人問曰賣郎來乎褐衣人諾俄一貴官出迎見甚恭既登堂生啟問曰素既不敘遂疎參謁過蒙愛接頗注疑念貴官曰寡君以先生清族世德傾風結慕深顧思晤焉生益駭問王何人荅云少間自悉無何二女官至以雙旌導生行入重門見殿上一王者見生入降階而迎執賓主禮禮已踐席列筵豐盛仰視殿上一扁曰桂府生蹋蹙不能致辭王曰忝近芳鄰緣

（夥）也
（旌）旗類

桂府 士人秋試得中曰攀桂

君子愛蓮花 宋周子愛蓮有愛蓮說一篇

品藻

郎至深。便當暢懷。勿致疑畏。生唯唯。酒數行。笙歌作於
下。鉦鼓不鳴。音聲幽細。稍閒。王忽左右顧曰。朕一言。煩
卿等屬對。才人登桂府。四座方思。生即應云。君子愛蓮
花。王曰。蓮花乃公主小字。何適合如此。寧非夙分。傳語
公主。不可不出。一晤君子。移時。珮環聲近。蘭麝香濃。則
公主至矣。年十六七。妙婉無雙。王命向生展拜。曰。此郎
蓮花小女也。拜已而去。生睹之。神情搖動。木坐。凝思。王
舉觴勸飲。目竟罔睹。王似微察其意。乃曰。息女宜相匹
敵。但自慚不類。如何。生悵然若凝。即又不聞。近坐者躡

音摩呵懟也

日旰君勤左傳昭二年
可以出矣

此續夢遲，九王子續夢速，即夢境亦不肖耶。

唐人小說云，盧生赴試至邯鄲道中，遇呂洞賓，授以仙枕，入夢，考中，累官將相，至死，夢醒，黃粱未熟也。

之曰王揖君未見耶王言君未聞耶生茫乎若失懡㦬
自慚離席曰臣蒙優渥不覺過醉儀節失次幸能寬宥
然日旰（音幹）君勤即告出也王起曰既見君子實愜心好何
倉卒而便言離也卿既不住亦無敢於強若煩縈念更
當再邀遂命內官（太監）導之出途中內官語生曰適王謂可
匹敵似欲附為婚姻何默不一言生頓足而悔步步追
恨遂已至家忽然醒寤則返照已殘冥坐觀想歷歷在
目晚齋滅燭冀舊夢可以復尋而邯鄲（在直隸）路渺悔歎而已
一夕與友人共榻忽見前內官來傳王命相召生喜從

氍毹 音渠俞今之紅毡毯
溫暖清 凉 音静 凊 字見礼記
夢中說夢愈幻愈真

去見王伏謁王曳起延止隅坐曰別來知勞恩眷謬以小女子奉裳衣想不過嫌也生即拜謝王命學士大臣陪侍宴飲酒闌宮人前曰公主妝竟俄見數十宮女擁公主出以紅錦覆首凌波微步挽上氍毹與生交拜成禮已而送歸館舍洞房溫凊窮極芳膩生曰有卿在目眞使人樂而忘死但恐今日之遭乃是夢耳公主掩口曰明明妾與君那得是夢語且方起戲爲公主勻鉛黃已而以帶圍腰布指度足公主笑問君顛耶曰臣屢爲夢悞故細志之倘是夢時亦足動懸想耳調笑未已一

閨房喁喁私語又与西湖主不同

宮女馳入曰、妖入宮門、王避偏殿、凶禍不遠矣、生大驚、趨見王、王執手泣曰、君子不棄、方圖永好、詎期孽降自天、國祚將覆、且復柰何、生驚問何說、王以案上一章授生、啟讀、章云、含香殿大學士臣黑翼、爲非常妖異、祈早遷都、以存國脈事、據黃門報稱、自五月初六日、來一千丈巨蟒、盤踞宮外、吞食內外臣民一萬三千八百餘口、所過宮殿、盡成邱墟、等因、臣奮勇前窺、確見妖蟒、頭如山岳、目等江海、昂首則殿閣齊吞、伸腰則樓垣盡覆、眞千古未見之凶、萬代不遭之禍、社稷宗廟、危在旦夕、乞

金屋藏嬌 出漢武故事 武帝數歲長公主抱問兒欲得婦否曰欲得指女阿嬌問好否曰若得阿嬌當以金屋藏之阿嬌陳氏

皇上早卒宮眷速遷樂土云云生覽畢面如灰土郎有宮人奔奏妖物至矣闔殿哀呼慘無天日玉倉遽不知所爲但泣顧曰小女已累先生生坌息而返公主方與左右抱首哀鳴見生入牽衿曰郎焉置妾生愴惻欲絕乃捉臚思曰小生貧賤慚無金屋有茅廬三數間姑同竄匿可乎公主含涕曰急何能擇乞攜速往生乃挽扶而出未幾至家公主曰此大安宅勝故國多矣然妾從君來父母何依請別築一舍當舉國相從生難之公主號咷曰不能急人之急安用郎也生畧慰解郎已入室

蠭鳥先知殺機未顯然兩番
入夢見召或先知避蛇禍耐
耶即以蜜蜂論如其家興旺
生息易蕃衰弓分房添廂
者不獨蒼鴿卜盛衰也

公主伏牀悲啼，不可勸止。焦思無術，頓然而醒，始知夢也。而耳畔啼聲，嚶嚶未絕。審聽之，殊非人聲，乃蜂子二三頭，飛鳴枕上。大叫怪事。友人詰之，乃以夢告。友人亦詫爲異。共起視蜂，依依裳袂間，拂之不去。友人勸爲營巢。生如所請，督工構造。方竪兩堵，而羣蜂自牆外來，絡繹如織。頂尖未合，飛集盈斗。跡所由來，則鄰翁之舊圃也。圃中蜂一房，三十餘年矣，生息頗繁。或以生事告翁。翁覘之，蜂戸寂然。發其壁，則蛇據其中，長丈許。捉而殺之，乃知巨蟒卽此物也。蜂入生家，滋息更盛。

綠衣女

于生名璟字小宋益都人讀書醴泉寺方夜披誦忽一女子在窗外贊曰于相公勤讀哉于驚起視之綠衣長裙婉妙無比于知非人固詰里居女曰君視妾當非能咋噬者何勞窮問于心好之遂與寢處羅襦既解腰細殆不盈掬更籌方盡翩然遂去由此無夕不至一夕共酌談吐間妙解音律于曰卿聲嬌細倘度一曲必能消魂女笑曰不敢度曲恐消君魂耳于固請之曰妾非吝惜恐他人所聞君必欲之請便獻醜但只微聲示意可

用左倚楚王語

耳遂以蓮鉤輕點倚牀歌云樹上烏曰烏賺奴中夜散不怨繡鞋濕祇恐郎無伴聲細如絲裁可辨認而靜聽之宛轉滑熟動耳搖心歌已啓門窺曰防窗外有人逹屋周視乃入生曰卿何疑懼之深笑曰諺云偷生鬼子常畏人妾之謂矣既而就寢惕然不喜曰生平之分殆止此乎生急問之女曰妾心動心動妾祿盡矣生慰之曰心動眼瞤蓋是常也何遽云此女稍懌復相綢繆更漏既歇披衣下榻方將啓闔徘徊復返曰不知何故只是心怯乞送我出門生果起送諸門外女曰君竚望我

我踰垣去君方歸于曰諾視女轉過房廊寂不復見方欲歸忽聞女號救甚急于奔往四顧無跡聲在檐間舉首細視則一蛛大如彈摶捉一物哀鳴聲嘶于破網挑下去其縛纏則一綠蜂奄然將斃矣捉歸室中置案頭停蘇移時始能行步徐登硯池自以身投墨汁出伏几上走作謝字頻展雙翼已乃穿窗而去自此遂絕

荷花三娘子

湖州宗湘若士人也秋日巡視田壠見禾稼茂密處振搖甚動疑之越陌往覘則有男女野合一笑將返卽見

於我乎桑中 毛詩
詩序云淫奔之詩

男子靦然結帶草草逕去女子亦起細審之雅甚娟好心悅之欲就綢繆實慚鄙惡乃畧近拂拭曰桑中之遊樂乎女笑不語宗近身啟衣膚膩如脂於是挼莎上下幾徧女笑曰腐秀才要如何便如何耳狂探何爲詰其姓氏曰春風一度卽別東西何勞審究豈將留名字作貞坊耶宗曰野田草露中乃村牧豬奴所爲我不習慣以卿麗質卽私約亦當自重何至屑屑如此女聞言極意嘉納宗言荒齋不遠請過留連女曰出門已久恐人見疑夜分可耳問宗門戶物誌甚悉乃趨斜徑疾行而

和上駐㠶曰挂禧曰卓錫錫杖也

去更初果至宗齋殢雨尤雲備極親愛積有月日密無知者會一番僧卓錫村寺見宗驚曰君身有邪氣曾何所遇峇言無之過數日悄然忽病女每夕攜佳果餌之殷勤撫問如夫妻之好然臥後必强宗與合宗抱病頗不耐之心疑其非人而亦無術絕使去因曰曩和尚謂妖惑我今果病其言驗矣明日屆之來便求符咒女慘然變色宗益疑之次日遣人以情告僧僧曰此狐也其技尚淺易就束縛乃書符二道付囑曰歸以淨罎一事置榻前餌以一符貼罎口待狐竄入急覆以盆再以一

罎大甕也

狼狽兩獸名相輔為奸
又一解兩獸相失則不能動
曰狼狽

符粘釜上、投釜湯煮之可爨、家人歸、如僧教、夜深、女始至、採袖出金橘、方將就榻問訊、忽壜口颼颼一聲、女已吸入、家人暴起、覆口貼符、方欲就煮、宗見金橘散滿地上、追念情好、惻然感動、遽命釋之、揭符去覆、女子自壜中出、狼狽頗殆、稽首曰、大道將成、一旦幾為灰土、君仁人也、誓必相報、遂去、數日宗益沉綿、家人趨市為購材木、途中遇一女子、問曰、汝是宗湘若紀綱否、答云是、女曰、宗郎是我表兄、聞病沉篤、將往省視、適有故不得去、靈藥一裹、勞寄致之、家人受歸、宗念中表迄無姊妹、知

抱衾与裯 毛詩

是狐報服其藥果大瘳旬日平復心德之禱諸虛空願一再覯一夜閉戶獨酌忽聞彈指敲窗拔關出視則狐女也大悅把手稱謝延止共飲女曰别來耿耿思無以報高厚今爲君覓一良匹聊足塞責否宗問何人曰非君所知明日辰刻早赴南湖如見有采菱女着冰縠帔者當急舟趁之苟迷所往即視堤邊有短幹蓮花隱葉底便采歸以蠟火爇其蒂當得美婦兼致修齡宗謹受教既而告别宗固挽之女曰自遣危劫頓悟大道即奈何以衾裯之愛取人讎怨厲色辭去宗如言至南湖見

細生紗

变幻不恻眼蓮花迷離

荷蕩佳麗頗多。中一垂髫人，衣冰縠，絕代也。促舟劘逼，忽迷所往。郎撥荷叢，果有紅蓮一枝，幹不盈尺，折之而歸。入門置几上，削蠟於旁，將以爇火。一回頭，化爲姝麗。宗驚喜伏拜。女曰：「癡生，我是妖狐，將爲君祟。」宗不聽。女曰：「誰教子者？」答曰：「小生自能識卿，何待教也。」捉臂牽之，隨手而下，化爲怪石，高尺許，面面玲瓏。乃攜供案上，焚香再拜而祝之。入夜，杜門塞竇，惟恐其去。平旦視之，卽又非石，紗帔一襲，遙聞薌澤。展視領襟，猶存餘膩。宗覆衾擁之而臥。暮起挑燈，既返，則垂髫人在枕上，喜極，恐

音磨 劘切也 見漢賈山傳

微聞薌澤 淳于髡傳

饒舌見唐高僧傳 今云多說也

其復化哀祝而後就之女笑曰孽障哉不知何人饒舌
遂教風狂見屑碎死乃不復折而欲洽間若不勝任屢
乞休止宗不聽女曰如此我便化去宗懼而罷由是兩
情甚諧而金帛常盈箱篋亦不知所自來女見人喏喏
似口不能道辭生亦諱言其異懷孕十餘月計日當產
入室囑宗杜門禁欵者自乃以刀剖臍下取子出令宗
裂帛束之過宿而愈又六七年謂宗曰夙業償滿請告
别也宗聞泣下曰卿歸我時貧苦不自立賴卿小阜何
忍遽言離逷且卿又無邦族他日兒不知母亦一恨事

阜厚也

明豔荷花

湘中記零陵山有石燕遇雨風則飛如真燕止還爲石入藥見本草云能催生

宋陸游字務觀號放翁
南宋四大家之一

女亦悵惘曰聚必有散固是常也見福相君亦期頤更何求妾本何氏倘蒙恩眷抱妾舊物而呼曰荷花三娘子當有見耳言已解脫曰我去矣驚顧間飛去已高於頂宗躍起急曳之捉得履履脫及地化爲石燕色紅於丹朱內外瑩澈若水精然拾而藏之撿視箱中初來時所著冰縠帔尚在每一憶念抱呼三娘子則宛然女郎懽容笑黛並肖生平但不語耳

友人云花如解語還多事石不能言最可人放翁佳句可爲此寫照

金木相剋掃之不貞半為
老嫗所害又為隣媪所導
而此生能先見預知亦奇

人盡夫也左傳鄭國父一而已
事

金生色

金生色魂附妻身可称善人惡鬼

金生色，晉寧人也。娶同村木姓女，生一子，方周歲。金忽病，自分必死，謂妻曰：我死，子必嫁，勿守也。妻聞之，甘詞厚誓，期以必死守。金搖手呼母曰：我死，勞看阿保，勿令守也。母哭應之。既而金果死。木媼來弔，哭已，謂金母曰：天降凶憂，（言之太早計）壻遽遭天折。女太幼弱，將何為計？母悲悼中，聞媼言，不勝憤激，盛氣對曰：必以守。媼慚而罷。夜伴女寢，私謂曰：人盡夫也。以兒好手足，何患無良匹？小兒女不早作人家，眈眈守此襁褓物，寧非癡子？倘必令守，不宜

俗云不宜作好面嘴

君子小人之禍大半因暇而成此初悞在室生也

以面目好相向。金母過頗聞餘語。益恚。明日謂媪曰。亡人有遺囑。本不教婦守也。今既急。不能待。乃必以守媪怒而去。母夜夢子來。涕泣相勸。心異之。使人言於木。約殯後聽婦所適。而詢諸術家。本年墓向不利。婦思自衒以售。縗經之中。不忘塗澤（脂粉）。居家猶素妝。一歸寧則嶄然新艷。母知之。心弗善也。以其將為他人婦。亦隱忍之。於是婦益肆。村中有無賴子萬貫者。見而好之。以金啗鄰嫗。求通殷勤於婦。夜分由嫗家踰垣以達婦所。因與會合。往來積有旬日。醜聲四塞。所不知者惟母耳。婦室夜

急之名夾

惟一小婢、婦腹心也、一夕兩情方洽、聞榕木震響、聲如爆竹、婢在外榻、見亡者自帳後出、帶劍入寢室去、俄聞二人駭詫聲、少頃、董裸奔出、無何、金捽婦髮亦出、婦大嘷（音毫）母驚起、見婦赤體走去、方將啟關問之、不荅、出門追視、寂不聞聲、竟迷所往、入婦室、燈火猶亮、見男子履（拘）呼婢、婢始戰惕而出、具言其異、相與駭怪而已、董竄過鄰家、團伏牆隅、移時聞人聲漸息、始起身、無寸縷、苦寒甚戰、將假衣於媼、視院中一室、雙扉虛掩、因而暫入、暗摸榻上、觸女子足、知為鄰子婦、頓生淫心（非此董不至得被殺）、乘其寢、潛就私

老媼坐于律例故作牽頭
害人自害天道也

之婦醒問汝來乎應曰諾婦竟不疑狎褻備至先是鄰子以故赴北村囑妻掩戶以待其歸既返聞室內有聲疑而審聽音態絕穢大怒操戈入室董懼竄於牀下子就戮之又欲殺妻妻泣而告以情乃釋之但不能解牀下何人呼母起共火之僅能辨認視之奄有氣息詰其所來猶自供吐而刃傷數處血溢不止少頃已絕嫗倉皇失措謂子曰捉奸而單戮之子且柰何子不得已遂又殺妻是夜木翁方寢聞戶外拉雜之聲出窺則火熾於簷而縱火人猶徬徨未去翁大呼家人畢集幸火初

其慘如此皆其母害之

燃尚易撲滅命人操兵弩逐搜縱火者見一人趫捷如猿竟越垣去垣外乃翁家桃園園中四繚周墉皆峻固數人梯登以望蹤跡殊杳惟牆下塊然微動問之不應射之而斃啟扉往驗則女子白身臥矢貫胸腦細燭之則翁女而金婦也駭告主人翁媪驚怛欲絕不解其故女合眸面色灰敗口氣細於屬纊使人拔腦矢不可出足踏項頂而後出之女嚶然一呻血暴注氣亦遂絕翁大懼計無所出既曙以實情白金母長跪哀乞而金母殊不怨怒但告以故令自營葬金有叔兄生光怒登翁

門、詬數前非、翁慚沮賂令罷歸、而終不知婦所私者何名。俄鄰子以執奸自首、旣薄責逐釋訖、而婦兄馬彪素健訟、具辭控妹冤、官拘嫗、嫗懼悉供顛末、又喚金母、母託疾遣生光代質、具陳底裏、於是前覆並發、牽木翁夫婦盡出、一切廉得其情、木以誨女嫁坐縱婬笞、使自贖家產蕩然、鄰嫗導淫杖之斃、案乃結

異史氏曰、金氏子其神乎、諄囑醮婦抑何明也、一人不殺而諸恨並雪、可不謂神乎、鄰嫗誘人婦、而返淫已婦、木媼愛女、而卒以殺女、嗚呼、欲知後日因、當前作者是

此翁可憐

健訟　易經訟卦天與水違行

欲知前世因四句　傳灯錄

隱慝也

古人欲見友朋必先紹介

報更速於來生矣

彭海秋

萊州諸生彭好古讀書別業離家頗遠中秋未歸岑寂無偶念村中無可共語惟邱生者是邑名士而素有隱惡彭常鄙之月既上倍益無聊不得已折簡邀邱飲次有剝啄者齋僮出應門則一書生將謁主人彭離席肅客入相揖環坐便詢族居客曰小生廣陵人與君同姓字海秋值此良夜旅邸倍苦聞君高雅遂乃不介而見視其人布衣潔整談笑風流彭大喜曰是我宗人今夕

古樂府有扶風豪士行
李白作陽春白雪
宋玉对楚王問

品藻又一格

何夕遘此嘉客即命酌歎若夙好察其意似甚鄙邱
仰與攀談輒傲不爲禮彭代爲之慚故撓亂其詞請先
以俚歌侑飲乃仰天再咳歌扶風豪士之曲相與歡笑
客曰僕不能韻莫報陽春倩代者可乎彭言如教客問
萊城有名妓無也彭荅云無客默然良久謂齋僮曰適
喚一人在門外可導入之僮出果見一女子逡巡戶外
引之入年二八已來宛然若仙彭驚絕掖坐衣柳黃帔
香溢四座客便慰問千里頗煩跋涉也女含笑唯唯彭
異之便致研詰客曰貴鄉苦無佳人適於西湖舟中喚

必先反之而後和之　論語

臨邛　在四川　用相如文君事

得來。謂女曰。適舟中所唱薄倖郎曲大佳。請再反之。女歌云。薄倖郎。牽馬洗春沼。人聲遠。馬聲杳。江天高。山月小。掉頭去不歸。庭中生白曉。不怨別離多。但愁懽會少。眠何處。勿作隨風絮。便是不封侯。莫向臨邛去。客於襪中出玉笛。隨聲便串。曲終笛止。彭驚歎不已。曰。西湖至此。何止千里。咄嗟招來。得非仙乎。客曰。仙何敢言。但視萬里猶庭戶耳。今夕西湖風月尤盛曩時。不可不一觀也。能從遊否。彭留心欲覘其異。諾言幸甚。客問舟乎騎乎。彭思舟坐爲逸。答言願舟。客曰。此處呼舟較遠。天河

榜人 卽舫師，見月令注；今船家也

中當有渡者，乃以手向空招曰：「船來！船來！我等要西湖去，不吝償也。」無何，彩船一隻，自空飄落，煙雲繞之。衆俱登。見一人持短棹，棹末密排修翎，形類羽扇，一搖則清風習習。舟漸上入雲霄，望南游行，其駛如箭。踰刻，舟落水中。但聞絃管敖曹，鳴聲喤聒。出舟一望，月印煙波，游船成市。榜人罷棹，任其自流。細視，眞西湖也。客於艙後取異肴佳釀，懽然對酌。少間，一樓船漸近，相傍而行。隔窗以窺，中有二三人，圍棋喧笑。客飛一觥向女曰：「引此送君行。」女飲間，彭依戀徘徊，惟恐其去，蹴之以足。女斜波送盼彭益動情要後期女曰如相見愛但問娟娘名字無不知者客即以彭綾巾授女曰我為若代訂三年之約即起托女子於掌中曰仙乎仙乎乃扳鄰窗捉女入窗窗眼數寸女伏身蛇遊而進殊不覺隘俄聞鄰船曰娟娘醒矣舟即盪去遙見舟已就泊舟中人紛紛並去游興頓消遂與客言欲一登岸略同眺矚纔作商搉舟已自攏因而離舟翔步覺有里餘客後至牽一馬來令彭捉之即復去曰待再假兩馬來久之不至行人已稀仰視斜月西轉天色向曙邱亦不知何往捉馬營營

杜詩金錯囊垂罄

調良 馴良也

進退無主振轡至泊舟所則人船俱失念腰橐空匱倍益憂皇天大明見馬上有小錯囊探之得白金三四兩買食凝待不覺向午計不如暫訪娟娘可以徐察耶耗比訊娟娘名字並無知者興轉蕭索次日遂行馬調良幸不蹇劣半月始歸方三人之乘舟而上也齋僮歸白主人已仙去舉家哀滿謂其不返彭繫馬而入家人驚喜集問彭始具白其異因念獨還鄉井恐耶家聞而致詰戒家人勿播語次道馬所由來衆以仙人所遺便悉詣廐驗視及至則馬頓滅但有耶生以草韁縶櫪邊駭

皆仙人游戲作用邛之隱惡仙人自知之

極呼彭出視見邛垂首棧下面色灰死問之不言兩目啟閉而已彭大不忍解伏榻上若喪魂魄灌以湯酏稍稍能咽中夜少蘇急欲登廁扶掖而往下馬糞數枚又少飲啜始能言彭就榻研問之邛云下船後彼引我閒語至空處戲拍項領遂迷悶顛蹶伏定少刻自顧已馬心亦醒悟但不能言耳是大恥辱誠不可以告妻子乞勿洩也彭諾之命僕馬馳送歸彭自是不能忘情於娟娘又三年以姊丈判揚州因往省視州有梁公子與彭通家開筵邀飲即席有歌姬數輩俱來祗謁公子問娟

娘家人白以病公子怒曰婢子聲價自高可將索子繫之來彭聞娟娘名驚問其誰公子云此倡女廣陵第一人緣有微名遂倨而無禮彭疑名字偶同然突突自急極欲一見之無何娟娘至公子盛氣排數彭諦視眞中秋所見者也謂公子曰是與僕有舊幸垂原恕娟娘向彭審顧似亦錯愕公子未遑深問即命行觴彭問薄倖郎曲猶記之否娟娘更駭目注移時始度舊曲聽其聲宛似當年中秋時酒闌公子命侍客寢彭捉手曰三年之約今始踐耶娟娘曰昔日從人泛西湖飲不數卮忽

叙得極曲折

良媒 見離騷及洛神賦

明时乃樂户官妓刈唐时及宋皆有之例候承應侍不到即遭譴欲從良出籍不易籍係子冊籍上注名姓居址此亡亡难

若醉朦朧間被一人攜去置一村中一僮引妾入席中三客君其一焉後乘船至西湖送妾自窗櫺歸把手殷殷每所凝念謂是幻夢而綾巾宛在今猶什襲藏之彭告以故相共歎咤娟娘縱體入懷哽咽而言曰仙人已作良媒君勿以風塵可棄遂捨念苦海人彭曰舟中之約一日未嘗去心卿儻有意則瀉囊貲馬所不惜耳詰旦告公子又稱貸於別駕千金劃其籍攜之以歸偶至別業猶能認當年飲處云

曲終迴顾抄

異史氏曰馬而人必其爲人而馬者也使爲馬正恨其

苦海無邊佛典喻作彼無结局也

梅庚，康熙辛酉舉人，能詩文，善畫。後舉己未博學鴻詞。

不爲人耳獅象鶴鵬悉受鞭策何可謂非神人之仁愛之乎郎訂三年約亦渡苦海也

新郎

江南梅孝廉耦長言其鄉孫公爲德州牧鞫一奇案初村人有爲子娶婦者新人入門戚里畢賀飲至更餘新郎出見新婦炫裝趨轉舍後疑而尾之宅後有長溪小橋通之見新婦渡橋逕去益疑呼之不應遥以手招壻壻急趍之相去盈尺而卒不可及行數里入村落婦止謂壻曰君家寂寞我不慣住請與郎暫居妾家數日便

同歸省。言已，抽簪扣扉，軋然有女僮出應門。婦先入，不得已從之。既入，則岳父母俱在堂上。謂壻曰：我女少嬌慣，未嘗一刻離膝下。一旦去故里，心輒戚戚。今同郎來，甚慰係念。居數日，當送兩人歸。乃爲除室，牀褥備具。遂居之。家中客見新郎久不至，共索之。室中惟新婦在，不知壻之所往。由此遐邇訪問，並無耗息。翁媪零涕，謂其必死。將半載，婦家悼女無偶，遂請於村人父，欲別醮女。村人父益悲，曰：骸骨衣裳，無可驗證，何知吾兒遂爲異物？縱其奄殁，周歲而嫁，當亦未晚，胡爲如是急也！婦父翁衡之訟於庭孫公怪疑無所措力斷令待以三年存案遣去村人子居女家家人亦相忻待每與婦議歸婦亦諾之而因循不即行積半年餘中心徘徊萬慮不安欲獨歸而婦固留之一日合家遑遽似有急難倉卒謂壻曰本擬三二日遣夫婦偕歸不意儀裝未備忽遘閔凶不得已郎先送郎還於是送出門旋踵急返周旋言動頗甚草草方欲覓途行回視院宇無存但見高塚大驚尋路急歸至家歷言端末因與投官陳訴孫公拘婦父諭之送女子歸始合巹焉

病根在此

世上豈有仙人？妖妄耳

寔翻对張昭語

仙人島

王勉字黽齋靈山人有才思屢冠文場心氣頗高善誚罵多所陵折偶遇一道士覩之曰子相極貴然被輕薄孽折除幾盡矣以子智慧若反身修道尚可登仙籍王嗤曰福澤誠不可知然世上豈有仙人道士曰子何見之卑無他求卽我便是仙耳王益笑其誣道士曰我何足異能從我去眞仙數十可立見之問在何處曰咫尺耳遂以杖夾股間卽以一頭授生令如己狀囑合眼呵曰起覺杖粗於五斗囊淩空翕飛潛捫之鱗甲齒齒焉

此聊斋亦犯此病，数语現身说法

駭懼不敢復動。移時又呵曰止。即抽杖去。落巨宅中。重樓延閣。類帝王居。有臺高丈餘。臺上殿十一楹。宏麗無比。道士曳客上。即命僮子設筵招賓。殿上列數十筵。鋪張筵目。道士易盛服以伺。少頃。諸客自空中來。所騎或龍或虎或鸞鳳。不一其類。又各攜樂器。有女子。有丈夫。皆赤其兩足。中獨一麗者。跨彩鳳。宮樣妝束。有侍兒代抱樂具。長五尺以來。非琴非瑟。不知何名。酒既行。珍肴雜錯。入口甘芳。並異常饌。王默然寂坐。惟目注麗者。心愛其人。而又欲聞其樂。竊恐其終不一彈也。酒闌。一叟

事出離騷九歌

倡言曰蒙崔真人雅召今日可云盛會自宜盡懽請以
器之同者共隊爲曲於是各合配旋絲竹之聲響徹雲
漢獨有跨鳳者樂伎無偶羣聲既歇侍兒始啟繡囊橫
陳九上女乃舒玉腕如撥箏狀其亮數倍於琴烈足開
胸和可蕩魄彈半炊許（半炊飯熟）合殿寂然無有欬（嗽也）者既闋鏗爾
一聲如擊清磬共讚曰眞和夫人（疑是湘夫人）絕調哉大衆皆起告
別鶴唳龍吟一時並散道士設寶榻錦衾備玉寢處王
初睹麗人心情已動聞樂之後涉想尤勞念已才調自
合芥拾青紫富貴後何求弗得頃刻百緒亂如蓬麻道

文六驚心動魄
此樂即名雲和瑟之類
湘靈鼓瑟唐錢起應制首
句曰善鼓雲和瑟常聞帝
子靈云云末句用鬼詩曰
曲終人不見江上數峯青
遂中狀元

謝客以心雜慧遠結白蓮社
不許謝入而遐陶淵明罷斋
心太雜故不与崔因列仙班

士似已知之，謂曰：子前身與我同學，後緣意念不堅，遂墮塵網，僕不自他於君，實欲拔出惡濁，不料迷晦已深，夢夢不可提悟，今當送君行，未必無復見之期，然作天仙須再刼矣。遂指階下長石，令閉目坐，堅囑無視，已乃以鞭驅石，石飛起，風聲灌耳，不知所行幾許，忽念下方景界未審何似，隱將兩眸微開一綫，則見大海茫茫，渾無邊際，大懼，即復合，而身已隨石俱墮，砰然一聲，汨沒若鷗。幸夙近海，略諳泅泳，聞人鼓掌曰：美哉跌乎！危殆方急，一女子援登舟上，且曰：吉秘吉秘，秀才中溼矣。視

中式晉因字別

才子話便說大話

之年可十七八顏色艷麗出水寒慄求火燎衣女子言從我之家當爲處置苟適意勿相忘王曰是何言哉我中原才子偶遭狼狽過此圖以身報何但不忘女子以棹催艇疾如風雨俄已近岸於艙中攜所采蓮花一握導與俱去半里入村見朱戶南開進歷數重門女子先馳入少間一丈夫出是四十許人揖王升階命侍者取冠袍襪履爲王更易既詢邦族王曰某非相欺才名譽可聽聞崔真人切切眷愛招昇天闕自分功名反掌以故不願棲隱丈夫起敬曰此名仙人島遠絕人世文若

三墳五典八索九邱見左傳

姓桓、世居幽僻。何幸得覩名流、因而殷勤置酒、又從容而言曰、僕有二女、長者芳雲、年十六矣、祇今未遭良匹、欲以奉侍高人如何。王意必采蓮人、離席稱謝。桓命於鄉黨中、招二三齒德來、顧左右、立喚女郎。無何、異香濃射、美姝十餘輩、擁芳雲出、光艷明媚、若芙蕖之映朝日。拜已即坐、羣姝列侍、則采蓮人亦在焉。酒數行、一垂髫女自內出、僅十餘齡、而姿態秀曼、笑依芳雲肘下、秋波流動。桓曰、女子不在閨中、出作何務。乃顧客曰、此綠雲、即僕幼女、頗慧、能記典墳矣。因令對客吟詩、遂誦竹枝

少見多怪

唐人有竹枝词，纪风土之作。

又骂喜做歪诗者

两事皆見西游記

腚，俗音定，臀股也，弸巴，屁声。

詞三章，嫱婉可聽，便令傍姊隅坐，桓因謂王郎天才宿搆，必富，可使鄙人得聞教否？王慨然誦近體一作，顧盼自雄，中二句云：一身剩有鬚眉在，小飲能令塊磊消。鄰叟再三誦之，芳雲低告曰：上句是孫行者離火雲洞，下句是豬八戒過子母河也。一座鼓掌大笑，桓請其他，王述水鳥詩云：瀦（朱）頭鳴格磔（音渠 鳥声），忽忘下句，甫一沉吟，芳雲向妹呫呫（一音占 一音帖）耳語，遂掩口而笑，綠雲告父曰：渠爲姊夫續下句矣。云：狗腚響弸（音崩）巴。合席粲然，王有慚色，桓顧芳雲怒之以目，王色稍定，桓復請其文藝，王意世外人必不知

音極唐明皇催花擊鼓

八股業乃炫其冠軍之作題爲孝哉閔子騫二句破云聖人贊大賢之孝緣雲顧父曰聖人無字門人者孝哉一句即是人言王聞之意興索然搵笑曰童子何知不在此只論文耳王乃復誦每數句姊妹必相耳語似有月旦之評但囁嚅不可辨王誦至佳處兼述文宗評語有云字字痛切緣雲告父曰姊云宜刪切字衆都不解桓恐其語嫚不敢研詰王誦畢又述總評有云羯鼓一撾則萬花齊落芳雲又掩口語妹兩人皆笑不可仰緣雲又告曰姊云羯鼓當是四撾衆又不解緣雲啟口欲

言芳雲忍笑訶之曰婢子敢言打煞矣衆大疑互有猜
論綠雲不能忍乃曰小去切字言癡則不通鼓四撾其云
不通又不通也衆大笑桓怒訶之因而自起泛巵謝不
遑王初以才名自詡目中實無千古至此神氣沮喪徒
有汗淫桓諷而慰之曰適有一言請席中屬對焉王子
身邊無有一點不似玉衆未措對綠雲應聲曰龜翁頭
上再着半夕卽成龜芳雲失笑呵手扭脇肉數四綠雲
解脫而走回顧曰何預汝事汝罵之頻頻不以爲非寧
他人一句便不許耶桓咄之始笑而去鄰叟辭別諸婢

寫白太刻毒

導夫妻入內寢燈燭屏榻陳設精備又覩洞房中牙籤滿架靡書不有詈致問難響答無窮王至此始覺望洋堪羞女喚明璫則采蓮者趨應由是始識其名屢受誚辱自恐不見重於閨門幸芳雲語言雖虐而房幃之內猶相愛好王安居無事輒吟哦女曰妾有良言不知肯嘉納否問何言曰從此不作詩亦藏拙之一道也王大慚遂絕筆久之與明璫漸狎告芳雲曰明璫與小生有拯命之德願少假以辭色芳雲許之每作房中之戲招與共事兩情益篤時色授而手語之芳雲微覺責詞疊

加。王惟喋喋，强自解免。一夕對酌，王以爲寂，勸招明璫。芳雲不許。王曰：卿無書不讀，何不記獨樂樂數語？芳雲曰：我言君不通，今益驗矣。句讀尚不知耶？獨要乃樂於人要問樂孰要乎？曰：不。一笑而罷。適芳雲姊妹赴鄰女之約，王得閒，急引明璫綢繆備至。當晚，覺小腹微痛，痛已而前陰盡縮。大懼，以告芳雲。雲笑曰：必明璫之恩報矣。王不敢隱，實供之。芳雲曰：自作之殃，實無可以方畧。既非痛癢，聽之可也。數日不瘳，憂悶寡歡。芳雲知其意，亦不問訊，但凝視之，秋水盈盈，朗若曙星。王曰：卿所謂

俗以陰謂瞭子趣極

楚痛也用毛詩

虐不傷雅

胷中正則眸子瞭焉芳雲笑曰卿所謂胷中不正則瞭（眼明也）
子眊焉蓋沒有之沒俗讀似眊故以此戲之也王失笑
哀求方劑曰君不聽良言前此未必不疑妾爲妒不知
此婢原不可近曩實相愛而君若東風之吹馬耳故唾
棄不相憐無已爲若治之然醫師必審患處乃揉衣而
咒曰黃鳥黃鳥無止于楚王不覺大笑笑已而瘳踰數
月王以親老子幼每切懷思以意告女女曰歸即不難
但會合無日耳王涕下交頤哀與同歸女籌思再三始
許之桓翁張筵祖餞綠雲提籃入曰姊姊遠別莫可持

音同瞭

贈。恐至海南無以爲家。夙夜代營宮室。勿嫌草創。芳雲拜而受之。近而諦視。則用細草製爲樓閣。大如欒。小如橘。約二十餘座。每座梁棟榱題。歷歷可數。其中供帳牀榻。類麻粒焉。王兒戲視之。而心竊歎其工。芳雲曰。實與君言。我等皆是地仙。因有宿分。遂得陪從。本不欲踐紅塵。徒以君有老父。故不忍違。待父天年。須復還也。王敬諾。桓問。陸耶。舟耶。王以風濤險。願陸。出則車馬已候於門。謝別言邁。行踪騖駛。俄至海岸。王心慮其無途。芳雲出素練一疋。望南拋去。化爲長堤。其濶數丈。瞬息馳過。

堤亦漸收至一處潮水所經四望遼邈芳雲止勿行下車取籃中草具皆明璫數葉布置如法轉眼化爲巨第並入解裝則島中居無少差殊洞房內几榻宛然時已昏暮因止宿焉早旦命王迎養王命騎趨詣故里至則居宅已屬他姓問之里人始知母及妻皆已物故惟老父尚存子善博田產並盡祖孫莫可棲止暫僦居於西村王初歸時尚有功名之念不慙於懷及聞此況沉痛大悲自念富貴縱可攜取與空花何異驅馬至西村見父衣服滓敝衰老堪憐相見哭各失聲問不肖子則賭

未歸王乃載父而還芳雲朝拜已燀湯請浴進以錦裳寢以香舍又遥致故老與之談讌享奉過於世家子一日尋至其處王絕之不聽入但予以廿金使人傳語曰可持此買婦以圖生業再來則鞭撻立斃矣子泣而去王自歸不甚與人通禮然故人偶至必延接盤桓撝抑過於平日獨有黄子介夙與同門學亦名士之坎坷者王與之甚久時與密語賂遺甚厚居三四年王翁卒王萬錢卜兆營葬盡禮時子已娶婦婦束男子嚴子賭亦少間矣是日臨喪始得拜識姑嫜芳雲一見許其能家

通政使

胡公巨眼

賜三百金爲田産之費翼日責及子往省視則舍宇全渺不知所在

異史氏曰佳麗所在人且於地獄中求之況享壽無窮乎地仙許攜姝麗恐帝闕下虛無人矣輕薄減其祿籍理固宜然豈仙人遂不之忌哉彼婦之口抑何其虐也

胡四娘

程孝思劍南人少慧能文父母俱早喪家赤貧無衣食業求傭爲胡銀臺司筆札胡公試使文大悅之曰此不長貧可妻也銀臺有三子四女皆襁中論親於大家止

有少女四娘，孽出，母早亡，笄年未字，遂贅程。或非笑之，以爲惛耄之亂命，而公弗之顧也。除館館生，供備豐隆。羣公子鄙不與同食，僕婢咸揶揄焉。生默默不較短長，研讀甚苦。衆從旁厭譏之，程讀弗輟；羣又以鳴鉦鍠聒其側，程攜卷去，讀於閨中。初，四娘之未字也，有神巫知人貴賤，徧觀之，都無諛詞；惟四娘至，乃曰：「此眞貴人也！」及贅程，諸姊妹皆呼之「貴人」以嘲笑之；而四娘端重寡言，若罔聞知。漸至婢媪，亦率相呼。四娘有婢名桂兒，意頗不平，大言曰：「何知吾家郎君便不作貴官耶？」二姊聞

俗見大都如是
亂命治命左傳
巫術亦神
四娘誠有大量
桂兒亦非俗眼

炎涼世態家室勃谿都生于下人之口舌

太淑

是不可學

李夫人亦巨眼

而嗤之曰程郎如作貴官當抉我眸子去桂兒怒而言曰到爾時恐不捨得眸子也二姊有婢春香曰二娘食言我以兩睛代之桂兒益恚擊掌爲誓曰管教兩丁盲也二娣忿其語侵立批之桂兒號譁夫人聞知卽亦無所可否但微哂焉桂兒譟訴四娘四娘方績不怒亦不言績自若會公初度諸婿皆至壽儀充庭大婦嘲四娘曰汝家祝儀何物二婦曰兩肩荷一口四娘坦然殊無慙怍人見其事事類癡愈益狎之獨有公愛妾李氏三姊所自出也恒禮重四娘往往相顧恤每謂三娘曰四

效尤左傳

誼同恩撫故不與試行古之道

決絕之詞可爲一哭

娘丙慧外樸聰明渾而不露諸婢子皆在其包羅中而不自知況程郎晝夜攻苦夫豈久爲人下者汝勿效尤宜善之他日好相見也故三娘每歸寧輒加意相憐是年程以公力得入邑庠明年學使科試士而公適罷程縗哀如子未得與試既離苫塊四娘賵以金使趨入遺才籍囑曰曩久居所不被呵逐者徒以有老父在今萬分不可矣倘能吐氣庶回時尚有家耳臨別李氏及三娘賂遺優厚程入闈砥志研思以求必售無何放榜竟被黜願乖氣結難於旋里幸囊資小泰携囊入都時妻

錄遺進場

翰林曰蘭臺古今亦觀
蘭臺一曰御史大夫所居
之署謂之蘭臺後漢以來
亦謂之蘭臺寺 杜氏通典

纂多任京秩恐見誚訕乃易舊名詭託里居求潛身於大人之門東海李蘭臺見而器之收諸幕中資以膏火爲之納貢使應順天舉連戰皆捷授庶吉士自乃實言其故李公假千金先使紀綱赴劍南爲之治第時胡大郎以父亡空匱貨其沃墅因購焉既成後遣輿馬往迎四娘先是程擢第後有郵報者舉宅皆惡聞之又審其名字不符叱去之適三郎完婚戚眷登堂爲儐姊妹諸姑咸在獨四娘不見招於兄嫂忽一人馳入呈程寄四娘函信兄弟發視相顧失色筵中諸眷客請見四娘姊

胡氏男婦勢利之見未免過情君子不爲已甚似云太過火也

妹惴惴惟恐四娘銜恨不至無何翩然竟來申賀者捉坐者寒暄者喧雜滿屋耳有聽聽四娘目有視視四娘口有道道四娘也而四娘凝重如故衆見其靡所短長稍就安帖於是爭把琖酌四娘方宴笑聞門外啼號甚急羣致怪問俄見春香奔入面血沾染共詰之哭不對二娘訶之始泣曰桂兒逼索眼睛非解脫幾抉去矣二娘大慙汗粉交下四娘漠然合座寂無一語客始告別四娘盛妝獨拜李夫人及三姊出門登車而去衆始知買墅者即程也四娘初至墅什物多闕夫人及諸郎各

此時用齊桓公薨，羣公子爭立，尸不殮至六十餘日而蟲出戶外意

此句眼目　下文必顧二郎，故作疑陣

明時各省皆有巡按御史，國初用部主事中書等官假御史出巡，康熙二十幾年上停止

以婢僕器具相贈遺四娘，一無所受，唯李夫人贈一婢受之。居無何，程歸展墓，車馬扈從如雲，詣岳家禮公柩，次參李夫人。諸郎衣冠既竟，已升輿矣。胡公歿，羣公子日競貧，時柩弗顧。數年，靈寢漏敗，漸將以華屋作山邱矣。程睹之悲，竟不謀於諸郎，刻期營葬，事事盡禮。殯日，冠蓋相屬，里中咸嘉歎焉。程十餘年，歷秩清顯，凡遇鄉黨厄急，罔不竭力。二郎適以人命被逮，直指巡方者，為程同譜，風規甚烈。大郎浼婦翁王觀察函致之，殊無裁答，益懼，欲往求妹，而自覺無顏，乃持李夫人手書往。至

吾見有二弟，堂田產兩弟兄分授三四年，父母妻子柩以閣，房屋坍塌，就可掘地為墳。見曹子建句：生存華屋處，零落歸山邱。

扶眼之譬過於睚眦

假痴呆妙

揚眉吐氣男兒羞愧無地

不但銀台前後日有知人之明一一即相者亦吐氣矣入二字始結

都不敢遽進覿程入朝而後詣之冀四娘念手足之義而忘睚眦之嫌闔人既通即有舊媼出導入廳事具酒饌亦頗草草食畢四娘出顏色溫霽問大哥人事大忙萬里何暇枉顧大郎五體投地泣述所來四娘扶而笑曰大哥好男子此何大事直復爾爾妹子一女流幾曾貼嗚嗚向人大郎乃出李夫人書四娘曰諸兄家娘子都是天人各求父兄即亦可了何至奔波到此大郎無詞但固哀之四娘作色曰我以爲跋涉來省妹子乃以大訟來求貴人耶拂袖逕入大郎慚憤而出歸家詳述

（旁批：看不出風雲氣色真濁眼也　舉蘇秦待張儀）

忍言其膜視骨肉拄其生死
徒空也
銀臺之子如惟四娘知大體
可耐冰霜終相夫成事業
羣數者推燕出一女家風甚
為再振耶

大小罔不詬詈李夫人亦謂其忍逾數日二郎釋放寧家衆大喜方笑四娘之徒取怨謗也俄白四娘遣价候李夫人入唤入僕陳金幣言夫人爲二舅事遣發甚急未遑寧覆聊寄微儀以代函信衆始知二郎之歸乃程力也後三娘家漸貧程施報逾於常格又以李夫人無子迎養若母焉

儈術

黄生故家子才情頗贍夙志高騫村外蘭若有居僧某素與分深既而僧雲遊去十餘年復歸見黄歎曰謂君

秀才穿白紵

器小如此焉得發達

騰達久今尚白紵耶想福命固薄耳請爲君賄冥中主者能置十千否者言不能僧曰請勉辦其半餘當代假之三日爲約黃諾之竭力典質如數三日僧果以五千來付黃黃家舊有汲井水深不竭云通河海僧命束置井邊戒曰約我到寺即推墮水中候半炊時有一錢泛起當拜之乃去黃不解何術轉念玆否未定而十千可惜乃匿其九而以一千投之少間巨泡突起鏗然而破即有一錢浮出大如車輪黃大驚既拜又取四千投焉落下擊觸有聲爲大錢所隔不得沉日暮僧至譙讓之

秀才造反三年不成因議論多而成功少也

僧有神術酸措大忘欲
隐諱可發一笑
十千買科甲亦無此便宜
事
此先生自道也想 國初
因軍需開捐例耶

曰胡不盡投黃云已盡投矣僧曰冥中使者止將一千去何以妄言黃實告之僧歎曰鄙吝者必非大器此子之命合以明經終不然科甲立致矣黃大悔求再禳之僧固辭而去黃視井中錢猶浮以綆釣上大錢乃沉是歲黃以副榜準貢卒如僧言

異史氏曰豈冥中亦開捐納之科耶十千而得一第直亦廉矣然一千準貢猶昂貴耳明經不第何值一錢

柳生 神術 相士一技也

周生順天宦裔也與柳生善柳得異人傳相人之術嘗

僧亦枉用
婆心而無
慧眼此等
慶物何必
為之經營

襤褸 謂無緣之衣也下賤人所服也 古人衣皆有緣 今之衲衣也爲諧所衣 未考改也

謂周曰子功名無分萬鍾之貲尚可以入謀然尊閫薄
相恐不能佐君成業未幾婦果亡家室蕭條不可聊賴
因詣柳將以卜姻入客舍坐良久柳歸內不出呼之再
三始出曰我日爲君物色佳偶今始得之適在內作小
術求月老繫赤繩耳周喜問之荅曰甫有一人攜囊出
遇之否曰遇之襤褸若丐曰此君岳翁宜敬禮之周曰
緣相交好遂謀隱密何相戲之甚也僕即式微猶是世
裔何至下昏於市儈柳曰不然犂牛尚有子何害周問
曾見其女耶曰未也我素與無舊姓名亦問訊知之周

柳既能相周子富又預知周妻之死又能求月老繫赤繩又能相周岳以橫而有厚福之女并代爲結客種種神術世無其人

作黍即治具

用三國志龐公語

笑曰尚未知犁牛何知其子柳曰我以數信之其人寃而賤然當生厚福之女但强合之必有大厄容復禳之周既歸未肯以其言爲信諸方覓之迄無一成一日柳忽至曰有一客我已代折簡矣問爲誰曰但無問宜速作黍周不喻其故如命治具俄客至葢傅姓營卒也心內不合陽浮道與之而柳生承應甚恭少間酒肴既陳以雜惡草具進柳起告客公子嚮慕已久每託某代訪曩昔始得晤又聞不日遠征立刻相邀可謂倉卒主人矣飲間傅憂馬病不可騎柳亦俯首爲之籌思既而客

禳術

即結傅姓之歡將來脫賊救命

周之信柳雖不深然猶屬之已

好

妙在前盧提不言的

爽快

去柳讓周曰千金不能買此友何以視之漠漠借馬騎歸因假周命登門持贈傳周既知稍稍不快已無如何適歲將如江西投臬司幕諧柳問卜柳言大吉周笑曰我意無他但薄有所獵當購佳婦幾幸前言之不驗也能否柳曰並如君願及至江西値大寇叛亂三年不得歸後稍平選日遄路中途爲土寇所掠同難七八人皆刼其金貲釋令去惟周被虜至巢盜首詰其家世因曰我有息女欲奉箕帚當即勿辭周不荅盜怒立命梟斬周懼思不如暫從其請因從容而棄之遂告曰小生所

此處用筆不宜粉白黛綠只宜盧寫一句而僅兩字可謂包括殆盡

以踟躇者以文弱不能從戎恐益爲丈人累耳如使夫婦得相將俱去恩莫厚焉盜曰我方憂女子累人此何不可從也引入內妝女出見年可十八九蓋天人也當夕合巹深過所望細審姓氏乃知其父即當年苟囊人也因述柳言爲之感歎過三四日將送之行忽大軍掩至全家皆就執縛有將官三員監視已將婦公斬訖尋次及周周自分已無生理一員審視曰此非周某耶蓋傳卒已以軍功授副將軍矣謂僚曰此吾鄉世家名士安得爲賊解其縛問所從來周詭曰適江臯娶婦而歸

結交於風塵中自感激十分

驂音參 孔子脫驂於舊館解 即脫也

信矢 令箭中有第一方上 蓋印信

不意途陷盜窟幸蒙拯拔德戴二天但室人離散求借洪威更賜全傳命列諸停令其自認得之餉以酒食助以資斧曰曩受脫驂之惠旦夕不忘但搶攘間不遑修禮請以馬二匹金五十兩助君北旋又遣二騎持信矢護送之途中女告周曰癡父不聽忠告母氏死之知有今日久矣所以偷旦暮者以少時曾爲相者所許冀他日能收親骨耳某所窖藏巨金可以發贖父骨餘者攜歸尚足謀生囑騎者候於路兩人至舊處廬舍已燼於灰火中取佩刀掘尺許果得金盡裝入橐乃返以百

兩句補得乾淨不漏

神龍現首不現尾妙若再現不成妙文矣

金賂騎者使瘞翁尸又引拜母塚始行至直隸界厚賜騎者而去周久不歸家人謂其已死恣意侵冒粟帛器具蕩無所存及周主人歸大懼閧然盡逃有一嫗一婢一老奴在焉周以出死得生不復追問及訪柳則不知所適矣女持家逾於男子擇醇篤者授以貲本而均其息每諸商會計於簷下女垂簾聽之盤中悞下一珠輒指其訛內外無敢欺數年夥商盈百家數十巨萬矣乃遣人移親骨厚葬之

異史氏曰月老可以賄囑無怪媒妁之同於牙儈矣乃

此句露出蒲翁滿腹牢騷

明末潞王逃至杭州甚賢而文善画能琹此不知苐幾世

聶政周人刺韓相俠累者事見刺客傳

盜也有是女耶培塿無松栢此鄙人論耳婦人女子猶失之況以椎天下士哉

聶政

懷慶潞王有昏德時行民間窺見女子輒奪之有王生妻爲王所睹遣輿馬直入其第女子號泣不伏强舁而出王亡去隱身聶政之墓冀妻經過此得一遇訣無何妻至望見夫大哭投地王惻動心懷不覺失聲從人知其王生執之將加搒掠忽墓中一丈夫出手握白刃氣甚威猛厲聲曰我聶政也良家子豈容强占念汝輩非

五人皆刺客見史記

所自由姑且肴怨寄語無道主若不改行不日將決其首衆大駭棄車而走丈夫亦入墓中而溲夫妻叩墓歸猶懼王命復臨過十餘日竟無消息心始安王自此淫威亦少殺云

異史氏曰余讀刺客傳而獨服膺於軹深井里也其銳身而報知己有豫之義白晝而殺卿相有鱄之勇皮面自刑不累骨肉有曹之烈至於荊軻力不足以謀無道秦遂使絕裾而去自取滅亡輕借樊將軍之頭何日可能還也此千古之所恨而聶政之所嗤者矣聞之野史

羊角哀左伯桃亦周末人

畫出神情可為一哭

其墳見掘於羊左之鬼果爾則生不成名死猶喪義其視聶之抱義憤而懲荒淫者爲人之賢不肖何如噫聶之賢於此益信

二商

莒人商姓者兄富而弟貧鄰垣而居康熙間歲大凶弟朝夕不自給一日日向午尚未舉火枵腹蹀踱無以爲計妻令往告兄商曰無益脫兄憐我貧也當早有以處此矣妻固强之商使其子往少頃空手而返商曰何如哉妻詳問阿子云何子曰伯躊躇目視伯母伯母告我

曰兄翁析居有飯各食誰復能相顧也夫妻無言暫以殘盎敗楊少易糠粃而生里中三四惡少窺大商饒足夜踰垣入夫妻驚寤鳴盥器而號鄰人共嫉之無援者不得已疾呼二商商聞嫂鳴欲趨救妻止之大聲對嫂曰兄翁析居有禍各受誰復能相顧也俄盜破扉執大商及婦炮烙之呼聲綦慘二商曰彼固無情焉有坐視兄死而不救者率子越牆大聲疾呼二商父子故武勇人所畏懼又恐驚致他援盜乃去視兄嫂兩股焦灼扶楊上招集婢僕乃歸大商雖被創而金帛無所亡失謂

妻之罪浮於大商也不過大商懦弱也受制于妻耳也其死不足惜

事事必商也所以受其箝制也

余年六十見此多矣也

大商初念是天良也無奈耳根軟也導奉閨訓也一生吃苦在是也

妻曰今所遺留悉出弟賜宜分給之妻曰汝有好兄弟不受此苦矣商乃不言二商家絕食謂兄必有以報久之寂不聞婦不能待使子捉囊往從貸斗粟而返婦怒其少欲反之二商止之踰兩月貧餒愈不可支二商曰今無術可以謀生不如鬻宅於兄兄恐我他去或不受券而恤焉未可知縱或不然得餘金亦可存活妻以爲然遣子操券詣大商大商告之婦且曰弟卽不仁我手足也彼去則我獨立不如反其券而周之妻曰不然彼言去挾我也果爾則適墮其謀世間無兄弟者便都死

此久蓄之念

盜劫亦用四六句妙

天下第一快事為之浮一大白一生昏憒豈遭盜刑受創抓財而有此病耶

郤耶我高葺牆垣亦足自固不如受其券從所適亦可以廣吾宅計定令二商押署券尾付直而去二商於是徙居鄰村鄉中不逞之徒聞二商去又攻之復執大商擄楚箠兼施榜毒慘至所有金貲悉以贖命盜臨去開廩呼村中貧者恣所取頃刻都盡次日二商始聞及奔視則兒已昏憒不能語開目見翁但以手抓鹿而已少頃遂死二商忿訴邑宰盜首逃竄莫可緝獲盜衆者百餘人皆里中貧民州守亦莫如何大商遺幼子纔五歲家既貧往往自投叔所數日不歸送之歸則涕不止二商

眭某去

誰婦人之見然以德報怨男子當少也

到死方明亮晚矣

長舌会说
見毛诗大雅

孀頗不加青眼。二商曰：渠父母不義，其子何罪。因市蒸餅數枚自送之。過數日，又避妻子，陰負斗粟與嫂，使養兒。如此以爲常。又數年，大商賣其舊宅，嫂得直足自給，二商乃不復至。後歲大饑，道殣相望。二商食指益繁，不能他顧。姪年十五，荏弱不能操業，使攜籃從兄貨胡餅。一夜，夢兄至，顏色慘戚曰：余惑於婦言，遂失手足之義。弟不念前嫌，增我汗羞。所賣故宅，今尚空閒，宜僦居之。屋後蓬顆下，藏有窖金，發之可以小阜。使醜兒相從，長舌婦余甚憾之，勿顧也。既醒，異之，以重直啗第主，始得就，果發得五百金，從此棄賤業，使兄弟設肆廛間。姪頗慧，記算無訛，又誠慤，凡出入一錙銖，必告二商，益愛之。一日泣謂母，請粟，商妻欲勿與，二商念其孝，按月廩給之。數年家益富，大商婦病死，二商亦老，乃析姪家貲割半與之。

異史氏曰：聞大商一介不輕取予，亦狷潔自好者也。然婦言是聽，憒憒不置一辭，恝情骨肉，卒以吝死。嗚呼！亦何怪哉！二商以貧始，以素封終，為人何所長？但不甚遵閫教，嗚呼！一行不同，而人品遂異。

祿數

某顯者多爲不道，夫人每以果報勸諫之，殊不聽信。適有方士能知人祿數，詣之。方士熟視曰：「君再食米二十石，麪二十石，天祿乃終。」歸語夫人。計一人終年僅食麪二石，尚有二十餘年天祿，豈不善所能絕耶？橫如故。逾年，忽病除中，食甚多而旋飢，一晝夜十餘餐。未及周歲，死矣。

三月重校于蓬山樓下

聊齋志異卷八終

(清)蒲松齡　撰

青柯亭本聊齋志異

第三册

國家圖書館出版社

第三册目録

卷五

卷六

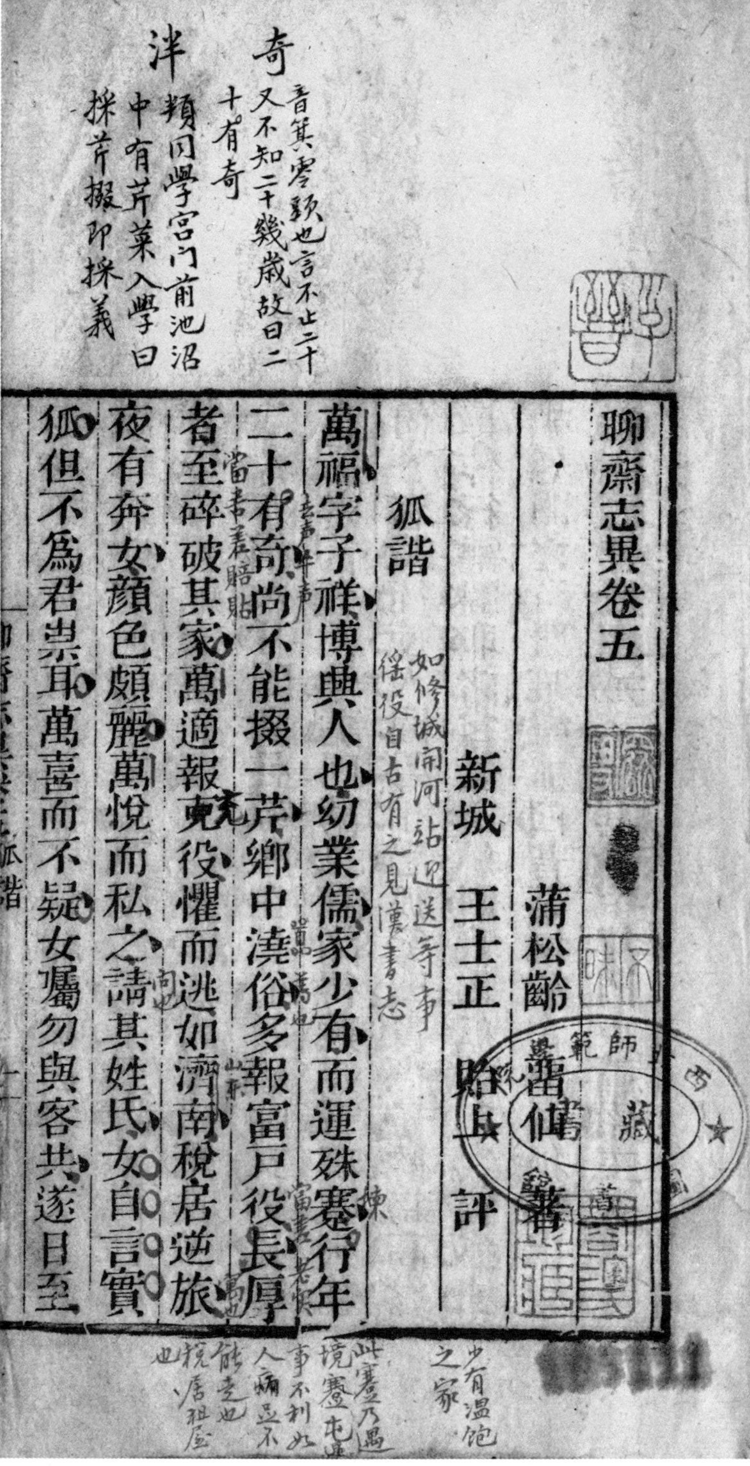

奇　音箕，零數也。言不止二十，又不知二十幾歲，故曰二十有奇。

泮　類同學宮門前池沼，中有芹菜，入學曰採芹，掇即採義。

聊齋志異卷五

蒲松齡留仙著

新城　王士正貽上評

狐諧

如修城閘河站迎送等事，徭役自古有之，見漢書志。

萬福，字子祥，博興人也。幼業儒，家少有而運殊蹇，行年二十有奇，尚不能掇一芹。鄉中澆俗，多報富戶役，長厚者至碎破其家。萬適報充役，懼而逃，如濟南，稅居逆旅。夜有奔女，顏色頗麗。萬悅而私之。請其姓氏。女自言：實狐，但不為君祟耳。萬喜而不疑。女囑勿與客共，遂日至

少有溫飽之家

此蹇乃遇境蹇屯蹇，事不利如人痛足不能走也

攬居租屋也

需須通用
仰給如仰首於人而人與之也 恒常也 拒絶也
嚦嚦声响也
俳音非 古王公諸侯有俳優相侍許其諷諫政事缺失秦楚皆有見於史記
小面白面 謔戲言也 言如今之二面
孫善説笑話
安心罵題作犯筆險絶

與共臥處凡日用所需無不仰給於狐居無何二三相
識輒來造訪恒信宿不去萬厭之而不忍拒不得已以
實告客客願一覩仙容萬白於狐狐謂客曰見我何爲
哉我亦猶人耳聞其聲嚦嚦在目前四顧即又不見客
有孫得言者善俳謔固請見且謂得聽嬌音魂魄飛越
何吝容華徒使人聞聲相思狐笑曰賢孫子欲爲高曾
母作行樂圖耶諸客俱笑狐曰我爲狐請與客言狐典
頗願聞之否衆唯唯狐曰昔某村旅舍故多狐輒出祟
行客客知之相戒不宿其舍半年門戶蕭索主人大憂

剑底長厚者不會説謊瞞客
狐亦善謔校等相當 行樂今之喜神

諱言 不敢說
只要可住不論屋之吉凶
甫 乍也 初也 終也
誑 光去声 騙也
幺 正 幺 俗 小也
幺麽 正見說文 極小也
陽臺 見宋玉神女賦
迕 同忤 干犯也
諧 会說笑話

非同郡同省

甚諱言狐。忽有一遠方客，自言異國人，望門休止。主人
大悦。甫邀入門，即有途人陰告曰：「是家有狐。」客懼，白主
人，欲他徙。主人力白其妄，客乃止。入室方臥，見羣鼠出
於牀下。客大駭，驟奔，急呼：「有狐！」主人驚問。客怨曰：「狐巢
於此，何誑我言無？」主人又問：「所見何狀？」客曰：「我今所見，
細細幺麽，不是狐兒，必當是狐孫子。」言罷，座客爲之粲
然。孫曰：「既不睗見，我輩留宿，宜勿去阻其陽臺。」狐笑曰：
「寄宿無妨；倘有小迕犯，幸勿滞懷。」客恐其惡作劇，乃共
散去。然數日必一來，索狐笑罵。狐諧甚，每一語，即顛倒

粲然 玉齒古
詩笑对現白齒
粲 白也

滑稽見漢書東方朔傳滑
一音骨一作華囊解言會
説傾之不盡華囊盛酒器
瓜色　骰 投子上字
傾耳側耳也

賓客滑稽者不能屈也羣戲呼為狐娘子一日置酒高
會萬居主人位孫與二客分左右座下設一榻屈狐狐
辭不善酒咸請坐談許之酒數行衆擲骰為瓜蔓之令
客値瓜色會當飲戲以觥移上座曰狐娘子大清醒暫
借一觴狐笑曰我故不飲願陳一典以佐諸公飲孫掩
耳不樂聞客皆言曰罵人者當罰狐笑曰我罵狐何如
衆曰可於是傾耳共聽狐曰昔一大臣出使紅毛國着
狐腋冠見國王王見而異之問何皮毛溫厚乃爾大臣
以狐對王言此物生平未嘗得聞狐字字畫何等使臣

本記
吃狐爬
酒妙絶
蔓音藤
俗言債
麻令連
行不斷
言狐字
如何寫

書空二字見晉殷浩傳虛空以指代筆作劃

雄狐謂萬也

縱　縱容

馬與驢交则生騾

雅謔席上生風如此口才機警人且難得況狐耶風雅極矣

東道主後漢書耿弇傳有北道主人語今世相沿傳用曰东道因義同也

書空而奏曰右邊是一大瓜左邊是一小犬主客又復閧堂二客陳氏兄弟一名所見一名所聞見孫大窘乃曰雄狐何在而縱雌流毒若此狐曰適一典談猶未終遂爲羣吠所亂請終之國王見使臣乘一騾甚異之使臣告曰此馬之所生又大異之使臣曰中國馬生騾騾生駒王細問其狀使臣曰馬生騾是臣所見騾生駒乃臣所聞舉座又大笑衆知不敵乃相約後有開謔端者罰作東道主頃之酒酣孫戲謂萬曰一聯請君屬之萬曰何如孫曰妓女出門訪情人來時萬福去時萬福合

以客為小犬又莫兒子

閧堂大笑言無一人不笑

相戒勿起頭先戲言端頭也

謷而敵

對句勝於出句仙才也

殫 音但盡也

葭莩 音加夫

蘆管中薄衣今之笛膜

謂言薄親

莊 正 庄 近之小寫俗字另寫 作錢庄招牌寫

座屬思不能對。狐笑曰。我有之矣。衆共聽之。曰。龍王下
詔求直諫。鱉也得言。龜也得言。四座無不絶倒。猻大恚
曰。適與爾盟。何復犯戒。狐笑曰。罪誠在我。但非此不成
確對耳。明旦設席以贖吾過。相笑而罷。狐之娠諸不可
殫述。居數月。與萬偕歸。及博興界。告萬曰。我此處有葭
莩親。往來久梗。不可不一訊。日且暮。與君同寄宿。待旦
而行可也。萬詢其處。指言不遠。萬疑前此故無村落。姑
從之。二里許。果見一庄。生平所未歷。狐往叩關。一蒼頭
出應門。入則重門疊閣。宛然世家。俄見主人。有翁與媼

婭音亞 連襟曰友婿 僚婿 女婿今則親眷通呼曰姻婭亦無妨

寒暄周旋也 又問訊詳细

周事 有始終也

禮部會試得中

揖萬而坐。列筵豐盛。待萬以姻婭。遂宿焉。狐早詣曰：我遽借君歸，恐駭聞聽。君宜先往，我將繼至。萬從其言，先至，預白於家人。未幾，狐至，與萬言笑，人盡聞之，而不見其人。逾年，萬復事於濟，狐又與俱。忽有數人來，狐從與語，備極寒暄。乃語萬曰：我本陝中人，與君有夙因，遂從爾許時。今我兄弟至，將從以歸，不能周事。留之不可，竟去。

遽急迫也 猶言卒也

一結有千鈞之力，又如騎駿馬飛馳道路，忽然勒住

續黃粱

妄想

始念是妄想，隨想成因，竟成炙手可熱之境，後失意隨現苦趣

福建曾孝廉，高捷南宮，時與二三新貴，遨遊郊郭。偶聞

凡課卜相面曰星者又曰日
者史記有日者傳
一問一卷 荒唐絶頂
淹蹇 卯偃蹇：步不良
託足疾懶不禮客

毘盧禪院寓一星者因並騎往詣問卜入室而坐星者見其意氣佞諛之甚搖箑微笑便問有蟒玉分否星者正容許二十年太平宰相曾大悦氣益高值小雨乃與遊侶避雨僧舍舍中一老僧深目高鼻坐蒲團上偃蹇不爲禮衆一舉手登榻自話羣以宰相相賀曾心氣殊高指同遊曰某爲宰相時推張年丈作南撫家中表爲參游我家老蒼頭亦得小千把於願足矣一坐大笑俄聞門外雨益傾注曾倦伏榻間忽見有二中使賫天子手詔召曾太師決國計曾得意疾趨入朝天子前席溫

黜陟 降升也

遽 速也

足恭 見論語

海物 見宋趙普傳謂廣南節度睹賂金珠裝大甕以献甕面書海物二字

引手 援之也薦也

語良久命三品而下聽其黜陟賜蟒玉名馬僧祓服稽
首以出入家則非舊所居第繪棟雕榱窮極壯麗自亦
不解何以遽至如此然撚髯微呼則應諾雷動俄而公
卿贈海物傴僂足恭者疊出其門六卿來倒屣而迎侍
郎輩揖與語下此者頷之而已旨撫餽女樂十人皆是
好女子其尤者爲嫋嫋爲仙仙二人尤蒙寵顧科頭休
沐日事聲歌一日念微時嘗得邑紳王子良周濟我今
置身青雲渠尚蹉跎仕路何不一引手早且一疏薦爲
諫議即奉俞旨立行擢用又念郭太僕曾睚眦我即傳

餽女樂 見論語

京朝官五日一假曰休沐

仗馬不鳴 唐李林甫語

面和意不和

不問其曾受聘与否及死不死也

呂給諫及侍御陳昌等授以意旨越日彈章交至奉旨削職以去恩怨了了頗快心意偶出郊衢醉人適觸鹵簿卽遣人縛付京尹立斃杖下接第連阡者皆畏勢獻沃產自此富可埒國無何而嬲嬲仙仙以次殂謝朝夕遐想忽憶曩年見東家女絕美每思購充媵御輙以綿蕞違宿願今日幸可適志乃使幹僕數輩强納貲於其家俄頃籐輿舁至則較昔之望見時尤豔絕也自顧生平於願斯足又逾年朝士竊竊似有腹非之者然各爲立仗馬會亦高情盛氣不以置懷有龍圖學士包上疏

膺　被也

擢髮　用范睢傳見史記

夤　音寅　鑽謀之門路曰夤緣

指鹿爲馬　秦二世趙高事

其略曰竊以曾某原一飲賭無賴市井小人一言之合榮膺聖眷父紫兒朱恩寵爲極不思捐軀糜頂以報萬一反恣胸臆擅作威福可死之罪擢髮難數朝廷名器居爲奇貨量缺肥瘠爲價重輕因而公卿將士盡奔走於門下估計夤緣儼如負販仰息望塵不可算數或有傑士賢臣不肯阿附輕則置之閒散重則褫以編氓甚且一臂不袒輒迸鹿馬之奸遠竄豺狼之地朝士爲之寒心朝廷因而孤立又且平民膏腴任肆吞食良家女子强委禽妝沴氣寃氛暗無天日奴僕一到則守令承

傳 馹站加緊

萋菲貝錦 君前進讒言

委蛇〻自公退食 毛詩

顏書函一投則司院枉法或有厮養之兒瓜葛之親出
則乘傳風行雷動地方之供給稍遲馬上之鞭撻立至
荼毒人民奴隸官府扈從所臨野無青草而某方炎炎
赫赫怙寵無悔召對方承於闕下萋菲輒進於君前委
蛇才退於自公聲歌巳起於後苑聲色狗馬晝夜荒淫
國計民生罔存念慮世上寧有此宰相乎內外騷訛人
情洶洶若不急加斧鑕之誅勢必釀成操莽之禍臣夙
夜祗懼不敢寧處冒死刻欵仰達宸聽伏祈斷奸佞之
頭籍貪冒之產上廻天怒下快輿情如果臣言虛謬刀

前此意見淅淅冰消與後之書境對照

鋸鼎鑊即加臣身云云疏上曾聞之氣魄悚駭如飲冰水者而皇上優容留中不發繼而科道九卿交章劾奏即昔之拜門牆稱假父者亦反顏相向奉旨籍家兒雲南軍子任平陽太守已差員前往提問曾方聞旨驚怛旋有武士數十人帶劍操戈直抵內寢褫其衣冠與妻並繫俄見數夫運貲於庭金銀錢鈔以數百萬珠翠瑙玉數百斛幄幕簾榻之屬又數千事以至兒襁女舄遺墜庭階曾一一視之酸心刺目又俄而一人掠美妾出披髮嬌啼玉容無主悲火燒心含憤不敢言俄而樓閣

倉廩並已封誌立叱僧出監者牽挽羅曳而出夫妻吞
聲就道求一下駟劣車少作代步亦不可得十里外妻
足弱欲傾跌僧時以一手相扳引又十餘里已亦困憊
歘見高山直揷霄漢自憂不能登越時挽妻相對泣而
監者獰目來窺不容稍停駐又顧斜日已墜無可投止
不得已參差蹩躠而行比至山腰妻力已盡泣坐路隅
僧亦憩止任監者叱罵忽鬨百聲齊譟有羣盗各操利
刄跳綤而前監者大駭逸去僧長跪言孤身遠謫橐中
無長物哀求宥免羣盗裂眦宣言我輩皆被害寃民祗

二字見孟子梁惠王章

乞得倭賊頭他無索取曾叱怒曰我雖待罪乃朝廷命
官賊子何敢爾賊亦怒以巨斧揮曾項覺頭墜地作聲
魂方駭疑卽有二鬼來反接其手驅之行行踰數刻入
一都會頃之覩宮殿殿上一醜形王者憑几決罪福曾
前匐伏請命王者閱卷纔數行卽震怒曰此欺君悞國
之罪宜置油鼎萬鬼羣和聲如雷霆卽有巨鬼捽至墀
下見鼎高七尺已來四圍熾炭鼎足盡紅曾觳觫哀啼
竄跡無路鬼以左手抓髮右手握踝拋置鼎中覺塊然
一身隨油波而上下皮肉焦灼痛徹於心沸油入口煎

烹肺腑，命欲速死，而萬計不能得死。約食時，鬼方以巨叉取會出，復置堂下。王又檢冊籍，怒曰：「倚勢凌人，合受刀山獄。」鬼叉捽去。見一山，不甚廣濶，而峻削壁立，利刃縱橫，亂如密筍。先有數人胃腸刺腹於其上，呼號之聲，慘絕心目。鬼促會上，會大哭退縮。鬼以毒錐刺腦，會負痛乞憐。鬼怒，捉會起，望空力擲。覺身在雲霄之上，暈然一落，刃交於胸，痛苦不可言狀。又移時，身軀重贅，刃孔漸濶，忽焉脫落，四支蠖屈。鬼又逐以見王。王命會計生平賣爵鬻名、枉法霸產，所得金錢幾何。即有鬈鬚人持

古用籌算

名句名言

籌握算曰三百二十一萬王曰彼旣積來還令飲去少
間取金錢堆堦上如邱陵漸入鐵釜鎔以烈火鬼使數
輩更以杓灌其口流頤則皮膚燋裂入喉則臟腑騰沸
生時患此物之少是時患此物之多也半日方盡王者
令押去甘州爲女行數步見架上鐵梁圍可數尺綰一
大輪其大不知幾百由旬燄生五綵光耿雲霄鬼撻使
登輪方合眼躍登則輪隨足轉似覺傾墜遍體生涼開
眸自顧身已嬰兒而又女也視其父母則懸鶉敗絮土
室之中瓢杖猶存心知爲乞人子日隨乞兒托鉢腹轆

已肯自念夢將醒矣

轆然常不得一飽着敗衣風常刺骨十四歲鬻與顧秀才備媵妾衣食粗足自給而冢室悍甚日以鞭箠從事輒以赤鐵烙胸乳幸而艮人頗憐愛稍自寬慰東鄰惡少年忽踰垣來逼與私乃自念前身惡孽已被鬼責今那得復爾於是大聲疾呼艮人與嫡婦盡起惡少年始竄去居無何秀才宿諸其室枕上喋喋方自訴寃苦忽震厲一聲室門大闢有兩賊持刀入竟決秀才首囊括衣物團伏被底不敢復作聲既而賊去乃喊奔嫡室嫡大驚相與泣驗遂疑妾以奸夫殺艮人因以狀白刺史

距踊 音巨勇 跳躍也
距踊 声屈 呼冤也
魘 音厭 夢惡叫喚不印醒
興揺篁微笑问憐玉对照
菩薩說法抄在使之曾遍
湍味
御史府曰臺
宰相曰閣

嚴鞫竟以酷刑定罪案依律遲處死禁赴刑所胸中寃氣扼塞距踊聲屈覺九幽十八獄無此黑黯也正悲號間聞遊者呼曰兄夢魘耶豁然而悟見老僧猶跏趺座上同侶兢相謂曰日暮腹枵何久酣睡僧乃慘淡而起僧微笑曰宰相之占驗否會益驚異拜而請教僧曰修德行仁火坑中有青蓮也山僧何知焉會勝氣而來不覺喪氣而返臺閣之想由此淡焉入山不知所終

異史氏曰福善禍淫天之常道聞作宰相而懽然於中者必非喜其鞠躬盡瘁可知矣是時方寸宮室妻妾無

同暗
音加夫盤 膝坐
御體 凡仙釋俱如此結

明湯若士四梦之一
邯鄲記 用唐人小說演成傳奇 記唐盧生遇呂洞賓真人事
衛周祚 山西曲沃人 本朝初年宰相 謚文清
蟹 音肥 俗名臭蟲 又名蟹虱 因似小鱉形
蚤 說文 跳蝨也 跳音調
鞲 縛鷹索
駛 馬行如飛曰駛 今船遇順風亦曰駛

所不有然而夢固爲妄想亦非眞彼以虛作神以幻報黃粱將熟此夢在所必有當以附之邯鄲之後

小獵犬

山右衛中堂爲諸生時厭冗擾徙齋僧院苦室中蟹蟲蚊蚤甚多竟夜不成寢食後偃息在牀忽一小武士首插雉尾身高兩寸許騎馬大如蠟臂上青鞲有鷹如蠅自外而入盤旋室中行且駛公方凝注忽又一人入裝亦如前腰束小弓矢牽獵犬如巨蟻又俄頃步者騎者紛紛來以數百輩鷹亦數百臂犬亦數百頭有蚊蠅飛

凡蝨 从卂从䖵∴寫俗作虱 不成字

小輦 小車用人舁 大車則用獸

起縱鷹騰擊盡撲殺之獵犬登牀緣壁搜噬虱蚤凡鋢
隙之所伏藏嗅之無不出者頃刻之間决殺殆盡公僞
睡覘之鷹集犬竄於其身既而一黄衣人着平天冠如
王者登别榻繫駟輦蔑問從騎皆下獻飛獻走紛集盈
側亦不知作何語無何王者登小輦衛士倉皇各命鞍
馬萬蹄攢奔紛如撒菽烟飛霧騰斯須散盡公歷歷在
目駭詫不知所由躡履外窺渺無跡響返身周視都無
所見惟壁磚上遺一細犬公急捉之且馴置硯匣中反
覆瞻玩毛極細茸項上有小環飼以飯顆一嗅輒乘去

鋢音歇許切逢也

蟣 音幾 凡蝨子

噉 音但 啖啗同 食也

睎同視見說文 唯能食飲者 無唯類無遺種也

先伏正德二字後寫 駕幸大同曰天子曰上及狐犁黃綠扮作驛乃妓伺候此案得雪 蓋武宗最喜微行於大同造行宮名曰豹房故流傳奇及

躍登牀櫢尋衣縫齧殺蟣虱旋復來伏臥逾宿公疑其巳往視之則蟣伏如故公臥則登牀簀遇蟲輒噉蠅蚊蠅無敢落者公愛之甚於拱璧一日晝寢犬潛伏身畔公醒轉側壓於腰底公覺有物固疑是犬急起視之巳匾而死如紙剪成者然自是蚤蝨無噍類矣

究不知何物

辛十四娘 狐鬼

廣平馮生正德間人少輕脫縱酒昧爽偶行遇一少女着紅帔容色娟好從小奚奴躡露奔波履襪沾濡心竊好之薄暮醉歸道側故有蘭若久蕪廢有女子自內出

四字痛根後幾成殺身之禍奇室有仙人幷

平明半黑曰昧

筱班戲并旨詞小唱從演正
德而不演別帝〻諱厚照
廟號武宗無子以興獻王子
厚熜入繼兄统若宣廣路封
江西名宸濠為正德并祖

不勞媒妁一見面即談姻
事輕脫之甚
晉温嶠以玉鏡臺聘姑
女

則向麗人也。忽見生來，即轉身入。陰念麗者何得在禪院中，躊躇於門，往覘其異。入則斷垣零落，堦上細草鋪毯，徬徨間，一斑白叟出，衣帽整潔，問客何來。生曰：偶來古刹，欲一瞻仰。翁何至此？叟曰：老夫流寓無所，暫借此安頓。細小既承寵降，有山茶可以當酒。乃肅賓入，見殿後一院，石路光明，無復蓁莽。入其室，則簾幌牀幙，香霧噴人。坐展姓字，云蒙叟姓辛。生乘醉問曰：聞有女公子，未遭良匹，竊不自揣，願以鏡臺自獻。辛笑曰：容謀之荊人。生即索筆為詩曰：千金覓玉杵，殷勤手自將。雲英如

[illegible]幬同

聊齋志異卷五 辛十四娘 十一

勸客耐心少坐

嗢音韞及笑談歡話

女在內已窺見嫣生輕脫行徑將來必招禍患故託詞婉委以絕之意爲郡君以勢強合終至大禍臨身刀將加頸非得神力挽回終爲冤鬼耳

伉儷夫婦也

有意親爲擣元霜主人笑付左右少間有婢與辛耳語辛起慰客耐坐牽幕入隱約三數語便趨出生意必有佳報而辛乃坐與嗢噱不復有他言生不能忍問曰未審意旨幸釋疑抱辛曰君卓犖士傾風已久但有私衷所不敢言耳生固請之辛曰弱息十九人嫁者十有二醮命任之荊人老夫不與焉生曰小生祇要得今朝領小奚奴帶露行者辛不應相對默然聞房內嚶嚶膩語生乘醉搴簾曰伉儷既不可得當一見顏色以消吾憾內聞鉤動羣立愕顧果有紅衣人振袖傾鬟亭亭拈帶

卓犖音鹿迷識明暢之士

妻曰荊人一日山荊拙荊言荊布寒素也

弱女卬小女

馮生本是狂徒放情詩酒醉後而遇佳人益無靈性矣

鴟 貓頭鷹　踟蹰 即籌躕

鵠竢 立等也 即俟字

管 左傳北門之管言管鑰 宗元明命婦隨夫封贈曰某郡夫人及太夫人故曰郡君

望見生人遍室張皇卒斃命數人捽生出洒愈湧上倒
蓁蕪中瓦石亂落如雨幸不着體臥移時聽驢子猶齕
草路側乃起跨驢踉蹡而行夜色迷悶悞入澗谷狼奔
鴟叫影毛寒心踟蹰四顧並不知其何所遙望蒼林中
燈火明滅疑必村落竟馳投之仰見高閎以策撾門內
有問者曰何處郎君半夜來此生以失路告問者曰待
達主人生累足鵠竢忽聞振管闢扉一健僕出代客捉
驢生入見室甚華好堂上張燈火少坐有婦人出問客
姓氏生以告踰刻青衣數人扶一老嫗出曰郡君至生

聊齋志異卷之辛十四娘　十三

齕 吃草

策 馬鞭　撾 音杂 敲也

鐘鳴漏盡天將曉譬人將死

矜詡 音今許 自誇張大胆

頃向以恃酒放浪已遭驅逐顛頓山谷不知懲戒方得少安坐定又自詡胆力真闵不畏死之妄男子所以辛女屢勸不敢必殺而後已

起立肅身欲拜媪止之坐謂生曰爾非馮雲子之孫耶曰然媪曰子當是我彌甥老身鐘漏並歇殘年向盡骨肉之間殊所乖濶生曰兒少失怙與我祖父處者十不識一爲素未拜省乞便指示媪曰子自知之生不敢復問坐對懸想媪曰甥深夜何得來此生以胆力自矜詡遂一一歷陳所遇(渭辛父女)媪笑曰此大好事況甥名士殊不玷於姻婭野狐精何得强自高甥勿慮我能爲婉致之生稱謝唯唯媪顧左右曰我不知辛家女兒遂如此端好青衣人曰渠有十九女都翩翩有風格不知官人所聘

步步生蓮學齊潘妃

俗云會打扮

作何事曰作麽生是六朝人語古峭之至

行幾生曰年約十五餘矣青衣人曰此是十四娘三月問曾從阿母壽郡君何忘却嫗笑曰是非刻蓮瓣爲高履實以香屑蒙紗而步者乎青衣曰是也嫗曰此婢太會作意弄媚巧然果窈窕阿甥賞鑒不謬即謂青衣曰可遣小獾奴喚之來青衣應諾去移時入白呼得辛家十四娘至矣旋見紅衣娘子望嫗俯拜嫗曳之曰後爲我家甥婦勿得修婢子禮女子起娉娉而立紅袖低垂嫗理其鬢髮捻其耳環曰十四娘近在閨中作麽生女低應曰閒來只挑繡回首見生羞縮不安嫗曰此吾甥

媪雖甥一面之詞護短已甚

以努量壁之

外音端

婉而嚴答得妙媪知不可劫

故亦轉詞

也。盛意與見作姻好。何便教迷途。終夜竄谿谷。女俛首。無語。嫗曰。我喚汝非他。欲爲我甥作伐耳。女默默而已。嫗命掃榻展裀褥。卽爲合卺。女覥然曰。還以告之父母。嫗曰。我爲汝作冰。有何舛謬。女曰。郡君之命。父母當不敢違。然如此草草。婢子卽死。不敢奉命。嫗笑曰。小女子志不可奪。眞吾甥婦也。乃拔女頭上金花一朵。付生收之。命歸家涓吉。以良辰爲定。乃使青衣送女去。聽遠雞已唱。遣人持驢送生出。數步外。欻一回頭。顧則村舍已失。但見松楸濃黑。蓬顆蔽塚而已。定想移時。乃悟其處

得體

不必爲然

更妙不辭之辭

替換曰更
遠望花轎未否
古人結親用青廬
撲滿 今云積受錢有入無出 乏錢滿乃撲碎之
說文 缿 受錢器 古以瓦今以竹 大口切又胡講切

爲薛尚書墓薛故生祖母弟故相呼以甥心知遇鬼然
亦不知十四娘何人咨嗟而歸漫涓吉以待之而心恐
鬼約難悔再往蘭若則殿宇荒涼問之居人則寺中往
往見狐狸云陰念若得麗人狐亦自佳至日除舍掃途
更僕眺望夜半猶寂生已無望頃之門外譁然踧屣出
窺則繡幰已駐于庭雙鬟扶女坐青廬中妝奩亦無長
物惟兩長鬣奴扛一撲滿大如甕息肩置堂隅生喜得
麗偶並不疑其異類問女曰一死鬼卿家何帖服之甚
女曰薛尚書今作五都巡環使數百里鬼狐皆備扈從

扳鞋跟 屣音洗
音丈無修多
帖服畏伏不敢違命

楚詞注蹇修伏羲帝臣
媒事

直拗不轉彎

左傳華貙一事亦云少相狎
後亦釀成殺身幾至滅族

金玉之言亦作東風吹馬耳

可惜

難患難

故歸墓時常少生不忘蹇修幾日往祭其墓歸見一青
衣持貝錦爲賀竟委几上而去生以告女女視之曰此
郡君物也邑有楚銀臺之公子少與生共筆硯頗相狎
聞生得狐婦饋遺爲餉卽登堂稱觴越數日又折簡來
招飲女聞謂生曰曩公子來我穴壁窺之其人猿睛而
鷹準不可與久居也宜勿往生諾之翼日公子造門問
負約之罪且獻新什生評涉嘲笑公子大慚不懽而散
生歸笑述於房女慘然曰公子豺狼不可狎也子不聽
吾言將及於難生笑謝之後與公子輒相諛噱前郤漸

尚書常出巡

近作之詩

大誤

銀臺通政使別名

大誤在此

圜目鉤鼻

郗音痴姓也

郄音郤 卽郤字 怨恨也

歲科考

沾沾自喜 見竇嬰傳前漢書一音占一音帖得意也

公子以勢力情分考試榜出名列在生前

一座吞贊一座失色何至無一人是人類耶想有風骨者不肯与公子來往耳

釋會提學試公子第一公子沾沾自喜走伻來邀生飲生辭頻招乃往至則知爲公子初度客從滿堂列筵甚盛公子出試卷示生親友疊肩歎賞酒數行樂奏作於堂鼓吹儋儜賓主樂甚公子忽謂生曰諺云場中莫論文此言今知其謬小生所以忝出君上者以起處數語略高一籌耳公子言已一座盡贊生醉不能忍大笑曰君到於今尚以爲文章至是耶生言已一座失色公子慚忿氣結客漸去生亦遁醒而悔之因以告女女不樂曰君誠鄉曲之儇子也輕薄之態施之君子則喪吾德

機直許 其隱

旋犯旋悔旋悔復犯輕
脫二字斷定一生蓋嘗犯
時即自己不能主也

强劫而行深仇必報
用美人計軟困之

施之小人則殺吾身君禍不遠矣我不忍見君流落請
從此辭生懼而涕且告之悔女曰如欲我留與君約從
今閉戶絕交遊勿濫飲生謹受教十四娘爲人勤儉灑
脫日以袵織爲事時自歸寧未嘗踰夜又時出金泉作
生計日有贏餘輒投撲滿日杜門戶有造訪者輒囑蒼
頭謝去翼日楚公子馳函來女焚爇不以聞翼日出弔
於城遇公子于喪者之家捉臂苦邀生辭以故公子使
圉人挽轡擁之以行至家立命洗腆繼辭夙退公子要
遮無已出家姬彈箏爲樂生素不羈向閉置庭中頗覺

古只用此泉字

生狂負清才真一無
用浪子胸中糊塗極
矣

嚙衛同於口中銜物
誣生因奸擇々不從致
死

題目已有等告未做

閼損，忽逢劇飲，輒頓豪無復縈念，因而酣醉頹臥席間。公子妻阮氏最悍妬，婢妾不敢施脂澤。日前婢入齋中，爲阮掩執，以杖擊首，腦裂立斃。公子以生嘲慢故，銜生日思所報，遂謀醉以酒而誣之。乘生醉寐，扛尸牀間，合扉徑去。生五更醒解，始覺身臥几上，起尋枕褥，則有物膩然，絓袢步履，摸之人也。意主人遣僮伴睡，又蹵之不動而殭。大駭，出門怪呼，厮役盡起，爇之見尸，執生怒鬧。公子出驗之，誣生逼奸殺婢，執送廣平。隔日，十四娘始知，潸然曰：「早知今日矣！」因按日以金錢遺生。生見府尹，

官家寒士本未不敢何
必未往即未往誤在面許

許 音吉

陷穽 即阱阬坎也
公子久思陷生謀非
一日

秘謀不敢泄

操動 操作也

葫蘆中究甚藥

無理可伸朝夕搒掠皮肉盡脫女自詣問生見之悲氣
塞心不能言說女知陷阱已深勸令誣服以免刑害生
泣聽命女還往之間人咫尺不相窺歸家咨惋遽遣婢
子去獨居數日又托媒媼購良家女名祿兒年已及笄
容華頗麗與同寢食撫愛異於羣小生認誤殺擬絞蒼
頭得信歸慟述不成聲女聞坦然若不介意旣而秋決
有日女始皇皇躁動晝去夕來無停履每於寂所於邑
悲哀至損眠食一日日晡狐婢忽來女頓起相引屏語
出則笑色滿容料理門戶如平時翼日蒼頭至獄生寄

令生認
罪按服

沸沸揚揚 即沸傳

盡得娉為妻拓撃死請
生宿而辭以酒扛尸誣陷
絞罪云云

語娘子一往永訣蒼頭復命女漫應之亦不憐憫殊落落置之家人竊議其忍忽道路沸傳楚銀臺革爵平陽覼察奉特旨治馮生案蒼頭聞之喜告主母女亦喜即遣入府探視則生已出獄相見悲喜俄捕公子至一鞫盡得其情生立釋寧家歸見閨中人泣然流涕女亦相對愴楚悲已而喜然終不知何以得達上聽女笑指婢曰此君之功臣也生愕問故先是女遣婢赴燕都欲達宮闈為生陳冤婢至則宮中有神守護徘徊御溝間數月不得入婢懼悞事方欲歸謀忽聞天子將幸大同婢

公子父革職 道台徹 欽差 審訊也

戲鳳一齣帝之風流今古留傳

膴 麗美音撫

逮 及也音代 被逮提去也

乃預往僞作流妓上至構欄極蒙寵眷疑婢不似風塵人婢乃垂泣上問有何冤苦婢對妾原籍廣平生員馮某之女父以冤獄將死遂鬻妾構欄中上慘然賜金百兩臨行細問顛末以紙筆記姓名且言欲與共富貴婢言但得父子團聚不願華膴也上頷之乃去婢以此情告生生急拜淚皆雙熒居無幾何女忽謂生曰妾不為情緣何處得煩惱君被逮時妾奔走戚眷間並無一人代一謀者爾時酸裏誠不可以告愬今覩塵俗益厭苦我已為君畜艮偶可從此別生聞泣伏不起女乃止夜

遣祿兒侍生寢生拒不納朝視十四娘容光頓減又月餘漸以衰老半載黯黑如村嫗生敬之終不替女忽復言別且曰君自有佳侶安用此鳩盤爲生哀泣如前曰又踰月女暴疾絕食飲羸臥閨闥生侍湯藥如奉父母巫醫無靈竟以溘逝生悲怛欲絕郎以婢賜金爲營齋葬數日婢亦去遂以祿兒爲室逾年舉一子然比歲不登家益落夫妻無計對影長愁忽憶堂陬撲滿常見十四娘投錢于中不知尚在否近臨之則豉具鹽盎羅列殆滿頭頭置去箸探其中堅不可入撲而碎之金錢溢

黶 暗同
替 衰也
鳩槃荼 古醜婦
筋肋 音斤
筯 音住 俗快子
神通

裕 饒富也

不韙 出左傳不是也

聊齋懷才不偶想因筆下太共刺之故々會知其病

出由此顛大亢裕後著頭至太華遇十四娘乘青騾婢子跨蹇以從問馮郎安否且言致意主人我已名列仙籍矣言訖不見

異史氏曰輕薄之詞多出於士類此君子所悼惜也余嘗冒不韙之名言冤則已迂然未嘗不刻苦自勵以勉附於君子之林而禍福之說不與焉若馮生者一言之微幾至殺身苟非室有仙人亦何能解脫囹圄以再生於當世耶可懼哉

白邇教 邪術明時最甚

勵 勉也 音厲

元末有白蓮教謠言
云彌勒佛下降
徐鴻儒見明史
趙彥傳在天啟
崇禎間與王好賢
王森父子相結起
于山東

白蓮教某者山西人忘其姓名大約徐鴻儒之徒左道惑衆慕其術者多師之某一日將他往堂中置一盆又一盆覆之囑門人坐守戒勿啟視去後門人啟之視盆貯清水水上編草爲舟帆檣具焉異而撥以指隨手傾側急扶如故仍覆之俄而師來怒責何違吾命門人立白其無師曰適海中舟覆何得欺我又一夕燒巨燭於堂上戒恪守勿以風滅漏二皷師不至儽然而殆就牀暫寐及醒燭已竟滅急起爇之既而師入又責之門人曰我固不曾睡燭何得息師怒曰適使我暗行十餘里

尚復云云耶門人大駭如此奇行種種不勝書後有愛妾與門人通覺之隱而不言遣門人飼豕門人入圈立地化為豕某即呼屠人殺之貨其肉人無知者門人父以子不歸過問之辭以久弗至門人父回家諸處探訪絕無消息有同師者隱知其事洩諸門人父門人父告之邑宰宰恐其遁不敢捕治達於上官請甲士千人圍其第妻子皆就執閉置樊籠將以解都途經太行山山中出一巨人高與樹等目如盎口如盆牙長尺許兵士愕立不敢行某曰此妖也吾妻可以却之乃如其言脫

即障眼幻術將一一脫身逃也。

幻出巨人走的乾淨

抓攫、搶拿也

張道一名四教順治丙戌進士官翰林道曾視山西學

隟俗隙正

妻縛妻荷戈往巨人怒吸吞之衆愈駭某曰既殺吾妻是須吾子乃復出其子又被吞如前狀衆各對覷莫知所爲某泣且怒曰既殺吾妻又殺吾子情何以甘然非某自往不可也衆果出諸龕授之刃而遣之巨人盛氣而逆格鬬移時巨人抓攫入口伸頸咽下從容竟去

胡四相公

萊蕪張虛一者學使張道一之仲兄也性豪放自縱聞邑中某氏宅爲狐狸所居敬懷刺往謁冀一見之投刺隙中移時扉自闢僕者大愕却退張肅衣敬入見堂中

前者西席姓胡此亦姓胡胡者狐也

几榻宛然而闃寂無人遂揖而祝曰小生齋宿而來仙人既不以門外見斥何不竟賜光霽忽聞虛室中有人言曰勞君枉駕可爲跫然足音矣請坐賜教卽見兩座自移相向甫坐卽有鏤漆碟盤貯雙茗醆懸目前各取對飲吸瀝有聲而終不見其人茶已繼之以酒細問官閥曰弟姓胡氏於行爲四曰相公從人所呼也於是酬酢議論意氣頗洽鱉羞鹿脯雜以薌蓼進酒行炙者似小輩甚夥酒後頗思茶意纔少動香茗已寘几上凡有所思無不應念而至張大悅盡醉始歸自是三數日必

貪利貪色
漁利漁色
以捕魚必得也
巫卽狐也
而者難詞
乃者 難詞之甚者 見公羊傳

一訪胡胡亦時至張家蓋如主客往來禮一日張問胡曰南城中巫媪日托狐神漁病家利不知其家狐君識之否胡曰彼妄耳實無狐少間張起溲溺聞小語曰適所言南城狐巫未知何如人小人欲從先生往觀之煩一言請於主人張知爲小狐乃應曰諾卽席而請於狐曰我欲得足下服役者一二輩往探狐巫敬請君命狐固言不必張言之再三乃許之旣而張出馬自至如有控者旣騎而行狐相語於途謂張曰後先生于道途聞覺有細沙散落衣襟上便是吾輩從也語次進城至巫

蹀躞 音牒，雪如走路之跌；躞 無倫次

花姊 韻绝

盲 無目，音盟，入八庚韻，从目

肓 膏肓穴，音荒，入七陽韻，从肉

家巫見張至，笑迎曰：「貴人何忽得臨？」張曰：「聞爾家狐子大靈應，果否？」巫正容曰：「若個蹀躞語，不宜貴人出得！何便言狐子！恐吾家花姊不懽。」言未已，空中發半磚來，中巫臂，踉蹡欲跌。驚謂張曰：「官人何得拋擊老身也？」張笑曰：「婆子盲也！幾曾見自己額顱破，冤誣袖手者？」巫錯愕不知所出。正回惑間，又一石子落，中巫，顛蹶，穢泥亂墜，塗巫面如鬼。惟哀號乞命。張請恕之，乃止。巫急起奔遁房中，闔戶不敢出。張呼與語曰：「爾狐如我狐否？」巫惟謝過。張仰首望空中，戒勿復傷巫。巫始惕惕而出。張笑諭

惕惕 怛怛 憂懼也

交公摯者曰莫逆逆言不相違逆

黃巢起於山東寃朐縣擾亂多時朱温李克用出而撲滅釀成五代矣

之乃還由是每獨行於途覺塵沙淅淅然則呼狐語輒應不訛虎狼暴客恃以無恐如是年餘愈與狐莫逆嘗問其甲子殊不自記憶但言見黃巢反猶如昨日一夕與話忽牆頭蘇然作響其聲甚厲張異之胡曰此必家兄張言何不邀來共坐曰伊道頗淺祗好攫雞啖便了耳張謂狐曰交情之好如吾兩人可云無憾終亦一見顏色殊屬恨事胡曰但得交好足矣見面何爲一日置酒邀張且告別問將何往曰弟陝中產將歸去矣君每以對面不覿爲恨今請一識數歲之友他日可相認

淅淅然細沙落衣袖間

暗徵此射後段張道一學使

耳張四顧都無所見胡曰若試開寢室門則弟在焉張如其言推扉一覷則內有美少年相視而笑衣裳楚楚眉目如畫轉瞬之間不復覩矣張反身而行即有履聲藉藉隨其後曰今日釋君憾矣張依戀不忍別胡曰離合自有數何容介介乃以巨觥勸酒飲至中夜始以紗燭導張歸及明往探則空房冷落而已後道一先生爲西川學使張清貧猶昔因往視弟願望頗奢月餘而歸甚違初意咨嗟馬上嗒若喪偶忽一少年騎青騾躡其後張回顧見裘馬甚麗意甚騷雅遂與閒語少年察張

相視而笑莫逆於心　莊子句

觥觵同古人以犀角大杯作罰酒器所謂浮白也浮即罰字此以大杯勸客用又不同

四川省分極大南近貴廣北連陝甘左湖北右邊界外國故分為东川西川

楚楚整潔也

嗒然若喪其偶　莊子句

騷雅風雅清俊
岐路 見史記揚子見岐路而悲墨子見素絲而泣
狐此冈類而意致拳拳
反袂手足之情待
俘音夫擄去
祲音侵災年 害水旱凶荒名之曰祲

不豫詰之二鵶因欲戲而告以故少年亦爲慰藉同行里許至岐路中少年乃拱手別曰前途有一人寄君故人一物乞笑納也復欲詢之馳馬逕去張莫解所由又二三里許見一蒼頭持小簏子獻於馬前曰胡四相公敬致先生張豁然頓悟受而開視則白鏹滿中及顧蒼頭已不知所之矣

仇大娘　女而悌者　能是小人每欲禍兩子而反得福

仇仲晉人忘其郡邑値大亂爲寇俘去二子福祿俱幼繼室邵氏撫雙孤遺業幸能溫飽而歲屢祲豪强者役

淩藉　欺侮也
立誓不動
中傷　如以兵刃暗擊刺傷
不沾　言寡居不貞節
飛語　言語無根者
有賢毋自有賢兒媳也
經紀　經營操持

淩藉之，遂至食息不保。仲叔尚廉利其嫁，屢勸駕，而邵氏矢志不搖。廉陰務於大姓，欲强奪之，關説已成，而他人不之知也。里人魏名，夙狡猾，與仲家積不相能，事事思中傷之。因邵寡，僞造浮言以相敗辱。大姓聞之，惡其不德而止。久之，廉之陰謀與外之飛語，邵漸聞知，冤結胸懷，朝夕隕涕，四體漸以不仁，委身牀榻。福甫十六歲，因縫紉無人，遂急爲畢婚。婦姜秀才屺瞻之女，頗稱賢能，百事賴以經紀。由此用漸裕，乃使祿從師讀。魏忌嫉之，而陽與善，頻招福飲，福倚爲腹心之交。魏乘間告曰：

微言不着相之語若遠若近說來使人不疑

朩 對分為 𣎳

析 古音實 今音質 析 音托 木邦

拆 音赤

尊堂病廢不能理家人生産弟坐食一無所檖作賢夫婦何爲作馬牛哉且弟買婦將大耗金錢爲君計不如早析則貧在弟而富在君也福歸謀諸婦婦咄之柰魏日以微言相漸漬福惑焉直以己意告母母怒詬罵之福益恚輒視金粟爲他人之物也者而委棄之魏乘機誘與博賭倉粟漸空婦知而未敢言既至糧絕母駭問始以實告母憤怒而無如何遂析之幸姜女賢旦夕爲母執炊奉事一如平日福既析益無顧忌大肆淫賭數月間田産悉償戲債而母與妻皆不及知福貲既罄無

券 音大文契合同者
不怕禍從財而賴有
反覆事
賺 音綻 騙也
此卻斷語通消息
女子受聘則首有笄
未受則否如男子之冠
也 挫折磨折也
本巨盜藐視王法不
怕

所爲詐因券妻貸貲而苦無受者邑人趙閭羅原漏網之巨盜武斷一鄉恃不畏福言之食也慨然假貲福持去數日一室意踟躕將背券盟趙橫目相加福大懼賺妻付之魏聞竊喜急奔告姜寶將傾敗仇也姜怒訟與福懼甚亡去姜女至趙家始知爲壻所賣大哭但欲覓死趙初慰諭之不聽既威逼之益罵大怒鞭撻之終不肯服因拔笄自刺其喉急救已透食管血溢出趙急以帛束其項猶冀從容而挫折焉明日牒已至趙行行殊不置意官驗女傷稟命笞之隸相顧無敢用刑官久聞

未獲之
大盜
先借錢
後

挨行無忌　不用皁隸差人一則此輩與趙必素相聯絡一則趙必戾怕事後要受累故令僕奴自己人痛撻之

存問　餽遺問起居安否

歆　言語撥動其心

吭　音抗　咽喉

其横暴至此益信大怒喚家人出立斃之姜遂畀女歸自姜之訟也邵氏始知福不肖狀一號幾絕冥然大漸祿時年十五煢煢無以自主先是仲有前室女大娘嫁於遠郡性剛猛每歸寧餽贈不滿其意輒迕父母往往以憤去仲以是怒惡之又因道遠遂數載不一存問邵氏垂危魏欲招之來而啟其爭適有貿販者與大娘同里便托寄語大娘且歆以家之可圖數日大娘果與少子至入門見幼弟侍病母景象慘澹不覺愴惻因問弟祿祿備告之大娘聞之忿氣塞吭曰家無成人遂任人

煢　正作煢　孤立無靠傍也

聊齋志異卷五　仇大娘　三五

印 践蹈也　糜 音迷粥也

博 局戲本作簙

大娘抱姪出首剛猛而有智者

拘 捉也　甲乙 無名姓者

宰 令也

儆 音敬戒也一音近

躁躪至此吾家田產諸賊何得賺去因入厨下爇火炊糜先供母而後呼弟及子共啖之啖巳忿出詣邑投狀訟諸博徒衆懼斂金賂大娘大娘受其金而仍訟之邑令拘甲乙等各加杖責田產殊置不問大娘憤不巳率子赴郡郡守最惡博者大娘力陳孤苦及諸惡局騙之狀情詞慷慨守爲之動判令邑宰追田給主仍懲仇禍以儆不肖既歸邑宰奉令敲比於是故產盡反大娘時巳久寡乃遣少子歸且囑從兄務業勿得復來大娘由此止母家養母教弟內外有條母大慰病漸瘥家務悉

敲 朴比　追

委大娘里中豪強，少見淩暴，輒握刀登門，侃侃爭論，罔不屈服。居年餘，田産日增，時市藥餌珍肴，餽遺姜女。又見祿漸長成，頻囑媒爲之覓婚。魏告人曰：「仇家産業，悉屬大娘，恐將來不可復返矣。」人咸信之，故無肯與論婚者。有范公子子文，家中名園，爲晉第一。園中名花夾路，直通内室。或不知而悞入之，値公子私宴，怒執爲盜，杖幾死。會清明，祿自塾中歸，魏引與遊遨，遂至園所。魏故與園丁有舊，放令入，周歷亭榭。俄至一處，溪水洶湧，有畫橋朱檻，通一漆門；遥望門内，繁花如錦，蓋卽公子内

暱 音業 窓也

闺闥 音圭榻 内室也

禄会说比福好

齋也魏紿之曰君請先入我適欲私為禄信步尋橋入
戶至一院落聞女子笑聲方停步間一婢出窺見旋踵
卽返禄始駭奔無何公子出叱家人縮索逐之禄大窘
自投溪中公子反怒為笑命諸僕引出見其容裳都雅
便令易其衣履曳入一亭詰其姓氏藹容溫語意甚親
暱俄趨入內旋出笑握禄手過橋漸達曩所禄不解其
意逡巡不敢入公子强曳入之見花籬內隱隱有美人
窺伺既坐則羣婢行酒禄辭曰童子無知悞踐閨闥得
蒙赦宥已出非望但願釋令早歸受恩非淺公子不聽

樂拍　詞曲之名，如捉拍滿路花等名，有胡笳十八拍之選意

渾不似　如琵琶而又不同，外國樂器，又名胡拍四渾撥四，相傳是昭君入番後作

沒奈何　宋張循王有敵國之富，每以銀一千兩鑄一大球，院宇間置之，竭之為笑言，賊不能竊，曰沒奈何

俄頃，肴炙紛紜。衲又起，辭以醉飽。公子捺坐，笑曰：「僕有一樂拍名，若能對之，郎放君行。」衲唯唯請教。公子云：「拍名『渾不似』。」衲默思良久，對曰：「銀成『沒柰何』。」公子大笑曰：「真石崇也！」衲殊不解。蓋公子有女名蕙娘，美而知書，日擇良耦，夜夢一人告之曰：「石崇，汝壻也。」問：「何在？」曰：「明日落水矣。」早告父，共以為異。衲適符夢兆，故邀入內舍，使夫人女輩共覘之也。公子聞對而喜，乃曰：「拍名乃小女所擬，屢思而無其偶，今得屬對，亦有天緣。僕欲以息女奉箕帚；寒舍不乏第宅，更無煩親迎耳。」衲惶然遜謝，且

祿才情也　好

石崇字季倫，官九卿，封侯，事見晉書

私窺曰覘，晉穿

大抵贍識
籍甚者名好也
弛懈也
無隙可乘禍之每得奇
福真慎不過

以母病不能入贅爲辭公子姑令歸謀遂遣園人負涇
壯力力本敵不相當故曰不祥
衣送之以馬既歸告母母驚爲不祥於是始知魏氏險
然因以得吉亦置不讎但戒子遠絕而已踰數日公子
音酬
又使人致意母母終不敢應大娘應之卽倩雙媒納采
之親
焉未幾禄贅入公子家年餘遊泮才名籍甚妻弟長成
敬少弛禄怒攜婦而歸母已杖而能行頻歲賴大娘經
爲此邦不可久居
紀第宅亦頗完好新婦既歸婢僕如雲宛然有大家風
焉魏又見絕嫉妬益深恨無瑕之可蹈時有巨盜事發
遠竄乃誣禄寄貲禄依令徙口外范公子上下賄託僅
照律例
音悔

太木郎
一兄出亡
一弟又與
之交
真是
奇禍

官府何以鶻突至此

一頃百畝

以蕙娘免行，田產盡沒入官。吉大娘執析產書，銳身告理，新增良沃如干頃，悉畀福名。母女始得安居，祿自分不反，遂書離婚字付岳家，偕丁自去，行數日至北都，飯於旅肆，有丐子怔營戶外，貌絕類兄。近致訊詰，果兄祿因自述兄弟悲慘，祿解複衣分數金，囑令歸，福泣受而別。祿至關外，寄將軍帳下為卒，因祿文弱，俾主支籍，與諸僕同棲止，僕輩研問家世，祿悉告之，內一人驚曰：是吾兒也。蓋仇仲初為寇家牧馬，後寇逃竄，仲遂流徙關外，為將軍僕，向祿緬述，始知真為父子，抱首悲哀，一室

辛酸鼻出涕

爲之酸辛。居無何，將軍獲巨盜數十，中有一人，即曩時魏所誣祿之盜魁也。既具供狀，父子咸泣告將軍。將軍爲之昭雪。上聞，命地方官贖業歸仇，父子各喜。祿細問家口，爲贖身訖，乃知仲投將軍有年，兩易配而無所出。時方鰥也，祿遂治任返。初，福別弟歸，蒲伏自投大娘。大娘奉母坐堂上，操杖問之："汝願受扑責，便可姑留；不然，汝田產既盡，亦無汝啜飯之所，請仍去。"福涕泣伏地，願受笞。大娘投杖曰："賣婦之人，亦不足懲。但宿案未消，再犯首官可耳。"即使人往告姜。姜女罵曰："我是仇氏何人，而相

曩時當年也

出首曰首官

揶揄 拍手而羞之

厮養 下人

吃大苦之後改舊態矣

罹 音離受也

告也大娘頻述告福而揶揄之福慚愧不敢出氣居半

年大娘雖給奉周備（今後溫飽）而役同厮養福撩作無怨詞託以

金錢輒不啗大娘察其無他乃白母求姜女復歸母意

其不可復挽大娘曰不然渠如肯事二主楚毒豈肯自

罹要不能不有此念耳遂率弟躬往負荆岳父母誚讓（責也）

良切大娘叱使長跪然後請見姜女請之再四堅避不

出大娘摟捉以出女乃指福唾罵福慚汗無以自容姜

母始曳令起大娘請問歸期女曰向受姊惠綦（甚也）多今承

尊命豈復有異言但恐不能保其不再賣也且恩義已

楚毒 如身所受之苦楚之

惠 贈也

讀之欲涕

如日再造豈肯放其回去

用蘆柴引火焼仲宅

絕。更何顏與黑心無賴子共生活哉。請別營一室。妾往奉事老母。較勝披削足矣。大娘代白其悔。爲翼日之約而別。次朝。以乘輿取歸。母逆於門而跪拜之。女伏地大哭。大娘勸止。置酒爲歡。命福坐案側。乃執爵而言曰。我苦爭者。非自利也。今弟悔過。貞婦復還。請以簿籍交納我。以一身來。仍以一身去耳。夫婦皆興席改容。羅拜哀泣。大娘乃止。居無何。昭雪之命下。不數日。田宅悉還。故主魏大駭。不知其故。自恨無術可以復施。適西鄰有回祿之變。魏托救焚而往。暗以編菅爇祿。篘風又熾。作延

公子試女志
强 平声剛强 北方之强
强 上声勉强 强恕而行
不動尊 尊即罇大甕

燒幾盡止餘福居兩三屋舉家依聚其中未幾祿至相見悲喜初范公子得離書持商蕙娘蕙娘痛哭碎而投諸地父從其志不復强祿歸聞其未嫁喜如岳所公子知其屋災欲留之祿不可遂辭而退大娘幸有藏金出葺敗堵福負鍾營築掘見窖鏹夜與弟共發之石池盈丈滿中皆不動尊也由是鳩工大作樓舍矗起壯麗擬於世胄祿感將軍義備千金往贖父福請行因遣健僕輔之以去祿乃迎蕙娘歸未幾父兄同歸一門歡騰大娘自居母家禁子省視恐人議其私也父既歸堅辭欲

烏有　兩解一有化無曰化為烏有一與有同

不敢效禽獸

階進　俗言借脚上階頭

拂　逆也

去兄弟不怨叉乃析產而三之子得二女得一也大娘
固辭兄弟皆泣曰吾等非姊烏有今日大娘乃安之遣
人招子移家共居焉或問大娘異母兄弟何遂關切如
此大娘曰知有母而不知有父者惟禽獸如此耳豈以
人而效之福祿聞之皆流涕使工人治其第皆與已等
魏自計十餘年禍之而益以福之深自愧悔叉仰其富
思交歡之因以賀仲階進備物而往福欲却之仲不忍
拂受雞酒焉雞以布縷縛足逸入竈竈火燃布往棲積
薪僮婢見之而未顧也俄而薪焚災舍一家惶駭幸手

蜀卓王孫家僮指千人
即手指衆多
古人牽羊担酒今絶不用
此礼而大小西洋尚沿此禮
前在申江曾見之
孔子倦不宿勝毋之鄉渴
不飲盜泉之水惡其名
也

指衆多。一時撲滅。而廚中百物俱空矣。兄弟皆謂其物不祥。後值父壽。魏復饋牽羊。卻之不得。繫羊庭樹。夜有僮被僕毆。忿趨樹下。解羊索自經死。兄弟歎曰。其福之不如其禍之也。自是魏雖殷勤。竟不敢受其寸縷。寧厚酬之而已。後魏老貧而作丐。每周以布粟而德報之。異史氏曰。噫嘻。造物之殊。不由人也。益讎之而益福之。彼機詐者。無謂甚矣。顧受其饋。而反以得禍。不更奇哉。此可知盜泉之水。一掬亦汙也。

李伯言　鬼神

（夾注：歎詞　上声　濟也　以德報怨　振械変詐惡人也　音菊　双手捧曰掬）

名言悟
浚語
寧厚也
今之
所云寧可
如此也
縷音慮
寸縷
尺寸物之
極微者

抗直不懦弱

人之五藏 去声 肝胆属木胆為肝之腑作事謀慮在肝而堅决在胆凡人之有决断者皆是胆水显事到目前一見即决是非能决定將来如何了結此係天生非後天學力可到

裡看火烘炙如放爆仗

李生伯言沂水人抗直有肝胆忽暴病家人進藥卻之曰吾病非藥餌可療陰司閻羅缺欲吾暫攝其篆耳勿埋我宜待之是日竟死騶從導去入一宮殿進服冕隸胥祗候甚肅案上簿書叢沓一宗江南某稽生平所私良家女八十二人鞫之佐證不誣按冥律宜炮烙堂下有銅柱高八九尺圍可一抱空其中而熾炭焉表裏通赤群鬼以鐵蒺藜撻驅使登手移足盤而上甫至頂則烟氣飛騰崩然一響如爆竹人乃墮團伏移時始復蘇又撻之爆墮如前三墮則匝地如烟而散不能復成形

凡印信皆篆書

冕旒即平天冠

稽 音棨 稽查

炮 上音匏 烙 下音格 俗書洛非

證正　証俗
懲正　懲俗
仲夫子生平重然諾
論語子路無宿諾
隱存左袒　私念誼向親戚欲袒護也俗云幫也

矣。又一起、爲同邑王某、被婢父訟盜占生女、王卽生嫗家。先是一人賣婢、王知其所來非道、而利其直廉、遂購之。至是王暴卒、越日、其友周遇於途、知爲鬼、奔避齋中、王亦從入。周懼而覩、問所欲爲。王曰、煩作見證於冥司耳。驚問何事。曰、余婢實價購之、今被誣控、此事君親見之、惟借季路一言、無他說也。周固拒之。王出曰、恐不由君耳。未幾周果死、同赴閻羅質審、李見王、隱存左袒意、忽見殿上火生、燄燒梁棟、李大駭、側足立、吏隱進曰、陰曹不與人世等、一念之私、不可容、急消他念、則火自熄。

明知故犯謂貪價賊雖無
誘拐强佔等情已犯不應
之輕律故平情而斷是笞
罪
閩律 要隘今之閩卡卡乃俗字

李歆神寂慮火頓滅已而鞫狀王與婢反覆相詰問
周周以實告王以故犯論笞訖遣人俱送回生周與
王皆三日而甦李視事畢輿馬而返中途見缺頭斷足
者數百輩伏地哀鳴停車研詰則異鄉之鬼思踐故土
懸關隘阻隔乞求路引李曰余攝任三日已解任矣何
能爲力衆曰南村胡生將建道場代囑可致李諾之至
家騶從都去李乃甦胡生字水心與李善聞李再生便
詣探省李遽問清醮何時胡訝曰兵燹之後妻孥瓦全
向與室人作此願心未向一人道也何知之李具以告

妻妾子女
總曰妻孥

說情皆曰關節不獨考場中私弊

說情囑託曰關說亦曰關節宋人云關節不到有閻羅包老者時包孝肅公拯尹開封冰心鐵面故一時有此謠諺

胡歎曰閻房一語遂播幽冥可懼哉乃敬諾而去次日如王所王猶僵臥見李肅然起敬申謝佑庇李曰法律不能寬假今幸無恙乎王云已無他症但笞創膿潰耳又二十餘日始痊臀肉腐落瘢痕如杖者

異史氏曰陰司之刑慘於陽世責亦苛於陽世然關說不行則受殘酷者不怨也誰謂夜臺無天日哉第恨無火燒臨民之堂廨耳

黃九郎

何師參字子蕭齋於苕溪之東門臨曠野薄暮偶出見

苛音粘 嚴厲也 官山刑曰苛政猛于虎 見檀弓

丰采 即風采風標

斷袖 漢哀帝愛董賢極寵偉同卧起常晝眠賢壓於帝袖不忍喚醒剪斷袖子而起

婦人跨驢來少年從諸其後婦約五十許意致清越轉視少年年可十五六丰采過於姝麗何生素有斷袖之癖睹之神出於舍魂是目送影滅方歸次日早伺之落日冥濛少年始過生曲意承迎笑問所來答以外祖家生請過齋少憩辭以不暇固曳之乃入略坐興辭堅不可挽生握手送之殷囑便道相過少年唯唯而去生由是凝思如渴往來眺注足無停趾一日銜半規少年欻至大喜要入命館僮行酒問其姓字答云黃姓第九童子無字問過往何頻曰家慈在外祖家常多病故數

數入声 音朔 頻頻也

父母尊厚採望皆曰省曰觀

袴正 褲俗

後漢書廉范傳昔無襦今五袴

肘音帚臂也

省之酒數行欲辭去生捉臂遮留下管鑰九郎無如何赧顏復坐挑燈共語媼若處子而詞涉游戲便合羞面向壁未幾引與同衾九郎不許堅以睡惡爲辭强之再三乃解上下衣着袴臥牀上生滅燭少時移與同枕曲肘加髀而狎抱之苦求私暱九郎怒曰以君風雅士故與流連乃此之爲是禽處而獸愛之也未幾晨星熒熒九郎逕去生恐其遂絕復伺之蹀躞凝盼目穿北斗過數日九郎始至邂逅强曳入齋促坐笑語竊幸其不念舊惡無何解屨登牀又撫哀之九郎曰纏綿之意已

鐰俗 鎖正

本是蹢躅

羅同邏四面巡羅如布網羅
期於必得

癯同臞 無肉

鏤肺鬲然親愛何必在此生甘言糾纏但求一親玉肌

九郎從之生俟其睡寐潛就輕薄九郎醒攬衣遽起乘

夜遁去生邑邑若有所亡忘啜廢枕日漸委悴惟日使

齋僮邏偵焉一日九郎過門卽欲逕去僮牽衣入之見

生清癯大駭慰問生實告以情淚涔涔隨聲零落九郎

細語曰區區之意實以相愛無益於弟而有害於君故

不爲也君既樂之僕何惜焉生大悅九郎去後疾頓減

數日不復九郎果至遂相繾綣曰今勉承君意幸勿以

此爲常既而曰欲有所求肯爲力乎問之答曰母患心

安寢食

凡得鬼脈屑屑如鬼然
内經語狐脈亦然

痛惟太醫齊野王先天丹可療君與善當能求之生諾
之臨去又囑生入城求藥及暮付之九郎喜上手稱謝
又强與合九郎曰勿相糾纏請爲君圖一佳人勝弟萬
萬矣生問誰何曰有表妹美無倫倘能垂意當執柯斧
生微笑不答九郎攜藥便去三日乃來復求藥生恨其
遲詞多誚讓九郎曰本不忍禍君故疏之既不蒙見諒
請勿悔焉由是燕會無虛夕凡三日必一乞藥齊怪其
頻曰此藥未有過三服者胡久不瘥因裹三劑並授之
又顧生曰君神色黯淡病乎曰無脈之驚曰君有鬼脈

意不在焉　表其遲　何人也　胡何通　果　拱

因餽藥 醫毋故 敬謝

作搛

少陰屬腎斷袖已傷腎藏謂孤陽獨抗也而況鬼狐耶齊公不愧太醫但不知先天丹用何藥料墟莽故墓也

秦國醫和醫緩皆良醫國手事見左傳

翰林非言官故曰越俎 此二字見莊子

明時王多分封在省者

青盼 異目相加賞識也

病在少陰不自慎者殆矣歸語九郎九郎歎曰良醫也我實狐恐不爲君福生疑其誑藏其藥不以盡予慮其弗至也居無何果病延齊診視曰曩不實言今魂氣已遊墟墓秦緩何能爲力九郎日來省視曰不聽吾言果至於此生尋卒九郎痛哭而去先是邑有某太史少與生共筆硯十七歲擢翰林時秦藩貪暴而賂朝士無有言者公抗疏劾其惡以越俎免藩陞是省中丞日伺公隙公少有英稱曾邀叛王青盼因購得舊所往來札脅公公懼自經夫人亦投繯死公越宿忽甦曰我何子蕭

予本音預與之也今有音余平声我也非古義

劾

脅 挾制也

謂何某太史
太史夫人不在也

又用檀弓句法

紛閔曲同此紛字解

也詰之所言皆伺家事方悟其借軀返魂留之不可出奔舊舍撫疑其詐必欲排陷之使人索千金於公公僞諾而憂悶欲絕忽逼九郎至喜共語言悲懽交集既欲復狎九郎曰君有三命耶公曰余悔生勞不如死逸因訴冤苦九郎悠然以思少間曰幸復生聚君曠無偶前言表妹慧麗多謀必能分君憂欲一見顏色曰不難明日將取伴老母此道所經君僞爲弟也兄者我假渴而求飲焉君曰驢子亡則諾也計已而别明日亭午九郎果從女郎經門外過公拱手絷絷與語略睨女郎娥媚

偶耦同 匹也

自起燒茶故緩其時

此即两人計策九郎推托尋驢而去

言河山不改也

秋扇 漢班姬事見列女傳

秀曼誠仙人也九郎索茶公請入飲九郎曰三妹勿訹此兒盟好不妨少休止扶之而下縶驢於門而入公自起瀹茗因目九郎曰君前言不足以盡今得死所矣女似悟其言之爲己者離榻起立嚶喔而言曰去休公外顧曰驢子其亡九郎火急馳出公擁女求合女顏色紫變窘若囚抑大呼九兒不應曰君自有婦何喪人廉恥也公自陳無室女曰能矢河山勿令秋扇見捐則惟命是聽公乃誓以皦日女不復拒事已九郎至女色然怒讓之九郎曰此何子蕭肯之名士今之太史與兒最善

比頑童 見书 書比近也

長 長技 擅長

其人可依。即聞諸妗氏，當不相見耶。日向晚，公要遮不聽去。女恐姑母駭怪，九郎銳身自任，跨驢逕去，居數日，有婦攜婢過，年四十許，神情意致，雅似三娘，公呼女出窺，果母也。瞥睹女，怪問何得在此，女慚不能對，公邀入拜而告之，母笑曰：九郎稚氣，胡再不謀。女自入廚下，設食供母，食已乃去。公得麗偶，頗快心期，而惡緒縈懷，恒蹙蹙有憂色。女問之，公緬述顛末。女笑曰：此九兄一人可得解，君何憂。公詰其故，女曰：聞撫公溺聲歌而比頑童，此皆九兄所長也。投所好而獻之，怨可消，讎亦可復。

蹙 又音戚　緬 細言　讎 復報也

撫台之怨仇未解

言與九郎狎久必死 故讎可復

肘行以臂撑子與息同走今
羊肚戲中有此走法
此作態向人世說語
脫倘也
元順帝荒淫於末年在
宮中作天魔舞用男女
若干人
容易則不鄭重沉思而更
遲遲則入牢籠矣

公慮九郎不肯。女曰：「但請哀之。」越日，公見九郎來，肘行而逆之。九郎驚曰：「兩世之交，但可自效，頂踵所不敢惜。何忽作此態向人？」公具以謀告。九郎有難色。女曰：「妾失身於郎，誰實爲之？脫令中途彫喪，焉置妾也？」九郎不得已，諾之。公陰與謀，馳書於所善之王太史而致九郎焉。王會其意，大設招撫公飲，命九郎飾女裝，作天魔舞，窈然美女。撫惑之，亟請於王，欲以重金購九郎，惟恐不得當。王故沉思似難之，遲之又久，始將公命以進。撫喜，前郤頓釋。自得九郎，動息不相離，侍妾十餘，視同塵土。九

越日隔一日也
九郎不肯
惟恐不肯
塵土無色

郎飲食供具，如王者。賜金萬計。半年，撫公病，九郎知其
去冥路近也，遂輦金帛假歸公家。既而撫公薨，九郎出
貲起屋置器，畜婢僕，母子及妗並家焉。九郎出，裘馬甚
都。人不知其狐也。余有笑判，並志之：

判批語又當斷

男女居室，爲夫婦之大倫；燥溼互通，乃陰陽之正竅。
迎風待月，尚有蕩檢之譏；斷袖分桃，難免掩鼻之醜。
人必力士，鳥道方可生開；洞非桃源，漁篙寧容誤入。
今某從下流而忘反，舍正路而不由。雲雨未興，輒爾
上下其手；陰陽反背，居然表裏爲奸。華池置無用之

都 麗也

夫音扶 亦用檀弓詞

鄉謬說老僧入定蠻洞乃不毛之地遂使恥帥稱戈繫赤兎於轅門如將射戟採大弓於國庫直欲斬關或是臨內黃饋訪知亥於昨夜分明王家朱李索鑽報於來生彼黑松林戎馬頻來固相安矣設黃龍府潮水忽至何以禦之宜斷其鑽刺之根兼塞其送迎之路

金陵女子 不知何姓 有事白散 痴者

沂水居民趙某以故自城中歸見女子白衣哭路側甚哀睨之美悅之凝注不去女垂涕曰夫夫也路不行而

渺 小也 同眇

毛遂自薦 見國策

婦人以井臼爲職 以操持內事包括在內

顧我趙曰我以曠野無人而子哭之慟實愴於心女曰夫死無歸是以哀耳趙勸其復擇良匹曰渺茲一身其何能擇如得所託媵之可也趙忻然自薦女從之趙以去家遠將覓代步女言無庸乃先行飄忽若奔至家操井臼甚勤積二年餘謂趙曰感君戀戀猥相從忽已二年今宜且去趙曰曩言無家今焉往曰彼時漫爲是言耳何得無家身父貨藥金陵倘欲再晤可載藥往當助資斧趙經營爲貰輿馬女辭之出門逕去追之不及瞬息遂杳居久之頗涉懷想因市藥詣金陵寄貨旅邸詣

漫言 空言非實

轉眼不見

輟 音赤 息也止也

直 值 新附 價也

蒜臼 舂蒜之石臼

晋左思太冲詩 嬌語若連鎖 欲使歷歷若貫珠

衢市忽藥肆一翁望見曰堦至矣延之入女方浣裳庭中見之不言亦不笑浣不輟趙銜恨遽出翁又曳之返女不顧如初翁命治具作飲謀厚贈之女止之曰渠福薄多將不任宜少慰其苦辛再檢十數醫方與之便喫著不盡矣翁問所載藥女云已售之矣直在此翁乃出方付金送趙歸試其方有奇驗溺水尚有能知其方者以蒜臼接茅簷雨水洗撓䝉其方之一也良效

結簡而妙

王漁洋云女子大笑死

評亦簡而妙

連瑣

鬼還魂

楊于畏移居泗水之濱齋臨曠野牆外多古墓夜聞白楊蕭蕭聲如濤湧夜闌秉燭方復悽斷忽牆外有人吟曰元夜淒風却倒吹流螢惹草復沾幃反復吟誦其聲哀楚聽之細婉似女子疑之明日視牆外並無人跡惟有紫帶一條遺荊棘中拾歸置諸牕上向夜二更許又吟如昨楊移杌登望吟頓輟悟其爲鬼然心向慕之次夜伏伺牆頭一更向盡有女子珊珊自草中出手扶小樹低首哀吟楊微嗽女急入荒草而沒楊由是伺諸牆下聽其吟畢乃隔壁而續之曰幽情苦緒何人見翠袖

鶩音務一音木
野鴨
今秋冬際天空雲斂每有孤飛之鶩王子安序中所云落霞与孤鶩齊飛是也

單寒月上時久之寂然楊乃入室方坐忽見麗者自外來斂衽曰君子固風雅士妾乃多所畏避楊喜拉坐視怯凝寒若不勝衣問何居里久寄此間荅曰妾隴西人隨父流寓十七暴疾殂謝今二十餘年矣九泉荒野孤寂如鷙所吟乃妾自作以寄幽恨者思久不屬蒙君代續懽生泉壤楊欲與懽褰然曰夜臺朽骨不比生人如有幽懽促人壽數妾不忍禍君子也楊乃止戲以手探胸懷則雞頭之肉依然處子又欲視其裙下雙鈎女俯首笑曰狂生太囉唣矣楊把玩之則見月色錦襪約綵

綹 音柳

一

既與已同，皆謂事畢也

連昌宮詞 唐元稹微之作，見微之集，乃七古

漢京兆尹張敞西眉畢

始入朝，武帝詰之。敞不

諱，曰：閨閣之中，誠有

甚於畫眉者

綠一綹，更覩其一，則紫帶繫之。問何不俱帶。曰：昨宵畏君而遁，不知遺落何所。楊曰：爲卿易之。遂即履上取以授女。女驚問何來，因以實告。乃去綫束帶。既翻案上書，忽見連昌宮詞，慨然曰：妾生時最愛讀此，今覩之殆如夢寐。與談詩文，慧黠可愛。翦燭西窗，如得良友。自此每夜但聞微吟，少頃即至。輒囑曰：君秘勿宣，妾少膽怯，恐有惡客見侵。楊諾之。兩人懽同魚水，雖不至亂，而閨閣之中，誠有甚於畫眉者。女每於燈下爲楊寫書，字態端媚。又自選宮詞百首，錄誦之。使楊治棋枰，購琵琶，每夜

聊齋志異卷五　連瑣　四二

着棋曰手談

曉苑 宮中禁苑音縣

教楊手談不則挑弄絃索作蕉聰零雨之曲酸人胸臆楊不忍卒（卒 終曲也）聽則爲曉苑鶯聲之調頓覺心懷暢適挑燈作劇樂輒忘曉視牎上有曙色則張皇遁（忽也）去一日薛生造訪値楊晝寢視其室琵琶棋局具在知非所善又翻書得宮詞見字跡端娟益疑之楊醒薛問戲具何來答欲學之又問詩卷托以假諸友人薛反覆檢玩見最後一葉細字一行云某日月連瑣書笑曰此是女郎小字何相欺之甚楊大窘不知置詞薛詰之益苦楊不以告薛執卷挾（挾 制也）之楊益窘遂告之薛求一見楊因述所囑薛

寖音侵，漸也

仰慕殷切。楊不得已，諾之。夜分女至，爲致意焉。女怒曰：所言伊何？乃已喋喋向人！楊以實情自白。女曰：與君緣盡矣。楊百辭慰解，終不懽，起而別去，曰：妾暫避之。明日薛來，楊代致其不可。薛疑支托，暮與總友二人來，淹留不去，故撓之，恒終夜譁，大爲楊生白眼，而無如何。衆見數夜杳然，寖有去志，喧囂漸息。忽聞吟聲，共聽之，悽婉欲絶。薛方傾耳神注，內一武友王生，掇巨石投去，大呼曰：作態不見客，甚得好句，嗚嗚惻惻，使人悶損！吟頓止。衆甚怒之，楊恚憤見於詞色。次日始共去，楊獨宿空齋，

恧 音業 慙羞 恨也

齷齪 音屋促 下賤不潔

比之妻子曰齒

自爲生活 任其生死

蕡女復來而殊無影跡踰二日女忽至泣曰君致惡賓

幾嚇煞妾楊謝過（急認差賠罪）不遑女遽出曰妾固謂緣分盡也從

此別矣挽之已渺由是月餘更不復至楊思之形銷骨

立莫可追挽一夕方獨酌忽女子搴（搴）幃入楊喜極曰卿

見宥（宥 恕罪）耶女涕垂膺（膺 胸也）默不一言亟問之欲言復忍曰負氣

去又急而求人難免愧恧楊再三研詰乃曰不知何處

來一齷齪隷逼充媵妾顧念清白裔豈屈身輿臺之鬼

然一綫弱質烏能抗拒君如齒妾在琴瑟之數必不聽

自爲生活楊大怒憤將致死但慮人鬼殊途不能爲力

輿臺 皁臣輿、臣臺 左傳 人十等之末

蝟音胃俗名猬瓜畜身上毛极多

喙音悔口也

殪射死曰殪音乙

女曰來夜早眠妾邀君夢中耳於是復共傾談坐以待
曙女臨去囑令晝眠留待夜約楊諾之因於午後薄飲
乘醺登榻蒙衣假臥忽見女來授以佩刀引手去至一
院宇方闔門語聞有人掿石撾門女驚曰仇人至矣楊
啟戶驟出見一人赤帽青衣蝟毛繞喙怒咄之隸橫目
相讎言詞兇謾楊大怒奔之隸捉石以投驟如急雨中
楊腕不能握刃方危急間遙見一人腰矢野射審視
之王生也大號乞救王生張弓急至射之中股再射之
殪楊喜感謝王問故具告之王自喜前罪可贖遂與共

不有先容必遭按劍史傳中語言欲見王侯宰相必有先為之游揚者否則突如其來使人疑也

入女室女戰惕羞縮遙立不作一語案上有小刀長僅尺餘而裝以金玉出諸匣光鑑毫芒王讚歎不釋手與楊略話見女慙懼可憐乃出分手去楊亦自歸趙牆而作於是驚寤聽村雞已亂唱矣覺臉中痛甚曉而視之則皮肉赤腫亭午（午時）王生來便言夜夢之奇楊曰未夢射否王怪其先知楊出手示之且告以故王憶夢中顏色恨不真見自幸有功於女復請先容夜間女來稱謝楊歸功王生遂達誠懇女曰將伯之助義不敢忘然彼赳赳姜實畏之既而曰彼愛妾佩刀刀實妾父出粵中百

將伯見毛詩

赳赳武夫毛詩

古人称祖父母父母伯父叔父皆呼大人宫中女官及太監曰中大人又外郡九邊阨塞之豪傑亦称大人歷代史傳如此 今自道台以上内之开坊翰詹五品卿以上皆称大人明季尚不如此

金購之妾愛而有之纏以金縷瓣以明珠大人憐妾矣亡用以殉葬今願割愛相贈見刀如見妾也次日楊即致此意王大悦至夜女果攜刀來曰囑伊珍重此非中華物也由是往來如初積數月忽於燈下笑而向楊似有所語面紅而止者三生抱問之答曰久蒙眷愛妾受生人氣日食烟火白骨頓有生意但須生人精血可以復活楊笑曰卿自不肯豈我故惜之女曰妾接後君必有廿餘日大病然藥之可愈遂與爲懽既而著衣起又曰尚須生血一點能拚痛以相愛乎楊取利刃刺臂出

申告也

巔 顛同 頂也

陶淵明日醉於酒嘗曰死即埋我令家人荷鍤相隨

屬絲 音卓 細如連也

血女臥榻上使滴臍中乃起曰妾不來矣君記取百日之期視妾墳前有青鳥鳴於樹巔即速發塚楊謹受教出門又囑曰慎記勿忘遲速皆不可乃去越十餘日楊果病腹脹欲死醫師投藥下惡物如泥淡辰而愈計至百日使家人荷鍾以待日既西果見青鳥雙鳴楊喜曰可矣乃斬荊發壙見棺木已朽而女貌如生摩之微溫蒙衣舁歸置煖處氣咻咻然細於屬絲漸進湯酏半夜而蘇每謂楊曰十餘年如一夢耳

王漁洋云結盡而不盡甚妙

筆 漢山隱然無寒化工之

侍巾櫛奉箕帚操井臼皆謙言

白晳鬒鬚眉 左傳句

唐李賀長指爪人稱長爪郎相法人長指者聰慧言指長于手心

白于玉

吳青菴筠少知名葛太史見其文每嘉歎之託相善者邀至其家領其言論風采曰焉有才如吳生而長貧賤者乎因傳鄰好致之曰使青菴奮志雲霄當以息女奉巾櫛時太史有女絕美生聞大喜確自信既而秋闈被黜使人謂太史富貴所固有不可知者遲早耳請待我三年不成而後嫁於是刻志益苦一夜月明之下有秀才造謁白晳短鬚細腰長爪詰所來自言白氏字于玉略與傾談豁人心胸悅之留同止宿遲明欲去生囑便

萟 埶正 藝俗 新附

道家吐故納新元门功夫

黄庭經 道家言

梯航 言可登天涉海 航音杭

杭正 航俗

道頭過白感其情殷願卽假館約期而别至日先一著
頭送炊具來（自起火食）少間白至乘駿馬如龍生另舍（另外一舍）舍之白命
奴牽馬去遂共晨夕忻然相得生視所讀書並非常所
見聞亦絶無時（時文）萟訝而問之白笑曰士各有志僕非功
名中人也夜每招生飲出一卷授生皆吐納之術多所
不解因以迂緩（方欲成婚）置之他日謂生曰曩所授乃黄庭之要
道仙人之梯航生笑曰僕所急不在此且求仙者必斷
絶情緣使萬念俱寂僕病未能也白問何故生以宗嗣
爲慮白曰胡久不娶笑曰寡人有疾寡人好色白亦笑

僕病五字
救生之泼
句見文選

刺刺不能休　韓昌黎文　謂語多不止

相處久而不知白于玉仙術

寫入夢迷離妙

曰王請無好小色所好如何生具以情告白疑未必真莫生曰此遐邇所共聞非小生之目賤也白微哂而罷次日忽促裝言别生悽然與語刺刺不能休白乃命童子先負裝行兩相依戀俄見一青蟬鳴落案間白辭曰輿已駕矣請自此别如相憶拂我榻而卧之方再欲問轉瞬間白小如指翩然跨蟬背上嘲哳而飛杳入雲中生乃知其非常人錯愕良久悵悵自失踰數日細雨忽集思白甚切視所卧榻鼠跡碎瑣慨然掃除設席即寢無何見白家僮來相招忻然從之俄有桐鳳翔集童捉

遐邇　遠近也

促裝　收拾行李　一作束裝

杳　遠也

生之魂游

凌升飛騰也

如明皇夜遊廣寒宮

儔類也

謂生曰黑徑難行可乘此代步生慮細小不能勝任僮曰試乘之生如所請寬然殊有餘地僮亦附其尾上戛然一聲凌升空際未幾見一朱門僮先下扶生亦下問此何所曰此天門也門邊有巨虎蹲伏生駭懼僮以身障之見處處風景與世殊異僮導入廣寒宮內以水晶爲階行人如在鏡中桂樹兩章參空合抱花氣隨風香無斷際亭宇皆紅牕時有美人出入冶容秀骨曠世並無其儔僮言王母宮佳麗尤勝然恐主人伺久不暇留連導與趨出移時見白生已候於門握手入見簷外清

桂洞月府

聽曲飲酒食飯曰倘食

吃字 古無音乞者如口吃曰吃 謂言詞不便今為沿古音言稍轉音如喬

水白沙涓涓流溢玉砌雕闌殆擬桂闕甫坐即有二八
奴鬟來薦香茗少間命酌有四麗人歛袵鳴璫給事左
右纔覺背上微癢麗人即以纖指長甲探衣代搔生覺
心神搖動罔所安頓既而微醺漸不自持笑顧麗人睨
搭與語美人輒笑避白令度曲侑觴一衣絳綃者引爵
向客便即筵前宛轉清歌諸麗者笙管敖曹嗚嗚雜和
既闋一衣翠裳者亦酌亦歌尚有一紫衣人與一淡白
軟綃者吃吃笑暗中互讓不肯前白令一酌一唱紫衣
人便來把琖生托接杯戲撓纖腕女笑失手酒杯傾墮

不當次序而飲曰飛觴見李太白桃李園序文

尤物 絶佳者唐人句世間尤物不堅牢

巨眼 俗言見過場面

白譙訶之女拾杯含笑俛首細語云冷如鬼手馨強來
捉人臂白大笑罰令自歌自舞舞已衣淡白者又飛一
觥生辭不能釂女捧酒有愧色乃強飲之細視四女風
致翩翩無一非絕世者遽謂主人曰人間尤物僕求一
而難之君集羣芳能令我真個銷魂否白笑曰足下意
中自有佳人此何足當巨眼之顧生曰吾今乃知所見
之不廣也白乃盡招諸女俾自擇生顛倒不能自決白
以紫衣人有把臂之好遂使襆被奉客既而衾枕之愛
極盡綢繆生索贈女脫金腕釧付之忽僮入曰仙凡路

仙官朝帝亦同京朝官及外省入覲者先於朝房待漏。漏，宮內外更漏銅壺也

膩然無聲而墮

讀書得功名娶美女之初念

殊。君宜即去。女急起遁去。生問主人。僮曰。早詣待漏去時。囑送客耳。生悵然從之。復尋舊途。將及門。回視童子不知何時已去。虎哮驟起。生驚竄而去。望之無底。而足已奔墮。一驚而寤。則朝曦已紅。方將振衣。有物膩然墮褥間。視之。鈒也。心益異之。由是前念灰冷。每欲尋赤松遊。而尚以嗣續爲憂。過十餘日。晝寢方酣。夢紫衣姬自外至。懷中繃嬰兒曰。此君骨血。天上難留此物。敬持送君。乃寢諸牀。牽生衣覆之。匆匆欲去。生強與爲懽。乃曰。前一度爲合卺。今一度爲永訣。百年夫婦。盡於此矣。君

婦女以夫為天今俗喪夫而哭天不哭地

老母在 史記刺客傳句

藜藿 素飯言耐貧苦而君婦道賢女也

備有志或有見期生醒見嬰見臥襆褥間纈以告母母（修仙道成而食於天上）意備嫗哺之取名夢仙生於是使人告太史身已將隱令別擇良匹太史不肯生固以爲辭太史告女女曰遠近無不知見身已許吳郎矣今改之是二天也固以此意告生生曰我不但無志於功名兼絕情於燕好所以不即入山者徒以有老母在太史又以商女女曰吳郎貧我甘其藜藿吳郎去我事其姑嫜定不他適使人三四返迄無成謀遂諷曰（擇吉日）備輿馬妝奩嬪（嫁也）於生家生感其賢敬愛臻至女事姑孝曲意承順過貧家女踰二年母

質音至 典質 匳 嫁物備 衣衾被褥

篋 匳 通

吳女不但賢孝勝於流俗 卽夫婦分離亦奇絕

明俗唐宋有童子科今無

春秋一言之褒一字之貶謂善惡也

嵩東 泰東 陝西 華西 常山真定 恒 北

湖南 衡南 河南 嵩中 五岳也

岳同嶽 泰卯岱

嵩一作崧

亡女質奩作具罔不盡禮生日得卿如此吾何憂顧念一人得道拔宅飛昇余將遠逝一切付之於卿女坦然發不挽留生遂去女外理生計內訓孤兒井井有法夢仙漸長聰慧絕倫十四歲以神童領鄉薦十五入翰林每褒封不知母姓氏封葛母一人而已值霜露之辰輒問父所母具告之遂欲棄官往尋母曰汝父出家今已十有餘年想已仙去何處可尋後奉旨祭南岳中途遇寇竄急中一道人仗劍入寇盡披靡圍始破德之餽以金不受出書一函付囑曰余有故人與大人同里煩一

逝 往也

井 法也

仙種

本省中舉人

春秋祭期

孝子

壁□ 壁俗

託言寄西之勞故日奉報

四字一句八句四韻

今燈謎有拆字格最古

致寒暄問何姓名答云王林因憶村中無此名道士曰
草埜（西野）微賤貴官自不識耳臨行出一金釧曰此閨閣物
道人拾此無所可用即以奉報覩之嵌鏤精絕懷歸以
授夫人夫人愛之命良工依式配綴不及其精巧徧問
村中並無王林其人者私發其函上云三年鸞鳳分拆
各天羣母教子專賴卿賢無以報德奉藥一丸剖而食
之可以成仙後書琳娘夫人妝次讀畢不解何人持以
告母母執書以泣曰此汝父家報也琳我小字始恍然
悟王林為拆白謎也悔恨不已又以釧示母母曰此汝

毋遺物而翁在家時嘗以相示又視丸如豆大喜曰我父仙人啖此必能長生毋不遽吞愛而藏之會太史來視甥女誦吳生書便進丹藥爲壽太史剖而分食之頃刻精神煥發太史時年七旬龍鍾頗甚忽覺筋力溢於膚革遂棄輿而步其行健趍家人坌息始能及焉逾年都城有回祿之災火終日不熄夜不敢寐畢集庭中見火勢拉雜浸及鄰舍一家徊徨不知所計忽夫人臂上金釧戛然有聲脫臂飛去望之大可數畝團覆宅上形如月闕釧口向東南隅歷歷可見衆大愕俄頃火自西

龍鍾如竹枝見風搖動

火神

漸也

漢魏晉交州圭版圖內今古城安南近兩廣地五代之亂五胡亂中原昂沸交州不属矣

來近闌則斜越而東迫火勢既遠竊意釧亡不可復得忽見虹光乍斂釧錚然墮足下都中延燒民舍數萬間左右前後並爲灰燼獨吳第無恙惟東南一小樓化爲烏有即釧口漏覆處也高母年五十餘或見之猶似二十許人

餌仙丹力

夜叉國

此全是寓言

交州徐姓泛海爲賈忽被大風吹去開眼至一處深山蒼莽冀有居人遂纜船而登負糗腊焉（乾粮肉脯音臭腊）方入見兩岸皆洞口密如蜂房內隱有人聲至洞外佇足一窺中有夜

糗音朽
腊本昔
从肉片
腊乾

燗 即閃，音扇，上声
夜叉 即野叉，即野轉音夜叉
即佛經藥叉，又北記藥叉元
氏有宋室曰元藥叉
飪 音忍，熟食

叉二牙森列戟目燗雙燈爪劈生鹿而食驚我魂魄悉欲奔下則夜叉已顧見之輟食執入二物相語類鳥獸鳴爭裂徐衣似欲啗噉徐大懼取橐中糗糒並牛脯進之分啗甚美復翻徐橐徐搖手以示其無夜叉怒又執之徐哀之曰釋我我舟中有釜甑可烹飪夜叉不解其語仍怒徐再與手語夜叉似微解從至舟取具入洞束薪燃火煮其殘鹿熟而獻之二物噉之甚喜夜以巨石杜門似恐徐遁徐曲體遙臥深懼不免天明二物出又杜之少頃攜一鹿來付徐徐剝革於洞深處取流水汲煮

鹿尾鹿脯八珍之一見禮記鹿脯唐時甚重顏魯公有乞鹿脯帖今都中尚有土賜

節名奇与骨突子皆匪夷所思絕世才人無所不有

數釜俄有數夜叉舁至吞噉訖共指釜似嫌其小過三四日一夜叉負一大釜來似人所常用者於是羣夜叉各致狼麋旣熟呼徐同噉居數日夜叉漸與徐熟出亦不施禁錮聚處如家人徐漸能察聲知意輒效其音爲夜叉語夜叉益悅攜一雌來妻徐徐初畏懼莫敢近雌就徐與交大喜每留肉餌徐若琴瑟之好一日諸物早起項下各挂明珠一串更番出門若伺貴客命徐多煮肉徐以問雌雌云此天壽節雌出謂衆夜叉曰徐郎無骨突子衆各摘其五並付雌雌又自解十枚共得五十

妙絕寫世

險絕處得寶珠如至
長毛中家當
張皇　驚狀
鶚大目音鶴　鴞音囂
手掬不用匕箸
常供常獻

之數以野苧為繩穿挂徐項徐視之一珠可直百十金
俄頃俱出徐煮肉果雌來邀去云接天王至一大洞廣
闊盈畝中有石滑平如几四圍俱有石座上一座蒙以
豹革餘皆以鹿（鹿皮）夜叉二三十輩列坐洞中少頃大風揚
塵張皇都出見一巨物來亦類夜叉狀竟奔入洞踞坐
鶚顧羣隨入東西列立恐仰其首以雙臂作十字交物
按頭點視問臥眉山（蜀中有卧眉山名蛾眉山）衆盡於此乎羣鬨應之顧徐曰此
何來雌以壻對衆又贊其烹調即有二三夜叉奔取熟
肉陳几上物掬啗盡飽極贊嘉美且責常供又顧徐云

蒲翁何處得來夜叉孔節

骨突子何短衆曰初來未備物於項上摘取珠串脱十枚付之俱大如指頂圓如彈丸雌急接代徐穿挂徐亦交臂作夜叉語謝之物乃去躡風而行其疾如飛衆始享其餘食而散居四年餘雌忽産一胎而生二雄一雌皆人形不類其母衆夜叉皆喜其子輒共捬弄一日皆出攫食惟徐獨在忽別洞來一雌欲與徐私徐不肯夜叉怒撲徐踣地上徐妻自外至暴怒相搏齕斷其耳少頃其雄亦歸解釋令去自此雌每守徐動息不相離又三年子女俱能行步徐輒教以人言漸能語啁啾之中

捬 音夫摩也

啁啾 上音嘲 下且游切

齕 音乞

兆十萬之數盈滿也

有人氣焉，雖童也，而奔山如履坦。遂與徐依依，有父子
意。一日，雌與一子一女出，半日不歸，而北風大作。徐惆
然念故鄉，攜子至海岸，見故舟猶存，謀與歸。子欲告母，
徐止之。父子登舟，一晝夜達交。至家，妻已醮。出珠二枚，
售金盈兆，家頗豐。子取名彪，十四五歲，能舉百鈞，粗莽
好鬬。交帥見而奇之，以爲千總。值邊亂，所向有功，十八
爲副將。時一商泛海，亦風飄至臥眉。方登岸，見一少年，
視之而驚。知爲中國人，便問居里，商以告。少年乃曳入
幽谷一小石洞，洞外皆叢棘，且囑勿出。去移時，挾鹿肉

明時稱正總兵曰正總副將曰副總武官至總兵而止無提督名自總至千把無品級其品級在大都督府左右都督及同知僉事与都指揮使同知僉事千户百户而已詳見明史百官志蒲翁明末 國初人尚沿其稱

來啖商自言父亦交人商問之而知爲徐商在客中嘗識之因曰我故人也今其子爲副總少年不解何名商曰此中國之官名又問何以爲官曰出則輿馬入則高坐堂上一呼而下百諾見者側目視側足立此名爲官少年甚歆（音欣，羨也）動商曰既尊君在交何久淹此少年以情告商勸南旋曰余亦常作是念但母非中國人言貌殊異且同類覺之必見殘害用是輾轉（孝子）乃出曰待北風起我來送汝行煩於父兄處寄一耗問商伏洞中幾半年時自棘中外窺見山中輒有夜叉往還大懼不敢少動一

罵之暢

策〻風声

藪 音叟大野也

日、北風策策。少年忽至、引與急處、囑曰。所言。勿忘。却商應之、乃歸徑抵交趾、副總府備述所見、虎聞而悲、欲往尋之。父慮海濤妖藪。險惡難狀。力止之。虎撫膺痛哭、父不能止、乃告交帥、攜兩兵入海、逆風阻帆、擺簸海中者半月、四望無涯。咫尺迷悶。無從辨其南北。忽而湧波接漢。乘舟傾覆。虎落海中、逐浪浮流、久之、被一物曳去至一處、竟有舍宇、虎覘之、一物如夜叉狀、虎乃作夜叉語、夜叉驚訊之、虎乃告以所往、夜叉喜曰、卧眉我故里也。唐突可罪。君離故道已八千里。此去為毒龍國、向卧眉

瑟瑟 微風

出题

非路、乃覓舟來送徐、夜义在水中、推行如矢、瞬息千里、過一宵、已達北岸、見一少年、臨流瞻望、彪知山無人類、婞是弟、近之果弟、因執手哭、既而問母及妹、並云安健、彪欲偕往、弟止之、倉忙便去、回謝夜义、則已杳矣、未幾、母妹俱至、見彪俱哭、彪告其意、曰、恐去為人所凌、彪曰、見在中國甚榮貴、人不敢欺、歸計已決、苦風逆難渡、母子方徊徨間、忽見布帆南動、其聲瑟瑟、彪喜曰、天助我也、相繼登舟、波如箭激、三日抵岸、見者皆奔、彪向三人腕分袍袴、抵家、母夜义見翁、怒罵、恨其不謀、徐謝過不

凌 欺也

不與同行

曰彪曰豹曰夜兒不離野又獸類罵絶

了々明白也古有了々令史今衙门中能办事之书吏見晋書

國初武職正副總兵遊擊爲沿明制掌同知衛乃都指府指揮使府同知非文官之同知

邉家人拜見主母無不戰慄彪勸母學作華言衣錦厭粱肉乃大欣慰母女皆男兒裝數月稍辨語言弟妹亦漸白皙弟曰豹妹曰夜兒俱強有力彪耻不知書教弟讀豹最慧經史一過輒了又不欲捺儒業仍使接強弩馳怒馬登武進士第聘阿遊擊女夜兒以異種無與爲婚會標下袁守備失偶強妻之夜兒能開百石弓百餘步射小鳥無虛落袁每征輒與妻俱歷任同知將軍奇勲半出於閨門豹三十四歲掛印母嘗從之南征每臨巨敵輒擐甲執銳爲子接應見者莫不辟易詔封男爵

旗人

挂印不受提督節制

五等之末

聊齋志異卷五

豹代毋疏辭封夫人

巽史氏曰夜叉夫人亦所罕聞然細思之而不罕也家家床頭有个夜叉在

至此始暢罵矣

老饕

邢德澤州人綠林之傑也能挽强弩發連矢稱一時絕技而生平落拓不利營謀出門輒虧其貲兩京大賈往往喜與邢俱途中恃以無恐會冬初有二三估客薄假以貲邀同販鬻邢復自罄其囊將共居貨友有善卜因詣之友占曰此爻爲悔所操之業即不母而子亦有損焉

落拓即落魄不偶也言到處不如意

凡卜卦內曰貞外曰悔今易作悔

頒白同斑白髮半白半黑

柈 印盤 槃

凡十分五分之曰半 一六一の曰少强 少弱 三七曰弱曰太半

老叟少年及黃髮僮跛驢羸馬扶叟上驢背示之以可欺又出白銀堆置机上真慢藏誨盜

那不樂欲中止而諸客强速之行至都果符所占臘將半匹馬出都門自念新歲無貲倍益怏悒時晨霧濛濛暫憩臨路店解裝覓飲見一頒白叟共兩少年酌北牖下一僮侍黃髮蓬蓬然那於南座對叟休止僮行觴悮翻柈具汚叟衣少年怒立摘其耳持巾捧帨代叟揩拭既見僮手拇俱有鐵箭鐶厚半寸强每一鐶約重二兩餘食已叟命少年於革囊中探出鐵物堆纍几上稱秤握算可飲數杯時始緘裹完好少年於櫪下牽一黑跛騾來扶叟乘之僮亦跨羸馬相從出門去兩少年各腰弓

欵段　駑馬遲行也見後漢書馬援傳援戒兄子書中有騎欵段馬稱鄉里善人等語

而翁即若翁　史記項羽紀

連珠箭也

假跌邪危矣

矢捉馬俱出邪窺爹金窮睛旁覘饞饑若炙轂飲急尾
之覻叟與僮猶欸段於前乃下道斜馳出叟前驟銜闕
弓怒相向叟俯脫左足靴微笑云而不識得老饕耶邪
滿引一矢去叟仰臥鞍上伸其足開兩指如箝夾矢住
笑曰技但止此何須而翁手敵邪怒出其絕技一矢剛
發後矢繼至叟手撥其一似未防其連珠後矢直貫其
口踣然而墮銜矢僵眠僮亦下邪喜謂其已斃近臨之
叟吐矢躍起鼓掌曰初會面何便作此惡劇邪大驚馬
亦駭逸以此知叟異不敢復返走三四十里值方面綱

而汝也

箝音乾鑷也

邢因折本不做保驃
竟做斷路强盜矣

遱同

隼音 雕鷹之類

辱寞即辱設言

技藝不高强也

紀囊物赴都要取之。略可千金。意氣始得揚。方疾驚問
聞後有蹄聲。回首則僮易跛驃來。駛若飛。叱曰。男子勿
行。獵取之貨。宜少瓜分。邢曰。汝識連珠箭邢某否。僮曰。
適已承教矣。邢以僮貌不揚。又無弓矢。易之。一發三矢。
連遱不斷。如羣隼飛翔。僮殊不忙。迎手接二。口銜一。笑
曰。如此技藝。辱寞煞人。乃翁傯遽。未暇尋得弓來。此物
亦無用處。請即擲還。遂於指上脫鐵環。穿矢其中。以手
力擲。嗚嗚風鳴。邢急撥以弓弦。適觸鐵環。鏗然斷絕。弓
亦綻裂。邢驚絕。未及覷避。矢過貫耳。不覺翻墜。僮下騎

方面紀綱 知府僕人

駛音史 馬驢馳也

易音異 易欺之也

傯遽 忙碌

强盗遇着贼

僮力大非常可想見其主人矣

孟浪唐突也致声孟浪猶事畢呼得罪趣极

淫容之极

將便摟括那以弓臥撻之僮怒奪弓去拗折為兩又復總折為四拋置之已乃一手握那兩臂一足踏那兩股臂若縛股若壓極力不能少動腰中束帶雙疊可駢三指許僮以一手捏之隨手斷如灰燼取金已乃趨秉作一舉手致聲孟浪霍然逕去那歸卒為善士每向人述往事不諱此與劉東山事蓋髣髴焉

姬生

南陽鄂氏患狐金錢什物輒被竊去迮之祟益甚鄂有甥姬生名士素不羈焚香代為禱免卒弗應又祝舍外

舍同揞使揞去外祖鄧
家引至已家

祖、使臨巳家。亦不應。衆笑之。生曰、彼能幻變、必有人心。
我固將引之俾入。正果三數日、輒一往祝之。雖固不驗、
然生所至、狐遂不擾。以故鄧常止生宿。生夜望空請見（現）、
邀益堅。一日生歸、獨坐齋中、忽房門緩緩自闢。生起致
敬曰、小狐（下賤之狐）兄來耶、殊寂無聲。一夜門自闢。生曰、倘是狐兄
降臨、固小生所禱祝而求者、何妨即賜光霽。即又寂然。
而案頭錢二百及明失之。生至夜、增以數百。中宵聞布
幄鏗（音慳又音肩平声）然。生曰、來耶、敬具時銅數百以備取用。僕雖不充
裕、然非鄙吝者。若緩急有需用、度無妨質言、何必盜竊

生欲以君子之道化小人狐雖屈於理義然狐有等次此種盜竊偷食類反致老羞故宛轉作計必使剛正之人與成一類狐亦惱險絶矣凡與佞（邪）輩往來可不三思

獨恥獨爲小人故以貪婪之毒酒引生入障

狐字誤獨字

少間視錢脫去二百生仍置故處數夜不復失有熱雞欲供客而亡之生至夕又益以酒而狐從此絕迹矣鄂家祟如故生又往祝曰僕設錢而子不取設酒而子不飲我外祖衰邁無爲久祟之僕備有不腆之物夜當憑汝自取之乃以錢十千酒一罇兩雞皆聶（業）切陳几上生臥其傍終夜無聲錢物亦如故自此狐怪以絕生一日晚歸啓齋門見案上酒一壺熚雞盈盤錢四百以赤繩貫之卽前所失物也知狐之爲嗅酒而香酌之色碧綠飲之甚醇壺盡半酣覺心中貪念頓生驀然欲作賊便

此亦蒲先生寓言凡小人下材類切不可與之作緣不但近之不遜遠之則怨且恐一怨必罹禍患易言比之匪人比同類揭露也可不戒哉

噪　衆鳥鳴也
人多口雜今作噪譟

啟戶出忽村中一富室遂往越其牆牆雖高一躍上下如有翅翎入其齋竊取貂裘金鼎而出歸置牀頭始就枕眠天明攜入內室妻驚問之生囁嚅（失如口歡不便語妻）而告有喜色妻初以為戲既知其眞駭曰君素剛正何忽作此生恬然不為怪因述狐之有情妻恍然自悟是必中酒之狐毒也因念丹砂可以却邪遂覓研入酒使飲之少頃忽失聲曰我奈何作賊妻代解其故爽然自失又聞富室被盜譟（噪）傳里黨生終日不食莫知所處妻為之謀使乘夜拋其牆內生從之富室復得故物其事遂寢生歲試冠

秦漢之際楚懷王孫心擇
宋義為上將曰卿子冠軍
見史記
霍去病封軍侯開邊功冠三
軍也

明季學政皆按察司副使
僉事職 國初為然不另外放
翰林出身京官作學政統謂
之提學道 此時与 國初無捐
納一途進士出身皆可為此官
今則必須翰林出身但印仍
同道一樣

軍。又舉優（加倍獎賞）應受倍賞及發落之期。道署梁上粘一帖云。
姬某作賊。偷某家裴鼎。何爲。行優梁最高非跋足可粘
文宗疑之。執帖問生。生愕然。念此事除妻外無知者。況
署中深密。何由而至。因悟曰。此必狐爲之也。遂面述無
諱。文宗賞禮有加焉。生每自念無所取罪於狐。所以屢
陷之者。亦小人之恥獨爲小人耳。（舉優自學中至督撫學三 大憲咨取送部 朝考）
異史氏曰。生欲引邪入正。而反爲邪惑。狐意未必大惡
或生以諧（稱曰狐兄戲也）引之。狐以戲弄之耳。然非身有宿根。室有賢
助（賢妻內助）。幾何不如原涉所云。家人寡婦。以盜污遂行婦哉。吁

非讀時文腐鬼無此妙筆

在人面孔上起草稿添注塗改趣極

國初之聞指官例因軍餉變緣也

備先生於此又罵人矣

可懼也○原涉見前漢書游俠傳及唐柳子厚文集

吳木欣云康熙甲戌一鄉科令浙中點稽凶犯有竊盜已刺字訖例應遂釋嫌竊字滅筆從厶非官板正字使刮去之候創平依字彙中點畫形象另刺之盜口占一絕云手把菱花仔細看淋漓鮮血舊痕斑早知面上重爲苦竊物先防識字官禁卒笑之曰詩人不求功名而乃爲盜盜又口占答之云少年學道志功名只爲家貧悞一生冀得貲財權子母囊遊燕市博恩榮即此觀之秀才爲盜亦仕進之志也狐桉娅

名從佐明末孝人此段事實奇特鈕玉樵觚賸有雪遘一則王漁洋糸祖筆記一則鈕寫之較詳瞻乾隆末年查小山比部富而風雅曾請蔣心餘太史撰雪中人傳奇郡中一時大行聞筆有千金之贈今刻見蔣氏九種曲

生以進取之資耳

大力將軍

査伊璜浙人清明飲野寺中見殿前有古鐘鐘大於兩石甕而上下土痕手迹滑然如新疑之俯窺其下有竹筐受八升許不知所貯何物使數人摳耳力掀舉之無少動益駭乃坐飲以伺其人居無何有乞兒入攜所得糗糒（音避乾飯）堆纍鐘下乃以手起鐘一手掬餌置筐內往返數四始盡已復合之乃去移時復來探取食之食已復探輕若啟櫝一座盡駭查問若男兒胡行乞答以啗噉多（食量大）（無人肯用）

漢初功臣陳平六出奇計佐
高祖定天下封曲逆侯
曲逆音區遇一音區濃

雪遘中敘述比此篇將今
觚牘少傳本閱鈐逕本
或有之可覆按也
後附即是

無備者，杳以其健勸投行伍，乞人愀然慮無階。杳遂攜歸餌之，計其食略倍五六人，為易衣履，又以五十金贈之行。後十餘年，杳猶子令於閩，有吳將軍六奇者，忽來通謁，款談間問伊璜是君何人。杳言為從父行，與將軍何處有素。曰：是我師也。十年之別，頗復憶念，傾致先生一賜臨也。漫應之，自念叔名賢，何得武弟子，會伊璜至，因告之。伊璜茫不記憶，因其問訊之殷，即命僕馬投刺於門。將軍趨出，逆諸大門之外。視之殊昧生平，竊疑將軍慢，而將軍傴僂益恭，肅客入深啟三四關，忽見女子

古席地而坐凡侍坐於長者必如此詳見曲礼注

往來知爲私廨屏足立將軍又揖之少閒登堂則捲簾者移座者並皆少姬既坐方擬展問將軍頤少動一姬捧朝服至將軍遽起更衣查不知其何爲衆姬捉袖整襟訖先命數人捺查座上不使動而後朝拜如覲君父查大懼莫解所以拜已以便服侍坐笑曰先生不憶羣鐘之乞人耶查乃悟既而華筵高列家樂作於下酒闌羣姬列侍將軍入室請衽何趾乃去查醉起遲將軍已於寢門外三問矣查不自安辭欲返將軍投轄下鑰錮閉之見將軍日無他作惟點數姬婢廝養卒及騾馬服

官衙内室

曲礼句

長句乃明白

三號九叩礼

莊史案發時在康熙初年一時駢斬者無數查孝廉非吳公力已全家入鬼錄吴後淩于名利造名園購美人日夕歌舞園中今綉雲石尚在海寧園化鎮

用器具督造託籍戒無虧漏查以將軍家政故未深叩一日執籍謂查曰不才得有今日恐出高厚之賜一婢一物所不敢私敢以半奉先生查愕然不受將軍不聽出藏鏹數萬亦兩置之按籍點照古玩牀几堂内外羅列已滿查固止之將軍不顧稽婢僕姓名已即命男為治裝女為斂器具囑敬事先生百聲悚應又親視姬婢登輿廄卒捉馬騾闐咽並發乃返別查後查以修史一案株連被收卒得免皆將軍力也將軍以官秩及百口保之上免其罪

異史氏曰厚施而不問其名真俠烈古丈夫哉而將軍

吳因 國初收復兩廣軍
功授贈少師並太子太師
武將尚文贈更奇

之報其慷慨豪爽尤千古所僅見如此胸襟自不應老於溝瀆以是知兩賢之相遇非偶然也

附錄觚賸雪遘一則

浙江海寧縣查孝廉字伊璜才華豐艷而風情瀟灑常謂滿眼悠悠不堪酬對海內奇傑非從塵埃中物色未可得也家居歲暮命酒獨酌頃之愁雲四合雪大如掌因緩步至門翼有乘興佳客相與賞玩見一丐者避雪廡下强直而立孝廉熟視良久心竊異之呼之入坐而問曰我聞街市間有手不曳杖口若銜枚徹衣枵腹而無飢寒之色人皆稱爲鐵丐者是汝耶曰是也問能飲乎曰能因令侍童以壺中餘酒傾甌與飲丐者舉甌立盡孝廉大喜復熾炭發醅與之約曰汝以甌飲我以卮酬竭此醅乃止丐盡三十餘甌無醉容而孝廉頹臥胡床矣侍童扶掖入內丐曰遂逡巡起仍宿廡下達旦雪霽孝廉酒醒謂其家人曰我昨與鐵丐對飲甚懽觀其衣極藍縷何以禦此嚴

寒亟以我絮袍與之丐披袍而去亦不求見致謝明
年孝廉寄寓杭之長明寺暮春之初偕侶携觴薄遊
湖上忽遇前丐於放鶴亭側露肘跣足昂首獨行復
挈之歸寺詢以舊袍何在曰時當春杪安用此爲已
質錢付酒家矣孝廉奇其言因問曾讀書識字否丐
曰不讀書識字不至爲丐也孝廉悚然心動藎沐而
衣履之徐詰其姓氏里居丐曰僕系出延陵心儀曲
逆家居粵海名曰六奇祇以早失父兄性好博進遂
致落拓江湖流轉至此因念叩門乞食昔賢不免僕
何人斯敢以爲污不謂獲遘明公賞於風塵之外加
以推解之恩僕雖非淮陰少年然一飯之惠其敢忘
乎孝廉亟起而捉其臂曰吳生固海內奇傑也我以
酒友目吳生失吳生矣仍命寺僧沽梨花春一石相
與日夕痛飲盤桓累月贈以屝屨之資遣歸粵東六
奇世居潮州爲吳觀察道大之後畧涉詩書號遊虛
雖失業蕩産寄身郵卒故於關河孔道險阻形勝無
不諳熟維時天下初定王師由浙入廣舳艫相銜旌
旗鉦鼓喧耀數百里不絕凡所過都邑人民避匿村

谷間路無行者六奇獨貿貿然來邏兵執送麾下因請見主帥備陳粵中形勢傳檄可定奇有義結兄弟三十人素號雄武祇以四海無主擁衆據上游兵潰池方今九五當陽天旅南下正蒸庶徯蘇之會豪傑效用之秋苟假奇以遊劄三十道先往馳諭散給羣豪近者迎降遠者響應不踰月而破竹之形成矣如其言行之粵地悉平由是六奇運籌之謀所投必合扛鼎之勇無堅不破征閩討蜀屢立奇功數年之間位至通省水陸提督當六奇流落不偶時自分以汚賤終一遇查孝廉解袍衛門贈金蕭寺且有海內奇傑之譽遂心喜自負獲以奮跡行伍進秩元戎嘗言天下有一人知己無若查孝廉者康熙初開府循州即遣牙將持三千金存其家另奉書幣邀致孝廉來粵供帳舟輿俱極腆備將度梅嶺吳公子已迎候道左執禮甚恭樓船簫鼓由胥江順流而南凡轄下文武僚屬無不願見查先生爭先饋貽綺囊珠不可勝紀去州城二十里吳躬自出迎八騶前驅千兵後擁導從儀衛上擬侯王既迎孝廉至府則蒲伏泥首

自稱昔年賤丐，非遇先生，何有今日。幸先生辱臨，一麇丐之身，未足酬德。居一載，軍事旁午，凡得查先生三千言，無不立應，義取之貲幾至鉅萬。其歸也，復以三千金贈行，曰：非敢云報，聊以誌淮陰少年之感耳。先是茗中有富人莊廷鉞者，購得朱相國史概，博求三吳名士，增益修飾，刊行於世，前列參閱姓氏十餘人，以孝廉夙負重名，亦借列焉。未幾，私史禍發，凡有事於是書者論置極典，吳力爲孝廉奏辯，得免。孝廉嗣後益放情詩酒，盡出其橐中裝，買美鬟十二，教之歌舞，每於良宵開讌，垂簾張燈，珠聲花貌，豔散簾外，觀者醉心。孝廉夫人亦妙解音律，親爲家妓按板，正其曲誤，以此查氏女樂遂爲浙中名部。昔孝廉之在幕府也，園林極勝，中有英石峰一座，高可二丈許，嵌空玲瓏，若出鬼製，孝廉極所心賞，題曰縐雲。閱旬往觀，忽失此石，則已命載巨艦送至孝廉家矣，涉江踰嶺，亦干霄。今孝廉既沒，青娥老去，林荒池涸，而英石巋然尚存。

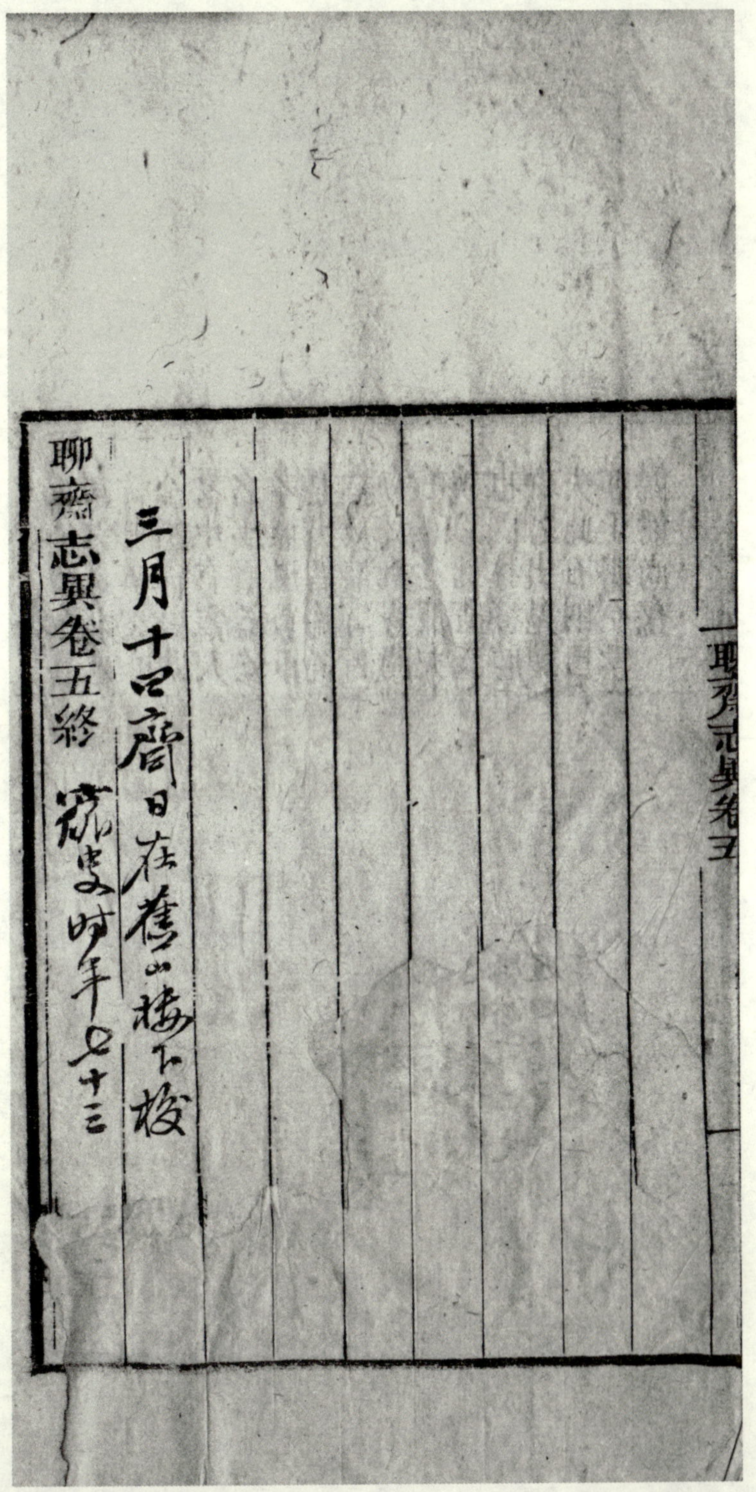

三月十四廚日在舊山樓下校

聊齋志異卷五終　宗建時年七十三

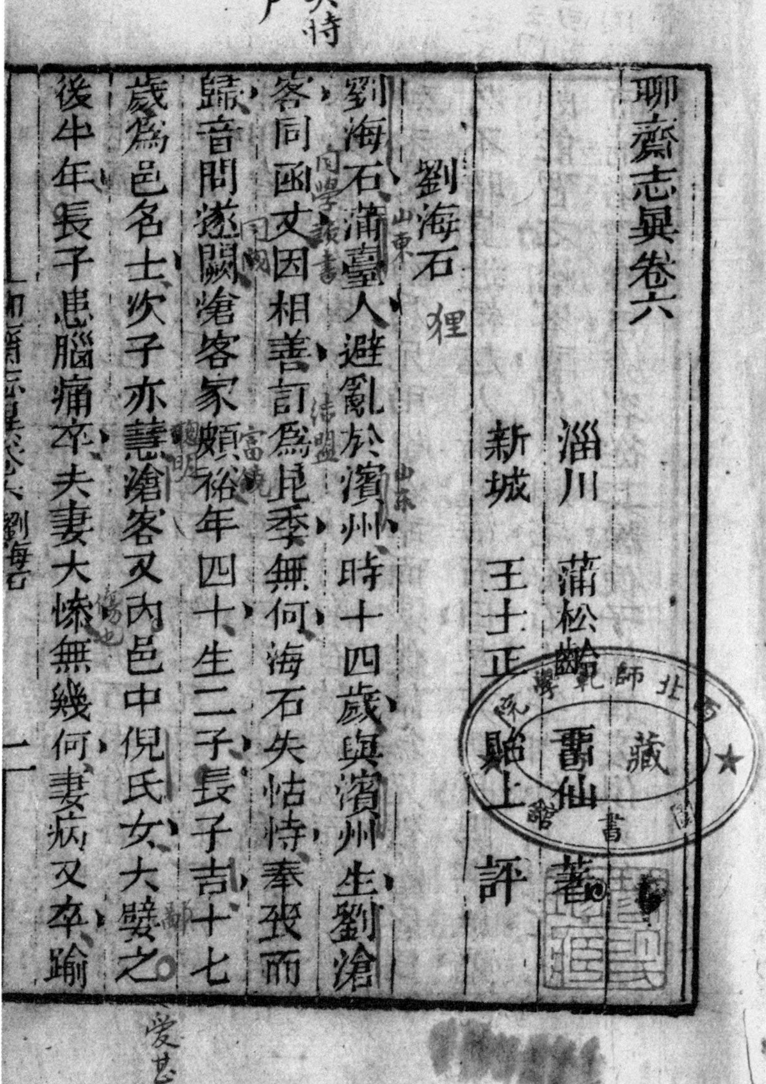

函丈 見曲礼
父丧曰失怙母亡曰失恃
見詩經 恃音持去声

聊齋志異卷六

淄川 蒲松齡 留仙 著

新城 王士正 貽上 評

劉海石

劉海石蒲臺人避亂於濱州時十四歲與濱州生劉滄客同函丈因相善訂爲昆季無何海石失怙恃奉喪而歸音問遂闕滄客家頗裕年四十生二子長子吉十七歲爲邑名士次子亦慧滄客又內邑中倪氏女大嬖之後半年長子患腦痛卒夫妻大慽無幾何妻病又卒踰

數月長媳又死而婢僕之喪亡且相繼也滄客哀悼殆不能堪一日方坐愁悶忽閽人通海石至滄客喜急出門迎以入方欲展寒溫海石忽驚曰兄有滅門之禍不知耶滄客愕然莫解所以海石曰久失聞問竊意近況未必佳也滄客泫然因以狀對海石欷歔既而笑曰災殃未艾余初爲兄弔也然幸而遇僕請爲兄賀滄客曰久不晤豈近精越人術耶海石曰是非所長陽宅風鑑頗能習之滄客喜便求相宅海石入宅內外徧觀之已而請睹諸眷口滄客從其教使子媳婢妾俱見於堂滄

愕然，驚駭也

叙述明快難学

周末秦越人姓名醫號太子尸蹷死已半日醫之回生當时人以爲有起死回生之術与古仙人扁鵲同故一时亦呼爲扁鵲今有難經八十一難傳世

今据堪輿家房屋住居曰陽宅坟墓曰陰宅

仙人舉動凡俗不解
戰慄 恐懼身抖也
石缶 音阜尾缸髭

咨一一指示，至倪海石，仰天而視，大笑不已。衆方驚疑，但見倪女戰慄無色，身暴縮短，僅二尺餘。海石以界方擊其首，作石缶聲。海石揪其髮，檢腦後，見白髮數莖，欲拔之。女縮項跪啼，言即去，但求勿拔。海石怒曰：「汝凶心尚未死耶？」就項後拔去之。女隨手而變，黑色如狸。衆大駭。海石掇納袖中，顧子婦曰：「媳受毒已深，背上當有異，請驗之。」婦羞，不肯袒示。劉子固強之，見背上白毛，長四指許。海石以針挑出，曰：「此毛已老，七日即不可救。」又視劉子，亦有毛，裁二指，曰：「似此可月餘死耳。」滄客以及婢

嚇短

唯以齒牙嚼物無噍類言人不能飲食皆死也

利者欲人死且容易也

俘 音夫

生擒而獻曰獻如賊匪巨憝罪大不即斬者大帥擒獲押解進都行獻俘礼

上御门師交付兵部兵部交付刑部 逹訊已於 太廟告文武謹 上行礼將俘囚反接縛於大盤中如太牢狀事畢然後行刑

僕、並刺之、曰、僕適不來、一門無噍類矣。問此何物、曰、亦狐屬、吸人神氣以爲靈、最利人死。滄客曰、久不見君、何能神異如此、無乃仙乎。笑曰、特從師習小技耳、何遽云仙。問其師、答云、山石道人。適此物我不能死之、將歸獻俘於師。言已告別、覺袖中空空、駭曰、亡之矣。尾末有大毛未去、今已遁去。衆俱駭然。海石曰、領毛已盡、不能化人、止能化獸、遁當不遠。於是入室而相其貓、出門而嗾其犬、皆曰無之。啟圈、笑曰、在此矣。滄客視之、多一豕。聞海石笑、遂伏不敢少動。提耳捉出、視尾上白毛一莖硬

嗾 音湊呼也 公嗾扶獒焉 左傳

楊子拔毛而利天下不為也　孟子

唐呂嵓一作岩字洞賓得道後号純陽子為鍾離權之門立願普濟衆生

韓名茂椿淄川人右通政子以蔭生官光祿署丞

如針方將撿拔而豕轉側哀鳴不聽拔海石曰汝造孽既多拔一毛猶不肯耶執而拔之隨手復化爲貍納袖欲出滄客苦留乃爲一飯問後會曰此難預定我師立宏願常使我等遨遊海上拔救衆生未必無再見時及別後細思其名始悟曰海石殆仙矣山石合一岩字蓋呂仙諱也

此愚亦寓言凡中年喪妻子而子女已年長者忽興土納妾無不引貍入室可不戒哉

犬燈

韓光祿大千之僕夜宿厦間（側廂）見樓上有燈如明星未幾熒熒飄落及地化爲犬睨之轉舍後去急起潛尾之入

賣身奴給以婢爲妻生子爲家生子另以旁宅小屋居之每月給以衣食夫主外伺候妻女入內當差

明季奴僕凡大家皆買絕或有自願投靠俱有賣身文契有過即處以家法逃走亦難今則均是雇工主僕之分不嚴矣旗下官宦尚奴役季故律例中捕亡一門爲逃奴也

園中化爲女子心知其狐還臥故所俄女子自後來僕陽寐以觀其變女俯而撼之（搖也）僕僞作醒狀問其爲誰女不答僕曰樓上燈光非子也耶女曰既知之何問焉遂共宿止晝別宵會以爲常主人知之使二人夾僕臥二人既醒則身臥床下亦不知墮自何時主人益怒謂僕曰來時當捉之來不然則有鞭楚僕不敢言諾而退因念捉之難不捉懼罪展轉無策忽憶女子一小紅衫密著其體未肯暫脫必其要害執此可以脅之夜分女至問主人囑汝捉我乎曰良有之但我兩人情好何肯爲

傳奇小說中往往有義僕非古多今少因此時皆雇工在宅爲主僕出去即陌路恩既薄矣義從何來

此悉〻句學史記范雎傳范雎在魏為魏相齊所陷幾死後入秦改姓名曰張祿相秦須賈前不能解范雎之罪迨奉使入秦雎改裝為窮寒之人至賈寓訪之賈一見甚訝而頗憐之脫身上綈袍贈之曰范叔一寒至此哉

此及寢陰摘其衫女急啼力脫而去從此遂絕後僕自他方歸途見女子坐道周至前則舉袖障面僕下騎呼曰何作此態女乃起握手曰我謂子已忘舊好矣既戀戀有故人意情尚可原前事出於主命亦不汝怪也但緣分已盡今設小酌請入為別時秋初高粱正茂女攜與俱入則中有巨第繫馬而入廳堂中酒肴已列甫坐羣婢行炙日將暮僕有事欲覆主命遂別既出則依然田隴耳

道旁

障面不欲自見

幻境

蒲翁經記純熟拈來即是用古入化

連城

知己

此篇所重在知己二字恐亦是寓言

閱後評城眉一笑當知之

時也錢未周濟其妻孥

此等漢氣節之士見近世罕見矣

織回文係及唐人典故非晉苻堅臣子竇滔妻蘇氏當事

矯命　假傳父命

矯旨　假傳聖旨

裔生晉寧人少負才名年二十餘有肝膽與顧生善顧卒時卹其妻子邑宰以文相契重宰終於任家口淹滯不能歸生破産扶柩往返二千餘里以故士林益重之而家由此日替史孝廉有女字連城工刺繡知書父嬌愛之出所刺倦繡圖徵少年題咏意在擇壻生獻詩云慵鬟高髻綠婆娑早向蘭窗繡碧荷刺到鴛鴦魂欲斷暗停針綫蹙雙蛾又贊挑繡之工云繡綫挑來似寫生幅中花鳥自天成當年織錦非長技倖把迴文感聖明女得詩喜對父稱賞父貧之女逢人輒稱道又遣媼矯

雖俠而忘嫌

寫的出

膺胸也

藥引子奇

前以窮儒眼孔心許千金以心動

父命贈金以助燈火。生嘆曰：連城我知己也。傾懷結想，如渴思啗。無何，女許字於鹺賈之子王化成，生始絕望，然夢魂中猶佩戴之也。未幾，女病瘵，沉痼不起。有西域頭陀，自謂能療，但須男子膺肉一錢，搗合藥屑。史使人詣王家告壻。壻笑曰：癡老翁，欲剜我心頭肉耶！使返。史怒，言於人曰：有能割肉者，妻之。生聞而往，自出白刃，剖膺授僧。血濡袍袴。僧敷藥始止。合藥三丸，三日服盡，疾若失。史將踐其言，先告王。王怒，欲訟官。史乃設筵招生，以千金列几上，曰：重負大德，請以相報。因具白背盟

不忍過意不去

落落莫也

如言已病深必早死

代說女之真心

生亦奇真一笑千金

笑必啓齒寫笑字不肯用平筆

之由生怫然曰僕所以不愛膺肉者聊以報知己耳豈貨肉哉拂袖而歸女聞之意良不忍託媼慰諭之且云以彼才華豈不久落天下何患無佳人我夢不祥三年必死不必與人爭此泉下物也生告媼曰士爲知己者死不以色也誠恐連城未必真知我但得真知我不諧何害媼代女郎矢誠自剖生曰果爾相逢時當爲我一笑死無憾媼既去踰數日生偶出遇女自叔氏歸睨之女秋波轉顧啓齒嫣然生大喜曰連城真知我者會王氏來議吉期女前症又作數月尋卒生往臨弔一痛而

弔已奇身殉更奇

送生屍歸

廨 如今府州縣兩廊下屋

欣亡報德

舉目無親时忽見意中知己

愛我者真喜出望外

絕。史昇送其家，生自知已死，亦無所戚。出村去，猶冀一見連城。遙望西北一道，行人連緒如蟻，因亦混身雜迹其中。俄頃入一廨署，値顧生，驚問：「君何得來？」即把手將送令歸。生太息言心事殊未了。顧曰：「僕在此典牘，頗得委任，倘可効力，不惜也。」生問連城。顧即導生歷多所，見連城與一白衣女郎，淚睫慘黛，藉坐廊隅。見生至，驟起似喜，略問所來。生曰：「卿死，僕何敢生！」連城泣曰：「如此負義之人，尚不唾棄之，身殉何爲？然已不能許君今生，願矢來世耳。」生告顧曰：「有事君自去，僕樂死，不願生矣。但

女自謂負生割肉療病之義

此女郎從旁感慨

因憶當年同逃難時遇一可與言者即欲與共生死

妾擇之職太守之女而肯如此蓋斯際父母富貴無一可恃而陌路乍逢忽有連城之相愛不捨生之多情多義可託能不拳拳欲從之

煩稽連城，託生何里，行與俱去耳。顧諾而去。白衣女郎問生何人，連城爲緬述之。女郎聞之，若不勝悲。連城告生曰：此妾同姓，小字賓娘，長沙史太守女，一路同來，遂相憐愛。生睨之，意態憐人。方欲研問，而顧已返，向生賀曰：我爲君平章已確，即令娘子從君返魂，好否？兩人皆喜。方將拜別，賓娘大哭曰：姊去，我安歸？乞垂憐救我，爲姊捧帨耳。連城悽然，無所爲計，轉謀生。生又哀顧，顧難之，峻辭以爲不可。生固强之，乃曰：試妄爲之。去食頃而返，搖手曰：何如！誠萬分不能爲力矣！賓娘聞之，宛轉嬌

詰也　紬述　部署停妥　哉　峻，堅也

何如者，言久知不能爲力，今果然也

真寫得出

愆音牽 尤怪也 罪也

賓娘回去亦賴生之力然非
顧生亦不能

女見其父懦弱無能前去指
言而改變故預為作計

啼。惟依連城肘下。恐其即去。慘怛無術。相對默默而睹
其愁顏戚容。使人肺腑酸柔。顧生憤然曰。請攜賓娘去。
脫有愆尤。小生拚身受之。賓娘乃喜。從生出。生憂其道
遠無侶。賓娘曰。妾從君去。不願歸也。生曰。卿太癡矣。不
歸。何以得活。他日至湖南。勿復走避。爲幸多矣。適有兩
媼攝牒赴長沙。生囑之。賓娘泣別而去。途中連城行蹇
緩。里餘輒一息。凡十餘息。始見里門。連城曰。重生後。懼
有翻覆。請索妾骸骨來。妾以君家生。當無悔也。生然之。
偕歸生家。女惕惕若不能步。生佇待之。女曰。妾至此。四

此語無人能解恐爲生亦不解

赧 音乃俺切周末有赧王愧也謚法之僅見者

好在女死在娘家

肢搖搖似無所主志恐不遂尚宜審謀不然生後何能
自由相將入側廂中嘿定少時連城笑曰君曾妄耶生
驚問其故赧然曰恐事不諧重負君矣請先以魂報也
生喜極盡懽戀因徘徊不敢遽出寄廂中者三日連城
曰諺有之醜媳終須見姑嫜（俗以醜媳歸後見公婆）戚戚於此終非久計乃促（生之孝意）
生入（生先吉）纔至靈寢豁然頓蘇家人驚異進以湯水生乃使
人要史來請得連城之尸自言能活之史喜從其言方
舁入室視之已甦告父曰兒已委身喬郎更無歸理如
有變動但仍一死史歸遣婢往役給奉王聞具詞（告狀）申理

音憎厭惡也

重者兩也謂胎肉醫病及回生或作鄭重解亦可

王塩商何不要臉

官貪王睹連城父太無
用

此安字乃無可奈何非悲心
肯也

太守比連城父多曉数倍

婦人曰適人

官受賂判歸王生憤懣欲死亦無奈之連城至王家忿
不飲食惟乞速死室無人則帶懸梁上越日益憊殆將
奄逝王懼送歸史史復舁歸生王知之亦無如何遂安
焉連城起每念賓娘欲遣信探之以道遠而艱於往一
日家人入白門有車馬夫婦出視則賓娘已至庭中矣
相見悲喜太守親詣送女生延入太守曰小女子賴君
復生誓不他適今從其志生叩謝如禮孝廉亦至叙宗
好焉生名年字大年
異史氏曰一笑之知許之以身世人或議其癡彼田橫

病愈曰

孝廉与太守联宗

田横秦漢之際為齊王本齊國宗室後項羽亡漢高一统為帝横而託身山東海島高祖重其為人招之至都未將近而自剄從來兩人亦殉死島上五百人聞俱死無降一者横能得士亦奇人也

澄江淨如練 齊謝朓句

五百人豈盡愚哉此如希之眞賢豪所以感結而不能（長句）自已也顧茫茫海內遂使錦繡才人僅傾心於蛾眉之一笑也悲夫

王漁洋曰雅是情種不意牡丹亭後復有此人（今田横島在登萊海也）

汪士秀（鱼精）

汪士秀廬州人剛勇有力能舉石舂父子善蹴鞠（打毬）父四十餘過錢塘溺焉積八九年汪以故詣湖南夜泊洞庭時望月東升澄江如練方眺矚間忽有五人自湖中出攜大席平鋪水面略可半畝紛陳酒饌饌器磨觸作響

皆鱼皮革所作
衣服曰衣平声
着在身上曰衣去声

南海之神曰廣利王見韓
苏文集

古有蹴鞠之戲相傳始於黃帝
時軍中相習為兩邑跳蕩便
利也一曰踢圜一曰抛球一曰打
球唐宋時尤盛行今则猶
兒戲也

然聲溫厚不類陶瓦已而三人蹳席坐二人侍飲坐者
一衣黃二衣白頭上巾皆皂色裹裹然下連肩背制絕
奇古而月色微茫不甚可晰侍者俱墨褐衣其一似童
其一似叟也但聞黃衣人曰今夜月色大佳足供快飲
白衣者曰此夕風景大似廣利王宴梨花島時三人互
歡引釂浮白但語畧小卽不可聞舟人隱伏不敢動息
汀細審侍者叟酷類父而聽其言非父聲二漏將殘忽
一人曰趣此月明宜一擊毬爲樂卽見童沒水中取一
圓出大可盈抱中如水銀滿貯表裏通明坐者盡起黃

蹴 踢也 一作蹵

彗 音歲 星也 見則動刀兵 經天則天下大亂 此以喻砲之光相比擬

雪 从彗得声

衣人呼叟共蹴之。蹴起丈餘，光摇摇射人眼，俄而砉然遠起，飛墮舟中。汪技癢，極力踏去，覺異常輕軟，踏猛似破，騰尋丈，中有漏光，下射如虹，蚩然疾落，又如經天之彗，直投水中，滚滚作沸泡聲而滅。席中共怒曰：何物生人，敗我清興！叟笑曰：不惡不惡，此吾家流星拐也。白衣人嗔其語戲，怒曰：都方厭惱，老奴何得作懽，便同小烏皮捉得狂子來，不然，脛股當有椎喫也。汪計無所逃，即亦不畏，捉刀立舟中。倏見僮叟操兵來，汪注視，真其父也。疾呼阿翁，兒在此。叟大駭，相顧悽斷。僮即反身去，叟

蹈 即踏之俗字

寫伯声 勢好

汪士秀撥踢還以用力猛而胞破[illegible]相傳絕技於叟云不悉并知其法曰流星拐

榴 石榴

湖水吸入魚口

簸 音播 从米在箕 斷動

士秀力大 木 故父子得全

樂府有錢唐君破陣樂

錢唐君江神

曰見急作匿不然都死矣言未已三人忽已登舟面皆漆黑睛大於櫃攫叟出汪力與奪搖舟斷纜汪以刀截其臂臂落黃衣者乃逃一白衣人奔汪汪剡其顱墮水有聲閧然俱沒方謀夜渡旋見巨喙出水面深濶若井四面湖水奔注砰砰作響俄一噴湧則浪接星斗蕩舟簸盪湖人大恐舟上有石皷二皆重百斤汪舉一以擲激水雷鳴浪漸消又投其一風波悉平汪疑父爲鬼叟曰我固未嘗死也溺江中者十九人皆爲妖物所食我以踢圓得全物得罪於錢塘君故移避洞庭耳三人魚

至此始点明

持齋奉佛男女雜聚必設引誘入教陷入教匪以干族誅真天下至愚然初則不茹葷念佛容易撲滅解散而地方官不知履霜之戒駐其聚散如髮逆在粵西相似延至燎原雖即善謀者無能為力矣

精所蹴魚胞也父子聚觀中夜擊棹而去天明見舟中有魚翅徑四五尺許乃悟是夜聞所斷臂也

王漁洋曰此條亦恢詭

小二 白蓮教

滕邑趙旺夫妻奉佛不茹葷血鄉中有善人之目家稱小有一女小二絕慧美趙珍愛之年六歲使與兄長春並從師讀凡五年而熟五經焉同窗丁生字紫陌長於女三歲文采風流頗相傾愛私以意告母求婚趙氏趙期以女字大家故弗許未幾趙惑於白蓮教徐鴻儒既

山東 陳白蓮教徐鴻儒起事于滕縣見明史趙彥傳

嘉慶十八年林清李文成二
白蓮教又改化為八卦教一八
傳八人大賊八人主之李為乾
卦主林為坎卦主林最狡以
其年九月五日起事直隸河
南山東安徽四省一日動手
時
睿廟幸熱河避暑未回鑾
幸先期事泄於滑縣為直
督那文毅公彥成平定一月
蕩平文毅公阿文成孫也

反○一家俱陷為賊、小二知書善解、凡紙兵豆馬之術一見輒精○小女子師事徐者六人、惟二稱最○因得盡傳其術○趙以女故、大得委任○時丁年十八、游膷泮矣、而不肯論婚○意不忘小二也○潛去、投徐麾下、女見之喜、優禮逾於常格○女以徐高足、主軍務、晝夜出入、父母不得閼○丁每宵見、嘗斥絕諸役、輒至三漏○丁私告曰、小生此來○卿知區區之意乎○女云不知○丁曰、我非妄意攀龍、所以故實為卿耳○左道無濟、止取滅亡○卿慧人、寧不念此乎○能從我亡、則寸心誠不負矣○女憮然為間、豁如夢覺、曰背

大弟子曰高足

吐心腹區區小也

前潛親未成

詭譎

除却周孔之道皆是左道

女頗有宿根

親而行不義。請告二人，入陳利害。趙不悟，曰：「我師神人，豈有舛錯？」女知不可諫，乃易髻而髻，出二紙鳶，與丁各跨其一。鳶肅肅振翼，似鶼鶼之鳥，比翼而飛。質明，抵葪蕪界。女以指撚鳶項，忽即斂墮。遂收鳶。更以雙衛，馳至山陰里，託爲避亂者，僦屋而居。二人草草出，嵩於裝，薪儲不給。丁甚憂之。假粟比舍，莫肯貸以升斗。女無愁容，但質簪珥，閉門靜對，猜燈謎，憶古書，以是角低昂；負者駢二指擊腕臂焉。西鄰翁姓，綠林之雄也。一日獵歸，女曰：「富以其鄰，我何憂？暫假千金，其與我乎！」丁以爲難。女

相背也

紙鳶 音表 今風箏

西漢末羣盗隐伏湖北綠林聚 光武起事頗借其力 今語 称為曰綠林

小女子

比翼鳥名

山非浙紹之山陰

日用也

樂輸 自斂送也

酒令曰觴政 如此令風流而莊重典雅

鱉飲 伏地而飲不用手執盃

曰我將使彼繳輸也乃剪紙作判官狀置地下覆以雞籠然後握丁登攝煮藏酒檢周禮爲觴政任言是某冊第幾頁第幾行即共翻閱其人得食傍水傍酉傍者飲得酒部者倍之既而女適得酒人丁以巨觥引滿促釂女乃祝曰若借得金來君當得飲部丁翻卷得鱉人女大笑曰事已諧矣滴瀝授爵丁不服女曰君是水卒宜作鱉飲方喧競時聞籠中戛戛女起曰至矣啟籠驗視則在囊中有巨金纍纍充溢丁不勝愕喜後翁家媼抱兒來戲竊言主人初歸篝燈夜坐地忽暴裂深不可底

暴客 强盗也

刼 制伏

一判官自内出言我地府司隸也太山帝君會諸冥曹造暴客惡録須銀燈千架架計重十兩施百架則消滅罪愆主人駭懼焚香叩禱奉以千金判官荏苒而入地亦遂合夫婦聽其言故嘖嘖詫異之而從此漸購牛馬蓄廝婢自營宅第里無賴子窺其富糾諸不逞踰垣刧丁丁夫婦始自夢中醒則編菅爇照冠集滿屋二人執丁又一人捽手女懷女袒而起戟指而呵曰止止盗十三人皆吐舌呆立癡若木偶女始著袴下榻呼集家人一一反接其臂逼令供吐明悉乃責之曰遠方人埋頭

殖 円值

出首

淜谷冀得相扶持何不仁至此緩急人所時有窘急者不妨明告我豈積殖自封者哉豺狼之行本合盡誅但吾所不忍姑釋去再犯不宥諸盜叩謝而去居無何鴻儒就擒趙夫婦妻子俱被夷誅生賫金往贖長春之幼子以歸兒時三歲養爲已出使從姓丁名之承祧於是里中人漸知爲白蓮戚裔適蝗害稼女以紙鳶數百翼放田中蝗遠避不入其壠以是得無恙里人共嫉之羣首於官以爲鴻儒餘黨官瞰其富肉覗之收丁丁以重賂啗令始得免女曰貨殖之來也苟宜有散亡然蛇蝎

蛇蝎有毒

居積 買賤賣貴見貨殖傳

宄 音九 宄食但含不作事

漢官有宄散今該曰叢俗音

明察心地本了了故陷賊得諫即是非癡愚執性

之鄉不可久居因賤售其業而去之止於邑都之西鄙女爲人靈巧善居積經紀過於男子嘗開琉璃廠每進工人而指點之一切碁鐙其奇式幻采諸肆莫能及以故直昂得速售居數年財益稱雄而女督課婢僕嚴食指數百無冗口暇輒與丁烹茗著奕或觀書史爲樂錢穀出入以及婢僕凡五日一課女自持籌丁爲之點籍唱名數焉勤者賞賚有差惰者鞭撻罰膝立是日給假不夜作夫妻設肴酒呼諸婢度俚曲爲笑女明察若神人無敢欺而賞輒浮於勞故事易辦村中二百餘家凡

號曰膝五

女有西東漢循吏之風可敬可师

道家有禹步法公法打醮步沿其習

贍養也

天授人力 張良語

貧者俱量給資本鄉以此無游惰值大旱女令村人設壇於野乘輿夜出禹步作法甘霖傾注五里內悉獲霑足人益神之女出未嘗障面村人皆見之或少年羣居私議其美及覿面逢之俱肅肅無敢仰視者每秋日村中童子不能耕作者授以錢使采荼蘇幾二十年積滿樓屋人竊非笑之會山左大饑人相食女乃出菜雜粟贍饑者近村賴以全活無逃亡焉

異史氏曰二所爲殆天授非人力也然非一言之悟騈死已久由是觀之世抱非常之才而悞入匪僻以死者

當亦不少，爲知同學六人中，遂無其人乎，使人恨不遇丁生耳。

庚娘

金大用，中州舊家子也。聘尤太守女，字庚娘，麗而賢。逑好甚敦。以流寇之亂，家人離逷。金攜家南竄，途遇少年，亦偕妻以逃者，自言廣陵王十八，願爲前驅。金喜，行止與俱。至河上，女隱告金曰：勿與少年同舟，彼屢顧我，目動而色變，中叵測也。金諾之。王殷勤覓巨舟，代金運裝，劬勞臻至。金不忍卻，又念其攜有少婦，應亦無他。婦與

傾語 耳語 附耳語 囁嚅 俗名咬耳朵

一豁 出戶遠眺，一豁舟中悶懷也

大亂當前能鎮定如此，方可復讐報冤，若後之夫婦重聚，乃天也

庚娘同居，意度亦頗溫婉。王坐船頭上，與櫓人傾語，似其熟識戚好。未幾，日落，水程迢遞，漫漫不辨南北。金四顧幽險，頗涉疑怪。頃之，皎月初升，見彌望皆蘆葦。既泊，王邀金父子出戶一豁，乃乘間擠金入水。金父見之，欲號，舟人以篙築之，亦溺。生母聞聲出窺，又築溺之。王始喊救。母出時，庚娘在後，已微窺之。既聞一家盡溺，即亦不驚，但哭曰：「翁姑俱沒，我安適歸！」王入勸：「娘子無憂，請從我至金陵。家中田廬，頗足贍給，保無虞也。」女收涕曰：「得如此，願亦足矣。」王大悅，給奉良殷。既暮，曳女求懽，女

姅變 音盤 婦女天癸至，不得入祠祀鬼神。見漢書注

嘗見三國吳志，孫翊妻徐氏善卜，翊夫是日不可晏客，翊不從，爲其下所害。徐夫人不動声色，誘兩賊入容，与心腹將誅之，与此正同

託體姅。王乃就婦宿，初更既盡，夫婦喧競，不知何由。但聞婦曰：若所爲，雷霆恐碎汝顱矣。王乃撾婦，婦呼云：便死休。誠不願爲殺人賊婦。王叱怒，捽婦出，便聞骨董一聲。遂譁言婦溺矣。未幾抵金陵，導庚娘至家，登堂見媪，媪訝非故婦。王言婦墮水死，新娶此耳。歸房，又欲犯之，庚娘笑曰：三十許男子，尚未經人道也？市兒初合卺，亦須一杯薄漿酒，汝沃饒，當亦不難，清醒相對，是何體段。王喜，具酒對酌。庚娘執爵，勸酬殷懇。王漸醉，辭不飲。庚娘引巨椀，强媚勸之。王不忍拒，又飲之。於是酣醉，裸脫

貞烈罕見

促寢庚娘撤器滅燭託言溲溺出房以刀入暗中以手索王項王猶捉臂作暱聲庚娘力切之不死號而起又揮之始殪媼髣髴有聞趨問之女亦殺之王弟十九覺焉庚娘知不免急自刎刀鈍不可入啟戶而奔十九逐之已投池中矣呼告居人救之已死麗如生共驗王尸見窗上一函開視則女備述其冤狀羣以為烈謀斂貲作殯天明集視者數千人見其容皆朝拜之終日間得百金於是葬諸南郊好事者為之珠冠袍服瘞藏豐備焉初金生之溺也浮片板上得不死將曉至淮上為小

脫 譬如也 倘也

舟所救舟楫富民尹翁專設以拯溺者金既蘇詣翁申謝翁優厚之畱教其子金以不知親耗將往探訪故不決俄白撈得死叟及媼金疑是父母奔驗果然翁代營棺木生方哀痛又白拯一溺婦自言金生其夫生揮涕驚出女子已至殊非庚娘乃王十八婦也向金大哭請勿相棄金曰我方寸已亂何暇謀人婦益悲尹審得其故喜爲天報勸金納婦金以居喪爲辭且將復讎懼細弱作累婦曰如君言脫庚娘猶在將以報讎居喪去之耶翁以其言善請暫代收養金乃許之卜葬翁媼婦縗

記室參軍唐太御房支

寇不踞城但掠人及財故曰流

經哭泣如喪翁姑既葬金懷刃托鉢將赴廣陵婦止之
曰妾唐氏祖居金陵與豺子同鄉前言廣陵者詐也且
江湖水寇半伊同黨仇不能復祇取禍耳釗徘徊不知
所謀忽傳女子誅讐事洋溢河渠姓名甚悉釗聞之一
快然益悲辭婦曰幸不污辱家有烈婦如此何忍負心
再娶婦以業有成說不肯中離願自居于媵妾會有副
將軍袁公與尹有舊適將西發過尹見生大相知愛請
爲記室無何流寇犯順袁有大勳釗以參機務敘勞授
游擊以歸夫婦始成合卺之禮居數日攜婦詣金陵將

以展庚娘之墓暫過鎮江欲登金山漾舟中流欻一艇過中有一嫗及少婦怪少婦頗類庚娘舟疾過婦自窗中窺金神情益肖驚疑不敢追問急呼曰看羣鴨兒飛上天也少婦聞之亦呼云饞猧兒欲喫猫子腥耶蓋當年閨中之隱謔也金大驚返棹近之真庚娘也青衣扶過舟相抱哀哭傷感行旅唐氏以嫡禮見庚娘庚娘驚問金始備述其由庚娘執手曰同舟一話心常不忘不圖吳越一家矣蒙代葬翁姑所當首謝何以此禮相向乃以齒序唐少庚娘一歲妹之先是庚娘既葬自不知

幾歷春秋。忽一人呼曰、庚娘汝夫不死、尚當重圓。遂如夢醒。捫之、四面皆壁、始悟身死已葬、祇覺悶悶、亦無所苦。有惡少年、窺其葬具豐美、發塚破棺、方將搜括、見庚娘猶活、相共駭懼。庚娘恐其害己、哀之曰、幸汝輩來、使我得睹天日。頭上簪珥、悉將去、願鬻我爲尼、更可少得直。我亦不洩也。盜稽首曰、娘子貞烈、神人共欽。小人輩不過貧乏無計、作此不仁。但無漏言、幸矣。何敢鬻作尼。庚娘曰、此我自樂之。又一盜曰、鎮江耿夫人寡而無子、若見娘子必大喜。庚娘謝之、自拔珠飾、悉付盜。盜不敢

後漢書乃宋范公著後陳壽百
餘年矣
蜀漢陳壽歸晉有著作才奉
旨修三國志於諸葛公休王彥雲
毋丘儉文欽以及王經書爽諸頁
俟傳無不加以反名其時明帝已
崩少帝芳即位司馬懿師昭父
子三人執政先篡宗室漸移
魏鼎壽敢作直筆乎
三國魏志諸葛誕王淩傳
王淩字彥雲與誕及文欽等皆魏
之忠臣起事扶魏其國志乃陳壽
奉司馬武帝旨而作豈可对子
孫以罵祖父故以此諸傳為反

受函與之。乃共拜受。遂載去。至耿夫人家。托言船風所迷。耿夫人巨家寡媪。自慶。見庚娘大喜。以爲己出。適母子自金山歸也。庚娘緬述其故。金乃登舟拜母。母款之若壻。邀至其家。留數日始歸。後往來不絶焉。

異史氏曰。大變當前。淫者生之。貞者死焉。生者裂人眥。死者雪人涕耳。至如談笑不驚。手刃仇讐。千古烈丈夫中。豈多匹儔哉。誰謂女子遂不可比踪彥雲也。

宮夢弼

狐 良友

貞女

柳芳華。保定人。（直隸）財雄一鄉。慷慨好客。座上常百人。急人

男女未冠笄皆總角　曲礼文

昵　一音藝　親容

貧玉不可亦喪務根本等貴

之急千金不靳賓友假貸常不還惟一客宮夢弼𥅅人
生平無所乞請每至輒經歲詞旨瀟洒柳與寢處時最
多柳子名和時總角叔之宮亦喜與和戲每和自塾歸
輒與發貼地甎埋石子偽作藏金爲笑屋五架掘藏幾
徧衆笑其行稚而和獨悅愛之尤較諸客昵後十餘年
家漸虛不能供多客之求於是客漸稀然十數人徹宵
談讌猶是常也年既暮日益落尚割畝得直以備雞黍
和亦揮霍學父結小友柳不加禁無何柳病卒至無以
治凶具宮乃自出囊金爲柳經紀和益德之事無大小

宮夢弼　十九

此等真是白食淺急一無所用之徒有好客之名柳翁非巨眼能識人者

父施而報之子然和卻有立志巨眼非丈翁僅有忠厚情好客大名

其时和承蔭下猶不知稼穑艱難必使歷盡困苦然後飽嘗世味重新創業貞婦亦必相与砥厲乃能堂構重新

悉委宮叔宮時自外入必袖瓦礫至室則拋擲暗陬更不解其何意和每對宮憂貧宮曰子不如作藝之難無論無金即援汝千金可立盡也男子患不自立何患貧一日辭欲歸和泣囑速返宮諾之遂去和貧不自給典質漸空日望宮至一爲紀理而宮滅迹匿影去如黃鶴矣先自柳生時爲和論親于無極黃氏素封也後聞柳貧險有悔心柳卒訃告之即亦不弔猶以道遠曲原之和服除母遣自詣岳所訂昏期冀黃憐顧比至黃聞其衣履敝穿斥門者不納寄語云歸謀百金可復來不然

摶瓦碎塊　本見天日之光　宮在和不能自立　直隸　婿有门不许纳

陬音鄒屋隅也

金科玉律勝于嫂笙好在和具夙根能成大事業者直受之而不辯善人能受其言柳和之謂也

劉媼有漂母之風

優人勝于士夫。六朝時到溉受任昉獎掖，任卒子西華貧困，向受昉恩者，不獨劉公而皆無恩卹報恤。劉孝標為作廣絕交論，見文選。

請白此絕和。聞痛哭。對門劉媼憐而進之食。贈錢三百
慰令歸。母亦哀憤無策。因念舊客負欠者十常八九。俾
擇富厚者求助焉。和曰。昔之交我者。爲我財耳。使兒駟
馬高車。假千金。亦匪難。如此景象。誰猶念曩恩憶故
好耶。且父子人金貲。曾無契保。責負亦難憑也。母故強
之。和從教。凡二十餘日。不能致一文。惟優人李四舊受
恩卹。聞其事。義贈一金。母子痛哭。自此絕望矣。蔣女已
及笄。聞父絕和。竊不直之。蔣欲女別適。女泣曰。柳郎非
生而貧者也。使富倍他日。豈讎我者所能奪乎。今貧而

同与去声

四匹馬曰駟，駕車用

不以父擅貧重富為是嫌，而貞節也

無非人類亮生賢女亦奇真
犂牛之子
荏苒光陰

棄之不仁黃不悅曲諭百端女終不搖翁嫗並怒旦夕
唾罵之女亦安焉無何夜遭寇劫黃夫婦炮烙幾死家
中席捲一空荏苒三載家益零替有西賈聞女美願以
五十金致聘黃利而許之將强奪其志女察知其謀毀
裝塗面乘夜遁去乞食於途閱兩月始達保定訪和居
址直造其家母以爲乞人婦故咄之女嗚咽自陳母把
手泣下曰兒何形骸至此耶女又慘然而告以故母子
俱哭便爲盥沐顏色光澤眉目煥映母子俱喜然家三
口日僅一啗母泣曰吾母子固應爾所憐者負吾賢婦

心要貞婦歷盡千苦萬辛
云夫家金銀藏窖皆出現，若
早出則小夫婦不能守

朱提 音殊時。前漢書食貨志
朱提銀八兩為一流，別縣
銀不止八兩，方為一流。朱提
縣屬犍為郡，産善銀，今
四川犍為縣名，出氈紋銀
四夔州方賓勝于他州
縣。

十萬二十萬曰巨萬，一作鉅，大也
不可計算也

女笑慰之曰：新婦在乞人中，稔其況味，今日視之，覺有天堂地獄之別。毋爲解頤（笑也）。女一日入閒舍中，見斷草叢叢，無隙地，漸入內室，塵埃積中，暗陬有物堆積，蹴之迸足，拾視皆朱提，驚走告和，和同往驗視，則宮曩日所拋瓦礫，盡爲白金。因念兒時嘗與瘞（埋棄）石室中，得毋皆金，而故第已典於東家（東首人家），急贖歸，斷磚殘缺，所藏石子儼然露焉，頗覺失望，及發他磚，則粲粲（白色曰粲）皆白鏹也。頃刻間數巨萬矣。由是贖田產，市奴僕，門庭華好過昔日。因自奮曰：若不自立，負我宮叔。刻志下帷（勤讀書），三年中鄉選，乃躬（自往曰躬）賫百

礫，丘也

說文：金曰黄金，銀曰白金，銅曰赤金，錫曰青金，鉛曰黑金，見金字注

奮，勇決立念

昔韓王孫信落䰟時淮陰漂母哀其貧困与之一飯後信為大帥富貴[illegible]寵一時無兩因酬漂母千金今淮安府尚有漂母亭千秋佳話也

許 所也處也

金往酬劉媪鮮衣射目僕十餘輩皆騎怒馬如龍媪僅一屋和便坐榻上人譁馬騰克溢里巷黃翁自亡失西賈逼退聘財業已耗去殆半售居宅始得償以故困窘如和曩日聞舊壻烜爗閉戶自傷而已媪沽酒備饌款和因述女賢且惜女遁問和娶否和曰娶矣食已强媪往覘新婦載與俱歸至家女華妝出羣婢簇擁若仙相見大駭遂敘往舊殷問父母起居居數日款洽優厚製好衣上下一新始送令返媪詣黃許報女耗兼致存問夫婦大驚媪勸往投女黃有難色既而凍餒難堪

面飯 西飯

萱耀

孫甫聘金

良心發現自覺恥矣

馬之雄壯者曰怒馬疲弱者曰駑駘

叙事明晢

硬了頭皮抵擋婿之禮
譬如老夫妻餓死況如在哉
念父子情少的錢閑必不
至空往返

做將圈套安心收拾村
牛應該、、

不得已如保定旣到門見閈閎峻麗閽者怒目張終日不得通一婦人出潢溫色卑詞告以姓氏求暗達女知少間婦出導入耳舍曰娘子極欲一覿然恐郎君知尚候隙也翁幾時來此得勿飢否黃因訴所苦婦入以酒一盛饌二簋出置黃前又置五金曰郎君宴房中娘子恐不得來明旦宜早出勿爲郎聞黃諾之早起趣裝則管鑰未啟止於門中坐襆囊以待忽譁主人出黃將斂避和已睹之怪問誰何家人悉無以應和怒曰是必奸宄可執赴有司衆應聲出短綆綳繫樹間黃慚懼不知

此番若同劉媪來決不吃苦如此翁以為憤已忘舊怨而為在彼故不以劉媪為極重想黃翁真是村牛胸中一無成算但知錢財為重不知世間何等曰仁義禮知信也

置詞未幾昨夕婦出跪曰是某舅氏以前夕來晚故未告主人和命釋縛婦送出門曰忘囑門者遂致參差娘子言相思時可使老夫人僞爲賣花者同劉媪來黃諾歸述於嫗嫗念女急以告劉媪媪果與俱至和家凡啟十餘關始達女所女著帔頂髻珠翠綺紈香氣撲人嚶嚀一聲大小婢媪奔入滿側移金椅牀置雙夾膝慧婢瀹茗各以隱語道寒暄相視淚熒至晚除室安二媪裀褥溫更並昔年富時所未經居三五日女意殷渥媪輒引空處泣白前非女曰我子母有何過不忘但郎忿不

比之牛馬畜生惡毒之於甚矣哉

此書有二旨，如叙翁婿必罵文人，叙科場必詆主司，蒲老悵才不遇，人皆知之，何述及沸至，必加醜詆，豈有所懷心耶

解妒他鬥也。每和至，便走匿。一日方促膝坐，和遽入，見之，怒詬（吼罵也）曰：何物村媪，敢引身與娘子接坐！宜撮鬢毛令盡。劉媼急進曰：此老身瓜葛（親眷曰瓜葛，見晉書），王嫂賣花者，幸勿罪責。和乃上手（拱手賠礼）謝過，即坐曰：姥來數日，我大忙，未得展叙（未曾相叙）。黃家老畜產尚在否？笑曰：都佳，但是貧不可過。官人大富貴，何不一念翁婿情也（此語吊出前文）。和擊桌曰：曩年非姥憐賜一甌粥，更何得旋鄉土！今欲得而寢處之（出左傳齊國事），何念焉？言至忿際，輒頓足起罵（老畫）。女恚曰：彼即不仁，是我父母。我迢迢遠來，手皴瘃，足趾皆穿，亦自謂無負君。何乃對子罵父，使人難村竹

（貞如孫阝山蒲兩）

可知前黃翁獨來之謬，文全文母前未見過，然今同劉媪來，亦可揆度矣

二老羞愧無地，唯唯諾諾不敢答言

雍门周孟嘗君客事見桓譚新論

堪。和始斂怒，起身去。黃嫗愧喪無色，辭欲歸。女以廿金私付之。既歸，曠絕音問。女深以爲念。和乃遣人招之。夫妻至，慚怍無以自容。和謝曰：舊歲辱臨，又不明告，遂使開罪良多。黃但唯唯。和爲更易衣履。留月餘，黃心終不自安，數告歸。和遺白金百兩，曰：西賈五十金，我今倍之。黃汗顏受之。和以輿馬送還。暮歲稱小豐焉。

異史氏曰：雍門泣後，朱履杳然，令人憤氣杜門，不欲復交一客。然良朋葬骨，化石成金，不可謂非慷慨好客之報也。閨中人坐享高奉，儼然如嬪嬙，非貞異如黃卿，孰

本是至親，以周折成怨，故雖留居，終不心安享受

父母之讐不共戴天 礼記句
尫 弱不能行 羸 瘦也
爬抓 音扒楂
呵呵 三國袁術傳臨死时欲飲蜜水厨人答以惟有血水但呼荷荷而死

亦當此而無愧者乎造物之不妄降禍瀆也如是
鄉有富者居積取盈撲算入骨窖鏹數百惟恐人知
故衣敗絮啗糠粃以示貧親友偶來亦曾無作雞黍
之事或言其家不貧便目作努其皤如不戴天暮年
日餐榆屑一升臂上皮摺垂一寸長而所窖終不肯
發後漸尫羸瀕死兩子環問之猶未遽告迨覺果危
急欲告子子至巳舌蹇不能聲惟爬抓心頭呵呵而
巳死後子孫不能具棺遂藁葬焉嗚呼若窖金而以
爲富則大將數千萬何不可指爲我有哉愚巳

努怒目
大將官庫中銀

狐妾

萊蕪劉洞九官汾州，獨坐署中，聞庭外笑語漸近，入室，則四女子：一四十許，一可三十，一二十四五已來，末後一垂髫者。並立几前，相視而笑。劉固知官署多狐，置不顧。少間，垂髫者出一紅巾，戲拋面上。劉拾擲窗間，仍不顧。四女一笑而去。一日，年長者來，謂劉曰："舍妹與君有緣，願無棄葑菲。"劉漫應之。女遂去。俄偕一婢，擁垂髫兒來，俾與劉並肩坐。曰："一對好鳳侶，今夜諧花燭。勉事劉郎，我去矣。"劉諦視，光艷無儔，遂與燕好。詰其行蹤，女曰：

相視而笑　莊子

毛詩采葑采菲　還者將信不信因事涉荒唐也

洞九有它力

妾固非人而實亦人也妾前官之女蠱於狐奄忽以死
窆園內冢狐以術生我遂飄然若狐劉因以手探尻際
女覺之笑曰君將無謂狐有尾耶轉身云請試捫之自
此遂留不去每行坐與小婢俱家人俱尊以小君禮婢
媪叅謁賞賚甚豐值劉壽辰賓客煩多共三十餘筵須
庖人甚衆先期牒拘僅一二到者劉不勝恚女知之便
言勿憂庖人既不足用不如並其來者遣之妾固短於
才然三十席亦不難辦劉喜命以魚肉薑桂悉移內署
家中人但聞刀砧聲繁碎不絕門內設一几行炙者置

今之飯盤上菜者

湯餅今之條麵古曰湯餅

今生兒滿月尚曰湯餅筵

咄嗟立辦 事見晉石崇傳

大约是高粱酒

初熟酒曰甕頭春 見唐孟浩然詩

枓其上轉視則肴俎已滿托去復來十餘人絡繹於道取之不竭末後行炙人來索湯餅內言曰主人未嘗預囑咄嗟何以辦既而曰無已其假之少頃呼取湯餅視之三十餘碗蒸騰尤上客既去乃謂劉曰可出金貲償其家湯餅劉使人將直去則其家失湯餅方共驚異使至疑始解一夕夜酌偶思山東苦醁女請取之遂出門去移時返曰門外一罌可供數日飲劉視之果得酒真家中甕頭春也越數日夫人遣二僕如涿途中一僕曰聞狐夫人犒賞優厚此去得賞金可買一袭女在署已

療 治也

漫者不知獲罪因由且哀求之

知之向劉曰家中人將至可恨傖奴無禮必報之明日
僕甫入城頭大痛至署抱首號呼共擬進醫藥劉笑曰
勿須療時至當自瘥衆疑其獲罪小君僕自思初來未
解裝罪何由得無所告訴漫膝行而哀之簾中語曰爾
謂夫人則亦已耳何謂狐也僕乃悟叩不已又曰既欲
得裝何得復無禮已而曰汝愈矣言已僕病若失僕拜
欲出忽自簾中擲一褁出曰此一羔羊裘也可將去僕
解視得五金劉問家中消息僕言都無事惟夜失藏酒
一甖稽其時日即取酒夜也羣憚其神呼之聖仙劉爲

繪小像時張道一爲提學使聞其異以桑梓誼詣劉欲
乞一面女拒之劉示以像張強攜而去歸懸左右朝夕
祝之云以卿麗質何之不可乃託身於鬖鬖之老下官
殊不惡於洞九何不一惠顧女在署忽謂劉曰張公無
禮當小懲之一日張方祝似有人以界方擊額崩然甚
痛大懼反卷劉詰之使隱其故而詭對之劉笑曰主人
額上得無痛否使不能欺以實告無何壻亓生來請覲
之女固辭亓請之堅劉曰壻非他人何拒之深女曰壻
相見必當有以贈之渠望我奢自度不能滿其志故適

同鄉曰桑梓 毛詩

言才貌不輸於劉

懲音澄戒也

反還也

亓音其山東省兖州有此姓昔顔子母亓官氏明初太祖惡元人三字姓双姓凡中原双姓皆詔令改一字姓今所留者無幾矣

毋只印慣字言素未濶綽用慣大錢大鈔不会肉色抖抖

汴梁為闖賊攻城倒灌庄崇正末年事吴梅村綏寇紀略具載

不欲見耳。既固請之。乃許以十日見。及期。元入隔簾揖之。少致存問。儀容隱約。不敢審諦。既退數步之外。輒回眸注盼。但聞女言曰。阿壻回首矣。言已大笑。烈烈如鴟鳴。元聞之。脛股皆軟。搖搖然若丧魂魄。既出。坐移時始稍定。乃曰。適聞笑聲。如聽霹靂。竟不覺身爲已有。少頃。婢以女命。贈元二十金。元受之。謂婢曰。聖仙日與丈人居。寧不知我素性揮霍不貫使小錢耶。女聞之曰。我固知其然。囊底適罄。向結伴至汴梁。其城爲河伯占據。庫藏皆沒水中。入水各得些須。何能飽無饜之求。且我縱

姜瓌官大同總兵闖賊至城瓌叛迎以城降後瓌為流寇王輔臣所殺事見香祖筆記

能厚餽彼福薄亦不能任女凡事能先知之遇有疑難與議無不剖一日並坐忽仰天大驚曰大刼將至爲之奈何劉驚問家口曰餘悉無恙獨二公子可慮此處不久當爲戰塲君當求差遠去庶免於難劉從之乞於上官得解餉雲貴間道里遼遠聞者弔之而女獨賀無何姜瓌叛汾州沒爲賊窟劉仲子自山東來適遭其變遂被害城陷官僚皆罹於難唯劉以公出得免盜平劉始歸尋以大案罣悞貧至饔飧不給而當道者又多所需索因而窘憂欲死女曰勿憂牀下三千金可資用度劉

朝曰饔 夕曰飧

曹居官

朋友有切磋之義有過則勸改方謂之益友若阿諛順遂或同惡相濟則曰損友

大喜問竊之何處曰天下無主之物取之不盡何庸竊乎劉營謀得脫歸女從之後數年忽去紙裹數事留贈中有喪家挂門之小旛長二寸許羣以爲不祥劉尋卒

雷曹

樂雲鶴夏平子二人少同里長同齋相交莫逆夏少慧十歲知名樂虛心事之夏亦相規不勸樂文思日進由是名並著而潦倒場屋戰輒北無何夏遘疫卒家貧不能葬樂銳身自任之遺襁褓子及未亡人樂以時恤諸其家每得升斗必析而二之夏妻子賴以活於是士大

頎 音其，長也。見毛詩碩人其頎，謂長姣。

豚肩 不揜豆，今猪蹄子。

夫益賢樂。樂恒産無多，又代夏生憂，內顧家計日蹙，乃嘆曰："文如平子，尚碌碌以歿，而況於我？人生富貴須及時，戚戚終歲，恐先狗馬填溝壑，負此生矣，不如早自圖也。"於是去讀而賈。操業半年，家資小泰。一日客金陵，休於旅舍，見一人頎然而長，筋骨隆起，彷徨座側，色黯淡有戚容。樂問："欲得食耶？"其人亦不語。樂推食食之，則以手掬啗，頃刻已盡。樂又益以兼人之饌，食復盡。遂命主人割豚肩，堆以蒸餅，又盡數人之餐。始果腹而謝曰："三年以來，未嘗如此飫飽。"樂曰："君固壯士，何飄泊如此？"

譴罰也

陸居無屋水居無舟用晉書語

合浦珠還事見漢書

曰罪嬰天譴不可說也問其里居曰陸無屋水無舟朝
村而暮郭耳樂整裝欲行其人相從戀戀不去樂辭之
告曰君有大難吾不忍忘一飯之德樂異之遂與偕行
途中臾與同餐辭曰我終歲僅數餐耳益奇之次日渡
江風濤暴作估舟盡覆樂與其人悉沒江中俄風定其
人負樂踏波出登客舟又破浪去少時挽一船至扶樂
入囑樂臥守復躍入江以兩臂夾貨出擲舟中又入之
數入數出列貨滿舟樂謝曰君生我亦良足矣敢望珠
還哉檢視貨財並無亡失益喜驚為神人放舟欲行其

出夢白醒迷離之玄身已作雲中游矣

人告退欒苦要之遂與共濟欒矣云此一厄也正失一金簪耳其人欲復尋之欒方勸止已投水中而沒驚愕良久忽見含笑而出以簪授欒曰幸不辱命江夫人因不駭異欒與歸寢處共之每十數日始一食食則啖嚼無算一日又言別欒固挽之適晝晦欲雨聞雷聲欒曰雲間不知何狀雷又是何物安得至天上視之此疑乃可解其人笑曰君欲作雲中遊耶少時欒倦甚伏榻假寐既醒覺身搖搖然不似榻上開目則在雲氣中周身如絮驚而起暈如舟上踏之耎無地仰視星斗在眉目

亦寫得出

間。遂疑是雲。細視星嵌天上，如蓮實之在蓬。大者如甕，
次如瓿，（音字斗切）小如盎盂。以手撼之，大者堅不可動，小者動搖，
似可摘而下者。遂摘其一，藏袖中。撥雲下視，則銀海蒼
茫，見城郭如豆。愕然自念：設一脫足，此身何可復問。俄
見二龍夭矯，駕縵車來，尾一掉，如鳴牛鞭。車上有器，圍
皆數丈，貯水滿之。有數十人，以器掬水，徧灑雲間。忽見
樂，共怪之。樂審所與壯士在焉，語衆曰：是吾友也。因取
一器授樂，令灑。時苦旱，樂接器排雲，約望故鄉，盡情傾
注。未幾，謂樂曰：我本雷曹，前悞行雨，罰謫三載，今天限

文星

有德行文章而不肯仕者曰處士天上少微星主之

已滿請從此別乃以鴛車之繩萬尺使握端縋下欒危之其人笑言不妨欒如其言颼颼然瞬息及地視之則墮立村外繩漸收入雲中不可見矣時久旱十里外雨僅盈指獨欒里溝澮皆滿歸探袖中摘星仍在出置案上黯黝如石入夜則光明煥發映照四壁益寶之什襲而藏每有佳客出以照飲正視之則條條射目一夜妻坐對握髮忽見星光漸小如螢流動橫飛妻方怪咤已入口中咯之不出竟已下咽愕奔告欒欒亦奇之既寢夢夏平子來曰我少微星也君之惠好在中不忘又蒙

殿試一甲三名曰及第二甲曰賜進士出身三甲曰賜同進士出身

無毛錐子 謂筆也 五代史記王章語

班超初以讀書不成後投筆以武功顯封定遠侯與班孟堅固弟兄

天齊廟祀東岳山東最重

自天上攜歸，可云有緣。今爲君嗣，以報大德。樂三十無子，得夢甚喜。自是妻果娠；及臨蓐，光耀滿室，如星在几上，時因名星兒。機警非常，十六歲及進士第。

異史氏曰：鄉子文章名一世，忽覺蒼蒼之位置我者不在是，遂棄毛錐如脫屣，此與燕頷投筆者，何以少異？至雷曹感一飯之德，少微酬良友之知，豈神人之私報恩施哉，乃造物之公報賢豪耳。

賭符

仙術 六勸世莫測 變化不測 蒲翁之父

韓道士居邑中之天齊廟，多幻術，共名之仙。先子與最善每適城輒造之一日與先叔赴邑擬訪韓適遇諸途韓付鑰曰請先往啓門坐少旋我卽至乃如其言詣廟發扃則韓已坐室中諸如此類甚多先是有敝族人嗜賭博因先子亦識韓值天佛寺來一僧專事樗蒱賭甚豪族人見而悅之罄貲往賭大虧心益熱典賣田產復往終夜盡喪邑邑不得志便道詣韓精神慘淡言語失次韓問之具以實告韓笑云常賭無不輸之理倘能戒賭我爲汝復之族人曰倘得珠還合浦花骨頭當鐵杵碎之韓乃以紙書符授佩衣帶間囑曰但得故物卽已

今骨牌紙牌之類有幺三等六色

骰子古以玉鹽五色漆一名明瓊後易以象牙駝骨

美神通

少頃

吹魚切

卽骰子

金玉之言

得隴望蜀之心 漢世祖敕太祖皆征甘肅時軍中語見後漢書三國志

今樗蒲日为色为采皆相沿之古語

梟盧雉 古楮具用五塊木 梟朕盧雉敗

勿得隴復望蜀也又付千錢（借本）約嬴而償之族人大喜而往僧驗其背易之不屑與賭族人強之請以一擲爲期（不消一擲即完）僧笑而從之乃以千錢爲孤注僧擲之無勝負族人接色（骰子白色）一擲成采僧復以兩千爲注又敗漸增至十餘千明明梟色呵之皆成盧雉計前所輸頃刻盡復陰念再嬴數千（賭客無不貪心其終敗在此）亦佳乃復博則色漸劣心怪之起視帶上則符已亡矣大驚而罷載錢歸廟除償韓外追而計之並末後所失適符原數也已乃愧謝失符之罪韓笑曰已在此矣固囑勿貪而君不聽故取之

孤注見宋史王欽若語今之一得孤言为与失在此一擲宋真宗因澶淵之役兵在城下而盟事平心嘗恥之故欽若以孤注進讒寇萊公为罪去

一篇戒賭文

呼盧喝雉見晉書劉毅
袁彥道傳其時尚未有骰子

異史氏曰天下之傾家者莫速於博天下之敗德者亦莫甚於博入其中者如沉迷海將不知所底矣夫商農之人具有本業詩書之士尤惜分陰負耒橫經固成家之正路清談薄飲猶寄興之生涯爾乃狎比淫朋纏綿永夜傾囊倒篋懸金於嶮巇之天呵雉呼盧乞靈於淫昏之骨盤旋五木似走圓珠手握多張如擎團扇左顧人而右顧已望穿鬼子之睛陽示弱而陰用強費盡魍魎之技門前賓客待猶戀戀於場頭舍上烟火生尚耽耽於盆裏忘餐廢寢則久入成迷舌敝唇焦則相看似

原視耽
易經

天上有賢宗星

鬼迨夫全軍盡沒熱眼空窺覘局中則叫號濃焉技癢英雄之膽傾橐底而貫索空矣灰寒壯士之心引頸徘徊覺白于之無濟垂頭蕭索始元夜以方歸幸交謫之人眠恐驚犬吠苦久虛之腹餓敢怨羹殘既而鬻子質田冀還珠於合浦不意火灼毛盡終撈月於滄江及遭敗後我方思已作下流之物試問賭中誰最善羣推無袴之公（妻奩中物）甚而枵腹難堪遂棲身於暴客搔頭莫度至仰給於香奩嗚呼敗德喪行傾產亡身孰非博之一途致之哉

宝人交謫毛詩

阿霞

文登景星者，少有重名，與陳生比鄰而居，齋隔一短垣。一日，陳暮過荒落之墟，聞女子啼松柏間，近臨則樹橫枝有懸帶，若將自經。陳詰之，揮涕而對曰：「母遠去，託妾於外兄。不圖狼子野心，畜我不卒。伶仃如此，不如死。」言已復泣。陳解帶，勸令適人。女慮無可託者，陳請暫寄其家，女從之。既歸，挑燈審視，丰韻殊絕。大悅，欲亂之。女厲聲抗拒，紛紜之聲達於間壁。景生踰牆來窺，陳乃釋女。女見景，凝眸停睇，久乃奔去。二人共逐之，不知去向。景

如此讀張者幻兩人為色所迷而不覺

德厚者為之耶阿霞誤矣

蹴闥戶欲寢則女子盈盈自房中出驚問之荅曰彼德薄福淺不可終託景大喜詰其姓氏曰妾祖居於齊爲齊姓小字阿霞入以游詞笑不甚拒遂與寢處齋中多友人來往女恒隱閉深房過數日曰妾姑去此處繁雜困人甚繼今請以夜卜（書卜夜左傳）問家何所曰正不遠耳遂早去夜果復來懽愛甚篤又數日謂景曰我兩人情好雖佳終屬苟合家君宦遊西疆明日將從母去容卽乘間禀命而相從以終焉問幾日別約以旬終既去景思齋居不可常移諸內又慮妻妒計不如出妻志遂決妻至輒

青鸞句用西廂記曲

畔田邊之界

詬厲。妻不堪其辱，涕欲死。景曰：死恐見累，請蚤歸。遂促妻行。妻啼曰：從子十年，未嘗有失德，何決絕如此？景不聽，逐愈急，妻乃出門去。自是堊壁清塵（音決用右及拾遺），引領翹待，不意信杳青鸞，如石沉海。妻大歸（婦女逐原母家曰大歸）後，數浼知交，請復於景，景不納。遂適夏侯氏。夏侯里居，與景接壤，以田畔（律曲思越畔）之故，世有郤（郤怨恨也）。景聞，益大恚恨。然猶冀阿霞復來，差足自慰。越年餘，並無蹤緒。會海神壽，祠內外士女雲集，景亦在。遙見一女甚似阿霞。景近之，入於人中；從之，出於門外；又從之，飄然竟去。景追之不及，恨悒而返。後半載，適行於途，

今俗以新婦接女歸曰接大歸，誤極繆

黑衛　黑驢

查初白老人詩紅袖騎驢幅幅紗今山东直隸道上灰砂极大即無風天時車輪馬蹄動處塵即起凡婦女皆以紗巾障頭

見一女郎著朱衣從蒼頭鞚黑衛來望之霞也因問從人娘子爲誰答言南村鄭公子繼室又問娶幾時答曰半月耳景思得毋悞耶女郎聞語回眸一瞬景視眞霞見其已適他姓憤塡胸臆大呼霞娘何忘舊約從人聞呼主婦欲奪老拳女急止之啟障紗謂景曰負心人何顏相見景曰卿自負僕僕何嘗負卿女曰負夫人甚於負我結髮者如是而况其他向以祖德厚名列桂籍故委身相從今以棄妻故冥中削爾祿秩今科亞魁王昌替汝名者也我已歸鄭君無勞復念景俛首帖耳口不

負妻曰薄倖

綈袍 史記范雎傳

凡為人恐敗徒故必自檢束

能道詞，覩女子，策蹇去如飛，悵恨而已。是科景落第。亞
魅果王氏，昌名鄭，亦捷，景以是得薄倖名。四十無偶，家
益替，恒趨食於親友家，偶詣鄭，鄭款之，留宿焉。女窺客
見而憐之，問鄭曰：堂上客非景慶雲耶？問所自識，曰：未
適君時，嘗避難其家，亦深得其豢養，彼行雖賤，而祖德
未斬，且與君為故人，亦宜有綈袍之義。鄭然之，易其敗
絮，留以數日，夜分欲寢，有婢持廿餘金贈景，女在牕外
言曰：此私貯，聊酬夙好，可將去，覓一良匹，幸祖德厚，尚
足及子孫，無復喪檢以促餘齡。景感謝之，既歸，以十餘

從何認識

金貲縉紳家婢甚醜悍舉一子後登兩榜鄭官至吏部郎既没女送葬歸啟輿則虛無人矣始知其非人也噫人之無良舍其舊而新是謀卒之巢覆而鳥亦飛天之所報亦慘矣

毛狐

農子馬天榮年二十餘喪偶貧不能娶偶芸田間見少婦盛妝踐禾越陌而過貌赤色致亦風流馬疑其迷途顧四野無人戲挑之婦亦微笑欲與野合曰青天白日寧宜爲此子歸掩門相候昏夜我當至馬不信婦矢之

既得婦又索金貪極矣

馬乃以門戶向背具告之婦乃去夜分果至遂相悅愛覺其膚肌嫩甚火之膚赤薄如嬰兒細毛徧體異之又疑其踪跡無據自念得非狐耶遂戲相詰婦亦自認不諱馬曰既爲仙人自當無求不得既蒙繾綣寧不以數金濟我貧婦諾之次夜來馬索金婦故愕曰適忘之將去馬又囑至夜問所乞或又忘耶婦笑請以異日踰數日馬復索婦笑向袖中出白金二錠約五六金翹邊細紋雅可愛玩馬喜深藏於櫝積半歲偶需金因持示人人曰是錫也以齒齕（音厄）之應口而落馬大駭收藏而歸至

沉魚落鴈閉月羞花古之美人

國色見公羊傳「驪盈」
夏姬見左傳

夜婦忿憤致誚讓婦笑曰子命薄真金不能任也一笑而罷馬曰聞狐仙皆國色殊亦不然婦曰吾等皆隨人現化子且無一金之福落鴈沉魚何能消受以我蠢陋固不足以奉上流然較之大足駝背者即爲國色過數月忽以三金贈馬曰子屢相索我以子命不應有藏金今媒聘有期請以一婦之貲相餽亦借以贈別馬自白無聘婦之說婦曰一二日自當有媒來馬問所言姿貌何如曰子思國色自當是國色馬曰此即不敢望但三金何能買婦婦曰此月老註定非人力也馬問何遽言

使君自有婦羅敷自有夫 古樂府

刀圭銅器古人以之抄末藥上有字曰抄一字二字以用藥之多寡

妍音儼美稱 媸音癡醜惡

別曰戴月披星終非了局使君自有婦搪塞何爲天明而歸授黃末一刀圭曰別後恐病服此可療次日果有媒來先詰女貌否在妍媸之間聘金幾何約四五數馬不難其價而必欲一親見其人媒恐良家子不肯衒露既而約與俱去相機因便既至其村媒先往使馬待諸村外久之來曰諧矣余表親與同院居適往見女坐室中請郎僞爲謁表親者而過之咫尺可相窺也馬從之果見女子坐堂中伏體於牀倩人搔背馬趨過掠之以目貌誠如媒言及議聘並不爭直但求得一二金妝女

自衒自媒士之醜行亦古語

𠱾小者謂之金蓮極大者比之
蓮船因昌黎有太華山頭玉
井蓮花開十丈藕如船

石破落光明正大

出陽馬益廉之乃納金並酬媒氏及書券者計三兩已盡亦未多費一文擇吉迎女歸入門則胸背皆駝項縮如龜下視裙底蓮船盈尺乃悟狐言之有因也（狐已先知）

異史氏曰隨人現化或狐女之自爲解嘲然其言福澤良可深信余每謂非祖宗數世之修行不可以博高官非本身數世之修行不可以得佳人信因果者必不以我言爲河漢也（先生長句不累隨短句極明简不能学也）

青梅（知己）

白下（江寧）程生性磊落不爲畛畦一日自外歸緩其束帶覺

賠錢貨見西廂記拷艷沒頭鵝撇下賠錢貨曲中句言嫁女須裝奩也

睛端沉沉若有物墮視之無所見宛轉間有女子從衣後出擦鬢微笑麗絕程疑其鬼女曰妾非鬼狐也程曰倘得佳人鬼且不懼而況於狐遂與狎二年生一女小字青梅每謂程勿娶我且為君生男程信之遂不娶戚友共誚姍之（同訕）程志奪聘湖東王氏狐聞之怒就女乳之委於程曰此汝家賠錢貨生之殺之俱由爾我何故代人作乳媼乎出門逕去青梅長而慧貌韶秀酷肖其母既而程病卒王再醮去青梅寄食於堂叔叔蕩無行欲鬻（賣姪女）以自肥適有王進士者方候銓（候選）於家聞其慧購以重

顔子窶貧

張生大孝

青梅為婢女而巨眼卓識，能識英賢於極窶貧時，奇絶々々

金使從女阿喜服役。喜年十四，容華絕代，見梅忻悅，與同寢處，梅亦善候，能以目聽，以眉語，由是一家俱憐愛之。邑有張生，字介受，家窶貧，無恒產，税居王第（祖王進士居），性純孝，制行不苟，又篤於學。青梅偶至其家，見生據石啗糠粥（張生若如琵琶記中趙五娘），入室與生母絮語，見案上具豚蹄焉。時翁臥病，生入抱父而私，便液汚衣，翁覺之而自恨，生掩其跡，急出自濯，恐翁知。梅以此大異之，歸述所見，謂女曰：吾家客，非常人也。娘子不欲得良匹則已，欲得良匹，張生其人也。女恐父厭其貧，梅曰：不然，是在娘子。如以為可，妾潛告使

終貧終身貧賤古人亦謂之長貧賤

淺何學得此皆聊齋寓言以罵天下男子不識人

此非欲樂而笑乃笑張母子不自諒妄冀攀高

糠覈 見史記陳平傳 米皮屑也

求伐焉夫人必召商之但應之曰諾也則諧矣女恐終貧爲天下笑梅曰妾自謂能相天下士必無謬悞明日往告媪媪大驚謂其言不祥梅曰小姐聞公子而賢之也妾故窺其意以爲言冰人往我兩人袒焉計合允遂縱其否也於公子何辱乎媪曰諾乃託侯氏賣花者往夫人聞之而笑以告王王亦大笑喚女至述侯氏意女未及荅青梅亟贊其賢决其必貴夫人又問曰此汝百年事如能啜糠覈也即爲汝允之女俛首久之顧壁而荅曰貧富命也倘命之厚則貧無幾時而不貧者無

女亦賢荅詞甚宛轉故後仍得歸張

見色不光故後即飛騰

窮期矣。或命之薄。彼錦繡王孫。其無立錐者。豈少哉。是在父母。初王之商女也。將以博笑。及聞女言。心不樂。曰。汝欲適張氏耶。女不答。再問再不答。怒曰。賤骨了不長進。欲攜筐作乞人婦。寧不羞死。女漲紅氣結。含涕引去。媒亦遂奔。青梅見不諧。欲自媒。過數日。夜詣生。生方讀。驚問所來。詞涉吞吐。生正色。卻之。梅泣曰。妾良家子。非淫奔者。徒以君賢。故願自託。生曰。卿愛我。謂我賢也。昏夜之行。自好者〔孟子〕不爲。而謂賢者爲之乎。夫始亂之。而終成之。君子猶曰不可。況不能成。彼此何以自處。梅曰。萬

瓜田不納履李下不整冠
古樂府遠嫌疑也

王進士夫婦昏憒而女郎明白

一能成。胥賜援拾否。生曰。得人如卿。又何求。但有不可
如何者三。故不敢輕諾耳。曰。若何。曰。卿不能自主。則不
可如何。卽能自主。我父母不樂。則不可如何。卽樂之。而
卿之身直必重。我貧不能措。則尤不可如何。卿速退。瓜（胥婢身價）
李之嫌。可畏也。梅臨去。又囑曰。君倘有意。乞共圖之。生
諾。梅歸。女詰所往。遂跪而自投。女怒其淫奔。將施扑責。
梅泣白無他。因而實告。女歎曰。不苟合。禮也。必告父母。
孝也。不輕然諾。信也。有此三德。天必佑之。其無患貧也
已。既而曰。子將若何。曰。嫁之。女笑曰。癡婢能自主耶。曰。

言必能成就汝之願

王女真賢

不濟。則以死繼之。女曰。我必如所願。梅稽首而拜之。又數曰。謂女曰。曩而言之。戲乎。抑果欲慈悲也。果爾。則尚有微情。並祈垂憐焉。女問之。答曰。張生不能致聘。婢子又無力可以自贖。必取盈焉。嫁我猶不嫁也。女沉吟曰。是非我之能爲力矣。我曰。嫁汝。且恐不得當。而曰。必無取直焉。是大人所必不允。亦余所不敢言也。青梅聞之。泣數行下。但求憐拯。女思良久曰。無已。我私蓄數金。當傾囊相助。梅拜謝。因潛告張。張母大喜。多方乞貸。共得如干數。藏待好音。會王授曲沃宰。喜乘間告母曰。青梅

古語糟糠妻不下堂

年巳長今將蒞任不如遣之夫人固以青梅太黠恐導
女不義每欲嫁之而恐女不樂也聞女言甚喜踰兩日
有傭保婦白張氏意王笑曰是只合耦婢子前此何妄
也然鬻媵高門價當倍於曩昔女急進曰青梅侍我久
賣爲妾良不忍王乃傳語張氏仍以原金署券以青梅
嬪於生入門孝翁姑曲折承順尤過於生而操作更勤
饜糠粃不爲苦由是家中無不愛敬青梅梅又以刺繡
作業售且速賈人候門以購惟恐弗得得貲稍可御窮
且勸勿以內顧悞讀經紀皆自任之因主人之任往別

阿喜真賢女

行賕 音求 貪贓枉法

免 革職離任

非如此喪亡淨盡不能終於歸生

阿喜喜見之泣曰子得所矣我固不如梅曰是何人之賜而敢忘之然以爲不如婢子恐促婢子壽遂泣相別王如晉半載夫人卒停柩寺中又二年王坐行賕免罰贖萬計漸貧不能自給從者逃散是時疫大作王染疾亦卒惟一媼從女未幾媼亦卒女伶仃益苦有鄰嫗勸（孝女可憐）之嫁女曰能爲我葬雙親者從之嫗憐之贈以斗米而去半月復來曰我爲娘子極力事難合也貧者不能爲而葬富者又嫌子爲陵夷嗣奈何尚有一策但恐不能從也女曰若何曰此間有李郎欲覓側室倘見姿容即

女之孤者皆父母害之

帰之奇妬乃賢女救星

又一善相者然皆是女流何
王進士但知金鉛耶

遺厚葬、必當不惜、女大哭曰、我縉紳裔、而爲人妾也耶、
媪無言遂去、日僅一餐延息、待價居半年、益不可支、一
日媪至、女泣告曰、困頓如此、每欲自盡、猶戀戀而苟活
者、徒以有兩柩在、巳將轉溝壑、誰收親骨者、故思不如
依汝所言也、媪於是導李來徵、窺女大悅、即出金營葬、
雙櫬具舉、巳乃載女去、入參家室、家室故悍妒、李初未
敢言姦、但託買婢、及見女、暴怒、杖逐而去、不聽入門、女
披髮零滌、進退無所、有老尼過、邀與同居、女喜從之、至
菴中拜求祝髮、尼不可、曰、我覘娘子、非久臥風塵者、菴

胄 裔也从肉

疾首蹙額 孟子

中陶器脆粟粗可自支姑寄此以待之時至子自去居無何市中無賴窺女美輒打門游語爲戲尼不能制止女號泣欲自死尼往求吏部某公揭示嚴禁惡少始稍斂迹後有夜穴寺壁者尼驚呼始去因復告吏部捉得首惡者送郡笞責始漸安又年餘有貴公子過菴見女驚絕強尼通殷勤又以厚賂啗尼尼婉語之曰渠簪纓胄不甘媵御公子且歸遲遲當有以報命既去女欲乳藥求死夜夢父來疾首曰我不從汝志致汝至此悔之已晚但緩須臾勿死夙願尚可復酬女異之天明盥已

使用 後辭之

微鬼方明了

藥 研末

硬功以勢力敵之

可憐如生釬壇

尼望之而驚曰賭子面漏氣盡消橫逆不足憂也福且至勿忘老身矣語未已聞叩戶聲女失色意必貴家奴尼啟扉果然奴驟問所謀尼甘語承迎但請緩以三日奴述主言事若無成併尼自復命尼唯唯敬應謝令去女大悲又欲自盡尼止之女慮三日復來無詞可應尼曰有老身在勿殺自當之次日方晡暴雨翻盆忽聞數人撾戶大譁女意變作驚怯不知所為尼冒雨啟關見有香輿停駐女奴數輩捧一麗人出僕從煊赫冠蓋甚都驚問之云是司理內眷暫避風雨導入殿中移榻肅

明時最重甲科，有即為翰林部屬，有放外任如推官〻〻亦七品而管一府之刑名，郎屬知州知縣亮是重官，屬自與甲科知縣三年行取即轉京秩，或得給事中，或為主事員外不等。如一榜則不任推官云。康熙年始革此秩

坐家人婦，翠奔禪房，各尋休憩。入室見女，豔之，走告夫人。無何，兩息，夫人起，請窺禪舍，尼引入。睹女，駭絕，凝眸不瞬；女亦顧盼良久。夫人非他，蓋青梅也。各失聲哭，因道行蹤。蓋張翁病故，生起復後，連捷，授司理。生奉母之任，後移諸眷口。女歎曰：「今日相看，何啻霄壤！」梅笑曰：「幸娘子挫折無偶，天正欲我兩人完聚耳。倘非阻雨，何以有此邂逅？此中具有鬼神，非人力也。」乃取珠冠錦衣，催女易妝。女俯首徘徊，尼從中贊勸之。女慮同居其名不順，梅曰：「昔日自有定分，婢子敢忘大德！試思張郎豈負

張初亦女婿

此是實話

青梅之賢更不能及傳奇中有麼珠似泥同而異

妾御莫敢當夕壓於嫡室也見典礼

義者。踰牆之。別尼而去。抵任母子皆喜。女拜曰。今無顏
見母。母笑慰之。因謀擇吉合巹。女曰。巷中但有一綠生
路。亦不肯從。夫人至此。倘念舊好。得受一廬。可容蒲團
足矣。梅笑而不言。及期。抱艷妝來。女左右不知所何。俄
聞鼓樂大作。女亦無以自主。梅率婢媼強衣之。挽扶而
出。見生朝服而拜。遂不覺盈盈而亦拜也。梅曳入洞房
曰。虛此位以待君久矣。又顧生曰。今夜得報恩。可好爲
之。返身欲去。女捉其裾。梅笑云。勿留我。此不能相代也。
解指脫去。青梅事女謹。莫敢當夕。而女終慚沮不自安。

青梅仍守婢分

真不可及
尼亦不可及其中品行皆好
惟王進士絕無可取惟知
貪嫉枉法而已

於是毋命杜呼以夫人。然終執婢妾禮。罔敢懈。三年。張行取入都。過尼菴。以五百金爲尼壽。尼不受。固強之。乃受二百金。起大士祠。建王夫人碑。後張仕至侍郎。程夫人舉二子一女。王夫人四子一女。張上書陳情。俱封夫人。

異史氏曰。天生佳麗。固將以報名賢。而世俗之王公（王公貴介也）。乃留以贈紈袴。此造物所必爭也。而離離奇奇。致作合者。費無限經營。化工（造化曰化工）亦良苦矣。獨是青夫人能識英雄於塵埃。誓嫁之志。期以必死。曾儼然而冠裳也者。顧棄德

天下得一知己云云乃三國時吳中虞翻被謫交州後語

光以畫冒起說得鄭重必侍向而方說出姓名尤見珍奇

行而求胥梁何暇出婢子下哉

王漁洋云天下得一知己可以不恨況在閨閣耶青梅張之知己也乃程女者又能知青梅事妙文妙可以傳矣

大可演為傳奇

田七郎

俠客報恩

武承休遼陽人（奉天）喜交遊所與皆知名士夜夢一人告曰子交游徧海內皆濫交耳惟一人可共患難何反不識問之何人曰田七郎非與醒而異之詰朝見所與游輒問七郎客或識爲東村業獵者武敬謁諸家以馬箠（誰）撾

馬鞭

皐比虎皮見左傳 夢皐比而犯之

賢母賢子

門。未幾，一人出，年二十餘，貙（音樞似貍）目蜂腰，着膩帢，衣皁犢鼻，多白補綴，拱手於額，而問所自（隨自問從何來）。武展姓字，且託途中不快，借廬憩息。問七郎，荅曰：「即我是也。」遂延客入，見破屋數椽，木岐支壁。入一小室，虎皮狼蛻，懸布楹間，更無机榻可坐。七郎就地設皐比焉。武與語，言詞樸質，大悦之。遽貽金，作生計。七郎不受。固予之，七郎受以白母。俄頃將還，固辭不受。武強之再四，母龍鍾而至，厲色曰：「老身止此兒，不欲令事貴客。」武慚而退。歸途輾轉，不解其意。適從人於舍後聞母言，因以告武。先是，七郎持金白母，

今俗圍身作裙

識者

賢母解相人

乃者，公羊子所云難而

雖者

母曰：我適睹公子有晦紋，必罹奇禍。聞之，受人知者分人憂，受人恩者急人難。富人報人以財，貧人報人以義。無故而得重賂，不祥，恐將取死報於子矣。武聞之，深歎母賢，然益傾慕七郎。翼日設筵招之，辭不至。武登其堂，坐而索飲。七郎自行酒，陳鹿脯，殫盡情禮。越日武邀酬之，乃至。款洽甚懽，贈以金，卻不受。武託購虎皮，乃受之。歸視所蓄，計不足償，思再獵而後獻之。入山三日，無所獵獲。會妻病，守視湯藥，不遑操業。浹旬，妻奄忽以死。爲營齋葬，所受金稍稍耗去。武親臨唁送，禮儀優渥。既葬，

性狷介可敬

公子識貨

負弩山林，益思所以報武，而迄無所得。武探得其故，輒勸勿急切，望七郎姑一臨存，而七郎終以負債爲憾，不肯至。武因先索舊藏以速其來。七郎檢視故革，則蠹蝕殃敗，毛盡脫，懊喪益甚。武知之，馳行其庭，極意慰解之。入視敗革，曰：「此亦復佳，僕所欲得，原不以毛。」遂抽鞟出，兼邀同往。七郎不可，乃自歸。七郎終念不足以報武，裹糧入山，數夜得一虎，全而餽之。武喜，治具請三日。既七郎辭之堅，武鍵庭戶，使不得出。賓客見七郎樸陋，竊謂公子妄交。而武周旋七郎，殊異諸客，爲易新服，卻不受，

今日捉將官裡去　宋楊朴詩

承其寐而潛易之不得已而受之既去其子奉嫗命返新衣索其敝裰武笑曰歸語老姥故衣已拆作履襯矣自是七郎日以兔鹿相貽招之郎不復至武一日詣七郎值出獵未返嫗出踦門語曰再勿引致吾兒大不懷好意武敬禮之慚而退半年許家人忽白七郎為爭獵豹毆死人命捉將官裡去武大驚馳視之已械收在獄見武無言但云此後煩恤老母武慘然出急以重金賂邑宰又以百金賂讎主月餘無事釋七郎歸母慨然曰子髮膚受之武公子非老身所得而愛惜者矣但祝公

音其，見左傳鄭[illegible]事

七郎遇公子真得其賞
識，即死亦直得

子終百年無災患即見福七郎欲詣謝武母曰往則往
耳見公子勿謝也小恩可謝大恩不可謝七郎見武武
溫言慰藉七郎唯唯家人咸怪其疎武喜其誠篤益厚
遇之由是恒數日詣公子家餽遺輒受不復辭亦不言
報會武初度賓從繁多夜舍騰滿（人多屋少）武偕七郎臥斗室中
三僕即牀下藉芻藁（地鋪）二更向盡諸僕皆睡去兩人猶刺
刺語七郎佩刀挂壁間忽自騰出匣數寸許錚錚作響
光爛爍如電武驚之七郎亦起問牀下臥者何人武答
皆廝僕七郎曰此中必有惡人武問故七郎曰此刀購

聊齋志異卷六　田七郎　四八

非一謝云報

硎 磨刀石音刑見莊子

七郎 卬君子

老母在 刺客傳

諸異國殺人未嘗濡縷迄今佩三世矣決首至千計尚如新發於硎見惡人則鳴躍當去殺人不遠矣公子宜親君子遠小人或萬一可免武頷之七郎終不樂輾轉牀席武曰災祥數耳何憂之深七郎曰我諸無恐怖徒以有老母在武曰何遽至此七郎曰無則便佳蓋牀下三人一爲林兒是老彌子能爲主人懽一僮僕年十二三武所常役者一李應最拗拗每因細事與公子裂眼争武恒怒之當夜默念疑必係此人詰旦喚至善言遣令去武長子紳娶王氏一日武他出留林兒居守齋中

猶如癡言刀好不受十分毫血

主人外好男寵

睡不着

官辦即有礙御史面目，伺其出刺殺最快。林兒是主人外寵，肯受主人扑責也。

菊花方燦，新婦意翁出，齋庭當寂，自詣摘菊。林兒突出勾戲，婦欲遁，林兒强挾入室，婦啼拒，色變聲嘶。紳奔入，林兒始釋手逃去。武歸聞之，怒覓林兒，竟已不知所之。過二三日，始知其投身某御史家（投竟入御史家）。某官都中，家務皆委決於僉。武以同袍義，致書索林兒，某僉竟置不發。武益恚，質詞邑宰，勾牒雖出，而隸不捕，官亦不問。武方憤怒，適七郎至。武曰："君言驗矣。"因與告愬。七郎顏色慘變，終無一語，即逕去。武囑幹僕邏察林兒。林兒夜歸，爲邏者所獲，執見武。武掠楚之。林兒語侵武。武叔恒，故長者，恐

官承御史之風

御史甫罵殺

宰亦何嘗不可殺

隸與官皆走狗何所分別

姪暴怒致禍勸不如治以官法武從之縶赴公庭而御史家刺書郵至宰釋林兒付紀綱以去林兒意益肆倡言叢衆中誣主人婦與私武無奈之忿塞欲死他日登御史門俯仰叫罵里舍勸慰令歸逾夜忽有家人白林兒被人臠割拋尸曠野間武驚喜意氣稍得伸俄頃御史家訟其叔姪遂偕叔赴質宰不容辯欲笞恒武抗聲曰殺人莫須有至辱詈縉紳則生實爲之無與叔事宰置不聞武裂眥欲上羣役禁捽之操杖隸皆紳家走狗恒又老耄籤數未半奄然已死宰見武叔垂斃亦不復

情急计昏

此極密事豈可預謀又郎智勇皆備否则贳毋更累矣

究武號且罵宰。亦若弗聞也者。遂昇叔歸哀憤無所爲
計。思欲得七郎謀。而七郎更不弔問。竊自念待七郎不
薄。何遽如行路人。亦疑殺林兒必七郎。轉念果爾胡得
不謀於我。於是遣人探諸其家。室則局鐍寂然。鄰人並不知
耗。一日。某弟（太不值）方在內廨。與宰關說。值晨進薪水。忽一樵
人至前。釋擔抽利刃直奔之。某惶急以手格刃。刃落斷
腕。又一刀始決其首。宰大驚竄去。樵人猶張皇四顧。諸
役吏急闔署門。操杖（空張皇）疾呼。樵人乃自剄死。紛紛集認識
者。知爲田七郎也。宰驚定始出覆驗。見七郎僵臥血泊

衙役 巡捡典史類

結客一生洵七郎之報亦值

五軍都督府 中左右前後軍也

中手猶握刃。方停蓋審視，尸忽崛然躍起，竟決宰首，已而復踣。衙官捕其母，則亡去已數日矣。武聞七郎死，馳哭盡哀。咸謂其主使七郎，武破產夤緣當路，始得免。七郎尸棄原野三十餘日，禽犬邏守之。武取而厚葬之。其子流寓於登（萊），變姓爲佟。起行伍，以軍功至同知將軍。歸遼，武已八十餘，乃指示其父墓焉。（一諾悠然）

異史氏曰：一錢不輕受，正其一飯不忘者也。賢哉母乎！七郎者，憤未盡雪，死猶伸之，抑何其神！使荊軻能爾，則千載無遺恨矣。苟有其人，可以補天網之漏；世道茫茫

荊軻見史記刺客傳

觀其姓名及字因知其全
是子虛

叙事明皙

恨也耶少也悲矣

羅刹海市

此寓言代哭盖抱才不能行於中原而行於
海外又不行乃至龍宮始吐氣誹矣

馬驥字龍媒賈人子美丰姿少倜儻喜歌舞輒從梨園子弟以錦帕纏頭美如好女因復有俊人之號十四歲入郡庠即知名父衰老罷賈而居謂生曰數卷書饑不可煮寒不可衣吾兒可仍繼父賈馬由是稍稍權子母從人浮海爲颶音巨風引去數晝夜至一都會其人皆奇醜見馬至以爲妖羣譁而走馬初見其狀大懼迨及切知國人之駭己也遂反以此欺國人遇飲食者則奔而往人驚

六根皆能食出內典

遁。則啜其餘。久之入山村。其間形貌亦有似人者。然襤褸如丐。馬息樹下。村人不敢前。但遙望之。久之覺馬非噬人者。始稍稍近就之。馬笑與語。其言雖異。亦半可解。馬遂自陳所自。村人喜。徧告鄰里。客非能搏噬者。然奇醜者。望望即去。終不敢前。其來者。口鼻位置。尚能與中國同。共羅漿酒奉焉。馬問其相駭之故。荅曰。嘗聞祖父言。西去二萬六千里。有中國。其人民形象。率詭異。但耳食之。今始信。問其何貧。曰。我國所重。不在文章。而在形貌。其美之極者。爲上卿。次任民社。下焉者。亦邀貴人寵。

不

耳同

府州縣

罵人毒

故得寵以養妻子。若我輩初生時、父母皆以爲不祥、往往置棄之。其不忍遽棄者、皆爲宗嗣耳。問此名何國、曰、大羅刹國。都城在北、去三十里。馬請導往一觀。於是雞鳴而興、引與俱去。天明、始達都。都以黑石爲牆、色如墨。樓閣近百尺、然少瓦、覆以紅石、拾其殘塊磨甲上、無異丹砂。時値朝退、朝中有冠蓋出、村人指曰、此相國也。視之、雙耳皆背生、鼻三孔、睫毛覆目如簾。又數騎出、曰、此大夫也。以次各指其官職、率猙獰怪異。然位漸卑、醜亦漸殺。無何、馬歸、街衢人望見之、譟奔跌蹶、如逢怪

物村人百口解說市人始敢遥立既歸國中無大小咸
知村有異人於是縉紳大夫爭欲以廣見聞遂令村人
要馬然每至一家閙人輒闐戶丈夫女子竊竊自門隙
中窺語終一日無敢延見者村人曰此間一執戟曾爲
先王出使異國所閱人多或不以子爲懼迺郎門郎果
意揖爲上賓視其貌如八九十歲人目睛突出鬚髮如
蝟曰僕少奉王命出使最多獨未嘗至中華今一百二
十餘歲又得睹上國人物此不可不上聞於天子然伏
臥林下十餘年不踐朝階早且爲君勉一行乃具飲饌

罵毒

不遇

修主客禮酒數行出女樂十餘人更番歌舞貌類如夜叉皆以白錦纏頭拖朱衣及地扮唱不知何詞腔拍悽詭主人顧而樂之問中國亦有此樂乎曰有主人請擬其聲遂擊桌爲度一曲主人喜曰異哉聲如鳳鳴龍嘯得未曾聞翼日趨朝薦諸國王王忻然下詔有二三大臣言其怪狀恐驚聖體王乃止即出告馬深爲扼腕（歎惜）居久之與主人飲而醉把劍起舞以煤塗面作張飛主人以爲美曰請客以張飛見宰相宰相必樂用之厚祿不難致馬曰嘻游戲猶可何能以面目圖榮顯主人固強

之馬乃諸主人設筵邀當路者飲令馬繪面以待未幾
客至呼馬出見客客訝曰異哉何前媸而今姸也遂與
共飲甚懽馬婆娑歌弋陽曲一座無不傾倒明日交章
薦馬王喜召以旌節既見問中國治安之道馬委曲上
陳大蒙嘉歎賜宴離宮酒酣王曰聞卿善雅樂可使寡
人得而聞之乎馬即起舞亦效白錦纏頭作靡靡之音
王大悅即日拜下大夫時與私宴恩寵殊異久而官僚
百執事頗覺其面目之假所至輒見人耳語不甚與欵
洽馬至是孤立憫音刊然不自安遂上疏乞休致不許又告

休沐乃給三月假於是乘傳載金寶復歸山村村人膝行以迎馬以金貲分給舊所與交好者懽聲雷動村人曰吾儕小人受大夫賜明日赴海市當求珍玩用報大夫問海市何地曰海中市四海鮫人集貨珠寶四方十二國均來貿易中多神人遊戲雲霞障天波濤間作貴人自重不敢犯險阻皆以金帛付我輩代購異珍今其期不遠矣問所自知曰每見海上朱鳥來往七日即市馬問行期欲同游囑村人勸使自重馬曰我顧滄海客何畏風濤未幾果有踵門寄貲者遂與裝貲入船船容

滿腹牢騷枯朽皆是

數十人平底高欄，十人搖櫓，激水如箭。凡三日，遙見水雲晃漾之中，樓閣層疊，貿遷之舟，紛集如蟻。少時抵城下，視牆上磚，皆長與人等，敵樓高接雲漢。維舟而入，見市上所陳奇珍異寶，光明射眼，多人世所無。一少年乘駿馬來，市人盡奔避，云是東陽三世子。世子過，目生曰：此非異域人。即有前馬者來詰鄉籍，生揖道左，具展邦族，世子喜曰：既蒙辱臨，緣分不淺。於是授生騎，請與連轡。乃出西城，方至島岸，所騎嘶躍入水，生大駭失聲，則見海水中分，屹如壁立。俄睹宮殿，玳瑁爲梁，魴鱗作瓦，

屈原宋玉　周末人事

擊節　歎賞也

四壁晶明，鑑影炫目。下馬揖入，仰見龍君在上。世子啟奏：「臣游市廛，得中華賢士，引見大王。」生前拜舞。龍君乃言：「先生文學士，必能衙官屈宋。欲煩椽筆賦海市，幸無吝珠玉。」生稽首受命。授以水精之硯，龍鬣之毫，紙光似雪，墨氣如蘭。生立成千餘言，獻殿上。龍君擊節曰：「先生雄才，有光水國多矣！」遂集諸龍族，讌集采霞宮。酒炙數行，龍君執爵而向客曰：「寡人所憐女，未有良匹，願累先生。先生倘有意乎？」生離席愧荷，唯唯而已。龍君顧左右語。無何，宮人數輩扶女郎出，珮環聲動，鼓吹暴作，拜竟

世說語　佳配也　諾也

鬣　音立　須鬃毛

由是龍媒之名譟於四海
兩句為一篇之柱

睍之寶仙人也女拜已而去少時酒罷雙鬟挑畫燭導生入副宮女濃粧坐伺珊瑚之牀飾以八寶帳外流蘇綴明珠如斗大衾褥皆香爽天方曙則雛女妖鬟弁入滿側生起趨去朝謝拜爲駙馬都尉以其賦馳傳諸海諸海龍君皆專員來賀爭折簡招駙馬飲生衣繡裳駕青虬呵殿而出武士數十騎皆雕弧荷白棓晃耀塡擁馬上彈箏車中奏玉三日間偏歷諸海由是龍媒之名譟於四海宮中有玉樹一株圍可合抱本瑩澈如白琉璃中有心淡黃色梢細於簹葉類碧玉厚一錢許細碎

因鳥哀鳴思歸故土

有濃陰常與女嘯咏其下花開滿樹狀類薝蔔每一瓣（栀子花）落鏗然作響拾視之如赤瑙雕鏤光明可愛時有異鳥來鳴毛金碧色尾長於身聲等哀玉惻人肺腑生每聞輒念鄉土因謂女曰亡出三年恩慈間阻每一念及涕膺汗背卿能從我歸乎女曰仙塵路隔不能相依妾亦不忍以魚水之愛奪膝下之歡容徐謀之生聞之泣不自禁女亦歎曰此勢之不能兩全者也明日生自外歸龍君曰聞都尉有故土之思詰旦趣裝可乎生謝曰逆旅孤臣過蒙優寵銜報之誠結於肺腑容暫歸省當圖

中饋：婦人操持中饋烹飪之事

佳朕：吉兆也

復聚耳入暮女置酒話別生訂後會女曰情緣盡矣生大悲女曰歸養雙親見君之孝人生聚散百年猶旦暮耳何用作兒女哀泣此後妾為君貞君為妾義兩地同心即伉儷也何必旦夕相守乃謂之偕老乎若渝（音俞 变也）此盟婚姻不吉倘慮中饋乏人納婢可耳更有一事相囑自奉裳衣似有佳朕煩君命名生曰其女也耶可名龍宮男耶可名福海女乞一物為信生在羅剎國所得赤玉蓮花一對出以授女女曰三年後四月八日君當泛舟南島還君體嗣女以魚革為囊實以珠寶授生曰珍藏

祖帳 於野次設行幄，大帳中設筵席送行礼也。一曰祖餞，一曰祖道。祖者始也。行期首日，或以古帝子喜游，死於道路，故後人遇登途之日必祭之。今雇大船行江湖河海，開船日必燒神福紙，具香燭，当沿此(意)義。

之數世喫着不盡也天微明王設祖帳餽遺甚豐生拜別出宮女乘白羊車送諸海岸生上岸下馬女致聲珍重回車便去少頃便遠海水復合不可復見生乃歸自浮海去家謂其已死及至家家人無不詑異幸翁媼無恙獨妻已他適（謂夫已死不守嫁人）乃悟龍女守義之言蓋已先知也父欲爲生再婚生不可納婢焉謹志三年之期泛舟島中見兩兒坐浮水面拍流嬉笑不動亦不沉近引之兒啞然捉生臂躍入懷中其一大啼似嗔生之不援已者亦引上之細審之一男一女貌皆姚秀額上花冠綴玉則赤

藍蔚 天也

孿生 双生一音欒

當御 礼記

進在焉背有錦囊拆視得書云翁姑計各無恙忽忽三年紅塵永隔盈盈一水青鳥難通結想為夢引領成勞茫茫藍蔚有恨何如也顧念奔月姮娥且盧桂府投梭織女猶悵銀河我何人斯而能永好興思及此輒復破涕為笑別後兩月竟得孿生今已啁啾懷抱頗解笑言覓棗抓梨不母可活敬以還君所貽赤玉蓮花飾冠作信膝頭抱兒時猶妾在左右也聞君克踐舊盟意願斯慰妾此生不二之死靡他奩中珍物不蓄蘭膏鏡裡斯妝久辭粉黛君似征人妾作蕩婦即置而不御亦何得

命名妙暗合双関
一篇曰六區絶佳
惜海市一篇不傳

謂非琴瑟哉。獨計翁姑亦既抱孫，曾未一覿新婦，揆之情理，亦屬缺然。歲後阿姑奄逝，當往臨穴，一盡婦職。過此以往，則龍宮無恙，不少把握之期；福海長生，或有往還之路。伏惟珍重，不盡欲言。」生反復省書攬涕。兩兒抱頸曰：「歸休乎！」益慟，撫之曰：「兒知家在何許？」兒泣啼，嘔啞言歸。生望海中茫茫，極天無際，霧鬟人渺，煙波路窮。抱兒返棹，悵然遂歸。生知母壽不永，周身物悉為預具，墓中植松檟百餘。逾歲，媼果亡。靈輦至殯宮，有女子衰經臨穴。衆方驚顧，忽而風激雷轟，繼以急雨，轉瞬間已失

嗜痂 劉宋宋室劉邕為太守有奇癖最嗜瘡痂云有鰒魚味

卞和獻玉於楚王而被誒遭刖足之罪

所在松柏新植多枯至是皆活福海稍長輒思其母忽自投入海數日始還龍宮以女子不得往時掩戶泣一日晝暝龍女忽入止之曰兒自成家哭泣何爲乃賜八尺珊瑚一樹龍腦香一帖明珠百顆八寶嵌金合一雙爲作嫁資生聞之奚入執手啜泣俄頃疾雷破屋女已無矣

異史氏曰花面逢迎世情如鬼嗜痂之癖舉世一轍小慚小好大慚人好若公然帶鬚眉以游都市其不駭而走者蓋幾希矣彼陵陽（周卞和陵陽人）癡子將抱連城玉向何處哭也

連城之璧 趙有玉璧無價秦王欲以十五城易之

此評乃是正面文章
可知以上一篇盡屬寓言
男女逆賊被生擒者皆曰
俘

嗚呼顯榮富貴當於蜃樓海市中求之耳。

公孫九娘　鬼

順治十八年秋棲霞于七倡亂據岠嵎山叛
旅勦之始平

于七一案連坐被誅者棲霞萊陽兩縣最多一日俘數百人盡戮於演武場中碧血滿地白骨撑天上官慈悲捐給棺木濟城工肆材木一空以故伏刑東鬼多葬南郊甲寅間有萊陽生至稷下有親友二三人亦在誅數

借宿寺中

因市楮帛酹奠榛墟就稅舍於下院之僧明日入城營幹日暮未歸忽一少年造室來訪見生不在脫帽登牀著履仰臥僕人問其誰何合眸不對既而生歸則暮色

南史謝朓好奨借人才

朦朧不甚可辨自詣牀下問之瞠（音撐）目曰我候汝主人絜
絜逼䠒我豈暴客（強盜曰暴客）耶生笑曰主人在此少年急起着冠
衣而坐極道寒暄聽其音似曾相識急呼燈至則同邑
宋生亦死於于七之難者大駭卻走宋止之云僕與君
文字交何寡於情我雖鬼故人之念耿耿不去心今有
所瀆願無以異物（鬼也）遂猜薄之生乃坐請所命曰令女甥
寡居無耦僕欲得主中饋屢通媒妁輒以無尊長之命
爲辭幸無惜齒牙餘惠（勿惜一言）先是生有甥女早失怙遺生鞠
養十五始歸其家俘至濟南聞父被刑驚慟而絕生曰

古以母之兄弟曰舅氏見左傳毛詩舅甥見爾雅或有稱舅父者六朝人每以母舅曰阿舅此尊稱也今以施之妻之兄弟行則甚誤不知始於何时

渠自有父何我之求朱曰其父爲猶子啟櫬去今不在此問女甥向依阿誰曰與鄰媪同居生慮生人不能作鬼緣朱曰如蒙金諾還屈玉趾遂起握生手生固辭問何之曰第行勉從與去北行里許有大村落約數百家至一第宅朱叩扉即有媪出豁開二扉問朱何爲曰煩達娘子阿舅至媪旋反須臾復出邀生入顧朱曰兩椽茅舍子大隘勞公子門外少坐候生從之入見半畝荒庭列小室二甥女迎門啜泣室中燈火熒然女貌秀潔如生時凝眸含涕徧問妗姑生曰俱各無恙但荆人物

掾从手音彦 官署掾史 椽从木音傳 俗以一间曰椽

孤寢若鶩伶仃如秋燕
皆雋句

波斯國出奇貨無人賞
識者謂孫九娘如之耳

死曰故物

故矣女又嗚咽曰兒少受舅妗撫育尚無寸報不圖先
葬溝瀆殊爲恨恨舊年伯伯家大哥遷父去置兒不一
念數百里外伶仃如秋燕舅不以沉魂可棄又蒙賜金
帛兒已得之矣生乃以朱言告女俯首無語媼曰公子
曩託楊姥三五返老身謂是大好小娘子不肯自草草
得舅爲政方此意慊言次一十七八女郎從一青衣遽
掩入瞥見生轉身欲遁女牽其裾曰勿須爾是阿舅非
他人生揖之女郎亦斂衽甥曰九娘棲霞公孫氏阿爹
故家子今亦窮波斯落落不稱意旦晚與兒還往生睨

品題各美無一相同才

大如海

蝸牛 今墻上俗名背包 蜒蚰

人死埋地下故曰糞壤

之笑。贊秋月羞暈朝霞實天人也。曰可知是大家蝸廬

人。那如此娟好。甥笑曰。且是女學士詩詞俱大高。昨兒

稍得指教。九娘微哂曰。小婢無端敗壞人。教阿舅齒冷

也。甥又笑曰。舅斷絃未續。若個小娘子頗能快意否。九

娘笑奔出曰。婢子顛瘋作也。遂去。言雖近戲。而生殊愛

好之。甥似微察。乃曰。九娘才貌天下無雙。舅倘不以糞

壤致猜。兒當請諸其母。生大悅。然慮人鬼難匹。女曰。無

傷。彼與舅有夙分。生乃出。女送之曰。五日後月明人靜

當遣人往相逆。生至戶外。不見朱。翹首西望。月銜半規。

女學士未大播見陳書

蝸同瓜音瓜

焦先蝸牛廬見三國志注

蝸廬小戶人家

晉珠不解晉是山西何曾產珠

昏黃中猶認舊徑見南向一第朱坐門石上起迓曰相待已久寒舍即勞垂顧遂攜手入殷殷展謝出金爵一晉珠百枚曰他無長物聊代禽儀既而曰家有濁醪但幽室之物不足款嘉賓奈何生撝謝而退朱送至中途始別生歸僧僕集問生隱之曰言鬼者妄也適赴友人飲耳後五日果見朱來整履搖箑意甚忻適纔至戶庭望塵即拜少間笑曰君嘉禮既成慶在今夕便煩枉步生曰以無回音尚未致聘何遽成禮朱曰僕已代致之矣生深感謝從與俱去直達臥所則甥女華粧迎笑生

女嫁夫曰于歸女子外
毋家而內夫家凡嫁皆
曰歸易倕帝乙歸妹

俗入舍古曰贅贅壻無聘
礼以身往質之也

脫边幅言不必拘礼因
年老不能為礼節也

問何時于歸朱云三日矣生乃出所贈珠為甥助粧女三辭乃受謂生曰兒以舅意白公孫老夫人夫人作大歡喜但言老耄無他骨肉不欲九娘遠嫁期今夜舅往贅諸其家伊家無男子便可同郎拜也朱乃導去村將盡一第門闢二人登其堂俄白老夫人至有二青衣扶媼升階生欲展拜夫人云老朽龍鍾不能為禮當卽脫邊幅乃指畫青衣置酒高會朱乃喚家人另出肴俎列置生前亦別設一壺為客行觴筵中進饌無異人世然主人自舉殊不勸進既而席罷朱歸青衣導生去入室

俗曰添房

史記語

助粧添
匳叱添
房雅

朱另以人
吃之物享
生

國初定鼎之指斥及
叛案皆置重典

詩極悽惋沉痛
遠同饒

千里句亦冷雋

則九娘華燭凝待邂逅含情極盡歡昵初九娘母子原解赴都全郡母不堪困苦死九娘亦自剄枕上追述往事哽咽不成眠乃占兩絕云昔日羅裳化作塵空將業果恨前身十年露冷楓林月此夜初逢畫閣春白楊風雨遶孤墳誰想陽臺更作雲忽啟縷金箱裏看血腥猶染舊羅裙天將明即促曰君宜且去勿驚廝僕自此晝來宵往嬖惑殊甚一夕問九娘此村何名曰萊霞里里中多兩處新鬼因以爲名生聞之欷歔女悲曰千里柔魂蓬游無底母子零孤言之愴惻幸念一夕恩義收兒

骨歸葬墓側使百世得所依棲死且不朽生諾之女曰人鬼路殊君亦不宜久滯乃以羅襪贈生揮淚促别生淒然而出忉怛若喪心悵悵不忍歸因過扣朱氏之門朱白足出逆甥亦起雲鬟蓬鬆驚來省問生悄悵移時始述九娘語女曰妗氏不言兒亦夙夜圖之此非人世久居誠非所宜於是相對汍瀾生亦含涕而别叩寓歸寢輾轉申旦欲覓九娘之墓則忘問誌表及夜復往則千墳纍纍竟迷村路歎恨而返展視羅襪着風寸斷腐如灰燼遂治裝東旋半載不能自釋復如稷門冀有所

評語精鍊

遄及抵南郊日勢已晚息駕庭樹趨詣叢葬所但見墳兆萬宅迷目榛荒鬼火狐鳴駭人心目驚悼歸舍失意遨遊返轡遂東行里許遙見女郎獨行邱墓間神情意致怪似九娘揮鞭就視果九娘下騎欲語女竟走若不相識再復近之色作怒舉袖自障頓呼九娘則湮然滅矣

見史記屈原傳

異史氏曰香草沉羅血滿胸臆東山珮玦淚漬泥沙古有忠臣孝子至死不諒於君父者公孫九娘豈以負骸骨之託而怨懟不釋於中耶脾鬲間物不能掬以相示

周末屈原以忠被放

東周時晉國太子申生以孝被讒自縊

心肝也

俗言不能取出心來看

申生嘗獻公賜玦事見左傳

焦石虹名毓瑞字輯五
順治丁亥進士仕至戶部
左侍郎

南史褚彥回名淵山陰
公主逼之褚不從公主曰
君鬚髯如戟何無丈夫
氣

以生守讀書戒色之訓
故狐言云云

宛乎哉

狐聯（山東）

焦生章邱石虹先生之叔弟也讀書園中宵分有二美人來顔色雙絕一可十七八一約十四五撫几展笑焦知其狐正色拒之長者曰君鬚如戟何無丈夫氣焦曰僕生平不敢二色女笑曰迂哉子尚守腐局耶下元鬼神凡事皆以黑爲白况牀笫間瑣事乎焦又咄之女知不可動乃曰君名下士妾有一聯請爲屬對能對我自去戊戌同體腹中只欠一點焦凝思不就女笑曰名士

執而不化曰腐儒

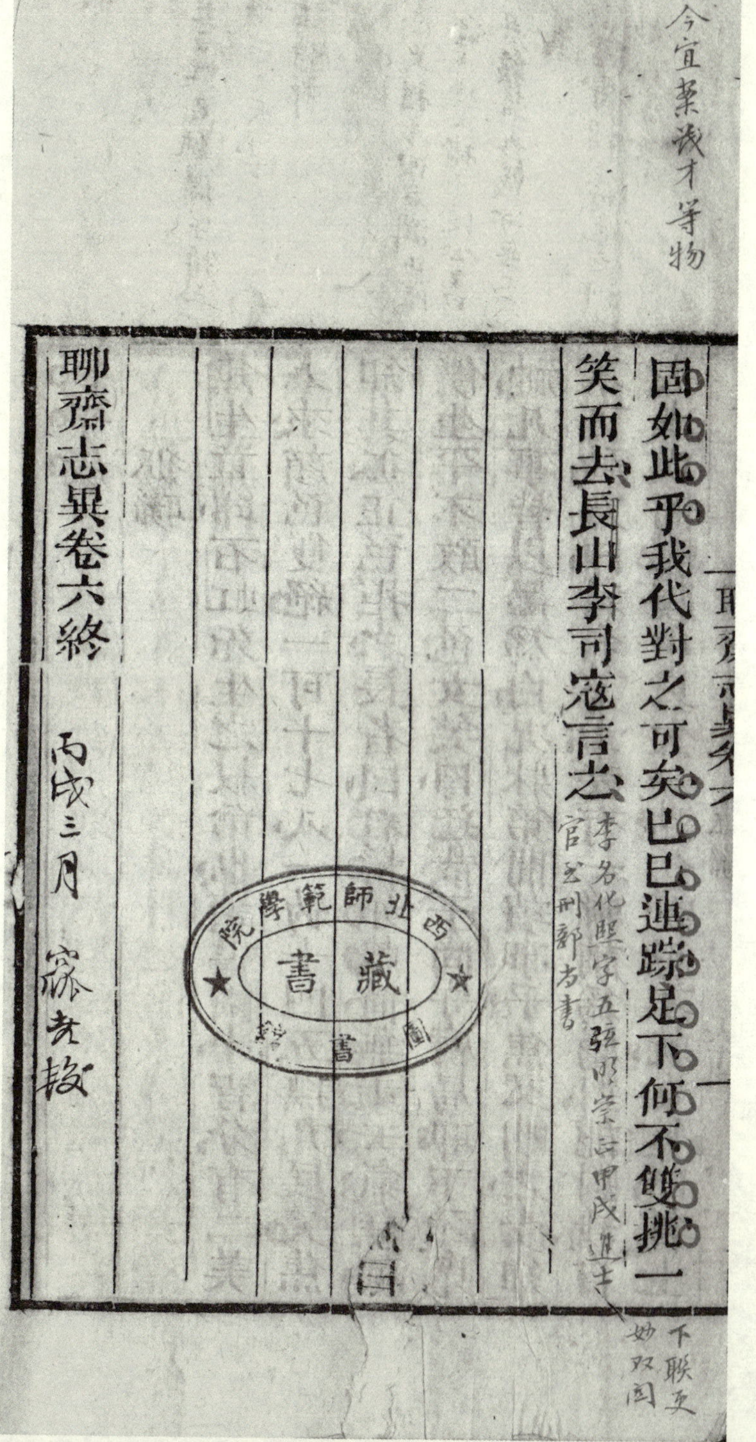

今宜案義才等物

固如此乎我代對之可矣已已進蹤足下何不雙挑一笑而去長山李司寇言之

李名化熙字五弦明崇禎甲戌進士官至刑部尚書

下聯更妙雙関

聊齋志異卷六終

丙戌三月　寐叟校

(清)蒲松齡 撰

青柯亭本聊齋志異

第二册

國家圖書館出版社

第二册目録

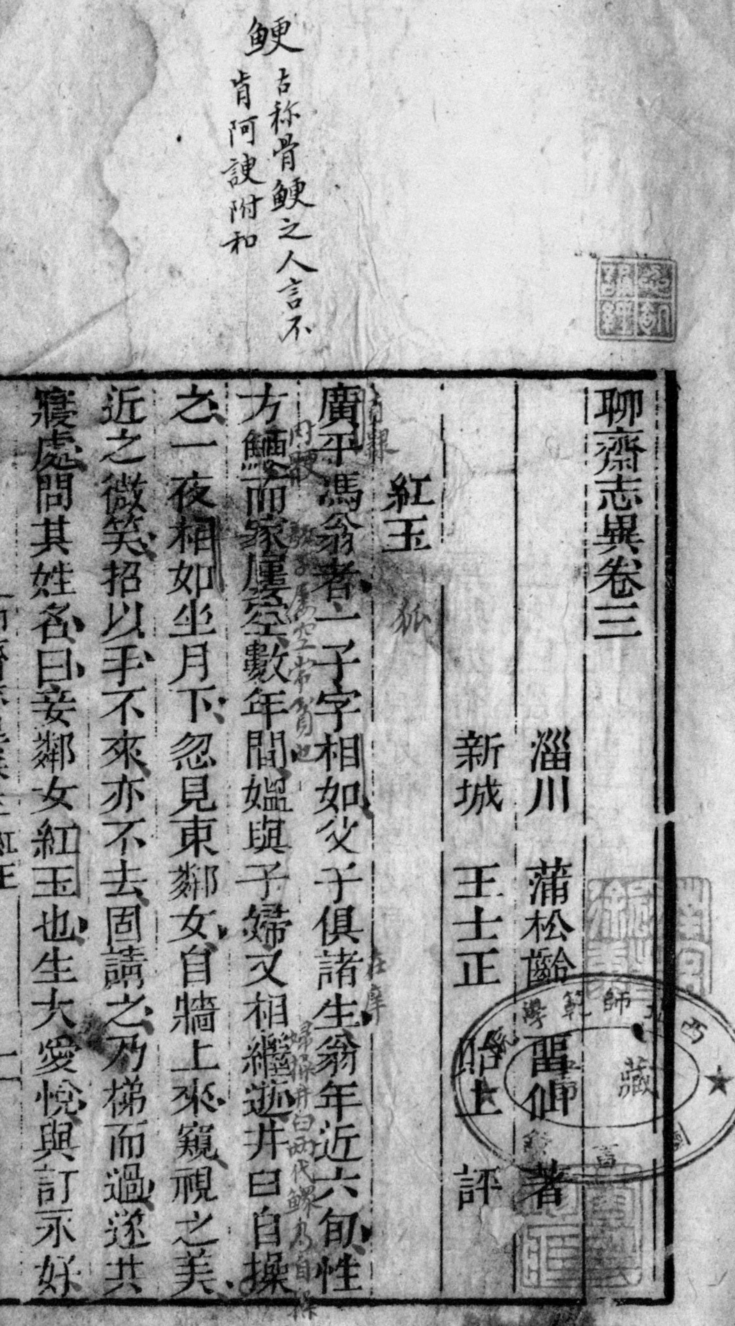

鯁 古称骨鯁之人言不肯阿諛附和

聊齋志異卷三

淄川　蒲松齡　留仙　著

新城　王士正　貽上　評

紅玉

廣平馮翁者一子字相如父子俱諸生翁年近六旬性方鯁而家屢空數年間媪與子婦又相繼逝井臼自操之一夜相如坐月下忽見東鄰女自牆上來窺視之美近之微笑招以手不來亦不去固請之乃梯而過遂共寢處問其姓名曰妾鄰女紅玉也生大愛悅與訂永好

家貧應亦非迂濶也

美玉有瑕疵曰玷人不守

訓胡行如玉之有玷矣

玷缺也

鑽穴隙相窺兩語孟子

佳耦曰配禮記

女諾之夜夜往來約半年許翁夜起聞子舍笑語窺之見女怒喚生出罵曰畜生所爲何事如此落寞尚不刻苦乃學浮蕩耶人知之喪汝德人不知亦促汝壽生跪自投泣言知悔翁叱女曰女子不守閨戒既自玷而又復玷人倘事一發當不僅貽寒舍羞罵已憤然歸寢女流涕曰親庭罪責良足愧辱我兩人緣分盡矣生曰父在不得自專卿如有情尚當含垢爲好女言辭決絕生乃灑涕女止之曰妾與君無媒妁之言父母之命踰牆鑽隙何能白首此處有一佳耦可聘也生告以貧女曰

習慣守貧

長久也

踰逃也

啗啖噉音同餌二
餡忝皆同義
俗言与之甜頭
度入声揆情度理
軒豁呈露言人品光輝
僕馬氣概
凡媒妁及中人皆是居
間言居於中間

來宵相俟妾爲君謀之次夜女果至出白金四十兩贈
生曰去此六十里有吳村衞氏女年十八矣高其價故
未售也君重啗之必合諧允言已别去生乘間語父欲
往相之而隱饋金不敢告父翁自度無貲以是故止之
生又婉言試可乃已翁頷之生遂假僕馬詣衞氏衞故
田舍翁生呼出與閒語衞知生望族又見儀采軒豁
心許之而慮其靳於貲生聽其詞意吞吐會其旨傾囊
陳几上衞乃喜浼鄰生居間書紅箋而盟焉生入拜媼
居室偪側女依母自障微睨之雖荆布之飾而神情光

豔 正 艷 俗

行賕 得賍

凡官得賍已加平人一等御史給事中刑部執法之官加平人三等治罪

免者罷官也

賂 以貨錢也

豔心竊喜，借舍欵壻，便言公子無須親迎，待少作衣妝，即合舁送去。生與訂期而歸，詭告翁，言衛愛清門，不責貲。翁亦喜。至日，衛果送女至。女勤儉，有順德，琴瑟甚篤。踰二年，舉一男，名福兒。會清明，抱子登墓，遇邑紳宋氏。宋官御史，坐行賕免，居林下，大煽威虐。是日亦上墓歸，見女豔之，問村人，知爲生配。料馮貧士，誘以重賂，冀可搖，使家人風示之。生驟聞，怒形於色，既思勢不敵，斂怒爲笑，歸告翁。翁大怒，奔出，對其家人，指天畫地，詬罵萬端。家人鼠竄而去。宋氏亦怒，竟遣數人入生家，毆翁及

大煽威虐不法橫行也

洶洶 鬧也

沸鼎 如煮物在鍋中

呻吟 悲痛声

舁 音豫 兩手對舉上下 四手今之兩人轎

吭 喉嚨口

緐 多也 扈從 護衛人多

非劍客不能了此事

偵 探也 音春

眦 眼肉

予洶若沸鼎女聞之棄兒於牀披髮號救羣衆舁之閧然便去父子傷殘呻吟在地兒呱呱啼室中鄰人共憐之扶置榻上經日生杖而能起翁忿不食嘔血尋斃生大哭抱子興訟上至督撫訟幾徧卒不得直後聞婦不屈死益悲冤塞胸吭無路可伸每思要路刺殺宋而慮其扈從緐兒又罔托日夜哀思雙睫爲之不交忽一丈夫弔諸其室虬髯濶頷曾與無素挽坐欲問邦族客遽曰君有殺父之讎奪妻之恨而忘報乎生疑爲宋人之偵姑僞應之客怒眦欲裂遽出曰僕以君人也今乃知

傖音鎗 又音撐 南人罵北人曰傖言粗鄙也

臥薪嘗胆 越王事 忍苦報仇

杵臼 公孫杵臼 趙氏卿客 与程嬰謀保全孤兒

言代為報仇生自領小兒

代庖 用莊子句 庖丁雖不治庖尸祝不越尊俎而代之

宋已罷官而地方大吏有司皆畏之以致激成大獄

不足齒之傖生察其與跪而挽之曰誠恐宋人餂我今實佈腹心僕之臥薪嘗膽者固有日矣但憐此襁中物恐墜宗祧君義士能為我杵臼否客曰此婦人女子之事非所能君所欲託諸人者請自任之所欲自任者願得而代庖焉生聞崩角在地客不顧而出生追問姓字曰不濟不任受怨濟亦不任受德遂去生懼禍及抱子亡去至夜宋家一門俱寢有人越重垣入殺御史父子三人及一婢一媳宋家具狀告官官大駭宋執謂相如於是遣役捕生生遁不知所之於是情益真宋僕同官

因欲去故挽之

生欲托子自去報仇

保持兒女乃婦女之事

跪

崩厥角叩首也

逃亡

垣墻也

遁逃也

像畏罪逃避

恐宋御史遣人來假以甜言騙出真情

宋家咬定是相如遣刺客

御史正死餘威尚在令安得不畏然讨何人之將可憐

褫革去衣巾易终朝三褫之

卒無词 终無供招認

剁 斬也

令乃糊塗人而奉承鄉紳者然刀將加頭亦餒矣

役諸處冥搜夜至南山聞兒啼跡得之繫累而行兒啼愈嗔羣奪兒抛棄之生冤憤欲絕見邑令問何殺人生曰冤哉某以夜死我以晝出且抱呱呱者何能踰垣殺人令曰不殺人何逃乎生詞窮不能置辯乃收諸獄生泣曰我死無足惜孤兒何罪令曰汝殺人子多矣殺汝子何怨生既褫革屢受梏憯卒無詞令是夜方臥聞有物蹐牀震震有聲大懼而號舉家驚起集而燭之一短刀銛利如霜剁牀入木者寸餘牢不可拔令睹之魂魄喪失荷戈徧索竟無蹤緒心竊餒又以宋人死無可畏

刀加頸始怕
辴 笑也 音展
父死婦殉節子被人棄
只剩子身幾于滅門無
種
捕禁者究竟殺宗氏五
命及今之幾死刺客未獲
也

懼乃詳諸憲代生解免竟釋生生歸甕無升斗孤影對四壁幸鄰人憐餽食飲苟且自度念大讎已報則辴然喜思慘酷之禍幾於滅門則淚潸潸墮及思半生貧徹骨宗支不續則於無人處大哭失聲不復能自禁如此半年捕禁益懈乃哀邑令求判還衛氏之骨既葬而歸悲怛欲死輾轉空牀竟無生路忽有款門者凝神寂聽聞一人在門外譨譨與小兒語生急起窺覷似一女子扉初啟便問大冤昭雪可幸無恙其聲稔熟而倉猝不能追憶爇火燭之則紅玉也挽一小兒嬉笑跨下生不

嗚哭 不敢號咷嗚嗚涕泣

狐先知所以收兒

狐多陝產

有奶便是娘情實可惻

裸 音魯同臝

實則試之

董仲舒下帷讀書三年不窺園舍 帷帳也

眼問抱女嗚哭女亦慘然旣而推兒曰汝忘而父耶兒牽女衣目灼灼視生細審之福兒也大驚泣問兒那得來女曰實告君昔言鄰女者妾也妾實狐適宵行見兒啼谷中抱養於秦聞大難旣息故攜來與君團聚耳生揮涕拜謝兒在女懷如依其母竟不復能識父矣天未明女卽遽起問之答曰奴欲去生裸跪牀頭涕不能仰女笑曰妾誑君耳今家道新創非夙興夜寐不可乃薙莽擁篲類男子操作生憂貧乏不能自給女曰但請下帷讀勿問盈歉或當不殍餓死遂出金治織具租田數

荷 去声 掮也 平声 蓮花

腴 膏腴良田

夏屋渠渠 毛詩 大屋之貌也

十畝，僱傭耕作，荷鑱誅茅，牽蘿補屋，日以爲常。里黨聞婦賢，益樂貲助之。約半年，人烟騰茂，類素封家。生曰："灰燼之餘，卿白手再造矣。然一事未就，安身如何？"詰之，答云："試期已迫，巾服尚未復耳。"女笑曰："妾前以四金寄廣文，已復名在案。若待君言，憤之已久。"生益神之。是科遂領鄉薦。時年三十六，腴田連阡，夏屋渠渠矣。女嬝娜如隨風飄去，而操作過農家婦；雖嚴冬自苦，而手膩如脂。自言三十八歲，人視之常若二十許人。

異史氏曰：其子賢，其父德，故其報之也俠。非特人俠，狐

江北印可 祖田雇工收種

廣文 教官也

豎人長髮言罔之令人怒髮衝冠抄半尺許入令之腹中矣俠客故意留之替生頭究否則十命亦了耳

程嬰杵臼兩人左傳及國語皆無之惟史記有屠岸賈害趙氏御盾一節世又有八義記傳奇通行常演太史公雜周今幾二千年必有所授者

林四娘一則王漁洋香祖筆記及蔡堯曾皆載其事非空言

亦俠也遇亦奇矣然官宰悠悠豎人毛髮刀震震入木何惜不略移牀上半尺許哉使蘇子美讀之必浮白曰惜乎擊之不中

宋蘇舜欽字子美讀漢史記見博浪一椎曰惜乎擊之不中引一大白一云讀漢書

王漁洋曰程嬰杵臼未嘗聞諸巾幗況狐耶

林四娘

青州道陳公寶鑰閩人夜獨坐有女子搴幃入視之不識而艷絕長袖宮裝笑云清宵兀坐得勿寂耶公驚問何人曰妾家不遠近在西鄰公意其鬼而心好之捉袂挽坐談詞風雅大悅擁之不甚抗拒顧曰他無人耶公

哽咽 如有物在喉哭不出 歌不出

懺耶曰一也妾思終身淪落欲度來生耳又每與公評隲詩詞瑕輒疵之至好句則曼聲嬌吟意緒風流使人忘倦公問工詩乎曰生時亦偶爲之公索其贈笑曰兒女之語烏足爲高人道居三年一夕忽慘然告别公驚問之笑云冥王以妾生前無罪猶不忘經咒俾生王家别在今宵永無見期言已慘然公亦淚墮乃置酒相與痛飲女慷慨而歌爲哀曼之音一字百轉每至悲處輒便哽咽數停數起而後終曲飲不能暢乃起逡巡欲别公固挽之又坐少時雞聲忽唱乃曰必不可以久留矣

蜀帝化杜鵑鳥即子規

貝葉 出粵東海外一名婆羅桑裝成冊頁可以寫经

然君每怪妾不肯戲醜今將長别當率成一章索筆搆成曰心悲意亂不能推敲乖音錯節慎勿出以示人掩袂而去公送諸門外湮然而沒公悵悼良久視其詩字態端好珍而藏之詩曰靜鎖深宮十七年誰將故國問青天閑看殿宇封喬木泣望君王化杜鵑海國波濤斜夕照漢家簫鼓靜烽烟紅顔力弱難爲厲蕙質心悲只問禪日誦菩提千百句閑看貝葉兩三篇高唱梨園歌代哭請君獨聽亦潸然詩中重複脫節疑傳者錯悞

魯公女 鬼重投胎

不羈 放縱如馬不受羈勒

蕭寺 六朝蕭子雲事 今借用為清淨之寺院

驪 深黑如黑 駒小馬

物化物故 死也

咫 八寸

何珊珊其來遲 珊一作姍

漢武帝哀李夫人詩

招遠張於旦性疎狂不羈讀書蕭寺時邑令鄔公三韓人有女好孅生適遇諸野見其風姿娟秀着錦貂裘跨小驪駒翩然若畫歸憶容華極意欽想後聞女暴卒悼歎欲絕鄔以家遠寄柩寺中即生讀所生敬禮如神明朝必香食必祭每酬而祝曰睹卿半面長繫夢魂不圖玉人奄然物化今近在咫尺而邈若山河恨如何也然生有拘束死無禁忌九泉有靈當珊珊而來慰我傾慕日夜祝之幾半年一夕挑燈夜讀忽舉首則女子含笑立燈下生驚起致問女曰感君之情不能自已遂不避

三韓地名 本國名 今滿州

麞　俗作獐　如鹿而無首

金剛經　姚秦三藏法師鳩摩羅什譯

跋履　跋涉

馳驅　乘馬

私奔之嫌。生大喜，挽坐，遂共歡好。自此無虛夜。謂生曰：妾生好弓馬，以射麞殺鹿爲快，罪業深重，死無歸所。如誠心愛妾，煩代誦金剛經一藏數，生生世世不忘也。生敬受教，每夜起，即柩前捻珠諷誦。偶值節序，欲與偕歸。女憂足弱，不能跋履。生請抱負以行，女笑從之。如抱嬰兒，殊不重累，遂以爲常。考試亦載與俱，然行必以夜。生將赴秋闈，女曰：君福薄，徒勞馳驅。遂聽其言而止。積四五年，魯罷官，貧不能輿其櫬，將就窆之，苦無葬地。生乃自陳某有薄壤近寺，願葬女公子。魯公喜，生又力爲營

綢繆 纏綿不解

滄州一帶曰河北本有六州如魏相澶衛貝鎮是也在黃河之北

世用左傳秦女善晉文公語就木 入死入棺

鈿 鑲嵌羅甸鈿之車乃貴室之器 幰 亦同軒字

葬會德之而莫解其故曾去二八綢繆如平日一夜側侍生懷淚落如豆曰五年之好於今別矣受君恩義數世不足以酬生驚問之曰蒙惠及泉下經咒藏滿今得生河北盧戶部家如不忘今日過此十五年八月十六日煩一往會生泣下曰生三十餘年矣又十五年將就木焉會將何爲女亦泣曰願爲奴婢以報少間曰君送妾六七里此去多荊棘妾衣裳難度乃抱生項生送至通衢見路旁車馬一簇馬上或一人或二人車上或三人四人十數人不等獨一鈿車繡帷朱幰僅一老媪在

展軨 亦左傳文

闐 喧閙 咽 因 擠擁

夢帝與我九齡 禮記 齡即寿

焉見女至呼曰來乎女應曰來矣乃回顧生云盡此且去勿忘所言生諾女子行近車媼引手上之展軨卽發車馬闐咽而去生悵悵而歸誌時日於壁因思經咒之效持誦益虔夢神人告曰汝志良嘉但須要到南海去問南海多遠曰近在方寸地醒而會其旨念切菩提修行倍潔三年後次子明長子政相繼擢高科生雖暴貴而善行不替夜夢青衣人邀去見宮殿中坐一人如菩薩狀迎之曰子爲善可嘉惜無脩齡幸得請於上帝矣生伏地稽首喚起賜坐飲以茶味芳如蘭又令童子引

陷 即舀

舀 音竞上声

返老還童而性如少年

去使浴於池池水清潔游魚可數入之而溫掬之有荷葉香移時漸入深處失足而陷遂沸滅頂驚寤異之由此身益健目益明自捋其鬚白者盡簌簌落又久之黑者亦落面紋亦漸舒至數月後頷禿面童宛如十五六時兼好游戲事亦猶童過失邊幅二子輒匡救之未幾夫人以老病卒子欲爲求繼室於朱門生曰待吾至河北去而後娶屈指已及約期遂命僕馬至河北訪之果有盧戸部先是盧公生一女生而能言長益慧美父母鍾愛之貴家委禽女輒不欲怪問之具述前生約共計

速

不皺

不檢束

太戶部貴家

求親也

山無艸木曰童人無髮亦然

拒　不使人入也

殂謝　死也　謝世也

倜儻權奇　丈夫豪爽也

反老還童女隔世胡能知所以見貌愈疑父欺

其年大笑曰癡婢張郎計今年已半百八事變遷其骨已朽縱其尚在髮童而齒豁矣（齒落）女不聽母見其志不搖與盧公謀戒閽人勿通客過期以絕其望未幾生至閽人拒之退反旅舍悵恨無所爲計閒遊郊郭因循（不即歸也）而暗訪之女謂生負約涕不食母言渠不來必已殂（殂）謝即不然背盟之罪亦不在汝女不言但終日臥盧患之亦思一見生之爲人乃托遊邀遇生於野視之少年也訝之班荆略談甚倜儻公喜邀至其家方將探問盧即遽起囑客暫獨坐匆匆入內告女女喜自力起（力疾强起）窺其狀不符

懊　說不出之惱

漫應　言隨口荅應眼看別處所謂瞎荅應

漫言　瞎言也

漫聽　不曾入耳也

慢　音同義別乃不恭敬

零涕而返怨父欺罔公力白其是女無言但泣不止公

出意緒懊喪對客殊不欵曲生問貴族有爲戶部者乎

公漫應之首他顧似不屬客生覺其慢辭出女涕數日

竟卒生夜夢女來曰下顧者果君耶年貌舛異覿面遂

致違隔妾已憂憤死煩向土地祠速招我魂可得活遲

則無及矣既醒急探盧氏之門果有女亡二日矣生大

慟進而弔諸其室已而以夢告盧盧從其言招魂而歸

啟其衾撫其尸呼而祝之俄聞喉中咯咯有聲忽見朱

櫻乍啟墜痰塊如冰扶移榻上漸復呻吟盧公悅請客

怨父覓一少年男子來唐塞

百喙難不明

奧 去声

慢答

非此不會明白

大叫喜

音輕彼邊

各

唇口也

度

耦　与偶同匹配也

中傷　被人陷害

鉢　本作盋僧家傳衣鉢托鉢化緣道士游戲亦用之

出置酒宴會細展官閥知其巨家益喜擇吉成禮居半月攜女而歸盧送至家半年乃去夫婦居室儼然小耦不知者多誤以子婦爲姑嫜焉盧公逾年卒子最幼爲豪強所中傷家產幾盡生迎養之遂家焉

道士　仙術玩世

韓生世家也好客同村徐氏常飲於其座會集有道士托鉢門外家人投錢及粟皆不受亦不去家人怒歸不顧韓聞擊剝之聲甚久詢家人以情告言未已道人竟入韓招之坐道士向主客皆一舉手即坐略致研詰始

僧死曰圓寂道士居住曰栖鶴和尚曰卓錫
互别处曰飛錫道士死曰羽化僧死曰涅
槃
一作偃蹇、足不便行
走言偃蹇卧不屑礼節
傲情也
喙音悔口也
喙音竹邑

知其初居村東破廟中韓曰何日棲鶴東觀竟不聞知
缺地主之禮荅曰野人新至無交游聞居士揮霍深願
求飲焉韓命舉觴道士能豪飲徐見其衣服垢敝頗偃
蹇不甚爲禮韓亦海客遇之道士傾飲二十餘杯乃辭
而去自是每宴會道士輒至遇食則食遇飲則飲韓亦
稍厭其煩飲次徐嘲之曰道長日爲客寧不一作主道
士笑曰道士與居士等惟雙肩承一喙耳徐慚不能對
道士曰雖然道人懷誠久矣會當竭力作杯水之酬飲
畢囑曰翼午幸賜光寵次日相邀同往疑其不設道士

淹蹇者不起人也
太不自諒
多人不得
少人不得
此等人最可恨

雲蔓 重疊牽連

竣 完也

仙術障眼法能如是

古人食時聽樂曰侑食 見論語亞飯干三飯

僚等

已候於途入門則院落一新連閣雲蔓大奇之曰久不至此創建何時道士答竣工未久比入其室陳設華麗世家所無二人肅然起敬甫坐行酒下食皆二八狡童錦衣朱履酒饌芳美備極豐渥飯已另有小進珍果多不可名貯以水晶玉石之器光照几榻酌以玻璃琖圍尺許道士曰喚石家姊妹來童去少時二美人入一細長如弱柳一身短齒最稚媚曼雙絕道士使歌以侑酒少者拍板而歌長者和以洞簫其聲清細既闋道士懸爵促釂又命徧酌顧問美人久不舞尚能之否遂有僮

狡 美也

闋 从癸 樂終曰闋 音缺

展氍毹即鋪毡单

錦裀　錦褥音因

撓擾也

我心匪石不可轉也

僕展氍毹於筵下兩女對舞長衣亂拂香塵四散舞罷斜倚畫屏二人心曠神飛不覺醺酥道士亦不顧客舉杯引盡起謂客曰姑煩自酌我少憩即復來即去屋南壁下設一螺鈿之牀女子爲施錦裀扶道士臥道士乃曳長者共枕命少者立牀下爲之爬搔二人睹此狀頗不平徐乃大呼道士不得無禮往將撓之道士急起而遁見少女猶立牀下乘醉拉向北榻公然擁臥視牀上美人尚眠繡榻顧韓曰君何太迂韓乃逕登南牀欲與狎褻而美人睡去撥之不轉因抱與俱寢天明酒夢俱

遺屎何屎

仙人游戲玩　两容九蛍亂

殭氣也　古士相見必有介紹

贄一作摯用羔鴈無則用幣近世皆用銀錢代儀

醒覺懷中冷物冰人視之則抱長石臥階下急視徐徐尚未醒見其枕遺屙（苛）之石酣寢敗廁中（徑）驚起互相駭異四顧則一庭荒草兩間破屋而已

胡氏

直隸有巨家（大家）欲延師忽一秀才踵門（國家不毛遂自薦）自薦主人延入詞語開爽（明白也）遂相知悅秀才自言胡氏遂納贄（至）館之胡課業良勤淹洽（博雅也）非下士等（如有三等言學問也）然時出游輒昏夜始歸扃閉儼然不歘叩（音亦）而已在室中矣（美神通）（亦太不祥）遂相驚以狐然察（太不祥）胡意固不惡優重之不以怪異廢禮胡知主人有女求為姻好屢示

聊斋喜用代字法如騎馬驢曰策蹇繫驢曰縶衛唐小說聶隐娘傳有黑白衛夫婦所乘聊斋所本又探趾曰伺曰偵曰覘曰詗（音與 去声）偵（音称 去声）

策 馬鞭子

直言胡丸人類宜其老羞

抓現狐相把第一次作媒

意主人偽不解一日胡假而去次日有客來謁縶黑衛於門主人迎而入年五十餘衣履鮮潔意甚恬雅既坐自達始知為胡氏作冰主人默然良久曰僕與胡先生交已莫逆何必婚姻且息女已許字矣煩代謝先生客曰確知令愛待聘何拒之深再三言之而主人不可客有慚色曰胡亦世族何遽不如先生主人直告曰實無他意但惡其類耳客聞之怒主人亦怒相侵益亟客起抓主人主人命家人杖逐之客乃遁遺其驢視之毛黑色批耳修尾大物也牽之不動驅之則隨手而蹶喓喓

嘤嘤草虫毛语

夷 一作痍

门扇 一扇曰户 两扇曰门

户門 象形

芻靈 紙紮店所扎紮之人 因死者所用故曰芻靈

狀草蟲耳主人以其言忿知必相讎戒備之次日果有狐兵大至或騎或步或戈或弩馬嘶人沸聲勢洶洶主人不敢出狐聲言火屋主人益懼有健者率家人譟出飛石施箭兩相衝擊互相夷傷狐漸靡紛紛引去遺刀地上亮如霜雪近拾之則高粱葉也衆笑曰技止此耳然恐其復至益備之明日衆方聚語忽一巨人自天而降高丈餘身橫數尺揮大刀如門扇逐人而殺羣譟矢石亂擊之顛踣而斃則芻靈耳衆益易之狐三日不復來衆亦少懈主人適登廁俄見狐兵張弓挾矢而至亂

譟 大呼

鱉 非靶子而集矢可云鱉 牌 戒嚴 裝防

從容 婉委不迫

以狐為仙故自謙云塵濁

射之矢集於鱉大懼急喊衆奔聞狐方去拔矢視之皆蒿梗如此月餘去來不常雖不甚害而日戒嚴主人患苦之一日胡生率師至主人自出胡望見避於衆中主人呼之不得已乃出主人曰僕自謂無失禮於先生何故興戎羣狐欲射胡止之主人近握其手邀入故齋置酒相款從容曰先生達人當相見諒以我情好寧不樂附婚姻但先生車馬宮室多不與人同弱女相從卽先生當知其不可且諺云瓜果之生摘者不適於口先生何取焉胡大慙主人曰無傷舊好故在如不以塵濁見

主人絶妙詞令娓娓欵曲狐息爭勝於雄師戈戟矣所以聖賢以言語居第二科

相好成婚姻禮也古用奠鴈以鴈南北來往信而有徵今自吴江至南路浙江亦然郡中不用親迎礼而代以鵝非謂鴈從一而終之義凡儀礼及諸礼書說文皆載此義

業在門牆之幼予年十五矣願得坦腹牀下不知有相若者否胡喜曰僕有弱妹少公子一歲頗不陋劣以奉箕帚如何主人起拜胡答拜於是酬酢甚歡前郤俱忘命羅酒漿徧犒從者上下歡慰乃詳問里居將以奠鴈胡辭之日暮繼燭醺醉乃去由是遂安年餘胡不至或疑其約妄而主人堅待之又半年胡忽至旣道溫涼已乃曰妹子長成矣請卜良辰遣事翁姑主人喜卽同訂期而去至夜果有輿馬送新婦至奩妝豐盛設室中幾滿新婦見姑嫜溫麗異常主人大喜胡生與一弟來送

郤 怨恨也

親迎礼

卷中凡涉事不佳者意聊齋亦不全諱蓋趙太守未付梓時皆相傳鈔本必不全作某某也

法斬絞

女談吐俱風雅又善飲天明乃去新婦且能預知年歲豐凶故謀生之計皆取則焉胡生兄弟以及胡媼時來望女人人皆見之

王者

幻術

湖南巡撫某公遣州佐押解餉金六十萬赴京途中被雨日暮愆程無所投宿遠見古剎因詣棲止天明視所解金蕩然無存衆駭怪莫可取咎回白撫公公以爲妄將寘之法及詰衆役並無異詞公責令仍反故處緝察蹤緒至廟前見一瞽者形貌奇異自榜云能知心事因

餉音夾去声古有縣名向亦音同

聱曰东句　东之句　曰北句　北之句
文極古奧
漢制　此近世服飾
謁告也　當事　管事
翳遮障如目　生翳不能見物
擅正　玷俗

求卜筮、聱曰、是爲失金者、州佐曰、然、因訴前苦、聱者便索肩輿、云、但從我去、當自知、遂如其言、官役皆從之、聱曰東東之、曰北北之、凡五日、入深山、忽睹城郭、居人輻輳、入城、走移時、聱曰、止、因下輿、以手南指、見有高門西向、可款關自問之、拱手自去、州佐從其教、果見高門、漸入之、一人出、衣冠漢制、不言姓名、州佐訴所自來、其人云、請留數日、當與君謁當事者、遂導去、令獨居一所、給以食飲、暇時閒步至第後、見一園亭、入游之、老松翳日、細草如氈、數轉廊榭、又一高亭、歷階而升、見壁上掛人

竪正 竪俗 可通樹

鞹 苦沃切皮去毛者也論語虎豹之鞹一作鞟

凡享傍字作入声者皆从𩫏 音郭卩郭古文

作平声者

如敦諄醇淳之類皆从

𦎫 音純

黻正 紱俗

區區少也左傳楚靈王曰是區區者而不予畀音秘

今人指鼻自稱曰區區亦自謙少小之謂

皮鞹張、五官俱備、腥氣流熏、不覺毛骨森竪、疾退歸舍、自分臨鞹異域、已無生望、因念進退一死、亦姑聽之、明日衣冠者召之去、曰今日可見知州佐、唯唯（諾也）、衣冠者乘怒馬（膘壯）甚駛（快也）、州佐步馳從之、餓至一轅門、儼如制府（總督衙门）衙署、皀衣人羅列左右、規模凜肅、衣冠者下馬導入、又一重門、見有王者、珠冠繡紱、南面坐、州佐趨上伏謁、王者問汝瀕南解官耶、州佐諾（應也）、王者曰、鐵具在此、是區區者、汝撫軍卽慨然見賜、未爲不可、州佐泣訴、限期已滿、歸卽就刑、稟白何所申説（無憑難信）、王者曰、此卽不難、遂付以巨函、云

畀音秘 与也

復即覆音福

懾息氣攝不言

綰 音楬縛也

檄 上与下之公文

凡倒叙法左傳初鄭武公娶於申一篇因記春秋以前之事開此一例後人遂遵用之

婪 亦貪也音藥

以此復之可保無恙又遣力士送之州佐懾息不敢辯受函而返山川道路悉非來時所經既出送者乃去數日抵長沙（湖南省城）檄白撫公公益妄之怒不容辯命左右者飛索以綰州佐解襆（包袱也）出函公拆視未竟面如灰土命釋其縛但云銀亦細事汝姑出於是急檄屬官設法補解訖數日公疾頓痊（倒叙）先是公與寵姬共寢既醒而姬髮盡失闔（合）署驚怪莫測其由蓋函中即其髮也外有書云汝自起家守令位極人臣（求賂）賕賂貪婪不可悉數前銀六十萬業已驗收在庫當自發貪囊補充舊額解官無罪不

唐人小說有紅綫傳敘匕首金盒事敘中言銅臺高揭漳水東流云云乃劍俠隱於幕府者今龍威祕書全刻

毓即育字从每从㐬音突今俗分作兩音悞

育音欲毓音郁

得妾加譴責前取姬髮略示微警如復不遵教令且晚取汝首領姬髮附還以作明信公卒後家人始傳其書後屬員遣人尋其處則皆重巖絕壑更無徑路矣

異史氏曰紅綫金合以儆貪婪良亦快異然桃源仙人不事劫掠即劍客所集烏得有城郭衙署哉嗚呼是何神歟苟得其地恐天下之赴愬者無已時矣

陳雲棲

貞尼奇遇合

真毓生楚夷陵人孝廉之子能文美風姿弱冠知名兒時相者曰後當娶女道士爲妻父母共以爲笑而爲之

桃花源記晉陶淵明有記

婦女從道教常髮誦经者曰女道士唐時盛行即公主妃嬪皆有如楊妃入道名太真又靈妃经玉真公主所書是也若常奉釋教則髮常髮為尼

儔 類等也

支 撑托也

一戲一信久而始明

瀹音藥烹茶也

年長而後進山門

論婚，低昂苦不能就。生母臧夫人祖居黃岡，生以故詣外祖母，聞時人語曰：「黃州四雲，少者無倫。」蓋郡有呂祖菴，菴中女道士皆美，故云。菴去臧氏村僅十餘里，生因竊往扣其關，果有女道士四人，謙喜承迎，度皆雅潔。中一最少者，曠世真無其儔，心好而目注之，女以手支頤，但他顧。諸女冠覓琖烹茶，生乘間問姓名，答云：「雲棲，姓陳。」生戲曰：「奇矣！小生適姓潘。」陳赧顏發頳，低頭不語，起而去。少間，瀹茗進佳果，道姓字：一白雲潔，年三十許；一盛雲眠，二十已來；一梁雲棟，約二十有四五，却爲弟而

聊齋志異卷三 陳雲棲 十九

俗云高低不就

倫比也 無倫言絕少極言其美

宋王禹偁有黃岡竹樓古文家多選之

潘必正陳妙常有玉簪記

三七

遽 迫急也

雲棲不至生殊悵惘因問之白曰此婢攫生人生乃起別白力挽之不留而出白曰如欲見雲棲明日可復來生歸思戀綦切次日又詣之諸道士俱在獨少雲棲未便遽問諸女冠治具留餐生力辭不聽白拆餅授箸勸進良殷既問雲棲何在荅云自至久之日勢已晚生欲歸白捉腕留之曰姑止此我捉婢子來奉見生乃止俄挑燈具酒雲眠亦去酒數行生辭以醉白曰飲三觥則雲棲出矣生果飲如數梁亦以此挾勸之生又盡之覆琖告醉白顧梁曰吾等面薄不能勸飲汝往曳陳婢來

迭 更番也

適 往也

魚吞餌受鉤

俗有玉情蜓雖無其事然江陰張孝廉鑫者竟忘一女尼病卒於狼〻廟

便道潘郎待妙常已久梁去少時而返具言雲棲不至生欲去而夜已深乃佯醉仰臥兩人代裸之迭就淫焉終夜不堪其擾天既明不辭而別數日不敢復往而心念雲棲不忘也但不時於近側探偵之一日既暮自出門與少年去生喜不甚畏梁急往款關雲眠出應門問之則梁亦他適因問雲棲處導去又入一院呼曰雲棲客至矣但見室門闔然而合盛笑曰閉扉矣生立牕外似將有言盛乃去雲棲隔牕曰人皆以我爲餌鉤君也頻來則身命殆矣我不能終守清規亦不敢遂乖廉恥

陳女貞性正言

桑中 衛風毛詩言淫奔苟合者

嬌範 麗容也二字新穎

積 音子去声

欲得如潘郎者而事之耳生乃以白頭相約雲棲曰妾師撫養即亦非易果相見愛當以二十金贖妾身妾候君三年如望爲桑中之約所不能也生諾之方欲自陳而盦復至從與俱出遂別而歸中心怊悵思欲委曲夤緣再一親其嬌範適有家人報父病遂星夜而還無何孝廉卒夫人庭訓最嚴心事不敢使知但刻減金貲日積之有議婚者輒以服闋爲辭母不聽生婉告曰曩在黄岡外祖母欲以見婚陳氏誠心所願今遭大故音耗遂梗久不如黄省問且夕一往如不果諧從母所命夫

疇昔 先前也

之 往也

錯綜得妙 叙事神品

媼音迂 媪 奥上声 姥 音母

皆婦人老之称

扉 门也

人許之乃擕所積而去至黃諳菴中則院宇荒涼大異疇昔漸入之惟一老尼炊灶下因就問訊尼曰前年老道士死四雲星散矣問何之曰雲深雲横從惡少遁去向聞雲棲寓居郡北雲眠消息不知也生聞之悲歎命駕卽詣郡北遇觀輒詢並少踪緒悵悵而返僞告母曰舅言陳翁如岳州待其歸當遣伻來踰半年夫人歸寧以事問母母殊茫然夫人怒子誑媼疑甥與舅謀而來以問也幸舅遠出莫從稽其妄夫人以香愿登蓮峰齋宿山下旣臥逆旅主人扣扉送一女道士寄宿同舍自

坎坷 音柯 陷坎地不平如行走遇路如此言苦況也一作顛沛困苦解

未或知也 言自不知如何了結

閫之酸楚柔腸欲斷

卽殷勤

言陳雲樓閫夫人家夷陵移坐就榻告愬坎坷詞旨悲惻未言有表兒潘生與夫人同籍煩囑子姪輩一傳口語但道其暫寄棲鶴觀師叔王道成所朝夕厄苦度日如歲今早一臨存恐過此以往未或知也夫人審潘名字卽又不知但云旣在學宮秀才輩想無不聞也未明早歸懇懇再囑夫人旣歸向生言及生長跪白實告母所謂潘生卽兒也夫人詰知其故怒曰不肖兒宣淫寺觀以道士爲婦何顏見親賓乎生垂頭不敢出詞會生以赴試入郡竊命舟訪王道成至則雲樓半月前出游

賢如孝子家教應爾

時暗想会藏言勿促而又昧爽言別所以後未相見不認得

踪跡舛錯幾不能合

改裝矣况前以夜晤𣆀别一見匆匆今裝束一易老眼遂迷也

懟怨也

高自位置不肯俯就

蹉跎音初陀

不返既歸邑邑而病適嬸媪卒夫人往奔喪殯後迷途至京氏家問之則族妹也相便邀入見有少女在室年可十八九姿容曼妙目所未睹夫人每思得一佳婦俾子不懟心動因詰生平妹云此王氏京氏甥也怙恃俱失暫寄此耳問壻家誰曰無之把手與語意致嬌婉母大悅爲之過宿私以己意告妹妹曰良佳但其人高自位置不然胡蹉跎至今也容商之夫人招與同榻談笑甚懽自願母夫人夫人悅請同歸荆州女益喜次日同舟而還既至則生疾未起母欲慰其沉痾使婢陰告曰

生不及雲栖之節觀此美
麗心已搖矣

敘事明晰句好亦處處獨
造極似檀弓昔場中有
房官批文句讀文中用
此等句法皆點也字遂
傳笑柄

夫人爲公子載麗人至矣生未信伏牕𨶜之較雲棲尤
豔絕也因念三年之約已過出游不返則玉容必已有
主得此佳麗心懷顛慰於是蹶然動色病亦尋瘳母乃
招兩人相拜見生出夫人謂女亦知我同歸之意乎女
微笑曰妾已知之但妾所以同歸之初志母不知也妾
少字夷陵潘氏音耗濶絕必已另有良匹果爾則爲母
也婦不爾則終爲母也女報母有日也夫人曰既有成
約即亦不强但前在五祖山時有女冠問潘氏今又潘
氏固知夷陵世族無此姓也女驚曰卧蓮峰下者即母

女亦不忘識此矣

女亦不識

妙

迷擬

能 耐古通

隘 逼仄小屋

漢口鎮 漢陽府同知駐劄湖北巨鎮大馬頭商賈雲集天下四大鎮湖北漢口廣東佛山河南朱仙江西景德也

耶詢潘氏者卽我是也母始恍然悟笑曰若然則潘生固在此矣女問何在夫人命婢導去問生生驚曰卿雲樓耶女問何知生言其情始知以潘郎爲戲女知爲生羞與終談急返告母母問其何復姓王答云妾本姓王道師見愛遂以爲女故從其姓耳夫人亦喜涓吉爲之成禮先是女與雲眠俱依王道成道成居隘雲眠遂去之漢口女嬌癡不能作苦又羞出操道士業道成頗不善之會舅京氏如黄岡女遇之流涕因與俱去俾改女子裝將論婚士族故諱其曾隸女冠籍而問名者女輒

雲棲為潘郎之訂幾乎失悞
兩人差池不合所謂好事多磨
也
如釋重負 轂梁傳
今人遭兒難睽離千里遠隔
日時意念已厌忽然相見歷
叙所遭往往泣下沾襟余所
親歷
肺主辛 肝主酸 肺通鼻竅
肝通目竅故主涕淚
欷歔 嗟歎也

不願舅及姈皆不知其意向心頗嫌之是日從夫人歸得所托如釋重負擕合巹後各述所遭喜極而泣女孝謹夫人雅憐愛而彈琴好奕不知理家人生業夫人頗以爲憂積月餘母遣兩人如京氏留數日而歸泛舟江流歘一舟過中一女冠近之則雲眠也雲眠獨與女善女喜招與同舟相對酸辛問將何之盛云久切戀念遠至棲鶴觀則聞依京具矣故將詣黄岡一奉探耳竟不知意中人已得相聚今覩之如仙剩此漂泊人不知何時已矣因而欷歔女設一謀令易道裝僞作妹攜伴夫

同婦乃第二層謀

佳偶曰配 礼記作嘉耦曰妃 音配

練 音恋 能通世達務

合着油瓶盖

与壯捧言故称

首肯 音恳 俗曰點頭

人、徐擇佳偶、盛從之、既歸、女先白夫人、盛乃人舉止大

家、談笑閒練達世故、母既寡、苦寂、得盛良懽、惟恐其去、

盛早起、代母劬勞、不自作客、母益喜、陰思納女姊以掩

女冠之名、而未敢言也、一日忘某事未作、急問之、則盛

代備已久、因謂女曰、畫中人不能作家、亦復何爲、新婦

若大姊者、吾無憂也、不知女存心久、但懼母嗔、聞母言、

笑對曰、母既愛之、新婦欲效英皇、如何、母不言、亦囅然

笑、女退、告生曰、老母首肯矣、乃另潔一室、告盛曰、昔在

觀中共枕時、姊言但得一能親愛之人、我兩人當共

劬 音瞿 勤勞也

嗔 音 怒也

囅 喜悅也

同歡

陰思 私計忖也

女英娥皇 堯二女同嫁帝舜

一音才睚眥叶韵一作眦眼

眥 中红肉近鼻曰大眦近耳曰小眥皆追

貲音同義異財也

踐 履也 今人订期与约曰踐約

母慮日久一夫兩婦易起爭端姑老成之見

年三歲亦不可稱老但吕祖词有四雲美名闋人来往不少兩雲行為如此條盛覓若青泥蓮花亦是罕見

事之猶憶之否盛不覺雙眥熒熒曰妾所謂親愛者非他如日日經營曾無一人知其甘苦數日來略有微勞即煩老母郵念則心中冷暖頓殊矣若不下逐客令俾得長伴老母於願斯足亦不墮前言之踐也女告母母令姊妹焚香各矢無悔詞乃使生與行夫婦禮將寢告生曰妾乃二十三歲老處女也生猶未信既而落紅殷褥始奇之盛曰妾所以樂得良人者非不能甘岑寂也誠以闈閤之身靦然酬應如勾欄所不堪耳信此一度挂名若籍當爲君奉事老母作內紀綱若房闈之樂請

知已難得

郵 憐恤也

逐客令 秦始皇事 史记

殷 紅色也

勾欄 娼妓所居

紀綱之僕 晉文公事 見左傳

盛乃真母岑寂非假道學
盛外和內介陳品格絕高
今於此中得之可稱双絕

入籍 乃由縣注冊應試則由學籍肯 原籍寄籍入籍等名色管粮船曰軍籍鹽商曰商籍平人曰民籍若衛籍即軍籍

籍 从艸音謝借也 義不同

别與人探之三日後襆被從母遺之不去女早之母所占其牀寢不得已乃從生去由是三兩日輒一更代習爲常夫人故善弈自寡居不暇爲之自得盛經理井井晝日無事輒與女弈挑燈瀹茗聽兩婦彈琴夜分始散每語人曰兒父在時亦未能有此樂也盛司出納每記籍報母母疑曰兒輩嘗言幼孤作字彈棋誰教之女笑以實告母亦笑曰我初不欲爲兒娶一道士今竟得兩矣忽憶童時所卜始信數定不可逃也生再試不第夫人曰吾家雖不豐薄田三百畝幸得雲眠紀理日益溫

同佔　縣簿也　挑燈第二行句　藥　生入帳　經理也

井井有條

着棋曰手談 彈棋六朝三唐人多能之 今失傳矣 此借用

此家庭孝順和睦溫飽之樂看
似尋常然往往有而不肯享者
此起貪婪之念即生乖戾之心
樂境渐變苦趣

飽兒但在膝下，率兩婦與老身共爨，不願汝求富貴也。生從之。後雲眠生男女各一，雲棲女一男三。母八十餘歲而終。孫皆入泮，長孫雲眠所出，已中鄉選矣。

賢母令子
快活

織成 神

按織成乃錦帛織成五采者，始於唐時。此今鬼子貢帶之類，殆以名婢，主自風雅。

洞庭湖中往往有水神借舟，遇有空船，纜忽自解，飄然遊行。但聞空中音樂並作，舟人蹲伏一隅，瞑目聽之，莫敢仰視，任所往遊。畢，仍泊舊處。有柳生落第歸，醉臥舟上，笙樂忽作。舟人搖生不得醒，急匿艎下。俄有人捽生。生醉甚，隨手墮地，眠如故，即以置之。少間，鼓吹鳴聒。生

先敘因由
存
不中
皇 艫板底下
聽其醉卧
捂
提髮曰
捽音測

充盈滿艙香氣

柳生醉卧船板上醉雖微醒
懶不舉首故但見下身双
足
細瘦如指咬襪故易跌若
碩大毋朋蓮舟盈尺不但
不跌且同者嘔吐矣
洞庭君姓柳氏名毅遇龍女
而為神唐時不第進士事
載唐人小說有柳毅傳

微醒聞蘭麝充盈瞑之見滿船皆佳麗心知其異目若
瞑少間傳呼織成即有侍兒來立近頰際翠襪紫綃履
細瘦如指心好之隱以齒齧其襪少間女子移動牽曳
傾蹶座上問之因白其故座上者怒命即行誅遂有武
士入捉縛而起見南面一人冠服類王者因行且語曰
聞洞庭君為柳氏臣亦柳氏昔洞庭落第今臣亦落第
洞庭得遇龍女而仙今臣醉戲一姬而死何幸不幸之
懸殊也王者聞之喚回問汝秀才下第者乎生諸便授
筆札令賦風鬟霧鬢生固襄陽名士而構思頗遲捉筆

頰際 嘴邊
醉戲婦女已不可況神明乎
好色之無賴者
懸殊 懸絕

誚讓 責其遲鈍
聽 去声 任其慢、傲也

水晶戒尺可代冰人

良久上誚讓曰名士何得爾生稺筆自白昔三都賦十稔而成以是知文貴工不貴速也王者笑聽之自辰至午稿始脫王者覽之大悅曰眞名士也遂賜以酒頃刻異饌紛綸方問對間一使捧簿進曰灝籍告成矣問人數幾何曰一百二十八人問翁差何人荅云毛尉二尉生起拜辭王者贈黃金十斤又水晶界方一握曰湖中小有刼數持此可免忽見羽葆人馬紛立水面王者下舟登輿遂不復見久之寂然舟人始自艎下出蕩舟北渡風逆不得前忽見水中有鐵猫浮出舟人駭曰毛將

晉左思十年而成見文選
同十年
告成造冊
完
毛鐵貓

濤潮也古有潮字無濤字

武昌省城　荆州省城

湖北有漢江陽任故設兩首府

聊齋有小足癖曰双鈎曰蓮鈎曰蓮瓣曰玉鈎曰淩波曰玉筍曰鳳頭曰双彎套鞋曰重擡步筆津津不憚描寫

軍出現矣各舟商客俱伏又無何湖中有一木直立築築動搖益懼曰南將軍又出矣少時波浪大作上翳天日四顧湖舟一時盡覆生舉界方危坐舟中萬丈洪濤近舟頓滅以是得全生歸每向人語其異言舟中侍兒雖未悉其容貌而裙下雙鉤亦人世所無後以故至武昌有崔媼賣女千金不售蓄一水晶界方言有能配此者嫁之生異之懷界方而往媼忻然承接呼女出見年十五六已來媚曼風流更無倫比略一展拜反身入幃生一見魂魄動搖曰小生亦蓄一物不知與老姥家藏

南楠木

故事也

膝褲曰藕霞足纏曰双紈彼居山东故習見小者必打鞦韆用吾郡之足推搖不動奈何

本是成對絕品
豈有毫釐無錯
故作驚人之筆
寫生倉皇形色妙
躁 音早 去声 急也

頗相稱否因各出相較長短不爽毫釐媼喜便問寓所
請生即歸命輿昇方圖作信生不肯畫媼笑曰官人亦
大小心老身豈以一界方抽身竄去耶生不得已畫之
出即賃輿急返而媼室已空大駭徧問居人迄無知者
日已向西躁懊若喪邑邑而返中途值一輿過忽搴簾
曰柳郎何遲也視之則崔媼喜問何之媼笑曰必將疑
老身略騙者矣別後適有便輿頭念官人亦僑寓措辦
亦艱故遂送女歸舟耳生邀回車媼必不可生倉皇不
能確信急奔入舟女果及一婢在焉見生入談笑承迎

竄 逃也
迄 終也
懊
悒
之 往也
旅房客寓
難也
忽喜忽悲妙
新而無
含態盡
亦奇

目不轉睛細看

𧟂正𧟂通襪俗

煩惑疑慮也

以已度人聰明正直之謂神

拔釵亦學龍女故事

瞬同眴

見翠襪朱履，與舟中侍兒妝飾更無少別。心異之，徘徊凝注。女笑曰：耽耽注目，生平所未見耶？生益俯窺之，則襪後齒痕宛然。驚曰：卿織成耶？女掩口微哂。生長揖曰：卿果神人，早請直言，以祛煩惑。女曰：實告君，前舟中所遇，即洞庭君也。仰慕鴻才，便欲以妾相贈；因妾過為王妃所愛，故歸謀之。妾之來，從妃命也。生喜，沐手焚香，望湖朝拜，乃歸。後詣武昌，女求同去，將便歸寧。既至洞庭，女拔釵擲水，忽見一小舟自湖中出，女躍登，如鳥飛集，轉瞬已杳。生坐船頭，於沒處凝盼之。遙遙一樓船至，既

朝覲 臣下見人主之礼

烏 古文烏 𠃵 篆文 今烏作烏鴉於為虚字語助

近聽聞忽如一聲飾擲遞貼纖成至矣一人自聽中遞擲金帛珍物甚多皆如賜也由是歲一兩覲以爲常故生家富有珠寶每出一物世家所不識焉

竹青 神

魚容湖南人談者忘其郡邑家甚貧下第歸資斧斷絶羞於行乞餓甚暫憩吳王廟中因以憤懣之詞拜禱神座出臥廊下忽一人引去見吳王跪曰黑衣隊尚缺一卒可使補缺吳王可即授黑衣既着身化爲烏振翼而出見烏友羣集相將俱去分集帆檣舟上客旅爭以肉

絶糧 音氣 息止也 音悶 盤川用完 音詳 桅竿 音第 傳也

五六

江湖間呼曰神鴉

無機出莊子　言無機心但知逐隊覓食不知避弓矢矰繳

咋讀筍廟偶筆　吳王廟在富池鎮，楚地商賈之集，廟祀吳甘將軍興霸。宋時因神風助漕舟，加封王爵，有神鴉數千飼之，迎送客艘。

食音入　自食　食音飼，與人食一作飤，今作飼

餌，拋擲羣於空中接食之，因亦尤效。須臾果腹，翔棲樹杪，意亦甚得。踰二三日，吳王憐其無偶，配以雌，呼之竹青，雅相愛樂。魚每取食，輒馴無機，竹青恒勸諫之，卒不能聽。一日有兵過，彈之中胸，幸竹青銜去之，得不被擒。羣烏怒，鼓翼搧波，波湧起，舟盡覆。竹青乃攝餌哺魚，魚傷甚，終日而斃。忽如夢醒，則身臥廟中。先是，居人見魚死，不知誰何，撫之未冰，故不時以人邏察之。至是訊知其由，歛貲送歸。後三年，復過故所，參謁吳王，設食喚烏下集，嗝乃祝曰：竹青如在，當止。食已，並飛去。後領薦歸

翔飛　棲止同栖　卒終也　柔順曰馴　訊問也，與詢同

凡事畢曰已

從前湖南北不分兩省由之江南安徽不分也凡應試士子湖南至荆州貢院自本朝乾隆年間始分湖南北兩省設兩貢院而安徽省尚無貢院仍至江寧省城

復謁吳王廟薦以少牢已乃大設以饗烏友又祝之是夜宿於湖村秉燭方坐忽几前如飛鳥飄落視之則二十許麗人囅然曰別來無恙乎魚驚問之曰君不識竹青耶魚喜詰所來曰妾今爲漢江神女返故鄉時常少前烏使兩道君情故來一相聚也魚益欣感宛如夫妻之久別不勝懽戀生將偕與俱南女欲與俱西兩謀不決寢初醒則女已起開目見高堂中巨燭熒煌竟非舟中驚起問此何所女笑曰此漢陽也妾家卽君家何必南天漸曉婢媼紛集酒炙已設就廣牀上陳矮几夫婦

大請客　湖北　明也　陳設

蒲翁善用無論二字

使君自有婦　古樂府

言家中有妻婦則室有兩嫡必不安

祖　行道之始曰祖

對酌愈問僕之所在答在舟上生慮舟人不能久待女言不妨妾當助君報之於是日夜談讌樂而忘歸舟人夢醒忽見漢陽駭絶僕訪主人杳無信兆舟人欲他適而纜結不解遂共守之積兩月餘生忽憶歸謂女曰僕在此親戚斷絶且卿與僕名爲琴瑟而不一認家門奈何女曰無論妾不能往縱能往家自有婦將何以處妾也不如置妾于此爲君別院可耳生恨道遠不能時至女出黑衣曰君舊衣尚在如念妾時衣此可至至時爲君解之乃大設肴珍爲生祖餞既醉而寢醒則身在

橐 無底曰橐音托今之青龍兩頭可入物即古橐也

縶 音至縛也

充㺲 音神刃滿盈也　翕 音歙

嶼 大中水島可任人

蓐 草薦産時用之産毋不慎故有蓐勞疷

舟中視之洞庭舊泊處也舟人及僕俱在相視大駭詰其所往生故悵然自驚枕邊一襆撿視則女贈新衣襪履黑衣亦摺置其中又有繡橐維縶腰際探之則金貲充㺲焉於是南發達岸厚酬舟人而去歸家數月苦憶漢水因潛出黑衣着之兩脅生翼翕然凌空經兩時許已達漢水回翔下視見孤嶼中有樓舍一簇遂飛墮有婢子已望見之呼曰官人至矣無何竹青出命眾手為之緩結覺羽毛劃然盡脫握手入舍曰郎來恰好妾旦文臨蓐矣生戲問曰胎生乎卵生乎女曰妾今為神則

更換也

谿奉曰摒戰 此非世俗之例乃神例

漢皋解佩鄭交甫事

出韓詩外傳

皋 正皐睪 俗

漢馬援所謂白下羊四下

羊皆漢繆篆

生而不長或產下即死或生幾歲而夭皆曰不育非終始不

生

皮胃已更應與囊異至數日果產胎衣厚裹如巨卵然破之男也生喜名之漢產三日後漢水神女皆登堂以服飾珍物相賀並皆佳妙無三十以上人俱入室就榻以拇指按鼻名之曰增壽既去生問皆誰何女曰此皆交甫其末後着縞白者所謂漢皐解佩其人也居數月女以舟送之不用帆楫飄然自行抵陸已有人繫馬道左遂歸由此往來不絕積數年漢產益美秀生珍愛之妻和氏苦不育每思一見漢產生以情告女女乃治任送兒從父歸約以三月既歸和愛之過於已出逾十

如世俗送剃胎頭禮

神女皆美

某大指也

嫡妻也

達岸

悼音導悲也
詣音誼至也
凡二十歲以内夭折者皆曰殤
父母之喪凡為子女哭泣
擗辟踊古之喪礼言哀痛之甚

餘月不忍令返（過相約之期）一日暴病而殤（音傷短折也）和氏悼痛欲死生乃詣漢告女入門則漢產赤足臥牀上喜以問女女曰君久負約妾思兒故招之也生因述和氏愛兒之故女曰待妾再育放漢產歸又年餘女雙生男女各一男名漢生女名玉佩生遂攜漢產歸然歲恒三四往不以為便因移家漢陽漢產十二歲入郡庠女以人間無美質（無良配）招去為之娶婦始遣歸婦名危娘亦神女產也後和氏卒漢生及妹皆來擗踊（必勇）葬畢漢產遂臨生攜漢生玉佩去自此不返

一结斬绝真有千鈞之力

秦有腹非之律　非一作誹

言謗也

彌留　見尚書　將死之時

刲　音奎　割也

敷　塗也

不食肉悔破戒皆奉佛太過

立木主書位

仲已悟道大有夙根所以入道極速

樂仲　孝佛

父死母生子曰遺腹　父出门母生子曰背生兒

樂仲西安人（陝西）父早喪母遺腹生仲母好佛不茹葷酒仲既長嗜飲善啖竊嚴非母每以肥甘勸進母輒出之後母病瀰留苦思肉仲急無所得肉刲左股獻之病稍瘥（音蔡　愈也）悔破戒（臨死破戒）不食而死仲哀憤益切以利刃益刲右股見骨家人共救之裹布敷藥尋愈心念母苦節又慟母愚遂焚所供佛像立主祀母醉後輒對哀哭（孝子）年二十始娶身猶童子娶三日謂人曰男女居室天下之至穢吾實不爲樂遂去妻（出妻）妻父顧文淵涕戚求返請之三四仲必不

優伶 戲子

釜解 鑊子煮飯者非與之釜

騙賺 音片湛 哄騙也

仲本自完粮因其人騙欲賣兒故𡨚數贈之後自己之粮未完差人上门討索乃典押當凑付之

可遲之半年顧遂醮女仲歸居十年行益不羈奴隸優伶皆與飲里黨乞求不斷與有言嫁女無釜者便即竈頭舉贈之自乃從鄰借釜炊諸無行者知其性咸朝夕騙賺之或以博賭無貲故對之欷歔言追呼急將以鬻子仲自措稅金如干數傾囊遺之未幾催租吏登門始典質營辦以是故家益落先是仲殷饒同堂子弟爭奉事之家中所有任其取攜亦莫之較及仲蹇落存問絕少幸仲達不爲意值母忌辰仲適病不能上墓將遣子弟代祀僕造諸門皆辭以故仲乃酹諸室中對主號慟

音呈 押也

營謀也

催完倉粮

富饒充裕也

有服制者

推諉有事

音勒 奠酒

不羈言放蕩

無行無賴輩

一、瞀 音務昏也

南海 在寗波定海鎮海間海中島屿有佛寺山名普陀落伽山觀世音古道場自吳门往須換四五次船今常有虔信者去燒香

仲自陝至南海故由閩達浙

無嗣之戚頗似縈懷因而病益劇瞀亂中覺有人摩撫之自微啟則母也驚問何來曰緣家中無人上墓故來就饗即視汝病問向居何所荅以南海摩撫既巳四體生凉開目四顧渺無一人而病良瘥既起思朝南海若無侶會鄰村有結香社者賣田十畝挾貲投之而社中人以其不潔請共擯絕之苦求乃許之及諧途牛酒薤蒜熏騰滿屋衆益惡之乘其醉睡不告而去仲於是獨行至閩界遇友人邀飲有名妓瓊華在座適言南海之遊瓊華願相附以行仲喜即待趣裝遂與俱發寢食共

飲酒食肉

上路

徒

大学屏諸四夷一作迸

薤音諧去声小蒜

男女同舟寢食共之無所私奇人奇事兩人皆入道而故作游戲以駭世俗

島 音刀上声 水中山可居人

之。而實一。無所私。既至南海、社中人清醮方畢。見其戴妓。而至。益非笑之。鄙不與同事。仲與瓊華窺其意。俟其既拜。而後拜。之。衆拜已、恨無所現示。中有泣者。（下愚之人見者不同）二人方掖地。忽見徧海皆遍花。花上瓔珞垂珠。瓊華見為菩薩。仲視之。朶上皆其母。急奔呼母。躍入從之。衆見萬朶蓮花悉變霞彩。障海如錦。少間、雲靜波澄。一切都杳。而仲猶身在岸。亦不自解其何以得出。衣履並無沾濡。望海大哭。聲震島嶼。瓊華挽勸之。慘然下。命舟北渡。途中有豪家、招瓊華去。仲獨憩逆旅。有童子方八九歲。丐食

拯音蒸救也

此兒亦奇幼小能認父并藏緘遺書不失留待作証

肆中貌不類乞兒細詰之則被逐於繼母心憐之兒依
依在側苦求拔拯仲遂攜與俱歸問其姓氏自言阿辛
姓羅母顧氏嘗聞母言適羅六月遂生余余本樂姓仲
大驚自疑生平一度不應有子因問樂居何鄉答云不
知但母沒時付一函書囑勿遺脫仲急索書辛啟荷囊
取付仲仲視之則當年與顧家離婚書也驚曰真吾兒
也審其年月良確頗慰心懷然家計日蹙居二年割畝
漸盡竟不能畜僮僕一日父子方自炊忽有麗人入覘
之則瓊華也驚問所自笑曰業作假夫妻何又問也向

益窘貧也

父子天性一見印合

賣田

視

踈

聊齋志異卷三 樂仲　三五

治具　翁涂席
二字史記灌夫傳

仲雖入道久至此大　大悟

不郎從者徒以有老媪在（史記刺客傳）今媪已死顧念不從人則無
以自庇（蔭庇也）從人則無以自潔計兩全則無如從君者是以
不憚（但畏也）千里遂解粧代兒炊仲良喜至夜父子同寢如故
另潔一舍舍瓊華瓊華亦善撫兒戚黨聞之皆餽（暖）仲兩
人皆變笑之客至治具瓊華悉為營備仲亦不問所自
來瓊華漸出金珠贖故產因而婢僕馬牛日益繁盛仲
每謂瓊華曰僕醉時（赦卿戲）卿當避匿勿使我見瓊華笑諾之
一日大醉急喚瓊華瓊華豔粧出仲視之良久忽大喜
蹈舞若狂曰吾悟矣酒頓醒覺世界光朗所居廬舍盡

菡音函花蘂

爲玉宇瓊樓移時始已由此不復飲市上惟對瓊華飲瓊華茹素以茶茗侍一日微醺命瓊華爲之按股見股上封痕化爲兩朶赤蓮隱起肉際奇之仲笑曰卿視此花放後二十年假夫妻分手矣瓊華亦信之既爲阿辛完婚瓊華漸以家事付新婦與仲別院居子及婦日三朝非疑難事不以聞役二婢一溫酒一瀹茗而已一日瓊華至兒所新婦多所咨白良久而返辛亦往朝其父入門見仲白足坐榻上聞聲開眸微笑曰母子來大好卽復瞑瓊華大驚曰君欲何爲視其股上蓮花大放試

一炊黍 時候 如俗云燒一頓飯熟

仲來去自由已到神僧地位不過不薙髮不作和尚樣式耳

槥 音惠 棺木

凍餒 寒餓

之氣已絶急以兩手揜合其花且祝曰妾千里從君大非容易爲君教子訓婦亦有微恩郎差二三年何不少待也一炊黍時忽開時笑曰卿有卿事又何必更牽一人作伴也無已姑爲卿留瓊華釋手則花已復合於是居處言笑如初積三年餘瓊華年近四旬猶窈窕如二十許人忽謂仲曰凡人死後被人捉頭舁足殊不雅潔遂命工治雙槥别駭問之答云非汝所知工既竣沐浴粧竟謂子及婦曰我將死矣别泣曰數年賴母經紀始不凍餒母尚未得一享安逸何遂捨兒而去曰父種福

窈窕見毛詩首章言如淑女

罵婁當年無賴輩瓊華死時方說出本末并六現神通奇極
仲又顯神通然神仙皆忠孝根基非凡夫俗子所能夢想
耗消息也

而子亨奴婢牛馬騙債者塡償汝父我無功爲我本散花天女偶游凡念遂謫人間三十餘年今限已滿遂登和自入再呼之雙目已合卒哭告父父不知何時已僵衣冠儼然號慟欲絕入棺並停室中數日未殮冀其復遂光明生于殿際照徹四壁瓊華棺內則香霧噴溢近舍皆聞棺既闔香光遂漸滅既殯欒氏諸子弟覬覦其有共謀遂卒訟諸官官莫能辨擬以田產半給諸欒卒不服以詞瀆郡久不決初顧嫁女於雍經年餘雍流寓於閩音耗遂絕顧老無子苦憶女遂詣壻所則女死而

仲尸入棺

守六糊塗

審糊塗

溢滿也

沸騰　俗言大鬧

顧卹　照看贈遺報恩恤也

甥巳遂忿質公庭䧫懼重賂之顧不受必欲得甥䧫窮覔郡邑半年不得夫妻皆被刑辱顧偶於途中見彩輿（昔繼妻虐子今受辱）過斜避道左輿中一美人呼曰彼非顧翁耶顧諾女子（瓊華出現）曰汝甥即吾子現在樂家勿訟也甥方有難宜急往顧欲詳詰輿已去已遠顧乃受賂如西安至則訟方沸騰顧（雍賂勿訟）即自投至官言女大歸日再醮日及生子年月歷歷甚悉諸樂皆被杖逐案遂結既歸言其見美人之日卽瓊（守令始醒）華沒日此時訟猶未興也命爲顧移家來授廬贈婢六（讓屋送妾）十餘生一子甥亦顧卹之

溫柔鄉漢成帝得趙飛燕合德寵偉之名曰溫柔鄉

烏得即安得焉得

白牡丹所以衣素

異史氏曰斷葷戒酒佛之似也爛熳天眞佛之眞也鄉仲對麗人直視之爲香潔道伴不作溫柔鄉觀也寢處三十年若有情若無情此爲詩蘊眞面目世中人烏得而測之哉

以孝為根基方得超出三界也乃依附章也

香玉　花妖

香玉為牡丹絳雪即紫薇也

勞山下淸宮耐冬高二丈大數十圍牡丹高丈餘花時璀璨如錦膠州黄生築舍其中而讀焉一日遙自牕中見女郎素衣掩映花間心疑觀中烏得有此趨出已遁去由此屢見遂隱身叢樹中以俟其至無何女郎又偕

沙吒利　唐時蕃將劫韓翊外妾柳氏後得許俊用計劫歸宋詩佳人已屬沙吒利

無雙　尚書劉震之女後歸震甥王仙客　兩事皆載唐人小說　今集刻於龍威秘書

一紅裳者來遙望之豔麗雙絶行漸近紅裳者却退曰此處有人生乃暴起二女驚奔袖裾飄拂香風流溢追過短牆寂然已杳愛慕殷切因題樹上云無限相思苦含情對短牕恐歸沙吒利何處覓無雙歸齋冥想女郎忽入驚喜承迎女笑曰君洶洶（言生孟浪似盜）似强徒使人恐怖（怖音布畏也）不知君竟騷士無妨相親生略叩生平曰妾小字香玉隷籍平康（妓所居曰平康唐人語）巷被道士閉置山中實非所願生問道士何名當爲卿一滌（音笛）此垢（垢汚辱也）女曰不必彼亦未敢相逼借此與風流士長作幽會亦佳問紅衣者誰曰此名絳雪亦妾義姊

曙 音署 朝晨日上

詩原倡和作皆風雅

乘間 今俗言得空 去声

從容 徐〻緩國

勸駕 見國策史記

古人行動必車馬勸使行也

讖 音寸 凡事先者云而後來驗者曰讖

遂相狎寢。既醒，曙色已紅。女急起曰：貪歡忘曉矣。着衣易履。且曰：妾酬君作，口占勿笑也。良夜更易盡，朝暾已上臆。願如梁上燕，棲處自成雙。生握腕曰：卿秀外慧中，使人愛而忘死。顧一日之去，如千里之別。卿乘間當來，勿待夜也。女諾之。由此夙夜必偕。每使邀絳雪來，輒不至。生以為恨。女曰：絳姊性殊落落，不似妾情癡也。當從容勸駕，不必過急。一夕，女慘然入曰：君隴不能守，尚望蜀耶？今長別矣。問何之？以袖拭淚曰：此有定數，難為君言。昔日佳作，今成讖語矣。佳人已屬沙吒利，義士今無

智酬還　敬依原白酬　再日不來　生原唱　兩句　案宝　香玉詩

暾 音敦 朝日也

隴 今甘肅

得隴望蜀 光武平隗囂後語 蜀謂公孫述 後書搩平張魯宋建 畏蜀道險 亦用此語 謂劉先主也

押衙武将名節度屬官唐及五代皆有之此将姓古今書有此姓道光末年睹慕在常州有常譬根曰知曰古道是廣東人

穴花根處

涕洟泣瀾皆哭而有淚涕也

再作再生也

倉猝音渊一作卒速也

此段大類許俊之取柳氏事出載唐人小說

古押衙可爲妾哦詰之不言但有嗚咽竟夜不眠早旦而去生怪之次日有即墨（縣在山東登州）藍氏入宮游矚（看也）見白牡丹悅之掘移逕去生始悟香玉乃花妖也悵惋不已過數日聞藍氏移花至家日就萎悴（萎悴将死也）恨極作哭花詩五十首日日臨穴涕洟（姨）其處一日憑弔而返遙見紅衣人揮涕穴側從容而近就之女亦不避生因把袂相向汍瀾已而挽請入室女亦從之歎曰童稚之姊妹一朝斷絕聞君哀傷彌觸妾慟淚墮（下也）九泉或當感誠再作然死者神氣已散倉猝何能與吾兩人共談笑也生曰小生薄命妨

長句

忱心·愿也音沉

什即十言十有九人薄情

有始無終

簟 音佃 床上席

和韻曰步韻踵即步也

二妙才貌双绝

害情人。當亦無福可消雙美。曩頻煩香玉道達微忱。胡再不臨。女曰。妾以年少書生。什九薄倖。不知君固至情人也。然妾與君交以情。不以淫。若晝夜狎暱。則妾所不能矣。言已告別。生曰。香玉長離。使人寢食俱廢。賴卿少藉慰此懷思。何決絕如是。女乃止。過宿而去。數日不復至。冷雨幽窗。苦懷香玉。輾轉牀頭。淚凝枕簟。攬衣更起。挑燈命筆。踵前韻曰。山院黃昏雨。垂簾坐小牕。相思人不見。中夜淚雙雙。詩成自吟。忽牕外有人曰。作者不可無和。聽之。絳雪也。啟門內之。女視詩。即續其後曰。連袂

暱音業 親密也

袂音買 袖也

四詩押雙字皆妙
熱者專一而癡
生乃登徒子好色
株木本根
貽即遺留也

人何處孤燈照晚牕空山人一個對影自成雙生讀之淚下因怨相見之疎女曰妾不能如香玉之熱但可少慰君寂寞耳生欲與狎曰相見之歡何必在此于是至不聊時女輒一至至則宴飲酬唱有時不寢遂去生亦聽之謂之曰香玉吾愛妻絳雪吾良友也每欲相問卿是院中第幾株早以見示僕將抱植家中免似香玉被惡人奪去貽恨百年女曰故土難移告君亦無益也妻尙不能終從况友乎生不聽捉臂而出每至牡丹下輒問此爲卿否女不言掩口笑之適生以殘臘歸過歲二

憖 憂也
難 平声難易 去声险難 如唐僧八十一難
碍 与礙同
厄 音兀危险也
灸 凡針灸料以艾搓成团 隔以蒜片用火灸之音究从灸
炙 从肉火 以肉安在火上 今之烧肉 炙肉 音炙

月間忽夢絳雪至憖然曰妾有大難君急往尚得相見遲無及矣醒而異之急命僕馬星馳至山則道士將建屋有一耐冬礙其營造工師方縱（揮斧）斤矣生知所夢即此急止之入夜絳雪來謝生笑曰向不實告宜遭此厄今而後知卿矣卿如不至當以艾炷相炙女曰妾固知君如此曩故不敢相告坐移時生曰今對良友益思豔妻久不哭香玉卿能從我哭乎二人乃往臨穴灑涕至一更向盡絳雪收淚勸止乃還又數夕生方獨居悽惻絳雪笑入曰喜信報君知花神感君至情俾香玉復降宮

生之深情 眷眷非薄 韋者

答妙好在不即不離若說明
时日文章呆板無味

惡作劇　今俗云惡嘤

痏　音胃　瘡疤凡艾灸後必有疤久之成痂脫後有疤曰痏

創　瘡通

哽　氣咽住不能說

世间何事何景不然

中生喜問何時答云不知要不遠耳天明下榻生曰僕
爲卿來勿長使人孤寂女笑諾兩夜不至生往抱樹搖
動撫摩頻喚絳雪久之無聲乃返對燭團艾將以灼樹
女遽入奪艾棄之曰君惡作劇使人創痏當與君絕矣
生笑擁之坐方定香玉盈盈而入生望見泣下流離急
起把握香玉以一手捉絳雪相對悲哽已而坐道離苦
生覺把之而虛如手自握驚其不類曩（徒前也）昔香玉泫（懸）然（含淚）曰
昔妾花之神故凝今妾花之鬼故散也今雖相聚君勿
以爲真但作夢寐觀可耳絳雪曰妹來大好妾被汝家

糾纏 即鳩傳

戕 音祥 斬斫也

度 尺也 以衣為尺

男子糾纏死矣遂辭而去香玉欵愛如生平但偎傍之

間髣髴（仿佛）以身就影生邑邑不歡香玉亦俯仰自恨曰君

以白蘞屑少雜硫黃日酹妾一杯水明年此日報君恩（今種花者欲壯丹速開宜用此法）

亦别而去明日往觀故處則牡丹萌（芽出）生矣生從其言日

加培溉又作雕闌（雕刻）以護之香玉來感激甚至生謀移植

其家女不可曰妾弱質不堪復戕且物生各有定處妾

來原不擬生君家違之反促（短也）年壽但相憐愛好合自有

日耳生恨絳雪不至香玉曰必欲强之使來妾能致之

乃與生挑燈出至樹下取草一莖布掌作度（量也）以度樹本

偎傍 依附也

蘞 音練

硫 音流

酹 音勤

樹之本身

桀夏之亡國君五十國皆助紂為虐者也　孟子　虐暴戾也

蕋俗　蘂正　花未放曰含蕋

忍死以待君　魏明帝語

自下而上至四尺六寸、按其處、使生以兩爪齊搔之、俄絳雪自背後出、笑罵曰、婢子來、益助桀為虐耶、牽挽並入、香玉曰、妹勿怪、暫煩陪侍郎君、一年後不相擾矣、自此遂以爲常、生視花芽日益肥盛、春盡、盈二尺許、歸後亦以金遺道士、使朝夕培養之、次年四月至宮、則花一朵含苞未放、方流連間、花搖搖欲拆、少時已開、花大如盤、儼然有小美人坐蕋中、裁三四指、轉瞬間、飄然已下、則香玉也、笑曰、妾忍風雨以待君、君來何遲也、遂入室、絳雪已至、笑曰、日日代人作婦、今幸退而爲友、遂相談

賡音庚唱和詩也
種情乃爾
瑯琊王伯輿終當爲情死生之謂也
生作達非世人語
怒生怒長草木的氣猛出
怒馬亦作勇猛解不受人羈勒非勇猛之將不能駕馭非若駑駘之馬打一鞭走一步無用之物

讌䜩和至中夜絳雪乃去兩人同寢款洽一如當年後生妻卒遂入山不復歸是時牡丹已大如臂生每指之曰我他日寄魂于此當生卿之左兩女笑曰君勿忘之後十年餘忽病其子至對之而哀笑曰此我生期非死期也何哀爲謂道士曰他日牡丹下有赤芽怒生一放五葉者即我也（雄牡丹但有葉而無花）遂不復言子輿之而歸至家尋卒（尋卒不久而死）次年果有肥芽突出葉如其數道士以爲異益灌溉之三年高數尺大拱把但不花老道士死其弟子不知愛惜因（春材）其不花斫去之白牡丹亦憔悴尋死無何耐冬亦死

洽合也
銀杏有雌雄雄者不結果
学薺亦有雌雄
五者陽數

結亦專一也

殉相從而死　殉音信

嘵音嚻　聒音括

異史氏曰、情之結者、鬼神可通、花以鬼從、而人以魂寄、非其結於情者深耶。一去而兩殉之、卽非堅貞、亦為情死矣。人不能貞、猶是情之不篤耳。仲尼讀唐棣、而曰未思、信矣哉。

大男

奚成列、成都士人也。先有一妻一妾、妾何氏、小字昭容、妻早沒、娶繼室申氏、不能相善、虐遇何、因並及奚、終日嘵聒、恒不聊生、奚忿怒亡去、去後何生一子大男、奚久不返、申擯不與同炊、計日授粟、大男漸長、何不敢求益、

古人謂逃出為亡　如晉重耳出亡在外

祐　佑通

些些小兒語乃漫言之不知

節孝可通神明

惟紡績佐食。大男見塾中諸兒吟誦，羨之，告母欲讀。母以其太穉，姑送詣塾，試使讀以難之，而大男慧（聰明也），所讀倍諸兒。師異之。顧不索束贄，何乃使從師薄相酬。積二三年，經書全通。一日歸，謂母曰：塾中五六人皆從父乞錢（可憫）買餅餌，我何無也。母曰：待汝長時，當告汝知。大男曰：我方七八歲，何時長也。母曰：汝往塾，路經關聖廟，當拜之，祐（祝神保佑暗助）汝速長。大男信之。每日兩過，必拜。母知之，問所祝何時。答云：但祝明年，使我如十五六歲。母笑之。而大男學與軀長並速。至十歲，遂如十三四歲者。其所爲文，塾師

竄易 音篡去声易音亦言 改換刪削也

研詰 細問也 緬音勉 細也

辰餐 今之朝飯

傭 雇工

瞑不知人而合眼

不能竄易之。一日謂母曰：「昔謂我壯大當告父處，今可矣。」母曰：「尚未，尚未。」又年餘，居然成人，研詰益頻，母乃緬述之。大男聞之，意不勝傷悲，欲往尋父。母曰：「兒太弱，汝父存亡未知，何處可尋？」大男無言而去，至午不歸。往詢諸師，則辰餐未復。母大驚，猶謂其逃塾。出食貲傭役，靡處不搜，竟杳無蹤。大男出門，不知何往之善，惟隨途奔去。適一人將如夔州，自言錢姓。大男丐食相從。錢病其緩，為賃代步，資斧皆耗之。至夔同食，錢陰投毒其中，大男瞑不覺。錢載至大剎，托為己子，偶病絕貲，賣諸僧。僧

遁 逃也

何處可尋 去尋父也

出錢雇工人尋兒

四川近湖北者

大寺也

毒藥

斷少盤川而賣子

住持方知賣子買少年事

責僧不應買

主者托身也 住於其家也

嘗見論語

大男兩遭寇盜究竟元年太幼然以幼年而立志尋父雖危險之途亦逢凶化吉天道不遠也

見其丰姿秀出，爭購之，錢得金而去。僧飲之酪，醒，主僧始知之，詰視，奇其相，研詰始得顛末。又益憐之，責僧贈貲使去。有瀘州蔣秀才下第歸，途中問得故，嘉其孝，攜與同行。至瀘，主其家月餘，無往不諧。或言閩商有劉姓者，于是辭蔣，將之閩。蔣贈遺衣屨，其里黨皆斂貲助之。至途，有二布客，欲詣福清，邀與同侶。行數程，客窺囊金，引至空所，縶手足，解奪而去。適有福清陳翁過其旁，脫縛，載諸後車，遂至翁家。翁家富，諸路商賈多出其門，翁囑南北客代訪父耗，留大男伴諸兒讀，大男遂止不復

諧 訪問

梗 塞而不通
抑勒 逼也
搖 動也
劙 劃破頸门
淫具 謂勢也 陰也 見三國蜀志
峰迴忽合 筆健甚

游矣。由是家益遠，音益梗。何昭容孤居三四年，申氏減其費，抑勒令嫁，何自食其力，志不搖。申強賣於重慶賈，賈劫取之去。至夜，以刀自劙，賈不敢逼，俟創瘥，又轉鬻於鹽亭賈。至鹽亭，自刺心頭，洞見臟腑。賈大懼，藥敷，心既平，但求作尼。賈告之曰：我有商侶，身無淫具，每欲得一人縫紉，此與作尼無異，亦可少償吾值。何諾之。賈輿送去，入門，主人趨出，則貿生也。蓋貿已棄儒為商，賈以其無婦，故贈之也。相見悲駭，各述苦況，始知有兒待父未歸，貿乃囑諸客旅偵察，乃見，而昭容遂以妾為妻矣。

刀創深重 故見臟腑

以妾爲妻以妻爲妾

立柱

鑒同監視也凡史鑑皆記載前朝善惡事迹善者法之惡者改之如對鏡也

蹈踐也

子姪即子弟姪也

沮阻也

售賣音

啗重謝

老廢不能人年老不能作夫婦之業事

然自歷艱苦疴痛多病不能操作勸翁納媵以繼前嗣不從所請何曰妾如爭牀笫者數年間固已從人生子倘得與君有今日之聚乎且人加我者隱痛在心豈反諸身而自蹈之翁乃囑客侶爲買三十餘老妾踰半年客果爲買妾歸入門則妻申氏各相駭怪先是申獨居年餘兄苞勸令再適申從之惟田產爲子姪所沮不得售鬻諸所有積數百金攜歸兄家有保寧賈聞其富有奩貲以多金啗苞賺娶之而賈老廢不能人申懟兄不安於室懸縊井投不堪其擾賈怒搜括其貲將賣作妾

媵音孕妾也

何昭容言自己曾受嫡室申氏磨折淩虐與時歷歷在心豈有今作嫡室而學申氏所爲

不合式

償還所费

馬一歲生一齒左傳晉荀息用壘馬賺虞公以伐虢汝虢寶皆亡荀息謂晉獻公曰壘猶是也而馬齒加長矣今人用增年常用此典。數非忠孝節義不能挽迴忠臣孝子節婦義士不肯因數之前定而坐視任之必欲與之力爭事之成與否皆不問歷觀記傳可備知之 何能以復報怨

而聞者嫌三十餘齒加長賈將適粵遂載與俱去遇寇同肆商遂貨而去之既見寇懾懼不出一語寇問同肆商略知梗概因曰使遇健男貞在保寧無再見之期此加數也然今日我買寇非娶妻可先拜昭容修嫡庶禮事恥之寇曰昔日汝作嫡何如哉何勸止之寇不可掾杖臨適事不得已拜之然終不屑承奉但掾作別室而何恐優容之亦不忍謀其戟脩寇每與談讌輒呼給役其側何更代以嫌不聽會陳公嗣宗宰臨高寇與里人有小爭里人以適妻作妾瑀訟陳公不准理叱逐之寇

事之未暇也 亦有懾懼之日 義也 聖賢學問 伐其役 以嫌不聽 此據此書春秋 印操字

健男壯 偉男子 報復在自身上 奇事 不得已三字慎老事二姓之臣 子嫁二夫之女子

公負宰之神明不准謊狀

背生兒故見面不認得

業已也

伏膺因服膺〻胸也

筮用著草

卜用灼龜腹版今兩術已不用總名之曰卜

喜與何竊其頭㣲一夕漏既盡鐘忽叩扉入白邑令公

至矣駭極急覓衣履則公已入寢門益駭不知所爲何（父母官至廳衣冠來迎）（撲不着頭路）

審之急出曰是吾兒也遂哭公乃伏地悲咽蓋大男從

陳翁姓業爲官矣初公至自都迂道過故里始知兩母

皆醮伏膺哀痛族中人始知大男已貴反其田廬公留

僕營造葬父後返既而授任鹽亭又欲棄官尋父陳翁

苦勸之會有卜者使筮焉卜人曰小者居大少者爲長

求雄得雌求一得兩爲官吉公乃之任爲不得親居官（狀詞）

不茹葷酒是日得里人狀睹叔姓疑之陰遣內紀綱竊

反　還也

廬　屋宇

此卜者文詞故有韻

微行 微服而出同於庶人
漢武帝喜微行 秦始皇微行遇盜蘭池
廉 察也故按察名廉訪
申己度人不知昭容以德報怨

訪之果然也乘夜微行而出見母益信向者之神臨去囑勿播出金二百令郎辦裝歸至家門戶已新益畜僕馬居然大家矣申見大男貴盛益自斂兒苞知之告於官爲姊爭嫡官廉得其情曰貪貲勸嫁去矣已更二夫何顏爭昔年嫡庶耶重笞之由此名分益彰而申妹何何亦姊之衣服飲食悉不自私申初懼其復讎至是益愧悔矣亦忘其舊惡俾內外皆呼以太母但誥命不及耳

異史氏曰顛倒衆生不可思議此造物之巧也矣生不

同播言播揚
收拾行李
自斂甘心
苞無恥已極不知廉恥何生
做妾
討打
擬定例再醮之婦不加封誥命歸犯奸
情弊事破歸追還封典
此兩句佛經語

因妻妾不和而出门

糈 音胥 稀養也

此篇亦諷世

世所傳一捧雪傳奇雖是托名然董非無因也莫太常乃太倉王忬世貞世懋之父因畫卷為嚴嵩父子陷以失機罪律斬王嚴父子敗世貞後為書世懋反副使事乃白今曲中云玉杯是點綴也

能自立于妻妾之間一碌碌庸人耳苟非孝子賢母烏能有此奇合坐享厚糈以終身哉

碌碌 音綠 無奇也

苟非 同若非

烏 安得也

石清虛

石癖

邢雲飛順天人好石見佳石不惜重直偶漁于河有物挂網沉而取之則石徑尺四面玲瓏峯巒疊秀喜極如獲異珍雕紫檀為座供諸案頭每值天欲雨則孔孔生雲遙望如塞新絮有勢豪某踵門求觀既見舉付健僕策馬竟去邢無奈頓足悲憤而已僕負石至河濱息肩橋上忽失手墮諸河豪怒鞭僕即出金僱善泅者百計

直隸

禍胎

不惜重價

掛 入網而取

挂 古 掛 今

敘風景

石顯神通

河濱 河邊

善泅 好水性

寫一紙粘於橋側寫所獲石
送玉门謝錢多少
刑乃真好故石亦得所
廳事 古作聽事
魔劫一
錯愕 入声 驚怪之貌
窘 窮也無法也 音君上声

冥搜竟無可見乃懸金署約而去由是尋石者日盈于
河迄無獲者後邢至落石處臨流於邑但見河水清澈
則石固在水中邢大喜解衣入水抱之而出檀座猶存
既歸不肯設諸廳事潔內室供之一日有老叟款門而
請邢托言石失已久叟笑曰客舍非耶邢便請入舍以
實其無既入則石果陳几上錯愕不能言叟撫石曰此
吾家故物失去已久今固在此耶既見之請即賜還邢
窘甚遂與爭作石主叟笑曰既汝家物有何驗證邢不
能答叟曰僕則故識之前後九十二竅巨孔中五字云

石頑神通
即鳴咽 邑悒通 悲也
推頭
非意所料

澈 音出 看見河底
邪意不在外面請叟入室以明言之非虛

聊齋滿腹文章

此五字真夢想不到

始則硬不与既知叟異人只

可軟求

請 求也

仍在室中桌上

此段諷世貪癡者

淸虛。天石。供。耶。審視孔中果有小字。細於粟米。竭目力裁可辨認。又數其竅。果如所言。邢無以對。但執不與。叟笑曰。誰家物而憑君作主耶。拱手而出。邢送至門外。既還則石不知所在。大驚。疑叟。急追之。則叟緩步未遠。奔去牽其袂而哀之。叟曰。奇哉。徑尺之石。豈可以手握袂藏者耶。邢知其神。强曳之歸。長跪請之。叟乃曰。石果君家者耶。僕家者耶。答曰。誠屬君家。但求割愛耳。叟曰。既然則石固在是。還入室。則石已在故處。叟曰。天下之寶。當與愛惜之人。此石能自擇主。僕亦喜之。然彼急於自見

音異 拖也

手中袖裡不能藏

魔劫二

其出也早則魔劫未除實將攜去待三年後始以奉贈既欲留之當減三年壽數始可與君相終始君願之乎曰願叟乃以兩指捏一竅竅軟如泥隨手而閉閉三竅已曰石上竅數即君壽也作別欲去邢苦留之辭甚堅問其姓字亦不言遂去積年餘邢以故他出夜有小偷入室諸無所失惟竊石而去邢歸悼喪欲死訪察購求全無蹤緒積有數年偶入報國寺見賣石者近視則其故物將便認取賣者不服因負石至官官問何所質驗賣石者能言竅數邢問其他賣石者不能言邢乃言竅

理伸　官司勝也

匱　古櫝今匣也　玉毀于櫝中

押質田產作使費

魔劫三　一劫重一劫

自經於溝瀆　自縊曰自經

今赦文黃榜往往有昧爽

字出尚書

中五字及三指痕理遂得伸官欲杖責賣石者賣石者自言以二十金買諸市（未責）遂釋之邢得石歸裹以錦藏櫝中時出一賞（珍重）先焚異香而後出之有尚書某購以百金而邢言萬金不易也某怒陰以他事中傷之（用計陷以罪收監）邢被收典（如暗箭中人）質（至押當也）田產某（尚書）託他人風示其子子告邢邢願以死殉石妻（方是石之知己不以利動不畏勢壓不畏死亡）竊與子謀獻石尚書家邢出獄始知（悔無及矣）罵妻毆子屢欲自經皆以家人覺救得不死夜夢一丈夫來自言石清虛（石之靈）謂邢勿戚特與君年餘別耳明年八月二十日昧爽（天將明未明）時（昧而黑　爽將曉）可詣海岱門（至都中）以兩貫相贖邢得夢喜敬志其日而石在

天雨石竅出雲如塞新棉花實實可愛

昔米元章好石故事甚多載在蘇米志林

瘞 音意 葬也

躓 跌卜也 音至 見中庸

此石真尤物

從能顯神通

尚書家更無出雲之異久亦不甚貴重之明年尚書以（誰知已）罪削職尋死（如此撈行安得長久）如期詣海岱門則其家人竊石出將求售主因以兩貫市歸後邢至八十九歲自治葬具又囑子必以石殉既而果卒子遵遺教瘞石墓中（孝子雖孝尚留身後魔劫）半年許賊發墓（魔劫四）劫石去子知之莫可追詰踰二三日攜僕在道忽見兩人奔躓汗流望空自投曰邢先生勿相逼我二人將石去不過賣四兩銀耳遂縶（音至 縛）送諸官一訊遂伏問石則鬻諸宮氏取石至官愛玩（亦愛此石）欲得之命寄（暫存庫）諸庫吏舉石石忽墮地碎為數十餘片皆失色官乃重械兩盜而

第四劫最重

此唐太宗臨崩囑子高宗必以定武蘭亭真跡作殉至五代時為溫韜掘取

今朝三暮四之輩，烏能如石之不可轉耶？一嘆

家難疊起，老翁預知之

留此伏筆，後山窮山寇時作救

放之。郝子拾石出，仍瘞墓中。

異史氏曰：物之尤者，禍之府。至欲以身殉石，亦癡甚矣。而卒之石與人相終始，誰謂石無情哉？古人云：士爲知己者死，非過也。石猶如此，而況人乎？

曾友于　孝悌

曾翁，昆陽（河南）故家也。翁初死未殮，兩眶（眼眶）中淚出如瀋（音沈 淚流），有子（家難）六人，莫解所以（不解其故）。次子悌，字友于，爲邑名士，以爲不祥（先兆也），戒諸兄弟各自惕，勿貽痛於先人。而兄弟半迂笑之。先是，翁嫡配生長子成，至七八歲，母子爲强寇擄（伏筆）去。娶繼室

家難由於兮覺後之不可救藥

搒掠 打也 音榜 獵力躍反

盎 見孟子

負荊詬罪 俗語不是

生三子、曰孝、曰忠、曰信、妾生三子、曰悌、曰仁、曰義、孝以悌等出身賤鄙（禍根）不齒○因連結忠信若為黨○節與客飲悌等踞堂下、亦傲不加禮、仁義皆忿與友子謀欲相讎、友子百詞寬譬○不從所諫○而仁義年最少○因兄言亦遂止○孝有女適邑周氏、病死、糾悌等往撻其姑、悌不從、孝憤然合忠信合族中無賴子往、捉周妻搒掠無算、拋粟毀器、盎（缸甏瓦之類）無存、周告邑宰、宰怒拘孝等囚繫之、將行申黜、友子懼、見宰自投、友子品行素為宰所仰重○諸兄弟以是得無苦○友子乃詣周所親負荊、周亦嚚直友子、訟遂

孝非人類

嫡出子為庶母服期定例也

況友于之子為名士乎

為嫂功服

息孝歸終不德友于無何友于母張夫人卒孝等皆不爲之服宴飲如故仁義益忿友于曰此彼之無禮於我何損焉及葬把持墓門不使合厝友于乃殯母隧道中不許祔葬未幾孝妻亡友于招仁義往奔其喪二人皆曰期且不論功于何有再勸之鬨然散去友于乃自往臨哭盡哀隔牆聞仁義鼓且吹孝怒糾諸弟往毆之友于操杖先從入其家仁覺而逃義方踰垣友于自後擊仆之孝等拳杖交加毆不止友于橫身障沮之孝怒讓友于友于曰責之者以其無禮也然罪固不至死我不怙弟惡亦

仗也

冉伯牛之言也

不助兄暴如怒不解身代之孝遂反杖撻友于忠信亦相助毆兄聲勢震動里黨羣集排解乃散去友于即扶杖詣兄請罪孝遂去之不令居喪次而義創甚不復食飲仁代具造訟諸官訴其不爲庶母行服官發牒拘孝忠信而令友于陳狀友于以面目損傷不能詣署但作詞稟白哀求閤寢宰遂銷案不行義亦尋愈由是讎怨益深仁義皆幼弱輒被敲楚懟友于曰人皆有兄弟我獨無友于曰此兩語我宜言之兩弟何云因苦勸之卒不聽友于遂扃音絅閉戶也戶攜妻子借寓他所離家五十餘里真

顧忌言爲忌友于不敢放
肆欺之弱弟

析 音息 分也

共 與供同 供給

市惠 討好

仁義泄往往之憤

不相聞友于在家雖不助衆而孝等猶稍稍顧忌之既
去諸兄一不當輒叫罵其門辱侵母諱仁義度不能抗
惟杜門思乘間刺殺之行則懷刃一日冦所掠長兄成
忽攜婦亡歸諸兄弟以家久析聚謀三日竟無處可以
置之仁義竊喜招去共養之往告友于友于亦喜卽歸
共出田宅居成諸兄怒其市惠登其門窘辱之而成久
在冦中習於威猛聞之大怒曰我歸更無人肯置一屋
幸三弟念手足又罪責之是欲逐我耶以石投孝孝仆
仁義各以杖出捉忠及信並撻無數成不待其訟先訟

友于不愧此兩字若孝悌忠信三人行徑皆是反面
有如此田產何以成歸聚謀三日尚未定見
張桓侯行爲快人快事

之宰。又使人請教友于。友于不得已詣宰。俛首不言。但有流涕。宰問之。唯求公訊。宰乃判孝等各出田產歸成。使七分相準。自此仁義與成倍益愛敬。談次忽及葬母事。因並泣下。成恚曰。如此不仁。是禽獸也。遂欲啟壙更爲改葬。仁義奔告友于。友于急歸諫止之。成不聽。刻期發墓。作齋於塋。以刀削樹。謂諸弟曰。所不衰麻相從者。有如此樹。衆唯唯。於是一門皆哭臨。安厝盡禮。由此兄弟相安。而成性剛烈。輒批撻諸弟。而於孝等尤甚。惟重友于。盛怒時。友于至。一言可解。孝有所行。成往往不平

其父報讐其子殺人習於所見也 此禮記句

絃誦 讀书也 詞絃歌之 声同

促令其歸

之因之孝無十日不至友于所潛對友于詬誶友于婉諫卒不納友于不堪其擾又遷之於三泊僦屋而居去家益遠音迹遂疏踰二年諸弟皆畏憚成久遂相習紛競（靜也）絕少而孝年四十六生五子長繼業三繼德皆嫡出次繼功四繼續皆庶出又婢出繼祖皆成立亦效父舊行各爲黨日相競孝亦不能呵止惟祖無兄弟年又最幼諸兄皆得而訶（音呵罵詈）厲之岳家故近三泊會詣岳竊迂道詣叔（友于也）入門見叔家兩兄一弟絃誦怡怡樂之久居不言歸叔促之哀求寄居叔曰汝父母皆不之知我豈惜甌

呵 音呼 喝也

甌飯瓢飲 俗一碗一瓢湯

夙郤 舊怨 夙仇

九字包括全篇

筆真簡潔

有上輩好様下輩尚不肯學況上輩如此行為必致釀成人命

閨閣亦效尤

乖戾 满门 四條人命矣

飯瓢飲乎乃歸過數月夫妻往壽岳母告父曰我此行不歸矣父詰之因吐微隱父慮與有夙郤計難久居祖曰父慮過矣二叔聖賢也遂去攜妻之三泊亥子除舍居之以齒見行使執卷從長子繼善祖最慧寄籍三泊家中兄弟益不相能一日微反脣業詬辱厥母功怒刺殺業官收功重械之數日死獄中業妻馮氏猶日以罵代哭功妻劉聞之怒曰汝家男子死誰家男子活耶操刀入擊殺馮自投井中亦死馮父大立悼女慘死率諸子弟藏兵衣底往捉考妻裸撻上下以辱之成怒曰我

初子私情止可告父可憐

倫常桎梏也

收拾屋宇令祖夫婦居之

以罵代哭令之哭牢刀

道周路上

自首　自投刺案出首

徘徊　不敢進亦不肯退

友于爲庭出之長

家死入如麻。馮氏何得復爾。吼奔而出。諸曾從之。諸馮盡靡。成首挺大立。割其兩耳。其子護救。繼續以鐵杖橫擊。折其兩股。諸馮各被夷傷。鬨然盡散。惟馮子猶卧道周。衆等莫可方略。成夾之以肘。置諸馮村而還。遂呼繼續。詣官自首。馮狀亦至。於是諸曾皆被收。惟忠亡去。至三泊。徘徊門外。猶恐兄念舊惡。適友于挈一子一姪入闈歸。葬見驚曰。弟何來。忠長跪道左。友于益駭。握手入詰得其情。驚曰。且爲奈何。一門乖戾。逆知奇禍久矣。不然。胡以竄跡如此。兄離家既久。與大令無聲氣之通。今

良心忽現

友于自謂對忠言

逆者預知也

匍伏 即匍匐，手代足行

明季最重科甲

感愧乃觀感，所以戲文忠孝節義易于留傳

甲第 幾甲第 第幾名 今尚如此

卽匍伏而往。祇取辱耳。但得馮父子傷重不死。吾三人倖有捷者。則此禍可以少解。乃留之晝與同餐。夜與共寢。忠頗感愧。居十餘日。又見其叔姪如父子。兄弟皆如同胞。愴然下淚曰。今始知曩日非人。友于亦喜其悔悟。相對酸惻。俄報友于父子同科。祖亦副榜。大喜。不赴鹿鳴。先歸展墓。明季甲第最重。諸馮皆爲歛息。友于乃託親友。賂以金粟。資其醫藥。訟乃息。舉家共泣。乞友于復歸。友于乃與兄弟焚香約誓。俾各滌慮自新。遂移家還。祖從叔不欲歸其家。孝乃謂友于曰。我之德。不應有亢

感恩

視丼如父

成之行究是剛暴乃劫劉也多服必傷孝元若友于則四君四物千古經方之祖與之相處蒼鷹化為鸞鳳矣

宗之子弟又善教即從其志俾姑寄名爲汝後有寸進時可賜還也友于從之後三年祖杲舉於鄉使移家去夫妻皆痛哭而去居數日祖有兒方三歲亡歸友于家不復反捉去輒逃孝乃異其居令與友于鄰祖啟戶於隔垣通叔家兩間定省如一焉自此成亦漸老一門事皆垣決友于因而門庭雍穆稱孝友焉

異史氏曰天下惟禽獸止知母而不知父奈何詩書之家往往而蹈之也夫門內之行其漸漬子孫者直入骨髓故古云其父殺人報仇子必行劫其流弊然也孝雖

中庸不可蹈

孤臣孽子謂継祖也

不仁其報已慘而卒能自知乏德託子於弟宜其有操心慮患之子也論果報迂矣

讀書之家当如此

嘉平公子　妁兒

嘉平某公子風儀秀美年十七八入郡赴童子試偶過許娼之門門內有一麗人因目注之女微笑點首公子處近就與語女便問寓居何所具告之問寓中有人否曰無女云妾夕間奉訪勿使人知公子諾而歸既暮排（遣去也）去僮僕女果至自言小字溫姬且云妾慕公子風流遂背媼而至區區之意深願奉以終身公子亦喜約以

多金贖身

罥音絹挂也

椸音移衣架

不同椸架曲礼文

滿城風雨近重陽　宋潘大臨只此一句傳之今

肄音異學習今生員在書院月課卽肄業

重金相贖。自此三兩夜輒一至。一夕冐雨而來。入門解去溼衣。罥諸椸上。已乃脫足上小鞾。求公子代去泥塗。遂上牀以被自覆。公子視其鞾。乃五文新錦。沾濡殆盡。惜之。女曰。妾非敢以賤務相役。欲使公子知妾之癡於情也。聽窻外雨聲不止。遂吟曰。淒風冷雨滿江城。求公子續。公子辭以不解。女曰。公子如此一人。何乃不知風雅。使妾清興消矣。因勸令肄習。公子諾之。往來既頻。僕輩皆知。公子有姊夫宋氏。亦世家子。聞其事。竊求公子一見溫姬。公子言之。女必不可。宋隱身僕舍。伺女至。伏

沾音占　濡音如

泥污也

不解妙

排闥 撞门而入 音榻

贄見 用礼物

誠然 自認為是

牕窺之顛倒欲狂急排闥女起踰垣而去宋嚮往殊殷乃修贄詣媼指名求之則果有溫姬而死已多年宋愕然而退以告公子公子始知爲鬼而心終愛好之至夜以宋言告女女曰誠然顧君欲得美女子妾亦欲得美丈夫各遂所願足矣人鬼何論焉公子以爲然試畢而歸女亦從之他人不見惟公子見之至家寄諸齋中公子獨宿不歸父母疑之女歸寧始隱以告母父母大驚戒公子絕之公子不能聽父母深以爲憂百術驅遣不得去一日公子有諭僕帖置案上中多錯謬椒訛菽薑

公子爲迂一節可取否則必驚怕驅逐矣

江中州韻念姜字

此寓言也亦借題罵翩翩

貌似文士實則腹藏包

外

奇刻也少也

羞泣於中庭　孟子齊人事　然亦是寓言

吾到乞丐者自一妻一妾

訛江可恨訛可浪女見之書其後云何事可浪花萩生江有壻如此不如爲娼遂告公子曰妾初以公子世家文人故蒙羞自薦不圖處有其表以貌取人毋乃爲天下笑予言已而没公子雖愧恨猶不知所題折帖示僕聞者傳以爲笑

異史氏曰濕姬可見飂飂公子何乃茍其中之所有哉遂至悔不如娼則妻妾羞泣矣顧百計遣之不去而見帖浩然則花萩生江何殊於杜甫之予章髑髏哉

浩然徒也

苗生　山貓虎類

唐杜甫句子章髑髏血模糊手提擲還崔大夫云可以止瘧但日誦兩句　事見杜二部集

措大 窮酸也 俗作醋

瓻 音痴 瓶也 巨瓻 大甏

釂 飲盡

荷 肩負也

櫪 音力 馬槽

龔生，岷（音民 甘肅）州人，赴試西安，憩於旅舍，沽酒自酌。一偉丈夫入，坐與扳（即攀）談。生舉卮勸客，客亦不辭。自言苗姓，言劇粗豪。生以其不文，偃蹇（不甚禮貌）遇之。尊既盡，不復喚沽。苗曰：「措大飲酒，使人悶損矣。」起向壚頭出錢，行沽提一巨瓻而入。生辭不飲，苗捉臂勸釂，臂痛欲折。生不得已，爲盡數觴。苗以羹椀自吸，笑曰：「僕不善勸客，行止惟君所便。」生即治裝行。約數里許，馬病，臥於途，坐待路側。行李重累，無所方計。苗尋至，詰知其故，遂謝裝付僕，已乃以肩承馬腹而荷之，趨二十餘里，始至逆旅，釋馬就櫪。移時生主

生始以苗粗鄙而意薄之今驚其多力而有義俠之氣故敬之

太華少華在西安即西嶽天下五嶽之一

豚肘 豬蹄

顏子附孔聖如蠅附驥尾日致千里 見子書 昔漢呂后宴諸臣令朱虛侯章監酒亦請以軍法從事有呂后之族逃席者竟斬一人

僕方至生乃驚爲神人相待優渥沽酒市飯與共餐飲苗曰僕善飯非君所能飽飲可也引盡一罏（又飲一甕）乃起而别曰君醫馬倘須時日余不能待行矣遂去後閨畢三四友人邀登華山藉地作筵方共宴笑苗忽至左攜巨尊右提豚肘擲地曰聞諸君登臨敬附驥尾衆起爲禮相並雜坐豪飲甚懽衆欲聯句苗爭曰縱飲甚樂何必愁思衆不聽設（不能句被一斗）金谷之罰苗曰不佳者當以軍法從事衆笑曰其罪不至於此苗曰如不見誅僕武夫亦能之也首座靳生曰絕巘憑臨眼界空苗信口而續之曰唾壺

尊即罇亦甕類

聯句每人一句或二句

唾壺今之痰盂

豪句

迭音牒互相也

閙中作即墨卷

豪快乃尔

諸客為所咲不豆憎

擊鈌劍光紅下座沉吟既久苗遂引壺自傾移時以次屬句漸涉鄙俚苗呼曰只此已足如擬我者勿作矣客弗之聽苗不可復忍遽作龍吟山谷響應又起俛仰為獅子舞詩思既亂衆乃罷吟因而飛觴再酌時已半醉客互誦闈中作迭相贊賞苗不欲聽牽生豁拳二人勝負屢分而諸客誦贊未已苗厲聲曰僕聽之已悉此等文只宜向床頭對婆子讀耳廣衆中刺刺者可厭也衆有慚色又更惡其粗莽遂益高吟苗怒甚伏地大吼立化為虎撲殺諸客咆哮而去所存者惟生及靳靳是科

自討苦吃

近俗也

更討厭皆惡詩更难耐

怒貌

刺刺音辣不休也

鞚 音孔去声 馬韁绳嚼環

蔣之娼忌伏殺機故得是報

陷之謂誘之来使虎食

領薦後三年再經華陰忽見嵇生亦山上被噬者大愁欲馳嵇捉鞚使不得行靳乃下馬問其何爲答曰我今爲苗生之倀從役良苦必再殺一士人始可相代三日應有儒服儒冠者見噬於虎然必在蒼龍嶺下始是代某者若於是日多邀文士於此卽爲故人謀也靳不敢辯敬諾而別至寓所籌思終夜莫知爲謀自拚背約以聽鬼耳適有表戚蔣生來靳述其異蔣名下士邑尤生考居其右竊懷忌嫉是日聞靳言陰欲陷之折簡邀尤與共登臨自乃着白衣而往尤亦不解其意至嶺半肴

非士人服

明季諸生與庶服衣帽不同

聊齋志異 卷三 苗生 五十九

拚 音潘

帀若有知若無知

智伯與韓魏二子闕水灌城

韓魏二人一肘一躡

智伯與韓魏二子交伐趙、用張孟談計決隄入智營

肘躡在人前不便明言暗中覺之

明毛紀 謚文簡

陳設也

酒並陳，敬禮備至。會郡守登嶺上，守故與蔣爲通家，聞在下，遣人召之。蔣不敢以白衣往，遂與尤易冠服，交着未竟，虎騶至，御蔣而去。

異史氏曰：得意津津者，捉襟袖，燄人聽聞者，欠伸屢作，欲睡欲遁，而誦者足蹈手舞，茫不自覺。知交者亦當從旁肘之躡之，恐座中有不耐事之苗生也。然嫉忌易服而儆，則知苗亦無心者耳。故厭怒者苗也，非苗也。

姊妹易嫁

山東 掖縣相國毛公，家素微，其父常爲人牧牛。時邑世族張

新阡 新坟

久假而不歸

數 入声 音朔 频频也

姓者有新阡在東山之陽或經其側聞墓中叱咤聲曰若等速避去勿久溷貴人宅張聞亦未深信旣又頻得夢警曰汝家墓地本是毛公佳城何得久假此由是家數不利客勸徙葬吉張聽之徙焉一日相國父牧出張家故墓猝遇雨匿身廢壙中已而雨益傾盆潦水奔穴崩淘灌注遂溺以死相國時尚孩童母自詣張願丐咫尺地掩兒父張徼知其姓氏大異之行視溺死所儼然當置棺處又益駭乃使就故壙窆焉且令攜若兒來葬已母偕兒詣張謝張一見輒喜即留其家教之讀以齒

具眼
妻六賢
世俗之見近陶文毅公未
發時事彷彿同之
梁芝林中丞公子初戒
近錄中約略言之陶
与梁皆壬戌進士故知
之詳

予弟行又請以長女妻兒母駭不敢應張妻云既已有言奈何中改卒許之然此女甚薄毛家怨懟之意形於言色有人或道及輒掩其耳每向人曰我死不從牧牛兒及親迎新郎入宴彩輿（花轎）在門而女掩袂向隅而哭催之妝不妝勸之亦不解俄而新郎告行鼓樂大作女猶眼零雨而首飛蓬也父止壻自入勸女女淵若罔聞怒而逼之益哭失聲父無奈之又有家人傳白新郎欲行父急出言衣妝未竟乞郎少停待郎又奔入視女往來者無停履遷延少時事愈急女終無回意父無試屢張

行親迎古
礼吴江云
浙皆然
吴门則否

喋 音蝶 多言

迕 即忤

莩 音漂

鬜 音可秧切 辣鬜

欲自死其次女在側頗非其姊苦逼勸之姊怒曰小妮子亦學人喋聒爾何不從他去妹曰阿爺原不曾以妹子屬毛郎若以妹子屬毛郎更何須姊姊勸駕也父以其言慷爽因與伊母竊議以次易長母即向女曰迕逆婢不遵父母命欲以兒代若姊兒肯否女慨然曰父母教兒往也即乞丐不敢辭且何以見毛家郎便終餓莩死乎父母聞其言大喜即以姊妝妝女倉猝登車而去入門夫婦雅敦好逑然女素病赤鬜稍稍介公意久之浸知易嫁之說由是益以知己德女居無何公補博士

第子應秋闈試道經王舍人店店主人先一夕夢神曰且日當有毛解元來後且脫汝於厄以故晨起專伺察東來客及得公甚喜供具殊豐善不索直特以夢兆厚自託公亦頗自負私以細君髮鬑鬑慮爲顯者笑富貴後念當易之已而曉榜既揭竟落孫山咨嗟蹇步懊惋喪志心赧舊主人不敢復由王舍以他道歸後三年再赴試店主人延候如初公曰爾言初不驗殊慚祇奉主人曰秀才以陰欲易妻故被冥司黜落豈妖夢不足以踐公愕而問故蓋別後復夢而云公聞之惕然悔懼不

如泥塑木雕

举人為賢書

立君偶主人謂秀才宜自愛終當作解首未幾果舉賢書第一人夫人髮亦尋長雲鬟委綠轉更增媚姊適里中富室見意氣頗自高夫蕩情家漸陵夷室舍無烟火聞妹爲孝廉婦彌增慚怍姊妹輒避路而行又無何艮人卒家落頃之公又擢進士女聞刻骨自恨遂忿然廢身爲尼及公以宰相歸强遣女行者詣府謁問冀有所貽比至夫人餽以綺縠羅絹若干疋以金納其中而行者不知也攜歸見師師失所望恚曰與我金錢尚可作薪米費此等儀物我何須爾遂令將回公及夫人疑之

明時宰相雖重然官之品級以為書為尊

此翳字語助詞

囹圄 監獄

故曰佳城

及啟視而金具在方悟見卻之意發金笑曰汝師百餘金尚不能任焉有福澤從我老尚書也遂以五十金付尼去曰將去作爾師用度多恐福薄人難承荷也行者歸具以告師默然自歎念平生所爲輒自顛倒美惡避就翳豈由人耶後店主人以人命事逮繫囹圄公爲力解釋罪

異史氏曰張公故墓毛氏佳城斯已奇矣余聞時人有大姨夫作小姨夫前解元爲後解元之戲此豈慧黠者所能計較耶嗚呼彼蒼者亾不可問何至毛公其應如

譽、

按文簡封翁諱敏、以孝廉任杭州府學教授、生五子、文簡最少、封翁年八十餘、文簡官少宰、乃受封而卒、其塋地、自趙宋時沿葬、歷有達者、至文簡卒、始卜西山新阡、乾隆壬戌、予與文簡裔人、共修掖縣志、曾親至毛氏新舊兩塋、覽其碑表、徵事實焉、至文簡夫人一段、畢氏蟫雪集中所載、亦與此小異、夫人姓官氏、姊陋文簡有文無貌、臨嫁而悔、妹承父母意、遂代姊歸文簡、文簡既貴、姊自恨、出家爲女道士、妹餽遺之、

僧家曰釋

鬈 音權

都不肯受清修登上壽亥僧林下廿餘年頗與過從談道相敬重云任城孫擴圖識

番僧

釋體空言在青州見二番僧象貌奇古耳綴雙環被黃布鬚髮鬈如自言從西域來聞太守重佛謁之太守遣二隸送詣叢林和尚靈轡不甚禮之執事者見其人異私款之止宿焉或問西域多異人羅漢得無有奇術否其一輾然笑出手於袖掌中托小塔高裁盈尺玲瓏可愛壁上最高處有小龕僧擲塔其中矗然端立無少偏

肱臂也

倚視塔上有舍利放光照耀一室少開一手招之仍落掌中其一僧乃袒臂伸左肱長可六七尺而右肱縮無有矣轉伸右肱亦如左狀

李司鑑

李司鑑永年舉人也於康熙四年九月二十八日打死其妻李氏地方報官上憲行縣查審司鑑在府前忽於肉架下攜一屠刀奔入城隍廟登戲臺上對神而跪自言神責我不當聽信奸人在鄉黨顛倒是非著我割耳遂將左耳割落拋臺下又言神責我不應騙人銀錢著

剁 音賭斬也。

邸抄 今之宮门抄报

明山海関總兵吳三桂因京城陷帝崩父吳驤被執妾陳圓圓亦被擄乃出関至奉天謁見攝政王借兵討闖賊復家國之仇至 本朝定鼎封三桂平西親王分藩雲貴至康熙十二年撤藩歸旗遂反 康熙二十年始平

我剁指遂將左指剁去又言神責我不當姦淫婦女使我割臂遂自囓昏迷僵仆時總督朱雲門題叅革職究擬已奉諭旨而司鑑已伏冥誅矣見邸抄

保住 異能

吳藩未叛時嘗諭將士有獨力能擒一虎者優以廩祿號打虎將將中一人名保住健捷如猱邸中建高樓梁木初架住沿樓角而登頃刻至顛立脊檁上疾趨而行凡三四返已乃踴身躍下直立挺然王有愛姬善琵琶所御琵琶以煖玉為牙柱抱之一室生溫姬寶藏非王

古本有温凉玉

音鐃

懶手作諭
以試其能
晋賈充云掾韓寿私通
内閨重垣高牆竟出
入無跡事見晋書
捍名自佳
蓋人自具一種矯疾如
生翅翼者非由学力也
章 本也
壬午夏林軒清拍诗

手諭不出示人一夕宴集客請一覩其興王適惰期以翌日時佳在側曰不奉王命臣能取之王使人馳告府中内外戒備然後遣之佳踰十數重垣始達姬院見燈輝室中而門扃錮不得入廊下有鸚鵡宿架上佳乃作貓子叫既而學鸚鵡鳴疾呼貓來攫撲之聲且急聞姬云綠奴可急覰鸚鵡被撲殺矣佳隱身暗處俄一女子挑燈出身甫離門佳已塞入見姬守琵琶在几上徑攜趨出姬愕呼寇至防者盡起見佳抱琵琶走逐之不及攢矢如雨佳躍登樹上牆下故有大槐三十餘章佳穿

翅音啻　翎音零

老者更歷事多

行樹杪如鳥移棲樹盡登屋屋盡登樓飛奔毀瀉不啻翅翎瞥然間不知所在客方飲伎抱琵琶飛落筵前門扃如故雞犬無聲

筆亦嫣捷如此將

水災

吳門于道光三年淮城以下高堰倒江浙大受其害

西北地高少湖一旱即成災非若江浙水鄉

康熙二十一年苦旱自春徂夏赤地無青草六月十三日小雨始有種粟者十八日大雨沾足乃種豆一日石門莊有老叟暮見二牛鬬山上謂村人曰大水將至矣遂攜家播遷村人共笑之無何雨暴注徹夜不止平地水深數尺居廬盡沒一農人棄其兩兒與妻扶老母奔

大厄當前惟忠孝節義四者能挽迴（

避高阜下視村中已爲澤國並不復念及兒矣水落歸家見一村盡成墟墓入門視之則一屋僅存兩兒並坐牀頭嬉笑無恙或謂夫妻之孝報云此六月二十日事

康熙三十四年平陽地震人民死者十之七八城郭盡墟僅存一屋則孝子某家也茫茫大劫中惟孝子爲無恙誰謂天公無皁白耶

諸城某甲

凡称某甲某乙者不知姓名亦有諱之而称某者

學師孫景夏先生言其邑中某甲者值流寇亂被殺首墮胸前寇退家人得尸將舁瘞之聞其氣縷縷然審視

發笑之言曰解頤見漢書匡衡傳

鬨堂 音烘大笑滿座

之咽不斷者盈指遂扶其頭荷之以歸經一晝夜始呻以匕箸稍稍哺飲食半年竟愈又十餘年與二三人聚談或作一解頤語眾爲鬨堂甲亦鼓掌一俯仰間刀痕暴裂頭墜血流共視之氣已絕矣父訟笑者眾斂金賂之又葬甲乃解

異史氏曰一笑頭落此千古第一大笑也頭連一綫而不死直待十年後成一笑獄豈非二三鄰人負債前生者耶

戲縊

佻達 音挑榻

藷 音楷高粱稈子如何弔死盖惡己哭盈耳

北方多種高粱粟可做酒

高粱莖不及筆梗之細

邑人某佻達無賴偶游村外見少婦乘馬來謂同游者我能令其一笑衆未深信約賭作筵某遽奔去出馬前連聲譁曰我要死因於牆頭抽粱藷一本橫尺許解帶挂其上引頸作縊狀婦果過而哂之衆亦粲然婦去既遠某猶不動衆益笑之近視則舌出目瞑而氣真絕矣粱本自經豈不奇哉是可以爲儇薄之戒

聊齋志異卷三終

丙戌三月十二日校　霞史

貿音茂 販音泛
即負販貿遷 非開店
廡音 鄉鎮店外有廊上有屋而無门
户牖隔
賣食 飯店
沽飲 酒店

聊齋志異卷四

淄川　蒲松齡　留仙　著

新城　王士正　貽上　評

阿纖　鼠精

奚山者高密人貿販爲業往往客蒙沂之間一日途中阻雨及至所常宿處而夜已深徧叩肆門無有應者徘徊廡下忽二扉豁開一叟出便納客入山喜從之縶蹇登堂堂上迄無几榻叟曰我憐客無歸故相容納我實非賣食沽飲者家中無多手指惟有老荆弱女眠熟矣

筆筆寫出極似鼠穴

毋拔來毋報往 報音赴 曲禮記

閥閱 印履歷

酣 熟也

鼠食甚雜

沒齒無怨言 論語

雖有宿肴苦少烹鬻勿嫌冷啜也言已便入少頃以短足牀來置地上促客坐又入攜一短足几至拔來報往蹀躞甚勞山起坐不自安曳令暫息少間一女郎出行酒叟顧曰我家阿纖興矣視之年十六七窈窕秀弱風致嫣然山有少弟未婚竊屬意焉因詢叟清貫尊閥答云士虛姓古子孫皆夭折剩有此女適不忍攪其酣睡想老荊喚起矣問壻家阿誰答言未字山竊喜既而品味雜陳似所宿具食已致恭而言曰萍水之人遂蒙寵惠沒齒所不敢忘緣翁盛德乃敢遽陳朴鄙僕有幼弟

今廣东有此姓道光年间常州同知古道魁曾见过

頑冥鈍魯
援繫結姻

古老父母皆馴良且好善
居積致成溫飽沒來奚山
所為誰屬愛弟然亦負心

三郎十七歲矣讀書肄業頗不頑冥欲求援繫不嫌寒賤否叟喜曰老夫在此亦是僑寓倘得相托便假一廬移家而往庶免懸念山都應之遂起展謝叟殷勤安置而去雞既唱叟已出呼客盥沐束裝已酬以飯金固辭曰客留一飯萬無受金之理矧附爲婚姻乎既別客月餘乃返去村里餘遇老嫗率一女郎冠服盡素既近疑似阿纖女郎亦頻轉顧因把嫗袂附耳不知何辭嫗便停步向山曰君奚姓耶山唯唯嫗惻然曰不幸老翁壓於敗堵今將上墓家虛無人請少待路側行即還也遂

鼠卜最靈所以先知山之来

入林去移時始來途已昏冥遂與偕行道其孤弱不覺
哀啼山亦酸惻媪曰此處人情大不平善孤孀難以過
度阿纖既爲君家婦過此恐遲時日不如早夜同歸山
可之既至家媪挑燈供客已謂山曰意君將至儲粟都
已糶去尚存廿餘石遠莫致之北去四五里村中第一
門有談二泉者是吾售主君勿憚勞先以尊乘運一囊
去叩門而告之但道南村古姥有數石粟糶作路用煩
驅蹄躈一致之也即以囊粟付山山策蹇去叩戶一碩
腹男子出告以故傾囊先歸俄有兩夫以五騾至媪引

叙極明淨
量升斗斛
槩斛槩米挾

晷 晷日晷有時辰

有此一言反波參差

山至粟所乃在窖中山下爲撚量執槩毋放女收頃刻盈裝付之以去凡四反而粟始盡旣而以金授媼媪留其一人二畜治任遂東行二十里天始曙至一市市頭賃騎談僕乃返旣歸山以情告父母相見甚喜郎以别第舘媪卜吉爲三郎完婚媪治奩粧甚備阿纖寡言少怒或與語但有微笑晝夜績織無停晷以是上下悉憐悅之囑三郎曰寄語大伯再過西道勿言吾母子也居三四年奚家益富三郎入泮矣一日山宿古之舊鄰偶及曩年無歸投宿翁媪之事主人曰客悞矣東鄰爲阿

多事矣

鼠性多疑多畏

鼠性最勤

俗所云補漏洞而不知反啓疑

别第别墅也

魔障

伯别第三年前居者輒睹怪異故空廢甚久有何翁媪相甄山川甚訝之而未深言主人又曰此宅向空十年無敢入者一日第後牆傾伯往覘之則石壓巨鼠如猫尾在内猶搖急歸呼衆共往則已渺矣羣疑是物爲妖後十餘日復入試驗寂無形聲又年餘始有居人山谷奇之歸家私語竊疑新婦非人陰爲三郎慮而三郎篤愛如常久之家中人紛相猜議女微察之夜中語三郎曰妾從君數載未嘗少失德今置之不以人齒請賜離婚盡聽君自擇良耦因泣下三郎曰區區寸心宜所夙知

自卿入門家日以豐咸以福澤歸卿烏得有異言女曰君無二心妾豈不知但衆口紛紜恐不免秋扇之捐三郎再四慰解乃已山終不釋日求善撲之猫以覘其意女雖不懼然蹙蹙不快一夕謂嫗小恙辭三郎省侍之天明三郎往訊則室內已空駭極使人於四途蹤跡之並無消息中心營營寢食都廢而父兄皆以爲幸交慰藉藉將爲論婚而三郎殊不懌俟之年餘音問以絕父兄輒相誚責不得已以重金買妾然思阿纖不衰又數年奚家日漸貧由是咸憶阿纖有叔弟嵐以故至膠逆

紛紜 衆多也
秋扇 天漸冷不用扇 漢班昭有團扇詞指棄也
營營 擾亂也
山東膠州

音促
多事
背位不祥
音亦憬中
老人更謬
夢初醒
三弟
三郎不背德所以再合

乖迕口語相爭

道宿表戚陸生家夜聞鄰哭甚哀未遑詰也既返復聞之因問主人荅云數年前有寡母孤女僦居於是月前姥死女獨處無一綫之親是以哀耳問何姓曰姓古嘗閉戶不與里社通故未悉其家世嵐驚曰是吾嫂也因往欵扉有人揮涕出隔扉應曰客何人我家故無男子嵐隙窺而遥審之果嫂便曰嫂啟關我是叔家阿遂女聞之拔關納入訴其孤苦意悽慘悲懷嵐曰三兄憶念頗苦夫妻即有乖迕（此乃人前反語其底裡未便明言）何遂遠遁至此即欲賃輿同歸女慘然曰我以人不齒數故遂與母偕隱今又返而依人

白眼 不正視

乳藥 研藥為末

魔障

鼠精善居積能搬運

以粟糴於鄰里取金

誰不加白眼如欲復還當與大兄分炊不然行乳藥求死耳嵐既歸以告三郎三郎星夜馳去夫妻相見各有涕洟次日告其屋主屋主謝監生窺女美陰欲圖致爲妾數年不取其値頻風示嫗嫗絕之嫗死竊幸可謀而三郎忽至遍計房租以留難之三郎家故不豐聞金多頗有憂色女言不妨引三郎視倉儲約粟三十餘石償租有餘三郎喜以告謝謝不受粟故索金女嘆曰此皆妾身之惡障也遂以其情告三郎三郎怒將訴於邑陸氏止之爲散粟於里黨斂貲償謝以車送兩人歸三郎

儋 音丹 一作甔 大甕也
狃 音紐 習也
渠 伊也
發軔 初也 車路初行曰發軔

實告父母與兄析居阿纖出私金日建倉廩而家中尚
無儋石共奇之年餘驗視則倉中盈矣不數年家大富
而山苦貧女移翁姑自養之輒以金粟周兄狃以爲常
三郎喜曰卿可云不念舊惡矣女曰彼自愛弟耳且非
渠妾何緣識君哉後亦無甚怪異 女之能 女之貞孝 女之忠厚 有之 閨閣大家有不可得

此搬運

瑞雲 仙術 知已 聊齋生平少知已此托之狎邪

瑞雲杭浙西之名妓色藝無雙年十四歲其母蔡媼將使女
應客瑞雲告曰此奴終身發軔忍之始不可草草價由母
定客則聽女自擇之媼曰諾乃定價十五金逐日見客

鴛鴦同宿言贄少不敢云留宿

瑞雲風雅可愛才貌及全

藍橋乞漿古仙女事

裴航傳見說威秘書

客求見者以贄贄厚者接一奕酬一畫薄者留一茶而已瑞雲名譟已久自此富商貴介日接於門餘杭賀生才名夙著而家僅中貲素仰瑞雲固未敢擬鴛夢亦竭微贄冀得一睹芳澤竊恐其閱人既多不以寒酸在意及至相見一談而欵接殊殷坐語良久眉目含情作詩贈生曰何事求漿者藍橋叩曉關有心尋玉杵端只在人間生得之狂喜更欲有言忽小鬟白客來生倉猝遂別既歸吟玩詩詞夢魂縈擾過一二日情不自已修整復往瑞雲接見良懽移坐近生悄然謂能圖一宵之聚

如賣油郎之言
深情一往

事到離圖合轉平何南
園句

盖真更題徹準也

石生曰窮踧之士惟有癡可獻知己一絲之贄已竭綿
薄得近芳容意願已足若肌膚之親何敢作此夢想瑞
雲聞之戚然不樂相對遂無一語生久坐不出媼頻喚
瑞雲以促之生乃歸心甚邑邑思欲罄家以博一懽而
更盡而別此情復何可耐籌思及此熱念都消由是音
息遂絕瑞雲擇壻數月更不得一當媼頗恚將強奪之
而未發也一日有秀才投贄坐語少時便起以一指按
女額曰可惜可惜遂去瑞雲送客返共視額上有指印
黑如墨濯之益真過數日黑痕漸闊年餘連顴徹準矣

準入声
漢高祖
隆準

嬌弱不能做粗事

知己感極而泣

伉儷夫婦也

比賣油郎深一層

同寓曰同主人

見者輒笑而車馬之跡以絕媪斥去妝飾使與婢輩伍瑞雲又荏弱不任驅使日益憔悴賀聞而過之見蓬首厨下醜狀類鬼舉首見生面壁自隱賀憐之與媪言願贖媪許之賀貨田傾裝買之而歸入門牽衣攬涕且不敢以伉儷自居願備妾媵以俟來者賀曰人生所重者知己卿盛時猶能知我我豈以衰故忘卿乎遂不復娶聞者共姍笑之而生情益篤居年餘偶至蘇有和生與同主人忽問杭有名妓瑞雲近何如矣賀以適人對又問何人曰其人率與僕等和曰若能如君可謂得人矣

李夫人病危不肯見帝

自慚形穢

情種

不為俘言所動生亦可取所以

遇仙

此寫正面可知前皆屬言也

不知價幾何許賀曰緣有奇疾姑從賤售耳不然如僕者何能勾欄中買佳麗哉又問其人果能如君否賀以其問之愚因反詰之和笑曰實不相欺昔曾一覲其芳儀甚惜其絕世之姿而流落不偶故以小術晦其光而保其璞畱待憐才者之真鑑耳賀急問曰君能點之亦能滌之否和笑曰烏得不能但須其人一誠求耳賀起拜曰瑞雲之壻即某是也和喜曰天下惟真才人為能多情不以妍媸易念也請從君歸便贈一佳人遂與同返既至賀將命酒和止之曰先行吾法當先令治具者

戟指 次指与中指同出次指少曲如戟形此画符者狀

結浚妙若受夫妻同拜文之悉道矣

落拓不修 邊幅 踰閑 流蕩也

人死曰異物 亦曰物故 物化

有懽心也卽合以盥器貯水戟指而書之曰濯之當愈然須親出一謝醫人也賀笑捧而去立俟瑞雲自頮之隨手光潔艷麗一如當年夫婦共德之同出展謝而客已渺徧覓之不可得意殆其仙與

龍飛相公

安慶戴生少薄行無檢幅一日自他醉歸途中遇故表兄季生醉後昏眊亦忘其死問向在何所季曰僕已異物君忘之耶戴始恍然而醉亦不懼問冥間何作答云近在轉輪王殿下司錄戴曰人世禍福當必知之季曰

頮音悔 洗面

古有樃花頮面妝

過煩事多甚忙也

已者挽回也

盈指厚一二寸之冊籍

相準相抵當也

砥行言方正廉隅正是

流傷對面

差跌知人走路正行不敢爲非走邪道

此僕職也。烏得不知。但過煩。非甚關切。不盡記耳。三日前。偶稽州。尙睹君名。戴急問其何詞。李曰。不敢相欺。尊名在黑暗獄中。戴大懼。洒亦醒。苦求拯拔。李曰。此亦所能效力。惟善可以已之。然君惡籍盈指。非大善不可復挽。窮秀才有何大力。即日行一善。非年餘不能相準。今已晚矣。但從此砥行。則地獄中或有出時。戴聞之泣下伏地哀懇。及仰首而李已杳矣。悒悒而歸。由此洗心改行。不敢差跌。先是戴私其鄰婦。鄰人聞知。而不肯發。思掩執之而戴自改行。永與婦絕。鄰人伺之。不得以爲恨

見也　即冊子　捉奸　音自候等也

盈指有二寸餘厚之簿

儒曰改過

佛曰懺悔

騙戴看井擠而入

智 深井無水如入深目無珠
瞎子

冥里暗獄驗矣

之徒也

也人急則念佛古今轍之

人與馬血入地化為青燐古
戰場及法場皆有之

一日遇於田間陽與語紿窺智井因而墜之井深數丈
計必死而戴中夜甦醒坐井中大號殊無知者鄰人恐
其復生過宿往聽之聞其聲急投石戴移閉洞中不敢
復作聲鄰人知其不死斸土塡井幾滿之洞中冥黑眞
與地獄無少異者空洞無所得食計無生理蒲伏漸入
則三步外皆水無所復之還坐故處初覺腹餒久竟忘
之因思重泉下無善可浮惟長宣佛號而已既見燐火
浮游熒熒滿洞因而視之聞青燐悉爲冤鬼我雖暫生
固亦難死如可共語亦慰寂寞但見諸燐悉浮水來燐

此等地之極深處卻是冬溫夏涼與蟲豸無異竟不思飲食而不餓死一見風即暈去

萬分之一言希冀難必之事也

五千四十八聲曰一藏

中皆有一人。高約人身之半。詰所自來。答云此古煤井主人攻煤。震動古墓。被龍飛相公決地海之水。溺死四十三人。我等皆其鬼也。問相公何人。曰不知也。但相公文學士。今爲城隍幕客。彼亦憐我無辜。三五日輒一施水粥。要我輩冷水浸骨。超拔無日。君倘再履人世。祈撈殘骨。葬一義塚。則惠及泉下者多矣。歎曰。如有萬分一。此即何難。但身在九地。安望重睹天日乎。因教諸鬼使念佛。撚塊代珠。記其藏數。不知時之昏曉。倦則眠。醒則坐而已。忽見深處有籠燈。衆喜曰。龍飛相公施食矣。邀

沮同沮不能前行

八尺曰仞音忍

坟上藏柩曰夜室亦曰夜臺

戴同往戴慮水沮衆强扶曳以行飄然履虛曲折半里許至一處衆釋令自行步益上如升數仞之階階盡睹房廊堂上燒明燭一枝大如臂戴久不見火光喜極趨上上坐一叟儒服儒巾戴輟步不敢前叟已睹之訝問生人何來戴上伏地自陳叟曰我耳孫也因令起賜之坐自言戴潛字龍飛曩因不肖孫堂連結匪類近墓作井使老夫不安於夜室故以海水没之今其後續如何矣蓋戴近宗凡五支堂居長初邑中大姓賂堂攻煤於其祖塋之側諸弟畏其强莫敢爭無何地水暴至採煤

而倒叙

成化宏治年時文為朝文風最正派

作孽之報已滿重履人世

今东原派戴氏每出通儒

人盡死井中諸死者家羣興大訟堂及大姓皆以此貧堂子孫至無立錐戴乃堂弟裔也曾聞先人傳其事因告翁翁曰此等不肖其後烏得昌汝既來此當毋廢讀因餉以酒饌遂置卷案頭皆成宏制藝（時文也）迫使研讀又命題課文（如師出題，日日限篇數）如師授徒堂上燭常明不翦亦不滅倦時輒眠莫辨晨夕翁時出則以一僮給役（服侍）歷時若有數年之久然幸無苦但無別書可讀惟制藝百首首四千餘遍矣翁一日謂曰汝孽報已滿合還人世余冢鄰煤洞陰風刺骨得志後遷我於東原戴敬諾翁乃喚集羣鬼仍送

並不是神道通仍偽人
为而出洞六奇

緝察捕捉也

弛 懈怠寬鬆

但殺其妻而無奸夫踪跡
官司輸矣長繫在獄成
宕案不結

讉 音遺罪也

與 音預言己之受苦幾死
皆自取之不干鄰人

至舊坐處尋鬼羅拜再囑戴亦不知何計可出先是家中失戴搜訪既窮母告官繫累多人並少踪緒積三四年官離任緝察亦弛戴妻不安於室遣嫁去會里中人復治舊井入洞見戴撫之未死大駭報諸其家舁歸經日始能言其底裡自戴入井鄰人毆殺其婦爲婦翁所訟駁審年餘僅存皮骨而歸聞戴復生大懼亡去宗人議究治之戴不許且謂曩時實所自取此冥中之譴於彼何與焉鄰人察其意無他始逡巡而歸井水既涸戴買人入洞拾骨俾各爲具市槥設地葬叢塚焉又稍宗

壇拍　婆媳不和　一副骨一具　不合也言

戴氏族譜

先經學台舉優貢送入
鄉試遂中舉人才人經大
懲戒改用功數年文心異
等故一試即捷

以繩吊上放下皆曰縋

蟄 蟲入地也同雷霆始
漸出音直

譜名潛字龍飛先設品物祭諸其塚學使聞其異又賞
其文是科以優等入闈遂捷於鄉（法從興相地遷葬）既歸營兆東原遷龍
飛厝葬之春秋上墓歲歲不衰（入井出井竟如兩截人）
異史氏曰余鄉有攻煤者洞沒於水十餘人沉溺其中
竭（車乾水）水求尸兩月餘始得涸而十餘人並無死者蓋水大
至時共泅高處得不溺纔而上之見風始絕一晝夜乃
漸甦始知人在地下如蛰鳥之蟄兢切未能死也然未
有至數年者苟非至善三年地獄中烏得有生人哉

珊瑚 孝 逆 不慈

谕 以正面議

虐 音瘧 苛刻暴戾也
靚 音靜 艷美也
冶容誨淫 誨教也
顙 頭也 撾 打也
憎 音曾 厭惡也
生實难得真是孝子
言不會做媳婦而被休

安生大成重慶人父孝廉早卒弟二成幼生娶陳氏小
字珊瑚而生母沈悍謬不仁遇之虐珊瑚無怨色每早
旦靚妝往朝值生疾母謂其誨淫詬責之珊瑚退毁妝
以進母益怒投顙自撾生素孝鞭婦母始少解自此益
憎婦婦雖奉事惟勤終不與交一語生知母怒亦寄宿
他所示與婦絶久之母終不快觸物類而罵之意皆在
珊瑚生曰娶妻以奉姑嫜今若此何以妻爲遂出珊瑚
使老嫗送諸其家方出里門珊瑚泣曰爲女子不能作
婦歸何以見雙親不如死袖中出剪刀刺喉急救之血

出 俗言休也

生之孝也、婦之大賢也、沈媪何福消受也。僕每見人室有兒媳者也、往往求全責備也、後釀成一門乖戾也、必有人命、或司疾病火災種種結賬也。

王理直也、沈無詞以對也。

溘沾襟。扶歸生族嬸家。嬸王氏寡居無耦、遂止焉。媼歸、生囑隱其情。而心竊恐母知。過數日、探知珊瑚創漸平。登王氏門、使勿留珊瑚。王召之入。不入、但盛氣逐珊瑚。無何、珊瑚出見生、便問珊瑚何罪。生責其不能事母。珊瑚脉脉不作一言、惟俯首嗚泣、淚皆赤、素衫盡染。生慘惻不能盡詞而退。又數日、母已聞之、怒詣王、惡言詬讓。王傲不相下、反數其惡（俗言數說）、且言婦已出、尚屬安家何人。我自留陳氏女、非留安氏婦也、何煩強與他家事。母怒甚（同仍〻怒甚也）、而窮於詞。又見其意氣洶洶、慚沮大哭而返。珊瑚意不

生過火也

沈媪更過火、孔聖所云已甚也

賢婦

再適別處

女事于媪姊姑孝之錫類矣

悍 音岸 凶戾也

驕傲 沓 多言

左右袒 見史記

袒 臂也 音坦 幫助也

自安，恩他適。先是生有母姨于媪，即沈姊也，年六十餘，子死，止一幼孫及寡媳，又嘗善視珊瑚，遂辭王往投媪。媪詰得故，極道妹子昏暴，即欲送之還。珊瑚力言其不可，兼囑勿言。於是與于媪居，類姑婦焉。珊瑚有兩兄，聞而憐之，欲移之歸而嫁之。珊瑚執不肯，惟從于媪紡績以自度。生自出婦，母多方爲子謀婚，而悍聲流播，遠近無與爲耦。積三四年，二成漸長，遂先爲畢姻。二成妻臧姑，驕悍戾沓，尤倍於母。母或怒以色，則臧怒以聲。二成又懦，不敢爲左右袒。於是母威頓減，莫敢攖，反望色

百計也

音懦上言怯而無用

攖 拂也

紡紗績絲為活

婆怕媳婦大做小矣

洗家火掃地大成代母役

飲泣不敢高声哭吞声下淚也苦到極地非此不顯珊瑚賢孝

禁声自己住口不說

窮媳于嫗自己之媳此執詞也

笑而承迎之猶不能得臧姑懽臧姑役母若婢生不敢言惟身代母操作滌器汛掃之事皆與焉母子恒於無人處相對飲泣無何母以鬱積病委頓在牀便溺轉側皆須生生晝夜不得寐兩目盡赤呼弟代役甫入門臧姑輒喚去之生於是奔告于嫗冀嫗臨存入門泣且訴訴未畢珊瑚自幃中出生大慚禁聲欲出珊瑚以兩手叉扉生窘急自肘下衝出而歸亦不敢以告母無何于嫗至母喜止之由此嫗家無日不以人來來輒以甘旨餉嫗嫗寄語寡媳此處不餓後勿復爾而家中餽遺卒

委頓如癱瘓

甫乍也初也

少間 暫停也

佳餌 甜食上品

婦已去 謂珊瑚夫巳氏也 音扶也 出左傳 猶言此人也

良心發現 且告之悔 左傳

于之不敢直言深恐此老之謬故緩緩而言若一刻即直言不隱必大決裂且更觸怒終難再合矣 于媼詞令自佳

無少間，媼不肯少嘗，輒留以進病者。母病亦漸瘥。媼幼孫又以母命將佳餌來問疾。沈嘆曰：「賢哉婦乎！姊何修者？」媼曰：「姊巳去婦何如？」沈曰：「噫！誠不至夫巳氏之甚也。然烏知甥婦賢？」媼曰：「婦在，汝不知勞；汝怒，婦不知怨。惡乎弗如？」沈乃泣下，且告之悔，曰：「珊瑚嫁也未？」媼答云：「不知，俟訪之。」又數日，病良已，媼欲別。沈泣曰：「恐姊去，我仍死耳！」媼乃與生謀，析（乃者 難詞）二成居。二成告臧姑，臧姑不樂，語侵兄，兼及媼。生願以良田悉歸二成，臧姑乃喜。立析（析 分也）產書已（事畢也），媼始去。明日，以車乘迎沈。沈至其家，先求見甥婦

病愈

聊齋志異 珊瑚 十四

書在夢中

夢話

平声 即上 烏字解

相依如命

有二兒二媳而不知享受究竟

一個受其餽遺也

一篇誤認姨甥媳婦所送諸物

木石鹿豕△懵言不識不知不懵懂好惡

惡乎 即安得

此段極瑣細極曲折三面文章而叙來何等明白千古妙文

鐵石人亦應下淚心痛

言無面見媳慚極悲極之詞

極道甥婦德媼曰小女子百善何遂無一疵余固能容之子郎有婦如吾婦恐亦不能享也沈曰嗚呼冤哉謂我木石鹿豕耶具有口鼻豈有觸香臭而不知者媼曰被出如珊瑚不知念子作何語曰罵之耳媼曰誠反躬無可罵亦惡（音烏）乎而罵之曰瑕疵人所時有（此瑕疵自己毛病）惟其不能賢是以知其罵也媼曰嘗怨者不怨則德焉者可知嘗去者不去則撫焉者可知向之所餽遺而奉事者固非子婦也子婦也沈驚曰如何曰珊瑚寄此久矣向之所供皆渠夜績之所貽也沈聞之泣數行下曰我何以見吾

此二語為天下人做翁姑者說法

良心語

而汝也如何

言不知底細究竟怎樣

力勸 言不力則哭不止

遂爲母子如初 左傳

聊齋筆下出入經史用來無跡珊瑚不以臧姑爲妯娌

上下營脫上下用使費謀不到案

奢大望也

婦矣嫗乃呼珊瑚珊瑚含涕而出伏地下毋慚痛自撾
嫗力勸始止遂爲姑媳如初十餘日偕歸家中薄田數
畝不足自給惟恃生以筆耕婦以針黹二成稱饒足然
兄不之求弟亦不之顧也臧姑以嫂之出也鄙之嫂亦
惡其悍置不齒兄弟隔院居臧姑時有淩虐一家盡掩
其耳臧姑無所用虐虐夫及婢婢一日自經死婢父訟
臧姑二成代婦質理大受扑責仍坐拘臧姑生上下爲
之營脫卒不免臧姑械十指肉盡脫官貪暴索望良奢
二成質田貸貲如數內入始釋歸而債家責負日亟不

聊齋志異卷四 珊瑚 十五

自責不知香臭

大成賢悌不念夙怨以及以及宗之數

要 平声同邀 又必也

券 音犬 即今之田契着花押列名

生之悌更不可及

坎者 掘地深也

得已。恐以良田鬻於村中。伊翁翁以田半屬大成所讓。要生署券。生往。翁忽自言。我孝廉也。伊某何人。敢市吾業。又顧生曰。冥間感汝夫妻孝。故使我暫歸一面。生出涕曰。父有靈。急救吾弟。曰。逆子悍婦。不足惜也。歸家速辦金贖吾血產。生曰。母子僅自存活。安得多金。曰。紫薇樹下有藏金。可以取用。欲再問之。翁已不語。少時而醒。茫不自知。生歸告母。亦未深信。臧姑已率數人發窖坎地四五尺。止見磚石。並無所謂金者。失意而去。生聞其掘藏。戒母與妻勿往視。後知其無所獲。母竊往窺之。

鬼附翁身

市 買也 交易也

確樞

音吉藏也

定要孝婦與大成往方
内室鬼神亦发矣

大成与二成已天淵之判
然究之耳根軟受臧姑之
累矣

律例作僞金滿五十兩死
罪

見磚石雜土中遂返珊瑚繼至則見土內悉白鏹呼生
往驗之果然生以先人所遺不忍私召二成均分之數
適得揭取之二各囊之而歸二成與臧姑共驗之啟囊
則瓦礫滿中大駭疑二成爲兄所愚使二成往窺兄兄
方陳金几上與母相慶因實告兄生亦駭而心甚憐之
舉金而並賜之二成乃喜往酬債訖甚德兄臧姑曰即
此益知兄詐若非自愧於心誰肯以瓜分者復讓人乎
二成疑信半之次日債主遣僕來言所償皆僞金將執
以首官夫妻皆失色臧姑曰如何哉我固謂兄賢不至

鏹音强
去声銀也

瓜分剖分也

如何哉三
字声色
皆備

仍以田押取偽金歸而免究

鋌正今作錠 実則錠乃鐙也

臧姑一番言語险惡萬分何二成之甘受其訓導

天生屬氣人世间容或有之

於此是將以殺汝也二成懼往哀債主主怒不釋二成乃劵田於主聽其自售始得原金而歸細視之見斷金二鋌僅裹真金一韭葉許中盡銅矣臧姑因與二成謀留其斷者餘仍返諸兄以觀之且教之言曰屢承讓德實所不忍薄留二鋌以見推施之義所存物產尚與兄等余無庸多田也業已棄之贖否在兄生不知其意固讓之二成辭甚決生乃受秤之少五兩餘命珊瑚質奩以滿其數攜付債主主疑似舊金以剪刀斷驗之紋色俱足無少差謬遂收金與生易劵二成還金後意其必

任其自賣去

少留記惠

一韭葉言薄如韭包成

將女之奩贈物及插帶者押銀補數

參差必有爭執謂偽
金也不知一換兄嫂之手
兩祿矣

非夢父之成一世困不醒

臧之未治夢孝廉恐
之不屑告之也

蕪穢田中不耕多亂
草

有參差。既開舊業已贖。大部之。臧姑疑掘時。兄先隱其眞金。忿詰兄所。責數詬厲。生乃悟反金之故。珊瑚迎而笑曰。産固在耳。何怨焉。使生出券付之。二成一夜夢父責之曰。汝不孝不弟。冥限已迫。寸土皆非已有。占賴將以奚爲。醒告臧姑。欲以田歸兄。臧嗤其愚。是時二成有兩男。長七歲。次三歲。無何。長男病痘死。臧姑懼。使二成退券於兄。言之再三。生不受。未幾。次男又死。臧姑益懼。自以券置嫂所。春將盡。田蕪穢不耕。生不得已。種治之。臧姑自此改行。定省如孝子。敬嫂亦至。未半年而母病

還田方單

吹

方單

數數說也

嗤笑也

臧姑亦有懼時

此媼無福消受可憐

無大成之孝不能見珊瑚之賢無臧姑之惡亦成之懦不能由老媼之心

卒。臧姑哭之慟。至食飲不入口。向人曰。姑早死。使我不得事。是天不許我自贖也。產十胎皆不育。遂以兄子爲子。生夫妻皆壽終。生三子。舉兩進士。人以爲孝友之報云。

良心頓現

此篇無誤皆一字其勸世良言宜熟讀之

異史氏曰。不遭跋扈之惡。不知靖獻之忠。家與國有同情哉。逆婦化而母死。蓋一堂孝順。無德以堪之也。臧姑自怨。謂天不許其自贖。非悟道者何能此言乎。然應迫死。而以壽終。天固已恕之矣。生於憂患。有以矣夫。

五通

邪神　在一通字

此文面子雖叙邪神怪物然主意

本朝初年，江浙應試者最先最多，山东主考学政江浙人居多，志異中涉及科場無不痛詆南人，如金華妖物，謂人不復反矣，識切處不一而足，若但閱其述狐鬼，便為其所瞞矣。

五通康熙時極為害，自湯文正公巡撫治之，其威頓息，然止于師娘為巫之家，鄉下或有之，不敢入城，所祟乃鄉下尋常婦女，聊齋係北人，不知底細耳。

南有五通猶北之有狐也然北方狐祟尙百計驅遣之至於江浙五通民家有美婦輒被淫占父母兄弟皆莫敢喘息爲害尤烈有邵弧者吳之典商也妻閻氏頗風格一夜有丈夫岸然自外入按劍四顧婢媼盡奔閻欲出丈夫橫阻之曰勿相畏我五通神四郎也我愛汝不爲汝禍因抱腰如舉嬰兒置牀上裙帶自脫遂狎之而偉岸甚不可堪迷惘中呻楚欲絕四郎亦憐惜不盡其器既而下牀曰我五日當復來乃去弧於門外設典肆是夜婢奔告之弧知其五通不敢問質明視妻憊不起

鄉婦如有為五通所祟者美其名曰生有佛體圓如則不字人其父如本家必慫恿其擺桌子為因上等事其實巫覡一宗自夏商周以前即有原不在禁例惟假托神祇恐嚇取財為可惡耳吳門湯文正公自燬之後道光中年又為裕謙節公拆毀五通廟今此風大衰矣

心甚羞之戒家人勿播婦三四日始就平復而懼其復至婢媼不敢宿內室悉避外舍惟婦對燭含愁以俟之無何四郎偕兩人入皆少年蘊藉有僮列肴酒與婦共飲婦羞縮低頭强之飲亦不飲心惕惕然恐更番爲淫則命合盡矣三人互相勸酬或呼大兄或呼三弟飲至中夜上座二客並起曰今日四郎以美人見招會當邀二郎五郎醵酒爲賀遂辭而去四郎挽婦入幃婦哀免四郎强合之血液流離昏不知人四郎始去婦奄臥牀榻不勝羞憤思欲自盡而投繯則帶自絶屢試皆然苦

齾 音盧 頭齾

殪 音乙 死也

不得施幸四郎不常至約婦歲可始一來積兩三月一家俱不聊生有會稽萬生者邵之表弟剛猛善射一日過邵時已暮邵以客舍為家人所積遂導客宿內院萬久不寐聞庭中有人行聲伏窗窺之見一男子入婦室疑之捉刀而潛視之見男子與閻氏並肩坐肴陳几上矣忿火中騰奔而入男子驚起急覓劍刀已中顱顱裂而踣視之則一小馬大如驢愕問婦具道之且曰諸神將至為之柰何萬搖手禁勿聲滅燭取弓矢伏暗中未幾有四五人自空飛墮萬急發一矢首者殪三人吼怒

竟比主考学政为禽獸怨毒之甚者

常饈 寻常飯菜音羞

拔劍搜射者萬握刀倚扉後寂不少動一人入刹頸亦殪仍倚扉後久之無聲乃出叩關告邵邵大驚共燭之一馬兩豕死室中舉家相慶猶恐二物復讎留萬於家炰豕烹馬而供之味美異於常饈萬生之名由是大譟居月餘其怪竟絕乃辭欲去有木商某苦要之先是某有女未嫁忽五通晝降是二十餘美丈夫言將聘作婦委金百兩約吉期而去計期已迫闔家惶懼聞萬生名堅請過諸其家恐萬有難詞隱其情不以告盛筵既罷妝女出拜客年十六七是好女子萬錯愕不解其故離

名声大震

苦要哀求也

傴僂 音于盧 曲影不敢當 一音久樓

妖氣已發

嘷 音毫 大叫 大呼也

文章命意在此兩句若無南人果多通者云云亦屬之泯然無跡

坐傴僂其捺坐而實告之萬初聞而驚而生平意氣自豪故亦不辭至日某仍懸綵於門使萬坐室中日昃（日落山）不至竊窺（主馬二家之內）新郎已在誅數未幾見簷間忽如烏墮則一少年盛服入見萬反身而奔萬追出但見黑氣欲飛以刀躍揮之斷其一足大嘷而去俯視則巨爪大如手不知何物尋其血跡入於江中某大喜聞萬無耦是夕即以所備牀褥使與女合巹焉於是素患五通者皆拜請一宿其家居年餘始攜妻而去自是吳中止存一通不敢公然為害矣

青蛙神皆在浙江金華
尤甚杭城中有一凡現於
某家主人必盛以燭衣冠
而送之

叢蘩蕽同

彷徨即徘徊 多也

之声猜

古祇有銅壺滴漏及擊
柝報更自萬曆末年利
瑪竇入貢始有自鳴鐘
自鳴架若時辰表康熙
年始來中原

異史氏曰：五通、青蛙，惑俗已久，遂至任其淫亂，無人敢私議一語。萬生真天下之快人也！

又

大兵所到相抗者惟揚州江陰嘉定松江其餘皆投誠其時應鄉會試江浙人最早後所放衡文者江浙人居多

金生字王孫，蘇州人。設帳於淮，館縉紳園中。屋宇無多，花木蘩（叢字）雜。夜既深，僮僕散盡，孤影彷徨，意緒良苦。一夜，三漏（三更）將殘，忽有人以指彈扉。急問之，對以乞火，音類館僮。啟戶內之，則二八麗者，一婢從諸其後。生意妖魅，窮詰甚悉。女曰："妾以君風雅之士，枯寂可憐，不畏多露，相與遣此良宵。恐言其故，妾不敢來，君亦不敢納也。"生又

畏此多露 毛詩

行檢名節

手鐲穿珠寶

疑爲鄰之奔女懼喪行檢敬謝之女橫波一顧生覺魂

魄都迷忽顛倒不能自主婢已知之便云霞姑我且去

女頷之旣而呵之曰去則去耳甚得雲耶霞耶婢旣去（音呼喝也）

女笑曰適室中無人遂借婢從來無知如此遂以小字

令君聞矣生曰卿深細如此故僕懼有禍機女曰久當

自知保不敗君行止勿憂也上榻緩其裝束見臂上腕

（串）釧以條金貫火齊（寶石之類）啣雙明珠燭旣滅光照一室生益駭

終莫測其所自至事甫畢婢來叩窻女起以釧照徑入

叢樹而去自此無夕不至生於去時遙尾之女似已覺

橫波目也

淮上近黄河此河之北岸
非直隸之河北

遶蔽其光樹濃茂昏不見掌而返一日生詣河北笠帶斷絶風吹欲落輒於馬上以手自按至河坐扁舟上飄風墮笠隨波竟去意頗自失既渡見大風飄笠圓轉空際漸落以手承之則帶已續矣異之歸齋向女緬述女不言但微哂之生疑女所爲曰卿果神人當相明告以袪煩惑女曰岑寂之中得此癡情人爲君破悶妾自謂不惡縱令妾能爲此亦相愛耳苦致詰難欲見絶耶生不敢復言先是生養甥女既嫁爲五通所惑心憂之而未以告人緣與女狎暱既久肺鬲無不傾吐女曰此等

俗云神手不見五指

美神通

相愛也

家人有嚴君焉 易經 父也

又以衛文者比之奴隸刺毒

婢攝蝎女魂納入甏中 婢附女身坐待

物事。家君能驅除之。顧何敢以情人之私告諸嚴君。生苦哀求計。女沉思曰。此亦易除。但須親往。若輩皆我家奴隸。若令一指得着肌膚。則此耻西江不能濯也。生哀求無已。女曰。當即圖之。次夕至。告曰。妾爲君遣婢南下矣。婢子弱。恐不能便誅郤耳。次夜方寢。婢來叩戶。生急起內入。女問如何。荅云力不能擒。已宮之矣（割勢宮刑）。笑問其狀。曰初以爲郎家也。旣到始知其非。比至壻家。燈火已張。入見娘子坐燈下。隱几若寐。我歛魂覆甂中。少時物至。入室急退。曰何得寓（藏也）生人。審視無他。乃復入。我陽若迷。

西江水最清

太監入宮自幼去勢

甂音培 土瓮韵 甏甕也

假作睡着

古人以刀劍鎗戟曰兵，執軍器之人曰軍士

此段叙的明白，乃自述割物此事後之词

各處有廟，相傳大王姓謝，南宋國戚，云謝后之姪，專管黃河，凡漕運及帮丁皆供奉之

彼啟衾入，又驚曰：何得有兵氣？本不欲以穢物汚指，奈恐緩而生變，遂急捉而閹之。物驚嗥遁去。乃起啟甑，娘子若醒，而婢子行矣。生喜謝之，女與俱去。後半月餘，絕不復至，亦已絕望。歲暮解館，欲歸，女忽至。生喜逆之，曰：卿久見棄，念必何處獲罪，幸不終絕耶？女曰：終歲之好，分手未有一言，終屬缺事。聞君捲帳，故竊來一告別耳。生請偕歸。女嘆曰：難言之矣。今將別，情不忍昧：妾屬金龍大王之女，緣與君有宿分，故來相就。不合遣婢江南，致江湖流傳，言妾爲若閹割，五通家君聞之，以爲大恥，

昧　隱瞞

一步一六尺笇
跬音圭半步曰跬

西门豹傳有河伯娶婦事見史記

忿欲賜死幸婢以身代任怒乃稍解杖婢以百數妾一
跬步皆以保姆從之投隙一至不能盡此衷曲奈何言
已欲别生挽之而泣女曰君勿爾後三十年可復相聚
生曰僕三十年矣又三十年皤然一老何顔復見女曰
不然龍宫無白叟也且人生壽夭不在容貌如徒求駐
顔固亦大易乃書一方於卷頭而去生旋里甥女始言
其異云當晚若夢覺一人捉塞盎中既醒則血殷牀褥
而怪絶矣生曰我曩禱河伯耳羣疑始解後生六十餘
貌猶類三十許人一日渡河遥見上流浮蓮葉大如席

母　一隙之空　中　白髮也　甥女補叙筆不覺繁　生佯為不知何也

衷曲心也　音俺平声

结好
晋習鑿齒因足跛自云
半人今割势亦然
莊子所設寓言十九也
寠常空也
無巳者無可奈何也
盜跖音者去声
常富

一麗人坐其上近視則神女也躍從之人隨荷葉俱小漸至如錢而滅此事與邵弧一則俱明季事不知孰前孰後若在萬生用武之後則吳下僅遺半邁宜其不足爲害也

兩篇結尾俱全露

前後兩则暢乎其罵
先比之禽獸後比之奴隸

申氏　龜妖

陝西

涇河之側有士人子申氏者家窶貧竟日恒不舉火夫妻相對無以爲計妻曰無巳子其盜乎申曰士人子不能亢宗而辱門戶羞先人跖而生不如夷而死妻忿曰子欲活而惡辱耶世不田而食者止有兩途汝既不能

竟可　不燒飯

此種文句皆從經史中来生峭可淨

酏音遲 薄粥

盜。我無寧娼耳。申怒與妻語相侵。妻含憤而眠。申念爲男子不能謀兩餐。至使妻欲娼。固不如死。潛起投繯庭樹間。但見父來驚曰。癡兒何至於此。斷其繩囑曰。盜可以爲。須擇禾黍深處伏之。此行可富。無庸再矣。妻聞墮地聲驚寤。呼夫不應。爇火覓之。見樹上繯絕。申死其下。大駭撫捺之。移時而甦。扶臥牀上。妻忿氣少平。既明托夫病乞鄰得稀酏餌申。申啜已出而去。至午負一囊米至。妻問所從來。曰余父執皆世家。向以搖尾爲羞。故不屑以相求也。古人云。不遭者可無不爲。今且將爲盜何

庭訓妙

搖尾乞憐古語

淅 音息淘米

浙 音質杭之东西皆是

温嶠絶裾見晋書

山陝西亢氏鉅富

顧焉可速炊我將從卿言往行劫妻疑其未忘前言之（疑為喋夜相罵詈）忿含忍之因淅米作糜（傍作粥音逢）申飽食訖急尋堅木斧作梃（音挺）持之欲去（不若）妻察其意似眞而止之申曰子教我為事敗相累當無悔絶裾而去日暮抵鄰村違村里許（去此經被相去里許）伏焉忽暴雨上下淋漓遙望濃樹將以投止而電光一照已近村垣遠處似有行人恐為所窺見垣下禾黍叢密疾趨而入蹲避其中無何一男子來軀甚壯偉亦投禾中申懼（見其壯大鄰不過）不敢少動幸男子斜行去微窺之入於垣中默意垣內為富室亢氏第此必梁上君子俟其重獲而出當合

去而過之

予去声與也

顛踣也

又用倒叙法

有分，又念其人雄健，倘善取不予，必至用武，自度力不敵，不如乘其無備而顛之（暗擊令跌）。計已定，伏俟良耑，時將雞鳴，始越垣出，足未及地，申暴起梃中腰膂，踣然傾跌，則一巨龜，喙（音悔）張如盆，大驚，又連擊之，遂斃。先是，亢翁有女絕慧美，父母皆憐愛之。一夜有丈夫入室，狎逼爲懽，欲號則舌已入口，昏不知人，聽其所爲而去。羞以告人，惟多集婢媼，嚴扃（謹防）門戶而已。夜寢更不知扉何自闢，入室則羣眾皆迷，婢媼徧淫之。於是相告，各駭，以告翁。翁戒家人，操（持刀）刀環繡闥（內室），室中人燭而坐，約近夜半，內外人一時

自忖

耑同專，言專等

膂同呂，脊背

聊齋志異卷五 申氏 三五

瘠

都瞑忽若夢醒見女白身臥狀類癡良久始寤翁甚恨之而無如何積數月女柴瘠（瘦也）頗殆每語人有能驅遣者謝金三百申平時亦悉聞之是夜得龜因悟祟翁女者必是物也遂叩門求賞翁喜延之上座使人舁龜於庭臠割之留申過夜其怪果絕乃如數贈之負金而歸妻以其隔宿不還方切憂盼見申入急問之申不言以金置榻上妻覩幾駭絕曰子眞爲盜耶申曰汝逼我爲此又作是言妻泣曰前特以相戲耳今犯斷頭之罪我不能受賊人累也請先死乃奔申逐出笑曳而返之具以

素封 見史記貨殖傳

生素猾作故為鬼神原鑒苟非鬼神默佑亦不能中此巨物怒友為所嗤矣

嬖 音祕 愛也

輿脫輻夫妻反目 易經

實告妻乃喜自此謀生產稱素封焉

異史氏曰人不患貧患無行耳其行端者雖餓不死不爲人憐亦有鬼祐也世之貧者利所在忘義食所在忘耻人且不敢以一文相托而何以見諒於鬼神乎 正論

恒娘 狐

洪大業都中人妻朱氏姿致頗佳兩相愛悅後洪納婢寶帶爲妾貌遠遜朱而洪嬖之朱不平輒以此反目洪雖不敢公然宿妾所然益嬖寶帶疎朱後徙其居與帛商狄姓者爲鄰狄妻恒娘先過院謁朱恒娘三十許姿

綢商

輕倩 飄逸善言

音七燕切 毛詩巧笑倩兮謂笑有酒靨音注好口輔也

此段議論洩造化之機真以金針度世者

煩瑣口碎曰絮聒俗云無好面嘴

朱亦得心傳一入手即會做文章

僅中人而言詞輕倩朱悅之次日答其拜見其室亦有小妻年二十來甚娟好鄰居幾半年並不聞其詬誶一語而狄獨鍾愛恒娘副室則虛員而已朱一日見恒娘而問之曰余向謂良人之愛妾為其為妾也每欲易妻之名呼作妾今乃知不然夫人何術如可授願北面為弟子恒娘曰嘻子則自疏而尤男子乎朝夕而絮聒之是為叢驅雀其離滋甚耳其歸益縱之即男子自來勿納也一月後當再為子謀之朱從其言益飾寶帶使從丈夫寢洪一飲食亦使寶帶共之洪時一周旋朱朱拒

音垢罪 詬辱人 罵詈声

不施粉澤、着破衣履、

朱真會妝高

張良傳中句

上巳　古祓禊之辰蘭亭序云暮春之初

之益力於是共稱朱氏賢如是月餘朱往見恒娘恒娘喜曰得之矣子歸毀若妝勿華服勿脂澤垢面敝履雜家人操作一月後可復來朱從之衣敝補衣故不潔清而紡績外無他問洪憐之使寶帶分其勞朱不受輒叱去之如是者一月又往見恒娘恒娘曰孺子真可教也後日爲上巳節欲招子踏春（猶踏青）園子當盡去敝衣袍袴襪履嶄（音斬）然一新早過我朱曰諾至日攬鏡細勻鉛黃一一如恒娘教妝竟過恒娘恒娘喜曰可矣又代挽鳳髻光可鑑影袍袖不合時製拆其綫更作之謂其履樣拙更

極猥褻事，叙來何等明淨

娟秀，化工之筆

炫，音縣，不卸去全妝

洪入其彀中矣

率 音律

心心相印，不可以傳六耳

竹箱 未成之履

於笥中出業履共成之訖卽合易着臨別飲以酒囑曰歸去一見男子卽早閉戶寢渠來叩關勿聽也三度呼可一度納口索舌手索足皆吝之半月後當復來朱歸炫妝見洪洪上下凝睇之歡笑異於平時朱少話游覽便支頤作情態日未昏卽起入房闔扉眠矣未幾洪果來叩關朱堅卧不起洪始去次夕復然明日洪讓之朱曰獨眠習慣不堪復擾日既西洪入闥坐守之滅燭登牀如調新婦綢繆甚懽更爲次夜之約朱不可長與洪約以三日爲率半月許復詣恒娘恒娘闔門與語曰從

怡 度 消談游景 難 紫之以

專房言夫不愛第二人

嫺習常學則熟

呢呢兒女深談寫來活現

此可以擅專房矣然子雖美不媚也子之姿一媚可奪西施之寵況下者乎於是試使睨曰非也病在外背試使笑又曰非也病在左顧乃以秋波送嬌又顰然瓠犀微露使朱傚之凡數十作始略得其髣髴恒娘曰子歸矣攬鏡而嫺習之術無餘矣至於牀第之間隨機而動之因所好而投之此非可以言傳者也朱歸一如恒娘教洪大悅形神俱惑唯恐見拒日將暮則相對調笑跬步不離閨闥日以爲常竟不能推之使去朱益善遇寶帶每房中之宴輒呼與共榻坐而洪視寶帶益醜不終

固寵亦有譜

更惡比狐深一層

胃口已倒

洪必嗳出来自覚嘴臭也

頭髮如一團茅艸也

議论比前段更明晰字字

金科

藜羹 艸頸素小菜

珍錯 山珍海錯八珍佳肴

脫粟 糙米

粱肉 高粱美味

席遣去之朱賺夫入寶帶房扃閉之洪終夜無所沾染於是寶帶恨洪對人輒怨謗洪益厭怒之漸施鞭楚寶帶忿不自修飾敝衣垢履頭類蓬葆更不復可言人矣恒娘一日謂朱曰我術何如矣朱曰道則至妙然弟子能由之而終不能知之也縱之何也曰子不聞乎人情厭故而喜新重難而輕易丈夫之愛妾非必其美也甘其所乍獲而幸其所難遘也縱而飽之則珍錯亦厭況藜羹乎毀之而復炫之何也曰置不留目則似久別忽覩豔妝則如新至譬貧人驟得粱肉則視脫粟非味矣

得此段真傳丈夫已在
股掌之上

得道而死曰尸解人狐
一也

而又不易與之則彼故而我新彼易而我難此即子易
妻爲妾之法也朱大悅遂爲閨中之密友積數年忽謂
朱曰我兩人情若一體自當不昧生平向欲言而恐疑
之也行相别敢以實告妾乃狐也幼遭繼母之變鬻妾
都中良人遇我厚故不忍遽絕戀戀以至於今明日老
父尸解妾往省覲不復還矣朱把手欷歔早旦往視則
舉家惶駭恒娘已杳
異史氏曰買珠者不貴珠而貴櫝新舊難易之情千古
不能破其惑而變憎爲愛之術遂得以行乎其間矣古

不瞞

惜别

結妙绝

如不得恒娘之教終不能傳易妻為妾之道

好之成癖言篤也

甲者冠也第一也

愛花如是定有奇遇

含苞 花大蕊

匱 空

遄 音傳速也

佞臣事君勿令見人勿使窺書乃知容身固寵皆有心傳也

後評乃正論史傳中屢見

葛巾 牡丹妖

常大用洛人（河南洛陽）癖好牡丹聞曹州牡丹甲齊魯（山東青州兗州泰安也）心向往之適以他事如曹因假縉紳之園居焉而時方二月牡丹未華惟徘徊園中目注勾萌以望其坼作懷牡丹詩百絕未幾花漸含苞而資斧將匱尋典春衣流連忘反一日凌晨趨花所則一女郎及老嫗在焉疑是貴家宅眷亦遂遄返暮而往又見之從容避去微窺之宮妝豔絕

風雅

流連徘徊留戀

乍見嬌麗目眩神迷

生搜索倉皇故女失驚

失色驚駭

似有情似無情生愈迷惑

孟浪冒昧得罪

問罪之師左傳

一日九迴腸況三日乎

眩迷之中忽轉一想此必仙人世上豈有此女子乎急反身而搜之驟過假山適與媼遇女郎方坐石上相顧失驚媼以身障女叱曰狂生何爲生長跪曰娘子必是神仙媼咄之曰如此妄言自當縶送令尹生大懼女郎微笑曰去之過山而去生返不能徙步意女郎歸告父兄必有詬辱之來偃臥空齋自悔孟浪竊幸女郎無怒容或當不復置念悔懼交集終夜而病日已向辰喜無問罪之師心漸寧帖而回憶聲容轉懼爲想如是三日憔悴欲死秉燭夜分僕巳熟眠媼入持甌而進曰吾家

假山

誣良爲妖之罪

至

早飯時

酒茶杯

轉筆靈活

鴆鳥名也出兩廣邊界也以其毛羽劃酒飲之立死也音沉又作酖同也

古時大罪臣有不棄市刑者以鴆酒賜死與賜帛縊者同 又曰盤水加劍也全國體也

虔音乾 誠心也

五體投地佛經言首手足共五皆至地

葛巾娘子手合鴆湯其速飲生聞而駭既而曰僕與娘子夙無怨嫌何至賜死既爲娘子手調與其相思而病不如仰藥而死遂引而進之嫗笑持甌而去生覺藥氣香冷似非毒者俄覺肺鬲寬舒頭顱清爽酣然睡去既醒紅日滿窗試起病若失心益信其爲仙無可夤緣但於無人時髣髴其立處坐處虔拜而默禱之一日行去忽於深樹內覯面遇女郎無他人大喜投地女郎近曳之忽聞異香竟體即以手握玉腕而起指膚軟膩使人骨節欲酥正欲有言老嫗忽至女令隱身石後南指曰

(飲盡) (生已会意故) (心痛治以心藥) (迷字入心) (無從尋覓) (竟通體也) (酥也)

飲毒藥自盡者也 决計仰首而飲也

惝怳迷惑

垣墻也　踰墻相從見孟子

往復　往来音福

用紅綃傳句情景恰合

夜以花梯度牆四面紅總者即妾居也匆匆遂去生悵然魂魄飛散莫能知其所往至夜移梯登南垣則垣下已有梯在喜而下果見紅總室中聞敲棋聲佇立不敢復前姑踰垣歸少間再過子聲猶繁漸近窺之則女郎與一素衣美人相對着老嫗亦在坐一婢侍焉又返凡三往復三漏已催生伏梯上聞嫗出云梯也誰置此呼婢共移去之生登垣欲下無階恨悒而返次夕復往梯先設矣幸寂無人入則女郎兀坐若有思者見生驚起斜立含羞生揖曰自謂福薄恐於天人無分亦有今夕

閨女身分

耶 自疑之詞

昨夜玉版嬴葛巾輸大約

葛巾心不在焉

用險語明犯其病

耶遂狎抱之纖腰盈掬吹氣如蘭撐拒曰何遽爾生曰
好事多磨遲爲鬼妬言未及已遙聞人語女急曰玉版
妹子來矣君可姑伏牀下生從之無何一女子入笑曰
敗軍之將尚可復言戰否業已烹茗敢邀爲長夜之歡
女郎辭以困惰玉版固請之女郎堅坐不行玉版曰如
此戀戀豈藏有男子在室耶强拉之出門而去生膝行
而出恨絕遂搜枕簟冀一得其遺物而室內並無香奩
祇牀頭有水精如意上結紫巾芳潔可愛懷之越垣歸
自理襟袖體香猶凝傾慕益切然因伏牀之恐遂有懷

聞女身香

堅邀出去

曲

何遽爾
言何如
此要緊
匆忙生
一見即
抱本太
孟浪太
急色

君子愼刑

詞令妙絶

良有之 即識然

真寫得出即仿史記序事髡傳羅襦衿解微聞薌澤句

杜古仙女

不識羅帶内消魂别有私邀蕭后十年詞

刑之懼籌思不敢復往但珍藏如意以冀其尋隔夕女郎果至笑曰妾向以君爲君子也而不知寇盜也生曰良有之所以偶不君子者第望其如意耳乃攬體入懷代解裙結玉肌乍露熱香四流偎抱之閒覺鼻息汗熏無氣不馥因曰僕固意卿爲仙人今益知不妄幸蒙垂盼緣在三生但恐杜蘭香之下嫁終成離恨耳女笑曰君慮亦過妾不過離魂之倩女偶爲情動耳此事要宜愼密恐是非之口捏造黑白君不能生翼妾不能乘風則禍離更慘於好别矣生然之而終疑爲仙固詰姓氏

真話非倩内

女郎本是花之化身所以無氣不香

馥音福香也

杜蘭者古仙女

離魂倩女言有其事

老桑樹精

如意頭曲一名鉤

算暫借與生生品高不肯受故託詞

女曰既以爲仙仙人何必姓名傳問嫗何人曰此桑姥姥妾少時受其露覆故不與婢輩同遂起欲去曰妾處耳目多不可久羈蹈隙當復來臨別索如意曰此非妾物乃玉版所遺問玉版爲誰曰妾叔妹也付鉤乃去去後衾枕皆染異香由此兩三夜輒一至生惑之不復思歸而囊橐既空欲貨馬女知之曰君以妾故瀉囊質衣情所不忍又去代步千餘里將何以歸妾有私蓄聊可助裝生辭曰感卿情好撫臆誓肌不足論報而又貪鄙以耗卿財何以爲人矣女固強之曰姑假君遂捉生臂

刀鋸斧鉞極重之刑所不敢避

逆迎也左傳慣用

至一桑樹下指一石曰轉之生從之又扳頭上簪刺土數十下曰爬之生又從之則甕口已見女探之出白鏹近五十兩許生把臂止之不聽又出十餘錠生強反其半而後掩之一夕謂生曰近日微有浮言勢不可長此不可不預謀也生驚曰且爲柰何小生素迂謹今爲卿故如寡婦之失守不復能自主矣惟卿命刀鋸斧鉞亦所不遑顧耳女謀偕亡命生先歸約會於洛生治任旋里擬先歸而後逆之比至則女郎車適已至門登堂朝家人四鄰驚賀而並不知其竊而逃也生竊自危女

邏即羅字言查追拐逃

卓王孫蜀臨邛縣大富翁女文君新寡夜奔司馬相如與之同逃相如字長卿事見史記

執柯伐柯必用做過親者作媒俗云養媳婦作媒言不知冲六礼親迎之事

殊坦然謂生曰無論千里外非邏察所及即或知之妾世家女卓王孫當無如長卿何也生弟大嚣年十七女顧之曰是有慧根前程尤勝於君完昏有期妻忽夭殞女曰妾妹玉版君固嘗窺見之貌頗不惡年亦相若作夫婦可稱嘉耦生聞之而笑戲請作伐女曰必欲致之即亦非難喜問何術曰妹與妾最相善兩馬駕輕車費一嫗之往返耳生懼前情俱發不敢從其謀女固言不害即命車遣桑嫗去數日至曹將近里門嫗下車使御者止而候於途乘夜入里良久偕女子來登車遂發昏

脅 音歇即挾制使其不能不從不敢違拗

媛 音遠雅也

暮即宿車中五更復行女郎計其時日使大器盛服而逆之五十里許乃相遇御輪而歸鼓吹花燭起拜成禮由此兄弟皆得美婦而家又日以富一日有大寇數十騎突入第生知有變舉家登樓寇入圍樓生俯問有讎否荅言無讎但有兩事相求一則聞兩夫人世間所無請賜一見一則五十八人各乞金五百聚薪樓下爲縱火計以脅之先允其索金之請寇不滿志欲焚樓家人大恐女欲與玉版下樓止之不聽炫妝而下階未盡者三級謂寇曰我姊妹皆仙媛暫時一履塵世何畏寇盜

三層

放火烧楼

亦用危語相脅
二女作用自妙

置捨也

等齊也

欲賜汝萬金，恐汝不敢受也。寇衆一齊仰拜，喏聲不敢。姊妹欲退，一寇曰：此詐也。女聞之，反身佇立曰：意欲何作？便早圖之，尚未晚也。諸寇相顧，默無一言。姊妹從容上樓而去。寇仰望無跡，閧然始散。後二年，姊妹各舉一子，始漸自言魏姓，母封曹國夫人。生疑曹無魏姓世家，又且大姓失二女，何得一置不問？未敢窮詰，而心竊怪之。遂託故復詣曹，入境諮訪，世族無魏姓。於是仍假館舊主人。忽見壁有贈曹國夫人詩，頗涉駭異，因詰主人。主人笑，即請往觀曹夫人。至則牡丹一本，高與簷等。問

此語[illegible]乎矣

多事

謬極蠢極

咨[illegible]也

出題妙
覘探也

所由名則以此花爲曹第一故同人戲封之問其何種曰葛巾紫也心益駭遂疑女爲花妖既歸不敢質言但述贈夫人詩以覘之女蹙然變色遽出呼玉版抱兒至謂生曰三年前感君見思遂呈身相報今見猜疑何可復聚因與玉版皆舉兒遙擲之兒墮地並沒生方驚顧則二女俱渺矣悔恨不已後數日墮兒處生牡丹二株一夜經尺當年而花一紫一白朵如大盤較尋常之葛巾玉版瓣尤繁碎數年茂蔭成叢移分他所更變異種莫能識其名自此牡丹之盛洛下無雙焉

唐棣之華，偏其反而，逸詩

花如解語還多事，宋人句

晉末陶潛字淵明，雅好菊，屢見吟咏。今菊妖托姓曰陶，甚合。大段蒲老寓言，與前篇香玉、葛巾非實有其事也。好在文筆絕佳，一筆不相犯

昔蘇小小乘油碧車

異史氏曰：懷之專一，鬼神可通，偏反者亦不可謂無情也。少府（白香山曾作少尉，有詩）寂寞，以花當夫人，況真能解語，何必力窮其源哉。惜常生之未達也。

黃英（菊花妖）

（世好菊，言幾代愛菊花）

馬子才，順天（京都）人。世好菊，至才尤甚。聞有佳種必購之，千里不憚（但）。一日，有金陵客寓其家，自言其中表（姑舅兩姨之子女皆曰中表）親有一二種（畏也），爲北方所無。馬欣動（真好菊不止千里），即刻治裝，從客至金陵。客多方爲之營（尋覓）求，得兩芽（花種），裹藏如寶。歸至中途，遇一少年，跨蹇從油碧車，丰姿灑落。漸近與語，少年自言陶姓，談言騷

二語千古妙論佳種任其自活非死萎即変種

黃河之北曰河朔乃直隸此句合着心曲

雅。因問馬所自來。實告之。少年曰。種無不佳。培漑在人。因與論藝菊之法。馬大悅。問將何往。荅云。姊厭金陵。欲卜居於河朔耳。馬欣然曰。僕雖固貧。茅廬可以寄榻。不嫌荒陋。無煩他適。陶趨車前向姊咨禀。車中人推簾語。乃二十許絕世美人也。顧弟言。屋不厭卑。而院宜得廣。馬代諾之。遂與俱歸。第南有荒圃。僅小室三四椽。陶喜居之。日過北院。爲馬治菊。菊已枯。拔根再植之。無不活。然家清貧。陶日與馬共食飲。而察其家似不舉火。馬妻呂亦愛陶姊。不時以升斗餽卹之。陶姊小字黃英。雅善

便於廣植花卉雅絕

漢閔仲叔不肯以豬肝累
今尹即用其意

每一篇必有警策語無
一相同絶去才子么

通人之論

屬音竹連也

談輒過呂所與共紉績陶一日謂馬曰君家固不豐僕日以口腹累知交胡可爲常爲今計賣菊亦足謀生馬素介聞陶言甚鄙之曰僕以君風流高士當能安貧今作是論則以東籬爲市井有辱黃花矣陶笑曰自食其力不爲貪販花爲業不爲俗人固不可苟求富然亦不必務求貧也馬不語陶起而出自是馬所棄殘枝劣種陶悉掇音得拾而去由此不復就馬寢食招之始一至未幾菊開聞其門囂喧如市怪之過而窺焉見市人買花者車載肩負道相屬也其花皆異種目所未睹心厭其貪

欲與絶而又恨其私秘佳本遂欵其扉將就誚讓陶出
握手曳入見荒庭半畝皆菊畦數椽之外無曠土劚去
者則折别枝插補之其蓓蕾在畦者罔不佳妙而細認
之皆向所拔棄也陶入屋出酒饌設席畦側曰僕貧不
能守清戒連朝幸得微貲頗足供醉少間房中呼三郎
陶諾而去俄獻佳肴烹飪良精因問貴姊胡以不字荅
云時未至問何時曰四十三月又詰何說但笑不言盡
歡始散過宿又詣之新插者已盈尺矣大奇之苦求其
術陶曰此固非可言傳且君不以謀生焉用此又數日

有此術真如聚寶盆

菊精但能一花

門庭略寂。陶乃以蒲席包菊，捆載數車而去。踰歲，春將半，始載南中異卉而歸，於都中設花肆，十日盡售，復歸藝菊。問之去年買花者，留其根，次年盡變而劣，乃復購於陶。陶由此日富。一年增舍，二年起夏屋。興作從心，更不謀諸主人。漸而舊日花畦，盡爲廊舍。更買田一區，築墉四周，悉種菊。至秋，載花去，春盡不歸。而馬妻病卒。意屬黃英，微使人風示之。黃英微笑，意似允許，惟專候陶歸而已。年餘，陶竟不至。黃英課僕種菊，一如陶。得金益合商賈，村外治膏田二十頃，甲第益壯。忽有客自東粵

馬入贅陶寓真反客為主反主為客变化離奇妙文

南陶北馬二冊

數　次也

稽　查覈也

來寄陶函信發之則囑姊歸馬考其寄書之日卽妻死之日回憶園中之飲適四十三月也大奇之以書示英請問致聘何所英辭不受釆又以故居陋欲使就南第居若贅焉馬不可擇日行親迎禮黃英既適馬於壁間開扉通南第日過課其僕馬恥以妻富恒囑黃英作南北籍（簿冊）以防淆（音肴渾也）亂而家所須黃英輒取諸南第不半歲家中觸類皆陶家物馬立遣人一一（仝性）賫還之戒勿復取未浹旬又雜之凡數更馬不勝煩黃英笑曰陳仲子毋乃勞乎（事見孟子）馬慚不復稽一切聽諸黃英鳩工庀（音批）料土木大作

疆 音姜
畺 同強
視息 言活在世上
淵明為彭澤令在今江西
此是句寫正面

馬不能禁經數月樓舍連亘兩第竟合爲一不分疆界矣然遵馬教閉門不復業菊而享用過於世家馬不自安曰僕三十年清德爲卿所累今視息人間徒依裙帶而食眞無一毫丈夫氣矣人皆祝富我但祝窮耳黄英曰妾非貪鄙但不少致豐盈遂令千載下人謂淵明貧賤骨百世不能發迹故聊爲我家彭澤解嘲耳然貧者願富爲難富者求貧固亦甚易牀頭金任君揮去之妾不靳也馬曰捐他人之金抑亦良醜黄英曰君不願富妾亦不能貧也無已析君居清者自清濁者自濁何害

乃於園中築亭焉擇美婢往侍馬馬安之然過數日苦念黃英招之不肯至不得已反就之隔宿輒至以爲常黃英笑曰東食西宿廉者當不如是馬亦自笑無以對遂復合居如初會馬以事客金陵適逢菊秋早過花肆見肆中盆列甚煩欵朵佳勝心動疑類陶製少間主人出果陶也喜極具道契濶遂止宿焉要之歸陶曰金陵吾故土將昏於是積有薄貲煩寄吾姊我歲杪當暫去馬不聽請之益苦且曰家幸充盈但可坐享無須復賈坐肆中使僕代論價廉其直數日盡售逼促囊裝賃舟

學檀弓句法妙

一云泥、蟲名、狀如泥而不動

玉山自倒非人推、李白句、

遂北入門則姊已除舍牀榻裀褥皆設若預弟也歸者陶自歸解裝課役大修亭園惟日與馬共棋酒更不復結一客爲之擇昏辭不顧姊遣兩婢侍其寢處居三四年生一女陶飲素豪從不見其沉醉有友人曾生量亦無對適過馬馬使與陶相較飲二人縱飲甚歡恨相得晚自辰以訖四漏計各盡百壺曾爛醉如泥沉睡坐間陶起歸寢出門踐（踏也）菊畦（音移）玉山傾倒委衣於側即地化爲菊高如人花十餘朶皆大於拳馬駭絕告黃英英急往拔置地上曰胡醉至此覆以衣要馬俱去戒勿視既明

如此作結斬絕否則如何了耶且全是寓言若作歎惜真癡人不知文矣

而往則陶臥畦邊馬乃悟姊弟菊精也益愛敬之而陶自露迹飲益放恒自折柬招曾因與莫逆值花朝曾來造訪以兩僕舁藥浸白酒一罈約與共盡罈將竭二人猶未甚醉馬潛以瓶續入之二人又盡之曾醉已憊諸僕負之以去陶臥地又化爲菊馬見慣不驚如法拔之守其旁以觀其變久之葉益憔悴大懼始告黃英英聞駭曰殺吾弟矣奔視之根株已枯痛絕掐其梗埋盆中攜入閨中日灌溉之馬悔恨欲絕甚惡曾越數日聞曾已醉死矣盆中花漸萌九月既開短幹粉朵嗅之有酒

名醉陶妙

一化一不化好在不板

物色極難

此篇為初学而説法
誦之不可不三思切勿
作故事一覧而已

有志者

黏正粘俗 漿糊貼之

香名之醉陶澆以酒則茂後女長成嫁於世家黃英終老亦無他異

異史氏曰青山白雲人遂以醉死世盡惜之而未必不自以為快也植此種于庭中如見良友如對麗人不可不物色之也

徐州

書癡

書之為物未進首出流浪子弟視如深仇故必先賣不知祖上銖積寸纍而得

書痴向數子某大

本貫出處生息

彭城郎玉柱其先世官至太守居官廉得俸不治生産積書盈屋至玉柱尤癡家苦貧無物不鬻惟父藏書一卷不忍鬻父在時曾書勸學篇粘其座右郎日諷誦又

子張學干祿見論語
入仕得俸 佳子弟
書中自有黃金屋書中
自有千鍾祿書中自有顏
如玉皆昔賢勸學成語
郎生父在所粘於壁者

籠以素紗惟恐磨滅非爲干祿實信書中眞有金粟晝夜研讀無間寒暑年二十餘不求婚配冀卷中麗人自至見賓親不知溫涼（世俗寒暄客套）三數語後則誦聲大作客逡巡自去每文宗臨試輒首拔之而苦不得售（總不進學）一日方讀忽大風飄卷去急逐之踏地陷足探之穴有腐草掘之乃古人窖粟朽敗已成糞土雖不可食而益信千鍾之說不妄讀益力一日梯登高架於亂卷中得金輦徑尺大喜以爲金屋之驗出以示人則鍍金而非眞金心竊怨古人之誑（騙也）己也居無何有父同年觀察是道性好佛或勸

輦是車名
人扛者車
上器具

八卷宣帝四年五月詔曰父子之親夫婦之道天性也云云或取此云

郎獻輦爲佛龕觀察大悅贈金三百馬二匹郎喜以爲金屋車馬皆有驗因益刻苦然行年已三十矣或勸之娶曰書中自有顏如玉我何憂無美妻乎又讀二三年迄無效人咸揶揄之時民間訛言天上織女私逃或戲郎天孫竊奔蓋爲君也郎知其戲置不辨一夕讀漢書至八卷卷將半見紗翦美人夾藏其中駭曰書中顏如玉其以此應之耶心悵然自失而細視美人眉目如生背隱隱有細字云織女大異之日置卷上反覆瞻玩至忘食寢一日方注目間美人忽折腰起坐卷上微笑郎

嘲笑其呆

絶代、絶世麗人
唐諱太宗世民二字故唐人詩文中凡逢絶世每曰絶代也

不知夫婦之樂
此蒲公恨才不遇憤世之言乃有激而謂非確論僕少不知讀老而益慚才識学萬不及蒲老然学書成癖今佛巾待盡而手不釋卷境益困窮豈非以無人早為喚醒致名利兩無成耶

驚絶伏拜案下既起已盈尺矣益駭又叩之下几亭亭宛然絶代之姝拜問何神美人笑曰妾顔氏字如玉君固相知已久日垂青盼脱不一至恐千載下無復有篤信古人者郎喜遂與寢處然枕席間親愛倍至而不知爲人每讀使女坐於其側女戒勿讀不聽女曰君所以不能騰達者徒以讀耳試觀春秋榜上讀如君者幾人若不聽妾行（将去）去矣郎暫從之少頃忘其教吟誦復起踰刻索女不知所在神志喪失跪而禱之殊無影迹忽憶所隱處取漢書細檢之直至舊所果得之呼之不動伏

夭罰咒
郎生天分絕高惜讀書太
迂不化故得織女之巧潛
相誘導心始開

以褒視女乃下曰君再不聽當相永絕因使治棋枰樗
蒱之具日與遨戲而郎意殊不屬覘女不在則竊卷流
覽恐爲女覺陰取漢書第八卷雜溷他所以迷之一日
讀酣女至竟不之覺忽睹之急掩卷而女已亡矣大懼
冥搜諸卷渺不可得既仍於漢書八卷中得之葉數不
爽因再拜祝矢不復讀女乃下與之弈曰三日不工當
復去至三日忽一局贏女二子女乃喜授以絃索限五
日工一曲郎手營目注無暇他及久之隨指應節不覺
鼓舞女乃日與飲博郎遂樂而忘讀女又縱之出門使

即教游戲事
渾
過也
平
諸平声 賭具今 骨牌之 類
棋不長進
絃子琵琶 胡琴類

倜儻權奇

得此問乃聰明孔已開矣

不脫呆氣

結客由此倜儻之名暴著女曰子可以出而仕矣郎一夜謂女曰凡人男女同居則生子今與卿居久何不然也女笑曰君日讀書妾固謂無益今即夫婦一章尚未了悟枕席二字有工夫郎驚問何工夫女笑不言少間潛迎就之郎樂極曰我不意夫婦之樂有不可言傳者於是逢人輒道無有不掩口者女知而責之郎曰鑽穴踰牆者始不可以告人天倫之樂人所皆有何諱焉過八九月女果舉一男買媼撫字之一日謂郎曰妾從君二年業生子可以別矣久恐為君禍悔之已晚郎聞言

雇乳母

啓呱呱而泣 尚書 呱呱小兒啼声

上語設詞下語實話

郵 驛站

奇事易傳同於驛遞

泣下伏不起曰卿不念呱呱者耶女亦悽然良久曰必
欲留當舉架上盡散之郎曰此卿故鄉乃僕性命何出
此言女不之强曰妾亦知其有數不得不預告耳先是
親族或窺見女無不駭絶而又未聞其締姻何家共詰
之郎不能作僞語但默不言人益疑郵傳幾徧聞於邑
宰史公史閩人少年進士聞聲傾動竊欲一睹麗容因
而拘郎及女女聞之遁匿無跡宰怒收郎斥革衣襟梏
械備加務得女所自往郎垂死無一言械其婢略能道
其髣髴宰以爲妖命駕親臨其家見書卷盈屋多不勝

拉

逃 逃匿也

坐梏而未捷楡

桎梏

霾 音 晝晦

辨明開復生員

明時有巡按即漢時繡衣直指使者

自劾 漢魏史中嘗見自己奏劾不職也

參人亦曰劾

明年祖龍死河神謂始皇阬儒焚書暴虐為千古罪魁

搜乃焚之庭中、煙結不散、嗅若陰霾、郎既釋、遠求父門人書、得從辨復、是年秋捷、次年舉進士、而銜恨切於骨髓、爲顏如玉之位、朝夕而祝曰、卿如有靈、當佑我官於閩、後果以直指巡閩、居三月、訪史惡款、籍其家、時有中表爲司理、逼納愛妾、托言買婢寄署中、案既結、郎即日自劾、取妾而歸、

託情於學官者

異史氏曰、天下之物、積則招妒、好則生魔、女之妖、書之魔也、事近怪誕、治之未爲不可、而祖龍之虐、不已慘乎、其存心之私、更宜得怨毒之報也、嗚呼何怪哉、

想看織女

治妖

怨毒之於人 亦古語

籍 查抄家產也

言家中所有者登於冊籍入官

誕 虛也妄也

究一作沈

元邱長春好道後封真人西遊記其所著乃以人之五臟陰陽消長及外魔擾道演為此書三藏求經乃寓事，途中所歷皆點綴、

齊天大聖　妖

許盛兗人（山东兗州）從兄成賈於閩貨未售積客言大聖靈著將禱諸祠盛未知大聖何神與兄俱往至則殿閣連亙窮極宏麗入殿瞻仰神猴首人身蓋齊天大聖孫悟空云諸客肅然起敬無敢有惰容盛素剛直竊笑世俗之陋衆焚楮叩祝盛潛去之既歸兄責其慢盛曰孫悟空乃丘翁之寓言何遽誠信如此如其有神刀槊雷霆余自受之逆旅主人聞呼大聖名皆搖手失色若恐大聖聞盛見其狀益譁辨之聽者皆掩耳而走至夜盛果頭

不知何府詢之閩者友亦未知也

愚極

亦核習難喻

法顯先有佛國記

强漢

痛大作或勸詣祠謝盛不聽未幾頭小愈股又痛竟夜
生巨疽連足盡腫寢食俱廢兄代禱迄無驗或言神譴
須自禱盛卒不信月餘瘡漸斂而又一疽生其痛倍苦
醫來以刀割腐肉血溢盈椀恐人神其詞故忍而不呻
又月餘始就平復而兄又大病盛曰何如矣敬神者亦
復如是足徵吾之疾非由悄忿也兄聞其言益恚謂神
遷怒責弟不爲代禱盛曰兄弟如手足前日支體糜爛
而不之禱今豈以手足之病而易吾守乎但爲延醫刲
藥而不從其禱藥下兄暴斃盛慘痛結於心腹買棺殮

數 去声 俗言數說
處三清 見西游記
嘖 多言也音責
所敬在敬兄与一生剛鯁否則何在於一人之不信而計較若此恐亦是寓言耳

兄已撥祠指而數之曰兄病謂汝遷怒使我不能自白倘爾有神當令死者復生余即北面稱弟子否不敢有異詞不然當以汝處三清之位還處汝身亦以被吾兄地下之惑至夜夢一人招之去入大聖祠仰見大聖有怒色責之曰因汝無狀以菩薩刀穿汝脛股猶不自悔嘖有煩言本宜送拔舌獄念汝一生剛鯁姑置宥赦汝兄病乃汝以庸醫天其壽數於人何尤今不少施法力益令狂妄者引爲口實乃命青衣使請命於閻羅青衣白三日後鬼籍已報天庭恐難爲力神取方版命筆不知

口实谓遷怒使兄死

尤 怪也

可見倭邪為惡之人日日媚神無益

何詞使青衣執之而去良久乃返咸與俱來並跪堂上神問何遲青衣白閻摩不敢擅專又持大聖旨上咨斗宿是以來遲盛趨上拜謝神恩神曰可速與兄俱去若能向善當為汝福兄弟悲喜相將俱歸醒而異之急起啟槨視之兄果已甦醒扶出極感大聖力盛由此誠服信奉更倍於流俗而兄弟背本病中已耗其半兄又未健相對長愁一日偶游郊郭忽一褐衣人相之曰子何憂也盛方苦無所訴因而備述其遭褐衣人曰有一佳境暫往瞻矚亦足破悶問何所但言不遠從之出郭半

相熟視

踔音竹 远騰也

由旬 出佛经瞿昙论 四肘為一弓 五百弓為一拘盧舍 今之二里也 八拘盧舍為一由旬 今之十六里

酒枚 音梅 行酒令用

過廉太少

里許褐衣人曰予有小術頃刻可到因命以兩手抱腰 抱神腰

略一點首遂覺雲生足下騰踔而上不知幾百萬層盛

大懼閉目不敢少啟頃之曰至矣忽見琉璃世界光明 琉璃今之玻璃水晶類

異色訝問何處曰天宮也信步而行上下益高遥見一

叟喜曰適遇此老子之福也舉手柎揖叟邀過其所烹

茗獻客止兩盞殊不及盛褐衣人曰此吾弟子千里行

覓敬造仙署求所贈餽叟命僮出白石一梯狀類雀卵 如鴿蛋

瑩澈如冰使盛自取之盛念攜歸可作酒枚遂取其六 光明

褐衣人以為過廉代取六枚付盛並裹之囑納腰橐拱 音出 託

觔斗雲 亦見西游記

倍 見孟子 蓰 音婿

或相倍蓰

手曰去矣辭叟出仍令附體而下俄頃及地盛稽首請示儕號笑曰適郎所謂觔斗雲也盛恍然悟爲大聖又求佑護曰適所會財星賜利十二分何須他求盛又拜之起視巳滅既歸喜而告兄解取共視則融入腰橐矣後輦（車載也）貨而歸其利倍蓰自此屢至閩必禱大聖他人之禱時不甚驗盛所求無不應者

異史氏曰昔士人過寺畫琵琶於壁而去比反則其靈大著香火相屬焉天下事固不必實有其人人靈之則既靈焉矣何以故人心所聚而物或托焉耳若盛之方

耳內針並下雲皆西游記
不刊之論並破愚俗之惑

江漢則遠及浙江今爲
有之

鱷固宜得神明之佑豈真耳內繡針毫毛能變足下觔斗碧落可升哉卒爲邪惑亦其見之不真也此文人自立身分處

青蛙神 妖

江漢之間俗事蛙神最虔祠中蛙不知幾百千萬有大如籠者或犯神怒家中輒有異兆蛙游几榻甚或攀緣滑壁不得墮其狀不一此家當凶人則大恐斬牲禳禱之神喜則已楚湖北有薛崑生者幼慧美姿容六七歲時有青衣媪至其家自稱神使坐致神意願以女下嫁崑生薛翁性朴拙雅不欲辭以兒幼雖故卻之而亦未敢議

委禽定親也
禁臠晉謝混事見晉書本
傳
禁去声臠音戀
豬近頸處肉武帝欲以混
尚晉陵公主未婚欲以为妻
之王珣曰卿莫近禁臠
晉元帝初建業公私窘
每得一豚以為美頸上一臠
尤美輒以獻帝

昏伲姓遲數年崑生漸長委禽於姜氏神告姜曰薛崑生吾壻也何得近禁臠姜懼反其儀薛翁憂之潔牲往禱自言不敢與神相匹偶祝已見肴酒中皆有巨蛆浮出蠢然擾動傾棄謝罪而歸心益懼亦姑聽之一日崑生在途有使者迎宣神命苦邀移趾不得已從與俱往入一朱門樓閣華好有叟坐堂上類七八十歲人崑生伏謁叟命曳起之賜坐案旁少間婢媼集視紛紜滿側叟顧曰入言薛郎至矣數婢奔去移時一媼率女郎出年十六七麗絕無儔叟指曰此小女十娘自謂與君可

此神婿猜之言目之曰邪不誣

硬做所以啓後來口舌

稱佳偶。君家尊乃以異類見指。此自百年事，父母止主其半，是在君耳。崑生目注十娘，心愛好之，默然不言。媪曰：我固知郎意良佳，請先歸，當郎送十娘往也。崑生曰：諾。趨告翁，翁倉遽無所爲計，乃授之詞，使返謝之。崑生不肯行。方誚讓（爭論）間，輿已在門，青衣成羣，而十娘入矣。上堂朝拜，翁姑見之皆喜，即夕合巹，琴瑟甚諧。由此神翁神媪時降其家，視其衣，赤爲喜，白爲財，必驗。以故家日興。自昏於神門，堂藩溷皆蛙，人無敢詬蹴（吼遏）之。惟崑生少年任性，喜則忘，怒則踐斃，不甚愛惜。十娘雖謙馴，但善

女紅音工即針線

怒頗不善崑生所爲而崑生不以十娘故歛抑之十娘語侵崑生崑生怒曰豈以汝家翁媪能禍人耶丈夫何畏蛙也十娘甚諱言蛙聞之恚甚曰自妾入門爲汝家田增粟賈益價亦復不少今老幼皆已溫飽遂如鶚（鶻）鳥生翼欲啄母睛耶崑生益憤曰吾正嫌所增汚穢不堪貽子孫請不如早別遂逐十娘翁媪既聞之十娘已去呵崑生使急往追復之崑生盛氣不屈至夜母子俱病鬱悶不食翁懼負荊於祠詞義殷切過三日病尋愈十娘亦自至夫妻懽好如初十娘日輒凝妝坐不操女紅

媳有狼家勢力者往往如是不獨青蛙如此所以嫁女要擇勝己者娶媳要擇不如己者名言遠慮也

剛性男子孝烈丈夫然世之聽妻為婿者多矣

崑生衣履一委諸母母一日忿曰兒既娶仍累媼人家婦事姑吾家姑事婦十娘適聞之負氣登堂曰兒婦朝侍食暮問寢事姑者其道如何所短者不能吝傭錢自作苦耳母無言慚沮自哭崑生入見母涕痕詰得故怒責十娘十娘執辯不相屈崑生曰娶妻不能承歡不如勿有便觸老蛙怒不過橫災死耳復出十娘十娘出門逕去次日居舍災延燒數屋几案牀榻悉為煨燼崑生怒詣祠責數曰養女不能奉翁姑略無庭訓而曲護其短神者至公有教人畏婦者耶且盆盂相敲皆臣所為

宗孝

詞嚴理勝

崑生乃孝子

勿有無有也

健而雄者爲瘦耍男子吐氣

謝過 賠罪

变怨轉笑筆活如龍

無所逃於父母刀鋸斧鉞郎加臣身如其不然我亦焚汝居室聊以相報言已負薪殿下爇火欲舉居人集而哀之始憤而歸父母聞之大懼失色至夜神示夢於近村使爲壻家營宅及明賫材鳩工共爲崑生建造辭之不止日數百人相屬連也於道不數日第舍一新牀幕器具悉備焉修除甫竟十娘已至登堂謝過言詞溫婉轉身向崑生展笑舉家變怨爲喜自此十娘性益和居二年無間言十娘最惡蛇崑生戲函小蛇紿使啟之十娘色變詬崑生崑生亦轉笑生嗔惡相抵十娘曰今番不待

此過在墻

堊 音沃 白粉石灰漫牆壁

魚軒 花轎

相迫逐請從此絕遂出門去翁大恐杖崑生請罪於神幸不禍之亦寂無音積有年餘崑生念十娘頗自悔竊詣神所哀十娘迄無聲應未幾聞神以十娘字袁氏中心失望因亦求昏他族而歷相數家並無如十娘者於是益思十娘往探袁氏則已堊壁滌庭候魚軒矣心愧憤不能自已廢食成疾父母憂皇不知所處忽昏憒中有人撫之曰大丈夫頻欲斷絕又作此態開目則十娘也喜極躍起曰卿何來十娘曰以輕薄人相待之禮止宜從父命另醮而去固久受袁家采幣妾千思萬思

反璧　言還袁氏聘

惡謔　惡作劇　俗言惡攪

之死靡他　詩經

而不忍也。卜吉已在今夕，父又無顔反璧。妾親擕而置之矣。適出門，父走送曰：癡婢不聽吾言，後受薛家凌虐，縱死亦勿歸也。崑生感其義，爲之流涕。家人皆喜，奔告翁媪。媪聞之，不待往朝，奔入子舍，執手嗚泣。由此崑生亦老成，不作惡謔。於是情好益篤。十娘曰：妾向以君儇薄，未必遂能相白首，故不敢留孽根於人世。今已靡他，妾將生子。居無何，神翁神媪着朱袍，降臨其家。次日，十娘臨蓐，一舉兩男。由此往來無間。居民或犯神怒，輒先求崑生，乃使婦女輩盛妝入闥，朝拜十娘。十娘笑則解。

儇音捎

調馴 教習熟悉

薛氏苗裔甚繁人名之薛蛙子家近人不敢呼遠人呼之

结换一法妙

晚霞 神

五月五日吳越間有鬬龍舟之戲刻木為龍繪鱗甲飾以金碧上為雕甍（音昏）朱檻帆旌皆以錦繡舟末為龍尾高丈餘以布索引木板下有童坐板上顛倒滚跌作諸巧勢下臨江水險危欲墮故其購是童也先以金啗其父母預調馴之墮水而死勿悔也吳門則載美妓較不同耳鎮江有蔣氏童阿端方七歲便捷奇巧莫能過聲價

有死詰文契死不能告狀
藏詐

霆 音庭 霹靂也

鉦 大鑼 皇聒 声大且声

益起十六歲猶用之至金山下墮水死蔣媼止此子哀
嗚而已阿端不自知死有兩人導去見水中別有天地
回視則流波四繞屹如壁立俄現宮殿見一人兜（盔也）牟坐
兩人曰此龍窩君也便使拜伏龍窩君顏色和霽曰伎
乃可入柳條部遂引至一所廣殿四合趨上東廊有諸
年少出與為禮率（音類又音律）十三四歲即有老媪來眾呼解姥坐
令獻技已乃教以錢塘飛霆之舞洞庭和風之樂但聞
鼓鉦（音征）皇聒諸院皆響既而諸院皆息姥恐阿端不能即
嫻獨絮絮（多言也）調撥之而阿端一過殊已了了（明白也）姥喜曰得此

帶虎面子曰鬼面亦曰面具
巨濤大潮水
此篇洵中無奇不有真文墨也

見不讓晚霞矣明日龍窩君按部諸部畢集首按夜义
部鬼面魚服鳴大鉦大鑼圍四尺許鼓可四人合抱之聲如
巨霆叫噪不聞人語不可復聞舞起則巨濤洶湧橫流空際時墮
一點星光及着地消滅龍窩君急止之命進乳鶯部皆
二八姝麗笙樂細作一時清風嫋嫋波聲俱靜水漸凝
如水晶世界上下通明按畢俱退立西墀下次按燕子
部皆垂髫人內一女郎年十四五已來振袖傾鬟作散
花舞翩翩翔起襟袖襪履間皆出五色花朵隨風颺即揚字下
飄泊滿庭舞畢隨其部亦下西墀阿端旁睨雅愛好之

笛笙弦索相應腔

節 膝脉也

袴 同褲

墀 音池揩也

問之同部即晚霞也無何與柳條部龍窩君特試阿端
端作前舞喜怒隨腔俛（同俯）仰中節龍窩君嘉其慧悟賜五
文袴褶（習）魚鬚金束髮上嵌夜光珠阿端拜賜下亦趨西
墀各守其伍端於衆中遙注晚霞晚霞亦遙注之少間
端逡巡出部而北晚霞亦漸入部而南相去數（遠）武而法
嚴不敢亂部相視神馳而已既按蛺蝶部童男女皆雙
舞身長短年大小服色黃白皆取諸同諸部按已魚貫
而出柳條在燕子部後端疾出部前而晚霞已緩滯（遲行）在
後回首見端故遺珊瑚釵端急內袖中既歸凝思成疾

去 離也

心心相印非心藥莫治

眠餐頓廢解囊輙進甘旨日三四省撫摩殷切病不少瘥姥憂之罔所爲計曰吳江王壽期已迫且爲奈何薄暮一童子來坐榻上與語自言隸蛺蝶部從容問曰君病爲晚霞否端驚問何知笑曰晚霞亦如君耳端悽然起坐便求方計童問尚能步否答云勉強尚能自力童挽出南啟一戶折而西又闢雙扉見蓮花數十畝皆生平地上葉大如席花大如蓋落瓣堆梗下盈尺童引入其中曰姑坐此遂去少時一美人撥蓮花而入則晚霞也相見驚喜各道相思略述生平遂以石壓荷蓋令側

籍借作席也

相弔惜也

雅可障蔽又勻鋪蓮瓣而藉之忻與狎寢既訂後約日以夕陽爲候乃别端歸病亦尋愈由此兩人日一會於蓮畝過數月隨龍舒君往壽吳江王稱壽已諸部悉還獨留晚霞及乳鶯部一人在宫中教舞數月更無音耗端悵望若失惟解姥日往來吳江府端托晚霞爲外妹求攜去冀一見之留吳江門下數日宫禁森嚴晚霞苦不得出怏怏而返積月餘癡想欲絶一日解姥入戚然相弔曰惜乎晚霞投江矣端大駭涕下不能自止因毁冠裂服藏金珠而出意欲相從俱死但見江水若壁以

豫章木名生江西最多故江西省城名豫章

杜詩夜木千章一章一株也

端杪樹頭

首力觸不得入。念欲復還。懼問冠服。非將增重。意計窮蹙。汗流浹踵。忽睹壁下有大樹一章。乃猱攀而上。漸至端杪。猛力躍墮。幸不沾濡。而竟已浮水上。不意之間。恍睹人世。遂飄然泅去。移時得岸。少步江濱。頗思老母。遂遄舟而去。抵里。四顧居廬。忽如隔世。次且至家。忽聞窗中有女子曰。汝子來矣。音聲甚似晚霞。俄與母俱出。果霞。斯時兩人喜勝於悲。而媪則悲疑驚喜。萬狀俱作矣。初晚霞在吳江。覺腹中震動。龍宮法禁嚴。恐旦夕身娩。橫遭撻楚。又不得一見阿端。但欲求死。遂潛投江水。身

拯 音真 救也

爽 明白也

泛起浮沉波中有客舟拯之問其居里晚霞故吳名妓溺水不得其尸自念衕院不可復投遂曰鎮江蔣氏吾壻也客因代貰（音舍 同賒）扁舟送諸其家蔣媪疑其錯悞女自言不悞因以情詳告媪媪以其風格韻妙頗愛悅之第慮年太少必非肯終寡也者而女孝謹顧家中貧便脫珍飾售數萬媪察其志無他良喜然無子恐一旦臨蓐不見信於戚里以謀女女曰母但得眞孫何必求人知媪亦安之會端至女喜不自已媪亦疑見不死陰發見塚骸骨俱存因以此詰端端始爽然自悟然恐晚霞惡其

音巷 如平康也

西域賈胡 見後漢書馬援傳

淮王 明王子封藩也

非人囑毋勿復言毋然之遂告同里以爲當日所得非見尸然終慮其不能生子未幾竟舉一男捉之無異常兒始悅久之女漸覺阿端非人乃曰胡不早言凡鬼衣龍宮衣七七魂魄堅凝生人不殊矣若得宮中龍角膠可以續骨節而生肌膚惜不早購之也端貨其珠有賈胡出貲百萬家由此巨富值毋壽夫妻歌舞稱觴遂傳聞淮王邸王欲强奪晚霞端懼見王自陳夫婦皆鬼驗之無影而信遂不之奪但遣宮人就别院傳其技女以龜溺毀容而後見之教三月終不能盡其技而去

（批注：下衣如字；鬼無影；結妙）

寰音環 大地曰寰宇不論中原外國

古樂府一顧傾人城再顧傾人國言絶色

白秋練 白鱀魚精也 魚江海多有之一名鮠魚 其肚潔白最益人 骨小目口在頷下 高背無鱗 通體白皙

直隸有慕生小字蟾宫商人慕小寰之子聰慧喜讀年十六翁以文業迂使去而學賈從父至楚每舟中無事輒便吟誦抵武昌父留居逆旅守其居積生乘父出執卷哦詩音節鏗鏘輒見窗影憧憧似有人竊聽之而亦未之異也一夕翁赴飲久不歸生吟益苦有人徘徊窗外月映甚悉怪之遽出窺覘則十五六傾城之姝望見生急避去又二三日載貨北旋暮泊湖濱父適他出有媼入曰郎君殺吾女矣生驚問之答云妾白姓有息女

硬許親事

男家未挽媒求親女家未先許事亦創聞無怪翁之笑置之也

自衒自媒士之醜行況女子乎

女子善懷 毛詩

秋練頗解文字言在郡城得聽清吟於今結想至絕眠餐意欲附爲婚姻不得復拒生心竇愛好第慮父嗔因直以情告媼不信務要盟約生不肯媼怒曰人世姻好有求委禽而不得者今老身自媒反不見內耻孰甚焉請勿想北渡矣遂去少間父歸善其詞以告之隱冀垂納而父以涉遠又薄女子之懷春也笑置之泊舟處水深沒棹夜忽沙磧擁起舟滯不得動湖中每歲客舟必有留住守洲者至次年桃花水溢他貨未至舟中物當百倍於原直也以故翁未甚憂怪獨計明歲南來尚須

此詩一見會真記一作送歐陽詹詩　唐人句

唐王建宮詞

心藥

揭貲於是留子自歸生竊喜恨不詰媪居里日既暮媪與一婢扶女郎至展衣臥諸榻上向生曰人病至此莫高枕作無事者遂去生初聞而驚移燈視女則病態含嬌秋波自流略致訊詰嫣然微笑生強其一語曰為郎憔悴却羞郎可為妾吟生狂喜欲近就之而憐其荏弱探手於懷接脣為戲女不覺懽然展謔乃曰君為妾三吟王建羅衣葉葉之作病當愈生從其言甫兩過女攬衣起坐曰妾愈矣再讀則嬌顫相和生神志益飛遂滅燭共寢女未曙已起曰老母將至矣未幾媪果至見女

音展　戰震也

忍

傾蓋之交 見孔子家語
乍見而相得曰傾蓋如故
彼此誓不相負 曰要誓 要盟
嫁得瞿塘賈朝朝誤妾期
早知潮有信嫁與弄潮兒
唐十郎益句
諧合也言又許親事允諧

凝妝懽坐，不覺欣慰。邀女去，女俛首不語。媪即自去，曰：汝樂與郎君戲，亦自任也。於是生始研問居止。女曰：妾與君不過傾蓋之交，婚嫁尚不可必，何須令知家門。然兩人互相愛悅，要誓良堅。女一夜早起挑燈，忽開卷淒然淚熒，生急起問之。女曰：阿翁行且至，我兩人事，妾適以卷卜，展之得李益江南曲，詞意非祥。生慰解之曰：首句嫁得瞿塘賈，即已大吉，何不祥之與有？女乃稍懽，起身作別曰：暫請分手，天明則千人指視矣。生把臂哽咽問好事如諧，何處可以相報？曰：妾常使人偵探之，諧否無不聞也生將下舟送之女力辭而去無何翁果至生漸吐其情父疑其招妓怒加詬厲細審舟中則物並無虧損譙訶乃已一夕翁不在舟女忽至相見依依莫知决策女曰低昂有數且圖目前姑留君兩月再商行止臨別以吟詩爲相會之約由此値翁他出遂高吟則女自至四月行盡物價失時諸賈無策斂貲禱湖神之廟端陽後雨水大至舟始通生既歸凝思成疾慕憂之巫醫並進生私告母曰病非藥禳可痊唯有秋練至耳翁初怒之久之支離益憊始懼賃車載子復如楚泊舟故

沉痛 悲傷也

處訪居人並無知白媪者會有媪操柁湖濱即出自任翁登其舟窺見秋練心竊喜而審詰邦族則浮家泛宅而已因賓告子病由冀女登舟姑以解其沉痛媪以婚無成約弗許女露半面殷殷窺聽聞兩人言皆淚欲墮媪覩女面因翁哀請卽亦許之至夜翁出女果至就榻嗚泣曰昔年妾狀今到君耶此中況味要不可不使君知然羸頓（困頓）如此急切何能使瘳妾請爲君一吟生亦喜女亦吟王建前作生曰此卿心事醫二人何得效然聞卿聲神已爽矣試爲我吟楊柳千條盡向西（唐劉方平春怨詩）女從之生

久病曰沉痾沉重也

船上生長出身微賤且曰拋頭露面故翁不之許

叙得明鬯

贊曰快哉卿昔誦詩餘有采蓮子云菡萏香連十頃陂心尚未忘煩一曼（歌声申長曼緩也）聲度之女又從之甫闋生躍起曰小生何嘗病哉遂相狎抱沉痾（音可）若失既而問父見媼何詞事得諧否女已察知翁意直對不諧既而女去父來見生已起喜甚但慰勉之因曰女子良佳然自總角時把柁櫂歌無論微賤抑亦不貞生不語翁既出女復來生述父意女曰妾窺之審矣天下事愈急則愈遠愈迎則愈拒當使意自轉反相求生問計女曰凡商賈志在利耳妾有術知物價適視舟中物並無少息為我告翁居

陂塘也

丱音慣 總角象形

居某物辨某貨

準平也言自置貨大折本幸依女言置別物獲厚利計算甚善得平惜未全從女言故措事速成

某物利三之某物十之歸家妾言驗則妾爲佳婦矣再來時君十八妾十七相歡有日何憂爲生以所言物價告父父頗不信姑以餘貲半從其教既歸所自置貨貲本大虧幸少從女言得厚息略相準以是服秋練之神生益誇張之謂女自言能使巳富翁於是益揭貲而南至湖數日不見白媼過又數日始見其泊舟郲下因委禽焉媼悉不受但涓吉送女過舟翁另賃一舟爲子合巹女乃使翁益南所應居貨悉籍付之媼乃邀壻去家於其舟翁三月而返物至楚價以倍蓰將歸女求載湖

三分利　十分利　未全信　湖北往湖南近邑　音捐擇吉日　女舟

水既歸每食必加少許如用醯醬焉由是每南行必爲致數罈而歸後三四年舉一子一日涕泣思歸翁乃偕子及婦俱如楚至湖不知媪之所在女扣舷呼母神形喪失倪生沿湖問訊會有釣鱘鰉者得白鱀生近視之巨物也形全類人乳陰畢具奇之歸以告女女大駭謂夙有放生願囑生贖放之生往商釣者釣者索直昂女曰妾在君家謀金不下巨萬區區者何遂靳直也如必不從妾即投湖水死耳生懼不敢告父盜金贖放之既返不見女搜之不得更盡始至問何往曰適至母所問

䁣音忝蓋斷貌

妃之下次嬪女官

濵江海河湖之邊曰濵水不深人可涉者

說文作𩔊瀕通用濵俗字浜更俗無典且声入轉入

七陽而世知之者尠矣

母何在。䁣然曰。今不得不實告矣。適所贖。即妾母也。向在洞庭。龍君命司行旅。近宮中欲選嬪妃。妾被浮言者所稱道。遂勅妾母。坐相索。妾母實奏之。龍君不聽。放母於南濵。餓欲死。故羅前難。今難雖免。而罰未釋。君如愛妾。代禱眞君可免。如以異類見憎。請以見擲還。君妾去。龍宮之奉。未必不百倍君家也。生大驚。慮眞君不可得見。女曰。明日未刻。眞君當至。見有跛道士。急拜之。入水亦從之。眞君喜文士。必合憐允。乃出魚腹綾一方。曰。如問所求。即出此。求書一免字。生如言候之。果有道士蹩

跛行如此

具加切

出命也

管湖面客商等舟事

音賓

婁也配生

音波而各長短俗曰𤺌音茄

二五四

顛末 即始終細訴事也

躃而至生伏拜之道士急走生從其後道士以杖投水躍登其上生竟從之而登則非杖也舟也又拜之道士問何求生出羅求書道士展視曰此白驥翼也子何遇之蟾宫不敢隱詳陳顛末道士笑曰此物殊風雅老龍何得荒淫遂出筆草書免字如符形返舟令下則見道士踏杖浮行頃刻已渺歸舟女喜但囑勿洩於父母歸後二三年翁南遊數月不歸湖水既罄久待不至女遂病日夜喘息囑曰如妾死勿瘞當於卯午酉三時一吟杜甫夢李白詩死當不朽候水至傾注盆內閉門緩妾

飲羊登壟　史記貨殖傳

衣抱入浸之宜得活喘息數日奄然遂甦後半月葉翁至生急如其教浸一時許漸甦自是每思南旋後翁死生從其意遷於楚

金和尚

金和尚諸城人父無賴以數百錢鬻於五蓮山寺少頑鈍不能肄清業牧猪赴市若爲傭後本師死稍有所遺金卷懷離寺作雜負販飲羊登壟計最工數年暴富買田宅於水坡里弟子繁有徒食指日千計遶里千百畝悉良沃背劍撫有之里中甲第數十皆僧無人即有人

亦其貧無業攜妻子僦屋佃田者也類凡數百家每一門內四繚連屋皆此輩列而居僧舍其中前有廳事梁楹節棁繪金碧射人眼堂上几屏其光可鑑又其後爲內寢朱簾繡幙蘭麝香充溢噴人螺鈿雕檀爲牀牀上錦裀褥褶疊厚尺有咫壁上美人山水諸名跡懸粘幾無隙處一聲長呼門外數十人轟應如雷細纓革靴者烏而集鵠而立當事掩口語側耳以聽客倉猝至十餘筵咄嗟可辦肥濃蒸薰紛紛狼籍如霧霈但不敢公然蓄歌妓而狡童十數輩皆慧黠能媚人皁紗纏頭唱豔

殺音賽降等也

曲聽賭亦頗不惡金一出前後數十騎腰弓矢相摩戛奴輩呼之皆以爺郎邑之人若民或祖之伯叔之不以師不以上人不以禪號也其徒出稍稍殺於金而風鬟雲鬟亦畧與貴公子等金又廣結納郎子里外呼吸可通以此挾方面短長偶氣觸之輒陽自懼而其爲人鄙不文項趾無雅骨生平不奉一經持一咒跡不履寺院室中亦未嘗蓄鐃鼓此等物門人輩弗及見並弗及聞凡僦屋者婦女浮麗如京都脂澤金粉皆取給於僧僧亦不之靳以故里中不田而農者以百數時而佃戶決

東艸玉象物皆紙札像
生非真物

（音葬也）瘞牀下，亦不甚窮詰，但逐去之，其積習然也。鈞又買異姓兒子之，延儒師教帖括業。兒慧能文，因令入邑庠，旋援例作太學生，未幾赴北闈，領鄉薦。由是鈞之名以太公譏。向之爺之者，太之；膝席者，皆垂手執耳孫禮。無何，太公僧薨，孝廉縗麻，臥苫塊，北面稱孤；諸門人釋杖滿牀榻，而靈幃後嚶嚶細泣，惟孝廉夫人一而已。士大夫婦咸華妝來，搴幃弔唁，冠蓋輿馬塞道路。殯日，棚閣雲連，旛幢翳天。日殉葬束草，粘五色金紙，作冥物，輿蓋數十事，馬千蹄，美人百袂，方相方弼（開路神），著皁帛，首摩雲冥

象物 今寘器依彩物 山陝風俗

方面 知府以上

傾國 言空城之人來看

鞺鞳 鑼鼓声

甫產卽行走所以躄躄

宅樓閣房廊亘數畝萬戶千門入者迷不可出祭品象物多不能指以名會葬者益相摩上自方面皆傴僂入趨拜凡入邑貢監及彌史以手據地叩卽行不敢勞公子勞諸師叔也傾國來瞻仰男攜婦母襁兒流汗相屬於道人聲沸百戲鞺鞳都不可聞立者自肩以下皆隱惟見萬頭攢動而已孕婦痛急欲產諸女伴張裙爲幄羅守之但聞啼不暇問雌雄斷幅繃懷中或扶之或曳之躄躄以去奇觀哉葬後以金所遺貲產瓜分而二之子一門人一也孝廉得半而居第之南之北之西東盡

尚樣撞唱障一齣

緇黨然皆兄弟行痛癢猶相關云

異史氏曰此一派也兩宗未有六祖無傳可謂獨闢法門者矣抑聞之五蘊皆空六塵不染是爲和尚口中說法座上參禪是爲和樣鞋香楚地笠重吳天是爲和撞鼓鉦鍠聒笙管敖曹是爲和唱狗苟鑽緣蠅營淫賭是爲和障金也者尚耶樣耶撞耶唱耶抑地獄之障耶

予聞之荷邨先生云和尚蓋紹興某縣人少時與姪某流寓青州久之復與姪相失遂祝髮爲僧後其姪顯達乃於諸城道中物色得之勸令改初服不可因出貲令有司捌建剎宇且爲營別業焉一時服御華侈聲勢烜赫誠有如聊齋所云者而其嗣孝廉某實其族子也荷邨先生言其名字爵里及其他瑣事甚

悉嘗以柳泉此傳未盡得實，付梓後欲別爲小紀以正之，刻甫竣而先生遽捐館舍，予述焉不詳，姑摭其大凡如此。丙戌六月二十七日，天都鮑廷博書於嚴陵舟次。

丙僧

濟南一僧，不知何許人，赤足衣白衲，日於芙蓉、明湖諸館誦經抄募，與以酒食錢粟，並弗受，叩所需，又不荅。終日未嘗見其餐飲。或勸之曰：「師既不茹葷酒，當募山村僻巷中，何日日往來於羶闠之塲？」僧合掌瞑誦，睫毛長指許，若不聞。少選，又語之，僧遽張目厲聲曰：「要如此化。」又誦不已。久之，自出而去。或從其後，固詰其必如此化之故走不應叩之數四又厲聲曰非汝所知老僧要如此化積數日忽出南城臥道側如僵三日不動居民恐其餓死貽累近郭因集勸他徒欲飯飯之欲錢錢之僧瞑然不應羣搖而語之僧怒於衲中出短刀自剖其腹以手入內理腸於道而氣遂絕衆駭告郡藁葬之異日爲犬所穴席見踏之似空發視之席封如故猶空繭然

蟄龍

於陵曲銀臺公讀書樓上值陰雨晦冥見一小物有光如螢蠕蠕登几過處輒黑如蛐跡漸盤卷上卷亦焦意

爲龍乃捧送之至門外持立良久蟠曲不少動公曰將無謂我不恭執卷返仍置案上冠帶長揖而後送之方至簷下但見昂首乍伸離卷橫飛其聲嗤然光一道如縷數步外回首向公則頭大於甕身數十圍矣又一折反霹靂震驚騰霄而去回視所行處蓋曲曲自書笥中出焉

小髻

長山居民某暇居輒有短客來久與扳談素不識其生平頗注念客曰三數日將便徙居比鄰矣過四五日又

曰今已同里旦晚可以承教問僑居何所亦不詳告但以手北指自是日輒一來時向人假器具或吝不與則自失之羣疑其狐村北有古冢陷不可測意必居此共操兵杖往伏聽之久無少異一更向盡聞穴中戢戢然似數十百人作耳語衆寂不動俄而尺許小人連遝而出至不可數衆譟起並擊之杖杖皆火瞬息四散惟遺一小髻如胡桃殼然紗飾而金綫嗅之騷臭不可言

霍生

文登霍生與嚴生少相狎長相謔也口給交禦惟恐不

工霍有鄰嫗曾爲嚴生妻導產偶與霍婦語言其私處有兩贅疣婦以告霍霍與同黨者謀窺嚴將至故竊語云其妻與我最昵衆故不信霍因揑造端末且云如不信其陰側有雙疣嚴止窗外聽之既悉不入逕去至家苦掠其妻妻不伏搒益殘妻不堪虐自經死霍始大悔然亦不敢向嚴而白其誣矣嚴妻既死其鬼夜哭擧家不得寧焉無何嚴暴卒鬼乃不哭霍婦夢女子披髮大叫曰我死得良苦汝夫婦何得歡樂耶既醒而病數日尋卒霍亦夢女子指數詬罵以掌批其吻驚而寤覺脣

際隱痛捫之高起三日而成雙疣遂爲痼疾不敢大言
笑啟吻太驟則痛不可忍
異史氏曰死能爲厲其氣冤也私病加於唇吻神而近
於戲矣邑王氏與同窗某狎其妻歸寧王知其驢善驚
先伏叢莽中伺婦至暴出驢驚婦墮惟一僮從不能扶
婦乘王乃殷勤抱控甚至婦亦不識誰何王揚揚以此
得志謂僮逐驢去因遂私其婦於莽中褐服袴履甚悉
某聞大慚而去少間自窗隙中見某一手握刃一手捉
妻來意甚惡大懼踰垣而逃某亦從之追二三里不及

始返王盡力極奔肺葉開張以是得吼疾數年不愈焉

聊齋志異卷四終

丙戌三月十四日 披露老人

中華古籍保護計劃

ZHONG HUA GU JI BAO HU JI HUA CHENG GUO

·成果·

圖書在版編目(CIP)數據

青柯亭本聊齋志異:全八册/(清)蒲松齡撰.—北京:國家圖書館出版社,2020.7

(國學基本典籍叢刊)

ISBN 978-7-5013-6790-0

Ⅰ.①青…　Ⅱ.①蒲…　Ⅲ.①筆記小説—中國—清代　Ⅳ.①I242.1

中國版本圖書館CIP數據核字(2019)第102870號

書　　名　青柯亭本聊齋志異(全八册)
著　　者　(清)蒲松齡　撰
責任編輯　南江濤
封面設計　徐新狀

出版發行　國家圖書館出版社(北京市西城區文津街7號　100034)
(原書目文獻出版社　北京圖書館出版社)
010-66114536　63802249　nlcpress@nlc.cn(郵購)
網　　址　http://www.nlcpress.com
印　　裝　北京市通州興龍印刷廠
版次印次　2020年7月第1版　2020年7月第1次印刷

開　　本　880×1230(毫米)　1/32
印　　張　69
書　　號　ISBN 978-7-5013-6790-0
定　　價　200.00圓

《國學基本典籍叢刊》編委會

《國學基本典籍叢刊》前言

國家圖書館出版社（原書目文獻出版社 北京圖書館出版社）成立三十多年來，出版了大量的中國傳統文化典籍。由於這些典籍的出版往往采用叢書的方式或綫裝形式，供公共圖書館和大學圖書館典藏使用，普通讀者因價格較高、部頭較大，不易購買使用。爲弘揚優秀傳統文化，滿足廣大普通讀者的需求，現將經、史、子、集各部的常用典籍，選擇善本，分輯陸續出版單行本。每書之前均加簡要説明，必要者加編目録和索引，總名《國學基本典籍叢刊》。歡迎讀者提出寶貴意見和建議，以使這項工作逐步完善。

編委會

二〇一六年四月

出版説明

清代蒲松齡的《聊齋志異》是一部文言寫就的短篇小説集，流傳廣泛，影響深遠，在中國古代小説史上占有重要地位。魯迅在《中國小説史略》中評價云：『《聊齋志異》雖亦如當時同類之書，不外記神仙狐鬼精魅故事，然描寫委曲，敘次井然，用傳奇法，而以志怪，變幻之狀，如在目前；又或易調改弦，别敘畸人異行，出於幻域，頓入人間；偶述瑣聞，亦多簡潔，故讀者耳目，爲之一新。』〔一〕在蒲松齡生前，《聊齋志異》僅有其稿本和傳鈔本流傳。清乾隆年間的青柯亭刻本是《聊齋志異》的第一個刻本，自此之後，很快風行天下，坊間紛紛翻刻，并且出現了注釋本、新評本、合評本、繡像本等等。《聊齋志異》現存主要版本有：一、蒲松齡稿本二百三十一篇，藏於遼寧省圖書館，文學古籍刊行社曾據以影印；二、康熙鈔本，殘存二百五十篇，藏於山東博物館；三、乾隆十六年（一七五一）張氏鑄雪齋鈔本，藏於北京大學圖書館，一九七四年上海人民出版社據以

〔一〕魯迅：《中國小説史略》，上海古籍出版社二〇〇一年版，第一四七頁。

影印；四、二十四卷鈔本，藏於山東人民出版社，一九八〇年齊魯書社據以影印；五、乾隆黄炎熙選鈔本，存十卷，藏於四川大學圖書館；六、乾隆青柯亭刻本及其翻刻本等等。相關學者研究得知，山東博物館藏康熙鈔本，與稿本同出一源。對比兩卷重合者，無論行款還是內容，都是高度一致的，與稿本合璧的六卷，最能反映其原貌。青柯亭刻本對篇目順序、內容等有所改動，并不是忠實原本的版本，但其刻印對《聊齋志異》的傳播，是功不可没的。清代對《聊齋志異》進行評點注釋的有王士禛、馮鎮巒、但明倫、何守奇、王芑孫、方舒岩、吕湛恩、何垠等。任篤行先生輯校《全校彙注集評聊齋志異》[二]，集有清一代多家評注大成，是現在頗便參閱的本子。但是，據《中國古籍善本書目》著録，西北師範大學圖書館藏有一部青柯亭刻本《聊齋志異》，標注爲徐康批校本，任先生輯校本并未提及，且至今尚未引起學界的關注。除了見録於《中國古籍善本書目》，這部批校本《聊齋志異》還見於吴則虞《續藏書紀事詩》卷九所載『徐康』條：『康又批注《聊齋志異》，余見過録本。』[三]此次影印，即據此本，特述其特點、價值於下。

[二]（清）蒲松齡撰，任篤行輯校：《全校彙注集評聊齋志異》，人民文學出版社二〇一六年版。本文比對徐康批校內容，主要參照此本，特此説明。

[三]吴則虞撰《續藏書紀事詩》，國家圖書館出版社二〇一六年版，第三六六頁。

一、徐康生平著述

徐康生於清嘉慶十九年（一八一四），約卒於光緒十四年（一八八八），壽七十五歲上下〔一〕。徐氏字子晋，號窳叟，別署玉蟾館主，蘇州人。室名『神明竟』。他博雅嗜古，精於鑒賞，擅長書法。其存世著作有《前塵夢影録》二卷、《石室祕藏詩》一卷、《神明竟詩》一卷、《窳叟墨録》一卷等。《前塵夢影録》爲徐氏最著之作，無需贅言。《石室祕藏詩》一卷、《神明竟詩》一卷爲其子徐熙所刻，吴大澂題簽，前有沈秉成、潘鍾瑞二序，後有徐熙識語。據徐熙光緒十九年（一八九三）題識，徐康善於爲詩，有『《心太平軒詩稿》若干卷，會遭寇亂，散佚無復存者』，此二卷主要是其晚年所作。沈秉成評價其詩云：『言情體物，瀟灑出塵。』潘鍾瑞則曰：『簡樸藴藉，擷古之腴，絶不撫唐規宋，取面目之近似。』〔二〕《窳叟墨録》一卷，則是吴昌綬刊印《十六家墨説》時移録删次其《前塵夢影録》前十頁而成，并非另一種著作。書前節録徐氏光緒乙酉自識，卷末記其概况云：『徐叟

〔一〕沈津：《自莊嚴堪藏諸家批校本前塵夢影録》序，《自莊嚴堪藏諸家批校本前塵夢影録》，國家圖書館出版社二〇一六年版，序第一頁下。

〔二〕（清）徐康撰：《神明竟詩·石室祕藏詩》，清光緒十九年（一八九三）刻本。

子晋精於鑒賞，少日在吴中猶聞緒論所著《前塵夢影録》，前十頁皆述明以來諸名家墨，特賅洽可傳，略爲删次，迻寫別行。夾注標案者，亡友元和江標建霞也。壬戌立夏吴昌綬記。』〔二〕《自莊嚴堪藏諸家批校本前塵夢影録》有顧廷龍先生過録吴昌綬批語〔三〕，其於前十頁論墨之處多有删改考訂，正與此卷基本相合，可供參考。此外，徐康生於岐黄世家，曾批注其曾祖徐錦《心太平軒醫案》一書〔三〕。其簡單的傳記資料，散見於《〔民國〕吴縣志》《前塵夢影録》及吴則虞《續藏書紀事詩》。吴氏主要總結其作爲藏書家、鑒賞家的特點，詩曰：『夢影前塵百感生，著書幸喜眼猶明。花田賓主今誰在，把筆淒然復自驚。』〔四〕其實，徐康還對《聊齋志異》做了細緻的詮注工作。

〔二〕（清）徐康撰：《窳叟墨録》，民國十一年（一九二二）刻朱印本。

〔三〕（清）徐康撰，章鈺、顧廷龍等批校：《自莊嚴堪藏諸家批校本前塵夢影録》，國家圖書館出版社二〇一六年版。

〔三〕盧棣、楊亦豐：《對徐康眉批〈心太平軒醫案〉的初評》，《陝西中醫》二〇一三年第六期，第七五頁。

〔四〕吴則虞撰：《續藏書紀事詩》，第三六五頁。

二、批校本的基本情况

書内除了卷前和末尾有徐氏長跋，在卷二—十六之末，還分别有一則簡短識語。爲了方便大家瞭解詳情和研究，全部移録於此：

卷前墨筆跋語：『性禾世講爲摯友趙次公之侄，識之十餘年矣。恂恂儒雅，好學不倦。知余十餘年前曾將《志異》詮釋，其時爲兩兒避兵奔走，久抛筆硯，若重督課，年皆二十外，扞格不入，思作捷徑，以明曉字義，爲之句疏字剔，指其作題行文之意，凡經數十寒暑。後身愈衰朽，往往於枕上臥書，旁行側上，潦草已極。性禾逐本假去移書，僅四五月全部録畢。余喜其既勤且敏，真佳子弟也。將來再至虞山，當爲細校。若人言家有敝帚，享之千金，此書亦作如是觀。光緒十年八月杪日雨窗，書於神明竟。窳叟。』鈐印『徐康』。

卷二末墨筆：『光緒丙戌三月初八日校於舊山樓右非昔軒。窳叟。』卷三末墨筆：『丙戌三月十二日校。窳叟。』卷四末墨筆：『丙戌三月十四日校。窳老人。』卷五末墨筆：『三月十四日齋日，在舊山樓下校。窳叟，時年七十三。』卷六末墨筆：『丙戌三月，窳叟校。』卷七末墨筆：『三月十四日校。』卷八末墨筆：『三月望校於舊山樓下。窳。』卷九末墨筆：『丙戌三月望非昔軒。瓻。』卷十末墨筆：『三月望，瓻校。』卷十一末墨筆：『三月望校，瓻。』卷十二末朱筆：『光緒丙戌三月十七日，瓻校。時年七十三。』卷十三末墨筆：『丙戌三月十七日校於非昔軒。瓻。』卷十四末墨筆：『丙戌三月既望，瓻叟校。』卷十五前朱筆瓻舊句：『微雨怒生當前笋，嫩晴喜放及時花。』卷十六墨筆：『三月十七日。瓻校。』又墨筆跋：『光緒十二年丙戌三月朔，至虞山下榻次翁舊山樓下。小阮性禾以手過拙批注《聊齋》囑爲校正。隨窮數日之力了畢。性禾臨過批時誤字不少，自九、十卷以後漸少，此即學問日益處，鍥而不舍，金石可開。勉之。七十三瓻叟康記。』鈐印『徐康』。

從西北師範大學圖書館網站、卡片到《中國古籍善本書目》，均著録此書爲『乾隆青柯亭刻本，徐康批校』。爲了減少枝蔓，此處不對該刻本進行過多探討。細讀跋文，不難發現，這個本子并非徐康手批本，而是他的摯友趙宗建的侄子趙性禾於光緒十年的過録本，他作跋語於前，對自己詮注《聊齋志異》的過程和趙性禾過録做了簡要的説明，并表示日後再行校對。光緒十二年三月，徐康再到虞山舊山樓，用半個多月時間，通校趙氏過録本，改正錯字不少。兩年之後，徐康去世，如今其手批本不見存於世，而其校勘題跋的這個過録本被幸運地保存了下來，讓我們能一睹徐康批校的細節，實在是不幸之萬幸。

卷内鈐印有『蓉汀氏珍藏』『德符』『徐康』『忍饑誦經』『南宮瓻叟徐康』『子晋』『瓻叟』『不

味』『厚基』『亥有二首六身』『東海』『漚客』等印。印章大部分爲徐康所鈐。『蓉汀氏』未詳何人，待考。『厚基』當爲許厚基，字博明，流寓蘇州。近代蘇州著名藏書家。

三、批校内容及其價值

如上文所言，此本是趙性禾過録徐康手批，絶大多數朱筆批校爲其手書，而對朱批的墨筆校改，則是徐康校改痕迹。全書十六卷，着墨非常均匀，從序跋（卷前依次是余集序、唐夢賚序、趙起杲弁言、《淄川縣志》載『聊齋小傳』、聊齋自識、高珩題識、『刻聊齋志異例言』）到正文，逐篇圈點、『詮注』，一絲不苟，過録和校改都非常認真。從内容來看，主要包括對正文的題注，字詞、人名、地名、典故等注解，總評等幾個方面，在繼承前人評點、注釋的基礎上，自己多所發揮。下面一一舉例説明。

首先説題注。這裏的題注，指徐氏對《聊齋志異》篇題的注釋。注釋短則一字，長則數行。從内容來看，大約有兩個層面。一是對故事類型或主角身份進行界定，如卷一《考城隍》《瞳人語》《陸判》等下注『神』，《嬌娜》《玉成》《青鳳》《賈兒》《董生》等下注『狐』，《畫皮》下注『怪』，《畫壁》下注『幻想』；卷二《聶小倩》《水莽草》《任秀》下注『鬼』，《蓮香》下注『狐鬼』，《阿寶》下注

『情癡』，《鳳陽人士》下注『非人非鬼』，《張誠》下注『孝悌』，《小人》下注『邪術』；卷三《王者》下注『幻術』，《保住》下注『異能』，《香玉》下注『花妖』；卷四《申氏》下注『龜妖』，《阿纖》下注『鼠精』，《瑞雲》下注『仙術』；卷五《續黄粱》等下注『幻想』；卷六《劉海石》下注『狸』，《汪士秀》下注『魚精』，《翩翩》下注『仙』，《庚娘》下注『盜』；卷七《郭秀才》下注『鬼魅』，《鴿異》下注『癖』，《八大王》下注『鱉妖』，《葛巾》下注『牡丹妖』，《黄英》下注『菊花妖』；卷十一《布商》下注『佛』；卷十二《崔猛》下注『俠』，《紉針》下注『雷』；卷十三《口技》下注『技藝』，《段氏》下注『妒婦』，《二班》下注『虎』，《噴水》下注『怪』；卷十四《沂水秀才》下注『鄙陋』，《死僧》下注『貪癡』，《地震》下注『災異』；卷十六《邑人》下注『果報』，《王子安》下注『科場』，《牧監》下注『寓言』，《某乙》下注『賊』，《太原獄》下注『良吏』等等。概而言之，以故事主角而論，大致有『神』『仙』『佛』『妖』『精』『鬼』『怪』『人』幾種，每類之下又有子類，如鬼有『知己鬼』『癡情鬼』等，『精』有虎精、狐精、鼠精、魚精等等，『人』則分俠、盜、賊、孝悌、妒婦等等；以故事内容而論，則有寓言、幻想、邪術等等。從這些簡單的標注不難發現，徐康在閲讀注解《聊齋志異》的過程中，已經開始對其中的故事有意識地進行内容上的分類。

徐氏題注第二層次，首先是對故事源頭的揭示或補注相關知識和史實。如卷二《嬰寧》注：『嬰寧見《莊子》。』按，《莊子·大宗師》：『無不迎也，無不毁也，無不成也，其名爲攖寧。攖寧者也，攖而後成者也。』〔二〕卷三《織成》注：『按，織成乃錦業，織成五采者，始於唐時，如今鬼手貢帶之類，取以名婢，主自風雅。』《水災》注：『吳門於道光三年淮城以下高堰倒，江浙大受其害。西北地高少湖，一旱即成災，非若江浙水鄉。』卷四《白秋練》注：『白鱀魚精。此魚江海多有之，一名鮠魚，其肚潔白，最益人胃。小目，口在頷下，高背無鱗，通體白皙。』其次，對故事整篇内容和思想的把握和概括。如卷一《考城隍》注：『滿腹牢騷，首篇即書此，謂衹能考試於冥中耳。』卷一《瞳人語》下注：『懺悔。佛氏曰懺悔，吾儒曰自新。』第三，與同時代其他文言小説的簡單比照。如卷一《長清僧》下注（按，此爲徐康墨筆校補内容）：『借屍易形，《閲微筆記》中有之，《柳厓外編》中亦有。』第四，對故事内容提煉，進而發出感慨或簡短評價，頗似篇末總評功能。如卷三《瑞雲》注：『聊齋生平少知己，此托之狎邪。』卷四《書癡》注：『書之爲物，末進首出，流浪子弟視如深愁，故比先賣，不知祖上銖積寸纇而得。』卷五《續黄粱》注：『始念是妄想、隨想，成因竟成炙手可熱之境，後失意隨現苦趣。』《胡四相公》注：『言兄弟情薄不及狐。前卷西席姓胡，此亦姓胡，胡者，狐也。』卷六《連城》注：『此篇所重在知己二字，恐亦是寓言。閲後評蛾眉一笑，當知之。』《羅刹海市》注：『此寓言代哭。蓋抱才不能行於中原，而行於海外又不行，乃至龍宫始吐

〔二〕（宋）吕惠卿撰：《壬辰重改證吕太尉經進莊子全解》，國家圖書館出版社二〇一一年版，第九八頁。

氣，難矣。』

其次，徐氏對《聊齋》字詞、人名、地名、典故等做了較爲詳盡的注解，并補注了爲數不少的史料，與文義、故事等相佐證，有非常鮮明的特點。一是音注，大致有直音、反切、注聲調等幾種方式。直音最多，如卷一《考城隍》『廨』旁注『音解』，《瞳人語》『佻』旁注『挑』，『茀』旁注『音弗』，『覷』上注『音趣』，『掬』旁注『菊』，『颺』旁注『揚』，『眯』旁注『迷』，『瞼』上注『音檢』，『翳』旁注『衣』，『簌』上注『音速』，『叵』上注『即叵音』，『眶』旁注『匡』，『溉』旁注『蓋』，『闢』旁注『音匹』，『膜』旁注『音莫』，『忸』上注『音紐』等等；有見於何垠注釋者，也有徐氏所注。徐氏所注直音，還有一種情況，如《考城隍》『幘』旁注『音文』，《瞳人語》『抓』旁注『音查』，『裂』旁注『音力』，『褻』旁注『息』，『侮』旁注『音父』等，這些初看有些彆扭，與現在的讀音有不小的差異。其實，這正體現了徐氏注音的特點——善用方言方音，檢《蘇州方言詞典》等工具書，這些字在蘇州方言的讀音與徐氏所注是基本吻合的，這是非常值得注意的地方。反切是古人注音的常用方法，這裏當然也不例外。如《瞳人語》『赧』上注『乃版切』，按《說文》：『赧，從赤，𠬝(服)聲。』王筠《句讀》作『㞋(撚)聲』(王筠說爲確)；《廣韻》：『奴板切。』此處何垠注『音戁』，『戁』字亦非常見字，於此直音作注，顯然不如徐氏所注反切高明。《陸判》『湔』上注：『子延切』。按《廣韻》：『湔，子仙切。』此外，還有直音與反切兩注者，如《瞳人語》『覘』旁注『音穿，醜廉也』，按『覘』，《廣韻》：『醜廉切。』在一些字的注音上，徐氏除了注明『音×』之外，還注明『×聲』，對於一些破音字，還標注了『亦音×』或『俗音×』，或『據文義當都×聲』。如卷一《陸判》篇中『蘸』上注『音斬，去聲』，『釃』上注『音押，俗音乙』，『墮』旁注『音灰，亦音度』，『從人馬』之『從』旁注『去聲』等等。總體上説，徐氏在注音上花費的精力比較多，爲我們保留了一些重要的語音資料和蘇州方音素材。二是語詞注解，簡潔明瞭，點到即止，少有冗繁的考證。如《考城隍》中『疾』，注『帶病也』，『鏤膺』旁注『馬飾』，《瞳人語》『不持儀節』旁注『不守規矩』，『薄尾綴之』注『跟隨其後』，『瞼』上注『眼皮』，『劇』上注『甚也』等等，有的節録前人注解，前人無解處則自注其意，文字簡潔，文義明曉，易於理解。三是人名地名的注釋，人名之下，簡述生平出處，地名之旁，注出所屬區域及沿革等，頗資參考。如《畫壁》『都中』上注：『今順天府。』《嶗山道士》『嶗山』上注：『《齊乘》：大嶗、小嶗在山東即墨縣東南六十里，又名嶗盛山。又見顧寧人《山東考古録》。』《瞳人語》『長安』上注：『漢唐長安在陝西，晋初與宋五代皆汴洛，晋南渡在金陵，前宋齊梁陳亦然，金元明在直隸，本朝因之。』《陸判》『陵陽』上注：『安徽宣城宛陵地。』『蘇溪』上注：『小地名。』『太華』上注：『在陝西有太華山。孫曰：華陰，五嶽中之西嶽。』等等。三是對典故的溯源，言簡意賅，不加贅語。如卷一《考城隍》『白顛馬』上注『《詩·秦風》：有馬白顛。額有白毛，謂之的顙。』《陸判》『迎刃而解』上注：『《莊子》句。』『數武』上注『數步，見《禮記》。』『曰渾曰深』上注：『此用晋王渾弟兄名典。』『佩刀宜贈渾也』旁注：『用吕虔贈刀事，見《三國志》。』僅僅點明出處，并未細緻展開，這主要是因爲注者對典故較爲熟悉，無需長篇纍牘。當然，對今天的讀者而言，這樣的注解，則無法滿足要求了。四是補注與文義、故事相關的史料，詳實可據。如《長清僧》注：『乾嘉時長沙唐仲冕號陶山，本山左岱山僧，轉劫而自知之。入都引見，曾至僧寺，舉目了了，頓悟前因，遂作《岱覽》一書，刊行後升陝西方伯。遺命囑其子孫藏陶山山，即岱宗之旁。子爲鏡海太常。吴梅村之婿爲素安中堂子，乙榜，能記三世。因見吴詩注及國初人説部。』《陸判》有：『中舉。國初及乾隆中當沿明人制度，士子習一經，自注卷面，入場後，即分送房師亦習此經者薦卷。』等等，這些材料是徐氏根據自己所知史料進行必要的補充，以便對《聊齋》所記故事所反映的現實生活進行直接的瞭解，值得特别重視。

第三，在一些故事的篇中，有對精彩語句的點評，一些故事的篇末，又批有『總評』，兩相結合，相得益彰。而徐氏這些評語，并非鈔自前人，絶大部分是自己對文中精彩之處和所反映内容思想的評點。卷一《考城隍》文中有評二處：一是『文中有云：有心爲善，雖善不賞；無心爲惡，雖惡不罰』之上有『文亦奇特，與題相稱』；二是『中有「有花有酒春常在，無月無燈夜自明」之句』上評：『真是鬼詩蕭颯之至。』《瞳人語》末句『鬼神雖惡，亦何嘗不許人自新哉！』圈出，并在其上評：『勸懲之詞。』等等，或對文章結構品評，或對妙文佳句賞析，或就内容點出精髓所在，雖然祇有短短數字，却起到很好的導讀和指引作用。

其卷末評語則有對全篇故事源流的追溯、故事性質的判别、精彩結尾的品評等等。如《陸判》末評：『此亦寓言。面目换當可，若心换則豈有是理？一切皆不明本人之事矣。《莊子》云：七日而渾沌七竅盡鑿，亦死矣。』又云：『湔腸伐胃，三國華佗傳事。言醫病非去愚益慧術也。』又如卷四《珊瑚》末評：『此篇無詼諧一字，其勸世良言，宜熟誦之。』卷五《狐諧》末評：『一結有千鈞之力，又如騎駿馬飛馳道路，忽然勒住。』《連瑣》末評：『溪山悠然無盡，化工之筆。』《夜叉國》評：『至此始暢罵矣。』卷六《劉海石》評：『此恐亦寓言。凡中年喪妻而子女已年長者，忽與至納妾，無不引狸入室，可不戒哉？』卷六《毛狐》評：『先生長句不累墜，短句極明簡，不能學也。』卷六《青梅》評：『大可演爲傳奇。』卷六《八大王》評：『賦共五段，末四言最佳。』枚舉數例，足以辨明大概。

如文章開始所言，《聊齋志異》存世批校本有數家之多，通過近年來學界的考察和揭示，絶大部分已經進入研究者的視野。而此部徐康批校本，一直沉睡在西北師大，還没有引起應有的重視。通過對原書基本情況的揭示、徐氏批校内容的初步勾勒，我認爲此批校本有較高的研究價值，亟待學界關注。首先，這是徐康耗費數年心力詮釋的成果，以其廣博的知識和豐富的史料，爲我們研究《聊齋志異》的内容提供了有益參考。其次，徐氏音注頗具特色，爲我們保留了大量有價值的蘇州方言資料，值得吴方言研究者注意。第三，徐氏對典故的詮釋雖然是點到即止，但爲我們提供了有益的綫索。而其對字詞、地名、人名的注解，對相關史料的增補，相當部分的資料在現有《聊齋志異》注釋評校中是没有的，這無疑對我們今人理解聊齋故事内容，進一步闡釋故事思想有很大的幫助。第四，徐氏的文中評語和總評雖然從數量上無法與但評、何評等相提并論，但也有自身明顯的特點，在把握故事行文結構、揣摩學習留仙精彩語句、總結故事思想等諸多方面都可以視作對前賢有益的補充。今得西北師範大學圖書館慨允，據原書高清掃描，影印爲《國學基本典籍叢刊》之一種，方便讀者閲覽和學界研究。

國家圖書館出版社

二〇二〇年五月

總目録

第一册

第二册

第三册

第四册

第五册

第六册

第七册

第八册

第一册目録

卷二

據西北師範大學圖書館藏清乾隆青柯亭刻本影印原書版框高十三點四厘米寬九點三厘米

淄川蒲留仙著

聊齋志異

青柯亭開彫

性禾世誼為執友趙次公之孫識之十餘年矣恂恂儒雅好學不勸知余十餘年前曾將志異詮釋其時為兩兒避兵彝遠久拋筆硯荒廢時課年皆二十外扞格不入思作捷徑以明曉字義為之句梳字刪指其作題行文之意凡經數十寒暑後身愈羸朽往往於枕上臥書旁行側上添草已極性未逐本假之移書僅四五月全部畢錄余喜其既勤且敏真佳子弟也將來再至霽山當為細校若人言家有敝帚享之千金此書亦作如是觀光緒十年八月杪日兩聰書於神明竟寮史

孫康

前塵夢影錄 徐子晉

序

□之經識之十餘年矣恂恂儒雅好

古將志異詮釋其時為兩兒避兵奔

走久拋筆硯荒墜業課年甫二十外扞格不入思作捷徑

以明曉字義為之句梳字剔指其作題行文之意凡經數

十寒暑後身愈羸朽往往於枕上臥書寫行側工潦草已

極性未遂專假之移書傳四方月全部畢錄余嘉其既

勤且敏真佳子弟也將來再要雲山當為細校昔人言

家有敝帚享之千金此書亦作如是觀光緒十年八月

朔日雨牕書於神明鏡寂室

徐康

飇同飑 音標

梟 不孝鳥

獍 不孝獸

乙酉三月山左趙公奉

命守睦州余假館於郡齋太守公出淄川蒲柳泉先生聊齋志異請余審定而付之梓嚴陵環郡皆崇山郡齋又多古木奇石時當秋飇怒號景物晦冥狐鼠晝跳梟獍夜嘷（同號）把卷坐斗室中青燈睒睒巳不待展讀而陰森之氣偪人毛髮

嗚呼同在先天化日之中而胡乃沈㝠抑塞托志幽遐至於此極余蓋卒讀之而悄然有以悲先生之志矣按縣志稱先生少負異才以氣節自矜落落不偶卒困於經生以終平生奇氣無所宣渫悉寄之於書故所載多涉詼詭荒忽不經之事至於驚世駭俗而卒不顧嗟夫

音蜮名短狐伏水伺人過影入水中即含沙射其影人即病矣

禹鑄九鼎神姦畢露

世固有眼聲被色儼然人類叩其所藏有鬼蜮之不足比而豺虎之難與方者下堂見蠆（即蝎子音丑采）出門觸蠭（即蜂）紛紛沓沓（音踏）莫可窮詰惜無禹鼎鑄其情狀鐲鏤（屬鏤劍名左傳賜之屬鏤以死）決其陰霾不得已而涉想於杳冥荒怪之域以為異類有情或者尚堪晤對鬼謀雖遠庶其警彼貪淫嗚呼先生之志荒而先生

之心苦矣昔者三閭被放彷徨山澤經歷陵廟呵壁問天神靈恠物琦瑋僪佹以洩憤懣抒瀉愁思釋氏憫衆生之顛倒借因果爲筏喻刀山劍樹牛鬼蛇神罔非說法開覺有情然則是書之恍惚幻妄光恠陸離皆其微旨所存殆以三閭侘傺之思寓化人解脫之意歟使第

齊諧記
述異記

以媲美齊諧希踪述異相詫嶔此井蠡之見固大盭於作者亦豈太守公傳刻之深心哉夫易筮載鬼傳紀降神妖祥実異炳於經籍天地至大無所不有小儒視不越几席之外履不出里巷之中非以情揣即以理格是遠遠者又甚於井蠡之見也太守公曰子之説可以傳

先生矣遂書以為序
乾隆三十年歲次乙酉十一月仁和余
集撰

余秋室先生號蓉裳官翰林學士

槖它即駱駝

諺有之云見槖駝謂馬腫背此言雖小可以喻大矣夫人以目所見者為有所不見者為無曰此其常也倏有而倏無則怪之至於草木之榮落昆蟲之變化倏有倏無又不之怪而獨於神龍則怪之彼萬竅之刁刁百川之活活無所持之而動無所激之而鳴豈非怪乎又習而安焉獨至於鬼狐則怪之至於人則又不怪夫人則亦誰持之而動誰激之而鳴者乎莫不曰我實為之夫我之所以為我者目能視而不能視其所以視耳能聞而不能聞其所以聞而況於聞見所不能及者乎夫聞

見所及以爲有所不及以爲無其爲聞見也幾何矣人之言曰有形形者有物物者而不知有以無形爲形無物爲物者夫無形無物則耳目窮矣而不可謂之無也有見蚊睫者有不見泰山者有聞蟻鬭者有不聞雷鳴者見聞之不同者盲聵未可妄論也自小儒謂人死如風火散之說而原始要終之道不明於天下於是所見者愈少所怪者愈多而馬腫背之說昌行於天下無可如何輒以孔子不語一詞了之而齊諧志怪虞初記異之編疑之者參半矣不知孔子之所不記者乃中人以

皆左傳

下不可得而聞者耳而謂春秋盡刪怪神哉留仙蒲子幼而穎異長而特達下筆風起雲湧能爲載記之言於制舉業之暇凡所聞見輒爲筆記大要多鬼狐怪異之事向得其一卷輒爲同人取去今再得其一卷閱之凡爲余所習知者十之三四最足以破小儒拘墟之見而與夏蟲語冰也余謂事無常怪但以有害於人者爲妖故日食星隕鷁飛鵒巢石言龍鬬不可謂異惟土木甲兵之不時與亂臣賊子乃爲妖異耳今觀留仙所著其論斷大義皆本於賞善罰淫與安義命之旨足以開物

而成務正如揚雲法言桓譚謂其必傳矣豹巖樵史唐

揚門人

夢賚拜題

高少宰唐太史皆山右名士皆有詩文集行世志中嘗及之

丙寅冬吾友周子季和自濟南解館歸以手錄淄川蒲留仙先生聊齋志異二冊相貽深以卷帙繁多不能全鈔爲憾予讀而喜之每藏之行笥中欲訪其全數年不可得丁丑春攜至都門爲王子閏軒攜去後予宦閩中晤鄭荔薌先生令嗣因憶先生昔年曾宦吾鄉性喜儲書或有藏本果丐得之命侍史錄正副二本披閱之下似與季和本稍異後三年再至都門閏軒出原鈔本細加校對又從吳君潁思假鈔本勘定各有異同始知荔薌當年得於其家者實原稾也癸未官武林友人鮑以

相傳趙太守爲
蒲翁後輩

文屢慫恿予付梓因循未果後借鈔者衆藏本不能徧應遂勉成以公同好他日見聞輒出以相贈其欣賞爲何如獨恨吾季和已赴九原不獲與之商確定論已此書之成出貲勷事者鮑子以文校讎更正者則余君蓉裳郁君佩先暨子弟臯亭也

乾隆丙戌端陽前二日萊陽後學趙起杲書於睦州官舍

施愚山宣城人康熙己未博学鸿词官翰林侍講

李希梅名堯臣字紉庵淄川諸生

張歷友名篤慶別号崑崙山人明大学士之蕟曾孫康熙丙寅拔貢生

聊齋小傳

淄川蒲松齡字留仙號柳泉辛卯歲貢以文章風節著一時弱冠應童子試受知於施愚山先生文名藉甚乃決然舍去一肆力於古文悲憤感慨自成一家言性樸厚篤交遊重名義與同邑李希梅張歷友諸名士結爲詩社以風雅道義相切劘新城王漁洋先生素奇其才謂非尋常流輩所及也家所藏著述頗富而聊齋志異一書尤膾炙人口云淄川縣志

王漁洋先生名士禎因避諱改士正乾隆時又[illegible]山东新城人
順治辛卯举人乙未進士官刑部尚書卒謚文簡

野馬塵埃也出莊子

吳人斷髮文身史記

五父之衢孔聖事迹

聊齋自誌

披蘿帶荔三閭氏感而爲騷牛鬼蛇神長爪郎吟而成癖自鳴天籟不擇好音有由然矣松落落秋螢之火魑魅爭光逐逐野馬之塵罔兩見笑才非干寶雅愛搜神情同黃州喜人談鬼聞則命筆遂以成編久之四方同人又以郵筒相寄因而物以好聚所積益夥甚者人非化外事或奇於斷髮之鄉睫在目前怪有過於飛頭之國遄飛逸興狂固難辭永託曠懷癡且不諱展如之人得毋向我胡盧耶然五父衢頭或涉濫聽而三生石上

九歌　屈原楚之三閭大夫著離騷　唐李長吉　莊子　宋蘇軾黃州太守　唐語林　晉書　世說嵇康事　史記泰伯世家　酉陽雜俎　檀弓　毛詩　同前

牛鬼蛇神　唐杜牧序李長吉文

廣西邊界有飛頭獠今為有

三生　傳灯録　續酉陽雜俎　祖僧圓澤

男曰懸弧女曰說帨帨音稅
音歲弓也包頭也
佛云瞿曇此言純淨
偏袒右肩金剛經
初祖達磨面壁
藩溷之花南史范縝語
古樂府有子夜歌

頗悟前因放縱之言有未可概以人廢者松懸弧時先
大人夢一病瘠瞿曇偏袒入室藥膏如錢圓粘乳際寤
而松生果符墨誌且也少羸多病長命不猶門庭之悽
寂則冷淡如僧筆墨之耕耘則蕭條似鉢每搔頭自念
勿亦面壁人果是吾前生耶蓋有漏根因未結人天之
果而隨風蕩墮竟成藩溷之花茫茫六道何可謂無其
理哉獨是子夜熒熒燈昏欲蕊蕭齋瑟瑟案冷凝冰集
腋爲裘妄續幽冥之錄浮白載筆僅成孤憤之書寄托
如此亦足悲矣嗟乎驚霜寒雀抱樹無溫弔月秋蟲偎

闌自熱知我者。其在青林黑塞間乎。康熙己未春日柳

泉居士題

一部宇騷一肚皮不合時宜皆包括於此叙內

山海經

相如有子虛賦

志而曰異明其不同於常也然而聖人曰君子以同而異何耶其義廣矣大矣夫聖人之言雖多主於人事而吾謂三才之理六經之文諸聖之義可一以貫之則謂異之為義即易之冐道無不可也夫人但知居仁由義克己復禮為善人君子矣而陟降而在帝左右禱祀而感召風雷乃近於巫祝之說者何耶神禹創鑄九鼎而山海一經復垂萬世豈上古聖人而喜語怪乎抑爭子虛烏有之賦心而預為分道揚鑣者地乎後世拘墟之士雙瞳如豆一葉迷山目所不見率以仲尼不語為辭

六鷁退飛 左傳

隕石

諸皐記

夷堅志 宋洪邁

不知鷁飛石隕是何人載筆爾爾也倘概以左氏之誣蔽之無異掩耳者高語無雷矣引而伸之即閶闔九天唐人早朝詩衣冠萬國之句深山窮谷中人亦以為欺我無疑也余謂欲讀天下之奇書須明天下之大道蓋以人論大道沭世者聖人之所以為木鐸也然而天下有解人則雖孔子之所不語者皆足輔功令教化之所不及而諸皐夷堅亦可與六經同功茍非其人則雖日述孔子之所常言而皆足以佐慝如讀南子之見則以為淫辟皆可周旋泥佛肸之往則以為叛逆不妨共事不止詩書發塚

灌田蚡害竇嬰嬰死坐于蚡牀旋亦死見史記灌夫

盎害晁錯錯報

王莽事

周官資纂已也彼拘墟之士多疑者其言則未嘗不近於正也一則疑曰政教自堪治世因果無乃渺茫乎曰是也然則陰騭上帝幽有鬼神亦聖人之言否乎彼彭生覿面申生語巫武曌音照武后自撰宮中田蚡枕畔九幽斧鉞嚴於王章法律多矣而世人往往多疑者以報應之或爽誠有可疑即如聖門之士賢儁無多德行四人二者夭亡一厄繼母幾乎同於伯奇天道憒憒一至此乎是非遼洞三世不足消釋羣憾釋迦馬麥袁盎人瘡亦安知之故非天道憒憒人自憒憒故也或曰報應示戒可矣妖邪不

齊公子彭生見左傳

李晟郭子儀

宜除乎曰是也然而天地大矣無所不有今古變矣未可膠舟人世不皆君子陰曹反皆正人乎宜夏姬（左傳）謝世便儕共姜（宋國事）榮公撤瑟可參孤竹（夷齊）乎有以知其必不然矣且江河日下人鬼頗同不則幽冥之中反是聖賢道場日、唐虞三代有是理乎或又疑而且規之曰異事世固間有之矣或亦不妨抵掌而竟馳想天外幻跡人區無乃為齊諧濫觴乎曰是也然子長列傳不厭滑稽卮言寓言蒙莊嚆矢且二十一史果皆實錄乎仙人之議李郭也固有遺憾久矣而況勃窣文心筆補造化不止

中郎将二千石

生花且同煉石佳鬼佳狐之奇俊也降福既以孔皆敦倫更復無數人中大賢猶有愧焉是在解人不為法縛不死句下可也夫中郎帳底應饒子家之異味鄴侯架上何須兔冊之常銓余願為婆娑蓺林者職調人之役焉古人著書其正也剩以天常民彝為則使天下之人聽一事如聞雷霆奉一言如親日月外此而書或奇也則新鬼故鬼魯廟依稀內蛇外蛇鄭門躑躅非盡矯誣也倘盡以不語二字奉為金科則萍實商羊羵羊楛矢但當搖首閉目而謝之足矣然乎否乎吾願讀書之士

牡丹亭還魂記

曹邱生 史記

魯仲連

覽此奇文須深慧業眼光如電牆壁皆通能知作者之意並知聖人或雅言或罕言或不語之故則六經之義三才之統諸聖之衡一一貫之異而同者忘其異焉可矣不然癡人每苦情深入耳便多濡首一字魂飛心月之精靈冉冉三生夢渺牡丹之亭下依依檀板動而忽來桃茢遺而不去（弔者祓不祥）君將為罔兩曹邱生僕何辭齊諧魯仲連乎紫霞道人高珩題

司馬遷史記
班固前漢書

刻聊齋志異例言

一先生是書蓋倣干寶搜神任昉述異之例而作其事則鬼狐仙怪其文則莊列馬班而其義則竊取春秋微顯志晦之旨筆削予奪之權可謂有功名教無忝著述以意逆志乃不謬於作者是所望於知人論世之君子

一是編初稿名鬼狐傳後先生入棘闈狐鬼羣集揮之不去以意揣之蓋恥禹鼎之曲傳懼軒轅之畢照也歸乃增益他條名之曰志異有名聊齋雜志者乃張

此亭臆改且多刪汰非原書矣茲刻一仍其舊

一先生畢殫精力始成是書初就正於漁洋漁洋欲以百千市其稿先生堅不與因加評隲而還之今刻以問世并附漁洋評語先生有知可無仲翔沒世之恨矣（吴虞翻傳）

一是編向無刊本諸家傳鈔各有點竄其間字斟句酌詞旨簡嚴者有之然求其浩汗疎宕有一種粗服亂（亂頭粗服最傾城 坡句）頭之致往往不逮原本茲刻悉仍原稿庶幾獨得廬山之真

一編中所述鬼狐最夥層見疊出變化不窮水佩風裳翦裁入妙氷花雪蘂結撰維新緣其才大於海筆妙如環

一編中所載事蹟有不盡無徵者如姊妹易嫁金和尚諸編是已然傳聞異辭難成信史漁洋談異多所採摭亦相逕庭至大力將軍一則亦與觚賸雪遘差別因并錄之以見大畧

一是書傳鈔既屢別風淮雨觸處都有今悉加校正其中文理不順者間為更定一二字至其編次前後各

本不同茲刻只就多寡酌分卷帙實無從改其原目也

一原本凡十六卷初但選其尤雅者釐為十二卷刊既竣再閲其餘復愛莫能舍遂續刻之卷目一如其舊云

一卷中有单章双句意味平淺者删之計四十八條從張本補入者凡二條佳句已盡入錦囊明珠實無遺鐵網矣

唐李長吉事

一聞之張君西圃云濟南朱氏家藏志異數十卷行將

訪求倘嗜奇之士尚有別本幸不吝見遺當續刻之以成藝林快事

萊陽趙起杲清耀謹識

聊齋志異目錄

第一卷

第二卷

第三卷

第四卷

第五卷

第六卷

第七卷

第八卷

第九卷

第十卷

第十一卷

第十二卷

第十三卷

第十四卷

第十五卷

第十六卷

聊齋志異目錄終

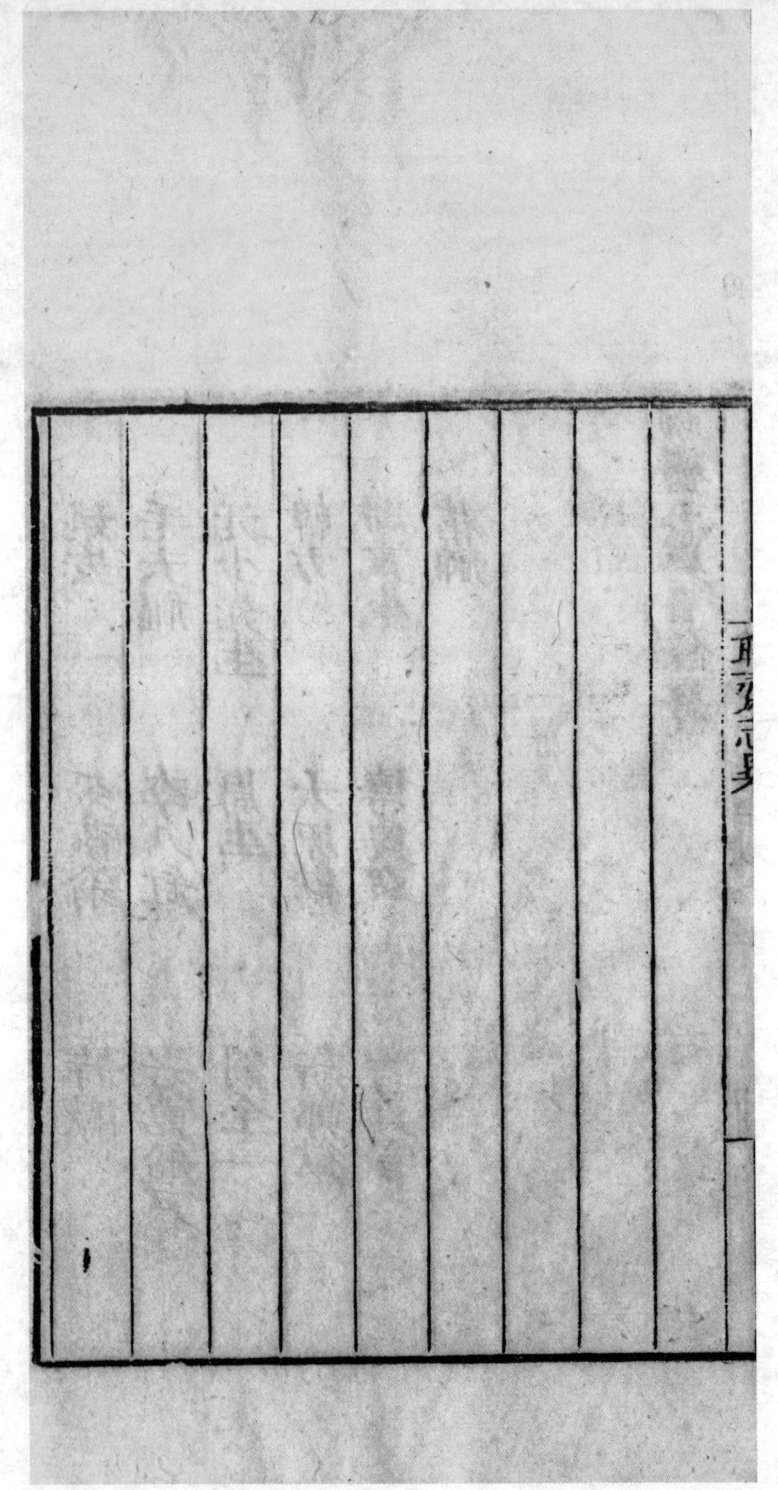

詩秦風有馬白顛顛有白毛謂之的顙

王漁洋見陳子昂詩曰海內文宗此借用學台

蜀漢後主謚帝曰壯繆古穆繆通

聊齋志異卷一

淄川　蒲松齡　留仙　著

新城　王士正　貽上　評

考城隍

滿腹牢騷首篇即書此謂只能考試於冥中耳

予姊夫之祖宋公諱燾邑廩生一日病臥見吏持牒牽白顛馬來云請赴試公言文宗未臨何遽得考吏不言但敦促之公力疾（帶病也）乘馬從去路甚生疎至一城郭如王者都移時入府廨（音解）宮室壯麗上坐十餘官都不知何人惟關壯繆可識簷下設几墩各二先有一秀才坐其末

牒也今之歲試傳單

文亦奇特与題相稱

方悟在冥中

城隍始於六朝唐碑有李陽冰篆字在浙縉雲

攝篆印署印后代見左傳齊國事參之署事期滿

公便與連肩几上各有筆札俄題紙飛下視之八字云一人二人有心無心二公文成呈殿上公文中有云有心爲善雖善不賞無心爲惡雖惡不罰諸神傳贊不已召公上諭曰河南缺一城隍君稱其職公方悟頓首泣曰辱膺寵命何敢多辭但老母七旬奉養無人請得終其天年惟聽錄用上一帝王像者即令稽母壽籍有長鬚吏捧冊翻閱一過白有陽算九年共躊躇間關帝曰不妨令張生攝篆九年瓜代可也乃謂公應即赴任今推仁孝之心給假九年及期當復相召又勉勵秀才數

真是鬼詩蕭颯之至

鏤膺馬飾也朱幩佛也皆見詩秦風

語二公稽首並下秀才握手送諸郊野自言長山張某以詩贈別都忘其詞中有有花有酒春常在無月無燈夜自明之句公既騎乃別而去及抵里豁若夢寤時卒已三日母聞棺中呻吟扶出半日始能語問之長山果有張生於是日死矣後九年母果卒營葬既畢浣濯入室而沒其岳家居城中西門內忽見公鏤膺朱幩輿馬甚衆登其堂一拜而行相共驚疑不知其爲神奔訊鄉中則已沒矣公有自記小傳惜亂後無存此其畧耳

瞳人語

神懺悔 佛氏曰懺悔吾儒曰自新

長安士方棟頗有才名而佻脫不持儀節每陌上見游女輒輕薄尾綴之清明前一日偶步郊郭見一小車朱茀繡幰青衣數輩款段以從內一婢乘小駟容色絕美稍稍近覘之見車幔洞開內坐二八女郎紅妝艷麗尤生平所未睹目眩神奪瞻戀弗舍或先或後從馳數里忽聞女郎呼婢近車側曰為我垂簾下何處風狂兒郎頻來窺瞻婢乃下簾怒顧生曰此芙蓉城七郎子新婦歸寧非同田舍娘子放教秀才胡覷言已掬轍土颺生生眯目不可開纔一拭視車馬已渺驚疑而返覺目終

瞼音檢眼皮
劇甚也 簌音速
旋螺 今俗云田螺頭
轉明在此
浼求人也
方生非鈍根者
叵即叵音頗不可也
珠蘭一名魚子蘭
出閩中

不快倩人啟瞼撥視則睛上生小翳經宿益劇淚簌簌不得止翳漸大數日厚如錢右睛起旋螺百藥無效懊悶欲絕頗思自懺悔聞光明經能解厄持一卷浼人教誦初猶煩躁久漸自安且晚無事惟趺坐捻珠持之一年萬緣俱靜忽聞左目中小語如蠅曰黑漆似叵耐殺人右目中應曰可同小遨遊出此悶氣漸覺兩鼻中蠕蠕作癢似有物出離孔而去久之乃返復自鼻入眶中又言曰許時不窺園亭珍珠蘭遽枯瘠死生素喜香蘭園中多種植日常灌溉自失明久置不問忽聞其言遽

螘即蟻　隧音在地道　左傳晉文公請隧道謂葬穿　開隧道

心障去則目障亦開非痛自悔烏能盡消

問妻蘭花何使憔悴死妻詰其所自知告之故妻趨驗之花果槁矣大異之靜匿房中見有小人自生鼻內出大不及豆營營然竟出門去漸遠遂迷所在俄連臂歸飛上面如蜂螘之投穴者如此二三日又聞左言曰隧道迂還往非所甚便不如自啟門右應曰我壁子厚大不易左曰我試闢得與而俱遂覺左眶內隱似抓裂有頃開視豁見几物喜告妻妻審之則脂膜破小竅黑睛熒熒纔如破椒越一宿障盡消細視竟重瞳也但右目旋螺如故乃知兩瞳人合居一眶矣生雖一目眇而較

檢束言守規矩

盛德長者之称

赧 乃版切 面赤也

忸怩 音紐鬆 慙色

吃吃 音葛 同吃 子說不出

勸懲之词

之雙目者殊更了了由是益自檢束鄉中稱盛德焉

異史氏曰鄉有士人偕二友於途中遥見少婦控驢出其前戲而吟曰有美人兮顧二友曰驅之相與笑騁俄追及乃其子婦心赧氣喪默不復言友僞爲不知也者評騭殊褻士人忸怩吃吃而言曰此長男婦也各隱笑而罷輕薄者往往自侮良可笑也至於眯目失明又鬼神之慘報矣芙蓉城主不知何神豈菩薩現身耶然小郎君生闢門戶鬼神雖惡亦何嘗不許人自新哉

畫壁

都中今順天府
蘭若僧寺也
褡衣僧衣
寶誌 齊梁神僧 至齊 後葬金陵
髫音條
寶誌公墓今在江寧靈谷寺 在孝陵衛 為明太祖所遷 八功德水今在靈谷寺外
僧皆偏袒右肩
裾衣衩 囅音串 微笑
次且音咨趄平声 一作趑趄 言進不敢退
不肯俗云𨒪𨒪縮縮
退音吞上声

江西孟龍潭與朱孝廉客都中偶涉一蘭若殿宇禪舍俱不甚宏敞惟一老僧挂褡其中見客入肅衣出迓導與隨喜殿中塑誌公像兩壁圖繪精妙人物如生東壁畫散花天女內一垂髫者拈花微笑櫻口欲動眼波將流朱注目久不覺神搖意奪恍然凝想身忽飄飄如駕雲霧已到壁上見殿閣重重非復人世一老僧說法座上偏袒繞視者甚衆朱亦雜立其中少間似有人暗牽其裾回視則垂髫兒囅然竟去履卽從之過曲欄入一小舍次且不敢前女回首舉手中花遙遙作招狀乃趨

音射
音訝迎也
游眺寺院曰隨喜
維摩說法天女散花見佛經
入夢
音袒
卽隨也
寫西妙

欬 音刻 嗽也

吉莫靴見張鷟朝野僉載

吉莫皮也或作鞊䩼

縲 音累 鏈絛也

鎖 銀鐺皆鐵鍊

槌 音槌 同鎚

之舍內寂無人遽擁之亦不甚拒遂與狎好既而閉戶去囑勿欬夜乃復至如此二日女伴覺之共搜得生戲謂女曰腹內小郎已許大尚髮蓬蓬學處子耶共捧簪珥促令上鬟女含羞不語一女曰妹妹姊姊吾等勿久住恐人不歡羣笑而去生視女髻雲高簇鬟鳳低垂比垂髫時尤艷絕也四顧無人漸入猥褻蘭麝薰心樂方未艾忽聞吉莫靴鏗鏗甚厲縲鎖鏘然旋有紛囂騰辯之聲女驚起與朱竊窺則見一金甲使者黑面如漆綰鎖挈槌衆女環繞之使者曰全未答言已全使者曰如有

艾 絕也

即局促意

朱以身入壁不僅夢境

檀越即居士護法梵言陀那鉢底言施主

藏匿下界人即共出首勿貽伊戚又同聲言無使者反身愕顧似將搜匿女大懼面如死灰張皇謂朱曰可急匿榻下乃啟壁上小扉猝遁去朱伏不敢少息俄聞靴聲至房內復出未幾煩喧漸遠心稍安然戶外輒有往來語論者朱跼蹐既久覺耳際蟬鳴目中火出景狀殆不可忍惟靜聽以待女歸竟不復憶身之何自來也時孟龍潭在殿中轉瞬不見朱疑以問僧僧笑曰往聽說法去矣問何處曰不遠少時以指彈壁而呼曰朱檀越何久遊不歸旋見壁間畫有朱像傾耳佇立若有聽察

瞪音頓　耎即軟

文殊師利拈花微笑　佛經

婆心見傳燈錄　披髮入山三國志劉昭注語

僧又呼曰、游侶久待矣、遂飄忽自壁而下、灰心木立、目瞪足耎、孟大駭、從容問之、蓋方伏榻下、聞叩聲如雷故出房窺聽也、共視拈花人螺髻翹然、不復垂髫矣、朱驚拜老僧而問其故、僧笑曰、幻由人生老僧何能解朱氣結而不揚孟心駭而無主即起歷階而出、

異史氏曰幻由人生此言類有道者人有淫心是生褻境人有褻心是生怖境菩薩點化愚蒙千幻並作皆人心所自動耳老僧婆心切惜不聞其言下大悟披髮入山也

種梨

仙術即搬運法障眼法

有鄉人貨梨於市頗甘芳價騰貴有道士破巾絮衣丐於車前鄉人咄之而不去鄉人怒加以叱罵道士曰一車數百顆老衲止丐其一於居士亦無大損何怒為觀者勸置劣者一枚令去鄉人執不肯肆中傭保者見喋聒不堪遂出錢市一枚付道士道士拜謝謂衆曰出家人不解吝惜我有佳梨請出供客或曰既有之何不自食曰吾特需此核作種於是掬梨大啗且盡把核於手解肩上鑱坎地上深數寸納之而覆以土向市人索湯

衲僧所服補衣今道士亦用之

啗同啖啖音但吃也

鑱音讒小鋤也

好事言喜事者非做
善事去声
善事乃上声
沸瀋音廋沈
纍纍多也
散物曰俵
粲然笑也

沃灌好事者於臨路店索得沸瀋道士接浸坎處萬目
攢視見有勾萌出漸大俄成樹枝葉扶疏倏而花倏而
實碩大芳馥纍纍滿樹道人乃即樹頭摘賜觀者頃刻
而盡已乃以鑱伐樹丁丁良久乃斷帶葉荷肩頭從容
徐步而去初道士作法時鄉人亦雜衆中引領注目竟
忘其業道士既去始顧車中則梨已空矣方悟適所俵
散皆己物也又細視車上一靶亡是新鑿斷者心大憤
恨急跡之轉過牆隅則斷靶棄垣下始知所伐梨本即
是物也道士不知所在一市粲然

憨 音酣戇也

素封 見史記貨殖傳

錙銖 細微也

嶗 大勞小勞在山东即墨縣东南六十里又名勞盛山又見顾㴝人山东考古録

聊齋志異卷一

異史氏曰：鄉人憒憒，憨狀可掬，其見笑於市人，有以哉。每見鄉中稱素封者，良朋乞米，則怫然，且計曰：「是數日之資也。」或勸濟一危難，飯一煢獨，則又忿然計曰：「此十人五人之食也。」甚而父子兄弟，較盡錙銖。及其淫博迷心，則傾囊不吝；刀鋸臨頸，則贖命不遑。諸如此類，正不勝道。蠢爾鄉人，又何足怪。

勞山道士

邑有王生，行七，故家子。少慕道，聞勞山多仙人，負笈往遊。登一頂，有觀宇甚幽。一道士坐蒲團上，素髮垂領，而

富翁

春去声

句

孰

窮

赤朱

儒家

忽

神仙游戲亦庄言励世

喚醒此輩且不惜己身子孫焉可長享

素李

每見此等人刻薄成家一錢不費有殘身而子孫淫詘蕩然者并使伊臨死及見者

漢書蘇秦傳負笈從師千里不遠

身體嬌嫩貪懶

樵 斷木 蘇 斷草

道士所居曰觀 見洛陽伽藍記 石林燕語

手足皆起繭層老繭

穀梁傳墨子自魯趨楚 十日十夜手足繭而不休

梁陶弘景有華陽十賚文

釂 子要切 尽也 乾也

神觀爽邁叩而與語理甚玄妙請師之道士曰恐嬌惰不能作苦答言能之其門人甚衆薄暮畢集王俱與稽首遂留觀中凌晨道士呼王去授以斧使隨衆採樵王謹受教過月餘手足重繭不堪其苦陰有歸志一夕歸見二人與師共酌日已暮尚無燈燭師乃剪紙如鏡粘壁間俄頃月明輝壁光鑑毫芒諸門人環聽奔走一客曰良宵勝樂不可不同乃於案上取壺酒分賚諸徒且囑盡醉王自思七八人壺酒何能徧給遂各覓盎盂競飲先釂惟恐樽盡而往復挹注竟不少減心奇之俄一

霓裳舞見太真外傳及鄭嵎詩注

其術實可喜

客曰蒙賜月明之照乃爾寂飲何不呼嫦娥來乃以箸擲月中見一美人自光中出初不盈尺至地遂與人等纖腰秀項翩翩作霓裳舞已而歌曰仙仙乎而還乎而幽我於廣寒乎其聲清越烈如簫管歌畢盤旋而起躍登几上驚顧之間已復爲箸三人大笑又一客曰今宵最樂然不勝酒力矣其餞我於月宮可乎三人移席漸入月中衆視三人坐月中飲鬚眉畢見如影之在鏡中移時月漸暗門人然燭來則道士獨坐而客杳矣几上肴核尚存壁上月紙圓如鏡而已道士問衆飲足乎曰

木曰樵草曰蘇

樵蘇不爨清談而已文選

横行無忌說來何藴藉

足矣足宜早寢勿悞樵蘇衆諾而退王竊忻慕歸念遂息又一月苦不可忍而道士並不傳教一術心不能待辭曰弟子數百里受業仙師縱不能得長生術或小有傳習亦可慰求教之心今閱兩三月不過早樵而暮歸弟子在家未諳此苦道士笑曰我固謂不能作苦今果然明早當遣汝行王曰弟子操作多日師畧授小技此來爲不負也道士問何術之求王曰每見師行處牆壁所不能隔但得此法足矣道士笑而允之乃傳以訣令自咒畢呼曰入之王面牆不敢入又曰試入之王果從

悞在從容　俛同俯

逡巡慢步也

潔持二字婦人難持之戒

蹐音匐又音勃仆也

揶揄舉手相戲也見後漢

王霸傳市人皆笑舉手揶

揄之

贊乃面面

南人罵北人曰傖父言其

粗陋　詒騙通音台騙也

容入及牆而阻道士曰俛首驟入勿逡巡王果去牆數步奔而入及牆虛若無物回視果在牆外矣大喜入謝道士曰歸宜潔持否則不驗遂資斧遣之歸抵家自詡遇仙堅壁所不能阻妻不信王傚其作爲去牆數尺奔而入頭觸硬壁驀然而踣妻扶視之額上墳起如巨卵焉妻揶揄之王慚忿罵老道士無良而已

異史氏曰聞此事未有不大笑者而不知世之爲王生者正復不少今有傖父喜疢毒而畏藥石遂有舐癰吮痔者進宣威逞暴之術以迎其旨詒之曰執此術也以

往可以橫行而無礙初試未嘗不少效遂謂天下之大舉可以如是行矣勢不至觸硬壁而顛蹶不止也

長淸僧

借尸易形閲微草記中有之柳崖外編中亦有

長淸僧某道行高潔年八十餘猶健一日顛仆不起寺僧奔救已圓寂矣僧不自知死魂飄去至河南界河南有故紳子率十餘騎按鷹獵兔馬逸墮斃魂適相值翕然而合遂漸蘇廝僕還問之張目曰胡至此衆扶歸入門則粉白黛綠者紛集顧問大駭曰我僧也胡至此家人以爲妄共提耳悟之僧亦不自申解但閉目不復有

疢毒 謂忠告不聽害人諂譽
藥石 善口之言
舐癰吮痔 今之箴片奉承人者 宣威逞暴武斷也
僧旨真寂悟寂 僧云圓寂道曰羽化僧又曰涅槃
申解 辨白也
神子眷屬
斷下之
不忘本來
蹶 跌仆也
不見可欲乎生禪定本領

脫粟 糙米 漢公孫弘傳位至宰相吏僕 布被 脫粟之飯

少步 小小行動

治任 收拾行裝

物化 死也見莊子

僧有五戒不殺生不偷盜不邪淫不妄言不飲酒食肉見毘尼藏經

言餉以脫粟則食酒肉則拒夜獨宿不受妻妾奉數日後忽思少步衆皆喜既出少定即有諸僕紛來錢籌穀籍雜請會計公子託以病倦悉謝絕之惟問山東長清縣知之否共荅知之曰我欝無聊賴欲往遊矚宜即治任衆謂新瘳未應遠涉不聽翼日遂發抵長清視風物如昨無煩問途竟至蘭若弟子見貴客至伏謁甚恭乃問老僧焉往荅云吾師曩已物化問墓所羣導以往則三尺孤墳荒草猶未合也衆僧不知何意既而戒馬欲歸囑曰汝師戒行之僧所遺手澤宜恪守勿俾損壞衆

明李之文成為高僧持叔 乾嘉時長沙唐仲冕号陶山李山在岱山僧持叔而自知之入都引見曾至僧寺峯目了之頓悟前因遂作岱覽一书刊行後升陝西方伯

勾當 辦理也。

呂藍衍言鯖勾當幹當事也皆去声宋制職官以此兩字入官銜初曹武恩王彬平江南李氏回京家门已紙粘一紙曰江南勾當公事回帝与諸臣皆服其雅量不伐後事制度收印未記以此二字列入

唯唯乃行既歸灰心木坐了不勾當家務居數月出門自遁直抵舊寺謂弟子我即汝師衆疑其謬相視而笑乃述返魂之由又言生平所爲悉符衆乃信居以故榻事之如平日後公子家屢以輿馬來哀請之畧不顧瞻又年餘夫人遣紀綱奴僕本傳至多所餽遺金帛皆卻之惟受布袍一襲而已友人或至其鄉敬造之見其人默然誠篤年僅三十歲而立而輒道其八十餘年事

異史氏曰人死則魂散其千里而不散者性定故耳予於僧不異之乎其再生而異之乎其入靡麗紛華之鄉

聊齋志異卷一 長清僧 十二

遺命囑其子孫葬陶山山印證宗之旁子為饒海太遠吳梅村之請為素安中堂舍己榜鋒記三世因見吳詩注及國初人說部

殷士儋 音丹 明吏部尚书 謚文莊

會 此今之言逢也

醵 音其虐切 今之公分湊錢請酒

莎 音娑

而能絕人以逃也若眼睛一閃而蘭麝生心有求死不得者矣況僧乎哉

狐嫁女

殷字宗川明嘉靖庚子舉人丁未進士

歷城（山東省城）殷天官少貧有胆畧邑有故家之第廣數十畝樓宇連亘（音東 去声）常見怪異以故廢無居人久之蓬蒿漸滿白晝亦無敢入者會公與諸生飲或戲云有能寄此一宿者共醵為筵公躍起曰是亦何難攜一席往衆送諸門戲曰吾等暫候之如有所見當急號（平声 呼也）公笑云有鬼狐當捉證耳遂入見長莎蔽逕蒿艾如麻時值上弦新月色昏

黃門戶可辨摩娑數進始抵後樓登月臺光潔可愛遂止焉西望月明惟啣山一綫耳坐良久更無少異竊笑傳言之訛席地枕石臥看牛女向盡恍惚欲寐樓下有履聲籍籍而上假寐睨之見一青衣人挑蓮燈猝見公驚而卻退語後人曰有生人在下問誰也荅云不識俄一老翁上就諦視曰此殷尚書其睡已酣但辦吾事相公倜儻或不叱怪乃相率入樓樓門盡闢移時往來者益衆樓上燈輝如晝公稍稍轉側作嚏咳翁聞公醒乃出跪而言曰小人有箕箒女今夜于歸不意有觸貴人

見恠不恠真雅量而有定力

少選即須臾之少頃少間皆同移时亦同

搴褰同

望勿深罪公起曳之曰不知今夕嘉禮慙無以賀翁曰貴人光臨壓除凶煞幸矣即煩陪坐倍益光寵公喜應之入視樓中陳設芳麗遂有婦人出拜年可四十餘翁曰此拙荊公揖之俄聞笙樂聒耳有奔而上者曰至矣翁趨迎公亦立俟少選籠紗一簇導新郎入年可十七八丰采韶秀翁命先與貴客為禮少年目公公若為儐執半主禮次翁壻交拜已乃即席少間粉黛雲從酒胾霧霈玉碗金甌光映几案酒數行翁喚女奴請小姐來女奴諾而入良久不出翁自起搴幃促之俄婢媼數輩

殺　恬　促　揖平　杭　音子大塊肉

璆音求 玉声 南子事

藻麗乃尔

隐几 伏在几上

出暗處亦搜曰寘搜

下句醒目

擁新人出環珮璆然蘭麝散馥翁命向上拜起卽坐母側微目之翠鳳明璫容華絶世既而酌以金爵大容數斗公思此物可以持驗同人陰內袖中僞醉隱几頹然而寐皆曰相公醉矣居無何聞新郎告行笙樂暴作紛紛下樓而去已而主人歛酒具少一爵冥搜不得或竊議臥客翁急戒勿語惟恐公聞移時內外俱寂公始起暗無燈火惟脂香酒氣盈溢四堵視東方既白乃從容出探袖中金爵猶在及門則諸生先俟疑其夜出而早入者公出爵示之衆駭問因以狀告共思此物非寒士

明府 漢以之稱太守 唐以之稱縣令

唐柳公權僕竊取銀杯 有銀杯羽化之語 見柳公權傳 見世說補

所有乃信之後舉進士任於肥邱有世家朱姓宴公命取巨觥久之不至有細奴掩口與主人語主人有怒色俄奉金爵勸客飲視之款式雕文與狐物更無殊別大疑問所從製荅云爵凡八隻大人爲京卿時覓良工監製此世傳物什襲已久緣明府辱臨適取諸箱簏僅存其七疑家人所竊取而十年塵封如故殊不可解公笑曰金杯羽化矣然世守之珍不可失僕有一具頗近似之當以奉贈終筵歸署揀爵馳送之主人審視駭絕親詣謝公詰所自來公乃歷陳顛末始知千里之物狐能

戲語恰合 與壯武崔鼠同一雅量

執友玄交

伊世珍瑯環記晉張茂先華事

攝致而不敢終留也

嬌娜

孔生雪笠聖裔也為人蘊藉工詩有執友令天台寄函招之生往令適卒落拓不得歸寓菩陀寺傭為寺僧抄錄寺西百餘步有單先生第先生故公子以大訟蕭條眷口寡移而鄉居宅遂曠焉一日大雪崩騰寂無行旅偶過其門一少年出丰采甚都見生趨與為禮畧致慰問即乞降臨生愛悅之慨然從入屋宇都不甚廣處處悉懸錦幕壁上多古人書畫案頭書一冊籤云瑯環瑣

複姓如魯仲連
曹邱生漢初人善游揚見史記季布傳
周秦漢时称生如今之称先生
懽雖同歡
塗鴉 唐盧仝子名添丁 幼喜塗抹詩書似老鴉 父令賦詩云塗抹

記翻閲一過，俱目所未睹。生以居單第，意爲第主，即亦不審官閥。少年細詰行踪，意憐之，勸設帳授徒。生嘆曰：「羈旅之人，誰作曹邱者？」少年曰：「倘不以駑駘見斥，願拜門牆。」生喜，不敢當師，請爲友。便問：「宅何久錮？」荅曰：「此爲單府，曩以公子鄉居，是以久曠。僕皇甫氏，祖居陝，以家宅焚於野火，暫借安頓。」生始知非單。當晚談笑甚懽，即留共榻。昧爽，即有僮子爇炭於室。少年先起入內，生尚擁被坐。僮入白：「太公來。」生驚起。一叟入，鬢髮皤然，向生殷謝曰：「先生不棄頑兒，遂肯賜教。小子初學塗鴉，勿以

每與閨中友人談天云並無感妖作怪者可見十九寫言

塗鴉 亂塗如鴉也

櫛 音即 梳洗也

琴曲中亦有湘妃

警 音敬上声 靈動也

友故行輩視之也已乃進錦衣一襲貂帽襪履各一事視生盥櫛已乃呼酒薦饌几榻裙衣不知何名光彩射目酒數行叟興辭曳杖而去餐訖公子呈課業類皆古文詞並無時藝問之笑曰僕不求進取也抵暮更酌曰今夕盡懽明日便不許矣呼僮曰視太公寢未已寢可暗喚香奴來僮去先以繡囊將琵琶至少頃一婢入紅粧艷絕公子命彈湘妃婢以牙撥勾動激揚哀烈節拍不類夙聞又命以巨觴行酒三更始罷次日早起共讀公子最慧過目成誦二三月後命筆警絕相約五日一

（盥：觀 去声）（時藝：時文）

此累因後敘而主不能不分別即文字賓主法

飲每飲必招香奴一夕酒酣氣熱目注之公子已會其意曰此婢爲老父所豢養兒曠邈無家我夙夜代籌久矣行當爲君謀一佳偶生曰如果惠好必如香奴者公子笑曰君誠少所見而多所怪者矣以此爲佳君願亦易足也居半載生欲翱翔郊郭至門則雙扉外扃問之公子曰家君恐交游紛意念故謝客耳生亦安之時盛暑溽熱移齋園亭生胸間腫起如桃一夜如盌痛楚呻吟公子朝夕省視眠食俱廢又數日創劇益絕食飲太公亦至相對太息公子曰兒前夜思先生清恙嬌娜妹

補描入妙着先字從

邀筆即拖逗沓

伏婚姻事故用來得字絕妙

一見病已一爽神醫也

勝于枚乘七發

醫道妙絕

漢武宮人麗娟年十四玉膚柔爽吹氣如蘭

子能療之遣人於外祖母處呼令歸何久不至俄僮入白娜姑至姨與松姑同來父子疾趨入內少間引妹來視生年約十三四嬌波流慧細柳生姿生望見顏色嚬呻頓忘精神爲之一爽公子便言此兄良友不啻胞也妹子好醫之女乃斂羞容揄長袖就榻診視把握之間覺芳氣勝蘭女笑曰宜有是疾心脈動矣然症雖危可治但膚塊已凝非伐皮削肉不可乃脫臂上金釧安患處徐徐按下之創突起寸許高出釧外而根際餘腫盡束在內不似前如盌闊矣乃一手啟羅衿解佩刀刃薄於紙

仿洛神神女賦

一起一擒無痕無跡入

心脈更動

此兩句[illegible]唐元微之悼亡詩

把釧握刃輕輕附根而割紫血流溢沾染床席生貪近嬌姿不惟不覺其苦且恐速竣割事偎傍不久未幾割斷腐肉團團然如樹上削下之瘿又呼水來爲洗割處口吐紅丸如彈大著肉上按令旋轉才一周覺熱火蒸騰再周習習作痒三周已徧體清凉沁入骨髓女收丸入咽曰愈矣趨步出生躍起走謝沉痼若失而懸想容輝苦不自已自是廢卷癡坐無復聊賴公子已窺之曰弟爲兄物色得一佳偶問何人曰亦弟眷屬生凝思良久但云勿須面壁吟曰曾經滄海難爲水除卻巫山不

完也 音嬰瘤也 獨丹 尋覓也 古 音水

活 精筆靈 泻命思歸

衛風螓首蛾眉

蹴同蹵音促

蓮鉤齊東昏侯鑿金爲蓮花貼地令潘妃行其上曰此步步生蓮花也

是雲公子會其指曰家君仰慕鴻才常欲附爲婚姻但止一少妹齒太穉有姨女阿松年十七矣頗不粗陋如不見信松姊日涉園亭伺前廂可望見之生如其教果見嬌娜偕麗人來畫黛彎蛾蓮鉤蹴鳳與嬌娜相伯仲也生大悅請公子作伐翼日公子自內出賀曰諧矣乃除別院爲生成禮是夕鼓吹闐咽塵落漫飛似望中仙人忽同衾幄遂疑廣寒宮殿未必在雲霄矣合卺之後甚愜心懷一夕公子謂生曰切磋之惠無日可以忘之近單公子解訟歸索宅甚急意將棄此而西勢難復聚

明日 一作翌

同來之妙

採娜貼更詳尽益松乃生妻為主中主也

皇甫篤梓皆識孔生必貴而峭硬有肝胆可蹈湯赴火者

推官 巡按屬員

司李刑明推官 專理刑名亦曰理 無府皆有需進士出身三年行取入京或轉主事御史給事

因而離緒縈懷生願從之而去公子勸還鄉里生難之公子曰勿慮可即送君行無何太公引松娘至以黃金百兩贈生公子以左右手與夫婦相把握囑閉眸勿視飄然履空但覺耳際風鳴久之曰至矣啟目果見故里始知公子非人喜叩家門母出非望又睹美婦方共忻慰及回顧公子逝矣松娘事姑孝艷色賢名聲聞遐邇後生舉進士授延安司李攜家之任母以道遠不行松娘舉一男名小宦生以忤直指罷官罣礙不得歸偶獵郊野逢一美少年跨驪駒頻頻瞻顧細視則皇甫公子

中行人不等

國初尚有後裁去

金漚浮釘 今云泡頭釘

開口就妙

生亦肝胆可敬

也攬轡停驂悲喜交至邀生去至一村樹木濃昏陰翳天日入其家則金漚浮釘宛然世族問妹子則嫁岳母已亡深相感悼經宿别去偕妻同返（歸寧）嬌娜亦至抱生子掇提而弄曰姊姊亂吾種矣生拜謝曩德笑曰（含親）姊夫貴矣創口已合未忘痛耶妹夫吳郎亦來拜謁信宿乃去一日公子有憂色謂生曰天降凶殃能相救否生不知何事但銳自任公子趨出招一家人俱入羅拜堂上生大駭亟問公子曰余非人類狐也今有雷霆之劫君肯以身赴難一門可望生全不然請抱子而行無相累生

朱虛侯云 非其種也 鋤而去之

孔生不可及皇甫父子亦知人

天嘴長亦雷公之類

生即死亦值得

矣共生死乃使仗劍於門囑曰雷霆轟擊勿動也生如
所教果見陰雲晝暝昏黑如磐回視舊居無復閈閎惟
見高冢巋然巨穴無底方錯愕間霹靂一聲擺簸山岳
急雨狂風老樹爲拔生目眩耳聾屹不少動忽於繁烟
黑絮之中見一鬼物利喙長爪自穴攫一人出隨烟直
上瞥睹衣履念似嬌娜乃急躍離地以劍擊之隨手墮
落忽而山崩雷暴烈生仆遂斃少間晴霽嬌娜已能自
蘇見生死於傍大哭曰孔郎爲我而死我何生焉松娘
亦出共舁生歸嬌娜使松娘捧其首兄以簪撥其齒自

非狐丹豈能返生

此文章收束蜀裁法

趣入声同促

乃撮其頤以舌度紅丸入又接吻而呵之紅丸隨氣入喉格格作響移時醒然而蘇見眷口滿前恍如夢寤於是一門團圞驚定而喜生以幽壙不可久居議同旋里滿堂交贊惟嬌娜不樂生請與吳郎俱又慮翁媪不肯離幼子終日議不果忽吳家一小奴汗流氣促而至驚致研詰則吳郎家亦同日遭劫一門俱沒嬌娜頓足悲傷涕不可止共慰勸之而同歸之計遂决生入城勾當數日遂連夜趣裝既歸以閒園寓公子恒反關之生及松娘至始發扃生與公子兄妹棋酒談讌若一家然小

豔妻贖友新穎

豔色可餐

晉書劉輿猶膩近之染人初以膩友二字創造及閱晉書始服蒲翁之博極群書裁剪之妙

官長戚貌韶秀有狐意出遊都市共知為狐兒也

異史氏曰余於孔生不羨其得豔妻而羨其得膩友也觀其容可以忘飢聽其聲可以解頤得此良友時一談宴則色授魂與尤勝於顛倒衣裳矣

此膩字借用謂美女也昨閱吳毅人尺牘乃正用

妖術

于公者少任俠喜拳勇力能持二壺高作旋風舞崇禎間殿試在都僕疫不起患之會市有善卜者能決人生死將代問之既至未言卜者曰君莫欲問僕病乎公駭應之曰病者無害君可危公乃自卜卜者起卦愕然曰

言有術即漏洞豈爾
生死止十金能解耶
倒書也言應試資斧
不多
無死法新唐書

君三日當死公驚詫良久卜者從容曰鄙人有小術報我十金當代禳之公自念生死已定術豈能解不應而起欲出卜者曰惜此小費勿悔勿悔愛公者皆爲公懼勸罄橐以哀之公不聽倏忽至三日公端坐旅舍靜以覘之終日無恙至夜闔戶挑燈倚劍危坐一漏向盡更無死法意欲就枕忽聞窗隙窣窣有聲急視之一小人荷戈入及地則高如人公捉劍起急擊之飄忽未中遂遽小復尋窗隙意欲遁出公疾斫之應手而倒燭之則紙人已腰斷矣公不敢臥又坐待之踰時一物穿窗入

蠕音如又音蝡蟲動也

耎即軟

于公幸而有力否則危矣

彎開弓也

仿左傳各魯戰彼曰注此曰彎

進步如猿猱伏身流進則大身反下風矣

怪獰如鬼纔及地急擊之斷而爲兩皆蠕動恐其復起又連擊之劍劍皆中其聲不耎審視則土偶片片已碎於是移坐窗下目注隙中久之聞窗外如牛喘有物推窗櫺房壁震搖其勢欲傾公懼覆壓計不如出而鬬之遂砉然脫扃奔而出見一巨鬼高與簷齊昏月中見其面黑如煤眼閃爍有黄光上無衣下無履手弓而腰矢公方駭鬼則彎矢公以劍撥矢矢墮欲擊之則又彎矣公急躍避矢貫於壁戰戰有聲鬼怒甚拔佩刀揮如風望公力劈公猱進刀中庭石石立斷公出其股間削鬼

彎開弓射矢長身與長刃同已近身長家生無所施

踝音拐脚骨
人鬼戰叙得簡淨
柝鳴更木梆
此妖人憑魂于木偶形以見血
瞥一眨眼也
障身法
術破不走必待夜誅

中踝鏗然有聲鬼益怒吼如雷轉身復刺公又伏身入刃落斷公裙公已及脇下猛斫之亦鏗然有聲鬼仆而僵公亂擊之聲硬如柝燭之則一木偶高大如人弓矢尚纏腰際刻畫猙獰劍擊處皆有血公因秉燭待旦方悟鬼物皆卜人遣之欲致人於死以神其術也次日徧告交知與共詣卜所卜人遥見公瞥不可見或曰此翳形術也犬血可破公如言戒備而往卜人又匿如前急以犬血沃立處但見卜人頭面皆爲犬血模糊目灼灼如鬼立乃執付有司而殺之

卜乃小道亦相傳不廢但此等妖人寓殺人術于賣卜者与君平公明景純諸公奚啻天壤

先生自道也

偶合也関东今遼陽奉天府一路

冠軍第一也綦甚也

異史氏曰嘗謂買卜爲一癡世之講此道而不爽於生死者幾人卜之而爽猶不卜也且即明明告我以死期之至將復如何況有借人命以神其術者其可畏不尤甚耶

諷世之篤信卜者

葉生

知己鬼

国初漢軍出仕皆曰奉天人至雍乾間始曰漢軍今吳郡署題名碑尚在大堂壁上

淮陽葉生者失其名字文章詞賦冠絕當時而所如不偶困於名場會關東丁乘鶴來令是邑見其文奇之召與語大悅使即官署受燈火時賜錢穀恤其家值科試公游揚於學使遂領冠軍公期望綦切闈後索文讀之

漢軍

去声

其时科考首列即可以解因与試人英少

鎩羽如鳥之剪翼
文章憎命達 唐詩
嗒然若喪其偶 莊子句
喪失也
免罷官也
漢書三公策免
愛才下士必不肯媚上司
啜泣 飲泣 哭無声
夫子之病革矣 礼記
左傳逆字皆與迎字同
今人不知此義

擊節稱嘆不意時數限人文章憎命榜既放依然鎩羽生嗒喪而歸愧負知己形銷骨立癡若木偶公聞召之來而慰之生零涕不已公憐之相期考滿入都攜與俱北生甚感佩辭而歸杜門不出無何寢疾公遺問不絕而服藥百裹殊罔所效公適以忤上官免將解任去函致生其畧曰僕東歸有日所以遲遲者待足下耳足下朝至則僕夕發矣傳之臥榻生持書啜泣寄語來使疾革難遽瘥請先發使人返白公不忍去徐待之踰數日門者忽通葉生至公喜逆而問之生曰以犬馬病勞夫

有司收尺 實任者三年六年俸滿引見候升

瘥即差 病愈

言爲人謀而不爲自謀

黃鐘長毀瓦釜雷鳴　楚詞

數語乃此篇正面盡情發揮

宋王元之詩利市襴衫拋白紵，風流名字寫紅箋。大抵白紵諸生之服

予久待萬慮不寧今幸可從杖履公乃束裝戒旦抵里命予師事生夙夜與俱公子名在昌時年十六尚不能文然絕慧凡文藝三兩過輒無遺忘居之期歲便能落筆成文益之公力遂入邑庠生以生平所擬舉業悉錄授讀闈中七題並無脫漏中亞魁公一日謂生曰君出餘緒遂使孺子成名然黃鐘長棄奈何生曰是殆有命借福澤爲文章吐氣使天下人知牛生淪落非戰之罪願亦足矣且士得一人知可無憾何必拋卻白紵乃謂之利市哉公以其久客恐悞歲試勸令歸省惽然不樂

鬼能先知

此是雲翻語

第二名

晋基一年

知

白紵唐宋諸生服明太祖親定襴衫凡三四易製而成　見明輿服志

强 上声 勉强也
强 平声 有力也
納粟指監也 明季已開此例 然入貲爲郎 西漢如張釋之 司馬相如 卜式等 皆由貲郎入 不得其爲名臣也 明制凡部主事奉敕赴部文典察 必務事畢 進京繳命
逡巡 走而慢
妻恚見鬼現形

公不忍，强囑公子至都，爲之納粟。公子又捷南宮，授部中主政，攜生赴監，與共晨夕。踰歲，生入北闈，竟領鄉薦。會公子差南河典務，因謂生曰：「此去離貴鄉不遠。先生奮跡雲霄，錦還爲快。」生亦喜。擇吉就道，抵淮陽界，命僕馬送生歸。見門戶蕭條，意甚悲惻。逡巡至庭中，妻攜簸具以出，見生，擲具駭走。生淒然曰：「我今貴矣。三四年不覿，何遂頓不相識？」妻遥謂曰：「君死已久，何復言貴？所以久淹君柩者，以家貧子幼耳。今阿大亦已成立，行將卜窀穸。勿作怪異嚇生人。」生聞之，憮然惆悵。逡巡入室，見靈

南宮言禮部試中式進士
史記朱買臣 衣錦還鄉 項王時見有此語
簸箕也

柩撲地而滅妻驚視之衣冠履舄如蜕委大慟抱衣悲哭子自塾中歸見結駟於門審所自來駭奔告母母揮涕告訴又細詢從者始得顛末從者返公子聞之涕墮垂膺卽命駕哭諸其室出橐營葬以孝廉禮又厚遺其子爲延師教讀言於學使逾年游泮

異史氏曰魂從知己竟忘死耶聞者疑之余深信焉同心倩女至離枕上之魂千里良朋猶識夢中之路而况繭絲繩迹吐學士之心肝流水高山通我曹之性命者哉嗟乎遇合難期遭逢不偶行踪落落對影長愁傲骨

嶙 音鱗 瘦硬也
揶揄 拍手笑也 後漢王霸傳及世説
柳冕應舉多忌諱 謂安樂為安康 榜出 使人歸報曰 秀才康了
樂音同落 所以忌諱
孫山應舉綴名榜末 若人問榜曰 榜名盡處是孫山 餘人更在孫山之外 此套唐詩
伯樂 音六 即九方臯
刺 如今之帖子 正平懷才 懷物看不起人 帖藏於懷三年 漫無字迹

嶙嶙搔首，自愛嘆面目之酸澀；來鬼物之揶揄。頻居康了之中，則鬢髮之條條可醜；一落孫山之外，則文章之處處皆疵。古今痛哭之人，卞和惟爾；顛倒逸群之物，伯樂伊誰？抱刺於懷，三年滅字；側身以望，四海無家。人生世上，祇須合眼放步，以聽造物之低昂而已。天下之昂藏淪落如葉生者，亦復不少，顧安得令威復來，而生死從之也哉？噫！

丁令威遼東人仙去重來化鶴立於華表 此令姓丁 路乘鶴文閱塵人全是高言俚情 非真有其事

昂藏 高也
淪落 廢棄也

成仙

仙術易體招隱 漢梁鴻僕春于臯伯通家 訂交於杵臼間

文登周生與成生少共筆研，遂訂為杵臼交。而成貧，故

古登堂拜母出妻見子爲通家之好

別業 另外房産 同別墅

蹊 踐踏也 相詬 相駡

牽牛蹊田左傳事

吭咽 臆同肌胸也

終歲常依周以齒則周爲長呼周妻以嫂節序登堂如一家焉周妻生子産後暴卒繼聘王氏成以少故未嘗請見之也一日王氏弟省姊宴於内寢成適至家人通白周命邀之成不入辭去周移席外舍追之而還甫坐即有人白別業之僕爲邑宰重笞者先是黄吏部家牧傭牛蹊周田以是相詬牧傭奔告主捉僕送官遂被笞責周詰得其故大怒曰黄家牧猪奴何敢爾其先世爲大父服役促得志乃無人耶氣塡吭臆忿而起欲往尋黄成捺而止之曰强梁世界原無皂白况今日官宰半

矛 謀 長鎗 弧 弓也 音胡

大罵有司官周成皆好

周黄本不相能故曰仇

嗾 夫嗾焉 左傳 注謂犬能如人心噬人

慫慂 慫恿 音述 即奏掇也

囹圄 圉同 監禁也 犴 狴犴 牢獄也

賂囑 即枉法用錢囑託

買囑盜使誣扳周

強寇有不操矛弧者耶周不聽成諫止再三至泣下周乃止怒終不釋轉側達旦謂家人曰黄家欺我我仇也姑置之邑令爲朝廷官非勢家官縱有互爭亦須兩造何至如狗之隨嗾者我亦呈治其傭視彼將何處分家人悉慫慂之計遂决具狀赴宰宰裂而擲之周怒語侵宰宰慚恚因逮繫之辰後成往訪周始知入城訟理急奔勸止則已在囹圄矣頓足無所爲計時獲海寇三名宰與黄賂囑之使捏周同黨據詞申黜頂衣榜掠酷慘成入獄相顧悽酸謀叩闕周曰身繫重犴如鳥在籠雖

獄門所画曰狴犴

古云忠孝節義可謂神仙成如此肝胆真有仙根
贈路費曰驢見孟子
誣服屈打成招
院巡按躬讞音葉細審也 親問
黃亦大不合矣所謂兩敗俱傷 宰更大傷更不值得
朦朧題免言不能水落石出
成疑獄也

有弱翁止足供囚飯耳成銳身自任曰是子責也難而不急烏用友也乃行周翁驢之則去已久矣至都無門入控相傳駕將出獵成預隱木市中俄駕過伏舞哀號遂得准驛送而下著部院審奏時閱十月餘周已誣服論辟院按御批大駭復提躬讞黃亦駭謀殺周因賂監者絕其食飲翁來餽問苦禁拒之成又爲赴院聲屈始蒙提問業已飢餓不起院臺怒杖斃監者黃大怖納數千金囑爲營脫以是得朦朧題免宰以枉法擬流周放歸益肝胆成成自經訟繫世情盡灰招周偕隱周溺少

翻兄弟急難義

黃之納賄致周死為仇也宰卻不值得真貪利小人

變易更換也

敝屣破鞋子

言人之棄我非我能棄人

易形指隱使其不能歸家

過上渠山

歸輒迂笑之成雖不言而意甚決別後數日不至周使探諸其家家人疑其在周所兩無所見始疑周心知其異遣人蹤跡之寺觀壑谷物色殆徧時以金帛䘏其子又八九年成忽自至黃巾氅服岸然道貌周大喜把臂曰君何往使我尋欲徧笑曰孤雲野鶴棲無定所別後幸復頑健周命置酒畧道間濶欲為變易道裝成笑不語周曰愚哉何棄妻孥猶敝屣也成笑曰不然人將棄予其何人之能棄問所棲止荅在勞山之上清宮既而抵足寢夢成裸伏胸上氣不能息訝問何為殊不荅忽

忠厚即仙根今之人左人情左者多矣

成之言太深周迷急少妻不能入耳及至目觀睨試為疑周之幻術也

道士曰羽客

驚而寤呼成不應坐而索之杳然不知所往定移時始覺在成榻駭曰昨不醉何顛倒至此耶乃呼家人家人火之儼然成也周故多髭以手自捋則疎無幾莖取鏡自照訝曰成生在此我何往也已而大寤知成以幻術招隱意欲歸內弟以其貌異禁不聽前周亦無以自明即命僕馬往尋成數日入勞山馬行疾僕不能及休止樹下見羽客往來甚衆內一道人目周周因以成問道士笑曰耳其名矣似在上清言已逕去周目送之見一矢之外又與一人語亦不數言而去與言者漸至乃同

真迷離之境纏障不清妙絶

追其窮追　錯綜妙

決意窮追入道之基

程　途路也

荷　去声掮䭾也　逴　音卓遠也

星飯句六朝人語鮑照語

祉生見周愕曰數年不晤人以君學道名山今尚游戲人間耶周述其異生驚曰我適遇之而以爲君也去無幾時或當不遠周大異曰怪哉何自己面目而不之識僕尋至急馳之竟無踪兆一望寥濶進退難以自主自念無家可歸遂決意窮追而怪險不復可騎遂以馬付僕歸迤邐自往遥見一僮獨坐趨近問程且告以故僮自言爲成弟子代荷衣糧導與俱行星飯露宿逴行殊遠三日始至又非世之所謂上清時十月中山花滿路不類初冬僮入報客成即遽出始認巳形執手入置酒

眈 打瞌睡

于思 即于鬆 音雖 多髮貌也

左傳 于思于思棄甲復來

頷 欧下

讌語見異彩之禽馴人不驚聲如笙簧時坐鳴於座上心甚異之然塵俗念切無意流連地下有蒲團二曳與並坐至二更後萬慮俱寂忽似瞥然一盹身覺與成易位疑之自捋頷下則于思者如故矣既曙浩然思返成固留之越三日乃曰乞少寐息早送君行甫交睫聞成呼曰行裝已具矣遂起從之所行殊非舊途覺無幾時里居在望中成坐候路側俾自歸周強之不得因踽踽至家門叩不能應思欲越牆覺身飄似葉一躍已過凡踰數重垣始抵臥室燈燭熒然內人未寢噥噥與人語

詆 音示上声

周已老而溺此乎文吾怪成之不見也

兩語括盡

詆窗以窺則妻與一厮僕同杯飲狀甚狎褻於是怒火如焚計將掩執又恐孤力難勝遂潛身脫扃而出奔告成乞為助成慨然從直抵內寢周舉石撾門內張皇甚擂愈急門閉益堅成撥以劍劃然頓闢周奔入僕衝戶而走成在門外以劍擊之斷其肩臂周執妻拷訊乃知被收時即與僕私周借劍決其首罣腸庭樹間乃從成出尋途而返驀然忽醒則身在臥榻驚而言曰怪夢參差使人駭懼成笑曰夢者兒以為真真者乃以為夢周愕而問之成出劍示之濺血猶存周驚懼欲絕竊疑成

仙術不淺

音消 繞掛也

成言尚深 周尚未全信

此亦書無逸篇言变作也怕成騙已

日落山

此真大醒俗云不見棺靈不下地

山窮水盡方出忍字挽到前不離良友之勸而惑于奴僕之讒忠良家破帷薄不修人亡而後已

譸張爲幻成知其意乃促裝送之歸荏苒至里門乃曰疇昔之夜倚劍而相待者非此處耶吾厭見惡濁請還待君於此如過晡不來子自去周至家門戶蕭索似無居人還入弟家弟見兄雙淚遽墮曰兄去後盜夜殺嫂刳腸去酷慘可悼于今官捕未獲周亦夢醒因以情告戒勿究弟錯愕良久周問其子乃命老媪抱至周曰此襁褓物宗緒所關弟好視之兄欲辭人世矣遂起徑去弟涕泗追挽笑行不顧至野外見成與俱行遥回顧曰忍事最樂弟欲有言成濶袖一舉即不可見悵立移時

弟不過懦弱人而能自背

擔課宣兄之賑恤也

懶字一篇眼目

痛哭而返周弟樸拙不善治家人生產居數年家益貧

周子漸長不能延師因自教讀一日早至齋見案頭有

函書緘封甚固簽題仲氏啟審之爲兄迹開視則虛無

所有祇有爪甲一枚長二指許心怪之以甲置研上出

問家人所自來並無知者回視則研石粲粲化爲黃金

大驚以試銅鐵皆然由此大富以千金賜成氏子因相

傳兩家有點金術云

王成　孤懶　玉性態君子

王成平原故家子性最懶生涯日落惟剩破屋數間與

牛衣亂麻為之雜紅蘇打成如今之蓑衣
漢書王章病卧牛衣中与妻對泣（宮人）交謫
毛詩今埋怨也
明志有公主曰駙馬有郡主曰儀賓 衡府青藩东省
懶是王成之習介是王成之性幸介故能遇狐成富

妻臥牛衣中交謫不堪時盛夏燠熱村中故有周氏園牆宇盡傾唯存一亭村人多寄宿其中王亦在焉既曉睡者盡去紅日三竿王始起逡巡欲歸見草際金釵一股拾視之鐫有細字云儀賓府造王祖為衡府儀賓家中故物多此欵式因把釵躊躇欻一嫗來尋釵王雖故貧然性介遽出授之嫗喜極贊盛德曰釵直幾何先夫之遺澤也問夫君伊誰荅云故儀賓王柬之也王驚曰吾祖也何以相遇嫗亦驚曰汝即王柬之之孫耶我乃狐仙百年前與君祖繾綣君祖歿老身遂隱過此遺釵

見 去声同現字

范叔一寒至此哉 史記范雎傳

姑 且也

姑 姑嫜也今俗云口婆也

適入子手非天數耶王亦曾聞祖有狐妻信其言便邀臨顧嫗從之王呼妻出見敝衣蓬首菜色黯焉嫗歎曰嘻王柬之孫子乃一貧至此哉又顧敗竈無烟曰家計若此何以聊生妻因細述貧狀嗚咽飲泣嫗以釵授婦使姑質錢市米三日後請復相見王挽留之嫗曰汝一妻不能自存活我在仰屋而居復何裨益遂徑去王爲妻言其故妻大怖王誦其義使姑事之妻諾踰三日果至出數金糴粟麥各一石夜與婦共短榻婦初懼之然察其意殊拳拳遂不之疑翌日謂王曰孫勿惰宜操小生

做小本營生以糊口此是醫懶之藥

座右良箴計生之產業皆於懶敗耳、懶人而經商大是苦境

業坐食烏可長也王告以無貲曰汝祖在時金帛憑所取我以世外人無需是物故未嘗多取積花粉之金四十兩至今猶存久貯亦無所用可將去悉以市葛刻日赴都可得微息王從之購五十餘端以歸嫗命趣裝計六七日可達燕都囑曰宜勤勿懶宜急勿緩遲之一日悔之已晚王敬諾囊貨就路中途遇雨衣履浸濡王生平未歷風霜委頓不堪因暫休旅舍不意淙淙徹暮簷雨如繩過宿濘益甚見往來行人踐淖沒脛心畏苦之待至亭午始漸燥而陰雲復合雨又大作信宿乃行將

翔貴 價直昂
騰踊飛長

貶 音窆 跌價也
貶跌驟也

益 下更甚也

鬻 音育 賣也
一音竹 稀飯也

王能自責而不罪主人此
介性也宜有後來一段
机会

近京傳聞葛價翔貴心竊喜入都解裝客店主人深惜其晚先是南道初通葛至絕少京中巨室購者頗多價甚昂較常可三倍前一日貨葛雲集價頓貶後來者皆失望主人以故告王王鬱鬱不得志越日葛至愈多價益下王以無利不肯售遲十餘日計食耗繁多倍益憂悶主人勸令賤鬻貶而他圖從之虧貲十餘兩悉脫去早起將作歸計啟視囊中則金亡矣驚告主人主人無所爲計或勸鳴官責主人償王歎曰此我數也於主人何尤主人聞而德之贈金五兩慰之使歸自念無以見

蹀音牒　走來走去進退無主

搒掇也

無聊之極思

兩是王之寃對

徊每蹀踱內外進退維谷適見鬬鶉者一賭輒數千每
市一鶉恒百錢不止意忽動計囊中貲僅僅足販鶉以
商主人主人亟慫恿之且約假寓飲食不取其直王喜
遂行購鶉盈擔復入都主人喜賀其速售至夜大雨徹
曙天明衢水如河淋零猶未休也居以待晴連綿數日
更無休止起視籠中鶉漸死王大懼不知計之所出越
日死愈多僅餘數頭併一籠飼之經宿往窺則一鶉僅
存因告主人不覺涕墮主人亦爲扼腕王自度金盡罔
歸但欲覓死主人勸慰之共往視鶉審諦之曰此似英

幸主人内行

鶉必須把鶉与黄頭皆有譜

賢主人

好 上声讀好惡 去声讀好惡 上声美不美 去声喜与不喜

邸 音底 藩王府 明季各藩分府在各省

晉蔔偃語 此用左傳惟予馬首是瞻 首肯點頭答应 因連上一直蠢下不便说话

物。諸鶉之死。未必非此之鬬殺之也。君暇亦無所事。請把之。如其良也。賭亦可以謀生。王如其教。旣馴。主人令持向街頭賭酒肉。食鶉健甚。輒贏。主人喜。以金授王。使復與子弟決賭。三戰三勝。半年許。積二十金。心益慰。視鶉如命。先是有某王者。好鶉。每值上元。輒放民間把鶉者入邸相角。主人謂王曰。今大富宜可立致。所不可知者。在子之命矣。因告以故。導與俱往。囑曰。脫敗。則喪氣出耳。倘有萬分一。鶉鬬勝。主必欲市之。君勿應。如固強之。惟予首是瞻。待首肯而後應之。王曰。諾。至邸。則鶉人

肩摩 言人多也 肩碰肩也
快之俄頃 皆言一刹间也
喙 音悔 鳥嘴
曲折调好 凡作叙事文皆应如此
脫 暨言如也 償 還其厚償
形容鬬狀曲尽其妙

肩摩於墀下頃之王出御殿左右宣言有願鬬者上郎有一人把鶉趨而進王命放鶉客亦放畧一騰踔客鶉已敗王大笑俄頃登而敗者數人主人曰可矣相將俱登王相之曰睛有怒脈此健羽也不可輕敵命取鐵喙者當之一再騰躍而王鶉鎩羽更選其良再易再敗王急命取宮中玉鶉片時把出素羽如鷺神駿不凡王成意餒跪而求罷曰大王之鶉神物也恐傷吾禽喪吾業矣王笑曰縱之脫鬬而死當厚爾償成乃縱之玉鶉直奔之而玉鶉方來則伏如怒雞以待之玉鶉健啄則起

用二其字醒豁　咮音咒同

啄音竹鳥嘴

漢帝欲作露臺估值百金曰此十戶中人產也

一叢深色花十戶中人產　白香山句

置售賣也言本不願售者

此二人先商量後之言

趙王璧易秦十五城故曰連城璧　如何　俗言搭身

即賣於人之算盤　上

音能下音身

如翔鶴以擊之進退頡頏相持約一伏時王鶉漸懈而其怒益烈其鬬益急未幾雪毛摧落垂翅而逃觀者千人罔不歎羨王乃索取而親把之自啄至爪審周一過問成曰鶉可貨否荅云小人無恒産與相依爲命不願售也王曰賜而重直中人産可致頗願之乎成俯思良久曰本不樂置顧大王既愛好之苟使小人得衣食業又何求王請直荅以千金王笑曰癡男子此何珍寶而千金直也成曰大王不以爲寶臣以爲連城之璧不過也王曰如何曰小人把向市廛日得數金易升斗粟一

相持兩下不退無勝負

王府以玉色爲甲品乃民鶉勝之勢在必罗

成心動前千金乃主人先教之數

懟 怨也 靳音近 惜而不肯賣

賓主皆君子不可及

家十餘食指無凍餒憂是何寶如之王言予不相戲便與二百金成搖首又增百數成目視主人主人色不動乃曰承大王命請減百價王曰休矣誰肯以九百易一鶉者成囊鶉欲行王呼曰鶉人來鶉人來實給六百肯則售否則已耳成又目主人主人仍自若成心願盈溢惟恐失時曰以此數售心實怏怏但交而不成則獲戾滋大無已即如王命王喜即秤付之成囊金拜賜而出主人懟曰我言如何子乃急自鬻也再少靳之八百金在掌中矣成歸擲金案上請主人自取之主人不受又

皆主人調教在先

罷論也

代

此儒子可爲君家既寵用
有狐仙亦無術矣然亦
轉運也否極泰來
狐賢夫婦亦賢
夫婦皆賢否則已極貧死
不堪必凍坐食待斃
惰音度懶也
創音瘡去声本作刱
至性句也
結句正面說

固讓之乃盤計飯直而受之王治裝歸至家歷述所爲出金相慶嫗命治良田三百畝起屋作器居然世家嫗早起使成督耕婦督織稍惰輒訶之夫婦相安不敢有怨詞過三年家益富嫗辭欲去夫妻共挽之至泣下嫗亦遂止旭日候之已杳矣

異史氏曰富皆得於勤此獨得於惰亦創聞也不知一貧徹骨而至性不移此天所以始棄之而終憐之也懶中豈果有富貴乎哉

否則皆習安於懶而等天上兩金也

想其時國初有無阿芙蓉本來懶人日吃懶藥不死何待

青鳳 狐

太原耿氏故大家第宅宏闊後凌夷樓舍連亘半曠廢之因生怪異堂門輒自開掩家人恒中夜駭譁耿患之移居別墅留老翁門焉由此荒落益甚或聞笑語歌吹聲耿有從子去病狂放不羈囑翁有所聞見奔告之至夜見樓上燈光明滅走報生生欲入覘其異止之不聽門戶素所習識竟撥蓬蒿曲折而入登樓殊無少異穿樓而過聞人語切切潛窺之見巨燭雙燒其明如晝一叟儒冠南面坐一媼相對俱年四十餘東向一少年可二十許右一女郎裁及笄耳酒胾滿案團坐笑語生突

不速之客三人来易经句

占 去声 读同佔

誰何 漢书百官志今之問何人也 宫中夜開

傾吐 曰談也

篡 子暗切 撰 述也

入笑呼曰有不速之客一人來羣驚奔匿獨叟出叱問誰何入人閨闥生曰此我家閨闥君占之吉酒自飲不一邀主人毋乃太吝叟審睇曰非主人也生曰我狂生耿去病主人之從子耳叟致敬曰久仰山斗乃揖生入便呼家人易饌生止之叟乃酌客生曰吾輩通家座客無庸見避還祈招飲叟呼孝兒俄少年自外入叟曰此豚兒也揖而坐略審門閥叟自言義君姓胡生素豪談議風生孝兒亦倜儻傾吐間雅相愛悅生二十一長孝兒二歲因弟之叟曰聞君祖纂塗山外傳知之乎荅知

子孫曰苗裔

粉飾附会也

塗山氏为九尾狐

姪女曰猶女

姪曰猶子

躡 踏也

之叟曰我塗山氏之苗裔也唐以後譜系猶能憶之五代而上無傳焉幸公子一垂教也生畧述塗山女佐禹之功粉飾多詞妙緒泉湧叟大喜謂子曰今幸得聞所未聞公子亦非他人可請阿母及青鳳來共聽之亦令知我祖德也孝兒入幃中少時媪偕女郎出審顧之弱態生嬌秋波流慧人間無其麗也叟指婦云此爲老荆又指女郎此青鳳鄙人之猶女也頗慧所聞見輒記不忘故喚令聽之生談竟而飲瞻顧女郎停睇不轉女覺之輒俯其首生隱躡蓮鈎女急斂足亦無慍怒生神志

狂態畢露

李評語
坐擁百城典

縈縈 牽惦也

生明知狐所為

同怦 音烹 合扉声

飛揚不能自主拍案曰得婦如此南面王不易也媼見生漸醉益狂與女俱起遽搴幃去生失望乃辭叟出而心縈縈不能忘情於青鳳也至夜復往則蘭麝猶芳而凝待終宵寂無聲欬歸與妻謀欲攜家而居之冀得一遇妻不從生乃自往讀於樓下夜方凭几一鬼披髮入面黑如漆張目視生生笑染指研墨自塗灼灼然相與對視鬼慚而去次夜更既深滅燭欲寢聞樓後發扃闢之闢然生急起窺覘則扉半啟俄聞履聲細碎有燭光自房中出視之則青鳳也驟見生駭而卻走遽闔雙扉

烹

蓮鉤

否則如范素履齋稾稾

生長跪而致詞曰小生不避險惡實以卿故幸無他人得一握手爲笑死不憾耳女遥語曰惓惓深情妾豈不知但閨訓嚴不敢奉命生固哀之云亦不敢望肌膚之親但一見顏色足矣女似肯可啓關出捉之臂而曳之生狂喜相將入樓下擁而加諸膝女曰幸有夙分過此一夕即相思無用矣問何故曰阿叔畏君狂故化厲鬼以相嚇而君不動也今已卜居他所一家皆移什物赴新居而妾留守明日即發矣言已欲去云恐叔歸生强止之欲與爲歡方持論間叟掩入女羞懼無以自容俯

硬襯热寫出無賴

不計價喜其能驅狐也

皇急倉黄着忙也

衿音今

首倚牀拈帶不語叟怒曰賤婢辱吾門戶不速去鞭撻且從其後女低頭急去叟亦出尾而聽之訶詬萬端聞青鳳嚶嚶啜泣生心意如割大聲曰罪在小生與青鳳何與倘宥鳳也刀鋸鈇鉞小生願身受之良久寂然生乃寢自此第內絕不復聲息矣生叔聞而奇之願售以居不較直生喜攜家口而遷焉意甚適而未嘗須臾忘青鳳也會清明上墓歸見小狐二爲犬逼逐其一投荒竄去一則皇急道上望見生依依哀啼𦬇耳戢首似乞其援生憐之啟裳衿提抱以歸閉門置牀上則青鳳也

無句結前

開後複巧

妙

垂也依也

憎惡也

生妻亦賢否則豈能畜狐妾

大喜慰問女曰適與婢子戲遭此大厄脫非郎君必葬犬腹望無以非類見憎生曰日切懷思繫於魂夢見卿如獲異寶何憎之云女曰此天數也不因顛覆何得相從然幸矣婢子必以妾爲已死可與君堅永約耳生喜另舍舍之積二年餘生方夜讀孝兒忽入生輟讀詰所來孝兒伏地愴然曰家君有橫難非君莫拯將自詣懇恐不見納故以某來問何事曰公子識莫三郎否曰此吾年家子也孝兒曰明日將過倘攜有獵狐望君之畱之也生曰樓下之羞耿耿在念他事不敢與聞必欲

既爾 如是也

前橫 橫下化鬼相嚇及罵青鳳

介介 即芥蒂

韔 音暢弓衣也

出獵所獲皆曰禽不論四足兩足

僕效綿薄非青鳳來不可孝兒零涕曰鳳妹已野死三年矣生拂衣曰既爾則恨滋深耳執卷高吟殊不顧瞻孝兒起哭失聲掩面而去生如青鳳所告以故女失色曰果救之否曰救則救之適不之諾者亦聊以報前橫耳女乃喜曰妾少孤依叔成立昔雖獲罪乃家範應爾生曰誠然但使人不能無介介耳卿果死定不相援女笑曰忍哉次日莫三郎果至鏤膺虎韔僕從甚赫生門逆之見獲禽甚多中一黑狐血殷毛革撫之皮肉猶溫便托裘敝乞得補綴莫慨然解贈生即付青鳳乃與客

愆 罪戾也

老狐道力不淺

烏鳥能返哺此狐負罪且孝

傅 教誨也

襆 音撲衣包之類

飲客既去女抱狐於懷三日而甦展轉復化爲叟舉目見鳳疑非人間女歷言其情叟乃下拜慚謝前愆喜顧女曰我固謂汝不死今果然矣女謂生曰君如念妾還乞以樓宅相假使妾得以申返哺之私生諾之叟赧然謝別而去入夜果舉家來由此如家人父子無復猜忌矣生齋居孝兒時共談讌生嫡出子漸長遂使傅之蓋循循善教有師範焉

畫皮

怪

太原王生早行遇一女郎抱襆獨奔甚艱於步急走趁

趁 跟也

凡飛鳥類皆吐哺哺雛烏憐老烏不能飛則反哺親鳥鴨雞畜禽類出鷇即自食

姝 處 平声 美女

朱门 侯门大家也

齋 别業旁屋

媵 贈嫁 收留迷失子女 見刑律

之乃二八姝麗心相愛樂問何夙夜踽踽獨行女曰行道之人不能解愁憂何勞相問生曰卿何愁憂或可効力不辭也女黯然曰父母貪賂鬻妾朱門嫡妒甚朝詈而夕楚辱之所弗堪也將遠遁耳問何之曰在亡之人烏有定所生言敝廬不遠卽煩枉顧女喜從之生代攜襆物導與同歸女顧室無人問君何無家口荅云齋耳女曰此所良佳如憐妾而活之須祕密勿洩生諾之乃與寢合使匿密室過數日而人不知也生微告妻妻陳疑爲大家媵妾勸遣之生不聽偶適市遇一道士顧生

獸伏匍匐行走

而懼問何所遇荅言無之道士曰君身邪氣縈繞何言無生又力白道士乃去曰惑哉世固有死將臨而不悟者生以其言異頗疑女轉思明明麗人何至爲妖意道士借厭禳以獵食者無何至齋門門內杜不得入心疑所作乃踰垝危垣則室門亦閉躡迹而窗窺之見一獰鬼面翠色齒巉巉音讒如鋸鋪人皮於榻上執采筆而繪之已而擲筆舉皮如振衣狀披於身遂化爲女子睹此狀大懼獸伏而出急追道士不知所往徧跡之遇於野長跪乞救道士曰請遣除之此物亦良苦甫能覓代者予亦

裂 開也

鬼子敢尔 乃成語

不忍傷其生乃以蠅拂授生令挂寢門臨別約會於青帝廟生歸不敢入齋乃寢內室懸拂焉一更許聞門外戢戢有聲自不敢窺也使妻窺之但見女子來望拂子不敢進立而切齒良久乃去少時復來罵曰道士嚇我終不然寧入口而吐之耶取拂碎之壞寢門而入徑登生牀裂生肚掬生心而去妻號婢入燭之生已死腔血狼藉陳駭涕不敢聲明日使弟二郎奔告道士道士怒曰我固憐之鬼子乃敢爾即從生弟來女子已失所在既而仰首四望曰幸遁未遠問南院誰家二郎曰小生

所舍也道士曰現在君所二郎愕然以爲未有道士問曰曾否有不識者一人來答曰僕赴青帝廟良不知當歸問之去少頃而返曰果有之晨間一嫗來欲傭爲僕家操作室人止之尚在也道士曰卽是物矣遂與俱往仗木劍立庭心呼曰業魅償我拂子來嫗在室惶遽無色出門欲遁道士逐擊之嫗仆人皮劃然而脫化爲厲鬼臥嗥如豬道士以木劍梟其首身變作濃烟匝地作堆道士出一葫蘆拔其塞置烟中飀飀然如口吸氣瞬息烟盡道士塞口入囊共視人皮眉目手足無不備具

鼻涕一尺長

漢戴良零丁文

人盡夫也左傳

閻摩即閻羅王

堵音睹墻也

道士卷之如卷畫軸聲亦囊之乃別欲去陳氏拜迎於門哭求回生之法道士謝不能陳益悲伏地不起道士沉思曰我術淺誠不能起死我指一人或能之往求必合有效問何人曰市人有瘋者時臥糞土中試叩而哀之倘狂辱夫人夫人勿怒也二郎亦習知之乃別道士與嫂俱往見乞人顛歌道上鼻涕三尺穢不可近陳膝行而前乞人笑曰佳人愛我乎陳告之故又大笑曰人盡夫也活之何為陳固哀之乃曰異哉人死而乞活於我我閻摩耶怒以杖擊陳陳忍痛受之市人漸集如堵

端兆形跡也

此二句乃勑戒正面文章

乞人咯痰唾盈把舉向陳吻曰食之陳紅漲於面有難
色既思道士之囑遂强啖焉覺入喉中硬如團絮格格
而下停結胷間乞人大笑曰佳人愛我哉遂起行已不
顧尾之入於廟中追而求之不知所在前後冥搜殊無
端兆慚恨而歸既悼夫亡之慘又悔食唾之羞俯仰哀
啼但願即死方欲展血斂尸家人竚望無敢近者陳抱
尸收腸且理且哭哭極聲嘶頓欲嘔覺鬲中結物突奔
而出不及回首已落腔中驚而視之乃人心也在腔突
突猶躍熱氣騰蒸如烟大異之急以兩手合腔極力

繒音曾 綢綾也

裯一音綢 一音刀 一音刁 被也

寓言中仍着勸戒語

賈上声音沽 作商於外

抱擠少懈則氣氤氳自縫中出乃裂繒帛急束之以手撫尸漸溫覆以衾裯中夜啟視有鼻息矣天明竟活爲言恍惚若夢但覺心隱痛耳視破處痂結如錢尋愈

異史氏曰愚哉世人明明妖也而以爲美迷哉愚人明明忠也而以爲妄然愛人之色而漁之妻亦將食人之唾而甘之矣天道好還但愚而迷者不悟耳可哀也夫

賈兒 狐

楚某翁賈於外婦獨居夢與人交醒而捫之小丈夫也察其情與人異知爲狐未幾下牀去門未開而已逝矣

漁者不定何人

出遺在外小解

圬者今之泥水匠

入暮邀庖嫗伴焉有子十歲素別榻臥亦招與俱夜既深嫗兒皆寐狐復來婦喃喃如夢語嫗覺呼之狐遂去自是身忽忽若有亡至夜不敢息燭戒子睡勿熟夜闌兒及嫗倚壁少寐既醒失婦意其出遺久待不至始疑嫗懼不敢往覓兒執火徧燭之至他室則母裸臥其中近扶之亦不羞縮自是遂狂歌哭叫詈日萬狀夜厭與人居另榻寢兒嫗亦遣去兒每聞母笑語輒起火之母反怒呵兒兒亦不爲意因共壯兒膽然嬉戲無節日效圬者以磚石疊窗上止之不聽或去其一石則滾地作

十歲之兒能伏殺机不使人知不使狐知更妙

磨刀霍〻向猪羊　古木蘭詞

隟即隙音乞门缝

嬌啼人無敢氣觸之過數日兩窗盡塞無少明已乃合泥塗壁孔終日營營不憚其勞塗已所作遂把廚刀霍霍磨之見者皆憎其頑不以人齒兒宵分隱刀於懷以瓢覆燈伺母囈語急啟燈杜門聲喊久之無異乃離門揚言詐作欲溲狀歘有一物如貍突奔門隟急擊之僅斷其尾約二寸許溼血猶滴初挑燈起母便詬罵兒若弗聞擊之不中懊恨而寢自念雖不即戮可以幸其不來及明視血跡踰垣而去跡之入何氏園中至夜果絕兒竊喜但見痴臥如死未幾賈人歸就榻問訊婦嫚罵

直是奇鬼兒僅神童

長鬣 長鬚也

瓻 瓶也

視若仇兒以狀對翁驚延醫藥之婦瀉藥詬罵潛以藥入湯水雜飲之數日漸安父子俱喜一夜睡醒失婦所在父子又覓得於別室由是復顛不欲與夫同室處向夕竟奔別室挽之罵益甚翁無策盡扃他扉婦奔去則門自闢翁患之驅禳備至殊無少驗兒薄暮潛匿何氏園伏莽中將以探狐所在月初作作聞人語暗撥蓬科見二人飲一長鬣奴捧壺衣老椶色語俱細隱不甚可辨移時聞一人曰明日可取白酒一瓻來頃之俱去惟長鬣獨留脫衣臥庭石上審顧之四肢皆如人但尾垂

沽賣也　肆店也
妗音芹　舅母之稱
耗子鼠也　齧咬也
湯餅麵也
不遑無暇也

後部兒欲歸恐狐覺遂終夜伏未明又聞二人以次復來噥噥入竹叢中兒乃歸翁問所往荅宿何伯家適從父入市見帽肆挂狐尾乞翁市之翁不顧兒牽父衣嬌聒之翁不忍過拂市焉父貿易廛中兒戲弄其側乘父他顧盜錢去沽白酒寄肆廊有舅氏城居素業獵兒奔其家舅他出妗詰母疾荅云連朝稍可又以耗子齧衣怒啼不解故遣我乞獵藥耳妗撿櫝出錢許裹付兒兒少之妗欲作湯餅啖兒兒覷室無人自發藥裹竊盈掬而懷之乃趨告妗俾勿舉火父待市中不遑食也遂徑

毒斃藥人亦之亦死必
審視確鑿方可

去隱以藥置酒中遨遊市上抵暮方歸父問所在託在舅家兒自是日游廛肆間一日見長鬚人亦雜儔中兒審之確陰綴繫之漸與語詰其居里答言北村亦詢兒兒僞云山洞長鬣怪其洞居兒笑曰我世居洞府君固否耶其人益驚便詰姓氏兒曰我胡氏子曾在何處見君從兩郎顧忘之耶其人熟審之若信若疑兒微啟下裳少少露其假尾曰我輩混迹人中但此猶存爲可恨耳其人問在市欲何作兒曰父遣我沽其人亦以沽告兒問沽未曰吾儕多貧故常竊時多兒曰此役亦良苦

長鬚者沽餘瀝所以同死
盈掬之藥其力甚大

兢驚憂其人曰受主人遣不得不爾因問主人伊誰曰即曩所見兩郎兄弟也一私北郭王氏婦一宿東村某翁家翁家兒大惡被斷尾十日始瘥今復往矣言已欲別曰勿悞我事兒曰竊之難不若沽之易我先沽寄廊下敬以相贈我囊中尚有餘錢不愁沽也其人愧無以報兒曰我本同類何靳些須暇時尚當與君痛飲耳遂與俱去取酒授之乃歸至夜母竟安寢不復奔心知有異告父同往驗之則兩狐斃於亭上一狐死於草中喙津津尚有血出酒瓶猶在持而搖之未盡也父驚問何

漢陳平佐高帝常六出奇計

瘠 瘦也

奇光者始知兒之能幹也 總戎 總兵

熾 音志 燒也

篝 点灯也 音垢

古有善太素脈能知人窮通貴賤壽夭今失其傳矣

不早告曰此物最靈一渡則彼知之翁喜曰我兒討狐之陳平也於是父子荷狐歸見一狐禿尾刀痕儼然自是遂安而婦瘠殊甚心漸明了但益之嗽嘔痰輒數升尋卒北郭王氏婦向祟於狐至是問之則狐絕而病亦愈翁由此奇兒教之騎射後貴至總戎

明武官至總兵而止

董生

董生字遐思青州之西鄙人冬月薄暮展被於榻而熾炭焉方將篝燈適友人招飲遂扃戶去至友人所座有醫人善太素脈徧診諸客末顧王生九思及董曰余閱

臆同肐 胷臂也

模稜 言出而不斷無圭角無鋒鋩唐人以婁師德為模稜掌相

爇火 点燈

鍵 鎖门

人多矣脈之奇無如兩君者貴脈而有賤兆壽脈而有促徵此非鄙人所敢知也然而董君實甚共驚問之曰某至此共窮於術未敢臆決願兩君自慎之二人初聞甚駭既以為模稜語置不為意半夜董歸見齋門虛掩大疑醺中自憶必去時忙促故忘扃鍵入室未遑爇火先以手入衾中探其溫否纔一探入則膩有臥人大愕斂手急火之竟為姝麗韶顏稚齒神仙不殊狂喜戲探下體則毛尾修然大懼欲遁女已醒出手捉生臂問君何往董益懼戰栗哀求願仙人憐恕女笑曰何所見而

畏首畏尾 毛詩

尻 音考平声

尻 即古居字 童童光滑無毛

自退其悞方入魔障死期近矣

女十五而笄二十而嫁 如今受頭髮未冠垂髫

漢卓文君新寡夜奔司馬相如

仙我董曰我不畏首而畏尾女又笑曰尾於何有君悞矣引董手強使復探則髀肉如脂尻骨童童笑曰何如醉態朦朧不知所見伊何遂誣人若此董固喜其麗至此益惑反自咎適然之錯然疑其所來無因女曰君不憶東鄰之黃髮女乎屈指移居者已十年矣爾時我未笄君垂髫也董恍然曰卿周氏之阿瑣耶女曰是矣董曰卿言之我髣髴憶之十年不見遂苗條若此然何遽能來女曰妾適癡郎四五年翁姑相繼逝又不幸爲文君剩妾一身煢無所倚憶孩時相識者惟君故勉來相

文勢恐叙去太直故用兩然字翻挂使不一拍即合

此問算命關之信者每每附會硬拍愚婦人尤多何讀書人亦如此

肌粟 蘇詩凍合玉樓寒起粟 今俗云鷄肉瘩子
羸 弱也
贏 音瀛 多也 勝也
嬴 同上 姓也
驘 同騾 臝 同裸
蠃 同螺
良醫不救自作之孽
炙音折 灸音究
拂 同悖
火守 點灯也

就入門已暮邀飲者適至遂潛匿以待君歸待之既久
足冰肌粟故借被以自温耳幸勿見疑董喜解衣共寢
意殊自得月餘漸羸瘦家人怪問輒言不自知久之面
目益支離乃懼復造善脈者診之醫曰此妖脈也前日
之死徵驗疾不可為也董大哭不去醫不得已為之鍼
手灸臍而贈以藥囑曰如有所遇力絕之董亦自危既
歸女笑要之拂然曰勿復相糾纏我行且死走不顧女
大慚亦怒曰汝尚欲生耶至夜董服藥獨寢甫交睫夢
與女交醒已遺矣益恐移寢於內妻子火守之夢如故

瘦甚
尚知悔惜已渾
平声
怒也
直說

詞令亦妙援其畏而言

迷罔 昏沉也 瘠 瘦也

竊女子已失所在積數日董嘔血斗餘而死王九思任齋中見一女子來悅其美而私之詰所自曰妾遐思之隣也渠舊與妾善不意爲狐惑而死此輩妖氣可畏讀書人宜慎相防王益佩之遂相懽待居數日迷罔病瘠忽夢董曰與君好者狐也殺我矣又欲殺我友我已訴之冥府洩此幽憤七日之夜當炷香室外勿忘卻醒而異之謂女曰我病甚恐將委溝壑或勸勿室也女曰命當壽室亦生不壽不室亦死也坐與調笑王心不能自持又亂之已而悔之而不能絕及暮插香戶上女來拔

森羅殿質訊

用反筆 陰絕

今有禳星法事

俗讀作祥

徬徨排回也

過罪也

就質 即今之質審公堂

法曹 刑官

當去聲合該也

棄之夜又夢董來讓其違囑次夜暗囑家人俟寢後潛炷之女在榻上忽驚曰又置香耶王言不知女急起得香又折滅之入曰誰教君爲此者王曰或室人憂病信巫家作厭禳耳女徬徨不樂家人潛窺香滅又炷之女忽嘆曰君福澤良厚我悞害遐思而奔子誠我之過我將與彼就質於冥曹君如不忘夙好勿壞我皮囊也逡巡下榻仆地而死燭之狐也猶恐其活遽呼家人剝其革而懸焉王病甚見狐來曰我訴諸法曹法曹謂董君見色而動死當其罪但咎我不當惑人追金丹去復令

余殺人乎多矣 左傳楚靈王語

自知甚明

陵陽 安徽宣城宛陵地

醵 音劇 合錢請酒 此是狂來道

還生皮囊何在曰家人不知已脫之矣狐慘然曰余殺人多矣今死已晚然忍哉君乎恨恨而去王病幾危半年乃瘥

此不但狐也凡女色皆如是所謂旦旦而伐之人有甚於狐者矣戚友中以此死者或得病者極多

陸判

陵陽朱爾旦字小明性豪放然素鈍學雖篤尚未知名一日文社衆飲或戲之云君有豪名能深夜赴十王殿負得左廊判官來衆當醵作筵蓋陵陽有十王殿神鬼皆以木雕妝飾如生東廡有立判綠面赤鬚貌尤獰惡或夜聞兩廊拷訊聲入者毛皆森竪故衆以此難朱朱

笑起徑去居無何門外大呼曰我請髯宗師至矣衆皆
起俄負判入置几上奉觴酬之三衆睹之瑟縮不安於
坐仍請負去朱又把酒灌地祝曰門生狂率不文大宗
師諒不爲怪荒舍匪遙合乘興來覓飲幸勿爲畛畦乃
負之去次日衆果招飲抵暮半醉而歸興未闌挑燭獨
飲忽有人搴簾入視之則判官也朱起曰噫吾殆將死
矣前日冒瀆今來加斧鑕耶判啟濃髯微笑曰非也昨
蒙高義相訂夜偶暇敬踐達人之約朱大悅牽衣促坐
自起滌器爇火判曰天道溫和可以冷飲朱如命置瓶

洒脫豪爽可敬宜判与之交好
狂率 草率荒唐言不恭
畛畦 田之疆界 畛 田間小路 人思本有疆界 分途
朱酒量亦豪非如今之酒鬼剋剋思飲又不能多不飲
酗醺態全露一飲就目瞪口呆或尋事多言真賤相
判亦豪爽

大宗師 莊子篇名

治具 辦酒席
妍媸 美陋
觥 大杯古人以角為之
玉山自倒非人推 唐詩
紅勒帛 宋場中典故 今云打降子
古人臀坐於足跟四面不靠而腰不蹲曰危坐

案上奔告家人治肴果妻聞大駭戒勿出朱不聽立俟治具以出易琖交酬始詢姓氏曰我陸姓無名字與談古典應荅如響問知制藝否曰妍媸亦頗辨之冥司誦讀與陽世畧同陸豪飲一舉十觥朱因竟日飲遂不覺玉山傾頹伏几醺睡比醒則殘燭黃昏鬼客已去自是兩三日輒一來情益洽時抵足眠朱獻窻稿陸輒紅勒之都言不佳一夜朱輒醉先寢陸猶自酌忽醉夢中覺臟腑微痛醒而視之則陸危坐牀前破腔出腸胃條條整理愕曰夙無仇怨何以見殺陸笑云勿懼我爲君易

中舉

國初及乾隆中尚沿明人制度士子習一經自注卷面入場後即分送房師亦習此經者薦卷

慧心耳從容納腸已復合之末以裹足布束朱腰作用畢視榻上亦無血跡腹間覺少麻木見陸置肉塊几上問之曰此君心也作文不快知君之毛竅塞耳適在冥間於千萬心中揀得佳者一枚爲君易之留此以補闕數乃起掩扉去天明解視則刱縫已合有綖而赤者存焉自是文思大進過眼不忘數日文出文示陸陸曰可矣但君福薄不能大顯貴鄉科而已問何時曰今歲必魁未幾科試冠軍秋闈果中經元同社友素揶揄之及見闈墨相視而驚細詢始知其異共求朱先容願納交

笑其文鈍也

先容託朱先向判言
不有先容必遭遺按劍文選
湔子延切洗也
采葑采菲章此借用
艱難也物色尋覓也

陸陸諾之衆大設以待之更初陸至赤髯生動目炯炯如電衆茫乎無色齒欲相擊漸引去朱乃攜陸歸飲既醺朱曰湔腸伐胃受賜已多尚有一事欲相煩不知可否陸便請命朱曰心腸可易面目想亦可更山荊予結髮人下體頗亦不惡但頭面不甚佳麗尚欲煩君刀斧如何陸笑曰諾容徐圖之過數日半夜來叩關朱急起延入燭之見襟裹一物詰之曰君曩所囑向艱物色適得一美人首敬報君命朱撥視頸血猶溼陸立促急入勿驚禽犬朱慮門戶夜扃陸至一手推扉扉自闢引至

匕首 音批 短柄劍
專諸刺吴王僚 卭以匕首 置炙魚中 左傳
迎刄而解 莊子句
甲錯 音入声 糙也皮上起皴皵也
錯愕 亦入声 驚惶
靨 好口輔也 一名微渦 音押 俗音乙 曰笑靨 又曰酒靨
顴 音權 面上顴骨

臥室見夫人側身眠陸以頭授朱抱之自於靴中出白刃如匕首按夫人項著力如切瓜狀迎刃而解首落枕畔急於生懷取美人頭合項上詳審端正而後按捺已而移枕塞肩際命朱瘞首靜所乃去朱妻醒覺頸間微麻面頰甲錯搓之得血片甚駭呼婢汲盥婢見面血狼藉驚絕濯之盆水盡赤舉首則面目全非又駭極夫人引鏡自照錯愕不能自解朱入告之因反覆細視則長眉掩鬢笑靨承顴畫中人也解領驗之有紅綫一周上下肉色判然而異先是吳侍御有女甚美未嫁而喪二

自己不認得不知其故
上白下肉色不同

醮 音勦合婚礼再嫁曰再醮

蘸 音斬去声

以為女婢懈怠為犬御首去

夫故十九猶未醮也上元遊十王殿時遊人甚雜內有無賴賊窺而豔之遂陰訪居里乘夜梯入穴寢門殺一婢於牀下逼女與淫女力拒聲喊賊怒亦殺之吳夫人微聞鬧聲呼婢往視見尸駭絕舉家盡起停尸堂上置首項側一門啼號紛騰終夜詰且啟衾則身在而失其首偏撻侍女謂所守不恪致葬犬腹侍御告郡郡嚴限捕賊三月而罪人弗得漸有以朱家換頭之異聞吳公者吳疑之遣嫗探諸其家入見夫人駭走以告吳公公視女尸故存驚疑無以自決猜朱以左道殺女往詰朱

幸是異事，百喙莫解

鞫 審問也

蘇溪 小地名

賊者傷害也

與 去声 無與 與言無干也

犯塲規即被貼不中

朱曰室人夢易其首實不解其何故謂僕殺之則寃也吳不信訟之收家人鞫之一如朱言郡守不能決朱歸求計於陸陸曰不難當使伊女自言之吳夜夢女曰兒爲蘇溪楊大年所賊無與朱孝廉彼不艷於其妻陸判官取兒頭與之易之是兒身死而頭生也願勿相仇醒告夫人所夢同乃言於官問之果有楊大年執而械之遂伏其罪吳乃詣朱請見夫人由此爲翁壻乃以朱妻首合女尸而葬焉朱三入禮闈皆以塲規被放於是灰心仕進積三十年一夕陸告曰君壽不永矣問其期對

械 夾棍 足

此達人解命語故言下了然若愚蒙者必求判挽迴矣

以五日能相救否曰惟天所命人何能私且自達人觀之生死一耳何必生之爲樂死之爲悲朱以爲然即治衣衾棺槨既竟盛服而沒翌日夫人方扶柩哭朱忽冉冉自外至夫人懼朱曰我誠鬼不異生時慮爾寡母孤兒殊戀戀耳夫人大慟涕垂膺朱依依慰解之夫人曰古有還魂之說君既有靈何其不再来曰天數不可違也問在陰司作何務曰陸判薦我督案務授有官爵亦無所苦夫人欲再語朱曰陸公與我同來可設酒饌趨而出夫人依言營備但聞室中笑飲豪氣高聲宛若生

窅同杳　逝去也

太華在陝西有太華山

亦曰華陰五岳中之西

嶽去声

敗落曰隳一作隳

時有行人司一署皆進士　明

奉命封藩王祭告等

前半夜窺之窅然而逝自是三數月輒一來時而留宿繾綣家中事就便經紀子瑋方五歲來輒提抱至七八歲則燈下教讀子亦慧九歲能文十五入邑庠竟不知無父也從此來漸疎日月至焉而已又一夕來謂夫人曰今與卿永訣矣問何往曰承帝命為太華卿行將遠赴事煩途隔故不能來母子扶之哭曰勿爾兒已成立家業尚可存活豈有百歲不拆之鸞鳳耶顧子曰好為人勿隳父業十年後一相見耳徑出門去於是遂絕後瑋二十五舉進士官行人奉命祭西岳道經華陰忽有

羽葆 今之孔雀毛傘
鹵簿 今人官員頭道旗鑼扇傘執事
瑋奉命祭岳乃 欽差
數武 數步見礼記
輿 軒轎今神道祭厲壇出会所坐
此用晉王渾事兄名典
左都 御史曰總憲
鶴脚太長鳧脚太短
鳧 鴨也

輿從羽葆馳衛鹵簿訝之審視車中人其父也下馬哭伏道左父停輿曰官聲好我目瞑矣瑋伏不起卒從車行火馳不顧去數武回望解佩刀遣人持贈遥語曰佩之當貴瑋欲追從見輿從人馬飄忽若風瞬息不見痛恨良久抽刀視之製極精工鐫字一行曰胆欲大而心欲小智欲圓而行欲方瑋後官至司馬生五子曰沉曰潛曰泐曰渾曰深一夕夢父曰佩刀宜贈渾也從之渾仕爲總憲有政聲

用呂虔贈刀事見三國志

異史氏曰斷鶴續鳧矯作者妄移花接木創始者奇而

陸貌醜心慈

況加鑿削於肝腸，施刀錐於頸項者哉？陸公者，可謂媸皮裹妍骨矣。明季至今，爲歲不遠，陵陽陸公猶存乎？尚有靈焉否也？爲之執鞭，所欣慕焉。

寄託

此亦寓言，面目換尚可，若心換則豈有是理？一切數語不[illegible]明本人之事矣。莊子云：七日而渾沌七竅鑿[illegible]死矣。

滿腸伐胃，三國華陀傳事，言醫病非去愚益慧術也。

聊齋志異卷一終

聊齋志異卷二

淄川　蒲松齡　留僊　著

新城　王士正　貽上　評

嬰寧

王子服莒之羅店人早孤絕慧十四入泮母最愛之尋常不令遊郊野聘蕭氏未嫁而夭故求凰未就也會上元有舅氏子吳生邀同眺矚方至村外舅家有僕來招吳去生見游女如雲乘興獨遨有女郎攜婢撚梅花一枝容華絕代笑容可掬生注目不移竟忘顧忌女過去

此狐女隱於笑憂花成癖亦其寄託

琴中有鳳求皇曲

眺矚遠望也

遨遊也

顧忌言不畏人談論

研 去声同硯 平声 乃細詢
畫 入声 乃劃 同劃 策畫 界劃
去声 乃圖畫
拚 同判 平声 音潘
賂 音路 財物 瘳 音抽 病愈
解頤 笑也 漢書匡衡傳 解人頤 言 匡衡善解詩經

數武顧婢曰個兒郎目灼灼似賊遺花地上笑語自去
生拾花悵然神魂喪失怏怏遂返至家藏花枕底垂頭
而睡不語亦不食母憂之醮禳益劇肌革銳減醫師診
視投劑發表忽忽若迷母撫問所由默然不荅適吳生
來囑密詰之吳至榻前生見之淚下吳就榻慰解漸致
研詰生具吐其實且求謀畫吳笑曰君意亦復癡此願
有何難遂當代訪之徒步於野必非世家如其未字事
固諧矣不然拚以重賂計必允遂但得痊瘳成事在我
生聞之不覺解頤吳出告母物色女子居里而探訪既

紿 音臺騙也

行 輩也

古制有中表連姻之禁然漢惠帝娶姊魯元公主女武帝娶堂邑公主女晉溫嶠娶姑母之女似又不禁而明朝似有此禁

銳身自任 如今人獨力擔當

折柬 書札相邀

窮並無蹤跡母大憂無所為計然自吳去後顏頓開食亦略進數日吳復來生問所謀吳紿之曰已得之矣我以為誰何人乃我姑氏女即君姨妹行今尚待聘雖內戚有婚姻之嫌實告之無不諧者生喜溢眉宇問居何里吳詭曰西南山中去此可三十餘里生又付囑再四吳銳身自任而去生由此飲食漸加日就平復探視枕底花雖枯未便彫落凝思把玩如見其人怪吳不至折柬招之吳支托不肯赴召生恚怒悒悒不歡母慮其復病急為議姻略與商搉輒搖首不願惟日盼吳吳迄無

耗 音好去声
仰人鼻息言必須藉仗人力乃成
沓 音達
格磔 鳥鳴
憩 息止

耗益怨恨之轉思三十里非遥何必仰息他人懷梅袖中負氣自往而家人不知也伶仃獨步無可問程但望南山行去約三十餘里亂山合沓空翠爽肌寂無人行止有鳥道遥望谷底叢花亂樹中隱隱有小里落下山入村見舍宇無多皆茅屋而意甚修雅北向一家門前皆絲柳牆內桃杏猶繁間以修竹野鳥格磔其中意是園亭不敢遽入回顧對戶有巨石滑潔因據坐憩俄聞牆內有女子長呼小榮其聲嬌細方佇聽間一女郎由東而西執杏花一朵俛首自簪舉頭見生遂不復簪含

昃 日下西也

耳聾目瞶

此嫗並不聾瞶

寔乃真痴

粗糲猶言糙米

笑撚花而入審視之即上元途中所遇也心驟喜但念無以階進欲呼姨氏而顧從無還往懼有訛悞門內無人可問坐臥徘徊自朝至於日昃盈盈望斷並忘飢渴時見女子露半面來窺似訝其不去者忽一老媼扶杖出顧生曰何處郎君聞自辰刻便來以至於今意將何爲得勿飢耶生急起揖之荅云將以盼親媼聾瞶不聞又大言之乃問貴戚何姓生不能荅媼笑曰奇哉姓名尚自不知何親可探我視郎君亦書癡耳不如從我來啖以粗糲家有短榻可臥待明朝歸詢知姓氏再來探

啗音但 餒飢也 同啖嗷

作黍 今客到謂已飯与菜

問對 問具陈三代履歷

前吴生乃詭對漫言之 何先有女人豈不巧合

窶音句 窮也

訪不晚也生方腹餒思啗又從此漸近麗人大喜從媼入見門內白石砌路夾道紅花片片墮階上曲折而西又啟一關豆棚花架滿庭中肅客入舍粉壁光明如鏡窗外海棠枝朶探入室內茵藉几榻罔不潔澤甫坐即有人自窗外隱約相窺媼喚小榮可速作黍外有婢子噭（叫上声）聲而應坐次具展宗閥媼曰郎君外祖莫姓吳否曰然媼驚曰是吾甥也尊堂我妹子年來以家窶貧又無三尺男遂至音問梗塞甥長成如許尚不相識生曰此來即爲姨也匆遽遂忘姓氏媼曰老身秦姓並無誕育

雛尾雞也
礼記雛尾不盈握不食

裁財才皆通

弱息僅存亦爲庶産渠母改醮遺我鞠養頗亦不鈍但少教訓嬉不知愁少頃使來拜識未幾婢子具飯雛尾盈握媼勸餐已婢來斂具媼曰喚寧姑來婢應去良久聞戶外隱有笑聲媼曰嬰寧汝姨兄在此戶外嗤嗤笑不已婢推之以入猶掩其口笑不可遏媼瞋目曰有客在咤咤叱叱是何景象女忍笑而立生揖之媼曰此王郎汝姨子一家尚不相識可笑人也生問妹子年幾何矣媼未能解生又言之女復笑不可仰視媼謂生曰我言少教誨此可見也年已十六呆癡裁如嬰兒生曰小

阿誰 何人也 三國蜀志龐統傳

瞬 音舜 同眴

於甥一歲曰阿甥已十七矣得非庚午屬馬者耶生首應之又問甥婦阿誰荅云無之曰如甥才貌何十七歲猶未聘耶嬰寧亦無姑家極相匹敵惜有內親之嫌生無語目注嬰寧不暇他瞬婢向女小語云目灼灼賊腔未改女又大笑顧婢曰視碧桃開未遽起以袖掩口細碎連步而出至門外笑聲始縱媼亦起喚婢襆被為生安置曰阿甥來不易宜留三五日遲遲送汝歸如嫌幽悶舍後有小園可供消遣有書可讀次日至舍後果有園半畝細草鋪氈楊花糝逕有草舍三楹花木四合其

四面圍繞

捘 音子寸切尊 字書 左傳 捘衛侯之腕

自分 自量已死

閔憫同

靳 音近 吝惜也

所穿花小步，聞樹頭蘇蘇有聲，仰視則嬰寧在上，見生狂笑欲墮。生曰：勿爾，墮矣。女且下且笑，不能自止。方將及地，失手而墮，笑乃止。生扶之，陰捘其腕，女笑又作，倚樹不能行，良久乃罷。生俟其笑歇，乃出袖中花示之。女接之曰：枯矣，何留之？曰：此上元妹子所遺，故存之。問存之何意？曰：以示相愛不忘也。自上元相遇，凝思成疾，自分化爲異物，不圖得見顏色，幸垂憐憫。女曰：此大細事，至戚何所靳惜？待兄行時，園中花，當喚老奴來，折一巨綑負送之。生曰：妹子癡耶？女曰：何便是癡？生曰：我非愛

葭莩 蘆葦中膜衣 喻言薄親

女之假癡假呆妙

妙絕、、如此問荅真牛頭不對馬嘴

媪 音凹上声 老婦之称

媪並不聾懷亦假癡假呆也

花愛憐花人耳女曰葭莩之情愛何待言生曰我所謂愛非瓜葛之愛乃夫妻之愛女曰有以異乎曰夜共枕席耳女俛思良久曰我不慣與生人睡語未已婢潛至生惶恐遁去少時會母所母問何往女荅以園中共話媪曰飯熟已久有何長言啁嗻乃爾女曰大哥欲我共寢言未已生大窘急目瞪之女微笑而止幸媪不聞猶絮絮究詰生急以他詞掩之因小語責女女曰適此語不應說耶生曰此背人語女曰背他人豈得背老母且寢處亦常事何諱之生恨其癡無術可以悟之食方竟

女不癡

衛 驢也

冗音從上声

良匹 好親事

家中人捉雙衛來尋生先是母待生久不歸始疑村中
搜覓幾徧竟無蹤兆因往尋吳吳憶曩言因教於西南
山行覓凡歷數村始至於此生出門適相值便入告媼
且請偕女同歸媼喜曰我有志匪伊朝夕但賤軀不能
遠涉得甥攜妹子去識認阿姨大好呼嬰寧寧笑至媼
曰有何喜笑輒不輟若不笑當為全人因怒之以目乃
曰大哥欲同汝去可便裝束又餉家人酒食始送之出
曰姨家田產充裕能養冗人到彼且勿歸小學詩禮亦
好事翁姑即煩阿姨為汝擇一良匹二人遂發至山坳

同四

痣 今之記　贅 今之瘤

綳 布杭切

回顧，猶依稀見嫗倚門北望也。抵家，母睹姝麗，驚問為誰。生以姨女對。母曰：「前吳郎與兒言者，詐也。我未有姊，何以得甥？」問女，女曰：「我非母出。父為秦氏，沒時兒在褓中，不能記憶。」母曰：「我一姊適秦氏，良確；然殂謝已久，那得復存？」因細詰面龐痣贅，一一符合。又疑曰：「是矣。然亡已多年，何得復存？」疑慮間，吳生至，女避入室。吳詢得故，惘然久之。忽曰：「此女名嬰寧耶？」生然之。吳極稱怪事。問所自知，吳曰：「秦家姑去後，姑丈鰥居，祟於狐，病瘠死。狐生女名嬰寧，綳臥牀上，家人皆見之。姑丈歿，狐猶時來。

粲然啓齒大笑也

後求天師符粘壁間狐遂攜女去將勿此耶彼此疑參但聞室中吃吃皆嬰寧笑聲母曰此女亦太憨生吳請面之母入室女猶濃笑不顧母促令出始極力忍笑又面壁移時方出纔一展拜翻然遽入放聲大笑滿室婦女爲之粲然吳請往覘其異就便執柯尋至村所廬舍全無山花零落而已吳憶姑葬處彷彿不遠然墳壠湮沒莫可辨識詫嘆而返母疑其爲鬼入告吳言女略無駭意又弔其無家亦殊無悲意孜孜憨笑而已衆莫之測母令與少女同寢止昧爽卽來省問操女紅精巧絕

倫但善笑禁之亦不可止然笑嫣然狂而不損其媚人皆樂之鄰女少婦爭承迎之母擇吉將爲合巹而終恐爲鬼物竊於日中窺之形影殊無少異至日使華妝行新婦禮女笑極不能俯仰遂罷生以其憨癡恐漏洩房中隱事而女殊密秘不肯道一語每值母憂怒女至一笑卽解奴婢小過恐遭鞭楚輒求詣母共話罪婢投見恒得免而愛花成癖物色徧戚黨竊典金釵購佳種數月階砌藩溷無非花者庭後有木香一架故鄰西家女每攀登其上摘供簪玩母時遇見輒訶之女卒不改一

凝注執視傾倒醉心

誰是狐之女似亦有術

踣跌倒

蠍形如琵琶上有鉗尾有鉤其毒在尾

爾爾即如是

日西鄰子見之凝注傾倒女不避而笑西鄰子謂女意已屬心益蕩女指牆底笑而下西鄰子謂示約處大悅及昏而往女果在焉就而淫之則陰如錐刺痛徹於心大號而踣細視非女則一枯木臥牆邊所接乃水淋竅也鄰父聞聲急奔研問呻而不言妻來始以實告爇火燭竅見中有巨蠍如小蟹然翁碎木捉殺之負子至家半夜尋卒鄰人訟生訐發嬰寧妖異邑宰素仰生才稔知其篤行士謂鄰翁訟誣將杖責之生爲乞免遂釋而歸母謂女曰憨狂爾爾早知過喜而伏憂也邑令神明

錐鑽子

鶻突 平声 讀即糊塗之轉音

一篇以笑為渡瀾層見疊出而無不同此以不復笑為结穴

此段乃正面文章

厝 暫殯也

俗養女多者有初生即溺之

幸不辱累，設鶻突官宰，必逮婦女質公堂，我兒何顏見戚里？」女正色，矢不復笑。母曰：「人罔不笑，但須有時。」而女由是竟不復笑；雖故逗，亦終不笑；然竟日未嘗有戚容。一夕，對生零涕。異之。女哽咽曰：「曩以相從日淺，言之恐致駭怪。今日察姑及郎，皆過愛無有異心，直告或無妨乎？妾本狐產。母臨去，以妾託鬼母，相依十餘年，始有今日。妾又無兄弟，所恃者惟君。老母岑寂山阿，無人憐而合厝之，九泉輒為悼恨。君倘不惜煩費，使地下人消此怨恫，庶養女者不忍溺棄。」生諾之。然慮墳塚迷於荒草。

襯音寸空棍

舁音豫 两人抬也

二人名一

女但言無慮刻日夫妻輿櫬而往女於荒烟錯楚中指示墓處果得媼尸膚革猶存女撫哭哀痛舁歸尋秦氏墓合葬焉是夜生夢媼來稱謝寤而述之女曰妾夜見之囑勿驚郎君耳生恨不邀留女曰彼鬼也生人多陽氣勝何能久居生問小榮曰是亦狐最黠狐母留以視妾每攝果餌相哺故德之常不去心昨問母云已嫁之由是歲值寒食夫妻登秦墓拜掃無缺女逾年生一子在懷抱中不畏生人見人輒笑亦大有母風云

異史氏曰觀其孜孜憨笑似全無心肝者而牆下惡作

鶻突 平声 讀即切 糊音

合歡 一名合昏花

忘憂 萱花

此篇託怪物以罵主考學使，蓋國初江浙人多先得科名，山東主試者非江南即浙江人，此有金華人典試，大開賄賂，取黜不公，然罵之曰妖物，亦刻矣

劇其黠孰甚焉。（俗云乖巧）至悽戀鬼母，反笑為哭，我嬰寧殆隱於笑者矣。竊聞山中有草，名笑矣乎，嗅之則笑不可止。房中植此一種，則合歡、忘憂，並無顏色矣；若解語花，（女之美者曰解語花）正嫌其作態耳。

聶小倩 鬼

甯采臣，浙人。性慷爽，廉隅（有稜角不肯阿附人）自重。每對人言：生平無二色。適赴金華，至北郭，解裝蘭若。寺中殿塔壯麗，然蓬蒿沒人，似絕行踪。東西僧舍，雙扉虛掩，惟南一小舍，扃鍵如新。又顧殿東隅，修竹拱把；下有巨池，野藕已花。意樂其

學使點睛

僑 音橋上声 暫居

二人名不言故曰詞竭

幽杳會學使按臨城舍價昂思便留止遂散步以待僧
歸日暮有士人來啟南扉甯趨爲禮且告以意士人曰
此間無房主僕亦僑居能甘荒落旦晚惠教幸甚甯喜
藉藁代牀支板作几爲久客計是夜月明高潔清光似
水二人促膝殿廊各展姓字士人自言燕姓字赤霞甯
疑爲赴試諸生而聽其聲音絕不類浙詰之自言秦人
語甚樸誠既而相對詞竭遂拱別歸寢甯以新居久不
成寐聞舍北喁喁如有家口起伏北壁石牕下微窺之
見短牆外一小院落有婦可四十餘又一媪衣黦緋插

鮐 音臺 出魚駝背
駱駝 獸名亦背高
兩人說話曰偶語秦法
兩人在路上偶語者棄
市商鞅之法也

直略反

遮莫唐人語唐詩
有遮莫鄰雞下五更
之句

蓬首、鮐背龍鍾、偶語月下、婦曰、小倩何久不來、媼曰、殆
好至矣、婦曰、將無向姥姥有怨言否、曰、不聞、但意似蹙
蹙、婦曰、婢子不宜好相識、言未已、有一十七八女子來、
彷彿艷絕、媼笑曰、背地不言人、我兩個正談道、小妖婢
悄來無迹響、幸不訾著、短處、又曰、小娘子端好是畫中
人、遮莫老身是男子、也被攝魂去、女曰、姥姥不相譽、更
阿誰道好、婦人女子又不知何言、甯意其鄰人眷口、寢
不復聽、又許時、始寂無聲、方將睡去、覺有人至寢所、急
起審顧、則北院女子也、驚問之、女笑曰、月夜不寐、願修

也 音促 不快

錠　説文作鐙座解

錢　説文作農器解

財色不亮真丈夫可託終身矣

燕好。甯正容曰。卿防物議。我畏人言。畧一失足。廉恥道喪。女云。夜無知者。甯又咄之。女逡巡若復有詞。甯叱速去。不然。當呼南舍生知。女懼乃退。至戶外復返。以黃金一鋌置褥上。甯掇擲庭墀曰。非義之物。汚我囊橐。女慚出拾金。自言曰。此漢當是鐵石。詰旦有蘭溪生攜一僕來候試。寓於東廂。至夜暴亡。足心有小孔。如錐刺者。細細有血出。俱莫知故。經宿一僕死。症亦如之。向晚燕生歸。甯質之。燕以爲魅。甯素抗直。頗不在意。宵分女子復至。謂甯曰。妾閱人多矣。未有剛腸如君者。君誠聖賢。妾

殂 音雛 死也

靦 慙赧也

不敢欺小倩姓聶氏十八夭殂葬寺側輒被妖物威脅役賤務靦顏向人實非所樂今寺中無可殺者恐當以夜叉來甯駭求計女曰與燕生同室可免問何不惑燕生曰彼奇人也不敢近問迷人若何曰狎暱我者隱以錐刺其足彼即茫若迷因攝血以供妖飲又或以金非金也乃羅剎鬼骨留之能截取人心肝二者凡以投時好耳甯感謝問戒備之期答以明宵臨別泣曰妾墮元海求岸不得郎君義氣干雲必能拔生救苦倘肯囊妾朽骨歸葬安宅不啻再造甯毅然諾之因問葬處曰但

卧具被褥

鼾 俗云打昏

覘 窃視

記取白楊之上有烏巢者是也言已出門紛然而滅明日恐燕他出早詣邀致辰後具酒饌留意察燕既約同宿辭以性癖耽寂甯不聽强携臥具來燕不得已移榻從之囑曰僕知足下丈夫傾風良切要有微衷難以遽白幸勿翻窺篋襆違之兩俱不利甯謹受教既而各寢燕以箱篋置窗上就枕移時鼾如雷吼甯不能寐近一更許窗外隱隱有人影俄而近窗來窺目光睒閃甯懼方欲呼燕忽有物裂篋而出耀若匹練觸折窗上石櫺欻然一射即遽斂入宛如電滅燕覺而起甯僞睡以覘

祖帳祖道皆餞行酒

之燕捧篋檢取一物對月嗅視白光晶瑩長可二寸徑韭葉許已而數重包固仍置破篋中自語曰何物老魅直爾大膽致壞篋子遂復臥寧大奇之因起問之且以所見告燕曰既相知愛何敢深隱我劍客也若非石櫺妖當立斃雖然亦傷問所緘何物曰劍也適嗅之有妖氣寧欲觀之慨出相示熒熒然一小劍也於是益厚重燕明日視窗外有血跡遂出寺北見荒墳纍纍果有白楊烏巢其顛迨營謀既就趣裝欲歸燕生設祖帳情義殷渥以破革囊贈寧曰此劍袋也寶藏可遠魑魅寧欲

陵欺也

媵御謂言婢妾

從授其術曰如君信義剛直可以為此然君猶富貴中人非道中人也寧乃托有妹葬此發掘女骨斂以衣衾賃舟而歸寧齋臨野因營墳葬諸齋外祭而祝曰憐卿孤魂葬近蝸居歌哭相聞庶不見陵於雄鬼一甌漿水飲殊不清旨幸不為嫌祝畢而返後有人呼曰緩待同行回顧則小倩也歡喜謝曰君信義十死不足以報請從歸拜識姑嫜媵御無悔審諦之肌映流霞足翹細筍白晝端相嬌豔尤絕遂與俱至齋中囑坐少待先入白母母愕然時寧妻久病母戒毋言恐所驚駭言次女已

翩然入拜伏地下甯曰此小倩也母驚顧不遑女謂母曰兒飄然一身遠父母兄弟蒙公子露覆澤被髮膚願執箕箒以報高義母見其綽約可愛始敢與言曰小娘子惠顧吾兒老身喜不可已但生平止此兒用承祧緒不敢令有鬼偶女曰兒實無二心泉下人既不見信於老母請以兄事依高堂奉晨昏如何母憐其誠允之即欲拜嫂母辭以疾乃止女即入廚下代母尸饔入房穿戶似熟居者日暮母畏懼之辭使歸寢不爲設牀褥女窺知母意即竟去過齋欲入卻退徘徊戶外似有所懼

捧匜沃盥 先面

生呼之女曰室中劍氣畏人向道途之不奉見者良以
此故寧已悟爲革囊取懸他室女乃入就燭下坐移時
殊不一語久之問夜讀否妾少誦楞嚴經今强半遺亡
浼求一卷夜暇就兄正之寧諾又坐默然二更向盡不
言去寧促之愀然曰異域孤魂殊怯荒墓寧曰齋中别
無牀寢且兄弟亦宜遠嫌女起容顰蹙而欲啼足佢儴
而懶步從容出門涉階而沒寧竊憐之欲留宿别榻又
懼母嗔女朝旦朝母捧匜沃盥下堂操作無不曲承母
志黄昏告退輒過齋頭就燭誦經覺寧將寢始慘然去

乘間 伺空

亢宗言光大門閭發科甲

先是甯妻病廢母劬不可堪自得女遂甚心德之日漸稔親愛如己出竟忘其爲鬼不忍晚令去留與同臥起女初來未嘗食飲半年漸啜稀饘母子皆溺愛之諱言其鬼人亦不之辨也無何甯妻亡母陰有納女意然恐於子不利女微窺之乘間告母曰居年餘當知兒肝鬲爲不欲禍行人故從郎君來區區無他意止以公子光明磊落爲天人所欽矚實欲依贊三數年借博封誥以光泉壤母亦知其無惡但懼不能延宗嗣女曰子女惟天所授郎君註福籍有亢宗子三不以鬼妻而遂奪也

眙音丑吏切癡平声直視也

國初名者学院無春廩凡新進者生皆有贄見

學憲主考而曰金華妖物妙稱

國初凡放学差回京竟有罚修城工如吴门惠学士士奇是也若回籍亦有之如海甯楊中訥太史也

母信之與子議寗喜因列筵告戚黨或請覿新婦女慨然華妝出一堂盡眙反不疑其鬼疑爲仙由是五黨諸內眷咸執贄以賀爭拜識之女善畫蘭梅輒以尺幅酬答得者藏什襲以爲榮一日俛頸窗前怊悵若失忽問革囊何在曰以卿畏之故緘置他所曰妾受生氣已久當不復畏宜取挂牀頭寗詰其意曰三日來心怔忡無停息意金華妖物恨妾遠遁恐旦晚尋及也寗果攜革囊來女反覆審視曰此劍仙將盛人者也敝敗至此不知殺人幾何許妾今日視之肌猶粟慄乃懸之次日又

音成受物也

粟慄俗言肉上起雞肉瘩子

至雍正乾隆初學政 有養
廉以省分之大小而定多少
今新生者生皆無贄見惟
拔貢則有之

簣 音跪土籠也

簀 音責竹席床

命移懸戶上夜對燭坐約甯勿寢歘有一物如飛鳥墮
女驚匿衣幙間甯視之物如夜叉狀電目血口睒閃攫
拏而前至門卻步逡巡久之漸近革囊以爪摘取似將
爪裂囊忽格然一響大可合簣恍惚有鬼物突出半身
揪夜叉入聲遂寂然囊亦頓縮如故甯駭詫女亦出大
喜曰無恙矣共視囊中清水數升而已後數年甯果登
進士舉一男納妾後又各生一男皆仕進有聲

水莽草 鬼

水莽毒草也蔓生似葛花紫類扁豆悞食之立死即爲

刺 从朿音次如投人帖之

剌 从朿音辣

美色當前無眼耳鼻
舌身意宜丗作替代也

水莽鬼俗傳此鬼不得輪廻必再有毒死者始代之以
故楚中桃花江一帶此鬼尤多云楚人以同歲生爲同
年投刺相謁呼庚兄庚弟子姪呼庚伯習俗然也有覩
生造其同年某中途燥渴思飲俄見道旁一媪張棚施
飲趣之媪承迎入棚給奉甚殷嗅之有異味不類茶茗
置不飲起而出媪急止客便喚三娘可將好茶一杯來
俄有少女捧茶自棚後出年約十四五姿容艷絕指環
臂釧晶瑩鑑影生受琖神馳嗅其茶芳烈無倫吸盡再
索覷媪出戲捉纖腕脫指環一枚女頳頰微笑生益惑

頳音春
面紅也

懸想即遐想 今謂空想

仲景方有燒裩散治陰症陰陽易傷寒病此亦用之而不爽灰者更妙驗

畧詰門戶女云郎暮來妾猶在此也生求茶葉一撮並藏指環而去至同年家覺心頭作惡疑茶爲患以情告某某駭曰殆矣此水莽鬼也先君死於是是不可救且爲奈何生大懼出茶驗之眞水莽草也又出指環述女子情狀某懸想曰此必寇三娘也生以其名確符問何故知曰南村富室寇氏女夙有艷名數年前悞食水莽而死必此爲魅或言受魅者若知鬼姓氏求其故襠煮服可痊某急詣寇所實告以情長跪哀懇寇以生將代女死故靳不與某忿而返以告生生亦切齒恨之曰我

栢舟 衛風 女子守節

孝子

聽 平声 闻也 去声 任其如何也

死必不令彼女脫生某舁送之將至家門而卒母號涕送之遺一子甫周歲妻不能守栢舟節半年改醮去母畱孤自哺劬瘁不堪朝夕悲啼一日方抱兒哭室中生悄然忽入母大駭揮涕問之荅云兒地下聞母哭甚愴於懷故來奉晨昏耳兒雖死已有家室即同來分母勞母其勿悲母問兒婦何人曰寇氏坐聽兒死兒甚恨之死後欲尋三娘而不知其處近遇某庚伯始相指示兒往則三娘已投生任侍郎家兒馳去强捉之來今爲兒婦亦相得頗無嫌隙時門外一女子入華粧豔麗伏地

女生外向做鬼亦然

此書皆發泄憤悶聊齋於翁壻料場涉筆即罵卷中不少

拜母生曰此寇三娘也雖非生人母視之情懷差慰生

畱雖少也

便遣三娘操作三娘雅不習慣然承順殊憐人由此居

故室遂畱不去女請母告諸其家生意勿告而母承女

意卒告之寇家翁媼聞而大駭命車疾至視之果三娘

相向哭失聲女勸止之媼視生家良貧意甚憂悼女曰

人已鬼又何厭貧且祝郎母子情義拳拳兒固已安之

矣因問茶媼誰也曰彼倪姓自慚不能惑行人故求兒

助之耳今已生於郡城賣漿者之家因顧生曰既壻矣

而不拜岳妾復何心生乃投拜女便入廚下代母執炊

孝子不能伸眉於生眉前稍得開懷爲孝於死後亦奇矣

供翁媼媼視之悽心既歸即遣兩婢來爲之服役金百斤布帛數十匹酒胾不時餽送小阜祝母矣寇亦時招歸寧居數日輒曰家中無人宜早送兒還或故稽之則飄然自歸翁乃代生起夏屋營備臻至然生終未嘗至翁家一日村中有中水莽毒者死而復甦相傳爲異生曰是我活之也彼爲李九所害我爲之驅其鬼而去之母曰汝何不取人以自代曰兒深恨此等輩方將盡驅除之何屑爲此且兒事母最樂不願生也由是中毒者往往具豐筵禱其庭輒有效積十餘年母死生夫婦亦

躃踊跳躍也

妻平声夫婦　妻去声妻以女
如論語以其子妻之古
人不論男女皆曰子

哀毀但不對客惟命兒縗麻躃踊教以禮義而已葬母後又二年餘爲兒娶婦婦任侍郎之孫女也先是任公妾生女數月而殤後聞祝女之異遂命駕其家訂翁壻焉至是遂以孫女妻其子往來不絕矣一日謂子曰上帝以我有功人世策爲四瀆牧龍君今行矣俄見庭下有四馬駕黃幨車馬四股皆鱗甲夫妻盛裝出同登一輿子及婦皆泣拜瞬息而滅是日寇家見女來拜別翁媪亦如生言媪泣挽留女曰祝郎先去矣出門遂不復見其子名鶚字離塵請諸寇翁以三娘體骨與生合葬

元以前曰濠州明太祖發祥於濠改曰鳳陽在安徽

道阻且脩言路遠難行

複音福 套鞋

太小相称

焉

鳳陽士人　非狐非鬼 幻絕妙絕

鳳陽一士人負笈遠遊謂其妻曰半年當歸十餘月竟無耗問妻翹盼綦切一夜纔就枕紗月搖影離思縈懷方反側間有一麗人珠鬟絳帔搴帷而入笑問姊姊得無欲見郎君乎妻急起應之麗人邀與共往妻憚修阻麗人但請勿慮卽挽女手出並踏月色約一矢之遠覺麗人行迅速女步履艱澁呼麗人少待將歸著複履麗人牵坐路側自乃捉足脫履相假女喜著之幸不鑿枘

息駕 下馬少住

縶 繫也音至

蹇 即騾

累贅 俗作累墜言脚下

多 襯一双

復起從行健步如飛移時見士人跨白騾來見妻大驚
急下騎問何往女曰將以探君又顧問麗者伊誰女未
及答麗人掩口笑曰且勿問訊娘子奔波匪易郎君星
馳夜半人畜想當俱殆妾家不遠且請息駕早旦而行
不晚也顧數武之外即有村落遂同行入一庭院麗人
促睡婢起供客曰今夜月色皎然不必命燭小臺石榻
可坐士人縶蹇檐梧乃即坐麗人曰履大不適於體途
中頗累贅否歸有代步乞賜還也女稱謝付之俄頃設
酒果麗人酌曰鸞鳳久乖圓在今夕濁醪一觴敬以為

有

騾為白代步

謎 音媚

磕牙 俗言与人白嚼也

賓士人亦執琖酬荅主客笑言屢復舄交錯士人注目麗人屢以游詞相挑夫妻作聚並不寒暄一語麗人亦美目流情妖言隱謎女惟默坐僞爲愚者久之漸酣二人語益狎又以巨觥勸客士人以醉辭勸之益苦士人笑曰卿爲我度一曲卽當飲麗人不拒卽以牙板撫提琴而歌曰黃昏卸得殘粧罷窗外西風冷透紗聽蕉聲一陣一陣細雨下何處與人閒磕牙望穿秋水不見還家潸潸淚似麻又是想他又是恨他手拿著紅繡鞋兒占鬼卦歌竟笑曰此市井里巷之謠不足汚君聽然因流

東施效顰 一作嚬

俗所尚姑效顰耳音聲靡靡風度婀娜士人搖惑若不自禁少間麗人偽睡離席士人亦起從之而去久之不至婢子乏疲伏睡廊下女獨坐塊然無侶中心憤恚頗難自堪思欲遁歸而夜色微茫不憶道路輾轉無以自主因起而覘之裁近其窗則斷雲零雨之聲隱約可聞又聽之聞良人與己素常猥褻之狀盡情傾吐女至此手顫心搖殆不可遏念不如出門竄溝壑以死憤然方行見弟三郎乘馬而至遽便下問女具以告三郎大怒立與姊回直入其家則室門扃閉枕上之語猶喁喁也

三郎舉巨石如斗拋擊窗櫺三五碎斷內大呼曰郎君腦破矣柰何女聞之愕然大哭謂弟曰我不謀與汝殺郎君今且若何三郎撐目曰汝嗚嗚促我來甯能消此心中惡又護男兒怨弟兒我不貰與婢子供指使返身欲去女牽衣曰汝不攜我去將何之三郎揮姊撲地脫體而去女頓驚寤始知其夢越日士人果歸乘白騾女異之而未言士人是夜亦夢所見所遭述之悉符互相駭怪既而三郎聞姊夫遠歸亦來省問語次謂士人曰昨宵夢君歸今果然亦大異士人笑曰幸不爲巨石所

文妙在此若再寫麗人便是蛇足

斃。三郎愕然問故。士以夢告。三郎大異之。蓋是夜三郎亦夢。遇姊泣訴。憤激投石也。三夢相符。但不知麗人何許耳。

珠兒

常州民李化。富有田產。年五十餘無子。一女名小惠。容貌秀美。夫妻最愛憐之。十四歲暴病夭殂。冷落庭幃。益少生趣。始納婢。經年餘。生一子。視如拱璧。名之珠兒。兒漸長。魁梧可愛。然性絕癡。五六歲尚不辨菽麥。言語強澁。李亦好而不知其惡。會有眇僧募緣於市。輒知人閨

人莫知其子之惡

一緡一貫漢有算緡法見史記 九今之抽釐

鞔音慢 釘在鼓上

此宰青天今少見矣

闔於是相驚以神且云能生死禍福人幾十百千執名以索無敢違者詣李募百緡李難之給十金不受漸至三十金僧厲色曰必百緡缺一文不可李亦怒收金遽去僧忿然而起曰勿悔勿悔無何珠兒心暴痛爬刮牀席色如土灰李懼將八十金詣僧乞救僧笑曰多金大不易然山僧何能爲李歸而兒已死李慟甚以狀愬邑宰宰拘僧訊鞫亦辯給無情詞荅之似擊鞔革令搜其身得木人二小棺一小旗幟五宰怒以手叠訣舉視之僧乃懼自投無數宰不聽杖殺之李叩謝而歸時已曛

伥儽步復艱難

為虎食其鬼為虎役必虎再食人方得投生曰虎倀

蓦與妻坐牀上忽一小兒伥儽入室曰阿翁行何疾極力不能得追視其體貌當得七八歲李驚方將詰問則見其若隱若現恍惚如烟霧宛轉間已登榻李推下之墮地無聲曰阿翁何乃爾瞥然復登李懼與妻俱奔兒呼阿父阿母嘔啞不休李入妾室急闔其扉還顧兒已在膝下李駭問何爲荅曰我蘇州人姓詹氏六歲失怙恃不爲兄嫂所容逐居外祖家偶戲門外爲妖僧迷殺桑樹下驅使如傀鬼冤閉窮泉不得脫化幸賴我翁昭雪願得爲子李曰人鬼殊途何能相依兒曰但除斗

室爲兒設牀褥日燒一盃冷漿粥餘都無事李從之兒喜遂獨卧室中晨來出入閨閤了不異人聞妾悲痛聲問珠兒死幾日矣荅以七日曰天嚴寒尸當不腐試發塚啟視如未損壞兒當得活李喜與兒去開穴驗之軀殼如故方此悽怛回視失兒所在異之舁尸歸方置榻上目已瞥動少頃呼湯湯已而汗汗已遂起羣喜珠兒復生又加之慧黠便利迥異曩昔但夜間偃卧毫無氣息共轉側之寘然若死衆大懼謂其復死天將明始若夢醒羣就問之荅云昔從妖僧時有兒等二人其一名

騧音過

討債還債因緣是因果勸世語然竟有其事可以補儒家言之缺

呵音呼殿今唱道

哥子昨追阿爻不及蓋在後與哥子作別耳今在冥間爲姜員外作義嗣亦甚優游夜分固來邀兒戲適以白鼻騧送兒歸母因問在陰司見珠兒否曰珠兒已轉生矣渠與阿爻無父子緣不過金陵嚴子方來討百十千債負耳初李販於金陵欠嚴貨價未償而嚴翁死此事人無知者李聞之大駭母問兒見惠姊否兒曰不知再去當訪之又二三日謂母曰惠姊在冥中大好嫁得楚江王小郎子珠翠滿頭髻一出門便十百作呵殿聲母曰何不一歸寧曰人既死都與骨肉無關切倘有細述

黌音寅緣通縲索也

騶從音鄒今之执事人也

前生者方豁然動念耳昨託姜員外黌緣見姊姊呼我坐珊瑚牀上與言父母戀念渠都如眠睡兒云姊在時喜繡並蔕花剪刀刺手爪血涴綾子上姊就刺作赤水雲今母猶挂牀頭壁顧念不去心姊忘之乎姊始悽感云會須白郎君歸省阿姊母問其期荅言不知一日謂母姊行且至僕從大繁當多備漿酒少間奔入室曰姊來矣移榻中堂曰姊姊且憩坐少悲啼諸人悉無所見兒率人焚紙酬飲於門外反曰騶從暫令去矣姊言昔日所覆綠錦被曾爲燭花燒一點如豆大尚在否母曰

幞音朴今神像之大包巾

筆錯綜變化極妙讀之目眩

此師抵替身闌氏好蓋有真偽之分

在郎啟笥出之兒曰姊命我陳舊閨中之疲且小臥翊日再與阿母言東鄰趙氏女故與惠為繡閣交是夜忽夢惠幞頭紫帔來相望言笑如平生且言我今異物父母覿面不啻河山將借妹子與家人共語勿須驚恐質明方與母言忽撲地悶絕踰刻始醒向母曰小惠與阿嬸別幾年矣頓鬖鬖白髮生母駭曰兒病狂耶女拜別郎出母知其異從之直達李所抱母哀啼母驚不知所謂女曰兒昨歸頗委頓未遑一言兒不孝中途棄高堂勞父母哀念罪何可贖母頓悟乃哭已而問曰聞兒今

支頤 手撑頦下

貴甚慰母心但汝棲身王家何遂能來女曰郎君與兒極燕好姑舅亦相撫愛頗不謂妒醜惠生時好以手支頤女言次輒作故態神情宛似未幾珠兒奔入曰接姊者至矣女乃起拜別泣下曰兒去矣言訖復踣移時乃甦後數月李病劇醫藥罔效兒曰旦夕恐不救也二鬼坐牀頭一執鐵杖子一挽苧蔴繩長四五尺許兒晝夜哀之不去母哭乃備衣衾既暮兒趨入曰雜人婦且避去姊夫來視阿翁俄頃鼓掌而笑母問之曰我笑二鬼聞姊夫至俱匿牀下如龜鼈又少時望空道寒暄問姊

鞅 馬韁绳

巳瘳瘥 皆病愈

祟 鬼魅禍人也

鹵簿 儀仗

陬 音鄒 隅也

夫起居既而拍掌曰二鬼奴哀之不去至此大快乃出至門外卻回曰姊夫去矣二鬼被鎖馬鞅上阿爹當即無恙姊夫言歸白大王爲爹母乞百年壽也一家俱喜至夜病良已數日尋瘥延師教兒讀兒甚慧十八入邑庠猶能言冥間事見里中病者輒指鬼祟所在以火爇之往往得瘳後暴病體膚青紫自言鬼神責我綻露由是不復言

小官人

太史某公忘其姓氏晝臥齋中忽有小鹵簿出自堂陬

冠 平声 帽也 去声 带在手上

著 酌

頷 今之點頭

中餒 胆怯也

馬大如蛙人細如蟻小儀仗以數十隊一官冠皁紗著繡幞乘肩輿紛紛出門而去公心異之竊疑睡眼之訛頓見一小人返入舍攜一氈包大如拳徑造牀下白言家主人有不腆之儀敬獻太史言已對立即又不陳其物少間又自笑曰戔戔微物想太史亦當無所用不如賜小人太史頷之欣然攜之而去後不復見惜太史中餒不會詰所自來

胡四姐 狐

尚生泰山人獨居清齋會值秋夜銀河高耿明月在天

此想卽招邪入

眈 注目不轉

耽 專好也

顛倒 言不能自主也

徘徊花陰頗存遐想忽有一女子踰垣來笑曰秀才何思之深生就視容華若仙驚喜擁入窮極狎昵自言胡氏名三姐問其居第但笑不言生亦不復置問惟相期永好而已自此臨無虛夕一夜與生促膝燈幕生愛之矚眸不轉女笑曰眈眈視妾何爲曰我視卿如紅藥碧桃即竟夜視不爲厭也女曰妾陋質遂青盼若此若見吾家四妹不知顛倒何似生益傾動恨不一見顏色長跪哀請踰夕果偕四姐來年方及笄荷粉露垂杏花烟潤嫣然含笑媚麗欲絕生狂喜引坐三姐與生同笑語

正言非妬

四姐惟手引繡帶俛首而已未幾三姐起别妹欲從行生曳之不釋顧三姐曰卿卿煩一致聲三姐乃笑曰狂郎情急矣妹子一爲少留四姐無語姐遂去二人備盡歡好既而引臂替枕傾吐生平無復隱諱四姐自言爲狐生依戀其美亦不之怪四姐因言阿姐狠毒業殺三人矣惑之罔不斃者妾幸承溺愛不忍見滅亡當早絕之生懼求所以處四姐曰妾雖狐得仙人正法當書一符粘寢門可以卻之遂書之既曉三姐來見符卻退曰婢子負心傾意新郎不憶引線人矣汝兩人合有夙分

肴 音堯菜也

釃 音師俗音篩

余亦不相仇但何必爾乃逕去數日四姐他適約以隔夜是日生偶出門眺望山下故有槲木蒼莽中出一少婦亦頗風韻近謂生曰秀才何必沾沾戀胡家姊妹渠又不能以一錢相贈即以一貫授生曰先持歸貰良醞我即攜小肴饌來與君爲歡生懷錢歸果如所教少間婦果至置几上燔雞鹹彘肩各一即抽刀子縷切爲臠釃酒調謔歡洽異常繼而滅燭登牀狎情蕩甚既曙始起方坐牀頭捉足易舄忽聞人聲傾聽已入幃幕則胡姊妹也婦乍睹倉皇而遁遺舄於牀二女逐叱曰騷狐

造語生峭

何敢與人同寢處追去移時始返四姐怨生曰君不長
進與騷狐相匹偶不可復近遂悻悻欲去生惶恐自投
情詞哀懇三姐從旁解免四姐怒稍釋由此相好如初
一日有陝人騎驢造門曰吾尋妖物匪伊朝夕乃今始
得之生父以其言異訊所由來曰小人日泛烟波遊四
方終歲十餘月常八九離桑梓被妖物蠱殺吾弟歸甚
悼恨誓必尋而殄滅之奔波數千里殊無跡兆今在君
家不剪當繼吾弟亡者時生與女密邇父母微察之聞
客言大懼延入令作法出二瓶列地上符咒良久有黑

脬音抛猪尿脬可以漫
器物口

人之脬曰胱 膀

此人道術頗妙

刈音議 斫也

霧四圍分投瓶中客喜曰全家都到矣遂以猪脬裹瓶口緘封甚固生父亦喜堅留客飯生心惻然近瓶竊開四姐在瓶中言曰坐視不救君何負心生益感動急啟所封而結不可解四姐又曰勿須爾但放倒壇上旗以針刺脬作孔予即出矣生如其請果見白氣一絲自孔中出凌霄而去客出見旗倒地上大驚曰遁矣此必公子所為搖瓶俯聽曰幸止亡其一此物合不死猶可赦乃攜瓶別去後生在野督傭刈麥遥見四姐坐樹下生近就之執手慰問且曰別後十易春秋今大丹已成但

撤瑟 死也

絰 麻巾
縗 麻衣 音崔

思君之念未忘，故復一拜。問生：「欲與偕歸。」女曰：「妾非昔比，不可以塵情染，後當復見耳。」言已，不知所在。又二十年餘，生適獨居，見四姐自外至。生喜與語。女曰：「我今名列仙籍，本不應再履塵世。但感君情，敬報撤瑟之期。可早處分後事，亦勿悲憂。妾當度君爲鬼仙，亦無苦。」乃別而去。至日，生果卒。尚生乃友人李文玉之戚好，嘗親見之。

祝翁

濟陽祝村有祝翁者，年五十餘，病卒。家人入室理縗絰

翁來去自由，其有道者歟

然諷世不淺矣

三年浪死空皮骨 杜詩

媼能無病亦同行，更異

忽聞翁呼甚急，羣奔集靈寢，則見翁已復活，羣喜慰問，翁但謂媼曰：我適去，擬不復返，行數里，轉思拋汝一副老皮骨在兒輩手，寒熱仰人，亦無復生趣，不如從我去，故復歸，欲偕爾同行也。咸以其新蘇妄語，殊未深信。翁又言之，媼云：如此亦復佳，但方生，如何便得死？翁揮之曰：是不難。家中俗務，可速作料理。媼笑不去，翁又促之，乃出戶外，延數刻而入，紿之曰：處置安妥矣。翁命速妝，媼不去，翁催益急，媼不忍拂其意，遂裙妝以出，媳女皆匿笑。翁移首於枕，手拍令臥。媼曰：子女皆在，雙雙挺臥，

槌音椎从木直追切

暇言閑暇俗云爲悉
昔曹操於垂死時囑愛子李豹于張子丕又囑妓妾輩賣履分賜系皆見魏志

是何景象翁搥牀曰並死有何可笑子女輩見翁躁急共勸嫗姑從其意嫗如言並枕僵卧家人又共笑之俄視嫗笑容忽斂又漸而兩眸俱合久之無聲儼如睡去衆始近視則膚已冰而鼻無息矣試翁亦然始共驚怛康熙二十一年翁弟婦傭於畢刺史之家言之甚悉異史氏曰翁其夙有畸行與泉路茫茫去來由爾奇矣且白頭者欲其去則呼令去何其暇也人當屬纊之時所最不忍訣者牀頭之曬人耳苟廣其術則賣履分香可以不事矣

怛一音坦一音搭

不從母子去訪問及寫
俠女從己母房中走出
乃是逆接逆寫俠女
踪跡乃母代言〻之語又
不異妙極
風去声读即諷字
言不便直説宛轉而談

俠女

俠狐

顧生金陵人博於材藝而家綦貧又以母老不忍離膝下惟日爲人書畫受贄以自給行年二十有五伉儷猶虛對戶舊有空第適一老嫗及少女稅居其中以其家無男子故未問其誰何一日偶自外入見女郎自母房中出年約十八九秀曼都雅世罕其匹見生不甚避而意凜如也生入問母母曰是對戶女郎就吾乞刀尺適言其家亦只一母此母女不似貧家產問其何爲不字則以母老爲辭明日當往拜其母便風以意倘所望不

奢多也言聘金

女方报仇機密所以不願同居

寫俠女另是一種筆墨直是空谷國香孤山冷艷方足副之

奢見可代養其老明日造其室其母一聾媼耳視其室並無隔宿糧問所業則仰女十指徐以同食之謀試之媼意似納而轉商其女女默然意殊不然母乃歸詳其狀而疑曰女子得非嫌吾貧乎爲人不言亦不笑艷如桃李而冷如霜雪奇人也母子猜嘆而罷一日生坐齋頭有少年來求畫姿容甚美意頗儇佻詰其所自以鄰村對嗣後三兩日輒一至稍稍稔熟漸以嘲謔生狎抱之亦不甚拒遂私焉由此往來暱甚會女郎過少年目送之問以爲誰對以鄰女少年曰艷麗如此神情一何

儇 狂也

佻 音挑 輕也

賢母

言不称谢

可畏。少間，生入內，母曰：適女子來乞米，云不舉火者經日矣。此女至孝，貧極可憫，宜少周卹之。生從母言，負斗粟款門而達母意。女受之，亦不申謝。日嘗至生家，見母作衣履，便代縫紉；出入堂中，操作如婦。生益德之。每獲餽餌，必分給其母，女亦略不置齒頰。母適疽生陰處，宵旦號咷。女時就榻省視，為之洗創敷藥，日三四作。母意甚不得安，而女不厭其穢。母曰：唉！安得新婦如兒，而奉老身以死也！言訖悲哽。女慰之曰：郎子大孝，勝我寡婦孤女什百矣。母曰：牀頭蹀躞之役，豈孝子所能為者？且

祧祭祀 續子息

寫生硬以徑真難下筆

干犯也

女以此情囑生傳言毋怍

及屑相稽

身已向暮旦夕犯霧露深以祧續爲憂耳言間生入母泣曰戲娘子良多汝無忘報德生伏拜之女曰君敬我母我弗謝也君何謝焉於是益敬愛之然其舉止生硬毫不可干一日女出門生目注之女忽回首嫣然而笑生喜出意外趨而從諸其家挑之亦不拒欣然交懽已戒生曰事可一而不可再生不應而歸明日又約之女厲色不顧而去日頻來時相遇並不假以詞色稍游戲之輒冷語冰人忽於空處問生日來少年誰也生告之女曰彼舉止態狀無禮於妾頻矣以君之狎暱故置之

此際及露私情

此啓其殺機

此狐刀已在頸而漫不知其術亦淺

請便寄語再復爾是不欲生也已少年至生以告且曰予必慎之是不可犯少年曰既不可犯君何犯之生白其無曰如其無則猥褻之語何以達君聽哉生不能答少年曰亦煩寄語假惺惺勿作態不然我將徧播揚生甚怒之情見於色少年方去一夕獨坐女忽至笑曰我與君情緣未斷寧非天數生狂喜而抱於懷欵聞履聲籍籍兩人驚起則少年推屏入矣生驚問子胡爲者笑曰我來觀貞潔之人耳顧女曰今不怪人耶女眉豎頰紅默不一語急翻上衣露一革囊應手而出則尺許晶

精瑩光亮鋒利匕首

恐獨之

瑩匕首也。少年見之，駭而卻走，追出戶外，四顧渺然。女以匕首望空拋擲，戛然有聲，燦若長虹，俄一物墮地作響。生急燭之，則一白狐，身首異處矣。大駭。女曰：此君之孌童也。我固恕之，奈渠定不欲生何。收刃入囊。生挽令入。曰：適以妖物敗意，請俟來宵。出門逕去。次夕女果至，遂共綢繆。詰其術，女曰：此非君所知。宜須慎祕，洩恐不爲君福。又訂以嫁娶，曰：枕席焉，提汲焉，非婦伊何也？業夫婦矣，何必復言嫁娶乎？生曰：將勿憎吾貧耶？曰：君固貧，妾富耶？今宵之聚，正以憐君貧耳。臨別囑曰：苟且之

綻 衣裂縫

生与毋皆不知女与毋之来歴因報仇不便説也

妾身未分明，老杜新婚别句言未三朝庙見不成為婦無妻而有子易

行不可以屢當來我即來不當來相強無益後相值每欲引與私語女輒走避然衣綻炊薪悉爲紀理不啻婦也積數月其母死生竭力營葬之女由是獨居生意其孤寂可亂踰垣入隔窗頻呼迄不應視其門則空室扃焉竊疑女有他約夜復往亦如之遂留佩玉於窗間而去之越日相遇於母所既出而女尾其後曰君疑妾耶人各有心不可以告人今欲使君無疑而烏可得然一事煩急爲謀問之曰妾體孕已八月矣恐旦晚臨盆妾身未分明能爲君生之不能爲君育之可密告老母覓

生物議故亦作螟蛉拂。此蟲名土蜂，凡蜂類皆細腰，有雄無雌，每春夏間嚼青蟲於竹管中，泥封其口，日夕於中祝之曰：類我類我。如是七八日，青蟲變土蜂飛出。土蜂如蠅大。

乳媼僞爲討螟蛉者，勿言妾也。生諾，以告母。母笑曰：異哉此女！聘之不可，而顧私於我兒。喜從其謀以待之。又月餘，女數日不出。母疑之，往探其門，蕭蕭閑寂。叩良久，女始蓬頭垢面自內出，啟而入之，則復闔之。入其室，則呱呱者在牀上矣。母驚問：誕幾時矣？荅云：三日。捉綳席而視之，男也，且豐頤而廣額。喜曰：兒已爲老身育孫矣，伶仃一身，將焉所托？女曰：區區隱衷，不敢掬示老母。俟夜無人，可即抱兒去。母歸與子言，竊共異之。夜往抱子歸。更數夕，夜將半，女忽款門入，手提革囊，笑曰：大事已

隱衷：心事不能告人者

震一索而得男 易經

籍家 今之查封 俗云抄家

趙氏一塊肉 宋史 祥興太后所云言帝年小還夫也

了請從此别急詢其故曰養母之德刻刻不去於懷向云可一而不可再者以相報不在牀笫也爲君貧不能婚將爲延一綫之續本期一索而得不圖信水復來遂至破戒而再今君德既酬妾志已遂無憾矣問囊中何物曰仇人頭耳檢而窺之鬚髮交而血模糊也駭絕復致研詰曰向不與君言者以機事不密懼有宣洩今事已成不妨相告妾浙人父官司馬陷於仇被籍吾家妾負老母出隱姓名埋頭項已三年矣所以不卽報者徒以老母在母去一塊肉又累腹中因而遲之又久曩夜

第音婢 即席

艾豭 雄豬 俗云豬郎

婁豬 母豬

神龍現首乃古語

老子其猶龍乎 孔子列傳

出非他道路門戶未稔恐有訛悞耳言已出門又囑曰所生兒善視之君福薄無壽此兒可光門閭夜深不得驚老母我去矣方悽然欲詢所之女一閃如電瞥爾閒遂不復見生嘆惋木立若喪魂魄明日告母相爲嗟異而已後三年生果卒子十八舉進士猶奉祖母以終老云

左傳衛靈公夫人南子淫先愛宋公子朝其太子蒯聵有事過宋聞野人之歌曰既定爾婁豬盍歸我艾豭

異史氏曰人必室有俠女而後可以畜孌童也不然爾愛其艾豭彼愛爾婁豬矣

王漁洋曰神龍見首不見尾此俠女其猶龍乎

王漁洋謚文簡官刑尚

惋音宛 惜也

三白乃三大甌

座上客常滿樽中酒不空 漢孔文舉傳

犬臥 曲身

變化也

麴 同麯 酒母

糵 米麥之芽从米

糵 音栢義同 栢从木

酒友

車生者家不中貲而耽飲夜非浮三白不能寐也以故牀頭尊常不空一夜睡醒轉側間似有人共臥者意是覆裳墮耳摸之則茸茸有物似猫而巨燭之狐也酣醉而犬臥視其瓶則空矣笑曰此我酒友也不忍驚覆衣加臂與之共寢留燭以觀其變半夜狐欠伸生笑曰美哉睡乎啟覆視之儒冠之俊人也起拜榻前謝不殺之恩生曰我癖於麴糵而人以爲癡卿我鮑叔也如不見疑當作糟邱之良友曳登榻復共寢且言卿可常相臨

一盛 一餅也 平声 去声则茂盛

善諧 能说笑话

杖頭錢 东坡事

殽 即肴

轍 車满路積水雨後言不多易竭

莜 音橋北方皆種 即蕎麥

無相猜狐諾之生既醒則狐已去乃治旨酒一盛專伺狐抵夕果至促膝歡飲狐量豪善諧於是恨相得晚狐曰屢叨良醞何以報德生曰斗酒之歡何置齒頰狐曰雖然君貧士杖頭錢大不易當為君少謀酒貲明夕來告曰去此東南七里道側有遺金可早取之詰旦而往果得二金乃市佳殽以佐夜飲狐又告曰院後有窖藏宜發之如其言果得錢百餘千喜曰囊中已自有莫漫愁沽矣狐曰不然轍中水胡可以久掬合更謀之異日謂生曰市上莜價廉此奇貨可居從之收莜四十餘石

地土各宜林文忠公撫吳時因旱籌款請潘功甫舍人至湖北羅蕎麥播種各鄉及城中南園不甚出即生苗亦不開花结實前年某中丞亦彷為之強各州縣備文領種州縣繳價發各鄉種植亦如道光年間不秀有司官吏多一累矣

人咸非笑之未幾大旱禾豆盡枯惟蕎可種售種息十倍由此益富治沃田二百畝但問狐多種麥則麥收多種黍則黍收一切種植之早晚皆取決於狐日稔密呼生妻以嫂視子猶子焉後生卒狐遂不復來

結簡淨

王漁洋云車君灑脫可喜

蓮香

狐鬼

桑生名曉字子明沂州人少孤館於紅花埠桑爲人靜穆自喜日再出就食東鄰餘時堅坐而已東鄰生偶至戲曰君獨居不畏鬼狐耶笑答云丈夫何畏鬼狐雄來

埠音步

有此一段後救鬼狐之不疑

𩨹 音妥美也

髫 音條

吾有利劍雌者尚當開門納之鄰生歸與友謀梯妓於垣而過之彈指叩扉生窺問其誰妓自言爲鬼生大懼齒震震有聲妓逡巡自去鄰生早至生齋生述所見且告將歸鄰生鼓掌曰何不開門納之生頓悟其假遂安居如初積半年一女子夜來扣齋生意友人之復戲也啟戶延入則傾國之姝驚問所來曰妾蓮香西家妓女埠上青樓故多信之息燭登牀綢繆甚至自此三五日輒一至一夕獨坐凝思一女子翩然入生意其蓮香逆與語覿面殊非年僅十五六𩨹袖垂髫風流秀曼行步

羅襦　裡衣　用國策　湻于髡句

葳蕤　花榮

死根在此

解結錐言小而尖

古角結名觿　礼記

童子佩觿

之間若還若往大愕疑爲狐女曰妾良家女姓李氏慕君高雅幸賜垂盼生喜握其手冷如冰問何涼也曰幼質單寒夜蒙霜露那得不爾既而羅襦衿解儼然處子女曰妾爲情緣葳蕤之質一朝失守不嫌鄙陋願常侍枕席房中得無有人否生云無他止一鄰娼顧亦不常至女曰謹當避之妾不與院中人等君祕勿洩彼來我往彼往我來可耳雞鳴欲去贈繡履一鉤曰此妾下體所著弄之足寄思慕然有人慎無弄也受而視之翹翹如解結錐心甚愛悅越夕無人便出履玩女飄然忽至

狐能醫

遂相歡昵自此每出履則女必應念而至異而詰之笑
曰適當其時耳一夜蓮香來驚云郎何神氣蕭索生言
不自覺蓮便告別相約十日去後李來恒無虛夕問君
情人何久不至因以所約告李笑曰君視妾何如蓮香
美曰可稱兩絕但蓮卿肌膚溫和李變色曰君謂雙美
對妾云爾渠必月殿仙人妾定不及因而不懽乃屈指
計十日之期已滿囑勿漏將竊窺之次夜蓮香果至笑
語甚洽及寢大駭曰殆矣十日不見何益憊損保無他
遇否生詢其故曰妾以神氣驗之脈析析如亂絲鬼症

結語好

也次夜李來生問窺蓮香何似曰美矣妾固疑世間無此佳人果狐也去吾尾之南山而穴居生疑其妒漫應之踰夕戲蓮香曰余固不信或謂卿狐者蓮亟問是誰之云笑曰我自戲卿蓮曰狐何異於人曰惑之者病甚則死是以可懼蓮曰不然如君之年房後三日精氣可復縱狐何害設旦旦而伐之人有甚於狐者矣天下勞尸瘵鬼寧皆狐蠱死耶雖然必有議我者生力白其無蓮詰益力生不得已洩之蓮曰我固怪君憊也然何遽至此得勿非人乎君勿言明宵當如渠之窺妾者是夜

良言

刀圭 古銅器長不及兩寸抄末藥曰一字者藥掩刀圭一字

方寸匕

懟 代音 怨也

李至裁三數語聞窗外嗽聲急亡去蓮入曰君殆矣是眞鬼物暱其美而不速絕冥路近矣生意其妒默不語蓮曰固知君不能忘情然不忍視君死明日當携藥餌爲君一除陰毒幸病蒂猶淺十日恙當已請同榻以俟痊可次夜果出刀圭藥啖生頃刻洞下兩三行覺臟腑淸虛精神頓爽心德之然終不信爲鬼病蓮夜夜同衾偎生生欲與合輒拒之數日後膚革充盈欲別殷殷囑絕李生謬應之及閉戶挑燈輒捉履傾想李忽至數日隔絕頗有怨色生曰彼連宵爲我作巫醫請勿爲懟情

懌音亦樂也

刀已在頸而不知天下固有忠臣孝子而不諒於君父者即手搠心肺而君父不信可為痛哭

好在我李稍懌生枕上私語曰我愛卿甚乃有謂卿鬼者李結舌良久罵曰必淫狐之惑君聽也若不絕之妾不來矣遂嗚嗚飲泣生百詞慰解乃罷隔宿蓮香至知李復來怒曰君必欲死耶生笑曰卿何相妒之深蓮益怒曰君種死根妾為若除之不妒者將復如何生託詞以戲曰彼云前日之疾為狐祟耳蓮乃嘆曰誠如君言君迷不悟萬一不虞妾百口何以自解請從此辭百日後當視君於臥榻中留之不可拂然逕去由是李夙夜必偕約兩月餘覺大困頓初猶自寬解日瀕羸瘠惟欲

去声

来印

饘饘 音專又音氈 薄粥也

痴愚人往往如此至之國破家亡而始云悔不聽某人之言而已晚矣

田舍郎 俗言鄉下曲辮子

膏肓 心下名膏 音荒 肓音盲 無目

饘粥一甌欲歸就養尚戀戀不忍遽去因循數日沉綿不可復起鄰生見其病憊日遣館童餽給飲食生至是始疑李因謂李曰吾悔不聽蓮香之言一至於此言訖而瞑移時復甦張目四顧則李已去自是遂絕生羸臥空齋思蓮香如望歲一日方凝想間忽有搴簾入者則蓮香也臨榻哂曰田舍郎我豈妄哉生哽咽良久自言知罪但求拯救蓮曰病入膏肓實無救法姑來永訣以明非妒生大悲曰枕底一物煩代碎之蓮搜得履持就燈前反覆展玩李女欻入猝見蓮香返身欲遁蓮以身

質 如今質對

春蠶 到死絲方盡 李義山句

狐与人有類曰傍门左道 能採陰補陽

蔽門李窘急不知所出生責數之李不能答蓮笑曰妾今始得與阿姨面相質曩謂郎君舊疾未必非妾致今竟何如李俛首謝過蓮曰佳麗如此乃以愛結仇耶李投地隕泣乞垂憐救蓮扶起細詰生平曰妾李通判女早夭瘞於牆外已死春蠶遺絲未盡與郎偕好妾之願也致郎於死良非素心蓮曰聞鬼物利人死以死後可常聚然否曰不然兩鬼相逢並無樂趣如樂也泉下少年郎豈少哉蓮曰癡哉夜夜為之人且不堪而況於鬼李問狐能死人何術獨否蓮曰是採補者流妾非其類

衽音忍衣襟

人之披髮入山鬼之埋首

地下一類之詞

瘵即癆病

故世有不害人之狐斷無不害人之鬼以陰氣盛也生聞其語始知狐鬼皆真幸習常見慣頗不爲駭但念殘息如絲不覺失聲大痛蓮顧問何以處郎君者李赧然遜謝蓮笑曰恐郎強健醋娘子要食楊梅也李斂衽曰如有醫國手使妾得無負郎君便當埋首地下敢靦然人世耶蓮解囊出藥曰妾早知有今別後采藥三山凡三閱月物料始備瘵蠱至死投之無不蘇者然症何由得仍以何引不得不轉求効力問何需曰櫻口中一點香唾耳我以丸進煩接口而唾之李暈生頤頰俯首轉

狐雖忠誠而言詞刻薄亦以李誣衊病由狐祟故語語含譏中有酸味

此不獨藥料想有狐丹在內故能起死回生

悒悒鬱也

側而視其履蓮曰妹所得意惟履耶李益慚俯仰若無所容蓮曰此平時熟技今何吝焉遂以丸納生吻轉促逼之李不得已唾之蓮曰再唾之凡三四唾丸已下咽少間腹殷然如雷鳴復納一丸乃自接唇而布以氣生覺丹田火熱精神煥發蓮曰愈矣李聽雞鳴徬徨別去蓮以新瘥尚須調攝就食非計因將外戶反關僞示生歸以絕交往日夜守護之李亦每夕必至給奉殷勤事蓮猶姊蓮亦深憐愛之居三月生健如初李遂數夜不至偶至一望即去相對時亦悒悒不樂蓮常留與共

即少刻少選少頃

服侍

吻音問口脣

芻靈 上音初 古用木竹為之而外加絹綢衣 今以紙糊竹為之即靈前領魂童男童女言其輕也

笓氏

我見猶憐何況老奴 桓溫妻乃公主奇妬甚聞溫納妾李外欲手刃之至外宅見妾絕麗而言詞悽惻即擲刃於地云云 妾即蜀主李勢妹

錮 封錮 錮不使出也

寢必不肯生追出提抱以歸身輕如芻靈女不得遁遂著衣偃臥踡其體不盈二尺蓮益憐之陰使生狎抱之而撼搖亦不得醒生睡去覺而索之已杳後十餘日更不復至生懷思殊切恒出履共弄蓮嘆曰窈娜如此妾見猶憐何況男子生曰昔日弄履則至心固疑之然終不料其鬼今對履思容實所愴惻因而泣下先是富室章姓有女字燕兒年十五不汗而死終夜復蘇起顧欲奔章扃戶不聽出女自言我通判女魂感桑郎眷注遺舄猶存彼處我真鬼耳錮我何益以其言有因詰其至

不汗而死 宋人成語

偵春詗音與去声
伺察 窺探之詞

此之由女低徊反顧茫不自解或有言桑生病歸者女執辯其誣家人大疑東鄰生聞之踰垣往窺見生方與美人對語掩入逼之張皇間已失所在鄰生駭詰生笑曰向固與君言雌者則納之耳鄰生述燕兒之言生乃啟關將往偵探苦無由章母聞生果未歸益奇之故使傭媼索履生遽出以授燕兒得之喜試著之鞋小於足者盈寸大駭攬鏡自照忽恍然悟已之借軀以生也者因陳所由母始信之女鏡面大哭曰當日形貌頗堪自信每見蓮姊猶增慚怍今反若此人也不如其鬼也把

十字長句 極曲折

食之亦不食 上音同

脫音退

碩大無朋 言舊鞋大而無对筆 蘊藉 用易往

狐林終始其事真不可及

行音杭 輩也

呵叱 母懟也

侮 欺人也

履號咷勸之不解蒙衾僵臥食之亦不食體膚盡腫凡七日不食卒不死而腫漸消覺飢不可忍乃復食數日遍體癢癢皮盡脫晨起睡舄遺墮索著之則碩大無朋矣因試前履肥瘦吻合乃喜復攬鏡則眉目頤頰宛肖生平益喜盥櫛見母見者盡眙蓮香聞其異勸生以媒通之而以貧富懸絕不敢遽進會媪初度因從其子壻行往爲壽媪睹生名故使燕兒窺簾認客生最後至女驟出捉袂欲從與俱歸母訶譙之始慚而入生審視宛然不覺零涕因拜伏不起媪扶之不以爲侮生出浼母

執柯伐柯
誚讓 责生有妻再娶
罽音計 毯音坦
毡毯罽賓國所出
今洋氈店五色者
是物也
青廬 今之坐床
揭搭面 今之拖方巾

舅執柯媼議擇吉贅生生歸告蓮香且商所聘蓮悵然
良久便欲別去生大駭泣下蓮曰君行花燭於人家妾
從而往亦何形顏生謀先與旋里而後迎燕蓮乃從之
生以情白章章聞其有室怒加誚讓燕兒力白之乃如
所請至日生往親迎家中備具頗甚草草及歸則自門
達堂悉以罽毯貼地百千籠燭燦列如錦蓮香扶新婦
入青廬搭面既揭歡若生平蓮陪卺飲細詰還魂之異
燕曰爾日抑鬱無聊徒以身爲異物自覺形穢別後憤
不歸墓隨風漾泊每見生人則羨之晝憑草木夜則信

媒也 回家 允也 說明底細 鬼也 嘅非人類

狐有搬運術
夫妻飲合卺杯

此狐不動色戒但念精鍊自能超拔為情纏繞乃墮落矣

足沉浮偶至章家見少女臥牀上迎附之未知遂能活也蓮聞之默默若有所思逾兩月蓮舉一子產後暴病日就沉綿捉燕臂曰敢以孽種相累我兒即若兒燕泣下姑慰藉之爲召巫醫輒却之沉痼彌留氣如懸絲生及燕兒皆哭忽張目曰勿爾子樂生我自樂死如有緣十年後可復相見言訖而卒啓衾將斂尸化爲狐生不忍異視厚葬之子名狐兒燕撫如己出每清明必抱兒哭諸其墓後數年生舉於鄉家漸裕而燕苦不育狐兒頗慧然單弱多疾燕每欲生置媵一日婢忽白門外一

弥留之古書

啐 粹義同

啜飯處 音但吃也
新五代史記每用之

徐州府城
賣漿乃賣白酒
史記平原君傳
薛公毛公乃賢者
隱於賣漿博徒

無可奈何花落去似曾
想識燕歸來宋晏元獻
相公詞

嫗攜女求售燕呼入卒見大驚曰蓮姊復出耶生覩之
眞似亦駭問年幾何荅云十四聘金幾何曰老身止此
一塊肉但俾得所妾亦得噉飯處後日老骨不委溝壑
足矣生優價而留之燕握女手入密室提其頷而笑曰
汝識我否荅言不識詰其姓氏曰妾韋姓父徐城賣漿
者死三年矣燕屈指停思蓮死恰十有四載又審顧女
儀容態度無一不神肖者乃拍其頂而呼之曰蓮姊蓮
姊十年相見之約當不欺吾女忽如夢醒豁然曰咦因
熟視燕見生笑云此似曾相識之燕歸來也女泫然曰

頷 頷不能 提

含淚曰 泫然

毋乃倒敘前事

真喜真悲

各有前世因所以妙

崖略大概也

是矣。聞母言，妾生時便能言，以爲不祥，犬血飲之，遂昧宿因。今日殆如夢寤。娘子其恥於爲鬼之李妹耶？共話前生，悲喜交集。一日寒食，燕曰：此每歲妾與郎君哭姊日也。遂與親登其墓，荒草離離，木已拱矣。女亦太息。李謂生曰：妾與蓮姊，兩世情好，不忍相離，宜令白骨同穴。生從其言，啟李冢得骸，舁歸而合葬之。親朋聞其異，吉服臨穴，不期而會者數百人。余庚戌南游至沂，阻雨，休於旅舍。有劉生子敬，其中表親，出同社王子章所撰桑生傳，約萬餘言，得卒讀。此其崖畧耳。

泯 音閔 沒也

巾幗 音國 即婦女包頭

粵 西即廣西 東即廣東 音月 通作越

郵 即驛站

異史氏曰嗟乎死者而求其生生者又求其死天下所難得者非人身哉奈何具此身者往往而置之遂至䩄然而生不如狐泯然而死不如鬼

王漁洋曰賢哉蓮娘巾幗中吾見亦罕況狐耶

阿寶 情癡

粵西孫子楚名士也生有枝指性迂訥人誑之輒信爲眞或値座有歌妓則卽遙望卻走或知其然誘之來使妓狎逼之則赬顏徹頸汗珠珠下滴因共爲笑遂貌其呆狀相郵傳作醜語而名之孫癡邑大賈某翁與王侯

誑 音光去聲 騙也

娉 音聘 並也

冑 从冂 胄胤子

冑 从冂 即冃帽 甲冑

自揣貧不能與

富為姻

濱 音賓 近也

剖 音普有切 破也 白也

娉宧姻戚皆貴冑有女阿寶絕色也日擇良匹大家兒
爭委禽妝皆不當翁意生時失儷有戲之者勸其通媒
生殊不自揣果從其教翁素耳其名而貧之媒媼將出
適遇寶問之以告女戲曰渠去其枝指余當歸之媼告
生生曰不難媒去生以斧自斷其指大痛徹心血溢傾
注濱死過數日始能起往見媒而示之媼驚奔告女女
亦奇之戲請再去其癡生聞而譁辯自謂不癡然無由
見而自剖轉念阿寶未必美如天人何遂高自位置如
此由是曩念頓冷會值清明俗於是日婦女出遊輕薄

儷 音麗 配也

此女面皮太厚

月旦 批評高下

昔漢末許劭在洛分别人品一时人皆信服然有月更日易故曰月旦

揶揄 見漢後王霸傳

裯 音綢 容也

少年亦結隊隨行悠其月旦有同社友人强邀生去或嘲之曰莫欲一觀可人否生亦知其戲己然以受女揶揄故亦思一見其人忻然隨衆物色之遥見有女憩樹下惡少年環如牆堵衆曰此必阿寶也趨之果寶審諦之娟麗無雙少頃人益稠女起遽去衆情顛倒品頭題足紛紛若狂生獨默然及衆他適回視猶癡立故所呼之不應羣曳之曰魂隨阿寶去耶亦不荅衆以其素訥故不爲怪或推之或挽之以歸至家直上牀臥終日不起冥如醉呼之不醒家人疑其失魂招於曠野莫能效

餒 餓也

大叫臺用師娘及所著衣
服席薦

强拍問之則朦朧應云我在阿寶家及細詰之又默不
語家人惶惑莫解初生見女去意不忍舍覺身已從之
行漸傍其衿帶間人無呵者遂從女歸坐臥依之夜輒
與狎意甚得然覺腹中奇餒思欲一返家門而迷不知
路女每夢與人交問其名曰我孫子楚也心異之而不
可以告人生臥三日氣休休若將澌滅家人大恐托人
婉告翁欲一招魂其家翁笑曰平昔不省往還何由遺
魂吾家家人固哀之翁始允巫執故服草薦以往女詰
得其故駭極不聽他往直導入室任招呼而去巫歸至

朦朧 不明　今　師娘曰巫 師公曰覡 音檄

不爽 不錯也

忽忽若忘比癡更深一層

凝睇 目不轉睛

人不專一則事不成即為學亦如此

門生楊上已呻既醒女室之香奩什具何色何名歷言不爽女聞之益駭陰感其情之深生既離牀坐立凝思忽忽若忘每伺察阿寶希幸一再遘之浴佛節聞將降香水月寺遂早旦往候道左目眩睛勞日涉午女始至自車中窺見生以摻手搴簾凝睇不轉生益動尾從之女忽命青衣來詰姓字生殷勤自展魂益搖車去生始歸歸復病冥然絕食夢中輒呼寶名每自恨魂不復靈家舊養一鸚鵡忽斃小兒持弄於牀生自念倘得身爲鸚鵡振翼可達女室心方注想身已翩然鸚鵡遽飛而

篆刻也

誓 罰咒 自矢咒 亦罰

想寶之足極小否則蓮船盈尺內藏於木家伏莫小之

鸚鵡能啣耶

去直達寶所女喜而撲之鎖其肘飼以麻子大呼曰姐姐勿鎖我孫子楚也女大駭解其縛亦不去女祝曰深情已篆中心今已人禽異類姻好何可復圓鳥云得近芳澤於願已足他人飼之不食女自飼之則食女坐則集其膝臥則依其牀如是三日女甚憐之陰使人瞰生生則僵臥氣絕已三日但心頭未冰耳女又祝曰君能復爲人當誓死相從鳥云誑我女乃自矢鳥側目若有所思少間女束雙彎解履牀上鸚鵡驟下啣履飛去女急呼之飛已遠矣女使嫗往探則生已寤家人見鸚鵡

硬裝斧柄
漢司馬相如文名極重而甚貧家徒四壁
顯者富貴子弟曾未求親皆不允俗云揀裡揀着風流眼
女之數語乃聊齋發泄翁婿不和故習
蓬茆 草屋 藜藿 素飯

喞繡履來墮地处方共異之生旋蘇節索履衆莫知故
邇娓至入覘生問履所在生曰是阿寶信誓物借口相
覆小生不忘金諾也娓反命女益奇之故使婢泄其情
於母母審之確乃曰此子才名亦不惡但有相如之貧
擇數年得壻如此恐遂爲顯者笑女以履故矢不他翁
媪乃從之馳報生生喜疾頓瘳翁議贅諸家女曰壻不
可久處岳家况郎又貧久益爲人賤兒既諾之蓬茆而
甘藜藿不怨生乃親迎成禮相逢如隔世懽自是生家
得奩妝小阜頗增物產而生癡於書不知理家人生業

詈咒不適
他人
懽 即歡

居積善於操持當家
相如以消渴病死子楚亦
然真異世因好病消渴即
三消病

馭卽御字馬夫

以其書痴故玩弄之正是
鬼神愚弄諸少年也

女善居積亦不以他事累生居三年家益富生忽病消
渴卒女哭之痛至絕眠食勸之不納乘夜自經婢覺之
急救而甦終亦不食三日集親黨將以斂生聞棺中呻
以息啟之已復活自言見冥王以生平樸誠命作部曹
忽有人白孫部曹之妻將至王稽鬼錄言此未應便死
又白不食三日矣王顧謂感汝妻節義姑賜再生因使
馭卒控馬送汝還由此體漸平值歲大比入闈之前諸
少年玩弄之共擬隱僻之題七引生僻處與語言此某
家關節敬秘相授生信之晝夜揣摩制成七藝衆隱笑

主考曰典試
蹈襲抄錄舊文
主考所下之題即諸少年
偽授之題所以奇絕得中式
莫非中有鬼神耶

嫖賭之人必是聰明伶俐所
以易上儓
五木戲在骰（音投）子之前六朝
人多用之即正史中亦常
見之骰一名明瓊

之時典試者慮熟題有蹈襲弊力反常徑題紙下七首皆符生以是掄魁明年舉進士授詞林上聞其異召問之生啟奏上大嘉悅即召見阿寶賞賚有加焉

異史氏曰性癡則其志凝故書癡者文必工藝癡者技必良世之落拓而無成者皆自謂不癡者也且如粉花蕩產盧雉傾家顧癡人事哉以是知慧黠而過乃是真癡彼孫子何癡乎

任秀

任建之魚臺人販氈裘為業竭貲赴陝途中逢一人自

大漸 病重見尚書

輦 音研

寫申負心

言申竹亭宿遷人話言投契盟爲弟昆行止與俱至陝任病不起申善視之積十餘日疾大漸謂申曰吾家故無儋石八口衣食皆恃一人犯霜露今不幸殂謝異域君我手足也兩千里外更有誰何囊金二百餘一半君自取之爲我小備殮具剩者可助資斧其半寄吾妻子俾輦吾櫬而歸如肯攜殘骸旋故里則裝貲勿計矣乃扶枕爲書付申至夕而卒申以五六金爲市薄林殮已主人僱其移櫬申托尋寺觀竟遁不反任家年餘方得確耗任子秀時年十七方從師讀由此廢學欲往尋父

治任 端正行李

殯 音賓去声

佻達 音挑

往时乾隆以前秀才歲考六等發落

餼 音戲 補廪

無檢幅 不修邊幅

臨清州山東大馬頭商賈皆集鹽商大船皆泊[illegible]

外

艤 停舟也

好賭之客聞骰声豈能安臥

柩母憐其幼秀哀瀕欲死遂典貲治任俾老僕佐之行半年始還殯後家貧如洗幸秀聰穎釋服入魚藻泮而佻達善博母教戒綦嚴卒不改一日文宗案臨試居四等母憤泣不食秀慚懼對母自矢於是閉戶年餘遂以優等食餼母勸令設帳而人終以其蕩無檢幅咸誚薄之有表叔張某賈京師勸使赴都願攜與俱不耗其貲秀喜從之至臨清泊州關外時鹽航艤集帆檣如林臥後聞水聲人聲聒耳不寐更既靜忽聞鄰舟骰聲清越入耳縈心不覺舊技復癢竊聽諸客皆已酣寢將囊中

檣 桅竿

怔忡 病名心不寧也

寫得曲折妙

錢少者曰孤注言輸贏

只此一擲

主人貪捉頭肯以錢

貫銀

賸即騰

積 音子去声

自備千文思欲過舟一戲潛起解囊捉錢踟躕回思毋訓即復束置既睡心怔忡苦不得眠又起又解如是者三興勃發不可復忍攜錢逕去至鄰舟則見兩人對博錢注豐美置錢几上便求入局二人喜即與共擲秀大勝一客錢盡即以巨金質舟主漸以十餘貫作孤注賭方酣又有一人登舟來耽視良久亦傾囊出百金質主人入局共博張中夜醒覺秀不在舟聞骰聲心知之因詣鄰舟欲撓沮之至則秀䏭側積貲如山乃不復言負錢數千而返呼諸客並起往來移運尚存十餘千未幾

難　去声
貸　音退借也
償　還也
郗　音痴姓也
郄　音郤怨也

三客俱敗一船之錢俱空客欲賭金而秀欲已盈故拒非錢不賭以難之張在側又促逼令歸三客躁急舟主利其盆頭轉貸他舟得百餘千客得錢賭更豪無何又盡歸秀天已曙放曉關矣秀運貲而返二客亦去主人視所質二百餘金盡鍮灰耳大驚尋至秀舟告以故欲取償於秀及問姓名里居知為建之之子縮頸羞汗而退過訪旁人乃知主人郎申竹亭也秀至陝時亦頗聞其姓字至此鬼已報之遂不復追其前郗矣乃以貲與張合業而北終歲獲息倍蓰遂援例入監益權子母十

靖安也

悍音岸婦人嫉妬凶惡

奴畜之比之奴僕

撻楚打責 詬詛呪罵

塾師訓蒙先生

年間財雄一方　天之報施亦巧快心之至

孝悌

張誠

燕王因建文立削藩遂起兵以誅齊泰黄子澄爲名云靖内難

豫人張氏者其先齊人靖難兵起齊大亂妻爲兵掠去張常客豫遂家焉娶於豫生子訥無何妻卒又娶繼室生子誠繼室牛氏悍每嫉訥奴畜之啖以惡草具使樵日責柴一肩無則撻楚詬詛不可堪隱蓄甘脆餌誠使從塾師讀誠漸長性孝友不忍兄劬陰勸母母弗聽一日訥入山樵未終値大風雨避身巖下雨止而日已暮腹中大餒遂負薪歸母驗之少怒不與食飢火燒心入

中州河南曰豫

音疾恨也

瞿劳苦也

不及一月

樵伐木於山

甘脆美飲食

可憐　嗒然若喪其偶　莊子

啗啖　皆音但食也

啖亦音但義同說文所無

王祥王覽之後再見然

世之絕無所以感動鬼神

室僵臥誠自塾中來見兄嗒然問病乎曰餓耳問其故以情告誠愀然便去移時懷餅來餌兄兄問所自來曰余竊麪倩鄰婦爲之但食勿言也訥食之囑弟曰後勿復然事泄累弟且日一啗飢當不死誠曰兄故弱烏能多樵次日食後竊赴山至兄樵處兄見之驚問將何作答云將助樵採問誰之遣曰我自來耳兄曰無論弟不能樵縱或能之且猶不可於是速之歸誠不聽以手足斷柴助兄且云明日當以斧來兄近止之見其指已破履已穿悲曰汝不速歸我卽以斧自剄死誠乃歸兄送

闲 閫闌不使妄行

閒 一音見一音言

間 乃俗造

夏楚 見礼記書房中戒尺打手心

乂刈 通用 柞草伐木

訥 目中無虎心中急誠故

鬼神 暗中保守使兄弟

兄合而離ミ而復合

之半途方復回樵既歸詣塾囑其師曰吾弟幼宜閑之
山中虎狠惡師言午前不知所往業夏楚之歸謂誠曰不
聽吾言遭笞責矣誠笑云無之明日懷斧又去兄駭曰
我固謂子勿來何復爾誠不應刈薪且急汗交頤不休
約足一束不辭而返師又責之乃實告之師嘆其賢遂
不之禁兄屢止之終不聽一日與數人樵山中歘有虎
至衆懼而伏虎竟啣誠去虎負人行緩爲訥追及力斧
之中胯虎痛狂奔莫可尋逐痛哭而返衆慰解之哭益
悲曰吾弟非猶夫人之弟況爲我死我何生爲遂以斧

走無常今言走陰差

自刎其項衆急救之入肉者已寸許血溢如涌眩瞀瀕絕衆駭裂之衣而約之羣扶以歸母哭罵曰汝殺吾兒欲剗頭以塞責耶訥呻云毋勿煩惱弟死我定不生置榻上創痛不能眠惝晝夜倚壁坐哭父恐其亦死時就榻少哺之牛輒詬責訥遂不食三日而斃村中有巫走無常者訥途遇之緬訴曩苦因問弟所巫言不聞遂反身導訥去至一都會見一皂衫人自城中出巫要遮代問之皂衫人於佩囊中撿牒審顧男婦百餘並無犯而張者巫疑在他牒皂衫曰此路屬我何得差遺訥不信

血出多昏暈致死

張誠訥意誠為虎所食

孝悌至誠足感神明

強巫入城城中新鬼故鬼往來憧憧亦有故識就問迄無知者忽共譁言菩薩至仰見空中有偉人毫光徹上下頓覺世界通明巫賀曰大郎有福哉菩薩幾千年一入冥訥拔諸苦惱今適值之便捽訥跪衆鬼因紛紛籍籍合掌齊誦慈悲救苦之聲鬨騰震地菩薩以楊枝徧灑甘露其細如塵俄而霧收光斂遂失所在訥覺頸上沾露斧處不復作痛巫仍導與俱歸望見里門始別而去訥死二日豁然竟甦悉述所遇謂誠不死母以爲撰造之誣反詬罵之訥負屈無以自伸而摸創痕良瘥自

訥与其在家受後毋淩虐
何如出门脱離苦海

懸鶉 衣服破碎
凡畜鶴鶉鳥皆以布囊
盛之挂於身之前後今
衣敝破碎如懸鶉百結

傴僂 一音歐婁一音迂
縷 曲身立不直

飢而凍也

漂落即流落

脫騎 言令人下騎使訥坐馬

力起拜父曰行將窮雲入海往尋弟如不可見終此身勿望返也願父猶以兒為死翁引空處與泣無敢留之訥乃去每於衝衢訪弟耗途中資斧斷絕丐而行逾年達金陵懸鶉百結傴僂道上偶見十餘騎過走避路側內一人如官長年四十已來健卒怒馬騰踔前後一少年乘小駟屢顧訥訥以其貴公子未敢仰視少年停鞭少駐忽下馬呼曰非吾兄耶訥舉首審視誠也握手大痛失聲誠亦哭曰兄何漂落一至於此訥言其情誠益悲騎者並下問故以白官長官長命脫騎載訥連轡歸

晚年要後妻者視此可以為戒

騰踔 奔騰 馬肥膘 壯

虎為神使竟非惡意

轄 音協亦音俠管也

諸其家始詳詰之初虎啣誠去不知何時置路側臥途中竟宿適張千戶自都中來過之見其貌文憐而撫之漸蘇言其里居則相去已遠因載與俱歸又藥敷傷處數日始痊千戶無長君子之蓋適從遊矚也誠具爲兄告言次千戶入訥拜謝不已誠入內捧帛衣出進兄乃置酒燕敘千戶問貴族在豫幾何丁壯訥曰無有父少齊人流寓於豫千戶曰僕亦齊人貴里何屬答曰曾聞父言屬東昌轄驚曰我同鄉也何故遷豫訥曰前母被兵掠去父遭兵燹蕩無家產先賈於西道往來頗稔故

瞠音倘注目直視驚絕
瞠不能言

止焉又驚問君家尊何名訥告之千戶瞠而睨之俛首若疑疾趨入內無何太夫人出共羅拜已問訥曰汝是張炳之之孫耶曰然太夫人大哭謂千戶曰此汝翁也訥兄弟莫能解太夫人曰我適汝父三年流離北去身屬某指揮半年生汝兄又半年指揮死汝兄以父蔭還此官令解任矣每刻刻念鄉井遂出籍復故譜屢遣人至齊殊無所覓耗何知汝父西徙哉乃謂千戶曰汝以弟爲子折福死矣千戶曰曩問誠誠未嘗言齊人想幼稚不憶耳乃以齒序千戶四十有一爲長誠十六最少

千户亦孝子
天下句用左傳晉恭世子申生語

寫老人三次大喜用三種筆法連下双字妙絶、、

訥年二十、則伯而仲矣、千戶得兩弟甚懽、與同臥處、盡
忞離散端由將作歸計、太夫人恐不見容千戶曰、能容
則共之否則析之天下豈有無父之國、於是鬻宅辦裝
刻日西發、既抵里、訥及誠先馳報父、父自訥去、妻亦尋
卒、塊然一老鰥、形影自弔、忽見訥入暴喜、怳怳以驚、又
覩誠喜極不復作言、潸潸以涕、又告以千戶母子至、翁
輟涕愕然不能喜、亦不能悲、蚩蚩以立、未幾千戶入拜
已、太夫人把翁相向哭、既見媪婢廝卒、內外盈塞、坐立
不知所為、誠不見母、問之方知已死、號嘶氣絶、食頃始

怕牛氏之悍

老而無妻曰鰥

西孝子

齊

蚩音痴
氓之蚩蚩
毛詩

王祥前母子 王覽後母生
晉書列傳第一篇即王祥
王覽是見孝友忠之先
蓋惟能孝於親出而入仕
途方可決忠於君
無從之涕用檀弓孔子弟
舊館人之喪語
傳奇即今曲譜

甦千戶出貲建樓閣延師敎兩弟馬騰於槽人喧於室居然大家矣

異史氏曰余聽此事至終涕凡數墮（音惰 落也）十餘歲童子斧薪助兄慨然曰王覽固再見乎於是一墮至虎啣誠去不禁狂呼曰天道憒憒（音跪 糊塗也）如此於是一墮及兄弟猝遇則喜而亦墮轉增一兄又益一悲則爲千戶墮一門團圞驚出不意喜出不意無從之涕則爲翁墮也不知後世亦有善涕如某者否

王漁洋云一本絕妙傳奇敘次文筆亦工

天閹 音掩
太監古曰寺人幼而割去勢在宮闈謹守门户曰閹今有生而有勢極小類蠶蛹不通人道者名曰天閹前明丹徒相公楊一清即是天閹

蹇 音檢 澀也

古尺牘極長

巧娘 鬼狐

廣東有縉紳傅氏年六十餘生一子名廉甚慧而天閹十七歲陰裁如蠶遐邇聞知無女以女自分宗緒已絕晝夜憂怛而無如何廉從師讀師偶他出適門外有猴戲者廉觀之廢學焉度師將至而懼遂亡去離家數里見一白衣女郎偕小婢出其前女一回首妖麗無比蓮步蹇緩廉趨過之女回顧婢曰試問郎君得毋欲如瓊否婢果呼問廉詰其何爲女曰倘之瓊也有尺一書煩便道寄里門老母在家亦可爲東道主廉出本無定向

女 去声 與之女
猴 猢猻把戲
瓊 音窮 瓊州府 要海

僉淨海亦得因諸之女出書付婢婢轉付生問其姓名居里云華姓居秦女村去北郭三四里生附舟便去至瓊州北郭日已曛暮問秦女村迄無知者往北行四五里星月已燦芳草迷目曠無逆旅窘甚見道側一墓思欲傍墳棲止大懼虎狼因攀樹猱升蹲踞其上聽松聲謖謖宵蟲哀奏中心忐忑悔至如燒忽聞人聲在下俯矙之庭院宛然一麗人坐石上雙鬟挑畫燭分侍左右麗人左顧曰今夜月白星疏華姑所贈團茶可烹一盞賞此良夜生意其鬼魅毛髮森豎不敢少息忽婢子仰

猱 音鐃 奴者切 猴類

謖 音速

毛髮森豎 今之寒毛

直豎

華小门

漢陳登字元龍高卧百尺樓語見三國魏志

覘曰樹上有人女驚起曰何處大胆兒暗來窺人生大懼無所逃隱遂盤旋下伏地乞宥女近臨一諦反恚爲歡曳與並坐睨之年可十七八姿態艷絕聽其言亦非土音問郎何之荅云爲人作寄書郵女曰野多暴客露宿可虞不嫌蓬蓽願就稅駕邀生入室惟一榻命婢展兩被其上生自慚形穢願在下牀女笑云佳客相逢女元龍何敢高臥生不得已遂與共榻而惶恐不敢自舒未幾女暗中以纖手探入輕捻脛股生僞寐若不覺知又未幾啟衾入搖生迄不動女便下探隱處乃停手悵

作羞也

然悄悄出衾去俄隱聞哭聲生惶愧無以自容恨天公
之缺陷而已女呼婢篝燈婢見啼痕驚問所苦女搖首
曰我自嘆吾命耳婢立榻前眈望顏色女曰可喚郎醒
遣放去生聞之倍益慚怍且懼宵半茫茫無所復之籌
念間一婦人排闥入婢曰華姑來微窺之年約五十餘
猶風格見女未睡便致詰問女未荅又視榻上有臥者
遂問共榻何人婢代荅夜一少年郎寄此宿婦笑曰不
知巧娘諧花燭見女淚涕未乾驚曰合巹之夕悲啼不
倫將勿郎君粗暴耶女不言益悲婦欲捋衣視生一振

煢独也

迕即忤逆也

女先適亦天閹椓人太监别名古有宫刑男女皆用之今則無已

吪 鷩而動譁 音鵞毛诗尚寐無吪

衣書落榻上婦取覩駭曰我女筆意也拆讀嘆咤女問之婦云是三兒家報言吳郎已死煢無所依且爲奈何女曰彼固云爲人寄書幸不遣之去婦呼生起究詢書所自來生備述之婦曰遠煩寄書當何以報又熟視生笑問何迕巧娘生言不自知罪又詰女女嘆曰自憐生適閹寺沒奔椓人是以悲耳婦顧生曰慧黠兒固雄而雌者耶是我之客不可久溷他人遂導生於東廂探手於胯而驗之笑曰無怪巧娘零涕然幸有根蒂猶可爲乃挑燈徧翻箱簏得黑丸授生令即吞下祕囑勿吪乃

蠕 一音如 一音善 言蠕動也

膺 被也

九錫 見三國魏志曹公九錫漢獻帝賜潘勗所作

出生獨臥籌思不知藥醫何症比五更初醒覺臍下熱氣一縷直冲隱處蠕蠕然似有物垂股際自探之身已偉男心驚喜如乍膺九錫欞色才分婦即入以炊餅納生室叮囑耐坐反關其戶出語巧娘曰郎有寄書勞將留召三娘來與訂姊妹交且復閉置免人厭惱乃出門去生迴旋無聊時近門隙如鳥窺籠望見巧娘輒欲招呼自呈慚訥而止延至夜分婦始攜女歸發扉曰悶煞郎君矣三娘可來拜謝途中人逡巡入向生斂衽婦命相呼以兄妹巧娘笑云姊妹亦可並出堂中團坐置飲

硎 磨刀石 新發於硎 莊子

飲次巧娘戲問寺人亦動心佳麗否生曰跛者不忘履盲者不忘視相與粲然巧娘以三娘勞頓迫令安置婦顧三娘俾與生俱三娘羞暈不行婦曰此丈夫而巾幗者何畏之敦促偕去私囑生云陰爲吾壻陽爲吾子可也生喜捉臂登牀發硎新試其快可知既於枕上問女巧娘何人曰鬼也才色無匹而時命蹇落適毛家小郎子病閹十八歲而不能人因邑邑不暢賫恨入冥生驚疑三娘亦鬼女曰實告君妾非鬼狐耳巧娘獨居無偶我母子無家借廬棲止生大愕女曰勿懼雖故鬼狐非

謏 音蕭

請間 去声 今迴避別人

闕 同缺

誚 才要切

蛙怒 吴王見蛙怒而式以勵壯士

相禍者由此日共談讌雖知巧娘非人而心愛其娟好獨恨自獻無隙生蘊藉善謏噱頗得巧娘憐一日華氏母子將他往復閉生室中生悶氣遶屋隔扉呼巧娘巧娘命婢歷試數鑰乃得啓生附耳請間巧娘遣婢去生挽就寢榻偎向之女戲掬臍下曰惜可兒此處闕然語未竟觸手盈握驚曰何前之渺渺而遽纍然生笑曰前羞見客故縮今以誚謗難堪聊作蛙怒耳遂相綢繆已而恚曰今乃知閉戶有因昔母子流蕩無所假廬居之三娘從學刺繡妾不曾少祕惜乃妒忌如此生勸慰之

嚼即銜也嚼物於口終不吐也

巧娘即用華姑之言相答即反唇相稽

且以情告巧娘終嚼之生曰寄之華姑囑我嚴語未及已華姑掩入二人皇遽方起華姑瞋目問誰啟扉巧娘笑迎自承華姑益怒聒絮不已巧娘故哂曰阿姥亦大笑人是丈夫而巾幗者何能爲三娘見母與巧娘苦相抵意不自安以一身調停兩間始各拗怒爲喜巧娘言雖憤烈然自是屈意事三娘但華姑晝夜防閑兩情不能自展眉目含情而已一日華姑謂生曰吾兒姊妹皆已奉事君念居此非計君宜歸告父母早定永約即治裝促生行二女相向容顏悲惻而巧娘尤不可堪淚滾

崖末大畧與梗概同

薄而觀浴左傳晉文公在曹國事

滚如斷貫珠殊無已時華姑排止之便曳生出至門外則院宇無存但見荒塚華姑送至舟上曰君行後老身攜兩兒僦屋於貴邑倘不忘夙好李氏廢園中可待親迎生乃歸時傅父覓子不得正切焦慮見子歸喜出非望生畧述崖末兼致華氏之訂父曰妖言何足聽信汝尚能生還者徒以閹廢故不然死矣生曰彼雖異物情亦猶人況又慧麗娶之亦不爲戚黨笑父不言但嗤之生乃退而技癢不安其分輒私婢漸至白晝宣淫意欲炫聞翁媼一日爲小婢所窺奔告母母不信薄觀之始

乘 轎輿也去声 平声乃作騎字用

駭呼婢研究盡得其狀喜極逢人宣暴以示子不颺將
論婚於世族生私白母非華氏不娶母曰世不乏美婦
人何必鬼物生曰兒非華姑無以知人道背之不祥傅
父從之遣一僕一嫗往覘之出東郭四五里尋李氏園
見敗垣竹樹中縷縷有炊煙嫗下乘直造其闥則母子
拭几濯溉似有伺嫗拜致主命見三娘驚曰此郎吾家
小主婦耶我見猶憐何怪公子魂思而夢繞之便問阿
姊華姑嘆曰是我假女三日前忽殂謝去因以酒食餉
嫗及僕嫗歸備道三娘容止父母皆喜末陳巧娘耗生

欷歔欷息

惻惻欲涕親迎之夜見華姑親問之笑云已投生北地矣生欷歔久之迎三娘歸而終不能忘情巧娘凡有自瓊來者必召見問之或言秦女墓夜聞鬼哭生詫其異入告三娘三娘沉吟良久泣下曰妾負姊矣詰之笑云妾母子來時實未嘗使聞茲之怨啼將無是姊向欲相告恐彰母過生聞之悲已而喜即命輿宵晝兼程馳詣其墓叩墓木而呼曰巧娘巧娘某在斯俄見女娘繃嬰兒自穴中出舉首酸嘶怨望無已生亦涕下探懷問誰氏子巧娘曰是君之遺孽也誕三日矣生曰悞聽華姑

鈴醫即今搖虎撑

言使母子埋憂地下非將安歸乃與同輿航海而歸抱子告母母覩之體貌豐偉不類鬼物益喜二女誥知事姑孝後傳父病延醫來巧媼曰疾不可爲魂已離舍督治冥具既竣而卒兒長絕肖父尤慧十四入泮高郵翁紫霞客於廣而聞之地名遺蛻亦未知所終

伏狐

太史某爲狐所祟病瘠符禳既窮乃乞假歸冀可逃避太史行而狐從之大懼無所爲謀一日止於涿門外有鈴醫自言能伏狐太史延之入授以藥則房中術也促

涿州今直隸近都邑

嫪毐 見史記秦始皇本紀及呂不韋傳

鷹 鳥在臂必用帶縛 帶名韝

令服訖入與狐交銳不可當狐辟易哀而求罷不聽進益勇狐展轉營脫苦不得去移時無聲視之現狐形而斃矣

余鄉某生者素有嫪毐之目自言生平未得一快意夜宿孤館四無鄰忽有奔女扉未啟而已入心知其狐亦欣然樂就之衿襦甫解貫革直入狐驚痛啼聲吱然如鷹脫韝穿牕而去某猶望牕外作狎暱聲哀喚之冀其復回而已寂然矣此真討狐之猛將也宜榜門驅狐可以為業

闈音久作紙團使拈

三仙

士人某赴試金陵經由宿遷會三秀才談言超曠傲之沽酒相歡款洽間各表姓字一介秋衡一常豐林一麻西池縱飲甚樂不覺日暮介曰未修地主之儀忽叨盛饌於理未當茅茨不遠可便下榻常麻並起捉裾喚僕相將俱去至邑北山忽睹庭院門遶清流既入舍宇精潔呼僮張燈又命安置從人麻曰昔日以文會友今闈場伊邇不可虛此良夜請擬四題命鬮各拈其一文成方飲衆從之各擬一題寫置几上拾得者就案搆思二

迭 惵 互也

大杯連飲而來宜其醉也

亦是罵人

更未盡皆已脫稿迭相傳視秀才讀三作深爲傾倒草錄而懷藏之主人進良醞巨杯促釂不覺醺醉客與辭主人乃導客就別院寢醉中不暇解屨着衣遂寢既醒紅日已高四顧並無院宇惟主僕臥山谷中大駭呼僕亦起見傍有一洞水涓涓流溢自訝迷罔視懷中則三作俱存下山問土人始知爲三仙洞蓋洞中有蟹蛇蝦蟆三物最靈時出游人往往見之云士人入闈三題皆仙作以是擢解

蛙曲

王子巽言在都時曾見一人作劇於市攜木盒作格凡十有二孔每孔伏蛙以細杖敲其首輒哇然作鳴或與金錢則亂擊蛙頂如拊雲鑼宮商詞曲了了可辨

鼠戲

又言一人在長安市上賣鼠戲背負一囊中蓄小鼠十餘頭每於稠人中出小木架置肩上儼如戲樓狀乃拍鼓板唱古雜劇歌聲甫動則有鼠自囊中出蒙假面被小裝服自背登樓人立而舞男女悲歡悉合劇中關目

趙城虎

趙城嫗年七十餘止一子一日入山爲虎所噬嫗悲痛幾不欲活號啼而訴於宰宰笑曰虎何可以官法制之乎嫗愈號咷不能制止宰叱之亦不畏懼又憐其老不忍加威怒遂諾爲捉虎嫗伏不去必待勾牒出乃肯行宰無奈之卽問諸役誰能往者一隸名李能醺醉詣坐下自言能之持牒下嫗始去隸醒而悔之猶謂宰之僞局姑以解嫗擾耳因亦不甚爲意持牒報繳宰怒曰固言能之何容復悔隸窘甚請牒拘獵戶宰從之隸集諸獵人日夜伏山谷冀得一虎庶可塞責月餘受杖數百

必是進士出身

寃苦罔控遂詣東郭嶽廟跪而祝之哭失聲無何一虎自外來隸錯愕恐被啞噬虎入殊不他顧蹲立門中隸祝曰如殺某子爾也其俯聽吾縛遂出縲索縶虎頸虎帖耳受縛牽達縣署宰問虎曰某子爾噬之耶虎頷之宰曰殺人者死古之定律且嫗止一子而爾殺之彼殘年垂盡何以生活倘爾能爲若子也我將赦之虎又頷之乃釋縛令去嫗方怨宰不殺虎以償子也遲旦啟扉則有死鹿嫗貨其肉革用以資度自是以爲常時銜金帛擲庭中嫗由此致豐裕奉養過於其子心竊德虎虎

亦是罵人子而不能養父母竟不如虎

來時臥簷下竟日不去人畜相安各無猜忌數年嫗死虎來吼於堂中嫗素所積絹可營葬族人共瘞之墳壘方成虎驟奔來賓客盡逃虎直赴塚前嗥鳴雷動移時始去土人立義虎祠於東郊至今猶存

小人

邪術　猾吏

康熙間有術人攜一榼（音渴　十音合）榼中藏小人長尺許投以錢則啟榼令出唱曲而退至掖（山東掖縣）掖宰索榼入署細審小人出處初不敢言固詰之始自述其鄉族蓋讀書童子自塾中歸為術人所迷復投以藥四體暴縮彼遂攜之以為

此令何等細心

戲具宰怒殺術人留童子欲豎之尚未得其方也

梁彥

徐州梁彥患骩嚏久而不已一日方臥覺鼻奇癢遽起大嚏有物突出落地狀類屋上瓦狗約指頂大又嚏又一枚落四嚏凡落四枚蠢然而動相聚互嗅俄而强者齧弱者以食食一枚則身頓長瞬息吞併止存其一大於鼫鼠矣伸舌周匝自舐其吻梁大愕踏之物緣襪而上漸至股際捉衣而撼攡之黏據不可下頃入襟底爬抓腰脇大懼急解衣擲地捫之物已貼伏腰間推之不

動搯之則痛竟成贅疣口眼已合如伏鼠然

搯音客侠切

聊齋志異卷二終

光緒丙戌三月初八日校于蓬山樓衣非昔軒窳叟